KB155353

JORDAN

23

# MICHAEL JORDAN

롤랜드 레이즌비 지음
서종기 옮김

# MICHAEL JORDAN

2020년 8월 25일 초판 발행
2020년 9월 10일 2쇄 발행

지은이    롤랜드 레이즌비
옮긴이    서종기

발행인    전용훈
편  집    장옥희
디자인    도미솔

발행처    1984
         등록번호  제313-2012-44호
         주소  서울시 마포구 동교로 194 혜원빌딩 1층
         전화  02-325-1984
         팩스  0303-3445-1984
         홈페이지  www.re1984.com
         이메일  master@re1984.com
ISBN    979-11-85042-36-7  03840

이 도서의 국립중앙도서관 출판예정도서목록(CIP)은 서지정보유통지원시스템 홈페이지
(http://seoji.nl.go.kr)와 국가자료종합목록 구축시스템(http://kolis-net.nl.go.kr)에서
이용하실 수 있습니다. (CIP제어번호 : CIP2020033562)

나의 형제와도 같았던
토니 트래비스, 론 스탠리 밀러, 레이시 뱅크스,
L. J. 비티, 에드 맥퍼슨을 기리며

# CONTENTS

# MICHAEL JORDAN

# Prologue

수비수의 눈이 저절로 커졌다. 인간의 눈과 머리로는 도저히 따라갈 수 없을 만큼 빠른 동작이 이어지는 순간이었다. 아마 슬로모션 영상으로 돌려본다면 정확히 무슨 일이 일어났는지 알 수 있으리라. 하지만 인류에게 그 기술의 필요성을 절실히 느끼게 한 현란한 움직임을 그는 오롯이 맨눈으로 보고 막아야 했다.

결코 달갑지 않지만 너무나도 익숙한 상황이었다. 조금 전 농구 코트 한쪽 끝에서 공격이 중단되고 상대편의 속공이 시작되었다. 방금까지 공격하던 선수들은 모두 수비 태세로 돌아섰다. 그중 한 사람이 골대를 지키려고 코트를 전력 질주하지만, 다시 뒤로 돌아서는 순간 눈앞에 무언가가 나타났다. 붉은 옷을 입은 시커먼 형체가 드리블을 하며 엄청난 속도로 아수라장 속을 헤집었다. 검은 형체는 농구공을 좌우로 튕기다가 두 손으로 움켜쥐고는 걸음을 성큼 내디뎠다.

그때 입에서 혀가 삐져나왔다. 간혹 이 사이로 살짝만 보일 때도 있지만, 이번에는 수비수를 놀리는 듯 기괴하다 싶을 만큼 길게 혓바닥을 내밀었다. 상대편에게는 곧 눈앞에서 당할 덩크보다도 더 치욕적이고 불쾌한 기분을 안겨주는 표정이었다. 먼 옛날 전사들이 적을 위협할 때 그렇게 공격적인 표정을 짓지 않았던가? 어쩌면 그가 혀를 내미는 행동에는 그런 생각이 은연중에 깔렸을지도 모른다. 아니면 인터뷰에서 밝힌 대로 단순히 무언가에 집중할 때마다 혀를 삐죽 내밀던 아버지의 버릇을 그대로 물려받았는지도 모른다.

그 이유가 무엇이든 스물두 해째를 맞이한 젊은 마이클 조던은 명백한 공격 의지를 드러내고 죽음과 파괴를 일삼는 시바 신처럼 혀를 길게 내민 채 골대로 돌진하였다. 그러나 혀는 금세 입 안으로 모습을 감추고, 그는 크게 걸음을 내디뎠다.

어깨높이까지 공을 들어 올린 그는 자유투 라인에서 뛰어오르며 두 손을 공중에서 휘저었다. 이미 무너진 수비 대형을 헤치며 떠오른 거구는 골대로 접근하며 공을 커다란 오른손으로 옮겨 쥐었다. 그는 고개를 쳐든 코브라처럼 팔을 위로 펼치고 홀로 유유히 날아올라 공격 지점을 확인하였다. 관중은 쿵 소리를 내며 넘어진 수비수의 모습에 열광하였다. 이런 반응은 마치 조건반사 같았다. 아니, 어쩌면 우리가 자연 다큐멘터리에서 사자의 가젤 사냥 장면을 뚫어져라 볼 때처럼 동물적인 본능을 따른 것일지도 모른다.

조던이 속공 마무리 단계에서 보인 움직임은 이륙부터 착륙까지 거의 완벽한 포물선을 그렸다. 얼마 후 물리학계의 석학들을 비롯하여 미 공군 장교까지 그 궤적을 집중적으로 연구하며 당시에 전 세계 시청자들이 궁금히 여기던 '과연 마이클 조던은 하늘을 나는 것인가?'라는 질문의 답을 찾으려고 노력했다. 그들은 조던의 '체공 시간'을 측정한 뒤, 그가 공중을 나는 듯 보이는 까닭이 빠른 도약 속도에 의해 가속도가 더해지면서 생기는 일종의 착시 효과라고 설명했다. 그들은 조던의 허벅지와 종아리 근력, 근섬유의 빠른 수축 속도나 공중에서의 '균형성'도 함께 언급했지만 대중에게는 설득력이 부족했다.

조던이 자유투 라인에서 골대까지 비행하는 데 걸린 시간은 겨우 1초.

사실 오늘날 미국 프로농구(National Basketball Association, 이하 NBA)의 전설로 일컬어지는 엘진 베일러나 줄리어스 어빙도 체공 시간은 상당했다. 하지만 그들의 전성기에는 그 모습을 전달할 만한 영상 기술이 제대로 갖춰지지 않았다. 에어 조던은 그들과는 어딘가가 달랐고, 새로운 현상 같았으며, 고리타분한 구시대와의 결별 같았다.

농구 역사가 시작된 이래로 등장한 수많은 선수 가운데 하늘을 난 사람은 오직 그뿐이었다.

조던은 프로선수 생활 초기에 자신의 경기 영상을 본 뒤 그 질문에 대해 이렇게 말했다.

"제가 하늘을 난 거냐고요? 실제로 그런 것 같아요. 아주 짧은 시간이긴 하지만."

진귀한 재능이란 일순간 하늘을 가로질러 사라지는 혜성과도 같은 것. 오직 타고 남은 광채의 흔적만으로 그 존재를 알 수 있을 뿐이다. 농구 하나로 수년간 전 세계를 매료시켰던 조던이 코트를 떠난 후 팬들과 언론, 그와 함께했던 여러 코치와 팀 동료들은 지금도 그 시절에 벌어졌던 놀라운 일들을 이해하려고 골머리를 앓고 있다. 이 점은 마이클 조던 본인도 예외가 아니었다.

그는 과거에 이런 의문을 품었었다.

"저도 이 모든 일이 먼 훗날 어떤 모습으로 보일지 궁금해요. 그때 가서는 과연 현실처럼 느껴질지 모르겠어요."

그것은 모두 진짜였을까? 세월이 한참 흐른 뒤 조던이 만인 앞에서 옛일을 되돌아보던 날, 네티즌들은 퉁퉁 부은 얼굴로 우는 그를 그동안 NBA 구단을 경영하며 일으킨 실수나 개인적인 결점과 얽어매어 심하게 조롱하고 욕했다. 하지만 그러한 평가도 초인적인 능력을 발휘했던 선수 시절의 업적까지 가리지는 못했다.

어릴 적 노스캐롤라이나에서 '마이크' 조던으로 불렸던 그는 고등학교를 졸업하고 공군이 되느냐 마느냐를 고민하던, 어찌 보면 미래가 불확실했던 평범한 청소년이었다. 그러다가 1980년대 초에 농구장의 대천사 '마이클(대천사 미카엘의 영어 이름)'로 놀라운 변신을 했다. 그 과정에서 나이키가 조던의 힘을 빌려 거대기업으로 부상하고, 그도 곧 스포츠용품 업계의 젊은 지배자로 자리매김했다. 하지만 이 지위는 그에게 자유와 속박을 동시에 안겨주었다. 이후 조던이라는 이름은 빼어난 능력을 나타내는 대명사가 되었다. 하지만 어느 분야의 누구도 농구선수 마이클 조던을 능가하지는 못했다. 이런 관점에서 시카고의 베테랑 스포츠 기자 레이시 뱅크스는 '조던의 능력을 뛰어넘는 건 그의 자신감뿐'이라고 언급한 바 있다.

과거에 프로농구는 '다 큰 어른들이 속옷 같은 것을 입고 설쳐대는 스포츠'라고 폄하 당하기 일쑤였다. 그러나 조던의 '비상'과 더불어 한 단계 위로 올라설 수 있었다. 또 처음에는 크게 두드러져 보이지 않았지만 조던이 등장하면서 스포츠 세계에는 서서히 '멋'이라는 요소가 생겨났다. 곧이어 미국 텔레비전 방송의 영향력이 정점에 이르자 그는 전 세계 시청자들의 마음을 빼앗았다. 1991년에 그를 주제로 제작된 게토레이 광고 음악은 공개되자마자 순식간에 청소년들의 주기도문이자 어디서든 흘러나오는 배경음악이 되었다. 'Sometimes I dream that he is me. You've got to see that's how I dream to be…… If I could be like Mike……(나는 가끔 이런 꿈을 꿔. 바로 그 사람이 되는 꿈. 다들 내 꿈이 뭔지 들어봐…… 정말 마이크처럼 된다면 얼마나 좋을까……)'

대중문화와 기술의 결합은 조던을 스포츠계와 세계 소비 시장을 지배하는 신처럼 비교 불가능한 위치에 올려놓았다. 세상 사람들은 그의 놀라운 활약에 열광했다. 한때 그를 노스캐롤라이나 대학교(University of North Carolina, 이하 UNC) 농구부의 일개 선수 정도로 치부했던 농구 전문 기고가 아트 챈스키는 나중에 시카고를 방문한 뒤 경탄을 금치 못했다.

"저는 시카고 스타디움을 가보고 정말 놀랐습니다. 마이클은 코트를 오갈 때 주로 골대 뒤편의 통로를 이용했는데, 그 근처를 지나기만 해도 사람들 반응이 굉장하더군요. 누구랄 것도 없이 모든 이들이 열광했죠. 경기 시작할 때부터 그런 자리에 앉으려면 꽤 큰돈이 들어요. 그런데 다들 몇 발자국 앞에서 마이클을 보려고 그 자리를 원하더라고요. 표정을 보니 다들 무슨 구세주라도 만난 것 같은 얼굴이었어요. 경기가 끝나고 탈의실에서는 기자들이 마이클 앞에 발 디딜 틈도 없이 모여들었고요."

구세주, 실로 그러했다. 조던을 향한 숭배는 해가 갈수록 심해져서 시카고 불스의 홍보부장이었던 팀 핼럼은 그를 예수라고 부르기 시작했다. 때때로 핼럼은 홍보부 직원들에게 이렇게 묻곤 했다.

"자네, 오늘 예수님을 만나 뵈었나?"

조던이 그만한 선수로 발전하기까지는 분명히 행운이 뒤따랐다. 과거 NBA에서 활약했던 랄프 샘슨은 대학 시절에 조던과 올해의 선수 타이틀을 두고 다투던 경쟁자로서, 이후 수년간 오랜 적수의 성장을 유심히 지켜봤다. 샘슨도 인정했듯이 사실 조던은 뛰어난 신체 조건과 견줄 데 없는 성실성을 모두 갖추고 있었다. 하지만 그가 이룬 성공에서 운이 차지하는 비중을 간과할 수는 없다. 선수 시절에 최고의 감독과 코치들, 훌륭한 동료 선수들과 함께하는 축복을 누렸기 때문이다.

"마이클은 열심히 시합에 임했고, 몸에 익지 않은 기술이 있으면 최고 수준으로 끌어올리려고 늘 노력했어요. 그리고 무엇보다 마이클은 좋은 팀에 있었고 전반적인 여건이 괜찮은 편이었죠. 선수들의 재능을 잘 알아보는 좋은 코치들이 있어서 마이클을 중심으로 팀을 유기적으로 잘 짜줬으니까요. 그래서 저는 그런 여러 가지 조합 덕분에 지금의 마이클이 있다고 생각합니다."

샘슨이 2012년도 농구 명예의 전당에 이름을 올리기 전날 인터뷰에서 한 말이었다.

물론 누구도 마이클 조던의 삶을 만든 놀라운 사건들을 당사자만큼 잘 알지는 못할 것이다. 나이 오십에 이른 그는 과거를 회상하며 의미심장한 한마디를 던졌다.

"무엇보다 중요한 건 타이밍입니다."

그러나 타이밍과 행운은 조던 신화를 만든 밑바탕에 불과하다. 스포츠 심리학자 조지 멈포드는 만 서른둘이라는 나이에도 훈련 중에 무지막지한 에너지를 쏟아내던 조던을 보고 할 말을 잃었다. 불스 구단에 고용되기 전에 조던의 왕성한 욕구나 잠을 거의 자지 않는 특성 등을 이미 전해 들었던 멈포드는 이 팀의 슈퍼스타가 혹시 조울증에 걸리지는 않았는지 의심하기 시작했다. 멈포드는 당시 훈련 광경을 떠올리며 이렇게 말했다.

"마이클은 한시도 가만히 있질 않았어요. 넘치는 에너지를 주체하지 못해서 사방에 뿌려댔지요. 저는 마이클이 그 상태를 계속 유지하지 못할 거라 생각했습니다."

그가 기억하기로 조던의 반응은 분명히 조증에 가까웠다. 조울증에 걸리면 기분이 극단적으로 들뜨는 기간과 심하게 가라앉는 기간이 번갈아 나타난다. 멈포드는 이후 몇 주간 조던에게서 우울증의 조짐이 나타나는지 자세히 관찰했다. 그러나 한참을 지켜본 뒤 극히 활동적이고 과하다 싶을 만큼 경쟁적인 심리가 조던의 평소 상태임을 깨달았다. 매사추세츠 대학 시절에 농구부 활동을 하며 줄리어스 어빙과 기숙사에서 같은 방을 썼던 멈포드는 우수한 운동선수들을 관찰할 기회가 많았다. 그런 그는 조던이 그들과는 완전히 다른 부류라고 결론지었다. 다른 선수들은 육체적, 정신적인 능력이 최고로 발휘되는 '무아의 경지'에 도달하기 위해 엄청나게 노력하는 반면에 조던은 그 경지에 쉽게 접근할 수 있었다. 멈포드는 그 점을 다음과 같이 분석했다.

"마이클은 동기부여를 할 만한 목표를 찾으면 늘 그런 상태가 될 수 있었어요. 선수들은 그 영역에 도달하는 횟수가 늘어날수록 상태를 유지하는 시간 역시 길어지길 바라지요. 하지만 그걸 지속할 수 있는 사람은 거의 없습니다. 자기 능력을 최대한 끌어내고 계속 집중하는 그런 상태를 줄곧 지탱한다는 건 초인이나 다름없어요. 한마디로 마이클은 딴 세상에서 온 사람 같다고나 할까요?"

시합 중에는 또 어땠을까? 멈포드는 이렇게 말했다.

"마치 태풍의 눈 같았습니다. 주변 상황이 정신없이 돌아갈수록 점점 더 침착해졌거든요."

조던은 프로선수가 된 후 그 능력을 팀 스포츠라는 틀 안에서 어떻게 활용할 수 있을지 늘 고민했다. 그는 무엇보다 승자가 되고 싶어 했다. 처음 관중의 시선을 끈 것은 화려한 '에어쇼'였지만, 그 쇼를 유지한 힘은 그의 넘쳐나는 승부욕이었다. 이후 사람들의 관심은 조던에게 무한한 추진력이 되었고, 이윽고 그는 자신과 맞닥뜨린 모든 상대를 시험하기에 이르렀다. 조던은 사랑하는 연인과 친구들의 신의를 시험했고, 팀 지도부와 동료들이 자신만큼 단단히 정신무장을 했는지도 시험했다. 시간이 갈수록 그는 더 많은 이를 시험에 들게 했다. 이런 부분에서 가혹하기로는 따라올 사람이 없었다. UNC 농구부 선배이자 동료였던 제임스 워디는 그런 조던을 '깡패 같은 놈'이라고 묘사했다.

실제로 조던도 1998년에 인터뷰에서 그 점을 인정하며 이렇게 말했다.

"제가 남들한텐 좀 힘든 사람일 수 있어요."

사실 그가 가장 많이 시험한 대상은 자기 자신이었다. 그는 경쟁으로 가득했던 생애 초반에 자신의 비밀을 알아냈다. 스스로 강한 압박을 가할수록 더 큰 능력이 나타난다는 특성이었다. 이후 그 깨달음은 어마어마하게 복잡한 결과를 낳았다.

시카고 불스에서 전술을 담당하며 역대 어느 코치보다도 조던과 오랜 시간을 함께한 텍스 윈터는 60년간 농구계에 몸담으면서 그토록 난해한 인물은 처음 봤다고 한다. 그는 조던과의 동반자 관계가 끝나갈 무렵 이런 말을 했다.

"마이클의 성격은 진짜 한번 연구해볼 가치가 있어요. 녀석이 지금처럼 까다로워진 데는 많은 이유가 있겠지만, 이 머리로 그걸 단박에 이해하기는 어렵겠죠. 물론 내 나름대로는 그놈을 잘 분석했다고 봅니다만, 여러모로 신기한 녀석인 건 분명합니다. 그건 앞으로도 변함없을 거고, 아마 마이클도 본인 성격을 다 이해하진 못할 거요."

2009년에 농구팬들은 조던의 유별난 면모를 알게 되었다. 그는 농구 명예의 전당 헌액식 연설에서 선수 시절에 만난 주요 인물들을 혹평하여 잡음을 빚었다. 그중에는 대학 시절 은사였던 딘 스미스도 있었다. 선수 시절의 동료들과 방송해설자들, 팬들은 그 연설이 끝난 뒤 놀라움과 실망감을 드러냈다. 그는 우리가 그 옛날 완벽한 인간으로 상상했던 마이클 조던이 아니었다.

그동안 우리는 그를 잘 안다고 생각했다. 하지만 전혀 그렇지 않았다.

# 제 1 부

# 케이프 피어

# 제1장

# 홀리 셸터

1963년 2월, 도로변 하수구에서 김이 피어오르는 추운 일요일이었다. 브루클린의 컴벌랜드 병원에서 훗날 '농구의 신'으로 불릴 사내아이가 코피를 쏟으며 태어났다. 그곳은 농구 전문가인 하워드 가핑클이 자주 언급한 대로 NBA 선수였던 버나드 킹과 앨버트 킹 형제의 출생지이기도 했다. 그 덕분에 컴벌랜드 병원은 스포츠 스타들을 유독 사랑하는 브루클린 지역의 명소가 되었다.

출생부터 조금 독특했지만, 사실 조던의 생애를 비범하게 이끈 최초의 원동력은 더 먼 옛날에 다른 지역에서 시작되었다. 20세기가 막 시작되기 전, 노스캐롤라이나주의 코스털 플레인(대서양 연안평야)에서 그의 증조할아버지가 태어나면서부터다.

그 시절에는 죽음이 사방에 널려 있었다. 죽음은 아침마다 강을 거슬러 올라 짠 내 나는 공기 중에 고개를 들이밀었다. 갈매기 떼가 귀신처럼 울어대던 작은 판자촌에서 사람들은 목숨을 부지하기도 힘겨웠다. 야밤에 몰래 나르던 밀주가 소리 없이 흐르고 나무줄기를 뒤덮은 잿빛 이끼처럼 불가사의가 도사린 침엽수림, 그 숲과 습지 사이로 검은 강이 굽이도는 강변의 허름한 판잣집이 마이클 조던의 생애를 다룬 이야기가 시작되는 지점이다.

때는 1891년, 남북전쟁이라는 거대한 폭력과 혼란으로부터 스물여섯 해가 지난 여름이었다. 펜더 카운티의 홀리 셸터는 대서양 연안에 붙은 작은 강변 마을로 윌밍턴시에서 북서쪽으로 약 48킬로미터, 조던의 먼 조상들처럼 케이프 피어강 지류를 따라 뗏목을 탄다면 약 64킬로미터 떨어진 곳이다. 홀리 셸터라는 이름은 미국 독립전쟁 시기에 군인들이 그 지방의 호랑가시나무(holly) 숲에 몸을 숨기고 겨울밤을 보낸 데서 유래한 듯하다. 노예 제도 시절에는 늪지대로 둘러싸인 그곳을 탈주 노예들이 피신처(shelter)로 삼았다. 추측하기로는 당시 근처의 대농장 중 한 곳을 조던이라는 조지아주 출신의 백인 전도사가 소유했던 것 같다. 이후 노예 해방으로 자유로워진 흑인들은 자연스레 홀리 셸터로 모여들었다.

"우리 조상들은 늪지대에 터를 잡았죠. 홀리 셸터는 온통 늪투성이었어요."

조던의 먼 친척인 월터 배너먼의 말이다.

힘겨웠던 시절의 기억은 달리 쉴 곳 없는 그 땅에 그처럼 의미 없는 이름을 붙여주었다.

쉴 곳 없는 삶, 그것은 당시 태어난 한 사내의 운명이었다.

그는 1891년 6월 말, 연안 지대 지역민의 삶을 위협했던 폭풍우가 지난 뒤 늘 찾아오는 무더위 속에 태어났다. 보통 홀리 셸터 같은 빈민가에서는 사산율과 영유아 사망률이 매우 높아서 아이를 낳아도 며칠, 심지어는 몇 주가 지나서야 이름을 붙이는 집이 많았다. 하지만 이 사내아이는 유달리 활기찼고, 실신한 엄마가 놀라서 깰 만큼 울음소리가 우렁찼다.

그즈음 노스캐롤라이나주에는 후세에 오래도록 악영향을 미칠 흑인 차별법과 백인 우월주의 정지 세력이 마수를 뻗치고 있었다. 이후 흑인을 향한 학대가 일상화된 세상에서 마이클 조던의 증조부는 극심한 가난과 차별을 겪게 된다. 그러나 당시 사람들에게 더 무서웠던 것은 고향 땅의 사랑하는 가족과 친구들은 물론 갓 태어난 아이부터 청년과 노인 가리지 않고 무참히 앗아간 죽음이었다.

세상에 막 발을 들인 아기 앞에는 이 모든 악운이 놓여 있었다.

그가 태어난 날, 스물한 살에 엄마가 된 샬럿 핸드는 눈앞이 막막했다. 아이 아빠는 딕 조던이라는 남자였지만, 두 사람은 정식 부부가 아니었다. 당시 노예 출신이 많았던 판자촌에서는 결혼이라는 개념이 무척 생소했다. 노스캐롤라이나주가 과거부터 줄곧 법으로 노예들의 혼인을 금지하고 대다수 권리를 박탈했기 때문이다. 이 지역의 법률은 악랄하기로 유명해서 한때는 노예 소유주가 반항기 있는 젊은 남자 노예를 합법적으로 거세할 수도 있었다.

앞날이 불투명했던 시대에 어린 도슨 핸드가 기댈 것은 어머니의 사랑뿐이었다. 그는 샬럿의 유일한 자식으로, 두 사람은 이후 수년간 서로를 의지하며 살았다. 샬럿은 출산 후에 본가로 돌아가 형제들 집을 전전하며 아들을 키웠다. 그리하여 처음 20년간 그의 이름은 대다수 공문서에 도슨 핸드로 기록되었다. 샬럿의 형제자매들은 두 모자와 함께 사는 것을 반겼다. 그러나 아이는 자라면서 자신과 외가 사람들이 크게 다르다는 것을 알게 되었다.

핸드 가문은 가족 대부분이 백인이나 인디언이라 해도 믿을 만큼 피부색이 밝았다. 반면에 조던 가문의 피부는 짙은 흑갈색이었다. 훗날 핸드가(家) 사람들은 모든 일가친척 중에서 오직 한 사람만 살색이 검었다고 기억했다. 그 시절에는 경제 사정이 좋았던 흑인들이 드물게나마 노예를 부리기도 했는데, 피부가 흰 편인 핸드가는 펜더 카운티에서 노예를 쓰는 흑인 집안으로 유명했다. 그래서 도슨은 이름 때문에 핸드가의 노예로 오해받을 때마다 가족 관계를 밝혀야 했다. 이러한 사정으로 미루어보면 왜 그가 청소년기에 아버지 이름을 따라서 일부 기록 자료에 도슨 조던이라는 이름을 남겼는지 대강 짐작이 간다.

청년이 된 도슨의 외모는 조각처럼 반듯하게 생긴 증손자와 전혀 달랐다. 일설에 의하면 키가 165센티미터 정도에 땅딸막한 체구였다고 한다. 게다가 절름발이여서 늘 한쪽 다리를 질질 끌며 걸었다.

그러나 통뼈로 소문난 증손자처럼 도슨도 힘이 셌다. 겁 없고 강인한 성격도 똑 닮아서 그 역시 젊은 시절에 놀라운 일들을 해냈고, 고향에서는 수십 년간 전설의 주인공으로 사람들 입에 오르내렸다. 물론 더욱 중요한 점은 도슨이 후대 사람들은 상상조차 할 수 없는 끔찍한 고난 앞에 굴복하거나 꺾이지 않았다는 사실일 것이다.

도슨의 험난한 인생사에만 주목하면 그 유명한 증손자의 성격에 크게 영향을 미친 요소를 못 보고 지나치기 쉽다. 바로 마이클 조던이 한창 성장할 무렵에 이 가문의 4대가 한데 모여 살았다는 사실이다. 이것은 과거 미국에서 흑인 남성들이 다양한 사회문제로 쉽게 목숨을 잃었다는 점에서 정말 대단한 업적이라 하겠다.

어린 마이클 조던에게 '다슨'으로 불렸던 증조할아버지는 권위의 상징이나 다름없었다. 조던 가문은 노스캐롤라이나주의 티치라는 농촌에서 약 10년을 함께 살았다. 도슨은 자동차와 4차선 고속도로 시대가 열린 뒤에도 고집스레 노새가 끄는 수레를 타고 다녔다. 또 노년에 이르러서도 늦은 밤에 조용히 밀주를 운반할 수 있게 노새 발에 천을 두르고 수레바퀴 축에 기름을 듬뿍 발라두곤 했다. 낮이면 증손주들은 수레에 올라타 시내 구경을 나서거나 도슨이 기르던 돼지들을 괴롭히며 놀았다. 그런 나날이 1977년에 그가 죽기 전, 정확히는 마이클 조던의 14세 생일 바로 다음 날까지 계속되었다.

그때 아이들은 이해하지 못했지만 노새와 돼지, 아니 증조부에 대한 그들의 모든 기억은 그가 한평생을 훌륭하게 살았다는 증거였다. 훗날 마이클 조던이 밝혔듯이 도슨은 자신의 과거나 그런 동물들을 기르게 된 사연 따위를 늘어놓는 사람이 아니었다. 그렇지만 세월이 한참 지나서도 조던은 증조할아버지 이야기에 눈시울을 붉혔다.

"우리 증조할아버지는 강한 분이었어요. 아주 굳세셨죠. 정말 그런 분은 또 없을 거예요."

## 강

이른 아침에 홀리 셸터의 노스이스트 케이프 피어 강변을 따라 걸으면 도슨 조던이 살던 시절의 정취를 미약하게나마 느낄 수 있다. 현재 그 지역 대부분이 야생동식물 보호구역으로 지정되어 있으나 햇살은 그 시절과 다르지 않다. 강렬하고 눈부신 빛은 매일 수면 위를 춤추듯 반짝이고 드문드문 긴 아침 안개만이 광채를 부옇게 흩뜨린다. 습지와 개울로 둘러싸인 내륙 쪽으로 발길을 돌리면 한때 왕솔나무

군락이 태곳적 모습 그대로 커다란 그림자를 드리웠던 고요한 숲에서 위안을 찾을 수도 있다.

도슨 조던은 그곳에서 젊은 시절을 보냈다. 그는 숲의 진흙 구덩이를 헤치고 다니며 얼마 남지 않은 거대한 왕솔나무를 쓰러뜨리고, 통나무 다발로 뗏목을 만든 뒤 강에 띄워 윌밍턴 각지의 조선소로 내려 보내는 뗏몰이꾼이었다. 이 일은 웬만큼 용기가 없으면 엄두도 낼 수가 없었다.

도슨은 왕솔나무 숲이 사라지고 트럭 산업이 등장하여 강변의 옛 생활방식이 서서히 자취를 감추던 20세기 초에 어른이 되었다. 그의 청년기를 채운 것은 유서 깊은 강과 삶을 의지할 수 있는 삼림이었다. 그는 야생동물을 직접 사냥하고 손질하여 요리하는 데 능했다. 수십 년 뒤 노년에 이르러서는 강 부근의 사냥꾼 별장에서 일하며 사냥 클럽 회원들이 잡은 짐승들을 요리해주기도 했다.

그는 아홉 살부터 노동을 시작했다. 당시 인구 조사원들에게는 자신이 열한 살이고 밭에서 일할 만큼 컸다고 거짓말을 했다. 도슨은 이미 그 나이에 글을 읽고 쓸 줄 알았는데, 이는 근처에 유색인 학교가 있었기 때문이다. 교실 한 칸으로 이뤄진 학교는 한 학년 교육 과정이 4개월에 불과했으나 그나마도 수업이 번번이 중단되어 아이들은 그사이에 밭이나 가까운 제재소로 일하러 나가곤 했다. 도슨의 손자뻘 되는 친척으로 펜더 카운티에 살았던 모리스 유진 조던은 부모님으로부터 '그 시절에 제재소에서 지붕널 만드는 일이 너무 힘들었다.'는 말을 자주 들었다고 했다. 당시 학생들은 작은 학교에서 난로를 관리하고 장작까지 손수 마련했다고 한다. 좀 더 좋은 학교에 다닌 백인 아이들도 사정이 크게 다르지는 않았다.

20세기에 접어들고도 몇십 년간 사람들은 전기를 쓰지 못했다. 상하수도 시설과 포장도로 역시 거의 없는 상태였다. 당연한 말이지만 중산층도 거의 존재하지 않았다. 이 말인즉슨 흑인, 백인 할 것 없이 거의 모든 성인 남성이 소작농이자 육체노동자로서 몇 안 되는 지주들을 위해 농사를 지으며 근근이 가족을 부양했다는 뜻이다.

1922년에 노스캐롤라이나 농업 이사회가 농가 1,000여 세대를 대상으로 조사한 자료를 보면 농지와 종자 등을 빌려 농사를 짓고 생산량의 반 이상을 지주에게 돌려주던 물납 소작농들은 장시간 일하고도 하루에 많아야 30센트(한화로 약 300원), 적을 때는 10센트도 채 못 번 것으로 나타났다. 게다가 소작농 대다수가 직접 식량 작물을 기를 수단이 없어 음식을 사 먹으려고 돈을 빌리는 경우도 많았다. 토지를 소유하지 못한 4만 5,000여 농가는 배관시설 없이 방 한두 칸으로 이뤄진 좁은 판잣집에서 금이 가고 구멍 난 벽과 천장을 신문지로 가린 채 살았다. 집 밖에 따로 변소가 있는 집은 전체 소작 농가의 3분의 1에 불과했다.

이처럼 비위생적인 거주 환경을 보면 왜 그렇게 질병 발생률과 영유아 사망률이 높았는지를 알 수 있다. 당시 보고서에는 흑인 인구의 사망률이 백인보다 두 배 이상 높았다고 기록되어 있다.

샬럿 핸드와 도슨은 그토록 암울한 환경에서 핸드 가문의 도움으로 그럭저럭 먹고살 수 있었다. 그러면서 도슨은 강변에서 벌목 일을 하던 외가 친척에게 뗏목이를 배운 것 같다. 핸드가와 지역 주민들 사이에서 전해지는 이야기로는 도슨이 어릴 때부터 그 일에 아주 뛰어난 재능을 보였다고 한다. 사실 커다란 뗏목을 엮어 폭풍과 해일, 밀물과 썰물이 수시로 드나드는 험한 강줄기를 타고 다니기란 여간 어려운 일이 아니었다. 굴곡이 심한 강에서 밧줄로 이은 뗏목 세 척을 조종하려면 엄청난 체력을 요구했다. 그러나 도슨은 수세가 험하면 험할수록 그 시절의 주요 무역로였던 이 강을 더욱 즐기며 탔던 모양이다.

젊은 도슨은 친척인 갤러웨이 조던과 함께 일했는데 갤러웨이 역시 한쪽 발을 절었다. 모리스 유진 조던은 옛날에 아버지인 델마 조던에게 두 사람에 대한 이야기를 들었다고 한다.

"전해 듣기로는 그분이 뗏목 조종을 기가 막히게 잘했대요. 갤러웨이 조던이란 분은 도슨 할아버지처럼 한쪽 다리가 안 좋았고요. 두 분은 친분이 아주 두터웠다더군요."

그가 말하기로 노스이스트 케이프 피어강은 밀물과 썰물의 영향을 받는 감조 하천이어서 다른 강들보다 떼몰이를 하기가 어려웠다고 한다.

"거기서 뗏목을 몰려면 바닷물이 들어오고 빠지는 걸 유심히 살펴야 했죠. 바닷물이 달의 순환 주기에 따라서 들락날락했으니까요. 밀물 때는 그냥 물길을 따라 내려가면 그만이에요. 반대로 수면이 낮아지는 썰물 때는 뗏목을 나무에 매어놓고 다시 물이 찰 때까지 기다려야 했고요. 도슨 할아버지는 냄비랑 음식 재료를 싸 들고 다녔대요. 썰물 때는 뗏목을 묶어두고 어디 동산 같은 데 올라가서 음식을 만들어 드셨죠."

아마 그 기다림은 몇 시간 정도 걸렸으리라.

식민지 시대부터 계속된 떼몰이는 전직 노예, 전문 뗏목꾼, 거친 부랑아들이나 감당할 수 있는 춥고도 위험한 일이었다. 강에서 일하던 이들은 사회에서 가장 낮은 계급을 차지했고, 벌이도 하루에 겨우 몇 센트밖에 되지 않아서 당시에 처지가 가장 미천했던 물납 소작농과 다를 바가 없었다. 그런데도 도슨은 강에서 자유롭게 일하기를 즐겼던 것 같다. 인구조사 기록에는 그가 누구에게도 고용되지 않고 '자영 노동자'로 활동했다고 나온다. 매력적인 항구도시 윌밍턴에 정기적으로 들른다는 것은 이 직업의 장점이었다. 당시에 윌밍턴은 세계 각지에서 모인 배와 선원들로 붐볐고 술집과 사창가가 즐비했다.

지금부터 한 세기 전, 도슨 조던은 투명하고 차가운 밤공기를 맞으며 고요한 강 위를 떠가는 뗏목에 앉아 별을 바라보았다. 아마 젊은 시절 그에게는 맑은 하늘 아래 강에서 보냈던 그 밤만이 자신을 짓누르는 세상에서 벗어날 유일한 시간이었으리라. 어쩌면 그때가 그에게는 더할 나위 없이 행복한 순간이었을지도 모른다.

수십 년 뒤에 그의 증손자는 '온갖 말썽과 좌절로 가득한 세상에서 벗어나 자유와 안식, 평화를 느낄 수 있는 곳은 오직 농구장뿐'이라고 말했다. 도슨과 마이클 조던은 거의 한 세기의 시차를 두고 각자의 시대에서 차지한 위치나 상황이 크게 달랐다. 그러나 증손자가 느낀 짧고도 달콤한 위안, 그것만큼은 잔인하리만치 힘겨운 나날을 보내던 도슨에게도 한순간 똑같이 느껴졌을 것이다.

## 클레멘타인

지구상에서 가장 세련되고 매력적인 여성들 가운데서 제 짝을 고른 증손자와 다르게, 키 작은 절름발이 도슨은 어머니와 단둘이 노스캐롤라이나 작은 변두리 동네의 숲과 강에서 위험한 나날을 보냈다. 그는 홀리 셸터에서 늙은 소작농을 만나 행복을 되찾은 어머니를 보며 남녀의 사랑이 무엇인지 조금씩 알게 되었다. 샬럿 핸드보다 스무 살이 많았던 아이작 켈리언은 두 사람이 결혼식을 올린 1913년 5월에 이미 예순 살을 훌쩍 넘긴 상태였다. 그러나 그들의 행복한 모습은 도슨이 새로운 미래를 그리는 데 큰 자극이 되었다.

얼마 후, 고된 생활을 이어가는 와중에 도슨은 클레멘타인 번스라는 여인의 마음을 얻었다. 필시 그녀의 이름은 1884년에 크게 인기를 끈 「오 마이 달링 클레멘타인」이라는 노래에서 영향을 받았을 것이다. 일명 클레머로 불렸던 그녀는 도슨보다 한 살 연상으로 홀리 셸터에 부모님과 일곱 동생이 함께 살고 있었다. 당시 그녀가 바라던 앞날은 도슨의 생각과 크게 다르지 않았을 것이다. 두 사람의 교제는 여느 연인과 마찬가지로 수줍은 대화에서 점차 대담한 행동으로 발전했다. 도슨은 곧 사랑에 빠졌고, 감정이 풍부한 조던 가문 사람에게 사랑은 결코 가벼운 것이 아니었다.

두 사람은 1914년 1월 말에 부부의 예를 갖추고 함께 살기 시작했다. 8개월 뒤에 클레머는 도슨에게 임신 소식을 알렸고, 1915년 4월에 그들의 작은 판잣집에서 건강한 사내아이를 낳았다. 윌리엄 에드워드 조던으로 이름 붙인 아들을 보며 도슨은 더없이 행복했다.

하지만 행복은 오래가지 않았다.

불길한 징조는 출산 직후 식은땀과 비뇨기 통증으로 나타났다. 곧이어 클레머는 기침과 함께 피를 토하기 시작했다. 가장 눈에 띄는 증상은 뼈와 힘줄에 작고 둥근 혹이 붙어서 생긴 결핵 결절이었다.

"결핵은 흑인들이 가장 많이 걸리는 병이었어요. 그 시절엔 그 병에 걸리면 할 수 있는 일이 거의 없었죠."

모리스 유진 조던의 설명이다.

결핵은 공기로 전파되기에 전염성이 높다. 당시에 노스캐롤라이나는 미국 남부에서 흑인 전용 요양원을 갖춘 몇 안 되는 주에 속했지만, 그런 민간 시설은 침대 수가 겨우 열 개를 넘을까 말까 할뿐더러 이용료가 터무니없이 비쌌다. 그 외에 결핵 환자 가족들에게 남은 유일한 선택지는 집 밖에 하얀 천막이나 가건물을 세우고 병이 옮지 않길 바라면서 병자를 가족 곁에 두는 것뿐이었다. 그 뒤로는 사랑하는 이가 떠나기까지 짧게는 몇 달, 길게는 몇 년에 걸쳐 고통스러운 시간이 이어졌다. 클레머는 결핵 초기 단계에 의사를 만나봤지만 1916년 4월 어느 날 아침, 아들의 첫 번째 생일이 얼마 지나지 않아서 눈을 감고 말았다.

그 시절에는 어린 자식을 버리는 홀아비들이 적지 않았다. 도슨 입장에서는 클레머의 가족에게 아이를 맡기는 편이 더 편했을지도 모른다. 분명히 그도 그럴 수 있는 상황이었다. 수많은 배가 드나드는 항구도시 윌밍턴에서는 선박 요리사로 일할 기회가 차고 넘쳤다. 그러나 도슨의 생애가 기록된 공식 자료를 보면, 그가 어머니를 무척이나 사랑했고 걸음마를 막 시작한 아들 역시 그만큼 사랑했음을 알 수 있다. 그 감정은 곧 행동으로 우러나왔고, 기필코 가족을 만들겠다는 의지는 마이클 조던까지 이어지는 가문의 역사에서 크고 강한 뼈대를 이루었다.

몇 개월 뒤 도슨은 40대 후반에 접어든 어머니가 신장병으로 죽어간다는 소식에 또다시 충격에 빠졌다. 코스틸 플레인에서 죽음은 흔한 일이었지만, 1917~1918년에는 특히 스페인 독감 때문에 펜더 카운티의 사망률이 평소의 두세 배, 최종적으로는 네 배까지 올랐다. 도슨은 외가 식구들, 함께 일하던 동료들, 사랑하던 이들이 사망자 명부의 숫자로 사라지는 모습을 목격했다. 1917년 9월부터 11월까지,

90일간 노스캐롤라이나주에서 스페인 독감으로 죽은 사람은 1만 3,000명이 넘었다.

아이작 켈리언과 함께 살던 어머니는 신장병이 깊어지자 도슨의 집으로 거처를 옮겼다. 그녀의 병세가 악화되어 어린 아들을 돌볼 사람이 없게 되자, 도슨은 어린 딸이 있는 젊은 과부에게 방을 하나 내주고 샬럿과 아이를 돌보게 했다. 그런 와중에 아이작 켈리언이 갑자기 세상을 떠났다. 그를 땅에 묻고 3개월 후 도슨의 어머니 역시 유명을 달리했다.

도슨은 어머니 샬럿 핸드 켈리언을 홀리 셸터의 배너먼 브리지 로드 근처 강가에 묻었다. 늘 가족을 원했던 소년은 다시 혼자나 다름없었다. 그의 곁에는 발치에서 아장거리는 어린아이가 있을 뿐이었다. 이후로 이들 부자는 작은 해안 마을 이곳저곳을 전전하며 함께 가난을 이겨내려고 부단히 노력했다.

공식 기록상으로는 두 부자가 평생 뚜렷한 업적을 남기지 못한 것으로 묘사되어 있지만 시간이 지나면서 그들의 삶은 다음 세대에 막대한 영향력을 미치게 된다. 그렇게 두 사람이 가문의 기반을 다지는 사이 케이프 피어의 안개 속에는 음험하고 악몽 같은 기운이 스며들고 있었다.

# 제 2 장

# 피로 물든 윌밍턴

마이클 조던은 종종 길을 따라 지난날의 발자취를 더듬곤 한다. 시골길을 달려 케이프 피어 해안 지역에서 쌓은 어린 날의 추억까지 거꾸로 짚어가는 것이다. UNC가 있는 채플 힐에서 주간(州間) 고속도로 제30호선을 타고 동쪽으로 향하면 피드먼트 고원에서 코스털 플레인으로 길이 이어진다. 그리고 탁 트인 벌판 위로 키 작은 소나무 숲과 낡은 헛간이 드문드문 보인다. 곧이어 티치 마을의 표지판이 보이고 월러스를 지나서 버고와 홀리 셸터 순으로, 수년 전 조던 가족이 처음으로 뿌리를 내렸던 농촌 지역이 하나둘 나타난다.

오늘날 주간 고속도로는 수 마일에 걸친 포장도로와 군데군데 모여 선 주유소, 바비큐 석쇠로 캐롤라이나 지역색을 희미하게 드러낸 프랜차이즈 식당 따위로 케이프 피어 지역의 불안했던 과거를 상당 부분 감추고 있다. 지금은 옛 민주당의 백인 우월주의 운동에 관한 이야기를 어디에서도 찾아보기 어렵지만, 도슨 조던이 젊었을 적에는 인종차별주의가 횡행했다. 이러한 과거의 상처는 그 후 윌밍턴에서 일어난 사건들과 얽혀 마이클 조던의 삶에도 기이한 흔적을 남겼다.

미국 남부의 백인 민주당원들은 남북전쟁 이후 1890년대에 이르러 노스캐롤라이나의 대다수 지역에서 정치적 지배권을 되찾는 데 성공했다. 다만 윌밍턴과 코스털 플레인은 이야기가 달랐는데, 이는 12만 명이 넘는 흑인 남성 유권자들 덕분이었다. 이 지역은 신흥 흑인 상류층과 흑인 신문사, 흑백 통합 경찰, 많은 흑인 사업주들로 인해 흑인 인권의 중심지였던 애틀랜타와 같은 위치로 올라서고 있었다. 백인 민주당원들이 떠올린 해결책은 폭동을 조장하는 것이었다. 윌밍턴에서 인종 폭동이 발발한 1898년 11월 11일, 민주당의 꾐에 동요되어 시위에 나선 백인들은 그동안 민주당을 비판해온 흑인 신문사에 불을 질렀다.

이후 레드셔츠라는 백인 무장 단체가 시위에 가담하면서 총격전이 벌어졌다. 윌밍턴 시립 영안실은 총 사망자가 14명이고, 그중에서 13명이 흑인이라고 보고했다. 그러나 다음 날 사망자 수가 최대 90명에 달한다는 주장이 일었다. 폭력 사태가 확산되면서 겁에 질린 흑인들은 가족과 함께 가까운 늪지대로 피신했다. 그러나 레드셔츠의 추격으로 많은 사람이 죽었고, 피해자들의 유해는 끝내 발견되지 않았다고 한다.

이튿날 조직적으로 계획된 폭동의 제2단계 작전이 시작되었다. 백인들은 교회 목사나 사업가, 정치가 같은 흑인 사회의 중요 인물들을 기차역으로 호송한 뒤 도시에서 영구 추방해버렸다.

이 사건이 백인 우월주의자들의 승리로 끝나면서 이후 수십 년간 인종차별주의가 노스캐롤라이나 전역을 장악하게 된다. 1900년에 주지사로 선출된 찰스 에이콕은 당시 사건의 폭력성이 그대로 반영된 법안을 마련했다. 그는 '흑인이 정치에서 영구히 배제되지 않는 한 이 남부에 사는 어느 인종에게도 발전은 없을 것'이라고 선언했다. 그가 세운 계획의 골자는 읽기와 쓰기 시험을 도입하여 투표 자격을 제한한다는 것이었다. 그 결과 폭동 사건 이전에 12만 명에 달했던 노스캐롤라이나의 흑인 남성 유권자 수는 6,000명 미만으로 급격히 줄어들었다.

그러한 불평등과 폭력이 주 내의 행정 기관에 의해 암암리에 자행되었고, 그 밖의 수많은 단체와 유력가들 역시 흑인들을 위협했다. 1940~50년대에 도슨 조던 일가가 살던 더플린 카운티에는 흑인 유권자가 단 두 명뿐이었다. 그중 하나가 라파엘 칼튼이라는 인물이었다.

물납 소작농의 아들이었던 칼튼은 조던 가족이 더플린에 머물던 시절에 성인이 되었다. 아버지 의견을 따라 학업에 매진한 그는 근처의 쇼 대학교로 진학하여 1940년대에 교사 자격을 취득, 고향으로 돌아와 헌신적인 흑인 교육자 세대로서 한 축을 담당했다. 그는 인종차별이 극에 달한 시기에 열렸던 흑인 교직원 모임을 회상했다. 그날 앞에 서 있던 지방 교육청의 백인 교육감은 흑인 교사들에게 이렇게 말했다.

"너희 깜둥이들은 행동거지를 조심하는 게 좋을 거야."

칼튼은 당시를 회상하며 말했다.

"요즘 사람들은 그 시절에 우리가 얼마나 많은 위협을 받았는지 모를 겁니다. 그야말로 완벽한 협박이었죠. 감히 대들 생각도 할 수가 없었으니까요."

## 인식의 전환

1937년 어느 날, 흑인 전용 대학이었던 더럼시의 노스캐롤라이나 칼리지(나중에 노스캐롤라이나 센트럴 대학교로 개명)에 존 맥렌던이라는 인물이 농구부 감독으로 취임했다. 그는 패배 의식에 젖은 선수들을 보고 큰 충격을 받았다.

"감독으로서 가장 어려웠던 일은 선수들에게 본인들 실력이 뒤떨어지지 않는다는 걸 깨닫게 하는 거였습니다. 하지만 흑인 사회조차도 제 말을 믿지 않고 우리 능력을 낮잡아 보더군요. 다들 백인들이 내세운 편파적인 사고에 찌들어 있었던 겁니다."

그가 옛 일을 떠올리며 한 말이다.

맥렌던의 등장으로 도슨 조던과 같은 해에 탄생하여 마이클 조던의 삶을 뒤바꾼 또 한 가지, 바로 농구가 세상의 주목을 받게 된다. 농구의 시대는 1891년에 조던의 증조부가 태어나고 5개월 뒤, 제임스 네이스미스가 매사추세츠주 스프링필드의 한 체육관 벽에 복숭아 바구니를 걸면서 시작되었다. 그 후 네이스미스는 캔자스 대학교에서 강사로 일하면서 학교 농구부를 지도하다가 훗날 '농구 코칭의 아버지'로 불리는 포그 앨런에게 감독 자리를 넘겼다.

존 맥렌던은 1930년대 초에 캔자스 대학에서 매우 보기 드물었던 흑인 학생이었다. 그는 농구부 활동을 원했으나 포그 앨런의 반대에 부딪혔고, 수영부에서도 퇴짜를 받았다. 무척 암울한 상황이었지만 다행히 네이스미스가 그의 재주를 알아보고 대학 재학 중에 지역 고등학교 농구부를 지도하도록 도와주었다. 1936년에 졸업한 맥렌던은 네이스미스의 도움으로 아이오와 대학교에서 장학금을 받으며 석사 과정을 밟았다. 그리고 1년 만에 대학원 공부를 마치고 노스캐롤라이나 칼리지에서 농구부 감독으로 일하며 노스캐롤라이나주에서 최초로 흑인 교사와 코치들을 위한 체육 지도자 육성 프로그램을 마련했다. 훗날 레이니 고등학교 농구부에서 조던을 가르친 클리프턴 '팝'* 헤링도 이 교육 과정 덕분에 농구 지도자가 될 수 있었다.

초창기의 흑인 대학교 운동부는 심각한 인종차별 풍조 속에서 아주 빠듯한 예산으로 운영되었다. 그러나 흑인에게 공중화장실이나 음수대, 식당과 호텔 이용이 금지되고 원정 시합이 거의 불가능한 상황에서도 그들은 큰 성과를 올렸다. 맥렌던이 설명하기로는 '다른 학교에 원정을 가는 게 마치 지뢰밭을 헤치고 가는 것만 같았다.'고 한다.

이후 몇 년간 그가 팀을 훌륭하게 이끌자 인근 지역의 듀크 대학교에서 얼마후 있을 시합에 이 젊은 감독을 초빙하자는 의견이 나오기도 했다. 듀크대 임직원들이 내건 유일한 조건은 관중이 코치진을 잘 알아보도록 하야 재킷을 입으라는 것이었다.

맥렌던은 그 제안을 정중히 거절했다.

그는 자신과 제자들이 무시당하거나 모욕감을 느낄 만한 상황을 만들지 않겠노라 다짐했다. 분명히 그의 말대로 '누구라도 자기 팀원들 앞에서 자존심이 꺾이는 상황은 원치 않았을 것'이다. 흑인의 능력이 백인에 뒤지지 않음을 일깨우기 위해서는 무엇보다도 그들의 자존심을 지켜야 했다.

돌파구는 제2차 세계대전 발발로 듀크대 의대생들이 군의관 교육을 받던 시기에 마련되었다. 그중에는 농구로 이름을 날리던 학생이 여럿 있었는데, 모두 백인

---

* pop, 아빠를 뜻하는 애칭.

으로 이뤄진 의대 농구부의 승리는 날마다 더럼 지역 신문에 대서특필되었다. 반면에 무패 행진을 계속하던 맥렌던의 팀은 매스컴의 관심을 전혀 받지 못했다. 노스캐롤라이나 칼리지의 농구부 매니저 알렉스 리베라는 차별에 격분하여 두 팀의 대결을 제안했다. 그러나 당시는 백인 우월주의를 옹호하던 비밀 결사 단체 쿠 클럭스 클랜, 일명 KKK단이 흑인과 백인의 혼합 모임을 극렬히 반대하는 분위기였기에, 두 팀은 일요일 오전에 관중과 언론사 없이 '비밀 경기'를 진행하기로 했다. 그날 전반전이 끝났을 때 압박 수비를 펼친 노스캐롤라이나 칼리지는 엘리트 선수들로 구성된 듀크대를 더블 스코어로 앞섰다. 그러자 백인 선수들이 맥렌던에게 다가와 후반에는 두 팀에 흑인과 백인 선수들을 공평하게 섞어서 시합하자고 제안했다.

이것은 맥렌던이 인종주의에 맞서 거둔 위대한 첫 승리로, 그의 제자들에게 큰 깨달음을 안겨주었다. 나중에 맥렌던이 떠나고 오랜 시간이 지난 뒤에도 노스캐롤라이나에서는 흑인 사회와 대학 스포츠계에서 부쩍 인기가 높아진 농구를 통해 그의 영향력을 느낄 수 있었다. 농구계에 혁신을 불러온 그는 신발 회사인 컨버스사의 요청으로 농구 지도자 교실을 열기도 했다. 1991년도에 어떤 인터뷰에서 밝혀졌듯이 과거 공군사관학교 농구부 부코치였던 딘 스미스라는 청년이 그 이름도 유명한 포 코너 오펜스(four corners offense)의 청사진을 그린 것도 다 맥렌던의 강습 덕분이었다.

이후 맥렌던은 그의 친구이자 윈스턴세일럼 주립대 감독이었던 클라렌스 게인즈와 함께 농구계에서 명성을 날리지만, 당시에는 그들 중 누구도 농구가 노스캐롤라이나의 인종 장벽을 깨뜨리는 데 공헌하리라 상상하지 못했다. 또 그때는 아무도 살아생전에 노스캐롤라이나에서 마이클 조던 같은 흑인 운동선수를 포용하고 환영하는 모습을 상상하지 못했다.

그리고 두 감독은 언젠가 제임스 네이스미스의 이름을 딴 농구 명예의 전당에 자신들의 이름이 오른다는 것 역시 알지 못했다.

## 옥수수

좋은 타이밍 덕을 크게 본 증손자와 다르게 도슨 조던은 기나긴 생애를 살면서 그런 운과 기회를 만난 적이 없었다. 그는 스물여덟 살이 될 즈음 크나큰 상실의 고통을 겪었을 뿐 아니라 직업까지 바꿔야 하는 처지에 놓였다. 트럭 운송업이 등장하면서 통나무 떼몰이가 사라진 탓이었다. 도슨은 제재소에서 일하는 짬짬이 당시 사회에서 가장 미천한 신분이자 미국 남부 인구의 다수를 차지했던 물납 소작농으로 일했다.

빌린 땅에서 농사를 짓고 살아남는 데 가장 필요한 것은 노새였다. 도슨의 친척인 윌리엄 헨리 조던이 이야기하듯 노새는 그 시절에 매우 중요한 동물이었다.

"제가 어릴 적에 노새는 자동차보다도 비쌌어요. 노새가 있으면 어쨌든 먹고는 살 수 있었거든요."

요즘 농부들이 농기계를 사서 쓰듯이 당시 물납 소작농이나 반소작농은 가축판매상에게서 노새를 사거나 사용료를 내고 빌려 썼다. 모리스 유진 조던이 옛 기억을 떠올리며 말했다.

"농부들은 노새 한 마리를 빌려 쓰곤 했는데 작황이 안 좋으면 가축상이 와서 노새를 도로 가져갔어요. 종자나 비료를 빌려준 상인들도 마찬가지였고요. 흉년이 들어서 궁해지면 거기서 벗어나는 데 1~2년은 족히 걸렸답니다."

윌리엄 헨리 조던은 다시 말했다.

"어쩔 수가 없었죠. 다른 선택지는 없었으니까요."

도슨 조던과 그의 아들 같은 빈민에게는 달리 그 상황을 벗어날 길이 없었지만, 두 부자는 어떻게든 끼니를 잇고 살았던 모양이다. 때로는 이른 새벽부터 목장에서 우유를 짜고 소떼를 방목하는 것이 그들의 일이었다. 흉년이 심하게 들면 지주에게 땅만 빌리고 나머지 생산수단은 직접 조달하던 반소작농이 물납 소작농이나 고용농으로 쇠퇴하기도 했다.

"노동력이 다 그런 식으로 공급되던 시대였어요." 윌리엄 헨리 조던이 말을 이었다. "그렇게 가진 것 없는 사람들이 땅 가진 사람들한테서 노새와 종자, 비료 따위를 빌려다 썼죠. 추수가 끝나면 수확에서 절반이나 3분의 1 정도를 가질 수 있었고요. 대개는 아무것도 안 남았지만요."

이런 이유로 많은 농부가 다른 수입원에 눈을 돌리게 되었고, 결과적으로는 밀주 제조가 아주 중요한 생계 수단이 되었다. 사실 코스털 플레인의 농부들은 흑인, 백인 할 것 없이 식민지 시대부터 옥수수 위스키를 직접 만들었다. 대부분 돈이 없어서 손수 술을 빚어 마셨던 것이다. 모리스 유진 조던이 그 점을 언급했다.

"옛날부터 할 수 있는 거라곤 옥수수 술을 만드는 것뿐이었어요. 그래서 밀주가 많이 만들어졌죠. 다들 강과 숲, 습지를 가리지 않고 수질이 좋은 데라면 어디든 증류기를 가져다 놓았구요."

도슨은 밀주업자가 될 생각이 없었던 모양이지만, 오래 지나지 않아서 펜더 카운티 암거래 시장의 유명인사가 되었다. 그쪽 세계에 처음 발을 들인 때는 강에서 통나무를 내려보내던 무렵이었을 것이다. 모리스 유진 조던이 왠지 알 것 같다는 웃음을 지으며 말했다.

"아마 뗏목에 위스키가 잔뜩 실려 있었을걸요. 그땐 아무도 자기들이 뭘 나르는지 시원스레 말하지 못했겠죠."

궁핍한 삶과 고생을 잊는데 옥수수 위스키가 조금은 도움이 되었을 것이다. 술은 기나긴 밤에 꽉꽉한 분위기를 풀고 고지식한 농부들이 가벼운 노름을 즐기게 해주었다. 펜더 카운티의 노동자들이 주사위를 굴리는 데 건 돈은 겨우 몇 센트였다. 같은 도박이라 해도 수십 년 뒤에 마이클 조던이 즐기던 것과 비교하면 그 규모가 참으로 소박했다.

모리스 유진 조던은 이렇게 말했다.

"사실 아무도 노름 밑천으로 걸 만한 게 없던 때였죠. 도박이라기보다는 그냥 주사위만 굴리고 논 셈이에요."

열심히 일하고 열심히 노는 것, 조던 가문 사람들의 성격은 그랬다. 이런 면에서도 도슨은 조던가 사내들 중 가장 앞서 있었다. 때때로 가벼운 일탈에서 즐거움을 찾았던 그는 더디게 흘러가는 캐롤라이나의 밤을 약간의 술과 담배 그리고 아주 소박한 노름으로 보냈다.

## 새로운 세대

1930년대에 성년이 된 도슨의 아들은 윌리엄 에드워드라는 본명보다 메드워드로 더 많이 불렸다. 그의 직업은 조경회사의 화물차 운전사였다. 여전히 아버지의 밭일을 거들어야 했고 회사 봉급이 많지도 않았지만, 작황의 기복이 심한 농사에만 기댈 필요는 없어졌다. 소형 덤프트럭으로 조경 자재를 곳곳에 나르는 일은 메드워드에게 새로운 사회적 지위와 더불어 다양한 사람을 만날 기회를 안겨줬다. 농사만 지으며 소외된 삶을 살던 그로서는 매우 극적인 변화였다. 가족의 증언에 의하면 그는 여자들에게 꽤 인기가 좋았다고 한다.

메드워드는 10대 후반에 외가 쪽 먼 친척인 로자벨 핸드와 교제했다. 그리고 1935년에 그녀와 혼인하여 이듬해 여름에 아들을 얻었다. 훗날 마이클 조던의 아버지가 될 이 아이에게는 제임스 레이먼드 조던이라는 이름이 붙었다.

메드워드 부부는 도슨과 몇십 년을 함께 살면서 단 한 번도 가장인 아버지의 뜻을 거스르지 않았다. 그들은 대가족을 이루고 나중에 마이클 조던과 그 형제들이 유년기를 맞이할 때까지 한데 모여 살았다. 로자벨은 시아버지의 중후함과 비교되는 다정하고 나긋나긋한 목소리로 집안 분위기를 이끌었다. 나이가 쉰에 이른 도슨은 지팡이에 기대어 걸을 때가 많았지만, 그의 말은 조던 가문의 법이나 다름없었다.

대다수 농가가 그렇듯 조던 가문도 늘 재정난에서 벗어나지 못했다. 다만 그 문제를 너무 심각하게 받아들이지는 않았던 것 같다. 어쩌면 이런 성향은 도슨이 젊을 적에 '세상에는 가난보다도 훨씬 더 힘거운 상황이 있음'을 깨달아서일지도 모른다. 그는 재정 문제가 극에 달하자 가난한 물납 소작농과 반소작농들이 택하는 마지막 카드를 꺼내 들었다. 수레에 짐을 싣고 노새를 몰아 그곳을 떠난 것이다.

새로운 출발을 위해서는 그리 멀리 떠날 필요가 없었다. 도슨은 아들과 임신한 며느리, 어린 손자를 데리고 홀리 셸터에서 약 40킬로미터 떨어진 티치라는 농촌에 정착했다. 그렇게 이사 간 지 얼마 지나지 않아서 로자벨은 둘째 아들인 진을 낳았다. 나중에 그녀는 아이 둘을 더 낳고 십여 명에 달하는 손자 손녀들까지 데리고 살게 된다.

진이 태어나고 얼마 후 조던 가문은 메드워드가 번 돈을 모아서 티치 외곽에 위치한 칼리코 베이 로드에 값싼 소형 주택을 마련했다. 작은 침실 세 칸과 옥외 변소가 딸린 평범한 집이었지만, 도슨과 그 식솔에게는 저택이나 다름없었다. 훗날 이 집은 어린 마이클 조던에게 세상의 중심 같은 곳으로 자리매김한다.

오래 지나지 않아서 조던 가문은 칼리코 베이 로드 인근의 땅을 추가로 매입했다. 그리고 메드워드의 화물차 운전과 도슨의 밀주 거래로 재정이 나날이 좋아지는 가운데, 그 지역이 소규모 주거 단지로 지정되기에 이르렀다. 이후 조던 일가는 수십 년이 지나 마이클 조던이 막대한 부를 축적한 뒤에도 처음 사들였던 작은 집에 강한 애착을 보였다.

전에 없던 풍족한 생활만큼이나 도슨과 메드워드의 삶을 크게 바꾼 것은 심성이 곱고 다정한 로자벨이었다. 그녀는 제 자식이나 손주들은 물론이고 메드워드가 바람을 피워 낳은 아이들에게도 넘치는 사랑을 나눠주었다. 일명 '벨 여사'로 불린 조던 가문의 안주인은 그중에서도 특히 장남인 제임스를 아꼈던 모양이다. 실제로 제임스 레이먼드 조던에게는 남다른 구석이 있었다. 항상 밝고 활력이 넘치는 데다가 상당히 영리하기까지 했다. 열 살 때는 밭에서 아버지를 돕겠다며 트랙터를 몰았고 그 기계가 고장 났을 때는 직접 고치는 방법까지 알아냈다. 청년기에는 뛰어난 기계적 지식과 손재주로 온 동네를 놀라게 했다. 제임스는 무뚝뚝했던 아버지 대신 할아버지를 잘 따랐다. 집중력이 매우 뛰어났던 그는 자기 일에 몰입할 때면 혀를 내미는 버릇이 있었다. 집안사람들의 말에 의하면 그 습관은 도슨한테서 배운 것이라고 했다.

아버지와 할아버지 곁에서 줄곧 일을 배우며 자란 제임스는 출생지인 홀리 셸터와 성장기를 보낸 티치에서 두루 친구를 사귀었다. 제임스와 함께 로즈 힐의 채리티 고등학교에 다녔던 모리스 유진 조던은 그의 성격을 이렇게 말했다.

"제임스는 꽤 조용한 편이었죠. 잘 모르는 사람 앞에서 쓸데없는 소릴 늘어놓는 성격이 아니었어요."

하지만 지인들 앞에서, 특히 여자들 앞에서는 아버지 메드워드처럼 마음껏 매력을 발산했다. 엔진 같은 기계 장치와 야구, 자동차를 좋아하는 점은 여느 10대 청소년과 다르지 않았지만, 제임스는 그 모든 것에 특출했다. 그런 이유로 어린 나이에도 차를 곧잘 다뤘던 그는 지인들 사이에서 특별한 사람으로 통했다. 한편 그는 놀기도 무척 좋아해서 보름달이 코스털 플레인을 밝히는 밤이면 그 흥을 어디서 풀어야 하는지도 잘 알았다. 그 지역에서는 흑인들 대다수가 되도록 백인을 피하려 했지만 도슨이나 그 손자인 제임스는 그렇지 않았다.

1950년대는 여전히 흑인들에게 험난한 시대였다. 그러나 제2차 세계대전에 많은 흑인이 참전한 덕분에 미국 내에서 이들에 대한 부정적인 인식이 조금은 완화되었다. 하지만 노스캐롤라이나주는 이후 장기간에 걸쳐 진행된 흑인 시민권 운동에서 알 수 있듯이 여전히 구시대적인 사고방식이 판치는 곳이었다. 1954년, 인디애나주 출신의 백인 청년 딕 네어는 해병대를 제대한 뒤 고향 여자와 결혼하여 월밍턴에 정착했다. 야구를 좋아했던 그는 흑인 친구들과 함께 근처의 월러스라는 지역에서 시합을 벌이곤 했다. 제임스 조던도 야구를 좋아했으므로 어쩌면 그 무렵에 그와 상대 팀으로 맞붙었을 가능성도 있다. 그런데 사실 네어가 그곳에서 오래 야구를 즐기지는 못했다. 어느 날 저녁, 그가 집에 돌아와 보니 정원에 작은 트럭한 대가 서 있었다. KKK단이 흑인들과 어울리지 말라고 경고하러 온 것이었다. 처음에는 그 말을 흘려들었지만, KKK단원들이 다시 집으로 찾아와 다음에는 경고로 끝나지 않는다고 위협했다. 결국 그는 월러스에서 야구하기를 포기했다. 그러나 윌 밍턴에는 계속 머물렀고 세월이 한참 흐른 뒤에 마이클 조던이 속한 유소년 야구 단의 감독이 되었다.

시대 분위기가 그러한 가운데, 도슨 조던과 그 자손들은 아직 먹고 사는 데 급 급한 나머지 앞날을 크게 기대하지 않았다. 다만 제임스 조던이 구시대를 뛰어넘어 더 새롭고 나은 세상으로 나아갈 세대라는 믿음은 있었다.

1950년대 초에는 다가올 새 시대가 어떤 모습이고 어떤 식으로 희망과 상처를 보듬어 안을지 아무도 예상하지 못했다. 만약 조던 일가가 이후에 닥칠 상상도 못 할 사건들을 미리 알았다면 어땠을까? 얼핏 드는 생각으로는 그래도 그들의 성격 상 거침없이 앞으로 나아갔을 것만 같다. 하지만 훗날 가족들이 인터뷰에서 밝혔듯 이 실제로 그 미래가 어떤지 알았다면 오히려 두려워서 달아났을지도 모른다.

제 2 부

# 어린 시절

# 제 3 장

# 가족

증조부인 도슨이 용광로 같은 마이클 조던의 생애에 첫 불씨를 지폈다면, 어머니인 델로리스 피플스는 그 조합에 불같은 추진력을 더했다고 말할 수 있다. 델로리스는 1941년 9월 노스캐롤라이나주의 록키 포인트에서 비교적 넉넉한 집안의 딸로 태어났다. 아버지인 에드워드 피플스는 유머라곤 눈 씻고 찾아봐도 없다고 할 만큼 무뚝뚝한 성격이었으나 포부가 크고 성실하기로 소문난 인물이었다. 좌절감에 젖은 가난한 흑인 농부들, 평생 작업복을 벗을 날이 없던 세대, 실패가 거의 정해진 경제 체제 앞에 무너져버린 이들 사이에서 에드워드 피플스는 보기 드문 성공을 거뒀다.

"델로리스네 아버지는 나도 알아요. 에드워드 아저씨는 소작농이 아니라 농장을 직접 운영하는 분이었죠."

모리스 유진 조던의 말이다. 에드워드 피플스는 정치 문제에 관여하지 않고 경제적 부를 쌓는 데만 집중했다. 당시 더럼 근방에는 보험회사와 은행을 설립한 존 메릭의 주도 아래 이른바 '블랙 월스트리트'가 번창했다. 거기에 비교하면 에드워드 피플스가 이룬 성공은 별것 아니지만, 아무튼 옛 자료상으로는 그가 돈 버는 데 끝없는 관심을 보였다고 한다. 그는 농장을 운영하며 록키 포인트에 소재한 케이시 목재회사에서 근무했고, 아내인 아이네즈는 가정부로 일했다. 그런 피플스 집안을 아주 부유하다고 말하기는 어려웠다. 하지만 분명 가난과는 거리가 멀었다. 그것은 20세기 초에 흑인과 백인을 막론하고 수많은 농부의 목숨을 앗아간 위험과 고난 속에서 이를 악물고 이룬 성과였다. 조던 가문처럼 피플스 가문 역시 질병과 죽음이 가득했던 시대에 비통한 일들을 겪었다. 그럼에도 그들은 자유롭게 농사짓고 직접 그 결실을 거두는 지주가 될 수 있었다. 마이클 조던의 일대기에서 피플스 집안이 자주 언급되지는 않으나, 이 가문 특유의 투지와 근면성은 델로리스와 그녀의 유명한 아들이 삶을 대하는 태도에 분명히 큰 영향을 미쳤다.

지금까지 조던 가족에 관한 놀라운 일화가 수없이 회자되었지만, 사실 그중에는 거짓된 이야기가 많다. 물론 왜 그런지도 이해된다. 어떤 집안이든 갑자기 큰 명성이나 부를 얻어 세상의 이목을 끌게 되면 대개는 자신들의 비범함을 보여줄 일화를 지어낸다. 언론에 쉽게 휘둘리는 소모적인 대중문화로부터 가족을 지키려고 자기 보호 차원에서 그러는 것이다.

델로리스는 아들이 전국적으로 명성을 날리가 시작한 1980년대에 여러 가지 상황에서 가족을 지켜야 했다. 그래서 그녀가 많은 사실을 감추거나 그럴듯하게 꾸며 듣기 좋은 이야기로 만들어냈다는 것은 그리 놀랍지 않다. 처음에는 각종 매체와의 인터뷰, 그다음에는 『무엇보다 가족(Family First)』이라는 저서가 그 수단이었다. 올바른 자녀 교육을 주제로 한 『무엇보다 가족』은 아이를 마이클 조던처럼 길러내는 방법을 제시한 책으로, 델로리스는 이 책이 베스트셀러에 오른 뒤 세계 각지를 돌아다니며 가족 문제에 대해 강연하기도 했다.

과연 델로리스는 어떤 사람이고 조던 가족을 온갖 위기에서 구해낸 그 힘은 어디서 왔는가? 이 점을 알려면 그녀가 지어낸 이야기보다도 실제 삶을 들여다보아야 한다. 그녀가 현실에서 맞닥뜨린 장애물들은 가족을 건사하기 위한 노력에 오히려 커다란 불을 지폈고, 결과적으로 그러한 시련은 그녀의 아들이 에어 조던으로 거듭나는 데 강력한 연료가 되었다.


## 록키 포인트

마이클 조던을 탄생시킨 두 집안의 첫 대면 장소는 공교롭게도 열광하는 학생들로 가득한 실내 농구장이었다. 지역 주민들과 조던 가족이 어렴풋이 기억하기로, 제임스와 동생인 진 조던은 채리티 고등학교의 농구선수였다고 한다. 또한 델로리스의 오빠인 에드워드와 유진은 펜더 카운티에 소재한 록키 포인트 트레이닝 스쿨의 선수였다. 당시에 두 학교는 대항전을 벌이곤 했는데, 지역민들의 말로는 에드워드와 유진 모두 농구 실력이 꽤 좋았다고 한다.

록키 포인트 트레이닝 스쿨의 학생과 교사들은 애교심이 남달랐다. 1917년에 개교한 이 학교는 시어스 로벅 컴퍼니의 줄리어스 로젠왈드 회장이 설립한 로젠왈드 펀드의 지원을 받아 만들어진 흑인 전용 학교였다. 물론 학교에 비치된 물품은 질이 좋지 않았다. 같은 지역의 백인 학교에서 쓰던 중고 가구나 찢어진 책 따위를 물려받았던 탓이다. 조던 일가의 친척인 윌리엄 헨리 조던이 기억을 더듬어 말했다.

"그때 우린 백인들이 다 쓰고 버린 낡은 물건을 썼어요."

그러나 지방 교육청이 흑인 교육을 등한시하던 시대에 록키 포인트의 헌신적인 교사들은 어떠한 도전에도 맞설 수 있게 학생들을 준비시켰다. 그 결과 이 학교는 펜더 카운티의 흑인 사회에서 무척 중요한 존재가 되었다. 이러한 분위기는 1960년대 말에 인종 통합 교육이 이뤄지기 전까지 계속되었다.

농구 경기는 방과 후 학교 강당에서 벌어졌는데, 보통 이른 저녁 시간까지 이어졌다. 처음에 델로리스는 기자들에게 제임스와 만났던 그 경기가 1956년, 그러니까 자신이 15세일 때 열렸다고 말했다. 그러나 이후 『무엇보다 가족』에서 기억에 착오가 있었다고 밝히며 실제로는 1954년에 처음으로 남편을 만났다고 설명했다.

당시 만 13세를 갓 넘긴 델로리스는 애교심에 취해 무척 들떠 있었다. 그녀는 당돌하고 명랑하면서도 가족과 함께 매주 교회를 찾고 수시로 기도하는 심성 고운 소녀였다.

"제가 그 학교에 근무할 적에 델로리스를 가르쳤죠. 훌륭한 학생이었어요."

록키 포인트 트레이닝 스쿨의 교사였던 메리 페이슨의 말이다.

제임스가 델로리스를 처음 만난 날 채리티 고교 대표로 시합에 출전했는지는 명확하지 않다. 당시 17세로 고등학교 졸업반이었던 그는 승용차를 몰고 다녔는데,

이것은 조던 일가의 재정 상황이 좋아졌다는 사실과 기계 장치를 좋아했던 그의 성향을 잘 보여준다.

10대들의 사랑 이야기가 흔히 그렇듯이 델로리스는 제임스가 그녀를 알기도 전에 먼저 관심을 보였다. 그녀의 마음을 끈 것은 제임스의 선한 눈매도, 남자다운 외모도 아니었다. 나중에 델로리스는 이렇게 설명했다.

"전 그이 성격이 마음에 들었어요. 겉모습은 다른 남자들하고 크게 다르지 않았지만요. 그 대신 쾌활하면서 유머 감각도 좋고 자상한 면이 좋았어요."

그날 경기가 끝나고 델로리스는 집으로 가기 위해 사촌들과 함께 제임스의 차를 얻어 탔다. 그러다 제임스가 집을 지나치자 그녀는 세워달라고 외쳤다.

"어라, 난 아까 걔들만 이 동네 사는 줄 알았지." 그러면서 제임스는 한마디를 덧붙였다. "근데 너 참 귀엽다."

델로리스는 그 말을 이렇게 받아넘겼던 모양이다.

"오빠 되게 능글맞은 면이 있네요."

그녀가 기억하기로 제임스의 대답은 이러했다.

"좀 그런가? 아무튼 이 오빠 나중에 널 색시 삼으련다."

훗날 델로리스는 당시 정황을 지세히 설명했다.

"그때 그이는 만나는 사람이 있었어요. 그래서 전 일단 거리를 뒀죠."

차에서 내린 델로리스는 수줍음과 당혹감을 느낀 소녀들이 으레 그렇듯 집으로 달려 들어가 문을 쾅 닫았다.

그리 크지 않은 동네였기에 아마 제임스는 에드워드 피플스가 농장 지주라는 사실을 알았을 테고, 대다수 주택보다 큰 그 집을 분명히 알았을 것이다. 2층 목조 가옥이었던 델로리스네 집은 도로에서 조금 떨어져 있었다. 모리스 유진 조던은 그 곳을 이렇게 기억했다.

"그 집 정원에는 오래되고 큼지막한 그늘을 드리우는 나무가 엄청 많았어요."

그는 '그 시절엔 흑인들 상당수가 농장 일꾼'이었다면서 에드워드 피플스가 자기 농장을 부지런히 경영하며 케이시 목재회사 일까지 했다고 설명했다. 그런데 피플스가 농사 이상으로 돈과 시간을 투자하는 곳이 또 하나 있었다. 수많은 이웃과 마찬가지로 그 역시 밀주업자였던 것이다. 그와 가까운 사람 중에는 도슨의 친척으로 밀주를 즐겨 만들던 데이비드 조던이 있었다. 모리스 유진 조던은 이런 설명을 덧붙였다.

"그 아저씨들은 증류기를 엄청 많이 갖고 있었어요. 밀주 단속반이 들이닥쳐서 장비를 다 박살 내도 금방 원상 복구되더라고요. 결국 중요한 건 단속반한테 체포되지 않는 거였어요."

얼마 후 제임스는 교제를 허락 받으려고 델로리스의 아버지를 찾아갔다. 근면하고 현실적인 에드워드 피플스는 그 제안을 단칼에 거절했다. 딸이 아직 어리다는 이유에서였다. 그러나 젊은이들의 사랑이나 야망이란 것이 늘 그렇듯이 두 사람은 어른들의 바람과 다르게 곧 연애를 시작했다. 델로리스는 그 시절을 회상하며 말했다.

"우린 금방 사랑에 빠져서 그 후로 3년간 사귀었답니다."

그들의 사랑은 1955년에 제임스가 고등학교를 졸업하고 공군에 입대한 뒤에도 전혀 식지 않았다. 조던 가문의 자랑거리가 된 제임스가 텍사스에서 훈련을 받는 사이, 델로리스의 부모는 딸을 앨라배마주에 있는 친척 집으로 보내 전문학교에서 미용 기술을 익히게 했다. 지금까지 델로리스는 그것이 제임스와 자신을 멀어지게 하려던 부모님의 계책이었다고 설명했다. 하지만 사실 그때 두 사람의 관계는 이미 선을 넘은 상태였다. 1957년 초에 델로리스는 열다섯이라는 어린 나이에 임신하여(본인의 회고록에서는 인정하지 않은 내용) 가족의 분노를 샀다. 아마도 그 시절에는 임신한 10대 소녀를 앨라배마처럼 먼 곳으로 보내는 것이 그런 문제를 처리하는 방법이었던 모양이다.

그해 4월에 제임스와 델로리스는 펜더 카운티로 돌아와 상황을 정리하겠다는 구실로 함께 영화를 봤다. 그날 제임스가 꺼내든 해결책은 결혼이었다. 영화가 끝나고 차 안에서 청혼을 받아들인 델로리스는 부모에게 앨라배마로 돌아가지 않겠다고 통보했다. 예상대로 그 결정은 반대에 부딪혔다. 그런데 세월이 더 지나 그녀는 어머니가 자신을 억지로라도 학교에 돌려보냈어야 했다며 당시 내린 선택에 아쉬움을 드러냈다. 실제로 기자 앞에서 이런 말을 하기도 했다.

"그때 엄마가 날 기차에 바로 태워 보냈어야 해요."

어린 델로리스는 본인이 정한 대로 앨라배마에 가지 않고 티치에 있는 제임스의 본가로 거처를 옮겼다. 당시 66세였던 도슨 조던이 여전히 위풍당당하게 대가족을 거느리고 살던 그 집에서, 임신한 10대 소녀는 막 40대에 접어든 로자벨 조던과 오랜 친구 같은 사이가 되었다. 신앙심이 깊으면서도 현실적이었던 로자벨은 자녀들을 깊이 사랑했고, 주말이나 휴일이면 그 작은 집이 친척과 친구들로 북적이는 것을 좋아했다. 그런 그녀를 델로리스는 별명인 '벨 여사'로 불렀다. 부모님과의 심각한 갈등 속에서 지내왔던 그녀는 지혜롭고 마음 넓은 시어머니로부터 위안을 찾았다. 그렇게 시작된 두 여인의 관계는 후일 마이클 조던의 성공을 이끌어 낸 끈끈한 가족애로 이어졌다.

제임스와 델로리스는 같은 해 9월에 첫 아이인 제임스 로널드 조던을 낳고 기뻐했다. 이제 갓 열여섯 살을 넘긴 엄마는 품 안의 아기 앞에 어떤 세상이 펼쳐질지 궁금했다. 집안에서 로니라는 애칭으로 불렸던 이 아이는 나중에 아버지처럼 성실한 청년으로 자라났다. 로니는 고등학생 시절에 낮에는 스쿨버스 운전을, 저녁에는 식당 아르바이트를 하며 주니어 ROTC 활동에서도 우수한 성적을 거둬 부모를 자랑스럽게 했다. 어릴 때부터 늘 기백 넘치는 증조할아버지를 흠모해온 그는 이후 군인이 되어 세계 각지의 근무지를 오가면서 훌륭한 경력을 쌓았다.

이미 많은 식구로 북적였던 조던 일가는 그렇게 델로리스에 이어서 갓난아기까지 새 가족으로 맞아들였다. 그 사이 제임스는 본가에서 약 두 시간 거리에 있는 버지니아 해안 지대의 군부대에 배속되어 주말마다 아들을 보러 왔다. 훗날 델로리스는 변화한 자신의 삶에 대해 처음으로 회의감을 품고 자책하던 시기가 이때였다고 고백했다. 시간이 갈수록 친정 가족이 점점 더 그리워졌지만 당시로써는 차를 타고도 30분 이상 걸리는 록키 포인트까지 가기가 쉽지 않았다. 그녀는 마음을 다 잡고 시어머니에게 의지했다. 제임스는 군 복무가 안정적인 중산층 가정의 가장으로 발돋움하는 길이라 믿으며 본인의 책임을 다했다.

## 브루클린 그리고 다시 티치로

제임스 조던이 꾸린 젊은 가정은 1959년에 둘째 아이이자 맏딸인 델로리스를 맞이했다. 이 아이는 어릴 때 델로레스로 불렸으나 성인이 된 후 델로리스라고 이름을 바꿔 썼다. 어쨌든 엄마와 이름이 비슷했기 때문에 집에서는 시스라는 별명으로 불렸다. 같은 해에 제임스는 공군을 제대하고 티치로 돌아와 직물 공장에 취직했다. 이들 젊은 부부는 한동안 도슨과 메드워드, 로자벨과 함께 살다가 칼리코 베이 로드 바로 맞은편에 작은 집을 지어 분가했다.

스물세 살까지 총 다섯 아이를 낳은 델로리스 입장에서는 시댁을 곁에 둔 것이 오히려 편했다. 결혼생활 초반에 아이들 양육은 대부분 시어머니인 로자벨이 맡았고, 그녀는 새로운 손주가 태어날 때마다 사랑을 듬뿍 주었다. 그렇게 조던 일가의 유대감이 끈끈해지는 한편으로, 델로리스와 제임스는 자신들을 노스캐롤라이나 이외의 세상에 눈뜨게 했던 앨라배마와 공군 시절을 떠올리고 있었다. 그들은 새집을 짓는 중에도 마음 깊은 곳에서는 어떤 욕구를 느꼈다. 티치와 월러스 같은 작은 농촌에서 벗어나 새로운 것을 경험하고 싶다는 욕구였다.

그런 점에서 제임스와 델로리스는 다른 젊은이들과 다르지 않았다. 특히나 당시에는 오랜 세월 억압받았던 흑인들이 새 시대로 발을 뻗고 있었다. 대공황과 제2차 세계대전에 이어 소작농업 체계가 무너지기 시작하면서 농촌의 수백만 흑인 인구가 경제적 생존을 위해 도회지, 그중에서도 북부 도시로 이동하는 경향이 가속화하던 때였다.

자유를 위한 행진은 1960년 2월 1일에 속도를 한층 높였다. 그날 노스캐롤라이나 농업 기술대학교의 흑인 학생 네 명이 그린즈버러의 울워스 매장을 찾았다. 그들은 물건을 사고 식당 코너에서 커피를 주문했는데, 이후에 이 사소한 행위로 말미암아 노스캐롤라이나 전역이 들썩이게 된다. 그때 가게 점장은 학생들의 주문을 들은 체 만 체했다. 이에 네 사람은 항의하는 표시로 마감 시간까지 조용히 그 자리에 앉아 있었다. 다음 날 아침, 그들은 친구 다섯 명과 함께 울워스 매장을 찾아가 식당 코너에서 먹을 것을 주문했다. 학생들은 일언반구도 없는 점장을 향해 다시 무언의 시위를 벌였지만, 곧이어 나타난 백인 청년들에게 욕설과 담배꽁초 세례를 당했다. 그린즈버러에서 이 사건이 발생한 후 윈스턴세일럼과 더럼, 샬럿, 롤리, 하이포인트 지역에서도 유사한 저항 운동이 일어났다. 이러한 움직임은 약 2주 만에 열다섯 개 도시로 그리고 미국 전역의 울워스 매장으로 퍼져나갔다. 전국 체인을 운영하던 울워스사는 결국 백기를 들고 흑인 손님들에게 음식을 제공하기 시작했다. 울워스 경영진은 방송사 카메라 앞에서 인종차별 기업으로 낙인찍히길 원치 않았던 것이다.

서서히 고개를 든 흑인 시민권 운동은 이후 미국이 겪을 문화적 대격변 가운데 일부분에 불과했다. 이처럼 큰 변화와 함께 새로운 삶의 가능성이 보이자 제임스와 델로리스도 기대감을 품을 수밖에 없었다. 그 시절은 짜릿하면서도 혼란스럽고 변함없이 매우 위험했다.

델로리스는 1962년 초에 차남인 래리 조던을 낳고 두 달 뒤, 또 다른 아이가 뱃속에 들어섰음을 알았다. 당시 스물한 살이었던 델로리스는 얼마 후에 남편과 함께 갓 낳은 아이만 데리고 부랴부랴 뉴욕의 브루클린으로 향했다. 그곳에서 2년 정도 체류하는 동안 제임스는 예비역 지원제도를 활용하여 직업학교에서 다양한 기계장비 제작과 유지보수 기술을 배웠다. 그들이 브루클린으로 이사 가면서 아직 다섯 살이 채 못 된 로니와 시스는 거의 2년간 할머니와 할아버지 손에 맡겨졌다. 델로리스는 훗날 인터뷰에서 그때 내린 결정 때문에 사실상 가족이 둘로, 즉 고향에 남겨둔 두 아이와 그 뒤에 태어난 아이들로 나뉘었다고 고백했다. 이 사실은 이후의 가족 관계에 결코 작지 않은 골을 만들게 된다.

그러던 중에 부부는 새 생명을 잉태한 기쁨만큼이나 큰 아픔을 겪었다. 뉴욕에 온 지 몇 주 지나지 않아서 델로리스는 어머니가 급사했다는 소식을 들었다. 그리고 상실의 충격과 슬픔으로 그녀가 쓰러지면서 뱃속 아이의 목숨까지 위태로워졌다. 이에 주치의로부터 일주일간 요양하라는 지시가 떨어졌다.

수년 뒤에 제임스 조던이 말하기로는 '유산 직전까지 갈 정도로 아주 심각한 상황'이었다고 한다.

델로리스와 어머니의 관계는 첫 임신과 결혼으로 불화를 겪은 이래 차츰 나아졌지만, 가족이나 연인이 갑자기 죽음을 맞이할 경우에 흔히 그렇듯이 두 사람 사이에는 아직 매듭짓지 못한 문제들이 있었다. 델로리스는 태아의 생명이 위험할 수 있다는 사실, 또 자신이 고향에서 멀리 떨어져 번잡하고 낯선 도시에 있다는 사실 때문에 더욱 슬픔에 빠졌다. 1963년 2월 17일 일요일, 마이클 조던이 태어나던 날은 무척이나 어수선했다. 델로리스는 맨해튼에 주치의를 뒀지만 조산기가 있었던 탓에 서둘러 브루클린의 컴벌랜드 병원을 찾았다. 그리고 간호사들이 그녀를 응급실 침대에 눕히기도 전에 덩치 큰 남자 아기가 별안간 모습을 드러냈다. 아이는 기관지가 점액으로 막혀 가쁘게 숨을 쉬고 있었다.

"마이클이 태어났을 때 우린 애한테 무슨 문제가 있는 줄 알았어요." 훗날 제임스 조던이 《시카고 트리뷴》지와의 인터뷰에서 한 말이다. "코피를 흘리고 있었거든요. 아내가 퇴원한 뒤에도 걔는 3일이나 입원해 있었죠. 그 후에도 다섯 살까지는 왠지 모르게 코피를 자주 흘렸는데 언젠가부터 나질 않더라고요."

델로리스도 당시 상황을 설명했다.

"의사들이 마이클의 폐에 문제가 없는지 살펴보겠다고 해서 태어난 뒤 며칠간 계속 병원에 있었답니다."

아이의 탄생은 델로리스가 몇 달간 계속된 슬픔을 끝내는 데 여러모로 도움이 되었다. 그녀는 그 일을 이렇게 해석했다.

"저는 마이클이 태어난 게 어떤 신호가 아닐까 하고 늘 생각했어요. 마이클을 임신했을 때 제 어머니가 갑자기 돌아가셨잖아요. 그래서인지 그 애는 하늘이 내린 선물 같았어요. 행복 그 자체였죠. 그 덕분에 저는 지독한 슬픔에서 벗어날 수 있었고요."

정작 마이클 조던 본인은 출생에 얽힌 이야기를 수년 뒤에 가족과 인터뷰한 기자들로부터 전해 들었다. 그는 《시카고 트리뷴》의 밥 사카모토 기자에게 이렇게 말했다.

"지금도 코피는 종종 나는 편인데요. 어머니는 저한테 그런 얘기를 해준 적이 없어요. 딱 하나 들었던 건 아기였을 때 침대 뒤로 넘어가서 질식사할 뻔했다는 거였죠. 사실 제가 그렇게 아슬아슬하게 목숨을 건진 적이 몇 번 있어요."

그의 가족이 노스캐롤라이나로 돌아온 뒤에 일어났던 그 사건은 '아이에게 무슨 문제가 있는 것은 아닐까?' 하는 불안감만 높였다고 한다. 델로리스가 옛 기억을 떠올리며 말했다.

"갓난아기였을 때 마이클은 성격이 마냥 밝기만 했거든요. 절대 우는 일이 없었죠. 젖만 제때 먹이고 샅고 놀 것만 주면 되는 그런 순한 아이였어요."

조던이 생후 5개월을 맞을 즈음, 그의 가족은 브루클린에서 티치의 칼리코 베이 로드로 돌아왔다. 그들은 델로리스의 생애 마지막 임신 소식(막내딸 로즐린)과 함께 고향으로 돌아갈 결심을 했고, 제임스는 그동안 배운 기술을 살려 윌밍턴 부근의 캐슬 헤인에서 제너럴 일렉트릭(General Electric, 이하 GE) 공장의 시설 관리자로 취직했다.

그렇게 델로리스는 다섯 아이와 함께 칼리코 베이 로드의 작은 집에 머물게 되었는데, 그중 네 명은 아직 다섯 살도 되지 않은 어린아이들이었다. 당시에 제임스와 집안사람들은 델로리스를 로이스라고 불렀고, 그녀 역시 남편을 본명보다 레이라는 애칭으로 자주 불렀다. 작은 농촌 마을인 티치에서 제임스는 공군을 제대하고 GE에 입사한 이력 덕분에 꽤 대단한 인물로 통했다. 성격은 인간미 있고 다정한 편이었지만 상당히 엄한 면도 있었다. 자기 자식이든 남의 집 아이든 본인의 일손을 거들 때는 가차 없이 대했고, 곧 동네 아이들 사이에서 레이 아저씨한테는 장난이 안 통한다느니, 자칫 잘못하면 볼기짝을 두들겨 맞는다느니 하는 소문이 퍼졌다.

마이클 조던은 유아기를 조용하고 여유로운 칼리코 베이 로드에서 보냈다. 쾌활하고 늘 남들을 웃기려 했던 그는 놀기만 좋아해서 야단도 자주 들었다.

델로리스는 인터뷰에서 이렇게 말한 바 있다.

"걔는 늘 주의를 줘야 했어요. 안 그러면 인내심이 바닥날 때까지 사람을 시험하려 들었거든요. 한시도 가만히 있질 않았고요."

어느 날 늦은 오후, 제임스가 뒤뜰에서 자동차를 손보고 있을 때였다. 축축한 땅바닥 위로는 부엌과 연결된 전원 연장 코드 두 개가 외부 조명등까지 길게 이어져 있었다. 그런데 마침 그때 마당을 배회하던 두 살배기 마이클 조던이 그쪽으로 다가왔다. 그런 다음 아버지가 말릴 새도 없이 두 코드의 연결부를 덥석 붙잡았다. 그 순간 받은 충격으로 아이는 1미터나 뒤로 날아가 잠시 기절했으나 다행히 다친 곳은 없었다.

제임스와 델로리스는 그전에도 자녀들을 엄하게 대했지만 그 사고 이후로 더 강하게 아이들 생활을 통제했다. 일단 부모의 허락 없이는 누구도 집을 나갈 수 없었다. 또 매일 밤 여덟 시면 이웃 아이들이 아직 밖에서 놀고 있더라도 반드시 잠자리에 들어야 했다. 그러나 셋째 아들이 유년기로 접어들자 두 사람은 그 유난스러운 성격을 억누르기 어렵다는 것을 깨달았다.

한 번은 그가 증조할아버지의 수레 밑에 지어진 말벌집을 보고 휘발유를 끼얹으려 한 적이 있었다. 또 접이식 의자를 높이 쌓아서는 하늘을 날겠다며 그 위에서 뛰어내리기도 했다. 그 사건으로 그의 팔에는 길게 베인 흉터가 남았다.

당시에 제임스는 세 아들이 얼른 자라서 야구 배트를 휘두르기만을 바랐다. 그래서 시간이 날 때마다 뒤뜰에서 아이들에게 공을 던져주며 스윙 방법을 가르치곤 했다. 그러다가 어느 날 마이클 조던이 배트로 못 박힌 나무토막을 때렸는데, 하필이면 그것이 누나의 머리에 맞고 말았다.

가장 큰 사고는 네 살 때 집을 몰래 빠져나가 길 건너편의 할아버지 집을 찾아갔을 때 일어났다. 그 집 마당에서는 사촌 형이 장작을 패고 있었다. 어린 조던이 도끼를 두어 번 들어 올리자 사촌 형은 스스로 발가락을 찍으면 1달러를 주겠다고 했다. 형 앞에서 센 척하던 조던은 도끼를 들어 올렸다가 결국 제 발가락 끝을 찍었다. 그 순간 고통 가득한 비명이 울려 퍼졌다. 아이는 소리를 지르고 피를 흘리면서 깽깽이걸음으로 길 건너편에 있는 자기 집으로 돌아갔다.

"정말 말썽꾸러기가 따로 없었다니까요."

제임스 조던은 그 일을 떠올리며 싱긋 웃었다.

큰딸인 시스는 다섯 남매 중에 부모님이 특별히 아끼는 아이들이 있었다고 밝혔다. 아버지는 그녀와 래리를, 어머니는 거의 다섯 살 터울이 나던 장남 로니와 어린 마이클 조던을 애지중지했다. 다만 막내인 로즐린에게는 누구 할 것 없이 아낌없는 사랑을 쏟았다. 분주한 집안 분위기 속에서 어린 조던은 부모의 관심을 갈구하며 형제들과 치열한 경쟁을 벌였고, 그 과정에서 일평생 그를 움직인 원동력이 생겼다. 그는 늘 사람들에게 즐거움을 주려 했다. 그 대상은 처음에 부모와 가족이었다가 그다음에는 운동부 코치들과 그를 흠모하는 대중으로 바뀌었다.

시스는 2001년에 낸 책에서 그 모습을 이렇게 묘사했다.

'마이클은 사람 웃기는 데 일가견이 있었고 몇 시간 내내 우리를 즐겁게 했다. 춤추고 노래하거나 장난을 치면서 뭐든 간에 재밌는 행동을 하려 했다. 그런데 혼자 있을 때는 절대 그러지 않았다. 그 아이에게는 항상 관객이 필요했고, 우리가 못 본 체하려 애써도 끝내는 그쪽으로 눈을 돌리게 하는 재주가 있었다.'

## 다시 이사하다

혼란스러웠던 1960년대에 마이클 조던은 티치에서 평화로운 유년기를 보냈다. 그런데 그가 유치원에 갈 나이가 되어서는 상황이 크게 바뀌었다. 1968년 1월에 제임스와 델로리스는 자택을 팔고 티치에서 약 100킬로미터 떨어진 월밍턴으로 이사했다. 거처를 옮긴 표면적인 이유는 제임스의 출퇴근 문제였다. 매일 캐슬 헤인의 GE 공장까지 40분씩 차를 타고 다니기가 버거웠던 것이다. 하지만 사실은 그들 부부가 전원생활에서 벗어나 다른 삶을 원했던 이유가 더 컸다. 두 사람은 아이들을 위해 더 많은 투자를 하고 싶었다. 그래서 부모님과는 너무 멀지 않은 곳에 살면서 윌러스와 티치에 자주 들르기로 했다. 특히 한 달에 적어도 주말 한 번은 조던 일가가 수십 년간 예배를 드렸던 록피시 흑인 감리교회를 찾기로 약속했다.

그러나 월밍턴으로 이사한 뒤 마틴 루터 킹 암살 사건으로 미국 전역이 소란스러워지는 바람에 이삿짐을 제대로 풀 여가가 없었다. 비교적 평화로웠던 윌러스와 티치에서도 루터 킹 목사의 죽음 때문에 흑인과 백인의 난투극이 벌어졌고, 월밍턴 역시 상황은 다르지 않았다. 한때 인종 갈등이 극에 달했던 월밍턴에서는 1950년대부터 이 문제가 조금씩 개선되기 시작했다. 오랜 악습이 도시에 기업들을 유치하는 데 방해가 되었기 때문이다. 월밍턴은 한동안 철도 산업을 주축으로 발전했으나 1955년에 대서양 해안 철도 본사가 잭슨빌로 이전하면서 실업난에 부딪혔다. 새로운 일자리가 간절했던 시기에 GE를 비롯한 몇몇 기업이 이 지역에 공장을 세우겠다며 한 가지 조건을 내걸었다. 모든 사람에게 균등한 기회를 보장하라는 것이었다.

그럼에도 월밍턴의 인종 문제는 여전히 긴장 일로에 있었다. 조던 가족이 이사할 즈음, 법원은 각종 학교에서 인종차별 정책을 철폐하라는 명령을 내렸고, 이 결정은 많은 논란을 불러일으켰다. 이에 모든 지역 신문이 월밍턴시의 흑백 통합 교육 정책을 머리기사로 다뤘으며 시민들은 격앙된 감정을 감추지 않았다. 초등학교는 가장 마지막에 통합될 예정이어서 조던 또래의 아이들은 여전히 피부색에 따라 분리된 교실에서 수업을 했다.

그렇게 불안한 분위기가 한동안 이어지다가 1971년 2월, 흑인 거주구에서 백인이 경영하던 식료품점에 방화 사건이 발생하면서 사태는 매우 심각해졌다. 이후 이 사고와 관련된 흑인 남자 아홉 명과 백인 여자 한 명이 체포되었고, 모두 유죄 판결로 무거운 징역형을 선고받았다. 언론에서 '윌밍턴의 10인(Wilmington Ten)'으로 이름 붙인 이들은 항소를 제기하여 수년간 신문 표제를 장식했고 최종적으로는 연방법원에서 유죄 판결을 뒤집었다.

아이들이 새로운 학교에 적응하는 과정에서 이러한 갈등이 불거지자 델로리스의 근심은 더욱 커졌다.

조던 가족은 처음 이사한 곳에 잠시 머물다가 위버 에이커스라는 지역으로 옮겨갔다. 그러다가 얼마 후에 같은 동네 안에서 또다시 집을 옮겼다. 종착지는 소나무로 둘러싸인 평지에 제임스가 직접 벽돌을 쌓고 비늘판을 덧대어 만든 커다란 복층 주택이었다. 그곳은 교외 지역의 학교들과도 가까웠고 도시 중심가로 접근하기도 편했다. 또 몇 킬로미터 거리에 바다가 있어서 제임스와 델로리스는 조용한 여름 서녁이면 종종 해변을 찾았다. 그러나 어린 마이클 조던은 얼마 지나지 않아서 물놀이를 꺼리게 되었다. 가장 큰 이유는 일곱 살 때 바다에서 함께 놀던 친구가 사고로 죽었기 때문이다. 그날 큰 파도에 쓸려 물밑에 가라앉은 친구는 옆에 있던 조던을 붙잡았고, 조던은 자신을 아래로 끌어당기는 소년을 밀쳐냈다. 결국 그 친구는 그렇게 익사하고 말았다. 그로부터 몇 년 뒤 조던은 유소년 야구단 소속으로 원정 경기를 갔다가 수영장에 빠져서 간신히 구조되는가 하면, 대학 시절에는 여자 친구가 물에 빠져 죽는 사고까지 겪었다.

그래서 그는 나중에 이런 말을 하기도 했다.

"전 물이라면 정말 질색이에요."

위버 에이커스는 조성된 지 그리 오래되지 않은 거주구로, 주민 대다수가 흑인이었다. 하지만 여러 인종이 나름대로 조화를 이루고 사는 곳이었다. 제임스와 델로리스는 자녀들에게 항상 모든 사람을 존중하고 고정관념에 얽매이지 말라고 가르쳤다. '사람을 피부색과 상관없이 사람답게 대하라.' 이것이 그들의 생각이었다. 실제로 조던 가문의 아이들은 칼리코 베이 로드에 살 때도 같은 마을의 백인 아이들과 아무 틀 없이 잘 어울려 놀았다. 이처럼 열린 사고방식은 제임스와 델로리스가 새로운 시대를 앞둔 자녀들을 위해 무척 고민했음을 잘 보여준다.

월밍턴 생활 초기에는 그러한 포용력이 특히 두드러졌다. 조던은 초등학교 3학년 때 학교 친구이자 동네 이웃이었던 백인 소년 데이비드 브리저스와 단짝 친구가 되었는데, 훗날 세계적인 스타가 된 뒤에도 두 사람은 우정 어린 관계를 유지했다. 어릴 적에 그들은 함께 야구를 하고 자전거를 타거나 동네 안팎의 숲과 개울을 탐험하며 놀았다. 택시 운전사의 아들이었던 브리저스는 사우스다코타주에서 이사 온 지 얼마 되지 않은 상황이었다. 이후 부모님이 이혼하면서 그와 조던의 유대감은 더욱 두터워졌다. 조던의 아버지는 브리저스가 집에 놀러 오는 것을 반겼고 그때마다 아이들과 야구를 즐겼다. 두 아이는 어린이 야구 리그(리틀 리그)에서도 같은 팀에서 뛰며 번갈아 투수를 맡았다. 둘 중에 투수가 아닌 사람은 중견수를 담당했다.

브리저스는 당시를 이렇게 회상했다.

"마운드에서 공을 던지기 전에 저는 외야 중간에 선 마이클을 봤어요. 그럼 개가 엄지를 치켜세웠죠. 마이클이 투수를 할 때는 저도 똑같이 그랬고요."

살이 타는 듯 뜨거웠던 어느 날 오후, 조던이 아직 물을 두려워하지 않을 적에 두 친구는 이웃집 사람들이 외출한 줄 알고 그 집 뒤뜰로 숨어 들어가 도둑 수영을 했다. 그러다 들켜서 밖으로 쫓겨났는데 정작 주인이 문제 삼은 것은 피부색이었다.

브리저스는 그 일을 떠올리며 말했다.

"그 집 사람들이 마이클을 보고는 우릴 수영장에서 내쫓았어요. 그 뒤에 자전거를 타면서 마이클은 아무 말도 없었죠. 제가 그 집에서 왜 우릴 쫓아냈는지 아느냐고 물어보니까, 다 안다더군요. 그래서 속상하지 않으냐고 물으니 마이클은 괜찮다고 하며 씩 웃었어요. 지금도 그 모습은 잊지 못합니다. 그때 개가 이랬거든요. '그깟 일은 이제 아무렇지도 않아. 넌 괜찮아?'라고요."

# 제4장

# 경쟁자

그의 승부욕에 불을 붙이는 데는 많은 말이 필요하지 않았다. 때로는 희미한 웃음만으로도 충분했다. 그는 과거에 받은 굴욕과 마음의 상처를 떠올리며 자신을 속이고 설득하기도 했다. 사람들은 나중에야 그 사실을 알아차렸다. 그는 아무 의미 없는 농담이나 몸짓도 놓치지 않고 모두 마음 깊은 곳에 담아두었다. 그리고 그것은 기억 밑바닥에서 소리 없이 타오르다 순식간에 거대한 불길을 일으키는 핵연료가 되었다.

사람들은 그가 사소한 일을 절대 잊지 못한다는 사실을 시간이 한참 지나서 알았다. 주변에서 그를 지켜봐 온 이들은 그러한 '상처'가 조던 스스로 경쟁심을 끌어올리려고 만들어낸 것이고, 또 시합에서 이긴 뒤 휴식을 취할 즈음에는 웃으면서 가볍게 잊어버릴 수 있는 것이라 생각했다. 그러나 지난날의 상처는 쉽사리 떨쳐지지 않았다. 아픈 기억은 시합 도중에 종종 내미는 혓바닥처럼 그의 일부가 되어 있었다. 사실 마이클 조던에게 깊은 상처를 안겨준 사건들 가운데 날 선 비난과 독설이 주원인이었던 적은 거의 없다. 하지만 그중 첫 번째라 꼽을 만한 사건이 그러했고, 나중에 밝혀졌듯이 그것은 조던의 일생에 가장 큰 영향을 미쳤다.

"넌 들어가서 집안일이나 거들어."

아버지가 생전에 내뱉었던 수많은 말 중에서 이 말은 수십 년간 그의 머릿속을 맴돌았다.

"저희 아버지는 기계를 잘 다루시죠." 마이클 조던은 그때 일을 설명했다. "아버지는 시간이 날 때마다 남의 자동차를 손보면서 돈을 버셨어요. 형들은 그 일을 곧잘 도왔고요. 9/16인치 렌치를 달라 그러면 금방 찾아서 건넸죠. 한 번은 저도 아버지를 도와볼까 해서 나갔는데 마침 9/16인치 렌치를 달라고 하시는 거예요. 전 그게 대체 무슨 소린가 했어요. 아버지는 그럴 때면 짜증을 냈죠. 지금 뭘 하는 건 지 알고는 있냐고, 그냥 들어가서 집안일이나 거들라고요."

아버지의 발언은 소년이 된 그의 남성성을 시험하는 것 같았다. 그 무렵 조던 은 호르몬 변화와 함께 이목구비가 조금씩 남자답게 변하기 시작했지만, 여전히 순 진하고 앳된 느낌이 남아서 형들과 누나에게 귀여움을 받았고 어머니 역시 그를 감쌌다. 하지만 그는 본색을 감추고 있었다.

아버지가 던진 모욕적인 언사는 몸속 깊이 잠들어 있던 돌연변이 유전자, 강력 하면서도 어딘가 뒤틀려버린 경쟁 본능을 일깨웠다. 제임스의 말투에서 알 수 있듯 이, 어린 시절에 마이클 조던은 집안에서 내내 무시당하는 처지였다.

시스는 저서를 통해 이렇게 밝힌 바 있다.

'마이클이 프로선수가 되고 얼마 안 되어 이런 말을 한 적이 있다. 어릴 때 아 버지가 쓸모없는 녀석이라 무시하고 함부로 대한 것이 자기를 움직이는 힘이 되었 다고. 동생이 여태 한 일들은 다 아버지의 고정관념을 깨부수기 위한 시위 같은 것 이었다.'

마이클 조던이 언젠가 인터뷰에서 말했듯이, 그때 제임스는 래리를 눈에 띄게 편애하고 있었다.

사실 제임스도 어렸을 때 메드워드에게 비슷한 취급을 받았다. 조던 가문 사람 들의 설명에 의하면 메드워드는 늘 그를 업신여겼다고 한다. 그러나 그는 오히려 아버지의 멸시를 원동력으로 삼아 공군에서 제 능력을 증명했다. 가족들 말로는 메 드워드가 그런 아들을 자랑스러워했다고 하나, 아무래도 그런 심정을 당사자 앞에 서는 한 번도 드러내지 않았던 모양이다.

이후 제임스는 아버지가 감히 꿈꾸지도 못할 일들을 해내며 어린 시절의 복수 를 이어나갔다.

이러한 태도는 엄하고 칭찬에 인색한 아버지 밑에서 자란 자식들에게서 쉽게 찾아볼 수 있다. 이 경우에 자식은 본인의 행동 방식을 자각하지 못하고 한 가지 목표만 좇아 성과를 올리면서 자신이 쓸모없는 존재가 아님을 증명하려 한다. 이런 사람들은 아버지가 죽은 뒤에도 무의식적으로 옛 기억 속의 아버지와 논쟁을 벌이며 제 가치를 계속 확인하려 든다.

마이클 조던이 집안일이나 거들라는 핀잔을 들었을 무렵, 제임스는 집 뒷마당에 농구대를 세웠다. 그전까지 조던 가족의 스포츠 생활은 아이들에게 야구를 가르치던 제임스를 중심으로 돌아갔다. 마이클 조던과 래리 조던은 각각 5, 6세가 되던 해에 T볼 시합*에 참가했고, 다음 해에는 머신 피치 리그**로 진출했다. 제 또래의 투수를 상대하게 된 것은 9, 10세가 되어서였는데, 그때부터 두 아이의 차이가 드러났다. 형은 짧은 안타를, 동생은 홈런을 주로 노렸던 것이다.

형제 중에서 농구를 먼저 시작한 쪽은 래리였다. 마이클 조던은 뒤뜰에 농구대가 들어왔을 때 이미 리틀 리그 선수로 훌륭한 성적을 올리고 있었다. 그런데 이야기는 별안간 다른 방향으로 흘렀다.

처음에 제임스는 둘째 아들을 농구선수로, 셋째 아들을 야구선수로 키우려 했던 것 같다. 하지만 마이클 조던은 일찍부터 농구에 큰 관심을 보였다. 아홉 살 때, 그는 1972년도 하계 올림픽 농구 결승전을 텔레비전으로 열심히 지켜봤다. 결승에 오른 미국 농구 대표팀은 더그 콜린스라는 젊은 가드를 주축으로 하여 구소련과 맞붙었지만, 심각한 판정 논란 끝에 패하고 말았다. 그 광경을 목격한 조던은 부엌으로 달려가 어머니에게 말했다.

"난 나중에 올림픽에 나가서 우리나라를 꼭 우승시킬 거예요."

이 말에 델로리스는 웃으며 대답했다.

"아들아, 금메달을 따려면 엄청난 노력이 필요하단다."

그러나 그 계획은 이미 발동이 걸린 상태였다. 문제는 텔레비전으로 농구를 보

---

* 야구와 유사하지만 투수 없이 타자가 T자형 타격대에 공을 올려놓고 친다는 특징이 있다.
** 투수 없이 투구 기계를 활용하는 야구 대회.

고 배울 기회가 많지 않다는 점이었다. 당시에는 케이블 방송이 없었고 프로농구가 자주 중계되지 않아서 미래의 농구 황제는 NBA 경기를 보지 못했다. 다만 지역 방송을 통해 한 주에 한 번 대서양 연안 컨퍼런스(Atlantic Coast Conference, 이하 ACC)에 속한 대학팀들의 시합을 볼 수 있을 뿐이었다. 조던은 데이비드 톰슨이 뛰던 노스캐롤라이나 주립대가 숙적 노스캐롤라이나 대학을 상대로 벌인 고공 농구 쇼에 빠져들었다. 또한 NBC 방송국의 전국구 중계 덕분에 캘리포니아 로스앤젤레스 대학(UCLA) 농구부도 좋아하게 되었다. 훗날 UCLA의 전설로 기억되는 마퀴스 존슨은 조던이 노스캐롤라이나 대학생일 때 기숙사 방에 포스터를 붙여둘 정도로 좋아했다. 물론 마퀴스 존슨 본인은 그 소식에 고개를 갸웃거렸지만 말이다.

마이클 조던이 열한 살이 될 즈음, 제임스는 농구공을 사고 얼마 뒤에 농구장을 완성했다. 뒷마당은 곧 동네 아이들로 북적였지만, 거기에도 조던 집안의 규칙은 여지없이 적용되었다. 누구든 학교 숙제를 마치지 않으면 코트에 들어가지 못했고, 저녁 여덟 시면 반드시 잠자리에 들어야 했다. 그런 와중에 조던 형제의 일대일 대결은 방과 후에 벌어지는 가장 중요한 이벤트가 되었다.

힘은 래리가 더 셌지만 키는 한 살 어린 동생이 더 컸다. 수다스럽기로는 마이클이 한 수 위였지만 말싸움이 붙으면 둘 다 만만치 않았다. 대결은 이내 거친 몸싸움으로 변했다. 고함이 커질 때면 델로리스는 뒷문으로 나와 두 아들을 말렸다. 때로는 시합을 멈추고 당장 집으로 들어가라고 야단을 치기도 했다. 형제는 매일 서로에게 달려들었고 그러면서 래리는 자신보다 키가 큰 동생을 힘으로 제압하는 법을 익혔다.

형에게 연거푸 지면서 어린 조던의 마음에는 상처가 생겼다. 이후 그는 일 년 반이 넘도록 형을 이기지 못했다.

제임스 조던이 훗날 인터뷰에서 그 일을 언급했다.

"제 생각엔 마이클이 래리한테 계속 지면서 오히려 실력이 좋아진 게 아닌가 싶습니다. 걔는 그 문제를 엄청 심각하게 받아들였거든요."

래리도 한마디 거들었다.

"그때 했던 일대일 대결이 우릴 성장시켰죠."

마이클 조던은 당시 일을 이렇게 기억했다.

"전 항상 열심히 뛰었어요. 저랑 형은 어머니가 그만하라고 할 때까지 매일 대결을 벌였죠. 형제간의 우애 같은 건 딴 세상 얘기였어요. 어떨 때는 대결이 주먹다짐으로 끝나기도 했어요."

조던은 몸이 가늘고 힘이 부족했지만 점차 자신의 키를 이용하는 법을 깨우쳤다. 그렇게 뒤뜰에서 한참 시간을 보내면서 두 사람의 농구 실력은 마치 거울에 비친 듯 닮아갔다. 조던은 언젠가 이렇게 말한 적 있다.

"제 플레이를 보는 건 래리 형이 뛰는 걸 보는 거나 다름없어요."

"마이클이 저보다 훨씬 커지기 전까지는 일대일에서 대부분 제가 이겼어요." 래리가 이어서 말했다. "그 뒤로는 그러질 못했지만요."

나중에 유소년 야구단에서 조던을 지도했던 딕 네어가 그 집을 방문했을 때, 뒷마당의 농구대 링은 우그러진 채 한쪽으로 휘어 있었다. 형이 수차례 꽂아 넣은 덩크의 흔적은 그동안 어린 조던의 마음이 얼마나 상처를 받았는지 잘 보여주었다. 어릴 적에 뒤뜰에서 기나긴 대결을 벌인 뒤 이들 형제는 경쟁심과 우애가 잘 어우러진 관계로 성장했다. 이후 농구선수가 된 조던은 옛 경험을 활용하여 팀원들의 실력을 파악했다. UNC 농구부 선배인 제임스 워디가 설명하기로, 조던은 1학년 때 그에게 일대일 대결을 하자며 한참을 졸랐다고 한다.

"그 녀석 목표는 팀 내 최고 실력자를 찾아서 겨뤄보는 거였고, 거기에 2학년인 제가 당첨됐죠. 정말이지 사람을 아주 못살게 굴더군요."

조던은 그보다 훨씬 전에 윌밍턴의 엠피 파크와 마틴 루터 킹 센터에서도 같은 방식으로 선수들 실력을 시험했다. 마틴 루터 킹 센터의 책임자인 윌리엄 머피는 그 시절을 떠올리며 말했다.

"나중에는 제가 그 아이더러 제발 여기에 오지 말라고 부탁할 정도였죠. 혹시라도 다칠까 봐 걱정돼서요. 까딱 잘못하면 발목이 상하겠다 싶었어요. 걔는 거기 있던 사람들 전부랑 대결하려고 그랬거든요."

그는 그렇게 걱정스러울 정도로 격렬히 상대에게 달려들었다.

1990년대에 시카고 불스에서 일했던 심리학자 조지 멈포드의 말로는 그 습성이 어디를 가든 변함없었다고 한다. 마이클 조던에게는 모든 것이 래리처럼 정복해야 할 대상으로 보였다. 훗날 그의 대학 친구들과 시카고 불스 동료들은 전설적인 일대일 대결 이야기를 듣고 래리를 우러러보기에 이르렀다.

UNC 시절에 조던의 기숙사 룸메이트이자 농구부 매니저였던 데이비드 하트가 그 점을 언급했다.

"마이클한테는 어릴 때 치열하게 경쟁했던 형이 큰 산 같은 존재였어요. 마이클은 형을 정말 아꼈고 늘 형 얘기를 했죠. 그야말로 존경했다고나 할까요. 마이클은 운동선수로서 래리 조던의 위상을 오래전에 뛰어넘었지만, 형 얘기를 할 때는 항상 겸손했어요. 형을 위한 마음과 존경심이 대단했죠. 그리고 형하고 함께 있을 때면 본인의 명성과 업적을 다 제쳐두고 귀엽고 사랑스러운 어린 시절의 동생으로 되돌아갔어요."

래리 조던은 1980년대 밀에 신장 193센티미터 이하 선수들로 이뤄진 프로농구 리그에서 시카고 팀 소속으로 활동했다. 하지만 곧 어깨 부상으로 중도하차하여 많은 아쉬움을 남겼다. 그는 2012년 인터뷰에서 다음과 같이 말했다.

"제가 농구선수로 빛을 못 본 건 절대 마이클 때문이 아니에요. 저는 걔가 얼마나 노력했는지 잘 알거든요. 제가 평생 운동을 해왔지만 마이클만큼 농구에 열정을 가져본 적이 없어요. 그보다도 저는 손재주가 좋고 아버지처럼 기계를 잘 다루는 쪽이죠."

한 번은 시카고 불스의 감독이었던 더그 콜린스가 래리를 언급한 적 있다.

"래리는 정말 만능 스포츠맨이더군요. 처음 인상이 어땠냐면, 키가 170센티미터 정도로 좀 작았고 몸이 엄청 단단한 근육질이라 농구보다는 미식축구에 더 어울려 보였죠. 그 친구를 보자마자 마이클의 악바리 같은 성격이 어디서 온 건지 바로 알겠더라고요."

조던 형제는 윌밍턴의 레이니 고등학교 농구부에서 클리프턴 '팝' 헤링 감독의 지도를 받았다. 그곳에서 동생은 스타가 되었지만 형이 코트에 나선 시간은 아주 짧았다. 헤링은 래리에 대해 이런 말을 했었다.

"래리는 아주 의욕적이고 경쟁심이 강한 선수였지요. 지금은 마이클의 형으로만 기억되지만 키가 188센티미터만 됐어도 아마 마이클이 래리의 동생으로 알려졌을 겁니다."

어쩌면 이러한 찬사는 래리에 대한 주변 사람들의 동정심 때문에 다소 부풀려진 것일 수도 있다. 그들은 래리를 주로 성실하고 절제심이 강한 신사라고 묘사하지만, 운명의 장난이 낳은 안타까운 결과라고 말하기도 한다. 청소년기에 조던 형제의 운동 능력은 거의 비등했으나 이후 그는 줄곧 동생의 그늘에 가려진 채 살아야 했다. 델로리스는 수년간 그런 상황을 안타깝게 여겼다. 이 문제는 어른이 된 형제의 담소를 방해하기도 했다. 마이클 조던은 NBA 스타가 된 후 래리와 어릴 적에 벌인 대결을 이야기하다가 말을 멈추고 형의 발을 내려다봤다. 그리고 이렇게 말했다.

"지금 형이 신은 농구화에 누구 이름이 붙은 건지 잊지 마."

빌 빌링슬리는 조던 형제가 처음으로 정식 농구 시합에 출전한 날을 기억하고 있다. 1975년 초, 장소는 윌밍턴 유소년 농구 리그가 열린 체스트넛 스트리트 초등학교의 오래된 체육관이었다. 당시 만 스물네 살이던 빌링슬리는 조던 형제의 상대편 감독이었다.

"누구든 그때 두 사람을 직접 봤다면 래리가 동생이라 생각했을 겁니다. 마이클의 키가 훨씬 컸거든요. 그때도 래리는 마이클만큼 농구를 잘하진 못했어요. 그건 확실합니다."

래리가 기억하기로, 그 팀에는 리틀 리그 야구단 감독의 추천을 받아 들어갔다고 한다. 당시에 딕 네어는 지역 유소년 농구단의 창단 준비에 힘쓰고 있었다. 그는 선수를 모으려고 리틀 리그에서 조던 형제를 지도하던 네드 패리시에게 전화했고, 패리시는 곧장 두 아이를 추천했다.

2012년 인터뷰에서 네어는 농구 시합에 나간 어린 조던의 모습을 떠올리며 웃었다.

"그때 마이크(마이클 조던의 어릴 적 애칭)는 백발백중이라 해도 과언이 아니었죠. 그전까지 정식 5대5 경기에 나간 적은 없었지만 야구단 감독이 잘하는 아이니까 꼭 데려가라더군요. 보니까 드리블이나 공 다루는 솜씨도 썩 좋고 발도 빨랐어요. 무엇보다도 걔가 일단 공을 잡으면 그걸로 끝이었어요. 던지는 족족 성공시켰거든요. 그걸 보니 절로 웃음이 나더라고요."

빌링슬리의 팀은 조던 형제의 팀과 대결한 세 경기에서 2승을 올렸다. 느리고 경직된 지역 방어에 의존했던 다른 유소년 팀들과 다르게 빌링슬리는 대인 방어 전략을 활용했기 때문이다.

빌링슬리는 훗날 대학 농구에서 이름을 날린 레지 윌리엄스에게 조던을 막게 했다.

"마이클이 그 팀 에이스였어요. 그 나이에 얼마나 영리했냐면, 포스트업*으로 레지를 등지고 자유투 라인 안까지 들어가서 점프슛을 던질 정도였습니다." 빌링슬리가 말을 이었다. "겨우 열두 살인데 이미 실전 농구 기술을 익힌 데다가 똑똑하기까지 했어요."

그는 그것이 본능적인 움직임이라고 믿었다. 당시 유소년 리그에는 따로 시간을 내어 그런 기술까지 가르치는 감독이 없었기 때문이다.

마이클 조던은 그때의 경험을 이렇게 이야기했다.

"열두 살 때 형하고 어린이 농구대회에 주전 가드로 출전한 적이 있어요. 형은 수비 전문이었고 전 공격수였죠. 언젠가 제 역전 슛으로 시합을 이기고 집으로 돌

---

* 골대와 상대 수비수를 등진 채 공격하는 방식.

아가는데 아버지가 '래리, 오늘 수비 참 좋았다.' 그러시더군요. 그 말에 제가 '뭐예요, 난 오늘 공을 뺏어서 역전 레이업까지 넣었다구요.' 이렇게 대꾸했어요. 아버지가 내 활약을 못 본 것 같단 생각이 들어서 굳이 그런 소릴 했던 거죠. 어릴 때 제가 그런 상황을 어떻게 받아들였고, 또 어떻게 지금 같은 경쟁심을 갖게 됐는지 생각해보면 참 재미있어요."

야구에서도 비슷한 일이 있었다. 그가 홈런을 노리고 래리가 안타를 노릴 때 제임스는 늘 이렇게 말했다.

"래리, 일단 안타를 치겠다는 건 참 좋은 태도다."

마이클 조던이 참가했던 유소년 리그는 아마추어 경기 연맹(Amateur Athletic Union, 이하 AAU)이 어린 선수들을 받아들이기 이전에 생겨났다. 빌링슬리가 설명하기로, 당시 백인들이 주로 즐기던 야구에는 시 차원에서 상당한 지원이 있었다고 한다. 거기에 비하면 유소년 농구는 거의 맨땅에서 시작하는 수준이었다.

조던은 리그에서 가장 어린 축에 속했지만 시즌이 끝나고 당당히 윌밍턴 올스타팀에 선발되었다. 올스타팀 감독은 그해 본인의 팀을 리그 우승으로 이끈 빌링슬리였다. 그는 선수들과 주립 토너먼트 대회에 나갈 준비를 하면서 제임스와 델로리스를 처음 만났다고 한다.

"그때 마이클의 부모님은 아들이 출전한 모든 경기를 보러 오셨어요. 아주 헌신적이고 아이를 무엇보다 소중히 여기는 분들이었죠. 제임스 씨는 과묵한 편이었고 델로리스 씨는 성격이 상당히 활달했습니다. 아마 거기 모인 사람들은 다들 아내분의 강한 의지력에 감탄했을 거예요. 정말 아이들을 애지중지하시더군요. 어떤 부모들은 애들을 경기장에 내려주고 그냥 가버리는데, 그분들은 그러지 않았어요. 그 자리에서 아이를 쭉 지켜봤죠. 하지만 한 번도 시합에 참견하거나 제 결정에 대해서 왈가왈부하진 않았습니다."

빌링슬리의 설명처럼 두 사람은 그의 지도 방식에 대해 아무 말도 하지 않았다.

1975년 봄에 윌밍턴 올스타팀은 주립 토너먼트 대회가 열린 셸비로 향했다. 제임스 조던은 일부 학부모들과 함께 농구단을 따라갔다. 윌밍턴 팀은 이틀간 네 경기를 치르고 준결승전까지 올라갔으나 골 밑에 키 크고 힘센 선수들을 배치한 채플 힐 팀에 패배했다.

빌링슬리가 그 뒤의 상황을 이야기했다.

"마지막 날 밤에 우린 계속 호텔에 머물러 쉬었습니다. 아이들은 각자 방에서 놀고 있었죠. 몇몇 아버지와 코치들은 카드놀이를 했고요. 분위기는 무겁지 않고 그저 즐거웠습니다. 그러던 중에 누가 맥주나 한잔 하자고 하더군요."

그때 제임스 조던은 그곳이 술 판매가 금지된 지역임을 떠올리고 바로 행동에 나섰다. 빌링슬리가 다시 말을 이었다.

"제임스 씨는 어디서 맥주를 구할 수 있는지 잘 아시더군요. 차를 몰고 주 경계를 넘어갔다가* 여섯 개들이 캔 맥주를 두세 묶음 챙겨서 돌아오셨어요. 우린 밤늦게까지 즐겁게 시간을 보냈습니다. 심각한 도박 같은 걸 한 건 아니었고요. 아무튼 제임스 씨는 정말 좋은 분이었어요."

그렇게 원정 경기를 처음으로 함께한 아버지와 아들은 이후 선수 생활이 이어지는 내내 어디를 가든 함께했다. 조던 부자를 만나본 사람들은 제임스를 두고 정말 멋진 사람이라며 한결같이 칭찬했다. 그는 너그러운 마음씨로 먼저 나서서 친절을 베풀었고 밝은 미소로 사람들을 격려했다. 또한 시카고 불스의 제리 크라우스 단장처럼 마이클 조던과 자주 마찰을 빚은 사람에게도 온정을 베풀었다.

"그만큼 성격이 원만한 분이었죠."

빌링슬리는 그렇게 한마디를 덧붙였다.

사실 진짜 중요한 것은 따로 있었다. 그때부터 마이클 조던이 아버지의 관심을 독차지하게 된 것이다. 분명히 그도 어느 시점인가는 그 사실을 자각했을 터였다. 하지만 냉철한 승부사의 기질이 깨어난 뒤로 그런 관심은 더 이상 중요하지 않았

---

* 샬럿시 인근에 있는 셸비는 사우스캐롤라이나주와 아주 가깝다.

다. 그에게는 반드시 이루고 싶은 꿈이 있었고 그 목표는 유소년 리그라는 자그마한 계기를 통해 거대한 열정을 폭발시켰다. 그리고 그 열정은 수년 뒤 온 세상을 깜짝 놀라게 했다.

물론 그런 순간을 맞이하여 가장 놀란 사람은 다름 아닌 조던 본인이었다. 그 후로도 비슷한 경험이 수차례 반복되었지만, 그때마다 처음 느꼈던 놀라움 역시 되풀이되었다. 그리고 늘 같은 질문이 머릿속에 맴돌았다. 다음에는 또 뭘 해볼까?

## 어두운 그림자

겉보기와 다르게 제임스와 델로리스의 결혼생활은 1970년대 중반에 이르러 거의 파멸 직전에 놓였다. 늘 행복한 가정을 꿈꾸던 그들은 현실에서 불협화음을 자아내며 자주 격렬한 말다툼을 벌였다. 칼리코 베이 로드에서 시작된 갈등은 아이들이 길 건너에 살던 할아버지와 할머니에게 제발 싸움을 말려달라고 할 만큼 심각했다. 윌밍턴으로 이사한 뒤에도 나아진 것은 없었다. 부부싸움이 매일 일어나지는 않지만, 일단 시작되었다 하면 순식간에 걷잡을 수 없는 상황으로 치달았다. 큰딸 시스가 밝히기로, 한 번은 어머니가 아버지에게 맞아서 혼절한 적이 있다고 한다. 아이들은 어머니가 죽을 줄 알고 겁에 질렸으나 그녀는 다음 날 아침에 침실에서 나와 여느 때와 같이 하루를 준비했다. 또 한 번은 집 근처에서 부부가 아이들을 각자 차에 태운 채 자동차 추격전을 벌인 적도 있었다. 이러한 사건들로 가정의 평화가 깨지기 일쑤였고, 그들의 일상에는 항상 두려움이 도사렸다.

제임스가 GE에서 일한 덕에 조던 가족의 생활은 안락해졌고 자녀들에게도 다양한 기회가 돌아갔다. 모두 학교를 마치고 원하는 과외 활동을 마음껏 즐겼으며 큰 아이들은 틈틈이 아르바이트도 했다. 그러나 제임스의 봉급만으로 일곱 명이나 되는 식구가 먹고살기에는 다소 빠듯했다. 막내 로즐린이 학교에 들어갈 무렵, 델로리스는 가까운 코닝사 공장에서 생산라인 직원으로 일하기 시작했다. 일정별로 교대 근무를 하는 일자리여서 조던 가족의 일상은 혼란에 빠졌고, 결국 그 생활을 견디지 못한 델로리스는 부랴부랴 사표를 제출했다. 남편과의 상의 없이 결정한 퇴사였지만 제임스는 문제 삼지 않았다. 몇 달 뒤, 그녀는 유나이티드 캐롤라이나 은행의 출납 창구 직원으로 취직했다.

하지만 그 정도로는 부족했는지 부부는 '클럽 엘레간자'라는 나이트클럽을 열기로 했다. 당시로써는 꽤 재미있는 생각 같았다. 두 사람 모두 나이가 서른 중반에 이르기까지 많은 시간을 아이들 키우는 데 쏟았으니 그럴 만도 했다. 그런데 나중에 기자들 앞에서 마이클 조던의 어린 시절을 이야기할 때는 아무도 나이트클럽에 대해 언급하지 않았다. 정황상으로는 클럽 엘레간자가 결혼생활에 나쁜 영향을 끼친 것으로 보인다. 경험도 없이 그런 사업에 뛰어들면 돈과 시간을 낭비하기 쉬울뿐더러 당시에 제임스와 델로리스는 자녀들의 일정을 함께 소화하는 문제로 이미 한창 바빴기 때문이다.

시스는 1975년 초에 장남 로니가 고등학교 졸업을 이틀 앞두고 육군훈련소로 떠난 것이 불행한 가정생활의 발단이라 여겼다. 로니는 고교 시절에도 주니어 ROTC에 지원할 만큼 오랫동안 군 복무를 꿈꿨다고 한다. 이유가 무엇이었건 큰아들이 떠나면서 조던 가족의 긴장감은 더욱 커졌다. 델로리스는 아들을 배웅하던 날 버스 터미널에서 한없이 눈물을 흘렸다.

그녀는 큰아들이 떠난 날을 회상했다.

"마치 가족 중에 누가 죽은 것 같은 분위기였어요. 몇 년간은 로니 방에 들어가지도 못하겠더라고요. 집을 나간 건 그 애가 처음이었거든요."

출산과 육아로 스트레스에 시달리는 여느 엄마들처럼 델로리스도 결혼 후에 체중이 상당히 불었다. 나중에 살을 빼긴 했지만 당시는 다섯 아이의 엄마로서 정서적으로 매우 힘든 시기였다. 게다가 10대 시절에 여러 가지 문제를 겪었던 그녀는 성적으로 성숙해가는 큰딸의 모습에 점점 불안함을 느꼈다. 관계가 그리 친밀하지 않았던 어머니와 딸은 언제부턴가 거의 매일 말다툼을 벌였다. 1975년 여름의 어느 아침, 델로리스는 시스를 아르바이트 장소까지 차로 데려다주면서 어김없이 말다툼이 벌어졌다. 시스가 일하던 깁슨 디스카운트 스토어 앞에 다다랐을 때 언쟁은 평소보다 심하게 과열된 상태였다. 그때 델로리스는 딸을 날라리라고 불렀던 모양이다. 그러자 시스는 이렇게 대꾸했다.

"날 날라리라고 하기 전에 내 방에 자꾸 기어들어오는 당신 남편이나 어떻게 좀 해봐!"

훗날 그녀는 저서인 『우리 가족의 그림자(In My Family's Shadow)』를 통해 그날 상황을 자세히 설명했다.

델로리스는 어안이 벙벙했다. 딸이 던진 말에 정신이 아찔했지만 미처 생각을 정리하기도 전에 시스는 차에서 내려 가게로 들어가 버렸다. 델로리스는 딸을 불러 내려고 자동차 경적을 울렸다. 시스는 그 소리를 무시하려 했지만 참다못한 매장 지배인이 무슨 일인지 알아보라며 그녀를 밖으로 내보냈다.

시스가 다시 차에 타자 델로리스는 아까 한 말을 설명해 달라고 했다. 어머니가 잠자코 있는 가운데, 딸은 8년에 걸쳐 성학대가 이어졌음을 고백했다. 늦은 밤이면 시스와 로즐린이 함께 자는 침실로 제임스 조던이 찾아온다는 이야기였다. 그 문제가 시작될 무렵에 로즐린은 아직 유치원을 다니고 있었다. 시스는 아버지가 어른의 입맞춤을 가르쳐주겠다며 접근했을 때 얼마나 당혹스러웠는지, 또 시간이 갈수록 그런 학대가 얼마나 심해졌는지 죄다 이야기했다.

그 뒤의 상황은 그야말로 참담했다. 두 사람은 클럽 엘레간자로 가서 가게를 손보던 제임스를 만났다. 그가 차에 오르자 델로리스는 한적한 곳으로 향했다. 그리고 딸에게 그 이야기를 다시 해보라고 했다. 델로리스는 결혼생활에서 몇 가지 의아했던 점들이 이제야 해소되었다며 남편을 쏘아붙였다. 제임스는 불같이 화를 내며 딸의 목을 졸랐다. 그러고는 소리쳤다.

"당신은 나보다 이 화냥년을 더 믿는 거야?"

시스는 자신을 화냥년이라 부른 아버지의 말에 눈앞이 아뜩해졌다. 곧 숨이 넘어갈 것 같은 딸 앞에서 델로리스는 당장 그 손을 놓지 않으면 죽이겠다고 남편을 협박했다.

그러다 결국은 분노가 잦아들었다. 집으로 돌아오는 길에 세 사람은 아무 말도 하지 않았다. 딸은 곧장 방으로 들어가 버렸고, 약 한 시간 뒤에 어머니는 그녀를 찾아와 이런 분위기에서 다 함께 살기는 아무래도 어렵다고 말했다. 아직 고등학교 졸업까지 2년이 남았으니 가족을 떠나 여학생 보육 시설로 가라는 이야기였다. 또 델로리스가 남편의 말을 전하기로, 그는 '단지 딸을 도와주려고 했을 뿐'이며 아이가 아버지의 사랑을 크게 오해한 것이라 해명했다고 한다.

델로리스는 이 이야기를 누구에게도 발설하면 안 된다고 경고했다. 하지만 시스는 어머니 앞에서 이미 너무 늦었다는 말을 꺼내지 못했다. 일찍이 열두 살 때 동갑내기 여자 사촌에게 비밀을 털어놓은 것이다. 이 사촌은 오빠에게 그 말을 했던 모양이나, 소문이 친척들 사이로 퍼졌다 해도 다들 뒤에서 수군거릴 뿐이었다. 아마도 집안에서 존경과 두려움의 대상이었던 제임스 조던에게 정면으로 맞서려 한 사람은 없었던 것 같다.

제임스와 델로리스가 큰딸을 실제로 보육 시설에 보내지는 않았다. 부부는 그 사건을 흐지부지 덮어버린 채 겉으로는 늘 밝은 표정을 유지하며 앞으로 나아갔다. 특히 제임스는 이후에 아주 특별한 스포츠 스타의 호기로운 아버지로서 만인에게 찬사를 받고 호감을 샀다.

딸에 대한 제임스의 성학대 혐의는 몇십 년이 지난 2001년에야 대중에게 알려졌다. 하지만 사건 발생 당시에 신고나 경찰과 관련 사회단체의 조사가 없어서 그 문제를 공식적으로 검토하기란 거의 불가능했다. 과거에 델로리스는 시스의 이야기를 듣고 어찌할지 심사숙고했으나, 관계 기관에 사실이 알려지면 가정이 무너지고 다른 자녀들까지 힘들어질 것이라 결론지었다. 제임스가 형사 고발을 당하면 무엇보다 일자리를 잃을 가능성이 컸기 때문이다.

어머니에게 비밀을 밝힌 지 10년이 지나서 시스는 변호사를 통해 부모에게 소송을 제기할 수 있는지 알아보았다. 그 과정에서 윌밍턴의 수사 당국에도 문의했지만 공소 시효가 지났다는 답변만 돌아왔다.

그 사건이 일어났을 때 열두 살에 불과했던 마이클 조던은 집안 상황이 어떤지 전혀 몰랐고 그 뒤로도 수년간은 누나가 겪었던 일을 알지 못했다. 시스는 1977년에 결혼하여 가정을 꾸렸지만, 이후에 우울증을 앓으며 이해할 수 없는 행동을 많이 했다. 이러한 사실 때문에 조던 가족 가운데 일부는 그녀의 주장을 믿기 어렵다고 생각했다. 그러나 성폭력 피해자 지지 단체의 설명에 의하면 학대를 당한 피해자들에게서 그러한 증상이 심심치 않게 나타난다고 한다.

조던 가족은 당시 사건을 머릿속에서 지우려고 무던히 애썼지만, 시스의 폭로는 분열의 도화선이 되어 그들을 수차례 곤경에 빠뜨렸다. 한편 마이클 조던은 부모님에게 끝없는 사랑과 신뢰를 느끼며 특유의 승부욕을 키웠다. 그가 가족을 생각하는 마음은 우리가 가늠하기 어려울 정도로 깊다. 아주 오랫동안 대중은 그가 완벽한 가정환경에서 자랐다고 믿었으며 늘 평범한 중산층 가족임을 강조했던 델로리스의 메시지는 그 생각에 더욱 힘을 실었다.

그녀는 10대 시절에 임신한 사실을 비롯하여 정상과는 거리가 멀었던 현실을 감추려 무던히 애썼다. 델로리스를 옹호하는 사람들은 시스의 폭로가 있었던 1975년 그날 그녀의 침묵이 가정을 지키는 최선의 방안이었다고 말한다.

지금까지의 이야기로 노년에 접어든 델로리스가 세계 각지를 오가며 가족 문제에 대해 강연했던 이유가 어느 정도는 설명되었으리라 본다. 그녀는 그동안 가족을 위협했던 심각한 문제들을 줄곧 감춰왔지만, 본인의 전문 분야에 대해서는 열변을 토했다. 그것은 바로 '살아남는 법'이었다.

# 제 5 장

# 야구

1975년, 집안이 한창 혼란에 빠져 있을 당시 12세였던 마이클 조던은 리틀 리그 선수로서 굉장한 한 해를 보냈다. 그는 투수로 활약하며 노히트노런을 두 번이나 기록하고 팀을 주 선수권 우승으로 이끈 공로로 노스캐롤라이나주 최우수선수에 선정되었다. 그리고 조지아주에서 이어진 동부 지역 본선 경기에서는 중요한 순간에 장외 홈런을 터뜨리며 뛰어난 타격 솜씨를 자랑했다. 이후 그의 아버지는 그날을 떠올릴 때마다 만면에 미소를 지었다.

"아버지는 우리 팀이 리틀 리그 전국대회에 나갔던 이야기를 자주 하셨어요." 조던이 옛일을 떠올리며 말했다. "시합이 조지아에서 열렸는데, 어디선가 홈런을 치는 선수한테는 스테이크를 공짜로 준다는 소리가 들리더군요. 전 한동안 스테이크를 못 먹은 참이었어요. 그때 아버지가 한마디 거드셨죠. '네가 홈런을 치면 나도 스테이크를 사주마.' 이리면서요. 거긴 꽤 큰 야구장이었는데, 4회에 제가 가운데 담장을 넘기는 2점 홈런을 쳐서 3대3 동점이 됐어요. 결과적으로는 4대3으로 우리가 졌지만, 그때까지 야구를 하면서 그렇게 큰 홈런을 친 건 처음이었죠."

그 무렵부터 제임스는 아들이 프로선수가 되는 상상을 하기 시작했다. 제임스의 친척인 윌리엄 헨리 조던도 그런 가능성을 확인했다.

"마이클이 열두 살 때 올스타전 투수로 나와서 제 아들하고 대결한 적 있어요. 그 시절엔 규정상 한 선수가 총 4회만 공을 던질 수 있었죠. 제 기억이 정확하다면 걔가 타자 열두 명을 전부 삼진 아웃시켰을 거예요. 공이 엄청 셌거든요. 그때 마이클은 뉴하노버 팀, 제 아들은 펜더 카운티 팀 소속이었어요. 전 그날 시합을 보고서 나중에 마이클이 프로선수가 될 것 같다고 생각했어요."

마이클 조던은 투수로만 활약하지 않았다. 한 해 뒤에 베이브 루스 리그에서 그를 지도한 딕 네어는 당시를 회상했다.

"마이크는 열두 살 때 최고의 리틀 리그 선수였어요. 체격이 마른 편이었지만 유격수도 꽤 잘 봤죠. 그때 3루 뒤로 넘어가는 땅볼을 종종 백핸드로 잡곤 했어요. 그런 다음 데릭 지터처럼 껑충 뛰어서 공을 1루로 송구하기도 했고요. 또 노스캐롤라이나주 대회에서는 미스터 베이스볼 상도 받았습니다."

주 대회 최우수선수가 된 조던은 그해 여름 미주리에서 열린 미키 오언 야구 캠프에 2주간 참가할 자격도 얻었다. 이는 아무나 얻지 못하는 영예였다. 이후 몇 년간 조던 가족은 리틀 리그에서 받은 트로피를 집안에 자랑스럽게 전시했다. 제임스는 집을 찾아온 손님들에게 이렇게 말하곤 했다.

"마이클이 조지아에서 열린 시합에서 80미터짜리 홈런을 때렸지 뭐요. 걔는 리틀 리그를 시작할 때부터 야구를 끝내주게 잘했다오."

그러나 순식간에 정점에 오른 조던의 야구 실력은 그만큼 빠르게 내리막을 향했다. 다음 해 봄, 딕 네어는 베이브 루스 리그 드래프트에서 열세 살이 된 조던과 동갑내기 네 명을 뽑았다. 이 리그는 13세에서 15세 선수들로 구성되었다. 네어는 당시를 떠올렸다.

"마이크는 리틀 리그가 낳은 슈퍼스타였죠. 하지만 저는 시즌 전에 우리 팀 막내인 열세 살배기들의 부모님께 늘 이런 말을 했습니다. '댁의 아드님이 올해는 시합에 그리 많이 못 나올 겁니다.'라고요."

그해에 조던이 자주 출전하지 못한 이유는 또 있었다. 리틀 리그 때보다 야구장이 넓어져서 베이스라인이나 투수 마운드와 홈베이스 사이의 거리가 더 멀었기 때문이다. 조던의 투구는 더 이상 위력적이지 않았다.

"우리 팀에 데려오고 보니 마이크를 유격수로는 쓰지 못하겠더라고요." 네어는 1976년에 베이브 루스 리그 초년생이 된 조던을 떠올렸다. "송구를 제대로 못했거든요. 열세 살 때는 네 경기밖에 출전하지 못했죠. 그 시즌에는 타석에도 겨우 네 번 정도 섰던 것 같아요."

제임스와 델로리스는 아들의 출전 기회가 적은 것이 불만스러웠을지도 모른다. 그러나 네어 앞에서는 전혀 그런 기색을 보이지 않았다. 오히려 제임스는 팀 매니저로 활동하며 네어가 야구장 만드는 일까지 도왔다고 한다.

"제임스랑 델로리스는 제 결정에 전혀 개의치 않았어요. 두 사람 다 참 성격이 좋았죠. 특히 제임스는 3년간 야구단 일을 도우면서 단 한 번도 얼굴 찌푸릴 소리를 해본 적이 없어요. 외려 저한테 엄청 도움을 줬죠."

네어의 말로는 조던 역시 그 앞에서 단 한 번도 툴툴댄 적이 없다고 한다.

"마이크랑 함께했던 3년 동안 가르치는 재미가 참 쏠쏠했어요. 제 지시를 정말 잘 따랐거든요. 그때 마이크는 그저 운동을 계속하기만 원했죠."

당시에 시합을 지켜본 빌 빌링슬리는 조던이 사이드라인에 서서 주루 코치만 하는 모습에 무척 놀랐다. 그가 시합에 나설 기회는 거의 없었던 것이다. 유소년 스포츠는 이처럼 잔인하기 그지없다. 어느 단계에서는 어린 선수에게 무한한 영광이 주어지다가 바로 다음에 모든 것을 박탈당하는 상황이 비일비재하기 때문이다.

시합에 많이 나서지 못했던 조던은 사람들을 웃기고 골리는 데 관심을 쏟았다. 네이기 그 점을 이야기했다.

"마이크는 태평스럽고 능청맞은 성격이었어요. 누구와 함께 있든 편한 분위기를 만들어줬죠."

어디서나 유머가 넘쳤던 조던은 팀원들의 헬멧에 면도 크림을 뿌리거나 앞사람 어깨를 몰래 때리고 숨는 등 온갖 장난을 쳤다. 그 팀에는 오랜 친구인 데이비드 브리저스도 있었다. 네어는 브리저스에 대해 말했다.

"그 아이는 마이크의 가장 열렬한 팬이었어요. 우리 팀 아이들은 걔를 하얀 마이클 조던이라고 불렀고요. 두 사람은 단짝 친구였지만 훈련 때마다 주먹다짐을 했죠. 둘 다 승부욕이 강했고 서로 장난을 치면서 못살게 굴었거든요. 데이비드는 야구 실력이 썩 좋았어요."

어느 날 네어는 타격 훈련 도중에 브리저스가 조던에게 마구 주먹질하는 모습을 보았다. 타구를 받던 조던이 번번이 헛스윙하던 브리저스를 놀렸던 탓이다. 그때 조던은 자신의 커다란 귀로도 칠 수 있을 공을 왜 그렇게 놓치느냐고 빈정거렸다. 네어가 그 일을 떠올렸다.

"마이크가 장비를 내팽개친 채로 바닥에 누워 있었고 데이비드가 그 위에 올라타선 얼굴을 막 때리고 있었죠. 꼭 하키 선수들처럼 말이에요. 하키 하는 애들은 늘상 그러거든요."

네어는 두 사람을 뜯어말렸고 속이 상한 브리저스는 눈물을 뚝뚝 흘렸다. 자초지종을 들은 감독은 웃으면서 조던에게 요새 거울을 자주 들여다보느냐고 물었다. 사실 조던은 형과 일대일 농구 대결을 하면서 독특하게 생긴 귀 때문에 놀림을 받아왔다. 선수들에게 별명 붙이기를 좋아했던 네어는 귀 모양을 특징 삼아 조던을 '토끼'라고 불렀고 아이들은 이내 화를 풀었다.

"애들이 그 별명을 좋아하더군요." 네어가 말을 이었다. "마이크는 귀가 토끼처럼 쫑긋 서 있거든요. 그때 우린 둘러서서 회의를 했죠. '애를 토끼라고 부르는 거 어때?' 그 소리에 다들 깔깔 웃었죠. 마이크도 괜찮다고 했어요. 시카고 시절에 제임스가 기자한테 마이크의 별명이 토끼인 건 움직임이 워낙 빠르기 때문이라고 했는데요, 사실은 그게 아니었던 거죠."

베이브 루스 리그 첫해에 조던은 팀 내 포수들이 모두 결장한 기회를 틈타 큰 경기에 주전으로 나섰다. 당시 대결 상대는 뮤추얼 오브 오마하사의 후원을 받던 구단으로, 양 팀 모두 시즌이 시작되고 한 번도 패한 적이 없었다. 조던은 홈플레이트에서 2루까지 공을 바로 던지지 못하고 바운드로 겨우 보내는 수준이었지만 감독에게 포수를 맡겠다고 졸랐다. 네어는 그날 일을 회상하며 말했다.

"마이크가 포수를 하겠다고 나서더군요. 걔는 작고 깡마른 체격인데도 손이 상당히 컸어요. 그때 제가 이랬죠. '그건 안 돼. 불가능한 일이야. 넌 2루까지 공을 보내지도 못하잖아. 거리가 39미터나 되는걸.' 그런데도 걔는 자기가 하겠다고 계속

우기더라고요. 마이크는 그런 녀석이었어요."

이에 코치 한 명이 2루까지 정확히 공을 보낼 수 있는 바운드 송구법을 가르치자고 제안했다. 코치는 공을 투수 머리 위로 살짝 던져 넘기라고 일렀고, 조던은 그 기술을 곧바로 익혔다. 그가 던진 공은 땅에 살짝 튕긴 뒤 2루수가 슬라이딩하는 주자를 바로 태그아웃시킬 수 있는 위치에 떨어졌다.

네어는 그날 시합 직전에 벌어진 연습 상황을 이야기했다.

"우리 팀이 내야에서 송구 연습을 할 때 뮤추얼 팀 선수들이 펜스에 붙어서 그걸 지켜봤어요. 그 아이들은 마이크가 공을 바운드로 보내는 걸 보더니 비웃기 시작했죠. 막 떠들면서 이렇게 놀려댔어요. '쟤는 팔이 완전 스파게티 가닥 같아. 오늘 우리가 마음껏 도루해줄게, 스파게티 군!' 마이크는 포수 마스크를 위로 젖히고는 그 녀석들을 노려봤어요. 그러고는 씩 웃으면서 이랬죠. '맘대로 뛰어봐. 내가 다 잡을 거니까.' 그 말에 또 우리 팀 애들이 잘한다고 낄낄거렸고요. 그렇게 경기가 시작되고 2회에 상대 팀에서 도루 시도를 했는데, 마이크가 주자를 아웃시켰어요. 그 뒤에도 서너 명 정도가 도루를 시도했는데 걔가 다 잡아버리니까 나중에는 그만두더군요. 우린 통쾌하게 웃었죠. 경기가 끝나고 마이크는 본인 말대로 잘하지 않았냐고 한참을 뻐겨댔고요."

그런데 수년 뒤 조던은 시카고 불스의 조니 바크 코치에게 어릴 적 야구단의 분위기가 편치만은 않았다고 털어놓았다. 당시 팀 내에 흑인 선수가 단 둘뿐이어서 소외감과 불안감을 느꼈던 것이다. 딕 네어가 유소년 야구단 감독을 맡았던 37년간 직접 지도했던 흑인 선수는 겨우 세 명뿐이었고, 그중 하나가 바로 마이클 조던이었다. 네어가 말을 이었다.

"그 시절 상황이 어땠냐 하면요. 그때 저는 전미 유색인 지위 향상 협회(NAACP)의 지적을 받았어요. 우리 팀에 흑인 선수가 없다고 말이죠. 보통은 경기장에 나가서 선수단을 보면 열두 명 중 하나는 꼭 흑인이 들어갔거든요. 하지만 야구선수가 되겠다고 해마다 저를 250명씩 찾아오는데 흑인은 그중에 겨우 서너 명뿐이니 그런 지침이 있다 해서 무턱대고 뽑을 수는 없었죠."

베이브 루스 리그에서 처음 두 해 동안은 테리 앨런이라는 흑인 친구가 같은 팀에 있었다. 마지막 해에는 훗날 프로 미식축구에서 명수비수로 이름을 날린 클라이드 시먼스가 유일한 흑인 동료였다. 그런 이유로 제임스와 델로리스에게는 백인들이 가득한 리그에서 뛰는 아들이 더욱 딱해 보였을 것이다. 조던은 원정 경기를 떠나 타지에서 숙박할 때면 그곳에 사는 흑인 가정에 묵었다. 그 덕분에 많은 사람을 만나고 친구를 사귀기도 했지만, 애당초 반길 만한 상황은 아니었다. 그래도 조던 가족은 야구단의 인종 구성에 대해 한 번도 불편한 기색을 보이지 않았다. 네어도 그 점을 언급했다.

"제가 아는 한 마이크는 단 한 번도 그 문제로 억울해하거나 화를 낸 적이 없어요."

네어는 빈민가 운동장에서 팀 훈련을 할 때 겪었던 일을 이야기했다. 당시 연습 도중에 흑인 남자 두 명이 선수석에 난입하여 아이스박스를 마구 뒤지는 사건이 있었다. 네어는 그만두라고 경고했지만 남자들은 오히려 욕을 하고 위협적인 행동을 했다. 누군가가 경찰에 신고 전화를 하러 간 사이, 아이들이 한데 모인 자리에서 조던은 그 남자들을 '깜둥이'라고 비하했다. 이 일화는 조던의 처지가 어떠했는지를 잘 보여준다. 그는 인종 갈등이 여전히 심각했던 시대에 백인들이 대다수인 야구단 소속으로 흑인 거주 지역에서 훈련을 하는 불편한 상황에 놓여 있었다. 사춘기에 막 접어든 조던이 그러한 상황에서 정체성에 혼란을 겪은 것은 당연했다.

1977년 1월 말에 ABC 방송사는 소설가 알렉스 헤일리의 원작 드라마 「뿌리(Roots)」를 방영했다. 조던은 과거 흑인들의 삶과 노예 제도의 잔혹성을 주제로 한 이 미니시리즈에서 눈을 떼지 못했다. 수년 뒤 그는 인터뷰에서 이런 말을 했다.

"전 우리 조상들이 백인들의 손에 수백 년간 고통을 당했다는 걸 「뿌리」를 보고 처음 알았습니다. 그전까지는 그런 역사에 대해 아주 무지했지만 그 뒤로 우리 조상에 대해서, 또 그분들이 겪었던 고난에 대해서 아주 잘 알게 됐죠."

조던이 언젠가 이야기했듯이, 그 자신은 심각한 인종차별 문제를 겪어보지 못했다고 한다. 그러나 드라마로 알게 된 미국의 추악한 과거사는 극심한 분노를 일으켰고 그 감정은 조던의 마음을 떠나지 않았다. 고개를 돌리는 곳마다 이전에는 미처 알아채지 못한 문제점이 보였고, 그럴 때마다 인종차별과 불평등이 무엇이고 그것이 자신의 가족에게 어떤 영향을 미쳤는지 의문만 늘어갔다.

## 사냥 클럽

과거에 월러스의 백인 전용 사냥 클럽을 드나들던 소년들은 수십 년이 지난 뒤에도 누구 할 것 없이 그 얼굴을 기억했다. 개중에는 그가 전설적인 농구선수의 증조부임을 모르는 사람도 있었지만, 그에 대한 기억은 항상 변함없었다. 도슨 조던, 사냥 클럽의 요리사였던 그는 그만큼 강한 인상을 남겼다. 목발에 의지하면서도 놀랄 만치 빠르게 걷고 늘 보이지 않는 재앙 앞에 불안해하던 노인 그리고 언제나 호화로운 식사를 뚝딱 만들어내던 요리의 달인. 그의 남부식 비스킷 빵 맛을 과연 누가 잊을 수 있을까? 그는 주름이 깊게 파인 얼굴에 짧은 잿빛 턱수염을 자랑스레 기르고 작업복과 잎치마를 걸쳤다. 그러나 피로하고 충혈된 눈에는 항상 슬픔이 서렸고, 표정에는 그간의 고된 삶이 그대로 드러나 있었다.

그 시절에 매주 아버지를 따라 사냥 클럽에 들렀던 마이크 테일러가 도슨에 대해 이야기했다.

"얼굴 인상은 참 험상궂어 보이는 분이었죠. 도슨 할아버지는 참 흥미로운 사람이었어요. 사냥 클럽 회원들은 그분의 무덤덤한 성격과 맛깔스러운 요리를 모두 좋아했죠."

마찬가지로 어릴 적에 그곳을 자주 찾았던 켄 로버츠는 도슨의 다정함에 매료되었다고 한다. 그는 도슨과의 첫 만남을 떠올렸다.

"제가 어떤 호칭으로 부르면 되냐고 물으니까 그냥 편하게 도슨으로 불러달라고 하시더군요."

사냥 클럽 별장은 노스이스트 케이프 피어강 근처에 자리 잡은 낡은 판잣집이
었다. 나중에 이 건물이 해체되면서 사냥 클럽은 다른 곳으로 옮겨가게 되었다. 마
이크 테일러가 말을 이었다.

"요즘 기준으로 보면 그때 쓰던 사냥꾼 별장은 다 허물어져 가는 오두막 같은
거였죠. 기다란 1층 건물이었는데 겉에는 물막이 판자가 둘려 있었어요. 천장이 되
게 낮아서 땅바닥에 바짝 붙은 듯한 모양새였고 페인트칠도 전혀 안 돼 있었죠. 현
관이 건물 정면을 다 차지하는 그런 구조였고요. 안쪽에는 방에 2층 침대와 1인용
침대가 준비되어 있었고 식당에 긴 식탁이 하나 있었습니다. 제 기억엔 도슨 할아
버지가 요리할 때 장작 난로를 썼던 것 같아요."

당시 그 건물은 철망문이 망가져 있었던 것 같다. 증언에 의하면 어느 토요일
날 마당에 누워 있던 사냥개 한 마리가 찢어진 철망 사이로 들어와 도슨이 요리하
려고 준비해둔 돼지 머리를 물고 도망쳤다고 한다.

월러스 사냥 클럽의 리더는 로버트 카라는 인물로, 주변 사람들은 그를 항상
'로버트 씨'라고 존대하여 불렀다. 펜더 카운티 주민이었던 그는 인근 지역에서 석
유를 독점 판매했으며 노스캐롤라이나주 사냥 및 야생동식물 관리위원회 회장직
을 맡고 있었다. 로버트 카는 그러한 지위에도 고용인인 도슨 조던을 함부로 대하
지 않고 늘 애정으로 감쌌다. 그런 두 사람의 관계는 시대가 낳은 아이러니 가운데
하나였다.

"도슨 할아버지는 로버트 씨를 아주 깍듯하게 대했고 로버트 씨도 그분을 똑같
이 공손히 대했죠."

켄 로버츠는 사냥 클럽의 다른 회원들도 그런 분위기를 따라서 도슨을 존중했
다고 말했다.

"클럽 사람들은 모두 도슨 할아버지를 정중하게 대했어요. 그분을 홀대하면
로버트 씨가 가만두지 않았거든요. 로버트 씨는 수요일이면 차에 도슨 할아버지

를 태우고 사냥 클럽에 갔어요. 사슴 수렵 기간이 아닐 때도 두 분은 수요일마다 사냥꾼 별장을 찾아갔죠. 아마도 그냥 한적한 분위기가 좋아서 그런 게 아니었나 싶어요."

노스캐롤라이나 고속도로 제50호선을 타고 사냥 클럽으로 향한 두 남자는 매주 열리는 친목회를 준비했고 그곳에 모인 남부 사내들은 즐겁게 먹고 마시며 사냥과 낚시를 즐겼다.

모임의 하이라이트는 도슨 조던이 한껏 실력 발휘를 하여 차린 음식이었다. 마이크 테일러가 그 기억을 되짚어 보았다.

"아침으로는 커다란 햄과 비스킷 빵, 그레이비소스, 달걀, 옥수수죽 그리고 소금, 버터, 베이컨으로 맛을 낸 전형적인 남부식 요리가 나왔죠. 점심에도 아침처럼 좀 과하다 싶을 정도로 맛난 음식이 잔뜩 나왔어요. 거기에 커피를 곁들이기도 했지만 어른들은 집에서 가져온 술을 진탕 마시기도 했죠."

사냥 클럽을 찾은 아이들은 도슨의 증손주들과 마찬가지로 다리가 불편한 그가 어떻게 별장 안팎을 오가며 많은 일을 척척 해내는지 궁금히 여겼다. 테일러가 말했다.

"그때 지는 그 연세 많은 분이 어떻게 식사 준비에 설거지와 나머지 잡일까지 다 하는지 걱정했어요. 그래서 아버지한테 누가 도와주는 건지 물어보니까 음식을 내올 때 클럽 사람들이 조금씩 거든다고 하더군요. 식사 시간이 되면 마치 집에서 밥상을 차리듯 다들 긴 식탁 위로 우묵한 큰 그릇과 납작한 접시들을 날랐죠."

당시 나이가 열 살 정도였던 켄 로버츠도 절름발이 노인이 혼자서 많은 일을 하는 모습이 안쓰러웠다고 한다. 그래서 그는 아침마다 시럽 병을 식탁으로 나르고 설거지를 하는 등 기회가 날 때마다 잡일을 도왔다.

로버츠가 옛일을 떠올리며 말했다.

"하루는 아침 일찍 일어났는데 정말 미친 듯이 추운 거예요. 그때 도슨 할아버지가 난로에 불을 피우고 있었죠. 말수는 별로 없는 분이었지만 거기서 제가 제일 어린 축이라 그랬는지 저를 꽤 좋아하셨어요."

그는 태어나서 처음으로 욕설을 들은 날을 이야기했다. 로버트 카가 사냥 및 야생동식물 관리위원회 사람들과 모임을 연 날이었다. 그 자리에는 노스캐롤라이나 각지를 대표하는 남자들이 식탁에 앉아 맛있기로 소문난 도슨 조던의 요리를 기다리고 있었다. 로버츠는 다시 말했다.

"비스킷은 어디든 빠지지 않았어요. 도슨 할아버지는 어떤 요리를 내든 그 빵을 꼭 준비했죠."

도슨은 막 구워낸 비스킷을 담아 접시에 담아 부엌을 나섰다. 그런데 발을 헛디디는 바람에 비스킷이 마룻바닥에 사방팔방 흩어졌고, 별장에는 정적이 흘렀다.

"그때 로버트 씨가 그랬어요. '도슨, 비스킷을 식탁에 올려주시게.' 거기엔 당시에 한창 잘 나가던 도시 남자들이 모여 있었죠." 로버츠가 설명을 계속했다. "로버트 씨가 사람들을 쭉 둘러보고 하는 말이, '이건 우리 도슨이 만든 비스킷입니다. 이걸 먹지 않는 사람은 천하의 개새끼라 하겠소.' 그 뒤에 비스킷은 순식간에 자취를 감췄어요. 그 사람들이 전부 먹어버린 거예요."

부엌 일이 끝나면 도슨은 별장 바로 곁에 있는 작은 건물에서 잠을 잤다. 로버츠는 가끔 그를 보러 그곳에 찾아갔다고 한다.

"거긴 옛날식 깃털 침대가 놓인 아주 작은 방이었어요. 작은 석유등이랑 난로도 있었고요. 도슨 할아버지는 침대에 앉아서 책을 읽곤 했죠. 사냥 클럽 사람들하고 자주 어울리지는 않았어요. 정말 좋은 분이었지만 아무래도 백인들하고 같이 있는 게 편하지는 않았던 모양이에요."

마이클 조던이 드라마 「뿌리」를 감명 깊게 보고 3주가 지난 1977년 늦겨울, 도슨은 86세 생일을 몇 달 앞두고 티치에서 눈을 감았다. 홀리 셸터에서 태어나 어머니의 따뜻한 품에 안겼던 아이는 거대한 강에서 뗏목을 탄 뒤, 고된 쟁기질을 하고 고요한 캐롤라이나의 밤에 남몰래 밀주를 날랐고, 월러스 사냥 클럽에서 사람들을 배불리 먹였다. 그 과정에서 그는 인간사의 비극과 상처를 이겨낼 줄 아는 강인한 가정을 꾸렸다. 도슨의 자손들은 늘 위풍당당했던 그와 함께한 데 감사했다. 월러스 사냥 클럽 사람들 역시 그의 죽음을 애도했다. 켄 로버츠는 도슨의 사망 소식에 가족 전체가 충격을 받았다고 말했다.

"저는 도슨 할아버지가 돌아가신 걸 저희 할아버지한테서 전해 들었어요. 할아버지한텐 그게 정말 큰 사건이었죠."

조던 일가는 그날 온종일 목 놓아 울었다. 마이클 조던의 야구 실력은 도슨도 살아생전에 익히 알았지만, 그때는 그가 농구계에서 활약하기 한참 전이었다. 이후 사냥 클럽 회원들과 펜더 카운티 주민들은 도슨의 증손자가 농구로 대성공을 거둔 데 놀라움을 느꼈다.

"마이클 조던이란 이름이 전국에 알려진 게 꼭 엊그제 같은데 말이죠." 켄 로버츠가 웃으며 말했다. "제 장인어른은 '도슨 영감이 봤으면 좋아했을 텐데.' 그러셨어요."

도슨의 죽음과 그로 인한 온 가족의 깊은 슬픔은 당시 조던이 인종 문제로 느낀 분노를 더욱 부채질했다. 어린 손자는 증조할아버지의 생애를 자세히 알지 못했지만, 노인의 표정에 드리운 고뇌를 보며 그의 쉼 없는 여정이 얼마나 힘겨웠고 어떠한 장애물들이 그를 내내 옥죄고 막아섰는지 느낄 수 있었다.

그해 말에 조던은 같은 학교 여학생에게 '깜둥이'라는 소리를 들었다. 그가 당시 상황을 이야기했다.

"전 그 애한테 음료수를 통째로 던졌어요. 그때는 아주 힘든 한 해를 보냈죠. 반항기가 가득했거든요. 그땐 저 자신을 인종주의자라고 생각했어요. 백인은 전부 우리의 적이라고 볼 정도였죠."

조던은 그 사건으로 정학 처분을 받았다. 델로리스는 정학 기간에 아들을 집에 두지 않고 차에 태워서 자신이 일하던 은행의 주차장까지 데려갔다. 그런 다음 업무 중에 틈틈이 밖을 내다보며 감시했다. 그가 허튼짓하지 않고 제대로 공부하는지 확인하기 위해서였다. 어른이 된 뒤에 조던은 그 일이 명백한 아동 학대였다며 어머니에게 농담조로 말했지만, 당시에는 그런 모진 행동에 격분했다. 그러나 델로리스는 본인의 메시지를 꿋꿋이 전달했다. 이후 몇 달간 그녀는 인종차별에 분노하고 괴로워하는 것이 어린 소년에게 얼마나 소모적이고 해로운지 수없이 이야기했다. 그리고 과거를 잊으면 안 되지만 용서할 줄 알아야 한다는 교훈도 함께 전했다.

어머니의 생각을 받아들이고 화를 삭이기까지는 1년 넘는 시간이 걸렸다. 조던이 옛일을 떠올렸다.

"그때 부모님은 이렇게 말씀하셨어요. 일단 과거에 그런 일이 벌어졌다는 건 인정하라고요. 그런 다음에 현재가 어떻고 앞으로 어찌 될지를 잘 지켜봐야 한다고 하셨죠. 자칫 잘못하면 남은 평생 남들을 증오하면서 살게 되고, 또 실제로 그런 사람들이 많다면서요. 즉 현실을 직시하고 더 나은 세상이 되도록 노력하라는 거였죠"

그렇게 아들의 마음가짐을 바로잡는 과정에서 델로리스는 코스털 플레인에서 경험한 옛일들을 이야기했다. 하지만 그녀에게 과거는 중요하지 않았다. 그녀는 부조리한 사회를 향한 아들의 분노나 아버지에게 성학대를 당했다는 딸의 주장에도 아랑곳하지 않고 미래, 긍정적인 태도, 성공에만 모든 초점을 맞췄다. 아무리 중대한 일이라도 가족의 발전과 무관하다면 돌아보지 않았다. 델로리스 조던에게 한곳에 멈춰 선다는 것은 곧 패배를 의미했다. 어릴 적에 크나큰 좌절을 맛본 이래로 다시는 꺾이지 않겠다고 마음먹은 그녀였다.

## 센 놈이 온다!

전미 대학 체육 협회(National Collegiate Athletic Association, 이하 NCAA)가 주최한 대학 농구 토너먼트에서 노스캐롤라이나 대학교(UNC) 농구부가 연승을 달리던 1977년 3월, 조던은 중계방송을 보며 심드렁한 표정을 지었다. 훗날 인터뷰에서 밝혔듯이 그는 어릴 적에 노스캐롤라이나 주립대의 팬으로 타르 힐스*를 지독하게 싫어했다.

* 노스캐롤라이나 대학교 운동부의 별칭.

그러나 그를 제외한 대학 농구팬들에게는 실로 환상적인 시즌이었다. 그해 전국 지상파 방송사들은 오늘날 '3월의 광란'으로 이름 붙은 토너먼트전에서 가능성을 발견하고 대학 농구에 큰 관심을 보였다. 이것은 루 앨신더(카림 압둘 자바)가 UCLA 소속으로 활약하던 시절 이후 금지되었던 덩크슛이 9년 만에 부활한 사실과도 무관하지 않았다. 그런데 조던이 타르 힐스를 싫어했던 이유는 하나가 더 있었다. 폭발적인 덩크가 관중들을 열광시키던 그 시기에 UNC의 딘 스미스 감독과 선수들은 포 코너 오펜스라는 지공 전술을 자주 펼쳤기 때문이다.

그해 토너먼트에 노스캐롤라이나 주립대는 이름을 올리지 못했다. 그 대신 중동부 지구 결승에서 세드릭 맥스웰이 이끌던 UNC 샬럿 캠퍼스가 예상을 뒤엎고 미시간 대학교를 이기면서 같은 주에 속한 두 팀이 전국 4강전에 진출했다. 그리고 최종 결승에서는 UNC 타르 힐스와 마케트 골든 이글스가 맞붙었다. 타르 힐스는 주축 선수였던 포인트가드 필 포드가 팔꿈치 부상으로 슛을 던지지 못하고 상대 수비에 꽁꽁 묶이는 바람에 무척 고전했다. 결국 딘 스미스는 전국 제패에 실패하면서 '전국 4강에 다섯 번이나 진출하고도 우승하지 못한 감독'이라는 오명을 얻었다. 가족과 함께 중계방송을 지켜본 조던은 타르 힐스의 패배를 고소하게 여겼다. 그가 당시를 회상하며 말했다.

"어머니는 필 포드를 좋아하셨어요. 반대로 전 노스캐롤라이나 선수라면 죄다 싫어했고요. 77년도 결승전에서 전 마케트 대학을 응원했어요. 그때 어머니는 노스캐롤라이나가 지니까 역정을 내셨죠."

만 열네 살이 된 조던은 그해 봄과 여름에 딕 네어의 야구단에서 주전 선수로 모든 경기에 출전했다. 그러나 열두 살 때 발휘했던 마법 같은 실력은 다시 돌아오지 않았다. 네어는 이렇게 말했다.

"그때도 마이크는 유격수로 쓰기가 어려웠어요. 송구 능력이 떨어졌거든요. 그래서 가끔 3루수나 1루수를 보게도 했고, 좌익수도 맡겨 봤어요. 투수도 시켜보고요. 그러다가 열네 살이 되어서는 투수 로테이션에 넣었죠. 두세 경기마다 선발로 내보냈고요."

그러나 조던의 투구는 별로 위력적이지 않았다. 게다가 타석에서도 배트 속도가 예전 같지 않았다. 네어는 조던의 실력이 어떠했는지 설명했다.

"그해 마이크의 타율은 2할 7푼 5리 정도였어요. 가장 좋은 성적이 그 정도였는데, 보통 유소년 리그에서 정말 잘하는 애들은 거의 3할 8푼이나 4할을 치니까 좋은 성적이라고 하긴 어렵죠. 그래도 타격감이 있었고 그리 나쁘진 않은 타자였어요. 언제 나가도 2할 3푼 이상은 때려줬거든요. 팀에는 꼭 필요한 선수였어요. 하지만 베이브 루스 리그에서는 리틀 리그에서처럼 스타가 될 수 없었죠. 마이크는 제 밑에서 뛰던 3년 동안 한 번도 올스타에 뽑히질 못했어요."

D.C. 버고 중학교에 다니던 1977년 가을, 조던은 이른 아침마다 학교 체육관을 찾았다. 학교 직원으로 체육관을 관리하던 데이브 앨런은 조던이 골 밑 돌파를 할 때마다 습관적으로 혀를 내미는 것을 알아채고 주의를 줬다.

"애야, 그러다 혀 깨물까 봐 걱정된다."

아니나 다를까, 한 주 뒤에 조던이 입가에 피를 묻힌 채 교장실에 나타났다. 그 모습을 본 앨런은 혀를 깨물었는지 물었고 조던은 말없이 고개를 끄덕였다.

농구 시즌이 시작되기 전까지 주로 연습을 함께한 것은 친구인 하비스트 리로이 스미스였다. 두 사람의 일대일 대결은 2미터에 가까운 스미스의 키와 조던의 빠른 움직임이 맞붙는 꼴이었다. 훗날 인터뷰에서 스미스가 그 시절을 이야기했다.

"당시에 마이크하고 거의 맨날 농구를 했는데 일대일로 붙으면 늘 걔가 이겼어요. 마이크는 슛 대결을 해서 지면 자기가 이길 때까지 계속 그것만 하자고 했죠. 진 상태로는 절대 집에 돌아가지 않았어요."

키가 170센티미터를 겨우 넘겼던 조던은 다양한 득점 방법을 연구했다.

"마이크가 슛을 막아내는 걸 보면 저 키에 어떻게 저러나 싶었죠." 스미스가 말을 이었다. "그런데 진짜 대단한 건 스피드였어요. 관건은 앞으로 그 키가 얼마나 더 클 것인가 그리고 실력이 얼마나 더 늘 것인가 하는 거였죠."

농구부 소속으로 프레드 린치 감독 밑에서 뛰게 된 조던은 중등부 시즌 경기에서 놀라운 성적을 올리며 실력에 대한 의문을 잠재웠다. 그는 곧 그 지역 중고교 농구부 감독들의 관심을 한 몸에 받았다.

"제가 버고 중학교 유니폼을 입은 마이크를 본 건 시즌 두 번째 경기에서였어요." 딕 네어의 말이다. 그의 아들인 스티브는 당시에 조던과 같은 팀에서 뛰었다. "다른 중학교를 상대로 원정 경기를 하던 날이었죠. 마이크는 그날 44득점을 올렸는데, 중학교 경기에서는 한 쿼터 시간이 겨우 6분밖에 안 됐어요."

네어가 기억하기로, 조던은 팀 전체 득점이었던 54점 중 44점을 혼자 넣었다고 한다.

"슛이 일단 들어가기 시작하니까 그다음부터는 던지는 족족 점수가 났어요."

뉴 하노버 고교의 농구부 감독인 짐 헤브론은 그때부터 조던을 유심히 지켜봤다.

"그 아이가 9학년일 때 짐 헤브론이 그러더군요. 정말 대단한 선수가 될 것 같다고요."

당시에 인근의 서던 웨인 고등학교에서 농구부 감독을 맡았던 마셜 해밀턴의 말이다.

그리 대단한 명성은 아니었으나 분명 시작은 D.C. 버고 중학교 9학년 시절부터였다. 마이클 조던은 농구가 폭발적인 인기를 얻기 전에 이 분야에서 두각을 보였다. AAU가 유소년 농구에 관심을 보이고 재능 있는 아이들을 상품화하는 시스템을 갖춘 것은 그 후의 이야기였다. 스카우트 전문가인 톰 콘찰스키는 2011년에 인터뷰에서 이런 말을 했다.

"그 덕에 요즘 AAU 대회에 나오는 열두 살 이하의 아이들은 본인이 이미 성공했다고 생각하죠."

1977~78시즌에 조던은 공립학교들이 참가한 리그에서 아주 짧은 일정만을 소화했다. 반면에 이후 등장한 AAU 체제에서는 어린 선수들이 수많은 시합을 경험하게 되었다. 하지만 콘찰스키가 추측하기로 그렇게 시합을 자주 즐기고 아이들

을 떠받드는 환경에서는 조던이 그 특유의 본성을 잃었을 것이라고 한다.

"아마 그런 데서는 마이클이 그토록 강렬한 경쟁심을 갖지 못했을 겁니다. 아시겠지만 마이클을 남들과 차별화시키는 요소는 유별나게 강한 경쟁심이죠. 그것 때문에 일상생활에서는 문제가 좀 생겼을지 모르지만, 적어도 농구에서는 그 성격 덕분에 우리가 아는 마이클 조던이 탄생할 수 있었어요. 또 한계 이상의 능력을 발휘하게 되었고요. AAU에서는 늘 시합이 벌어지기 때문에 요즘 같으면 그런 성격이 형성되기 어려워요. 거기서는 보통 하루에 세 경기를 소화하거든요. 만약에 한 판을 크게 지더라도 두어 시간 뒤면 또 경기에 나갈 수 있어요. 그럼 이기는 데 그렇게 매달릴 마음이 안 생기고, 꼭 이기지 않아도 괜찮다는 생각이 들죠. 그런 부분에서 마이클 조던은 보통 선수들과 확실히 다른 거예요. 경쟁심에 완전히 사로잡혀 있었으니까요. 하지만 AAU 체제를 경험하면서 자랐다면 마이클은 승리를 향한 열망을 잃었을 테고, 필시 자신의 본질이라 할 수 있는 경쟁심까지 잃어버렸을 겁니다."

월밍턴 농구 올스타팀 감독이었던 빌 빌링슬리는 조던과 재회할 운명이었는지 1978년 봄에 D.C. 버고 중학교의 임시 교사가 되어 9학년 야구부 감독을 맡았다. 그는 조던이 야구에서 느끼던 좌절감을 잘 이해했다.

"마이클은 야구에 점점 흥미를 잃고 있었어요. 키가 자라면서 몸이 예전과 달라졌고 농구에서도 조금은 성공을 거둔 상황이었으니까요."

빌링슬리가 기억하는 9학년 야구부의 일화 중에는 농구와 얽힌 것이 꽤 있었다. 그해 팀 내에서 농구를 가장 잘한 선수는 조던과 버드 블랜튼이라는 백인 소년이었다. 두 사람은 방과 후면 학교 체육관에서 격렬하게 일대일 대결을 벌이곤 했다.

"체육관에서 그 애들을 보고 있으면 진짜 전쟁이라도 나는 거 아닌가 싶었죠." 빌링슬리는 옛일을 떠올리며 웃었다. "그러다 실제로 싸움이 나기도 했어요."

하루는 조던이 빌링슬리에게 일대일 시합을 요청했다. 그때 빌링슬리는 20대로 조던보다 나이가 한참 많았다.

"저한테는 블랜튼하고 대결할 때만큼 험하게는 안 했어요. 그러던 중에 마이클이 자유투 서클 끝에 서서는 '감독님, 이거 한 번 볼래요?' 그러더군요."

그는 빠른 돌파에 대비하여 조금 뒤로 물러서서 골대 앞을 막아섰다. 당시는 아직 3점슛 제도가 없던 시절, 조던은 예상과 다르게 먼 거리에서 세 번 연속으로 슛을 터뜨렸다. 빌링슬리는 조던의 슛 거리가 더 늘어났음을 알아차렸다.

조던은 어린 나이였지만 대결 중에 자주 트래시 토크*를 날렸다고 한다.

"열네 살 때 마이클은 그리 점잖거나 조용한 아이가 아니었죠. 완전 떠버리였어요. 시합 중엔 말로 치고받는 기 싸움을 즐겼고요."

한데 개중에는 그런 행동을 못마땅하게 여기는 아이들도 있었다. 빌링슬리는 당시 있었던 일을 언급했다.

"그러다가 같이 농구하던 친구랑 싸움이 난 적이 있죠. 그 과정에서 마이클이 주먹질을 좀 했어요. 그 문제가 좀 커져서 교장실로 불려갔을 겁니다. 마이클이 어른들한텐 예의가 바르고 품행이 바른 편이었지만, 자기 관심사에 있어서만큼은 늘 거침없었어요."

조던은 중학 야구 시즌에 간간이 투수를 맡기도 했지만 대개는 포수로 나섰다. 마운드에 주로 올랐던 버드 블랜튼은 나중에 장학금을 받고 켄터키 대학교에 스카우트될 정도로 뛰어난 투구 실력을 보였다. 당시 포수석에서 조던이 보인 행동은 마치 롤링 스톤스의 믹 재거와 코미디언 리처드 프라이어를 반씩 섞어놓은 듯했다.

빌링슬리는 버고 중학교의 홈경기 분위기를 이야기했다.

"마이클은 포수석에서 공을 받는 깔깔 웃으면서 춤을 추곤 했어요. 그러면 야구장 전체가 들썩거렸죠."

블랜튼은 빠른 직구에서 너클볼까지 다양한 구질을 선보였고, 그 덕분에 포수인 조던은 할 일이 많았다. 빌링슬리는 잭슨빌 인근에서 했던 시합이 특히 기억에

---

* 보통 시합 중에 상대 선수의 기를 꺾거나 정신을 흩뜨리려고 하는 잡담을 트래시 토크라 한다.

남는다고 설명했다.

"버드는 강속구를 계속 뿌리다가 너클볼로 바꿔 던지곤 했어요. 그럼 타자들이 놀라서 겁을 집어먹었죠. 그런데 걔들을 진짜 당황하게 한 건 타석 뒤에 앉아 있던 녀석이었어요. '이 공은 절대 못 칠 거야.' 마이클은 그런 말을 툭툭 던졌죠. 그러다 버드가 와인드업 자세를 취하면 '온다! 온다! 센 놈이 온다구!' 그렇게 막 외쳤고요."

빌링슬리는 그 뒤편에서 시합을 지켜보며 낄낄거렸다고 한다.

"저한테는 그게 다 들렸거든요. 너클볼이 오면 타자들은 배트를 휘두르지도 못했어요. 걔들이 어쩔 줄 모르고 있을 때 마이클은 큰소리로 뻐겨댔죠. 그럼 또 애들이 투수는 안 보고 마이클을 째려봐요. 전 그 모습이 너무 웃겨서 의자에서 굴러떨어질 뻔했습니다. 그 후에도 마이클은 버드가 공을 던질 때마다 지치지도 않고 '눈 크게 뜨고 잘 봐. 아주 센 놈이 올 거라구.' 이렇게 떠들었어요."

1978년 여름에 조던은 베이브 루스 리그에서 마지막 시즌을 보냈다. 감독이었던 딕 네어가 당시를 회상했다.

"저는 마이크가 열다섯 살이 되면 우리 팀 메인 투수로 올라설 줄 알았어요. 실상은 그렇지 못했지만요. 그땐 외야수로 주로 뛰었고 가끔 1루를 봤죠."

타격 역시 전년도보다 더 나빠졌지만 조던은 여전히 유용한 선수였다고 한다.

"우리 팀은 스몰볼 스타일이어서 번트와 짧은 안타, 도루를 많이 시도했거든요. 마이크는 그런 걸 좋아했어요. 도루를 꽤 잘했거든요. 달리기가 아주 빠르진 않았지만 보폭이 넓은 편이었죠."

조던의 능력은 소속팀이 우승컵을 들어 올리는데 크게 기여했다. 그는 양 팀 모두 득점 없이 연장전에 들어선 한 시합에서 최고의 명장면을 만들어냈다. 네어가 그 상황을 설명했다.

"먼저 1루에 나간 마이크가 슬금슬금 옆으로 빠지다가 2루로 도루를 했어요. 그다음에 우리가 번트로 마이크를 3루까지 보냈을 거예요. 그 뒤에 저는 자살 번트 작전을 내밀었죠. 우리 팀에 열세 살짜리 번트 신동이 하나 있었거든요. 걔를 대타로 넣고서 번트 후에 마이클을 어떻게든 살려야 한다고 지시했죠. 그런데 투수가 공을 던질 때 마이크는 벌써 홈까지 절반쯤 와 있었어요."

게다가 네어가 홈을 보니 타자의 발이 타석 밖에 나가 있었다.

번트를 지시받은 타자가 반칙으로 곧장 아웃당하면서 시합이 파국으로 치닫기 직전이었다.

"포수가 공을 잡았을 때 그 10미터 앞에 마이크가 있었어요. 포수는 자리에서 벌떡 일어났고, 3루수는 베이스 옆에 서서 다리를 꼰 채로 손톱을 깨물고 있었어요. 마이크는 뒤로 돌아서 3루로 뛰는 척했죠. 그런데 포수가 그쪽으로 공을 던지니까 다시 돌아서 홈 플레이트로 막 달리더군요. 그때 포수는 홈에서 1미터 정도 앞으로 나와서 앉아 있었어요. 마이크는 그 선수를 풀쩍 뛰어넘어서 플레이트에 착지했죠. 옷깃 하나 닿지 않고 사람을 완전히 넘은 거예요. 그걸 보곤 다들 혀를 내두를 수밖에 없었어요. 결국 우리 팀은 마이크 덕분에 그날 경기를 1 대 0으로 이길 수 있었죠."

네어는 단순히 운동 능력만으로 그런 플레이를 펼칠 수는 없다고 강조했다. 무엇보다도 조던은 야구 규칙을 정확히 알았던 것이다.

"베이브 루스 리그에는 공 없는 포수와 의도적으로 접촉할 경우 퇴장당할 수 있다는 규정이 있거든요. 그래서 마이크는 최대한 부딪히지 않으려고 한 거죠. 결과적으로는 깔끔하게 포수를 뛰어넘었고요."

그해 가을, 레이니 고등학교에 진학한 조던은 미식축구부 2군 팀에 지원했다. 당시 키는 약 175센티미터로 이미 가족 가운데 누구보다도 컸다. 어머니는 그의 비쩍 마른 팔과 다리를 가리키며 미식축구를 하지 말라고 말렸다. 그러나 아들의 애원에 못 이겨 결국 허락이 떨어졌고, 그는 후방 수비수로 뛰며 가로채기 부문에서 곧 팀 내 1위에 올랐다. 미식축구 시즌 중에 레이니 팀은 브런즈윅 카운티 팀과 격돌했다. 덩치가 크고 힘이 셌던 상대 팀 러닝백은 시합 초반부터 레이니 수비진을 휘젓고 다녔다. 조던은 깡마른 체구에도 불구하고 수비 공백을 메우기 위해 과감히 앞으로 뛰어나갔다. 그러나 그는 별안간 바닥에 드러누워 어깨 통증을 호소했다.

당시 미식축구부 감독이었던 프레드 린치가 상황을 살피러 오자 조던이 소리쳤다.

"감독님, 어깨뼈가 부러진 것 같아요."

매일 쉴 새 없이 농담을 던지고 장난을 치던 아이였기에 린치는 대수롭지 않게 대꾸했다.

"그만하고 일어나. 그 정도는 아니잖아."

하지만 그는 곧 그 말이 농담이 아니었음을 알아차렸다.

델로리스가 아들을 응원하려고 경기장을 찾았을 때는 이미 시합이 중단된 상태였다. 그녀는 한 학생으로부터 조던이 다쳐서 구급차를 불렀다는 말을 전해 들었다. 어머니의 본능으로는 아이가 괜찮은지 당장이라도 운동장에 내려가 보고 싶었지만, 아들을 민망하게 만들지 않겠다고 다짐했던 것을 떠올렸다. 그래서 다시 차를 타고 병원에 가서 아들을 기다렸다.

부상은 어깨 탈골이었다. 그러나 몇 주 뒤 미식축구부 파티가 열릴 무렵에는 말끔히 나아 있었다. 파티가 열리기 전까지 조던과 버드 블랜튼은 미식축구공을 주고받으며 놀다가 집 뒤뜰에서 일대일 농구 대결을 펼쳤다. 대결이 끝나고 조던은 골대로 달려가 덩크를 시도했다. 성공은 하지 못했지만 왠지 조금만 더 해보면 될 것 같았다. 그래서 뛰고, 뛰고, 또 뛰었다. 땀에 흠뻑 젖어 얼굴을 잔뜩 찌푸린 그는 혀를 빼문 채 골대 앞을 한 시간 동안 뛰어다녔다. 그러다 약 서른 번째 시도 끝에 링 위로 손을 뻗어 공을 꽂아 넣었고, 조던의 얼굴에는 마침내 환한 미소가 번졌다. 블랜튼이 그날 일을 이야기했다.

"마이크는 엄청 흥분했어요. 덩크를 해낸 게 너무 기뻤던 거죠. 하지만 그건 그냥 시간문제일 뿐이었어요."

# 제 3 부

# 돌연변이

# 제6장

# 탈 락

1978년 가을, 레이니 고교 농구부의 1군 선수가 되길 간절히 바라던 15세 소년은 오늘날 우리가 아는, 늘 자신감 넘치던 농구 스타 마이클 조던과 크게 달랐다. 소년은 자기 불신에 시달리고 있었다. 학과목 성적은 대부분 B나 C 정도로 크게 나쁘지 않았으나 학문에서 큰 성공을 기대하기는 어려운 수준이었다. 일하기도 지극히 싫어서 돈을 벌려는 노력도 하지 않았다. 그는 고등학생 신분으로 스쿨버스를 몰고 식당에서 일하던 큰형을 보고도 별다른 자각이 없었다. 아버지의 눈에 그는 노력이 필요한 일이라면 무엇이든 피하려고 발버둥치는 아이로 보였다.

'여태 본 아이들 중에 가장 게으른 아이' 제임스 조던은 이 말을 수없이 반복했다.

"걔가 늘 출결 관리를 하는 공장에 취직했다면 분명히 굶어 죽었을 겁니다. 집안일이 싫다고 형들이나 누이들, 심지어는 동네 친구들한테 용돈을 죄다 주면서 대신해달라고 한 녀석인걸요. 그래서 늘 빈털터리였죠."

그런데 이상하게도 운동 경기를 할 때는 게으른 구석이 없었다. 시합이 벌어지고 눈앞에 공이 보이는 순간부터 사람이 달라졌다. 청소년기에 마이클 조던은 프로 스포츠 선수가 되길 꿈꿨다. 수많은 10대 소년들과 마찬가지로 그는 오로지 스포츠만 바라봤다. 그러나 꿈을 이루려면 무얼 어찌해야 하는지 전혀 몰랐다. 프로선수가 되는 방법이 명확하지 않은 것은 그때나 지금이나 다르지 않았다.

시간이 갈수록 선택지는 줄어들었다. 그동안 야구에서 두드러졌던 강점은 대부분 사라졌고 미식축구는 어머니의 반대로 그만둬야 했다. 스포츠 스타를 꿈꾸던 그의 앞날은 어머니가 학교에서 바느질과 요리를 배워오라고 할 만큼 전망이 없어 보였다. 아들이 커서 결혼도 못 하고 혼자 살지 모른다는 걱정에 제안한 것이지만,

그로 인해 조던의 자존심은 조금씩 무너졌다. 델로리스는 '집에 들어가서 여자들 일이나 거들라.'는 말을 자기 방식대로 바꾸어 전달한 셈이었다.

그런데 조던은 화를 내기는커녕 순순히 어머니의 말을 따랐고 가정 수업을 무척 재미있어했다. 델로리스는 그때 일을 떠올렸다.

"언젠가 학교에서 케이크를 만들어왔대서 먹어봤더니 정말 맛있더라고요. 전 진짜 걔가 만들었는지 믿기질 않아서 가정 선생님께 직접 전화를 해봤죠."

하지만 조던은 여느 청소년들과 마찬가지로 이유를 알 수 없는 우울감에 젖어 있었다. 그에게는 친한 친구도 많지 않았다. 그렇게 암울한 시기에 세상을 환히 밝혀준 것은 다름 아닌 농구였다.

D.C. 버고 중학교에서 9학년을 마치고 조던과 리로이 스미스는 레이니 고교 농구부 감독인 클리프턴 '팝' 헤링의 농구 캠프에 참가했다. 개교한 지 3년밖에 안된 레이니 고교에는 최신식 체육관이 있었다. 이 학교는 전체 학생 중 40퍼센트가 흑인으로, 윌밍턴시가 어렵게 이룬 흑백 통합 교육의 표상과도 같았다. 그러나 도시는 여전히 인종 문제로 몸살을 앓았다. 어떤 면에서는 흑인들을 쫓아냈던 1898년의 폭동이 생각날 만큼 갈등이 심각했다. 훗날 역사학 박사 학위를 취득하고 지역 내 인종 갈등을 연구한 빌 빌링슬리는 당시의 분위기를 설명했다.

"70년대에 흑인들이 성공할 수 있는 유일한 방법은 그 옛날처럼 이곳을 떠나는 것이었습니다."

그런데 레이니 고교는 조던이 재학하는 동안 비교적 평온했다. 그 이유 중에는 흑인과 백인 학생들이 체육 활동을 통해 단합했다는 점도 있었다. 흑백 통합이라는 극적인 변화가 일어난 후 운동 경기는 학생들이 인종과 무관하게 서로 존중하고 공존하는 방법을 배우는 장이 되었다. 물론 이 사실은 역사적으로만 의미가 있을 뿐, 1978년도의 마이클 조던은 그저 농구부 1군에 들어가고 싶어 안달 난 아이에 불과했다.

그는 9학년 농구부에서 단연 최고의 실력자였고 그해 여름에 열린 헤링의 농구 캠프에서도 인상적인 활약을 펼쳤다. 그리고 겨울부터는 우리가 NBA에서 자주 볼 수 있었던 놀라운 동작들도 조금씩 선보이기 시작했다. 그는 다가오는 시즌에 농구부 1군 선수가 되리라고 확신했다. 9학년 시절의 동료들과 리로이 스미스도 그가 팀 내에서 가장 뛰어나다고 인정하던 때였다.

아마 많이들 알겠지만, 바로 이 시기에 조던 신화는 비극으로 치달은 헤링 감독의 삶과 교차하게 된다. 당시에 일어난 사건은 작은 오해를 빚고 그 후로 수십 년간 계속해서 그릇된 해석을 낳게 된다. '슈퍼스타 마이클 조던은 고교 농구부 테스트에서 왜 탈락했는가?' 이 이야기는 지금까지 잡지와 신문, 텔레비전 방송, 비디오테이프, 라디오 등 거의 모든 매체를 통해 끝없이 재생산되었다.

클리프턴 헤링은 그 과정에서 희생양이 되었다. 윌밍턴 출신인 그는 뉴하노버 고등학교에 입학하여 여덟 개 고교 농구부를 주 우승으로 이끌었던 리언 브로그덴 감독의 애제자가 되었다. 브로그덴의 마지막 우승을 도운 헤링은 존 맥렌던이 체육지도자 육성 과정을 마련했던 노스캐롤라이나 센트럴 대학교(흑인 전용 대학이었던 노스캐롤라이나 칼리지의 전신)에 진학하여 미식축구 선수로 활약했다. 그는 농구를 선택할 수도 있었으나 체육 특기자 장학금을 받을 종목으로 미식축구를 골랐다. 대학을 졸업하고는 윌밍턴으로 돌아와 한동안 브로그덴의 부코치로 일했다. 헤링은 레이니 고교가 설립된 1970년대 중반에 운동부 감독 자격을 얻었다. 이는 당시에 흑인 감독이 극히 드물었다는 점에서 큰 의미가 있었다. 조던이 레이니 고교에 입학한 1978년에 헤링은 젊고 명석한 교육자로서 밝은 미래를 그리고 있었다. 실제로 그는 조던을 아침마다 학교 체육관에 데려가 함께 농구 연습을 하기도 했고, 졸업생들이 대학에서도 계속 운동을 할 수 있게 추천서를 쓰는 등 제자들을 위해서 많이 애썼다. 앞으로 소개될 헤링과 조던의 일화에서 알 수 있듯이 그에게 가장 중요한 것은 승리가 아니라 학생들을 잘 가르치는 것이었다.

당시 레이니 농구부에는 딕 네어의 아들도 있었다. 운동부 코치들을 늘 자세히 관찰했던 네어는 헤링을 이렇게 기억했다.

"정말 훌륭한 분이었습니다. 신경쇠약 증세가 좀 있었지만 재미있고 아이들을 아끼는 좋은 감독님이었죠. 성격도 참 밝았고요. 그런데 그렇게 좋은 분이 나중에는 정말 비참한 신세가 됐어요."

안타깝게도 헤링은 조던이 학교를 졸업하고 3년이 채 지나지 않아 정신분열증으로 교사생활을 마쳤다. 그는 증세가 나타나면 순식간에 다른 사람이 되었다. 한때 사려 깊고 쾌활했던 젊은 감독은 한밤중에 머리가 헝클어진 좀비 꼴로 보이지 않는 망령을 좇아 거리를 헤매었다. 그러면서 이따금 혼잣말을 하거나 허공을 향해 소리를 질렀다. 그의 오랜 친구들은 그런 모습에 괴로워하며 묻고 또 물었다.

"대체 어떻게 저럴 수 있지? 어떻게 그토록 밝고 영특했던 친구가 저렇게 변했을까?"

약물치료가 증상을 완화하는 데 조금은 보탬이 되었지만, 공격성과 폭력적인 행동이 반복적으로 나타나면서 헤링의 삶은 피폐해졌고 결국 사회활동이 아예 불가능해졌다.

동료 코치들은 헤링을 최대한 보호하려 노력했다. 그러나 그의 삶이 무너져가는 가운데 조던 신화는 나날이 힘을 얻었다. 이윽고 대중은 조던의 성장사 가운데 가장 의아했던 사실에 주목하기 시작했다.

"마이클 조던이 고등학교 농구부 선발에서 탈락했다고?"

그 뒤에는 당연히 이런 의문이 뒤따랐다.

"어떤 멍청이가 감히 조던을 떨어뜨린 거야?"

그동안 월밍턴 지역 사회는 헤링의 처지를 알고 입을 굳게 다물고 있었다. 그러나 언론에서 조던의 발언을 토대로 농구부 탈락 일화를 계속 확대 재생산하자 더는 참지 못하고 대처에 나섰다. 가장 처음 사건의 진상에 접근한 인물은 댈러스 출신인 케빈 셰링턴이라는 기자였다. 나중에는《스포츠 일러스트레이티드》지도 헤링을 주제로 삼은 기사에서 농구부 탈락 사건을 깊이 파고들었다. 이 기사가 다룬 이야기들은 조던이 옛일을 부풀려 말했거나 강한 경쟁 본능 때문에 망상을 품었을 가능성을 제기했다.

《스포츠 일러스트레이티드》는 조던 신화에 대한 새로운 화두를 던졌지만, 아쉽게도 사건의 참모습을 짚어내지는 못했다. 숱한 오해와 왜곡된 소문이 넘쳐나는 가운데 진실이라 할 만한 것은 단 하나뿐이었다. 어린 선수들이 운동부에 지원하면 누군가는 붙고 누군가는 떨어진다. 이것이 공립학교의 경쟁에서 예부터 변치 않는 진실이었다.

헤링의 동료 코치들은 조던 탈락설에 대해 오랜 시간 해명하다가 나중에는 1군 선발을 위한 정식 테스트가 없었다는 식으로 돌려 말하기 시작했다. 물론 거기에는 또 다른 의문이 뒤따랐다. 선발 테스트가 없었다면 합격자 명단이 게시되지도 않았을 터였다. 그런데 그해 늦가을에 헤링은 알파벳순으로 이름이 적힌 명단을 체육관 탈의실 벽에 붙였다. 조던은 며칠 내내 그 소식만 손꼽아 기다리고 있었다. 그리고 명단이 게시되자 곧장 그 앞으로 달려갔다. 그는 자기 이름을 찾다가 다시 한번 처음부터 끝까지 종이를 훑어보았다. 뭔가 착오가 생긴 것이라고, 처음에는 그런 생각을 했다. 겨우 열다섯 살이었지만 9학년 때는 자기가 최고였음을 스스로도 잘 알고 있었다. 그런데 합격자 명단에는 조던의 이름이 없었다. 10학년으로 1군에 뽑힌 사람은 친구인 리로이 스미스뿐이었다.

이후 온종일 무거운 패배감이 조던을 짓눌렀다. 학교를 마치고 그는 사람을 피해 혼자서 집으로 걸어갔다. 조던은 그날을 회상했다.

"방에 들어가 문을 걸어 잠그고 울었죠. 눈물이 멈추질 않았어요. 그때 집에는 아무도 없었지만 문을 꼭 닫고 있었죠. 그땐 아무도 내 울음소리를 듣지도, 나를 보지도 않았으면 했어요."

사실 헤링도 어쩔 수 없었다. 그해 가을에는 지난 학기에 뛰던 선수들이 많이 남아 있었기 때문이다. 전 시즌에 1군 소속이었던 12학년이 열한 명, 11학년이 세 명이나 되었다. 그중 여덟 명은 가드 포지션이었다. 키가 컸던 리로이 스미스는 출전 기회가 많지 않았지만 팀에 필요한 높이를 보강해주었다. 감독의 결정을 지켜본 조던은 결국 키가 문제라고 결론지을 수밖에 없었다. 그는 1990년에 작가 존 에드거 와이드먼에게 예전 일을 이야기했다.

"정말 화가 났죠. 나랑 가장 친했던 친구가 키 때문에 합격했으니까요. 걔 실력이 좋진 않았지만 고등학교에선 198센티미터면 꽤 큰 거였어요. 농구는 제가 더 잘했지만 결국 뽑힌 건 걔였죠."

나중에 스미스도 본인이 합격한 것이 무척 놀라웠다고 고백했다.

"그건 절대로 재능을 보고 뽑은 게 아니었거든요."

1군 부코치였던 론 콜리는 당시에 이런 고민을 했다고 한다.

"일단 뽑아두기는 했지만 리로이 스미스를 어떻게 쓰느냐가 문제였습니다."

콜리는 조던이 1군 선발 테스트에 참가했는지 기억하지 못했고 어린 시절의 그를 '숫기 없는 선수'라고 묘사하기도 했다.

1군 탈락설에 대한 논란이 불거지고 시간이 더 지나서 코치들은 당시 상황에 대한 대처가 미흡했음을 시인했다. 어쩌면 그때 헤링은 제자에게 장래 계획을 밝혔을지도 모른다. 하지만 설령 그랬다 하더라도 나이가 어린 조던은 그 깊은 뜻을 이해하지 못했을 테고, 코치진 가운데 누구도 그런 일이 있었는지는 기억하지 못했다. 실세로도 헤링이 아무 말 없이 넘어갔을 가능성이 큰데, 그런 경우가 워낙 일반적인 데다가 공립학교에서는 대개 각 운동부의 책임자가 독단으로 결정을 내리기 때문이다. 그러므로 그 과정에서 별다른 논의는 없었다고 보는 편이 옳다. 결국 조던의 분노를 유발한 원인은 시즌 내내 체육관에 붙어 있던 합격자 명단이었다. 그는 당시의 기억을 떠올렸다.

"그 명단은 제 이름도 없이 아주 오랫동안 체육관 벽에 붙어 있었어요."

이후 몇몇 기자가 의구심을 풀고자 월밍턴으로 향했다. 레이니 고교의 전직 코치들과 선수들은 그 결정이 최선이었다고 말했다. 당시에 조던은 키가 작고 너무 말라서 1군에서 뛸 준비가 안 되었고 힘이 센 상급생들과 대결하기도 무리였다고 말이다. 월밍턴에서 오랜 세월 스포츠 기자 생활을 한 척 커리는 조던의 10학년 시절을 떠올렸다.

"저는 마이클이 늘 자신감 있는 선수라고 생각했어요. 키가 작은 게 문제였지만요. 나중에 급격히 자라고 나서는 달라졌지만, 그전까지는 힘이나 기술적인 면에서도 좀 부족했죠."

지금 우리가 아는 마이클 조던과는 전혀 딴판이지만 당시 관계자들의 증언은 크게 틀리지 않아 보인다. 실제로 1978년에 일련의 사건을 목격한 이들은 그가 탈락한 이유를 쉽게 납득했다. 결과를 받아들이지 못한 것은 한 사람뿐이었다.

조던은 무척 상심했다. 농구를 그만둘까 하는 생각도 했지만, 어머니가 아무리 실망감이 커도 이겨내야 한다며 도전 의식을 북돋웠다. 그 덕분에 그는 비탄에서 벗어나 겨울을 잘 보낼 수 있었다.

레이니 농구부 2군 감독 겸 1군 부코치였던 프레드 린치가 당시 내린 결정에 관하여 이야기했다.

"그때 우린 마이클이 2군 팀에서 뛰면 더 잘할 거라 생각했습니다. 실제로 걔도 큰 불만 없이 열심히 뛰었어요. 마이클 실력이 좋은 건 우리도 다 알았지만, 어설프게 1군에서 뛰게 하는 것보다 출전 기회를 많이 주는 편이 낫다고 봤죠."

린치가 설명하기로, 저학년은 1군에서 주로 교체 선수를 맡으므로 출전 시간이 매우 짧고 실력 향상도 크게 기대하기 어렵다고 한다. 반대로 2군에서는 조던이 마음껏 활개 칠 여유가 있었다. 하지만 그렇다고 친구나 선배들로부터 받는 대접이 딱히 좋아지지는 않았다. 농구부 선수들은 조던의 두상을 보고 '땅콩' 혹은 '털 난 땅콩'이라고 부르기 시작했다. 그는 야구를 할 때부터 별명을 막 갖다 붙이는 사람들한테 넌더리가 나 있었다.

"그런데 걔는 그렇게 부르면 절대 대답을 안 했어요." 당시 11학년으로 농구부 1군에서 뛰던 마이클 브래그의 말이다. "그 녀석은 선배들하고 일대일로 붙어보면서 자기 실력이 어느 정도인지 가늠했죠. 그렇지만 10학년 말까지는 상급생들을 이겨본 적이 없어요."

조던은 그런 답답함을 2군 시합에서 마음껏 풀었고, 뒤이은 시합을 위해 기다리던 1군 선수들은 그의 움직임 하나하나에서 눈을 떼지 못했다. 그는 맹렬한 기세로 많은 득점을 올렸고 40점 이상을 넣은 경기도 두 번이나 있었다. 쿼터당 시간이 겨우 6분이던 2군 시합에서는 쉽게 나오기 어려운 점수였다. 조던은 그 시즌에 포인트가드로 활약하며 평균 28득점을 기록했다.

당시 조던의 키는 178센티미터 정도였다. 그러던 어느 날 1군 후보 선수였던 케빈 에드워즈가 그의 손을 보더니 자기 손을 옆에 대어봤다.

"그 녀석 손 크기가 저보다 거의 두 배는 컸어요."

에드워즈의 말이다. 손이 크면 농구공을 다루기 쉽고 드리블 이후에 공격까지 멋지게 마무리할 수 있다. 당대 프로농구계의 스타였던 줄리어스 어빙처럼 말이다. 그즈음 조던은 텔레비전을 보며 어빙이 뛰던 프로 리그에 관심을 보였다. 이후 스포츠 전문 방송국인 ESPN이 등장하면서 사람들은 NBA 경기를 어디서든 보게 되었고, 더 나아가 조던의 플레이는 그를 닮고 싶어 하는 젊은 세대를 낳았다. 훗날 조던은 자신도 어릴 때 다른 사람들처럼 텔레비전에서 본보기가 될 인물을 찾았다고 설명했다. 처음에는 데이비드 톰슨, 그다음은 코트에서 화려한 묘기를 펼쳤던 줄리어스 어빙이었다.

레이니 농구부 2군 선수였던 토드 파커는 조던이 성공시킨 덩크에 관하여 이야기했다.

"골즈버러에서 열린 10학년 마지막 경기였어요. 마이크가 공을 뺏어서 골대로 막 달리더니 풀쩍 뛰어서 덩크를 내리꽂았죠. 수비수 하나를 완전히 내동댕이치면서요. 아마 마이크가 시합 중에 덩크를 한 건 그날이 처음이었을 거예요. 다들 그걸 보고는 '저런 건 대체 어떻게 할 줄 아는 거야?' 하고 혀를 내둘렀죠."

나중에 조던이 인터뷰에서 밝히기로, 시합 중에 처음 덩크를 넣은 때는 버고 중학교 시절이라고 한다.

"그건 아주 기본적인 덩크였어요. 그때 전 덩크에 성공했다는 걸 조금 지나서 알았습니다. 좀체 믿기질 않았다고 할까요. 물론 다른 친구들도 다 성공하긴 했지만, 어쨌든 덩크라는 게 중학생한테는 환상적인 일이잖아요. 전 그걸 해냈다는 게 무척 자랑스러웠어요."

처음 덩크에 성공한 날이 언제였든 간에, 10학년 시즌 말미에 꽂아 넣은 그 슛은 가히 슬램덩크라 부를 만했다. 대학 농구계에서도 심장을 들끓게 하는 화려한 덩크가 다시 허용된 지 얼마 지나지 않은 때였다.

조던은 야구와 점점 멀어져갈 무렵에 본인의 놀라운 운동 능력에 꼭 맞는 스포츠를 찾아냈다. 이후 앞으로 한 걸음씩 나아갈 때마다 사람들은 그의 엄청난 경쟁심에 경탄했다. 그는 남들 눈에 보이지 않는 무언가를 좇듯이 매번 투지를 불살랐고, 농구장에서 그간 받은 상처를 모두 분노로 승화시켰다. 이 분노는 나날이 발달하는 신체 능력과 합쳐져 그 과정에서 만난 이들에게 결코 잊지 못할 광경을 선사했다.

론 콜리는 1999년에 어떤 신문사 인터뷰에서 이런 말을 했다.

"처음에 마이클을 봤을 때는 걔 이름도 몰랐습니다. 당시에 저는 레이니 농구부 1군 코치를 맡았고요. 그날 우리 팀은 강력한 라이벌이었던 골즈버러를 상대하러 갔지요. 체육관에 들어가 보니 2군 경기가 거의 끝나가는 중이었어요. 코트 위에서 나머지 아홉 명은 설렁설렁 대는데 유독 한 아이만 악착같이 뛰고 있더군요. 저는 그 애를 보고는 한 1점 정도 뒤지고 있나 보다 하고 생각했습니다. 그런데 전광판을 보니 남은 시간은 겨우 1분에 우리 2군 팀이 20점이나 뒤지고 있는 거예요. 그때 죽어라 달리던 선수가 바로 마이클이었어요. 저는 그때 그 아이가 어떤 상황에서든 그렇게 악바리처럼 달려든다는 걸 알게 됐지요."

## 운동화 속의 소금

마이클 조던은 여느 사춘기 청소년처럼 극단적이고 잦은 감정 변화를 보였다. 그동안 그의 부모는 극심한 불화를 겪었고 집안에서 일어난 성학대 사건은 결국 조용히 묻혀버렸다. 다행히 델로리스와 제임스는 심각한 갈등을 안고도 아이들 양육만큼은 소홀히 하지 않았다. 특히 델로리스는 아이들이 혹시 모를 위험에 빠지지 않도록 세심한 주의를 기울였다. 제임스는 회사 일과 나이트클럽 운영을 병행하기가 버거웠지만, 아내와의 관계가 나빠진 상황에서도 자녀들 학교 행사에는 빠짐없이 참석했다.

두 사람은 아이들에게 많은 시간을 할애하고 값비싼 선물도 아끼지 않았다. 셋째부터 막내까지 모두 학교에 들어갔을 때 부부는 작은 조랑말을 선물했다. 그리고 래리와 마이클이 사춘기에 접어들었을 때는 작은 오토바이를 사줬다. 아이들 선물이라기엔 다소 과했던 그 물건은 두 아이가 겁도 없이 장애물 넘기를 시도하던 중에 망가지고 말았다. 그밖에도 제임스와 델로리스는 리틀 리그 야구선수가 된 두 아들을 위해 바쁜 와중에도 훈련장과 정규 시합을 오가며 응원에 힘썼다.

그러나 비싼 선물이나 열띤 응원도 아이들 생활 태도를 바로잡으려는 노력을 이기지는 못했다. '열심히 일하라. 목표를 세우고 달성하라. 앞일을 생각하라. 무시당하지 마라. 남을 배려하라. 피부색에 구애되지 마라.' 당시에 이 부부가 입에 달고 살던 말이었다.

델로리스는 늘 이렇게 가르쳤다.

"어른이 되려면 많이 노력해야 한단다. 항상 자신을 바로잡고 목표를 세우거라."

아마 조던에게는 학교 농구 대표팀 선발에서 탈락했을 때 그런 조언이 가장 마음에 와 닿았을 것이다. 그는 선수 시절을 회상할 때면 '무엇보다 중요한 건 타이밍'이라고 버릇처럼 말한다. 그럴 때마다 1978년 가을의 그 일로 잠시 좌절했지만 덕분에 더 발전할 수 있었다는 말도 빼놓지 않는다. 사실 그다음 상황만 아니었다면 탈락 자체는 그리 큰 상처로 남지 않았을 것이다. 그 무렵 고등학교 운동부 코치들은 시즌 막바지에 실력 있는 2군 선수들을 대표팀으로 올려 지역 플레이오프 시합에서 뛰게 했다. 조던은 내심 기대하고 있었다. 그의 농구 실력을 보고 주변 사람들이 보인 반응을 익히 알았기 때문이다. 그런데 이상하게도 헤링 감독을 비롯한 코치들은 기대감에 가득 찬 이 10학년 선수에게 아무 말도 하지 않았다. 누구도 그럴 생각이 없는 듯했다.

헤링과 함께 선수들을 지도했던 콜리가 당시 정황을 되짚었다.

"그런 문제는 논의조차 해본 적이 없어요."

조던은 속이 부글부글 끓었다. 그러다가 플레이오프가 시작할 즈음에 농구부 매니저가 아파서 결석하는 일이 생겼다. 조던은 임시 매니저이자 기록 관리원으로 대표팀을 따라가겠다고 자청했다. 그러면서 입장표를 사지 않고 경기장에 들어가려고 다른 선수들의 유니폼을 대신 들기도 했다. 심사가 뒤틀렸던 조던은 레이니 버커니어스를 응원하기는커녕 침을 뱉고 싶었다고 한다.

"우리 팀이 플레이오프에 올랐을 때 전 벤치 끝에 앉아만 있었죠. 내가 빠진 건 말도 안 된다 싶어서 응원할 마음이 안 났어요."

2군 선수로 시즌을 치르는 동안 학교 대표팀을 응원하기가 내키지는 않았지만, 그래도 모교가 이기길 기대했다. 그런데 지역 플레이오프가 다가오자 그런 마음조차 사라졌다. 조던은 그때 이런 생각이 들었다고 고백했다.

"우리 팀을 진심으로 응원하지 않은 건 그때가 유일했습니다. 차라리 그냥 졌으면 했죠. 우리 팀이 져서 다들 내가 필요하다는 걸 깨달았으면 했던 거예요. '이 팀에 날 넣지 않은 건 당신들 실수야. 시합에서 지면 전부 알겠지.' 그렇게 생각했던 거죠."

그해 봄에 버커니어스는 15승 7패로 시즌을 마쳤고, 마지막 네 경기에서 세 차례 패하면서 주(州) 플레이오프에는 진출하지 못했다.

그때 조던은 생전 처음 자신의 이기심과 맞닥뜨렸다. 훗날 이 이기심이라는 요소는 프로선수 생활 내내 그를 괴롭히는 논란거리가 된다. 물론 끝내는 타고난 경쟁심과 투지를 팀플레이에 녹여낼 줄 알게 되지만 말이다.

고등학교 10학년에 맛본 좌절의 또 다른 부작용은 키에 대한 집착이었다. 코치들이 재능보다도 키 큰 선수를 원한다면 어쨌건 빨리 키가 크는 수밖에 없었다. 그때부터 조던은 뒷마당에 세워 놓은 철봉에 몇 시간이고 매달렸으며, 손으로 잡고 매달릴 만한 것이라면 무엇이든 붙들고 늘어졌다.

이를 지켜본 어머니는 아들의 키가 자라길 바라며 함께 기도했다. 조던은 혼자 있을 때도 때와 장소를 가리지 않고 기도를 계속했다.

"주님, 제발 제 키를 더 크게 해주세요. 더 자라게 해주세요."

사실 그럴 가능성은 없어 보였다. 그 무렵에 그는 키 178센티미터로 이미 가족 누구보다도 컸다. 부모님은 키 크는 모습을 계속 상상해보라고 충고했다. 하지만 더 자라길 바라는 아들의 집착에 저녁마다 같은 말만 되풀이되었다. 그러다가 어머니가 새로운 대책을 내놓았다.

"가서 신발에 소금을 넣고 기도하려무나."

델로리스 조던은 당시 상황을 이야기했다.

"처음엔 마이클이 무슨 말도 안 되는 소리냐고 툴툴댔어요. 근데 그렇게라도 구슬리지 않았으면 그날 저녁은 끝이 안 났을 거예요. 남편이 곁에 오니까 걔는 또 그 앞에서 키가 크고 싶다며 성화였죠. 그때 우리가 이런 말을 했을 거예요. '얘야, 그건 네 마음속에 있단다. 키 크는 것도 다 마음에서 시작되는 거야. 상상하면 넌 원하는 만큼 커질 수 있어.'라구요."

그렇게 해서 습관처럼 철봉에 매달리고 신발에 소금을 넣어둔 채 기도하는 나날이 이어졌다. 어머니는 잠잘 시간이 되면 아들 방에 소금을 갖다 놓았다. 물론 그 이야기가 순전히 지어낸 것이고 그 소금이 그저 평범한 소금이라고는 차마 말하지 못했다.

그러던 중에 친척 형 하나가 그 집을 찾아와 머무른 일이 있었다. 놀랍게도 그의 키는 2미터에 달했다. 조던 가문에 2미터짜리 거구라니! 희망이 샘솟기 시작했다. 남은 걱정거리는 언젠가부터 계속된 무릎 통증뿐이었다. 때로는 너무 아파서 잠도 못 잘 정도였다. 델로리스는 무릎이 왜 아픈지, 키는 더 클 수 있는지 알아보려고 아들과 함께 병원을 찾았다. 의사는 성장판을 찍은 엑스레이 사진을 들여다보더니 걱정하지 말라고 했다. 아직 키가 자랄 여지가 충분하다고 말이다.

정말 그랬다. 그해 여름까지 조던은 약 190센티미터까지 성장했고 그 뒤로도 계속 자랐다. 실제로 대학교에 들어가서, 심지어는 NBA 선수가 되고도 조금 더 자라 최종적으로는 198센티미터에 이르렀다. 식구들보다도 30센티는 더 큰 키였다.

프레드 린치는 그 일을 두고 이렇게 말했다.

"마이크는 10학년 말에 178센티미터 정도였습니다. 아무리 크다 해도 180센티미터가 채 안 되는 키였어요. 재주는 늘 뛰어났죠. 9학년 때나 10학년 때나 그 또래에서는 최고였으니까요. 열정이 대단했고 공 다루는 기술도 좋았어요. 손이 꽤 큰 데다가 손아귀 힘도 셌고요. 그런 애가 11학년쯤 되니까 190센티미터, 아니 거의 193센티미터까지 훌쩍 크더라고요. 소질과 투지가 넘치던 아이가 별안간에 키까지 갖게 된 겁니다. 잠재력이 꽃을 확 피운 거예요."

# 제 7 장

# 23번

1979년 봄, 미시간 주립대의 매직 존슨은 래리 버드의 인디애나 주립대를 누르고 모교를 NCAA 정상에 올려놓았다. 빅 텐 컨퍼런스의 떠오르는 흑인 스타와 인디애나의 무명 대학에서 혜성처럼 나타난 백인 스타의 만남은 전국적인 관심을 모았고, 그 결과 두 사람의 맞대결은 대학 농구 역사상 최고의 방송 시청률을 기록했다.

노스캐롤라이나에서 청소년기를 보내던 마이클 조던 역시 그 시합에 홀려 있었다. 그리고 바로 다음 시즌에는 버드와 존슨이 각각 NBA 명문 구단인 보스턴 셀틱스와 로스앤젤레스 레이커스에 합류하는 모습을 지켜봤다. 이듬해 봄에 존슨이 마법 같은 능력으로 레이커스를 NBA 우승으로 이끌자 조던은 그 마력에 완전히 빠져들었다. 그리하여 윌밍턴의 10대 소년은 레이커스와 사랑에 빠졌다. 레이커스는 그가 꿈꾸던 팀이었고 매직 존슨은 그의 영웅이었다.

같은 해에 조던의 부모는 그에게 처음으로 자동차를 사주었다. 당시 그와 사귀던 라케타 로빈슨은 남자친구의 마음을 알고 특별한 장식 번호판을 선물했다. 이후 조던은 '매직 마이크'라고 적힌 장식판을 앞 범퍼에 자랑스레 붙이고 다녔다.

농구계 사람들, 그중에서도 특히 프로 리그의 코치들은 나중에 그 사실을 알고 실소를 터뜨렸다. 버드와 존슨은 모두 키가 205센티미터 정도로 꽤 컸지만 화려한 기술과 활력 넘치는 속공으로 NBA에 눈을 돌린 수백만 농구팬들에게 신선한 자극을 주었다. 두 사람 다 패스에도 일가견을 보였는데, 이 분야에서는 존슨의 능력이 무척 뛰어났다. 그러나 그들의 창의적인 패스는 너나 할 것 없이 보는 이의 가슴을 뛰게 했다. 존슨은 농구계에서 유례를 찾아볼 수 없는 속공의 천재였다.

1979년 여름과 가을, 아직 매직 존슨이 NCAA 우승과 레이커스 입단의 기쁨을 한창 누리던 무렵, 마이클 조던은 윌밍턴에서 자신만의 전설을 쓰기 시작했다. 그해 가을에 조던은 레이니 버커니어스의 1군 선수가 되었다. 아직 농구 기술은 덜 완성된 상태였지만, 그는 1군에 들어가려고 상당한 노력을 기울였다. 그동안 키를 더 크게 해달라고 올렸던 기도에도 적절한 응답이 있었다. 당시 그의 신장은 거의 193센티미터에 다다랐다. 손이 더 커지고 팔도 더 길어졌으며 보폭 역시 더 넓어졌다. 경기력을 끌어올릴 새 도구들이 갖춰진 셈이었다. 2군 팀에서 포인트가드를 맡았던 조던은 무서운 공격력을 선보이는 한편, 동료들에게 공을 적절히 분배하는 본분 또한 잊지 않았다. 조던의 재능을 눈여겨본 헤링 감독과 코치들은 그가 지나치게 이타적이라고 판단했다. 헤링은 조던이 패스를 많이 하기보다 적극적으로 득점에 나서는 것이 아직 조직력이 덜 다듬어진 팀에 도움이 된다고 결론지었다. 조던은 코치들의 조언에 귀를 기울이면서도 큰 변화를 보이지 않았다. 그는 단체 경기라는 농구 본연의 가치를 중시하며 시합 중에 계속 동료들을 찾았다.

헤링은 제임스 조던을 만나 도움을 요청했다. 처음에 제임스는 학부모가 그런 일에 개입하면 안 된다며 제안을 거절했다. 그러나 결국은 감독의 뜻을 이해하고 아들을 설득했다.

충고를 받아들인 조던은 득점에 치중하기 시작했고, 이전에는 알지 못했던 능력을 하나둘 발견했다. 그때부터 그의 재능과 사람들의 기대감은 모종의 상호작용을 일으켰다. 코치진과 관중은 그가 기량을 발휘하면 할수록 더 많은 것을 보여주길 원했다. 그 과정에서 조던은 스스로 새로운 능력을 발견하며 희열을 느꼈다. 그렇게 경기장에서 보여준 활약상과 멋진 이미지는 더 큰 기대감을 낳기 시작했다. 물론 막 정식 농구선수가 된 당시에는 그 수준이 아주 미미했다. 그러나 오래 지나지 않아서 그와 관련된 모든 것의 규모가 무지막지하게 커졌다. 처음에는 그러한 변화가 부모를 비롯한 주변 사람들에게 별다른 문제를 일으키지 않았으나, 시간이 갈수록 성공 뒤에는 늘 큰 부담이 뒤따랐다. 성공이 커질수록 짊어져야 할 짐도 늘어났고, 아무리 떨쳐내려 해도 그 무게는 사라지지 않았다.

## 1군

1979년 여름에 애팔래치안 주립대의 바비 크레민스 감독은 농구 캠프를 개최한 뒤 행복과 피로감을 동시에 느끼고 있었다. 사우스캐롤라이나 대학교 재학 시절에 명장 프랭크 맥과이어 감독 밑에서 포인트가드로 활약했던 크레민스는 노스캐롤라이나 산악 지대의 보석으로 통했던 애팔래치안 주립대에서 4년간 힘겹게 농구부를 재건했다. 그는 1979년에 애팔래치안 농구부를 역대 최초로 NCAA 토너먼트에 진출시키며 그간 들였던 노력을 보상받았다. 그러나 루이지애나 주립대에 패한 뒤 그해 6월에 고교생을 위한 농구 캠프를 열 무렵에는 그 흥분이 가라앉은 상태였다. 이 캠프 덕분에 노스캐롤라이나의 고교 팀들은 서늘한 고지대에서 농구를 즐길 수 있었고, 운영 책임자였던 크레민스는 스카우트할 만한 선수들을 다양하게 살펴볼 수 있었다.

크레민스는 연습 시합과 기술 훈련 시간 내내 가는 다리로 힘차게 뛰어다니던 한 참가자를 발견하고 그가 속한 레이니 농구부를 눈여겨보았다. 이후 시간이 갈수록 크레민스의 놀라움은 커졌다. 그는 노스캐롤라이나에서 농구 정보지를 만들던 밥 기번스에게 전화를 걸어 뉴욕 사람 특유의 억양으로 신이 나서 외쳤다.

"밥, 여기 대단한 녀석이 있어. 그냥 말로 하면 자넨 못 믿을 거야."

몇 년 뒤에 기번스는 고교 농구계 최고의 스카우트 전문가로 명성을 날리지만, 당시만 해도 그가 펴낸 잡지를 읽는 사람이 많지 않았다. 아직 1군 시합에도 한 번 참가하지 않은 무명 선수를 두고 크레민스가 호들갑을 떨자 호기심이 동한 기번스는 애팔래치안 주립대로 곧장 차를 몰았다.

기번스는 스포츠 기자인 앨 페더스턴과의 인터뷰에서 그날 일을 이야기했다.

"그곳엔 운동 능력이 엄청난 1미터 90센티미터의 선수가 있었습니다. 그때 마이클이 저를 처음 만나서 한 말이 아주 인상적이었어요. 저를 보자마자 '기번스 아저씨, 제가 더 좋은 선수가 되려면 어떤 능력을 더 키워야 할까요?' 이렇게 묻더라고요."

조던을 보고 놀란 것은 그들만이 아니었다. 레이니 선수들도 조던의 깜짝 변신에 할 말을 잃었다. 농구부 동료였던 토드 파커는 그해 여름 캠프를 회상했다.

"10학년이 끝나고 그 녀석은 완전히 다른 사람이 돼서 돌아왔어요. 더 이상 빼빼 마른 꼬맹이 마이크가 아니었죠. 점프를 하면 체육관 천장도 뚫을 것 같았어요. 진짜 말도 안 되는 점프력이었죠."

당시 12학년이었던 마이클 브래그도 같은 생각이었다.

"예전하고 많이 달라졌다는 게 눈에 보였어요. 의지도 훨씬 강해졌고 기량이 더 좋아졌더라구요."

기번스는 그러한 변화가 일어난 배경을 전혀 몰랐지만, 어쨌든 다음에 낸 잡지에는 조던을 주제로 글을 실었다고 한다.

"그때 제가 마이클의 발전 가능성에 대해 글을 썼습니다만, 그걸 보는 독자는 겨우 200명 정도였고 그나마도 작은 지역에 한정되어 있었죠."

조던은 농구 캠프에서의 경험을 떠올리며 이렇게 말했다.

"그땐 제 이름이 사람들 입에 자주 오르내리지 않았어요. 농구계에서 저를 아는 사람은 거의 없었죠."

헤링은 조던에게 주목하는 이들이 있음을 알아채고 기뻐했다. 그러면서 자신의 제자가 아주 특별하다는 믿음을 재차 확인했다. 그는 남들 앞에 괜한 자랑을 늘어놓는 성격이 아니었다. 하지만 당시 기록에는 '1군 탈락 사건'으로 조던이 보인 강박적인 태도에도 불구하고 헤링이 어떤 조처를 했는지 아주 잘 나와 있다. 학교 운동부에는 제자의 능력을 본인의 출세에 이용하려는 악덕 코치들이 간혹 있지만, 그는 전혀 그렇지 않았다. 오히려 어린 제자의 선택권을 최대한 넓혀주려 애썼던 모양이다. 나중에 그는 조던을 영입하려던 대학들의 경쟁을 중간에서 적절히 조정하는 역할도 했다.

1979년 가을, 아직은 모든 것이 잠잠하던 시기에 헤링은 UNC 농구부 코치진에게 조던을 소개하는 편지를 썼다. 사실 고교 운동부 감독이라도 모두가 제자들의 앞날에 관심을 두지는 않을뿐더러, 아직 1군의 정규 시합에도 한 번 참가하지 않은 선수를 위해 그런 편지를 쓰는 감독은 극히 드물다. 그러나 헤링은 실제로 그렇게 했고, 매일 아침 여섯 시 반에 조던을 학교 체육관으로 데려가 별도로 훈련을 시켰다.

언젠가 헤링은 그 시절을 떠올리며 이런 말을 했다.

"그때 마이클은 왼손 기술이 약했습니다. 저는 왼쪽을 강화하고 드리블에 이은 빠른 점프슛 모션도 연습하라고 했지요."

아침 훈련에서는 약점을 보완하고 슛을 최대한 많이 던지는 데 주력했다. 훗날 조던이 이룬 성공의 상당 부분은 이 시기에 헤링이 쏟은 노력에서 비롯되었다고 할 수 있다. 지인들이 증언하기로, 두 사람은 매우 가까운 사이였다고 하나 조던이 1군에 탈락한 기억을 잊을 만큼 친밀하지는 못했던 것 같다. 그는 아침에 학교 체육관에서 훈련하던 시절을 이렇게 기억했다.

"거기서 운동을 하다가 힘들어서 그만둬야겠다는 생각이 들 때마다 전 눈을 감고 제 이름 없이 탈의실에 붙어 있던 합격자 명단을 떠올렸습니다. 그런 다음 다시 연습에 매신했죠."

그해 가을에 헤링은 다가올 시즌에 쓸 유니폼 번호를 고르게 했다. 선택할 수 있는 번호는 얼마 전 졸업한 제임스 비티의 23번과 데이브 맥기의 33번이었다. 비티와 맥기는 지역 내 베스트 파이브에 선정될 만큼 뛰어난 선수들이었다.

조던은 23번 유니폼을 입기로 했다. 형 래리가 쓰던 45번의 절반에 가깝다는 이유에서였다. 훗날 조던이 NBA에 입성한 후, 농구계 사람들은 그 번호를 에이스의 표식처럼 받아들였다. 그리하여 AAU 시합이나 공립학교 리그, 혹은 열 살배기들이 참가하는 유소년 대회 할 것 없이 23번을 단 선수는 상대 팀의 집중 견제를 받았다. 또한 차세대 스타들 역시 앞다투어 23번 유니폼을 입으려 했고, 그 선택에 뒤따르는 압박감과 기대감 역시 함께 떠안았다. 조던은 이 번호를 자신의 상징으로 삼고 본인 이름이 들어간 의류와 신발은 물론 고급 휴양지와 최상급 골프 코스를 오가는 하늘색 전용기까지 온통 23번으로 장식했다.

1군 리그에 입성한 조던이 처음 존재감을 드러낸 장소는 펜더 카운티였다. 그는 경기장에 모인 가족과 친척, 친구들 앞에서 35득점을 올리며 레이니 팀이 연장전까지 간 시즌 첫 경기를 81대79로 이기는 데 기여했다. 그날 펼친 대활약에 가족과 팀 동료, 코치들, 심지어는 조던 본인마저도 놀라고 말았다.

조던은 시합마다 그동안 억눌렀던 감정과 좌절감을 쏟아내며 훨훨 날아올랐다. 그는 맹렬한 기세로 누구든 잡아먹을 듯이 달려들었다. 골대로 돌진할 때면 활짝 벌어진 그 입에서는 선홍색 잇몸과 번득이는 치아가 보였다. 그리고 링을 씹어먹기라도 할 듯한 표정으로 혀를 쑥 내밀고는 상황을 마무리 지었다. 그럴 때마다 수비수들은 조던의 무시무시한 기세에 일순간 제자리에 얼어붙었다. 그는 리바운드를 할 때도 마치 공격을 하듯이 흉포하게 공을 낚아챘다. 그 민첩함 앞에서는 동료들이나 상대 팀 모두 혀를 내둘렀다. 운동 능력이 달라도 너무 달랐다. 간혹 공중에서 그를 막으려는 선수들도 있었지만, 다들 팔을 쭉 뻗은 채 슛이 실패하기만 바랄 뿐이었다.

당시 뉴하노버 카운티 교육청에서 체육 담당자로 일하던 마이크 브라운은 시즌 첫 시합에서 조던이 펼친 활약에 감탄했다. 그래서 평소 알고 지내던 UNC 농구부의 빌 거스리지 코치에게 윌밍턴에 대단한 선수가 나타났다고 전했다. 그렇게 조던이 모르는 곳에서 또 다른 전기가 마련되고 있었다.

레이니 농구부의 주전으로는 조던 외에도 센터였던 리로이 스미스, 12학년으로 가드를 맡았던 마이클 브래그가 있었다. 그리고 가드와 포워드를 겸했던 12학년 아돌프 샤이버는 이미 몇 년 전부터 엠피 파크에서 조던과 함께 농구를 하던 사이였다. 샤이버는 늘 이쑤시개를 입에 물고 다니며 주변 사람들에게 심심찮게 독설을 날려댔다. 다른 선수들은 그런 샤이버를 언짢게 여겼지만, 조던은 수다스럽고 트래시 토크에 능했던 그와 함께하는 것이 즐거웠던 모양이다. 그 모습은 마치 먼 옛날 주군 곁에서 웃음을 주던 궁정 광대 같았다고 할까? 하지만 조던도 샤이버의 입방정에 크게 화를 낸 적이 있다. 언젠가 샤이버가 데이비드 브리저스의 여자친구를 모욕했을 때, 조던은 그를 벽에 세게 밀치며 주의를 줬다. 비록 약간의 마찰은 있었지만, 샤이버의 말투에는 왠지 거슬리는 듯하면서도 마냥 미워하기 어려운 무언가가 있었다. 게다가 그와 함께 다니면서 특유의 허세 때문인지 조던도 학교에서 소위 '잘 나가는 아이' 같은 인상을 풍겼던 것 같다. 반대로 샤이버는 조던의 넘치는 열정에 빠져들었는데, 이 점은 농구부의 다른 선수들, 심지어는 코치진도 다르지 않았다.

조던과 샤이버의 우정은 어른이 되어서도 계속되었다. 두 사람의 유대감은 조던이 샤이버를 믿을 만한 팀원으로 인정하면서부터 생겨났다. 그는 나이가 들어서도 평생 사귀어온 벗들을 굳게 믿고 의지했는데, 샤이버는 그중에서 가장 처음 합격점을 받은 인물이었다. 조던은 친구들이 간혹 엉뚱한 짓을 벌이거나 잘못을 저질러도 다 이해하고 받아들였지만, 의리에 어긋나는 행동만큼은 용서하지 않았다. 그는 신의를 매우 소중히 여겼고, 1군 선수가 된 첫해에 샤이버는 믿음을 주었다. 훗날 조던이 프로 생활을 할 적에 샤이버는 원정 경기를 떠난 그와 호텔 방에서 함께 시간을 보내며 오랜 친구의 마음을 달래기도 했다.

조던은 홈구장에서 열린 시즌 두 번째 시합에서 29득점을 기록하며 레이니 버커니어스를 다시 승리로 이끌었다. 그러나 곧이어 경보가 울렸다. 다음 적수인 서던 웨인 고교에는 몇 년 뒤 조던의 대학팀 동료가 될 세실 엑섬과 린우드 로빈슨이 있었다. 당시 고교 농구계의 유망주로 주목받은 로빈슨과 엑섬은 레이니 팀과의 대결에서 각각 27점, 24점을 넣었다. 조던은 28득점으로 또다시 사람들을 놀라게 했지만, 그의 빛나는 활약도 패배를 막지는 못했다. 서던 웨인 팀은 최종 스코어 83대 58로 버커니어스를 당혹케 했다.

헤링은 시합이 끝나고 간신히 입을 뗐다.

"오늘 경험은 앞으로 우리한테 큰 자산이 될 겁니다." 그는 대패한 그날 경기를 긍정적으로 보려고 애썼다. "마이크는 아직 11학년일 뿐이에요. 우리 팀은 점점 나아질 겁니다. 물론 다시 전열을 가다듬어야겠지만요. 오늘은 정말 크게 혼쭐이 났네요."

3일 후 레이니 농구부는 조던과 리로이 스미스가 리바운드를 장악하고 속공에서 엄청난 존재감을 보인 덕분에 한결 나은 시합을 펼쳤다. 마이클 조던은 24득점으로 지역 내 라이벌인 호가드 고교를 쓰러뜨리는 데 큰 공을 세웠고, 그의 형인 래리도 교체 선수로 6득점을 올리며 승리에 일조했다. 래리는 이후에도 간간이 시합에 출전했지만, 후보석에 앉아서 동생의 활약에 감탄만 하는 경우도 적지 않았다. 그는 그 시절을 회상하며 말했다.

"제가 12학년, 마이클이 11학년 때 우리는 한 해 동안 1군에서 같이 뛰었어요. 그때 마이클의 실력이 한층 높은 단계로 올라섰죠. 농구는 다섯 명이 하는 운동이지만 제 동생은 다섯 개 포지션을 거의 다 소화했어요. 다른 선수들이랑 수준 차이가 너무 난다 싶을 정도로 잘했죠. 사람들은 저한테 그런 상황이 불편하지 않았냐고 묻지만, 솔직히 말해서 전혀 그렇지 않았어요. 녀석이 성장하는 과정을 지켜봤으니까요. 전 제 동생이 얼마나 노력했는지 잘 알아요."

어린 시절에 티격태격하며 경쟁하기는 했지만, 래리는 분명 마이클 조던이 거머쥔 행운 가운데 하나였다. 그해 레이니 농구부가 큰 갈등 없이 시합을 치러나간 것은 그의 의젓한 태도와 강한 인내심 덕분이었다. 사실 고교 운동부에서 주전으로 크게 활약하며 각광 받는 동생을 후보석에 앉아 지켜보기만 하는 형은 그리 많지 않다.

당시에는 집안사람들 모두가 어린 조던의 급격한 성장에 놀라움을 느꼈다. 제임스의 동생인 진 조던은 그때를 이렇게 떠올렸다.

"언젠가 금요일 저녁에 레이니 시합을 보러 갔었죠. 마이클이 11학년일 땐데, 가서 보니까 키가 훌쩍 커 있더군요. 걔가 경기 시작 전에 저한테 와서는 이랬어요. '오늘 덩크슛을 세 번 할 거니까 잘 봐요. 전부 성공시킬 거니까.' 그래서 제가 한마디 했죠. '뻥이 너무 심한 거 아냐? 네가 무슨 덩크를 하겠어?' 그날 마이클이 덩크를 세 번까지는 아니고, 실제로 두 번 성공시켰어요. 저는 시합을 보면서 형한테 마이클이 끝내주게 잘한다고 칭찬했죠."

다른 목격자들도 그 생각에 동의했다. 척 커리는 그해 12월 18일 자 지역 신문을 통해 '레이니 고등학교 최고의 선수는 마이크 조던'이라고 평가했다. 다음 날 킹스턴 고교와 맞붙어 31득점으로 승리를 견인한 조던은 '조던이 킹스턴에 맞서 버커니어스의 승리를 이끌다'라는 제목으로 생애 처음 신문 머리기사를 장식했다. 그때까지 레이니 고등학교는 4승 1패를 기록했고, 헤링은 남은 시즌을 낙관적으로 바라봤다.

당시에 헤링은 농구부 1군을 두고 '내가 레이니 농구부를 맡은 이래로 가장 수비가 뛰어난 팀'이라고 자신 있게 말했다. 레이니 1군의 강한 수비력은 상당 부분이 상대의 패스 길을 차단하고 리바운드에 힘썼던 조던 덕분이었다. 그는 공격 시에 코트 좌우측을 주로 공략했지만, 수비 시에는 기민한 동작으로 때로는 가드처럼, 또 때로는 포워드처럼 상대편을 막았다. 조던은 우상인 매직 존슨처럼 수비에 많은 신경을 썼고 수비 리바운드를 잡으면 속공을 위해 공을 신속하게 반대편 코트로 넘겼다.

조던은 그렇게 타고난 능력을 마음껏 발휘하며 농구를 즐겼다. 그러면서 자신이 농구선수로서 무엇을 할 수 있는지 깨달았고, 그 결과물은 당대 최고의 감독들이 상상조차 하지 못한 모습으로 나타났다.

당시는 농구의 발전과 함께 흑인에 대한 인식이 일변하던 시기였다. 백인들은 농구를 통해 흑인 선수들의 우수성을 이해하고 받아들이기 시작했다. 이러한 변화는 조던이 아직 농구를 접하기 전인 흑백통합 교육 초반부터 조금씩 나타났다. 그러나 흑인과 백인 선수들이 코트에서 호흡을 맞추기 시작한 이래로 꽤 시간이 흘렀는데도 백인 코치들은 운동 능력을 활용한 흑인 특유의 플레이를 잘 이해하지 못했다. 방법은 그저 흑인들의 동작을 보고 배우는 수밖에 없었다.

NBA의 전설로 일컬어지는 빌 러셀은 1950년대 학창 시절에 항상 코치들로부터 '수비할 때 상대의 공을 쳐 내려고 점프하지 마라.'라고 주의를 받았다. 러셀도 처음에는 지시를 따랐지만, 결국은 본능대로 높이 뛰어올라 그동안 아무도 시도하지 않던 블록슛을 해냈다.

조던은 작가 존 에드거 와이드먼과의 인터뷰에서 이렇게 말했다.

"우린 그런 플레이를 하려고 태어난 거예요. 누가 가르쳐 준다고 할 수 있는 게 아니죠."

조던이 평생 농구를 하며 함께했던 감독 중에서 흑인은 프레드 린치와 팝 헤링뿐이었다. 두 사람은 조던이 제 능력을 깊이 탐구할 수 있게 조용히 지켜봤고, 간혹 농구의 기본 원칙을 어기더라도 크게 나무라지 않았다. 그리고 농구의 기초를 가르치며 그가 남다른 기량을 마음껏 발휘하게 했다. 헤링은 골 밑 돌파 시에 발을 가장 빠르게 내딛는 방법을 가르치기도 했다. 이 기술은 조던이 대학에 진학한 후 심판들에게 트래블링*으로 지적당하기도 하지만, 딘 스미스 감독이 농구 규정상 아무 문제가 없음을 밝힌 덕분에 오해가 풀렸다.

헤링은 제자들에게 공격 속도를 조절하며 적절한 슛 타이밍을 찾는 것과 단합된 수비를 강조했다. 론 콜리 코치는 조던 덕분에 그런 전략을 구사하기가 한결 쉬웠다고 말했다.

"고등학교에도 그 녀석처럼 투지가 강한 선수는 없었습니다. 특히 수비에서 상당히 자부심을 느꼈는데, 연습 경기에서도 동료들이 수비를 제대로 안 하면 불같이 화를 냈지요."

헤링은 시즌 초반에 1군 팀을 자주 칭찬하면서도 조던을 치켜세우는 발언은 가능한 한 자제했다. 또 UNC 농구부에 쓴 편지나 이른 아침에 하는 훈련도 비밀로 했다. 현실적으로 자신이 지도하는 팀과 선수들을 경력 쌓기에 이용하는 감독이

---

* 농구 시합에서 공을 가진 선수가 3보 이상 이동하는 것. 흔히 워킹이라고도 하며, 트래블링을 범하면 규칙 위반으로 공격권이 상대편에게 넘어간다.

많지만, 헤링은 그러한 노력을 모두 비밀에 부쳤다. 사실이 알려진 것은 세월이 한참 지난 뒤, 그것도 대부분 조던의 회상을 통해서였다. 그때 본인은 몰랐겠지만 그의 이름은 조던과 함께 빛을 발했다. 감독으로서 헤링의 행동을 되돌아보자면, 비록 완벽하지는 못했지만 꽤 훌륭한 편이었다. 그는 열정적으로 제자들을 가르치면서도 자신의 노력을 가급적 드러내지 않으려 했다.

당시 조던의 키와 점프력을 고려하면 아마 보통 감독들은 그에게 골 밑 공격과 수비를 맡겼을 것이다. 그런데 헤링은 대다수 시합에서 조던을 가드로 뛰게 했다. 뉴 하노버 고교의 감독이었던 짐 헤브론은 이 점을 짚어 말했다.

"헤링 감독은 마이클을 가드 포지션에서 뛰게 했고 그게 나중에 대학이랑 프로까지 계속 갔죠. 하지만 그 아이한테 골 밑을 맡겼다면 아마 주 우승은 거뜬했을 겁니다."

## 소문

크리스마스가 이틀 지나서 《윌밍턴 스타뉴스》지와 뉴 하노버 고등학교가 주최하는 초청 대회가 열렸다. 이 대회는 인근 지역 학교는 물론이고 멀게는 뉴욕에 소재한 학교들까지 참여하는 큰 행사로, 지난 시즌 우승을 레이니 고교가 차지했다. 레이니의 첫 상대는 노스캐롤라이나 중남부에서 온 웨이즈버러 보먼 고교였다. 웨이즈버러 감독이었던 빌 대커는 2011년에 인터뷰에서 이렇게 말했다.

"그 아이 이야기는 익히 들어서 알고 있었어요. 그때 우리 팀엔 자기도 마이크 조던 못지않다고 말하던 선수들이 몇 명 있었죠. 실상은 거기에 못 미쳤지만요."

그가 말하기로, 당시 웨이즈버러 농구부에는 팀 스털링이라는 우수한 선수가 있었다고 한다.

"팀이 덩크 대결에서는 자기가 이길 거라고 했어요. 그날은 점수가 엎치락뒤치락하면서 상당히 재미있는 시합이 벌어졌죠."

레이니 고교의 압박 수비가 이어지는 가운데 두 팀은 빠르게 공격을 주고받았다. 경기 종료 6분을 남기고 레이니가 46대44로 앞선 상황, 작전 타임을 요청한 헤링은 선수들에게 좋은 슛 타이밍을 찾는 데 주력하라고 강조했다. 시즌 초반에 꽤 괜찮은 성적을 낸 레이니 팀이었지만 그는 선수들이 일순간 자제력을 잃을까 봐 걱정하고 있었다. 이후 시합 분위기는 더욱 팽팽해져 종료 3분 47초를 남기고 양 팀 모두 48점으로 동점을 이뤘다. 그러나 평정을 되찾은 조던과 팀원들은 다시금 수비에 힘쓰며 막판 득점에서 18대2로 앞서 최종 스코어 66대50으로 경기를 마무리 지었다.

"우리 선수들은 경기 내내 수비에 많은 힘을 쏟았습니다. 전 그게 상당히 유효했다고 봐요."

헤링은 시합 후 인터뷰에서 이런 말과 함께 조던을 특히 칭찬했다.

대커는 당시 조던의 모습을 떠올렸다.

"그 아이는 에너지가 넘치더군요. 정말 어마어마했어요."

그러나 경기 막판에 불러일으킨 기대감은 다음 날 열린 준결승전에서 산산조각 났다. 상대는 뉴욕의 플러싱에서 열다섯 시간이나 차를 타고 내려온 홀리 크로스 고교였다. 레이니 팀은 4쿼터 중반까지 6점을 앞섰고 종료 2분 전까지도 51대47로 앞서 있었다. 45초를 남기고는 2점을 앞서 있었지만, 조던이 자유투 두 개를 놓친 사이에 홀리 크로스 팀이 동점을 만들었다. 조던은 종료 버저와 동시에 슛을 던졌으나 역시 실패했고, 결국 홀리 크로스가 연장전에서 65대61로 승리했다.

화가 난 헤링은 기자 앞에서 불만을 토로했다.

"다들 제 역할을 제대로 못 했어요. 이럴 거면 작전은 뭐하려고 짜나 몰라요."

다음 날 그가 보인 행동은 이후 겪을 정신 질환의 전조였을지 모른다. 혹은 단지 라이벌 팀에 주전 선수들의 실력을 알리고 싶지 않아서였을지도, 또 어쩌면 그저 화가 나서 그랬을 수도 있다. 헤링은 다음 날 뉴 하노버 고교를 상대로 한 3위 결정전에서 주전들을 모두 후보석에 앉혔다. 조던은 분노와 당혹감 속에서 동료들의 분전을 지켜봤지만 결국 레이니 고등학교가 53대50으로 패했다.

목적이 무엇이었든 혜링이 내린 결정은 역효과를 낳았다. 레이니 농구부는 뒤이은 3주 동안 5연패를 기록하며 곤두박질쳤다. 다만 연패 중에도 눈에 띄는 활약은 있었다. 조던은 강적인 골즈버러 고교를 맞아 훗날 웨이크 포레스트 대학의 스타로 이름을 날린 앤서니 티치를 상대로 40점을 넣었다. 그날 티치는 레이니 팀의 슛을 열일곱 번이나 막아내며 72대64로 골즈버러의 승리를 이끌었다.

혜링은 인터뷰에서 고개를 절레절레 흔들었다.

"정말 할 말이 없네요. 블록슛 열일곱 개라니 말도 안 됩니다."

그날 조던이 40득점이나 폭발시킨 데는 한 가지 배경이 있었다. 당시 그의 여자친구였던 라케타 로빈슨은 윌밍턴에서 북서쪽으로 약 두 시간 거리에 있는 골즈버러에 살았다. 따라서 골즈버러 원정은 그녀를 만나러 가는 길이기도 했다. 로빈슨이 티치와 같은 동네에 살았으므로 조던도 그와 자주 마주쳤다. 티치는 2012년도 인터뷰에서 당시 상황을 이야기했다.

"그때 마이크가 만나는 여자애가 있었는데, 걔가 우리 반이었어요. 그래서 골즈버러에도 녀석이 아는 사람이 좀 생겼죠. 마이크는 그 뒤로 우리 동네에 꽤 자주 왔어요."

티치가 설명하기로, 그 시절에도 조던은 범접하기 어려운 인상을 풍겼다고 한다.

"왠지 가까이하기 어려운 면이 있었어요. 전반적으로 그런 분위기가 있었죠. 그건 농구를 할 때도 마찬가지였고요. 자기가 모르는 사람하고는 시합 후에도 같이 어울리거나 하지 않더군요. 또 말을 걸지도 않았고요."

그렇다고 조던이 오만하거나 무례했던 것은 아니다. 티치는 그가 충분히 원만한 인간관계를 유지했다고 설명했다.

"다만 그 녀석은 사람을 잘 믿지 못했던 거죠."

조던은 여자친구의 모교를 상대로 멋진 활약을 펼치고 싶었다. 그날 대결이 얼마나 치열했는지는 조던의 득점과 티치의 블록슛 개수만 봐도 쉽게 알 수 있다. 티치는 조던의 슛을 얼마나 쳐 냈는지 기억하지 못했으나 '녀석이 슛을 상당히 많이 던지긴 했다.'고 말했다.

티치가 말하기로, 골즈버러의 노벨 리 감독은 일찍부터 지인들을 통해 조던에 관한 정보를 많이 수집했다고 한다.

"우리 감독님은 마이크가 버스에서 내릴 때부터 '녀석을 눈여겨봐라, 상대 팀 공격이 어떤지 잘 살펴야 한다.' 뭐 그런 식이었죠."

조던은 코치진으로부터 아무런 지시도 받지 않고 자유롭게 뛰면서 상대 선수들에게 트래시 토크를 마구 날렸다. 티치는 그 점을 이야기했다.

"걔는 재능 못지않게 이미 좋은 환경에서 뛰고 있었어요. 아마 본인도 알고 있었을 거예요. 그런데 거기에 말싸움까지 붙으면 어떤지 아세요? 사실 그 앞에서 할 수 있는 건 거의 없어요. 뭐든 말한 대로 다 해내는 녀석이었거든요."

조던은 1군에 입성한 첫해부터 놀라운 기술을 선보였다. 티치가 다시 설명을 이었다.

"당시에 딱히 약점이라 할 만한 건 없었어요. 아마 어릴 때부터 자기 나름대로 기술을 만들었던 거겠죠. 덩크는 많이 하는 편이 아니었고요. 중거리 슛을 꽤 던졌고, 더 멀리서 던지는 슛도 괜찮은 편이었어요. 특정 위치에서만 슛을 쏘는 게 아니라 코트 어디서든 그게 가능했죠. 수비수를 밀어내고 점프슛을 하거나 그대로 돌파를 할 줄도 알았고요. 코치들도 녀석이 뭘 하든 말리지 않더군요."

그런 모습은 시합을 거듭할수록 두드러졌다. 이틀 뒤에 조던은 26득점을 올렸지만 팀은 라이벌인 뉴 하노버에 또다시 졌다. 그날 레이니 농구부에서 두 자릿수 득점을 한 선수는 조던뿐이었다. 며칠 뒤에는 약팀인 잭슨빌을 맞아 시합 종료와 동시에 자유투를 내주는 바람에 간발의 차로 졌다. 조던은 17점을 넣었으나 자유투를 열네 개 던져 절반밖에 성공시키지 못했고, 팀 전체 자유투 성공률도 겨우 36퍼센트에 불과했다.

선수 보는 안목이 탁월했던 UNC의 빌 거스리지 코치는 1980년 초에 윌밍턴을 방문하여 왜 다들 어린 선수 하나를 두고 야단인지 살펴봤다. 그런데 그가 찾아왔을 즈음 레이니 버커니어스는 연패에 빠졌고 조던도 다소 헤매는 모습을 보였다. 거스리지는 장거리 점프슛에 집착하던 조던을 유심히 관찰한 뒤 딘 스미스에게 다음과 같이 보고했다.

"레이니 고교의 11학년 선수는 운동신경과 민첩성이 출중하고 매우 성실히 시합에 임하지만, 무리한 슛을 남발해서 공격 효율이 떨어지는 문제가 있습니다."

그러면서 그는 '잠재력이 충분하다.'는 말을 덧붙였다. 조던에게는 분명히 ACC급 선수가 될 만한 재능이 있었기에 UNC 코치들은 더 지켜보기로 했다. 딘 스미스는 자신이 점찍은 선수가 다른 곳에 알려지는 것을 극히 싫어했다. 그래서 조던에 대해 절대 함구하라고 했지만, 훌륭한 유망주를 발견하여 들뜬 분위기는 감추기 어려웠다.

지역 신문 기자로 UNC 농구부를 취재하던 아트 챈스키는 부코치인 에디 포글러와 절친한 사이였다. 그는 당시 상황을 이렇게 설명했다.

"저는 신문 기자 일을 했지만 코치들과 사적으로 이야기한 건 늘 비밀에 부쳤습니다. 제가 알기로, 당시 노스캐롤라이나 코치들은 마이클을 눈여겨보던 중이었고 마이클 본인이 생각하는 것보다도 훨씬 재능이 뛰어난 선수라고 판단했어요. 그때 그 아이는 아무 학교에서나 장학금만 받으면 좋겠다고 생각했죠. 공군 입대를 고민하기도 했고요. 그게 뒤늦게 재능을 꽃피운 선수의 현실이었어요. 레이니 고등학교에서 아무리 날고 기어도 그걸 아는 사람이 거의 없었거든요. 그런데 보통 노스캐롤라이나가 어떤 선수한테 주목한다고 소문이 나면, 다른 학교들까지 전부 거기에 관심을 보이고 모든 평가 자료에서 그 선수 순위가 확 올라가요. 간혹 반대의 경우도 일어나긴 하죠. 잔뜩 기대했는데 알고 보니 예상한 것보다 실력이 떨어질 때 말이에요."

원래 조던을 조사하는 일은 UNC 선수 출신인 로이 윌리엄스 코치가 맡기로 했지만 어떤 사정이 생겨 그러지 못했다. 그는 농구 잡지 기자인 브릭 외틴저에게 타르 힐스가 조던을 지켜보고 있다는 정보를 흘렸다.

그때 외틴저는 이런 이야기를 들었다고 한다.

"로이 말로는 스미스 감독이 언론에 그 이야기가 새는 걸 원치 않으니 꼭 비밀로 하라더군요. 그러면서 '레이니 고교에 마이크 조던이라는 선수가 있는데 거스리지가 세 번이나 직접 가서 봤다. 360도 덩크는 우습게 하는 선수다.' 같은 소리를 했어요."

조던은 스포츠 기자들 사이에서 조용히 번지던 소문을 전혀 모르고 있었다. 또 거스리지가 학교를 방문하기 전까지 UNC 농구부가 자신을 눈여겨본다는 사실도 몰랐다. 헤링은 그저 잠자코 있었는데, 아무래도 선수들이 동요할까 봐 그러지 않았나 싶다. 조던은 거스리지가 왔다는 소식에 흥분을 감추지 못했고, 시즌 중반 들어 슛 성공률 하락과 함께 줄어들었던 자신감까지 완전히 회복했다.

훗날 그가 당시의 감회를 떠올렸다.

"제가 디비전1*에서 뛸 수 있을 거라고는 상상도 못 했어요. 그 학교가 제게 관심을 보인다는 것만으로도 정말 기뻐서 미칠 지경이었죠. 누가 절 지켜본다는 게 너무 좋았어요."

그 무렵에 조던의 능률이 떨어진 것은 상대 팀들이 그를 막으려고 작전을 짰기 때문이다. 게다가 대학팀에 관한 소문이 퍼지면서 시즌 초반보다 그에 대한 수비가 훨씬 거칠어졌다. 조던은 자신의 플레이에 익숙해진 적수들을 보며 새로운 도전에 직면했음을 깨달았다. 관건은 그 상황에 얼마나 잘 적응하느냐였다. 그리고 1980년 1월과 2월 사이에 조던은 수비수들의 압박을 이겨내고 제 역할을 해내며 변화에 완전히 적응했음을 증명했다.

빌 거스리지가 조던에 대해 보고한 뒤, 로이 윌리엄스는 그 평가를 철석같이 믿었지만 딘 스미스 감독은 아직 의심을 거두지 않은 상태였다. 나중에 스미스는 당시 상황을 이렇게 말했다.

---

* NCAA에 속한 팀은 경기력과 시설, 관중수 등을 기준으로 디비전1~3으로 나뉘며 각 디비전은 여러 개의 컨퍼런스로 또 나뉜다. 팀들은 정해진 컨퍼런스 내에서 정규 시즌을 치르고, 이후 그 성적에 따라 지역 및 전국 토너먼트 진출이 가려진다.

"빌 거스리지는 선수 보는 눈이 좋아요. 하지만 그 친구가 마이클을 딱 한 번 보고는 ACC급 선수라고 해서 저는 그걸 그대로 믿어야 할지 어떨지 확신하지 못했지요."

그러나 딱 한 가지만큼은 모든 사람의 의견이 일치했다. UNC 여름 농구 캠프에 조던을 초대하여 직접 실력을 확인하자는 것이었다.

1979~80시즌이 끝을 향하는 동안 조던은 쉬지 않고 달렸다. 5연패 끝에 시즌 7승째를 올린 레이니 고교는 린우드 로빈슨과 세실 엑섬이 지키던 서던 웨인을 찾아갔다. 그날 몸 상태가 좋지 않았던 조던은 버스를 타고 가는 내내 뒷좌석에 누워만 있었다. 하지만 그 경험으로 그는 자신의 집중력이 엄청나게 강하다는 사실 그리고 질병이나 부상처럼 크고 작은 시련이 그 힘을 더욱 끌어올린다는 사실을 깨달았다. 실제로 론 콜리 코치는 17년 뒤 조던이 NBA 결승에서 유타 재즈를 맞아 아픈 몸을 이끌고 불스의 승리를 이끌었을 때 그날의 모습이 떠올랐다고 한다.

그 시합에서 버커니어스는 지공 작전을 펼쳐 역전 직전까지 갔으나 끝내는 36 대34로 패했다. 조던은 시합 종료 순간에 던져 넣은 2점을 포함하여 총 7득점에 그쳤으며 팀 득점 대다수는 골 밑의 샤이버와 스미스에게서 나왔다.

레이니는 다음 경기에서 호가드를 이겨 승수를 추가했고 나흘 뒤에는 킨스턴과 팽팽한 접전을 벌였다. 종료 1분을 남기고 점수는 51대51로 동점, 헤링은 작전 타임을 불러 포 코너 오펜스로 공간을 넓게 벌리라고 주문했다. 그런데 이번에는 무언가가 달랐다. 공은 교체 선수로 출전한 래리 조던의 손에 있었다. 그는 빈틈을 발견하자마자 골 밑 가운데로 파고들어 레이업을 성공시켰다. 다음 날 아침《스타 뉴스》의 머리기사에는 '조던 형제가 킨스턴을 때려눕히다'라는 표제가 붙었다.

헤링은 척 커리 기자와의 인터뷰에서 이렇게 말했다.

"래리 조던이 교체 선수로 나와서 아주 잘해줬습니다. 시합 경험이 많지 않은 게 유일한 단점인 선수지요."

그날 마이클 조던은 29득점으로 팀의 승리를 도왔다.

다음에 이어진 뉴번 고교와의 대결은 레이니의 패배로 끝났다. 그리고 다시 골즈버러 고교와 앤서니 티치를 상대할 차례가 되었다. 이번에는 월밍턴에서 시합이 벌어졌지만 홈경기가 큰 이점을 주지는 못했다. 조던은 여자친구가 다니던 학교에 맞서서 기를 쓰고 덤벼들었다. 그러나 전반전에 그가 기록한 점수는 겨우 2점이었다. 후반 3, 4쿼터에는 15점을 넣으며 점수 차를 어느 정도 만회했으나 시합을 뒤집지는 못했다. 경기 직후에 헤링은 골즈버러에 번번이 져서 넌더리가 난다고 투덜거렸다. 그날 패배로 레이니의 시즌 전적이 9승 9패가 되었다.

며칠 후 월밍턴에서 라이벌인 뉴 하노버와의 시즌 마지막 결투가 벌어졌다. 그동안 조던을 여러모로 연구해온 짐 헤브론 감독은 새로운 수비 전략을 선보였다. 하지만 레이니 선수들은 시즌 막바지에 이르러 자신들이 얼마나 성장했는지를 잘 보여주었다. 공격 전술을 가다듬은 헤링의 지휘 아래, 조던은 빽빽한 수비진 사이에서 21득점을 올렸고 아돌프 샤이버와 마이클 브래그도 각각 17득점, 16득점으로 든든하게 뒤를 받쳤다.

헤브론은 레이니 팀에 패한 뒤 인터뷰에서 이렇게 말했다.

"헤링 감독은 정말 인정 안 할 수가 없네요."

이틀 후 월밍턴 홈경기에서 샤이버가 24득점, 조던이 18득점을 기록하면서 레이니 1군은 잭슨빌을 꺾었다. 뒤이어 밸런타인데이에 벌어진 시합에서 조던은 이스턴 웨인 농구부를 격파하며 고득점을 끌어내는 데 필요한 리듬을 발견했다. 그는 이후 수년간 숱하게 느낀 이 감각을 두고 '놀라운 시합을 만들어내는 계산식'이라 부르곤 했다. 조던은 그날 2쿼터에 레이니 팀이 기록한 22점 중 15점을 혼자서 몰아넣었고, 그 뒤로 3쿼터에 7점, 4쿼터에는 11점을 넣어 최종적으로 학교 신기록에 해당하는 42득점을 기록했다. 그 과정에서 점프슛, 속공, 덩크 등 다양한 공격 방법이 활용되었다. 물론 팀원들도 그 모습을 지켜보기만은 않았다. 조던과 발맞춰 달리며 득점 기회를 노리던 샤이버는 14득점을 올렸다.

로이 윌리엄스가 준 정보대로 취재에 나선 브릭 외틴저는 레이니가 대승을 거둔 현장을 찾았다. 그는 즐거운 표정으로 그날을 떠올렸다.

"조던은 정말 대단하더군요. 수준이 다른 선수였어요. 시합을 보고 있자니 '어떻게 이런 선수가 지난 시즌에는 1군에서 못 뛴 거지?' 이런 생각이 들었죠."

실제로 외틴저는 그날 밤 친구들에게 이렇게 말했다고 한다.

"그 팀 감독이 머저리인 게 분명해." 그때 그는 상당히 들떠 있었다. "저는 바로 다음에 낼 1980년도 2월호에 이렇게 썼습니다. '아마 독자 여러분은 마이크 조던이라는 이름이 생소할 것이다. 그러나 그는 본 기자가 농구를 본 이래로 운동신경과 농구 기술은 물론, 고교 슈팅가드에게서 흔히 찾아보기 어려운 요소들을 가장 완벽하게 갖춘 선수다.'라고 말이죠."

밸런타인데이에 거둔 승리로 레이니 팀은 노스캐롤라이나주의 고교 리그 가운데 등급이 가장 높은 4A급 디비전2 컨퍼런스에서 3위에 안착했다. 헤링 감독은 《스타뉴스》에 본인의 견해를 밝혔다.

"골즈버러와 서던 웨인이 우리 주 최강팀들인 건 분명합니다. 그러니 그 뒤에 있다고 해서 딱히 부끄러운 일은 아니지요."

최종 순위 3위는 레이니가 지역 토너먼트 첫 경기를 홈에서 맞이한다는 뜻이었다. 조던은 그 시합에서 초반부터 많은 파울을 범했다. 그래서 한참을 후보석에 앉아 공수를 재정비하는 팀원들을 지켜봐야 했다. 그날 호가드 고교를 상대로 샤이버가 17득점, 조던이 20득점, 리로이 스미스와 마이클 브래그가 각각 13득점과 9득점을 기록하면서 레이니 고교는 토너먼트 첫 승리를 따냈다.

다음 시합인 지역 준결승전은 서던 웨인의 홈구장에서 벌어졌다. 이 학교는 그 시즌에 총 전적 21승 2패로 노스캐롤라이나주 전체에서 손꼽힐 만큼 좋은 성적을 냈다. 최종 결과부터 말하자면, 서던 웨인이 결국 지역 우승과 주 대회 우승을 차지하고 린우드 로빈슨이 토너먼트 MVP로 선정된다. 그날 버커니어스는 강력한 지역 방어로 시합을 연장전까지 끌고 가 우승을 향한 서던 웨인의 질주를 거의 저지할 뻔했다. 서던 웨인의 마셜 해밀턴 감독은 변칙적인 지역 방어와 일대일 대인 방어는 물론 전면 강압 수비까지 동원하여 어떻게든 조던을 막으려 했다. 조던은 모든 방해를 뿌리치고 전반전에 12점을 넣었지만, 상대의 변화무쌍한 수비에 지쳐 후반전과 연장전에는 6득점에 그쳤다. 해밀턴의 전술이 통한 덕분에 서던 웨인은 40대35로 승리했다. 그리하여 레이니 1군 팀의 시즌은 총 전적 13승 11패로 끝났다. 하지만 마지막 시합은 조던이 정신적으로 한층 성장했음을 보여주었다.

경기 후에 해밀턴은 다음과 같이 말했다.

"어느 팀이든 그렇겠지만 조던을 막는 게 굉장히 어려웠습니다. 인내심이 대단한 선수고 그게 저 선수를 더 대단하게 만드는 것 같네요. 손에 잡히는 대로 슛을 쏘는 선수들은 타이밍을 뺏고 무리한 슛을 던지게 해서 오히려 쉽게 제어할 수 있는데, 조던은 전혀 그러질 않았어요."

조던은 시즌 평균 24.6득점, 11.9리바운드를 기록했다. 시즌이 끝나고 헤링은 《스타뉴스》와의 인터뷰에서 그를 칭찬했다.

"마이크한테 뭘 더 바라겠습니까? 마이크는 제가 1968년 이래로 이 지역에서 만난 선수들 중에 최고예요. 아마 앞으로 더 대단해질 겁니다. 이미 뛰어난 슈터이자 득점원이지만, 자기만 생각하지 않는 그런 선수거든요."

조던이 미래를 설계하는 데 힘을 보태려 애썼던 그는 중요한 사실을 언급했다.

"얼마 전에 빌 거스리지 코치가 마이크를 보고 갔어요. 이제 유명한 대학들도 저 녀석을 안다는 말이죠."

# 제 8 장

# 변 신

마이클 조던은 고등학교에 진학한 후 친구들을 많이 사귀지 못해 소외감과 걱정 속에서 지냈다. 겉으로는 활발한 척 익살을 떨었지만, 속으로는 여느 15세 소년들처럼 불안감으로 가득했다. 게다가 고교생활 첫해에 농구부 1군 선발에 탈락하면서 자존심은 땅에 떨어졌다.

"어릴 때는 괜한 걸로 걱정하고 생각이 많아지잖아요."

나중에 그는 한 인터뷰에서 11학년 때 갑자기 큰 키 때문에 이상하게 보일까 봐 많이 걱정했다고 말했다. 그전에도 마른 편이었지만 키가 확 자라면서 마치 뼈만 남은 듯 홀쭉해졌기 때문이다.

"그땐 정말 삐쭉하게 키만 커서 어딜 가도 눈에 띄었어요. 어릴 때는 그런 게 괜히 신경 쓰이고 싫었죠."

그는 누가 웃거나 농담민 해도 왠지 자신을 비웃는 것처럼 느꼈다. 하지만 리로이 스미스는 전혀 그런 느낌을 받지 못했다고 한다.

"그 시절에 레이니 고등학교는 꼭 가족 같은 분위기였어요. 백인하고 흑인 비율이 6대4 정도였는데, 다들 그냥 아무렇지 않게 잘 지냈죠. 갈등 같은 것도 없었고요. 세워진 지 얼마 안 되는 학교였고, 특이하게도 편을 가르거나 무슨 패거리를 만드는 것도 없었어요. 그때도 마이크는 그냥 마이크다웠죠. 그 녀석도 참 특이했다고 할까요. 다들 자기 정체성을 찾으려고 애쓰고 있었지만, 마이크는 이미 그걸 찾아낸 것 같은 느낌이었거든요."

그렇지만 조던 본인은 사람을 잘 사귀지 못해 많이 불안했던 모양이다. 그는 고교 시절 초반을 이렇게 말했다.

"전 나중에 결혼도 못 하고 혼자 살 거라고 생각했어요. 여자친구를 사귀지도 못했고 바보 같은 짓만 많이 했거든요. 맨날 하는 게 여자애들 놀리는 거였어요. 광대나 다름없었죠. 괜히 남들 흉을 보는 경우도 많았어요. 과묵한 사람들하고 있으면 어색한 분위기를 바꿔보려고 그래 봤죠. 그래도 학교 성적은 괜찮았어요. 시험을 치면 보통 A나 B를 받았으니까요. 하지만 늘 장난만 치고 수다를 떨어서 생활 태도 평가는 거의 꽝이었어요."

그의 누나는 막 고등학생이 된 동생이 다정하고 낙천적이었다고 기억했다. 조던은 당시에 결혼하여 출가한 시스를 자주 찾았다. 그는 매형을 깍듯이 대했고 특히 두 조카를 매우 귀여워했다. 사실 조던은 어린아이를 좋아했다. 보통 그 또래 남자들은 젖먹이에게 무관심하기 마련이나 그는 처음부터 신이 나서 조카들을 돌봤다. 또 걸음마를 할 즈음이 되어서는 아이를 위로 번쩍 들어 올려서 어르곤 했다. 나중에 제임스는 아들이 그런 이유를 나름대로 추측해봤다.

"마이클은 아이들을 좋아해요. 왜 그럴까 생각해보면, 아마 아이들이 활동적이라서 그렇지 않나 싶어요. 마이클도 굉장히 활동적이잖아요. 우리 손주들은 그 녀석 때문에 응석받이가 다 됐답니다."

조던은 누구하고든 잘 어울려서 동네 아이들도 그와 놀기 위해 종종 집에 들렀다고 한다.

한데 그런 행동을 한 것은 단지 아이들을 좋아해서만이 아니었다. 늘 주목받길 원했던 그는 자신에게 관심을 주는 사람이면 누구든 기쁘게 하려 했다. 이러한 성향은 농구 덕에 이전과는 비교하기 어려울 만큼 큰 관심을 받게 된 11학년 때 분명히 드러났다. 농구부의 스타가 된 뒤로는 학교에서 만나는 사람마다 그를 웃으며 반겼고 빼어난 농구 실력을 칭찬했다. 그는 10대 청소년들이 흔히 꿈꾸는 것처럼 평범한 학생에서 삽시간에 교내의 인기 스타로 변신했다. 그는 모든 것이 팀워크의 힘 덕분이라고 여겼다.

조던은 1980년 4월에 강렬했던 첫 시즌의 기억을 되돌아보았다.

"고등학교에서 농구를 시작하기 전까지는 친구가 별로 없었는데요. 농구부 활동으로 많은 사람을 알게 됐어요. 전 팀 동료들이 정말 좋아요. 다들 절 도와줬고 저도 동료들을 쭉 도왔죠. 협동심, 제일 중요한 건 역시 그거더라고요. 제 생각엔 운동 경기를 잘하게 될수록 점점 더 좋은 사람들을 만나는 것 같아요. 좋은 친구들을 사귀는 거죠."

신문사 인터뷰에서 즉흥적으로 던진 이 발언은 그가 열일곱이라는 어린 나이에도 사리분별에 밝았음을 보여준다. 아마 30년 후 명예의 전당 연설에서 조던에게 혹평을 들은 사람들은 그가 10대 때 했던 말을 떠올리길 바랐을 것이다. 하지만 그는 수많은 도전을 마주하는 동안 지난 시절의 좌절감을 늘 부적처럼 마음에 품고 살았다.

그가 가장 좋아한 과목은 수학으로, 대수학과 삼각법을 가르쳤던 재니스 하디는 당시에 수업 태도에서도 큰 변화가 보였다고 말했다.

"첫해에는 애가 완전히 굳어 있더군요. 사실 전 그쪽이 더 마음에 들었죠. 다음 해에는 교실 앞자리에 앉아서 제 농담에 막 웃다가 제 머리를 헝클어뜨리곤 했어요."

오래전부터 인기인이 되길 꿈꿨던 조던은 교내 스타가 된 뒤로도 무언가 부족했는지 스포츠 이외의 활동에도 열을 쏟았다. 그의 어머니가 당시를 회상하며 말했다.

"걔는 방에 혼자 있을 때가 없었어요. 늘 밖에 나가서 밤늦게 친구랑 놀거나 캠핑을 가고 그랬죠."

델로리스는 아들의 성공을 조용히 반겼다. 그 마음이 안도감과 기쁨 중 어느 쪽에 가까운지는 모르겠으나, 그녀는 분명히 자부심을 느끼고 있었다. 막내딸 로즐린은 일찍이 학업에 재능을 보여 부모의 인정을 받았다. 어머니와 친밀했던 그녀는 고등학교를 1년 일찍 졸업하여 오빠와 같은 대학에 가겠다는 계획을 남몰래 세웠다. 당연하다 싶겠지만, 마이클 조던은 공부에 힘쓰던 동생에게도 경쟁심을 느꼈다. 물론 그녀만큼 공부를 잘하지는 못했지만, 결과적으로는 그 덕에 좋은 성적을 올렸고 얼마 후에 대학들이 스카우트 경쟁을 벌일 때도 한층 더 매력을 발산할 수 있었다.

조던 남매는 각자의 분야에서 남다른 두각을 보였지만 그들을 향한 주목도는 눈에 띄게 차이가 났다. 로즐린이 아무리 우등생 명단에 이름을 올려도 기자가 찾아오는 일은 없었다. 그러나 언론은 마이클 조던의 기량이 일취월장하자 그를 길러낸 가정교육에도 호기심을 보였다. 이에 델로리스는 대답을 마다하지 않고 집안 막둥이들의 내력을 자랑스레 이야기했다.

"저는 아이들에게 하교 후에 곧장 집으로 오라고 일렀어요. 저랑 남편이 퇴근할 때까지는 친구들을 초대하면 안 된다고 했고요. 우리 애들은 집까지 버스를 타고 와서 샌드위치를 먹고 곧장 숙제를 했죠. 저는 공부를 항상 중요하게 생각했어요. 하지만 아이들의 삶에 참여하는 것도 그만큼 중요해요. 그냥 옷만 잘 입혀서 학교에 보내면 끝나는 게 아니랍니다. 여러모로 격려해주면서 학부모회에도 나가야하고 애들이 뭘 하는지, 성향은 어떤지 등등 최대한 많은 걸 알아야 하죠. 자녀들이 가장 원하는 건 사랑과 관심이니까요. 우리 가족은 늘 그렇게 함께했어요. 우린 아이들이 어디에 있고 누구랑 있는지 항상 알고 있죠."

델로리스는 그동안 자식들에게 쏟은 노력을 자랑스럽게 여겼다. 하지만 이 시기에 이르러 그녀의 뇌리에는 가족이 확실히 둘로 나뉘었다는 인식이 자리 잡았다. 시스와 자주 다퉜던 델로리스는 일찍이 가정불화로 인해 딸의 삶이 무너지는 것을 보았다. 집안의 맏이인 로니는 아버지와 자주 갈등을 빚었는데, 이 점은 그가 서둘러 군에 입대한 원인이 되었을 것이다. 장성한 자식들은 으레 부모의 품을 떠나려 하기 마련이지만, 조던 가족이 그간 겪은 불화를 생각해보면 첫째와 둘째가 집을 벗어나려 한 것도 당연해 보인다. 과거보다 풍족한 삶을 누리게 된 이 가문의 후손들에게도 '도피'는 어쩔 수 없는 숙명이었던 셈이다.

그런데 이상하게도 마이클 조던의 가족사에서 델로리스와 그 부모의 관계가 어떠했는지는 거의 확인되지 않는다. 델로리스는 이후 수없이 만난 기자들과의 인터뷰에서는 물론이고 직접 쓴 책에서도 자신의 어린 시절을 좀처럼 언급하지 않았다. 다만 자녀들이 말하기로는 어머니와 홀아비로 살던 외할아버지의 관계가 별로 좋지 않았다고 한다. 제임스와 델로리스는 펜더 카운티에 살던 벨 여사와 메드워드를 종종 찾아갔지만, 가는 길에 있던 에드워드 피플스의 집은 그냥 지나치곤 했다. 시스가 기억하기로는 어쩌다 외할아버지댁에 들러도 왠지 무섭고 냉랭한 분위기만 감돌았다고 한다.

메드워드 조던도 자식들과 데면데면하긴 했지만, 에드워드 피플스와 델로리스의 관계에 견줄 바는 못 되었다. 아무래도 아버지에게 미움을 사게 된 나름의 이력이 있을 듯한데, 일단 그녀가 어린 나이에 임신하여 출가한 뒤로 피플스 집안의 분위기가 사뭇 어두워진 것은 분명하다.

결혼 후에 델로리스는 자녀들에게 큰 기대를 걸고 늘 규율 잡힌 생활을 요구했다. 아마 이러한 교육방식에는 어릴 적에 경험한 가정환경이 영향을 미쳤을 것이다. 그 옛날에 농사는 결코 쉽지 않은 일이었으나 에드워드 피플스는 반드시 성공하겠다는 일념으로 목표를 달성했다. 훗날 외손자가 모은 막대한 재산과 비교하면 그가 일군 성과가 하찮아 보일지 모르지만, 도전의 난이도를 따졌을 때 소작농에서 시작하여 농장의 소유주가 된 그는 정말 어마어마한 위업을 이룬 것이다.

그 과정에서 이유를 정확히 알 수 없는 불화가 생겼지만, 사실 원인이 델로리스의 아버지에게만 있지는 않았다. 시스의 설명에 의하면, 제임스와 델로리스는 셋째 아들의 대성공으로 새로운 세상을 접하면서 촌스러운 양가 어른들을 차츰 부끄럽게 여겼던 것 같다. 두 사람은 티치와 록키 포인트에서 보낸 과거를 아예 잊으려는 듯이 보였다.

게다가 그들은 스포츠 스타라는 아들의 꿈에 휩쓸려 생각지도 못한 방향으로 가고 있었다. 두 사람은 아이들이 운동만 할 수 있다면 무엇이든 했다. 그러한 가족 활동이 유행처럼 번진 때는 20세기 말쯤으로, 조던 가족은 이미 훨씬 앞서 나가고 있었다. 두 아들이 참가한 운동 경기는 강력한 마약처럼 기대감과 전율, 여운을 안겨주며 그들의 마음을 사로잡았다. 조던 부부는 이내 다음 시합을 갈망하며 그 쾌감을 다시 느끼길 원했다.

어쩌면 그들이야말로 자녀의 학업과 과외 활동에 극성을 떠는 일명 '헬리콥터 부모'의 원조일지 모른다.

처음 몇 달간 아이들을 응원하던 경험은 행복한 중독으로 이어졌다. 두 사람은 이후 몇 년간 아이들 시합을 집요하게 따라다녔고, 이제 그간의 노력을 보상받을 수 있다는 신호가 보이기 시작했다. 한때 그들은 리틀 리그를 보며 환호했다가 베이브 루스 리그의 현실에 좌절했지만, 농구에서는 정말 가능성이 보였다. UNC 코치들에게서 연락이 왔고, 그 소식에 제임스와 델로리스는 희망적인 미래를 그렸다. 그렇게 마이클 조던은 UNC 농구부가 주최하는 여름 농구 캠프에 초대받았다. 예감이 무척 좋았다. 한 가지 작은 문제만 빼면.

그해 봄에 제임스는 셋째 아들의 머릿속에 일한다는 개념을 심으려 애썼다. 그 문제로 쉴 새 없이 아들을 들볶는 그에게 조던 가족은 당혹감을 느꼈다. 델로리스는 초조하고 걱정스러운 마음에 호레이스 리 '휘트니' 프리벳에게 도움을 요청했다. 쾌남아로 알려진 프리벳은 휘트니라는 상호를 내걸고 호텔과 식당을 운영하던 인물로, 델로리스의 은행 고객이었다. 델로리스는 그에게 아들이 일할 만한 자리가 있는지 물었다.

프리벳은 당시 상황을 떠올렸다.

"마이클의 모친에 대해선 아무리 칭찬해도 부족할 정도죠. 델로리스는 제 주거래 은행에서 일하던 직원이라 저랑 자주 사업 얘기를 했어요. 헌데 어느 날인가 저한테 전화해서는 마이클이 할 일거리가 있냐고 묻더군요."

나중에 조던은 인터뷰에서 그때 했던 일을 밝혔다.

"전 호텔 청소를 했어요. 수영장 청소, 난간 페인트칠, 에어컨 필터 교체, 주방과 사무실 청소 같은 걸 했죠."

그는 시간당 최저임금인 3.1달러를 받으면서 총 119.76달러를 벌었다. 당시에는 아무도 상상하지 못했겠지만, 훗날 그의 급여명세서는 윌밍턴의 케이프 피어 박물관에서 마이클 조던 컬렉션이라는 이름 아래 전시되었다.

"제가 그 덕을 좀 많이 봤습니다." 프리벳이 한 인터뷰에서 한 말이다. "한 번은 독일에서 온 관광객들이 박물관에서 그 종이를 보고 우리 호텔로 찾아왔다고 그러더군요."

프리벳은 조던이 자기 처신을 잘하는 아이였지만 몇 가지 이유로 그 일과는 잘 맞지 않았다고 말했다. 아마도 가장 큰 문제는 수영장 관리 작업이었을 것이다. 조던은 어린 시절에 친구가 익사한 기억 때문에 물에 들어가길 매우 싫어했다.

그는 사고가 났던 상황을 이렇게 설명했다.

"그때 저랑 친구는 파도를 타면서 수영하고 있었어요. 그러다가 엄청 큰 파도가 와서 걔가 가라앉아 버렸고, 물 밑에서 절 붙잡았어요. 목숨이 위험하다 싶으니 아무거나 붙든 거였죠. 전 그 손을 겨우 떼어냈어요. 결국 친구는 죽었고 저도 죽을 뻔했죠. 그 뒤부터는 물에 절대 들어가지 않았어요. 누구든 겁나는 게 한두 가지는 있잖아요. 전 물이 싫어요."

청소 일도 싫기는 마찬가지였다. 별다른 이유가 있기보다는 단지 친구들이 놀릴까 봐 두려웠기 때문이다.

그는 호텔 일을 그만두려 했고, 그 소리에 부모님, 그중에서도 특히 제임스가 몹시 화를 냈다. 하지만 아무 소용없었다.

"아버지는 절 어떻게든 바꿔보려 했죠. 그런데 그렇게는 안 되더라고요. 전 그냥 한 주 뒤에 그 일을 그만뒀어요. 그리곤 다시는 그런 일을 안 할 거라고 했죠. 부랑자가 될지언정 아침부터 저녁까지 일만 하면서 살고 싶진 않다고요."

## 로빈슨 양을 위하여

1980년 봄에 조던은 고등학생들의 로망인 학년 말 무도회에 참석했다. 당시 여자

친구였던 라케타 로빈슨은 레이니 고교 학생이 아니었고 사는 지역도 골즈버러였다. 그녀는 어릴 때 발병한 소아관절염 때문에 다리에 교정기를 차고 지내면서도 레이니와 경쟁 관계에 있던 모교의 치어리더로 열심히 활동했다. 그래서인지 처음에는 조던의 데이트 신청이 장난인 줄 알았다고 한다. 휴대 전화가 없던 그 시절에 두 사람은 편지로 연락을 주고받았다. 조던은 꽤 많은 편지를 썼는데, 대부분 수업이 지루할 때 공책에 휘갈긴 것이었다. 로빈슨은 10대 소녀들이 흔히 그렇듯 모든 편지를 보관했으나, 2011년에 그중 2통이 경매에 부쳐졌다. 알고 보니 그 편지들은 그녀의 친척이 몰래 빼돌린 것이라고 한다. 당시에 한 통이 약 5,000달러에 낙찰되었으나 로빈슨이 이의를 제기하여 결국 경매장에 반환되었다. 하지만 이미 편지 내용이 인터넷에 파다하게 퍼진 이후였다.

그 편지는 조던이 다른 10대 남자아이들처럼 감정 표현에 서툴렀고 다소 경솔한 면도 있었음을 잘 보여준다. 그는 어느 날 화학 수업 도중에 이런 편지를 썼다.

"네가 나랑 내기한 대로 그 동전을 줘서 정말 기뻤어. 졸업 앨범 빌려준 것도 고마워. 우리 학교 애들한테 보여주고 있는데, 다들 네가 되게 예쁘대. 그 말은 나도 인정할 수밖에 없는 사실이지. 그렇다고 너무 우쭐대지는 말고. (웃음) 내 생일날 거기 못 가는 건 정말 미안해. 그날 아버지가 우리 농구부한테 식사 대접을 한다지 뭐야. 밸런타인데이 보내고 한 주 뒤에 가능하면 그리로 갈 테니까 부디 너무 화내진 않으면 좋겠어. 그때 기회가 되면 둘이서 같이 재미있게 놀자."

조던은 좋아하는 마음을 꽤 간절히 표현했던 모양이지만, 짝사랑으로 끝날 경우를 대비하여 발을 뺄 여지도 분명히 남겨뒀던 것 같다. 라케타 로빈슨은 2011년에 이 편지가 공개되자 여러 방송사로부터 인터뷰 요청을 받았다. 그녀는 사생활 침해를 당할까 봐 두렵다면서 신중하게 입을 열었고, 당시 사건을 수사한 경찰은 편지를 경매에 내놓은 것이 다른 사람의 소행이라 밝혔다. 로빈슨은 조던이 자신을 자주 칭찬하면서도 이내 편지글에서처럼 '너무 우쭐대지는 말고.' 하며 빈정거렸다고 말했다. 한편 그가 알 수 없는 내기에서 동전을 따고 기뻐했다는 대목은 그의 도박 본능이 경쟁의식과 더불어 어릴 적부터 발전했음을 보여준다.

두 사람이 무도회에서 함께 찍은 사진은 몇 달간 계속된 만남의 하이라이트를 장식했다. 그날 로빈슨은 둥근 목둘레까지 단추를 모두 채우고 칠부 길이의 소매가 달린 드레스를 입었다. 그리고 조던이 사준 하얀 꽃장식을 자랑스럽게 손목에 둘렀다. 가장 눈에 띄는 것은 머리 모양이었다. 그녀는 머리를 부풀리거나 특별한 장식을 달지 않고 깔끔하게 가운데 가르마만 탔다. 그 모습은 유순한 소녀의 초롱초롱한 눈망울과 예쁘게 솟은 광대뼈, 환한 미소를 돋보이게 했다. 편안한 표정으로 무릎에 손을 포개어 얹은 그녀에게서는 가식을 찾아보기 어려웠고 카메라 앞에서 온갖 포즈를 잡는 그 연령대의 젊은이들과 조금 다른 점이 느껴졌다. 하얀 연미복을 입고 그 옆에 선 조던은 한 손을 로빈슨의 어깨에 올리고 한 손은 바지 주머니에 찔러 넣은 채 멋진 모습을 연출하려 노력했다. 그는 나비넥타이와 옷깃에 단 카네이션까지 흰색으로 통일했고 상당히 큰 턱시도와 셔츠를 입었다. 가볍게 미소 띤 표정은 차분했고 당시의 삶에도 만족하는 듯 보였다. 하지만 그에게는 훨씬 더 큰 계획이 있었다. 조던에게 그날의 기억은 다른 수많은 경험과 마찬가지로 즐거운 추억이라기보다 단지 어딘가를 향한 여정에 속했다. 어린 그는 아직 정확한 지향점을 몰랐지만 머릿속은 그 궁금증으로 가득했다. 일찍부터 그러한 목표 의식을 채우고 지탱한 것은 다양한 일상 경험이었다. 물론 이후로는 농구가 그 자리를 대신했고, 야구 역시 그러했다.

그해 봄에 조던은 헤링이 지도하던 학교 야구부에서 활약하며 지역을 대표하는 우익수로 선정되었다. 그러나 이전보다 힘과 자신감이 부쩍 붙었음에도 야구선수 마이클 조던에 대해서는 그 자질을 잘 아는 코치들조차 평가를 조금 달리했다. 당시 팀의 에이스 자리는 데이비드 브리저스의 차지였지만, 조던 역시 투수로 나서곤 했다. 그는 좋은 투구로 간혹 큰 승리를 맛보기도 했으나 마운드에서 안간힘을 쓰고도 패하는 경우가 더 많았다. 물론 타자로도 나섰는데, 시즌 시작부터 그의 방망이는 불을 뿜었다.

조던은 첫 경기에서 4타수 4안타에 3타점을 올리며 서던 웨인을 9대2로 물리치는 데 기여했다. 호가드와 맞붙은 다음 경기에서는 투수로 나섰지만 제구 난조로 맹타를 당하고 포볼까지 여러 개 기록했다. 두 경기가 지나 다시 마운드에 선 그는 뉴 하노버를 상대로도 비슷한 결과를 맞았다.

헤링은 조던이 6회에만 무려 6점을 내주면서 패한 뒤 기자에게 말했다.

"저 녀석 구속이 아주 빠르진 않지만 아무래도 지금보다는 더 강하게 던져줘야겠지요."

잭슨빌을 상대한 다음 시합에서는 조던이 7회에 2타점 2루타를 기록했지만, 레이니 야구부는 지고 말았다.

서던 웨인과의 일전에서 선발 투수로 등판한 그는 안타를 일곱 개 내주고 7회에 강판당하며 또다시 패배를 맞았다. 레이니 야구부는 조던이 1타점 적시타를 친 킨스턴과의 경기에서 마침내 승수를 추가했다. 3일 뒤 킨스턴과 다시 맞붙은 홈경기에서 조던은 타석에서 결승점을 내고 마운드에서는 안타를 단 세 개만 내주며 헤링의 인내심에 보답했다. 중견수로 포지션을 바꿔 뉴번과 벌인 다음 시합에서는 또 한 번 적시타로 1점을 냈지만 아슬아슬하게 패했고, 다시 마운드에 오른 골즈버러전에서는 피안타 세 개로 승리를 거두며 개인 전적 2승 4패를 기록했다.

뒤이은 잭슨빌전에서 선발 투수로 나선 조던은 5이닝 동안 안타를 하나도 내주지 않고 일곱 명을 삼진 시키며 6대1 승리를 이끌었다. 사실 그날 경기 초반에 그는 심판 판정에 불만을 품고 집중력을 잃었다. 감독은 그를 진정시키려고 몇 회 쉬게 한 뒤 재등판시켜(미국 고교 야구 규정에서는 가능) 경기를 마무리 짓게 했다.

골즈버러에서 열린 시즌 마지막 시합에서 조던은 솔로 홈런을 포함해 2안타를 기록했지만 투구 중에 방심하고 결승점을 내주면서 1패를 추가했다. 레이니 고교는 디비전2 내에서만 8승 8패, 종합 전적은 9승 11패를 기록하며 시즌을 마쳤다.

야구부 활동은 조던에게 농구선수로서 천부적인 재능이 있다는 확신만 더욱 굳혔다. 이에 헤링은 오로지 어린 제자의 실력을 키우는 데 집중했다.

4월 말에 척 커리는 《스타뉴스》의 일요일 자 스포츠난에 '레이니 고등학교의 조던: 다재다능함이 빛을 발하다'라는 제목으로 글을 실었다. 여기서 헤링은 조던을 두루 칭찬했다.

"저 아이는 정말, 정말로 뛰어난 운동선수입니다. 10학년 때는 미식축구부 2군 팀에서 인터셉트 1위를 기록했어요. 물론 1군에서는 뛰지 않기로 했지만요. 그건 가족이 내린 결정이었습니다. 마이크는 이제 훌륭한 농구선수가 되었죠. 아마 우리 주 내에서 실력이 다섯 손가락 안에 꼽히는 선수일 거예요. 제 사견으로는 전미 대표급 고교 선수라고 해도 틀리지 않다고 봅니다. 코트를 종횡무진하는 저 녀석을 무슨 단어로 쉽게 표현할 수 있을까요. 아마 일대일로는 막을 선수가 없을 겁니다. 그래도 간혹 득점이 낮을 때가 있습니다만, 그건 경기 템포가 느려서 그랬던 거예요."

조던은 그해 봄에 레이니 육상부에서 도약 종목 선수로도 짬짬이 활동했다. 그는 척 커리와의 인터뷰에서 스포츠를 향한 애정을 드러냈다.

"전 점프하는 게 좋아요. 육상부에서도 그런 걸 하고 있죠. 물론 가장 좋아하는 운동은 야구예요. 마음 같아서는 대학에서도 야구와 농구를 모두 할 수 있으면 좋겠요. 하지만 대학생이 되면 무엇보다 농구에 우선순위를 둬야 하겠죠. 어느 종목으로든 장학금을 탈 수 있으면 좋겠지만, 정 그게 안 되면 진학한 뒤에 먼저 농구를 해보고 야구도 해보려고요. 일단은 부모님과 코치님들한테 조언을 구해볼 생각이에요."

그는 만 17세에 자신이 원하는 바를 정확히 알고 있었다. 그리고 꿈을 밝히는 데도 거리낌이 없었다.

"기회만 된다면 대학 공부를 하고 프로선수가 되고 싶어요. 제 목표는 프로선수가 되는 겁니다. 또 다른 목표는 대학교에 들어가는 것이고요."

조던과 라케타 로빈슨의 관계는 대학교 1학년 때까지 계속되었다. 그녀는 2014년에 인터뷰에서 재미있는 사실을 밝혔다.

"마이크는 다른 사람들 앞에선 되게 남자다운 척했어요. 그런데 저랑 있을 때는 그렇게 부드러울 수가 없었지요. 시도 곧잘 지었고요."

그것은 냉철한 승부사 마이클 조던이 경쟁자들에게 절대로 알리고 싶지 않았던 정보였다.

# 제 9 장

# 파이브 스타

딘 스미스 감독과 UNC 코치들은 1980년 초여름에 개최한 농구 캠프에서 마이클 조던을 더 자세히 살펴볼 수 있었다. 그리고 그의 부모가 어떤 사람들인지도 알게 되었다. 제임스와 델로리스가 직접 캠프를 방문하면서 생긴 그날의 만남은 정중하고 화기애애한 분위기를 띠었다. 하지만 어느 쪽도 아직 세상에 알려지지 않은 윌밍턴의 스타를 스카우트하느냐 마느냐에 대해 무어라고 말하지 못했다.

당시 참가 선수들의 숙소 배정 현황을 보면 조던에 대한 타르 힐스 코치진의 관심이 꽤 컸음을 알 수 있다. 물론 처음에는 호기심과 의구심이 뒤섞여 있었다. 조던과 리로이 스미스, 코스털 플레인에서 온 두 흑인 소년은 버즈 피터슨과 랜디 셰퍼드라는 백인 소년들과 같은 방을 썼다. 룸메이트가 된 두 사람은 노스캐롤라이나 서부 끝에 자리 잡은 산악 도시 애쉬빌 출신이었다. 1년 뒤에 노스캐롤라이나주의 미스터 비스킷볼로 선정될 만큼 실력이 출중했던 피터슨은 린우드 로빈슨과 함께 타르 힐스의 스카우트 대상 1순위였고, 전년도에도 이 농구 캠프에 참가한 적이 있었다. 조던은 그와 첫 만남부터 친구가 되어 이후에도 계속 우정을 키워나갔다. 하지만 캠프 기간에 조던과 같은 조에서 훈련받고 시합을 한 사람은 셰퍼드였다. 그는 저녁마다 피터슨에게 조던의 활약상을 전하며 여태 한 번도 본 적 없는 유형의 선수라고 말했다. 날이 갈수록 그의 놀라움은 커져 캠프 나흘째에는 조던의 실력이 NBA에서도 통하리라고 장담하기에 이르렀다.

타르 힐스 코치들도 그 모습을 관심 있게 지켜보았다. 농구 기자인 브릭 외틴저는 지난 2월 레이니 고교 시합에서 받은 인상이 틀리지 않았음을 재차 확인했다. 그는 당시를 떠올리며 말했다.

"그 캠프에는 린우드 로빈슨도 참가했어요. 버즈 피터슨도 있었고요. 하지만 거기서 최고는 누가 뭐래도 마이클 조던이었어요. 그야말로 발군이었죠."

로이 윌리엄스 코치는 자신이 그때까지 본 신장 193센티미터 선수 중에 조던이 최고라고 극찬했다. 그는 훗날 인터뷰에서 이렇게 말했다.

"당시에는 마이클을 아는 사람이 극히 드물었어요. 그런 아이가 우리 농구 캠프에 와서는 참가 선수들을 죄다 쓰러뜨렸죠."

태양 볕이 혹독하게 내리쬐던 그 주에 윌리엄스는 나이별로 분류한 참가자들을 실외 코트와 실내 코트로 차례차례 이동시키는 임무를 맡았다. 각 그룹은 실외 코트에서 타르 힐스의 홈구장인 카마이클 체육관으로 들어와 쾌적하고 널찍한 실내 코트에서 시간을 보냈다.

조던을 유심히 관찰하던 윌리엄스는 그를 막 체육관에 들어온 12학년 그룹에서 함께 뛰게 했다. 윌리엄스가 기억하기로, 조던은 그 뒤에 들어오는 선수들 사이에도 몰래 끼어들어 계속 시합에 참여했다고 한다. 코치들은 그가 경쟁하기를 그만큼 좋아했기 때문이라고 평가했다.

함께 방을 쓰던 네 명의 룸메이트는 날이 갈수록 막역한 사이가 되었다. 특히 조던과 피터슨은 본인들이 이 학교의 스카우트 대상임을 실감하며 우정을 쌓았다. 반면 UNC 코치들의 눈에 들기를 기대하며 캠프에 온 스미스와 셰퍼드는 한 주를 보내고 본인의 실력이 그보다 작은 학교에 어울린다는 사실을 깨달았다. 실제로 두 사람은 이후 각각 UNC 샬럿 캠퍼스와 애쉬빌 캠퍼스에 진학하여 농구선수로 활동했다.

원래 딘 스미스가 최우선 영입대상으로 점찍은 선수는 린우드 로빈슨과 버즈 피터슨이었지만, 캠프 막바지에 이르러서는 조던도 스카우트 명단에서 거의 최상위권에 올랐다. 그 사이에 딘 스미스는 조던과 두 차례 식사를 함께하며 대화를 나누고 그의 부모까지 직접 만나보면서 윌밍턴에서 온 소년이 조직적인 노스캐롤라이나식 전술에 잘 맞으리라 확신하게 되었다.

그런 반응에 조던은 흥분했지만 아직 UNC에 완전히 마음이 기운 것은 아니었다. 그는 노스캐롤라이나 주립대의 팬으로서 오랫동안 UNC를 싫어했었다. 물론 시간이 더 지나서는 딘 스미스를 존경하게 되지만, 처음에 조던과 헤링은 모든 정보를 빈틈없이 통제하려는 스미스에게 무슨 꿍꿍이가 있지는 않은지 의심스러워했다.

조던은 당시를 떠올렸다.

"그때 스미스 감독님은 저를 계속 남들 눈에 띄지 않게 하려고 했죠."

그 중요한 시점에서 헤링은 제자가 선택지를 넓힐 수 있게 한 발 더 내디뎠다. 농구 캠프가 진행되던 어느 날 저녁, 헤링은 로이 윌리엄스에게 조던을 세상에 더 알리고 싶다는 뜻을 밝혔다. 그는 피츠버그에서 열리는 하워드 가핑클의 파이브 스타 캠프나 조지아의 빌 크로나워 캠프에 보내는 것을 고려하고 있었다. 두 농구 캠프는 선수들의 재능을 평가하는 일이 아직 크게 사업화하지 않았던 당시에 전국 최상급 선수들이 모이는 종착지였다.

윌리엄스는 딘 스미스가 조던을 최대한 숨기려 한다는 것을 알았지만, 선수 가족에게 믿음을 줄 필요도 있다고 보아 헤링을 돕기로 했다. 이는 스미스의 허락 없이 이루어진 일로, 나중에 사람들은 그 점을 매우 의아하게 여겼다.

윌리엄스는 당시 상황을 이야기했다.

"헤링 감독이 제 의견을 묻더군요. 그래서 아이를 거기 보내면 훌륭한 테스트가 될 것이고 내가 선수라면 당연히 파이브 스타 캠프에 갈 거라고 이야기했죠. 많은 걸 배울 수 있는 곳이니 그편이 더 좋을 거라 생각했어요. 거긴 단순히 시합만 하면서 노는 그런 데가 아니었거든요. 농구의 기초를 잘 다질 수 있는 곳이었죠."

며칠 후 윌리엄스는 파이브 스타 캠프의 부운영자인 톰 콘찰스키에게 조던 이야기를 했다. 평생 가장 격렬하게 한 운동이 '결론으로 뛰어드는 것(jump to a conclusion)'이라고 농담을 즐겨 하던 콘찰스키는 뛰어난 기억력을 바탕으로 선수들 재능을 철두철미하게 살핀다는 평판을 얻고 있었다. 세월이 꽤 지난 뒤에도 그는 윌리엄스와 나눴던 대화를 정확하게 기억했다.

"그때 로이는 이런 말을 했어요. '노스캐롤라이나에 꽤 괜찮아 보이는 선수가 하나 있다. 그런데 아직은 확신이 안 선다. 올여름에 우리 캠프에 오긴 했는데 사실 여긴 그리 대단한 선수들이 없다. 그래서 딱히 대단한 경쟁이라 할 만한 게 없었다.'라고 말입니다."

그 시절에 최고 유망주들은 파이브 스타 캠프가 열리는 동안 피츠버그1로 알려진 1주 차 교육에 가장 많이 참여했다.

"로이는 '그 아이가 피츠버그1에 어울리는 수준인지 모르겠다.'고 했죠."

콘찰스키의 말이다. 콘찰스키와 가핑클이 기억하기로, 당시 UNC 코치들이 조던의 실력을 완전히 인정하지는 않았다고 한다. 너무 잘하다 보니 도리어 의심이 갔다고나 할까? 결국 윌리엄스와 콘찰스키는 조던이 피츠버그2 아니면 피츠버그3, 즉 캠프의 두세 번째 주 과정에 가장 적합하리라 판단했다.

윌리엄스는 이후 상황을 다음과 같이 설명했다.

"저는 하워드 가핑클에게 전화를 걸었습니다. 그리고 그 사람에게 마이클이 캠프에 간다고, 직접 보면 정말 마음에 들 거라고 말했어요. 또 아이가 식당 웨이터 일도 썩 잘할 거라고 했죠. 캠프에서 서빙을 거들면 일주일 참가비로 두 주를 보낼 수 있었거든요. 전 그렇게 해서 마이클에게 기회를 주면 좋겠다고 이야기했어요."

그런데 가핑클은 정황을 조금 다르게 기억했다. 캠프 참가 인원 모집이 끝나기 직전에 UNC에서 스카우트를 고려 중인 선수가 있으니 꼭 받아달라는 이상한 전화가 걸려왔다는 것이다.

"우선 그 친구는 본인 소개를 했죠. 조금 이야기를 나눈 다음에 하는 말이 '우리한테 정말 실력이 좋아 보이는 선수가 하나 있다. 여름 농구 캠프에도 와서 MVP를 탔고 참가 선수들을 전부 압도했다. 그런데 경쟁 상대들이 시원치 않아서 100퍼센트 확신이 서진 않는다. 거의 95퍼센트 정도 확신하지만, 우리는 100퍼센트를 원한다. 전국 최상급 선수들과 겨뤄볼 수 있게 파이브 스타에서 받아주면 좋겠다.' 이러는 거 아니겠어요?"

그는 몇십 년간 농구 캠프를 운영해왔지만 그토록 별난 요구는 처음이었다고 했다. 아무리 UNC라고 해도 윌리엄스는 초짜 코치에 지나지 않았다. 원래 가펑클은 남은 자리에 조던을 넣을 생각이 없었지만, 윌리엄스는 꼭 받아야 한다고 강요하다시피 했다. 결국 가펑클은 딘 스미스 감독의 농구부라는 말에 못 이겨 조던의 이름을 캠프 2주 차 교육 명단에 넣었다. 또 그는 조던을 식당 종업원으로 채용하여 참가비를 적게 내도록 도와줬다. 이후 조던의 캠프 참가 소식에 딘 스미스가 노발대발했다는 소문이 들렸지만, 그는 그 말을 믿지 않았다고 한다.

"감독이 원하지 않았다면 뭐 하러 로이 윌리엄스 코치가 그렇게까지 일을 밀어붙였겠어요?"

사실 그때 윌리엄스는 법적으로나 도덕적으로 아무 잘못이 없었음에도 본인이 그 일을 추진했다는 것을 감추고 싶어 했다. 이렇듯 대학 코치들은 선수 스카우트 때문에 여러모로 고충을 겪었다.

그의 상사였던 딘 스미스는 수년간 대학팀 감독이라면 누구나 탐낼만한 인재들을 여럿 영입했고 그 과정에서 늘 진정성 있는 태도를 유지했다. 그는 절대로 출진 시간을 보장하겠다는 약속을 내세워 어린 선수들을 구슬리려 하지 않았다. 또한 대학 동창회가 뒷거래로 선수들과 그 가족에게 돈이나 자동차를 선물하거나 불법적인 유인책을 쓰는 일이 없도록 철저히 막았다. 다른 대학교 운동부나 코치들은 그런 방법에 기대었을지 모르지만, 스미스는 늘 깨끗하게 자기 방식대로 농구부를 운영하며 스포츠계에서 성공을 일궈냈다.

하지만 그런 스미스에게도 별난 구석은 있었다. 그중 하나가 농구부의 깔끔한 이미지를 유지하는 데 병적으로 집착하는 것이었다. 나중에 사람들은 UNC 농구부가 조던을 어떻게 다뤘는지 듣고서 깜짝 놀라지만, 모두 딘 스미스가 정한 규칙 아래서 이뤄진 일이었다. 조던이 파이브 스타 캠프에 참가한다는 소식은 실제로 스미스를 심란하게 했다. 윌리엄스는 그 앞에서 이렇게 해명했다고 한다.

"감독님, 제 의견을 말씀드리자면, 일단은 마이클이 가겠다고 했고 저는 어떻게 하는 게 가장 좋을지 나름대로 조언을 했을 뿐입니다. 거기다가 마이클의 가족도 이런 기회가 생겨서 고맙게 생각하고 있고요."

우여곡절 끝에 UNC 코치들에게 여전히 수수께끼 같았던 윌밍턴의 무명 선수는 파이브 스타 2주 차 교육에 참여하게 되었다. 관건은 9, 10학년 때부터 1군에서 활약하며 이름을 날린 전국구 선수들 사이에서 그 실력이 얼마나 통하느냐였다. 당시 고교 농구계에서는 옥석이 일찍이 다 가려졌다는 의견이 지배적이었다.

조던은 UNC 농구 캠프에 가기 전에도 초조함을 느꼈지만, 엘리트 선수들과 겨루며 평가받게 될 파이브 스타 캠프를 앞두고 느낀 긴장감에는 비할 바가 아니었다. 가장 실력이 우수한 선수들은 1주 차에 해당하는 피츠버그1에 주로 참가했지만, 2주 차 교육에도 올 아메리칸*에 선정된 선수가 열일곱 명이나 있었다. 그중에서 위치토 출신인 오브리 셔로드는 많은 전문가가 12학년 최고의 슈팅가드로 꼽는 선수였다.

조던은 전국 최고의 선수들을 상대로 경쟁할 수 있을지 걱정했지만, 헤링은 괜찮을 테니 안심하라고 제자를 다독였다. 그러나 7월 말에 캠프 개최지인 로버트 모리스 대학교에 도착한 그는 도무지 마음을 놓지 못했다. 그곳에는 클립보드를 들고 선수들 장단점을 기록하는 코치와 스카우트 전문가들이 150명 가까이 있었다. 참가자들은 첫날 저녁 8시부터 밤 11시까지 임의로 팀을 짜서 연습 시합을 했다. 캠프 내에는 도합 열두 개 팀이 있었고 각 팀 감독은 첫날 시합을 모두 지켜본 뒤에 원하는 선수를 뽑았다.

캠프 내의 최상급 리그는 NBA로 불렸다. 캠프에 막 들어온 조던에게 NBA 선수로 뽑힐 여지는 그다지 없어 보였다. 연습 시합은 저녁에, 그것도 실외 코트에서 진행되었는데, 그가 농구할 때 가장 싫어하는 환경이었다. 그러나 모든 것은 거기서 어떤 활약을 펼치느냐에 달려 있었다.

* All American, 각 스포츠 분야에서 전미 대표급으로 인정받은 우수한 선수들을 일컫는 표현.

그는 그날 상황을 떠올렸다.

"너무 긴장해서 손이 땀이 흥건하더라고요. 그 자리엔 올 아메리칸 선수들이 잔뜩 있었는데, 전 거기서 제일 밑바닥이나 다름없었죠. 윌밍턴에서 온 촌놈, 그게 저였어요."

당시 NCAA 규정에 따라서 대학 코치들은 사설 농구 캠프에 코치 및 지도원으로 참가할 수 있었다. 시러큐스 대학의 농구부 부코치였던 브렌던 말론은 파이브 스타 캠프에 벌써 몇 년째 참가하고 있었다. 전년도 여름에는 오브리 셔로드와 정상급 센터였던 그레그 드레일링을 데리고 캠프 우승도 차지했다.

영리하면서도 저돌적이었던 그는 당시 우승을 큰 영광으로 여겼다. 물론 그 경험은 농구 코치로서 경력을 높이는 데도 보탬이 되었다. 말론은 1980년도 캠프에서 다시 드레일링과 셔로드를 뽑아 2연패(連霸)에 도전할 심산이었다. 특히 슈팅가드 1순위 지명권이 있었던 만큼 셔로드로 우승에 필요한 득점력을 확실히 보강할 생각이었다. 그러나 그는 캠프 개최 전날 급한 일이 생겨 집으로 돌아가야 했다. 그래서 톰 콘찰스키에게 첫날 연습 시합을 보고 선수를 대신 뽑아달라고 부탁했다. 말론은 드레일링과 셔로드를 꼭 뽑으라고 거듭 강조한 뒤 떠났다.

콘찰스키는 말론의 지시를 그대로 따를 생각이었다. 윌밍턴에서 온 무명 신수를 보기 전까지는 분명히 그랬다. 그는 그날을 이렇게 떠올렸다.

"점프 스톱*이 뛰어난 선수였어요. 순식간에 멈춰 서서는 확 뛰어오르는 게 가능했죠. 그렇게 수직으로 뛰어서는 아주 높은 타점에서 점프슛을 쐈고요. 그때는 3점슛이 없던 시절이라 그런지 멀리서 던지지는 않더군요. 그 대신 중거리슛과 점프 스톱 능력이 아주 좋았습니다. 점프슛을 쏠 때면 수비수들이 전부 허리 밑에 있을 정도였어요. 운동 능력이 말 그대로 폭발적이었죠."

역사가 십수 년에 이른 파이브 스타 캠프에서는 시선을 단번에 사로잡는 뛰어난 재능 혹은 최고 중의 최고를 일컫는 표현이 하나 있었다. 가펑클은 이렇게 설명

---

* 패스가 오기 직전 또는 드리블 도중에 도약했다가 공을 잡고 두 발로 착지하는 동작.

했다.

"우린 그걸 '원 포제션 플레이어'라고 불렀어요. 원 포제션 플레이어란 한 번 보면 더 이상 말이 필요 없는 그런 선수를 뜻하죠."

가핑클은 사무실 창문으로 연습 시합을 지켜보던 중에 조던을 발견했다.

"점프슛을 쏘는데 수비가 세 명이나 붙어 있더군요. 하지만 그 아이가 뛰어오르면 아무도 막질 못했어요. 홀로 공중에 떠 있었죠. 그게 정말 볼 만하더라고요."

가핑클은 그순간 생각했다. '저 녀석은 원 포제션 플레이어'라고.

그때 조던도 자신에게 남들과는 다른 무언가가 있음을 느꼈다고 한다.

"시합을 할수록 자신감이 생겼어요. 이 녀석들하고 붙어 봐도 할 만하겠다는 생각이 들었죠."

콘찰스키는 예상치 못한 갈림길에 섰다. 말론의 말을 따를 것인가, 아니면 난생처음 본 유형의 선수를 고를 것인가? 말론은 다음 날 캠프에 도착하자마자 아침 식사를 하던 그에게 달려왔다고 한다.

"브렌던은 오자마자 대뜸 누굴 뽑았냐고 물었어요. 그래서 제일 좋은 선수를 뽑았다고 했죠. 먼저 드레일링을 뽑았냐고 물어서 그렇다고 했어요. 하지만 오브리 셔로드를 뽑았냐는 질문에는 아니라고 말했죠. 그러니까 그게 무슨 소리냐고 노발대발하더군요. 당시에 오브리는 12학년 진급을 앞둔 선수 중에 제일 뛰어난 슈팅가드로 평가받았어요. 저는 말론에게 노스캐롤라이나에서 온 아이를 뽑았다고 했죠."

가핑클은 그날 일을 떠올리고는 껄껄 웃었다.

"브렌던은 '뭐 마이크 조던?' 그렇게 소릴 지르면서 화를 냈어요. 욕만 안 했다뿐이지 거의 미쳐 날뛰었죠. '대체 무슨 짓을 한 거야? 마이크 조던이 뭐 하는 놈인데?' 그러니까 톰이 좀 진정하라고, 그애는 실력이 대단하다고 그랬어요. 하지만 브렌던은 씩씩대면서 밖으로 나가버리더군요. 단단히 화가 났던 거죠."

정작 말론은 그날 아침에 있었던 일을 잘 기억하지 못했다. 하지만 조던을 보는 순간 화가 사그라든 것은 분명하다고 했다.

"마이클을 언제 처음 봤는지는 확실히 기억하고 있어요. 그날 오후에 열린 시합이었죠. 아스팔트가 깔린 야외 코트에서였는데, 그 녀석 움직임이 무슨 경주마 같더군요. 스텝 밟는 거 하며 달리고 여기저기로 파고드는 게 그렇게 우아할 수 없었어요. 보통 물건이 아닌 걸 단박에 알겠더라고요. 그 동작을 보면 누구든 눈치챘을 거예요. 딱히 농구 보는 눈이 없는 사람도 저건 보통이 아니라고 여길 정도였으니까요. 전 그때 녀석이 캠프에 모인 선수들은 물론이고 전국의 어떤 고교 선수보다 뛰어나다고 직감했죠."

캠프에서 전해지는 이야기에 의하면, 조던은 며칠 후 한 시합에서 단 20분 만에 40득점을 올렸다고 한다.

콘찰스키는 이런 말을 했다.

"아무도 마이클을 못 막을 것 같다는 생각이 들더군요. 사람들을 거의 뛰어넘을 만큼 높이 점프했거든요. 거기다가 슛 마무리도 얼마나 훌륭했는지 몰라요. 그래서 언제든지 원하는 대로 슛을 넣을 수 있었죠."

그해 열린 캠프에는 골즈버러 고교의 앤서니 티치도 참가하여 다른 선수들을 압도하는 조던을 복석했다. 티지는 낭시를 떠올렸다.

"거기에는 전국 최고 수준의 선수가 일흔둘이나 있었어요. 다들 첫 주부터 본인 실력을 마음껏 뽐냈죠. 그러면서 마이크의 순위도 단번에 급상승했고요."

가핑클은 친구인 데이브 크라이더에게 연락해야겠다고 생각했다. 크라이더는 선수 스카우트 정보를 다루던《스트리트 앤드 스미스 스포츠 연감》의 편집자로, 그해 발행된 책자에는 650명에 달하는 고교 유망주들의 정보가 실렸다. 가핑클은 전화로 물었다.

"데이브, 그 책에 마이크 조던에 대한 글을 실었는가?"

크라이더는 목차를 살펴본 뒤 마이크 조던은 없고 짐 조던만 있다고 답했다. 이에 가핑클은 다른 조던에 대한 정보를 반드시 추가하라고 조언했다고 한다.

"그때 제가 스트리트 앤드 스미스에 전화해서 마이크 조던이란 이름을 올 아메리칸 팀 후보에 꼭 넣으라고 했죠."

하지만 잡지는 벌써 인쇄에 들어간 상태였다. 그는 조던처럼 훌륭한 선수를 누락시키면 큰 낭패를 볼 것이라며 크라이더를 채근했다.

기핑클은 당시 상황을 설명했다.

"당시에 그런 책은 출간 날짜보다 몇 주 일찍 인쇄하는 게 보통이었어요. 그래서 데이브는 마이크 조던이란 이름을 볼 수 없을 거라고 했죠."

나중에 크라이더가 밝히기로, 1980년도 연감을 만들 때 노스캐롤라이나주의 담당 조사원이 조던을 지역 내 11학년생 가운데 상위 20위권에도 넣지 않았다고 한다.

조던을 보러 캠프에 온 로이 윌리엄스는 근심 반 기쁨 반으로 그의 활약을 지켜봤다. 말론은 옛 기억을 더듬어 말했다.

"우리 팀이 가는 곳에는 항상 로이 윌리엄스가 있었어요. 그건 노스캐롤라이나 대학이 1군 리그에서 겨우 1년밖에 안 뛴 마이클을 주시한다는 말이었죠. 그때 마이클의 특기는 빠른 돌파였는데, 다들 녀석이 골 밑으로 파고들 때마다 혀를 내둘렀어요."

말론이 설명하기로, 조던은 지그재그로 움직이다가 발을 쭉 뻗어 한순간에 수비수들을 제쳤다고 한다.

"그 녀석은 시합마다 정말 온 힘을 다해서 뛰었어요. 그걸 막으려고 수비수들이 죄다 골 밑에 모여들었고요."

첫 주에 조던은 말론의 팀을 NBA 우승으로 이끌었다.

"결승 시합 막바지에 전 아이들을 불러 모아서 지금 위기를 잘 넘겨야 한다고 설명했죠. 그리고 마이클더러 게임을 확실히 마무리하라고 했어요. 녀석은 제가 뭘 주문하는지 금방 이해하더군요. 그다음 수비 상황에서 마이클은 미식축구 하듯이 양손으로 코트 바닥을 짚었어요. 아마 상대 팀을 꼭 막겠다고 단단히 마음먹었던 것 같아요."

그때 말론은 조던에게 뛰어난 운동신경을 넘어서는 투쟁심이 있음을 알아차렸다고 한다.

첫 주에 조던은 인디애나에서 온 마이크 플라워스와 공동 MVP에 선정되었고 올스타전 MVP를 비롯하여 몇 가지 상을 탔다. 하지만 다음 주에는 부상 때문에 몇 경기를 앉아서 구경만 했다. 콘찰스키가 그 상황을 설명했다.

"마이클은 중간에 발목을 다쳐서 전체 일정의 절반 정도만 소화하게 됐죠. 그래도 올스타전 MVP는 2주 연속으로 따냈어요. 하지만 그 주의 MVP는 버펄로에서 온 레스터 로우가 가져갔죠. 나중에 웨스트버지니아 대학에 진학한 학생인데 키가 대략 193에서 195센티미터 정도 됐을 겁니다. MVP로 선정된 건 그 아이가 한 경기도 빠지지 않고 전부 출전했기 때문이었어요."

조던은 고향으로 돌아와 《월밍턴 저널》 기자에게 자랑스럽게 말했다.

"제가 파이브 스타 캠프에서 트로피를 아홉 개나 탔어요."

당시 고교 농구부 감독이었던 제리 웨인라이트는 파이브 스타 캠프에서 조던의 경이로운 활약을 모두 목격했다. 피츠버그3의 일정이 끝나고 캠프 참가자들이 짐을 싸서 떠나던 날, 웨인라이트는 체육관에서 슛 연습에 한창인 조던을 발견했다. 그가 무얼 하는지 묻자 조던은 이렇게 답했다고 한다.

"제 키가 193센티미터니까 대학에 가면 아마 가드로 뛰어야겠죠. 그래서 점프 슛 성공률을 더 높이려고요."

그렇게 파이브 스타 농구 캠프는 삽시간에 조던 신화의 새로운 장을 열었다. 훗날 조던은 그 캠프가 '내 인생의 전환점'이었다고도 말했다.

당시 경험으로 조던은 운동선수의 위상이 하루아침에 뒤바뀔 수 있음을 다시 한 번 깨달았다. 과거에 베이브 루스 리그에서도 깨달았듯이 일찍 이룬 성공이 앞날을 보장하지는 않았다. 콘찰스키는 한 가지 예를 들었다.

"피츠버그1에 참가했던 린우드 로빈슨은 노스캐롤라이나 농구부가 마이클 조던보다도 훨씬 중요하게 생각하던 스카우트 대상이었죠. 그때 코치들은 린우드 로 빈슨이 필 포드의 뒤를 이을 가드라고 생각했어요. 하지만 그 아이는 이후에 고교 시합에서 부상을 당하죠. 그리고 무릎 수술을 받은 뒤로는 완전히 다른 선수가 돼 버렸어요. 다시는 예전 같은 실력이 나오질 않았죠."

그럼에도 딘 스미스는 로빈슨에게 장학금을 주겠다던 약속을 그대로 지켰다. 이후 로빈슨은 애팔래치안 주립대로 전학하여 나름대로 훌륭히 선수 생활을 이어 갔지만, 결코 필 포드에 비교할 수준은 아니었다.

파이브 스타 캠프를 다녀온 뒤로 조던의 명성은 놀랄 만큼 높아졌다. 심지어는 가족조차 그를 다르게 보았다. 그전까지만 해도 그의 아버지는 여전히 야구선수 마 이클 조던을 꿈꿨다. 하지만 이후로는 그 생각이 차츰 사라진 모양이다. 조던 본인 도《윌밍턴 저널》에 변화를 언급했다.

"예전에 아버지는 제가 야구를 하길 진심으로 바라셨지만 이젠 농구를 하라고 하세요."

실상은 오히려 농구계가 그를 간절히 원하고 있었다. 제임스가 그토록 바라고 바랐지만 야구에서는 결코 일어나지 않은 일이었다.

가펑클은 조던이 1981년도 졸업 예정자 가운데 전국 10위에 드는 유망주라고 소문내기 시작했다. 당시 전문가들은 대부분 매사추세츠주 출신의 센터 패트릭 유 잉을 최고로 꼽았다. 브릭 외틴저도 12학년 중에서 조던의 순위를 유잉 다음으로 뒀다. 하지만 밥 기번스는 용감하게도 조던이 유잉보다 나은 전미 넘버원이라고 평 가했다. 그는 당시 일로 혹평을 들었다고 한다.

"저는 마이클의 11학년 시절 시합들도 보고 파이브 스타 캠프까지 따라갔던 사람입니다. 그때 제가 조던을 유잉 앞에 올려서 얼마나 욕을 먹었는지 모르실 거 예요. 사람들은 저랑 같은 지역 출신이라서 그런 거 아니냐고 비아냥거렸죠."

전국 순위가 비약적으로 높아지면서 수많은 대학팀이 조던에게 흥미를 보이기 시작했다. 그러면서 UNC 농구부는 난데없이 치열한 경쟁에 내몰렸다. 스카우트에 매번 신중을 기했던 딘 스미스가 결국 그 과도한 조심성 때문에 홍역을 치르게 된 셈이다.

그 일을 두고 브렌던 말론은 이렇게 말했다.

"애초에 마이클 같은 재주꾼은 보자마자 딱 티가 나게 돼 있어요. 노스캐롤라이나에서 장학금을 주느냐 마느냐를 재고 있었다는 게 웃긴 일이죠. 저 같으면 그 아이를 보는 즉시 채 갔을 겁니다."

얼마 후에 말론은 조던에게 전화를 걸어 시러큐스 대학 입학을 제안했다. 조던은 말론을 깊이 존경했고 파이브 스타에서의 경험을 소중히 여겼지만, 다른 데 관심이 있다며 그 제안을 정중히 거절했다. 여느 스카우트 담당자들과 마찬가지로 말론은 조던이 UNC에 진학하기로 마음을 굳혔다고 보았다. 그런데 정작 당사자의 마음은 UNC에서 조금 멀어진 상태였다. 그는 스스로 의심을 품고 선택을 주저하고 있었다. 그때 윌밍턴에는 능력도 없이 주제넘은 짓을 한다고, 특히 타르 힐스 농구부에서 뛰기는 무리라고 말하는 이들이 많았다고 한다.

"고향 사람들은 저더러 스타가 되긴 어려울 거라고 했어요. 거기 가봤자 내내 후보석에만 앉아서 출전도 못 할 거라고요. 그 말을 저도 모르게 믿게 된 거죠."

그런 상황이 되자 그는 어떤 신택지가 있는지 곰곰이 따져봤다. 그 유명한 UNC에서 간절히 입학을 바라는 상황이니 본인이 좋아하는 다른 학교를 고르는 것도 나쁘지 않아 보였다. 당시 래리 브라운 감독이 지휘하던 UCLA 브루인스는 연초에 전국 토너먼트 결승까지 오른 강팀이었다. 훗날 인터뷰에서 조던은 브루인스를 좋아했다고 밝혔다.

"전 늘 UCLA에 가고 싶었어요. 꿈에 그리던 학교였죠. 제가 어렸을 때 UCLA는 카림 압둘 자바와 빌 월튼, 존 우든 감독이 있는 훌륭한 팀이었어요. 하지만 그 학교는 절 영입할 생각이 전혀 없었죠."

사실은 UCLA 쪽에도 나름대로 사정이 있었다. 이른바 감독계의 집시로 통했던 래리 브라운은 감독직을 2년만 맡기로 하고 1981년도 시즌이 끝나면 학교를 떠날 예정이었다. 게다가 그는 딘 스미스 밑에서 선수 생활을 하고 코치로도 일한 적 있었다. 그때 조던은 그런 사실을 몰랐지만, 아마도 브라운에게는 스승이 눈독 들인 귀한 인재를 뺏을 생각이 없었을 것이다.

당시에는 거의 알려지지 않은 사실이지만, 조던은 버지니아 대학도 고려하고 있었다. 버지니아 캐벌리어스는 그해 1학년인 랄프 샘슨의 대활약으로 뉴욕에서 개최된 내셔널 인비테이션 토너먼트에서 우승을 차지했다. 조던은 자신이 그 팀에 잘 맞으리라 생각했다. 그래서 버지니아 코치진에 연락을 취했다.

"전 버지니아에도 가고 싶었어요. 랄프 샘슨하고 같이 뛰어보고 싶었거든요. 그래서 편지를 썼는데 거기선 달랑 입학 원서 하나만 보내더군요. 아무도 절 직접 찾아와서 만나지 않았죠."

캐벌리어스 감독이었던 테리 홀랜드는 2012년 인터뷰에서 그 편지를 읽었다고 말했다. 또한 다른 학교 감독인 데이브 오덤에게 파이브 스타 캠프에서 조던이 펼친 활약상을 전해 들었다고도 했다.

"데이브 오덤이 파이브 스타에서 마이클을 보고는 재능이 대단하다고 그랬어요. 그전까지는 전혀 유명하지 않은 선수였는데 말이죠. 그때 우리 학교는 마이클과 포지션이 같았던 팀 멀렌과 크리스 멀린에게 장학금을 주겠다고 약속한 상태였습니다. 게다가 두 선수를 두고 노터데임과 듀크, 또 세인트존스 대학과도 경쟁하던 중이었고요. 그동안 들인 노력도 있고 아무래도 둘 다 잡는 편이 좋을 것 같아서 우린 그쪽에만 집중하기로 했지요. 하지만 팀 멀렌만 데려오고 크리스 멀린은 치열한 경쟁 끝에 그 녀석 고향 팀한테 뺏기고 말았어요. 당시에 마이클은 저한테 우리 팀이 좋으니 진지하게 영입을 고려해달라고 연락했습니다. 하지만 거기에 노스캐롤라이나 대신 버지니아를 선택하겠다는 말은 없었어요."

홀랜드는 그 요청을 무시한 것이 얼마나 어리석은 짓인지 몰랐다. 조던은 대학에 진학한 후에 캐벌리어스와 대결할 때마다 당시 받은 푸대접을 떠올렸다.

테리 홀랜드의 결정은 이후 UNC와 버지니아가 대서양 연안 컨퍼런스의 패권을 두고 다투는 동안 계속 화제가 되었다.

조던이 아직 고등학생이던 1981년 초에 UNC는 버지니아를 두 차례 만나 모두 패했다. 그러나 얼마 후 두 팀이 다시 맞붙은 NCAA 토너먼트 4강전은 UNC의 승리로 끝났다.

훗날 조던은 샘슨을 만나 같은 팀에서 뛰길 원했었다고 속내를 밝혔다. 신장 약 224센티미터로 센터를 맡았던 샘슨은 대학 4년간 캐벌리어스를 NCAA 정상에 올려놓으려고 노력했지만 결국 우승하지 못했다. 샘슨은 대학 시절에 조던과 함께 할 기회를 놓쳐서 아쉽지 않았냐는 기자의 질문에 심드렁하게 대답했다.

"일이 그렇게 된 걸 어쩌겠어요. 저는 그때 함께 땀 흘렸던 동료들에게 감사할 따름입니다."

세월이 한참 흐른 뒤, 하워드 가핑클은 파이브 스타 캠프를 운영하며 쌓은 추억을 한 권의 책으로 엮었다. 그는 마이클 조던을 발견한 일을 늘 최고의 사건으로 꼽았지만, 사실 1980년 여름 이후로 조던을 거의 만나보지 못했다. 하지만 조던에게 책을 전해주고 싶은 마음에 어느 날 저녁 시카고 불스 경기가 열린 NBA 구장으로 향했다. 가핑클은 팬들로 소란스러운 선수 탈의실 앞에서 30분을 기다리다가 이내 포기하려 했다.

"한데 갑자기 복도 끝에서 웬 꼬마가 달려와서는 '와요! 그 사람이 온다구요!' 이렇게 외치지 않겠어요? 정말로 마이클 조던이 복도를 걸어오고 있더라고요. 그래서 저는 한 발 앞으로 나갔어요. 몸을 기민하게 움직여서 사람들 앞쪽에 섰죠. 그런데 늘 TV에서 보던 경호원 두 사람이 먼저 오는 거예요. 마이클은 복도 가운데에 섰고 그 사람들이 옆에서 호위하는 그런 상황이었어요. 그때 저는 앞으로 더 나가려 했지만 경호원들이 제지하더군요. '손 뻗지 마세요. 사인 안 됩니다. 사인 요청하지 마세요.' 이런 소릴 하면서요. 그래서 저는 그냥 옆으로 비켜섰고 마이클은 그 자릴 지나갔죠. 그런데 곁눈으로 저를 봤는지 멈춰 서서 이러는 거예요. '잠깐! 저분은 하워드 가핑클 씨잖아! 저분 덕분에 지금의 내가 있는 거라고!' 물론 그 말은 사실이 아니에요. 제 덕분일 리가 없죠. 하지만 그때 마이클은 그렇게 말했어요. 이건 제가 하늘에 맹세합니다."

# 제 10 장

# 선 택

미국 어디를 가도 대학교의 모양새는 곰팡내 나는 낡은 벽돌 건물, 그리스 신전에서나 볼 법한 커다란 기둥, 가로수가 늘어선 보도 따위가 뒤섞여 비슷비슷하고, 그 내부는 늘 강의실을 찾아 오가는 학생들로 분주하다. 하지만 채플 힐 캠퍼스를 천천히 둘러본 그는 대학이 참 멋진 곳이라고 느꼈다. 학교 곳곳에 선 참나무와 그 노란 잎사귀에 얼룩덜룩 그림자를 드리우는 가을 햇살, 책을 무릎에 얹은 채 도서관 계단에 드러누워 빈둥대는 학생들, 실외 코트에서 농구공이 박자를 맞춰 튀어 오르는 소리……. 이것은 그가 꿈같은 대학 생활을 시작한 뒤 자전거를 몰고 다니며 접하게 될 소소하면서도 아름다운 풍경이었다.

물론 다른 대학들도 나름대로 멋을 드러냈지만, 채플 힐에 자리 잡은 UNC만큼 매력적인 곳은 없는 듯했다. 1980년 10월의 어느 주말, 학교를 이곳저곳 둘러보던 당시에는 아마 상상도 못 했겠지만, 그는 기대한 성공이 삶을 집어삼키기 이전에 마지막 자유를 만끽할 장소를 찾고 있었다.

UNC는 왠지 자신과 잘 맞을 것 같았다. 그는 한껏 센 척을 하고 떠들썩하게 캠퍼스를 둘러본 뒤 그렇게 결론 내렸다. 물론 얼마 전까지 비쩍 마른 몸으로 카마이클 체육관 복도에서 깡충대던 모습을 기억하던 이들은 그런 조던을 보며 웃음을 터뜨렸다. 신장 213센티미터의 센터로 그해 12학년 가운데 최고 기대주였던 패트릭 유잉은 채플 힐 캠퍼스를 공식 방문한 그날 처음으로 마이클 조던을 만났다. 몇 해 뒤 인터뷰에서 그는 첫 만남을 떠올리며 웃었다.

"그 자식은 가만히 있는 사람을 엄청 찔러댔어요. 저한테 본때를 보여주겠다니 어쩌느니 하면서요. 그러고는 자기가 잘났다고 계속 떠들어댔어요. 진짜 허세가 장난 아니었죠."

당시 UNC 2학년생으로 조던을 만난 제임스 워디도 비슷한 말을 했다.

"지금도 마이클이 캠퍼스 투어를 온 날이 어땠는지 똑똑히 기억나요. 어디 있는지 보이지도 않는데 목소리는 멀리서부터 들리더라고요."

일부분 다른 이유가 있었겠지만, 사실 조던이 그렇게 쉴 새 없이 떠들고 허세를 부린 것은 두려웠기 때문이다. '어차피 너는 채플 힐에 어울리지 않을 거야.' 고향인 윌밍턴에는 그렇게 겁주는 사람들이 있었다. 파이브 스타 캠프를 정복하고 돌아왔지만, 캠퍼스를 돌아보는 동안 그의 마음속에는 다시 두려움이 차올랐다.

UNC 농구부에 대한 의심은 코치진이 그를 착실하게 보살피고 챙기기 시작하자 차츰 사라졌다. 그들 사이에는 유대감이 생겨났고, 그 감정은 학교를 둘러보면서 더욱 깊어졌다. 조던은 그곳에서 엘리트 세계의 공기를 들이마셨고 캠퍼스 곳곳을 밝게 물들인 하늘색 UNC 가운의 물결에 흠뻑 젖었다. 그 경험으로 조던은 과거에 이 학교를 선택한 일류 선수들과 같은 결론을 내렸다.

"그래, 이것도 다 익숙해질 거야."

패트릭 유잉도 채플 힐을 처음 방문한 그날 같은 생각을 했다. 그는 딘 스미스 밑에서 뛰는 것을 진지하게 고려했지만, 숙소로 돌아가는 길에 본 KKK단의 시위 때문에 이 학교로 올 생각이 싹 사라졌다고 한다. 그 일만 없었다면 유잉은 조던과 함께 타르 힐스를 초강팀으로 만들고 NCAA 우승을 여러 번 경험했을지도 모른다.

어쩌면 조던도 그날 KKK단의 시위를 봤을지 모르나, 그렇다 하더라도 그는 개의치 않았을 것이다. 왜냐하면 부모님의 기대가 아주 컸던 탓이다. 밥 기번스는 한 가지 중요한 사실을 언급했다.

"마이클의 부모님은 노스캐롤라이나 대학을 말도 못하게 좋아했어요."

12년 전 윌밍턴의 한 초등학교에서 인종 차별적인 교육을 받았던 그들의 셋째 아들을 이제는 지역 명문대가 간절히 원하고 있었다. 거기다 학비까지 지원하겠다는 학교의 제안은 그들에게 더없이 큰 의미로 다가왔다.

윌밍턴에서 호텔과 식당을 운영했던 휘트니 프리벳은 이런 말을 했다.

"제가 델로리스한테 그랬죠. 마이클이 내 아들이라면 당장 노스캐롤라이나 대학으로 보내겠다고요. 전 딘 스미스를 볼 때마다 그 인품이나 감독의 자질 모두 참 놀랍다고 생각했거든요."

제임스와 델로리스는 한껏 들떠 있었다. 이미 자부심으로 가득했던 제임스와 델로리스는 아들이 UNC의 하늘색 유니폼을 입은 모습을 상상했고, 그 마음은 추수감사절 퍼레이드에 하늘을 메운 커다란 풍선들처럼 부풀어 있었다. 당시 딘 스미스가 그들의 집을 찾았을 때 그 모습은 톰 콘찰스키가 묘사한 대로 '제우스신이 올림푸스산에서 친히 내려온 것' 같았다. 스미스 감독에게는 선수 가족과 소통하는 그 나름의 방법이 있었다. 그는 학업을 비롯하여 대학생으로서 우선해야 할 사항들을 누구보다 중요히 여겼다. 제임스와 델로리스는 거실에서 그 이야기를 들었고 마이클 조던은 바닥에 책상다리를 하고 앉아 농구공을 빙글빙글 돌려댔다. 스미스와의 대화가 중요한 대목으로 들어서자 공을 돌리는 속도는 차츰 느려졌다. 감독은 자신이 보장할 수 있는 것은 없다고, 모두 조던이 스스로 쟁취해야 한다고 말했다. 농구 전문 기고가인 아트 챈스키가 그날 모습을 설명했다.

"그닐은 학교 공부에 관한 이야기만 한참 오갔어요. 딘은 마이클 부모님의 관심사가 교육이라는 걸 알았던 거죠."

제임스와 델로리스는 첫 만남부터 딘 스미스의 지도 방식을 알아봤다. 스미스는 선수들의 일상에 깊은 관심을 두면서도 농구를 가르칠 때만큼은 철저히 객관성을 유지하는 사람이었다.

제임스 워디는 스미스를 두고 이렇게 말했다.

"감독님하고 친해지는 건 아마 세상에서 제일 쉬운 일일 거예요. 정말 솔직하고 세상만사를 자기 일처럼 생각하는 그런 분이거든요. 감독님은 자기 제자가 어떤 사람인지 꿰뚫어 보셨어요. 선수들 부모님이 어떤 성향이고 자식을 위해 무얼 원하는지도 오랜 시간 연구하셨고요. 선수들하고 마음이 잘 통한 것도 다 그런 이유에서죠. 물론 그분의 가장 큰 무기는 솔직함이었어요. 그것 때문에 다들 다른 제안을 다 뿌리치고 노스캐롤라이나를 선택한 거죠."

비록 UCLA와 버지니아 대학의 부름을 받지는 못했지만, 조던은 근처 학교들로부터 많은 관심을 받았다. 사우스캐롤라이나 대학을 구경 갔을 때 그는 빌 포스터 감독과 함께 주지사 관저를 방문하여 그 집 아들과 농구를 했다. 아트 챈스키가 당시 상황을 설명했다.

"그래도 노스캐롤라이나 코치들은 걱정하지 않았어요. 다들 마이클이 빌 포스터와 주지사 관저에서 저녁을 먹었다는 얘기에 오히려 웃음을 터뜨렸죠. 당시에 마이클을 데려가려고 이런저런 일들이 벌어졌지만, 코치들은 그 친구가 노스캐롤라이나를 택할 거라고 확신했죠."

메릴랜드 대학의 레프티 드리셀 감독도 딘 스미스로부터 조던을 빼앗고 싶어 했다. 그는 새로 개통된 체서피크 베이 브리지를 통하면 윌밍턴에서 채플 힐로 가는 시간이나 메릴랜드로 가는 시간이나 별 차이가 없다며 조던 가족을 유혹했다. 제임스와 델로리스는 그런 이야기가 어리둥절할 따름이었다. 조던 쟁탈전에는 노스캐롤라이나 주립대의 짐 발바노 감독도 끼어들었다. 그는 조던의 어릴 적 영웅이었던 데이비드 톰슨을 언급하며 그 시절의 고공 농구를 재현하자고 부추겼다.

조던은 채플 힐 캠퍼스에서 공식 초청이 오기 한참 전에도 직접 학교를 찾아가 곳곳을 둘러봤다.

"조던 가족은 초청이 오기 전에도 노스캐롤라이나 대학을 여러 번 방문했어요."

아트 챈스키는 로이 윌리엄스 코치가 다른 선수들을 스카우트하기보다 조던 가족에게 캠퍼스를 소개하는 데 더 힘썼다고 설명을 덧붙였다. 그러면서 윌리엄스와 친해진 제임스는 그에게 장작 난로를 만들어 선물하기도 했다. 그러나 마이클 조던이 완전히 결심을 굳힌 것은 유잉과 함께 채플 힐 캠퍼스를 공식 방문한 바로 그날이었다. 그는 일찍이 혜링에게 고교 농구 시즌이 시작되기 전에 거취를 정하라는 조언을 들었다. 주 대회 우승을 노린다면 빨리 마음을 다잡는 편이 좋다는 이유에서였다. 게다가 그의 스카우트 문제로 팀원들의 마음도 산만해질 우려가 있었다. 농구부 동료였던 토드 파커는 당시에 있던 일을 이야기했다.

"발바노랑 레프티 드리셀 감독도 봤고, 로이 윌리엄스 코치는 하도 자주 보여서 저는 그 사람이 우리 학교에 취직한 줄 알았어요. 그러다가 어느 날은 딘 스미스 감독이 하늘색 정장을 입고 찾아왔죠. 그걸로 전부 끝났어요. 딘 스미스가 왔다는 건 노스캐롤라이나가 그만큼 마이크를 원했다는 거니까요."

조던도 헤링의 말에 수긍하고 곧장 결정을 내려 했다.

"노스캐롤라이나는 제가 네 번째로 방문한 곳이었죠. 그런데 거길 둘러보고 나니 더 생각할 필요가 없겠다 싶더라고요. 그래서 일주일 안에 생각을 정리하고 그 뒤에 찾아가기로 했던 클렘슨과 듀크 대학에는 취소 통지를 보냈어요."

조던은 1980년 11월 1일에 자신의 선택을 밝혔고, 공식 발표장이 된 그의 집에는 지역 방송국의 마이크가 두 개 준비되었다. 그날은 린우드 로빈슨도 UNC로 진학한다는 발표를 하여 언론의 관심이 분산된 상태였다. 당시 스포츠 기자인 키스 드럼은 조던이 훨씬 중요한 선수라고 강조했지만, 언론사의 파견 담당자들은 그 정보를 섭취하지 못했던 모양이다.

시간이 되어 조던 가족은 거실 소파에 앉았다. 어머니와 아버지 사이에 앉은 조던은 팔짱을 낀 채 몸을 살짝 앞으로 숙여 UNC를 선택했다고 발표했다.

얼마 전 막 39세가 된 델로리스는 무릎에 깍지 낀 두 손을 얹고 편히 앉아 있었다. 이전보다 상당히 날씬해진 그녀는 훗날 아들로 인해 치를 유명세도 문제없다는 듯 자신만만한 표정이었다. 미소 띤 그 얼굴에서는 황홀감과 함께 집안에서 가장 게으른 아이를 이만큼 잘 키워놓았다는 대견함이 드러났다. 당시 17세였던 마이클 조던은 졸린 듯한 눈으로 카메라를 응시했지만, 프로 시절에 인터뷰에서 보인 특유의 차분한 태도는 어린 나이에도 여전했다. 그는 그날 기쁜 마음을 억누르고 있었는지 웃을 듯 말 듯한 표정으로 기자와 문답을 주고받았다.

제임스는 소파에 편한 자세로 앉아 있었지만, 아들에게 향하는 스포트라이트를 빼앗지 않으려고 신경 쓰는 듯했다. 늘 자신감이 가득했던 그는 그날 특히 근엄한 표정을 지었는데, 아무래도 넘치는 감정을 드러내지 않으려고 애썼던 것 같다.

그곳에는 헤링도 있었다. 조던이 발표를 하는 동안 멀찍이 떨어져 있었지만 그 마음에는 자부심이 가득했다. 그 후에 헤링과 조던은 카메라 앞에서 동시에 손을 뻗고 우스꽝스러운 표정을 지었다. 또 조던이 농구공을 잡자 헤링이 수비 동작을 취하기도 했다. 그 광경은 마치 레이니 체육관에서 하던 아침 훈련을 패러디한 것 같았다.

조던은 《월밍턴 저널》과의 인터뷰에서 헤링을 다음과 같이 소개했다.

"우리 학교 선수들에게 아버지와도 같은 분이죠. 언제 어떤 문제가 있어도 학생들 말에 귀 기울여 주시거든요. 부모님께는 차마 말 못 할 일도 다 이해해 주시고요. 전 감독님과 함께라면 주 우승도 거뜬할 것 같아요."

듀크 대학의 젊은 감독 마이크 슈셉스키는 델로리스가 그 학교의 높은 교육 수준을 마음에 들어 하고 당시 농구부 스타였던 진 뱅크스의 팬이라는 데 한 가닥 희망을 걸고 있었다. 하지만 조던의 행선지가 명확해지자, 슈셉스키는 비통한 마음으로 제발 듀크 대학에 와달라며 편지를 썼다. 세월이 지나 이 편지는 윌밍턴의 케이프 피어 박물관에 전시되는데, 소문에 의하면 UNC 팬들이 마이클 조던 컬렉션 중에서 가장 좋아하는 물건이라고 한다.

## 엠피 파크

진로를 정한 뒤 조던은 주 대회 우승이라는 목표에 집중했다. 그러려면 레이니 고교는 우선 평균 신장이 크고 몸싸움에 능했던 뉴 하노버 고교를 넘어서야 했다.

"당시에 레이니 팀이 속한 컨퍼런스에는 실력이 출중한 선수들이 꽤 있었죠."

오랜 세월 월밍턴에서 스포츠 기자로 일해온 척 커리의 말이다.

과거에 뉴 하노버 고교는 명예의 전당 헌액자인 리언 브로그덴을 필두로 훌륭한 운동선수를 여럿 배출한 백인 전용 고등학교였다. 특히 미식축구부가 강했는데 NFL에서 쿼터백으로 활약한 소니 유르겐슨과 로만 가브리엘도 이곳 출신이었다. 이후 흑백 통합 교육 계획이 시행되면서 뉴 하노버 고교는 그대로 남았지만, 윌밍턴의 흑인 학생들이 다니던 윌리스턴 고등학교가 중학교로 격하되어 지역 흑인 사회가 요동쳤다. 이 문제는 '윌밍턴의 10인' 사건에도 영향을 미친 것으로 보인다.

1976년에 레이니 고등학교가 개교할 무렵에는 인종 갈등이 꽤 완화된 상태였고, 그때 헤링이 윌밍턴 최초의 흑인 감독으로 고용되었다. 당시 헤링의 새로운 지위를 두고 아무도 공개적으로 왈가왈부하지는 않았다. 하지만 그의 행보에는 많은 시선이 쏠렸고, 특히 레이니 팀과 짐 헤브론이 지휘하던 뉴 하노버 팀이 맞붙을 때는 더욱 그러했다. 게다가 레이니의 스타인 마이클 조던이 UNC로 간다는 소식은 헤링을 향한 주목도를 높일 뿐이었다.

30대 초반이었던 두 감독은 성향이 무척 달라서 더 흥미를 불러일으켰다. 1980~81시즌에 뉴 하노버 농구부에는 훗날 NFL의 필라델피아 이글스에서 수비수로 이름을 날린 클라이드 시먼스와 올드 도미니언 대학의 스타이자 NBA에서 선수 및 코치로 경력을 쌓은 개니 개티슨이 있었다. 1980년 가을에 11학년이 된 개티슨은 키 203센티미터에 몸무게가 109킬로에 달했다.

클라이드 시먼스는 키 198센티미터에 단단한 근육과 민첩성을 동시에 갖추고 있었다. 개티슨이 설명하기로, 뉴 하노버에는 별로 유명하진 않지만 실력이 뛰어난 선수가 더 있었다고 한다.

"론드로 보니는 키가 190센티미터, 몸무게는 97킬로그램 정도였는데, 40야드(약 37미터)를 4.25초에 주파했어요. 미식축구에서 러닝 백으로 뛸 때는 방향 전환을 하자마자 저 멀리 사라져버렸죠. 체격은 프로선수였던 허셸 워커랑 닮았고요. 로널드 존스는 키가 193센티미터에 미식축구에서 와이드 리시버를 맡았는데, 뛰는 속도가 장난 아니었죠. 프로선수랑 비교하자면 제리 라이스랑 비슷했어요. 두 사람다 NBA나 NFL에서 뛰어도 부족하지 않은 실력이었어요."

한 시즌 동안 열 몇 경기밖에 치르지 않는 고교 미식축구에서 뉴 하노버는 1980년에 그 선수들을 데리고 무려 10승을 거뒀다. 게다가 시먼스와 개티슨, 보니, 존스는 농구 유니폼을 입으면 더 공격적으로 변했다. 그런 선수들과 다르게 감독인 짐 헤브론은 몸집이 작고 줄넘기를 즐겨 하는 사람이었다. 그는 윌밍턴의 해변을 사랑했고 학교 운동부 일 만큼이나 서핑을 좋아했다. 그가 맡은 체육 수업은 분위기가 느슨하기로 유명했지만, 운동부 선수들은 그의 지시를 철저히 따랐다.

개티슨은 헤브론을 이렇게 묘사했다.

"우리 감독님 체구가 크진 않았죠. 마치 더스틴 호프만 같았다고 할까요. 굉장히 얌전한 분이었어요. 선수들한테 고함을 친 적도 없었고요. 하지만 언제나 믿고 기댈 수 있는 분이었어요. 그래서 우린 감독님 말씀을 정말 잘 들었죠."

지역 사회에서 헤브론은 조금 흥미로운 사내 정도로 통했지만, 흑인인 헤링에 대한 관심은 무척 조용하면서도 강렬했다.

"다른 분야에서도 그랬지만, 그건 흑인이 과연 할 수 있는지 두고 보자는 일종의 실험이었죠."

개티슨의 말이다. 흑백 통합 교육이 시행되고 처음 몇십 년간 사람들은 인종에 관한 또 다른 편견을 만들어냈다. 당시 미식축구계에서는 흑인에게 쿼터백을 맡기는 일이 없었고, 이런 인식은 1986~87시즌에 더그 윌리엄스가 워싱턴 레드스킨스를 슈퍼볼 우승으로 이끈 뒤에야 겨우 바뀌기 시작했다. 스포츠 감독직 역시 대부분 백인이 맡았다. 하지만 헤링은 당당히 학교 운동부를 지도하게 되었고 감독으로서의 장래성을 충분히 보여주었다. 사이드라인에 선 그에게는 활력이 흘러넘쳤다. 개티슨은 옛 추억을 떠올리며 웃었다.

"짐 헤브론이 더스틴 호프만이라면, 팝 헤링은 프레드 샌퍼드*일 겁니다. 분명

---

* 미국의 흑인 코미디언이자 배우였던 레드 폭스가 NBC 방송의 시트콤 드라마 「샌퍼드와 아들(Sanford and Son)」 및 「샌퍼드」에서 연기한 극 중 등장인물.

히 우리 감독님보다 헤링 감독한테 좀 더 불같은 면이 있었어요. 팀을 지도하는 방식이 완전히 달랐죠. 그래도 시합 날에는 두 분 다 그 시절에 유행하던 레저 슈트를 입었던 것 같아요. 진짜 옛날 생각나는군요."

개티슨과 클라이드 시먼스는 키가 크고 힘도 셌지만 그해 가을에 11학년으로 처음 1군 선수가 되었다. 개티슨이 말을 이었다.

"뉴 하노버 농구부는 절대 10학년을 1군으로 뽑지 않았어요. 그게 누구든 예외는 없었죠. 그러다가 2군 시즌이 끝나서 실력을 인정받으면 1군 후보석 끝에 겨우 앉아서 시합을 볼 수 있었어요."

그렇게 뉴 하노버의 4인방은 레이니 유니폼을 입은 마이클 조던과의 대결을 앞두고 있었다. 사실 그들은 이미 조던과 잘 아는 사이였다. 월밍턴 곳곳의 농구장, 특히 엠피 파크에서 여러 차례 맞붙어봤기 때문이다.

개티슨이 그 점을 설명했다.

"거긴 그리 크지 않은 도시여서 웬만하면 서로 다 알고 지냈어요. 우린 자주 만나서 농구를 했죠. 윌밍턴 보이즈 클럽에서도, 엠피 파크에서도요. 특히 기억에 남는 건 엠피 파크의 아스팔트 코트에서 한 시합이에요. 그때 거기엔 마이클네 패거리랑 제 친구들 말고는 아무도 없었죠."

조던의 '패거리'는 형 래리와 아돌프 샤이버, 리로이 스미스, 마이클 브래그였다. 개티슨은 농구부 동료인 보니와 존스, 시먼스와 함께 다녔다. 그들은 어린 시절부터 윌밍턴의 여러 스포츠 리그에서 함께 뛰며 손발을 맞춘 사이였다.

개티슨은 당시 팀원들을 이야기했다.

"우리 팀의 조합이 좋은 편이었죠. 마이클네 팀은 한 포지션에서만 유리했거든요. 나머지 네 포지션에선 우리가 유리했고요. 아무튼 그렇게 팀을 짜서 자주 붙었어요. 토요일이면 농구장에서 온종일 시간을 보냈죠. 먼저 11점을 내면 끝나는 룰이었는데, 하다 보면 우리 팀이 8대3 정도로 앞서는 경우가 많았어요. 그러면 마이클이 우리 슛을 다 막고 혼자 득점을 해서 11대8로 끝나곤 했죠. 그때 우리나 그쪽이나 엠피 파크의 야외 농구장에서든 관객 5,000명이 모인 브로그덴 홀에서든 그저 이기고 싶어서 안달이 나 있었어요."

헤브론 감독은 고교 선수들이 트래시 토크를 주고받는 것을 못마땅하게 여겼다. 하지만 딱히 그가 나서지 않아도 뉴 하노버 선수들의 위압적인 모습에 상대 팀이 알아서 입을 다무는 경우가 많았다. 그런데 레이니 선수들은 엠피 파크에서 여러 번 대결을 해봐서 그런지 별로 주눅 들지 않았다고 한다.

개티슨이 이어서 말했다.

"아돌프는 마이클보다 말이 더 많았어요. 입에는 늘 이쑤시개나 빨대를 물고 있었고요. 농구는 안 하고 줄창 떠들기만 했죠. 그 자식은 골 밑에서 으름장만 놓다가 공이 오면 마이클한테 패스하고 뒤로 쏙 빠지는 게 일이었어요."

개티슨이 말하기로, 조던은 파이브 스타 캠프를 경험하고 돌아온 뒤 남다른 자신감을 보였다고 한다.

"그전까지 파이브 스타에 대해서는 들어본 적이 없었어요. 그런데 마이클이 그 캠프에 가서는 온갖 트로피를 다 따왔더군요. 그 녀석이 거기서 돌아온 뒤에 저한테 이런 말을 했어요. '야, 너도 파이브 스타에 가보는 게 좋을 거야. 여기 월밍턴에서는 우리가 얼마나 잘하는 건지 알 수가 없어.' 그게 맨날 우리끼리만 대결을 해서 그렇다는 거예요. 정말 그랬죠. 다들 늘 보는 팀들하고만 붙다 보니 자기 실력이 어느 정도인지 몰랐어요. 그때 만약에 뉴 하노버랑 레이니를 합쳤다면 대학팀들도 우릴 상대하는 데 꽤 애먹었을 걸요?"

당시에 개티슨은 여러 대학의 미식축구부로부터 영입 제안을 받고 있었다. 그는 그 상태로도 충분히 대학에 갈 수 있었지만, 조던의 충고를 귀담아듣고 다음 해 여름을 알차게 보냈다. 그는 뉴 하노버 팀원들과 파이브 스타 캠프에 참가하여 농구 전문가들의 이목을 모았다. 그리고 농구 장학생으로 올드 도미니언 대학에 진학한 뒤 NBA에서 오랫동안 활약했다.

개티슨은 조던에게 고맙다는 뜻을 보였다.

"돌이켜보면 제가 지금 같은 경력을 쌓은 게 다 마이클 덕분이에요. 그 녀석 생각이 맞았던 거죠. 안 그랬다면 제 실력이 어느 정돈지 몰랐을 테니까요."

당시에 두 사람은 1980~81시즌의 일대 결전이 얼마 남지 않았음을 잊지 않았다. 특히 조던은 파이브 스타 캠프에서 돌아온 뒤부터 농구 시즌이 시작되기만 간절히 기다렸다. 그 사이에 학교 미식축구부 시합을 구경하며 시간을 보냈지만, 머릿속에는 하루속히 농구부로 돌아가 새로 배운 기술들을 시험하고 자랑하려는 생각이 가득했다.

레이니 고교의 체육 교사 루비 서튼이 말하기로, 그해 가을에 갑자기 세상의 주목을 받았음에도 그의 생활 태도는 크게 다르지 않았다고 한다. 그녀는 조던이 여전히 무사태평하고 밝은 학생이었다고 기억했다. 하지만 시즌을 앞두고 조던은 《월밍턴 저널》과의 인터뷰에서 자신의 덩크에 환호하는 사람들을 얼른 보고 싶다며 솔직한 심정을 밝혔다.

"그렇게 관객석이 들썩이는 걸 보면 정말 열심히 뛰어야겠다는 생각이 들죠."

그는 자신의 힘이 관중에게서 나온다는 사실을 일찍부터 알아차렸다.

그는 몇 년 뒤 존 에드거 와이드먼과의 인터뷰에서 이런 말을 했다.

"사람들이 열광하는 게 좋아서 나중에는 남들이 못하는 걸 해봐야겠다고 생각하게 됐어요. 그러면서 더 큰 호기심이 동했죠. 수많은 관중과 팬들로부터 받는 자극과 흥분 때문에 그리고 쉽게 할 순 없지만 다들 해보길 원하고 오직 나를 통해서만 경험할 수 있는 그런 일들이 아직 많다는 사실 때문에요. 아무도 못 하는 걸 할 수 있다는 것, 그게 절 움직이는 힘이에요."

척 커리의 설명에 의하면, 그해 겨울에 조던의 UNC 진학 소식을 듣고 레이니 시합을 보러온 사람이 무척 많았다고 한다.

"레이니 고등학교는 마이클을 보러온 팬들을 많이 돌려보내야 했어요. 체육관이 너무 작아서 소방 관리 규정상 전부 수용할 수가 없었거든요."

1980년 11월 26일 저녁, 레이니 체육관 앞에는 개막전을 보려는 사람들이 길게 줄을 서 있었다. 그날 입장객들은 조던이 33득점 14리바운드를 올리며 상대 팀인 펜더 카운티를 압도하는 모습을 보았다. 그 경기를 시작으로 레이니 버커니어스는 시즌 개막 5연승을 기록했고, 주내 순위에서도 1위에 올랐다. 아직 연승 중반을 달리던 12월 초에는 딘 스미스가 경기장을 방문해 버커니어스의 승리를 기원하기도 했다. 소문에 의하면 그날 레이니 고교 역사상 가장 많은 인원이 체육관에서 선 채로 시합을 관람했다고 한다. 조던의 실력을 의심하던 이들은 그때부터 그가 UNC에 걸맞은 선수라고 인정하기 시작했다. 그리고 그 주에 조던이 킨스턴 농구부와의 대결에서 26득점 12리바운드 9어시스트에 블록숏까지 세 개 기록하며 승리를 이끌자 의심의 눈길은 더욱 줄었다.

"조던 때문에 우리 선수들 혼이 다 빠진 것 같아요."

그날 킨스턴의 폴 존스 감독은 조던을 집중 견제하는 바람에 나머지 선수들에 대한 수비가 헐거웠다고 지적했다.

레이니 농구부는 12월 말에 뉴 하노버 고교에서 열린 《월밍턴 스타뉴스》 초청 대회에서 우승하며 시즌의 하이라이트를 장식했다. 엠피 파크에서 조던과 몸싸움을 벌이던 적수들은 그날 검정과 주황으로 장식된 뉴 하노버 유니폼을 입고 나타났다. 시합 초반에 파울 네 개를 범한 조던은 후보석에 앉아 동료들이 우람한 상대 선수들에게 나가떨어지는 모습을 지켜봐야 했다. 그러다가 그는 경기 종료를 5분 앞두고 다시 투입되어 15점을 몰아넣었다. 개티슨이 당시 상황을 이야기했다.

"마이클은 그때부터 던지는 족족 숏을 성공시켰죠. 우린 그 녀석을 막으려고 아예 끌어안거나 유니폼을 잡아당기고 바닥에 쓰러뜨리기까지 했어요. 그런데도 실패 없이 다 넣더라고요."

시합 종료가 코앞으로 다가왔을 때, 공격권은 레이니 팀에 있었다. 공을 잡은 조던은 기회를 노리다 마지막 순간 풀쩍 뛰어올랐다. 개티슨이 설명을 계속했다.

"그해 크리스마스 토너먼트에서 마이클이 마지막에 넣은 버저비터* 때문에 우

---

* 농구 경기에서 한 쿼터나 전후반 종료를 알리는 신호와 동시에 넣은 숏을 뜻한다.

리가 졌죠. 그때 제가 그 녀석이 못 뛰게 바지랑 상의를 잡아당겼는데도 그대로 점 프해서는 기어이 슛을 넣더군요."

조던의 고교 마지막 시즌에 헤링은 감독으로서 자존심을 다 내려놓고 본인의 주요 작전이 조던에게 모든 공격을 맡기는 것이라 밝혔다. 실제로 그 전략은 아주 잘 통했다. 거의 매일 조던이 혼자 힘으로 팀을 이기게 할 만큼 맹활약했기 때문이 다. 그러나 1월 중순까지 버커니어스는 두 차례 패배를 기록하며 디비전2 순위에 서 공동 3위로 밀려났다. 주 대회 우승을 자신하기에는 어려운 상황이었다.

"레이니 농구부는 단합된 팀이라기보다 조던만 바라보고 뛰는 집단처럼 보이 는군요."

《윌밍턴 모닝 스타》의 그레그 스토다 기자가 헤링과의 인터뷰에서 한 말이다.

이런 문제는 이후 조던이 선수 생활을 하는 동안 끊이지 않고 반복되었다. 그 가 놀라운 활약을 펼칠 때면 팀 동료나 상대편 할 것 없이 모두 멈춰 서서 그 광경 을 지켜보는 것이 다반사였다. 헤링은 스토다에게 조던 없이도 팀이 잘 돌아갈 때 가 있다고 말했다.

"그래도 우리 팀은 점점 좋아지고 있어요. 물론 가능하면 그 녀석한테 공을 다 넘기고 싶죠. 초특급 해결사니까요."

그런데 조던 본인은 농구를 조금 다른 방식으로 해보려 애쓰던 중이었다. 그의 영웅인 매직 존슨처럼 말이다. 당시 그가 몰던 자동차에는 '매직 마이크'와 '매직' 이라고 적힌 장식 번호판이 앞뒤로 붙어 있었고, 거기에는 존슨만큼 노 룩 패스*를 완벽하게 하고 싶었던 그의 마음이 담겨 있었다. 조던은 척 커리와의 인터뷰에서 이렇게 말했다.

"예전에 제가 매직 존슨의 동작을 막 따라서 해봤거든요. 노 룩 패스를 몇 번 시도했었는데 제 친구가 그때부터 절 '매직 마이크'라고 불렀어요. 그 뒤에 걔가 장 식 번호판을 하나 사줘서 그걸 차 뒤에 붙였죠. 여자친구도 저한테 '매직 마이크'라

---

* no look pass, 수비수를 속이기 위해 동료를 보지 않고 다른 방향을 보면서 패스하는 기술.

고 적힌 티셔츠랑 번호판을 선물해줬고요."

그는 시합 중에 수시로 팀원들에게 패스를 돌렸고, 그 결과 12학년 시즌에는 평균 어시스트 개수가 여섯 개에 달했다. 하지만 공을 뜨거운 감자 다루듯 했던 레이니 선수들은 좋은 기회가 와도 다시 조던에게 패스하는 경우가 많았다. 조던은 그레그 스토다에게 그 점을 이야기했다.

"전 가능하면 오픈 찬스가 난 동료한테 공을 넘기려고 해요. 감독님도 팀원들한테 슛을 쏘라고 하고 저도 그러라고 하죠. 하지만 걔들은 그런 상황에서도 저한테 너무 의지하는 것 같아요."

뉴 하노버의 짐 헤브론 감독은 다른 선수들의 심정을 이해했다.

"다들 마이크의 기에 눌렸다고나 할까요. 어찌 보면 겁이 나는 거죠. 어떤 코치들은 저더러 그 아이가 동부 연안 지역 최고의 고교 선수라고 합니다. 전에 한번 보니까 말이죠. 마이크가 농구장에 들어오니까 다들 하던 일을 멈추고 그쪽만 보더라고요. 제 말이 좀 이상하게 들리거나 이해가 안 갈 수도 있겠지만, 어떤 아이들은 마이크하고 같이 시합을 한다는 사실만으로도 상당히 기쁠 겁니다. 곧 노스캐롤라이나 대학 선수가 될 테고 언젠가는 프로가 될지도 모르잖아요. 그럼 나중에 커서 자기가 마이크 조던을 상대해봤다거나 같은 팀에서 뛰어봤다고 자랑할 수도 있겠죠."

개티슨은 당시 조던의 실력을 이야기했다.

"마이클은 시합하는 도중에도 계속 재주가 늘더라고요. 막을 방법을 연구한다고 되는 게 아니었어요. 시합마다 새롭고 이전과는 다른 걸 해냈으니까요. 그 녀석은 매번 상대를 이길 방법을 찾아냈어요. 정말 그런 건 다들 난생처음 봤을 겁니다. 녀석이 점프하면 당연히 수비수도 같이 뛰어오른단 말이죠. 그런데 그때마다 먼저 바닥에 떨어지는 건 우리 팀 선수들이었어요. 전 그걸 보면서 마이클이 우리랑 완전히 다른 생명체라고 생각하게 됐죠."

시즌 평균 27.8득점 12리바운드를 기록한 조던은 팀을 19승 4패라는 우수한 성적으로 이끌었다. 그동안 레이니는 뉴 하노버를 세 번 만나 모두 승리했고, 그때마다 뉴 하노버 선수들은 조던에게 다시는 지지 말자고 다짐했다. 아직 그들에게는 시즌 네 번째 만남이자 마지막 설욕 기회가 남아 있었다. 바로 지역 준결승전으로, 주 대회에 진출하려면 반드시 그 경기에서 이겨야 했다. 레이니 체육관에서 열린 시합은 종료 1분 전까지 6점을 앞선 홈팀이 우세해 보였다.

개티슨이 그날 경기를 회상했다.

"우리 팀은 1분 42초를 남기고 10점인가 11점을 뒤지고 있었어요. 그 시절엔 공격 제한 시간이란 게 따로 없었거든요. 그래서 레이니는 시합이 끝날 때까지 공만 튕기면서 시간을 때우면 됐죠. 그런데 그날 우리가 역전승을 했어요. 지금은 마지막 2분 동안 무슨 일이 있었는지 기억이 잘 안 나는군요. 아무튼 레이니 선수들은 그대로 시간만 보내면 끝나는 거였는데, 어쩌다 보니 실책을 여러 번 저질렀던 것 같아요. 그 과정에서 마이클이 함정 수비에 걸리기도 했고요."

개티슨은 그날 뉴 하노버가 어떻게 파울 하나 없이 전면 강압 수비와 함정 수비를 연거푸 성공시켰는지 다시 생각해봐도 놀랍다고 말했다.

"그것도 그쪽 홈에서 말이죠."

종료 7초를 남기고 양 팀 모두 52점으로 동점을 이룬 상황에서 조던은 수비진을 파고들며 점프슛을 던졌다. 그 순간 심판이 공격자 파울을 선언했고, 파울 개수가 다섯 개에 달한 조던은 코트에서 퇴장 당했다. 홈 관중은 망연자실한 표정이었다. 개티슨은 경기 종료를 앞두고 레이니 홈구장에서 그런 파울이 나와 무척 놀랐다고 한다.

그 후 뉴 하노버는 자유투를 성공시켜 레이니를 앞서 나갔다. 상황이 한순간에 뒤집히자 관중석 분위기가 조금 험악해졌다. 코스틸 플레인의 고교 농구 시합에서는 드물지 않은 광경이었다. 개티슨은 그 시즌에 골즈버러와의 대결에서 일어난 일을 이야기했다.

"한 번은 골즈버러에 가서 시합한 적이 있어요. 앤서니 티치가 다니던 학교 말이죠. 그날 우리가 그 팀을 이겼는데, 경기가 끝나고는 탈의실에 갇혀서 경찰이 올 때까지 옴짝달싹 못 했어요."

사실 레이니 체육관의 분위기는 그보다 훨씬 부드러운 편이었고 딱히 위협적 이지도 않았다. 개티슨은 그 이유를 설명했다.

"다들 서로 잘 알고 지내는 동네 주민들이었으니까요."

하지만 짐 헤브론은 씩씩거리며 경기장을 떠나는 레이니 팬들을 발견했던 모 양이다.

"그날 시합을 이기고 탈의실에 들어갔을 때 감독님이 그랬죠. '오늘 샤워는 포 기해라. 얼른 짐 챙겨서 가자꾸나.' 그때 레이니 팬들이 쫓던 건 심판들이었지만, 어 쨌든 우리 팀은 샤워도 못 하고 거길 떠났어요."

조던은 고교 마지막 시즌이 허무하게 끝나자 깊은 실망을 느꼈다. 시즌 전부터 주 대회 우승을 간절히 원하던 그였다. 개티슨이 말하기로는 '전에 없이 풀이 죽어 보였다.'고 한다. 헤링 역시 실망감으로 할 말을 잃고 한마디를 내뱉었다.

"우리의 목적지는 달이었지만 다른 별에 착륙하고 말았구나."

30년도 더 지난 일이지만 개티슨은 그 시합을 여전히 유감스럽게 생각했다. 그 와 조던은 이후에도 선수 생활을 계속하며 여러 번 마주쳤지만 격 없이 편히 만난 자리에서도 윌밍턴에서의 마지막 시합을 절대 언급하지 않았다. 조던이 NBA에서 몇 차례 우승한 뒤에는 당시 받은 상처가 많이 아문 듯 보였다. 하지만 개티슨은 너 무 민감한 주제인지라 그 일을 지금도 말하기가 어렵다고 한다. 조던 역시 그날 이 후로 그 이야기를 꺼낸 적이 단 한 번도 없다.

시즌이 끝난 뒤 레이니와 뉴 하노버 선수들은 엠피 파크에 모이지도 않았다. 마치 그 마지막 시합 때문에 청소년기의 순수한 경쟁의식이 더럽혀진 것 같았다. 그들은 조던이 그날의 패배를 얼마나 신경 쓰는지 잘 알고 있었다.

개티슨은 그 경험이 어떤 영향을 미쳤는지 설명했다.

"그 녀석을 움직이는 힘이 어디서 나오고 어떻게 해서 지금처럼 대단한 인물이 됐는지 알아둘 필요가 있어요. 일단 마이클은 패배의 아픔을 그대로 간직한단 말이죠. 보통 사람들은 대부분 그런 걸 금방 잊어버리지만요. 녀석은 그날의 패배를 잊지 않고 줄곧 마음에 담아뒀고, 바로 그런 성격이 지금 우리가 아는 마이클 조던을 만들었어요. 물론 저도 그 일로 어느 정도 영향을 받았습니다. 그 시즌에 레이니가 우리 학교를 세 번 이겼는데 그중 두 경기는 우리 체육관에서 벌어졌어요. 그러다가 네 번째 대결에서 우리가 이긴 건데, 지금도 그때를 생각하면 영 마음이 불편하단 말이죠.”

뉴 하노버에 패하고 며칠 뒤, 헤링은 조던이 대학에서 NCAA 우승을 차지할 것이라고 예견했다. 하지만 그의 삶은 수개월 뒤부터 정신분열증으로 내리막길을 걷게 되었다.

개티슨은 당시 헤링의 정황을 이야기했다.

“그때 주변 사람들이 헤링 감독을 도우려고 했죠. 다들 어떻게든 손을 써보려고 애썼고요. 그런데 본인이 제대로 된 진단이나 치료 없이 몇 년을 그냥 흘려보냈어요. 정말 사람 망가지는 게 한순간이더군요. 정신이 약해져도 그렇게 약해질 수가 없었어요. 코트에서 그렇게 열정적으로 선수들을 지도하던 사람이 갑자기 유령처럼 변해버린 거죠. 몇 년 더 지나시는 길에서 마주쳐도 내가 알던 그 사람이 맞는지 분간이 안 될 정도였어요. 정말 슬픈 일이죠. 정신병이라는 게 그렇게 무서운 거예요.”

그처럼 안타까운 일이 있었지만, 개티슨은 결국 헤링 덕분에 오늘날의 마이클 조던이 있다고 강조했다. 물론 그것은 1군 선발에서 탈락한 경험 때문이 아니라, 헤링이 그를 위해 앞을 내다보고 사려 깊은 판단을 했기 때문이다.

“당시에 고교 농구부에서는 모든 것이 정해진 매뉴얼대로 돌아갔어요. 만약 키가 193센티미터라면 그 선수는 골 밑을 맡았을 거예요. 센터나 파워포워드로 뛰면서 골대 가까이서 시합을 하는 거죠. 하지만 헤링 감독은 마이클의 재능을 꿰뚫어 보고 기꺼이 가드 포지션을 맡겼어요.”

그 시절에 고교 농구에서 키 큰 선수들은 가드로 뛸 기회가 거의 없었다. 이들은 농구 용어로 말하면 '트위너' 즉 양쪽 포지션에서 이도 저도 아닌 선수가 되기 일쑤였다. 개티슨이 이 점을 설명했다.

"그 나이 때 트위너라고 하면 키가 195나 198센티미터쯤 되는데, 대개는 그 뒤로 키가 거의 안 크죠. 그 상태로 대학에 가서는 파워포워드를 맡게 되고요. 그래도 좋은 성적을 거두는 경우가 많아요. 대충 평균 20득점에 8리바운드 정도? 하지만 NBA에서는 그 키면 가드를 보라고 하거든요. 그럼 그런 선수들은 그 자리에서 뛰어본 경험이 없어서 적응을 못 해요. 그럼 그걸로 끝나는 거죠."

하지만 헤링은 조던이 다음 단계에서 성공할 수 있도록 일찍부터 준비시켰다.

"팝 헤링, 그 사람은 마이클의 미래가 농구에 있다고 봤던 거예요." 개티슨은 한마디를 덧붙였다. "그리고 녀석이 앞으로 나아가도록 길을 마련해줬죠."

## 빅 맥

조던은 《퍼레이드》지에 가장 우수한 고교 졸업반 선수 중 하나로 소개된 것을 위안으로 삼았다. 하지만 AP 통신의 여론조사에서 버즈 피터슨이 그를 누르고 노스캐롤라이나주 최고의 선수로 선정되자 자존심이 크게 상했다.

농구 시즌이 끝나고 3주 뒤에 그는 《스타뉴스》와의 인터뷰에서 이렇게 말했다.

"이번 시즌엔 뉴 하노버하고 너무 많이 붙었어요. 실력이 좋은 팀하고 그만큼 자주 대결하면 언젠간 지게 돼 있죠. 그런 팀을 네 번이나 연달아 이긴다는 건 진짜 어려운 일이거든요. 이번엔 그쪽이 이길 차례였던 거고요."

이후 조던은 고교 시절의 마지막 야구 시즌을 보내려 했지만, 그 이름도 유명한 맥도날드 올 아메리칸 올스타전에 초대되는 바람에 일이 꼬이고 말았다. 당시에 노스캐롤라이나 고교 체육 협회가 그러한 외부 행사에 참가할 경우 학교 선수 자격을 박탈한다는 규정을 신설했기 때문이다. 그래서 당장 야구와 맥도날드 경기 중에서 하나를 골라야 했다. 일단 조던은 시즌 개막전 날 야구부 동료들과 단체 사진을 찍고 시합에 참가했다. 하지만 도저히 눈 뜨고 보기 힘들 만큼 많은 실수를 저질렀고, 그 덕에 오히려 빨리 결정을 내리게 되었다. 아버지는 못내 아쉬워했지만 조던은 결국 그날부로 야구를 그만두었다.

그는 윌밍턴 기자들에게 말했다.

"제 마음이 야구 말고 다른 데 있다는 걸 깨달았어요."

메릴랜드주 랜도버에서 열린 1981년도 맥도날드 올스타전 첫 경기는 그 지역 스타들과 전국 각지에서 모인 선수들의 대결로 진행되었다. 당시 12학년으로 올 아메리칸에 선정된 에드 핀크니도 그 시합을 위해 뉴욕에서 랜도버로 내려왔다. 그는 지난여름 파이브 스타 캠프에 참가하지 않았지만, 그곳에 다녀온 뉴욕 출신 선수들로부터 노스캐롤라이나에 대단한 선수가 있다는 이야기를 들었다. 맥도날드 시합이 열리기 전까지 조던의 이름을 잊고 있었던 핀크니는 첫날 연습 광경을 보자마자 그 선수가 누구인지 알아차렸다.

그는 조던의 첫인상을 떠올렸다.

"그때 마이클은 별로 말이 없었죠. 그냥 연습만 계속하고 있었는데, 보고 있자니 김틴밖에 안 나왔어요. 뉴욕 출신들은 기본적으로 '농구는 뉴욕이 최고'라고 생각하는데요. 글쎄, 그 녀석 연습하는 걸 두어 번 보고 나니까 그런 생각이 싹 바뀌더라고요."

조던은 핀크니와 별다른 대화를 하지 않았지만, 패트릭 유잉을 다시 만나서는 신나게 트래시 토크를 주고받았다. 유잉은 그날 일을 떠올리며 웃었다.

"그 자식이 또 저한테 본때를 보여주겠다고 떠들어댔죠. 실제로도 절 잔뜩 괴롭혔어요. 쓸데없는 소리를 주절거리면서요. 물론 저도 거기에 지지 않고 계속 맞받아쳤고요."

놀랍게도 조던은 첫 경기에 주전 선수로 출전하지 못했다. 핀크니는 그날 감독(유잉의 모교인 케임브리지 린지 라틴 스쿨의 마이크 자비스 감독이었다.)이 누구였는지도 기억하지 못했으나, 감독이 후반전 들어 이기려고 단단히 작정했던 것은 분명하다.

전반전에는 선수들이 골고루 뛸 기회가 있었다. 하지만 후반전에, 특히 위기의 순간마다 시합은 노스캐롤라이나에서 온 비쩍 마른 소년의 손에 맡겨졌다. 핀크니는 당시 조던의 활약을 회상했다.

"마이클은 우리 팀이 수세에 몰릴 때마다 직접 나서서 득점을 올렸죠. 그러다 보니 승패보다도 마이클이 어디서 공을 잡고 얼마나 득점하느냐에 관심이 쏠렸어요."

조던과 버즈 피터슨, UNC 진학을 앞둔 두 사람은 그날 각각 14득점과 10득점으로 인상적인 활약을 펼쳐 2주 뒤 위치토에서 열린 시합에서 주전을 맡게 되었다.

두 번째 맥도날드 경기는 제임스와 델로리스가 처음 경험하는 대규모 원정이었다. 이 행사에는 UCLA의 전설적인 감독인 존 우든이 참석하여 기념사를 읊었다. 웨이크 포레스트 대학 선수 출신으로, 당시 CBS 방송에서 경기 중계 해설자로 활동하던 빌리 패커도 그 시합을 보러 왔다. 첫 번째 맥도날드 경기가 열렸을 때 그는 필라델피아에서 진행된 NCAA 토너먼트 4강전을 중계하느라 무척 바빴다. 큰 행사를 마치고 온 그의 목적은 조던을 보는 것이었다.

패커는 노스캐롤라이나에 살 뿐 아니라 ACC 경기를 중계해서 그 지역의 대학 신입생들에게 관심이 많았다. 그는 그날 모인 선수들의 뛰어난 재능에 놀랐다. 동부 팀에는 밀트 와그너, 빌 웨닝턴, 에이드리언 브랜치, 크리스 멀린, 제프 애드킨스 그리고 2주 전에 열린 경기의 MVP이자 위치토의 영웅으로 그날의 흥행 카드가 된 오브리 셔로드가 있었다.

"하지만 시합을 접수한 건 마이클이었죠."

패커의 말이다. 그날 조던은 맥도날드 올스타전 단일 시합 최다 득점인 30득점을 올리고 위기 상황에서 팀을 승리로 이끌었다. 경기 종료 11초를 남기고 95대 94로 뒤지던 상황, 그는 상대편 파울로 얻은 자유투 2구를 모두 침착하게 성공시켰다. 조던은 슛을 열아홉 번 시도하여 열세 개를 성공시키고 자유투 네 개와 스틸 여섯 개, 어시스트 네 개까지 추가하며 훌륭한 기록을 남겼다.

그러나 시합이 끝나고 존 우든과 필라델피아의 전설적인 농구 스타 소니 힐, 메릴랜드주 고교 농구계의 명감독 모건 우튼으로 이뤄진 심사위원단은 조던의 대활약에도 불구하고 브랜치와 셔로드를 공동 MVP로 뽑았다. 소문에 의하면 브랜치의 모교 감독이었던 우튼은 MVP 투표에 관여하지 않았다고 한다. 이후 에이드리언 브랜치는 메릴랜드 대학에서 선수 생활을 이어갔다.

패커는 그날의 결과를 두고 이렇게 말했다.

"시합을 유심히 지켜본 입장에선 마이클 말고 다른 선수가 최우수선수로 뽑힌 게 정말 놀랄 일이었죠. 오브리 셔로드와 에이드리언 브랜치가 MVP였는데, 에이드리언은 모건 우튼 밑에서 뛰었던 선수였거든요. 물론 전 모건이나 존 우든 감독이 얼마나 성실하고 바른 사람인지 잘 알죠. 아마 제가 시합 중에 미처 보지 못한 무언가를 그 선수들한테서 본 걸 거예요. 아무래도 그 사람들이 자기 선수를 밀어주려고 그랬을 것 같진 않거든요. 그날 에이드리언도 경기력은 꽤 좋았고요. 물론 마이클 정도는 아니었지만 말이죠."

그때 가장 화가 난 사람은 델로리스였다. 그녀는 평정심을 잃고 아들이 상을 빼앗겼다며 고래고래 소리쳤다. MVP 발표 직후에 빌 거스리지는 씩씩거리며 농구 코트로 향하는 델로리스와 버즈 피터슨의 어머니를 발견했다. 그는 두 사람을 막아서고 진정시키려 애썼다.

톰 콘찰스키와 함께 올스타전을 찾았던 하워드 가핑클도 그 일을 기억했다.

"그날 마이클의 어머니가 굉장히 화를 냈는데요. 저는 그런 상은 전혀 중요하지 않다고 말했죠. 정말 중요한 건 NBA 드래프트에서 1순위로 뽑히는 거라고요."

행사가 끝난 뒤 패커는 체육관 밖에서 조던 가족과 마주쳤다.

"마이클 어머니는 여전히 분노한 상태였죠. 그때 제가 그랬어요. 이런 시합 때문에 화낼 것 없다고요. 마이클은 훌륭한 선수가 될 테고 좋은 감독 밑에서 뛰기로 되어 있으니 언젠가는 오늘 일을 다 잊을 거라고 말이죠."

오래 지나지 않아서 패커는 델로리스가 그날 당한 모욕을 잊어도 그녀의 아들은 그렇지 않음을 깨달았다.

"그때 마이클 딴에는 에이드리언 브랜치랑 득점 대결을 한다고 생각했던 것 같아요. 물론 에이드리언은 그런 줄 몰랐겠죠. 그리고 나중에 시간이 꽤 지났는데도 마이클은 그 시합을 염두에 두고 있었어요. 사실 대학 리그에 소속된 누구도 그 아이가 그런 데서 싸울 동기를 찾는다는 걸 몰랐습니다. 하지만 마이클은 사소한 일 하나도 절대로 잊지 않았죠."

마이클 조던과 여동생 로즐린은 1981년 봄에 레이니 고등학교를 졸업하고 채플 힐에서 맞을 새로운 도전에 대비했다.

『스피나커(The Spinnaker)』라고 이름 붙은 레이니 고교의 졸업 앨범에는 조던의 학교 활동이 자세히 기록되었다. '10학년 학급 반장, 11학년 스페인어 동아리…… 12학년 뉴 하노버 학생 선도부, 10학년 응원 동아리' 『스피나커』에는 조던과 리로이 스미스에게 보내는 감사 글도 실렸다. '우리는 너희가 그 재능을 널리 펼쳐 다른 사람들도 우리처럼 너희 둘을 자랑스럽게 여겼으면 한다. 너희의 세상이던 레이니를 늘 기억해주길 바라며.'

이후 조던의 세상은 급격히 넓어졌다. 그 변화가 얼마나 빨랐는지 사람들은 모두 혀를 내둘렀고 당사자인 조던 역시 놀라움을 금치 못했다.

제 4 부

# 정통 농구

# 제11장

## 신입생

시합 때마다 UNC의 상대 팀 팬들은 딘 스미스 감독의 커다란 코와 반짝이는 두 눈에서 눈을 떼지 못했다. 그들에게 딘 스미스는 오만하고 건방진 표정을 띤 캐리커처 주인공 같았다. 그러나 이러한 대중적 이미지는 그를 향한 UNC 농구부의 시선과 180도 달랐다. 농구부에서 딘 스미스는 대단히 존경받는 인물이었고, 선수들은 그의 겸손한 태도가 협동을 중시하는 팀의 방침과 밀접한 관계가 있다고 여겼다.

UNC 출신으로 NBA에서 위대한 업적을 남긴 바비 존스는 《스포츠 일러스트레이티드》지와의 인터뷰에서 이렇게 말했다.

"그분의 솔직한 면모가 특히 기억에 많이 남습니다. 예전에 스미스 감독님은 선수들 앞에서 본인도 남들처럼 이런저런 문제점이 있다고 하셨어요. 보통 감독들은 그런 단점을 절대로 밝히지 않죠. 하지만 그분은 자기도 아직 모르는 게 많다고 솔직하게 털어놓으셨어요."

그러한 솔직함 덕분인지 UNC 선수들은 학교를 떠난 뒤에도 종종 스미스에게 깊은 존경심과 애정을 드러냈다. 마이클 조던은 딘 스미스를 제2의 아버지라고 불렀는데, 타르 힐스 소속이었던 이들은 모두 이 말에 공감했다.

딘 스미스는 사회적으로 큰 파장을 일으킨 사건에도 영향을 미쳤다. 한 가지 예로 제임스 워디가 프로선수 시절에 성매매 문제로 체포된 때를 들 수 있다. 워디는 사건 당시 스미스에게 조언을 들었다고 밝혔다.

"그때 저한테 두 번째로 전화한 사람이 스미스 감독님이었어요. 감독님은 '우린 다 똑같은 사람이다. 난 네가 썩 괜찮은 녀석이란 걸 알아. 다른 생각 말고 이 문제는 사람답게 대처하도록 해라.' 그렇게 말씀하셨죠."

스미스는 학교를 떠난 선수들의 가족과 직업에도 늘 관심을 보였다. 기억력이 뛰어났던 그는 제자들의 친구나 가족처럼 평생 한두 번밖에 만나지 못한 이들의 이름까지 잊지 않았다. LA 레이커스의 단장을 맡은 미치 컵책은 언젠가 대학 은사인 스미스와 통화하며 깜짝 놀랐다고 한다. 스미스가 그의 여동생 샌디를 기억하고 그녀의 출산 소식까지 물었기 때문이다.

"감독님이 제 동생을 만난 때가 1972년 여름이거든요. 어떻게 걔 이름을 계속 기억하시는지 모르겠어요."

스미스의 또 다른 제자인 피트 칠컷은 NBA 진출 후 출신 대학의 농구부와 감독, 코치들을 욕하는 선수들을 자주 보았다면서 UNC 출신은 절대 그렇지 않다는 말을 덧붙였다.

"타르 힐스 선수들은 모두 학교에 대한 자부심이 대단하거든요."

그래서 학교를 잊지 못한 스미스의 제자들은 여름마다 채플 힐로 돌아와 농구 시합을 하거나 골프 대회를 벌이곤 한다. 이처럼 가족 같은 분위기는 스미스가 연줄을 넓히고 훌륭한 선수들을 영입하는 데 도움이 되었다. 그리고 그런 노력 덕분에 UNC 농구부는 대서양 연안 컨퍼런스, 즉 ACC가 미국 최고의 대학 농구 연맹으로 발돋움할 즈음 NCAA를 대표하는 팀이 되었다.

그러나 외부에서 스미스를 보는 눈은 달랐다. 매년 치열한 경쟁이 벌어지는 ACC에서 타 대학의 팬들은 스미스를 비방하기 일쑤였다. 그 이유 중 하나는 UNC의 주요 공격 전술이었던 포 코너 오펜스였다. 버지니아주 출신의 릭 무어라는 농구팬은 10대 시절 텔레비전을 통해 UNC의 팀플레이를 보며 이루 말할 수 없는 혐오감을 느꼈다고 한다.

"전 그때 딘 스미스가 너무너무 싫었어요. 세상에서 제일 훌륭한 선수들이 코트에 나와 있는데 그 사람은 공을 계속 돌리면서 시간을 끌라고 지시했거든요. 그건 그야말로 농구를 모독하는 짓이었죠."

이런 반응이 나올 때마다 스미스는 포 코너 오펜스가 승리 가능성을 가장 높이는 전술이라고 답했다. 하지만 그 말을 호의적으로 받아들이는 농구팬들은 거의 없었다. 게다가 나중에는 ACC조차도 포 코너 작전에 대응하려고 공격 제한 시간을 도입하기에 이르렀다.

UNC를 적으로 둔 이들에게 포 코너 오펜스는 단순한 팀 전술을 넘어서는 골칫거리였다. 사람들은 딘 스미스가 UCLA의 존 우든 감독처럼 오만하고 독선적이라고 공격했다. 또 그는 우든과 마찬가지로 시합 곳곳에 관여하여 하나부터 열까지 제 마음대로 조종한다는 비난을 받았다. 실제로 노스캐롤라이나 주립대의 짐 발바노 감독은 '딘이 ACC 심판이 된다면 리그의 모든 감독이 나서서 반대할 것'이라며 농담 섞인 불만을 드러냈다. 또 마이크 슈셉스키 이전에 듀크대 감독을 맡았던 빌 포스터는 번번이 딘 스미스의 술수에 놀아난다며 짜증스러운 표정으로 하소연했다.

"누가 보면 농구를 네이스미스 말고 딘 스미스가 만든 줄 알겠어요."

버지니아 대학의 테리 홀랜드 감독은 이런 말을 하기도 했다.

"딘 스미스는 늘 좋은 이미지를 보여주려고 애쓰십니다만 그게 실제 모습과는 꽤 차이가 있죠."

1980년대에 버지니아 대학이 소재한 샬러츠빌에서는 '홀랜드가 키우는 암캐 이름이 딘'이라는 농담이 유행했다.

딘 스미스는 이따금 농구계의 불문율을 무시하는 행동을 하기도 했다. 홀랜드는 예전 경험을 떠올렸다.

"1977년도 ACC 토너먼트에서 있었던 일이에요. 그때 딘은 우리 팀의 마크 이아바로니가 필 포드를 너무 거칠게 막는다고 생각했던 모양입니다. 하프타임이 돼서 양 팀 선수들이 코트를 벗어날 때 딘이 마크를 막아서더군요. 그러고는 마크한테 손을 대면서 뭔가를 말했어요. 저는 딘의 그런 점이 정말 문제라고 봅니다. 그 사람은 자기네 선수들을 보호한답시고 다른 팀 선수들한테 이래라저래라 해도 되는 줄 알아요. 그건 정말 위험한 생각이고 선을 한참 넘은 거죠."

"감독 일을 하다 보면 좀 껄끄럽지만 자기 선수를 위해 나서야 하는 순간이 있어요." 딘 스미스의 라이벌이자 듀크대의 감독인 마이크 슈셉스키의 말이다. "전 그분이 자기 선수를 탓하거나 비하하는 모습을 한 번도 못 봤습니다. 그쪽 선수들도 감독을 믿고 따르고요. 그런 신뢰 관계는 그냥 생기는 게 아니죠. 모두 일상 경험을 토대로 형성되는 거예요."

CBS의 경기 중계 해설자였던 빌리 패커는 이따금 UNC 농구부의 오후 훈련을 관찰했다. 늘 빈틈없이 계획대로 흘러가는 그 시간은 때때로 무서우리만치 고요했다. 모든 기술 및 전술 훈련과 연습 경기는 개개인의 능력을 팀플레이에 철저히 맞춘다는 목표 아래 정해진 시간 동안 정확히 관찰되고 평가되었다.

언젠가 딘 스미스가 이렇게 말했다.

"우리끼리 청백전을 할 때도 웬만하면 그런 기준을 적용하려고 합니다. 만약 누군가가 어쭙잖은 페이드어웨이 점프슛*을 던져서 그게 성공했다고 쳐요. 그럼 저는 매니저에게 그 슛을 0점 처리하라고 합니다. 반대로 그런 상황에서 기본 레이업을 성공시키면 3점을 주지요. 선수들이 우리 팀의 지향점을 깨닫기 전까지는 계속 그런 식으로 점수를 매기곤 해요."

체육관에는 매일 상세한 훈련 일정이 게시되었다. 선수들이 연습을 반복하는 동안 팀 매니저들은 사이드라인에 서서 손기락으로 시간이 얼마 남았는지 표시했다. 시카고 불스에서 오랜 세월 필 잭슨 감독을 보조했던 텍스 윈터 코치는 조던이 딘 스미스의 체계적인 훈련 덕분에 NBA에서 성공할 수 있었다고 보았다.

그는 2008년에 인터뷰에서 이렇게 말했다.

"마이클이 딘 스미스 밑에서 농구를 배우지 않았다면 그만큼 훌륭한 팀플레이어는 되지 못했을 거예요."

조던 신화에서 종종 간과되는 인물은 딘 스미스 곁에서 수십 년간 수석 코치로 활동한 빌 거스리다. 그는 과거에 텍스 윈터가 감독을 맡았던 캔자스 주립대에서 선수 생활을 하고 이후 그 밑에서 부코치로도 일했다. 잘 알려졌다시피 윈터는 복

---

* 제자리에서 수직으로 뛰어 던지는 일반 점프슛과 다르게 수비수를 피해 후방으로 뛰면서 던지는 점프슛.

잡한 공격 전술인 트라이앵글 오펜스를 발전시킨 인물로 캔자스 주립대와 조던이 뛰던 시카고 불스에서 이 전술을 적극적으로 활용했다. UNC 타르 힐스는 텍스 윈터의 트라이앵글 오펜스를 채택하지 않았지만, 윈터가 일명 '시스템 농구'로 일컬은 개념을 받아들였다. 이것은 전체를 지탱하는 중심 철학과 몇 가지 기본 원칙을 토대로 팀을 운용하는 방법이었다. 윈터는 그 시절에 뚜렷한 체계 없이 유기적이지도 않고 일관성도 없는 기술과 작전을 마구 섞어 쓰는 감독이 많았다고 설명했다.

딘 스미스의 팀에서는 개인 기량보다 체계적인 팀플레이가 중요했다. 선수들의 화합 역시 재능보다 우선시되었다. 스미스는 패커와의 인터뷰에서 이런 말을 한 적 있다.

"제가 볼 때는 사람들이 한 팀으로서 갖는 단합력이나 자신감 같은 걸 많이들 과소평가하는 것 같습니다. 우리 팀은 이타적인 태도를 아주 중요하게 여기지요. 열심히 뛰는 건 당연지사고요. 우리는 늘 '열심히, 영리하게, 함께'를 강조해왔습니다. 여기서 영리하게 시합한다는 건 연습을 아주 열심히 반복한다는 뜻과 닿아 있지요. 그래야만 갈피를 잡기 어렵거나 상대 팬들에게 야유를 받는 상황에서도 무얼 해야 할지 알고 정확히 움직일 수 있으니까요."

패커는 딘 스미스를 이렇게 칭찬했다.

"딘은 코트 안이든 밖이든 시시콜콜한 것까지 모두 신경 썼어요. 감독이 별 볼 일 없는 매니저든 마이클 조던 같은 선수든 간에 빠짐없이 다 챙긴다는 거, 전 그게 그 사람의 최고 장점이라고 봅니다."

스미스는 실제 시합 상황 역시 일일이 통제했고, 선수들에게 상대편을 자극할 수 있는 화려한 플레이는 하지 말라고 엄중히 지시했다. 그러나 지미 블랙과 제임스 워디는 1980~81시즌에 압도적인 점수 차로 앞섰던 조지아 공대와의 시합에서 그 명령을 어기고 앨리웁 덩크를 시도했다. 이에 격노한 스미스는 다음 훈련 시간에 그들에게 벌을 내렸고, 이후 UNC 선수들은 그런 행동을 아예 꿈도 꾸지 않았다.

물론 딘 스미스의 강박적인 성향 때문에 주변 사람들이 불편함을 느낀 적도 꽤 있었다. 패커가 예전 일을 떠올리며 말했다.

"노스캐롤라이나 주립대와 UNC의 대결을 중계하던 날이었어요. 아주 큰 경기였죠. 전 두 팀의 성적을 설명하고 코트에 나가서 주전 선수들을 호명할 준비를 했어요. 양 팀 선수들이 대기석에 쭉 앉아 있는데 딘이 와서는 이러더군요. '자네 넥타이가 영 마음에 안 들어.' 그래서 내려다보니까 제 목에 빨간 넥타이가 있더라고요. 사실 그전까지는 빨간 넥타이를 맸는지도 몰랐어요. 그러다 보니 '이 사람 또 시작이군. 중요한 시합이 곧 시작되는데 대체 무슨 정신으로 내 넥타이 걱정까지 한담?' 이런 생각이 절로 들었죠."

패커는 스미스가 경기 후 기자회견 중에 시합 내용을 복기하지는 않고 자기 선수들이나 경기 관계자들, 또 때로는 상대 팀의 감독과 선수들을 향해 메시지를 던지는 것이 가끔 짜증스러웠다고 말했다.

"전 늘 경기가 끝나고 딘이 기자들 앞에서 하는 말을 유심히 들었어요. 그 사람이 입을 열 때마다 이런 생각이 들더군요. '참, 또 쓸데없는 소릴 하고 있네. 이번 시합의 핵심은 그게 아니잖아.' 제가 중계 중에 지적한 부분과는 전혀 상관없는 이야기가 자주 나와서 짜증이 좀 났던 거죠."

사실 딘 스미스의 그런 발언에는 숨은 의도가 많이 담겨 있었다.

"결과적으로는 그 사람이 얼마나 영리한지, 또 그걸 이해 못한 내가 얼마나 모자란 건지 깨달았지만요."

1981년 가을, 노스캐롤라이나 캠퍼스에 발을 들인 마이클 조던은 딘 스미스가 이전에 만난 감독들과는 전혀 다른 부류임을 깨달았다. 팝 헤링의 도움으로 농구에 눈뜬 그의 앞에는 엄격한 규율과 훈련의 세계가 기다리고 있었다. 조던은 언젠가 이런 말을 했다.

"고등학교를 갓 나온 선수들이 가진 건 타고난 재능밖에 없어요. 그건 따로 가르칠 필요가 없는 거죠. 저도 고등학교를 졸업할 때까지는 순전히 거기에만 의존했어요. 점프력이라든가 민첩성 같은 것 말이죠. 그런데 대학에 들어가니 완전히 다른 세상이 펼쳐지더군요. 거기서 전 네이스미스 시대부터 이어진 농구 지식과 리바운드, 수비, 자유투에 관한 모든 기술을 배울 수 있었어요."

딘 스미스는 조던이 아직 고등학생이던 1980~81시즌에 제임스 워디와 앨 우드, 샘 퍼킨스 등의 훌륭한 선수들과 함께 강한 팀을 꾸렸다. 그 시즌에 UNC는 버지니아 대학에 두 차례 패한 뒤 필라델피아에서 열린 NCAA 토너먼트 4강전에서 다시 이 팀을 만났다. 테리 홀랜드와 버지니아 캐벌리어스는 타르 힐스의 시스템 농구를 깨는 방법을 잘 알고 있었다. 그러나 딘 스미스는 평소 작전과 다르게 앨 우드에게 거의 모든 공격을 맡겨 홀랜드를 혼란스럽게 했다. 결국 UNC는 우드의 대활약으로 승리를 거머쥐었다.

그날 경기는 딘 스미스가 통산 여섯 번째로 맞이하는 전국 4강전이었다. 1962년부터 1981년까지 그가 지도한 팀은 도합 460승 이상을 기록했고 ACC 우승도 아홉 번이나 경험했다. 그에게 단 한 가지 부족한 것은 NCAA 우승이었다. 하지만 UNC는 1981년 3월의 마지막 월요일 밤에 또다시 우승을 놓치고 인디애나 대학의 밥 나이트 감독과 명포인트가드인 아이제이아 토머스가 트로피를 들어 올리는 모습을 구경해야 했다. 그렇게 좌절감만 깊어진 채로 한 시즌을 끝낸 뒤, UNC 선수들은 다음 시즌에 반드시 우승하자고 맹세했다. 그 경기를 텔레비전으로 본 마이클 조던은 태어나서 처음으로 딘 스미스와 타르 힐스에 대한 충성심을 느꼈다. 또 자신이 미래의 대학 선배들을 위해 아무것도 할 수 없다는 데 좌절감도 느꼈다.

스미스는 인디애나에 패한 뒤 씁쓸하게 말했다.

"펜실베이니아 주립대 풋볼팀이나 우리나 다를 게 없군요. 늘 2등만 하잖습니까."

타르 힐스를 펜실베이니아 주립대의 전설인 조 패터노 감독의 팀에 빗댄 이 발언은 UNC 팬들에게 조금 더 참고 기다려달라는 말을 돌려 한 것이었다. 패터노와 스미스는 매사를 정석대로 처리하는 감독으로 명성이 자자했다. 선수들이 운동부 활동과 학업 사이에서 균형을 잃지 않도록 신경 썼다는 점도 비슷했다. 워디가 그 점을 이야기했다.

"감독님은 절대 수업을 빼먹지 말라고 하셨어요. 또 신입생 때는 주말이면 교회에 가야 했는데 거기서 빠지려면 부모님의 허락이 있어야 했고요. 감독님은 4년 안에 학교를 꼭 졸업시켜주겠다고 약속도 하셨죠. 저는 단순하면서도 제자들을 가족처럼 대하는 감독님의 철학이 마음에 들었어요."

당시 팀 내부 분위기는 그리 나쁘지 않았으나 UNC 팬들과 지역 언론의 불만은 무시하기 어려울 만큼 커져 있었다. 사람들은 대학 스포츠라는 냉엄한 경쟁 세계에서 그렇게 정석대로만 해서는 안 된다고, 또 딘 스미스가 그런 고집을 부리기 때문에 대업을 이루지 못한다고 보았다. 물론 타르 힐스의 누구도 그런 이야기를 입에 올리지는 않았지만, 딘 스미스가 여섯 번째로 전국 4강전을 경험한 뒤로는 다들 어느 때보다 팬들의 따가운 시선을 느끼고 있었다.

사실 딘 스미스는 해마다 꾸준한 성적을 내며 UNC 농구부를 리그에서 가장 뛰어난 팀으로 성장시켰다. 그는 최고의 선수들을 키워냈고, 이들은 자신이 어떤 사람인지 명확히 이해한 상태로 학교를 나왔다.

워디가 그 시절에 배운 것을 이야기했다.

"감독님은 사람들하고 어울리는 법을 알아야 한다고 하셨어요. 그게 사회생활을 하면서 특별한 규칙을 따라야 하거나 적절한 의사소통이 필요할 때 그리고 남들과 의견이 부딪힐 때나 자기 생각을 굽혀야 하는 상황에서 도움이 된다고요. 다시 말해 사람을 대하는 법을 익히고 그 과정에서 남을 믿고 의지하는 방법을 배우라는 거였죠."

스미스의 시스템 농구는 더 좋은 기회가 있는 선수에게 슛을 양보하거나 스크린* 을 서는 등 동료를 위해 자잘한 일들을 정확히 수행하는 데 초점을 맞췄다. 워디는 팀 매니저와 훈련 도우미 학생들까지 존중하는 감독의 모습에서도 큰 가르침을 얻었다고 덧붙여 말했다.

---

* 상대 팀 선수를 몸으로 막아서서 진로를 방해하는 동작. 주로 공격 상황에서 활용되지만 수비 시에도 스크린을 서는 경우가 있다.

"훈련 과정이나 시합 중에 보인 그런 행동 하나하나가 다 생활 속에 그대로 묻어나왔죠."

워디는 결국 선수들이 스미스의 가르침을 철저히 믿고 따른 덕분에 이후 그토록 바라던 NCAA 우승을 할 수 있었다고 설명했다.

UNC의 오랜 팬들 중 일부는 지난 결승전에서의 패배를 보며 오히려 희망을 품기도 했다. 그 시합에서 스미스는 기존의 시스템과 더불어 앨 우드처럼 개인기가 뛰어난 선수들의 능력을 적절히 활용했다. 그 모습은 달라진 대학 농구계의 추세에 발맞추겠다는 의지를 드러낸 것이었다. 당시 대학 농구는 어마어마한 대중의 관심과 막대한 자본의 유입으로 큰 변화를 겪는 중이었다. 만약 딘 스미스가 이후에도 계속 정해진 틀대로 기존의 시스템만 따랐다면 조던처럼 특별한 재능을 갖춘 선수라도 능력을 제대로 발휘하지는 못했을 것이다.

한편 그해 NCAA 토너먼트 중계방송을 지켜본 조던은 끈끈한 동료애, 뛰어난 정신력과 재능을 보여준 UNC 농구부가 아주 마음에 들었다. 그는 신입생이라도 시합에 나갈 길이 있으리라 생각했고 출전만 한다면 타르 힐스에 작게나마 도움이 되리라고 믿었다.

당시로써는 작은 도움이라는 말이 딱 맞았다. 그로부터 약 30년 뒤, 랄프 샘슨은 농구 명예의 전당에 헌액되기 전날 자신을 번번이 가로막았던 강적 마이클 조던의 과거를 이야기했다. 사실 그 시절에 조던이 지금처럼 대단한 인물이 되리라 예상한 사람은 없었다. 샘슨은 조던이 이룬 전례 없는 성공이 크나큰 행운에서 비롯했다고 말했다. 마치 하늘이 정해준 듯 모든 것이 갖춰진 우승권 팀에 발을 들였다는 것이다.

샘슨은 이렇게 말했다.

"그런 여건이 갖춰졌다는 건 정말 운이 좋은 거죠."

딘 스미스의 시스템 아래서 신입생인 조던은 철저히 정해진 규칙을 따라야 했다. 그때까지 UNC 농구부에서 1학년으로 주전을 맡은 선수는 단 세 사람, 바로 필

포드와 제임스 워디, 마이크 오코렌뿐이었다. 당시 대학 농구부가 흔히 그랬듯이 딘 스미스의 팀도 모든 일이 상급생들 위주로 돌아갔다. 감독은 그들의 의견을 참고하여 팀의 일상 수칙을 정했고 졸업반 선수들의 고향이나 그 인근에서 연습 경기를 진행하곤 했다. 그는 4년간 헌신적으로 농구부를 지탱한 선수들에게 가장 큰 명예와 특권을 부여했다.

반면에 신입생의 위치는 팀 매니저와 훈련 도우미들보다도 낮았던 모양이다. 1학년 선수들은 훈련 장비와 짐을 나르고 온갖 잡일을 처리했다. 훈련 중에 코트 밖으로 굴러간 공을 주워오는 것도 1학년이 할 일이었다. 신입생들은 각자 담당하는 임무가 있었다. 입학 첫해에 조던이 하던 일 한 가지는 무거운 필름 영사기를 체육관 이곳저곳으로 옮기는 것이었다. 하지만 그런 지위조차도 축복이었다. 신입생인 그에게 크게 부담을 주거나 특별히 기대감을 품는 사람은 없었으니까.

샘슨은 그 시절부터 조던의 모든 행보를 담담하게 지켜봤다. 1980~81시즌에 세 차례 벌어졌던 버지니아와 UNC의 대결은 이후 채플 힐에서 열릴 조던 시대의 서곡과도 같았다. 샘슨은 1979년에 ACC 소속인 버지니아 대학교에 입학하여 이듬해 초 1학년으로서 모교를 내셔널 인비테이션 토너먼트 우승으로 이끌었다. 신장 223센티미터의 기구였던 그는 차세대 센터로 주목받았고 종종 가림 압둘 자바와 비교되기도 했다. 그만큼 그를 향한 언론과 팬들의 기대감은 엄청났다. 비록 1980~81시즌에 전국 4강전에서 UNC에 패하기는 했지만, 수많은 언론사는 그가 다음 시즌 버지니아 캐벌리어스에 NCAA 우승을 안겨줄 것으로 예측했다. 그런 그에게 가장 큰 장애물은 UNC였다. 비록 다재다능한 앨 우드가 졸업하고 없었지만 타르 힐스는 여전히 강력한 적수였다.

1981년 가을에 딘 스미스는 우드의 빈자리를 누구에게 맡길지 고민했다. 제임스 워디가 팀 내 최고 득점원을 차지할 것은 분명했고 센터인 샘 퍼킨스 역시 공격력을 기대해볼 만했다. 스미스에게는 적진을 마구 휘젓고 중앙 수비가 무너졌을 때 재빨리 상대 공격수를 저지할 수 있는 열정적인 가드가 필요했다.

처음에 그는 짐 브래독이 그 자리에 알맞다고 생각했다. 브래독은 당시 3학년 으로 좋은 슈터이자 수비수였다. 또 다른 후보자로는 신입생인 피터슨과 조던이 있 었다. 피터슨은 운동 능력이 좋고 민첩한데다가 슛 실력도 나쁘지 않았다. 딘 스미 스는 조던의 고교 시절 활약을 본 뒤로도 줄곧 그런 고민에 빠져 있었다. 나중에 그 사실을 안 팬들은 어이없다는 반응을 보였다. 그 실력을 직접 봐놓고 어떻게 저울 질을 한단 말인가? 어차피 답은 조던일 텐데.

하지만 모든 사안을 빈틈없이 따지던 스미스는 그해 가을에 꽤 많은 고민을 했 다. 그는 학기 초에 조던이 농구부 동료들이나 교내 학생들과 자주 즉석 시합을 벌 인다는 소식을 들었다. 윌밍턴의 엠피 파크에서 친구들과 실력을 겨뤘던 경험 그리 고 어린 시절에 형 래리와 벌였던 일대일 대결은 늘 조던에게 큰 도움이 되었다. 불 스에서 심리 상담을 맡았던 조지 멈포드가 지적했듯이 래리와의 치열한 경쟁은 이 후 마이클 조던이 팀원들을 대하는 태도에 큰 영향을 미쳤다. 그가 농구를 하는 방 식은 지난날 무수히 벌였던 일대일 시합에 뿌리를 내리고 있었다. 타르 힐스 팀원 들은 조던 형제의 일화를 알지 못했지만, 곧 과거에 어떤 일이 있었는지 눈치챘다. 워디가 보기에 당시 조던은 마치 선배들을 괴롭히고 싶어 안달이 난 것 같았다고 한다. 그의 거친 입담은 상급생들 앞에서도 멈추지 않았다.

워디는 이렇게 말했다.

"전 그때 알았어요. 그 녀석한테 타고난 재능이 있다는 걸요. 정말 재주꾼이더 군요. 자신감도 대단해서 매번 실력자를 찾아 쓰러뜨리려고 했죠."

신입생 마이클 조던은 타르 힐스 선수들의 코를 납작하게 만들겠다고 떠들어 댔다. 워디는 갓 들어온 후배의 그 태도가 무척 거슬렸던 모양이다. 동료들 대부분 은 조던의 말을 웃어넘겼지만, 상급생들 사이에서는 그 일로 한 가지 걱정이 생겼 다. 그들은 지난 시즌 마지막 경기에서 다시 전국 4강에 진출하여 감독에게 꼭 우 승을 안겨 주리라 맹세했었다. 그들에게 우승은 무엇보다 중요한 과제였다. 세상 무서운 것 없이 시끄럽게 굴며 팀의 단합을 깨는 신입생은 차라리 없는 편이 나았다. 사실 조던도 리그 우승을 갈망하던 팀 분위기를 잘 알았다. 그는 UNC의 일원임을 자각했고 그해 봄에 타르 힐스가 결승전에서 패하는 모습을 보며 좌절감과 실망감도 느꼈다. 하지만 1981년 가을에 신입생인 그의 공격적인 성향은 엇갈린 반응을 자아냈다.

아트 챈스키가 그 시절을 떠올리며 말했다.

"그때 노스캐롤라이나 사람들은 마이클이 건방지고 말이 지나치게 많다고 생각했죠. 게다가 마이클은 자길 매직이라고 불러 달라 했어요. 예전부터 윌밍턴 사람들이 그 친구를 매직이라고 불렀거든요. 그 말을 듣고는 딘 스미스가 그랬죠. '넌 왜 매직이란 이름을 원하는 거냐? 그 이름은 이미 다른 사람이 가지지 않았니?' 당시에 나온 노스캐롤라이나 농구부 안내 책자에는 마이크 조던이란 이름이 올라 있었어요. 그걸 보고 감독이 또 물었죠. '우리가 널 어떻게 부르면 좋을까?' '다른 선수들은 절 마이클이라고 불러요.' '그렇군, 그럼 지금부터는 널 마이클 조던이라고 부르마.' 전 그게 딘이 제일 잘한 일이라고 생각해요. 그렇게 해서 다른 누군가가 아닌 그냥 마이클 조던이 됐으니까요. 그 친구를 매직이라고 부르는 건 정말 말도 안 되는 일이죠. 딘 스미스 감독은 그런 부분에서 참 재치가 있었어요."

얼마 지나지 않아 선배 선수들은 조던의 마음 깊숙이 정복욕을 자극하는 무언가가 있음을 알아차렸다. 그들의 눈에 조던의 성격은 꽤 복잡해 보였다. 겁도 없이 선배들을 도발하는 것이 얼핏 유치하고 순진해 보였지만, 그 말과 행동에는 실제로 덤비겠다는 의지가 담겼던 탓이다. 하지만 곧 그들은 조던이 그런 도발을 통해 자신을 채찍질한다는 사실을 깨달았다. 조던은 늘 말한 대로 결과를 내려 했다. 물론 이전에도 그런 신입생이 없지는 않았다. 하지만 조던에게는 무슨 말이든 실제로 이뤄낼 능력이 있었다. 늘 자신감 가득했던 그는 언젠가 노스캐롤라이나 농구부의 역사를 뒤흔들어 놓으리라 호언장담했고, 제임스 워디의 귀에는 그 말이 예사롭게 들리지 않았다.

조던은 일대일 대결로 워디의 실력을 확인하려 했다. 갓 입학한 후배가 자기

자리를 넘본다고 여긴 워디는 심리전에 말려들지 않기로 마음먹었다. 두 사람은 여러 가지 면에서 성향이 정반대였다. 워디는 묵묵히 감정을 속으로 삼키는 편이었다. 조던은 이미 만 열여덟 살에 감정을 솔직히 드러내는 법을 깨쳤지만, 워디는 그 요령을 익히는 데 더 오랜 시간이 걸렸다. 그런 점에서 조던은 선배들에게 여러모로 도전 과제를 던져줬던 셈이다.

워디는 조던의 신입생 시절을 이야기했다.

"녀석이 몸은 비쩍 마른 편이었지만 정신력과 자신감이 되게 강했죠. 선배들보다 오히려 낫다고 할 정도로 자신감이 대단했어요."

당시에 문제시된 것은 워디를 비롯한 개개인과의 대립만이 아니었다. 모든 대학 농구부에는 위계질서가 있었고 타르 힐스는 그중에서도 서열을 가장 엄격하게 따지는 팀이었다. 하지만 시즌이 시작되기도 전에 조던의 치기 어린 도전으로 그동안 쌓아온 팀워크가 무너질 위기를 맞았다.

"그 덩치 뒀다가 뭐해요? 한번 붙어보자니까요."

조던은 이런 말로 워디를 자극하곤 했다.

워디는 그렇게 한참을 후배의 요청에 시달렸다고 한다. 그는 인터뷰에서 싱긋 웃으며 30년 전 일을 이야기했다.

"마이클은 농구부에 적응한 뒤부터 줄곧 샘 퍼킨스랑 저를 괴롭혔어요. 녀석은 매번 일대일 대결을 하자고 졸라댔죠. 결국은 거기에 넘어가서 세 판을 붙었는데 제가 그중에서 두 번을 이겼어요."

그렇게 워디가 승리하면서 농구부의 질서는 바로 잡혔다. 조던에게는 만족스럽지 않은 결과였지만 당시 정황상으로는 그렇게 지는 편이 나았으리라 생각된다. 워디는 듀크 대학과 UNC의 경쟁사를 다룬 HBO 특별 다큐멘터리 인터뷰에서 조던이 그날의 패배를 받아들이기까지 거의 30년이 걸렸다고 언급했다.

당시에는 조던이 타르 힐스에 어울리지 않는다는 의견도 있었다. 워디가 설명을 계속했다.

"마이클이 성격상 우리 팀에 잘 맞지 않는다는 생각도 들긴 했어요. 노스캐롤라이나 선수들은 될수록 말을 아끼고 남들 이야기에 귀 기울이는 편이었거든요. 그런데 걔는 순 떠버리였단 말이죠. 그래도 스미스 감독님이 어떤 분이며 필 포드나 월터 데이비스 선배가 어떤 사람인지를 잘 알고 다행히 제 앞가림을 하더라고요."

아트 챈스키가 조던의 신입생 시절을 이야기했다.

"매일 형을 귀찮게 구는 동생, 그게 당시 마이클의 이미지였죠. 그때는 마이클 조던이 지금처럼 대단한 인물이 될 거라고 생각한 사람이 아무도 없었습니다. 농구 황제 마이클 조던을 상상한 사람은 전혀 없었어요. 선배들에게 마이클은 그저 골칫거리 신입생일 뿐이었죠. 하지만 다들 그 넘치는 자신감과 패기를 마음에 들어 했고, 그런 태도가 올바른 방향으로 자리 잡길 원했어요. 그래서 딱히 마이클의 기를 꺾는 사람은 없었습니다. 당시에 마이클은 상당히 수다스러웠는데 그 뒤로 대중과 언론의 주목을 많이 받으면서 말수가 점점 줄어들었죠."

농구장 밖에서 조던의 생활은 여느 대학 신입생과 다르지 않았던 것 같다. UNC 미식축구부 출신으로 ESPN 방송 진행자가 된 스튜어트 스콧은 조던이 평범한 학생들처럼 자전거를 몰고 캠퍼스 이곳저곳을 다녔다고 기억했다. 동생인 로즐린의 존재는 명문대 학생이 된 마이클 조던이 헌신 감각을 유지하는 데 도움이 되었다. 속이 깊고 신중한 로즐린은 집안일을 싫어하는 오빠가 깔끔하게 지내도록 신경 썼다. 그녀는 오빠의 숙소가 너무 지저분하다 싶으면 대신 나서서 청소하기도 했다. 제임스와 델로리스는 아이들을 보려고 채플 힐을 자주 찾았다. 로즐린은 어머니와 특히 가까운 사이였고, 마이클은 여전히 어머니에게 응석받이 같은 존재였다. 이후 처음 맞이하는 대학 농구 시즌에 마이클 조던은 부모님이 관중석에 나타나기 전까지 좀처럼 시합에 집중하지 못하는 모습을 보였다.

그해 UNC 대학원에 입학한 클라렌스 게인즈 2세(농구 명예의 전당 헌액자인 윈스턴세일럼 주립대 감독의 아들로 훗날 시카고 불스의 스카우트 담당자로 일하게 된다.)는 그랜빌 타워스로 불리는 학교 기숙사에서 살았는데, 그곳에는 운동부에서 활동하는 학생이 상당히 많았다. 그는 그 선수들을 거의 다 알고 지냈다.

게인즈는 옛 기억을 떠올렸다.

"농구부 상급생들은 지금도 다 기억하고 있어요. 특히 건방진 신입생이 하나 들어왔다고 구시렁대던 지미 블랙이 생각나는군요. 저는 농구 황제 마이클 조던 이전의 마이클도 알고 있죠."

그는 조던이 기숙사 근처의 야외 농구장에서 종종 즉석 시합을 즐겼다고 말했다.

"그때도 마이클한테서는 뭔가 특별한 기운이 느껴졌어요. 가만히 있어도 존재감이 느껴지는 사람들이 간혹 있잖아요. 마이클도 그런 부류였던 거죠."

당시에는 지독하게 경쟁심 강한 신입생이 훈련 과정에서 딘 스미스의 시스템과 충돌하지는 않을지 궁금히 여기는 사람이 많았다. 그런데 결과는 놀라우리만치 성공적이었다. 입학 후 학교 곳곳에서 시합을 벌이고 야생마처럼 코트를 뛰어다니던 그가 단 며칠 사이에 얌전해진 것이다. 나중에 조던이 NBA에 입성한 뒤 사람들은 그가 노스캐롤라이나의 시스템에 얼마나 잘 녹아들었는지, 또 그 실력이 얼마나 가려져 있었는지를 깨달았다. 물론 조던의 거친 본능을 제어한 것은 딘 스미스의 시스템 농구만이 아니었다. 그에게는 늘 의지가 되어준 이들이 있었다.

## 친구들

조던은 대학생이 되기 한 해 전부터 여름마다 캠벨 대학교의 농구 캠프에 참가했다. 노스캐롤라이나주의 부이스 크릭에서 열린 캠벨 농구 캠프는 미국 남부 지역 선수들에게 필수 코스로 통했고 전국에서 내로라하는 감독과 인재들도 종종 얼굴을 비추곤 했다. 조던은 거기서 캠프 지도원으로 일하며 농구를 즐겼고 대학생이 된 뒤에도 그쪽 일을 도왔다. 그가 일생의 벗인 프레드 윗필드를 만난 곳도 바로 캠벨 농구 캠프였다. 그린즈버러 출신인 윗필드는 캠벨 대학 농구부 역대 득점 순위에서 상위권에 이름을 남겼다. 학교를 졸업한 후 그는 경영학 석사 과정을 밟으며 농구부 코치로 일했다.

아직 20대 초반이었던 윗필드는 캠프 지도원으로 근무하며 조던과 버즈 피터슨을 알게 되었고, 그때부터 그들은 우정을 키워나갔다. 조던은 성격이 밝고 쾌활한 윗필드를 마치 형처럼 따랐고 대학 선수 시절에 수차례 우여곡절을 겪었던 윗필드의 경험담은 그에게 큰 도움이 되었다.

윗필드는 좋은 친구이자 조언자였다.

"마이클은 고등학교 12학년에 올라갈 무렵에 우리 학교를 찾아왔죠. 그때 제가 담당한 그룹에 그 녀석이 끼어 있었어요. 우린 성격이 잘 맞아서 금방 친해졌죠. 전 캠벨에서 선수로 뛰었고 코치 활동도 했어요. 여름 농구 캠프에서도 일했고요. 마이클이 노스캐롤라이나로 진학할 무렵에 전 캠벨 농구부의 부코치를 맡고 있었죠. 주말에 우리 팀 경기가 없을 때는 채플 힐에 가서 그쪽 시합을 보고 마이클이랑 버즈 피터슨하고 같이 시간을 보내곤 했어요. 당시에 농구부 코치로서 제 임무 중 하나가 ACC 선수들을 여름 농구 캠프로 데려오는 거였거든요. 대학 시절에 마이클은 늘 기꺼이 시간을 내서 우리 캠프에 참가했어요. 그때부터 저와 그 친구의 우정은 쭉 계속됐죠."

윗필드는 조던과 처음 만난 순간을 회상하며 말했다.

"만남의 계기가 뭐였든 간에 저와 마이클은 그날 부이스 크릭에서 안면을 텄을 거예요. 중요한 건 우리가 거기서 그치지 않고 서로 믿고 의지하는 친구가 되었다는 것 그리고 그 시점부터 줄곧 서로 잘 되길 바라면서 격려해왔다는 것이죠."

그렇게 주말마다 어울리던 청년들은 이후 조던의 최측근이 되었다. 그리고 농구부 동료들 또한 그를 중심으로 한 친구 집단에서 중요한 축을 이뤘다. 아트 챈스키는 조던의 인간관계를 다음과 같이 설명했다.

"마이클이 자기 사람들을 끌어모으기 시작한 건 대학 시절부터였어요. 그중에는 프레드 윗필드처럼 멋진 친구도 있었죠. 마이클은 늘 자기가 신뢰하는 사람들하고만 어울려 다녔어요."

당시 채플 힐 캠퍼스에는 아돌프 샤이버도 있었다. 샤이버는 조던과의 친분 덕에 로이 윌리엄스가 지도하던 타르 힐스 2군 팀에서 한동안 선수로 활동했다. 친구들 사이에서 오락부장으로 통하던 샤이버와 다르게 윗필드는 매우 현실적인 인물이었다.

제임스와 델로리스는 윗필드를 썩 괜찮은 친구라고 생각했다. 그는 총명하고 세상 물정에 훤한 젊은이였다. 그의 성숙한 태도는 엉뚱한 짓만 일삼는 샤이버와 반대되는 효과를 낳았다. 수다스럽기 그지없었던 샤이버는 주로 조던의 본능을 자극하는 말만 했다. 윗필드도 누구 못지않게 말수가 많았으나 그는 제 나름의 교양을 갖추고 조던이 청소년기를 벗어나 더 큰 세계로 나아가게 돕는 조력자 역할을 했다.

프레드 윗필드라는 인물은 조던의 인생에 던져진 또 하나의 행운이지만 그의 일대기에서는 거의 다뤄지지 않는 편이다. 부모님과 형제들, UNC의 코치진, 기숙사 룸메이트인 버즈 피터슨, 프레드 윗필드 그리고 아돌프 샤이버까지, 마이클 조던은 자신을 응원하는 사람들에게 의지하며 이후 대학 농구계의 스타로 발돋움한다. 당시 만 18세로 혈기왕성하고 오기로 가득한 조던을 바른 방향으로 이끄는 데는 그렇게 많은 사람의 도움이 필요했다.

## 귀를 기울이다

조던이 입학하자마자 채플 힐 생활에 잘 적응한 가장 큰 이유는 사람들 말을 경청하는 습관에 있었다. 어머니에게 배운 이 능력은 넘치는 혈기를 누그러뜨리는 데 도움이 되었다. 델로리스는 아들이 세상의 이목을 막 끌기 시작할 때부터 자신이 성장 과정에서 겪었던 문제들을 거론하며 그를 가르쳤다. 조던은 어머니의 말에 귀를 기울였고 이러한 태도는 훗날 그의 성공을 이끄는 결정적인 요소가 되었다. 이는 두 사람이 함께 길러낸 재능으로, 지난날 부모의 충고를 무시하여 호된 대가를 치른 델로리스의 경험에서 비롯한 것이었다. 조던은 어머니의 말이 이해하기 어렵고 자신의 욕구나 친구들의 생각과 다르다 싶을 때도 가능한 한 열심히 들으려 했다. 물론 나이가 어렸던 만큼 조언을 받아들이기까지 꽤 시간이 걸리기도 했다. 특히 그 말이 잔소리처럼 느껴질 때는 더욱 그러했다. 그래도 조던은 자신을 늘 올바르게 인도하려고 애쓰던 어머니의 마음을 잘 알고 있었다.

그는 언젠가 이런 말을 했다.

"제 성격이나 웃음소리는 아버지를 닮았죠. 일머리나 진지한 면은 어머니를 닮았고요."

델로리스는 셋째 아들을 무척 엄하게 대했지만 그녀의 말에는 늘 중요한 메시지가 담겨 있었다. 사실 성인이 다 된 조던이 매번 자기 생각을 제쳐두고 어머니의 말을 듣기란 쉽지 않았다. 하지만 델로리스의 교육 덕분에 그는 감독과 코치들의 지도를 잘 따르게 되었고, 결국 이를 토대로 농구 코트에서 수많은 성공을 이룰 수 있었다. 훗날 그는 어머니를 일러 '내 인생의 감독'이라 말하기도 했다.

제임스 워디는 조던을 순전히 자기 말만 하는 떠벌이라고 여겼지만, 남의 말을 유심히 듣는 그 태도는 또 하나의 출중한 재능이라 할 만했다. UNC 코치진에게 가장 놀라웠던 것은 조던의 엄청난 운동신경보다 그들의 지도를 귀담아들으려는 마음가짐이었다. 이에 딘 스미스는 감탄을 내뱉었다.

"코치들 하는 말을 저렇게 잘 듣고 그대로 실천하는 선수는 내 평생 처음 봅니다."

그러나 조던도 매사 완벽하지만은 않았다. 입학 초반에는 훈련을 대충한다고 지적받기도 했다. 언젠가 그 문제로 로이 윌리엄스 코치가 주의를 주자 조던은 자기도 남들만큼 열심히 한다고 대꾸했다. 이에 윌리엄스는 다른 사람들보다 더 노력해야 뛰어난 선수가 될 수 있다고 조언했다. 얼마 후 그는 그 한마디에 180도 달라진 조던을 보고 깜짝 놀랐다. 그 뒤로 연습량에서 조던을 이길 선수가 아무도 없었던 것이다.

수다스럽고 남들보다 튀는 성격이 걱정되기는 했지만 당시 스미스는 코치들의 지시를 성실히 따르는 조던이 앨 우드의 빈자리를 메우기에 가장 적합하다고 생각했다. 언젠가 조던은 이런 말을 했다.

"코치들 말을 잘 듣고 잘 배우는 게 제 최고의 능력이에요. 그때 저는 모든 걸 마치 스펀지처럼 듣는 족족 받아들였죠. 때론 감독님이나 코치들 생각이 잘못됐다고 느껴져도 그 말을 들으면서 뭔가를 배우려고 했어요."

훗날 수많은 농구선수가 마이클 조던을 우상으로 삼고 많은 것을 따라 하려 애썼지만, 남의 말을 경청하는 능력에는 대부분 관심을 두지 않았다. 그들은 뛰어난 기술과 타고난 신체 능력만이 위대한 선수의 조건이라 믿었다. 하지만 조던은 결코 그렇게 생각하지 않았다. 이처럼 성숙한 마음가짐은 그가 입학 후 맞이한 첫 시련을 이겨내는 열쇠가 되었다.

## 스포츠 일러스트레이티드

시즌 개막이 다가올 즈음 조던은 부상으로 잠시 주춤했지만 여전히 주전 후보 1순위에 올라 있었다. 당시 시즌 예상 순위에서 UNC가 1위에 오르자《스포츠 일러스트레이티드》지는 시즌 개막 전에 발간할 특집호 표지 모델로 타르 힐스의 주전 선수들을 쓰려 했다. 그동안 조던이 학교 곳곳에서 벌인 시합 때문에 그에 대한 소문은 섬섬 무성해졌다. 그해 가을에 시작된 팀 연습에서도 조던은 멋진 활약을 펼쳤다. 특히 워디와 퍼킨스의 협동 수비를 뚫는 그를 보며 코치진과 동료 선수들은 놀라움을 표했다. 그런 일들은 입이 가벼웠던 로이 윌리엄스 때문에 금세 외부로 알려졌다. 소문을 들은《스포츠 일러스트레이티드》편집자들은 조던을 표지 사진에 넣으려 했지만, 딘 스미스는 그 제안을 거절했다. 그는 정규 시합을 단 1분도 뛰지 않은 선수를 잡지 표지에 내세우는 것이 가당치 않다고 여겼다.

빌리 패커가 그 점을 이야기했다.

"마이클은 시즌 초에 어떤 미디어나 홍보 자료에도 모습을 보이지 못했습니다. 그건 아마 딘의 지침 때문이었을 거예요. 요즘은 대학 농구계에서 신입생을 큰 화젯거리로 다루는 경우가 많지만, 그 시절엔 어림도 없는 일이었죠."

젊은 운동선수라면 누구든 《스포츠 일러스트레이티드》의 표지 모델이 되거나 매스컴을 탄다는 소식에 들뜨기 마련이다. 그때 조던은 자신이 표지 모델에서 제외되었다는 소식에 크게 상심했다. 이것은 그의 감정과 스미스의 지도 방침이 최초로 충돌을 일으킨 사건이었다.

예전 같으면 격분해서 여기저기 불평을 했을 법도 한데, 조던은 그 일로 단 한 번도 성을 내거나 짜증을 부리지 않았다. 하지만 그때까지 받은 모욕과 멸시는 모두 마음 한 곳에 축적되어 순수하고도 거대한 에너지로 바뀌고 있었다. 그런 변화에 가장 놀란 사람은 룸메이트였던 버즈 피터슨이었다. 딘 스미스의 여름 농구 캠프에서 만난 뒤로 두 사람은 친한 친구가 되었다. 피터슨은 고등학교 12학년 때 UNC로 가겠다는 생각을 바꿔 켄터키 대학과 접촉했다. 이 소식을 들은 조던은 그에게 전화를 걸어 타르 힐스에서 기숙사 룸메이트가 되기로 한 약속을 잊었냐며 서운함을 드러냈다. 결국 피터슨은 다시 생각을 바꿔 UNC에 입학했다.

같은 방에서 함께 살게 된 두 사람은 농구부 주전 자리를 두고 경쟁하는 와중에도 계속 우정을 키워나갔다. 하지만 조던은 그러면서도 고등학교 12학년 때 피터슨이 자신을 제치고 노스캐롤라이나주 최고의 선수로 선정된 것을 줄곧 마음에 담아 두었다. 또 자신이 UNC 농구부에서 후보석만 지키게 될 것이라고 말한 고향 사람들도 절대 잊지 않았다. 그는 예전 일을 떠올리며 말했다.

"노스캐롤라이나 대학에 간다니까 많은 고향 친구들이 저를 바보 취급했죠. 다들 1학년은 그 팀에서 뛸 수 없다면서요. 심지어 노스캐롤라이나 주립대 팬이던 학교 선생님들도 이러쿵저러쿵 잔소리를 늘어놓더군요."

조던은 그해 가을 내내 그 모든 모욕과 멸시를 갚으려고 준비했다. 얼마 후 그는 제 능력을 증명하는 과정에서 농구부 선배들을 앞질렀다. 제임스 워디가 당시 상황을 이야기했다.

"타르 힐스에는 악명 높은 달리기 훈련이 있어요. 그 훈련에서는 A, B, C로 그룹을 나눠요. 보통 A에는 빠른 가드들이 들어가고 B에는 마이클처럼 중거리 공격을 맡는 선수들이 포함되죠. C는 키 큰 선수들 차지고요. 각 그룹에는 별도의 제한 시간이 있었죠."

그런데 A그룹의 가드들이 B그룹은 자기들보다 제한 시간을 3초 더 주니 달리기 쉽다며 조던을 놀렸다고 한다. 워디는 설명을 계속했다.

"그 소릴 듣곤 마이클이 감독님한테 자길 A그룹에 넣어달라고 하더군요. 그러고는 1등으로 들어와 버렸어요. 전 그 광경을 다 목격했죠."

조던의 한 해 선배인 샘 퍼킨스가 말하기로, 그는 남들에게 평범한 1학년으로 취급받기를 원치 않았다고 한다.

"마이클은 이해력이 참 빨랐어요. 보통 신입생은 실제 시합에 나가지 못했지만 그 녀석은 출전하는 게 당연하단 생각이 들더군요."

조던은 발목 혈관을 다쳐 2주간 팀 훈련을 빠졌지만, 여전히 주전이 되길 꿈꿨다. 딘 스미스는 고민을 거듭하다가 다섯 번째 주전 선발을 가장 마지막으로 미뤘다. 그는 선수들 간의 경쟁이 팀을 성장시키고 훈련 몰입도를 높인다는 사실을 잘 알았다. 그러니 굳이 일찍 결과를 발표할 필요가 없었다. 타르 힐스는 샬럿에서 캔자스 대학교를 상대로 개막전을 열었고, 이 경기는 얼마 전 개국한 스포츠 전문 케이블 방송 ESPN을 통해 중계되었다. 조던은 부상으로 시간을 허비한 탓에 선발 출전을 하기는 어렵다고 예상했다. 그래서 주전 선수 다음가는 예닐곱 번째 교체 선수라도 맡길 기대했다.

그는 당시를 회상하며 말했다.

"스미스 감독님이 첫 경기에 나갈 주전 선수를 공지하면서 칠판에 제 이름을 쓰셨죠. 정말 놀라서 말이 안 나오더군요."

제임스 조던은 그로부터 3년 뒤 한 인터뷰에서 그 일을 이야기했다.

"첫 경기 시작 10분 전에 코치 한 분이 와서는 마이클이 주전으로 나온다고 했어요. 전 그 말이 도무지 믿기지가 않았죠."

마이클 조던은 그날 골대 좌측에서 점프슛을 성공시키며 UNC의 시즌 첫 득점이자 대학 농구선수로서 본인의 첫 득점을 기록했다. ESPN의 캐스터인 버키 워터스는 신입생으로 주전 자리를 꿰찬 조던이 팬들 사이에서 데이비드 톰슨이나 월터 데이비스와 비교될 만큼 큰 화제를 불러일으켰다고 언급했다.

조던은 개막 후 여섯 경기 연속으로 두 자릿수 득점을 기록했다. 그는 안정적인 점프슛을 선보이는 한편 기묘한 재주로 상대 수비진을 파고들었다. 유기적인 공 흐름을 중요시하는 딘 스미스의 팀에서 조던은 패스 실력도 남들 못지않음을 증명했다. 그가 좋은 슛 기회를 마다하고 골 밑으로 패스할 방법만 찾는다는 비판도 일었지만, 딘 스미스의 UNC 농구부는 늘 중장거리 점프슛보다 성공 가능성이 높은 골밑슛을 우선했다.

NCAA 최강팀으로 예상되는 타르 힐스는 시즌 초부터 여러 지역을 오가며 시합을 벌였다. 샬럿에서 첫 경기를 마친 뒤에는 그린즈버러에서 서던 캘리포니아 대학을 상대했고, 이후 본교의 카마이클 체육관으로 돌아와 두 경기를 치렀다. 그런 다음 크리스마스를 일주일 앞두고는 뉴욕으로 이동하여 매디슨 스퀘어 가든에서 러트거스 대학과 맞붙었다. 그날 조던은 속공 기회에서 두 차례 덩크를 터뜨리며 15득점을 올렸다. 크리스마스가 지난 뒤 타르 힐스는 메도우랜즈에서 리그 상위권으로 평가된 켄터키 대학교와 만났다. TV 카메라가 즐비한 가운데 강팀을 상대하면서도 조던은 전혀 압박감을 느끼지 않는 듯했고, 결국 그의 활약에 힘입어 타르 힐스는 기분 좋은 승리를 거뒀다. 그 후 이 팀은 캘리포니아주 산타클라라에서 열린 케이블카 클래식 대회에 참가하여 펜실베이니아 주립대와 산타클라라 대학을 차례로 제압했다.

제임스와 델로리스는 아들의 시합을 모두 볼 생각으로 UNC 농구부를 따라다녔다. 여행비용이 집안 재정에 큰 부담을 주었지만, 그들은 마치 동화처럼 펼쳐지는 아들의 성공담에 온 정신이 팔린 상태였다. 그러나 과거에도 늘 그랬듯이 코치진의 결정에는 개입하지 않고 적절한 거리를 유지했다. 아트 챈스키는 그 점을 두고 설명을 덧붙였다.

"딘 스미스는 선수 부모들을 잘 단속하면서 팀을 훌륭하게 운영했어요. 어느 부모든 선을 넘는다 싶으면 딘이 나서서 그 문제를 능수능란하게 처리했죠. 당시에 제임스 조던은 아들을 지극 정성으로 응원하는 훌륭한 아버지로 알려졌습니다. 시합이 끝난 뒤에는 항상 탈의실에서 마이클을 기다렸죠."

UNC 농구부의 일부 관계자들은 제임스와 델로리스가 몇 차례 다투는 모습을 목격했지만 흔한 부부싸움이라 생각했는지 누구도 그 일을 언급하지 않았다. 아트 챈스키가 설명을 계속했다.

"델로리스는 바위 같은 사람이었어요. 다들 첫눈에 그런 사람이라는 걸 알아봤죠."

또 사람들은 제임스 조던 역시 만만치 않은 인물임을 대번에 알아봤다. 챈스키는 이런 말을 덧붙였다.

"마이클은 아버지를 유심히 관찰했고 차츰 그 모습을 닮아갔어요. 제임스의 공격적인 면모 역시 닮게 됐지만, 마이클은 그런 성향을 스포츠 무대에서 발휘하면서 누구보다도 승부욕이 강한 선수가 됐습니다. 뭐, 코트 위의 암살자라고 할 정도니 더 말할 필요도 없겠죠."

그 시즌에 제임스와 델로리스는 두 경기를 제외하고 아들이 출전한 모든 경기를 관람했고 이따금 로즐린도 그 자리에 함께했다. 그린즈버러에서 노스캐롤라이나 농업 기술대학교에 다니던 래리는 타르 힐스 홈경기가 있는 날이면 차를 몰고 동생의 활약을 보러 갔다.

시즌 개막 후 타르 힐스 경기를 중계하던 방송 해설자들의 목소리는 날로 흥분이 더해갔지만, 팀 분위기는 비교적 조용했다. 조던은 매사에 분별 있게 행동했고 그의 도발적인 태도를 걱정하던 시선도 사라진 지 오래였다. 그는 자연스럽게 팀에 녹아들었고 한 경기 한 경기 진행될 때마다 코치진과 동료들의 신뢰도 더욱 커졌다. 훗날 랄프 샘슨이 주장했듯이 조던의 선전은 당시 그를 둘러싼 환경과 무관하지 않았다.

"제임스 워디, 샘 퍼킨스, 맷 도허티, 지미 블랙처럼 노련한 선수들이 한 팀에 있었잖아요. 그 시절에 그 친구들은 리그 최고 수준의 선수였죠. 발전 의지도 정말 강했고요. 그런 팀에 누가 1학년으로 들어갔다고 칩시다. 그럼 뭘 해야겠어요? 자기 자리를 잘 지키면서 선배들한테 잘 배우기만 하면 되는 거예요. 아마 그때 마이클도 그 녀석들한테서 뭔가를 하나씩 배웠을 거예요."

그해 UNC는 실로 모든 것이 갖춰진 팀이었지만, 선수단의 깊이는 의외로 얕았다. 그러나 그들에게 부족한 부분을 행운이 채워주었다. 다들 심각한 부상 없이 한 시즌을 잘 넘긴 것이다. 재능 있는 선수가 더 많았던 과거에는 딘 스미스가 시합 중에 선수 교체를 너무 자주 해서 자기 팀의 기세를 다 죽인다는 비판이 종종 일었다. 그러나 선수층이 다소 얇아지면서 1981~82시즌에는 그런 문제가 사라졌다. 조던과 퍼킨스, 워디 그리고 포인트가드 지미 블랙과 신장 203센티미터의 포워드 맷 도허티로 구성된 선발진은 경기당 평균 35~40분가량의 출전 시간을 기록했다. 나중에 조던과 함께 NBA에 진출한 퍼킨스는 당시 2학년으로 체격이 늘씬하고 조금은 신경질적인 선수였다. 블랙은 득점력이 부족했지만 언제나 끈적한 수비로 상대를 괴롭힌 유능한 포인트가드였다. 도허티는 자기 역할에 충실한 롤 플레이어로서 수비에 주력하며 경기당 약 9득점을 기록했다. 이들의 슛 성공률은 모두 50퍼센트가 넘었다.

짐 브래독과 버즈 피터슨, 세실 엑섬은 교체 선수로 팀에 기여했지만 모두 평균 2득점을 채 넘지 못했다. 블랙과 도허티, 퍼킨스는 뉴욕 출신으로 일찍부터 많은 매스컴의 주목을 받았다. 워디와 조던은 노스캐롤라이나 출신이었지만 주의 서쪽과 동쪽 끝에 자리 잡은 그들의 고향은 문화적으로 크게 달랐다.

샬럿 인근의 개스토니아에서 나고 자란 워디는 훌륭한 팀 리더로서 자신의 모든 것을 UNC에 바쳤다. 코치진에 대한 깊은 존경심과 학교에 대한 애정은 신앙심이 두터운 아버지와 어머니의 영향을 받은 것이었다. 10대 초반부터 딘 스미스의 여름 농구 캠프에 쭉 참가했던 그는 그 시즌에 타르 힐스가 반드시 원하는 목표를 이루리라고 믿었다. 신장 206센티미터로 포워드를 맡았던 워디는 키에 어울리지 않는 민첩함과 빠른 속공 능력을 갖추고 있었다. 당시 대학 농구계에는 그만한 체격으로 그 속도를 따라잡을 선수가 없었다. 그는 공수 대형이 갖춰진 하프코트 오펜스 상황에서 상대 팀을 위협하고 또 속공이 전개될 때 누구보다 빠르고 완벽하게 공격을 마무리 짓는 전천후 포워드였다. 딘 스미스의 시스템 아래서 타르 힐스는 자주 속공 기회를 맞이했고, 반대로 상대가 속공을 시도할 때는 재빨리 제자리로 돌아와 수비 태세를 갖췄다.

　　오랜 농구팬들은 무엇보다도 워디가 골 밑을 공략하는 모습에 환호를 보냈다. 보통 그가 골대 근처에서 공을 잡으면 단 몇 초 만에 득점이 났다. 훗날 NBA에서 워디를 자주 수비했던 모리스 루카스도 그 공격 방식에 칭찬을 아끼지 않았다.

　　"제임스는 돌파하면서 밟는 첫 스텝이 정말 환상적이에요."

　　나중에 LA 레이커스에서 워디를 지도한 팻 라일리 감독은 언젠가 이런 말을 했다.

　　"제임스는 수비수 앞에서 두세 번 속임 동작을 쓰다가 골 밑으로 파고들죠. 그런 다음 홱 돌아서 슛을 던져 넣어요. 그건 머리로 생각해서 되는 게 아니에요."

　　골 밑에서 존재감을 빛냈던 워디와 퍼킨스는 상대 수비수들의 주요 견제 대상이었다. 퍼킨스는 신장이 워디와 같은 206센티미터였지만 팔이 굉장히 길어서 센터 역할을 훌륭하게 수행했다. 그는 마치 졸린 듯한 표정과 적은 말수 때문에 프로 선수가 된 뒤 '덩치 큰 순둥이(Big Smooth)'라는 별명을 얻었다. 물론 타르 힐스 시절에도 그에게는 많은 별명이 붙었다.

　　블랙과 도허티는 롤 플레이어였다. 훗날 딘 스미스는 그들을 이렇게 칭찬했다.

　　"팀이 잘 굴러가려면 득점 욕심을 내지 않는 선수도 꼭 필요해요. 지미와 맷이 득점에 욕심을 부렸다면 그때 우리 팀은 그렇게 훌륭한 팀이 못 됐을 겁니다. 아마 성적은 그런 대로 나왔겠지만 NCAA 우승까지 하진 못했을 거예요. 두 선수는 자기 역할을 잘 이해하고 잘 뛰어줬어요. 다른 선수들도 마찬가지였고요."

뉴욕의 힉스빌 출신인 도허티는 고교 시절에 상당한 득점력을 과시했다. 뉴욕의 브롱크스 출신인 블랙은 가톨릭계 고등학교에서 농구를 하다가 1979년에 짐 발바노 감독이 있던 아이오나 대학으로 진학하려 했다. 그러던 중에 빌 거스리지가 그를 알게 되었다. UNC 코치진은 블랙이 슛 실력은 좋지 않으나 드리블과 자유투가 안정적이고 민첩성, 상황 판단력, 수비력이 우수하다고 보았다. 특히 딘 스미스는 그를 향한 애정을 감추지 않았다. 그들은 지미 블랙이 없었다면 1982년에 그토록 멋진 시즌을 보내지 못했을 것이라고 누차 강조했다.

블랙은 자신이 과분한 평가를 받았다고 말했다.

"저는 제가 팀에서 그렇게 중요한 선수였다는 게 잘 믿기질 않아요. 그때 우리 팀은 다 같이 합심해서 뛰었고 늘 소통과 조화를 중요시했죠. 저는 지금도 팀원 전체가 노력했기 때문에 좋은 결과가 나왔다고 생각해요."

지미 블랙은 대학 2학년 때 어머니를 심부전으로 잃었다. 그리고 몇 달 뒤, 큰 교통사고를 당하여 전신 미비 직전까지 갔다. 그는 힘겨운 재활 치료를 통헤 3학년 때 농구부로 복귀했고 1981년 가을에는 목 보호대를 차고서 연습 시합에 참가했다. 타르 힐스는 블랙의 투지 덕분에 전 시즌의 실패를 딛고 다시 일어설 수 있었고, 그는 팀원들에게 가장 존경받는 선수가 되었다.

그 시즌에 조던의 플레이는 그리 폭발적이지 않았으나 상당한 가능성을 보였다. 그는 경기당 평균 13.5득점에 슛 성공률 53.4퍼센트를 기록했다. 그러나 아트 챈스키가 지적했듯이 우수한 선배들로 가득한 그 팀에서 조던은 '그야말로 평범한 롤 플레이어'에 지나지 않았다.

딘 스미스는 당시를 떠올리며 말했다.

"요즘은 마이클에게도 실력이 들쑥날쑥하던 신입생 시절이 있었다는 걸 다들 잊은 것 같아요."

코치들은 조던에게 패스와 드리블 훈련의 중요성을 끊임없이 이야기했다. 또 수비 방법을 조언하는 한편으로 공이 없는 상황에서 어떻게 움직여야 하는지도 가르쳤다. 그가 줄곧 공격을 주도했던 고교 시절에는 익힐 필요가 없던 기술이었다.

빌리 패커는 조던이 고등학교 때처럼 화려한 쇼를 펼치길 내심 기대했지만, 첫해에는 그런 모습을 거의 볼 수 없었다. 그는 그 시절을 회상했다.

"마이클이 신입생일 때 그리고 전국 4강전에 나갔을 때도 다들 그 아이 실력이 얼마나 되는지 감을 잡지 못했죠. 물론 농구를 잘하기는 했지만 시합을 자기 마음대로 들었다 놨다 하는 그런 모습은 없었어요. 폭발적인 공격력을 보여주지도 않았고요. 그때는 팀의 시스템 안에서 감독이 지시하는 것만 따랐죠. 말 그대로 롤 플레이어에 지나지 않았고, 나중에 프로가 되어서 펼쳤던 말도 안 되는 활약 같은 건 한번도 볼 수가 없었습니다. 당연히 관중들이 '세상에 뭐 저런 선수가 다 있나?' 하고 감탄하는 일도 없었죠. 지금은 마이클이 어느 정도 수준인지 다 알지만 신입생 시절에는 '저 친구는 역대 최고의 선수가 되겠어.' 이렇게 생각하는 사람이 아무도 없었어요. 모든 일이 지난 지금은 다들 그게 말이나 되는 소리냐고 하지만요. 아무튼 당시에 마이클은 철저히 시스템 안에서 움직였고 상대 수비를 공략할 때도 자기가 맡은 역할만 수행했어요. 속공 중에도 늘 정해진 경로대로 뛰었고요."

그러나 그런 와중에도 시합을 통해 깨달음을 얻을 때가 있었다. 서부에서 연말 언시를 보내고 홈으로 놀아온 타르 힐스는 윌리엄메리 대학을 상대로 가볍게 몸을 푼 뒤, ACC 일정을 따라 메릴랜드로 이동하여 레프티 드리셀의 팀을 16점 차로 가뿐히 눌렀다. 그리고 다시 홈으로 돌아와 전국 2위인 버지니아 농구부와 랄프 샘슨을 상대했다. 그날 UNC 팀은 전면압박 수비와 빠른 공격을 시도하며 저돌적으로 시합을 풀어나갔다. 하지만 이 전략이 버지니아의 가드인 오델 윌슨과 리키 스토크스를 자극하는 바람에 오히려 경기가 더 어려워졌다. 랄프 샘슨과 처음으로 한 코트에 선 조던은 샘슨의 거대한 몸집과 30득점 19리바운드라는 놀라운 활약에 충격을 받았다. 경기 시작 후 슛을 세 번 연달아 놓치면서 잔뜩 위축된 조던은 그 뒤 중거리슛을 던질 기회가 두 번이나 있었지만 모두 포기하고 패스로 돌렸다. 전반 20분 동안 그는 자유투로 4득점을 올려 작게나마 팀에 공헌했다. 그러나 그 모습이 마음에 들지 않았던 워디는 하프타임이 끝난 뒤 좋은 공격 기회가 왔을 때는 자신 있게 슛을 던지라고 후배에게 조언했다.

"경기 초반에 저는 더 좋은 기회를 계속 찾았어요. 공을 골 밑으로 투입하는 게 기본 전략이었고 그렇게 하다 보면 랄프 샘슨이 파울을 저지를 가능성도 있었으니까요."

그날 시합이 끝나고 조던이 기자에게 한 말이다.

조던은 어깨 상태가 좋지 않았지만 워디의 조언을 받아들여 후반에 12득점을 올렸다. 워디는 경기 후 인터뷰에서 이렇게 말했다.

"사실 마이클한테 부담을 주고 싶진 않았어요. 그런데 전반에 보니까 충분히 던져도 될 슛을 안 던지고 머뭇거리더라구요. 공격이 필요한 상황이라 제가 한마디 한 거죠."

후반전이 7분 조금 넘게 남은 상황, 버지니아가 8점을 앞섰을 때 지미 블랙이 파울 누적으로 퇴장을 당했다. 그러나 교체 선수로 나온 브래독이 공격을 잘 이끈 덕분에 UNC는 최종 스코어 65대60으로 승리했다. 이날의 역전승은 이후 시즌 말에 이르러 그들에게 더욱 큰 의미로 다가오게 된다. 한편 샘슨은 인터뷰에서 불편한 심기를 감추지 않았다.

"저는 지금도 우리가 전국 최고라고 생각합니다. 저 팀은 막판에 득점이 터져줘서 겨우 이긴 것뿐이에요. 앞으로 우리 홈에서 한 번 더 붙어야 한다는 걸 잊으면 안 되죠."

타르 힐스는 다음 시합에서 노스캐롤라이나 주립대를 20점 차로 이기고 더럼에서 약체인 듀크 대학과 맞붙었다. 듀크대 선수들은 후반 5분여까지 꽤 분투했지만, 그때부터 조던이 세 번 연속으로 점프슛을 성공시키고 팁인슛*까지 넣으며 그들의 추격 의지를 꺾었다. 그는 그날 올린 19득점 중 13점을 후반에 몰아넣었다. 그러나 웨이크 포레스트를 상대한 다음 시합에서는 겨우 6득점에 그쳤고 UNC 농구부는 다른 곳도 아닌 홈에서 시즌 첫 패배를 맞이했다.

웨이크 포레스트 농구부 소속이었던 앤서니 티치는 2012년 인터뷰에서 그 시합을 이야기했다.

"그날 우리 팀은 패스를 막는 데 주력했어요. 저는 리바운드를 잡는 데만 집중했고요. 사실 마이크는 우리 관심 밖에 있었죠. 다들 제임스 워디나 샘 퍼킨스, 맷 도허티, 지미 블랙한테 신경을 썼거든요. 그 선수들 때문에 도저히 마이크까지 눈여겨볼 여유가 없었어요."

그러면서 티치는 당시 타르 힐스가 정말 훌륭한 팀이었다고 칭찬했다.

UNC 농구부는 첫 패배 후 3연승을 거뒀으나 그 뒤에는 샬러츠빌에서 버지니아 캐벌리어스와의 일전이 기다리고 있었다. 딘 스미스는 지난 시합을 교훈 삼아 가능한 한 압박 수비를 활용하지 않았다. 이번에는 일부러 실책을 유도하려고 하기보다 수비 위치를 지키면서 상대의 슛이 실패하길 기대했다. 그러나 그 희망은 들어맞지 않았다. 캐벌리어스는 64퍼센트에 달하는 높은 슛 성공률을 기록하며 74대 58로 타르 힐스를 수월하게 제압했다. 예상치 못한 큰 패배로 선수들은 동요했다. 지미 블랙은 채플 힐로 돌아가자마자 선수들을 집합시켜 그들의 목표가 NCAA 우승임을 다시 상기시켰다.

심기일전한 그들은 정규 시즌 동안 남은 여덟 경기를 모두 승리한 뒤 ACC 토너먼트가 열리는 그린즈버러 콜리세움으로 향했다. 사흘에 걸쳐 진행되는 ACC 토너먼트전은 오랜 옛날부터 남부 대학팀들의 매력과 불꽃 튀는 경쟁을 한껏 즐기는 축제의 장으로 통했다. 그러나 1982년에는 모든 시선이 캐벌리어스와 타르 힐스의 대결에 쏠렸다. UNC는 조지아 공대와 노스캐롤라이나 주립대를 손쉽게 이기고

---

* 링에서 튕겨 나오는 공을 가볍게 쳐서 넣는 슛. 흔히 탭슛이라고도 한다.

컨퍼런스 결승에서 버지니아 대학을 만났다.

테리 홀랜드가 지휘봉을 잡은 버지니아는 주전 가드인 오델 윌슨이 부상으로 빠진 상황에서 클렘슨 대학과 웨이크 포레스트 대학을 힘겹게 물리치고 결승에 올랐다. 양 팀 감독은 이 경기의 승자가 NCAA 동부 지구 토너먼트에서 최상위 시드를 차지한다는 사실을 잊지 않았다. 여기서 진 팀은 다른 지구로 이동하여 토너먼트를 치러야 했는데, 그런 경우 십중팔구는 중도에서 탈락했다.

뛰어난 실력을 자랑하던 두 팀은 호적수라는 말이 잘 어울렸다. ACC 내에서 올린 승패는 12승 2패로 똑같았다. 경기가 시작되고 샘슨을 상대로 점프볼을 따낸 타르 힐스는 워디의 덩크로 공격의 포문을 열었다. 그 뒤로 타르 힐스는 8대0으로 앞서나갔고, 이 점수는 곧 24대12가 되었다. 작전 시간에 딘 스미스는 버지니아 팀이 곧 점수 차를 만회하고 공세를 펼칠 것이라며 선수들을 주의시켰다. 아나나 다를까, 캐벌리어스는 금방 점수를 좁혔고 전반전이 3분도 남지 않은 시점에서 조던의 세 번째 파울로 더욱 유리한 위치에 올랐다. UNC는 간신히 3점을 앞선 채 전반을 끝냈지만, 버지니아가 후반전 들어 연달아 득점에 성공하자 다급하게 작전 시간을 요구했다. 딘 스미스는 테리 홀랜드가 골 밑에 수비를 집중시키리라 예상했다.

캐벌리어스 선수들은 시합의 주노권을 삽고 기세등등한 표성을 시었다. 신상감이 점점 커지던 그때, 공격에 나선 조던이 네 번 연속으로 점프슛을 성공시키며 분위기를 반전시켰다. 그가 코트 왼쪽 모퉁이에서 성공시킨 첫 번째 슛으로 점수 차는 1점으로 줄어들었다. 홀랜드는 작전 시간을 요구했지만 그 후에 버지니아는 후반 들어 처음으로 슛을 놓쳤고, 그 기회를 살린 조던이 골대 오른쪽에서 다시 5.5미터짜리 중거리슛을 터뜨렸다. 타르 힐스가 1점을 앞선 상황에서 딘 스미스는 상대 팀 선수들을 수비진 밖으로 끌어내기 위해 포 코너 오펜스를 전개했다. 그러나 홀랜드는 그 속셈에 넘어가지 않았다. 단지 가드들에게 외곽 수비 범위를 조금만 더 넓히라고 주문했을 뿐이다. 그리하여 UNC의 지공 작전이 3분가량 이어지던 와중에 조던이 동료들의 스크린을 받아 자유투 서클 끝에서 세 번째 점프슛을 성공시켰다.

곧이어 샘슨의 득점으로 버지니아가 1점 차로 바짝 따라붙자 딘 스미스는 조금 전 플레이를 반복하라고 주문했다. 조던이 다시 스크린을 받아 네 번째 슛을 성공시키면서 점수는 44대41이 되었다. 아트 챈스키가 당시 상황을 떠올렸다.

"마이클은 버지니아와 맞붙었던 ACC 결승전에서 고비마다 슛을 꽂아 넣었어요. 자유투 라인 근처에서 과감하게 슛을 던졌죠. 골 밑에서 버티고 있던 샘슨 때문에 사실상 그 지역이 공격할 수 있는 가장 가까운 거리였어요. 그 슛들을 못 넣었다면 그날 경기는 절대 못 이겼을 겁니다. 마이클은 그 시점부터 적극적이고 자신감 있게 플레이하기 시작했죠."

농구 기자로 오래 활동한 딕 와이스도 그 말에 동의했다.

"마이클은 그 시절에도 중요한 순간에 직접 슛을 던지는 걸 꽤 즐겼답니다."

경기 종료까지 거의 9분이 남은 상황에서 타르 힐스는 골 밑 수비를 강화했다. 그러나 버지니아의 제프 램프가 6미터 거리에서 슛을 성공시키며 점수가 다시 1점 차로 좁혀졌다.

스미스는 주저하지 않고 손가락 네 개를 펼쳐 포 코너 오펜스를 지시했다. 이 작전은 관중과 언론, 심지어는 리그 운영에 관계된 임원들까지 포함하여 많은 공분을 샀지만, 전술 면에서는 효과가 있었다. 그렇게 타르 힐스가 시간을 계속 끄는 바람에 캐벌리어스는 후반전이 끝나기 직전까지 공을 잡지 못했다. 결국 테리 홀랜드는 경기 종료까지 28초를 남기고 선수들에게 반칙으로 UNC의 지공 작전을 끊으라고 지시했다. 이후 자유투 라인에 선 맷 도허티가 2구 중 하나를 놓쳤지만 버지니아는 그 기회를 살리지 못했다. 막판에 다시 파울을 당한 도허티가 자유투를 모두 넣은 뒤, 샘슨이 종료 버저와 동시에 슛을 성공시켰으나 승부는 이미 결정 난 상태였다. 그날 47대45로 승리한 UNC 대학은 최상위 시드로 NCAA 동부 지구 토너먼트에 진출했다.

NBC 방송국을 통해 전국에 생중계된 이 시합은 언론과 농구팬들 사이에서 큰 논란을 불러일으켰다. ACC 운영본부는 그날 경기를 계기로 삼아 다음 시즌부터 공격 제한 시간과 함께 당시로써는 실험적이었던 3점숏 제도를 도입하기로 했다.*

팬들의 항의로 시상식은 무척 소란스러웠다. 제임스 워디는 그날 조던의 남다른 면모를 재확인했다고 한다.

"마이클은 그해 ACC 토너먼트부터 진면목을 드러냈죠. 저는 그 녀석이 자기한테 공을 달라고, 자기가 하겠다고 그렇게 선뜻 나서는 게 참 놀라웠어요."

조던은 시즌 말에 이르러 연습만이 아니라 실제 시합에서도 강한 자신감을 내비쳤다. 베테랑 선수들 사이에서 확실히 자리를 잡은 그는 그때부터 자유롭게 더 큰 꿈을 꾸기 시작했다.

전국 순위 1위로 NCAA 본선 토너먼트에 진출한 타르 힐스는 크고 작은 위기를 잘 넘기면서 그 자리를 유지했다. 최상위 시드로서 모든 경기를 노스캐롤라이나주 내에서 치른다는 것은 분명 나쁘지 않았다. 샬럿에서 첫 시합을 맞이한 타르 힐스는 버지니아주의 제임스 매디슨 대학을 상대로 고전했으나 끝내 52대50으로 승리했다. 노스캐롤라이나의 주도인 롤리에서 준결승 상대로 맞붙은 앨라배마 대학은 딘 스미스와 UNC 선수들을 한껏 괴롭혔지만 결국 74대69로 무릎을 꿇었다. 동부 지구 결승 상대는 롤리 내시미노 감독의 지휘 아래 에드 핀크니가 활약하던 빌라노바 대학이었다. UNC가 다시 한 번 강한 전력을 뽐내는 가운데, 일순간 흥미로운 장면이 연출되었다. 상대 팀의 실책을 끌어낸 타르 힐스는 골대를 향해 전력 질주하던 조던에게 공을 패스했다. 그 앞을 막아선 것은 빌라노바의 센터인 존 피넌이었다.

핀크니가 그 상황을 자세히 설명했다.

"우리 감독님은 그럴 때 수비하기가 여의치 않으면 상대 선수를 잡으라고 하셨

---

* 공격 제한 시간과 3점숏 제도에 대한 논의는 오래전부터 있었지만 실제로 쓰인 시기나 그 기준은 컨퍼런스에 따라서 조금씩 달랐다. 1982~83시즌에 ACC가 규정한 공격 제한 시간은 30초였지만 경기 종료 전 4분간은 이 규칙이 적용되지 않았고, 3점 라인의 거리는 5.41미터였다. 대학 리그 전체에 공격 제한 시간이 적용된 시기는 1985~86시즌이며 3점숏 제도는 1987년도 NCAA 토너먼트부터 공통적으로 활용되었다.

죠. 쉽게 레이업을 넣게 방치하지 말라면서요. 전 그때 존이 파울을 할 거라고 예상했어요. 존은 힘이 아주 세서 별명이 곰이었는데, 아니나 다를까, 점프해서 마이클을 붙잡더군요. 마이클은 공중에서 존하고 부딪히면서도 팔을 휙 돌리면서 슛을 시도했어요. 그 뒤에 심판은 존의 파울을 선언했고요. 믿기 어려운 플레이였지만 마이클은 실제로 그런 동작을 했어요. 그때 우리 팀이 타르 힐스한테 지고 있었는데, 그 모습을 보고는 다들 말도 안 되는 플레이라며 고개를 절레절레 흔들었어요. 존이 붙잡았기 때문에 그 상황에서 덩크는 불가능했죠. 자그마치 108킬로그램이나 되는 거구가 위에서 덮쳤으니까요. 존 피넌은 우리 팀에서 제일 힘이 센 선수였어요. 마이클은 그런 선수한테 붙들린 채로 더블 클러치 슛을 시도한 거죠. 물론 그다음엔 바닥에 나뒹굴었어요. 공중에서 균형을 잃고 슛을 정상적으로 마무리하지 못했거든요. 지금 생각해도 정말 별나다 싶은 플레이였어요."

어릴 적부터 코스털 플레인에서 케니 개티슨과 클라이드 시먼스, 앤서니 티치를 상대했던 조던은 누가 수비하든 겁내지 않고 그렇게 주저 없이 골대로 돌격했다.

동부 지구 결승에서 빌라노바를 10점 차로 꺾은 뒤, 타르 힐스 선수들은 스미스가 그토록 바라던 우승에 가까워졌음을 느꼈다. 뉴올리언스의 슈퍼 돔에서 열린 NCAA 4강전은 매력적인 팀들로 가득했다. 그 주인공은 UNC, 조지타운, 1980년도 우승 시의 주전이 네 명이나 남아 있던 루이빌 그리고 휴스턴이었다. 이 팀들은 지난 10년간 도합 열한 번이나 전국 4강에 올랐는데, 특히 그해에는 마이클 조던과 제임스 워디, 하킴 올라주원, 패트릭 유잉, 샘 퍼킨스, 클라이드 드렉슬러 등 현대 농구사에서 최고로 평가되는 선수들이 함께했다.

그 무렵 딘 스미스는 수많은 언론사로부터 공통된 질문을 받았다.

"여태 여섯 번이나 4강에 오르고 한 번도 우승하지 못한 소감이 어떻습니까?"

스미스의 대답은 이러했다.

"그 점은 크게 신경 쓰지 않습니다. 아쉬움 같은 건 없어요."

4강전에서 UNC는 휴스턴 대학을 만났다. 휴스턴 쿠거스 농구부는 이듬해 파이 슬라마 자마(Phi Slama Jama), 즉 '덩크 동아리'라는 별칭으로 전국적인 인기를 끌지만, 1982년 당시에는 그저 토너먼트의 다크호스 정도로 통했다.

수많은 관중과 소음으로 들어찬 슈퍼 돔에서 조던은 침착하게 팀의 첫 득점을 올렸다. 그날 퍼킨스가 25득점 10리바운드로 대활약하는 사이에 휴스턴의 스타였던 롭 윌리엄스는 타르 힐스의 수비에 막혀 무득점으로 경기를 마쳤다. UNC는 이 시합에서 단 한 번도 역전을 허용하지 않고 68대63으로 승리하여 최종 결승에 진출했다. 2002년에 빌 거스리지는 그 시합을 이렇게 기억했다.

"전국 준결승전에서 샘 퍼킨스가 하킴 올라주원을 상대로 굉장한 활약을 펼쳤죠. 샘이 그렇게 잘 해주지 않았더라면 우리 팀은 결승에 못 올라갔을 겁니다."

신입생 센터 패트릭 유잉과 올 아메리칸 가드인 에릭 '슬리피' 플로이드를 앞장세운 조지타운 호야스는 준결승에서 전국 20위 팀인 루이빌을 50대46으로 꺾고 스포츠 기자들이 바라 마지않던 꿈의 결승전, 바로 딘 스미스 대 존 톰슨의 맞대결을 성사시켰다. 친한 친구로 지내며 1976년부터 미국 올림픽 대표팀 코치로 활동한 두 사람은 그해 늘 간절히 바라던 NCAA 우승컵을 두고 정면승부를 벌이게 되었다. 그들은 '경기를 하는 것은 감독이 아니라 선수들'이라며 사람들의 이목이 쏠리는 깃을 달가워하지 않았다. 결과적으로 1982년에 두 팀이 벌인 결승전은 이후 많은 팬과 전문가들로부터 가장 극적인 결말을 맞은 시합으로 인정받게 된다. 수십 년간 스포츠 방송 중계자로 활동한 커트 가우디는 그 시합이 NCAA 4강전의 인기를 메이저리그의 월드시리즈나 NFL의 슈퍼볼 수준으로 끌어올렸다고 평가했다. 그날 루이지애나 슈퍼 돔의 관중 수는 당시 대학 농구 단일경기 입장객 최고 기록을 넘는 6만 1,612명이었으며 텔레비전 중계방송을 본 인구는 1,700만 명에 달했다.

세월이 지나 존 톰슨 감독은 그때 느낀 감정을 이렇게 털어놓았다.

"제가 늘 존경하고 아끼는 딘 스미스 감독님을 상대로 결승전을 치르게 돼서 마음이 참 복잡했습니다. 하지만 또 그분과 대결한다고 하니 왠지 모르게 가슴이 끓어오르더군요."

친분이 두터웠던 스미스와 톰슨은 서로의 전략을 잘 알았다. 언론은 두 사람의 그런 관계를 부각시켰지만, 사실 두 팀은 그 외에도 몇 가지 재미난 사연으로 얽혀 있었다. 일례로, 워디와 플로이드는 둘 다 개스토니아 출신으로서 올 아메리칸에 선정되었고 각자의 팀에 깊은 충성심을 보였다. 시합이 시작되기 직전, 경기장은 긴장감과 흥분으로 가득했다. '딘을 눌러라! 딘을 눌러라!' 조지타운 응원단은 큰소리로 구호를 외쳤다.

1학년 센터 패트릭 유잉은 경기가 시작되자마자 타르 힐스의 슛을 네 차례나 쳐냈는데, 그중 두 번이 워디의 공격이었다. 그러나 네 번 모두 낙하 중인 공을 쳐내 골텐딩으로 판정되었고 전반전 중간쯤에도 유잉은 한 번 더 골텐딩을 기록했다. 유잉 덕분에 타르 힐스는 경기 초반에 슛을 넣지 않고도 8득점을 올렸다.

그로부터 5년 뒤 톰슨 감독은 빌리 패커와의 인터뷰에서 이렇게 말했다.

"패트릭은 블록슛 실력이 아주 뛰어난 선수예요. 그때 우리 팀은 노스캐롤라이나의 골 밑 공격을 최대한 틀어막을 작정이었죠. 저는 지금도 그날 나온 골텐딩 판정 중에 몇 개는 문제가 있다고 생각해요."

UNC 코치들은 워디가 유잉 앞에서 자신감을 잃을까 봐 걱정했다. 그러나 딘 스미스는 그런 염려를 하지 않았다고 한다.

"저는 제임스가 그런 것에 개의치 않는다는 걸 알았습니다. 슛이 막히는 걸 극히 싫어하는 선수들이 있긴 하지만, 제임스는 늘 본인 실력에 자신만만했으니까요."

그때부터 감독들의 머리싸움이 이어졌다. 초반에는 호야스가 줄곧 앞섰지만 타르 힐스가 곧 따라잡아 18대18로 동점을 만들었다. 워디는 전반전에만 18점을 넣으며 건재함을 과시했다. 두 팀은 역전에 재역전을 반복하다 조지타운이 32대31로 앞선 채로 전반전이 끝났다.

워디는 그날 시합을 이렇게 떠올렸다.

"조지타운은 정말 무시무시한 팀이었어요. 강력한 수비로 우리 팀을 무너뜨리려 했고 실제로 거의 그렇게 될 뻔했죠. 경기 중에 조지타운이 3점인가 4점을 앞서 기도 했는데, 그 시절에는 그게 꽤 큰 점수 차였거든요. 그 와중에 지미 블랙이 레이업을 놓치기도 했고요. 그때 마이클이 뛰어들어서 튕겨 나오는 공을 툭 쳐서 넣었죠."

후반전 20분 동안 두 팀은 계속 엎치락뒤치락하며 공격과 수비를 주고받았다. 시합 종료까지 약 6분이 남았을 때 타르 힐스는 워디가 넣은 자유투에 힘입어 57 대56으로 앞섰다. 그때부터 경기 속도는 현저히 느려졌다.

그날 조던이 펼친 활약상으로는 경기 막바지에 넣은 점프슛이 가장 유명하지만, UNC 코치진은 그가 종료 3분 26초 전에 성공시킨 왼손 레이업도 그만큼 중요했다고 보았다. 빌 거스리지는 그 슛을 이렇게 평가했다.

"그날 최고로 손꼽을 만한 슛은 마이클이 백보드 꼭대기를 맞춰서 유잉의 머리 위로 넣은 레이업이죠."

"정말 멋진 돌파였지요." 20년 뒤에 그 시합을 기념하는 자리에서 딘 스미스가 한 말이다. "저는 패트릭이 앞으로 나오는 걸 보고 그 슛이 막힐 거라고 생각했습니다. 지금 생각해도 참 놀라운 슛이에요."

조던은 2002년에 《타르 힐 먼슬리》지 인터뷰에서 이렇게 말했다.

"그때 왜 왼손 레이업을 시도했는지 모르겠어요. 전 왼손 쓰는 걸 싫어했거든요. 농구할 때 제가 제일 약한 부분이 왼손이었어요. 그런데 하필이면 그 중요한 순간에 왼손 슛을 했단 말이죠. 정말 이해하기 어려운 일이에요. 다행히 그 덕분에 분위기가 확 살았는데, 저도 모르게 그런 슛을 던지고 그게 또 백보드 위쪽에 잘 맞아서 들어갔다는 게 지금도 참 신기해요."

조던의 레이업슛으로 타르 힐스가 61대58로 앞섰지만 호야스는 곧바로 반격을 개시했다. 종료 2분 37초 전, 조지타운은 유잉의 4미터짜리 중거리슛에 힘입어 61대60으로 바짝 따라붙었다. UNC는 다음 공격 기회에 얻은 자유투를 실패했고 패트릭 유잉이 곧장 리바운드를 잡아냈다. 뒤이어 슬리피 플로이드가 점프슛을 성공시키면서 호야스가 62대61로 역전했다. 남은 시간은 1분도 채 되지 않았다.

시합 종료 32초 전, 딘 스미스가 작전 시간을 요구해 조지타운의 예상 수비에 맞춰 공격을 지시했다. 훗날 인터뷰에서 그는 그 순간을 이야기했다.

"원래 저는 그 시간대에 타임아웃 부르는 걸 좋아하지 않아요. 보통은 선수들이 자기 할 일을 다 꿰고 있어야 정상입니다. 하지만 그때는 조지타운이 골 밑에 모든 수비를 집중시킬 거라는 생각이 들었거든요. 그래서 이런 지시를 내렸지요. '맷 도허티, 너는 제임스나 샘, 아니면 지미 쪽을 보는 척하면서 건너편에 있는 마이클한테 패스해.' 실제로 마이클이 서 있던 자리에는 수비가 하나도 없었어요. 다들 제임스 워디를 막는다고 정신이 팔렸거든요. 만약 마이클의 그 슛이 빗나갔다면 아마 샘이 바로 리바운드를 잡고 그날의 영웅이 됐을 겁니다."

선수들을 불러 모은 딘 스미스는 아주 침착하고 자신만만하게 작전을 설명했다. 그 모습에 로이 윌리엄스 코치는 전광판을 흘끗 본 뒤 자신이 점수를 잘못 읽은 줄 알았다. 스미스의 태도만 보아서는 마치 타르 힐스가 이기는 상황 같았기 때문이다. 작전 시간이 끝나고 선수들이 다시 코트로 들어설 때, 스미스는 조던의 등을 두들기며 말했다.

"마이클, 네가 때려 넣는 거야."

그날 CBS 캐스터로 경기를 직접 본 빌리 패커는 30년이 지난 지금도 당시 상황에 대한 UNC 코치들과 선수들의 설명을 잘 못 믿겠다는 눈치다.

"딘은 지금도 줄곧 그렇게 슛을 하도록 작선을 썼다고 얘기하지만, 저는 그 고지식한 사람 머리에서 절대 그런 작전이 나올 수 없다는 생각이 든단 말이죠. 그 팀은 워디하고 퍼킨스가 골 밑을 맡고 있었어요. 그럼 무슨 말이 더 필요합니까? 그 선수들을 두고 마이클 조던한테 패스를 한다구요? 지금이야 다들 그게 당연하다고 그러겠지만요, 그때는 상상도 못할 일이었어요. 일단은 워디한테 공을 주고 그다음엔 퍼킨스, 아니면 돌파를 하다가 밖에서 기다리는 선수한테 패스하는 게 정석이죠. 물론 딘의 농구 지식을 의심하는 건 아닙니다. 그래도 경기를 중계하던 저로서는 그 슛이 정말 너무너무 뜬금없다 싶었어요."

경기가 속개되고 UNC 팀은 계속해서 적절한 슛 기회를 노렸다. 그러다가 종료 15초가 남은 순간, 지미 블랙의 패스를 받은 조던은 골대 좌측 5미터 거리에서 점프슛을 던져 넣었다.

패커는 그 순간을 이렇게 회상했다.

"그건 거의 오픈 슛이나 다름없었죠. 뭐 사실 지금 와서 생각해보면 누가 어떻게 작전을 짜서 그 슛을 만들어냈는지는 중요하지 않아요. 마이클은 줄곧 자기한테 공이 오길 원했고 직접 슛을 던질 거라고 마음먹었으니까요. 그 슛은 이 시대의 위대한 전설이 시작된다는 걸 알리는 신호탄이었어요. 어떤 선수들은 수비 하나 없는 오픈 슛 기회가 와도 슛을 못 넣기도 하고, 그런 상황에서 슛을 주저하기도 해요. 마이클은 그 기회를 계속 바라고 있었고 결과는 다들 아시는 그대롭니다. 그 순간에는 망설임도 없었고 불필요한 동작도 하나 없었어요. 그저 공만 오면 자기가 바로 해결하겠다는 태세였죠. 그때도 마이클의 승부욕은 그만큼 강했던 거예요."

패커는 그런 상황에서 자신감을 잃고 달아나는 선수가 대부분이고 정면 승부를 택하는 선수는 극히 적다고 말했다.

"마이클은 그 순간에 공을 피해서 코너로 숨지 않았어요. 오히려 자기 자리에 버티고 서서 공을 달라고 손짓했죠."

나중에 조던 본인이 말하기로, 그는 팀 버스를 타고 경기장으로 가는 길에 그런 상황을 상상했다고 한다.

그때 조던이 공을 잡고 뛰어오르는 순간, 코트 반대편에 자리 잡은 조지타운 코치진과 교체 선수들은 머리를 감싸 쥐었다. 조던을 몇 발짝 뒤에서 지켜보던 UNC 코치들은 담담하게 자리를 지켰고, 딘 스미스는 입술을 꼭 다문 채 살짝 찌푸린 표정을 지었다. 과거에 그가 경험한 NCAA 4강전과 결승전에서는 그런 고비에 단 한 번도 좋은 결과가 나온 적이 없었다.

공중으로 뛰어오른 조던은 본능처럼 혀를 삐죽 내밀었다. 점프가 정점에 도달하자 그는 왼손을 살짝 당기며 오른손 끝으로 아름답게 공을 쏘아 올렸다.

철썩하는 그물망 소리와 함께 타르 힐스의 하늘색 응원단이 들썩거리며 온 경기장을 우레와 같은 환호성으로 채웠다.

"마이클이 마지막 슛을 넣었을 때 우리 가족도 슈퍼 돔에 같이 있었어요." 델로리스가 당시 상황을 떠올렸다. 그녀는 그 슛이 터지자 곁에 있던 남편과 막내딸을 돌아봤지만 두 사람은 이미 코트 쪽으로 뛰쳐나가고 없었다. "저는 그전까지 '안돼. 신입생한테 공을 주면 안 돼.' 그런 생각만 계속했었죠."

"저한테는 딘 스미스가 그렇게 중요한 슛을 1학년에게 맡겼다는 게 충격이었어요." 딕 와이스가 2011년에 인터뷰에서 한 말이다. "그 사람한테는 그때까지 지도자 인생을 통틀어서 가장 큰 경기였는데 말이죠."

한편 조던은 2002년에 그 사건을 이렇게 평가했다.

"그건 운명이었어요, 운명. 그 슛을 넣은 뒤부터 모든 일이 착착 맞아떨어지기 시작했어요. 그날 그 슛을 못 넣었더라면 아마 지금의 저는 없었을 거예요."

사실 그 뒤에 마이클 조던의 운명을 결정지은 놀라운 장면이 하나 더 있었다. 점수는 63대62로 뒤졌지만 아직 시간이 충분했던 조지타운은 곧바로 반격에 나섰다. 공을 몰고 UNC 수비진 앞에 선 조지타운의 프레드 브라운은 뒤편에 슬리피 플로이드가 서 있는 줄 알았다. 그러나 뒤쪽에서 흘깃 보였던 형체는 하얀 유니폼을 입은 제임스 워디였다. 워디는 상대편인 브라운이 공을 패스하자 순간 움찔했지만, 곧 반대편 코트로 달려갔고 골대 근처에서 조지타운 선수에게 파울을 당했다.

존 톰슨 감독은 조던의 슛이 들어간 직후 작전 시간을 요구하지 않았다는 이유로 팬들의 비난을 샀다. 그러나 딘 스미스는 톰슨의 선택이 옳았다고 인정했다.

"(조지타운의 작전 시간이 하나밖에 남지 않았기 때문에)그 상황에서는 타임아웃을 부르지 않고 바로 공격하는 게 맞습니다." 그러면서 그는 브라운이 공을 뒤로 패스한 것이 조던의 수비 때문이었다고 덧붙여 말했다. "마이클이 슬리피 플로이드에게 공이 가지 못하게 아주 잘 막았어요. 그때 제임스는 공을 뺏으려고 뛰어나갔다가 그대로 외곽에 머물러 있었지요. 조지타운은 그해 토너먼트에서 줄곧 흰색 유니폼을 입다가 우리하고 붙을 때만 파란색을 입었어요. 그날도 흰색을 입었더라면 프레드 브라운이 제임스한테 공을 주는 그런 실수는 하지 않았을 겁니다. 사실 제임스도 패스하는 척하는 상대의 동작에 속아서 제 위치를 벗어나게 된 건데, 결과적으로는 그게 그 선수의 실책을 유발한 것이지요."

톰슨 감독은 브라운이 워디의 위치 때문에 반사적으로 그런 패스를 했다고 보았다. 딘 스미스가 언급했듯이 워디는 스틸을 시도하다가 수비진에서 이탈한 상황이었다. 톰슨은 당시 상황을 이렇게 분석했다.

"한순간 수비수가 네 명으로 줄어든 상황이었어요. 그때 워디가 수비진 바깥에서 있어서 프레드가 자기도 모르게 패스를 한 게 아닌가 싶어요. 공원 같은 데서 아는 사람 모르는 사람 다 섞여서 시합하다 보면 가끔 수비수가 같은 편인 척하고 자기한테 패스하라고 하는 그런 상황이 생기잖아요? 그거랑 비슷한 거죠. 물론 제임스 워디는 공을 달라고 외치거나 손짓하진 않았습니다만, 마치 우리 선수인 양 외곽에 서 있어서 프레드가 반사적으로 패스를 한 거예요."

시합 종료 2초를 남기고 워디가 던진 자유투는 2구 모두 실패했지만, 경기 결과에는 아무 영향도 미치지 않았다. 티르 힐스는 최종 스코어 63대62로 줄곧 염원하던 목표를 이루었다. 톰슨은 그날 UNC가 승리하는 데 조던의 슛보다 훨씬 중요한 것이 있었다고 말했다.

"저는 제임스 워디가 우리 팀에 가장 큰 타격을 쳤다고 봅니다. 다들 그 시합을 이야기할 때면 마이클 조던의 슛을 하이라이트로 꼽죠. 물론 그 슛이 우리 팀을 무너뜨리긴 했지만, 시합 중에 우리를 제일 곤란하게 한 건 제임스 워디였어요. 그 친구는 우리 팀 빅맨들이 따라잡기 벅찰 만큼 빨랐고 가드들이 도저히 막을 수 없을 만큼 힘이 셌거든요."

1982년도 NCAA 토너먼트 최우수 선수로 선정된 워디는 평소의 무뚝뚝한 표정을 버리고 환하게 웃으며 우승을 기뻐했다. 그리고 딘 스미스와 UNC 농구부는 마침내 대학 농구계 최정상에 올랐다. 경기가 끝난 뒤 지미 블랙이 소감을 말했다.

"감독님을 생각하니 더 기쁘네요. 이제 우리 감독님이 큰 경기에 약하다는 기사는 더 이상 나오지 않을 테니까요."

스미스는 인터뷰장을 가득 메운 기자들 앞에서 담담히 말했다.

"우승을 했다고 해서 제가 더 좋은 감독이 되었다고는 생각지 않습니다. 감독으로서 저는 예나 지금이나 똑같습니다."

경기 후 조던은 신발을 벗은 채 탈의실 사물함 앞에 앉아 NBC 기자와 인터뷰를 나눴다. 정장을 차려입은 제임스 조던은 아들 옆에서 함께 카메라 조명을 받았다. 입을 꾹 다물고 있던 마이클 조던은 마지막 슛을 던질 때 어떤 기분이었느냐는 기자의 질문에 조용히 답했다.

"압박감은 전혀 없었어요. 그건 위크사이드*에서 늘 던지던 점프슛이었으니까요.

---

* weak side, 골대 정면을 기준 삼아 코트를 좌우로 나누었을 때 공격자가 공을 가진 지역, 바꾸어 말하면 수비가 집중되는 지역을 스트롱사이드라고 한다. 위크사이드는 스트롱사이드의 반대쪽으로, 공이 없어 수비가 약한 지역을 뜻한다.

# 제12장

# 달라진 위상

빌 빌링슬리는 뉴올리언스에 사는 친구들의 초대로 1982년도 NCAA 결승전을 직접 관람했다. 시합이 끝난 뒤 그는 인파로 들썩이던 시가지에서 그 광경을 구경하던 마이클 조던과 마주쳤다.

동료들과 함께 있던 조던은 중학교 9학년 시절의 은사를 바로 알아봤다.

"빌링슬리 감독님! 여기는 어쩐 일이세요?"

빌링슬리는 잠시 이야기를 나누다가 축하 인사를 전하고 조던과 헤어졌다. 그는 조던이 주변에 우승을 축하하는 팬들 하나 없이 마음껏 돌아다니며 그 순간을 즐기는 모습이 놀라웠다고 한다. 그때는 아무도 몰랐겠지만, 조던이 자신을 알아보는 사람 하나 없이 자유롭게 거리를 활보한 것은 그날, 바로 1982년 3월 29일 밤이 마지막이었다. 당시 채플 힐에서는 UNC 라디오 중계자인 우디 더럼이 '타르 힐스가 진국 우승을 차지했습니다.'라고 외치지미지 3만 명에 달하는 팬들이 프랭클린 거리로 쏟아져 나왔다.

당시 UNC 3학년이었던 데이비드 맨은 그날을 이렇게 기억했다.

"결승전이 끝나자마자 저는 소리를 지르면서 프랭클린 거리로 뛰쳐나갔어요. 저 말고도 거리에서 그러는 사람이 정말 많았어요. 수천 명이 믿을 수 없다는 표정을 짓고 있었죠. 그때까지 한 번도 우승을 못했던 딘 스미스가 믿을 수 없는 일을 해낸 거예요. 그 소식에 다들 좋아서 울고불고 난리도 아니었죠."

《그린즈버러 데일리 뉴스》는 전날 밤의 일들을 다음과 같이 묘사했다. '아수라장, 광란, 폭죽 그리고 맥주. 이것이 전국 우승의 본모습이다.' 우승 파티는 새벽 4시까지 계속되었고 이틀 뒤 금의환향한 농구부를 환영하기 위해 한데 모인 2만여

팬들은 다시 축하연을 벌였다.

들뜬 분위기가 잦아드는 데는 몇 주가 걸렸다. 하지만 조던은 그 뒤로도 수개월간 이전과는 완전히 다른 삶을 경험해야 했다. 그는 세월이 지나 인터뷰에서 이렇게 말했다.

"당시에는 이게 다 뭔가 싶어서 계속 얼떨떨했어요. 그때는 제가 얼마나 큰일을 해낸 건지 실감하지 못했죠."

조던이 결승전에서 넣은 그 슛은 여타 대학팀의 팬들을 포함하여 수백만 인구를 열광시켰고, 그중 많은 수가 그날 경기 이후 타르 힐스의 평생 팬이 되었다. NCAA 우승은 인종과 상관없이 노스캐롤라이나주에 사는 모든 이에게 큰 자부심을 느끼게 했다. 그 승리는 UNC 농구부에 대한 의심을 거두는 계기가 되었고, 마이클 조던을 농구계의 황태자 자리에 올려놓았다. 나중에 조던은 이런 말을 했다.

"그건 마치 어린아이가 단단한 껍질을 깨고 세상으로 나온 것과 같았어요. 제 이름은 마이크였죠. 그때까진 다들 저를 마이크 조던으로 불렀어요. 하지만 그 슛 이후로 저는 마이클 조던이 되었어요."

그는 원래부터 수다스럽고 입담이 좋았지만 결승전에서 마지막 슛을 넣은 뒤로는 그 수위가 한층 더 세졌다. 그와 유잉은 이후로도 계속 친구 관계를 유지했다.

"마이클이 그 슛을 던지던 모습이 아직도 눈에 선하죠." 2010년에 유잉은 이런 말과 함께 아쉬운 표정을 지었다. "하지만 마이클 앞에서 그 얘기는 꺼내고 싶지 않아요. 이미 녀석이 귀에 딱지가 앉도록 떠들었기 때문에 저는 결승전의 결자도 입밖에 안 꺼냅니다."

고향 사람들로부터 UNC 농구부에서는 아무것도 하지 못할 것이라고 비웃음을 들은 지 몇 달 뒤 윌밍턴으로 돌아온 그는 자신의 명성이 엄청나게 높아졌음을 느꼈다. 조던은 고교 시절처럼 윌밍턴 각지의 농구장에서 지인들과 시합을 즐길 생각이었지만, 그곳에는 수많은 군중이 기다리고 있었다. 당시 환영 행사를 목격한 경찰의 말로는 윌밍턴에 도착한 날 조던이 차에서 아예 내리지도 못했다고 한다.

그 사건은 그가 더 이상 예전처럼 자유로울 수 없음을 알리는 전조였다.

2주 뒤에 윌밍턴시는 마이클 조던을 위한 축하 연회를 열었다. 그는 수많은 팬에게 사인을 했다. 지역 스타와의 만남에 들뜬 어린 농구선수들은 각자의 학교 유니폼을 입고 그곳에 나타났다. 조던은 만찬장에서 딘 스미스의 오른쪽에 앉아 식사를 했다. 스미스가 미소를 띠며 사람들과 담소를 나누는 동안, 조던은 쏟아지는 시선 앞에 평소의 자신감은 온데간데없이 어색한 표정으로 조용히 앉아 있었다.

그 자리에 함께 참석한 그의 부모는 넘쳐나는 자부심과 흥분 속에서도 점잖은 태도를 유지했다.

"마이클의 부모님은 어딜 가든 항상 멋지게 행동하셨죠."

농구 관련 행사에서 조던 가족과 자주 마주쳤던 빌리 패커의 말이다. 델로리스에게 깊은 분노와 실망을 안겨줬던 맥도날드 올스타전으로부터 1년이 지난 NCAA 결승전날 밤, 그는 조던 가족과 함께 우승을 축하했다.

"선수 부모님 중에는 앞에 나서기 좋아하는 사람들이 적지 않아요. 하지만 마이클 부모님은 절대 그러지 않았죠. 그분들은 어디서든 지극히 공손하고 올바르게 처신하셨거든요. 저는 그런 점이 상당히 인상 깊었어요."

조던 부부에게 그해 봄은 특별한 기억으로 남았다. 델로리스가 결승전을 보고 윌밍턴에 돌아왔을 때 그녀가 일하던 은행에는 하늘색 현수막이 걸려 있었다. 은행 동료 한 사람은 이런 인사를 하기도 했다.

"잘 다녀오셨어요? 마이클 조던의 어머니."

델로리스는 한 인터뷰에서 아들이 농구를 하지 않는 평범한 대학생이어도 지금처럼 자랑스러웠을 것이라고 이야기했다. 또한 결승전 막바지에 타르 힐스 선수들이 뜨거운 감자처럼 공을 이리저리 돌리는 동안 선수 어머니로서 극도의 긴장감을 느꼈다고 고백했다. 그 공이 아들의 손에 도달했을 때 그녀의 머릿속에는 바로 다른 사람에게 패스했으면 하는 생각이 가장 먼저 들었다고 한다.

제임스가 일하던 GE 공장에서는 마이클 조던을 위한 환영 행사가 열렸다. 결승전의 마지막을 장식한 그 슛은 조던 개인의 삶만 바꾼 것이 아니었다. 그의 부모역시 그 여파에 함께 휩쓸리고 있었다.

시에서 주최한 만찬회가 어색하고 불편하기는 했지만, 그 뒤로 조던은 새롭게 획득한 지위를 한껏 누렸다. 보통 대학 초년 시절에는 독립을 하더라도 본가에서 여전히 아이 취급을 받기 일쑤다. 그러나 조던은 집에 돌아오자마자 본인의 위상이 크게 달라졌음을 알아차렸다. 그는 곧 집안에서 가장 중요한 인물이 되어 온 가족의 삶을 바꾸기 시작했다. 그는 아직 대학 1학년에 불과했으나 조던 가족은 모두 느끼고 있었다. 아직 프로선수는 아니지만 언젠가 프로가 될 것이라고.

그들은 기대감에 들뜨지 않고 현실에 집중하려 애썼다. 특히 델로리스가 그러했다. 그녀는 NCAA 결승전 이후 아들에게 꿈이 실현될 가능성이 커질수록 행동거지를 더 조심하라고 일렀다. 이기적으로 굴지 마라. 항상 동료들을 챙겨라. 델로리스는 마치 딘 스미스와 짠 것처럼 같은 이야기를 했다. 그녀는 기자들과 인터뷰할 때마다 자신이 모든 자식을 자랑스럽게 여긴다고 강조했다. 마이클은 어쩌다 보니 온 대중의 관심을 받는 것뿐이라면서 말이다. 그 무렵 조던은 예전처럼 자유롭게 농구를 즐길 곳을 찾느라 고심했다. 그러다가 우연히 펜더 카운티 지역의 실력자와 일대일 시합을 벌이게 되었다. 처음에는 조용히 대결이 진행되는 듯했으나 얼마 후 구경꾼이 잔뜩 몰려들어 농구장이 매우 소란스러워졌다. 지역민들의 증언으로는 그날 조던이 2승 1패로 최종 승리를 거뒀다고 한다.

농구를 하려고 이곳저곳을 떠돌던 조던은 결국 채플 힐에서 안식을 되찾았다. 그간 딘 스미스가 일궈놓은 가족 같은 분위기 덕분에 NBA 스타가 된 월터 데이비스와 필 포드를 비롯하여 수많은 선배 선수들이 여름마다 UNC 농구부를 다시 찾았던 것이다. 선배들은 NCAA 결승전에서 마지막 슛을 성공시킨 주인공의 실력이 어느 정도인지 궁금해했고, 조던의 자신감 넘치는 모습은 그들을 매료하기에 충분했다. 그런데 한 해 전 학교를 떠난 앨 우드는 그전까지 조던이 굉장히 소심한 성격이라 생각하고 있었다. 우드는 이미 학기 초에 그와 직접 시합해본 적이 있었고 첫 대결부터 팔꿈치를 휘두르며 갓 입학한 후배를 위협하기도 했다. 그러나 2학년으로 넘어갈 무렵에는 오히려 조던이 우드에게 팔꿈치를 들이대며 더는 그런 위협이 먹히지 않음을 보여줬다. 그해 여름에 수차례 대결을 벌인 두 사람은 함께 멋진 덩크를 고안하려 애쓰면서 상당히 가까워졌다. 조던이 1984년 1월에 메릴랜드 대학과의 시합에서 넣은 일명 크레이들 덩크*도 우드의 아이디어로 탄생한 것이다. 물론 그가 갓 입학했을 때는 자신감이 너무 과하다며 걱정하는 사람이 적지 않았다. 그러나 그와 한 해를 함께 보낸 뒤 사람들은 누구도 따라오지 못할 강렬한 집중력이 바로 그 자신감에서 비롯한다는 사실을 이해하기 시작했다.

## 다시 기숙사로

2학년이 된 조던과 버즈 피터슨은 그랜빌 타워스 2층에 방을 배정받았다. 2층에는 농구부원들 일부와 일반 학생들이 함께 살았는데, 그중 하나가 방송 부문을 전공으로 하던 데이비드 맨이었다. 그해 3학년으로 키가 작고 깡말랐던 맨은 조던의 인기가 급상승하던 시기에 그의 삶을 가까이서 자세히 관찰할 수 있었다. 맨이 당시를 회상했다.

"마이클은 대학생일 때도 프로 시절처럼 늘 자신감에 차 있었죠. 언제나 자신감이 하늘을 찌를 것 같았어요."

안전상의 이유로 자물쇠가 채워진 2층 복도 출입문 밖에는 남자 기숙사로 들어갈 기회를 노리는 여학생들이 적지 않았다. 당시에 맨은 2층의 대다수 학생과 마찬가지로 조던의 일거수일투족을 눈여겨보았다. 그는 조던이 파티를 전혀 즐기지 않는다는 사실에 놀랐다고 한다.

"마이클은 상당히 진지한 성격이었어요. 우리 층에 파티를 좋아하는 애들이 꽤

---

* cradle dunk, 점프 직전에 공을 한 손으로 잡고 좌우로 흔드는 동작이 가미된 덩크를 흔히 크레이들 덩크라고 한다. 아기를 안고 흔드는 모양에 빗댄 것인지 rock the baby나 rock the cradle이라는 이름으로도 불린다. 줄리어스 어빙도 이 덩크로 유명하나, 공을 잡고 흔드는 모양새가 조던과는 또 다르다.

있었는데, 농구부 선수들이랑 일반 학생들이 어울려 놀 때도 마이클은 그 자리에 나오지 않았죠."

가령 버즈 피터슨은 파티가 열리면 한 손에 술잔을 든 채 여자친구와 복도에서 춤을 추기도 했다. 타르 힐스가 NCAA 결승전을 치른 지 몇 달이 지났지만 그는 여전히 우승 분위기에 취해 있었다.

"버즈는 마이클만큼 농구에 심취하진 않았어요." 맨의 설명이 이어졌다. "걔는 파티를 즐기는 쪽이었죠. 마이클만큼 매사를 진지하게 받아들이는 성격이 아니었어요. 솔직히 말하면 아무 생각도 없는 녀석 같았죠."

《스포츠 일러스트레이티드》지는 그해 가을에 우산을 들고 기숙사 방에서 춤추는 조던의 모습을 게재했다. 하지만 데이비드 맨은 그 사진에 분노를 느꼈다. 그것은 잡지사의 기획 아래 철저히 꾸며진 모습이었다. 피터슨은 즐거울 때 춤을 출지 모르지만, 조던은 그렇지 않았다. 무언가 축하할 일이 생기더라도 조던은 절대 춤을 추지 않았다. 맨은 당시 느낀 바를 이야기했다.

"그런 점이 참 특이했어요. 그때 온갖 것을 자기 마음대로 하면서 파티도 즐기고 여자도 만나고 할 수 있었을 텐데 말이죠. 하지만 마이클은 주변의 유혹에 빠져들지 않으려고 노력했어요. 목표가 그만큼 확실했고 자신감이 넘쳤기 때문에 녀석을 막을 수 있는 건 아무것도 없었죠."

맨이 말하기로는, 그때 조던이 만 19세로 겨우 2학년에 불과했지만 남들을 압도하는 존재감을 보였다고 한다. 그 점은 다른 농구부원들과 함께일 때도 변함없었다.

"기숙사에서 마이클은 전혀 시끄럽지 않았어요. 말투가 위압적이진 않았는데 일단 입을 열면 다들 거기에 귀를 기울였죠. 마이클이 다른 선수들에게 명령을 하거나 팀 내에서 특별한 취급을 받은 건 아니었지만, 다들 걔를 꽤 존중했던 것 같아요. 어쩌면 조금 겁을 냈던 것 같기도 하고요. 아무튼 마이클이 남들을 윽박지르면서 이래라저래라 하는 건 본 적이 없어요."

얼마 후 조던은 맨이 할리우드 영화계 진출을 꿈꾸며 대중매체를 공부한다는 사실을 알았다.

"그때 마이클은 저더러 제정신이 아니라고 했어요. 그러고는 나중에 저한테 하는 말이 딘 스미스 감독의 부인을 만나보라는 거예요. 그분은 정신과 의사였는데 마이클은 절 볼 때마다 '스미스 감독님네 사모님을 만나봤어? 이야기는 해봤고?' 이러는 거예요. 걔는 저 같은 사람이 LA의 영화업계에 들어갈 궁리를 한다는 게 우스웠던가 봐요."

그 뒤로도 몇 주간 조던은 데이비드 맨을 볼 때마다 할리우드로 가겠다는 그 계획을 비웃고 놀렸다. 그때 맨은 조던과 잘 지내려면 그런 장난에 오히려 강하게 맞서야 한다는 것을 깨달았다.

"결국은 제가 한소리를 했죠. '마이클, 그건 내 꿈이야. 난 늘 영화계에서 일하길 꿈꿔왔어. 너도 꿈이 있지 않아?' 그러니까 이렇게 대꾸하더라고요. '맞아, 나도 프로선수가 되는 게 꿈이야.' 그 후로는 그걸 가지고 이러쿵저러쿵하지 않더군요."

그런 일이 있고 나서 조던은 맨의 방에서 비디오레코더를 발견했다. 비디오 기술이 막 발전하기 시작한 당시로써는 무척 비싸고 보기 드문 물건이었다. 농구광이기도 했던 맨은 UNC 경기를 녹화해두곤 했다. 그 뒤로 조던은 본인의 시합 내용을 확인하려고 가끔 맨의 방에 들렀다.

맨은 그 시절을 회상하며 말했다.

"리모컨에 선이 연결되어 있던 시대였죠. 그때는 6미터짜리 선이 이어진 리모컨을 조작해서 영상을 봤어요. 마이클은 제 방에 앉아서 자기 플레이를 보고 또 화면을 돌려보곤 했죠. 그러면서 많은 걸 배웠던 것 같아요. 당시에 운동부 감독들이 비디오 분석을 얼마나 했는지는 모르겠지만, 아무튼 마이클은 제 비디오 레코더로 상당히 자주 시합 영상을 돌려봤어요."

훗날 비디오 시대를 대표하는 선수가 된 마이클 조던은 그렇게 누구보다도 먼저 자신을 연구했다.

맨과 조던이 처음 함께 본 영상은 조지타운과 대결했던 NCAA 결승전이었다.

당시 경기 중계를 맡았던 빌리 패커는 방송 중에 제임스 워디가 UNC에서 가장 빠른 선수라고 언급했다.

그러자 조던은 볼멘소리를 했다.

"저건 순 헛소리야. 우리 팀에서 제일 빠른 건 나라구."

마지막 슛 장면에서 맨은 조던에게 그때 무슨 생각을 했는지 물었다.

"마이클은 그 슛을 던질 때 거기가 스미스 감독이 원하던 위치였는지 확신이 안 섰대요. 그래서 작전을 망쳤다고 생각하던 참이었죠. 어디서 대기해야 하는지 몰라서 머리가 혼란스러웠는데, 어쩌다 보니 앞에는 수비가 없었고 마침 자기한테 공이 와서 슛을 던진 거라더군요."

다음 시즌이 진행될 때도 조던은 종종 맨의 방에 들러서 지난 경기를 분석했다고 한다.

"마이클은 비디오를 볼 때면 그렇게 조용할 수가 없었어요. 거의 말이 없었죠. 뭔가를 계속 생각하면서 자기 나름대로 작전을 짜고 있었던 거예요. 그렇게 미동도 없이 비디오 화면에 빠져 있을 때는 저도 아무 말 안 하고 걔를 그냥 내버려 뒀어요."

하루는 조던이 복도에서 골프 퍼팅 연습을 하던 맨을 발견했다. 맨은 그날의 기억을 떠올렸다.

"퍼팅 컵에 공 넣는 연습을 할 때 마이클이 와서는 자기도 해보고 싶다는 거예요. 그러면서 대뜸 내기를 하자더군요. 큰돈은 아니고 한 판에 25센트나 10센트를 걸었는데 그걸 거의 30분 정도 했죠. 제가 전부 이겼구요. 그러다가 수업 때가 돼서 그만두려니까 그 녀석이 못 가게 막았어요. 그래서 수업을 빼먹게 됐는데 저도 지고 싶진 않아서 공을 계속 퍼팅 컵에 넣었죠."

그러다 결국 조던은 분을 못 이기고 골프채를 패대기친 뒤 그 자리를 떠났다. 맨은 그 일을 이렇게 말했다.

"그 게임은 마이클이 75센트를 빚진 채로 끝나버렸죠. 걔는 그래놓고 돈을 갚지도 않았어요."

## 성장

1982년 여름에 몇몇 농구 캠프를 경험하고 교내에서 개인 연습과 즉석 시합에 몰두했던 조던은 가을부터 시작된 팀 훈련에서 한층 발전한 모습을 보였다. 나중에 딘 스미스는 인터뷰에서 조던의 발전상을 이야기했다.

"마이클이 시즌 전 훈련 때 어땠느냐면 말이지요. 1학년 말하고는 비교도 안 될 만큼 실력이 늘어 있었습니다. 훈련 중에 그 아이를 청팀에 넣으면 청팀이 이겼고 백팀에 넣으면 백팀이 이겼어요. 코치들도 이게 대체 무슨 일이냐고 수군거릴 정도였답니다. 그때는 어느 매체도 마이클이 그 시즌에 올 아메리칸이 될 거라고 예상하지 못했지만, 마이클은 그사이에 5센티미터나 컸고 또 볼 핸들링이랑 슛 연습을 굉장히 많이 해둔 상태였어요. 물론 자신감도 상당했지요."

아트 챈스키가 그 시기를 회상하며 말했다.

"딘은 1학년에서 2학년으로 넘어가는 시기에 선수들 실력이 제일 크게 는다고 항상 강조했어요. 그래서 시즌이 끝나면 1학년들한테 어떤 부분을 보강해야 하는지 알려줬죠. 신입생들은 1년간 대학팀에서 배운 게 있기 때문에 연습만 충분히 하면 부족한 점을 메울 수 있습니다. 훈련만 성실히 하면 체력도 더 좋아지고 경기력도 비약적으로 향상될 수 있어요. 그렇게 여름이 지나서 마이클이 돌아왔을 때는 다들 뭐 저런 녀석이 다 있냐고 깜짝 놀랐죠."

2학년이 된 조던은 더 크고 더 강하고 더 빨랐다. 당시 그가 기록한 40야드 달리기 시간은 4.39초로, 1학년 때보다 약 1.2초가 단축되었다. 그밖에도 모든 기록이 향상된 듯했다. 그 무렵 그는 인터뷰에서 다시 전국 우승을 하는 것이 목표라고 밝혔다. 우승 한 번 하기가 얼마나 어렵고 많은 운이 따라야 하는지 모르고 한 말이었다. 물론 그때 딘 스미스가 조금 더 욕심을 부려서 제임스 워디를 4학년까지 학교에 남게 했다면 재차 우승을 차지했을지도 모르는 일이었다.

하지만 스미스는 제자들이 자신보다, 또 UNC 농구부보다도 잘 되기를 바랐다. 다른 감독이었다면 워디를 데리고 2년 연속 우승을 욕심냈을지 모른다. 워디가 학교에 남는다면 지난 시즌의 주전 네 명이 그대로 유지되는 셈이어서 실로 새로운 역사를 쓸 수도 있었다. 그러나 딘 스미스는 워디에게 그런 부담을 주지 않고 다가올 NBA 드래프트의 전망이 어떠한지 살펴봤다.

워디는 그해 전체 1순위로 지명될 가능성이 컸다. 그 점을 확인한 스미스는 제자에게 집안의 경제 문제를 구실로 삼아 드래프트에 지원하라고 조언했다. 실제로 부상을 당할 위험성이나 프로로서 받을 수 있는 막대한 연봉을 무시하고 대학팀에서 한 해 더 뛴다는 것은 선수 입장에서 부담스러운 일이었다. 이처럼 딘 스미스의 깊은 마음 씀씀이는 선수들이 그를 존경하는 또 하나의 이유였다. 그는 5년 전에도 자신의 제자에게 같은 조언을 했었다. 당시 주전 포인트가드였던 필 포드에게 3학년 시즌을 마치고 프로 진출을 권했던 것이다. 그러나 포드는 끝까지 학교에 남기로 하고 감독에게 이유를 말했다.

"학교를 그만뒀다는 말을 어머니가 받아들이지 않으실 겁니다."

그는 4학년 시즌까지 타르 힐스 소속으로 뛰며 올해의 선수로 선정되었다.

워디의 부모님 역시 교육을 중요시했지만, 스미스는 드래프트에 참가하는 것이 현명한 선택이라고 강조했다. 결국 프로행을 결정한 워디는 1982년도 NBA 드래프트에서 전체 1순위로 LA 레이커스 유니폼을 입었다. 스미스는 워디의 자리를 메우기 위해 올 아메리칸에 뽑힌 고교 선수들을 영입했고 그중에서도 신장 213센티미터의 센터 브래드 도허티, 신장 195센티미터에 운동 능력이 뛰어난 가드 커티스 헌터가 특히 돋보였다. 결과적으로 주전 라인업에도 큰 변화가 있었다. 타르 힐스는 그해 시즌 예상 투표에서 전국 1위를 차지했지만, 그 기대감은 얼마 지나지 않아 시들해졌다.

1982~83시즌에 팬들이 이 팀에 큰 기대를 걸지 않은 데는 몇 가지 이유가 있었다. 우선 시즌이 시작되기 6주 전에 조던이 왼쪽 팔목 골절상을 입었다. 당시에 그는 깁스를 한 채로 훈련에 참여했다. 또 시즌 중반에 이르러서는 버즈 피터슨이

무릎 부상으로 출전하지 못했다. 조던은 그때부터 기숙사 룸메이트에게 경의를 표한다는 뜻으로 왼쪽 팔뚝에 보호대를 차기 시작했고, 이것은 이후 그의 트레이드마크가 되었다. 타르 힐스에서 가장 큰 문제가 된 것은 바로 워디의 부재였다. 빌리 패커가 일찍이 지적했듯이 어떤 수를 써도 워디처럼 출중한 선수의 빈자리를 메우기란 불가능했다.

시즌이 시작될 무렵, 농구 기자인 딕 와이스는 조던을 만나려고 채플 힐을 찾았다. 그날 조던은 자신과 아버지가 나스카(NASCAR) 자동차경주 대회의 팬임을 밝혔다. 그 말에 와이스는 조던이 어떠한 고정관념이나 편견에도 휘둘리지 않는 사람*임을 알아챘다. 한데 2011년에 와이스가 한 말을 보면, 당시에 조던이 참 괜찮은 청년이기는 했지만 'NBA의 새로운 구세주가 될 것 같은 인상은 아니었다.'고 한다. 그는 조던과 인터뷰를 마치고 조지타운과 UNC가 다시 결승전에서 만나리라 확신하며 채플 힐을 떠났다. 하지만 그런 일은 일어나지 않았다.

시즌 개막전에서 조던이 팔목에 깁스를 한 채 출전하여 25득점을 올리고 샘 퍼킨스도 22득점으로 지원 사격을 했다. 하지만 타르 힐스는 연장전까지 가는 접전 끝에 크리스 멀린이 이끌던 세인트존스 대학에 78대74로 패했다. 일주일 뒤, 그들은 세인트루이스에서 미주리 대학과 격전을 벌였다. 그날 64대60으로 다시 패배하면서 농구팬들은 또 다른 볼거리가 생겼다고 생각했다. 그리고 자연히 타르 힐스의 상대 팀에 큰 관심이 집중되었다. 사흘 뒤, 툴레인 대학이 당시 특급 센터로 평가받던 존 '핫 로드' 윌리엄스를 앞세워 채플 힐을 찾았다. 시합이 시작되고 잠시 후 사람들은 타르 힐스가 시즌 개막 후 3연패라는 상상도 못할 기록을 세우리라 예상했다. 그것은 1928~29시즌 이래 한 번도 나오지 않은 기록이었다.

진짜 큰 문제는 경기 종료 4분 33초를 남기고 퍼킨스가 파울 누적으로 퇴장당하면서 시작되었다. 그때부터 윌리엄스는 골 밑에서 더욱 활개를 쳤고 툴레인은 51대49로 앞서 나갔다. 하지만 조던이 시합 종료 36초 전에 공격 리바운드를 잡고 골

---

* 미국에서 나스카 경주 대회는 흔히 백인의 스포츠로 통한다.

장 슛을 넣어 점수는 곧 동점이 되었다. 종료 8초 전, 타르 힐스의 파울로 자유투 라인에 선 윌리엄스가 자유투 2구를 모두 성공시키면서 툴레인 그린 웨이브는 다시 2점을 앞섰다. 시간이 얼마 남지 않은 상황, 조던은 다시 한 번 공격 기회를 잡았다. 그러나 급히 골대로 향하던 그에게 공격자 파울이 선언되었다.

제임스 조던은 두 딸과 함께 시합을 관전하고 있었다. 그는 당시의 기억을 떠올리며 말했다.

"저는 '오늘 경기도 글렀구나.'라고 생각하던 참이었죠."

그때 로즐린은 낙담한 아버지에게 이렇게 말했다고 한다.

"아빠, 그렇게 빨리 포기하면 안 돼요."

종료 4초 전, 조던은 툴레인 팀의 인바운드 패스**를 가로채어 종료 버저와 동시에 10미터짜리 동점 슛을 터뜨렸다. 그 순간 카마이클 센터는 팬들의 환호성으로 터져나갈 것 같았다. 하지만 코트에는 여전히 팽팽한 긴장감이 흘렀다.

3차 연장전까지 이어진 시합에서 타르 힐스는 마지막 2분여를 남기고 조던의 골 밑 돌파에 이은 득점과 추가 자유투로 5점을 앞서며 승기를 잡았다. 최종 스코어는 70대68, 조던의 활약으로 UNC 타르 힐스는 드디어 시즌 첫 승을 거뒀다.

"마이클은 왼팔에 깁스를 한 상태로 그 시즌을 시작했어요. 하지만 그렇게 어려운 상황에서도 툴레인전에서 우리 팀을 승리로 이끌었지요."

훗날 딘 스미스가 그날을 떠올리며 한 말이다.

UNC 농구부는 쉴 새 없이 일정을 소화했다. 그들은 뉴저지의 메도우랜즈에서 루이지애나 주립대를 4점 차로 이기고 그린즈버러에서 산타클라라 대학을 제압하여 시즌 3승째를 올렸다. 그로부터 일주일 뒤, 크리스마스 연휴가 시작될 즈음에는 털사에서 열린 오일시티 클래식 대회에 참가했다. 대회 첫 경기에서 만난 털사 대학은 UNC를 10점 차로 눌렀다. 타르 힐스 선수들은 워디 없이 시합하는 데 여전히 애를 먹었다. 그가 빠지면서 골 밑 공격이 약해진 것은 물론이거니와 팀의 전

** 농구 코트 밖에서 안으로 하는 패스.

반적인 활력까지 떨어진 상태였다. 사흘 뒤, 테네시 대학교 채터누가 캠퍼스 팀과 원정 경기를 벌인 타르 힐스는 종료 4분여를 남기고 1점 차로 지고 있었다. 조던은 그날 타르 힐스가 경기 막바지에 기록한 17점 중 11점을 혼자 몰아넣으며 그의 이력에 또 다른 하이라이트를 추가했다.

크리스마스 연휴 기간에 조던 가족은 UNC 농구부를 따라서 레인보우 클래식 대회가 열린 호놀룰루를 방문했다. 타르 힐스는 그곳에서 하와이식 만찬을 즐기며 3연승을 거뒀고, 그 과정에서 미주리 대학에 73대58로 승리하여 시즌 초에 당한 패배를 설욕했다. 이후 기세가 한껏 오른 타르 힐스는 다음 해 2월까지 18연승을 달렸다. 그들은 노스캐롤라이나로 돌아와 그린즈버러에서 러트거스 대학을 상대한 뒤 ACC 소속팀들과 정규 일정을 소화하기 전에 샬럿에서 시러큐스 대학과 연습 시합을 치렀다. 시러큐스의 코치로 파이브 스타 캠프에서 조던을 지도했던 브렌던 말론은 그가 그동안 얼마나 발전했는지 두 눈으로 확인했다. 시러큐스 선수들은 협력 수비로 조던을 압박했다.

"그때 우리 팀은 함정 수비를 시도하면서 마이클을 에워쌌어요." 말론이 그날 경기 상황을 설명했다. "그런데 그 녀석은 참 침착하더군요. 수비수들이 다가오니까 빠르게 뒤로 물러나서는 주변을 훑어보고 동료에게 정확히 패스했죠. 마이클은 그런 상황에서도 절대 허둥대지 않았어요."

1982년도 ACC 토너먼트 결승에서 포 코너 오펜스가 불러일으킨 파장 때문에 ACC 사무국은 그 시즌에 공격 제한 시간과 3점슛 제도를 시험적으로 도입했다. 그로 인해 한두 점에 불과한 우위를 지키려고 시간을 끄는 전략은 무용지물이 되었다. 또 수비하는 팀도 돌파만 막는 지역 방어를 고수하지 못하게 되었다. 그래서 ACC의 소속팀들은 외곽 공격을 효과적으로 차단하는 수비 전술을 마련해야 했다.

대서양 연안 컨퍼런스의 정규 시즌 첫 경기였던 메릴랜드 대학과의 대결에서 조던은 전반에 겨우 2득점을 올리는 데 그쳤지만, 후반 들어 15점을 추가하며 건재함을 과시했다. 그는 경기 막판에 레프티 드리셀 감독의 아들 척 드리셀의 레이업슛을 막아내며 72대71로 승리를 지켜냈다.

당시 랄프 샘슨이 건재하던 버지니아 캐벌리어스와의 경기까지는 시일이 조금 남아 있었지만, UNC 선수들은 줄곧 버지니아전을 신경 쓰고 있었다. 농구부 소속 인 워런 마틴과 커티스 헌터, 브래드 도허티는 조던과 마찬가지로 그랜빌 타워스 2 층에 살았다.

"버지니아전 하루 전날에 농구부 선수들은 복도를 서성거리면서 시합 얘기를 했어요. 다들 잔뜩 겁에 질려 있었죠." 데이비드 맨이 당시 상황을 이야기했다. "보 통 사람들은 잘 모르겠지만, 그 시절에 랄프 샘슨은 공포 그 자체였거든요. 농구계 의 거대 괴수로 통했죠. 신입생이었던 브래드 도허티는 샘슨하고 대결하는 걸 두려 워했어요. 그렇게 선수들은 복도에 서서 내일 어떻게 해야 할지, 또 얼마나 걱정스 러운지 이야기를 나눴죠. 그때 마이클은 맨바닥에 앉아서 아무 말도 안 했어요. 그 런데 그렇게 몇 분을 있다가 갑자기 위로 펄쩍 뛰더라구요. 점프 높이가 한 1미터 는 됐을 건데, 그러면서 손으로 벽을 후려쳤죠. '넌 뒈졌어, 샘슨!'이라고 고래고래 소리를 지르면서요."

그 소리에 놀란 농구부 선수들은 모두 입을 다물었다.

"다들 당황해서는 복도에서 모습을 감춰버렸죠."

맨은 그 모습을 떠올리며 껄껄 웃었다.

다음 날, 두 팀의 시즌 첫 대결은 NBC 방송국의 중계 아래 샬러츠빌의 유니 버시티 홀에서 벌어졌다. 당시 여론 조사에서 버지니아의 예상 순위는 전국 2위, UNC는 전국 11위였다. 버지니아 캐벌리어스는 샘슨의 입학 이래 홈에서 42연승 을 달리고 있었다. 그날 시합은 버지니아가 6주 만에 맞이하는 홈 경기로, 타르 힐 스와의 일전을 앞두고 흥분한 9,000여 관중은 워밍업 시간에 샘슨이 슛을 던질 때 마다 응원 소리를 높였다. 그들은 감독석에서 일어난 딘 스미스의 손에서 NCAA 우승 반지가 반짝일 때마다 '딘은 앉아라! 딘은 앉아라!'를 외치며 야유를 보냈다.

타르 힐스는 경기 시작과 동시에 샘슨을 수비로 겹겹이 에워쌌고 3점슛을 연속 성공시키며 12점 차로 앞서갔다. 하프타임이 다가올 무렵, 경기장은 버지니아 팬들의 실망감으로 가득했다. 딘 스미스는 브래드 도허티와 샘 퍼킨스를 랄프 샘슨의 양옆에 두고 좌우 외곽에서 언제든 도움 수비가 가능하도록 선수들을 배치했다. 타르 힐스는 샘슨에게 가는 패스를 효과적으로 차단하고 다른 버지니아 선수들의 공격까지 틀어막았다. 샘슨은 전반전에 여덟 번 슛을 던져 두 개밖에 성공시키지 못했다. 반면에 그를 막은 퍼킨스는 전반 20분간 3점슛 세 개를 포함하여 25득점을 올리며 최상의 공격력을 뽐냈다.

하프타임 이후 샘슨의 세 번째, 네 번째 파울이 선언되고 경기 종료 9분 41초 전 UNC가 85대62로 크게 앞서자 경기장은 조용해졌다. 그러다가 2분 뒤에 샘슨의 시즌 첫 3점슛이 터졌다. 골대 왼쪽 약 5.8미터 거리에서 성공시킨 그 슛으로 버지니아는 다시 살아나기 시작했다. 버지니아의 리키 스토크스, 지미 밀러, 릭 칼라일, 팀 멀렌, 오델 윌슨이 골고루 득점을 올렸고, 샘슨 역시 지원 사격을 멈추지 않았다. 그리고 칼라일이 3점슛을 다시 추가하면서 종료 5분여를 남기고는 23점 차가 6점 차로 줄어들었다. 경기 종료 2분 전, 96대90으로 UNC가 앞서 있을 때 샘슨이 골대 오른편에서 짧은 점프슛을 시도했다. 그 순간 반대편에 있던 조던이 날아들어 인정사정없이 공을 후려쳤다.

경기 중계자는 일순간 말을 잇지 못했다. 사이드라인에 선 버지니아의 테리 홀랜드 감독은 본분을 잊고 조던을 향해 손뼉을 쳤다. 그는 훗날 인터뷰에서 그 일을 떠올렸다.

"제가 우리 팀 경기 중에 감탄해서 박수를 보낸 건 마이클과 데이비드 톰슨, 그 두 사람밖에 없습니다. 그때는 상대 선수라는 걸 잊어버릴 정도였어요." 그러면서도 그는 당시 판정에 이의를 제기했다. "저는 골텐딩이 아니냐고 심판에게 항의했어요. 그런데 그땐 심판들도 저처럼 놀라서 정확히 어떤 상황인지 모르는 것 같더군요. 엄밀히 말하면 그 블락슛은 골텐딩으로 처리되는 게 맞아요. 랄프가 링 위로 손을 뻗어서 슛을 쐈고 자연히 공의 궤도가 아래쪽을 향했을 테니까요. 마치 탄도

미사일이 떨어질 때처럼요. 대체 마이클이 그 슛을 왜 쳐 내려 했는지 이해가 안 가요."

그로부터 15년 뒤에 조던은 자기도 그런 수비가 가능할 줄은 몰랐다고 고백했다.

"그러고 보니 예전에 그런 일도 있었네요. 그 슛을 막아내고는 저도 깜짝 놀랐어요. 생각해보면 그렇게 제 능력을 하나씩 찾아가는 게 매력적이었죠. 그러면서 농구에 계속 빠져들었고요. 그때는 제가 뭘 잘하는지 정확히 아는 사람이 없었고, 저 역시도 제 능력이 어떤지 잘 몰랐어요. 그런 점이 참 흥미로웠던 것 같아요."

딘 스미스의 시스템 안에서만 움직이던 조던은 본인의 능력이 어디까지인지 정확히 알지 못했다.

조던이 샘슨의 슛을 막아내고 14초 뒤, 오델 윌슨이 3점슛을 성공시켰다. 시합 종료 50초를 앞두고 버지니아는 2점 차로 UNC를 바짝 추격했지만, 이후 파울로 조던과 짐 브래독에게 연달아 자유투를 헌납하면서 결국 101 대 95로 패배했다. 경기 후 샘슨은 기자들의 질문 공세에 아무 대꾸 하지 않고 유니버시티 홀을 떠났다.

그날 승리로 UNC는 대서양 연안 컨퍼런스 1위로 올라섰다. 그 뒤에는 노스캐롤라이나 주립대와 듀크 대학을 큰 점수 차로 물리쳤다. 워디가 NBA로 떠난 뒤 조던은 골 밑 공격의 빈도를 높여갔다. 그가 골대 근처에 자리를 잡고 포스트업 플레이를 펼치기 시작한 것은 그때부터였다. 발이 빨랐던 그는 딘 스미스가 세운 2차 속공 전술에서도 공격의 구심점이 되었다. 또 수비수가 붙더라도 빠른 발놀림과 강한 점프로 금방 제치고 슛을 성공시켰다. 대학 입학 후 조던의 빠른 발동작은 종종 트래블링으로 오인되었는데, 딘 스미스가 그의 슬로모션이 담긴 비디오테이프를 대학 농구 협회에 제출하면서 규정상 아무 문제가 없다고 인정받을 수 있었다. 그런데도 심판들은 조던이 골 밑 돌파를 할 때면 간간이 트래블링을 선언했다. UNC 농구부는 스크린을 활용하여 수비를 교란하거나 백도어 플레이*를 하는 데 능했고 이러한 전술은 조던처럼 발 빠른 선수들이 점수를 쌓는 데 도움이 되었다.

* 공격팀의 선수가 수비진의 후방으로 돌아들어 패스를 받고 기습 공격하는 방법.

듀크 대학의 마이크 슈셉스키 감독은 그해 1월에 UNC와의 맞대결 후 인터뷰에서 이렇게 말했다.

"마이클 조던은 정말이지 열심히 뛰더군요. 참 훌륭한 선수입니다. 조던은 경기 분위기를 좌지우지하는 그런 선수예요. 정신적으로도 아주 강하고요. 가만 보니까 시종일관 공을 달라고 외치더라고요. 달리 무어라 말하기 어려울 정도로 훌륭해요. 작전 시간에 상대가 어떤 식으로 공격할지 예상하고 대비를 해도 조던은 여지없이 슛을 넣더군요. 그런 점은 정말 칭찬하고 싶습니다. 슛에 실패해도 다시 리바운드를 잡으려고 열심히 뛰는 것도 그렇고요. 그 덕분에 우리 팀이 역습할 기회가 없었어요."

한 주 뒤에 열린 조지아 공대와의 시합에서도 조던의 질주는 계속되었다. 그는 그날 슛을 열다섯 번 시도하여 그중 열한 개를 성공시키며 총 39득점으로 본인의 대학 시절 최다 득점을 기록했다. 거기에는 3점슛도 여섯 개 포함되어 있었다.

전직 농구 감독이자 ESPN의 경기 해설자로 카마이클 센터에서 UNC와 버지니아의 시즌 두 번째 대결을 지켜본 딕 바이텔은 조던의 실력에 감탄하고 또 감탄했다. 당시에 한 여론 조사에서는 그간 연승을 달린 타르 힐스가 시즌 예상 순위 1위, 개벌리아스기 2위에 올라 있었다. 버지니아 대학 사람들은 바이텔을 탐탁지 않게 여겼다. 네이스미스상의 투표권자인 그가 그 상을 샘슨이 받아서는 안 된다는 투로 말했기 때문이다. 그동안 바이텔은 조던의 재능을 극찬해왔다. 그러나 테리 홀랜드와 버지니아 대학의 스포츠 홍보부 직원들은 바이텔이 조던을 지지하는 데 그치지 않고 샘슨을 교묘하게 헐뜯었다고 여겼다.

그들은 바이텔이 빈정거리는 말투로 샘슨을 '슈퍼스타'라고 부른 데 불쾌감을 느꼈다. 그러나 바이텔은 모두 오해라고 해명했다. 그는 샘슨이 유능한 동료들을 갖춘 타 대학의 센터들과 다르게 버지니아에서 줄곧 홀로 대활약해온 것이 대단하다는 뜻에서 그런 표현을 썼다고 밝혔다. 하지만 바이텔은 샘슨의 마지막 시즌 중에 그가 조던보다 열정이 한참 부족하다고 비판한 바 있다.

테리 홀랜드는 2012년에 인터뷰에서 이렇게 말했다.

"당시에 마이클은 네이스미스상 후보로 분명 손색이 없었고, 딕도 자기가 좋아하는 선수한테 투표하고 지지를 요청할 권리가 있었어요. 다만 그 사람이 네이스미스상을 받아야 하는 건 랄프가 아니라 마이클이라고 공공연하게 말하는 게 문제였죠. 방송 중에 흥분해서 막 떠들어대는 게 그 사람답기는 하지만, 자기가 지지하는 선수 때문에 랄프를 깎아내릴 필요는 없잖아요."

홀랜드는 샘슨이 그전에도 이미 두 차례나 네이스미스상을 탔다고 설명을 덧붙였다.

카마이클 센터는 그간의 논란을 잠재울 격전장이 되었다. 그날 경기장이 너무도 소란스러워서 장내 아나운서의 말은 거의 들리지도 않았다. 출전 선수들도 경기 전의 선수 소개 시간에 본인들 이름을 간신히 알아들을 정도였다. 그럼에도 버지니아 캐벌리어스는 훌륭한 경기력을 보이며 시합 종료 9분 전까지 무려 16점을 앞섰다.

경기 시간을 4분 48초 남기고 버지니아의 지미 밀러가 3점슛을 성공시키면서 점수는 63대53이 되었다. 그러나 그 후로 캐벌리어스는 득점을 올리지 못하고 연이은 실책으로 허둥댔다. 종료까지 1분 20초를 남기고 아직 63대60으로 버지니아가 앞서던 상황에서 샘슨은 중요한 자유투를 놓쳤다. 곧 UNC가 2점을 만회하여 63대62가 되었고 마지막 51초를 남기고는 조던이 코트 중앙에서 릭 칼라일의 공을 빼앗았다. 그리고 그대로 적진으로 달려가 덩크를 꽂아 넣으면서 64대63으로 점수를 뒤집었다. 캐벌리어스는 남은 시간을 흘려보내다가* 마지막 5초를 남기고 칼라일이 먼 거리에서 점프슛을 던졌다. 그러나 불발이었다.

조던은 샘슨보다 높게 팔을 뻗어 승부를 결정짓는 마지막 리바운드를 잡았다. 빌리 패커는 그 모습을 회상했다.

"당시 마이클한테 가장 주목할 부분은 공격력이 아니었어요. 가장 눈에 띄었던

---

* 당시 ACC에서는 경기 종료 4분 전부터 공격 제한 시간을 적용하지 않았다.

건 놀라운 경쟁심 그리고 수비 능력이었죠. 저는 83년도에 그 뛰어난 수비력을 보고 마이클이 어떤 선수인지 더 잘 알게 됐습니다. 물론 그때도 득점력은 좋았지만, 정말 대단했던 건 수비였어요."

홀랜드도 그 의견에 동의했다.

"마이클은 대학 시절에 아주 다재다능한 선수였지만 무엇보다도 수비가 좋았어요. 사실 훌륭한 공격수를 상대하는 것보다 마이클처럼 강한 수비수와 맞서는 게 훨씬 까다로운 일이에요. 수비수를 어떻게 이중삼중으로 막을 수도 없고 공을 뺏을 수도 없는 노릇이니까요."

UNC 팬들은 경기가 끝나고 한참이 지나서까지 계속 서서 응원 구호를 외쳤다. 데이비드 맨은 그 뒤에 있었던 일을 이야기했다.

"그날 우린 기숙사에 밤늦게 도착했어요. 경기 중에 하도 소리를 질러서 목이 완전히 쉬어 있었죠. 그때 제가 1층 자판기 앞에 있었는데 마침 마이클이 거기로 내려오더군요. 그렇게 저랑 마이클 단둘이 있을 때 저는 그날 경기가 참 대단했고 마이클 네가 끝내줬다고 칭찬했어요. 그런데 걔는 영 무덤덤한 반응이었어요. '뭐, 그랬죠.' 대충 그러더니 수업 이야기를 하더라구요. 그날 시합에 대해서는 마치 아무 일도 없었던 것처럼 무관심했어요. 경기 이야기에는 통 흥미를 안 보였죠."

사흘 뒤에는 1982년도 동부 지구 결승에서 맞붙었던 빌라노바 대학이 채플 힐을 찾아왔다. 에드 핀크니는 대학 입학 후에도 샘 퍼킨스와 계속 연락을 했는데, 뉴욕 출신인 두 선수는 그러면서 서로 상대 팀의 정보를 캐려 했던 모양이다. 그들은 나날이 격렬해지는 컨퍼런스 간의 경쟁에 대해 자주 이야기했다. 빌라노바는 조지타운과 함께 빅 이스트 컨퍼런스에 속해 있었다.

핀크니는 당시 상황을 설명했다.

"타르 힐스는 언제든 우리를 위협할 만한 팀이어서 그때 샘이나 저나 서로 너무 가깝게 지내지는 말아야겠다고 생각했었죠. 그때 샘은 마이클 조던이 자기가 본 선수 중에 실력이 제일 좋다고 했어요. 당연히 저는 우리 컨퍼런스의 패트릭 유잉이 최고라고 했고요. 사실 우리 팀으로서는 채플 힐에서 당시 전국 1위인 팀과 마이클을 상대하는 것 자체가 두고두고 기억할 만한 일이었어요. 그 시절에 ACC는 최고의 컨퍼런스였고 훌륭한 선수들도 잔뜩 보유하고 있었죠." 그는 옛 기억을 계속 떠올렸다. "노스캐롤라이나는 전국 1위 팀이었고 거기에 마이클까지 있었죠. 우리 팀은 애초에 그 녀석을 막을 수 있을 거란 생각을 안 했어요. 보통 사람들은 마이클의 농구 실력이 그저 대단하다고만 생각하지만, 선수가 볼 때는 조금 관점이 달라져요. '전에 저 녀석 플레이를 본 적 있는데, 그게 대체 언제 발동이 걸릴까?' 궁금한 건 이런 거였어요. 녀석한테 엄청난 능력이 있다는 건 이미 알았으니까요. 그래서 우리한테 제일 중요한 건 '마이클이 언제부터 날뛸 것인가?'였죠."

그런데 시합은 예상과 전혀 달랐다. 조던은 별다른 활약을 하지 못했고 빌라노바는 전국 1위 팀을 상대로 적진에서 승리를 거뒀다. 핀크니는 그 일을 이렇게 이야기했다.

"노스캐롤라이나가 우릴 압도할 거란 예상이 있었지만, 그날 우리 팀은 꽤 잘 싸웠어요. 정말 정신없이 경기를 했죠."

빌라노바전의 패배로 타르 힐스는 한동안 하락세를 겪었다. 사흘 뒤 메릴랜드와의 대결에서는 12점 차로 패배했고, 다시 사흘 뒤에는 노스캐롤라이나 주립대와의 대결에서 7점 차로 졌다. 그 경기는 얼마 후 벌어질 ACC 토너먼트 준결승 결과를 미리 보여주는 듯했다. 기세가 한껏 오른 노스캐롤라이나 주립대는 그해 토너먼트에서 승승장구하며 휴스턴을 꺾고 요원할 것만 같던 전국 우승을 차지했다.

한편 그사이에 시러큐스에서 열린 NCAA 동부 지구 결승에서 UNC 농구부는 조지아 대학에 82대77로 패했다. 조던은 그 시합에서 멋진 덩크를 여러 차례 선보였지만, 팀을 승리로 이끌지는 못했다. 그 후 조던은 로이 윌리엄스 코치에게 한 시즌 동안 너무 지쳐서 농구를 잠시 쉬고 싶다며 속내를 털어놓았다. 윌리엄스는 워디가 떠난 뒤 조던의 부담이 얼마나 컸는지 잘 알고 있었다. 딘 스미스가 구축한 시스템이 그 짐을 조금 덜어주기는 했지만, 타르 힐스가 계속 전진하려면 조던이 매번 온 힘을 다해 뛰어야만 했다. 그래서 윌리엄스는 휴식을 주는 것이 옳다고 판단했다. 그런데 바로 다음 날, 조던은 다시 체육관에 나타나 훈련에 매달렸고 그 모습에 윌리엄스는 의아함을 느낄 수밖에 없었다. 계획을 바꿨느냐는 코치의 물음에 조던은 본인의 실력을 더 키우는 것이 최선이라고 대답했다.

타르 힐스는 시즌 말미에 호된 꼴을 당했지만, 조던에 대한 평가는 이전보다 몇 단계 더 높아졌다. 《스포츠 일러스트레이티드》지에 의하면 이제 그는 '전국에서 수비가 가장 뛰어난 가드'라고 해도 부족함이 없었다. UNC 코치진에게 수비에 무관심한 신입생이라는 인상을 주었던 것이 겨우 1년 전이었다. 메릴랜드 대학의 포워드였던 마크 포더길은 조던의 수비력을 다음과 같이 평가했다.

"그 녀석은 항상 공이 어디 있고 또 어디로 갈지 아는 것 같았어요. 꼭 미치광이처럼 온 코트를 뛰어다니면서 상대 팀을 교란했죠."

ACC가 3점슛 제도를 도입한 덕분에 조던의 평균 득점은 경기당 20.0으로 올랐고(그해 ACC 선두권) 리바운드 개수는 평균 5.5개에 달했다. 하지만 그는 만족하지 않았다. 평균 슛 성공률은 53.5퍼센트로 꽤 높았지만, 상대 팀들의 지역 방어를 깨는 데 필수였던 외곽슛은 1학년 시절보다 위력적이지 못했다. 그는 그 문제를 이렇게 분석했다.

"3점슛 때문에 제 플레이 방식이 조금 변한 것 같아요. 장거리슛에 자꾸 집착하게 되더라고요."

사실 그해 그가 올린 3점슛 성공률은 44.7퍼센트로, 노스캐롤라이나주에서 뛰는 가드 중에서 4위에 들 만큼 좋은 성적이었다. 조던은 설명을 계속했다.

"그러면서 제 슛의 포물선은 점점 높아졌어요. 아마 82년도 결승전에서 마지막에 던진 슛이 뇌리에 콱 박혔던 모양이에요. 전 그 영상을 서른 번도 더 봤거든요. 그 슛은 정말 무지개처럼 아름다운 포물선을 그렸죠."

조던은 신입생 시절에 경기 후 UNC 코치들이 선정하는 오늘의 수비수상을 한 번도 받지 못했지만, 2학년 때는 열세 번이나 상을 탔다. 그는 상대편의 패스를 차단하거나 긴 팔로 공격수 뒤에서 공을 쳐 내 총 78개의 스틸을 기록했다. 과거에 더들리 브래들리가 세운 UNC 최다 스틸 개수에 조금 못 미치는 수치였다. 그러나 수비를 적극적으로 한 만큼 파울 개수도 늘어서 한 시즌에 총 110개의 파울을 범했고, 그중 네 경기에서는 파울 누적으로 퇴장당하기도 했다. 타르 힐스는 그렇게 조던이 빠진 시합에서 모두 패했다.

조던은 기록 이상으로 놀라운 장면을 많이 선보였다. 한 가지 예로, 그는 노스 캐롤라이나 주립대와의 시합에서 상대편 가드인 시드니 로우의 머리를 뛰어넘을 만큼 높이 점프했다. 《스포츠 일러스트레이티드》는 조지아 공대전에서 그가 터뜨린 덩크를 '상대 팀의 사기를 완전히 꺾는 덩크'라고 칭했다. 그날 조던은 자유투 라인에서 뛰어올라 한참을 떠 있다가 마지막 순간에 방향을 바꿔 골대 측면에서 덩크를 꽂아 넣었다. 그 모습을 코앞에서 목격한 조지아 공대의 팀 하비는 감탄사를 내뱉었다.

"저는 그때 슈퍼맨을 보는 줄 알았어요."

조던은 다시금 전설을 이어갔다. 그는 ACC가 선정한 컨퍼런스 베스트 파이브와 AP 통신의 올 아메리칸 팀에 이름을 올렸지만, 샘슨에게서 네이스미스상을 빼앗지는 못했다. 그 대신 AP 올해의 선수상 투표에서 2위를 차지했고 《스포팅 뉴스》지가 뽑은 올해의 대학 선수상을 받았다. 당시 이 잡지에는 다음과 같은 글이 실렸다. '마이클 조던은 하늘로 높이 날아올랐다. 그는 리바운드와 득점(2년 만에 1,100득점 달성, 학교 신기록)을 하고 한꺼번에 두 사람을 수비하면서 루즈볼을 잡고 블록숏과 스틸까지 한다. 무엇보다 중요한 것은 그가 팀을 승리로 이끈다는 사실이다.'

조던은 그러한 찬사에도 불구하고 시즌이 갑작스레 끝났다는 사실에 괴로워했다. 그는 몇 개월이 지나서 그때의 감정을 이야기했다.

"기분이 정말 씁쓸했어요. 어쩌면 1학년 때 우승을 해서 제가 농구를 너무 쉽게 생각한 걸지도 몰라요."

그는 승부욕이 부족한 일부 팀원들에 대해서도 불만을 드러냈다. 조던 본인도 인정했듯이, 그는 선수 생활을 하는 내내 동료 선수들의 경쟁심에 의구심을 품었다. 나중에 프로선수가 되어서는 이런 말을 하기도 했다.

"승부욕이 없는 선수들은 다루기가 참 어렵죠. 전 코트 안팎에서 항상 팀원들의 경쟁심을 시험했어요. 옆에서 계속 괴롭히면서 거기에 저항하는지 보는 거예요. 그냥 당하지 않고 대든다면 시합 중에 고비가 와도 충분히 버텨낼 수 있는 선수라고 보면 돼요."

아마 시카고 불스에서 함께했던 선수들은 대부분 동의하지 않겠지만, 그는 프로가 된 뒤로 이런 문제에 차츰 더 잘 대처하게 되었다고 설명했다.

데이비드 맨은 시즌이 실망스럽게 끝난 뒤로 기숙사의 2층 복도가 잠잠해졌다고 말했다.

"그땐 농구 이야기를 하는 사람이 아무도 없었어요."

맨은 용기를 내어 조던에게 노스캐롤라이나 주립대의 우승을 어떻게 생각하는지 물었고, 조던은 이렇게 대답했다.

"마음이 복잡해. 난 노스캐롤라이나 주립대 팬이었거든. 하지만 우승은 우리가 해야 했어."

나중에 알려진 사실이지만 조던은 조지아 대학에 패한 뒤 쓰린 마음을 달래려고 골프를 시작했다. 그를 가르친 사람은 버즈 피터슨과 올 아메리칸 골프 선수로서 UNC에 재학 중이던 데이비스 러브 3세였다. 그러나 조던이 처음부터 골프를 배우겠다고 나선 것은 아니었다.

피터슨은 고교 시절에 골프를 배우면서 러브를 알게 되었다. 러브가 골프를 시작하는 데 영향을 미친 그의 아버지는 당시 딘 스미스의 골프 레슨을 맡고 있었다. 피터슨과 러브, 로이 윌리엄스 코치는 골프장에서 많은 시간을 보냈는데, 조던은 그런 모임에 자기만 빠지는 것이 내심 마음에 들지 않았다. 러브는 그가 처음 골프장에 나왔을 때를 회상했다.

"마이클이 끝내는 전동카트를 타고 필드에 나와서 자기도 골프를 배우겠다고 그랬어요. 그래서 버즈랑 저는 클럽이랑 공을 몇 개 챙겨서 어떻게 하면 되는지 가르쳐줬죠. 어찌 보면 우리가 괴물을 키운 셈이랄까요."

그 후로 브래드 도허티와 맷 도허티를 비롯한 농구부원들도 골프 모임에 참가하기 시작했다. 늘 승부욕이 넘쳤던 조던과 팀 동료들은 스윙 실력을 키우려고 자주 골프 연습장을 찾았다. 러브는 설명을 계속했다.

"당시 골프 연습장에 농구부원들이 꽤 많이 왔죠. 한 번은 스미스 감독님이 저더러 '우리 선수들이 죄다 골프장에 나가 있어. 그러니 자네가 체육관으로 오라고 이야기 좀 해주게.'라고 하셨어요." 러브는 훗날 인터뷰에서 이런 말도 했다. "마이클을 만나고 그 친구 골프 실력이 느는 걸 보는 게 참 재미있었어요. 어딜 가도 팬들에게 시달렸던 마이클한테 골프는 유명인이라는 타이틀을 벗어던지고 한껏 여유를 즐기게 해줬죠. 제 생각엔 그런 이유로 그 친구가 골프를 좋아하는 것 같아요. 꽤 까다로운 스포츠긴 하지만, 골프를 할 때는 농구에서 잠시나마 벗어날 수 있다는 장점도 있고요."

아트 챈스키가 말하기로, 조던에게는 골프 외에도 탈출구가 있었다고 한다.

"당시 기숙사에는 교내 대회에서 우승한 소프트볼 동아리가 있었습니다. 농구부 선수들이 전부 소속된 팀이었는데 마이클의 인기가 상당히 좋았죠. 거기서는 아마 유격수를 맡았을 거예요. 소프트볼 시합이 벌어지는 날이면 학교 운동장에는 사람이 잔뜩 모여들었어요. 그때는 학생들이 요즘처럼 숙소를 따로 얻어 살지 않고 다들 기숙사에 살면서 같이 어울려 놀던 시절이었죠. 그게 참 좋았어요. 지금과는 분위기가 사뭇 달랐다고 할까요? 당시에 마이클은 분명히 스타로 성장하고 있었지만, 아무도 어떤 부류의 스타가 될지 예상하지 못했습니다."

## 범미주 경기 대회

아무래도 휴식이 필요해 보였지만, 조던은 곧 아메리카 대륙의 각국이 참가하는 범미주 경기 대회(Pan American Games)의 부름을 받았다. 그는 NCAA 토너먼트에서 탈락한 후부터 국가대표 선발 테스트에 총력을 기울였다. 국제 경험을 쌓는다는 의미도 있었지만, 그보다는 농구가 하고 싶어서였다.

그는 당시 상황을 이렇게 기억했다.

"그때 저는 시합에 나가고 싶어서 안달이 나 있었어요."

농구 국가대표팀 선발에는 수십 명에 달하는 아마추어 선수들이 참가했다. 감독은 캔자스 주립대의 잭 하트먼이 맡았고, 1984년 LA 올림픽 국가대표팀 감독으로 뽑힌 인디애나 대학의 밥 나이트가 그 옆에서 선발 테스트를 지켜봤다.

에드 핀크니는 조던이 잔뜩 독기가 올라서 고향인 뉴욕에서도 들어보지 못한 트래시 토크를 마구 내뱉었다고 말했다.

"국가대표 선발장에 거의 백 명 정도는 모였던 것 같아요. 일단 코치들이 팀을 여러 개로 갈랐죠. 총 네 팀으로 나뉘었는데 저는 마이클하고 같은 팀에 들어갔어요. 밥 나이트 감독은 선발장 가운데 세워둔 구조물 위로 올라가서 주변의 코트를 내려다봤어요. 아마 그때 다른 코치들도 그 위에 같이 있었을 거예요. 우리 팀은 마이클 덕분에 한 경기도 지지 않았죠. 기가 막히더라고요. 시합 규칙은 7점을 먼저 넣는 팀이 이기는 거였어요. 경기 시간도 정해져 있어서 7점을 넣거나 시간이 다 되거나 하면 게임이 끝났죠."

코치들은 경쟁을 극대화하려고 그런 규칙을 고안했지만 조던 앞에서는 무용지물이었다. 핀크니는 껄껄 웃으며 그날 일을 회상했다.

"우리 팀은 첫 번째 코트에서 상대 팀을 7대0으로 이겼어요. 마이클이 모든 점수를 다 냈죠. 다음 팀은 7대3으로 이겼는데 거기서 마이클이 5점을 연속으로 넣었어요. 나머지 점수는 다른 선수가 레이업으로 넣었을 거예요. 진짜 누워서 떡 먹기였죠. 그날 마이클은 너무 잘해서 어떻게 막을 수가 없었어요."

핀크니와 조던은 크리스 멀린, 리언 우드, 마이클 케이지, 샘 퍼킨스, 마크 프라이스, 웨이먼 티스데일, 앤서니 티치 등과 함께 국가대표에 발탁되었다. 이후 대표팀은 캔자스에서 캔자스시티 킹스*의 래리 드류와 에디 존슨 등 NBA 선수들을 상대로 두 차례 연습 경기를 치렀다.

핀크니는 이야기를 계속했다.

"자연히 NBA에 대한 이야기가 나왔죠. 다들 마이클이 프로가 될 거란 건 예상하고 있었어요. 아무도 그 점은 의심하지 않았죠. 개도 자기가 언젠가 NBA에 갈 걸 알고 있었고요. 그때 진짜 궁금했던 건 우리가 현역 프로들을 상대할 수 있느냐였어요. 그런데 마이클은 두 경기를 다 자기 마음대로 쥐락펴락하더군요. 공을 뺏고는 냅다 달리는데, 전 개가 크레이들 덩크를 하는 걸 그날 처음 봤어요. 개는 NBA 선수들을 앞에 두고도 전혀 문제가 없었어요. 전혀요. 우리 팀에서 단연 돋보였죠."

대표팀이 묵던 호텔에는 작은 골프 코스가 딸려 있었고 조던은 자연스레 그쪽에 눈을 돌렸다. 핀크니는 그 점을 언급했다.

"개는 농구를 안 할 때면 계속 골프만 하려 했어요. 훈련이 끝나고 숙소로 돌아오면 골프장에만 붙어 있었죠. 그게 전부였어요. 골프 연습 아니면 농구 연습. 미국을 떠나서도 마찬가지였죠. 마이클은 골프를 정말 좋아했어요. 그때도 잠은 많이 자질 않았고요. 대표팀에선 리언 우드랑 죽이 잘 맞았죠. 개네는 어딜 가든 같이 다녔어요."

미국 농구 대표팀은 대회 개최지인 베네수엘라의 카라카스로 가는 길에 푸에르토리코에서 시범 경기를 치렀다. 앤서니 티치는 푸에르토리코 선수들이 못 알아들을 것이 뻔한 데도 조던이 경기 중에 쉬지 않고 트래시 토크를 날렸다고 말했다.

"마이크는 외국 선수들한테 우리가 농구 종주국인 걸 제대로 보여줘야 한다고 했어요. 외국 팀들하고 붙을 때는 승부욕이 진짜 장난 아니었죠. 그런 걸 부끄럽게 생각하지도 않았고요."

대표팀은 8월에 열리는 대회를 위해 베네수엘라로 향했다. 그런데 카라카스에

---

* NBA 구단인 새크라멘토 킹스의 전신.

마련된 숙소는 마치 짓다 만 건물 같았다. 대학 리그와 NBA에서 감독으로 활동한 론 크루거는 당시 대표팀에서 매니저를 맡고 있었다.

"선수촌이 아직 다 완공되지 않은 상태였어요." 크루거의 말이다. "건물에 창문도 없었고 문도 없었죠. 처음엔 다들 이게 무슨 일인가 하고 눈만 껌뻑거렸어요."

조던은 아무것도 없는 콘크리트 건물을 쓱 둘러보더니 여행 가방을 바닥에 던져놓고 이렇게 말했다.

"이제 연습하러 가죠."

대표팀 감독인 하트먼은 숙소에 대해 불평 한마디 없이 임무만 생각하는 조던에게 큰 감명을 받았다.

크루거는 그 일을 이야기했다.

"그때 마이클 조던이 그러더군요. '이게 선수촌 건물인가 봐요. 이거면 됐죠.' 마이클이 그렇게 말하니까 다른 선수들도 그냥 수긍하더라고요."

현재 NBA 심판으로 활동 중인 리언 우드가 기억하기로, 그때 조던은 팀원들에게 이런 말을 했다고 한다.

"지금 숙소 가지고 뭐라고 떠들어봤자 할 수 있는 것도 없어. 우린 메달을 따러 여기 온 거야. 그러니 우리 힐 일을 하자구."

미국 팀은 12일간 다른 나라들을 상대로 여덟 경기를 치렀다. 멕시코와 맞붙은 첫 시합에서 미국은 초반에 20대4로 크게 뒤졌다. 조던은 오른쪽 무릎에 염증이 심해진 탓에 무척 고전했지만, 끝까지 분투하여 승리에 기여했다. 그는 무릎 통증을 안고 다음 시합에 출전하여 미국의 역전승을 확정 짓는 덩크를 비롯해 총 27득점을 올렸다. 경기 후 그는 무릎에 얼음팩을 두른 채 기자와 인터뷰했다.

"오래전부터 앓던 건염이 도졌어요. 별문제는 아닙니다. 전 어떤 일이 있어도 시합에서 빠지지 않을 거예요."

조던은 부상에도 불구하고 날마다 상대 팀의 골대를 폭격했다. 핀크니가 시합마다 코트를 종횡무진하던 조던의 활약상을 이야기했다.

"수비에서는 수시로 상대의 공을 빼앗고, 공격에서는 포스트업 기술로 득점을 올렸죠. 하지만 경기가 잘 안 풀린다 싶으면 화를 냈어요. 그러고는 독기를 품고 뛰었고요. 그때 걔가 우리 팀의 리더 역할이었죠. 그래서 코트에 나가면 다들 온 힘을 다해서 죽어라 뛰었어요. 그때 우린 유럽이나 남미에서 프로 생활을 하던 선수들을 상대했어요. 그러니까 우리보다 나이가 많고 힘센 어른들이었던 거예요. 하지만 마이클은 그런 사정을 전혀 신경 쓰지 않았죠. 제대로 뛰지 않으면 당장 코트에서 쫓아내겠다는 식이었어요."

조던은 대회 중에 외곽슛이 잘 들어가지 않아 종종 애를 먹었다. 빌리 패커는 그런 상황에서 숨통을 틔워준 선수가 포인트가드인 마크 프라이스였다고 말했다.

"그때 우리 선수들이 썩 잘하지는 못했어요. 상대 팀의 지역 방어에 자주 공격이 막혔고 속공 기회도 많이 잡지 못했죠. 게다가 다들 나이가 어려서 그런지 다른 팀들이 만만하게 보는 것 같았어요. 아마 해결사로 가장 많이 나선 건 마크 프라이스였을 겁니다. 마이클이 못한 건 아니지만 썩 대단하다 할 정도는 아니었고요."

하지만 잭 하트먼은 조던의 활약이 아주 인상 깊었다고 한다.

"마이클은 어떤 선수보다도 열심히 득점에 가담했어요. 저는 그 아이를 코칭할 때 뭔가 속임수를 쓰는 건 아닌가 하고 느낀 적이 한두 번이 아닙니다. 마이클의 동작은 매번 리플레이로 다시 봤으면 하는 생각이 들 정도로 놀라웠죠. 물론 눈앞에서 직접 본지라 그렇게는 할 수 없었지만요."

조던은 여덟 경기 동안 평균 17.3점을 기록하여 득점 부분에서 대표팀을 이끌었다. 그리고 두 번째 NCAA 우승을 놓친 대신 국제대회 금메달을 손에 넣었다.

그가 집에 돌아왔을 때 델로리스는 기진맥진한 아들을 보고 괜히 농구하러 밖에 나갈 생각은 말라며 경고했다.

"인제 그만 좀 해라. 당분간은 집에서 쉬어."

그래도 안심이 되지 않았는지 그녀는 자동차 열쇠를 빼앗고 아들이 평소에 좀처럼 하지 않는 일을 하도록 다그쳤다. 잠을 자라고 한 것이다.

# 제13장

# 시스템 오류

한동안 휴식을 취한 조던은 1983년 늦여름에 채플 힐로 돌아왔다. 그가 말하기로 당시 농구부의 모습은 이러했다.

"그때 갓 들어온 1학년들이 저 잘났다고 시끄럽게 굴더군요. 그래서 제가 실력 테스트를 한 번 해봤죠."

딘 스미스는 올 아메리칸 팀에 선정된 조 울프와 데이브 팝슨을 영입하여 포워 드진을 보강했다. 그러나 조던의 관심을 끈 신입생은 그 두 사람이 아니라 뉴욕 출 신의 포인트가드 케니 스미스였다. 일찍이 '제트기'라는 별명을 얻은 스미스는 후 배들의 승부욕을 시험하던 조던에게 합격점을 받았다. 그는 기민하고 발이 무척 빨 랐다. 또 지미 블랙과 마찬가지로 득점에서 두각을 보이지는 않았으나 경기를 보는 눈이 좋았고 포인트가드의 역할을 잘 이해하고 있었다. 버즈 피터슨이 부상에서 복 귀하고 2학년인 스티브 헤일이 한층 성장하면서 UNC 농구부의 가드진은 선발 출 전을 위해 치열한 경쟁을 벌였다.

그 무렵 딘 스미스는 《스포츠 일러스트레이티드》 인터뷰에서 팀 상황을 이렇 게 이야기했다.

"가드 포지션인 선수들은 우리 팀에 적응하는 데 상당히 애를 먹을 겁니다. 코 치들이 꽤 많은 과제를 던져주고 있거든요."

스미스가 던져준 최고의 도전거리는 바로 마이클 조던이었다. 그 무렵에 조던 의 이름은 채플 힐의 포 코너 식당 메뉴에도 올라 있었다. 이 식당에서는 피타 빵에 게살 샐러드를 올린 음식을 조던 샌드위치라고 불렀다.

조던의 리더십은 팀원들을 단순히 잔소리로 닦달하고 야단치는 수준이 아니었다. 당시에 신입생들을 포함하여 UNC 선수들 전원은 그를 실망시키지 않으려고 노력했다. 물론 조던은 동료에게 자신의 요구사항을 일일이 늘어놓지 않았다. 인터뷰에서도 자주 언급했듯이 그는 남에게 이래라저래라 명령하는 리더가 아니었다. 그보다는 에드 핀크니가 범미주 경기 대회 때 이야기한 것처럼 시합에서 늘 온 힘을 다해 솔선수범하며 팀원들도 자신처럼 최선을 다해주길 바라는 유형이었다. 때때로 그는 미간을 찌푸리며 동료들을 다그치기도 했다. 당연한 말이지만 그 매서운 눈길을 원하는 사람은 아무도 없었다. 팀 내에서 조던은 효율성의 상징으로 통했다. 당시 4학년이던 맷 도허티는 한 인터뷰에서 이런 말을 했다.

"뉴욕에서 나고 자란 저는 자기 재능을 썩히는 선수들을 그동안 숱하게 봐왔어요. 하지만 마이클은 자기 능력을 아낌없이 활용하고 있죠."

당시 주전 라인업은 조던의 맹렬한 경기력에 어울리는 상급생들 위주로 꾸려졌다. 브래드 도허티는 나이를 한 살 더 먹은 만큼 힘도 더 세졌다. 샘 퍼킨스는 이미 두 차례나 NCAA 올 아메리칸에 선정될 정도로 기량이 출중했다. 조던은 범미주 경기 대회가 열렸을 때 잭 하트먼 감독에게 퍼킨스를 이렇게 칭찬했다.

"샘은 필요할 때면 언제 어디서든 나타나는 그런 선수예요."

UNC 농구부의 골 밑은 3학년인 워런 마틴의 힘이 더해져 상당한 위력을 자랑했다. 스몰포워드였던 맷 도허티와 발 부상에서 돌아온 커티스 헌터는 측면 공격과 수비에서 깊이를 더했다.

조던 역시 더 결연한 의지와 실력으로 무장하여 이전과는 한층 다른 선수가 되어 있었다. 듀크 대학의 가드였던 조니 도킨스는 그의 성장을 다음과 같이 설명했다.

"조던은 정말 온 힘을 다해서 경기를 해요. 예전에는 육체적인 면에서만 그랬지만, 지금은 정신적으로도 다른 선수들을 앞서고 있어요. 여기저기서 골 밑으로 돌아 들어갔다가 앨리웁 패스를 띄우고 또 수비까지 완벽하게 하죠. 제가 여태 본 선수 중에 제일 인상적이에요."

1983~84시즌의 UNC 농구부는 여러모로 아주 특별했다. 빌리 패커는 당시의

타르 힐스가 대학 농구 역사상 최고의 팀에 속한다고 말했다.

"참 놀라운 팀이었죠. 그해 타르 힐스는 딘 스미스가 꾸린 역대 최고 팀이라 해도 무방합니다. 생각해보세요. 막강한 공격과 수비, 폭발적인 득점력에 선수들의 큰 신장 하며, 실로 모든 것이 갖춰져 있었어요. 경험도 충분했고요. 최상급 플레이를 펼칠 수 있는 선수들이었죠. 경험이라는 면에서는 전국 우승 당시의 주전 선수가 셋이나 남아 있었고요."

패커는 이후 브래드 도허티와 케니 스미스가 조던, 퍼킨스와 함께 NBA에서 훌륭한 경력을 남겼다는 사실도 함께 설명했다.

그는 2012년도 인터뷰에서 1983~84시즌의 타르 힐스가 딘 스미스에게 전국 우승을 안겨줬던 두 팀*보다 더 훌륭하다고 강조했다.

말재간이 좋았던 케니 스미스는 조던과 피터슨의 기숙사 방을 찾아가 늦은 밤까지 잡담을 나누곤 했다. 스미스의 넓은 시야와 뛰어난 패스 실력은 조던과 좋은 궁합을 이루었고, 노스캐롤라이나의 팬들은 두 선수가 자아내는 앨리웁에 끝없이 열광했다.

타르 힐스는 시즌 시작 후 1984년 2월 12일 아칸소 대학에 패하기 전까지 21연승(처음 17승을 기록할 때까지 상대 팀을 평균 17.4점 차로 이겼다.)을 달렸다. ACC가 지난 시즌에 실험적으로 도입했던 3점슛 제도를 철회하면서 조던의 슛 성공률은 55.1퍼센트로 다시 상승했다. 개인 득점은 평균 19.6점으로 조금 떨어졌지만 그의 남다른 집중력과 활력은 언론의 극찬을 받았다.

한창 연승을 달리던 1월 중에 그는 마치 대머리처럼 머리카락을 완전히 밀어버려서 기자들을 놀라게 했다. 처음에 그는 이렇게 말했다.

"아버지가 대머리라서 저도 언젠가는 머리가 벗겨질지 몰라요. 그래서 어떤 느낌인지 미리 확인해볼까 해서 머리를 밀어봤죠." 기자들은 그 말에 웃기 시작했고, 조던은 곧바로 그렇게 된 연유를 털어놓았다. "사실은 이발사가 제가 말한 것보다

* 딘 스미스 감독은 1982년과 1993년에 NCAA 우승을 차지했다.

머리를 더 짧게 깎아서 이렇게 됐어요."

조던은 정수리를 반짝이며 동작 하나하나를 경기의 하이라이트로 바꿔놓았다. 그러던 중 1월에 74대62로 대승을 거둔 메릴랜드전에서 경기 종료 직전 그가 터뜨린 덩크슛이 상대 팀 감독인 레프티 드리셀의 속을 뒤집어 놓았다. 딘 스미스가 나중에 인터뷰에서 말하기로는 '토마호크 덩크'라는 별칭이 그날 생겨났다고 한다. 혹자들은 그 슛을 크레이들 덩크라고도 불렀다. 이후 ACC는 조던의 덩크 장면이 담긴 영상을 컨퍼런스 홍보 자료로 사용하기도 했다. 그리고 그 모습을 본 이들은 조던이 하늘을 날 줄 안다고 생각하기 시작했다. 물론 늘 그렇듯이 조던도 자신이 펼친 플레이에 깜짝 놀라고 말았다.

조던은 그날 일을 이렇게 회상했다.

"그때 재빨리 공을 쥐고는 이리저리 흔들면서 확 뛰어올라 덩크를 했죠. 골대로 달려가면서 새로운 걸 시도해볼 기회라고 생각했던 것 같아요."

빌리 패커는 그 덩크로 조던을 다시 보았다고 한다.

"ACC에서도 홍보 영상으로 써먹었습니다만, 메릴랜드전에서 단독 속공으로 성공시킨 그 덩크를 보기 전까지 저는 마이클이 그렇게 화려한 플레이를 하는 걸 못 봤습니다. 노스캐롤라이나 선수들은 보통 그러지 않거든요. 속공 기회가 나도 달려가서 평범한 레이업을 넣고 말죠. 단독 속공 상황에서 과감하게 덩크를 내려찍는 선수는 없었어요. 전 그 광경을 보고 깜짝 놀랐습니다. 그렇게 놀라운 운동 능력과 창의적인 플레이를 본 건 그날이 처음이었거든요. 마이클한테 그런 대단한 재능이 있다는 걸 깨달은 게 그때였죠."

아니나 다를까, 딘 스미스는 바로 다음 날 조던을 자기 사무실로 불렀다. 그는 우선 전날 경기에서 덩크로 득점하기 이전에 앞에서 먼저 달리던 케니 스미스에게 공을 패스해야 했다고 지적했다. 그리고 그런 덩크는 UNC 농구부가 지향하는 플레이가 아님을 상기시켰다.

조던도 그 이유를 잘 알았다.

"감독님은 상대 팀을 자극하면 안 된다고 늘 강조하셨거든요."

아트 챈스키가 설명하기로, 스미스는 당시 교내 방송에 조던의 덩크 장면이 나가지 않길 원했다고 한다.

"딘은 우디 더럼과 교내 방송 PD들에게 그 장면을 내보내지 말라고 했어요. 그건 메릴랜드 농구부를 욕보이는 짓이라면서요. 아무튼 그 일로 딘은 마이클에게 역정을 냈죠."

조던은 감독의 지적을 받아들였지만, 차후에 기자들과의 인터뷰에서 그런 플레이가 '나 자신의 일부이고 나를 표현하는 방법'이라고 설명했다.

앤서니 티치는 2012년에 인터뷰에서 조던이 UNC 농구부의 규율과 제약 때문에 간간이 불편한 기색을 보였다고 말했다.

"아마 마이크는 대학 시절에 답답함을 느낄 때가 적지 않았을 거예요. 자기 재능을 마음껏 펼칠 자유가 없었으니까요. 분명히 이런저런 제약 조건 때문에 자기 마음대로 뛸 수 없어서 좌절감을 느꼈을 겁니다. 제가 보기에는 그랬어요. 고등학교 때는 워다나 퍼킨스, 아니면 다른 타르 힐스 선수들처럼 뛰어난 동료도 없었잖아요. 그렇게 정해진 틀 안에서 뛴다는 게 마이크한테는 참 갑갑했을 거예요. 걔가 그때 그런 욕심을 잘 조절하긴 했지만요."

티치는 조던이 성숙한 태도로 자기 재능을 억누르고 딘 스미스의 시스템에 맞추기 위해 노력했다고 보았다.

"고등학교 시절이었다면 마이크가 스미스 감독 밑에서 뛰지 못했을 거예요."

그는 조던이 UNC 농구부에 맞게 플레이 방식을 대폭 바꿨지만 그러한 노력에 대해서 그동안 아무도 알아주지 않았다는 설명을 덧붙였다.

타르 힐스는 1월 한 달간 큰 탈 없이 일정을 소화했다. 그러나 월말에 케니 스미스가 루이지애나 주립대와의 대결에서 부상을 당하는 바람에 좋았던 분위기가 흐트러지고 말았다. 그날 스미스는 속공 과정에서 레이업슛을 시도하다가 상대 팀의 존 튜더가 휘두른 팔에 얼굴을 맞고 코트 위를 나뒹굴었다. 화가 난 조던은 튜더를 세게 밀쳤으나 곧장 심판의 제지를 받았고, 이후 스미스는 손목 골절로 여덟 경기를 결장했다. 교체 선수였던 스티브 헤일이 그 빈자리를 잘 메워주었지만, 스미스의 부상으로 UNC 농구부의 기세는 한풀 꺾였다. 이렇듯 딘 스미스의 팀은 항상 잘 나간다 싶을 때 한두 번씩 부상으로 문제를 겪었다.

케니 스미스는 UNC가 아칸소 대학을 상대로 시즌 첫 패배를 기록한 뒤 팔에 반깁스를 한 채 돌아왔다. 조던은 이후로도 계속 멋진 하이라이트 영상을 만들어 냈다. 그는 버지니아전에서 슛을 열다섯 번 던져 무려 열한 개를 성공시키며 24득점을 올렸다. 그리고 25점 차로 승리한 노스캐롤라이나 주립대와의 경기에서는 32득점을 기록했다. 조던에게 최고의 덩크 장면을 선사했던 메릴랜드 대학과의 재대결에서는 여느 때와 다름없이 불꽃이 튀었다. (언론은 맥도날드 올스타전에서 MVP 상을 받은 에이드리언 브랜치가 그 팀에 있기 때문이라고 추측했다.) 레프티 드리셀의 팀과 벌인 마지막 대결에서 조던은 다시 한 번 덩크로 시합을 끝맺었다. 그는 메릴랜드의 센터였던 벤 콜먼의 머리 위로 덩크를 꽂아 넣으면서 반칙을 당해 보너스 자유투까지 얻어냈다. 이후 조지아 공대전에서 후반전에만 18점을 몰아넣으며 또다시 승리를 이끈 조던은 그로부터 며칠 뒤 카마이클 센터에서의 마지막 시합을 펼쳤다. 그날 마이크 슈셉스키 감독의 듀크 블루 데빌스는 타르 힐스를 2차 연장전까지 몰아붙였지만 결국 96대83으로 무릎 꿇고 말았다. 그로부터 일주일 후 두 팀은 ACC 토너먼트 준결승전에서 다시 만났는데, 이 경기에서 블루 데빌스가 77대75로 복수에 성공했다.

빌리 패커는 조던의 기록과 관련하여 재미있는 사실 한 가지를 언급했다.

"ACC 토너먼트가 신기한 게 뭐냐면요. 마이클이 선수 경력을 전부 통틀어서 두각을 보이지 못했던 유일한 경연장이라는 거예요. 기록을 보면 ACC 토너먼트에서는 별로 눈에 띄는 게 없어요. 딱 하나 예외로 볼 건 신입생 때 토너먼트 결승에서 버지니아와 붙었을 때 보여준 활약 정도죠."

NCAA 토너먼트로 가는 길목인 ACC 토너먼트에서 듀크 대학에 패하며 UNC

농구부의 기세는 또 한풀 꺾였다. UNC는 전국 32강전에서 템플 대학을 이겼지만 전반에 18득점을 몰아넣은 테런스 스탠스버리의 빠른 공격에 다소 애를 먹었다. 이날 딘 스미스는 승리를 위해 조던에게 앨리웁 공격을 수차례 주문했고, 작전을 수행하다 지친 조던은 그답지 않게 잠시 쉬게 해달라며 교체 요청을 하기도 했다. 타르 힐스는 템플 대학의 존 체이니 감독이 펼친 지역 방어 전략에 고전했지만, 장신 선수들의 앨리웁 공격으로 멋지게 위기를 극복했다. 그렇게 해서 전국 16강에 진출한 타르 힐스는 애틀랜타의 옴니 콜리세움으로 향했다. 그곳은 조던이 단한 번도 좋은 활약을 펼치지 못한 경기장이었다. 16강 상대는 그해 22승 8패로 전국 순위권 밖에 있던 인디애나 후지어스였다. 밥 나이트 감독이 지휘봉을 잡은 후지어스는 당시 1학년인 스티브 알포드가 팀을 이끌었고 주전 선수 중 네 명이 백인이었다.

16강전 전날 밤, 빌리 패커는 밥 나이트를 만나 다음 날 시합에 관하여 이야기했다. 나이트는 후지어스가 타르 힐스와 마이클 조던을 누를 방도가 있겠느냐고 물었다. 패커는 그날의 만남을 이렇게 회상했다.

"저는 노스캐롤라이나를 이길 수 없을 거라고 했어요. 그러니까 밥이 하는 말이 '그렇군. 나도 그렇게 생각하네만 그래도 어떻게 손은 쓸 수 있을 거야. 우리가 십중팔구는 지겠지만 그쪽이 우리 골 밑에 쉽게 접근히도록 두지는 않겠네. 5.5미터 밖에서 던지는 점프슛은 막지 않고 내버려 둘 거야.' 그러고는 이렇게 말하더군요. '그 외곽슛이 잘 들어간다면 우리한테 승산은 없겠지. 하지만 마이클이 그만한 거리에서 슛을 전부 넣지는 못할 걸세. 아마 다른 선수들도 마찬가지일 테고.'라고 말이죠."

나이트는 시즌 중에 겨우 다섯 경기에 선발 출전한 댄 다키치를 조던의 전담 수비수로 내세웠다. 다키치는 키가 크면서도 동작이 꽤 날랜 선수였다. 나이트는 다키치에게 조던과 조금 거리를 두고 수비하면서 돌파를 철저히 견제하라고 일렀다. 조던이 점프슛을 던지려 할 때마다 앞으로 달려와 슛을 방해한다는 작전이었는데, 다키치는 그 지시를 정확히 따랐다. 밥 나이트가 그날 다키치에게 선발 출전을 알린 때는 경기가 시작되기 세 시간 전이었다. 훗날 다키치는 그때 느꼈던 부담감을 이렇게 표현했다.

"저는 숙소에서 그전에 먹었던 걸 다 토하고 말았어요."

그날 시합 초반에 심판들이 조던의 파울을 두 차례 지적하면서 나이트의 작전은 탄력을 받았다. 그 시즌에 딘 스미스는 조던이 전반전에 파울을 두 개 기록하면 여지없이 그를 벤치로 불러들였다. 스미스는 1984년도 전국 16강전에서도 늘 하던 대로 조던을 쉬게 했는데, 결과적으로는 그 일로 호된 비판을 받았다. 조던은 전반전이 끝날 때까지 4득점을 올리는 데 그쳤다.

"그땐 다들 스미스 감독님이 저를 벤치에 앉힌 게 잘못이라고 했죠." 조던이 몇 년 뒤《USA 투데이》의 마이크 로프레스티와 인터뷰 중에 한 말이다. "하지만 제가 없어도 우리 팀은 충분히 강했어요."

그러나 당시 빌리 패커가 본 경기 상황은 이러했다.

"마이클이 물러난 사이에 경기의 주도권은 인디애나 쪽으로 넘어가고 말았습니다."

그날 시합을 중계하던 패커는 골 밑 수비에만 집중하는 후지어스를 상대로 조던을 계속 벤치에 앉혀두는 것이 과연 옳은지 의문을 표했다. 그리고 경기 속도가 느리다는 사실을 지적했다.

"뒤로 물러나서 대인 수비를 하는 인디애나의 전략은 거의 지역 방어나 다름없어요. 속공도 별로 없는 편이고요. 인디애나의 플레이 특성상 경기 시간이 그렇게 늘어지는 일은 없을 겁니다. 그럼 파울 다섯 개를 받을 가능성도 상당히 줄어들죠."

조던이 후보석에 머무는 동안 인디애나는 32대28로 앞선 채 전반전을 끝냈고 후반전에 들어서도 계속 같은 전술을 고수했다. 조던은 당시에 큰 부담을 느꼈다고 고백했다.

"남은 20분 동안 전반전 몫까지 포함해 40분짜리 활약을 해야 한다는 부담이 느껴졌어요. 그래서인지 감을 전혀 찾지 못했죠."

훗날 패커는 그 시합을 이렇게 분석했다.

"그날 마이클은 슛 기회를 많이 못 잡았어요. 인디애나 선수들이 하도 골대 근처에 밀집해 있어서 노스캐롤라이나는 백도어 컷도 하지 못했고요. 그런데 진짜 문제는 따로 있었어요. 인디애나가 그 두 가지 전략을 고수하는 동안 노스캐롤라이나가 전혀 대응을 못했다는 거죠."

밥 나이트는 전력 외 선수로 평가되었던 다키치에게 계속 조던을 막게 했고 그 작전은 큰 효과를 보였다. 패커와 방송사 기자들은 그 광경을 직접 보고도 믿지 못했다. 패커는 그날 경기 중계를 하며 이렇게 말했다.

"인디애나는 마이클이 외곽에서 공을 잡을 땐 전혀 신경을 쓰지 않는군요. 마음껏 슛을 던지라고 말이에요. 어떻게 마이클 조던이 다키치 앞에서 저렇게 막힐 수가 있나요?"

조던은 마이크 로프레스티와의 인터뷰에서 이런 말을 했다.

"저는 댄 다키치를 폄하하고 싶지 않습니다. 아마 그 선수는 나이트 감독님이 주문한 대로 작전을 수행한 걸 거예요. 제가 불편하게 여기는 건 언론에서 그 상황을 마치 저와 다키치의 일대일 대결처럼 묘사했다는 거죠. 승부욕이 강한 절 막을 수 있는 건 오직 댄 다키치뿐이라는 그런 이야기요. 그날 제가 던진 슛들을 생각해 보면 아쉬울 따름이에요. 별 것 아닌 슛을 죄다 놓쳤으니까요."

그날 딘 스미스는 기존의 전술을 유지하며 단 한 번도 조던에게 자유롭게 공격할 기회를 주지 않았다. 두 팀의 점수는 최대 12점 차까지 벌어졌지만 경기 막판에 타르 힐스가 힘을 내면서 2점 차까지 줄어들었다. 그러나 인디애나의 1학년인 스티브 알포드가 파울을 당하여 얻은 자유투 2구를 모두 성공시키면서 시합은 72대 68로 끝나고 말았다. 그날 인디애나 후지어스의 야투 성공률*은 거의 70퍼센트에 달했다. 알포드는 27득점을 기록했고, 파울 누적으로 퇴장당한 조던은 열네 번 슛을 던져 그중 여섯 개를 성공시키며 총 13득점을 올렸다. UNC 타르 힐스 농구부

* 야투는 자유투를 제외한 일반 슛을 뜻한다. 필드골이라고도 하며 2점과 3점슛을 모두 포함하는 개념이다..

에서 뒤 3년간 그는 어떤 시합에서도 슛을 24회 이상 던진 적이 없었다.

시합이 끝나고 UNC 농구부의 탈의실은 침통한 분위기였다. 그중에서도 특히 조던과 퍼킨스가 크게 낙심한 상태였다. 케니 스미스는 나중에 인터뷰에서 이렇게 말했다.

"그때 저는 제가 선배들을 실망시켰다고 생각했어요."

딘 스미스는 선수들에게 별말을 하지 않았다. 그는 선수들을 불러 모아 경기 후에 늘 하는 기도를 올린 뒤 기자들의 인터뷰에 응했다. 하지만 질문과 대답을 주고받다가 감정이 격해지는 바람에 평소보다 기자회견을 일찍 마치고 그 자리를 벗어났다.

패커는 2012년 인터뷰에서 이 경기를 다시 한 번 되짚어봤다.

"그날 딘 스미스가 만든 시스템과 노스캐롤라이나 농구부의 문제점이 확연히 드러나지 않았나 싶어요. 역대 경기를 통틀어서 딘이 되돌리고 싶은 경기가 하나 있다면 그건 인디애나와 벌였던 동부 지구 준결승전일 겁니다. 자기가 만든 시스템에 된통 휘둘렸으니까요. 그날 인디애나의 플레이가 나쁘진 않았지만 그렇다고 정말 잘했다고 말하기도 어려워요. 경기 막판에는 썩 괜찮았지만 말이죠. 그건 인디애나가 공을 잘 간수하기도 했고, 거기에다 자유투가 정확한 알포드가 있는 덕분이기도 했습니다. 그때 알포드가 공을 넣을 거란 건 다들 예상했어요. 사실 어느 팀 감독이든 그런 시합에서 자유투를 내주고 패한다면 썩 유쾌하지 않을 테죠."

조던은 그 시설을 떠올리며 말했다.

"저는 줄곧 우리 팀이 전국 최고라고 생각했어요. 하지만 단판 승부에서는 결과를 알 수 없는 거예요."

"노스캐롤라이나 팀에는 시스템 때문에 희생되는 시합이 간혹 있었습니다." 패커가 말을 이었다. "그해 인디애나와의 경기가 좋은 예죠. 사실 마이클더러 마음껏 공격하라 하고, 샘 퍼킨스한테 리바운드만 계속 잡으라고 하면 그 게임은 끝난 거예요. 그런데 딘은 한 경기를 이기려고 자신의 시스템을 포기하려 들지는 않았죠."

그런데 아트 챈스키의 생각은 달랐다.

"그건 딘 스미스가 시스템을 깨고 승리하기보다 시스템을 지키면서 지는 걸 택한다는 소린데, 저는 그렇게 보지 않습니다. 딘은 자신의 방법이 최선이라고 진심으로 믿었어요. 마이클이 파울을 두 번 범했다면 전반전에 남은 8분 동안은 벤치에서 대기할 필요가 있다고 생각했죠. 그래야 후반전에 공격적으로 뛸 수 있다고 확신했으니까요. 밥 나이트는 그 시스템 안에서 마이클을 막을 방법을 알아냈고, 마침 인디애나에는 적절한 수비수가 있었어요. 마이클은 훌륭한 선수였지만 대학 시절의 마지막 경기에서 완전히 죽을 쒔죠. 그날 댄 다키치에게 철저히 막혀버렸어요. 사실 백인 선수 다섯 명이 샘 퍼킨스와 마이클 조던, 브래드 도허티를 이긴다는 게 가능하겠어요? 생각을 해보세요. 공격 제한 시간 없이* 노스캐롤라이나를 이긴다는 건 불가능한 소립니다. 그런데 인디애나는 패스, 슛, 패스, 슛을 반복하면서 상대의 리듬을 빼앗았죠. 슛 성공률도 65퍼센트나 됐고요. 그게 승리할 수 있는 유일한 방법이었는데 그날 인디애나는 실제로 그걸 해냈어요."

나중에 딘 스미스는 인디애나의 전술을 그대로 따라 한 듀크 대학에 패한 뒤 자신의 시스템을 개선할 필요가 있다고 인정했다. 사실 스미스의 시스템이 잘 돌아가려면 일대일 공격과 개인기로 상대 수비를 깰 수 있는 선수들이 꼭 필요했다. 챈스키가 그 점을 이야기했다.

"조던 같은 선수가 없었던 80년대 말에 노스캐롤라이나의 공격은 제대로 먹히질 않았죠. 그건 딘도 인정했어요. 아주 단순한 수비를 공략하는 데도 애를 먹고 있다고요."

조던은 어차피 모교가 16강전에서 패했으니 인디애나가 그대로 NCAA 우승을 차지하는 편이 낫겠다고 생각했다. 그런데 정말 얄궂게도 후지어스는 이틀 뒤 전국 4강전에서 랄프 샘슨이 없는 버지니아 캐벌리어스(샘슨은 대학을 졸업하고 1983년 NBA 드래프트에서 전체 1순위로 휴스턴 로케츠에 입단했다.)에 패했다. 버지니아는 그

---

* 당시 NCAA 토너먼트 시합에는 공격 제한 시간이 적용되지 않았다.

해 ACC에서 6위를 차지한 팀이었다.

풀이 죽은 채 채플 힐로 돌아온 조던은 앞날을 고민했다. 그해 봄에 그는 각종 단체가 수여하는 올해의 선수 타이틀을 모두 획득하고 대학 농구계에서 받을 수 있는 굵직한 상들을 휩쓸었다.

"솔직히 말해서 예전엔 매스컴에 제 이름이 알려지는 게 좋았어요." 조던이 그 무렵 기자들에게 한 말이다. "그때는 그렇게 버겁지 않았거든요. 지금은 좀 상황이 다르지만 말이죠. 처음에는 팬들이 계속 늘어나는 게 재미있었던 것 같아요. 그래도 사람들한테 주목받는 편이 그렇지 않을 때보다 대체로 더 기분도 좋고 즐겁긴 해요."

조던은 UNC 농구부 소속으로 활동한 3년 동안 평균 17.7득점을 기록했다. 이후 1980년대 후반에는 이 사실을 비꼬아 '마이클 조던을 20득점 밑으로 묶을 수 있는 사람은 딘 스미스뿐'이라는 우스갯소리가 농구계에 퍼지기도 했다. 그 뒤에 농구 기록원들은 조던의 2학년 때 평균 득점이 20.0이었음을 지적했지만, 그렇다고 해서 그 농담이 딱히 틀렸다고 말하기도 어려웠다. 조던은 스미스에게 본인의 재능을 가장 효율적으로 활용하는 법을 배웠다며 변함없이 스승을 지지했다.

"저는 농구를 잘 몰랐어요. 감독님은 언제 속도를 내야 하고, 그 속도를 어떻게 활용할지, 또 돌파할 때 첫 스텝을 언제 내딛고 상황에 따라서 어떤 기술을 써야 하는지 전부 가르쳐 주셨죠. 그 지식을 모두 받아들인 저는 프로에 진출해서 배운 걸 써먹기만 하면 됐어요. 제가 한 경기 평균 37득점을 올릴 수 있는 건 스미스 감독님이 방법을 다 알려 주셨기 때문이에요. 사람들은 그런 사실을 전혀 모르고 있죠."

브렌던 말론도 그 생각에 동의했다.

"타르 힐스 선수가 되기 전에도 마이클은 이미 용기와 강한 승부욕 그리고 놀라운 운동 능력을 갖추고 있었죠. 하지만 딘 스미스 밑에서 농구를 하면서 마이클은 더 좋은 슈터가 되었고, 기초를 더 튼튼히 다질 수 있었어요. 그 덕에 대학을 벗어날 즈음에는 NBA 스타가 될 준비가 다 되어 있었고요."

이윽고 그 시간이 다가왔다. 그해가 조던이 채플 힐에서 보내는 마지막 시즌이 되리라 점쳤던 딘 스미스는 제자에게 앞날을 논의할 때가 왔다고 알렸다. 1984년 NBA 드래프트에 참가 신청을 하려면 5월 5일 토요일까지는 결정을 내려야 했다. 4월 26일에 스미스와 조던이 연 임시 기자회견은 지역 기자들에게 혼란만 안겨주었다. 그날 조던은 아직 다른 진로를 고려하지 않았다고 설명했다.

"전 학교에 남을 생각이고 내년에도 여기서 선수 생활을 하길 바랍니다. 우리 감독님은 지금까지 항상 제자들을 위해 가장 좋은 길이 무엇인지 고민해오셨어요." 이어서 조던은 부모님의 조언도 들어보겠다고 했다. "부모님은 정말 많은 걸 알고 계시죠. 물론 전 그분들 말씀에도 귀를 기울일 겁니다. 어머니는 제 삶의 스승이세요. 전 어머니가 지금 어떤 생각을 할지 대강 알 것 같아요. 반대로 아버지는 코미디언 같은 사람이라 대체 뭘 생각할지 종잡을 수가 없네요. 정말 모르겠어요. 어쨌든 부모님께 걱정을 끼치고 싶진 않습니다."

델로리스는 아들이 학교를 떠나는 것을 단호하게 반대했다. 그러나 그날 기자회견이 끝나고 딘 스미스는 스포츠 매니지먼트 회사인 프로서브(ProServ)의 도널드 델과 접촉했다. 지역 기자들은 이 사실을 좋지 않은 징조로 받아들였다. 조던이 당장 학교를 떠난다면 드래프트 3순위와 5순위 사이에서 필라델피아 세븐티식서스에 뽑힐 가능성이 컸다. 사실 그것도 그리 나쁘지는 않지만, 조던은 옛날부터 줄곧 레이커스 선수가 되길 원했다. 아무튼 당시에 그는 채플 힐을 떠나 프로팀에서 뛰기를 썩 내켜 하지 않았다.

조던은 5월 4일 금요일에 딘 스미스를 만났고 그날 저녁에는 부모님과 작은 형을 만났다. 그런 다음 버즈 피터슨을 비롯한 친구들과 함께 외식을 했다. 기숙사 룸메이트인 피터슨은 그에게 얼른 결정하라고 재촉했다. 그때까지도 조던은 학교 앞 패스트푸드점의 시나몬 비스킷과 포도 맛 탄산음료, 달짝지근한 햄버거 빵을 두고 타지로 떠나고 싶지 않았다. 또 언제까지고 기숙사 방에서 밤새도록 이야기를 나누며 케니 스미스가 떠벌리는 우스갯소리를 듣고 싶었다. 그는 친구들에게 아직 결정이 서지 않았다고 말했다.

이 점은 다음 날 오전에 페처 홀에서 열릴 기자회견을 준비할 때도 마찬가지였다. 훗날 델로리스는 그 일을 이렇게 이야기했다.

"저는 마이클이 어떤 상황에 놓였는지 잘 알고 있었어요. 하지만 그전에 우리 애가 스스로 결정할 일이리는 것도 잘 알고 있었죠. 우리 부부는 아들한테 그 점을 여러 번 강조했답니다. 그러다가 기자회견 전날인 금요일 밤에 스미스 감독님이 우릴 불러서 곧장 사무실로 찾아갔어요. 거기서 마이클이랑 감독님하고 이야기를 나눴고요. 다음 날 아침 10시 반에 마이클은 감독님하고 다시 논의를 하더군요. 기자회견이 11시에 열릴 예정이었는데 두 사람은 몇 분 전에야 부랴부랴 그 자리에 나타났죠. 그때 스미스 감독님이 오자마자 제 팔을 꽉 붙들었고, 저는 어떻게 결론이 났는지 알아차렸죠."

발표를 마친 뒤 조던은 급히 회견장을 빠져나가 오후 내내 골프장에서 시간을 보냈다.

그로부터 약 30년 후, 한때 시카고 불스의 단장으로 일했던 제리 크라우스는 그 시절에 조던이 프로로 진출하게 된 정황을 꽤나 부정적으로 해석했다.

"그건 딘이 마이클더러 노스캐롤라이나를 떠나라고 한 거예요. 학교를 나가라고요. 당시에 마이클이 농구부의 위상을 넘어서고 있었거든요. 과연 딘이 그걸 인정했는지 어떤지는 모르지만, 사실이 그랬어요." 크라우스는 조던이 스미스에게 무슨 잘못을 저질렀거나 감독의 위엄에 도전했기 때문은 아니라고 덧붙여 말했다. "딘은 참으로 멋진 지도자죠. 얼마나 마음이 넓은지 몰라요. 그때 선수들은 학교를 떠날 생각이 없는데 다 감독이 손수 나가 달라고 한 겁니다. 제자들의 존재감이 농구부보다 커지면 늘 딘은 떠나야 할 때라고 그랬죠."

빌리 패커는 크라우스의 생각에 반론을 제기했다.

"이거 하나만 말해두죠. 만약 딘 스미스가 마이클을 진심으로 내치려고 했다면 아무도 그 일을 알지 못했을 겁니다. 딘 스미스라는 사람은 자기가 세운 계획을 절대 입 밖에 내지 않으니까요. 딘이 마이클에게 '이제 떠나야 할 때가 왔다'고 했는데 그건 그전에도 수많은 선수들에게 했던 말이었어요."

딘 스미스에게 그렇게 간택 받은 최초의 선수는 아마 1972년에 NBA로 진출한 밥 맥아두일 것이다. 당시에 스미스는 제자의 드래프트 예상 순위를 철저히 조사한 뒤에 프로 진출을 권유했다.

"사실 에이전트나 프로팀들하고 정보를 주고받는 건 NCAA에서 금지하는 일이었어요." 패커가 말을 이었다. "그런데 딘은 그런 일에 아주 통달했죠. 그 뒤에는 선수를 불러서 이런 식으로 말했을 거예요. '내가 이번에 드래프트 권한을 가진 이 팀하고 쭉 얘기를 해봤다. 마이클, 너는 3순위로 뽑힐 가능성이 크다.' 딘이 마이클을 농구부에서 내보내려고 한 건 그게 마이클한테 가장 좋은 일이었기 때문이지 감독 본인을 위해서가 아니었어요. 그래서 딘 스미스라는 인물이 그만큼 특별한 것이고요."

조던이 농구부를 넘어서는 존재가 되려면 감독의 위상을 뛰어넘는 선수로 인정받아야 마땅했지만, UNC에서 딘 스미스를 넘어설 수 있는 사람은 사실상 아무도 없었다. 케니 스미스는 UNC 선수들이 그토록 승부욕에 불탔던 이유가 모두 조던이 아닌 감독 덕분이리고 말했다.

"감독님이 선수들의 심리를 잘 알고 서로 경쟁하는 분위기를 만들어 주셨거든요."

UNC 농구부의 코치였던 에디 포글러는 조던이 NBA 진출을 선언한 날 저녁에 결혼식을 올렸다. 예식에 참가했던 아트 챈스키는 그날 씁쓸한 농담이 곳곳에서 터져 나왔다고 밝혔다.

"에디가 이러는 거 있죠. '여러분, 이제 저는 결혼을 합니다. 아, 그런데 방금 전국 최고의 선수가 우리 팀을 떠났다는 소식이 들려오는군요.' 그 자리에는 타르 힐스 팬이 상당히 많았어요."

그중에는 딘 스미스의 오랜 친구로 UNC 농구부를 열렬히 응원하던 지미 뎀프시가 있었다. 그는 스미스가 선수들을 영입하러 다닐 때 전용기를 빌려줄 정도로 가까운 사이였다. 챈스키는 뎀프시와 있었던 일화를 말했다.

"지미 뎀프시와 그 부인은 노스캐롤라이나 선수들에게 대부, 대모 같은 사람들이었죠. 제가 그날 밤 결혼식에서 지미를 만났는데 그 사람, 딘한테 단단히 화가 나서 이런 소릴 하더군요. '그 녀석이 할 일은 노스캐롤라이나 대학을 위해서 최고의 농구팀을 꾸리는 거야. 그게 그 녀석 임무라고. 아직 졸업도 하지 않은 선수를 프로로 보내는 게 제 할 일인가?' 그때 제가 웃으면서 그랬죠. '그럼 감독님한테 가서 직접 이야기해보세요.' 그러니까 지미는 '당연하지. 지금 한마디 하고 와야겠네.' 이러고서 딘한테 뭐라고 말하고는 다시 저한테 왔어요. 그래서 '감독님이 뭐라고 하던가요?' 하고 물으니까 '저 녀석이 그냥 웃고 마는구먼.' 이러더라고요."

제임스 조던은 감독이 아들의 이익을 가장 우선시한 것을 기뻐했지만, 델로리스는 집안에서 가장 어린 두 자녀가 UNC를 같은 날 졸업하기를 오래전부터 꿈꿔왔다. 마이클 조던은 다시 학교로 돌아와 학위를 받겠다고 어머니에게 장담했고, 실제로 이후 몇 년간 여름 학기를 수강했다. 그해 봄에 진로를 고민하는 와중에도 그는 학업을 소홀히 하지 않고 시험공부에 집중했다. 그만큼 성실하게 학교생활을 했기 때문에 케니 스미스는 그가 4학년 과정을 마치러 곧 학교에 돌아오리라고 예상했다. 사실 그럴 생각이 없었다면 NBA에 진출할 선수가 무엇 하러 시험에 신경을 썼을까?

델로리스는 힘들었던 심경을 밝혔다.

"저한테는 그날 감독님과 우리 아들이 한 발표가 큰 충격이었어요. 기자회견장은 사람들로 가득했고 우린 온갖 질문에 답해야 했죠. 사실 그때는 좀 혼자 있고 싶은 마음이었어요. 그러다가 집에 돌아오니까 전화벨이 계속 울려대서 온 가족이 한참을 밖에 나가 있었죠. 한동안 좀 힘들었어요."

그 후 조던 가족이 정상적인 생활로 돌아가기까지는 수개월이 걸렸다. 마이클 조던이 UNC 선수로 활동하는 동안 그들은 거의 모든 경기를 따라다녔다. 당시에 제임스 조던은 그 많은 여행 경비가 어디서 났는지 묻는 사람들에게 '다 제너럴 일렉트릭 신용조합 덕분'이라고 답하곤 했다. 그러나 몇 달 뒤에 그는 하청업자로부터 뇌물을 받았다는 혐의를 받았고, 결국 자신의 죄를 인정했다. 이 문제는 조용히 처리되었지만 노스캐롤라이나주와 윌밍턴시의 지역 신문에는 그 사건에 대한 기록이 분명히 남아 있다.

딕 네어는 2012년 인터뷰에서 그 문제를 언급했다.

"GE 공장에 엄청난 충격을 안겨준 사건이었죠. 아무도 그 사실을 선뜻 믿지 못했어요. 제임스는 매력이 넘치는 친구였고 여자들한테 꽤 인기가 많았어요. 제가 그 친구하고 같이 공장에서 일한 게 대략 25년 정도 됩니다. 일하는 건물은 달랐지만 거의 매일 얼굴을 보는 사이였어요. 머리 회전이 빠르고 성격도 좋았던지라 다들 제임스를 좋아했죠."

수사 당국의 발표에 의하면, 제임스 조던은 캐슬 헤인의 GE 공장에서 재고 관리 업무를 담당했던 것으로 보인다. 마이클 조던이 UNC 2학년에 재학 중일 때, 제임스는 데일 기에르체브스키가 경영하던 하이드라트론 사로부터 30톤어치의 유압 장비를 구매한다는 허위 주문서를 작성했다. 수사 당국은 그 후 GE 측이 기에르체브스키에게 유압 실린더 30톤을 받는 대가로 1만 1,560달러를 지급했다고 밝혔다. 법정에 선 제임스는 기에르체브스키가 실린더를 보내지 않고 자신에게 7,000달러를 뇌물로 주었음을 시인했다.

1985년 3월, 법원은 횡령죄를 인정한 기에르체브스키에게 벌금 1,000달러와 집행유예부 징역형을 선고했다. 그리고 3주 뒤에 제임스 조던도 자신의 죄를 인정하고 벌금형과 집행유예 판결을 받았다.

딕 네어는 그 판결이 너무 가볍다고 보았다.

"저지른 잘못을 생각하면 감옥에 가는 게 맞죠. 하지만 마이크 덕분에 어떻게 잘 빠져나올 수 있었던 거예요."

사실 범죄의 심각성을 따져봤을 때 두 사람은 징역 10년 형을 받아도 부족하지 않았다. 아무튼 그 일로 제임스 조던은 회사를 그만둬야 했다. 공장에서 업무 감독을 맡았던 네어는 당시 수사 당국이 밝힌 것보다 더 많은 문제가 얽혀 있었다고 설명했다.

"제임스는 사내 매장 관리도 맡고 있었어요."

공장 내 휴게 장소를 겸했던 그곳에서 직원들은 냉장고나 텔레비전, 토스트 기계, 각종 장비 따위를 할인가로 살 수 있었다. 네어는 관리자였던 제임스가 때때로 사내 매장에 들어올 물건을 다른 곳으로 빼돌렸다고 밝혔다.

"제임스가 입고를 확인한 물건인데 정작 매장에는 없는 경우가 더러 있었거든요. 그러니까 슬쩍한 거죠. 아마 어딘가에 팔아치웠던 것 같아요. 수사 기관에서는 7,000달러를 착복한 죄를 물어 제임스를 기소했지만, 실제론 문제가 더 컸던 거예요. 게다가 제임스 외에도 그런 짓을 하는 사람이 적지 않았죠."

델로리스와 함께 아들의 모든 시합을 직접 관람하기로 정한 뒤, 제임스는 금전적인 부담을 모두 떠맡고 있었다.

"그 문제를 제한다면 제임스만큼 좋은 사람은 없었다고 해도 과언이 아니죠."

네어는 제임스가 지역 사회를 위해 많은 선행을 했고 자신을 도와 유소년 야구장을 만드는 데 앞장섰다고 덧붙여 말했다.

조던 가문의 큰 딸인 시스는 그 무렵 아버지의 성학대 문제로 소송을 제기하려 했다. 결혼생활은 이미 파탄 난 지 오래였고 그녀는 그사이에 가까운 병원에 입원하여 정신 치료를 받고 있었다. 그러던 중 친척 오빠가 찾아와 할아버지와 할머니가 그녀를 많이 걱정한다는 소식을 전했다. 시스의 저서 『우리 가족의 그림자』에 묘사된 바로는, 그녀가 그 말을 듣고 곧장 퇴원하여 티치에 살던 메드워드와 로자벨을 찾아갔다고 한다.

"애야, 대체 무슨 일이 있는 거니?"

손녀를 만난 두 노인은 걱정스럽게 물었다.

시스의 설명에 의하면, 동생이 유명해진 후부터 부모님이 티치의 할아버지 댁을 거의 찾지 않았다고 한다. 메드워드는 나이가 들수록 칼리코 베이 로드의 집 현관에 앉아 한가하게 시간을 보낼 때가 많아졌는데, 제임스와 델로리스는 UNC 농구부 사람들과 어울리기 시작하면서 집안 어른들의 촌스러운 삶을 부끄럽게 여겼던 모양이다. 사실 젊고 유망한 운동선수가 세간의 관심을 받으면 가족까지 그 여파에 휘말리는 것이 일반적이다. 그런데 제임스와 델로리스는 아주 일찍부터 스포트라이트의 중심에 서 있었다. 당시 농구 열기로 가득했던 노스캐롤라이나에서는 오늘날 스타들의 일거수일투족을 좇는 리얼리티 쇼처럼 수많은 이들이 타르 힐스를 따라다녔다.

조던 부부는 3년간 쉴 새 없이 아들의 시합을 따라다니며 언론에 끊임없이 노출되었다. 시합 날이면 그들은 저녁에 열리는 경기 시간에 맞춰 오후 세 시경에 윌밍턴을 떠났다. 시합이 끝나면 잠시 아들을 만난 뒤 집으로 돌아와 비디오테이프에 녹화해둔 경기 영상을 확인했다. 델로리스는 그럴 때마다 마음이 들떠서 좀처럼 잠들지 못했다고 한다.

"우리 부부는 마이클이 집에 돌아오면 볼 수 있게 모든 경기를 녹화해뒀어요. 그럼 우리 아들은 그걸 보다가 '내가 진짜 저랬어요?' 하고 묻곤 했죠. 걔는 시합 때면 플레이에 니무 집중해서 그런지 가끔 무슨 일이 벌어졌는지 기억히질 못히더라고요."

제임스와 델로리스는 타르 힐스 선수들의 부모들과 친해졌고 경기가 있는 날마다 그들과 함께 시간을 보냈다. 두 사람은 1982년 NCAA 동부 지구 토너먼트 기간에 맞이했던 어느 날 밤이 마치 마법과도 같은 시간이었다고 묘사했다. 델로리스는 1984년에 한 인터뷰에서 그날 있었던 일을 이야기했다.

"그 자리에는 샘 퍼킨스의 후견인이었던 일라쿠아 부부와 지미 브래독, 버즈 피터슨, 제임스 워디, 맷 도허티의 부모님들 그리고 코치들과 그 부인들이 있었어요. 우린 시내로 나가서 중국 요리를 잔뜩 주문해서는 밤새도록 먹었죠."

제임스가 인터뷰 중에 말을 거들었다.

"그때가 새벽 세 시나 네 시쯤이었을 겁니다. 지금도 기억이 생생해요. 우린 길거리로 나가서 노스캐롤라이나 교가를 불렀죠. 나이에 안 맞는 짓이었지만 그때는 정말 매 순간이 즐거웠어요."

1984년 5월에 그들에게 충격을 안겨준 것은 다름이 아니라, 그토록 좋았던 시간이 모두 순식간에 지나갔다는 사실이었다.

제임스 조던은 이렇게 말했다.

"저와 아내는 아주 만족합니다. 지금까지 마이클이 뛴 경기를 빼놓지 않고 모두 봤잖아요. 그건 아무리 큰돈을 준다고 해도 바꿀 수 없는 경험이에요. 지난 3년은 마이클한테도, 우리 가족한테도 정말 좋은 시간이었습니다. 만약에 누군가가 완벽한 삶을 그려내려고 감독과 제작자, 시나리오를 다 준비해서 아이더러 '이 대본대로 인생을 살아 달라'고해도, 마이클보다 더 완벽한 삶을 살 수는 없을 겁니다."

제 5 부

# 루 키

# 제14장

# 골드러시

1984년 7월에 조던은 워싱턴에 소재한 스포츠 매니지먼트 회사 프로서브에서 도널드 델을 자신의 에이전트*로 선택했다. 델과 함께 일하던 데이비드 포크는 프로서브가 조던과 공식적으로 계약하기 전부터 그의 NBA 드래프트 가능성을 조사하고 있었다. 조던이 일찍이 예상했던 것과 다르게 필라델피아 세븐티식서스는 그해 봄에 조금 더 많은 승수를 챙겼다. 반면에 시카고 불스는 시즌 막판 뉴욕 닉스에 2연패를 당하면서 드래프트에서 높은 순번을 얻을 가능성이 커졌다. 그러나 당시에 불스는 해마다 시즌 성적도 망치고 드래프트도 망치는 형편없는 팀이라고 비난받고 있었다.

번번이 실패만 거듭하던 불스의 드래프트 책임자는 단장인 로드 쏜이었다. 웨스트버지니아주 출신으로 신중하면서도 자조적인 성향이 강했던 그는 불스가 선수 발굴과 신인 드래프트에서 오랫동안 고전했음을 솔직히 인정했다. 1979년, 불스는 그해 미시간 주립대에 NCAA 우승을 안겨준 어빈 '매직' 존슨을 50대50 확률로 뽑을 기회를 잡았다. 전 시즌에 어김없이 최악의 성적을 기록한 불스는 LA 레이커스와 동전 던지기로 1순위 지명권의 향방을 정하기로 했다. 로드 쏜은 팬 투표 결과를 따라서 앞면을 골랐다. 하지만 동전을 던진 결과는 뒷면이었다.

매직 존슨을 놓친 로드 쏜은 시드니 몬크리프라는 훌륭한 슈팅가드를 지나치고 UCLA 출신인 데이비드 그린우드를 지명했다. 이후 그린우드는 잔 부상에 시달리면서도 불스에서 성실하게 여섯 시즌을 보냈다. 그는 불스와 함께한 처음 다

---

* 스포츠 선수로부터 권한을 위임받아 해당 선수의 소속 구단 및 각종 기업과 관련된 협상, 계약, 마케팅 업무 등을 대신 처리하고 관리하는 대리인을 뜻한다.

섯 해 동안 평균 14득점에 8리바운드를 기록했다. 팀의 주전 파워포워드로서 썩 나쁘지 않은 성적이었다. 그러나 레이커스를 다섯 번이나 우승으로 이끈 매직 존슨과는 비교가 되지 않았고, 몬크리프와도 견주기 어려운 수준이었다. 물론 불스가 그때 몬크리프를 잡았다면 1984년에 슈팅가드를 뽑을 필요가 없었을 것이다. 아무튼 그린우드를 지명한 불스는 그 후 대표적인 드래프트 실패 사례로 꼽히게 된다. 반면에 《포브스》지의 추산에 따르면, 매직 존슨이 선수 생활을 한 12년간 레이커스의 가치는 3,000만 달러에서 2억 달러로 훌쩍 뛰었다고 한다.

1979년 드래프트 당시에 불스의 공동 소유주였던 조너선 코블러는 1순위 지명권 경쟁을 두고 '2,500만 달러짜리 동전 던지기'라고 우스갯소리를 했다. 그러나 세월이 더 지나 그는 '결과적으로는 2억 달러짜리 동전 던지기'였다며 아쉬움을 드러냈다.

1982년도 드래프트는 상황이 더 나빴다. 그해 로드 쏜은 샌프란시스코 대학의 퀸틴 데일리를 지명했는데 당시 이 선수는 학교 기숙사에서 여학생을 폭행했던 사실이 밝혀져 물의를 빚고 있었다. 그는 시카고에 와서도 반성의 기미를 보이지 않았고, 이에 분노한 시카고시의 여성들은 불스의 시합 날 항의 시위를 벌였다. 문제는 거기서 끝나지 않았다. 데일리는 얼마 후 팀 동료인 올랜도 울리지와 마약 문제까지 일으켜 팬들의 공분을 샀다. 결국 그간의 사태로 말미암아 불스는 1984년 봄에 거의 파산 직전까지 몰렸다.

그해 2월에 쏜은 시카고 시민들에게 인기가 좋았던 레지 씨어스를 캔자스시티 킹스로 보내고 그 대가로 스티브 존슨과 드래프트 지명권을 받았다. 이후 팀 성적은 더욱 나빠졌고, 반대로 운은 더욱 트였다. 불스는 그 시즌을 27승 55패로 마쳐 3년 연속으로 플레이오프를 놓쳤다. 그러면서 구단이 곧 매각되어 시카고시를 떠날 것이라는 예상에 무게가 실렸다. 그렇게 한 시즌이 비참하게 끝난 후 로드 쏜은 또다시 드래프트 상위 지명권을 행사하게 되었다.

불스의 부코치였던 빌 블레어가 당시 상황을 설명했다.

"그해 우리 팀은 승수를 많이 쌓지 못했죠. 하지만 로드는 노스캐롤라이나에 좋은 선수가 있다는 걸 잊지 말라고 강조했어요. 마이클 조던에 대해 자주 이야기했었죠. 로드는 마이클이 역사상 손꼽히는 스타플레이어가 될 거라고 믿었어요. 하지만 주변에서는 회의적인 반응이 많이 나왔어요. 마이클은 가드로도, 스몰포워드로도 세대로 못 뛸 거라고요. 심지어는 밥 나이트도 그런 소릴 했답니다. 하지만 로드는 마이클한테 뭔가 특별한 게 있다며 자신 있게 말했죠."

로드 쏜은 옛 기억을 떠올리며 말했다.

"그때는 저를 포함해서 누구도 마이클 조던이 지금처럼 위대한 선수가 되리라고 상상하지 못했습니다. 우린 드래프트 전에 마이클을 만나서 실기 테스트 없이 면접만 봤어요. 무척 자신만만한 모습이더군요. 자기가 NBA에서도 잘할 거라고 굳게 믿고 있었어요. 마이클 스스로 뭔가 확신이 있었던 것 같은데, 그래도 본인이 얼마나 잘할지는 전혀 모르고 있었지요."

시즌이 끝난 뒤 드래프트 최상위 지명권을 두고 휴스턴 로케츠와 포틀랜드 트레일 블레이저스가 다투게 되었다. 시카고 불스는 그다음 순서였다. 로케츠는 휴스턴 대학 출신의 센터인 하킴 올라주원을 뽑을 계획이었고 블레이저스는 켄터키 대학의 샘 부이를 고려하던 중이었다. 사실 부이는 부상 이력이 많은 선수였다.

"휴스턴은 처음부터 올라주원을 뽑기로 정해둔 상태였습니다." 쏜이 설명을 계속했다. "드래프트가 열리기 한 달 전쯤에 저는 당시 포틀랜드의 단장이었던 스투 인먼과 얘기를 해봤어요. 스투는 샘 부이를 원한다고 하더군요. 팀 닥터들 소견으로는 그 선수의 건강에 문제가 없다면서요. 그 팀은 골 밑을 맡을 선수가 필요했던 상황이라 다른 선수를 전혀 생각하지 않았습니다."

불스는 드래프트 3순위 지명권을 획득했고, 동전 던지기에서 로케츠가 1순위 지명권을, 블레이저스가 남은 2순위 지명권을 챙겼다. 오랜 세월 불스 구단의 부사장으로 재직한 어윈 맨델이 그 일을 이야기했다.

"동전 던지기에서 휴스턴이 이긴 걸 보고 우리가 마이클 조던을 뽑을 수 있겠다고 확신했어요. 포틀랜드가 이겼다면 그 팀이 올라주원을 데려갔을 테고 휴스턴은 십중팔구 조던을 뽑았겠죠. 그때 로드가 얼마나 신났는지 몰라요. 로드는 샘 부이와 마이클 조던이 하늘과 땅 차이라면서 잔뜩 흥분했답니다."

이미 잘 알려진 대로 조던은 드래프트 당일 전체 3순위로 불스에 지명되었다. 그는 드래프트장으로 향할 때만 해도 제임스 워디가 있는 레이커스를 원했다. 그러나 그해 가을에 한 인터뷰에서는 시카고가 마음에 든다고 말했다.

"아무래도 레이커스는 이미 좋은 선수들이 많아서 제가 거기 가도 별 도움이 안 됐을 것 같아요."

시카고의 스포츠 방송 제작자인 제프 데이비스는 1984년도 드래프트를 이렇게 기억했다.

"조던이 남아 있기도 했지만, 그때 시카고는 별수가 없었어요. 어쩔 수 없는 선택이었다고나 할까요? 물론 마이클 조던은 두 번이나 올해의 대학 선수에 선정됐고, 노스캐롤라이나를 전국 우승으로 이끈 선수였죠. 하지만 그땐 그 선수의 진짜 실력이 어느 정돈지 아는 사람이 아무도 없었어요."

데이비스는 블레이저스가 먼저 부이를 뽑아서 천만다행이었다고 말했다. 당시로써는 로드 쏜이 기회만 오면 바로 부이를 신댁할 깃처럼 보였기 때문이다.

쏜은《시카고 트리뷴》과의 인터뷰에서 그날의 선택을 두고 이런 말을 했다.

"마이클 조던의 키가 2미터 13센티미터면 좋겠지만, 실상은 그렇질 않잖습니까. 우리가 뽑을 만한 센터가 없었어요. 그러니 어쩌겠어요? 아마 이 선수가 우리 팀을 살려내진 못할 겁니다. 애초에 그런 걸 요구할 생각도 없어요. 공격력이 뛰어나기는 해도 아주 압도적이라고 보기는 어려우니까요."

경기 입장권 판매에 열을 올려도 모자랄 판에 한 팀을 책임진 단장이 하기에는 적절치 못한 발언이었다. 실제 관계자들의 속마음이 어쩌했든 간에, 그해 포틀랜드가 내린 선택은 드래프트 사상 최악의 실수로 두고두고 사람들 입에 오르내렸다. 훗날 스투 인먼이 밝히기로, 샘 부이를 지명한 것은 구단 직원들의 의견을 수렴한 결과로써 그중에는 훗날 농구 명예의 전당에 이름을 올린 잭 램지 감독도 있었다. 인먼은 조던의 재능이 줄곧 딘 스미스의 시스템에 가려져 제대로 알아보기가 어려웠다고 해명했으며, 램지 역시 그 의견에 공감했다. 그러나 블레이저스의 코치진과 구단 수뇌부는 1984년 봄에 올림픽 국가대표 선발 테스트와 훈련 과정에서 조던의 능력을 확인하고도 그를 잡지 않았다. 그때 댈러스 매버릭스의 단장이었던 릭 선드는 조던의 가치를 알아봤다. 그는 시카고 불스에 매버릭스의 스타인 마크 어과이어와 조던의 맞트레이드를 제안했지만, 로드 쏜이 곧장 거절 의사를 보였다.

"로드는 1초도 고민하지 않고 안 된다 했어요." 선드가 당시를 회상하며 말했다. "그 친구는 알고 있었던 거예요."

## 밥 나이트

NBA 신인 드래프트가 끝나고 조던은 올림픽 대회에 대비한 국가대표 선발 테스트와 훈련에 초점을 맞췄다. 그해 올림픽 대표팀의 훈련은 드래프트 전부터 1984년 LA 올림픽 대회 개막 직전까지 계속되었다. 조던이 탈락할 위험은 없었지만, 인디애나 후지어스의 감독이자 국가대표팀 감독인 밥 나이트는 NCAA 토너먼트 16강에서 UNC와 대결해본 뒤로 그를 크게 신뢰하지 않는 눈치였다. 빌리 패커가 당시를 떠올리며 말했다.

"제 생각엔 84년도 전국 16강전 이후에 밥이 마이클의 점프슛 실력을 미덥지 않게 본 것 같아요. 게다가 대표팀 선발 테스트 중에도 마이클의 슛은 영 시원찮았죠."

나이트는 딘 스미스보다 더한 시스템 농구의 신봉자였다. 패커는 그 점을 이야기하며 껄껄 웃었다.

"마이클은 딘 스미스 밑에서 꽉 짜인 시스템을 배우고 자기 역할과 책임을 받아들이면서 이제 할 만큼 했다고 생각했을 거예요. 그랬는데 그해 여름에 딘보다도 더 깐깐한 밥 나이트 밑에서 뛰게 된 거죠."

딘 스미스가 간혹 교묘한 술책을 부리기는 했지만, 그는 사람을 대하는 처세술도 그만큼 좋았다. 한데 밥 나이트는 감정 표현이 노골적이고 성미가 괴팍한 데다가 자존심은 인디애나의 후지어 돔만큼이나 컸다. 그리고 무신경하기 짝이 없었다. 많은 이에게 그는 폭언을 일삼는 깡패나 다름없었다. 이를 두고 조던이 한 말이 있다.

"스미스 감독님은 포 코너 오펜스의 달인이고, 나이트 감독님은 네 글자로 된 욕의 달인이세요."

나이트는 훈련이 시작되자마자 국가대표 후보자들에게 자신이 완벽주의자임을 알렸다.

"난 지금까지 상대 팀이 누구고 스코어가 얼마인지는 중요하지 않다고 누누이 말해왔다. 내가 원하는 건 이 팀이 최고가 되는 것이다. 난 앞으로 너희를 벼랑 끝까지 몰아붙일 거다."

조던과 나이트는 마음이 잘 맞았다. 조던은 무서운 표정으로 동료들을 노려보고 훈련에 집중하라며 독려의 박수를 보냈다. 나이트도 눈빛과 목소리에 감정을 실어 선수들을 채근했다. 사람들은 미국 올림픽 위원회가 과거 국제 대회에서 문제를 일으킨 그를 왜 감독으로 선정했는지 의아하게 여겼다. 나이트는 푸에르토리코에서 개최된 1979년도 범미주 경기 대회 중에 경찰을 폭행하여 구속영장을 발부받은 이력이 있었다. 이후 그가 미국으로 돌아간 뒤에 열린 결석 재판에서 특수폭행죄로 유죄 판결이 내려졌지만, 결국 푸에르토리코 정부는 미국으로부터 그의 신병을 인도받지 못했다.

1984년 LA 올림픽 대회를 앞둔 나이트에게는 중대한 사명이 있었다. 그는 미국 농구라는 강력한 망치로 국제무대를 사정없이 내려치고 싶었다. 그래서 스물두 명에 달하는 코치들과 일흔 명이 넘는 선수들을 한곳에 모아 엄격한 분위기에서 국가대표 선발 테스트를 진행했다.

나이트가 지켜보는 가운데 찰스 바클리, 샘 퍼킨스, 존 스탁턴, 칼 말론, 크리스 멀린, 척 퍼슨을 비롯하여 전국 유수의 아마추어 선수들이 제 실력을 뽐냈다. 뛰어난 운동 능력과 볼 핸들링 실력으로 코트 곳곳을 누비던 찰스 바클리는 조던 다음가는 실력자였다. 하지만 대표팀 감독보다는 프로 구단의 스카우트 담당자들에게 잘 보이는 데 더 신경을 쓰는 듯했다. 나이트 또한 바클리의 재능보다 체중 130킬로그램에 육박하는 그 육중한 몸매만 눈여겨볼 따름이었다.

바클리와 스탁턴, 말론은 좋은 실력을 선보였으나 선발 테스트에서 탈락하고 말았다. 스탁턴은 결과를 수긍하지 못하고 바클리와 말론에게 탈락한 선수끼리 팀을 짜서 대표팀과 한판 붙어보자고 제안하기도 했다.

당시 올림픽 대회 농구 국가대표로 최종 선택된 12인은 마이클 조던, 샘 퍼킨스, 패트릭 유잉, 크리스 멀린, 웨이먼 티스데일, 리언 우드, 앨빈 로버트슨, 조 클라인, 존 콘칵, 제프 터너, 번 플레밍, 스티브 알포드였다.

조던은 올림픽 대표팀에서 평소에 쓰던 23번 대신 9번을 배정받았다.

밥 나이트는 마침내 다른 나라들을 압도하는 팀을 완성했다고 생각했다. 그는 친구인 빌리 패커에게 이 팀의 득점이 90점에 그쳐도 상대를 30점 수준으로만 묶는다면 만족한다고 말했다. 패커가 당시를 회상하며 말했다.

"그때 밥은 엄청난 집중력을 보였죠. 마이클하고 마찬가지로 승부욕이 대단했어요. 준비성도 철저했고요. 지금은 다들 그 친구가 그 팀을 어떻게 만들었는지 다 잊어버렸지만 말이죠. 밥은 코치든 선수든 대표팀 훈련에 참가한 사람은 누구나 자기가 가르친다는 생각으로 접근했습니다. 그리고 선발 테스트에 모두가 적극적으로 협조해주길 원했죠. 선수들은 거기서 팀의 방향성이나 감독이 원하는 플레이가 무엇인지 정확하게 이해할 필요가 있었어요. 그렇게 해서 실전에 들어가서는 상대 팀들을 완전히 제압하게 됐고요. 그때 밥의 목표는 단순히 금메달을 따는 게 아니라 세계 농구계를 평정하는 것이었고, 실제로도 그걸 해냈어요."

패커는 올림픽 대회를 앞두고 NBA 선수들을 상대로 한 시범 경기에서 조던의 진면목을 확인했다. 나이트와 친분이 두터웠던 그는 NBA 법무 책임자인 래리 플레이셔의 배려로 아홉 번에 걸친 대결을 코트 바로 앞에서 볼 수 있었다.

"NBA 선수들하고 시범 경기를 할 때 보통 어떤가 하면 말이죠." 패커가 말을 이었다. "다들 시합 날 오후에 털레털레 나타나서는 유니폼을 입고 가볍게 경기를 하죠. 그런데 84년도에는 3~4주간 정말 격렬한 대결이 계속됐어요."

높아지는 긴장감에 박차를 가한 것은 다름 아닌 나이트와 조던이었다. 6월 말 로드아일랜드주의 프로비던스에서 시작된 시범 경기 투어는 미니애폴리스와 아이오와시티를 거쳐 7월 9일, 수많은 관중이 모인 인디애나폴리스로 이어졌다. 패커는 그날을 회상했다.

"인디애나폴리스에 도착할 무렵에 올림픽 대표팀은 4연승을 거둔 상태였어요. 그래서 프로선수들은 그 시합을 꼭 이기려고 했습니다. 특히 래리 플레이셔는 NBA 선수들이 풋내기 대학생들한테 지는 걸 원치 않았죠."

플레이셔는 래리 버드와 매직 존슨, 아이제이아 토머스를 비롯한 스타플레이어들을 불러 모았고, 후지어 돔에 모인 수천 명의 농구팬은 그 광경에 흥분을 감추지 못했다. 밥 나이트의 오랜 멘토로서 대표팀 부코치를 맡았던 피트 뉴웰은 시합 전에 패커를 찾았다.

"허, 내 평생 살면서 저만치 격하게 화내는 사람은 처음 보네."

이는 나이트를 두고 한 말이었다. 그날 NBA 스타들의 반격에도 불구하고 올림픽 대표팀은 인디애나에서 또다시 승리를 추가했다.

패커는 이후 밀워키에서 벌어진 대결이 그야말로 진검 승부였다고 설명했다.

"밀워키에서 시범 경기가 열리기 전까지 저는 마이클이 그렇게 공격적으로 나서는 걸 못 봤어요. 그날 마이클이 골 밑 돌파를 하다가 마이크 던리비하고 충돌해서 코에 크게 상처가 났죠. 전반적으로 아주 거친 경기였는데, 그때 NBA 선수들을 코치하던 사람은 오스카 로버트슨이었습니다. 밥 나이트는 그 플레이가 원인이 되어서 결국 시합에서 퇴장 당했어요. 마이클이 코를 다쳐서 피를 뚝뚝 흘릴 때 마침 공이 대표팀 벤치 쪽으로 굴러갔거든요. 밥은 공을 등 뒤에 감추고는 심판한테 돌려주지 않으려 했죠. 그러다가 퇴장을 당한 거예요. 당시에 밥하고 오스카는 서로 못 잡아먹어서 난리였어요. 또 그날 시합 규칙에는 파울 아웃이 없어서 NBA 선수들이 올림픽 대표팀을 거의 두들겨 패다시피 했습니다."

나이트가 경기장을 나간 뒤에는 올림픽팀 코치들이 분위기를 수습하려고 작전 시간을 요청했다고 한다.

"작전 타임이 끝난 뒤에는 마이클이 경기를 지배했죠. NBA 선수들은 죄다 속수무책이었어요. 정말이지 직접 보면서도 믿기지가 않았어요. 마이클의 고교 시절과 대학 3년간을 줄곧 봐온 저도 위대한 공격수 마이클 조던의 면모를 확인한 건 그때가 처음이었거든요. 경기를 완전히 장악하는 그런 모습 말이죠. 감독이 부재중인 상황에서 마이클은 이렇게 말했어요. '지금은 정해진 시스템대로 뛰는 게 능사가 아니야. 이 시합은 내가 끝내겠어.' 그러고는 실제로 그렇게 해냈죠."

올림픽 대표팀은 8연승 무패 행진을 하며 마지막 시범 경기가 열리는 피닉스로 향했다.

"그 시합도 NBA 선수들이 상대였어요." 패커가 이어서 말했다. "그것도 NBA에서 실력이 최상급인 선수들이었죠. 저는 피닉스에 가서 밥하고 한참 이야기를 나눴어요. 그쯤 되니까 밥도 마이클이 믿음직했던 모양이에요. 이런 소릴 다 하더라고요. '마이클 조던 말인데, 내가 전에는 실력을 의심했지만 말이야. 내 장담하는데 녀석은 역대 최고의 선수가 될 걸세.' 이렇게 말이죠."

나이드는 그동안 기자들 앞에서 공개적으로 특성 선수를 칭찬하거나 언급한 적이 없었다. 선수들 간에 괜한 자존심 싸움이 일어나 팀의 균형이 깨질 수 있다는 우려에서였다. 그러나 그런 그도 시범 경기가 모두 끝난 뒤에는 기자회견에서 이런 말을 했다.

"마이클은 정말, 정말로 대단한 선수입니다."

미국 올림픽 대표팀은 피닉스에서 열린 마지막 시범 경기에서 84대72로 승리를 거뒀다. 이날 27득점을 올린 조던은 속공 상황에서 매직 존슨을 제치고 호쾌하게 덩크를 터뜨렸다. 또 경기 중에 코트 좌측에서 골 밑의 유잉에게 공을 넘긴 뒤 유잉의 슛이 실패하자 오른쪽에서 번개처럼 나타나 튕겨 나온 공을 곧장 링에 내리꽂기도 했다.

조던은 끊임없이 멋진 플레이를 펼쳤다.

"NBA 선수들이 전부 우두커니 서서 마이클을 구경하고 있더군요."

대표팀 동료였던 존 콘칵이 경기 후에 기자에게 한 말이다.

LA 레이커스의 감독으로 그날 NBA 올스타팀을 지도했던 팻 라일리는 이렇게 말했다.

"마이클 조던은 제가 농구를 본 이래로 가장 재능이 뛰어난 선수 같습니다."

훗날 조던은 그 시범 경기에서 프로선수들과 몸싸움을 해본 덕분에 프로 첫 시즌을 잘 대비할 수 있었다고 밝혔다. 빌리 패커가 설명하기로, 당시의 올림픽 대표팀은 순수한 포인트가드 없이 여러 포지션을 겸할 수 있는 선수들로 구성되었다고 한다. 그중에서 가장 다재다능했던 선수는 조던으로, 그는 포인트가드와 슈팅가드, 스몰포워드까지 총 세 가지 포지션을 오가며 시합을 치렀다.

## 1984

1984년도 올림픽 농구 종목은 7월 29일 LA의 그레이트 웨스턴 포럼에서 그 막을 올렸다. 구소련과 헝가리는 미국이 1980년도 모스크바 올림픽 대회에 불참한 데 항의하는 뜻으로 그해 대회에 참가하지 않았다. 미국 농구 대표팀은 큰 어려움 없이 평균 32점 차로 상대 팀들을 꺾고 8연승을 달렸다. 조던은 경기당 평균 17.1득점을 올리며 팀을 이끌었다. 패커가 당시를 떠올리며 말했다.

"그러면서 마이클이 어떤 능력을 가졌고 얼마나 다재다능한지가 온 세상에 알려졌죠. 하지만 마이클이 올림픽에서 자기 마음대로 40득점씩 막 때려 넣는 일은 없었어요. 그때 올림픽팀이 그런 식으로 플레이하진 않았거든요."

밥 나이트의 시스템 농구 때문에 출전 시간이나 공격 기회가 제한되기는 했지만, 조던은 연습 시합이나 실전 할 것 없이 매번 팬들과 팀 동료들을 열광시켰다. 스티브 알포드는 이렇게 말하기도 했다.

"속공할 때 마이클이 공을 잡으면 그 뒤에 나오는 건 딱 하나뿐이죠. 바로 덩크에요. 가끔은 선수들이 멍하니 마이클만 보는 경우가 있어요. 마이클은 항상 우리가 듣도 보도 못한 놀라운 플레이를 해내거든요."

미국이 상대 팀을 차례차례 쓰러뜨려 가는 가운데, 어떤 기자가 '세계 최고의 농구선수 마이클 조던'이라는 표제가 실린 외국 잡지를 조던에게 보여주었다. 소감이 어떤지 묻자 그는 솔직하게 대답했다.

"지금까지 제가 뭔가 해보려고 마음먹었을 때 그걸 막아낸 선수는 아무도 없었어요."

그해 여름 시범 경기에서 NBA 올스타팀을 제압하고 올림픽 무대에서 세계의 강팀들을 꺾으면서 조던은 큰 주목을 받았다. 하지만 위기도 있었다. 미국은 구서독을 상대로 한 시합에서 22점에 달하는 리드를 지키지 못하고 추격을 허용했다. 그때 조던은 슛을 열세 차례 시도하여 겨우 네 개를 성공시키고 실책도 여섯 개나 저질렀다. 밥 나이트가 불같이 성을 내는 가운데, 미국 선수들은 전열을 가다듬고 78대67로 끝내 승리를 거뒀다. 이후 나이트는 조던이 팀원들에게 사과해야 한다고 소리쳤고, 악의 섞인 그 발언은 탈의실을 왈칵 뒤집어 놓았다.

"그딴 식으로 플레이하다니, 부끄러운 줄 알아!"

나이트의 비난에 상처받은 조던은 팀원들 사이에 우두커니 서서 눈물을 흘렸다.

조던은 미국 대표팀의 리더로서 그동안 동료들에게 긍정적인 자극을 안겨주었다. 그 재능과 열정을 높이 평가하던 선수단에게 그날 조던이 탈의실에서 질책 받는 모습은 한마디로 충격이었다. 샘 퍼킨스는 그 일을 이렇게 회상했다.

"선수들은 마이클이 그렇게 못했다고 생각하지 않았어요. 사실 못한 건 우리였죠. 아마 감독님은 뒷일이 어떻게 될지 다 예상하고 그런 행동을 하셨던 것 같아요. 결과적으로 마이클이 이를 더 악물고 뛰기 시작했거든요."

훗날 조던은 프로선수로 활동하면서 훈련 중에 팀원들을 위협하거나 괴롭혀 언론으로부터 자주 비난을 듣게 된다. 어쩌면 그는 밥 나이트와 함께한 몇 달간 그런 요령을 익혔는지도 모른다.

"나이트 감독님이 무섭다기보다는요." 조던이 미국 올림픽 대표팀을 취재하던 기자들에게 한 말이다. "일단 그분은 우리 팀의 지도자이고, 또 여태 그런 스타일로 선수들을 가르치면서 큰 성공을 거두셨잖아요. 그래서 전 거기에 도전하거나 이의를 제기할 생각이 전혀 없어요. 하지만 그 밑에서 대학 4년 내내 뛴다면 어떨지는 상상하기조차 싫네요. 어쨌든 감독님은 굉장히 솔직한 분이세요. 늘 직설적으로 말씀하시죠. 표현이 어떻든 간에 요지를 이해하는 데는 전혀 문제가 없어요."

조던은 나이트에게 호되게 질책을 당한 뒤 맹렬한 기세로 시합에 나섰고, 금메달이 걸린 결승전에서 20득점을 올려 미국이 스페인을 96대65로 제압하는 데 기여했다. 경기가 끝나고 그는 환하게 웃던 밥 나이트와 포옹을 나누었다. 그리고 시상대에 올라 작은 미국 깃발을 흔들다가 금메달에 입을 맞추고 미국 국가를 따라 불렀다. 그런 다음 관중석으로 달려가 어머니에게 메달을 보여주었다.

그는 거기서 1972년도 올림픽 대회 때 미국이 소련에 패한 데 실망했던 일, 커서 꼭 금메달을 따겠다고 맹세했던 일을 이야기했다. 물론 그렇게 자신만만하게 외쳤던 아홉 살 때는 메달을 따려면 밥 나이트 밑에서 온갖 수모를 견뎌야 한다는 사실을 전혀 몰랐을 것이다. 조던은 굴욕적인 경험을 잊지 못하는 성격이었다. 올림픽 대회 우승은 아주 황홀했지만 또 그만큼 씁쓸한 뒷맛이 남았다.

앤서니 티치는 당시 올림픽 대표 선수로 발탁되지 못했으나 선수단 가까이서 조던을 유심히 관찰할 기회가 있었다. 그는 조던이 자기 재능을 죽이면서 감독의 요구에 철저히 순응하는 모습이 놀라웠다고 한다.

"아마 그런 특징을 알아본 사람은 많지 않을 거예요. 마이크가 농구하는 걸 보면 말이죠, 고등학교에서 대학으로 넘어가면서 스타일이 바뀌었고, 대학에서 올림픽, 또 올림픽에서 프로로 넘어가면서 한 번 더 바뀌었어요. 걔는 매번 딘 스미스나 밥 나이트, 필 잭슨 같은 감독들의 주문에 맞춰서 뛰었던 거예요.”

조던의 선전에 가장 기뻐하고 안심한 사람은 로드 쏜이었다. 불스의 선택이 옳다고 증명된 셈이었기 때문이다. 그는 그 시절을 이렇게 회상했다.

“올림픽에 출전한 게 마이클한테는 큰 자극이 되었어요. 그 후로 전국에서 마이클을 모르는 사람은 없다 해도 과언이 아니었지요. 대회가 LA에서 열리기도 했고, 비록 출전 시간이 그리 길지는 않았지만 마이클이 멋진 덩크나 현란한 기술로 모든 경기 장면을 무슨 하이라이트 영상처럼 만들었거든요.”

그로부터 2주 뒤인 1984년 9월 12일, 시카고 불스는 마이클 조던과 7년짜리 계약을 했다고 발표했다. 계약 금액은 당시 NBA 역대 3위에 달하는 600만 달러로, 휴스턴 로케츠의 센터인 하킴 올라주원과 랄프 샘슨 다음가는 액수였으며 가드 포지션 선수로는 역대 최고액이었다. 불스의 공동 소유주였던 조너선 코블러는 계약 후에 이런 농담을 던졌다.

“일단은 기브 앤드 테이크가 이뤄졌군요. 주는 건 우리, 받는 건 저쪽이고요.”

그러나 NBA에서 활동하던 에이전트들은 그 계약을 탐탁지 않게 보았다. 전국구 스타로 떠오른 조던을 그 정도 금액으로 7년이나 붙드는 것이 얼토당토않다는 뜻에서였다. 매직 존슨과 아이제이아 토머스의 에이전트인 조지 앤드루스는《사우스이스트 이고노미스트》지에 ‘이해할 수 없는 계약’이라고 밝혔다. 리 펜트레스라는 에이전트는 ‘선수들의 몸값이 폭발적으로 증가하는 추세라서 마이클 조던의 계약은 나중에 문제가 될 소지가 크다.’라고 말했다.

데이비드 포크는 계약 사실을 공표하는 자리에서 이렇게 말했다.

“대리인인 제가 마음대로 계약을 좌지우지할 수는 없는 노릇이죠. 모든 결정은 마이클과 그 부모님이 내렸습니다.”

당시 계약에서 조던은 ‘농구를 마음껏 할 수 있는 자유’를 중요 조항으로 내세웠다. NBA에서는 구단의 허가 범위를 벗어난 개인 활동에서 선수가 다칠 경우 계약을 무효화하게 되어 있다. 조던은 언제 어디서든 제약 없이 농구하길 원했고, 불스는 한 발 물러서서 그가 원하는 조건을 계약서에 반영했다.

"제 대리인들은 이 계약에 몇 가지 결함이 있다고 하는데, 전 괜찮습니다." 조던이 시카고에서 기자들에게 한 말이다. "협상이 끝나서 기쁘지만 팀에 잘 적응할 수 있을지 좀 걱정이 되네요. 앞으로 여기서 저 혼자 마이클 조던 쇼를 벌이는 일은 없을 겁니다. 전 확실하게 이 팀의 일원이 될 테니까요."

# 제15장

# 블랙파워

나이키사의 임원들은 소니 바카로를 처음 대면하고 그가 혹여 범죄 조직의 일원은 아닌지 의심스러워했다. 바카로는 외모와 이름하며 말투와 행동거지까지 모두 마피아 같았고, 평범한 사람들이 모르는 무서운 비밀을 꽤 아는 듯한 분위기를 풍겼다. 마이클 조던 역시 축 처진 눈매에 체구가 땅딸막한 이 이탈리아인과의 첫 만남에서 비슷한 느낌을 받았다. 나중에 그는 당시 느낀 바를 이렇게 이야기했다.

"내가 그런 어두운 세계 쪽 사람하고 손을 잡아도 되는 걸까, 하는 생각을 했었죠."

바카로는 그처럼 어색한 공기가 흐르는 와중에 홀로 빙긋 웃고 있었다. 가까운 지인들의 설명에 의하면, 그는 범죄와 전혀 상관없는 인물이었다. 그러나 바카로는 마피아 단원 같은 인상을 바꾸려 하지 않았고, 범죄자가 아니라고 해명하지도 않았다. 그 대신 사람들이 그렇게 오해하는 상황을 오히려 좋아하고 즐겼다. 비즈니스 세계에서는 남들의 눈에 띄는 개성이 어떻게든 도움이 된다는 생각에서였다.

한데 바카로는 실제로 정장을 빼입고 한 덩치 하는 사내들과 꽤 깊은 관계가 있었다. 다만 폭력배가 아니라 대학 농구계에서 내로라하는 지도자들이라는 점이 달랐다. 사실 당시 미국 유수의 대학 감독들도 바카로를 완전히 신용하지는 않았으나, 그가 건네는 수표가 늘 깔끔히 정산된 상태여서 달리 걱정은 하지 않았다. 1970년대 말의 농구계에서는 이처럼 돈을 써서 관계자들의 환심을 사는 일이 비일비재했다. 나이키는 이후 소니 바카로를 통해 이 전략을 적극 활용하는 대표적인 기업으로 탈바꿈한다.

빌리 패커는 처음에 덥수룩한 곱슬머리에 구겨진 운동복을 입은 바카로를 만나보고 웃음을 터뜨렸다고 한다.

"소니 바카로가 월가나 매디슨가에서 잘나가는 회사 임원이었다면 이야기가 좀 달랐을 겁니다. 하지만 그런 거랑은 거리가 멀었어요. 그 친구는 그냥 길바닥 출신이었죠. 농구계의 중추로는 들어가기 어려운 상황이었어요. 그래서 바깥쪽에서부터 손을 쓰기 시작했는데, 결과적으로는 그게 나이키에나 소니 개인에게나 큰 성공을 가져다줬어요."

바카로는 농구계를 혁신시키러 곳곳을 오가며 자신을 '정 많은 피츠버그 사나이'라고 소개했다. 하지만 그 소개말은 1년 중에 절반 정도만 들어맞았다. 나머지 6개월가량은 라스베이거스에서 지냈기 때문이다. 사람들을 만날 때 촌스러운 인상은 별문제가 되지 않았지만, 라스베이거스에 얽힌 소문은 그를 왠지 모르게 두려운 대상으로 둔갑시켰다. 바카로는 해마다 반년 정도 알라딘이나 바르바리 코스트 같은 카지노를 들락거리며 스포츠 베팅장에서 주로 시간을 보냈다. 그는 '의뢰인들'을 대신하여 미식축구 경기에 판돈을 걸고 거기서 받은 '수수료'를 생활에 보탰다고 한다. 그러나 그런 해명은 어딘가 모호한 데가 있었다. 소문 중에는 그가 직접 작은 도박장을 운영했다는 설도 있었다. 바카로는 도박꾼의 삶을 주제로 삼은 데이먼 러니언의 소실 속 등장인물 같았고, 실제로 도박꾼이 넘쳐나던 라스베이거스에서도 그런 인상이 유난히 돋보였다. 들리는 말에 의하면, 당시 스포츠 베팅장에서는 미식축구 경기 시간이 다가올수록 그를 찾는 안내방송이 잦아졌다고 한다.

이러한 인물이 나이키와 손잡게 된 사연은 나머지 반년 간 피츠버그에서 보인 행적과 관련되어 있다. 1964년, 아직 만 스물네 살에 불과했던 바카로는 대학 기숙사 룸메이트였던 팻 디시저와 함께 대퍼 댄 라운드볼 클래식 대회를 개최했다. 피츠버그 지역 자선행사의 일환으로 열린 이 토너먼트 대회는 고교 농구계의 올스타들이 모여들면서 대대적인 주목을 받았다. 대학 감독들은 이 행사에서 우수한 신예를 스카우트하는 기회를 얻었고, 바카로는 곧 그 점을 알아챘다. 이후 피츠버그에는 해마다 전국 유수의 선수들 그리고 존 우든부터 딘 스미스까지 대학 농구계를 대표하는 감독들이 잔뜩 모여들었다.

훗날 바카로는 그때 대학 감독들과 안면을 튼 덕에 농구계로 서서히 발을 들일 수 있었다고 설명했다. 한마디로 인맥이 길을 터준 것이다. 그는 2012년도 인터뷰에서 '그 계기가 된 건 대퍼 댄 대회'였다고 재차 강조했다.

해마다 자선행사로 거둔 이익은 3,000달러를 채 넘기지 못했지만, 연줄을 만든다는 점에서는 이 대회가 노다지나 다름없었다. 일류 감독들과 친분을 쌓은 바카로의 영향력은 파이브 스타 캠프의 하워드 가핑클에 버금갈 정도였다. 차이가 있다면 바카로는 농구 마케팅에, 가핑클은 어린 선수들의 재능을 평가하는 데 관심을 두었다는 것이다.

행사에 농구계의 유명 인사가 모인다는 것은 곧 유명한 언론사도 그만큼 많이 모인다는 뜻이었다. 1970년대에 《스포츠 일러스트레이티드》는 바카로가 주최한 대회를 기사화했고, 커리 커크패트릭 기자는 그 현장을 다음과 같이 묘사했다.

"윌리엄 펜 호텔에서는 로비와 복도, 카페, 엘리베이터 안, 또 때로는 화분에 심어놓은 종려나무 그늘까지, 어디를 가도 우수한 고교 선수들을 찾는 대학 감독들로 가득했다. 그들은 대퍼 댄 라운드볼 클래식을 보려고 피츠버그로 모여들었다. 벌써 개최 6년 차를 맞이한 이 대회는 고교 올스타급 선수들이 실력을 겨루는 장으로서, 농구계 최고의 행사로 자리매김했다."

스카우트 전문가인 톰 콘찰스키는 호텔 로비에서 바카로가 일하던 모습이 상당히 흥미로웠다고 한다.

"그 친구는 로비 여기저기를 오가면서 여덟 명이나 되는 감독들하고 동시에 이야기를 나눴어요. 그때 존 톰슨은 막 조지타운 감독이 된 참이었고, 제리 타카니안은 여전히 롱비치 주립대를 맡고 있었습니다. 소니 바카로는 거기 있는 사람들을 전부 알았죠. 그때 모습은 마치 감독들을 공처럼 돌려가며 저글링을 하는 것 같았어요. 호텔 로비에는 감독이나 코치들이 서른 명 정도 있었는데, 그 친구는 그 사람들한테 일일이 인사를 하고 이리저리 다니면서 계속 대화를 이어갔어요."

1972년, 배짱이 두둑해진 바카로는 포틀랜드에 소재한 나이키 본사를 방문하여 자신의 마케팅 전략을 소개했다. 나이키 측은 별 관심을 보이지 않았으나 회사의 주요 임원인 롭 스트라서는 바카로가 대학 감독들과 잘 알고 지낸다는 사실에 주목했다. 다른 임원들은 FBI에 신원 조사를 요청해야 하지 않느냐고 의심의 눈길을 보냈지만, 스트라서는 그런 절차 없이 바로 바카로를 고용했다.

스트라서는 월급으로 500달러를 주기로 하고 바카로의 은행 계좌에 3만 달러가 넘는 금액을 입금했다. 그리고 대학 농구부 감독들과 후원 계약을 맺으라고 주문했다. 훗날 바카로는 그 일을 두고 이렇게 말했다.

"여기서 다시 한 번 생각할 게 있어요. 그때 나이키의 규모는 겨우 2,500만 달러 정도였다는 사실요."

소니 바카로에게는 어렵지 않은 일이었다. 그는 각 팀의 감독을 찾아가 계약서에 서명을 받고, 수표를 건넨 다음 선수들이 신을 운동화를 공짜로 보냈다. 수많은 감독이 그를 통해 나이키와 계약을 했고 그중에는 조지타운의 존 톰슨, 당시 네바다 라스베이거스 대학(UNLV)으로 막 이직한 제리 타카니안, 아이오나의 짐 발바노, 워싱턴 주립대의 조지 레이블링이 있었다.

"그 시절엔 말입니다. 5,000달러만 해도 농구 감독한테는 상당히 큰돈이었어요." 빌리 패커의 설명이다. "제가 본 건 당시 있었던 거래 중에서도 극히 일부분이에요. 감독들한테 얼마나 돈을 썼는지는 소니 본인만 알죠."

어떤 이들은 너무나 후한 대우에 오히려 의심을 했다. 짐 발바노라면 분명히 이런 말을 했을 것이다.

"확실히 짚고 넘어갑시다. 당신이 우리 선수들 신을 신발을 공짜로 주고 나한테 돈까지 준다는 겁니까? 이거 법적으로 문제없는 거 맞소?"

그런 행위는 농구계의 페이올라*나 다름없었지만, 당시에는 불법이 아니었다.

---

* payola, 음반 제조사가 자사 음악이 방송에 많이 노출되도록 라디오 방송 제작자와 DJ들에게 금품을 지급하는 일.

물론 도덕적인 면에서는 비난받을 만한 일이었다. 이 전략의 기본 개념은 아주 단순했다. 농구부 감독의 허가를 받아 아마추어 선수들에게 나이키 신발을 신기고, 농구팬과 소비자 집단에 강력한 메시지를 전달한다는 것이었다. 이후 1978년에 인디애나 주립대 선수인 래리 버드가 나이키 운동화를 신고 《스포츠 일러스트레이티드》 표지에 등장하자 바카로에 대한 신뢰도는 대폭 상승했다. 카지노를 들락거리던 시절부터 자신을 믿어준 '의뢰인'에게 늘 확실한 보상을 안겨주던 그였다.

나이키의 매상이 급증하자 스트라서는 바카로의 계좌에 9만 달러를 입금하고 더 많은 감독과 계약해오라고 지시했다. 그 무렵 《워싱턴 포스트》는 나이키의 마케팅 전략에 도덕적인 문제가 있다는 기사를 게재했고, 이에 회사 간부들은 비난이 쏟아질 것에 대비했다. 그러나 비판 여론보다는 후원 계약을 원하는 감독들의 문의가 더 많았다. 소니 바카로는 그렇게 미국 아마추어 농구계를 돈으로 물들였다. 곧이어 신발 제조사들은 대학팀과 감독들을 후원하는 데 그치지 않고 유소년과 청소년 농구에도 눈을 돌렸다. 톰 콘찰스키는 바카로가 주도한 페이올라를 이렇게 평가했다.

"농구계가 완전히 바뀌어버렸어요. 그 덕에 요즘 AAU 대회에 나오는 열두 살 이하의 아이들은 본인이 이미 성공했다고 생각하죠."

## 선견지명

1982년에 바카로는 나이키의 자본 가운데 수백만 달러를 대학 감독들에게 지급하고 있었다. 그는 존 톰슨의 초대로 그해 뉴올리언스에서 열린 NCAA 농구 전국 4강전을 관람하면서 또다시 기발한 생각을 떠올렸다. 1982년도 토너먼트의 최우수 선수는 제임스 워디였지만, 가장 주목을 받은 선수는 마이클 조던이라는 데 착안한 것이었다. 바카로는 조지타운을 격침한 조던의 마지막 슛을 두고 이런 말을 했다.

"온 세상이 보는 앞에서 믿을 수 없는 일이 벌어진 거죠."

그 슛은 새로운 스타 탄생을 알리는 축포였다.

당시에 바카로는 조던과 아무런 친분이 없었다. 딘 스미스 감독이 컨버스의 후원을 받았기에 UNC 선수들은 모두 컨버스 신발을 신고 시합에 나섰다. 게다가 조던이 가장 좋아하던 브랜드는 아디다스였다. 아디다스 제품이면 모두 반겼지만 그는 그중에서도 특히 신발을 좋아했다. 상자에서 바로 꺼내 신어도 발이 편하다는 이유에서였다. 즉 새 신발을 애써 길들일 필요가 없었던 것이다. 그래서 연습 때는 아디다스 신발을 신고 정규 시합 중에는 팀의 규칙대로 컨버스 신발을 신었다. 바카로는 조던이 특유의 카리스마로 마케팅 세계의 거물이 되리라 확신했다. 그래서 조던과 후원 계약을 맺고 그를 주제로 한 제품군을 만들어보자는 생각을 했다. 바카로는 1984년 1월에 스트라서를 비롯한 나이키 간부들에게 그 의견을 전달했다. 그때 조던은 아직 대학 3학년으로, 4학년 시즌을 거르고 NBA로 진출할지 어떨지도 정하지 않은 상태였다.

마케팅 예산으로 250만 달러를 준비해둔 나이키는 그 돈을 젊고 유능한 농구 선수 여러 명에게 분산 투자하려고 했다. 이 계획에는 개성 넘치는 플레이와 남다른 카리스마로 인기를 끈 찰스 바클리 그리고 이후 NBA 드래프트에서 포틀랜드 트레일 블레이저스가 지명한 샘 부이도 포함되었다. 1984년도 드래프트에 참가하는 신예들에게 예산을 쪼개어 사용한다는 계획은 꽤 그럴듯해 보였다. 그러나 바카로는 스트라서에게 반대를 외쳤다.

"그렇게 할 일이 아냐. 전부 그 아이한테 투자해야 해. 마이클 조던한테 몽땅."

바카로는 조던에게 대단한 매력이 있다고, 또 그가 농구화 마케팅을 한 차원 높은 수준으로 이끌 인물이라고 호언장담했다. 거기에 가장 중요한 이유로 든 것은 조던의 실력이 여태 본 어떤 선수보다 뛰어나다는 점이었다.

그는 스트라서에게 조던이 '공중을 날아다니는 선수'라고 설명했다.

그 시절에 프로농구선수와 스포츠 기업이 맺은 후원 계약 규모는 보통 만 달러가 채 되지 않았다. 예외적으로 LA 레이커스의 카림 압둘 자바만이 신발 계약으로 연간 10만 달러를 번다고 알려져 있었다.

그 무렵 조던은 일반 대중에게 그리 큰 인기를 끌지 못했고, 그래서 바카로의 주장은 더 이상하게 들렸다. 그는 당시 상황을 이렇게 되짚었다.

"그때는 마이클이 특별히 눈에 띄지도 않았고 대중적인 우상이라 하기도 어려웠죠. 실력은 좋았지만 그저 딘 스미스의 팀에서 뛰는 선수 정도로만 인식됐거든요." 그는 조던이 조만간 어떤 선수도 따라오지 못할 최고 스타의 반열에 들 것이라고, 나이키가 그런 유망주에게 마땅히 투자해야 한다고 주장했다. "그때 내 요지는 말이죠. 우리한테 있는 자금을 다 털어서 마이클한테 주자는 거였어요. 롭이 제 말을 유심히 듣더니 '지금 직위를 걸고도 그렇게 말할 수 있겠느냐'고 묻습디다."

나이키에서 대학 감독들과의 계약을 담당했던 바카로의 봉급은 지난 7년간 꾸준히 늘었다. 하지만 액수만 따져보면 연봉 2만 4,000달러 정도로, 업무 성과에 비해서는 그리 많다고 보기 어려웠다. 그는 스트라서의 질문에 빙긋 웃으며 답했다.

"당연하지."

스트라서는 그간의 경험상 바카로의 직감을 믿어야 한다고 보았지만, 그 특유의 도박 기질에 불안감을 느꼈다. 특정 선수만을 위한 마케팅을 전개하려면 나이키가 신발과 의류를 비롯한 관련 상품들을 한 가지 제품군으로 묶고 광고와 브랜드 제작까지 모두 처리할 필요가 있었다.

롭 스트라서는 데이비드 포크와 접촉하여 나이키가 조던과 계약을 고려하는 중이라고 알렸다. 두 사람은 이전에도 다른 운동선수들의 계약 건으로 자주 연락한 바 있었다. 그 시절에 농구 같은 단체 스포츠 분야에서는 선수를 소속팀과 연계하여 홍보하는 경향이 강했다. 그러나 포크와 스트라서는 그 방식을 버리고 조던을 단독으로 활동하는 테니스 선수처럼 마케팅하자고 의견을 모았다. 스트라서는 포크에게 얼른 조던과 에이전트 계약을 하라고 독촉했다. 포크는 한 번 알아보겠다면서 UNC 출신이 조기에 NBA로 진출하는 경우는 드물다고 말했다. 물론 그 말은 사실이 아니었다. 그 후 계약을 위해 딘 스미스와 접촉하는 데는 아무런 문제가 없었다. 포크의 상사였던 도널드 델이 이미 스미스와 잘 아는 사이였기 때문이다.

그해 봄에 딘 스미스는 포크를 비롯한 프로서브의 직원들을 만나 몇 차례 이야기를 나눴는데, 어쩌면 그때 조던에게 프로행을 권하면서 신발 제조사와의 후원 계약까지 고려했을지도 모른다. 하지만 스미스는 기업들과의 연관성을 공개적으로 언급한 적이 없고, 또 빌리 패커의 관찰에 의하면, 그가 UNC 감독을 맡은 동안 그런 정보를 누설한 적은 단 한 번도 없다고 한다. 딘 스미스는 조던의 NBA 진출 가능성을 점치고자 프로 구단들과 연락을 취했다. 그중에는 필라델피아 세븐티식서스가 있었다. 당시 식서스의 감독은 스미스의 옛 제자인 빌리 커닝햄이었다.

식서스 측은 드래프트에서 2순위나 3순위 지명권을 얻는다면 조던을 뽑겠다고 했다. 그런데 이 팀의 부코치였던 맷 구오카스가 밝히기로, 조던을 원했던 커닝햄과 다르게 정작 구단주인 해롤드 캐츠는 찰스 바클리를 선호했다고 한다.

아무튼 조던이 대학을 일찍 떠나기로 하면서 오롯이 그를 위한 제품을 만들겠다는 바카로의 계획은 더욱 힘을 얻었다. 1984년 8월, 롭 스트라서는 나이키의 디자이너인 피터 무어와 함께 워싱턴 D.C.에 소재한 포크의 사무실을 찾았다. 그 무렵 포크는 조던의 신발과 운동복에 어울릴 명칭을 고심하던 중이었다. 거기에는 '에어 조던'이라는 이름이 있었고, 스트라서와 무어는 그 단어를 보자마자 결정을 내렸다.

"그래, 바로 이거야. 에어 조던!"

그날 회의가 끝날 즈음 무어는 제품 로고를 스케치하여 포크에게 보여주었다. 종이에는 'AIR JORDAN'이라는 글자와 함께 농구공을 두른 날개 형태의 휘장이 그려져 있었다.

그 사이에 바카로는 은둔자처럼 지내던 나이키의 필 나이트 회장을 직접 만나 설득하려고 애썼다. 올림픽 대회가 열리던 시기, 그는 아직 실력이 검증되지 않은 NBA의 루키에게 나이키가 대대적으로 투자할 필요가 있음을 알리고자 LA에서 나이트와 저녁 약속을 잡았다. 그 자리에는 빌리 패커도 함께했는데, 나이트를 설득하는 데 조금이나마 도움을 받기 위해서였다.

학창 시절에 육상 선수로 활동했던 필 나이트는 오리건 대학의 전설적인 육상 감독 빌 바워만과 함께 나이키를 설립했다. 그는 롭 스트라서처럼 사교성이 좋은 임원들에게 회사의 일상 업무를 많이 맡겼다. 그러나 경영상 중요한 결정을 하거나 계획을 세울 때는 여전히 그의 허락이 필요했다. 나이트는 나이키의 급격한 성장이 그동안 바카로가 쌓아온 인간관계 덕분임을 잘 알았다. 실제로 얼마 후에《스포팅 뉴스》가 선정한 '스포츠계의 거물 100인' 명단에는 나이트와 더불어 바카로의 이름도 들어 있었다. LA에서 함께 저녁을 드는 동안 바카로는 조던이라는 젊은 선수를 소개하는 데 많은 시간을 할애했다. 패커는 그 모습을 이렇게 떠올렸다.

"필 나이트 회장은 이렇다 할 반응이 없었어요. 이런저런 질문을 던지긴 했지만 그 일을 어떻게 진행하라는 지시는 전혀 없었죠. 그 선수를 꼭 잡으라든가 아니면 어떻게 하는 게 좋겠다든가 하는 그런 말이요. 그때 저는 필 나이트가 어떤 성격인지 전혀 몰랐어요. 아무튼 그 사람 입에서 '내가 도와줄 일은 없겠소? 그 선수를 잡는 게 좋을 것 같군.' 이런 소리는 한 번도 안 나왔습니다. 정말 조용하고 사무적인 분위기였어요. 소니는 그러거나 말거나 마이클이 왜 마케팅 면에서 큰 가치가 있는지 계속 떠들어댔고요. 그렇게 올림픽 대회가 진행되는 동안 소니는 마이클을 나이키로 데려오려고 동분서주했습니다."

한편 스트라서와 바카로는 나이키의 계획을 조던 가족에게 알리고 그들을 설득할 필요가 있었다. 훗날 마이클 조던이 밝히기로, 스무 살 때의 자신은 여전히 철이 덜 든 상태였고 신발 사업에 관하여 잘 몰랐을 뿐더러 관심도 없었다고 한다. 당시에 바카로는 오랜 친구이자 올림픽 대표팀 코치였던 조지 레이블링에게 조던과의 만남을 주선해달라고 부탁했다. 그리하여 그와 조던은 LA에서 대회가 진행되는 도중에 만나게 되었다.

"조지는 토니 로마스 식당에서 날 마이클한테 소개해줬죠." 바카로가 옛일을 회상했다. "내 인생 처음으로 마이클을 대면한 게 그때예요. 우린 자리를 잡고 앉아서 나이키와의 계약에 관해 이야기했어요. 한 가지 말해둘 것이, 당시엔 마이클이 나이키를 전혀 몰랐습니다. 일단 나는 '마이클, 자넨 날 모르겠지만, 우리 회사에서 자넬 위해 농구화를 하나 만들어볼까 하네. 오직 자네만을 위한 신발 말이야.' 이런 식으로 용건을 밝혔어요."

양쪽 모두 첫인상이 좋지는 않았다. 조던은 바카로가 영 수상쩍다고 여겼고, 바카로의 눈에 조던은 건방지고 아무 생각 없는 애송이처럼 보였다. 진지하게 제품 이야기를 할 때 조던이 별안간 자동차를 달라고 말하는 바람에 그런 인상은 더욱 짙어졌다. 하지만 바카로는 침착하게 대응했다.

"이 계약을 하면 자넨 어떤 차든 간에 마음대로 살 수 있을 걸세."

그런데도 조던은 같은 말을 반복했다.

"내가 원하는 건 자동차예요."

"그때 마이클은 진짜 상대하기가 까다로웠어요." 바카로가 그날의 만남을 떠올리며 말했다. "일단 돈 계산을 전혀 안 했거든요. 또 노스캐롤라이나 대학을 나왔다 뿐이지 여전히 어린애 같았죠. 기본적으로 그런 문제가 있었고, 80년대에는 신발 계약 규모가 그렇게 크지 않아서 그런지 내 얘기에 전혀 관심을 안 보였어요. 게다가 녀석은 나이키가 아니라 아디다스로 가길 원했죠. 그 시절에는 아디다스 운동복이 제일 끝내줬거든요."

조던이 직접 돈 이야기를 꺼냈을 때 바카로는 걱정할 필요 없다고 단언했다. 계약이 성사되면 백만장자가 될 것이라면서 말이다. 하지만 조던의 최대 관심사는 여전히 새 차였다. 바카로는 일단 자동차로 조던을 꾀는 편이 낫겠다고 판단했다. 그리고 약속했다.

"그럼 우리가 차도 새로 하나 뽑아주겠네."

조던은 씨익 웃었다. 그러나 바카로는 그 표정을 보고도 영 안심이 되지 않았다고 한다.

"마이클이 그렇게 씩 웃는 모습을 다들 본 적 있을 거예요. 사람을 정면으로 응시하면서 웃는 거 말이죠. 진짜 속을 알 수 없는 미소랄까요? 그 표정 뒤에 무슨 생각이 있는지는 아무도 알 수가 없어요."

바카로는 데이비드 포크가 아디다스나 컨버스와도 협상 중임을 알았으나 스트라서와 포크의 관계를 따져볼 때 나이키에 승산이 있다고 보았다. 포크는 그해 9월에 조던과 시카고 불스의 계약을 마무리 지었고, 나이키 측은 조던에 관한 자사의 투자 전략이 아디다스와 컨버스보다 훨씬 우위에 있음을 확인했다. 그리고 바카로와 스트라서는 나이키가 내건 조건이 얼마나 파격적인지 조던도 곧 이해하리라 자신했다.

미국 올림픽 농구 대표팀이 금메달을 딴 다음 날, 포크와 스트라서, 바카로는 조던과의 계약액을 결정하고자 한자리에 모였다. 나이키는 그간 준비해둔 마케팅 예산을 모조리 조던에게 투자하기로 하고 계약 보증금과 계약 체결 보너스, 매년 지급할 비용을 합쳐 5년간 총 250만 달러라는 조건을 제시했다. 또한 에어 조던 농구화의 광고도 제작하기로 약속했다. 당시 프로농구계의 일반적인 신발 계약 건과 비교했을 때 그야말로 전례가 없는 특별 대우였다. 특히 에어 조던이 한 켤레 팔릴 때마다 로열티를 25퍼센트씩 준다는 조항이 그러했다. 또 조던은 그 외의 나이키 에어 운동화에 대해서도 로열티를 지급받기로 되어 있었다. 바카로가 2012년에 밝힌 바에 의하면, 포크가 로열티 비율을 50퍼센트로 높였어도 나이키는 충분히 받아들였을 것이라고 한다.

"하지만 데이비드는 선불로 현찰을 더 많이 받길 원했어요. 1984년에는 그런 신발이 잘 팔릴 거라는 보장이 없었으니까요."

나이키가 내건 조건은 기업의 사활을 건 도박과도 같았다. 냉정하게 따져 보면 조던은 1970년대의 향락 문화와 코카인에 찌든 NBA에서 경영 실적이 엉망인 구단 소속으로 아직 정식 데뷔조차 하지 않은 신인에 불과했다. 당시 시카고 불스에는 코카인을 인생의 낙으로 여기고 찬양하는 선수들이 적지 않았다. 만약 나이키가 사전에 정식으로 이 사업의 위험성을 평가했다면 조던과의 계약을 즉각 포기했을지도 모른다. 그러나 이 일은 애초에 확실한 사업 계획 없이 순전히 소니 바카로의 직감을 따라서 시작된 것이었다.

에어 조던 제품군에 관한 설명회가 열리기 전날 밤, 조던은 부모님에게 전화를 걸어 나이키 본사에 가기 싫다고 불평했다. 그 무렵 전국 곳곳을 오가느라 지쳤던 그는 마음에 들지도 않는 신발 때문에 머나먼 오리건주까지 가야 한다는 것이 영 내키지 않았다. 그러나 델로리스는 딴생각하지 말고 아침에 꼭 공항으로 나오라며 잘라 말했다. 물론 조던은 어머니의 엄명에 다음 날 일찍 롤리 더럼 공항에 나타났다.

그날 회의장에는 스트라서와 바카로를 비롯한 나이키의 주요 간부들이 모두 모였다. 거기에는 메릴랜드 대학 농구부 출신으로 이후 수년간 조던과 나이키의 중간다리 역할을 하게 될 하워드 화이트가 있었고, 그런 자리에 좀처럼 참석하지 않는 필 나이트까지 모습을 보였다. 설명회가 시작되고 바카로와 나이키 임원들은 곧 델로리스 조던의 주의력과 뛰어난 식견에 감탄했다. 바카로는 그녀를 높이 평가했다.

"델로리스는 내가 여태 만나본 중에 가장 인상 깊은 인물이라고 할 수 있어요. 자기 아들의 인생을 걸고 담판을 벌이는 그런 사람이었으니까요."

마이클 조던은 프레젠테이션이 진행되는 내내 아무 관심도 없는 듯 뚱한 표정으로 일관했다. 그곳에 오기기 싫었던 만큼 불편한 기색이 역력했다. 그는 빨강과 검정으로 칠해진 신발을 보더니 그 붉은색이 '악마의 색깔' 같다고 소감을 드러냈다. 그러고는 '아직 대학생이라면 그 신발을 하늘색으로 꾸밀 수 있을 텐데' 하면서 UNC를 나온 것이 안타깝다고 말했다. 조던의 불손한 태도에도 불구하고 바카로는 델로리스에게서 눈을 떼지 못했다. 그는 신발 판매량에 비례하여 로열티를 받게 된다는 설명에 그녀가 어떤 표정을 짓는지 주목했다. 그리고 나이키가 이 계약에 모든 것을 걸었다고 밝혔다.

"난 이렇게 말했죠. 우린 마이클한테 모든 걸 걸었다고요. 그때 거기서 그런 말을 할 수 있다는 게 참 감개무량했어요." 바카로가 다시 말했다. "나는 일자리를 걸었고, 나이키는 기업의 미래를 걸었죠. 선뜻 믿기 어려운 일이었어요. 우리가 가진 예산을 전부 쏟아 부은 거니까요. 마이클의 어머니는 그런 모험을 기꺼이 감수하는 우릴 가족처럼 받아들였어요. '우린 마이클을 이만큼이나 간절하게 원한다. 당신 아들이 우리 회사의 미래다.' 그때 우린 이렇게 외치고 있었죠. '마이클이 여기서 발을 빼면 우린 파산할 것'이라는 메시지도 함께 보냈고요. 난 계속 그런 이야기를 했고, 결국은 그게 그날 설명회의 핵심이었습니다."

그때 아무도 입 밖에 내지는 않았지만 회의장에 모인 이들의 머릿속에는 한 가지 신경 쓰이는 점이 있었다. 단순히 신발 계약에 유례없이 큰돈을 쓴다는 것이 아니었다. 문제는 그만한 돈을 아직 프로 무대에서 단 1초도 뛰지 않은 스물한 살짜리 '흑인' 선수에게 준다는 사실이었다. 그동안 미국은 최초의 흑인 메이저리거인 재키 로빈슨부터 홈런 타자 윌리 메이스, NBA의 전설인 빌 러셀과 윌트 체임벌린, 미식축구 선수이자 배우로 활약한 짐 브라운 그리고 영원한 챔피언 무하마드 알리까지, 한 시대의 우상이라 일컬을 만한 흑인 선수들의 등장을 목격했다. 이들은 모두 미국 곳곳에 만연했던 인종 차별과 흑인 시민권 운동이라는 시련 속에서 자신의 길을 개척했다. 하지만 광고계는 그때까지 단 한 번도 그들을 마케팅 활동의 주역으로 여기지 않았다. 그래서 나이키가 마이클 조던을 받아들이고 미래의 청사진을 그린 것은 무척이나 이례적이었다.

무엇보다 중요한 것은 역시 타이밍이었다. 아직 계약 여부가 판가름 나지는 않았지만, 바카로는 델로리스의 표정에서 자신감을 얻었다.

"중요한 건 델로리스의 반응이었어요." 그가 당시 상황을 이야기했다. "그때 우린 단순히 돈을 주고 마이클을 고용하려는 게 아니라 사업 파트너로 삼을 생각이었죠. 델로리스는 그 점을 마음에 들어 했고요. 모든 건 그 사람 손에 좌우됐어요. 물론 마이클은 아버지도 정말 사랑하고 잘 따랐죠. 하지만 그 집안의 중심은 누가 뭐래도 델로리스였어요."

당시에는 아무도 눈치채지 못했지만, 그날의 모임은 흑인의 힘, 이른바 블랙파워를 정점으로 끌어올리는 계기가 되었다. 일반적으로 블랙파워란 사회 부조리와 인종 차별에 맞선 저항 운동의 구호로 쓰이나, 여기서는 의미가 조금 다르다. 델로리스 조던으로 대표되는 블랙파워의 근원지는 그 옛날 백인 우월주의 세력이 폭력을 동원하여 흑인을 정치와 사회 활동에서 배제했던 노스캐롤라이나주의 코스털플레인이었다. 그녀는 이 개념을 아버지로부터 이어받았고 그 토대는 소작농업을 통한 경제적 자각에 있었다. 경제력은 과거에 흑인들이 가질 수 있었던 가장 큰 힘으로, 흑백 인종 분리 정책이 시행되던 시기에 애틀랜타나 더럼에서 번창했던 흑인 소유의 은행이나 소기업이 그 대표적인 예다. 그때 흑인 기업가와 전문직 종사자들이 벌어들인 이익이 어느 정도인지는 잘 알려지지 않았으나, 그들이 축적한 부는 흑인 사회의 핵심으로 확실히 자리매김했다.

마이클 조던은 1984년에 나이키와 첫 거래를 함으로써 이후의 인생이 송두리째 바뀔 만큼 막대한 경제력을 얻게 된다. 하지만 그전에 모두가 매달려 온종일 심통이 나 있던 조던을 설득하는 과정이 필요했다. 그런 와중에 설명회 내내 눈썹 하나 까딱하지 않던 그가 바카로에게 자동차 이야기는 어떻게 되었냐고 물었다. 그러자 바카로가 작은 장난감 자동차 두 대를 주머니에서 꺼내 조던 쪽으로 굴렸다. 몇 년 뒤에 그가 밝히기로, 그중 하나는 람보르기니였다고 한다.

"마이클, 이게 지네 차일세."

바카로는 첫 만남에서 언급한 대로 나이키와 계약을 하면 어떤 차든 마음대로 살 수 있을 것이라 재차 강조했다. 그 순간 회의실에 모인 사람들이 모두 미소 지었지만 조던만은 그대로였다. 필 나이트는 계약에 합의하기도 전에 회사가 차를 사줬다고 농담을 던진 뒤 회의장을 나갔다.

그때 바카로가 입을 열었다.

"마이클, 무슨 일을 하든지 일정 단계에 이르면 사람들을 믿을 필요가 있어. 자넨 우리랑 함께하는 게 도박이라 생각하겠지만 우리도 그만큼 자네한테 큰 도박을 건 걸세."

그가 보기에 조던은 그 말을 분명하게 이해한 것 같았다.

제품과 사업 계획에 대한 소개가 모두 끝났지만 나이키 사람들은 조던이 무슨 생각을 하는지 도통 감을 잡지 못했다. 나중에 조던이 포크에게 말하기로는, 계속된 회의가 너무 지겨웠다고 한다. 그러나 부모님과 스트라서, 그 밖의 나이키 임원들과 함께 저녁 식사를 하면서 그의 마음은 풀어지기 시작했다. 조던은 우아한 몸가짐으로 고급 레스토랑을 찾은 단골손님들 사이를 여유롭게 오가며 대화를 나누고 매력을 뽐냈다. 이에 나이키 임원들은 이 청년에게 사람을 끌어당기는 특별한 힘이 있음을 느끼고 본인들의 선택이 옳았다고 확신했다. '탈인종적(post-racial)'이라는 단어가 아직 일상에서 쓰이지 않던 시절이었지만, 그들이 보고 느낀 바를 표현하는 데는 그보다 잘 어울리는 말이 없었다. 나이키 측은 저녁 식사를 마치고 호텔로 돌아가는 리무진 안에서 조던의 대학 시절 활약상을 편집한 영상을 틀었다. 실로 완벽한 마무리였다. 그러면서 조던은 에어 조던 제품군의 소개 영상을 다시 한 번 확인했다. 아직 계약이 체결되지는 않았지만, 그는 그날의 경험으로 나이키라는 기업과 그 구성원들을 얼마간 알 수 있었고 좋은 느낌도 받았다.

바카로는 델로리스가 큰 역할을 했다고 보았다.

"마이클은 어머니의 말을 귀담아들었어요. 델로리스가 던진 한마디가 결정적이었죠. '이 사람들이 널 사업 파트너로 원하고 있어.' 그 말에 마이클이 확신을 얻은 거예요. 결국 델로리스가 해낸 겁니다. 정말이지 그날은 평생 잊지 못할 거예요."

포크는 컨버스와 아디다스도 찾아가 계약 조건을 살폈다. 조던은 평소에 알고 지내던 긴버스 측 사람을 만나 나이키가 제시한 조건과 최대한 비슷하게 맞춰주길 요청했다. 그러나 컨버스와 아디다스 어느 쪽도 소니 바카로가 조던을 위해 준비한 수준에는 미치지 못했다.

아마도 필 나이트는 사전에 조던과의 계약을 공식적으로 인정하거나 허가하지 않았을 것이다. 그러나 롭 스트라서가 바카로의 제안을 받아들이고 실제로 일을 추진한 점으로 보아 딱히 막을 생각도 없었던 것 같다. 결과적으로 나이트는 말없이 바카로와 스트라서의 새로운 전략에 찬성표를 던진 셈이었다.

빌리 패커는 그 점을 이렇게 설명했다.

"필 나이트는 소니의 말을 경청하고 결국 그걸 지지해줬어요. 나이키가 소니한 테 얼마를 줬든 간에 소니가 회사에 벌어다 준 돈하고는 비교가 안 됐죠. 그 친구는 확실히 선견지명이 있었어요. 그중에서도 최고는 마이클한테 뛰어난 실력뿐만 아 니라 운동화와 온갖 상품을 팔 수 있는 매력이 있다는 걸 알아봤다는 거예요."

당시에는 아무도 실감하지 못했지만, 나이키는 조던과 평생 동반자로서 회사 의 운명을 뒤바꿀 첫걸음을 떼고 있었다.

"이제 마이클은 일종의 상징이자 이미지로 자리 잡았습니다."

데이비드 포크는 그해 가을 조던이 나이키와 윌슨 스포팅 굿즈, 시카고 지역의 쉐보레 대리점 연합과 후원 계약을 체결했다고 발표했다. 프로농구계는 그중에서 도 특히 나이키와의 계약에 놀라움을 넘어 질시에 찬 눈길을 보냈다. 조던은 프로 무대에서 아직 한 경기도 뛰어보지 못한 새내기였지만 그러한 분위기를 감지할 수 있었다. 다만 나이가 어렸던 만큼 그것이 어떤 의미인지는 잘 몰랐다.

"다들 절 주시하고 있다는 건 알겠어요." 루키 시즌을 앞두고 그가 인터뷰에서 한 말이다. "사실 저도 가끔 제 플레이에 놀라는 때가 있거든요. 그런 건 미리 생각 해두고 하는 게 아니에요. 그냥 어쩌다 보니 그렇게 되는 거죠."

한편 소니 바카로는 자신이 세운 장대한 계획이 곧 실현된다는 생각에 기쁨을 감추지 못했다.

"마이클이 NBA에서 실패했다면 나이키는 분명 망했을 거예요." 바카로는 그 로부터 30년이 지나 옛일을 이렇게 이야기했다. "그때 우린 가진 돈을 전부 마이클 한테 투자했죠. 마이클이 그냥 평범한 선수였다면 어떻게 됐을까요? 그땐 아무도 확실히 알지 못했지만, 아마도 아주 난처한 상황이 벌어졌을 겁니다. 사실은 정말 어떻게 됐을지 감도 안 와요. 하지만 이젠 그런 걱정을 할 필요가 없죠. 평범한 선 수가 아니었으니까요. 마이클은 모든 예상을 뛰어넘어서 우리한테 상상도 하기 어 려울 만큼 어마어마한 이익을 가져다줬어요."

# 제16장

# 첫인상

조던은 8월 말에 고향으로 돌아와 그간의 공로를 축하받았다. 행사 장소는 올림픽 대회를 마치고 어머니에게 금메달을 공식 수여했던 윌밍턴의 탈리안 홀이었다. 레이니 고등학교는 이날 그의 유니폼 번호였던 23번을 영구결번으로 지정했다. 한 달 뒤 조던은 트레이닝 캠프에 합류하고자 시카고로 향했다.

그는 UNC 타르힐스 소속으로 경험한 삶과 시카고 불스 선수로서 보낼 삶이 분명히 다르리라 예상했다. 그러나 그 둘 사이에 얼마나 큰 차이가 있는지는 전혀 알지 못했다. 일단 감독의 지도 방식부터 달랐다. 그는 이제 딘 스미스나 밥 나이트의 지시를 따를 필요가 없었다. 불스 선수단은 당시 만 44세로 NBA 감독 가운데 젊은 편이었던 케빈 로거리의 지휘를 따랐다. 왕년에 볼티모어 불리츠 선수로 활약했던 그는 무모하고 투박했던 1960~70년대 프로농구의 기질을 그대로 물려받았다. 강한 브루클린 억양과 한쪽 입꼬리만 올려 씨익 웃는 모습은 그의 유쾌한 농구 철학과도 잘 어울렸다.

불스의 트레이너였던 마크 파일은 그 시절을 이렇게 기억했다.

"케빈은 완전 옛날 스타일이었어요. 당시 리그에는 70년대처럼 노는 분위기가 아직 남아 있었거든요. 다들 시합 날이면 경기장에 와서 할 일을 하고, 그다음엔 모여서 술 마시며 시간 보내는 게 주였죠."

로거리는 직감을 중요시했다. 그는 선수로서 12년간 평균 15.3득점을 기록할 만큼 실력이 좋았다. 조던은 새 감독이 마음에 쏙 들었다. ABA*에서 줄리어스 어빙

---

* American Basketball Association, 1967년에 창설된 프로농구 리그로, 1976년에 NBA에 흡수되었다.

을 지도하며 뉴욕 네츠*를 두 차례나 우승으로 이끈 경력 때문이었다. 로거리는 선수 시절에 1965년 서부 컨퍼런스 결승에서 LA 레이커스의 전설인 제리 웨스트를 상대한 적이 있었다. 그때 웨스트는 다섯 경기 평균 46.3득점을 올려 컨퍼런스 결승 신기록을 세웠다. 로거리는 웨스트와 어빙을 겪어본 후, 재능이 특출한 선수에게는 별다른 지시가 필요 없음을 깨달았다. 그 덕분에 불스의 신예 스타는 경기 중에 마음껏 공을 잡을 수 있었다.

훗날 인터뷰에서 조던은 자기가 거쳤던 감독 가운데 로거리가 가장 재미있는 사람이었다고 자주 이야기했다.

"로거리 감독님은 저더러 잘할 수 있다고 자신감을 주셨어요. 루키 시즌에 감독님이 공을 던져주면서 이러셨죠. '어이 신입, 너 농구깨나 하잖아? 나가서 네 마음대로 한번 해봐.' 아마 다른 감독님들 밑에서는 그런 게 불가능했을 거예요."

코트에 선 조던은 고교 시절로 돌아간 듯 공격적이고 화려한 고공 농구를 선보였다. 물론 그때보다 체격은 더 크고 단단했으며 기술은 훨씬 정교했다. 이제 그는 능력을 감출 필요가 없었다. 조던은 프로 첫해에 만난 감독 덕분에 농구선수로서 자기 정체성을 찾고 자신감을 얻었다. 로거리는 특정한 틀을 주입하지 않고 조던 스스로 가장 적합한 플레이 방식을 깨우치게 했다. 그는 조던의 거대한 열망을 이해했고 본인의 역할이 그것을 채워주는 데 있다고 판단했다. 딘 스미스와 밥 나이트의 시스템에 줄곧 갇혀 있던 조던에게 제 능력을 발견할 자유를 주고 싶었던 것이다. 그가 그런 재량을 발휘한 데는 로드 쏜 단장의 도움도 있었다. 과거에 뉴욕 네츠의 코치로서 로거리를 보좌했던 쏜은 그의 지도 방식을 철저히 신뢰했다.

조던이 불스에서 빨리 자리를 잡는 데는 로거리와의 친분도 중요한 역할을 했다. 그는 언젠가 이런 말을 했다.

"감독님하고 전 친구나 다름없는 사이예요."

선수 시절에 조던처럼 가드 포지션을 맡았던 로거리는 갓 프로에 입단한 그가

---

* 오늘날 브루클린 네츠의 전신. 1977~2012년까지는 뉴저지 네츠라는 명칭을 사용했다.

어떤 문제에 부딪힐지 예상하고 있었다. 그중 하나는 새로운 팀원들이었다. 조던은 젊고 의욕 넘치는 동료로 가득했던 UNC 시절과 다르게 냉소에 찌든 선배들과 함께 뛰어야 했다. 개중에는 술과 마약에 빠진 이들도 있었는데, 그 중심에 선 것은 퀸틴 데일리였다. 그는 유능한 가드였지만 조던이 시카고에 오기 훨씬 전부터 문제아로 명성이 자자했다.

"퀸틴이 그렇게 나쁜 녀석은 아니었어요." 마크 파일은 당시 상황을 이렇게 떠올렸다. "참 불쌍한 친구죠. 구단에서는 자꾸 문제를 일으키면 내쫓겠다고 겁을 줬지만 그 녀석은 눈도 깜짝 안 하더군요. 도리어 '그러다 길바닥에 나앉을 거라고? 내가 나고 자란 곳이 길바닥이야. 난 거기서 살아남았다고. 그런 말로는 날 겁줘봤자 소용없어.' 이렇게 받아쳤죠."

노터데임 대학 출신의 2년 차 포워드였던 올랜도 울리지도 재능은 뛰어났으나 알코올과 코카인 중독으로 자주 문제를 일으켰다. 최종적으로는 두 사람 모두 선수 생활을 은퇴한 후 그리 많지 않은 나이에 사망했다. 당시 불스 선수단은 그들 외에도 문젯거리가 가득했다. 하지만 구단 홍보 책임자였던 팀 핼럼이 설명하기로, 조던은 시합에 이기는 데만 골몰하여 술이나 마약에 전혀 관심을 두지 않았다고 한다. 그로서는 상대 팀에 약점을 노출하는 그런 짓을 절대 용납할 수 없었다.

로드 히긴스는 불스에서 보기 드물게 착실한 선수였다. 이른바 '저니맨'으로서 이후 선수 생활 내내 여러 팀을 전전한 그는 조던보다 세 살 연상이었다. 모든 것이 뒤죽박죽이었던 그 시즌에 두 사람은 금방 친구가 되었고 그 우정은 훗날 NBA에서 은퇴한 뒤로도 계속되었다. 나중에 선수 생활 6년 차를 맞을 즈음, 조던은 한 인터뷰에서 옛 팀원들에 관해 이야기했다. 그는 루키 시즌에 함께했던 동료들이 '운동 능력은 뛰어나지만 머리를 쓸 줄 모르던 친구들'이었다며 그 모습이 마치 「루니툰」**을 보는 것 같았다고 말했다.

---

** Looney Tunes. 워너브러더스에서 제작한 인기 만화영화 시리즈로, 벅스 버니와 대피 덕, 트위티 버드 같은 인기 캐릭터를 많이 탄생시켰다.

불스의 훈련장인 앤젤 가디언 짐은 문제투성이 팀원들만큼이나 성공과 거리가 멀어 보였다. 팀 핼럼은 그곳을 이렇게 묘사했다.

"분위기가 어둡고 음산한 체육관이었어요. 장식 커튼 같은 것도 하나 없었고 마룻바닥은 돌처럼 딱딱했죠. 또 차는 건물 뒤편의 풀밭에다 대야 했고요. 가는 길에 좁다란 보도가 있어서 그걸 넘어가야 주차가 가능했어요. 탈의실은 구식이었고 식당이나 매점도 없었죠. 편의 시설이라고는 아예 찾아볼 수도 없는 그런 곳이었어요."

게다가 그곳은 항상 아이들로 가득했다. 불스의 매표 관리자였던 조 오닐이 당시를 회상하며 말했다.

"우리 팀은 체육관에 도착해서 일단 기다려야 했어요. 먼저 농구 코트를 쓰던 초등학생들이 나가야 연습을 할 수 있었거든요. 우리 선수들이 줄을 서 있으면 그 뒤로 수영장이나 다른 시설을 쓰려는 꼬마들이 복도 여기저기에 쭉 늘어서 있었죠."

불스 선수였던 존 팩슨이 설명하기로, 그 체육관은 난방이 잘 되지 않아 시카고의 악명 높은 추위를 막아주지 못했다고 한다. 하지만 범미주 경기 대회에서도 그랬듯이 조던은 훈련 환경에 진혀 신경 쓰지 않았다. 엠피 파크의 야외 코트나 어릴 적에 농구하던 장소들을 생각해보면 앤젤 가디언 짐도 그리 나쁘지는 않았다. 그는 대수롭지 않다는 표정으로 어깨를 으쓱대고서 곧장 연습을 시작했다.

처음 몇 주간 조던은 훈련장 인근의 링컨우드 하얏트 하우스 호텔에 묵었다. 트레이닝 캠프를 며칠 앞두고 시카고 오헤어 국제공항에 도착했을 때, 그가 처음 만난 사람은 조지 콜러였다. 당시 만 29세로 개인 리무진 영업을 하던 콜러는 마침 공항 앞에서 태울 손님을 찾고 있었다. 그는 불스의 신인 선수를 발견하고 실수로 '래리 조던'이라 불렀다. 그러고는 25달러에 어디든 데려다주겠다고 말했다. 조던은 의아한 표정으로 물었다.

"기사님, 혹시 제 형을 아세요?"

그렇게 약간의 착오가 있었지만, 이 만남은 이후 아름다운 우정으로 이어졌다. 조던은 리무진이 필요할 때마다 콜러를 찾았고 나중에는 그를 개인 매니저이자 일생의 친구로 삼았다.

콜러는 그날 홀로 대도시에 도착하여 초조해하던 조던의 모습을 회상했다.

"백미러로 보니까 어린애처럼 잔뜩 웅크리고 있더라고요. 그런 고급 리무진을 처음 타보는 게 아닌가 싶었어요. 게다가 시카고엔 아는 사람이 하나도 없는 것 같았습니다. 저도 낯선 사람이다 보니 자길 아무 데나 떨구고 갈까 봐 긴장했던 모양이에요."

그러나 조던은 곧 활기를 되찾았다. 조 오닐은 그의 훈련 광경을 떠올리며 웃음 지었다.

"마이클은 연습 시간마다 NBA 결승 7차전처럼 죽자고 달려들었어요. 누구랑 붙든 완전히 박살 내겠다는 식이었죠. 그 덕에 우리 팀 훈련 분위기는 꽤 살벌했어요."

로거리는 조던에 관한 소문을 익히 들었지만 그 플레이를 면전에서 보는 것은 또 달랐다고 밝혔다.

"일대일 연습을 시작하자마자 다들 우리 팀에 대단한 물건이 들어왔다고 느꼈죠. 물론 그때부터 '마이클이 역대 최고의 선수다.' 이렇게 생각한 건 아니고요. 확실한 건 그 녀석 슛 실력이 꽤 좋았다는 거예요. 그동안 거기에는 매번 의문 부호가 붙었었죠. 돌이켜보면 마이클은 대학 시절엔 딘 스미스 밑에서 그리고 올림픽 땐 밥 나이트 밑에서 항상 패싱 게임에 주력했어요. 그래서 마이클이 자기 마음대로 공을 다루는 모습은 아무도 못 본 거예요. 게다가 그 녀석 승부욕이 얼마나 강한지, 한 번 경험해 보니까 진짜 모든 걸 갖춘 선수라는 생각이 들더군요."

훈련 둘째 날, 코치들은 자체 청백전을 열어 조던의 기량을 확인했다. 당시에 로거리를 도왔던 빌 블레어 코치가 그날을 이야기했다.

"마이클은 수비 리바운드를 잡자마자 코트 반대편까지 공을 몰고 갔어요. 그런 다음 자유투 라인에서 뛰어서 덩크를 했죠. 감독이 그걸 보더니 '이제 연습 경기는 그만해도 되겠네.' 그러더군요."

그때 로거리는 조던의 다재다능함에 놀랐다고 한다.

"코트를 보는 시야가 굉장히 넓었어요. 발도 빨랐고 힘도 상당히 좋았고요. 그 땐 다들 마이클의 힘이 얼마나 센지 몰랐을 거예요. 아무튼 그런 걸 보면 그야말로 토털 패키지라 할 수 있었죠."

조던은 거기서 멈추지 않고 새로운 기술을 연마하는 데 초점을 맞췄다. 첫 훈련을 마치고 그는 이렇게 말했다.

"이제 지금까지 경험한 것과는 다른 수준의 경기가 펼쳐지겠죠. 전 아직 배울 게 많아요."

블레어는 조던의 훈련 태도를 설명했다.

"마이클은 참 남달랐어요. 매일 정해진 훈련 시각보다 45분 정도 일찍 나왔거든요. 늘 슛 실력을 키우려고 노력했죠. 정규 훈련이 끝난 뒤에는 꼭 코치들한테 자기 연습을 도와달라고 했고요. 그 뒤엔 계속 슛 연습이었어요. 시간이 얼마나 걸리든 상관이 없었죠. 또 마이클은 연습 경기 중에 좀 쉬라고 벤치로 불러들여도 곧장 코치들한테 와서는 코트에 나가고 싶다고 보챘어요. 저는 그런 태도가 특히 마음에 들더군요. 그 녀석은 농구하는 것 자체를 정말 좋아했어요."

## 세크리테리엇

트레이닝 캠프 첫날 조던을 취재하러 온 이들은 신문 기자 하나, 잡지 기자 하나, 사진작가 넷, 방송 관계자 하나가 전부였다. 물론 시카고 컵스가 그 주말에 마치 꿈 같았던 한 시즌을 마무리 짓고, 일요일에는 인근의 솔저 필드에서 시카고 베어스와 댈러스 카우보이스의 대결이 벌어져 언론사들이 죄다 바빴다는 이유도 있었다. 하지만 냉정히 말해 1984년 9월에는 불스에 그만큼 관심을 쏟는 사람이 없었다. 그 점은 마이클 조던이 있든 없든 다르지 않았다.

"그 시절에 불스는 우리 지역 프로팀들 중에서 제일 푸대접을 받았어요."

당시 시카고에서 스포츠 방송 제작자로 일하던 제프 데이비스의 말이다.

불스를 홀대한 것은 시카고시만이 아니었다. NBA 역시 무관심하기는 마찬가지였다. 그 시즌에 NBA는 CBS 스포츠와 중계권 계약을 했지만, 불스 경기는 방송 일정에 전혀 포함되지 않았다.

심지어는 지역 방송국도 불스 소식을 취재하는 데 관심이 없었다. 데이비스는 이런 설명을 덧붙였다.

"그 시절엔 방송 카메라가 훈련장을 찾는 일이 드물었죠."

케빈 로거리는 방송국 사람이 앤젤 가디언 짐에 나타나도 신경 쓰지 않았고, 구단 측도 훈련 광경을 촬영하는 데 아무 제재를 가하지 않았다. 제프 데이비스는 농구를 좋아해서 이따금 훈련장을 찾아갔다고 한다.

"지금도 생생하게 기억나요. 조던은 다른 선수들한테서 찾아볼 수 없는 임팩트가 있었죠. 정말 재능이 뛰어났거든요. 저는 그때 그 친구가 엄청난 노력가이고 재주가 꽤 많다는 걸 알았어요. 그 장대 숲을 다 뚫고 간단히 득점하더라고요. 그러면서 수비수한테 더 강하게 막아 달라더군요. 수비가 영 느슨하다고, 더 바짝 붙어달라고요. 그때는 진짜 선배고 뭐고 없었어요. 또 트래시 토크도 장난 아니었죠."

"마이클은 날마다 다른 선수들을 괴롭혔어요." 팀 트레이너였던 마크 파일의 말이다. "데뷔 초에 특히 그런 일이 많았죠. 정말 하루도 빠지지 않고 그러더군요. 에니스 와틀리, 로니 레스터, 퀸틴 데일리…… 누구 할 것 없이 희생양이 됐습니다. 마이클은 슛을 넣고 나면 쉴 새 없이 팀원들을 도발했어요. 더 악을 쓰고 열심히 하라고 속을 긁어댄 거죠. 물론 그건 다 녀석의 강한 경쟁심 때문이었고요. 루키 시즌 땐 그것 때문에 훈련이 중단된 경우도 종종 있었어요. 그때 감독은 마이클더러 하고 싶은 대로 다 해보라고 내버려뒀죠."

로드 히긴스는 2012년에 인터뷰에서 이런 말을 했다.

"마이클 같은 신입은 흥미로울 수밖에 없죠. 걔는 입단하자마자 선배들이 난놈으로 인정했어요. 승부욕이 워낙 세서요. 트레이닝 캠프를 시작하고 보니까 열심히 안 하면 녀석한테 호되게 당하겠다 싶더군요. 마이클은 자길 막는 선수가 선배든 뭐든 신경 쓰지 않고 막 밀어붙였거든요."

그 시즌 초에 불스의 프레드 카터 코치는 조던을 말에 비유했다.

"마이클은 마치 세크리테리엇* 같다고 할까요. 다른 말들이 계속 열심히 달리지 않으면 쫓아가기 버거울 정도예요."

"청백전을 할 때면 케빈은 마이클의 실력을 보겠다며 팀 구성을 이래저래 바꿔봤어요." 로드 쏜의 말이다. "어느 팀에 넣든 간에 마이클이 들어간 팀이 이겼지요. 그걸 보고 케빈은 '다른 애들이 못하는 건지 쟤가 잘하는 건지 도통 모르겠어.' 이러더군요."

마크 파일은 당시의 일화를 한 가지 언급했다.

"우리 팀엔 훈련 때마다 하는 게 있었어요. 선수들을 두 팀으로 갈라서 10점 내기 시합을 했죠. 지는 팀은 벌칙으로 체육관을 열 바퀴 뛰어야 했고요. 케빈은 그걸 '10점 아니면 10회'라고 불렀어요. 그런데 마이클은 루키 시즌에 한 번도 그 벌칙을 받은 적이 없어요. 언제였더라, 마이클 팀이 8대0으로 이기고 있을 때 케빈이 그 녀석을 상대편에 바꿔 넣은 적이 있는데요. 마이클은 엄청 짜증을 내면서 아홉 점을 혼자 몰아넣었죠. 그래서 결국은 그 팀이 이겼어요."

로거리도 예전 일을 떠올렸다.

"저는 마이클이 뛰는 걸 보고 우리 팀 전술을 바꿔야겠다고 생각했어요. 우리한테 어떤 공격이 필요한지 그 녀석이 답을 준 거죠. 사실 나머지 선수들은 딱히 경쟁력이 없는 편이라 마이클이 슛을 많이 던져줘야 했거든요. 그때 생각난 게 마이클한테 아이솔레이션, 그러니까 일대일 공격을 시키자는 거였어요. 보통 가드들보

---

* 경마 역사상 최고로 꼽히는 경주마의 이름. 1999년에 ESPN이 발표한 「20세기 최고의 운동선수」 명단에서 세크리테리엇은 35위에 올랐다.

다 힘이 세서 포스트업 플레이에 전혀 문제가 없었으니까요. 그렇게 마이클 위주로 가는 게 정답이었던 거죠."

조던은 예전부터 자기보다 작은 선수들을 상대할 수 있는 슈팅가드 포지션을 원했다. 그런데 로거리는 그 생각을 한층 더 발전시켰다. 그를 포인트가드로 활용하면 신장 면에서 크게 유리하리라 내다본 것이다. 게다가 조던은 스몰포워드로도 뛸 수 있었다. 이러한 다재다능함 덕분에 불스는 사실상 세 가지 포지션이 향상된 셈이었다.

시카고 불스는 시즌 개막을 앞두고 몇 차례 시범 경기를 치렀다. 새 시대의 막을 연 장소는 2,500여 관중이 모인 피오리아 시빅 센터였다. 그날 교체 선수로 출전한 조던은 18득점을 올려 경기 최다 득점자가 되었다. 불스는 일정을 따라 뉴욕주의 글렌즈 폴스로 향했다. 조던은 시합 전 워밍업 시간에 가벼운 덩크를 여러 번 선보였고, 그 모습에 관객은 열광했다. 이후 경기 내내 조던에게 환호성이 쏟아졌지만, 홈팀인 뉴욕 닉스의 패배가 코앞에 다가오자 그 열기는 차게 식어버렸다.

팀 핼럼은 인디애나주 북부에서 시범 경기를 치른 뒤 조던을 향한 팬들의 관심이 예사롭지 않다고 느꼈다. 조던이 40득점을 올린 그날 밤, 수많은 소년들이 마치 피리 부는 사나이를 좇듯 경기장 복도까지 그를 줄줄이 따랐다. 인기는 날이 갈수록 높아졌다. 나중에는 곳곳에서 아우성치는 팬들 때문에 경호원들에게 둘러싸여 보호받아야 할 지경이 되었다. 물론 그런 상황이 되기까지는 몇 개월 이상 시간이 걸렸다. 시즌 초반에는 팬이 늘어나는 현상이 신기하고 재미있을 뿐이었다.

사람들은 트레이닝 캠프에서 코치진과 선수들이 보인 반응, 시범 경기 동안 늘어난 팬들을 확인하고서 조던이 시카고 불스를 살려내리라 믿기 시작했다. 로거리는 그 무렵을 회상하며 말했다.

"기술도 기술이지만 우린 매일 같이 마이클의 경쟁심을 바로 곁에서 느낄 수 있었죠. 그 녀석은 팀이 위기에 빠지면 그걸 직접 해결하려 들었어요. 매번 위험한 상황에 스스로 뛰어들려 했고요. 마이클은 그런 걸 꽤 즐기는 편이었어요."

불스에는 이 신인 선수의 재능과 인기가 절실히 필요했다. 당시에 시카고 스타디움을 처음 방문한 제임스와 델로리스는 눈에 띄게 적은 관중 수와 어두운 분위기에 놀랐다. 늘 활기가 넘쳤던 UNC 경기장과 비교하면 불스의 시합은 보기에 애처로울 정도였다. 두 사람은 이 팀이 어떻게 아들에게 매년 수십만 달러를 주는지 의문스러웠다. 델로리스는 남편에게 상황이 곧 나아질 것이라고 말했지만, 걱정되기는 마찬가지였다. 일단 경기장 자체가 걱정거리였다. 일명 '매디슨가의 정신병원'으로 불린 시카고 스타디움은 도시에서 가장 위험한 우범지대 한복판에 자리 잡고 있었다. 시카고 웨스트사이드에 속하는 이 지역은 1968년 마틴 루터 킹 암살 사건에 뒤이은 폭동으로 심각한 타격을 받았고, 그로부터 십수 년간 황량하게 변해 버렸다. 불스 경기를 직접 보러올 만큼 대담한 농구팬들도 주차장에 차를 대고 경기장에 들어갈 때까지는 긴장의 끈을 놓지 못했다. 제프 데이비스가 당시 분위기를 설명했다.

"거기엔 '세차해드릴까요?' 하고 달려드는 아이들이 있었어요. 차를 길가에 대고서 걔들한테 돈을 한 푼이라도 쥐어 주지 않으면 타이어가 작살났죠. 그런 일이 비일비재한 동네였어요. 그때 불스 구단에서는 언론사 사람들한테 '차를 반드시 구단이 지정한 주차 지역에 대고, 시합 종료 후 가능한 한 빨리 떠나라.' 이렇게 주의를 줬어요. 그래서 경기가 끝나고 대략 30~45분 사이엔 거길 탈출하려고 대소동이 벌어졌죠. 시합 후에 근처를 어슬렁대는 사람은 아무도 없었고요."

팀 핼럼은 이런 말을 덧붙였다.

"그 시절에 불스는 여러모로 고전하던 중이었어요. 거기다 구장은 웨스트사이드에 있었고요. 지금은 돈을 꽤 벌어서 팀의 모양새가 훨씬 좋지만요. 당시 시카고 스타디움은 NBA에서 보스턴 가든 다음으로 오래된 구장이었죠. 그래도 관중이 좀 차면 꽤 멋졌어요. 응원 소리가 크게 들렸거든요. 소리가 지붕에서 반사돼서 돌아오니까 경기장이 엄청 시끌시끌했죠. 별다른 음향 시설이 없어서 소리 지르고 응원하기에는 오히려 좋았어요. 하지만 그때는 관중이 그 정도로 차질 않아서 분위기가 영 별로였죠."

조 오닐도 옛 경기장에 관하여 이야기했다.

"그 시절엔 시즌 정기권이 도통 팔리지 않았어요. 3쿼터쯤 되면 관중이 몇 명인지 눈에 보일 정도였죠. 실제로 제가 나가서 세어본 적도 있어요."

스티브 셴월드는 훗날 불스의 부사장 자리에 오른 인물이다. 그는 1981년에 화이트삭스 야구단의 마케팅 이사를 맡으면서 시카고에 살기 시작했다. 메릴랜드 대학 출신으로 ACC 컨퍼런스 팀들의 치열한 대결을 좋아했던 그는 불스 경기를 관람하면서 충격을 받았다고 한다.

"농구 시합이 벌어질 때면 시카고 스타디움은 꼭 죽은 건물 같았습니다. 경기장에 가는 건 좋았어요. 자리를 쉽게 구해서 발 뻗고 편히 볼 수 있었으니까요. 하지만 막상 안에서 보니 그 풍경이 참 당황스럽더라고요. 이게 NBA 농구인가 싶었어요. 마치 CBA*나 그보다 못한 삼류 리그처럼 보였죠. 경기장 자체는 관중이 꽉 차면 꽤 그럴듯했어요. 하지만 사람이 없을 때는 음울하기 짝이 없었습니다. 꼭 묘지 같았어요. 화려한 전광판 같은 것도 없었죠. 예전에는 관객석에 아이스하키에서 쓰는 투명 벽을 세워둔 채로 농구 경기를 진행하는 일도 있었다고 합니다.** 불스는 그 정도로 대접을 못 받았어요."

시즌 개막일에 조던은 관중 수가 적어 한층 곤란한 상황에 빠졌다. 그는 그날 경기에 초대한 여자 손님들이 서로를 알아채지 못하도록 자리를 조정하려 애썼다. 시카고에 온 지 거우 한 달, 세나가 그 기간 대부분을 어머니와 함께 보냈지만 개막일에 그의 초대자 명단에는 여자 이름이 둘이나 올라 있었다. 조던은 그들이 각자 다른 구역에 앉았는지 신경 쓰느라 경기 직전까지 허둥거렸다. 그가 생각하기에 가장 좋은 위치는 관객석 양쪽 끝이었다. 그러면 두 사람이 부딪힐 일이 없으리라 여겼던 것이다. 그러나 신인 선수들이 흔히 그러듯, 그는 입단속을 하지 못하고 그 사

---

* Continental Basketball Association, 1946년부터 2009년까지 존속했던 NBA의 하부 리그.

** 1995년에 철거되기 전까지 시카고 스타디움은 시카고 불스와 아이스하키팀인 시카고 블랙호크스가 함께 사용했다.

실을 기자에게 무심코 말해버렸다. 그리하여 좌석 배치 때문에 남몰래 전전긍긍한 것이 다 헛수고로 돌아갔다. 이후 그는 매스컴 앞에서 말하는 데 더욱 신중을 기했다.

그러한 우여곡절이 있었지만, 데이트 상대를 찾느라 고생하던 고교 시절에 비하면 분명 장족의 발전이라 할 만했다. 1982년도 NCAA 결승전에서 조지타운을 쓰러뜨린 후, 채플 힐의 여학생들 사이에서 그와 버즈 피터슨의 인기는 그야말로 하늘을 찔렀다. 이후 조던은 시카고에서 더욱 폭넓고 활발한 사교 활동을 즐겼다. 그 분야의 선구자는 얼마 전 불스를 떠난 레지 씨어스로, 그는 번화가에 자주 출몰하며 '러시 스트리트의 레지'라는 별명까지 얻었다. 그러나 1984년 초에 씨어스가 트레이드된 뒤 시카고의 최고 인기남 자리는 신인인 조던에게 넘어갔다. 조던은 농구에 심취하여 있었지만 그런 기회를 마다할 정도는 아니었다. 노스캐롤라이나에서 그의 명성은 곧 사람들을 끌어당기는 힘이었다. 이제 그는 시카고에서 돈이 거기에 더 큰 매력을 부여한다는 사실을 깨치고 있었다.

## 시작

만 21세의 청년 마이클 조던은 시즌 개막전에 대한 기대로 가득했다. 1984년 10월 26일 금요일, 불스가 낡은 시카고 구장에서 맞이한 첫 시합 상대는 워싱턴 불리츠였다. 요즘은 시카고 불스 하면 선수 소개 시간에 펼쳐지는 화려한 레이저쇼가 생각나지만, 그때는 그런 것이 없었다. 그 대신 조던은 마이클 잭슨의 '스릴러' 선율과 함께 처음으로 코트에 모습을 드러냈다. 경기장은 전년도 개막전보다 약 6,000명 늘어난 1만 3,913명으로 채워졌고, 그를 환영하고 응원하는 소리로 가득했다. 관중석에서는 조던이 경기 흐름을 바꾸기 위해 뭔가를 시도할 때마다 환호성이 터져 나왔다. 경기가 막 시작되었을 뿐이지만 사람들은 한때 졸릴 만큼 재미없던 불스 경기가 확 달라졌다고 느꼈다.

시합이 시작되고 21초 뒤 조던이 5.5미터 거리에서 던진 첫 슛은 링을 빗나갔다. 1분 후 그는 불리츠의 가드인 프랭크 존슨에게서 공을 빼앗아 첫 스틸을 기록했다. 그러다 몇 분 뒤, 관객들은 놀란 가슴을 쓸어내려야 했다. 그가 덩크를 시도하다 상대편 센터인 제프 룰랜드와 부딪혀 바닥에 쓰러졌기 때문이다. 조던이 꼼짝 않고 엎어져 있는 동안 경기장은 조용해졌다. 잠시 후 그는 별 이상 없이 일어섰지만 나중에 머리와 목이 욱신거린다고 투덜대기도 했다. 그와 룰랜드는 전혀 고의성이 없는 충돌이었다고 인정했지만, 그날의 광경은 이후 호시탐탐 골대를 노리는 조던과 상대편 장신 선수들 사이에 벌어질 일들을 미리 보여주는 듯했다.

1쿼터 7분 27초경, 조던은 NBA 데뷔 첫 득점을 올렸다. 골대 오른편 3.7미터 거리에서 백보드를 노리고 던진 뱅크슛이 성공한 것이다. 그날은 신경이 곤두선 탓인지 슛 성공률이 높지 않았다. 그는 슛을 16회 시도하여 다섯 번 성공시키며 총 16득점에 7어시스트 6리바운드를 기록했다. 실책도 다섯 개나 저질렀지만, 팬들은 그 정도로도 충분히 기뻐했다.

조던은 시합을 마치고 이렇게 말했다.

"시작이 꽤 괜찮은 것 같아요. 오늘 제가 가장 신경 쓴 건 팀원들이 적극적으로 움직이게 하는 거였어요. 일단은 제가 열심히 뛰는 게 중요하다고 봤고요. 거기에다 동료들이 발맞춰 뛰어주면 모든 게 착착 맞아떨어지는 거죠."

그의 데뷔전이 이후 시합들과 달랐던 점 하나는 그보다도 다른 팀원들이 공을 쉬고 있을 때가 많았다는 사실이다.

불스 코치진은 밀워키에서의 시즌 두 번째 시합에서 또 한 번 놀라움을 느꼈다. 빌 블레어 코치가 당시를 회상했다.

"그날 마이클이 리그에서 수비로는 다섯 손가락 안에 들던 시드니 몬크리프를 거의 농락하다시피 했어요. 그걸 보고서 다들 정말 특별한 선수가 우리 팀에 들어왔다는 그런 생각을 했죠."

다시 밀워키 벅스와 맞붙은 세 번째 경기에서 조던은 4쿼터에만 22점을 몰아

넣으며 총 37득점을 올렸고, 시카고 스타디움에 모인 9,300여 관중은 불스의 놀라운 역전승을 목격했다.

지는 시합이 늘수록 조던이 공을 잡는 시간도 점점 늘어났다. 팬들을 실망시키지 않기 위해 불스의 신인 선수는 혀를 빼물고 열심히 공격과 수비를 오갔다. 그는 순식간에 리바운드를 낚아채고 수비수들을 요리조리 피하여 적진으로 넘어갔다. 상대 선수들은 그가 크로스오버 드리블로 급격히 방향을 틀 때 발을 슬쩍 들이밀어 진로를 막으려 했다. 하지만 그럴 때면 조던은 유연하게 반대쪽으로 돌아 전속력으로 달려나갔다. 리그에서 몸놀림이 가장 날쌘 가드들에게도 쉽지 않은 동작을 신장 198센티미터 선수가 거뜬히 해내는 데 다들 놀랄 따름이었다.

상대편이 수비 위치로 돌아갈지 머뭇거릴 때 그는 바람같이 그들을 앞질러갔다. 그리고 골대를 지키려고 앞을 막아서는 적에게는 새로운 도전거리를 안겨줬다. 조던은 비행기가 활주로를 달리듯 골대로 날아올랐고, 공중에 뜬 채로 공격을 어떻게 마무리 지을지 생각했다. NBA에서 이러한 공중 쇼를 처음 펼친 인물은 1950년대 후반에 등장한 엘진 베일러였고, 줄리어스 어빙은 그 뒤에 우아함을 더했다. 그런데 조던의 동작에는 형언하기 어려운 매력이 있었다. 혀를 내밀고 수비수들을 제치며 골대로 달려드는 그 모습은 매우 차분해 보였다. 이제 그는 감독의 지시에 얽매이지 않고 자유롭게 달리며 마음껏 덩크할 수 있었다. 사람들은 놀라운 덩크 실력과 더불어 보지도 않고 뒤를 읽는 그의 능력에 말을 잇지 못했다. 조던은 수비수가 골 밑에서 뛰어오르면 공중에서 빙글 돌아 뒤편에 있는 골대로 공을 툭 던져 넣곤 했다.

로드 쏜은 그 모습을 떠올리며 말했다.

"마이클의 실력을 확인하고는 팬들이 우리 경기에 관심을 보이기 시작했지요. 시즌 초에는 입장권이 시합마다 6,000장 정도 팔렸는데, 언젠가부터 판매량이 만 단위를 훅 넘어가더군요. 정말 마이클은 쇼 그 자체였어요."

물론 매 경기 매진 사례가 이어지는 것은 조금 더 뒤의 일이지만, 시카고 불스의 수익성이 좋아진 것은 분명했다.

조던이 넘치는 에너지를 공격에 쏟자 자연히 상대 수비수들과의 마찰이 심해졌다. 쏜은 이 점을 설명했다.

"초반에 마이클은 공을 잡으면 무조건 골대로 돌격했어요. 그러곤 덩크를 하거나 곡예하듯이 희한한 슛들을 넣었지요. 그럴 때마다 상대 선수들이 공중에서 마구 부딪쳐 대서 우린 마이클이 저러다 곧 죽을지도 모르겠다며 걱정했습니다."

조던은 디트로이트 피스톤스와의 첫 대결 중에 덩크를 시도하다 상대 센터인 빌 레임비어의 손에 내동댕이쳐졌고, 이 일로 시카고 구장이 무척 소란스러워졌다. 그에게는 함께 싸우고 힘들 때 버팀목이 될 보호자가 필요했지만, 아직 주변에는 그런 선수가 없었다.

시즌 초반에 많은 승수를 쌓은 뒤, 퀸틴 데일리를 위시한 불스 선수들은 전 시즌 우승팀인 보스턴 셀틱스와의 대결을 앞두고 꽤 자신만만해했다. 그날 조던이 래리 버드 앞에서 27득점을 올렸지만, 불스의 건방진 태도에 열이 잔뜩 오른 셀틱스는 그들을 실력으로 압도했다. 그럼에도 버드는 조던의 활약에 감탄을 금치 못했다. 그는 시합이 끝나고 《시카고 트리뷴》 기자인 밥 베르디를 만나 이렇게 말했다.

"선수 하나 때문에 팀 전체가 그렇게 바뀌는 건 난생처음 봐요. 마이클 조던이 들어오고선 불스 선수들 실력이 전부 향상된 것 같다고나 할까요. 얼마 안 있으면 이 경기장이 매일 관중으로 꽉꽉 들어찰 거예요. 다들 조던을 보려고 기꺼이 표를 사겠죠. 이 선수는 정말 최고라는 말이 아깝지 않네요. 프로가 된 지 얼마 되지도 않았는데 제가 여태 한 것보다 더 많은 걸 해내고 있잖아요. 제가 루키일 때는 조던처럼 하질 못했어요. 하아, 오늘 경기에서 나온 돌파만 해도 말이죠. 점프해서는 오른손으로 공을 위로 쭉 들어 올리더군요. 그러다가 팔을 한 번 접고는 다시 뻗어서 시간차로 공격을 했어요. 그때 제가 손을 대서 파울이 선언됐는데, 보니까 그 슛이 들어가지 뭐예요. 그 친구 계속 공중에 떠 있고요. 농구를 안 해본 사람은 그게 얼마나 어려운 건지 모를 거예요. 아마 보고도 '저게 뭐라고?' 이럴걸요. 제가 예전에 조던의 플레이를 본 적이 있지만, 그땐 그리 대단하다 싶지 않았어요. 농구를 좀 한다고는 생각했는데, 이 정도로 잘하는지는 몰랐죠. 정말 못 하는 게 없더군요. 이건 불스한테도 좋은 일이고 NBA 전체를 봐서도 좋은 일이에요."

"그때 선수 분석 자료를 보니까 제가 좌측 돌파에 약하다고 나와 있더군요." 조던이 프로 데뷔 시절을 떠올리며 한 말이다. "그걸 쓴 사람들은 제 첫 스텝이 얼마나 빠른지, 기술이 어떻고 점프력이 어떤지 하나도 몰랐던 것 같아요. 그래서 다들 제 경기를 보고 놀랄 거라고 생각했죠. 물론 그때마다 저도 놀랐고요."

일찌감치 조던의 스타성을 알아본 로거리는 시종일관 그를 중심으로 공격을 풀어나갔다. 팀 핼럼은 그 점을 이렇게 말했다.

"케빈이 팀을 감독하는 방식은 말입니다. 음, 뭐라고 설명하면 좋을까요. 대충 이런 느낌이었어요. 좋은 말이 하나 있으면 계속 거기에 올라탄다는 뭐 그런 거요. 마이클의 경우가 딱 그런 식이었죠."

팀 핼런이 설명하기로, 시합을 치러나가면서 두 사람 사이에는 신뢰가 싹텄고 조던은 로거리의 방식에 점점 편안함을 느꼈다고 한다.

"케빈은 썩 괜찮은 감독이었어요. 임기응변이 뛰어난 감독이었죠. 전술에도 꽤 능했고요. 마이클도 그 점을 높이 인정했어요."

조던은 불스가 시합 중에 맞닥뜨린 모든 문제의 해답 같았다. 그는 프로 데뷔 아홉 경기 만에 샌안토니오 스퍼스를 상대로 45득점을 올렸다. 그리고 뉴욕 닉스 전에서는 42점, 뒤이어 애틀랜타 호크스전에서는 다시 45점을 넣으며 득점 쇼를 펼쳤다. 호크스에서 포인트가드로 활약했던 닥 리버스는 훗날 인터뷰에서 조던의 폭발적인 에너지가 두려울 정도였다고 밝혔다.

"그 시즌에 우리 팀 선수들은 탈의실에서 이런 이야기를 했었죠. 마이클이 아무리 활개를 쳐도 시즌 내내 그렇게 뛰어다니지는 못할 거라고요."

실제로 NBA에 입성한 신인 선수들은 대부분 어느 정도 시간이 지나면 벽에 부딪히곤 했다. 대학 시절에 매년 스물다섯 경기 정도를 소화했던 그들은 루키 시즌 중반쯤이면 다리가 풀려버리거나 부상을 겪는 일이 잦았다. 하지만 조던은 달랐다.

리버스는 그 점이 놀라웠다고 말했다.

"마이클은 2년 뒤에도 변함없이 그렇게 뛰고 있더군요. 늘 영리하게 시합을 풀어나가는 선수였지만, 그보다 더 눈에 띄는 건 플레이 중에 보여주는 강렬한 에너지였죠. 리그에서 그렇게 뛸 수 있는 선수는 아무도 없어요. 매일 상대 팀의 표적이 되면서도 그만큼 대단한 활약을 하는 슈퍼스타는 정말 보기 드물거든요. 그게 참 놀라울 따름이었죠."

조던은 덴버 너게츠전에서 데뷔 후 첫 트리플 더블*(35득점 15어시스트 14리바운드)을 기록했다. 그리고 올스타 주간 바로 전에 벌어진 보스턴 셀틱스와의 대결에서는 41점을 넣었다. 그는 셀틱스를 상대할 때마다 올림픽 시범 경기 때 래리 버드가 했던 무례한 행동을 떠올렸다. 당시 워밍업 시간에 조던의 공이 코트 반대편에 있던 NBA 선수들 쪽으로 굴러갔다. 버드는 공을 주워들더니 조던에게 주지 않고 그의 머리를 넘겨 뒤편으로 멀리 던져버렸다. 조던은 그 사건을 이렇게 받아들였다.

"래리 버드는 이 모든 게 비즈니스에 불과하다고, 절 상대할 필요가 없다고 행동으로 보여준 거예요. 전 그 일을 절대 잊을 수가 없습니다."

셀틱스의 전임 감독이자 사장이었던 레드 아워백은 조던의 강한 쇼맨십을 알아보고 인터뷰에서 이런 말을 했다.

"눈을 보면 그런 끼가 있다는 게 보여요. 그 친구는 관객들 앞에서 시합할 때 무척 즐거워 보이더군요."

셀틱스의 전설적인 센터인 빌 러셀도 그 말에 동의했다.

"마이클 조던은 제가 돈을 내고 보고 싶은 몇 안 되는 선수 중 하나입니다."

---

* 득점, 리바운드, 어시스트, 스틸, 블록슛 중 세 가지 부문에서 두 자리 숫자를 기록하는 것.

## 금지된 신발

조던의 공격력이 불을 뿜던 1985년 초, 나이키는 에어 조던 1탄을 출시했다. 그런데 그중에서 빨강과 검정으로 장식된 모델은 곧 NBA에서 착용 금지 품목이 되었다. 당시 리그 지침상 선수들은 흰색 운동화만을 착용해야 했기에 NBA는 조던에게 그 신발을 신을 때마다 벌금 5,000달러를 물릴 것이라고 경고했다. 그 소식에 나이키의 롭 스트라서와 피터 무어는 즉각 소니 바카로에게 연락했다.

"롭과 피터가 그러더군요. 신경 쓰지 않아도 된다고요." 바카로가 당시 정황을 떠올리며 말했다. "그래서 난 대체 무슨 소리냐고 물었어요. 혹시 그 신발을 신기지 않고 마이클을 경기에 내보낼 생각이냐고요."

스트라서는 어떻게든 조던에게 신제품을 착용시킬 예정이고 나이키가 매 경기 벌금을 대신 물 것이라고 했다. 그리고 광고를 통해 리그에서 사용 금지된 제품임을 팬들에게 알리겠다고 말했다. NBA가 최고의 마케팅 소재를 던져준 셈이었다. 바카로는 그 일을 웃으며 이야기했다.

"대중들한테 뭔가가 금지됐다고 얘기하면 어떻게 되는지 알아요? 그러면 다들 그걸 하고 싶어서 안달이 납니다."

나이키는 NBA가 준 기회를 적극 활용하여 금지된 신발이 된 에어 조던 1탄의 인기를 끌어올리는 데 주력했다.

"그러고는 대박이 터진 거죠."

바카로의 말이다. 조던이 시즌 초에 보인 뛰어난 경기력과 NBA의 착용 금지 선언, 나이키의 마케팅이 맞물려 신발 판매량은 하늘 높은 줄 모르고 치솟았다. 나이키는 이 제품을 출시한 뒤 3년간 1억 5,000만 달러라는 경이로운 매상을 올렸고, 이는 젊은 조던에게 막대한 부를 안겨주었다.

바카로가 설명하기로, 나이키는 에어 조던 제품군을 그해 인디애나폴리스에서 개최된 올스타전 날짜에 맞춰 다양하게 생산했다고 한다.

"우린 모든 제품을 빨간색과 검은색으로 꾸며서 냈어요. 손목 보호대든 티셔츠든 뭐든 간에 전부 불스 색깔로 냈죠."

1985년도 NBA 올스타 주간에는 마이클 조던의 화려한 복장과 그를 향한 베테랑 스타플레이어들의 따돌림이 화두로 떠올랐다. 그러나 선배 선수들의 행동이 너무나도 미묘했던 나머지 조던은 처음에 _그_것을 눈치채지도 못했다. 이 문제는 매직 존슨과 아이제이아 토머스, 조지 거빈의 심리 상담자인 찰스 터커 박사가 올스타전이 끝나고 한 발언 때문에 수면 위로 떠올랐다. 그날 터커는 인디애나폴리스 공항을 떠나는 선수들 곁에 서서 기자들에게 말했다.

"베테랑들이 보기엔 마이클 조던의 태도가 영 불편했던 모양입니다. 그래서 조금 혼을 내주기로 했다더군요. 수비에서는 서부 팀의 매직과 조지가 숨통을 조이고 공격 시에는 동부 팀 동료들이 공을 주지 않기로 했어요. 여기 선수들은 지금 그 이야기를 하며 웃고 있는 겁니다. 조지가 아이제이아한테 그 정도면 충분히 긁려준 거 아니냐고 물어봤죠."

아무래도 그들은 슬램덩크 콘테스트에 에어 조던 운동복을 입고 등장한 조던에게 심사가 뒤틀린 것 같았다. 그 대회에 금목걸이를 차고 참가한 조던은 결승전에서 애틀랜타 호크스의 도미닉 윌킨스에게 패했다. 터커가 설명하기로는, 베테랑 선수들의 눈에 신인인 그가 무척 건방지고 쌀쌀맞게 보였다고 한다. 아이제이아 토머스는 올스타 주간 첫날에 엘리베이터에서 만난 조던이 인사도 없이 가만히 있자 기분이 크게 상했던 모양이다. 조던은 그 상황을 이렇게 해명했다.

"인디애나폴리스에서 전 웬만하면 입을 다물고 있었어요. 잘나가는 루키랍시고 괜히 뻐기는 것처럼 보일까 봐 말이죠."

첫 번째 올스타전에서 그의 출전 시간은 22분에 그쳤고, 동부 팀의 전체 숏 시도 횟수가 120번에 달하는 동안 그가 던진 숏은 아홉 개밖에 되지 않았다.

데이비드 포크의 설명에 의하면, 당시 조던은 나이키의 요청을 받아 시제품으로 나온 새 운동복을 착용했다고 한다. 조던은 올스타전에서 받은 모욕을 이렇게 이야기했다.

"그 일로 전 심하게 주눅이 들었어요. 쥐구멍에라도 들어가서 다시는 나오고 싶지 않은 심정이었죠."

아이제이아 토머스는 기자들이 그날의 사건을 캐묻자 조던을 따돌린 적 없다고 잘라 말했다.

"대체 누가 그런 짓을 해요? 어린애도 아니고."

조던의 불스 동료였던 웨스 매튜스는 따돌림 사건에 관하여 한마디 해달라는 기자들에게 이렇게 말했다.

"마이클은 하늘이 내린 재능을 갖고 있어요. 한마디로 신의 아들인 거죠. 그 친구가 그런 존재인 걸 받아들이면 되는 일이에요."

소니 바카로는 상대적으로 적은 보수를 받던 컨버스사 소속 선수들이 나이키에 대한 반발심 때문에 그런 사건을 일으켰다고 보았다.

"문제는 나이키였어요. 우리가 적이었던 거죠. 마이클 조던을 만들어낸 건 나이키였으니까요. 난 마이클이 덩크 대회에서 보인 모습이나 팬들한테서 인기가 좋았던 게 사실상 그 사건하곤 별로 관계없었다고 봐요. 닥터 제이*도 인기는 엄청 좋았지만 그길로 시기하는 사람은 없었죠. 결국 원인은 나이키였던 거예요."


## 닥터, 닥터


나이키와 손을 잡은 조던은 코트 위에서 맹활약하며 큰 영향력을 발휘하기 시작했다. 하지만 사람들은 아직 그 힘이 얼마나 강력한지 몰랐다. 조던은 올스타전에서 벌어진 따돌림 사건으로 NBA의 스타들이 자신을 탐탁지 않아 한다는 사실을 알았다. 그리고 그 일로 아이제이아 토머스와 매직 존슨에게 반감을 느꼈다. 특히 토

---

* 줄리어스 어빙의 별명.

머스를 향한 감정은 불스와 피스톤스가 동부의 센트럴 디비전**에서 경쟁하는 과정에서 더욱 심해졌다. 조던은 존슨이 1984년도 NBA 결승전에서 보스턴 셀틱스에 패한 뒤 구단주에게 제임스 위디의 트레이드를 부추겼다는 소문을 듣고 그를 더욱 싫어하게 되었다.

소니 바카로는 올스타전에서 일어난 그 사건이 조던의 뜨거운 경쟁심에 기름을 부은 격이었다고 설명했다.

"마이클은 그 일을 계속 마음에 두고 있었어요. 그러면서 서서히 코트 위의 킬러로 변해갔죠. 자길 따돌린 선수들을 원망하면서요. 그 녀석은 그날을 한 번도 잊은 적이 없어요. 지금은 웃으면서 사람들을 만나고 옛날 일을 얘기하고 그러지만, 그래도 여전히 그 사건은 머릿속에 남아 있죠. 그때 처음으로 그렇게 많은 사람 앞에서 수모를 당했으니까요. 과연 사건 당사자들 중에 그 일을 요즘도 기억하는 사람이 있을까요? 자기들이 한 짓이라고 인정하기나 할는지 모르겠어요. 마이클은 아이제이아한테서 모욕을 당한 뒤로 그 일을 잊지 않고 줄곧 마음에 담아뒀습니다."

올스타 주간이 끝난 직후 피스톤스는 시카고 스타디움에서 시합을 치를 예정이었다. 아이제이아 토머스는 따돌림 사건에 가담했는지 묻는 기자들에게 역정을 냈다.

"그런 일은 절대 없었습니다. 기사로 읽어봤는데 정말 화가 나더군요. 앞으로 저와 마이클의 관계에 악영향을 미칠 만한 소문이니까요."

시합이 열리기 전, 토머스는 조던에게 오해를 풀고 싶다며 연락했다. 그렇게 잠시 만난 자리에서 토머스가 직접 사과를 했지만, 나중에 조던은 그것이 '쇼에 지나지 않는다.'고 말했다. 그날 조던은 49득점 15리바운드를 기록하며 불스가 139대126으로 연장전 승리를 거두는 데 기여했다. 그는 속공 중에 일부러 달리는 속

---

** NBA는 크게 동부와 서부 컨퍼런스로 나뉘며, 각 컨퍼런스는 가까운 지역팀들을 포괄한 디비전으로 세분된다. 당시에 동부는 애틀랜틱과 센트럴 디비전으로, 서부는 퍼시픽과 미드웨스트 디비전으로 나뉘었다.

도를 늦췄다가 토머스가 카메라 앵글에 들어오자 감정을 한껏 실어 덩크를 내리꽂았다. 방송 해설자들은 그 덩크가 토머스를 조롱하는 것임을 곧장 알아챘다. 토머스는 경기 후 기자들 앞에서 다시 화난 표정으로 말했다.

"이제 그만 좀 얘기합시다. 다 끝난 일이라고요."

그러나 두 사람의 대립은 거기서 끝나지 않았다. 불스와 피스톤스가 이후 몇 년간 동부 컨퍼런스의 패권을 두고 계속 다투었기 때문이다.

한껏 높아진 경쟁심은 당시 일어난 수많은 변화 가운데 한 가지에 불과했다. 인디애나폴리스에서 올스타전이 벌어지는 동안, 10년 넘게 불스 구단을 소유했던 경영진은 팀의 지배 지분을 제리 라인스도프라는 인물에게 팔기로 결정했다. 라인스도프는 구단 매매 절차가 1985년 3월 1일에 완료될 것이라 밝혔다.

시즌 중반에 원정 12연패를 겪으며 고전한 불스는 최종적으로 35승을 거뒀다. 이는 전년도보다 8승이 추가된 기록으로, 시카고 불스는 1981년 이래 처음으로 플레이오프*에 진출했다. 그러나 골 밑을 담당하던 주요 선수들의 부상 때문에 밀워키 벅스와 맞붙은 1라운드에서 1승 3패로 곧장 탈락하고 말았다.

빌 블레어 코치가 당시를 회상했다.

"우리가 정규 시즌을 다 거치고 플레이오프까지 오르자 마이클의 인기는 더더욱 높아졌죠. 특히 기억에 남는 건 워싱턴 원정을 갔을 때예요. 그날 시합에서 이긴 덕에 우리 팀이 플레이오프에 갈 수 있었죠. 이틀 뒤에는 필라델피아에서 경기 일정이 잡혀 있었는데, 마이클은 다음 날도 워싱턴에 남아서 빌 브래들리 상원의원하고 국회를 방문했습니다. 그다음에 저녁이 되어서 비행기를 타고 필라델피아로 왔죠. 그러곤 다음 날엔 슛 연습에 참가하고 본 시합에서 40점을 넣었어요. 마이클은

---

* NBA 플레이오프는 동·서부의 상위 열여섯 팀끼리 한 시즌의 최종 승자를 가리는 과정이다. 동부와 서부 컨퍼런스에서 각각 1라운드, 2라운드, 컨퍼런스 결승이 벌어지며 여기서 끝까지 승리한 두 팀이 최종 결승에서 맞붙게 된다. 조던의 현역 시절에 1라운드는 5전 3선승제, 2라운드 이후는 7전 4선승제로 진행되었고 2라운드부터 컨퍼런스 결승까지는 2-2-1-1-1(시즌 성적이 상위인 팀의 홈에서 1, 2, 5, 7차전을 치르고 하위 팀의 홈에서 3, 4, 6차전을 치르는 방식), 최종 결승에서는 2-3-2(상위 팀 기준에서 홈 2연전, 원정 3연전, 홈 2연전) 시스템이 활용되었다. 그러나 2003년부터는 1라운드도 7전 4선승제로 변경되었고, 2014년부터는 최종 결승 역시 2-2-1-1-1 시스템으로 바뀌었다.

그렇게 외부 일정을 소화하면서 자기 할 일까지 확실하게 해냈어요."

　그러나 그날 식서스에 패하면서 조던은 줄리어스 어빙과 총 다섯 번 맞붙어 한 번도 이기지 못한 채로 첫 시즌을 마쳤다. 경기 매너가 좋기로 유명했던 어빙은 다른 올스타 선수들과 마찬가지로 컨버스의 후원을 받았으나 따돌림 사건에는 가담하지 않았다. 그런데 당시 식서스 감독이었던 맷 구오카스는 조던 신드롬이 구단의 자랑거리였던 어빙에게도 적지 않은 영향을 미쳤다고 보았다. 그는 처음에 경기 해설자로, 그 뒤에는 식서스의 부코치와 감독으로 10년 넘게 닥터 제이를 관찰해왔다. 식서스 선수 출신으로 1967년에 월트 체임벌린과 함께 NBA 우승까지 경험했던 구오카스는 2012년 인터뷰에서 이렇게 말했다.

　"저는 여러 각도에서 줄리어스를 지켜봐 왔죠. 그 친구는 우리 구단의 위상을 드높여준 영웅이었고 인간적으로도 상당히 매력이 있었어요. 팬들한테 인기가 좋았고 사람을 대하는 태도가 참 멋졌습니다. 상대가 누구든 간에 잘 맞춰주는 그런 친구였거든요. 그것도 늘 진심으로 대하면서요. 마이클이 NBA에 막 들어왔을 때 줄리어스는 농구 인생의 끝자락에 와 있었죠. 그 정도로 연배차가 있었지만 두 사람은 서로를 존중했던 것 같아요. 마이클은 항상 줄리어스를 자신 이전에 프로농구의 매력을 널리 알린 스타플레이어로 인정했어요. 제 생각엔 줄리어스도 그 점을 고맙게 여길 거라고 봅니다. 한데 안타깝게도 마이클은 전성기의 닥터 제이를 만나본 적이 없죠. 그래도 그 뒤로 두 사람이 대결한 횟수가 적지는 않았어요. 그때 줄리어스는 마이클과의 맞대결에서 간신히 버티는 수준이 아니라 오히려 이기는 경우가 많았습니다. 물론 일대일이 아닌 팀 단위의 승부라는 건 감안하셔야 해요. 아무튼 그 친구는 마이클을 상대할 때마다 적극적으로, 한 발이라도 더 뛰려고 애썼어요. 줄리어스처럼 위대한 선수들은 언제나 팬들 앞에서 당당한 모습을 보이려고 노력하죠. 평소처럼 시합에 나서면 마이클한테 당할 거란 걸 잘 알거든요. 그것도 아주 호되게요. 그래서 늘 철저히 대비를 했고요."

　처음에는 구오카스 역시 조던의 위압감에 흔들렸다고 한다. 그는 시카고 스타디움 탈의실에서 시합을 앞둔 팀원들에게 조던에 대해 주의를 주던 일을 이야기했다.

"시카고 구장의 탈의실은 휑하고 눅눅한 데다 괜히 꺼림칙한 기분이 드는 곳이죠. 하지만 코트 자체는 훌륭했어요. 경기를 하거나 관람하기에는 참 좋은 장소였거든요. 그때 우린 시합 준비 중이었죠. 이틀 연속으로 원정 경기를 하던 터라 저는 선수들의 준비가 확실히 됐는지 확인하려 했어요. 그래서 마이클에 대해 계속 얘길 했습니다. 줄리어스는 고개를 숙인 채로 신발을 만지작거리고 있었죠. 그러다가 더는 못 듣겠던지 저를 쳐다보더군요. 이제 그만 좀 하라는 표정으로요. 그러곤 '이거 보세요, 감독님. 우리도 농구깨나 하는 사람들이에요.'라고 한마디 하더군요." 구오카스는 웃으면서 설명을 계속했다. "듣고 보니 그 말이 맞다 싶었어요. 그러면서 또 하나를 깨우쳤죠. 괜한 소릴 했다고요. 마이클의 실력이 어떤지 그렇게 떠들 필요는 없었는데 말이죠. 그날 줄리어스랑 앤드류 토니는 시합에서 마이클을 완전히 혼쭐 내줬어요. 그 후로 줄리어스는 불스를 만날 때마다 마이클한테 뒤지지 않는 활약을 했습니다. 첫 대결 이후로 늘 그랬어요. 닥터 제이는 아직 죽지 않았다고 보여준 거예요."

# 제 6 부

# 비행의 시작

# 제17장

# 호텔 방의 수감자

UNC 재학 시절에 조던은 딘 스미스로부터 커뮤니케이션 수업을 들으라는 권유를 받았다. 그래야 공식 석상이나 인터뷰 상황에 잘 대비할 수 있다는 이유에서였다. 조던은 프로 입단 첫해에 여느 신인들처럼 인터뷰 중에 간혹 어색하고 자신 없는 모습을 보였다. 하지만 그 뒤로는 늘 침착한 태도로 언론 관계자들과 좋은 관계를 유지했고, 이따금 그들이 귀찮게 굴어도 그 점은 바뀌지 않았다. 그가 데뷔한 후 경기장에는 그간 불스에 아무 관심도 주지 않던 지역 방송국 사람들이 속속 나타나기 시작했다. 도시의 떠오르는 스타를 취재하기 위해서였다. 시카고에서 스포츠 방송 제작자로 일한 제프 데이비스는 그 시절의 조던을 이렇게 설명했다.

"조던은 말을 참 조리 있게 잘했어요. 사진발도 잘 받았고요."

나이키 광고와 경기 하이라이트 영상에서 시작된 조던의 명성은 입소문을 타고 삽시간에 곳곳으로 퍼져나갔다.

불스의 홍보부장이었던 팀 핼럼은 그 과정에서 한층 차분하고 성숙해진 조던을 발견했다. 당시에 조던은 늘 품위 있게 언론을 대하는 줄리어스 어빙을 우러러보며 그 모습을 모방했다. 물론 델로리스가 곁에서 아들의 행동 하나하나에 관심을 기울이고 주의를 준 것도 큰 도움이 되었다. 남의 말을 경청하는 태도 또한 기자들의 질문을 잘 이해하고 훌륭한 답변을 내놓는 데 일조했다.

핼럼은 조던의 변화상을 이야기했다.

"제 생각엔 마이클이 모든 방면에서 성장한 것 같아요. 데뷔 초기에 한 인터뷰를 보면 4년 뒤나 8년 뒤, 12년 뒤에 한 것만큼 말솜씨가 좋진 않죠. 다 아시겠지만 그때에 비하면 모든 게 많이 바뀌었어요. 마이클의 복장부터가 완전히 다르잖아요.

루키 시즌에 뭘 입었고 4년 뒤에는 뭘 입었는지 생각해보면 웃음이 나올 정도죠. 처음엔 운동복만 입고 다니던 친구가 고급 정장을 입기 시작했으니까요."

대중의 관심이 커질수록 조던은 세상과 점점 더 멀어졌다. 핼럼은 그가 아직 루키였던 1985년 2월에 그 점을 눈치챘다. 이러한 변화는 급격히 높아진 명성과 올스타전에서 일어난 따돌림 사건과도 일부분 연관되어 있었다. 소니 바카로는 올스타전이 끝난 뒤 곧장 시카고로 가서 조던과 대화를 나눴다고 한다.

"그해 올스타전 이후에 나이키에서는 뭘 어찌해야 할지 몰라서 우왕좌왕했어요. 그때 내가 마이클을 찾아가서 얘길 해봤죠. 그러면서 이번 일은 그 선수들이 어디까지 갈 수 있는지 보여주는 거다. 그건 다 네가 걔들보다 실력이 뛰어나기 때문이다. 그렇게 설명을 했어요."

그러나 조던의 실망감은 가시지 않았다. 매직 존슨은 그의 영웅이 아니었던가. 기자들에게도 언급했듯이 그 사건으로 그는 쥐구멍에라도 숨고 싶은 심정이었다. 안 그래도 조던은 이미 호텔 방에 갇힌 수감자 신세가 되고 있었다. 팀 핼럼이 말하기로, 그는 아주 가끔씩만 바깥에 얼굴을 비쳤다고 한다.

"그럴 때마다 다들 '우와, 마이클이 어쩐 일로 나왔대?' 하는 반응이었어요. 괜히 빈가운 거 있잖아요. 늘 우리 안에만 있다가 오랜만에 나와서 동물원 울타리 안을 산책하는 사자를 본 것 같은 느낌이랄까요?"

리그에서 내로라하는 스타플레이어들의 차가운 시선보다 그를 괴롭힌 것은 갑작스러운 인기로 인한 압박감이었다. 이것은 그가 맞이한 새로운 삶에서 도저히 피할 수 없는 문제였다. 당시는 프로팀들이 구단 전세기 없이 정규 항공편으로 이동하던 시대였다. 그래서 원정 경기를 갈 때면 아침 다섯 시부터 어디서나 그를 알아보는 대중과 얼굴을 마주쳐야 했다. 그럴 때마다 사람들은 농구계의 떠오르는 스타를 보러 다가왔고, 그 주변이 인파로 넘치는 데는 오랜 시간이 걸리지 않았다. 핼럼은 이런 말을 덧붙였다.

"저는 처음에 이런 생각을 했었죠. '될 대로 되라는 생각으로 일단 나가서 하고 싶은 대로 하면 되잖아.' 그런데 막상 마이클이 처한 상황을 보고는 그럴 수 없다는 걸 알았어요. 어른이든 애든 할 것 없이 정신이 나가서는 그 주위로 막 몰려들었거든요. 정말 다들 미친 것 같았어요. 마이클은 그렇게 사람들한테 시달렸던 거예요."

결국 조던은 도피처를 찾기에 이르렀다. 조 오닐이 그 점을 언급했다.

"마이클은 영화관에 간 이야기를 자주 했어요. 영화관에 들어가면 다른 보통 사람들처럼 있을 수 있다고요. 하지만 그 외에 식당이나 쇼핑몰, 주유소 같은 곳은 어딜 가든 사람들에게 둘러싸였죠."

1985년에 시카고 불스 소속이 된 조지 거빈은 조던의 사생활이 침해받은 데는 나이키나 NBA도 어느 정도 책임이 있다고 보았다.

"나이키와 NBA가 마이클을 전설적인 인물처럼 꾸며대서 그렇게 된 거예요. 녀석한텐 참 가혹한 일이죠. 덕분에 농구 역사상 가장 유명한 선수가 되긴 했지만, 어딜 가나 경호원이 따라다니는 삶이란 정말 고달프죠. 곁에 지켜주는 사람이 없으면 밥도 못 먹고 어디 편히 앉지도 못하잖아요. 뭐 거의 마이클 잭슨처럼 살게 된 거죠. 그건 정말 힘든 삶이라구요. 그러다 까딱 잘못하면 제 명대로 못 살고 죽을 수도 있어요. 그때 농구계는 변하고 있었죠. ESPN과 케이블 TV가 생겼고, 그런 방송국들이 마이클을 갖고 하도 광고를 해서 그 녀석은 밖에 나다니지도 못했어요. 나이키도 그 녀석 갖고 판촉을 엄청나게 해댔구요. 그러면서 마이클은 평범하게 살기가 어려워졌어요. 인생을 송두리째 빼앗기고 말았다구요."

님 핼럼도 비슷한 의견을 내놓았다.

"대중을 상대하기란 정말 벅찬 일이죠. 여기저기서 요구하는 게 너무 많아서 힘들었던 거예요. 불스 쪽에서도 원하는 게 꽤나 있었고, 마이클 본인이 원하는 것, 또 이런저런 광고에 나이키도 신경 써야 하고 일상생활도 해야 했으니까요. 그 모든 게 합쳐져서 혼란을 야기한 겁니다. 특히나 당시 NBA에서는 더 그랬죠."

시카고의 라디오 기자인 브루스 레바인이 말하기로, 조던은 언젠가부터 자신이 상품처럼 취급된다는 사실을 깨달았다고 한다.

"그건 사람들이 절세 미녀를 보고 외모에만 관심을 두는 것과 크게 다르지 않습니다. 그럴 때 다들 그 여인의 겉모습과 몸매 같은 데만 정신이 팔리니까요. 마이클 조던은 사람들이 자길 하나의 인간이 아니라 물건처럼 대한다는 걸 알고 있었어요."

"당시에 마이클 주변에선 많은 일이 일어나고 있었어요." 팀 핼럼이 말을 이었다. "물론 그렇다고 기본적인 성격까지 다 바뀌진 않았겠지만, 그러면서 마이클은 다른 사람이 돼버렸죠. 그럴 필요가 있었거든요. 원래 어떤 일을 하면서 모든 사람을 만족시키기란 어렵잖아요. 좀 노력을 해보지만 좀 있다가 못 할 것 같다고, 굳이 에너지를 들여서 할 게 아니라고 생각하게 되죠. 그 과정에서 뭔가 실패하는 일이 생기기도 하고, 그럼 어떤 사람들은 저 친구가 자존심이나 자만심 때문에, 아니면 돈이나 명성을 가질 만큼 가져서 배가 불렀다는 식으로 말하죠. 그런데 실상은 그런 게 아니었어요. 문제는 그 모든 걸 처리할 시간이 부족하다는 거였죠. 하루는 24시간으로 정해졌고 그건 누구도 어쩔 수 없는 거잖아요. 제가 마이클을 보면서 가장 딱하게 여긴 건 그거였어요." 그는 끝으로 한마디를 덧붙였다. "그래도 마이클은 도망치지 않고 늘 본인이 맡은 일을 해냈어요."

## 갈등

신기하게도 조던은 불스를 전담 취재하는 기자들 앞에서는 무척 편안한 모습을 보였다. 그들은 조던과 경기 전에 스스럼없이 잡담을 주고받을 만큼 신뢰를 얻고 있었다. 또 그는 변함없이 가족의 응원을 받았다. 어머니와 형제들은 시카고에 자주 들러 함께 시간을 보냈다. 아버지 역시 그를 찾아왔지만, 거기에는 조금 문제가 있었다. 부모님 사이에서 깊어진 갈등 때문이었다. 곧 조던의 지인들과 구단 관계자들은 그의 부모를 동시에 보는 경우가 줄었다는 것을 알아챘다. 소니 바카로는 나이키 계약 건 이후로 제임스와 델로리스를 함께 본 적이 거의 없다고 밝혔다.

"처음에는 두 사람이 늘 같이 다녔어요. 나이키에서 회의를 할 때는 그랬었죠. 그런데 그 후에는 뭔가 분명하게 선이 갈린 것 같았어요. 솔직히 말해서 그 뒤로는 같이 모여서 한마디도 얘길 나눠본 적이 없네요."

나이키 측은 그 사실에 어딘가 안도하는 눈치였다. 그들에게 조던의 어머니는 늘 신뢰할 수 있는 존재였다.

바카로는 설명을 계속했다.

"델로리스는 믿을 수 있는 사람이에요. 델로리스는 많이 배우고 몸가짐도 완벽했지만, 제임스는 여러모로 허술했죠."

조던 부부가 아들의 비즈니스에 여전히 관여했던 탓에 나이키 간부들은 제임스와도 대화해야 했지만 당시에 바카로는 그를 만나길 꺼렸다. 제임스 조던은 술을 좋아하기로 유명했고 델로리스와 다르게 사업적으로는 신용하기 어려운 인물이었다.

마이클 조던의 누나는 『우리 가족의 그림자』에서 부모님이 동생에게 영향력을 발휘하려고 치열한 경쟁을 벌였다고 밝혔다. 그녀의 설명에 의하면, 아버지는 사람들 앞에서 말을 삼갔지만 어머니는 스포트라이트를 향해 스스로 걸어 들어갔다고 한다. '마이클이 갑자기 인기를 얻으면서 엄청난 성공이 뒤따랐지만, 동시에 부모님 사이에서는 다툼이 시작되었다.'

그들의 대립은 10여 년 전 남모르게 벌어졌던 부부싸움만큼이나 격화될 조짐을 보였다.

바카로는 말했다.

"마이클은 처음부터 그렇게 둘 사이에서 위태롭게 줄타기를 하고 있었어요. 물론 외부에는 거의 알려지지 않았지만, 거기에는 그렇게 멸시로 가득한 인간관계가 있었던 거죠."

제임스와 델로리스는 아들에게 바라는 마음가짐과 행동거지를 두고 의견을 달리했다. 양친을 모두 아끼고 사랑했던 조던은 처음 몇 해 동안 두 사람의 갈등이 심각한 수준까지 가지 않도록 무척 애썼다. 그러나 바카로와 시스가 설명하기로, 그들의 대립은 점차 손쓰기 어려울 만큼 심해졌다고 한다.

마이클 조던이 시카고에서 첫 시즌을 보낼 때 제임스는 완벽함과는 거리가 먼 생활을 했다. 당시 그는 노스캐롤라이나주에서 형사 사건의 피고인으로 톡톡히 망신을 당했다. 게다가 시스까지 부모를 상대로 어릴 적에 당한 성 학대 관련 소송을 준비하던 중이었다. 그녀는 직접 병원을 찾아가 정신과 치료까지 받은 상태였다. 이래저래 여의치 않은 상황에서 분명 제임스는 아들의 꿈같은 삶 속으로 도망치고 싶었을 것이다.

그 무렵 불스 구단 사람들과 팬들은 친구처럼 가까운 조던 부자의 관계에 주목했다. 그들의 눈에 제임스는 쾌활하고 겸손한 인물로 비쳤다. 언론과 구단 관계자들은 그의 밝은 성격을 반겼다. 그는 레이니 고교 시절과 마찬가지로 농구단 일에는 일절 간섭하지 않고 아들의 경기 외적인 부분에만 도움의 손길을 내밀었다.

"마이클은 아버지를 정말 끔찍하게 아꼈습니다."

불스의 코치였던 조니 바크가 2012년 인터뷰에서 한 말이다. 또 팀 핼럼도 이와 비슷한 말을 했다.

"그 둘은 꼭 친구 같았어요. 저는 그게 참 멋진 관계라고 생각했죠. 아버지가 늘 아들 곁에 있고 늘 함께 어울리고 하는 거요. 그게 마이클한텐 좋은 일이었다고 봐요."

그러나 제임스의 동행은 델로리스와의 갈등을 깊어지게 할 뿐이었다. 두 사람 다 아들에게 영향력을 행사하려 했기 때문이다. 사실 그들 사이에서 일어난 마찰을 직접 목격하거나 실감한 사람은 아무도 없었다. 조 오닐은 불스의 원정 시합 때 두 사람과 함께했던 시간을 떠올렸다.

"그때 마이클의 부모님이랑 호텔 로비에서 같이 이야기를 나눴었죠. 목표가 뚜렷하고 앞으로의 성공을 믿는 분들이었어요. 늘 긍정적이고 협조적인 태도였고요. 마이클의 아버지는 아주 재미있는 분이었습니다. 말솜씨가 수준급이었어요. 델로리스 씨는 여느 어머니들처럼 아들을 꼼꼼히 챙겼죠. 제가 기억하기론 참 다정하고 멋진 분이었어요. 아들이 슈퍼스타라고 잘난 체하는 기색은 전혀 없었고요. 그 두 분은 여느 부모들과 마찬가지로 아들을 보호하려고 애썼고 항상 자랑스러워했어요."

## 친구들과의 시간

젊은 시절에 조던은 가족 외에도 몇몇 친구와 함께 시간을 보냈다. 그중 하나가 하워드 화이트였다. 그는 흑인이자 메릴랜드 대학 농구부 출신으로 나이키의 임원 자리에 오른 인물이었다. 바카로는 화이트를 이렇게 설명했다.

"하워드는 마이클이 아끼는 친구죠. 한때는 농구선수였고 성격도 좋거든요. 마이클이 원정을 갈 때면 거기까지 따라다녔구요."

바카로는 하워드 화이트를 시작으로 조던 곁을 지키는 수행원이 차츰 늘어났다고 말했다.

"그때부터 마이클은 노스캐롤라이나 친구들을 가까이 뒀어요. 로드 히긴스도 늘 곁에 있었고요. 그렇게 해서 마이클은 자길 잘 이해해주는 측근들로 한 무리를 만들었죠. 모든 건 거기서부터 시작된 거예요."

그들에게는 조던이 감옥 같은 호텔 방에 들어앉아 있을 때 함께 시간을 보낸다는 임무가 있었다. 카드놀이, 골프, 칵테일, 포켓볼 등 분위기를 밝힐 만한 것이면 무엇이든 상관없었다. 얼마 후 조던의 오랜 친구이자 농구부 동료였던 아돌프 샤이버와 일명 '3인의 프레드'로 알려진 프레드 윗필드와 프레드 글로버, 프레드 컨스가 이 무리에 들어왔다. 노스캐롤라이나에서 조던과 가깝게 지냈던 윗필드는 이후 나이키와 데이비드 포크의 일을 도왔고, 과거에 캠벨 농구 캠프에서 윗필드와 함께 만난 글로버는 보험사에서 일했다. 컨스는 조던과 종종 골프를 함께하던 샬럿 출신의 장의사였다.

조던의 프로 첫 시즌에 제임스는 그들이 장기간 원정 경기를 따라다니며 지출한 금액에 깜짝 놀랐다고 한다.

"처음엔 이게 무슨 돈 낭비냐 싶었는데, 곰곰이 생각해보니 낯선 사람들을 곁에 두기보단 친구들이랑 있는 게 결국은 우리 아들한테 제일 낫겠다 싶더군요."

조던의 데뷔 초기에는 버즈 피터슨과 거스 레트도 자주 그 자리에 끼었다. 레트는 시카고 스타디움에서 경비를 맡았던 인물로 조던의 개인 경호도 몇 차례 담당하였다. 한편 조 오닐이 말하기로 수년간 한결같이 신뢰를 얻은 사람은 조던의 운전사로서 허드렛일을 도운 조지 콜러였다고 한다.

"조지는 마이클한테 있어서 완벽한 보호자였어요. 마이클 같은 스타한테는 늘 누가 곁에 붙어 있어야 하죠. 대신 나서서 귀찮은 일들을 처리해주고 주변을 살펴주는 그런 사람이요. 그런 점에서 시카고 출신인 조지가 제격이었어요. 덕분에 마이클하고는 아주 특별한 관계가 됐고요. 사실 마이클의 수행원이 그리 많지는 않았어요. 그중에서도 제일 가까웠던 건 로드 히긴스, 아돌프 그리고 프레드처럼 어디든 함께하는 친구들이었죠."

그들은 매사에 마치 농구 시합을 하듯 공격적으로 달려들던 조던에게 '흑표범(Black Cat)'이라는 별명을 붙였다. 조던은 아무리 사소한 일이라도 경쟁을 해야 직성이 풀리는 것 같았다. 그의 말장난과 말씨움 실력은 농구장에서 선보이는 어떤 기술 못지않았다. 로드 히긴스가 그 점을 이야기했다.

"마이클은 가까운 친구들하고 있을 때 뭔가 눈에 거슬리는 게 있다 싶으면 그걸로 그 사람을 긁고 공격해요. 그땐 바로 맞받아쳐야 하죠. 안 그러면 밤새도록 같은 이유로 놀리거든요."

조던은 일대일 농구 대결을 즐기는 것만큼 말장난을 주고받길 좋아했고 단순한 농담도 마치 대결을 하듯 접근했다. 팀 핼럼은 그 점을 이렇게 설명했다.

"마이클은 원래 그렇게 생겨먹은 녀석이에요. 녀석이 말발로 막 덤비잖아요? 그럼 곧장 응수해야 합니다. 그렇게 놀림을 당하면 꼭 바로 반격해야 해요. 안 그러면 완전 샌드백 신세가 되거든요. 마이클 코를 납작하게 만드는 방법은 이거예요.

역으로 그 녀석을 놀리는 거죠. 그때 주변에 있는 사람들까지 막 웃으면 녀석도 머쓱해서 한 발 물러나요. 그렇게 해서 나도 어느 정도는 배짱이 있다는 걸 보여주는 거예요."

핼럼이 말하기로, 조던은 불스가 매 시즌 82승 0패로 전승을 올려야 한다고 주장할 만큼 경쟁심이 강했다. 일상생활 역시 그런 관점으로 접근했기에 그와 함께 시간을 보내기란 보통 쉬운 일이 아니었다. 버즈 피터슨도 그 부분을 언급한 적 있다.

"제가 뭔가 실수를 하잖아요? 그럼 걔는 꼭 그 문제에 대해서 한마디하고 넘어가요."

팀 핼럼은 이런 말을 덧붙였다.

"마이클하고 있을 땐 뭘 하든 경쟁적으로 달려들어야 해요. 안 그러면 아예 버림을 받든가 아니면 같이 놀아봤자 재미없는 사람 취급을 받거든요."

한편 친구들은 조던의 말장난에 과민하게 반응하지 않도록 신경도 써야 했다.

"걔는 사람들 앞에서 창피당하는 걸 정말 싫어하거든요." 윗필드가 웃으며 말했다. "그런 걸 도저히 못 견뎌 해요. 그래도 상대방 말에 지지 않으려 애쓰긴 하지만 말이죠."

핼럼은 앞서 한 말을 재차 강조했다.

"마이클이 막 놀리려고 하잖아요. 그러면 바로 받아치는 게 답이에요. 녀석은 그걸 또 좋아하거든요. 그런데 그것도 제대로 해야 합니다. 아무 말이나 지껄여서 트집을 잡으면 안 되고 적당한 수준에서 받아쳐야 해요. 그러다 우리가 언성을 높인 적이 있냐고요? 아뇨, 하지만 마이클이 이런 말을 한 적은 있어요. '내가 한마디만 하면 당신은 바로 모가지야.' 그때 저는 '그럼 나야 고맙지 뭐. 나라고 이딴 일 하는 게 좋은 줄 알아?' 하고 받아쳤어요."

그렇다고 조던이 마냥 모난 성격은 아니었다. 조지 콜러가 첫 만남에서 느낀 것처럼 그에게는 어린아이 같은 면이 있었다. 조던은 이따금 경쟁적이고 거친 성격과 대조되는 연약함을 드러냈다. 시카고에서 새로운 삶을 시작할 때부터 그의 마음은 복잡하기 이를 데 없었고, 이것은 이후 그의 성격으로 굳어졌다. 당시에 그는 가족을 향한 강렬하고도 복잡한 감정과 씨름하고 있었다.

조던은 의리를 중요하게 여겼다. 그는 자신을 믿어주는 이들에게 놀라우리만치 충성을 다했다. 로드 히긴스가 그 점을 이야기했다.

"마이클은 일단 친구가 되면 그 사람과 깊은 우정을 유지하려고 상당히 노력해요."

그러나 어떤 계기로 믿음이 짓밟히거나 마음에 상처가 생기면 조던은 그 일을 절대 잊지 않고 경쟁심을 일깨우는 힘으로 삼았다.

친구들이 그와 함께 많은 시간을 보내고, 심지어는 사비를 들여서까지 원정 경기를 따라다닌 가장 큰 이유는 아마 그 유별난 의리에 있을 것이다. 그는 친구 한 명 한 명에게 신경을 기울이며 마음을 전했다. 조던의 예전 동료이자 오랜 친구인 찰스 오클리는 그를 두고 다음과 같이 말한 바 있다.

"사람들은 마이클이 얼마나 좋은 녀석인지 전혀 모르고 있어요."

물론 그들은 마이클 조던이 사는 세상의 일부가 되어 더없는 즐거움을 누렸다. 높디높은 그곳에서 내려다본 풍경은 조던을 둘러싼 인물들의 마음을 들뜨게 했다. 그는 농구계의 엘비스 프레슬리였다. 바카로는 그의 인간관계를 설명했다.

"우린 마이클과 함께하면서 이런 생각을 하게 됐어요. 나를 비롯해서 나이키나 마이클이 어울려 다니던 친구들, 함께 동고동락을 같이 한 사람들이 모두 그 녀석의 친구라고 말이죠. 마이클이 8~9년 동안 믿고 지낸 건 딱 이 사람들뿐이었어요."

그들은 조던의 측근으로서 힘이 되려 애썼고, 때로는 그 이상의 역할도 했다. 가령 가장 오래된 친구인 아돌프 샤이버는 모임 자리에서 늘 사회자나 바텐더를 맡았다. 그는 모임 분위기를 차분히 가라앉히거나 떠들썩하게 띄우는 재주가 있었고, 조던이 어딘가 서툰 모습을 보이면 유머를 섞어 말하기도 했다.

"이 친구는 칵테일 만드는 법을 통 몰라요. 아무거나 때려 넣고 막 섞는다니까요."

심리학자 조지 멈포드는 조던의 주변 인물들이 기여한 바를 높이 평가했다.

"마이클이 그렇게 측근들로 이뤄진 보호막을 마련하지 않았다면, NBA에서 여섯 번이나 우승하지는 못했을 겁니다."

## 후아니타

시카고에서 시작된 조던의 새로운 삶에서 가장 중요한 자리를 차지한 인물은 단연코 후아니타 바노이였다. 두 사람은 한 친구의 주선으로 1984년 12월 시카고의 베니건스 식당에서 처음 만났다. 몇 주 뒤에 그 친구는 작은 파티를 열어 그들을 재회시켰다. 여성미가 돋보였던 바노이는 레지 씨어스의 옛 여자친구라는 소문이 있었다. 하지만 조던은 거의 네 살 연상인 그녀에게 어른스러운 매력을 느꼈고, 거기에 발맞춰 한층 성숙해지려 노력했다. 그녀와 나누는 대화는 마치 어머니와 이야기하듯 편안했다.

이후 두 사람은 관계가 진전되어 더 많은 시간을 함께하기에 이르렀다. 언젠가 《시카고 선 타임스》 기자인 레이시 뱅크스가 언급했듯이 당시 시카고에서 조던의 위상은 거의 한 나라의 왕자에 버금가는 수준으로, 어쩌면 일찍이 인기 운동선수를 만나본 바노이의 경험이 그런 그와 이어지는 데 도움이 되었을지 모른다. 지인들의 설명에 의하면, 그녀는 품위 있고 총명하며 너그러운 성격이었다고 한다. 자신감 있고 여유로운 그녀의 성향은 조던과의 관계를 지속하는 데 가장 중요한 요소였다. 소니 바카로는 그녀를 이렇게 평가했다.

"나나 우리 집사람 모두 후아니타가 참 매력적인 사람이라고 생각했어요."

한때 조던의 골프 친구였던 리처드 에스키나스 역시 그 생각에 동의했다.

"저는 후아니타랑 아주 옛날부터 알던 사이예요." 조 오닐의 말이다. "정말 좋은 사람이죠. 우린 둘 다 시카고 사우스사이드 출신이랍니다. 후아니타는 항상 공

344 | MICHAEL JORDAN

손하게 사람을 대했어요. 제가 알던 모습이랑 늘 변함이 없었죠."

그런데 소니 바카로의 설명에 의하면 조던의 부모는 바노이와의 연애를 반대했다고 한다. 시카고에서 지낸 처음 몇 년간 조던과 바노이가 만남과 헤어짐을 반복한 데는 이 문제가 일부분 영향을 끼쳤던 것 같다.

사실 당시에 바노이를 비롯한 어떤 인물이나 외부 요소도 조던의 경쟁심을 잠재우지는 못했다. 그는 매일 많은 시간을 그 감정에 사로잡힌 채 지냈다. 경쟁심을 배출하는 주된 수단은 농구와 골프였지만 딱히 우선순위는 없었다. 또 거기에는 정교한 규칙이나 장치도 필요하지 않았다. 조던은 시카고에서 어떻게 시간을 보낼지 고민하던 신인 시절에 자주 구단 사무실을 찾았다. 그곳에는 핼럼과 오닐이 만든 미니 골프 코스가 있었다.

조 오닐은 당시를 회상했다.

"우린 모여서 가끔씩 퍼팅 게임을 했어요. 사무실에 18홀짜리 미니 코스를 만들어놓고 내기를 하곤 했죠. 사무실 안을 돌아다니면서 쓰레기통에 공을 쳐서 넣는 그런 게임이었어요. 마이클은 그것도 농구 시합하듯이 눈에 불을 켜고 달려들더군요. 언젠가 그 녀석이 저한테서 20달러를 따갔는데, 그 시절에 20달러면 요즘 400달러나 별반 다르지 않았어요. 그때 돈을 건네주는데 마침 사무실을 찾아온 제 아내가 그걸 보고선 마이클하고 돈 내기를 했냐고 막 소리를 질렀죠."

날씨가 좋은 날이면 그들은 실제로 골프장을 찾아갔다고 한다.

"우린 일반 골프장도 가봤고 메디나 컨트리클럽 같은 데도 가봤습니다. 당시에 마이클의 골프 실력은 저랑 비슷했어요. 그런데 그 뒤로 1년 동안 150라운드 정도를 돌고는 수준급 골퍼가 되었죠. 하지만 처음에 팀이랑 저랑 같이할 때는 골프를 막 배우기 시작한 수준이었어요. 스윙은 힘차게 했지만 공이 어디로 날아갈지는 아무도 알 수 없었죠."

조던은 기자들 앞에서 골프장의 한적함이 얼마나 좋은지 자주 이야기했다. 그러나 막상 골프장에 도착하면 그의 들뜬 기분 때문에 평화로운 분위기는 곧 깨지기 일쑤였다. 오닐은 그 점을 이야기하며 웃었다.

"마이클은 한시도 입을 가만히 두질 않았어요. 누가 스윙을 하든지 퍼팅을 하든지 계속 뭐라고 떠들었죠. 만약에 경기 해설자가 되려고 마음만 먹었다면 충분히 되고도 남았을 거예요. 그 녀석은 사무실에서 퍼팅 게임을 하든, 골프 코스에 나가든, 아니면 당구를 하든 간에 그렇게 쉬지 않고 정신적으로 부담을 줘요. 상대방 놀리는 걸 멈추지 않죠."

그러면서 그는 몇 시간 동안 평범한 청년 마이크 조던으로 돌아갈 수 있었다.

"그래서 마이클한텐 골프가 그렇게나 중요한 거예요." 오닐이 설명을 계속했다. "사람들하고 떨어져서 조용히 보낼 시간을 주니까요. 예전에 마이클이 그랬는데, 자기가 남들 눈을 피해서 편히 갈 수 있는 곳은 골프장과 영화관뿐이라더군요."

1985년 봄에 제프 데이비스는 야구 중계 해설자인 켄 해럴슨이 유명인들과 골프 대결을 벌이는 방송을 제작했다. 조던은 농구 시즌이 끝나고 방송 출연 요청이 들어오자 단번에 OK 사인을 보냈다.

데이비스는 그 모습을 떠올리며 말했다.

"그때 표정이 그렇게 행복해 보일 수가 없었어요."

그런데 방송 촬영 중에 조던은 세 번이나 재대결을 요청했다. 데이비스는 싱긋 웃으며 그날 상황을 이야기했다.

"조던은 자기 성적에 통 만족하질 못했어요. 무슨 돈을 걸고 한 건 아니었고 순전히 자존심 문제였던 거죠. 켄 해럴슨을 이기길 원했지만 그 사람은 골프 실력이 상당했어요. 결국 점수를 좁히진 못했는데, 그래도 마이클은 꽤 자세가 나오더군요. 그만한 키에도 스윙이 썩 괜찮았어요. 애초에 골프란 게 키 큰 사람한테 맞는 운동은 아니잖아요. 하지만 조던은 모든 걸 잘하려고 악착같이 굴었죠."

그날 녹화가 진행된 장소는 시카고 북부 교외 지역의 한 골프장이었다. 촬영진은 일이 끝난 뒤 승합차를 타고 시카고 시내로 향했다.

"거긴 시내에서 한 시간 정도 떨어져 있었죠." 데이비스가 설명을 계속했다.

"우린 에덴스 고속도로를 타고 내려가던 중이었어요. 그런데 갑자기 운전 중이던 카메라맨이 '우씨, 저 뒤에서 코르벳이 미친 듯이 따라붙는데?' 이러더군요. 그래서 보니까, 그 차가 우리 바로 옆에 와 있었어요. 거기엔 마이클 조던이 타고 있었죠. 조던은 입이 귀에 걸린 것처럼 웃었어요. 계속 웃기만 했죠. 그러곤 우릴 향해 손끝을 살살 흔들더니 갑자기 속도를 내서 저 멀리, 우릴 앞질러 갔습니다."

# 제 18 장

# 왼 발

1985년 프로야구 춘계 전지훈련 기간에 제리 크라우스는 전화를 한 통 받았다. 당시 그는 제리 라인스도프가 소유한 시카고 화이트삭스에서 스카우트 업무를 맡고 있었다. 전화를 건 라인스도프는 농구단 운영에 관해 논의하고 싶다며 그를 시카고로 불렀다. 크라우스에게는 몇 년 전 불스 단장직에서 해고된 전력이 있었지만, 두 사람의 대화는 원만하게 진행되었다.

크라우스는 화이트삭스에 자리 잡기 전까지 수년간 야구계와 농구계를 전전하며 선수 스카우트 일을 했다. 라인스도프는 브루클린 출신으로, 자신의 고향을 '다저스*를 종교처럼 모시던 곳'이라 묘사했다. 그는 플랫부시 거리의 여느 아이들처럼 다저스를 열렬히 응원했고 뉴욕 닉스 역시 좋아해 마지않았다. 특히 레드 홀츠먼이 감독을 맡았던 1970년대 초의 닉스를 가장 좋아했다. 그 뒤 대학에서 법학을 전공하고 시카고에서 부동산으로 재산을 모은 그는 스포츠 구단을 인수할 기회를 잡았다. 첫 번째는 화이트삭스였고, 두 번째는 불스였다.

크라우스는 구단주의 닉스 사랑을 익히 알았다. 그래서 NBA 스카우트 일을 하며 홀츠먼과 경쟁하던 시절의 이야기를 늘어놓았다. 때는 1960년대 초반으로, 크라우스는 옛 볼티모어 불리츠에서 막 선수 스카우트를 맡은 참이었다. 당시 타 구단의 스카우트 요원들은 뒤에서 그를 비웃곤 했다. 키가 작고 뚱뚱하여 스카우트는커녕 스포츠와 아예 담을 쌓은 사람처럼 보였기 때문이다. 그는 형사 클루조처럼 트렌치코트와 모자를 걸치고 비밀스럽게 행동했는데, 사람들은 그런 그를 '탐정'이라 부르며 킥킥거렸다.

---

* 메이저리그의 다저스 구단은 1958년에 로스앤젤레스로 연고지를 옮기기 전까지 브루클린을 터전으로 삼았다.

크라우스가 새로운 선수를 찾아간 곳에는 늘 홀츠먼이 보였다. 그 무렵 홀츠먼은 닉스의 스카우트를 책임지고 있었다. 그러다 어느 이른 아침에 두 사람은 공항에서 마주쳤다. 홀츠먼은 그에게 어디를 다녀왔는지 물었다.

이에 크라우스는 "다음에 뵙죠." 하며 대답을 회피했다.

그는 뒤이은 상황을 흐뭇하게 이야기했다.

"그때 그 사람이 절 보면서 '이봐, 만난 김에 내 한마디 하지. 난 자네가 어딜 다녀왔는지 알아. 자네도 머리가 있다면 내가 지금 어디서 왔는지 알 테지. 그러니 허튼소리는 집어치우고 서로 좀 알고 지내자고.' 그렇게 말했죠."

두 사람은 대학 농구계의 숨은 보석을 찾으려 치열하게 경쟁하는 가운데 차츰 친분을 쌓았다. 크라우스는 1967년도 NBA 드래프트에서 노스다코타 대학 출신의 포워드 필 잭슨을 선택할 생각이었지만, 홀츠먼이 먼저 17순위 지명권을 써서 잭슨을 닉스로 데려갔다.

"망할 홀츠먼."

그날 크라우스는 드래프트 현장에서 불만스러운 표정으로 중얼거렸다. 그는 2순위 지명권으로 윈스턴세일럼 주립대의 얼 먼로를 불리츠로 데려왔고, 홀츠먼은 5순위로 서던 일리노이 대학의 월트 프레이저를 뽑았다. 훗날 먼로와 프레이저는 선수로서 그리고 필 잭슨은 감독으로서 농구 명예의 전당에 이름을 올리게 된다. 홀츠먼은 1967년부터 감독직을 맡아 닉스로 이적한 얼 먼로, 월트 프레이저와 필 잭슨, 데이브 드부셔, 빌 브래들리처럼 팀플레이에 능한 선수들과 함께 두 차례 우승을 차지했다. 그동안 크라우스는 자신을 의심하고 비웃는 이들과 싸우며 스카우트 일을 계속했다. 그리고 그 과정에서 라인스도프처럼 실리적인 인물에게 통할 만한 지식과 정보를 많이 축적했다.

라인스도프는 1985년 봄에 불스 구단을 매입하면서 로드 쏜을 단장 자리에 계속 남겨두려 했다. 그러나 불스가 연패에 시달리자 그는 곧 크라우스가 팀을 쇄신할 적임자인지 검토에 들어갔다.

크라우스는 우선 팀 내의 썩은 사과들을 제거하겠다고 약속했다. 그는 당시 상황을 이렇게 회상했다.

"그때 우리 팀엔 성능은 포드급인데 유지비는 캐딜락만큼 드는 그런 선수가 넘쳤어요. 다들 이기적이었구요. 죄다 자기 자신을 위해 뛰고 있었죠."

신인 발굴에 일가견이 있었던 그는 구단의 미래를 위해 드래프트를 적극적으로 활용하기로 했다. 그러면서 영양가가 떨어지는 자유계약에서 일절 손을 떼기로 했다.

라인스도프는 스카우트 전문가인 크라우스를 신뢰했고 드래프트에 주력하겠다는 그 의견을 반겼다. 크라우스는 가장 먼저 골 밑을 책임지고 마이클 조던을 지켜줄 강력한 파워포워드가 필요하다고 판단했다. 그다음으로 찾아야 할 재목은 팔이 길고 운동 능력이 뛰어난 선수였다. 그리고 마지막으로, 조던에게 이중삼중으로 수비가 붙을 때 슛을 넣어줄 준수한 점프 슈터가 필요했다. 물론 그는 견실한 롤 플레이어들의 중요성도 잊지 않았다. 시카고 불스는 불필요한 선수들로 가득했던 역사를 깔끔히 정리해야 했다.

면담을 마친 뒤, 라인스도프는 로드 쏜을 해고하고 그 자리에 크라우스를 앉히기로 결심했다.

그는 훗날 인터뷰에서 그 일을 이야기했다.

"크라우스가 화이트삭스에서 스카우트 책임자로 일했던 터라 나는 그 친구를 잘 알았습니다. 불스에는 분위기 변화가 필요했고, 그때 크라우스는 나랑 같은 생각을 하고 있었지요."

이후 그들은 시카고에서 '두 명의 제리'로 불리며 조던 시대를 좌지우지한 인물들로 평가받게 된다.

라인스도프는 구단의 변화를 발표하는 자리에서 다음과 같이 말했다.

"저는 레드 홀츠먼 스타일의 팀을 원합니다. 유기적인 협력 수비, 자기 역할을 알고 공 없이도 일사불란하게 움직이는 그런 이타적인 팀 말입니다. 제리 크라우스의 임무는 이 시대의 드부셔와 브래들리를 찾는 것입니다."

그리하여 크라우스는 다시 한 번 불스의 단장으로 임명되었다. 그에게는 5년 전에 그 자리를 맡았다가 단 몇 달 만에 잘린 이력이 있었다. 본인의 권한을 넘어서 드폴 대학 농구부 감독인 레이 마이어에게 감독직을 제안하는 실수를 저질렀기 때문이다. 구단 이미지를 실추시킨 크라우스는 해고 통보를 받는 동시에 도시의 웃음 거리가 되었다.

그가 돌아왔다는 소식은 시카고의 신문사들을 뒤집어 놓았다. 제리 크라우스 가 마이클 조던의 상사가 된다는 말인가?

"제리는 넥타이에 그레이비소스를 묻힌 채 공식 석상에 서는 그런 인물로 알려 져 있었죠." 언젠가 지역 스포츠 기자인 빌 글리슨이 한 말이다. "저는 소스 자국을 본 적이 없지만, 실제로 봤다는 사람들이 있거든요. 그 사람은 몸도 상당히 비대한 편이었어요. 늘 과식하는 습관이 있어서요."

크라우스는 키가 168센티미터에 불과했지만 몸무게가 117킬로그램이나 나갔다.

"제리는 이 업계의 터줏대감이라 할 만해요." 불스의 한 직원이 1998년에 인터 뷰에서 한 말이다. "NBA의 감독, 코치, 스카우트 책임자 할 것 없이 모든 관계자를 알거든요. 예전 불스 경영진은 제리를 경멸하고 그 사람을 잡아먹지 못해 안달이 었죠. 그 뒤에 제리가 돌아와서 다시 단장을 맡지 않았다면 이 팀이 어찌 됐을는지, 정말 상상도 안 가네요."

당시에 크라우스는 불스를 되살린다는 생각에 들뜬 표정으로 말했다.

"한때 불명예스럽게 물러났지만 결국 다시 돌아왔네요."

단장으로서 그는 가장 먼저 케빈 로거리를 해고했다. 그런 다음 은퇴한 대학 코치이자 오랜 친구인 텍스 윈터를 불러들여 새로 선임할 감독을 보좌하게 했다. 로거리의 후임자로는 뉴저지 네츠 감독이었던 스탠 알벡을 선택했다. 하지만 크라 우스는 얼마 후 '스탠에게 팀을 맡긴 건 실수'라고 자책하게 된다.

이어서 그는 선수단에 눈을 돌렸다고 한다.

"시작부터 참 가혹했어요. 팀원 중에 제가 원치 않는 선수가 아홉이었고, 마음에 든 건 겨우 세 명뿐이었거든요. 데이브 코진, 로드 히긴스, 마이클 조던은 제 마음에 쏙 들었죠. 나머지 선수들은 어찌 되든 상관없었습니다. 그래도 재능은 다들 뛰어났어요. 능력이 좋은 선수들이었지만 문제는 그게 아니었죠."

크라우스는 조던과 얼굴을 마주하고 팀의 미래를 논하던 시기를 이야기했다.

"제가 '너한텐 훌륭한 선수가 될 자질이 있다. 널 중심으로 손발을 맞출 선수들을 구해보겠다.'고 했죠. 그러니까 마이클이 하는 말이, 그런 선수들은 필요 없대요. 함께 싸워서 승리할 수 있는 동료가 필요하다면서 말이죠."

불스 팬들은 구단 수뇌부가 대대적으로 개편되고 이후 20년 가까운 세월을 함께하면서 여러모로 이단적으로 보였던 크라우스의 구단 운영 방식에 자주 의문을 표했다. 그러나 크라우스는 처음부터 본인의 목표를 잘 이해하고 그것을 현실화하려는 준비에 박차를 가했다. 그는 다시 단장직을 맡는다면 어떤 팀을 만들지 줄곧 상상해왔다. 그 근간에는 텍스 윈터가 애용하던 트라이앵글 오펜스 전술이 있었다. 또 그는 필 잭슨을 감독으로 키우길 꿈꿨다. 잭슨을 알게 된 것은 1960년대에 신인 드래프트를 대비하여 이런저런 조사를 하면서부터였다. 필 잭슨은 양친이 모두 오순절 교회파의 목사로, 몬태나주와 노스다코타주에서 자랐다. 고교 시절 막바지에 집안의 엄격한 규율에서 벗어나길 원했던 그는 체육 특기자 장학금을 받고 노스다코타 대학으로 진학했다. 그리고 빌 피치 감독이 지휘하던 농구부에서 활약하며 NCAA 디비전2 올 아메리칸에 두 차례 선정되었다. 신장 203센티미터에 NBA 진출 가능성이 충분한 선수였지만, 당시에 그를 보러 노스다코타까지 직접 가본 스카우트 요원은 크라우스와 홀츠먼밖에 없었을 것이다.

뉴욕 닉스의 팬이었던 라인스도프는 잭슨을 감독으로 키워보자는 크라우스의 계획이 마음에 들었다. 뉴욕 닉스와 뉴저지 네츠에서 총 13년간 선수 생활을 한 잭슨은 이후 네츠의 코치와 지역 방송 해설자로 일하다 CBA의 올버니 패트룬스에서 감독을 맡았다. 1984년에 패트룬스는 CBA 우승을 차지했고 바로 다음 시즌에 그는 CBA 올해의 감독으로 선정되었다. 1985년에 크라우스가 불스의 코치직을 제안하려고 연락했을 때 잭슨은 푸에르토리코에서 그 지역 농구팀을 지도하고 있었다.

크라우스는 옛일을 회상했다.

"전 필이 선수일 때부터 잘 알고 지냈어요. 그러면서 종종 이야기를 나눴었고 그 친구가 CBA 팀을 맡았을 때도 계속 관심 있게 지켜봤죠. 전 1985년에 불스에서 단장을 맡으면서 필한테 연락을 해봤어요. CBA의 선수 정보가 필요하다고 말이에요. 그랬더니 일주일도 안 돼서 모든 선수 정보가 빼곡하게 적힌 보고서가 도착했어요."

잭슨도 그 시절을 떠올리며 말했다.

"저는 CBA에서 어느 정도 성공을 거둔 상황이었습니다. 하지만 여전히 뚜렷한 진로는 없는 상태였죠. 제리 크라우스는 NBA 쪽에서 유일하게 저랑 연락하던 사람이었어요. 그러던 중에 마침 제리가 불스 단장 자리에 복귀했고, 결과적으로 그게 제 앞길을 터줬습니다. 제리는 저를 대학 선수일 때부터 봐왔고 20년가량 알고 지내던 사이입니다만, 참 특이한 사람이에요. 뭔가 스포츠계의 수수께끼 같다고나 할까요? 절대 운동선수라고는 생각할 수 없는 이미지인 데다가 30년 전에 스카우트 일을 할 때도 농구판에서는 정말 보기 드문 타입이었어요."

잭슨은 현역 선수 시절에 반항아로 알려졌다. 그는 1975년 찰리 로젠과 함께 쓴 자서전 『이단자(Maverick)』에서 1960년대의 반체제적 문화에 깊이 빠졌다고 고백했다. 또 이 책에서 LSD 같은 마약류를 복용했다고 적나라하게 밝힌 탓에 NBA의 어느 구단도 그를 코치진에 수용할 생각을 하지 않았다.

하지만 크라우스는 그런 문제에 개의치 않았다고 한다.

"전 그 책을 읽어본 적이 없어요. 애초에 그럴 필요가 없었죠. 필 잭슨이란 사람의 성격을 잘 아니까요."

잭슨에게 코치를 맡기고 싶었던 크라우스는 비시즌 중에 그와 스탠 알벡의 일대일 면접을 준비했다. 잭슨은 수염을 텁수룩하게 기른 채 커다란 앵무새 깃털이

꽂힌 밀짚모자와 샌들을 착용하고 시카고에 나타났다.

그는 그날의 만남을 이렇게 설명했다.

"스탠과 했던 면접은 별 대화 없이 금방 끝났어요."

알벡은 면접 후에 크라우스에게 이렇게 잘라 말했다.

"난 그런 사람하고는 절대 같이 일 못 합니다."

알벡은 텍스 윈터의 트라이앵글 전술에도 무관심했다. 크라우스는 몇 년 전 코치진 선임 과정에서 생긴 문제로 해고당한 경험을 떠올리고 다시 잡은 기회를 날려서는 안 된다고 생각했다. 그래서 일단 한 발 물러나 잭슨에게 다음을 기약하자고 했다.

한편으로 크라우스는 1985년도 드래프트를 준비하느라 정신없는 시간을 보냈다. 그는 찰스 오클리라는 버지니아 유니언 대학 출신의 무명 포워드를 지명할 생각이었다. 크라우스의 선택이 대개 그러했듯이 처음에 시카고에서는 오클리를 크게 환영하지 않았다.

불스의 코치를 맡았던 조니 바크는 오클리를 이렇게 묘사했다.

"찰스는 깡이 있는 녀석이었죠. 남한테 빚지고는 못사는 성미였고요. 배짱 두둑한 데다가 아주 적극적인 성격이었습니다. 그 녀석은 무명 대학을 나왔지만 본인이 NBA 선수가 될 자격이 있다는 걸 증명하고 싶어 했어요. 그래서 정말 열심히 뛰었죠."

이윽고 오클리는 불스에 꼭 필요한 파워포워드로 성장하여 피스톤스의 빌 레임비어를 비롯해 거친 플레이를 일삼던 상대 팀 선수들로부터 조던을 보호했다. 크라우스는 계속해서 팀에 필요한 다른 조각들을 찾아 나섰다. 그는 그런 선수들을 '우리 부류의 사람들(our kind of people)'이라며 줄여서 OKP라고 불렀다.

필 잭슨은 후일담에서 크라우스가 부임 초기에 이룬 성과를 언급했다.

"제리는 구단에 불필요한 요소를 제거하는 데 힘썼습니다. 사실 팀에 없어도 되는 사람이 꽤 됐거든요. 그때 제리는 어떤 유형의 선수가 필요한지 분명하게 생각해뒀어요. 그러면서 믿을 수 있고 착실한 인물들로 팀을 채워나갔죠. 늘 열심히 뛰려는 그런 선수들로요."

## 적의

제리 크라우스는 큰 야망과 깊은 통찰력을 갖춘 인물이었으나 불스로 돌아온 첫해부터 조던과 마찰을 빚는 큰 실수를 범했다. 결과적으로 이후 15년간 두 사람은 불편한 관계를 지속하게 되었다. 당시 그가 저지른 실수 중 하나는 팀 내에서 조던과 가장 친한 동료를 다른 팀으로 보낸 것이었다. 그는 그 일로 조던과의 관계가 엇나가게 되었음을 인정했다.

"그때 로드 히긴스를 트레이드했죠. 그것 때문에 마이클은 마음이 상했고요."

크라우스는 나중에 히긴스를 다시 불스로 불러들였지만 그 이유는 또 다른 트레이드를 하기 위해서였다. 혹자들은 그가 조던과 다투며 자긍심이나 즐거움을 느끼는 것은 아닌지 의문스러워했다. 과거에 크라우스는 스카우트 전문가로서 우수한 전·현역 선수들을 연구하고 대학에서 재능 있는 신인을 찾는 데 많은 시간을 투자했다. 그는 그동안 쌓은 배경지식과 경력에 상당한 자신감을 보였고, 조던에게 역대 최고의 선수들과 사신이 직접 발굴한 선수들에 관해 자세히 이야기하곤 했다.

크라우스는 조던과 처음 마찰을 빚은 시기를 떠올렸다.

"그 시절에 전 마이클 곁에 붙어서 이런저런 참견을 하곤 했어요. 언젠가 그 녀석 앞에서 이런 말을 한 적이 있죠. '어쩌면 자넨 얼 먼로만큼 뛰어난 선수가 될지도 모르겠어. 자넬 보면 얼이랑 엘진이 생각나. 얼 먼로와 엘진 베일러를 섞어놓은 것 같거든. 언젠가는 그 두 사람만큼 좋은 선수가 될지도 몰라. 그 시절에 얼은 지상에서 쇼를 펼쳤고, 지금 자넨 공중에서 쇼를 펼치지. 그런데 그렇게 공중에서 묘기를 부린 건 엘진이 처음이었어. 자넬 보면 그 친구가 생각나.' 그럴 때면 마이클은 이렇게 쏘아붙였어요. '얼 먼로가 어쨌다고요. 당신이 그 사람을 발굴했다고요? 드래프트 2위로? 유난 좀 떨지 마시죠.' 제 생각엔 아무래도 마이클하고 틀어진 게 얼

먼로 이야기부터인 것 같아요."

불스 직원들은 조던 앞에서 고집스레 할 말 다 하는 크라우스를 보며 질색했다. 팀 핼럼은 당시를 떠올리며 말했다.

"마이클한테 뭔가 정보를 줄 때는 아주 정확한 사실만 전달해야 합니다. 그 녀석은 그 말을 절대 잊지 않고 건성으로 넘겨듣지도 않으니까요."

결국 새로운 단장은 그렇게 팀 내 최고의 스타와 돈독한 관계가 될 기회를 날려버렸다. 그런데도 크라우스는 조던의 불손한 태도에 계속 오기를 부리는 것 같았다.

그동안 조던은 늘 신뢰해 마지않는 모교를 위하여 구단에 다양한 요청을 했다. 그는 버즈 피터슨이나 월터 데이비스를 팀에 영입하길 원했고 UNC와 관계된 일이라면 무엇이든 반겼다. 이에 크라우스는 어처구니없다는 반응을 보였고, 이후 조던은 신임 단장과 가급적 마주치지 않으려 했다. 크라우스와의 만남은 조던이 프로 생활에서 맞이한 최악의 반전이었다. 불스의 앞날은 그들이 얼마나 손발을 맞추느냐에 달렸지만, 한쪽은 몹시도 애정을 갈구했고 다른 한쪽은 무슨 수를 써서라도 상대방을 피하려 했다. 두 사람의 동행에서 가장 묘했던 부분은 크라우스가 늘 불안감과 자신감 결핍에 시달린 것과 다르게 조던은 언제나 자신만만했다는 사실이다. 그럼에도 크라우스는 조던의 생애에서 가장 개성 강했던 인물 중 하나로 남게된다.

조던의 두 번째 시즌이 다가올수록 골은 점점 깊어졌다. 농구계 관계자들은 크라우스가 일을 괜히 어렵게 만든다고 보았다.

"마이클은 NBA 최고의 스타가 되어가던 중이었습니다." 케빈 로거리가 당시를 회상하며 말했다. "팀에서는 확고한 중심으로 자리 잡았죠. 선수들만 좀 보강해주면 차츰 팀 성적이 좋아질 게 분명했어요. NBA에서 좋은 팀을 만들려면 스타플레이어가 하나는 꼭 있어야 합니다. 그런 스타가 있어야 나머지 조각들을 맞춰 넣을 기회가 오는 거죠. 그때 마이클은 단순한 스타가 아니라 모든 걸 다 할 수 있는 만능선수였어요. 포인트가드부터 슈팅가드, 스몰포워드까지 총 세 가지 포지션을 맡을 수 있었죠. 아마 골 밑을 맡겼어도 마이클은 거뜬히 자기 할 일을 했을 거예요. 리바운드 능력도 좋았고 패스 실력도 꽤 좋았으니까요. 그야말로 다재다능한 스타였습니다. 다른 스타들처럼 일차원적인 플레이를 하는 게 아니었어요. 마이클은 하나의 팀을 더 쉽게 조립하도록 해줬죠."

그해 가을 트레이닝 캠프에 크라우스가 데려온 새 얼굴 가운데는 수년간 샌안토니오 스퍼스에서 명성을 드높였던 '아이스맨' 조지 거빈이 있었다. 거빈은 지난 올스타전에서 조던을 따돌렸던 무리의 일원이었다. 그래서인지 트레이닝 캠프의 분위기는 영 뒤숭숭했다. 불스의 젊은 스타는 거빈의 합류를 반기지 않았고, 거빈은 불편한 관계를 해소하기 위해 필요하다면 머리를 숙일 각오도 되어 있었다.

훗날 그는 인터뷰에서 만 22세의 젊은 조던을 떠올리며 말했다.

"마이클은 이제 막 리그에 발을 들인 청년이었죠. 그땐 그 안에 내재된 위대함을 증명하기 전이었어요. 그렇게 될 자질은 충분히 보였지만, 그래도 아직은 막 프로선수가 된 다른 젊은이들처럼 이름을 알리려고 한창 애쓰던 시절이었죠."

조던은 자신이 늘 하던 방식대로 거빈에게 일대일 대결을 제안했다. 거빈은 조던의 넘치는 에너지를 이겨낼 수 없었다고 밝혔다.

"그때 마이클하고 한 번 제대로 붙어봤죠. 사방팔방에서 슛을 던져가면서요. 당시에 전 은퇴를 앞둔 백전노장이었습니다. 그래서 마이클은 그 옛날 팔팔했던 아이스맨이 아니라 한물간 아이스맨을 상대해야 했죠. 굳이 더 말 안 해도 어땠는지 알겠죠? 전 그 팀에 뭐라도 도움이 되고 싶었어요. 전성기는 지난 지 꽤 됐지만요. 이제 마이클의 시대가 왔다고 실감하던 그때가 저한텐 NBA에서의 마지막 시즌이었습니다. 마이클은 훌륭한 선수였고 그때도 자기만의 농구 스타일이 있었어요. 점프슛 실력은 그 뒤에 좀 더 선수 생활을 하면서 나아졌고요. 전 데뷔할 때부터 점프슛으로 득점하는 타입이었죠. 그래서 우린 플레이 방식이 좀 달랐어요. 마이클은 점프를 많이 했고 전 쭉쭉 미끄러지듯이 움직이는 편이었죠. 제가 춤을 추듯이 움직였다면 그 녀석은 마치 팔 벌려 뛰기를 하듯 뛰어다녔다고 할까요."

그날의 맞대결로 두 사람의 어색한 감정은 사라졌지만, 조던은 그를 친구로 받아들이지 않았다. 거빈이 보기에 조던은 여전히 지난 시즌의 따돌림 사건으로 속이 상한 것 같았다.

"우린 별로 대화를 나눈 적이 없어요. 하지만 선 그 녀석이 참 대단하다고 생각했습니다. 코트 위에서만이 아니라 어디서든 투지를 불살랐거든요. 그러니까 어떻게 해서든 이기려고 하는 그런 의지 말이죠. 연습할 때 그게 확실히 보였어요. 절대 풀어진 모습을 보이질 않았죠. 정말 불굴의 투지란 게 뭔지 마이클을 보면 알 수 있어요. 성공하기 위한, 승리하기 위한 열의 말이죠."

거빈은 얼마 지나지 않아서 조던과 절친한 이들과 그 외의 팀원들 사이에 보이지 않는 벽이 있음을 느꼈다고 한다.

"마이클과 정말 친한 선수는 몇 명 되지 않았어요. 찰스 오클리랑 로드 히긴스 정도? 저나 나머지 선수들은 별로 친하질 않았죠. 하지만 보통 인간관계란 게 어디서든 그렇잖아요. 다들 알겠지만 인생이란 게 참 재밌는 거예요. 농구도 그중 하나지만, 어쨌든 가장 중요한 건 사람들과 관계를 만들어나가는 거예요. 제가 선수 경력을 통틀어서 가장 큰 선물이라 생각하는 건 많은 동료를 알고 친구가 됐다는 거죠. 다들 참 고맙고 또 이런 제 마음을 잘 알아주는 그런 사람들이에요."

2년 차 시즌 초반에 빚어진 갈등으로 이후 조던이 어떤 문제를 극복해야 할지가 명확해졌다. 그는 특정한 선수들하고만 어울려 지내면서 자신을 따르는 집단과 그렇지 않은 나머지 선수들로 선수단의 분열을 초래했다. 팀원의 상당수는 멀리 떨어져 조던 패거리를 지켜볼 따름이었다. 조던은 살아남기 위한 보호막이 필요했지만, 동시에 아무도 혼자서는 살 수 없음을 깨우칠 필요가 있었다. 거빈은 그 문제를 이렇게 꼬집었다.

"그렇게 혼자 세상과 동떨어져서 살면 안 돼요. 다들 어울리고 도우면서 살려고 애써야 하죠."

불스는 1985년 늦가을에 시작된 새 시즌을 3연승으로 열었다. 그러나 골든스테이트 워리어스와 맞붙은 세 번째 경기에서 조던의 왼쪽 발목뼈 일부분(발배뼈)이 부러지는 사고가 일어났다. NBA 역사상 이 부상으로 선수 생활을 아예 접거나 진로를 달리한 선수들이 적지 않았다. 그는 금방 복귀하리라 예상했으나 '발목 부상'이라는 보고와 함께 다음 시합에서 빠지게 되었다. 고교 시절은 물론 대학 2학년 때 손목 골절상으로 고생했던 시기를 포함하여 마이클 조던의 농구 인생에서 처음 맞는 결장이었다.

골든스테이트전 다음 날, 그가 기자들 앞에서 입을 열었다.

"마치 구경꾼이 된 것 같은 기분입니다. 아무것도 할 수가 없네요. 그저 시합을 보면서 응원하는 수밖에요."

이어서 정확한 진단에 들어갔다. 구단주인 제리 라인스도프는 그 시기를 이렇게 떠올렸다.

"그 뒤로는 그해 내내 대재난을 겪는 것 같았습니다."

이후 조던은 정규 시즌 중에 총 64경기를 못 뛰게 된다. NBA의 베테랑 선수들은 그럴 줄 알았다는 반응을 보였다. 늘 거침없고 온 힘을 다하는 조던의 플레이 방식이 결국 문제를 일으켰다는 것이다. 지금도 조지 거빈은 그 의견이 옳았다고 생각한다.

"마이클은 항상 그렇게 뛰었거든요. 매번 전력투구를 했으니 다치는 게 무리도 아니었다고 봐요."

조던에게 수백만 달러를 갓 투자한 나이키는 골절상 소식에 하늘이 무너지는 것 같았다. 소니 바카로가 당시의 분위기를 설명했다.

"이대로 끝나는 건 아닌가 싶었죠. 우린 그렇게 봤어요. 모든 게 끝장날 수도 있다구요."

두렵기는 조던도 마찬가지였다. 훗날 그는 그 일을 이렇게 말했다.

"좀 겁이 났어요. 남들이 날 그냥 내버려 뒀으면 했죠. 전화가 울리지 않았으면

했고, TV도 보지 않았어요. 음악도 듣지 않았고요. 어찌 됐건 내가 이겨내야 할 문제니 아무도 없는 데서 조용히 있고 싶었어요. 아주 괴로웠죠. 난생처음으로 농구 말고 다른 걸 해야 할지도 모른다고 생각했어요. 그건 정말 낯선 기분이었습니다."

부상을 현실로 받아들이고 가장 먼저 든 생각은 고향으로 돌아가자는 것이었다. 물론 처음에는 반대에 부딪혔다. 과거 불스의 트레이너였던 마크 파일이 당시 상황을 이야기했다.

"결과적으로 우린 구단주와 단장을 설득하고 마이클이 노스캐롤라이나에서 받을 재활 치료 계획을 세우게 됐죠. 마이클은 재활 중에 다시 대학 공부를 했고 그러면서 어느 정도 안정을 되찾았어요. 아마 그때의 경험이 코트로 복귀해서 싸울 각오를 다져준 게 아닐까 싶어요."

불스 동료들을 포함한 일부 관계자들은 부상 중에 팀을 이탈한 조던을 비난했다. 조던은 겨우 세 경기만 뛰고도 그해 겨울 올스타 팬 투표에서 동부 컨퍼런스 1위에 올랐다.

"진짜 참담했습니다. 처음에는 그 상황을 어찌해야 할지 막막했죠." 그가 당시의 심경을 떠올렸다. "그러다가 거기서 벗어나 노스캐롤라이나로 갔어요. 거기서 대학 공부를 하고 TV로 불스 시합을 보며 지냈죠. 저한텐 그게 부상을 이겨내는 최선의 방법이었습니다."

채플 힐에서 지내는 동안 조던은 농구부에 들러 시합을 구경하곤 했다. 그를 농구선수로 완성시킨 UNC의 시스템을 마음 편히 살펴볼 기회였다. 발 상태가 조금씩 나아지자 그는 금지된 영역으로 눈을 돌렸다. 즉석 시합을 벌인 것이다. 다만 라인스도프나 크라우스에게는 아무 말도 하지 않았다.

"그 일을 안 건 훨씬 나중에, 그러니까 마이클이 시카고로 돌아오고 두 주는 지나서였죠." 제리 크라우스가 기억을 더듬어 말했다. "언제인지 확실하진 않지만 아무튼 꽤 나중에 들었어요. 그땐 농구를 했단 말을 안 했거든요. 고향에 내려가고 3주 지나서 통화할 때는 '몸 상태가 어떠냐.' '훨씬 괜찮아졌다.' '의사들이 좀 더 쉬어야 한다더라. 시카고에 올라와서 2주 정도 다시 검사를 받아보자.' 정도만 논의했죠. 그런 이야기가 두 달간 계속됐구요."

소니 바카로는 사실을 알고 있었다.

"마이클이 거기서 운동하는 건 이미 알고 있었어요. 나한테는 귀띔을 해줬으니까요. 정확하진 않지만 '나가서 이 지랄 같은 발목이 어떤지 봐야겠다. 다시 뛸 수 있는지 확인해보겠다. 사람들 눈에 띄면 안 되겠지만 별일은 없을 거다.' 얼추 이렇게 말했던 것 같아요."

조던에게 많은 것을 걸었던 그로서는 조금 안심이 되면서도 불안하기도 한 소식이었다.

조던이 빠진 뒤로 스탠 알벡 감독은 팀 내 주요 공격수 가운데 하나였던 조지 거빈에게 의존했다. 알벡은 과거 샌안토니오 스퍼스에서 거빈을 지도했던 경험을 살려 새로운 전술을 짰다. 시카고 지역의 라디오 취재기자인 셰럴 레이스타우트가 당시를 회상하며 말했다.

"스탠은 그 상황에서 최선을 다한 거예요. 마이클은 없었고 또 팀 사정에는 무관심한 선수들이 많았거든요. 시드니 그린 같은 일부 선수들은 작전 지시를 아예 듣지도 않았답니다."

1995년에 시드니 그린도 그 시절의 팀 상황을 언급한 적 있다.

"감독님이 고생을 많이 했죠. 딱하게도 그분은 우리 팀이랑 마이클한테 엄청 기대를 했어요. 마이클이 부상으로 빠지면서 전략을 죄다 바꾸는 수밖에 없었지만요. 그때 조지 거빈 위주로 팀을 다시 살려보려 했는데, 안타깝게도 조지 몸 상태가 진짜 안 좋았어요. 핑거롤 기술은 여전히 쓸 만했지만 말이죠. 그때 조지 말고는 다들 어리기도 했고⋯⋯. 그해에 퀸틴 데일리가 문제를 일으킨 것도 한몫했죠."

그 무렵 데일리는 팀 훈련에 자주 늦었고 제멋대로 시합을 빼먹기도 했다. 제리 크라우스는 2월에 한 차례 무단 결장한 그에게 출장 정지라는 중징계를 내렸다. 그리고 8주 만에 같은 문제가 불거졌을 때, 데일리는 약물 중독 치료소에 입원했다.

"퀸틴이 슈팅 훈련 시간에 재치 늦더군요. 전 그때 녀석이 코카인에 빠진 걸 알아챘어요." 크라우스가 말을 이었다. "시합을 앞두고 퀸틴이 나타나길 기다리는데 스탠이 그러더군요. 어떻게든 오기만 하면 녀석을 출전시키겠다구요. 그래서 제가 그랬죠. '그놈은 이제 불스 유니폼을 벗어야 할 거야.' 그쯤 되니까 다른 감독을 찾아봐야겠다는 생각이 절로 들더라구요."

조던의 부재로 불스 구단은 갈 길을 잃었다. 이 말은 그가 돌아와서 짊어질 부담이 그만큼 크다는 것을 뜻했다. 불스 경영진에게 발이 다 나았으니 복귀하고 싶다고 연락이 온 때는 3월 중, 팀은 22승 43패를 기록하고 있었다. 나중에 조던은 이렇게 심경을 밝혔다.

"우리 팀이 수렁에 빠지는 걸 두고 볼 순 없었습니다. 그땐 팀에 보탬이 될 만큼 충분히 건강해졌다고 생각했죠."

그 제안에 라인스도프는 화들짝 놀랐고 또다시 조던과 크라우스 사이에 격렬한 대립이 일어났다. 구단주와 단장은 지금 복귀하면 너무 위험하다고 조던을 말렸다.

"그런데 마이클한테는 제 말이 '넌 우리 구단의 자산이다. 그러니까 시키는 대로 해라.' 그렇게 들렸던가 봐요." 크라우스가 당시 정황을 설명했다. "우리 관계가 엇나가기 시작한 건 그 시점부터였죠. 제 기억에는 결코 그런 식으로 말한 적이 없어요. 순전히 오해한 겁니다. 마이클을 못 뛰게 막은 건 발 상태가 좋지 않았고 의사들이 '절대 불가'라고 해서였어요. 구단주도 위험하다고 걱정하던 참이었구요. 그때 마이클은 시합에 나가고 싶어서 안달 난 풋내기였죠. 물론 그쪽에 책임을 다돌릴 순 없는 문제긴 해요. 결국은 우리가 그 친구를 통제하려는 바람에 그 지경까지 간 셈이니까요. 그날 다들 회의실에 모였을 때 스탠은 전혀 도움이 안 됐어요. 그 사람이 마이클한테 상황을 잘 이해시켰으면 좋았을 텐데 순 자기 생각만 하더군요. 다 알 만한 사람이 아직 복귀는 무리라던 의사들이랑 우리 의견을 받아들이지 않았죠."

크라우스가 기억하는 당시 조던의 모습은 이러했다.

"화가 머리끝까지 나서는 씩씩대더군요. 그렇게 참고 기다렸는데 아직도 시합에 못 나가냐구요."

대화가 이어질수록 조던의 분노는 커졌다. 그날은 그의 뇌리에 이렇게 기억되었다.

"순식간에 수백만 달러를 버는 거물급 사업가들, 제가 번 돈 정도는 껌 값처럼 보는 사람들을 상대해야 하는 상황이었죠. 전 단지 오래전부터 즐겨왔던 농구가 하고 싶었을 뿐입니다. 하지만 그 사람들은 그렇게 보질 않더군요. 앞으로도 계속 수백, 수천만 달러를 벌어들일 수 있게 자기네 상품을 지켜야 한다는 식이었죠. 그땐 정말 이용당하는 기분이 들었습니다. 프로선수로서 돈벌이에 이용된다고 느낀 건 그때가 유일했어요. 마치 값나가는 물건이 된 것 같은 기분이었죠."

크라우스 역시 할 말은 있었다.

"전 정말 죽을 만큼 겁이 났습니다. 마이클 조던을 너무 일찍 복귀시킨 책임자로 낙인찍히고 싶지 않았어요."

조던은 불스 경영진의 속내를 알아차렸다. 계속된 패배로 다음 해 신인 드래프트에서 높은 순위를 얻길 원했던 것이다.

"그의 패배는 그 사람의 진짜 됨됨이가 어떤지 잘 보여주죠."《시카고 트리뷴》과의 인터뷰에서 나온 이 발언은 수년 뒤 그가 NBA 구단주 자리에 올랐을 때 다시 주목받게 된다. "더 좋은 보상을 얻으려고 일부러 지는 건 절대 용납할 수 없는 짓입니다. 뭐든 자신이 할 수 있는 최선을 다해야 하는 법이에요. 아마 그 사람들이 플레이오프를 간절히 원했다면 한 경기라도 더 이길 수 있을 때 저를 팀에 합류시켰을 테죠."

"마치 드라마 같은 상황이 계속 벌어졌습니다." 1995년에 라인스도프가 10년 전 일을 떠올리며 한 말이다. "우린 마이클에게 너무 솔직했어요. 그때 의사 세 사람한테 마이클의 복귀 가능성을 묻고 당사자한테 결과를 알려줬지요. 세 의사 모두 골절상이 충분히 낫지 않았다 했고요. 다시 시합에 나서면 대략 10~15퍼센트 확률로 선수 생명이 끝날 수 있다더군요. 마이클은 투쟁심이 엄청났어요. 이렇게든 시합에 나가기만을 원했지요. 난 적어도 의사들 소견을 들려줄 필요는 있겠다 싶어서 그 녀석을 불렀던 겁니다. 선수 생명을 걸고 모험을 할 줄은 꿈에도 생각 못 했어요. 얼핏 봐도 말이 안 되는 이야기였거든요. 헌데 마이클은 10~15퍼센트의 위험도를 뒤집어보면 85~90퍼센트는 다치지 않는다는 말 아니냐고 했어요. 사업가로서 위험 대비 수익률이란 관점에서 봤을 때 전혀 맞지 않는 소리였지요. 이득이라고 해봤자 이미 시즌을 거의 망친 팀에 돌아와서 뛰는 것뿐이었으니까요. 고작 그런 것 때문에 선수 생명을 걸어요? 그런데도 마이클은 자기가 제 몸 상태를 가장 잘 안다며 박박 우겼어요. 그래서 결국은 서로 한 발 물러나서 절충안을 냈습니다. 복귀해서 출전 시간을 조금씩 늘리되, 처음에는 전후반 7분씩만 뛰게 한다고 말입니다."

그렇게 반전이 시작됐다. 다시 유니폼을 입은 조던은 거의 혼자 힘으로 팀을 이끌며 그간의 울분을 날려 보냈다.

"그게 바로 마이크의 방식이에요." 마크 파일이 설명을 덧붙였다. "뭐든 간에 큰 탈이 없겠다 싶으면 그냥 잊고 시합하는 데 집중하죠. 발목을 삐든, 사타구니 통증이나 근육 경련이 일든, 독감에 걸리든 마이클의 첫 질문은 늘 이거였어요. '시합하는 데 지장이 있을까?' 제가 상관없다고 하면 그걸로 끝이었고요. 머릿속에서 지워버린 거죠."

"그때 불스 구단은 마이클의 출전 시간에 제한을 뒀답니다." 셰릴 레이스타우트가 기억을 더듬어 말했다. "실제로 시계를 꺼내 들고 몇 분이나 뛰었는지를 쟀는걸요. 거기서 시간을 계산하는 건 스탠이 할 일이었죠. 그 사람은 마이클이 돌아온 뒤로 내내 압력을 받았어요. 당시 상황을 비꼬는 말도 있었죠. 그렇게 몇 분 뛰지도 못하는 반쪽짜리를 내보내면 드래프트에서 최상위 추첨권을 얻는 데 더 도움이 될 거라고요. 물론 그런 방침이 지속됐다면 결과가 어찌 됐을지 그건 아무도 알 수 없겠지만요."

라인스도프가 기억하기로, 한 번은 알백 감독이 조던을 원래 계획보다 더 오래 출전시킨 적이 있었다.

"그래서 크라우스한테 다시는 그딴 짓 못 하게 하라고 전했지요. 스탠을 불러서 직접 한소리도 하고요. 그다음 시합은 인디애나에서 벌어졌는데, 종료 25초인가 30초를 남기고 우리 팀이 1점 지고 있었어요. 그런데 스탠이 때마침 출전 시간을 다 채운 마이클을 시합에서 빼더군요. 7분이란 제한이 얼마나 터무니없는지, 그게 얼마나 융통성 없는 결정인지 우리더러 보라는 거였지요."

존 팩슨이 막판에 점프슛을 성공시켜 그날 경기는 불스의 승리로 끝났지만, 라인스도프는 길길이 화를 냈다. 그를 대놓고 우롱한 감독 때문이었다.

마크 파일은 당시 상황에는 모순이 있었다고 지적했다.

"저로선 아무래도 이해가 안 가는 게 하나 있었어요. 정규 시합에선 14분을 넘기면 안 된다던 마이클이 대체 어떻게 두 시간짜리 훈련은 소화할 수 있었던 걸까요?"

"우리 팀의 플레이오프 진출 가능성이 커지면서 마이클의 출전 시간은 차츰 늘어났습니다." 라인스도프가 이어서 말했다. "시즌 막바지에는 시합 도중에 크라우스가 직접 내려가서 트레이너를 붙들고 말했어요. 감독더러 마이클을 최대한 오래 출전시키게 하라고요. 사실 그 시즌에는 절대 시합에 내보내면 안 됐어요. 그건 엄연히 잘못한 거예요."

## 인간으로 둔갑한 신

조던이 복귀한 덕분에 불스는 남은 열세 경기에서 6승을 추가했다. 최종 성적은 30승 52패로, 시즌 말미에 워싱턴을 이기면서 플레이오프로 가는 막차를 잡았다.

동부 8위인 불스는 1라운드에서 동부 1위인 보스턴 셀틱스를 만났다. 레드 아워백 사장과 K.C. 존스 감독이 지휘하던 보스턴 팀은 그 시즌에 홈에서 무려 40승

1패를 기록했다. 래리 버드는 3연속 시즌 MVP 수상이 유력했고, 당시는 셀틱스가 그다음 해까지 포함하여 4년 연속으로 NBA 결승에 진출하고 그중에서 두 차례 우승을 차지하던 그런 시기였다. 래리 버드와 포워드 케빈 맥헤일, 센터인 로버트 패리시, 빌 월튼이 골 밑을 지키던 80년대 중반의 셀틱스는 그저 위대하다는 말로는 설명하기 어려운 팀이었다. 그들은 구단의 열여섯 번째 우승을 향해 결연한 의지로 전진했다.

빌 월튼은 그 시절을 이렇게 기억했다.

"86년도 셀틱스는 그야말로 단합된 팀이었습니다. 어떤 시합이든 이길 능력이 있었고 선수 구성이 완벽했어요. 감독의 역량 하며 레드 아워백 사장이 이끄는 경영진의 수완도 정말 뛰어났죠. 팬들의 성원도 대단했고 홈코트가 주는 이점도 완벽 그 자체였어요. 그리고 래리 버드가 있었죠. 그 친구는 제가 같이 뛰어본 선수 중에 최고였어요. 제가 본 누구보다도 홈팬들을 열광시키는 그런 선수였고요. 래리는 농구 실력도 실력이지만 성품이나 리더십은 더 따라올 사람이 없었습니다. 우리가 상상하고 추억하고 꿈꾸던 농구선수 래리 버드도 대단했지만, 실제로 그 친구는 그 이상 가는 존재였어요. 뭣 때문인가 하면 래리는 예술가처럼 창의성이 넘쳐났거든요. 그래서 시합에서 맞닥뜨리는 온갖 규정과 제한 시간, 심판 같은 요소가 전부 큰 제약으로 다가왔죠. 래리는 미켈란젤로나 밥 딜런 같은 사람이에요. 그 친구한텐 완전히 새로운 관점에서 사물을 바라보고 꿈과 열정을 현실화하는 능력이 있었어요. 세상 어디에도 래리 버드 같은 사람은 없었어요."

K.C. 존스 감독은 현역 선수 시절에 최고의 수비형 가드로서 빌 러셀과 함께 수차례 우승을 경험했다. 그해 4월에 그는 선수들만큼이나 자신감에 차 있었다. 오합지졸로 가득한 시카고 불스와 갓 부상에서 벗어난 조던을 제압하는 데는 특별히 신경을 기울일 필요가 없어 보였다.

케빈 맥헤일이 당시를 떠올리며 말했다.

"그때 우린 더블팀 수비 같은 건 생각도 안 했습니다. 다들 마이클에 대한 별다른 대책 없이 시합에 나갔어요. 녀석한텐 그냥 점수를 주고 말자는 생각이었거든요. 그런데 첫 게임부터 미쳐 날뛰더군요.”

수비수들이 겹겹이 붙지 않은 덕에 조던은 1차전에서 43분간 49점을 넣었다. 하지만 경기 결과는 123대104로 셀틱스가 큰 승리를 거두었다.

그날 하프타임에 경기 해설자인 토미 하인슨은 셀틱스의 수비를 지적했다.

“조던을 일대일로 막는 건 전혀 효과가 없는 것 같군요.”

조던을 막는 임무는 수비에 일가견이 있던 데니스 존슨과 대니 에인지가 주로 맡았고, 릭 칼라일과 제리 시스팅도 교체 선수로 그 역할을 했다.

맥헤일은 경기 후의 상황을 설명했다.

“첫 시합이 끝나고 우리 선수들 사이에서 마이클을 이중으로 막거나 다른 수를 써야겠다는 말이 나왔어요. 감독님은 생각해보겠다고만 하셨죠. 그때 불스는 30승대 팀이었고 우린 67승을 거뒀으니까요. 아무래도 불스가 우릴 이긴다는 건 불가능하다고 생각했어요.”

사흘 뒤 보스턴 가든 경기장에서 2차전이 벌어지기 직전, 조던은 무언가를 골똘히 생각하는 듯했다. 당시 팀 동료였던 시드니 그린은 그 상황을 이렇게 묘사했다.

“경기 전에 우리 탈의실은 쥐 죽은 듯이 조용했어요. 마이클 표정에서 굳은 의지 같은 게 보였죠. 아무래도 저 녀석이 뭔가 큰일을 저지르겠구나 싶었어요.”

그날 시합은 두 차례 연장전까지 가는 대접전이었다. 조던은 53분간 출전하여 슛을 41회나 던졌고 그중에서 스물두 개를 성공시켰다. 그리고 수비수들에게 수차례 파울을 당하면서 자유투를 총 21회 시도하여 열아홉 개를 넣었다. 그 외에도 시합 결과표에는 6어시스트 5리바운드 3스틸 4실책이 함께 기록되었다. 그날 조던이 넣은 63점은 NBA 역대 플레이오프 단일 경기 최다 득점에 올랐다.

“신이 마이클 조던으로 둔갑하고 나타난 것 같아요.”

버드가 경기 후 인터뷰에서 한 이 발언은 그 뒤로 조던의 하이라이트 영상에서 늘 빠지지 않고 등장하게 된다. 그날만큼은 리그 최고의 팀이라 자부하던 셀틱스도 조던에게 두려움을 느낄 수밖에 없었다.

"첫 시합에서 마이클이 49점을 넣었지만 결국은 우리 팀이 20점 차로 이겼죠." 빌 월튼이 말을 이었다. "우린 녀석이 다신 그렇게 많은 득점을 못 할 거라 생각했어요. 그런데 그다음 경기에선 63점을 넣지 뭡니까. 그걸 막느라고 우리 선수들이 줄줄이 파울 아웃을 당했어요. 다행히 우리가 2차 연장까지 가서 135대131로 이길 수 있었는데, 그건 다 래리 버드가 활약해준 덕분이었습니다."

그날 버드는 56분을 뛰면서 36득점을 올렸고 맥헤일 27득점, 에인지 24득점, 존슨 15득점, 패리시 13득점, 월튼 10득점으로 조던을 막는 데 주력했던 다른 선수들도 평소보다 많은 득점을 기록했다.

"솔직히 말해서 마이클을 막을 방법은 생각도 안 했어요." 맥헤일의 말이다. "그냥 코트에 나가서 그 앞에서 이렇게 말했죠. '이봐 마이클, 우린 널 평소대로 수비할 거야. 네가 득점을 아무리 해봤자 별수 있겠어?' 그땐 아무도 그 친구가 60점 이상을 넣을 줄 상상도 못 했으니까요."

월튼은 경기가 끝난 뒤의 상황을 언급했다.

"나중에 탈의실에선 '그 자식 정말 잘하더라. 다음번엔 마이클을 더블팀으로 묶고 데이브 코진이랑 나머지 불스 선수들이 어쩌는지 한번 보자구.' 이런 얘기가 오갔어요."

시카고 스타디움에서 열린 3차전, 거대한 셀틱스 선수들 앞에서 조던은 슛을 열여덟 번 던져 여덟 개만 성공시켰다. 그는 19득점 12리바운드 9어시스트로 경기를 마쳤고 불스는 셀틱스에 122대104로 완패했다.

맥헤일이 그날 경기를 언급했다.

"우린 마이클을 이중 수비로 막고 공을 여러 번 훑어냈어요. 작전이 딱 맞아떨어졌죠. 사람들은 보스턴이 그 시리즈를 전승으로 끝낸 걸 기억 못하더라고요. 그때 우린 3승 0패로 시카고를 꺾고 2라운드를 준비하러 홈으로 돌아갔죠."

368 | MICHAEL JORDAN

사실 결과는 그리 중요하지 않았다. 조던이 펼친 대활약에 NBA와 농구팬들 모두가 들썩이고 있었다. 4년 전에 그는 NCAA 결승전 막판에 극적으로 넣은 슛으로 미국 전역의 시청자들에게 큰 주목을 받았다. 그리고 이제 조던 신화는 래리 버드와 셀틱스를 상대로 벌인 득점 쇼로 인하여 새로운 차원으로 올라서게 되었다. NBA의 여러 지도자들은 팬들과 마찬가지로 조던이 농구 역사상 최고의 팀을 상대로 펼친 활약상에 깊이 매료되었다.

시드니 그린이 그때의 감회를 떠올렸다.

"정말 믿기 어려운 일이었어요. 저는 마이클을 잘 알죠. 걔는 남들한테서 과소평가를 당하면 더 의욕을 발휘하는 유형이에요. 부상에서 막 복귀해서도 잘 뛸 수 있고 뭔가를 보여줄 수 있다고 자기 스스로나 사람들한테 증명하려고 말이에요."

무엇보다도 당시의 활약은 시카고 불스 경영진에게 강력한 메시지를 전달했다. 몇 년 뒤 라인스도프는 그 일을 두고 이렇게 말한 바 있다.

"그 시합을 보고 우린 마이클이 얼마나 훌륭한 선수인지 깨닫기 시작했습니다."

훗날 조던 본인도 그 시합은 특히 중요한 의의가 있었다고 밝혔다.

"그전까지 언론에서는 제가 농구를 잘하긴 해도 매직 존슨이나 래리 버드와 같은 급은 아니라고 했어요. 하지만 그 일로 래리 버드도 저를 다시 봤다고 했고, 그러면서 전 제가 옳은 길을 가고 있다고 믿게 됐죠. 그날 유난히 득점을 많이 해서 그렇게 생각한 건 아니에요. 결과적으론 시합에 다 졌잖아요. 하이라이트로 보기에는 재밌지만, 진 경기라서 결국은 좀 씁쓸한 기분이 들더군요. 아무튼 래리 버드가 한 말은 그 시절에 제가 들은 최고의 찬사였습니다."

## 콜린스의 등장

1985~86시즌이 끝나고 몇 주 뒤, 크라우스는 스탠 알벡을 경질하여 또다시 팬들

을 화나게 했다. 라인스도프 구단주는 조던의 복귀를 응당 막아야 할 감독이 오히려 방해만 되었다고 여겼다. 게다가 알벡은 텍스 윈터가 제안한 전술도 받아들이지 않았다.

　새로운 감독 후보는 농구 방송 해설자인 더그 콜린스와 필 잭슨으로 좁혀졌다. 크라우스는 한동안 고민을 거듭하다 콜린스를 선택했다. 콜린스는 CBS 방송 중계석에서 경기를 많이 접하기는 했으나 감독 경험이 전혀 없었다.

　"방송하는 그 친구 말인가? 정말로?"

　라인스도프는 크라우스의 제안에 영 미심쩍다는 반응이었다. 그러나 콜린스의 경력은 꽤 화려했다. 그는 일리노이 주립대학의 스타플레이어로 1973년도 드래프트에서 전체 1순위로 NBA에 입성했다. 또한 결승전에서 불운한 패배를 안았던 1972년 미국 올림픽 농구 대표팀에서도 중추적인 역할을 했다. 현역 선수 시절을 보낸 필라델피아 세븐티식서스에서는 1973년에 참담한 성적을 거둔 팀을 4년 뒤 NBA 결승에 올리는 데 크게 공헌했다. 올스타에도 3회 선정된 콜린스는 안타깝게도 부상 때문에 선수 생활을 일찍 마쳐야 했다.

　셰럴 레이스타우트가 그 무렵 분위기를 설명했다.

　"더그는 그전까지 방송 해설자로 불스 경기를 자주 중계했어요. 그래서 새로운 감독 선임에 관한 소문이 돌 즈음에 종종 껄끄러운 상황이 연출됐죠. 스탠 알벡이 경기 중에 뒤를 돌아보면 거기에는 늘 더그 콜린스가 있었거든요. 그 사람은 시합에 관해서 간단한 팁을 던져주기도 했는데, 그래서 언젠가는 더그가 감독 자리를 뺏을 거라고 보는 사람들도 있었어요."

　크라우스는 당시의 선택에 관하여 이야기했다.

　"더그를 감독으로 앉히니까 다들 절 비웃더군요. 방송 해설자를 데려다 놓고 대체 뭘 할 거냐면서요."

　콜린스도 세월이 조금 지나서 그때 일을 언급했다.

　"당시에 제 나이는 겨우 서른다섯이었습니다. 그전까지 10년간 시카고를 거쳐

간 감독 수가 아홉 명이었죠. 그래서 뭔가 보여줘야겠다는 의욕에 가득 차 있었어요."

처음에 조던은 신임 감독에게 미덥지 못한 눈길을 보냈다. 정확히 말하면 크라우스의 또 다른 작품인 콜린스를 불신했다고 한다.

"처음 더그를 만났을 때 전 그 사람이 쥐뿔도 모르고 떠들어댄다고 생각했습니다. 솔직히 말하면 놀랍기도 했어요. 감독이라기엔 너무 젊었으니까요. 하지만 어떤 사람인지 알고 나니 정말 마음에 들더군요. 밝은 성격에 절제력도 있는 데다가 무엇보다도 매사를 긍정적으로 봤거든요."

콜린스는 팀 분위기를 밝게 쇄신하는 동시에 조니 바크와 진 리틀스라는 코치들을 데려왔는데, 그중에서도 바크는 이후 불스에서 큰 영향력을 발휘하게 된다. 그는 불스에 합류하게 된 계기를 설명했다.

"저는 더그가 뛰었던 1972년 올림픽 농구 대표팀에서 코치를 맡았습니다. 그때부터 서로 가깝게 지냈는데 어느 날 더그가 저한테 전화를 했어요. 시카고에 와서 코치를 좀 맡아달라고요. 폴 더글러스 콜린스, 그 친구랑 같이 일하는 건 꽤 즐거웠죠. 감정이 풍부해서 흥분도 잘하고 화도 불같이 내는 감독이었지만, 더그가 들어오면서부터 불스는 시시히 이기는 팀으로 변모하기 시작했습니다."

코치진 선임을 끝낸 뒤, 크라우스는 다시 선수단 구성을 살펴보았다. 그 과정에서 올랜도 울리지와 자완 올드햄, 시드니 그린이 트레이드되고 불스는 드래프트 지명권과 현금을 비축하게 되었다. 그의 목적은 1987년 드래프트에 대비하여 1라운드 지명권을 모으는 것이었다. 그런데 그렇게 선수들을 정리하고 보니 팀에는 평균 두 자리 득점을 올린 선수가 하나밖에 남지 않았다. 게다가 그 선수는 이제 막 심각한 발 부상에서 벗어난 참이었다. 당시에 사람들은 마이클 조던이 얼마나 분노에 차 있는지 몰랐다. 크라우스는 포틀랜드 트레일 블레이저스에서 스티브 콜터라는 3년차 포인트가드를 데려왔고 조던은 트레이닝 캠프에서 콜터가 마치 크라우스라도 되는 듯 무자비하게 공격을 퍼부었다. 성격이 예민했던 콜터는 연습에서든 실전에서든 조던과 함께 뛰기 어려워 보였다. 보통 포인트가드들이 그렇듯이 콜터는 직접 공을 잡고 움직이지 않으면 크게 효율이 떨어졌다. 그러나 조던은 전임 감독들의 영향으로 포인트가드 대신 상대편 코트까지 공을 운반하고 공격까지 지휘하는 습관이 들어 있었다. 이윽고 구단 관계자들은 공 없이도 효과적으로 공격을 소화할 수 있는 존 팩슨이 조던과 더 잘 맞는다고 결론시었다. 결국 크라우스는 시즌이 반절도 지나기 전에 콜터를 트레이드하고 조던의 플레이 방식에 잘 어울리는 존 팩슨에게 포인트가드를 맡겼다.

그해 크라우스는 자신의 보좌역으로 짐 스택이라는 인물을 고용했다. 스택은 노스웨스턴 대학에서 농구부 활동을 하다가 졸업 후 유럽에서 프로선수로 활동했다. 경기 분석력이 뛰어났던 그는 단순히 크라우스의 일 처리를 돕는 데 그치지 않고 타 구단과 선수들의 정보를 수집하는 데도 관여했다. 불스의 경영진과 선수단은 서로 등을 돌리고 자주 으르렁댔지만 스택은 양측과 원활하게 소통할 줄 알았다. 그는 구단 내부의 정치적 충돌을 조정하느라 고생하면서도 스카우트 활동이 없을 때는 팀 훈련과 선수단 회의에 함께하며 그간 모은 자료들을 검토했다. 그는 크라우스의 사람이었지만 코치진과도 돈독한 관계를 유지했고 조던과도 친분을 쌓았다. 그러한 위치 덕분에 스택은 십수 년간 내분이 끊이지 않았던 불스 구단에서 사람들을 잇는 가교 역할을 했다.

스택은 그전까지 많은 곳에서 농구를 보고 경험했지만 불스의 훈련만큼 충격적인 것은 없었다고 말했다.

"마이클은 불도저처럼 상대방을 사정없이 밀어붙이고 깔아 뭉개버렸죠. 재능만 따지면 그 옆에서 뛸 만한 동료들이 팀에 꽤 됐지만, 다들 마이클의 압도적인 힘과 기술에 버티지 못하고 나가떨어지기 일쑤였어요. 그런 점에서 스티브 콜터가 참 딱하죠. 저는 그 친구가 썩 괜찮은 가드라고 생각했어요. 하지만 마이클만 보면 주눅이 드는 바람에 결국은 제리가 트레이드해버렸죠."

# 제 19 장

# 공격!

불스가 더그 콜린스 체제로 새 시즌을 준비하던 무렵, 팬들은 새크라멘토 킹스의 에디 존슨 같은 득점원이나 골든스테이트 워리어스의 조 배리 캐롤 같은 장신 선수를 데려와 팀을 보강해야 한다고 외쳤다. 크라우스는 시간을 두고 상황을 지켜보려 했지만, 팬들은 믿을 만한 선수가 너무 적다며 불안감을 드러냈다. 시즌 전 예상 지표에서는 불스가 많아야 30승을 거둘 것이라는 결과가 나왔다.

일각에서는 불스가 득점력 부족에 시달릴 것이라는 예측도 나왔다. 하지만 그러한 의문은 매디슨 스퀘어 가든에서 열린 뉴욕 닉스와의 개막전에서 단번에 해소되었다. 닉스는 패트릭 유잉과 빌 카트라이트를 내세워 골 밑에 이른바 '트윈 타워'를 구축했고 4쿼터 중반까지 5점을 앞서 나갔다. 작전 시간에 조던은 콜린스를 보며 말했다.

"전 감독님의 데뷔전이 이대로 끝나게 두지 않을 기예요."

그는 막판에 홀로 18점을 몰아넣으며 108대103으로 승리를 견인했다. 그날 그가 넣은 50점은 매디슨 스퀘어 가든에서 원정팀 선수가 올린 최다 득점으로, 그 전까지는 릭 배리와 퀸틴 데일리가 기록했던 44점이 최고였다.

콜린스는 경기가 끝나고 선수들을 일일이 안아준 뒤 이렇게 말했다.

"제 평생 마이클 조던 같은 선수는 처음 봅니다. 정말, 정말 듣도 보도 못했어요."

그날 기자들이 조던 부자의 대화를 곁에서 들은 바로는, 경기 중에 닉스 팬들이 그에게 마음껏 득점해보라며 신경을 긁었다고 한다.

이에 아버지는 아들에게 장난스럽게 말했다.

"그럼 코트에서 농구를 한 게 아니고 사람들을 홀린 게로구나?"

그러자 이런 대답이 돌아왔다.

"사람들 홀리는 게 내 특기잖아요."

라인스도프는 당시를 이렇게 기억했다.

"시즌 개막전에서 승리하면서 구단 전체가 신나서 들썩거렸습니다. 그게 우리 팀의 전환점이 됐고요. 그해부터 여러모로 일이 풀리기 시작했고 마이클은 믿기 어려운 활약을 했지요."

더 정확히 말해서 조던은 그해부터 미국 농구계를 장악해나갔다. 그는 크고 작은 부문에서 골고루 혁명을 일으켰다. 그가 불스에 입단할 무렵 NBA 선수들은 드라마 등장인물인 데이지 듀크처럼 짧고 몸에 딱 달라붙는 반바지를 입었다. 그러나 조던은 곧 본인의 취향을 가미하여 헐렁하고 7~8센티미터 정도 긴 바지를 맞춰 입었다. 오래 지나지 않아 농구 코트에는 무릎까지 오는 펑퍼짐한 반바지 차림의 선수들이 대거 등장했다.

1980년대 후반에 리그에서는 크레이들 덩크가 유행했고 조던의 플레이를 따라 하는 선수들도 점점 늘어났다. 불스의 신임 코치인 조니 바크는 그러한 변화를 꿰뚫어 보았다. 당시 텍스 윈터와 마찬가지로 60세를 넘긴 바크는 전직 군인이자 베테랑 코치로, 전 시즌까지 골든스테이트 워리어스의 감독을 맡았었다. 그는 콜린스와 조던을 어떻게 도울지 고민하면서 일단은 윈터처럼 조던을 조용히 지켜보기로 했다.

그는 2012년 인터뷰에서 그 시절을 이야기했다.

"경험이 풍부한 코치들은 본인이 개입해야 할 때와 그렇지 않은 때를 잘 구분할 줄 알죠. 당시에 저는 마이클을 관찰하는 데 주력했습니다. 그 녀석은 농구를 너무 잘해서 제가 직접 보면서도 매번 눈을 의심할 정도였어요. 그래서 그냥 곁에 머물면서 도와줄 게 있을 때만 나서는 것이 가장 좋겠다고 판단했죠."

바크가 불스에 합류하여 가장 먼저 한 일은 각 팀의 전력을 조사하고 선수단

회의 시간에 분석 결과를 내놓는 것이었다. 그러면서 그는 조던과 자주 대화하게 되었다. 바크는 그럴 때마다 본인 방식대로 직언·직설을 적절히 구사했다고 밝혔다.

"저는 옛날에 해군으로 전쟁에 참전한 적이 있습니다. 그래서 군대 용어를 자주 썼죠." 조던은 그 특유의 말투와 2차 세계대전 경험담에 빠져들었다. 바크는 전쟁 당시에 전투 비행사였던 쌍둥이 형제를 잃었다고 한다. "마이클은 그런 이야기에 많이 관심이 갔던 모양이에요."

그는 군대식 말투를 쓰는 것 외에도 늘 단정한 복장과 생기 넘치는 눈빛으로 업무에 임했고, 조던은 그런 모습에 마음이 끌렸다.

바크는 남태평양에서 미 해군을 지휘한 윌리엄 홀시 제독을 자주 언급했다. 그리고 시합 중에는 제독의 명언을 인용하여 조던에게 중요한 메시지를 전하곤 했다.

"작전 시간이 끝날 때쯤 되면 저는 마이클 곁에서 이런 말을 했어요. '마이클, 네가 할 일은 공격, 공격, 또 공격이야! 홀시 제독이 그렇게 말씀하셨고 나도 그걸 바라고 있어.' 마이클의 공격이 좀 뜸하다 싶을 때면 그런 소릴 했었죠. 매번 그랬던 건 아니고요. 그래도 마이클은 제 말을 늘 기억하고 있었어요. 처음에 시작은 그랬었죠. 부코치인 저는 전술적인 지시를 내릴 순 없지만 '코트 위에서 네가 가장 잘하는 걸 보여줄 필요가 있다.' 같은 말 정도는 할 수 있다고 봤어요. 그래서 마이클한테 계속 공격하라고 자극을 주면 좋지 않을까, 하고 생각했던 겁니다. 제가 한 건 그런 사소한 일들이었어요. 그러면서 우리 관계는 원만하게 지속되었고요."

이후 조던은 바크를 자신의 전담 코치라 부르기 시작했고, 코치의 메시지는 그 시즌 내내 조던을 움직이는 주문이 되었다. 불스의 신예 스타는 그러한 자극을 받으며 농구의 새로운 방정식을 만들어나갔다.

그는 1986~87 정규 시즌 중에 40점대 득점을 28회나 기록했고 50득점을 넘긴 적도 여덟 번이나 있었다. 1986년 11월 말에서 12월 초까지 조던은 아홉 경기 연속으로 40점이 넘는 득점을 올렸는데, 그중 여섯 번이 서부 원정 경기였다. 그는 훗날 인터뷰에서 당시에 어쩔 수 없이 많은 슛을 던져야 했다고 말했다.

"처음 시카고에 왔을 땐 우리 팀의 열기가 식지 않도록 제가 계속 불을 지펴야 하는 상황이었죠. 그래서 모든 능력을 끄집어내는 수밖에 없었어요."

## 도약

1986~87시즌이 시작되었을 때 리그에는 조던의 실력이 한 차원 더 높아졌다는 소문이 빠르게 퍼졌다. 그 시절에 피닉스 선즈 소속이었던 에드 핀크니는 팀 동료이자 UNC 출신인 월터 데이비스가 그 이야기에 특히 신경을 썼다고 밝혔다.

"제가 알기로 당시에 월터는 마이클한테 우상 같은 존재였을 거예요. 서로 친하기도 했고요. 월터는 실력이 아주 뛰어나고 인기도 좋은 선수였죠."

불스와의 대결 날짜가 가까워지자 데이비스는 평소보다 신경을 곤두세우고 더 열심히 시합에 대비했다.

"제 눈엔 그게 좀 이상해 보였어요." 핀크니가 말을 이었다. "그때 월터는 자기 포지션에서 최고라 할 만한 선수였거든요. 누굴 상대해도 초조함을 느끼거나 불안해하는 사람이 아니었어요. 당시에 전 몰랐지만, 노스캐롤라이나 대학 출신들은 여름마다 학교로 돌아가서 자기들끼리 종종 시합을 했던 모양이더라고요." 시즌 중에 벌어진 맞대결에서 진다면 데이비스는 여름에 채플 힐에서 조던에게 두고두고 놀림 받을 것이 뻔했다. 그래서 그는 아예 그런 빌미를 주지 않으려 했던 것 같다. 핀크니는 설명을 계속했다. "시합이 어찌 될지는 저도 대강 예상했지만, 월터는 확실히 감을 잡고 있었어요. 마이클이 득점 쇼를 펼칠 거라고 말이죠. 진짜 쇼라는 말이 잘 어울렸어요. 그날 두 사람은 맹렬한 기세로 맞붙었습니다. 그땐 마이클이 어떻게 득점을 하느냐 그런 것보다도 누가 경기의 주도권을 잡는지가 더 중요했어요. 그러다가 걔가 10점 연속, 12점 연속으로 득점하는 걸 보니까 그 시점이 왔다 싶었죠. 정말 미친 듯이 공격하더라고요. 한쪽 사이드에서 반대편 사이드까지 날아다니고, 뒤로 돌아 슛을 던지고, 정말 말도 안 된다 싶었어요. 녀석은 온갖 기술로 골대를 폭격해댔죠."

핀크니는 조던 때문에 데이비스의 태도가 바뀐 것이 가장 놀라웠다고 말했다.

"월터는 실력이 정말 좋았어요. 그런데 그 정도 되는 선수가 마이클과의 대결을 앞두고는 이전과는 완전히 다른 마음가짐으로 시합을 준비했던 거예요."

그날 조던은 43득점으로 대활약했지만, 불스는 2점 차로 패했다. 경기 후에 조던의 발가락은 팀 주치의가 칼을 대야 할 만큼 퉁퉁 부어 있었다. 크라우스가 그 모습을 떠올리며 말했다.

"고름이 줄줄 흘러내렸어요. 차마 눈 뜨고 보기 힘들 정도였죠. 그걸 직접 봤다면 누구든 욕지기가 났을 겁니다."

주치의는 조던에게 시카고로 돌아가 열흘간 쉬라고 지시했다. 크라우스는 2012년 인터뷰에서 그 일을 언급했다.

"그다음에 마이클이 감독하고 얘기를 했죠. 제가 그 방에서 나가고 복도에서 15분 정도 기다리니까 더그가 와서는 상의를 좀 해보재요. 마이클이 일단 다음 시합인 샌안토니오 원정까지는 가고 싶어 한다면서요. 무리하지 않을 거고 상태가 안 좋으면 뛰지 않겠다고 했다더군요. 어쩌면 그때 제가 너무 물렀던 게 아닌가 싶지만, 아무튼 우린 녀석을 샌안토니오에 데려갔어요. 잘 기억나진 않지만 그 경기에선 52점인가를 넣었던 것 같아요."

정확히는 그전 시합에서와 같은 43득점이었고, 조던은 그날을 포함하여 아홉 경기 연속으로 40점대 득점을 기록했다. 그것도 발가락이 아픈 상태로. 그동안 불스는 6패를 안았으나 아홉 경기 중 여덟 번이 원정이었다는 점을 감안하면 보기보다 나쁜 성적은 아니었다. 9연속 원정길 막바지에 조던은 애틀랜타에서 41점을 넣었으나 상대 팀의 도미니크 윌킨스가 그 답례로 무려 57득점을 퍼부었다.

조던은 리그 최고의 수비수들을 차례차례 제압해나갔다. 지난 플레이오프에서 셀틱스가 경험했듯이 수비수 한 명으로는 그를 제어할 수 없었다. 조던의 루키 시즌에 LA 레이커스는 처음에 바이런 스콧을, 그다음에는 마이클 쿠퍼를 수비수로 붙여 그에게 아예 패스가 가지 못하도록 막았다. 하지만 그로부터 2년 뒤 쿠퍼는 인터뷰에서 이제 그런 시절은 끝났다고 말했다.

"사람들이 저더러 마이클을 잘 막았다, 또 아무개가 수비를 잘했다고 하는데 그건 틀린 말입니다. 저 혼자선 그 선수를 막을 길이 없어요. 온 팀이 다 달려들어 야 할 정돕니다. 마이클 조던이 공을 집으면 그 순간 수비하는 사람은 움찔하죠. 그 렇다고 겁이 나는가 하면 그것도 아닙니다. 뭘 어떻게 할지 아예 예측이 안 되거든 요. 마이클은 상하좌우 할 것 없이 정말 자유자재로 움직여요. 수비수는 이 선수가 슛을 던질 걸 알지만 그게 언제 어떤 식으로 나올지 알 수가 없죠. 수비하는 입장에 선 거기서 심리적으로 가장 크게 압박을 받아요."

조던이 이전에 볼 수 없던 창의적인 공격법을 선보이자 《시카고 선 타임스》의 스포츠 기자 릭 텔랜더는 그의 도약 능력에 관하여 물었다. 조던은 이렇게 답했다.

"아직 점프 높이를 재어 본 적은 없는데 가끔 제가 얼마나 높이 뛰는지 생각은 해봐요. 전 높이 점프할 때면 크레이들 덩크를 할 때처럼 항상 다리를 쫙 펼쳐요. 그럼 꼭 낙하산을 펼친 것처럼 바닥에 천천히 착지하는 듯한 기분이 들어서요. 시 즌 개막전 때 뉴욕을 상대로 정말 고전했는데요. 그날 마지막 덩크를 할 때는 골대 의 링이 제 눈높이까지 왔던 것 같아요. 어떨 때는 손목이 링을 겨우 넘을 때도 있 지만, 그날은 팔꿈치까지 넘어갔어요. 링을 완전히 위에서 내려찍는 느낌이었죠."

그는 팬들만큼이나 자신의 긴 체공 시간에 열광했다.

"밀워키 전에서 찍은 제 덩크 영상을 꼭 보시면 좋겠어요. 슬로모션으로 찍은 건데 꼭 제가 비행기처럼 날아오르는 것 같거든요. 누가 등에 날개를 달아준 것처 럼 말이죠. 그 영상을 볼 때마다 정말 짜릿해요. 그럴 때마다 언제부터 내 '점프'가 '비행'처럼 변한 걸까, 그런 생각을 하죠. 아직 답은 모르겠어요."

그러한 재능을 뽐내기에 가장 좋은 장소는 올스타 주간에 개최되는 슬램덩크 콘테스트였다. 당시 '공중의 제왕(His Airness)'이라는 별명을 얻은 조던은 올스타 출 전 선수를 뽑는 팬 투표에서 141만 표를 얻었다. 그의 올스타전 출전 소감은 이러했다.

"팬 여러분이 제 플레이 스타일을 좋아해 주셔서 기분이 정말 좋네요. 앞으로도 여러분을 실망시키지 않겠습니다."

그 시절에 슬램덩크 콘테스트는 발 부상에서 복귀한 지 1년도 되지 않은 조던이 애써 참가할 만큼 리그 최고의 선수들에게 인기를 얻었다. 그는 행사가 열린 시애틀의 킹덤 경기장에서 하늘을 나는 듯한 놀라운 점프력으로 멋진 덩크를 연거푸 성공시키며 우승을 차지했다. 애틀랜타 호크스의 도미니크 윌킨스는 부상으로 출전하지 않았다. 그해에는 올스타전 본 경기에서 아무도 조던을 따돌리려 하지 않았다. 이제 그는 리그 전체에 영향력을 미치고 있었다. 《뉴욕 데일리 뉴스》의 베테랑 농구 기자 미치 로렌스가 당시를 회상했다.

"올스타 경기 중에도 사람들은 마이클한테서 눈을 떼질 못했어요. 아, 물론 매직이나 래리 버드를 보는 팬들도 있었겠지만, 제가 느끼기에는 그랬다는 겁니다. 당시에는 마이클을 향한 관심이 그만큼 컸어요. 정규 시즌에 불스 경기를 보더라도 그 선수한테만 계속 눈이 갔죠. 코트 위에 다른 슈퍼스타가 한둘씩은 있었을 텐데, 정말 다들 그러거나 말거나였어요. 관객들이 경기 시간의 9할 정도는 마이클 조던만 쳐다봤거든요. 마이클이 벤치에서 쉴 때면 팬들이 다른 선수들을 보지 않을까 싶었지만, 그중 대부분은 마이클을 응시하고 있었죠. 정말 그런 선수가 이 리그에 얼마나 될까요?"

조던은 올스타 주간이 지나서도 속도를 늦추지 않았다. 1987년 2월 말에 그는 뉴저지 네츠를 상대로 58득점을 올려 그전까지 체트 워커가 보유했던 불스 선수의 정규 시즌 단일 경기 최다 득점 기록(57득점)을 깼다. 며칠 뒤에 벌어진 피스톤스전에서는 왼발에 난 티눈 때문에 고통스러운 와중에도 61득점으로 연장전 승리를 이끌어 폰티악 실버 돔에 모인 3만 281명의 관중을 경악시켰다. 그날 조던과 아이제이아 토머스, 에이드리언 댄틀리는 치열하게 공격을 주고받았다.

나중에 조던은 그 시합을 두고 이렇게 말했다.

"그날 아이제이아의 플레이를 보고 엄청 자극을 받았어요. 그쪽에서 슛을 꽤나 넣길래 저도 지지 않고 멋진 슛을 날렸죠. 팬들한테는 훌륭한 경기이자 볼거리가 됐고요." 그는 그 시즌 중에 경험한 큰 시합들 가운데서 피스톤스전 승리가 가장 기억에 남는다고 말했다. "왜냐하면 우리가 이겼으니까요. 그날 막판에 몇 분 안 남기고 제가 에이드리언 댄틀리의 공을 세 번이나 뺏고 득점까지 틀어막았죠. 말 그대로 수비의 승리였어요."

그 시합에서 큰 충격을 받은 피스톤스는 다시는 그러한 낭패를 당하지 않도록 새 전술을 준비하기 시작했다.

조던의 경기력은 이미 상식을 넘어선 수준이었지만 그는 더욱더 높은 곳으로 향했다. 불스 동료였던 존 팩슨은 그런 모습이 놀라울 따름이었다고 한다.

"대체 어떻게 그랬는지 저는 도통 모르겠어요. 마이클은 매일 밤 상대편 선수들이 앞을 가로막는데도 절대 뒤로 물러서질 않았죠."

## 승리 속에 존재하는 나

조던은 매 경기 폭발적인 공격력을 선보였지만, 리그에는 이 현상을 불편하게 여기는 사람들이 적지 않았다. 당시 이 문제를 공개적으로 언급한 인물 중에 래리 버드가 있었다. 그는 기자에게 불만을 털어놓았다.

"저는 선수 한 명이 계속 공을 독점하고 슛하는 모습을 보고 싶지 않아요. 농구는 그런 스포츠가 아니란 말입니다."

그 시즌에 불스에서 조던의 공 소유 시간은 압도적으로 길었고 야투 시도 횟수도 팀 전체의 약 3분의 1에 달했다. 그가 현역 선수 시절에 야투 시도 부문에서 리그 1위를 차지한 적은 총 아홉 번으로, 그 시작점이 바로 1986~87시즌이었다. 팀 전체를 희생하여 한 선수에게만 모든 역량을 집중시키는 방식은 텍스 윈터 코치의 농구 철학과 상반되는 것이었다. 그러나 더그 콜린스는 조던의 득점이 곧 승리로 향하는 길이라고 믿었던 모양이다. 윈터는 처음에 불스 코치직을 맡고 조던에게 조언하길 꺼렸다. 그러다가 그가 프로 3년 차에 접어들 무렵부터 농구의 기본에 더 신경 쓸 필요가 있다고 충고하기 시작했다. 조던은 그 지적에 곧장 반발했다.

그는 스포츠 기자인 커리 커크패트릭에게 불만을 털어놓았다.

"우리 코치가 뭐라는 줄 아세요? 전 그때 '저 아저씨 정말 은퇴할 때가 됐구나.' 이렇게 생각했어요. 저더러 이런 소릴 하더라구요. '돌파할 때 가장 성공 확률이 높은 슛은 레이업이다. 그런데 넌 왜 이상한 점프를 하고 터무니없는 슛이나 덩크를 하는 거냐?' 정말 어이가 없었어요. 그래서 나라고 처음부터 그러고 싶겠냐고, 뛰다 보니 그렇게 되는 거라고 한소리 했죠."

60대 후반의 나이로 불스에 합류한 윈터에게는 지난 40년간 다섯 개 대학과 휴스턴 로케츠를 거치며 많은 선수를 지도한 경험이 있었다. 그의 장기는 선수 세 명을 축으로 삼아 공격을 전개하는 전술이었으나 당시에는 한물간 방법으로 치부되었다. 농구계 관계자들은 텍스 윈터를 괴짜라며 비웃었다. 하지만 오랜 친구인 크라우스는 그와 트라이앵글 오펜스를 거의 숭배시할 만큼 높게 평가했다. 그리고 감독을 맡았던 스탠 알벡과 더그 콜린스가 윈터의 전술을 따르지 않는다는 데 언짢음을 느꼈다.

윈터의 설명에 의하면, 트라이앵글 오펜스는 다른 흔한 전술과 다르게 농구 경기의 기본을 모두 아우르는 하나의 시스템 혹은 철학이었다. 그는 NBA의 어떤 지도자들도 신경 쓰지 않는 세세한 부분까지 눈여겨보았다. 일례로 그는 조던의 체스트 패스 자세를 늘 지적했다. 동료 선수가 공을 쉽게 받을 수 없다는 이유에서였다. 당시 알벡과 콜린스가 윈터의 조언을 듣지 않은 주된 이유는 트라이앵글 오펜스를 활용할 경우 전술의 작은 부분까지 일일이 따지며 시스템 전체를 유지하는 데 신경 써야 했기 때문이다. 윈터가 완성한 시스템은 상대 수비를 조직적으로 허물고 공격과 패스, 이동에 필요한 공간을 완벽하게 확보하여 선수들이 슛 던질 타이밍을 쉽게 파악한다는 장점이 있었다. 무엇보다 중요한 것은 두 명의 가드를 전방에 배치하여 공수의 균형을 유지한다는 점이었다. 윈터는 이 방법이 상대편의 속공을 저지하기에 유리하다고 보았다. 적어도 앞에 선 가드 중 한 명은 수비 위치로 금방 돌아갈 수 있기 때문이었다.

조니 바크는 윈터를 이렇게 묘사했다.

"자기 전술에 관해서는 절대 굽힘이 없고 아주 공격적인 사람이었어요. 텍스는 아마 복음보다도 트라이앵글 오펜스를 더 신봉했을 겁니다. 그게 그 사람한텐 복음이나 다름없었으니까요. 당시에 우린 트라이앵글 오펜스를 팀에 적용해보려 했는데, 그전에 크라우스한테서 허락이 떨어졌는지는 모르겠어요. 게다가 그 외에도 더 그를 설득해야 했고, 또 마이클도 설득해야 했죠. 이 전술을 쓰면 팀에도 좋고 마이클이 경기하기에도 유리하다고요."

조던의 마음을 돌리기는 무척 어려웠다. 조던은 윈터가 크라우스를 따르는 추악한 인간이라 생각하며 자주 그를 긁었다.

"우리한테 텍스 윈터 코치는 연배가 거의 할아버지뻘이었어요." 팀 트레이너였던 마크 파일의 말이다. "그런데도 선수들은 그분을 놀리곤 했죠. 마이클이 특히 심했어요. 코치님하고 관련된 건 죄다 트집을 잡거나 장난을 치고 그랬거든요. 언제였더라, 연습 중에 마이클이 코치님 뒤로 슬금슬금 가서는 그분 반바지를 무릎까지 확 내리지 뭐예요. 그래서 다들 코치님 엉덩이를 보고 말았죠."

윈터는 그러한 일들을 크라우스에게 한 번도 보고하지 않았다. 그는 감독의 조언자 역할로 팀에 들어왔지만 시간이 가면서 콜린스와의 거리는 점점 멀어졌다. 윈터는 선수들을 지도하는 것이 제 임무라 여기고 기회가 날 때마다 가감 없이 솔직한 평가와 함께 가르침을 주었다. 그러나 선수들은 대부분 중학교 이래로 그러한 이야기에 귀 기울인 적이 없었다.

윈터는 본인의 지도 방식을 두고 이렇게 자평했다.

"훈련 시간이 돼서 코트를 밟으면 저는 상대가 누구든 간에 제 방식대로 코칭합니다. 그게 마이클 조던이든 누구든 상관없이 말이죠. 어떤 선수든 제가 지도하는 방식은 다 똑같아요. 선수들도 그걸 익히 알고 있고요. 만약 마이클이 무슨 실수를 저지른다면 저는 누구보다 빠르게 문제점을 지적하고 고쳐줄 겁니다. 그 녀석 농구 실력이 좋다고 남들보다 대우해주잖아요? 그럼 다른 선수들한테는 더 잘하라고 막 질책을 하면서 그 녀석한테는 정작 필요할 때 아무 말 못 하는 그런 상황이 벌어질 수 있어요."

조니 바크가 조던에게 거침없는 공격을 요구한 반면에 텍스 윈터는 늘 팀플레이의 중요성을 강조했다. 게다가 그 의지는 조던에게 뒤지지 않을 만큼 강했다. 결국 불스 코치진 내에서는 갈등이 일었고 콜린스가 독자적인 판단으로 팀을 끌고 가는 바람에 문제는 더욱 악화되었다. 바크는 감독 초년생이었던 콜린스를 떠올리며 말했다.

"그때 더그는 말로 할 수 없을 만큼 의욕이 넘쳤어요. 특히 승부가 걸렸다고 하면 아무도 막을 수 없을 정도였죠. 감독 중에는 경기를 보는 시야가 아주 좁은 사람들이 더러 있어요. 본인의 전문 분야는 아주 잘 가르치지만 그 이상은 보질 못하죠. 사실 더그 콜린스, 그 친구는 항상 너무 많은 걸 봐서 탈이었어요."

콜린스는 시합 상황이 어떻든 그냥 두지 않고 매번 새로운 작전을 추가하려 했다.

부모님의 갈등과 코치진의 불협화음이 계속되는 가운데 조던은 주변의 권위적인 인물들을 점점 불신하게 되었다. 그러면서 또 비판에는 민감하게 반응했다. 그는 버드와 윈터의 지적에 충격을 받고 적지 않게 방어적인 태도를 보였다. 그는 당시 인터뷰에서 이런 말을 했다.

"전 그런 평가들을 저나 우리 팀을 더 발전시키는 데 필요한 시련으로 보고 있어요. 다들 제 주변에 수준급 선수들이 즐비한 줄 착각하나 본데, 그렇게 생각하는 사람이 있다면 그건 정말 바보 천치죠."

사실 조던이 득점에만 주력하며 이기적인 플레이를 일삼는 바람에 팀원들 사이에서는 불만이 생겨나고 있었다. 그로부터 몇 년 뒤 조던은 그 문제를 언급하며 팀보다 개인플레이에 집중했음을 인정했다. 그러나 문제가 불거졌던 당시에는 자신만의 플레이 방식과 재능에 매달리던 그를 아무도 말리지 못했다. 그는 바크의 조언을 염두에 두고 계속해서 공격하길 고집했다.

조던은 3월에 다섯 경기 연속으로 40점이 넘는 득점을 기록했다. 그리고 4월에는 1962~63시즌의 월트 체임벌린 이래 처음으로 한 시즌에 3,000득점을 넘긴 선수가 되었다. 체임벌린은 이 기록을 두 차례 달성했다. 조던은 시즌 막바지에 벌어진 인디애나 페이서스전에서 53득점 그리고 밀워키 벅스전에서 50득점을 올렸다. 경기 후에 벅스 감독이었던 돈 넬슨은 본인이 맸던 넥타이에 '위대한 시즌, 위대한 선수'라는 문구를 적어 조던에게 건넸다. 넬슨은 공격적인 성향이 강한 감독으로, 나중에 텍스 윈터와 필 잭슨을 상대로 작은 말다툼을 벌이기도 한다. 그는 자신의 사인을 담은 넥타이로 바크처럼 조던을 독려하고 있었다.

조던은 시카고 스타디움에서 애틀랜타 호크스를 맞아 시즌 두 번째로 61점을 넣으며 팬들을 즐겁게 했다. 그는 시즌 동안 총 3,041점을 넣고 평균 37.1득점으로 리그 득점 1위에 올랐다.

호크스에 맹공격을 퍼부으면서 조던은 연속으로 23득점을 올려 NBA 신기록을 세웠다. 불스가 3점 뒤진 채 경기가 끝나기 직전, 그가 코트 한가운데서 슛을 던졌으나 아쉽게도 공은 링을 맞고 튕겨 나왔다. 그럼에도 농구팬들은 조던에게 환호했지만 철저한 팀플레이를 추구하던 윈터는 고개를 저었다. 그는 경기장 복도에서 조던에게 말했다.

"팀(team)이란 단어에 나(I)는 없어."

조던은 2009년 명예의 전당 헌액식 연설에서 그 순간을 언급했다. 그때 그는 윈터를 보며 이렇게 대답했다고 한다.

"그래요. 하지만 승리(win)에는 있죠."

그들의 대화는 농구계가 품은 주요 쟁점을 드러낸 것으로, 사실상 개인과 집단의 충돌이 빈번한 미국 문화에 관한 논쟁이기도 했다. 돌이켜보건대 농구 철학에 관한 두 사람의 대립은 결과적으로 그들의 삶과 사고방식, 이후의 성공 등에 깊은 영향을 미쳤다고 할 수 있다.

한편 그 시즌에 조던은 중요한 수비 지표인 스틸과 블록슛을 각각 236개, 125개씩 기록하여 NBA 사상 처음으로 스틸 200개와 블록슛 100개 이상을 동시에 기록한 선수가 되었다. 그러나 시즌 내내 공격적인 모습을 보여서인지 리그 최고의 수비수들을 망라한 올 디펜시브 팀에는 선정되지 않았고, 이 결과는 그를 분노케 했다.

그때까지 리그에서 득점왕을 차지하고 올 디펜시브 팀에 선정된 선수는 제리 웨스트뿐이었다. 조던은 '완벽한 시합'을 펼치는 선수로 인정받고 싶었다. 그해에 그는 여섯 가지 항목에서 불스 구단의 기존 기록을 갈아치웠고, 더그 콜린스가 부임한 첫해에 팀을 40승 42패로 이끌며 다시 한 번 플레이오프에 도전했다. 그러나 1라운드에서 재회한 보스턴 셀틱스를 상대로 세 경기 만에 시리즈를 내주면서 원맨쇼보다 단합된 팀이 강하다는 버드와 윈터의 메시지는 더욱 힘을 얻었다. 마이클 조던의 시카고 불스는 세 시즌 동안 플레이오프에서 총 열 경기를 치러 단 한 번밖에 이기지 못했다.

셀틱스의 가드였던 대니 에인지는 당시에 조던을 이렇게 평가했다.

"하이라이트 영상으로 보기에는 그만한 선수가 없죠. 하지만 동료로 같이 뛰어도 재미가 있을지는 모르겠네요."

하지만 조던이 한 해 동안 펼친 놀라운 활약은 그동안 비판의 날을 세워온 사람들의 마음마저 흔들었다. 그 시즌에 셀틱스를 꺾고 리그 우승을 차지한 레이커스의 매직 존슨은 기자들에게 말했다.

"다들 저와 래리가 이 분야의 최고라고들 하죠. 하지만 실제로는 그게 마이클 아니면 또 다른 누군가일 거예요."

조던과 존슨은 일찍부터 서로를 최고의 농구선수로 인정했다. 고교 시절 우상이었던 존슨은 이제 그의 눈에 밉상스러운 라이벌로 보였고, 그런 관계는 비단 코트 안에서만 국한되지 않았다. 조던은 소속 구단 내에서 벌어진 논쟁부터 다른 팀

스타들과의 관계까지 아울러 많은 비판에 부딪혔다.

커리 커크패트릭은 1987년 말에 《스포츠 일러스트레이티드》에 이런 글을 실었다. '우승 반지를 네 개나 가진 매직 존슨이 조던을 향해 농구선수로서의 경쟁심 그 이상의 감정을 안고 있다는 것은 이제 공공연한 사실이다. 적어도 상업적인 면에서 존슨은 7년 전, 그러니까 1979년에 미시간 주립대를 NCAA 우승으로 이끌고 1980년에 필라델피아 세븐티식서스를 상대로 레이커스를 우승시킨 그 시점에 마이클 조던과 같은 지위에 올라야 했다.'

존슨을 비롯한 NBA의 베테랑 스타들은 조던이 나이키로부터 많은 후원을 받고 그간 큰 업적을 이룬 선배들보다 높은 위상에 올랐다는 데 여전히 불편함을 느꼈다. 한편 조던은 존슨이 레이커스 구단주에게 제임스 워디의 트레이드를 부추겼다는 소문을 잊지 않고 기자들에게 그 이야기를 자주 꺼냈다. 그는 커크패트릭에게 말했다.

"매직한테 딱히 악감정은 없어요. 그저 그 선수가 노스캐롤라이나 출신 선수들을 싫어하는 게 아닌가 하는 생각이 들 뿐이죠."

스타들과 친분을 쌓고 과시하길 좋아하던 존슨과 아이제이아 토머스의 성향은 조던과의 관계를 진전시키는 데 아무 도움도 되지 않았다. 조던은 농구선수라면 누구든 참석하길 꿈꾸던 매직 존슨의 여름 자선 올스타 경기에 초대받았지만 곧장 거절 의사를 보였다. 그가 2년 전 올스타전에서 당했던 굴욕을 아직 잊지 않았다는 것은 너무나도 분명했다.

사실 그렇지 않아도 조던은 비시즌 중에 여러 가지로 바빴다. 그는 몇 년 전 데이비드 포크가 '에어 조던'이라는 이름을 처음 언급했을 때 실소를 터뜨렸다. 그러나 3년도 채 지나지 않아서 그는 스포츠 마케팅 시장에서 전례 없는 돌풍을 일으키며 나이키 신발과 운동용품으로 약 1억 6,000만 달러에 달하는 매출을 올렸다. 조던은 자신의 이름을 딴 운동화가 폭발적인 반응을 얻던 그 시절을 되돌아보며 말했다.

"처음엔 그 유행이 한순간 반짝하고 끝날 줄 알았어요. 그런데 지금은 그때보다 더 심해졌죠. 이젠 판매량이 정말 터무니없다 싶을 만큼 많아졌어요."

그런데 이상하게도 필 나이트 회장은 나이키와 조던의 관계를 재고하고 있었다. 그리하여 조던과 재계약을 논의하는 과정에서 여러모로 극적인 상황이 연출되었다. 소니 바카로의 설명에 의하면, 나이트는 조던이 시장에서 급속하게 인기를 얻은 것이 꽤 신경 쓰였던 모양이다. 그렇게 높은 매출을 항상 유지하기란 어려운 일이었고, 실제로 판매량이 약간 주춤하자 나이트는 에어 조던의 생산을 그만두려고 생각했다.

"그즈음에 필은 마이클과의 계약을 그만 정리하려고 생각했어요." 바카로의 말이다. "그 대신에 대학팀들과 공식 후원 계약을 하려고 했죠. 난 거기에 반대표를 던졌고요."

롭 스트라서는 나이키를 떠난 상태였다. 그는 조던을 위한 독자적인 브랜드가 필요하다고 믿었고, 조던에게 나이키를 향해서 계속 그런 요청을 하라고 조언했다. 그러나 필 나이트는 그 제안을 뿌리쳤고 조던과의 관계를 유지할 가치가 있을지 고민했다. 그때 바카로가 대학 시장에서는 현재 에어 조던으로 얻는 수익을 절대로 기대할 수 없다며 구체적인 사료를 제시했다.

나이트에게는 두 가지 선택지가 있었다. 조던을 버리느냐, 아니면 간간이 엄습하는 불안감을 안고서 지금의 흐름을 그대로 타느냐. 결과적으로 나이키는 조던과 고액의 계약을 체결했고, 이는 몇 년 뒤 조던 브랜드가 탄생하는 계기가 되어 그들에게 상상도 할 수 없는 막대한 부를 안겨주었다.

바카로는 조던과 나이키의 연장 계약을 이야기했다.

"그 덕에 마이클은 엄청난 부를 얻고 그 다음엔 조던 브랜드를 얻었죠. 승낙하지 않을 이유가 없었어요. 계약 조건이 정말 좋았거든요. 그래서 마이클은 재계약에 응했고 그날 나이키 역사상 가장 의미 있는 계약이 이뤄졌습니다. 그 뒤로 마이클과 나이키는 힘을 합쳐 하나의 제국을 만들어냈죠."

조니 바크도 당시 상황을 언급했다.

"마이클은 한순간에 대부호가 됐어요. 그 녀석 이름을 달고 나오는 제품들은 아주 훌륭했죠. 마이클은 나이키가 만든 신발을 일일이 신어보고 꽤나 만족스러워했습니다. 그 물건들이 자기랑 잘 어울리는지 살펴보면서 말이죠."

점차로 커져가는 명성을 받아들이고 또 거부하기를 반복하는 가운데, 조던의 이미지는 차츰 나이키와 동일시되었다. 나이키의 텔레비전 광고로는 부족했는지 CBS는 「60분」이라는 방송에서 조던을 주제로 10여 분짜리 특집 영상을 내보냈다. 뉴스 앵커이자 특파원인 다이앤 소여가 취재한 이 영상은 장난기 많고 밝은 조던의 모습을 조명하며 그 특유의 이미지를 만드는 데 한몫했다. 그때 데이비드 포크는 이 방송이 60분짜리 광고나 다름없다며 들뜬 표정을 감추지 못했다. 그 밖에 조던은 UNC 동문이자 퓰리처상 수상자인 제프 맥넬리의 인기 만화 「슈(Shoe)」에도 등장했다. 또 그해 크리스마스에는 조던의 모습을 본떠 만든 장난감이 상점 진열대를 채울 예정이었다.

레이시 뱅크스는 1987년에 《시카고 선 타임스》의 불스 전담 기자를 맡아 조던과 인사를 나눴다. 그날 그는 조던에게서 왕좌에 오른 세상의 지배자 같은 인상을 받았다고 한다. 몇 년 뒤에 뱅크스는 첫 만남을 이야기하며 웃음 지었다.

"그때 마이클은 온 세상을 점령해나가고 있었죠."

"마치 하늘의 선택을 받은 것 같았어요." 소니 바카로가 당시를 회상하며 말했다. "솔직히 말해서 모든 게 그렇게 보였죠. 마이클이 뭔가 예상에 완전히 어긋나는 행동을 해도 늘 좋은 결과가 나오는 것 같았거든요."

실제로 그때부터 팬들과 프로 리그의 경쟁자들은 조던이 세상에 미치는 영향력이 상상 이상으로 크다고 느끼기 시작했다. 1987년 여름에 데이비드 포크는 이런 말을 했다.

"TV로 스포츠를 즐기는 이 시대에 우리가 90년대에 걸맞은 미디어형 운동선수와 스타를 만든다고 가정해봅시다. 뛰어난 재능, 적절한 체격, 훌륭한 언변, 매력,

친근함, 바람직한 가치관, 깨끗하고 자연스러운 이미지, 너무 모범생 같진 않으면서 약간은 짓궂은 면모, 이런 것들을 모두 합치면 마이클이 만들어지죠. 이 친구는 팀 스포츠 세계에서 처음으로 탄생한 현대적인 크로스오버 작품이라 할 수 있어요. 인종을 초월하고 농구를 초월한 그런 인물 말이죠."

소니 바카로는 그 시절을 이렇게 평가했다.

"세상은 한창 변하고 있었고 마이클은 그 한가운데 서 있었어요. 그때 마이클은 온갖 광고에 출연했고 그러면서 마케팅 업계의 중심인물이 되었죠."

당시에 맥도날드, 코카콜라, 쉐보레, 윌슨 스포팅 굿즈 외에도 대여섯 개 기업이 조던을 상품 홍보에 활용하고 있었다. 거기서 받는 광고 출연료 앞에서는 남은 5년간 불스로부터 계약액으로 받을 400만 달러가 초라해 보일 정도였다. 그해 여름에 조던은 광고 촬영 외에도 방송 출연과 프로 야구 시구 등으로 바쁜 일상을 보냈다.

"처음엔 적응이 잘 안 됐지만 지금은 이런 외부 활동을 즐기고 있어요." 그 무렵 조던이 한 제품 홍보를 위해 피츠버그로 이동하던 중에 한 말이다. "마치 학창 시절로 돌아간 것 같다고 할까요? 전 항상 뭔가를 배우고 있어요. 대학 때는 프로 신수가 되는 길 꿈도 못 꿨죠. 하지만 지금은 이렇게 어행하면서 많은 사람을 만나고 돈을 벌기도 하고 인생에 대해 이것저것 배우면서 농구 이외의 세계를 만들어 갈 기회를 얻고 있어요."

그 새로운 세계에서 후아니타 바노이의 비중은 점점 더 커졌다. 조던은 1986년 마지막 날에 그녀에게 청혼했다. 두 사람은 새해와 더불어 자신들이 맞이한 풍요로운 삶에 탄복했다. 당시 조던은 시카고 북부에 침실이 다섯 개 딸린 140평짜리 집을 한 채 매입한 상태였다. 그는 후아니타와 집을 꾸미면서 함께할 나날을 설계하기 시작했다. 그러나 아들에 대한 주도권을 두고 여전히 다투던 제임스와 델로리스는 약혼 소식을 달갑게 여기지 않았다.

사실 조던은 엄청난 인기 탓에 그만큼 주변에 유혹거리도 많았다. 제임스는 그 문제를 웃어넘겼지만 그의 어머니와 약혼녀에게는 악몽과도 같은 이야기였다. 바카로는 그 점을 이렇게 설명했다.

"우린 참 유혹이 많은 세상에서 살고 있죠. 그게 마이클이 사는 세계에선 정말 상상을 넘어섭니다. 젊고 잘생겼던 그 시절에 그 친구의 인기는 정말 하늘을 찌를 정도였어요. 지금도 이런저런 소문이 있지만, 돈과 명예가 있는 곳엔 으레 그런 이야기가 뒤따르기 마련입니다. 우상이 되기란 참 힘든 거예요."

바카로는 조던과 같이 일하고 여행하면서 그의 철저한 신변 관리에 놀랐다. 조던은 젊은 나이에도 함께하는 친구들과 동료들이 곤란한 입장에 처하지 않도록 늘 분별 있게 행동했다. 또 최고의 인기를 구가하면서도 매직 존슨처럼 난잡하게 여자를 만나지는 않았다. 나중에 존슨이 직접 밝히기로, 본인의 인기가 절정이던 시기에는 한 해 동안 500명이나 되는 여자들과 잠자리를 함께했다고 한다.

바카로는 조던이 인기 스타로서 맞이한 난관을 잘 헤쳐 나가는 모습을 보며 그 재주와 역량이 상당한 수준임을 다시 한 번 실감했다고 말했다.

"마이클은 말이죠. 확실히 뭔가가 있어요. 여러 분야를 넘나드는 매력이랄까. 그게 뭐라고 콕 집어 말하긴 어려워요. 저는 그걸 카리스마라는 단어로 표현하지만, 그 의미를 정확하게 정의할 수 있는 사람은 없을 겁니다. 우리가 마이클의 인생에 대해 이런저런 이야기를 하고 있습니다만, 그 녀석은 집안에서 벌어진 다툼을 비롯해 모든 어려움을 극복했어요. 이런 경우는 정말 드물죠. 세상에서 신분 고하를 막론하고 그렇게 할 수 있는 사람은 많지 않을 거예요."

제 7 부

# 냉 소

조던과 웨이크 포레스트 대학의
앤서니 티치는 고교 시절부터
경쟁하던 사이였다.
(AP Images)

1980년 NCAA 토너먼트에서 휴스턴
대학의 클라이드 드렉슬러(가운데)와
경합하는 모습.
(AP Images)

조지타운 대학과 맞붙은 1982년 NCAA 최종 결승전에서 조던이 역전슛을 던지고 있다. (AP Images)

1982년 가을에 (왼쪽부터) 맷 도허티, 샘 퍼킨스, 딘 스미스와 함께. (AP Images)

조던은 1984년에 노스캐롤라이나 대학을 떠나겠다고 밝혔다. (AP Images)

딘 스미스 감독은 조던에게
'제2의 아버지'와 같았다.
(AP Images)

1984년도 미국 올림픽
대표팀 소속으로 NBA
선수들과 시범 경기를
하는 모습.
(AP Images)

1984년에 시카고 불스 동료였던 올랜도 울리지와 대결하는 조던. 그는 선수 시절에 줄곧 일대일
시합으로 팀원들의 능력을 시험했다. (AP Images)

1984년 10월 26일, 조던은
워싱턴 불리츠를 상대로 NBA
데뷔전을 치렀다.
(AP Images)

조던의 묘기 같은 플레이는
때때로 위험한
상황을 연출하기도 했다.
(AP Images)

왼발 골절상을 겪은 뒤
조던은 노스캐롤라이나
대학에서 회복기를 보냈다.
(AP Images)

보스턴 셀틱스를 상대로
63득점을 올렸던 1986년
플레이오프 경기의 한 장면.
(Steve Lipofsky/
basketballphoto.com)

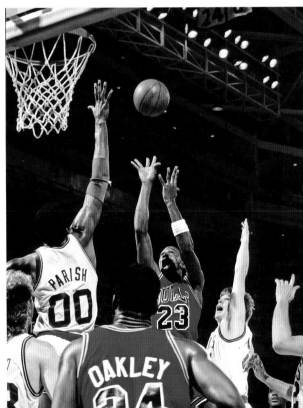

조던의 표정에서 특유의
강렬한 경쟁심이 느껴진다.
(Steve Lipofsky/
basketballphoto.com)

1988년, 시합을 앞둔 조던과
초창기의 불스 동료들.
(Steve Lipofsky/
basketballphoto.com)

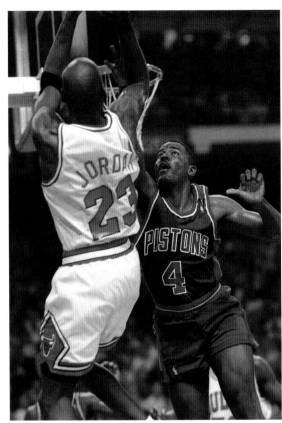

조던은 한동안 디트로이트
피스톤스의 조 듀마스와
'소리 없는 전쟁'을 벌였다.
(AP Images)

1988년도 슬램덩크
콘테스트에서.
(AP Images)

1988년, 골프장에서.
(AP Images)

1988년에 불스의
부사장 겸 단장이었던
제리 크라우스와 함께.
(AP Images)

1991년도 NBA 우승 직후에 아내 후아니타와 함께 인터뷰에 응하는 모습. (AP Images)

불스 구단주인 제리 라인스도프는 조던이 실력에 미치지 못하는 박한 연봉에도 결코 급여 인상을 요구하지 않으리라 확신했다. (AP Images)

1992년, 드림팀과 함께 메달 시상대에 선 조던. (AP Images)

1993년에 거액의 내기
골프를 즐긴다는 사실이
폭로되면서 조던의 이미지는
큰 타격을 받았다.
(AP Images)

1993년, 가족과 함께. (AP Images)

1994년 11월에
유나이티드 센터 앞에는
조던에게 헌정하는
동상이 세워졌다.
(AP Images)

야구 캐스터 해리 캐레이와의 인터뷰. 한때 조던은 프로 야구 선수가 되길 꿈꿨다. (AP Images)

1995년 3월, 조던은
45번 유니폼을 입고
농구 코트로 돌아왔다.
(AP Images)

조던과 피펜이
1996년도 NBA 우승을
차지한 뒤 기쁨의
포옹을 나누고 있다.
(AP Images)

1997년의 '플루 게임'
도중에 피펜이 몸을
가누지 못하는 조던을
부축하는 모습.
(AP Images)

워싱턴 위저즈 선수 시절에도 혀를 내미는 습관은 여전했다. (AP Images)

조던과 이베트 프리에토가 코트 옆 좌석에서 샬럿 밥캐츠의 시합을 관람하고 있다. (AP Images)

조던은 2009년도 농구 명예의 전당 헌액식에서 연설 도중 청중 앞에서 눈물을 흘렸다. (AP Images)

# 제 20 장

# 엔터테인먼트

그의 누나는 어린 시절부터 그 속에 내재된 끼를 보았다. 아버지와 레드 아워백 역시 그가 프로선수로 비상을 시작할 즈음에 그 끼를 알아챘다. 조던은 관중을 웃기고 즐겁게 하길 좋아했다. 이후 마이클 조던과 팬들의 관계는 주변 인물들부터 당시 그를 대중문화의 원동력으로서 연구하던 대학교수들까지 관심을 두는 주제가 되었다.

조던은 만인의 스타로서 계속 언론에 노출되었지만 아직 많은 것을 숨기고 있었다. 그는 보이지 않는 곳에서 많은 일을 했지만 구태여 남들에게 밝히지 않았다. 점점 커져가는 자기 보호 본능 때문이기도 했고, 그런 부분이 어디까지나 사생활이라는 나름의 고집도 있었다. 조니 바크는 그런 조던을 보며 경외심을 품었다. 농구와 인간의 본성을 열심히 연구했던 바크는 성실한 마음가짐과 매력을 두루 갖춘 현자였다. 그가 없었다면 과연 마이클 조던과 NBA가 지금 같은 모습이 될 수 있었을까?

바크는 역대 최고의 농구선수와 함께한 경험, 그와의 관계를 이야기했다.

"마이클은 제가 뭔가를 말할 때면 초롱초롱한 눈빛으로 조용히 경청했죠. 저는 참 운이 좋았다고 생각해요. 제 말을 그렇게 잘 들어준 걸 보면요."

조던은 동료들에게 항상 반듯한 모습을 보이고 코트 밖에서 본인의 책임을 다하려 애썼다.

"마이클이 프로로 데뷔하고 초반에는 정말 많은 걸 했죠." 바크가 옛 기억을 떠올리며 말했다. "보고도 믿기 어려울 정도였어요. 그 녀석은 항상 시한부 환자라든가 아픈 아이들하고 시간을 보내면서 그 사람들 소원을 들어주려고 했어요. 또 그런 요청이 들어오면 절대 거절하는 법이 없었죠. 시합마다 그런 일들이 있었는데, 저는 어떻게 저런 걸 다 해낼 수 있나 싶었어요. 거기에는 화상을 입거나 학대당했거나 이런저런 병으로 고생하는 아이들이 있었어요. 아직도 기억나는 게, 언젠가 얼굴에 심하게 화상을 입은 소년이 시카고 스타디움을 찾아온 적이 있습니다. 마이클은 시합 전에 탈의실에서 그 아이와 이런저런 얘기를 나눴죠. 얼굴을 똑바로 쳐다보기도 어려울 만큼 화상이 심한 아이였는데 마이클은 아무렇지 않은 표정이었어요. 경기 중에는 아이를 선수석에 앉혀두고 중간마다 '방금 넣은 점프슛은 어땠어?' 이렇게 물었죠. 그런데 심판이 다가와서는 '마이클, 저 아이를 벤치에 두면 안 돼. 리그 규정 위반이야.' 이러더군요. 그러니까 마이클이 '그냥 앉아만 있는 거잖아요.'라고 대꾸했죠. 그리고 작전 시간에는 계속 아이한테 가서 얘기를 나눴어요. 그때 저랑 존 팩슨의 눈에는 눈물이 그렁그렁 맺혔죠. 화상이 심해서 아이가 너무 안쓰러웠거든요. 아무튼 마이클은 그런 면에서 마음씀씀이가 훌륭했습니다. 경기장에선 그런 일이 꽤 자주 있었죠. 그걸 보면서 저는 마이클이 참 괜찮은 녀석이라 생각했고요."

바크는 조던에게 경쟁심 외에도 그렇게 풍부한 감정이 있었다며 설명을 계속했다.

"그런데 제가 볼 땐 사람들이 그 점을 너무 이용했던 것 같아요. 마이클한테 뭔가를 바라는 사람이 너무 많았고, 그런 요청도 너무 많았죠. 아마 그걸 다 들어주느라 녀석도 피곤했을 겁니다. 하지만 마이클은 자길 꼭 필요로 하는 사람들을 도우려고 늘 애썼어요. 그러면서 단순히 인기 운동선수로서만이 아니라 여건이 어려운 아이들과 함께하는 행복 전도사로 명성을 떨치게 됐죠. 저라면 그렇게는 못 했을 겁니다. 따라 해보려 해도 아마 금방 지쳐 쓰러졌을 거예요. 마이클은 많은 부담을 짊어졌지만 그걸 아주 잘 이겨냈어요. 언론이 바라는 것, 구단이 바라는 것, 또 농구라는 분야가 요구하는 것들이 많았지만 말입니다. 그 녀석은 누구보다도 충실하게 자기 임무를 수행했어요. 거의 매일 최상의 경기력을 보였죠. 혹 마이클 입장에서는 부진한 날이라고 해도 다른 선수들이 보기에는 그것조차 올스타급 활약이나 다름없었어요. 저는 지금도 그 녀석이 참 존경스럽습니다. 어떻게 그렇게나 많은 사람을 돕고 제 할 일을 다 해냈는지, 정말 상상도 안 가요."

제리 크라우스 역시 그러한 조던의 성품에는 탄복했다. 하지만 조던은 남을 돕더라도 공개적인 홍보 형식은 절대 반기지 않았다. 그는 언제나 보이지 않는 곳에서 조용히 자선을 베풀길 원했다.

"마이클은 그런 일을 늘상 해왔어요." 팀 핼럼이 말을 이었다. "그런데 딱 하나 조건이 있었죠. 공개적으로 하지 않는다는 거요. 항상 남들 모르게 하려고 했거든요. 언론 눈에 띄지 않게요."

물론 어떤 분야에서건 조던이 하는 일에 홍보 활동은 필요하지 않았다. 이미 농구 코트에서 보인 활약만으로 충분했으니까. 게다가 그는 그동안 만들어진 완벽한 이미지 때문에 고통 받고 있다며 내심 불만을 토로했다. 오래전부터 스포츠팬들은 스타플레이어에게 열렬히 환호하며 가장 좋은 면만을 보고 믿으려 했다. 그리고 일명 '스포츠의 세기'로 불린 20세기 동안 수많은 선수를 신화 속의 인물처럼 뒤바꾸어 놓았다. 그때는 아무도 몰랐지만, 당시 조던을 향해 쏟아지던 찬사는 그저 시작에 지나지 않았다.

에어 조던 농구화의 폭발적인 인기는 시카고 불스의 인기 상승과 궤를 같이했다. 3년 전 조던이 입단한 이래로 불스의 가치는 세 배 이상 뛰었고 시합을 치를 때마다 점점 더 높아졌다. 제리 라인스도프는 이 사실에 기뻐하며 더그 콜린스의 계약을 연장했고 조던과도 새로운 계약을 준비했다.

시카고 불스의 홈구장 관객 수는 조던이 발 부상으로 거의 출전하지 못한 전 시즌의 20만 명에서 65만 명 수준으로 세 배 이상 늘어났다. 불스는 원정 경기에서도 큰 인기를 끌어 리그 전체 관중 수를 28만 명가량 늘리고 371만 달러의 추가 수익을 창출했다. NBA 구단주들은 불스의 황금알을 낳는 거위가 라인스도프만의 것이 아님을 깨달았다. 관객 수와 수입이 늘면서 불스는 더욱 자신감을 보였다. 콜린스는 기자들 앞에서 당당히 말했다.

"이제 불스는 시카고에서 상당히 인정받는 프로 구단이 됐습니다. 예전처럼 천 덕꾸러기 취급을 받는 그런 팀이 아니에요."

## 엇갈림

불스는 여러모로 비약적인 발전을 이뤘으나 아직 필 잭슨을 고용하거나 드래프트 에서 스카티 피펜을 뽑은 상태는 아니었다. 두 사람은 마이클 조던의 프로 생활에 서 가장 중요한 인물로 손꼽히지만, 1987년 봄에 조던은 그들을 전혀 몰랐다. 피펜 은 1987년 신인 드래프트로 불스에 합류했고, 잭슨은 그해 비시즌 중에 코치로 발 탁되어 리그의 전력 탐색과 각종 잡무를 담당했다. 당시에 크라우스는 텍스 윈터에 게 잭슨의 교육을 맡길 생각이었다.

그는 잭슨을 고용하려고 콜린스를 열심히 설득했다. 필 잭슨은 여전히 괴짜로 통했고, 다들 그를 이지적이지만 밀짚모자에 큰 깃털을 꽂고 다니며 한때 LSD를 복용했던 그런 인물로 기억했다. 그러나 이번에는 크라우스의 지시대로 말끔히 수 염을 깎고 정장을 차려입은 채 면접장에 나타났다. 당시에 조던은 크라우스의 또 다른 작품인 그에게 의심스러운 눈길을 보냈다. 그러나 잭슨의 첫인상은 그러한 의 혹을 불식시킬 만큼 강렬했다.

그 무렵에 잭슨이 콜린스의 후임이 될 것이라는 설명은 없었다. 하지만 NBA 라는 좁은 세계에서는 다들 그렇게 이해하고 있었으며 근거 없는 추측으로 음모론 이 나돌기도 했다. 사실 크라우스가 단장이 된 뒤로 해마다 감독을 해고했던 만큼 콜린스는 그를 신뢰하기 어려운 상황이었다. 그러나 잭슨이 강한 개성을 억누르고 차분하고 신중하게 행동한 덕분에 그들은 큰 문제 없이 손발을 맞춰나갔다.

이처럼 불스에는 제리 크라우스라는 괴상한 사내로 말미암아 조던, 잭슨, 콜린 스, 바크, 윈터처럼 개성 강한 인물들이 잔뜩 모이게 되었다. 그들은 나날이 커져가는 조던의 좌절감과 냉소에 긴장의 끈을 늦추지 못했다. 조던은 크라우스가 팀을 위해 내어놓는 해법들을 전혀 신뢰하지 않았다. 그리고 발 부상에서 복귀하려 했을 때 단장이 보인 어설픈 대처 능력에 여전히 화가 난 상태였다. 하지만 그는 부모님과 은사인 딘 스미스에게서 늘 상대방을 존중하고 공손히 대하라는 교육을 받았고, 명령 체계의 중요성도 잘 이해하고 있었다. 그는 언론과의 인터뷰에서 장난스러운 모습을 보이다가도 구단 관계자들에 대한 질문이 들어오면 그런 문제는 자기 소관이 아니라며 대답을 얼버무리곤 했다.

그렇지만 조던은 많은 의심을 품었고, 크라우스가 두 차례의 1라운드 지명권을 행사한 1987년도 드래프트에서 그 의구심은 더욱 강해졌다. 일단 시애틀 슈퍼소닉스에 5순위로 지명된 피펜을 데려오는 일은 큰 잡음을 빚지 않았다.

문제가 된 것은 10순위 지명권이었다. 그때 딘 스미스와 조던은 UNC의 조 울프나 케니 스미스를 뽑아야 한다고 크라우스에게 압력을 넣었다. 사실 당시 리그에서 활동하던 단장들은 UNC 선수들의 실력을 미심쩍어했다. 늘 정해진 방식대로 돌아가는 딘 스미스의 시스템 때문에 UNC 선수들의 재능을 정확히 판단하기 어려웠던 탓이다. 게다가 스미스는 말주변이 뛰어났고 매번 제자들이 최대한 높은 순위로 지명되길 원했다. 팀을 운영하는 단장 입장에서는 스미스의 현란한 말솜씨에 혹할 경우 아주 곤란한 상황에 처할 수도 있었다.

크라우스는 드래프트 당일까지 고민을 거듭하다가 '직감대로 하라.'는 구단주의 충고에 조 울프 대신 클렘슨 대학의 호레이스 그랜트를 선택했다. 이에 딘 스미스는 격분했다. 그는 불스가 UNC 출신을 넘기고 클렘슨 대학 선수를 뽑았다는 것이 못내 짜증스러웠다. NBA 드래프트 결과가 나중에 신입생들을 스카우트하는 데도 영향을 미치기 때문이었다.

"전 그때 딘 스미스한테 말 그대로 혼구멍이 났죠." 크라우스가 그날을 떠올리며 한 말이다. "그치가 전화해서는 뭐라는지 알아요? '어떻게 이럴 수가 있어? 네가 무슨 짓을 한 줄 알아? 이 얼간아!' 진짜 그렇게 호통을 쳤어요. 마이클은 한술 더

떠서 '이런 제기랄, 당신이 저딴 등신(dummy)을 뽑았다고?' 이런 소리까지 했어요. 그 뒤로 몇 년간 마이클은 호레이스를 그렇게 불렀어요. 등신이라고요. 그것도 그 녀석 코앞에서요."

크라우스는 사전에 10순위 지명권을 두고 조던에게 아무 말도 하지 않았다. 물론 조던이 어떤 선택을 반길지는 뻔했다.

"그 건으로 다른 선수들하고는 얘기를 좀 해봤죠." 크라우스가 말을 이었다. "하지만 마이클하고는 상의하지 않았어요. 아직 제 판단을 이해할 만큼 원숙하지 않았으니까요." 그런데 더 기이한 것은 그가 신인 선발 문제로 상의했던 선수들이 다른 팀 소속이었다는 사실이다. 그는 셀틱스의 로버트 패리시와 매버릭스의 브래드 데이비스와 자주 이야기를 나눴다고 한다. "전 그 친구들하고 오랫동안 알고 지냈어요. 우리 팀하고 맞붙어본 경험이 있으니 제게 여러 가지로 조언을 해줄 만한 선수들이었죠."

그는 1995년에 이런 말을 한 바 있다.

"마이클하고 전 여러 가지 면에서 보는 관점이 완전히 다릅니다. 마이클이 처음 입단해서는 저한테 대학 시절 룸메이트였던 버즈 피터슨을 데려와 달라고 그랬죠. 한때 그 일로 제가 마이클을 많이 놀렸어요. 월터 데이비스 갖고도 그런 적이 있는데, 그 친구를 좀 데려오라고 어찌나 통사정을 하던지 원. 물론 전 그 말을 들어주지 않았죠."

두 사람의 적대감은 점점 커져만 갔다. 한 해 전에 크라우스는 드래프트에서 조던과 친한 듀크 대학의 조니 도킨스 대신 브래드 셀러스를 택했다. 그리고 이번에는 UNC의 견실한 선수들을 건너뛰고 다른 대학 출신을 뽑았다. 그런데 몇 년 뒤에 크라우스는 '조 울프가 불스로 와도 나쁘지 않았을 것'이라고 말했다. 울프는 프로선수로 별 두각을 보이지 못했으나, 크라우스는 그것이 약체팀인 LA 클리퍼스에서 뛴 탓이라고 보았다. 당시에 조던은 딘 스미스만큼 선수들을 잘 아는 사람이 없고 타르 힐스의 로고만큼 확실한 인증 표시가 없다고 믿었다. 그래서 그는 시합마다 불스 유니폼 밑에 대학생 때 쓰던 속바지를 입었고 일상생활에서도 그것을 늘 착용했다. 조던은 UNC에 관한 것이라면 무엇이든 신뢰했다. 그러나 전국 우승을 차지했던 대학 시절과 달리 시카고 불스는 실속 없는 운영만 계속할 따름이었다. 그것도 세 시즌 동안 감독을 세 명이나 선임하고 정신은 산만한 데다가 늘 자신감도 없는 단장 밑에서.

하지만 레이시 뱅크스의 설명에 의하면, 조던은 그런 이유를 다 떠나서 크라우스를 상대하는 것 자체를 꺼렸다고 한다.

"제리 크라우스는 항상 일을 필요 이상으로 어렵게 만들었거든요. 그래서 마이클은 그 사람을 싫어했죠."

조던은 늘 무언가를 흘리며 먹는다며 크라우스에게 빵 부스러기를 뜻하는 '크럼스(crumbs)'라는 별명을 붙였고, 이제 시카고에서는 그 사실을 모르는 사람이 없었다.

"저와 크럼스는 항상 일정한 거리를 유지하고 있죠."

그가 비시즌 중에 《스포츠 일러스트레이티드》 인터뷰에서 한 말이다.

이윽고 조던은 유머 감각이라고는 찾아보기 어려운 크라우스를 대놓고 업신여기기에 이르렀다. 그는 뚱뚱한 단장이 선수 탈의실에 들를 때면 팀원들과 함께 소 울음소리를 내거나 「그린 에이커즈」라는 시트콤 주제곡을 흥얼거렸다. 하지만 크라우스는 그런 장난을 대부분 무시했고 때로는 아예 눈치채지도 못했다.

그해 가을에 트레이닝 캠프가 시작되자 조던은 늘 하던 대로 크라우스가 선택한 신인들과 이적생들의 실력을 시험했다. 신입들의 경쟁심과 정신력을 확인하는 일은 그에게 일종의 의식과도 같았다. 그는 단장이 어떻게 일 처리를 했는지 직접 보고 확인해야 직성이 풀렸다. 이처럼 선수 영입에 관한 고집스러운 태도는 십수 년 뒤 직접 구단 경영을 할 때 그를 괴롭히는 문제로 떠오르게 된다.

사실 어떤 학교를 나오고 누구에게 발굴되었든 간에 처음부터 조던과 어깨를 나란히 하고 싸울 준비가 된 선수는 많지 않았다. 그는 모든 동료에게 철저한 정신

무장을 요구했고, 불스에서 몇 시즌을 함께한 선수라도 그런 그의 신뢰를 얻기란 무척 어려웠다. 불스에서 스카우트를 담당했던 짐 스택이 그 문제를 언급했다.

"처음에 마이클은 언제든지 혼자 힘으로 경기를 지배할 수 있다고 생각했어요. 실제로 중요한 순간에는 혼자 나서는 경우가 많았죠. 나중에 마이클이 다른 선수들을 진정한 동료로 받아들이고 서로 협력할 수 있다는 생각을 갖기 전까지 우리 팀은 한동안 앞으로 나아가지 못했습니다."

지난 시즌 조던에게 힘을 보탠 것은 평균 14.5득점에 13.7리바운드를 기록한 찰스 오클리와 평균 11.3득점에 슛 성공률 49퍼센트를 기록한 존 팩슨이었다. 팩슨은 당시 조던과의 관계에서 무엇이 중요했는지 설명했다.

"가장 먼저 할 건 신뢰를 얻는 거였어요. 일단 농구선수로서 믿을 만한 구석이 있다는 걸 보여줘야 했죠. 그때 마이클은 동료들이 열심히 뛰고 각자 제 역할을 다 할 때까지 막 몰아붙였어요. 그러다 보면 언젠가는 각자 장기를 발휘하게 되고 녀석도 그 선수들을 믿고 의지하게 되거든요. 신입들한테 제일 힘든 게 그런 부분이었는데, 그걸 못 이겨내는 친구들이 더러 있었습니다. 기복이 심하거나 궂은 일, 사소한 부분에는 아예 손을 안 대는 선수들도 있었고요. 사실 마이클이 찰스 오클리를 좋아했던 이유는 다 그런 데 있었죠. 언제나 성실한 친구였거든요. 찰스는 코트에서 눈에 잘 띄지 않는 일들을 도맡아 했는데, 마이클은 그게 얼마나 중요한지 잘 알았어요. 하지만 많은 선수가 그걸 이해하지 못했죠."

## 피펜

처음에 스카티 피펜을 만났을 때, 조던은 이렇게 말했다.

"오호 그래, 촌놈이 또 하나 납셨군."

바로 크라우스가 1986년도 드래프트 6라운드에서 지명한 피트 마이어스를 떠올리고 한 말이었다. 마이어스는 미국 중남부의 아칸소 대학을 나왔고, 피펜은 인근의 센트럴 아칸소 대학 출신이었다.

조던은 당시 인터뷰에서 피펜을 전혀 모른다고 밝혔다.

"한 번도 들어본 적 없는 이름이에요. 그 녀석은 NCAA가 아니라 NAIA(National Association of Intercollegiate Athletics)에서 뛰었으니까요."

스카티 피펜은 아칸소주의 햄버그에서 프레스턴 피펜과 에델 피펜의 열두 자녀 중 막내로 태어났다. 과거에 철도 산업으로 발전한 햄버그는 인구 3,000명 수준의 소도시로, 소설 『트루 그릿』을 쓴 찰스 포티스의 고향이기도 하다. 프레스턴 피펜은 제지 공장에서 근무했으나 막내아들이 고등학교에 다닐 즈음 건강이 나빠져 일을 못 하게 되었다. 스카티 피펜은 햄버그 고교 3학년 때 농구부에서 주로 후보석을 지켰다. 그러다가 4학년 때 주전 포인트가드가 되었는데 그때 신장이 약 185센티미터, 체중은 68킬로그램이었다. 그는 농구선수로 가망이 없어 보였으나 고교 농구부 감독인 도널드 웨인의 도움으로 센트럴 아칸소 대학에서 농구부 매니저로 활동하게 되었다. 고등학생 때도 매니저를 맡았던 피펜은 인터뷰에서 그 시절을 즐겁게 떠올렸다.

"그때 운동용구랑 유니폼 같은 비품을 관리하는 일을 했는데요. 저는 그렇게 매니저로 일하는 게 좋았어요."

이윽고 농구부 감독인 돈 다이어가 그의 잠재력을 알아보았다. 다이어는 당시 피펜의 모습을 이렇게 기억했다.

"스카티는 어느 학교에서도 영입 제안이나 상학금 제의를 받지 못한 이른바 워크온(walk-on) 선수였죠. 키 185센티미터에 몸무게 68킬로그램짜리 워크온이요. 그 녀석의 고등학교 감독인 도널드 웨인은 대학 시절에 제 밑에서 선수 생활을 했어요. 제가 스카티를 맡은 건 도널드의 부탁이 있어서였죠. 저는 스카티가 대학 생활을 잘하길 바랐습니다. 그래서 농구부 매니저를 맡기고 등록금 문제도 해결할 수 있게 도울 생각이었죠. 그런데 입학 후에 보니까 그 녀석 키가 190센티미터까지 컸더군요. 그때 우리 선수들이 두어 명인가 졸업해서 마침 자리가 있는 상황이었어요. 조금 미숙하긴 했지만 농구선수로서의 가능성도 보였고요."

그 무렵의 피펜에게 NBA 진출은 꿈도 꾸지 못할 이야기였다. 하지만 1학년 말에 이르러 그는 196센티미터까지 자랐고 팀 내에서 가장 우수한 선수 중 하나로 자리매김했다. 다이어는 후일《시카고 트리뷴》인터뷰에서 피펜의 발전상을 언급했다.

"스카티는 포인트가드 같은 마인드를 가졌어요. 우리 팀은 상대가 압박 수비를 펼칠 때면 스카티한테 공 운반을 주로 맡겼죠. 그 아이는 그밖에도 포워드나 센터 포지션을 맡아서 코트 곳곳을 누비곤 했습니다."

피펜은 그 뒤로 농구 코트에서 새로운 세상을 만났다고 이야기했다.

"그때부터 제가 원하는 대로 농구가 잘 됐어요. 그래서 제 능력에 자신을 갖게 됐죠."

실력이 일취월장한 그는 NAIA 올 아메리칸에 두 차례 선정되었고 4학년 때는 NBA 스카우트 책임자인 마티 블레이크에게 주목받을 만큼 뛰어난 활약을 펼쳤다. 그해에 피펜은 평균 23.6득점 10리바운드 4.3어시스트에 59퍼센트나 되는 슛 성공률을 기록했고 3점슛 성공률도 58퍼센트나 되었다. 블레이크는 피펜에 대한 정보를 불스를 비롯한 각 구단에 전달했다. 이후 피펜은 대학 졸업생들의 경연장으로 유명한 포츠머스 초청 캠프에 초대되었고, 거기서 크라우스는 그에게 홀딱 빠져버렸다. 신장이 201센티미터까지 자란 피펜은 팔이 유달리 길었는데, 크라우스는 그때까지 줄곧 그런 선수가 나타나길 기다리고 있었다.

"스카티를 보고 전 들뜬 마음을 감출 수 없었습니다. 그야말로 충격이었다고나 할까요?"

그가 당시를 회상하며 한 말이다.

그 후 피펜은 NBA가 주최하는 또 다른 농구 캠프에 참가하러 하와이로 향했다. 크라우스는 콜린스에게 훌륭한 유망주가 나타났다고 알렸다.

"더그한테 스카티 얘기를 했는데 처음엔 영 시큰둥하더군요. 그래서 전 코치들한테 하와이 캠프에 참가한 선수들 영상을 한데 모아서 줬어요. 다른 정보는 다 빼고 선수들 명단만 함께 건넸죠. 그 사람들이 직접 보고 판단하도록 말입니다. 그렇게 비디오를 다 보고는 소감이 어떤지 물으니까, 다들 하나 같이 '대체 스카티 피펜이 뭐 하는 녀석입니까?' 이러는 거예요."

크라우스는 당시 5순위 지명권을 보유한 시애틀 슈퍼소닉스와 협상을 했다. 그리고 소닉스가 지명한 피펜을 트레이드로 데려오기로 했다. 그 대가로 소닉스는 버지니아 대학의 센터 올덴 폴리니스를 얻었다. 작은 도시, 작은 학교의 선수로 활동하다 갑자기 시카고시 전체의 주목을 받게 된 피펜은 얼떨떨한 반응을 보였다.

짐 스택이 당시 피펜의 상황을 이야기했다.

"스카티는 비범한 재능이 있었지만 아직 많은 부분이 덜 다듬어진 상태였죠. 게다가 드래프트 될 무렵에는 허리 부상을 안고 있었어요. 그래서 트레이닝 캠프 때는 벤치에만 앉아 있는 경우가 많았습니다."

이후 피펜은 허리 문제로 선수 생활은 물론이고 경영진과의 관계에서 잦은 어려움을 겪게 된다. 그러나 불스의 또 다른 신인인 호레이스 그랜트 덕분에 그는 팀에 한결 수월하게 적응할 수 있었다.

셰럴 레이스타우트는 두 사람의 우정이 각별했다고 설명했다.

"스카티와 호레이스는 드래프트 바로 다음 날 시카고에 와서 화이트삭스의 시합을 보러 갔어요. 둘 다 불스 모자를 쓰고 선수 대기석에 앉았죠. 두 사람은 금세 친해졌습니다. 서로를 잘 이해했고 그게 코트 위에서도 살 느러났어요. 그러면서 큰 성장을 이뤘고요. NAIA 출신인 스카티가 가장 어려워했던 건 기자들을 상대하는 일이었어요. 아무래도 그런 상황에 익숙하지 않아서 그런지 처음엔 꽤 충격을 받았던 모양이에요."

두 신인 선수는 서로를 무척 아끼고 챙겼다. 쌍둥이 동생을 둔 그랜트는 인터뷰에서 '스카티는 꼭 제 쌍둥이 형제 같아요.'라고 말하며 피펜을 실제로 가족처럼 대했다. 두 사람은 함께 쇼핑을 하고 연인과 데이트 할 때도 쌍쌍이 만나 어울렸으며 자동차도 같은 모델을 구입했다. 또 거주지도 시카고 교외 지역인 노스브룩으로 모두 같았다. 심지어는 결혼도 일주일 간격을 두고 했으며 서로 들러리를 서기도 했다. 그들의 관계는 가뜩이나 분위기가 뒤숭숭했던 불스 선수단에 이상한 기류를 더했다. 팀 트레이너였던 마크 파일이 그 무렵의 일화를 언급했다.

"하루는 스카티가 구단에 전화를 해서 연습에 빠지겠다고 했어요. 자기가 키우던 고양이가 죽었다면서요. 그러곤 15분쯤 뒤에 호레이스한테서 전화가 왔죠. 스카티가 너무 슬퍼서 옆에 같이 있다고요. 그 소릴 듣곤 조니 바크 코치가 불같이 화를 냈어요. 수화기에 대고는 고함을 쳤죠. '이 자식들 당장 여기로 튀어 오지 못해? 고양이 따윈 쓰레기통에 던져 버려!' 그날 호레이스는 연습장에 와서 동료들한테 스카티의 고양이를 위해 묵념하자고 했어요."

조던은 신입들의 어이없는 행동에 부아가 치밀었다. 크라우스가 말하기로는, 그때부터 불스의 연습 시간이 실제 시합보다도 더 재미있었다고 한다. 조던은 피펜을 노려보며 외쳤다.

"넌 이제 죽을 줄 알아!"

피펜이 입단한 뒤, 조던은 그를 강한 선수로 키우려고 연습 때마다 아주 호되게 다뤘다. 피펜은 그 경험으로 많은 것을 배웠지만 당시에 두 사람의 관계는 그리 살갑지 않았다.

"스카티와 호레이스가 들어왔을 때 마이클은 이제 뭔가 할 만하겠다고 느꼈나 봐요."마크 파일이 말을 이었다. "그런데 두 신입의 마음가짐이 자기랑 너무 달라서 불만스러워했죠. 스카티랑 호레이스는 '시합에서 이기든 지든 연봉을 받는다는 게 정말 좋다.'는 소릴 대놓고 할 만큼 철이 없었어요. 물론 그런 성향이 맞아서 두 사람이 가까워질 수 있었지만요."

조던의 관심은 함께 싸울 동반자를 찾는 것뿐이었다. 바크는 콜린스도 그처럼 강경한 태도를 유지했다고 설명했다.

"더그 콜린스는 어린 선수들한테 상당히 높은 수준을 요구했고, 지시를 내리면서 팀원들을 감정적으로 대하는 경우가 많았습니다. 그러다가 오해를 일으켜서 마찰을 빚기도 했고요. 더그는 시합마다 선수들이 전력을 다해 싸우길 원했어요. 사실 막 몰아붙였다는 게 맞는 말이죠. 그 친구는 목에 핏대를 세워가면서 연습 하나하나, 시합 하나하나가 정말 중요하다고 다그쳤어요. 세상에는 어린 선수들을 앞에서 *끌어*주는 감독도 있지만, 더그는 그러기보다 마구 닦달하는 타입이었어요."

피펜은 입단 첫해에 허리 부상으로 계속 고생했다. 구단 관계자 가운데 일부는 꾀병이 아닌지 의심했지만, 실제로 문제가 있다는 진단이 내려지면서 그는 1988년 비시즌 중에 디스크 수술을 받았다.

훗날 인터뷰에서 피펜은 데뷔 초기에 자신의 태도가 바르지 못했다고 고백했다.

"처음 한두 해 동안은 열심히 안 하고 미적거렸던 게 사실이에요. 여기저기서 파티를 즐기고 또 많은 돈을 받는다는 데 정신이 나가서 농구를 진지하게 생각하지 않았죠. 분명히 지금도 많은 루키들이 그 시절의 저처럼 행동할 겁니다. 그렇게 세상의 이목을 받는 것도, 많은 돈을 만져보는 것도 다 처음일 테니까요."

그러나 그의 재능은 불스에 큰 희망을 안겨주었다. 비록 첫해에는 키에 비해 체중이 너무 적게 나간다는 문제(당시 신장 201센티미터, 체중 92킬로그램)가 있었지만 말이다. 조던은 피펜이 막 입단했던 시기를 회상하며 말했다.

"아직 몸이 다 만들어지지 않은 상태였지만, 스카티를 보면 뭔가 느낌이 왔어요. 속공 상황에서 그 녀석은 꼭 닥터 제이 같았죠. 속공이 시작되면 공을 잡고 쭉쭉 달려 나가서 순식간에 골을 넣었거든요. 체격이 그런 플레이에 참 잘 맞았어요. 아마 그때 스카티의 발전 속도나 플레이 스타일을 보고 다들 깜짝 놀랐을 겁니다."

## 실랑이

베테랑 선수의 리더십과 골 밑 보강이 필요했던 불스는 만 서른여덟 살의 노장 아티스 길모어를 영입하여 데이브 코진과 번갈아 가며 센터를 맡게 했다. 오클리는 파워포워드로 훌륭한 활약을 펼쳤고 더 많은 공격 기회를 원했다. 콜린스도 그 의견에는 반대하지 않았지만, 마이클 조던이라는 매력적인 선택지를 거부하기란 무척 어려웠다.

"앞으로 마이클 조던만 바라보고 뛰지 않아도 되는 그런 팀이 되도록 노력하겠습니다." 콜린스가 당시 기자들에게 한 말이다. "지금처럼 초인적인 부담을 계속 짊어져서는 그리 오래 못 살 거란 걸 마이클 본인이나 우리 팀 모두 잘 알고 있어요. 아, 물론 가끔은 그 친구가 평범한 인간인지 의심이 들기도 하지만요."

가장 좋은 시나리오는 피펜과 그랜트가 적절한 출전 시간을 배분받고 조던이 그 초인적인 능력을 차츰 성장하는 동료들의 재능과 융합시키는 것이었다. 콜린스는 다시 기자들에게 말했다.

"우린 아직 아무것도 증명한 게 없습니다. 지난 시즌엔 단순하게 플레이하면서도 기대 이상의 성적을 거뒀죠. 오클리의 리바운드, 조던의 득점, 팩슨의 끈기, 코진의 강인함. 이런 요소들이 맞아떨어지면서 딱 평균치에 달하는 성적을 달성할 수 있었어요."

그러나 시즌이 시작되기도 전에 팀 내에는 잡음이 들끓었다. 10월 말에 조던은 콜린스가 연습 시합 스코어를 속였다고 비난하며 도중에 훈련장을 떠났다. 지역 신문들은 두 사람의 불화를 표제로 내걸었다. 그 사건으로 조던은 벌금을 물었고, 콜린스는 해법을 찾아야 한다는 압박에 시달렸다.

조니 바크는 두 사람의 마찰을 이렇게 이야기했다.

"당시에 마이클은 큰 야심을 품고 있었고 고집이 엄청나게 셌어요. 더그도 한성깔 했고요. 저는 그 드센 성격 때문에 저 친구가 자칫 잘못하면 마이클하고 크게 부딪히겠다고 생각했었죠."

조던은 콜린스와의 마찰 이후 기자들 앞에서 속내를 밝혔다.

"감독님도 나름대로 자존심이 있을 테고 저도 제 자존심이 있어요. 둘 다 다 큰어른인 만큼 때가 되면 대화를 할 때가 오겠죠. 괜히 서둘러서 상황을 악화시키지는 않을 겁니다."

"더그는 마이클과 화해할 필요성을 느꼈어요. 실제로도 그렇게 행동에 나섰고요." 존 팩슨이 당시 상황을 회상했다. "어찌 됐건 팀의 슈퍼스타를 달래야만 하는 상황이었으니까요. 감독 입장에서 쉬운 결정은 아니었을 겁니다. 다른 선수가 그런 문제를 일으켰다면 어떻게 됐을지 모르는 일이에요. 보통 선수들이 연습 경기 중에 밖으로 뛰쳐나간다는 건 상상하기 어렵거든요. 그런 경우는 절대 없어요."

얼마 후 두 사람은 공개적으로 화해했지만, 사실 조던은 감독을 윗사람으로 받들지 않았다. 콜린스는 불스를 맡은 뒤로 줄곧 제 가치를 증명하려 애썼다. 하지만 소니 바카로는 그 시절의 그를 이렇게 평가했다.

"그때는 그 사람이 아직 많이 부족했어요. 감독으로서 준비가 안 돼 있었죠. 그건 누가 봐도 그랬어요."

조던은 이따금 바카로 앞에서 감독에 관하여 불만을 털어놓았다. 또 크라우스가 콜린스에게 행동을 조심하라고 주의를 주는 경우도 몇 차례 있었다. 일각에서는 단장이 경거망동을 일삼는 감독을 계속 감시한다는 의혹이 일었다. 그들은 그해 봄과 비시즌 중에 선수 영입 문제로 크게 충돌한 적이 있었다. 연습 시합 때 일어난 조던과의 마찰은 안 그래도 문제가 많았던 콜린스에게 불안감만 가중시켰다.

콜린스는 고민하고 있었다. 그는 조던이 지금처럼 공을 독점해서는 결코 우승할 수 없다고 보았다. 당시에도 조던은 포인트가드 대신 공을 몰고 다니며 내내 공격을 지휘했다. 따라서 유기적인 공 흐름과 팀플레이는 애초에 기대할 수 없었나. 그런 상황을 지켜보며 크라우스는 콜린스가 조던을 제어할 수 없다고 판단했다.

"감독 입장에선 마이클과 다른 선수들을 똑같이 대한다는 게 아주 어려웠어요." 존 팩슨이 그로부터 약 10년 뒤에 인터뷰에서 한 말이다. "애초에 그럴 수가 없죠. 마이클한테는 자기 재량대로 뛸 여지를 줘야 했거든요. 코트 위에서 그 녀석이 보여주는 능력이나 존재감을 생각하면 다른 선수들 다루듯이 막 할 수가 없는 거죠."

충동적이고 감정적이었던 콜린스는 패배의 책임을 선수들에게 전가하는 경향이 있었다. 그가 종종 날리는 신랄한 비판에 선수들과의 관계는 점차 소원해졌다. 팀원들은 조던이 앞장서서 목소리를 내주길 바랐지만, 그는 1982년에 농구계를 떠들썩하게 했던 매직 존슨과 폴 웨스트헤드 감독의 대립을 떠올리고 그 부탁을 거절했다.

팩슨은 그 시절을 회상하며 말했다.

"우리 팀 감독이 되면 누구라도 마이클과 위태로운 줄다리기를 할 수밖에 없었어요. 물론 마이클은 감독 말을 잘 듣는 편이었지만, 다들 레이커스에서 매직 존슨과 폴 웨스트헤드 감독의 상황이 어땠는지 알고 있었죠. 웨스트헤드는 매직과 대립하다가 결국 해고됐어요. 마이클도 본인이 원한다면 얼마든지 그럴 만한 힘이 있었죠. 그래서 더그는 아슬아슬한 선을 지키고 있었던 거예요. 자기 나름대로 최선을 다해서 그걸 제어했던 거죠."

결과적으로 조던과 콜린스의 관계에는 균열이 생겼고, 조던은 그 문제를 최대한 감추려고 했다. 그래서 두 사람이 매우 친하다고 여기는 사람들도 있었다. 하지만 바카로의 말마따나 그들의 관계는 전혀 그렇지 않았다.

"마치 물과 기름 같았다고 할까요? 난 그걸 잘 알고 있었죠."

조던은 콜린스가 시합 중에 보이는 별난 행동을 지적하기도 했다. 그는 감독에게 딘 스미스처럼 침착하고 위엄 있는 태도를 기대했지만 콜린스는 오히려 그 반대였다. 불스에는 콜린스의 엉뚱한 모습과 에너지를 좋게 평가하는 사람이 많았다. 조던은 그 점이 불만스러웠지만, 콜린스의 괴팍한 면모가 활력 넘치는 젊은 팀에 꼭 필요하다고 보는 팬들이 많았기에 그런 감정을 드러내지는 않았다.

불스에서 비품 관리를 해온 존 리그마노프스키는 콜린스를 긍정적으로 보는 쪽이었다.

"더그는 아주 열정이 넘치는 사람이었어요. 마치 시합에 나가고 싶어서 안달난 현역 선수 같았죠. 나중에 경기장을 나올 때면 땀에 흠뻑 젖어 있었어요. 그때 불스 성적이 점점 좋아졌기 때문에 경기를 보는 우린 꽤 재미가 있었죠. 예전하고는 팀이 확 달라진 상태였어요."

나이가 젊었던 만큼 실수나 단점이 많았지만, 콜린스에게는 불스를 한 단계 높은 수준으로 끌어올릴 에너지가 있었다. 마크 파일은 그 점을 칭찬했다.

"더그는 정말 대단한 게 뭐냐면, 주변 사람들의 일거수일투족에 신경을 썼다는 거예요. 모든 사람을 직접 다 챙겼죠."

셰럴 레이스타우트는 언론 관계자들, 그중에서도 특히 방송국 기자들이 콜린스를 좋아했다고 밝혔다.

"더그는 방송에서 잘 먹힐 스타일이었어요. 경기 중에 고래고래 소리를 지르고 방방 뛰거나 물건을 집어 던졌거든요. 그 사람은 그렇게 감정을 발산하는 타입이었는데, 당시에 불스의 핵심이라 할 만한 선수들은 아주 젊었죠. 호레이스와 스카티는 그런 감독을 싫어했어요. 사실 그때는 더그도 그 선수들하고 같이 성장하던 중이었습니다. 감독 일은 그 사람도 처음이었으니까요. 그전까진 방송 해설만 하던 사람이다 보니 그 역시도 농구계의 생리를 배우고 있었던 거죠."

언젠가부터 조던은 자신에게 일어난 일들을 경쟁자 이미지와 엮어 설명하기 시작했다. 10월에 콜린스와 빚었던 마찰 역시 그쪽으로 원인을 돌렸다. 그는 그 일이 있고 몇 주 뒤에 디트로이트 지역 기자인 조네트 하워드와의 인터뷰에서 다음과 같이 말했다.

"제가 그런 식으로 행동한 건 잘못이라고 생각합니다. 그래도 팬 여러분이 그게 다 제 경쟁심 때문이라고, 사건을 있는 그대로 받아들여 주셔서 조금은 안심이 되네요."

'모든 것이 강렬한 경쟁심 때문'이라는 말은 잘못을 덮기에 가장 좋은 핑계였다. 이는 상황을 모면하기에 적절한 구실이기도 했지만, 실제로는 대중이 오히려 그 변명을 받아들이고 싶어 혈안이 된 것 같았다. 그런 와중에 조던은 본인 이미지에 관한 걱정을 털어놓기도 했다.

"지금 전 이 팀에서 상당히 어려운 위치에 놓여 있습니다. 안 그래도 시카고 불스가 '마이클 조던의 팀'이나 '마이클 조던과 아이들' 정도로 인식되고 있는지라 제가 크게 목소리를 내기 어려운 상황이죠. 제가 항상 스포트라이트를 받아서 그걸 못마땅하게 여기는 사람도 더러 있고요."

조던은 훈련 중에 동료들을 대하는 본인 모습이 너무 냉혹하게 비치지는 않을까 걱정했다. 그래서 매사에 균형 잡힌 태도를 보이려고 노력했다고 한다.

"그렇게 동료들을 배려하고 걱정하는 모습을 통해서 아마 사람들도 제가 어떤 사람인지 더 잘 알 수 있겠죠."

그는 인터뷰를 할 때마다 버릇처럼 팀원들을 칭찬했다.

당시 콜린스는 시카고에서 많은 인기를 얻었고, 조던은 연습 경기 사건 이후 불편한 심기를 감추고 그를 감독답게 존중하려 애썼다. 콜린스는 첫 시즌을 마치고 연장 계약이라는 보상을 받았지만, 부담감 때문인지 식욕 저하와 체중 감소를 겪으며 점점 해쓱해졌다.

조던 역시 스트레스에 시달렸는데, 이 문제는 아이러니하게도 나날이 늘어나는 경제적 부 때문에 더 심해졌다. 당시 리그에서 활동하던 선수들은 여전히 그의 막대한 수입과 지위에 불편함을 느꼈다. 그들은 조던의 수많은 광고 계약 소식을 전해 듣고 그가 걸친 값비싼 정장과 금목걸이를 목격했다. 1987~88시즌에 조던이 연봉 83만 달러에 묶여 있는 동안 NBA에서 한 해 백만 달러 이상을 받는 선수는 스물네 명에 달했다. 소니 바카로가 설명하기로, 매직 존슨은 조던이 리그에서 가장 큰 규모의 신발 계약을 체결한 것을 도저히 납득하지 못했다고 한다. 바카로는 다른 선수들에게서도 내내 비슷한 불만을 들었다. 일명 나이키의 돈줄로 통했던 그는 그 시절에 선수들과 의견을 주고받는 소통창구 역할을 했다.

그들의 불만은 레이시 뱅크스의 귀에도 들어갔다. 그는 1987년 가을에 《시카고 선 타임스》의 불스 전담 기자로 배정되었다. 침례교 성직자이기도 했던 뱅크스는 동료 기자들에게 '목사님'이라는 별명으로 불렸다. 사실 조던의 독특한 재산 구조에는 그 역시 충격을 받았다고 한다.

"제가 불스를 취재하기 시작했을 때 마이클은 여전히 실력이 늘고 있었어요. 하지만 아직 구단과 큰 계약을 하지 못한 상황이었죠. 그 친구의 원칙은 이랬어요. 금액이 어떻든 간에 제리 라인스도프와 계약을 했으니 본인 의무를 다해야 한다고요. 만약에 구단주가 그 계약을 깨고 돈을 더 주겠다고 했으면 마이클도 거절하진 않았을 겁니다. 하지만 굳이 나서서 '지금 연봉은 내 가치에 맞지 않다. 돈을 더 내놔라.' 이러진 않았죠."

조던은 코트 밖에서 많은 돈을 벌었기에 NBA 연봉은 단순히 자존심 문제에 지나지 않았다. 그는 더 큰 연봉을 요구하여 괜한 분란을 일으키고 싶지 않았다. 게다가 농구 이외의 일로 벌어들이는 엄청난 수익 덕분에 '나는 돈 때문에 농구를 하지 않는다.'라고 당당히 말할 수도 있었다. 예전부터 많은 선수가 그런 발언을 했지만, 조던은 구단 급여에 아예 신경 쓸 필요가 없는 최초의 프로선수였다.

한때 흑인 전문 잡지인 《에보니》에도 글을 기고했던 뱅크스는 무하마드 알리를 취재하면서 자신이 그동안 그를 많이 오해했다고 깨달았다. 알리는 반전 운동이 확산되기 전부터 용감하게 베트남 전쟁의 부당성을 외쳤고 그 일로 큰 대가를 치렀다. 뱅크스는 그 사실을 안 뒤로 알리에게 매력을 느끼고 그를 달리 보게 되었다. 그런데 당시 농구계의 황태자로 떠오른 조던은 알리처럼 적극적으로 사회 정의를 부르짖는 인물은 아니었다. 그럼에도 조던을 취재하던 대다수 기자와 마찬가지로 뱅크스는 불스의 슈퍼스타를 차츰 흠모하게 되었다. 그는 2011년 인터뷰에서 조던과의 첫 만남부터 그간 있었던 각종 일화를 풀어냈다.

"마이클은 저를 만나고서 흑인 기자가 불스 기사를 쓴다는 걸 내심 좋아하는 눈치였어요. 처음 몇 년간 우린 아주 친한 관계였죠."

아직 불스가 전세기 없이 일반 항공편으로 원정을 다니던 시절에 두 사람은 옆자리에 붙어 앉아 카드놀이를 즐기거나 잡담을 나누었다. 또 조던의 친구들이 원정길에 함께하지 못할 때는 팬들 때문에 탈의실 밖을 나다니지 못했던 그를 대신하여 뱅크스가 오렌지 주스와 오트밀 쿠키를 가져다주었다. 또 두 사람은 종종 호텔 방에서 새벽까지 영화를 보거나 카드놀이를 즐겼다. 그때 뱅크스는 조던의 기억력이 놀라우리만치 정확함을 알아차렸다. 조던은 특정 영화 장면과 관련 대사를 통째로 기억하여 인용하기도 했고, 카드 게임을 할 때면 아주 세세한 부분까지도 놓치지 않았다.

뱅크스는 조던과 치열하게 포커 대결을 벌였던 일을 이야기했다.

"게임을 하다 보니 녀석이 제 패를 다 계산하고 있는 건 아닌가 하는 생각이 들 정도였어요. 당시에 마이클은 어떤 베팅이든 거의 다 받아들였죠. 한 90퍼센트 정도는 그랬어요. 그때 저는 돈을 따려고 게임을 했지만, 마이클의 목적은 기분 전환을 겸해서 카드 실력을 겨루는 거였습니다. 지금 생각해도 여러모로 매력적인 청년이었어요. 그 시절에 마이클은 꿈같은 존재였고 그 친구와 저는 유쾌하면서도 진지하고, 또 친밀하고도 재미있는 관계를 유지했죠."

늦은 밤 조던의 호텔 방에는 하룻밤 사랑을 기대하며 찾아오는 여자들이 많다. 뱅크스가 말하기로, 조던은 그런 사람들을 항상 예의 바르게 대했다고 한다.

"그전까지는 마이클 주변에서 그런 일이 일어나는지 전혀 몰랐어요." 당시에 뱅크스와 조던은 함께 붙어 다니는 경우가 잦았다. "그래서 언젠가부터 사람들이 절 '마이클의 남자'라고 부르기 시작했죠. 저는 그 별명이 싫지 않았고 나름대로 자부심도 느꼈습니다."

조던과 친하다는 소문이 퍼지면서 그를 만나길 바라던 아름다운 여성들이 뱅크스의 주변에 많이 모여들었다.

"마이클을 잘 아세요? 저를 그 사람한테 좀 소개해주실 수 있을까요?"

뱅크스는 이런 문의를 받을 때마다 정중히 거절했다.

그는 조던이 숙소까지 끈질기게 찾아오는 여자들뿐 아니라 공항이나 호텔 곳곳에서 달려드는 낯선 이들도 매우 참을성 있게 대했다고 설명했다.

"마이클은 자길 보러 온 사람들을 무시하는 법이 없었어요."

조던은 그러한 태도를 대부분 부모에게서 배웠다. 뱅크스는 설명을 계속했다.

"마이클의 부모님은 점잖으면서도 사교성이 좋은 분들이었어요. 마이클은 표정이라든가 말투가 아버지랑 판박이였죠. 어머니는 독실한 기독교인이었고요. 저는 지금까지 마이클의 부모님이나 형제들에 관해서 한 번도 나쁜 이야기를 못 들어봤습니다."

뱅크스는 당시 NBA 선수들이 조던을 매우 삐뚤어진 시선으로 바라보았다고 이야기했다.

"사람들이 마이클의 성공을 두고 많이들 시기했지만, 정말 중요한 게 뭔지는 몰랐죠. 그땐 다들 마이클을 금목걸이나 차고 다니는 건방진 놈이라 여기고 질투했어요. 진짜 부러워해야 할 건 마이클의 놀라운 재능이었지만, 다들 녀석이 마케팅으로 거둔 성공에만 정신이 팔려 있었죠. 사실 그도 그럴 게, 나이키와 맺은 수백만 달러짜리 계약은 전례가 없는 일이었거든요. 그 시절에 마이클은 광고계의 보증 수표나 다름없었고 그 녀석을 조금이라도 활용한 업자들은 대성공을 거뒀어요. 또 불스는 많은 관중을 끌어모았고 나중에는 리그에서 관객 수 1위에 올랐죠. 마이클은 코트를 지배하는 왕이 되었고요."

불스 구단의 일부 관계자들과 NBA에 즐비한 적수들은 그렇게 못마땅한 시선으로 조던의 대관식을 지켜보고 있었다.

# 제 21 장

# 조던을 제압하라

1987년 10월에 새 시즌을 맞이한 불스는 전년도 드래프트 1라운드에서 지명한 스몰포워드 브래드 셀러스, 노장 센터 아티스 길모어, 파워포워드 찰스 오클리, 슈팅가드 조던과 포인트가드 존 팩슨을 주전으로 내세웠다. 시즌 전에 콜린스와 구단 수뇌부는 조던의 출전 시간을 줄이고 팀원들이 책임을 함께 분담해야 한다고 의견을 모았다. 하지만 정작 실전에 들어가자 정반대 상황이 벌어졌다. 콜린스는 조던이 다른 선수들과 공격을 분담하길 꺼릴 것이라 보고 그에게 계속 일대일 공격을 주문했다. 그러한 전술을 줄곧 반대해오던 구단 관계자들은 감독의 결정에 당혹스러워했다.

1988년에는 조던의 플레이 방식에 조금 변화가 생겼다. 당시 상대 팀들은 조던의 돌파 능력을 견제하며 강압 수비로 아예 공을 잡지 못하게 막거나 점프슛을 주로 던지게 유도했다. 그 시절에는 핸드체킹*이나 거친 몸싸움을 제재하는 규정이 없었다. 그래서 각 팀은 그를 힘으로 제어할 만한 선수들을 찾기 시작했다. 이에 조던은 약점을 잡히지 않기 위해 외곽슛 연습에 매진했다. 그리고 기자들 앞에서 본인의 슛 실력이 생각보다 훨씬 뛰어나다고 설명했다.

그 무렵 디트로이트 피스톤스만큼 조던에게 이를 갈던 팀은 없었다. 지난 몇 년간 래리 버드의 셀틱스를 권좌에서 몰아내려고 분투해온 피스톤스에게 1987년도 플레이오프는 일종의 분수령이 되었다. 보스턴 가든에서 열린 1987년 동부 컨퍼런스 결승 5차전은 그야말로 벼랑 끝 승부였다. 그날 경기 종료가 몇 초 남지 않은 상황에서 피스톤스는 1점을 앞선 채 공격권까지 소유하고 있었다. 자기편 골대

---

* 수비자가 공격자의 몸에 손을 댄 채 견제하는 행위.

근처에서 인바운드 패스를 준비하던 아이제이아 토머스는 심판인 제스 커시에게 공을 달라고 재촉했다. 그러자 커시가 물었다.

"자네 작전 타임은 필요 없는 건가?"

그 말에 토머스는 소리쳤다.

"그 망할 공이나 얼른 내놔요!"

심판에게 공을 건네받은 토머스는 동료에게 패스했다. 그런데 그 순간 버드가 달려들어 공을 가로챘다. 그리고 그 뒤에서 기다리던 셀틱스의 데니스 존슨이 버드의 패스를 받아 슛을 성공시켰다. 결국 1초를 남기고 셀틱스가 1점을 앞서 나갔다.

커시는 당황한 토머스에게 다시 물었다.

"이번엔 작전 타임을 쓸 텐가?"

그날 토머스와 피스톤스 선수들이 느낀 절망감은 이루 말할 수 없을 만큼 깊었다. 그 느낌은 폰티악 실버 돔에서 조던에게 61점을 허용하고 뼈아픈 패배를 맞았을 때도 마찬가지였다. 피스톤스 코치진은 새 시즌을 앞두고 조던을 막을 방법을 찾는 데 주력했다. 불스와 조던은 피스톤스가 속한 센트럴 디비전에서 점점 더 강한 적수로 성장하고 있었다. 척 데일리 감독과 부코치들은 대응책을 찾기 시작했고 그 결과 슈팅가드인 조 듀마스가 새로운 작전의 중심이 되었다.

듀마스는 겁을 내기는커녕 새로운 도전을 고대하고 있었다.

"그때 아마 누구보다도 제가 불스와 싸우길 기다렸을 겁니다." 그가 훗날 인터뷰에서 한 말이다. "전 마이클처럼 대단한 선수를 상대로 제 모든 능력을 끌어낼 심산이었어요. 그래서 시카고전이 정말 기대됐죠."

조던과 듀마스는 많은 면에서 닮아 있었다. 듀마스는 2012년 인터뷰에서 그 점을 언급했다.

"마이클이나 저나 남부 출신에 가정교육이 엄한 집안 출신이라 비슷한 걸 배우고 자랐어요. 남을 공경하고 자긍심을 갖고서 늘 당당하게, 강단 있게 행동하라고요."

조던이 증조부인 도슨을 우상으로 여겼듯이 듀마스는 아버지를 흠모했다. '빅

조'라는 별명으로 통했던 그의 아버지는 제2차 세계대전 때 조지 패튼 장군의 휘하에서 군 복무를 했다. 루이지애나주의 내커터시에서 어린 시절을 보낸 듀마스는 조던처럼 아버지가 직접 만든 코트에서 농구를 하며 성장했다. 농구장이 있던 뒤뜰의 길 건너편에는 도시에서 가장 큰 주류 판매점이 있었다. 가게를 빛내던 거대한 조명등은 듀마스가 뛰놀던 농구장과 골대를 밝게 비췄다. 그는 혼자 슛 연습을 하다가 트럭 운전사인 아버지가 밤늦게 귀가할 즈음에야 집 안으로 들어갔다.

듀마스도 처음에는 스카우트 전문가들에게 별로 높은 평가를 받지 못했다. 그는 루이지애나주 레이크찰스에 소재한 맥니스 주립대학에 진학했다. 규모도 작고 농구로 잘 알려지지도 않은 그 학교에서 듀마스는 1학년부터 주전을 맡았고, 3학년이었던 1983~84시즌에는 평균 26.4득점을 기록하며 NCAA 디비전1의 득점 순위에서 6위를 차지했다. 또 그 역시 조던처럼 발배뼈 골절상을 겪고 재활 치료 후에는 의사들의 조언을 무시한 채 본인 의지로 농구 코트에 복귀했다. 듀마스는 조던과 동갑으로, 대학을 4학년까지 다녔다. 그는 조던이 대학 시절과 프로 입단 후 펼친 활약을 관심 깊게 지켜봤다.

듀마스의 루키 시즌에 조던은 발 부상으로 상당 시간 코트를 떠나 있었다. 그래서 그들의 첫 대결은 1987년 봄이 되어서야 이루어졌다. 듀마스는 당시를 회상했다.

"전 마이클의 실력이 얼마나 좋은지 보고 싶었어요. 그날 그 친구가 33점을 넣었던 걸로 기억하는데, 전 그 폭발력과 운동신경을 두 눈으로 확인하고 감탄사만 내뱉었죠."

1987년 가을에 그들의 경쟁이 본격적으로 시작될 즈음, 이제 두 사람에게서 닮은 점은 거의 찾아볼 수 없었다. 조던은 세상 누구나 아는 인물이 되었지만 듀마스는 아직 NBA에서도 잘 알려지지 않은 상태였다. 그는 아이제이아 토머스의 그늘에 가려져 있었고, 농구인들 사이에서도 훌륭한 수비수 정도로만 인식되었다. 하지만 팀이 원하면 언제든 득점에 가담할 능력이 있었고 공 다루는 실력도 수준급이었다. 당시 피스톤스는 배드 보이스라는 악명을 얻을 만큼 몸싸움이 잦고 거친 농구를 지향하는 팀이었다. 그래서 늘 조용하고 침착하게 임무를 수행하던 듀마스는 그만큼 독특해 보였다.

듀마스가 이야기하기로, 아이제이아 토머스는 시카고에서 열리는 시합에 상당히 신경을 곤두세웠고 그런 만큼 불스전에서는 동료들의 집중력도 높았다고 한다. 토머스는 시카고, 그중에서도 거칠고 위험하기로 유명했던 웨스트사이드 출신이었다. 듀마스는 토머스가 어떤 태도로 불스와의 일전을 맞이했는지 설명했다.

"불스 경기가 다가오면 아이제이아는 뭘 얘기하든 시카고를 들먹였어요. 시카고는 자기 고향이니 거기서 지는 건 절대 용납할 수 없다. 뭐 그런 식으로 말이죠. 게다가 거기에는 마이클이라는 슈퍼스타가 있었기 때문에 아이제이아는 경기에 더 집중했어요."

오랜 선수 생활 동안 조던과 토머스를 모두 동료로 경험해본 제임스 에드워즈는 두 사람이 많이 다르지만 딱 한 가지만큼은 비슷했다고 설명했다.

"두 녀석 다 최고가 되려고 악착같이 굴었어요. 아이제이아는 어디서나 승부욕에 불탔지만, 고향에 돌아가면 특히 더 그랬죠. 그 녀석한테는 별다른 자극이 필요 없었어요. 무슨 경기든 이기려고 기를 썼거든요."

1985년도 올스타전에서 일어난 따돌림 사건이 아직 조던의 뇌리에 생생한 상황에서 불스와 피스톤스의 대결은 항상 뜨겁게 달아올랐다.

"불스와의 경기는 늘 과격하고 감정적이었어요." 듀마스가 예전 일을 떠올리며 말했다. "1월 중순에 시합을 해도 꼭 플레이오프 경기 같았죠. 정말 치열했어요. 다들 신경을 잔뜩 곤두세웠고 아무도 패배를 원치 않았습니다. 우리 선수들은 불스한테 지면 눈물을 흘릴 정도였어요. 전 그런 분위기에서 시합을 했다는 게 참 행운이고 축복이라 생각합니다."

한 가지 더 이야기하자면, 당시 피스톤스에는 파이브 스타 캠프에서 조던을 지도했던 브렌던 말론도 있었다. 그는 조던 가족과 꽤 가까운 사이로, 나이키가 마련한 휴양지에서 함께 휴가를 보낼 만큼 친했다. 하지만 피스톤스에 합류하기 전까지 NBA에서 2년간 그가 한 일은 조던에 관해 조사하고 분석하는 것이었다.

"전 그때 시카고 스타디움에 가서 불스 시합을 자주 봤습니다." 말론이 그 시절을 회상하며 한 말이다. "그러면서 경기 중 마지막 8분간은 조던 타임이 펼쳐진다는 걸 알게 됐죠. 그 뒤로 전 마이클이 3쿼터까지 30점을 넣으면 그날은 총 50득점, 3쿼터까지 20점을 넣어도 대략 40득점은 하겠구나, 하고 예상하게 됐어요. 그건 마지막 8분을 지배했기 때문에 가능한 일이었죠. 제가 많은 경기를 봐오면서 마이클 조던을 대단하게 생각하는 건, 그 녀석이 어떤 경기도 포기하려 하지 않았다는 거예요. 마이클은 공격 기회 하나도 절대 포기하는 법 없이 열심히 뛰었죠."

특히 피스톤스를 상대할 때는 더욱 그랬다. 두 팀은 1988년에 대혈투가 벌어질 것을 예감했다. 불스는 시즌이 시작된 11월 한 달간 10승 3패를 기록했다. 그 덕에 콜린스는 이달의 감독상을 받았고, 조던은 물론 팀 전체의 사기도 높아졌다. 경기 중에 마이클 조던 특유의 으스대는 표정과 행동이 나타난 것은 그 무렵부터였다.

## 탁구

처음에 그는 레이시 뱅크스와 대결하며 그렇게 잘난 척을 했다. 두 사람이 선택한 종목은 탁구였다. 조던은 프로 생활 초반에 로드 히긴스와 자주 탁구를 즐겼다. 뱅크스는 조던보다 나이가 많았고 체격도 비대한 데다가 몸을 좀 움직이면 땀을 비 오듯 흘리는 체질이었다. 두 사람의 대결은 불스가 연습장으로 쓰던 디어필드 멀티플렉스에서 탁구에는 자신 있다던 뱅크스의 발언과 함께 시작되었다.

그때 조던은 이렇게 대꾸했다.

"그 몸으로 무슨 탁구를 한다고 그래요?" 조던은 라켓을 들고 한마디를 더했다. "이러면 더 재밌겠죠. 한 경기에 25달러 내기."

뱅크스는 처음 일곱 시합을 연달아 이기고 많은 승수를 쌓았다. 그런데 조던은 내깃돈을 좀처럼 주지 않으려 했다. 그는 돈을 외상으로 달아두고 계속 대결하길 요구했다. 뱅크스는 그 일을 이렇게 말했다.

"마이클은 저한테 한 번도 내깃돈을 준 적이 없어요. 완전 사기꾼이죠. 그래놓고는 집에 탁구대를 마련해서 연습을 하더라고요."

이윽고 그들의 시합에는 많은 구경꾼이 모여들었다. 사실 뱅크스는 조던과 원정 경기를 함께 다니면서 내기 카드놀이로 돈을 꽤 잃었다. 한 번은 비행기 안에서 한 판에 20달러짜리 내기를 했다가 조던에게 100달러를 잃었다. 공항에 며칠간 차를 세워두었던 그는 시카고로 돌아와 밀린 주차비를 내려고 조던에게 돈을 꾸는 신세가 되었다.

뱅크스는 탁구 대결에서 이겨 그동안 진 내기 빚을 모두 청산할 생각이었다. 처음 여섯 판을 이겼을 때는 계획대로 되는 듯했다. 하지만 으레 그렇듯이 조던은 구경꾼이 모여들자 시합을 더 이어가길 원했다.

뱅크스가 그 요구를 들어주자 조던은 두 판을 금세 이기고 떠들기 시작했다.

"날 계속 이길 수 있다고 생각하면 안 되지. 꿈도 꾸지 마요. 레이시, 난 이제 당신 수법을 다 알아."

승리가 늘수록 조던의 트래시 토크도 늘었다.

"레이시, 공을 따라가야지. 뛰어, 뛰라구. 그 정돈 쳐 줘야지! 이번에도 내가 이긴 거야."

마지막으로 탁구 대결을 벌였을 때, 조던은 일곱 판을 모두 이겼다. 뱅크스는 당시를 떠올리며 말했다.

"마이클은 저를 또 다른 정복 대상으로 봤던 것 같아요. 제가 재미 삼아 쉬엄쉬엄하자고 해도 도무지 들질 않더라고요."

《시카고 트리뷴》의 농구 기자 샘 스미스는 그들의 관계를 이렇게 이야기했다.

"마이클 조던과 레이시 뱅크스는 의외의 스파링 파트너였죠. 두 사람은 멀티플렉스에서 탁구 대결을 펼쳤고 이따금 카드놀이를 하거나 논쟁도 벌였어요. 마이클은 유명인에다 늘 즐거운 일만 찾고 상상도 할 수 없을 만큼 큰 부자죠. 레이시는 종교인이고 중산층에 아주 겸손한 성격이고요. 하지만 레이시는 기자회견장에서 조던이 불편하게 여길 법한 질문도 서슴없이 던지는 사람이었어요."

"마이클에겐 늘 삶을 향한 열정이 있었어요." 뱅크스가 2011년에 조던의 젊은 날을 떠올리며 한 말이다. "활력과 유머가 넘쳤고 경쟁심과 용기가 대단했죠. 제가 여태 본 어떤 운동선수하고도 다른 유형이었습니다. 예전에 알리를 취재할 때 저는 그 친구가 참 특이하다고 느꼈어요. 그야말로 별종 같았다고 할까요? 덩치는 커다란데 발레리나처럼 가볍게 움직이면서 주먹은 대장장이 망치처럼 묵직했죠. 하지만 마이클은 또 달랐어요. 녀석처럼 초인적인 에너지를 가진 사람은 내 평생 한 번도 본 적이 없습니다."

불스를 승리로 이끌기 위해서는 그 많은 에너지를 모두 쥐어짜야만 했다. 12월 말에 5연패의 수렁에 빠지면서 불스의 승률은 5할로 곤두박질쳤고 골 밑을 맡았던 아티스 길모어는 팀에서 완전히 신뢰를 잃고 말았다. 구단은 그를 성탄절이 오기 전에 방출했다. 1월에는 시카고 스타디움을 찾은 디트로이트 피스톤스와의 대결에서 주먹다짐이 일어났다. 매번 피스톤스에 고전하던 불스는 그날 승리를 쟁취했다. 싸움은 3쿼터에 공격 리바운드를 잡은 조던이 피스톤스의 릭 마혼과 에이드리언 댄틀리 앞에서 슛을 던지는 척 속임 동작을 했을 때 일어났다. AP 통신은 그 광경을 이렇게 서술했다.

'마혼은 조던의 목을 잡고 그를 바닥에 내동댕이쳤다. 그 후 불스 동료인 찰스 오클리가 조던과 함께 마혼에게 다가가자 양 팀 선수들이 모두 벤치에서 뛰쳐나왔다.'

콜린스는 마혼이 오클리의 얼굴을 가격하자 싸움을 말리려고 그 사이에 끼어들었다. 마혼은 그런 콜린스에게도 덤벼들었다.

"그날 우리 벤치 앞에서 싸움이 벌어져서 더그가 릭 마혼을 붙들려고 했죠." 불스의 트레이너였던 마크 파일이 그 상황을 설명했다. "한데 릭 그 자식이 우리 감독을 두 번이나 내동댕이치지 뭐예요. 처음에 더그는 바닥에 쓰러졌다가 금방 일어났어요. 그런데 그 뒤에 릭이 더그를 기록석 쪽으로 집어 던져버렸죠. 우리 구단 사람들은 그 뒤로 디트로이트랑 붙을 때마다 그 사건을 떠올렸어요. 디트로이트는 멈추지 않고 그런 짓을 벌였고요. 놈들은 시합 때마다 우리 선수들을 괴롭히고 두들겨 팼죠."

조던은 경기 후에 기자들에게 말했다.

"분명히 마혼과 댄틀리는 제 득점을 막으려 한 게 아니라 절 해코지할 의도로 그런 짓을 한 겁니다. 그게 정말 화가 납니다. 디트로이트는 그런 행동으로 우릴 위협할 수 있다고 생각하겠죠. 물론 그 선수들한테는 제 득점을 막을 권리가 있어요. 하지만 그렇다고 일부러 부상을 입히고 코트 밖으로 내보내려 하는 건 선수로서 할 짓이 아닙니다."

그날 오클리와 마혼이 퇴장당하면서 사건은 일단락되었지만, 피스톤스전에서 불스가 그렇게 위협을 받은 것은 한두 번이 아니었다. 파일이 그 점을 언급했다.

"우리 팀에서 마이클 외에는 다들 디트로이트한테 조금씩 위축된 상태였어요. 마이클은 불스가 다음 단계로 나아가려면 그 팀을 꼭 꺾어야 한다고 동료들한테 누누이 강조했죠. 어떨 때는 그 얘기로 꽤 언성을 높였어요. 제 생각엔 디트로이트랑 대결하면서 마이클이 리더로 올라서기 시작한 것 같아요. 하지만 우리 선수들은 그쪽이랑 붙으면 매번 구질구질한 일이 생긴다고 걱정했죠. 디트로이트는 우리 구장에 올 때마다 위협적으로 굴었으니까요."

이후 심기일전한 불스는 최종적으로 50승 32패를 기록했다. 50승은 13년 만에 처음 맞는 큰 숫자였다. 그 덕에 조던은 밝은 분위기를 유지하며 어린 동료 선수들과 더 가까워질 수 있었다. 하지만 그가 원하는 플레이 수준이 매우 높았던 탓에 관계가 늘 원만하지는 않았다. 특히 훈련 중에는 조던의 요구가 계속 늘어났다. 그는 어린 동료들을 다그치는 한편으로 그들을 잘 이끌 방법을 찾아야 했다. 그러나 정해진 일정이 끝나고 나면 그는 여전히 시카고의 황소가 아닌 홀로 나는 에어 조던으로 남았다.

"마이클이 다른 선수들과 일부러 거리를 뒀다거나 무관심했다는 얘기는 아닙니다." 짐 스택의 말이다. "하지만 마이클은 시카고에 온 첫날부터 자기 친구들하고만 어울렸어요. 그 사람들은 무슨 수행단처럼 뒤를 따라다녔고, 마이클은 항상 그런 식으로 자길 보호했죠. 그런데 경기장에서 어땠는가를 보면, 그게 또 나름대로 재밌어요. 거기선 팀원들하고도 여전히 잘 지냈거든요. 그런 걸 따져보면 마이클을 그냥 자기 상황에 아주 충실한 사람 정도로 생각하면 될 것 같아요. 마이클 입장에선 따로 가깝게 지내는 친구들이 있었기 때문에 코트 밖에서 그 사람들하고 주로 시간을 보낸 거고요."

그렇다고 조던이 동료들과 아예 어울리지 않은 것도 아니다. 레이시 뱅크스가 한 가지 사례를 들었다.

"피닉스 원정을 가서 호텔에서 있었던 일이에요. 마이크 브라운, 스카티 피펜, 찰스 오클리, 호레이스 그랜트가 마이클의 스위트룸에 모였죠. 그러곤 아이들처럼 레슬링을 하면서 서로를 소파 위로 막 던졌어요. 그걸 보니 이런 생각이 들었죠. '이건 지정 회원제 같은 모임이로군.' 그 방은 마이클만을 위한 신성한 장소였고 거기 들어올 수 있는 선수는 극히 적었어요. 그날 스위트룸에 모인 사람들은 애들처럼 '내가 전부 이겨버릴 거야!' 그렇게 유치한 소릴 하면서 놀았죠. 스모 선수 같은 자세로 공격하기도 하고요. 그 모습은 마치 무슨 부족에서 힘을 시험하거나 의식을 치르는 것처럼 보였어요."

하지만 조던은 여전히 혼자 힘으로 승리를 쟁취할 생각인 것 같았다. 불스가 어디로 어떻게 가야 하는지는 아직도 묘연했다. 2월에 시카고에서 열린 올스타전은 또 다른 이정표가 되었다. 리그 최고의 선수들을 위한 경연장에서 조던은 어느 때보다 빛났다. 그는 슬램덩크 콘테스트에 참가하여 애틀랜타 호크스의 도미닉 윌킨스를 아슬아슬하게 꺾고 또다시 우승을 차지했다. 그날 조던의 마지막 덩크는 만점인 50점을 받았다. 이 결과를 두고 《뉴욕 데일리 뉴스》의 미치 로렌스 기자는 조던이 홈에서 유리한 판정을 받았다고 지적했다.

"저는 그날 행사장에서 이런 생각을 했습니다. '아무래도 도미니크가 이길 방법은 없겠어. 여긴 부정 선거가 판을 치는 지역*이잖아.' 물론 마이클은 우승할 만했고, 도미니크도 마이클이 정말 대단했다고 인정했어요. 사실 저는 지금도 그날 최고의 덩크를 한 사람이 도미니크라고 생각하지만, 대회가 시카고에서 열렸으니 별수 없었습니다. 달리 보면 마이클의 위상이 그 정도로 높아졌다는 뜻이기도 하고요."

《스포츠 일러스트레이티드》의 사진작가 월터 이오스는 지난해 시애틀에서 열린 덩크 대회에서 많은 사진을 찍었지만, 결과물에 실망감을 느꼈다. 그래서 다음에는 참가 선수들의 생생한 표정을 담기 위해 이전과는 다른 조명과 위치를 선정해야겠다고 생각했다. 그는 1988년도 덩크 대회가 열리기 세 시간 전에 시카고 스타디움에서 조던을 만났다. 그리고 어느 방향으로 움직여 어떤 식으로 덩크를 할지 알려줄 수 있느냐고 물었다. 그러자 조던이 대답했다.

"그럼요. 제가 갈 방향이 어딘지 알려드리죠."

그는 무릎 위에 손가락을 대고 움직일 방향을 가리키겠다고 말했다. 이오스는 실제로 그렇게 신호를 줄지 걱정했지만, 조던은 사전에 약속한 대로 행동했다. 이오스는 대회 막바지에 이르러 농구대 바로 밑에 자리를 잡았다. 나중에 그가 인터뷰에서 밝히기로, 당시 조던이 덩크를 하고는 자신의 품으로 달려들다시피 했다고 한다.

조던이 코트 끝에서 마지막 덩크를 준비하는 동안, 이오스는 다시 골대 밑에 자리를 잡았다. 조던은 그를 보더니 손가락을 움직여 조금 더 오른쪽으로 가라고 지시했다. 그런 다음 저 멀리서 달려온 조던은 자유투 라인에서 뛰어올라 완벽하게 덩크를 성공시켰다. 그 순간 이오스는 역사에 길이 남을 조던의 비행 광경을 사진

---

* 시카고는 일리노이주의 쿡 카운티에 속하며 이 지역은 1960년 미국 대통령 선거 당시에 부정 선거가 일어났다고 알려져 있다.

으로 남겼다. 조던은 공을 단단히 쥐고 투지 넘치는 표정으로 힘껏 날아올랐다. 그의 뒤로 보이는 전광판에는 게토레이와 코카콜라, 윈스턴 담배의 로고가 번쩍였다. 실로 완벽한 타이밍이었다.

다음 날 열린 올스타전 본 경기에서 조던은 40득점을 올려 MVP에 선정되었고, 언론은 아이제이아 토머스가 그에게 한 멋진 패스에 주목했다. 그날 조던은 토머스가 공중에 띄운 공을 받아 앨리웁 덩크로 마지막 득점을 올렸다. 두 사람은 한 순간 멈춰 서서 서로를 손가락으로 가리켰다. 그것은 마치 권투 선수들이 대결을 앞두고 서로 주먹을 맞대는 모습과도 같았다.

## 소리 없는 전쟁

조던은 피스톤스전이 벌어질 때마다 코트로 걸어 들어오는 토머스를 보며 강렬한 분노를 느꼈다. 그는 1988년 4월 초에 방송사 인터뷰에서 그 점을 다시 한 번 강조했다. 그날은 불스가 조던의 55득점에 힘입어 피스톤스를 112대110으로 이겼다. 49득점, 47득점, 61득점, 또 49득점…… 조던은 리그 최고의 수비팀으로 인정받던 피스톤스를 비웃듯 폭발적인 득점력을 과시했다. 피스톤스 감독이었던 척 데일리는 당시를 이렇게 회상했다.

"우린 마이클을 상대할 때마다 단단히 작심하고 원맨쇼로는 절대 우릴 이길 수 없다는 걸 보여 주려 했습니다. 그러려면 단합된 팀으로서 모든 힘을 모아야 했죠."

피스톤스 코치진은 조던의 4쿼터 득점을 막는 데 주력했다. 그들의 전략에는 언제나 거친 몸싸움이 포함되었다.

"아이제이아랑 빌 레임비어는 저더러 마이클의 골 밑 돌파를 유도하라고 했어요." 조 듀마스가 말을 이었다. "아시겠지만 그 시절엔 지금보다 몸싸움이 훨씬 심했고 우리 팀 선수들은 거칠고 난폭한 플레이를 선호했죠. 그래서 다들 몸을 부딪쳐가며 마이클을 막으려 했어요."

브렌던 말론도 그 점을 언급했다.

"우리 팀엔 아이제이아와 릭 마혼, 빌 레임비어처럼 몸싸움에 능한 선수가 많았어요. 그래서 마이클은 골 밑에서 레이업을 시도할 때마다 우리 선수들한테 두들겨 맞았죠. 코트에 엎어지는 게 다반사였고요."

"마이클은 골 밑에서 그렇게 맞으면서도 물러서질 않았어요." 피스톤스 소속으로 뛰었던 제임스 에드워즈가 2012년 인터뷰에서 한 말이다. "빌이랑 릭이 앞뒤로 둘러싸고 몸을 부딪쳐댔지만 조금도 겁내질 않았죠. 멈추지 않고 골대로 돌진할 뿐이었어요. 녀석은 우리가 어떤 수를 써도 두려워하지 않았죠."

반칙과 더티 플레이를 아슬아슬하게 오가던 배드 보이스의 경기 방식은 조던의 화를 돋울 뿐이었다. 그는 피스톤스의 거친 플레이를 혐오했다. 하지만 이상하게도 듀마스를 상대할 때는 태도가 크게 달랐다. 듀마스가 그 점을 이야기했다.

"마이클과 전 시합 전에 서로 악수를 했어요. 그동안 잘 지냈냐는 인사 같은 거였죠. 제가 프로선수로 뛴 14년 동안 그 친구는 저한테 한 번도 험한 말을 한 적이 없어요. 그게 참 재밌는 게, TV 중계를 보면 마이클이 다른 선수들한테 트래시 토크를 엄청나게 한단 말이죠. 그럼 이런 생각이 들었어요. '저 녀석, 날 상대할 때는 저렇지 않던데…….' 정말 저한테는 마이클이 트래시 토크를 한 적이 없어요. 단 한 번도요. 다른 선수들한테는 가차 없이 굴면서 말이죠. 전 그런 점이 참 멋지다고 생각했어요. 그때 마이클은 절 상대로 소리 없는 전쟁을 벌였던 거예요."

조던은 상대 팀 수비수들을 자주 시험하고 도발했지만, 듀마스는 늘 무표정한 모습 그대로였다.

조던도 듀마스를 상대할 때는 나름대로 전략을 세워야 했다. 그는 경기 초반에 듀마스가 슛을 넣기 시작하면 그것이 불스의 대량 실점으로 이어질 수 있음을 염두에 두었다. 조던은 중요한 경기에서 후반전 득점에 더 주력하는 편이었지만, 피스톤스와 대결할 때만큼은 처음부터 공격적으로 나섰다. 듀마스가 공격보다 수비에 힘쓰게 하기 위해서였다.

조던은 리그에서 자신을 가장 잘 막는 선수가 듀마스라고 공공연히 이야기했고, 이후 두 사람 사이에 싹튼 존경심은 우정으로 발전했다.

"조는 배드 보이스 같은 이미지가 아니라 아주 착실한 친구예요." 언젠가 그가 듀마스를 두고 한 말이다. "경쟁을 즐기지만 그런 심리를 잘 드러내지 않고 뒤에서 조용히 움직이는 타입이죠. 스타가 된다거나 악명을 떨치는 덴 관심이 없는 친구지만, 결국은 그 이름이 널리 알려졌고요."

피스톤스 코치진은 조던과 우정을 쌓는 데 하등 관심이 없었다. 그들은 더 강한 수비 전술을 짜는 데 집중했다. 척 데일리 감독과 론 로스스테인 코치는 조던이 다득점을 올리지 못하도록 일명 '조던 룰(Jordan Rules)'을 고안하기에 이르렀다.

듀마스가 당시의 일화를 밝혔다.

"우리 감독님과 코치들은 마이클의 능력을 아주 높이 평가했죠. 아마 어떤 지도자든 간에 그 녀석을 막으려고 작전을 짜는 건 큰 도전이었을 거예요. 언제더라, 시카고전을 앞두고 슛 연습을 한창 하고 있을 때예요. 그 시절에 제가 제일 좋아하던 론 로스스테인 코치가 와서는 마이클이 어떤 플레이를 하고 그걸 어떻게 막아야 하는지 설명하더군요. 감독님이 그 모습을 보더니 '잠깐 기다려봐. 론, 네가 마이클을 직접 막아보기라도 했어? 마이클 수비는 조가 꽤 한다구. 일단 어떻게 막을 건지 이 녀석 생각을 들어보고 거기서부터 손을 대는 게 낫겠어.' 이렇게 말했죠."

그 말대로 피스톤스 코치진은 조 듀마스의 의견을 반영하여 수비 전략을 짰다. 훗날 척 데일리가 감독으로서 명예의 전당에 이름을 올린 것은 그렇게 남의 말에 귀 기울이는 능력 덕분이었다. 듀마스는 설명을 계속했다.

"코치들은 제가 헌신적이고 열정적으로 플레이한다는 걸 잘 알았습니다. 전 사람들에게 늘 있는 그대로를 보여주려 애썼어요. 항상 진실하게 행동하려 했죠. 그 사람들은 제가 코트 위에서 누구보다 진지하단 걸 알았어요. 전 팀에 입단한 첫날부터 그런 면모를 보여주려고 노력했고요."

브렌던 말론은 피스톤스가 조던을 막는 데 데니스 로드맨과 아이제이아 토머스도 함께 활용했다고 설명했다. "그렇긴 해도 마이클의 전담 수비수는 조 듀마스였죠. 그 녀석은 발이 꽤 빨랐고 수비에 아주 열심이었어요."

피스톤스 코치진과 듀마스는 어떤 경우에도 시합 초반에는 조던에게 이중 수비를 붙이지 않기로 했다. 설령 그가 1쿼터에 20점을 넣는다고 해도 말이다.

"전 경기 초반부터 더블팀으로 붙으면 우리 작전이 안 먹힐 거라고 생각했어요." 듀마스가 말을 이었다. "그래서 4쿼터에만 더블팀을 붙였으면 했죠."

또 그들은 경기 초중반에 조던이 패스를 돌리기보다 단독 공격에 주력하길 원했다. 그러면 나머지 불스 선수들이 슛 감각을 잃을 것이라는 판단 때문이었다.

듀마스가 그 점을 설명했다.

"그때 우리 생각은 이랬습니다. '3쿼터까지는 마이클이 무슨 짓을 해도 상관없다. 그냥 평소처럼 뛰면서 견제만 하자.' 그러다가 4쿼터가 되면 갑자기 패스가 돌고 불스 선수들은 슛을 던져야 하는 상황이 되는 거죠. 그런 이유로 전 4쿼터 전까지 더블팀을 붙지 말자고 한 거예요."

조던 룰에서 듀마스가 맡은 또 하나의 중요 임무는 조던을 오른쪽으로 움직이지 못하게 막고 코트 중앙부로 모는 것이었다.

"전 마이클이 공격 기회를 잡을 때마다 그 친구를 왼쪽으로 밀어내려고 했어요."

브렌던 말론이 자세한 설명을 덧붙였다.

"그렇게 해서 조던 룰이 완성된 겁니다. 우리 팀은 마이클의 트래시 토크를 차단했고 녀석을 자유투 라인 쪽으로 밀어서 쉽게 골 밑으로 돌파하지 못하게 했어요. 베이스라인*을 타고 들어오는 걸 막고 이동 방향도 최대한 왼쪽으로 제한했죠. 그리고 마이클이 페인트 존 안에서 공을 잡으면 수비수가 금세 이중삼중으로 에워쌌어요. 조던 룰은 그런 거예요. 우린 마이클이 베이스라인 쪽에서 접근하는 걸 원치 않았죠. 코트 좌측이든 우측이든 외곽 45도 지점에 자리 잡았을 때는 늘

---

* 코트의 양쪽 끝 선. 골대 아래쪽에 그어진 경계선으로 엔드라인이라고도 한다.

코트 정면으로 몰았어요. 그런 다음에 최대한 오른쪽으로 못 움직이게 막았고요."

제임스 에드워즈는 그 시절에 불스를 이길 방법이 조던 룰뿐이었다고 말했다.

"뭔가 특별한 작전이 없다면 마이클은 매번 50득점을 올렸을 겁니다. 그 녀석을 막으려면 최선을 다해야 하거든요. 적어도 수비수가 둘은 있어야 하고 가급적이면 녀석이 패스를 돌리게 하는 편이 좋았죠. 그땐 정말 있는 힘, 없는 힘 다 짜내야 했어요. 수비수는 꼭 두 명이 필요했습니다. 일대일로는 막을 수가 없거든요. 그렇게 내버려 두기엔 마이클은 너무 빠르고 너무 실력이 좋았어요."

언젠가 피스톤스의 존 샐리는 조던 룰에 관한 질문을 받고 농담을 던졌다.

"사실 할 수 있는 건 단 두 가지죠. 하나는 마이클이 공을 잡았을 때 다들 무릎 꿇고 그걸 막을 수 있게 해달라고 기도하는 것. 두 번째는 시합 전에 다들 손잡고 예배당을 찾는 것."

조던 룰은 더그 콜린스 휘하의 불스를 효과적으로 제압했고 이후 우수한 득점원을 보유한 팀을 막는 정석으로 통하게 되었다. 두 해 동안 정규 시즌과 플레이오프를 합쳐 총 열일곱 번에 걸친 피스톤스와의 대결에서 조던의 평균 득점은 이전보다 약 8점 적은 28.3점으로 떨어졌다. 더 중요한 것은 피스톤스가 그중에서 열네 번이나 승리했다는 사실이다. 그 뒤로 피스톤스는 조던 룰 덕분에 동부 컨퍼런스를 제패하고 NBA 우승을 두 차례나 차지한다. 하지만 그 여파로 조던과 불스 역시 피스톤스의 수비벽을 깰 방법을 고심하게 되고, 결과적으로는 그것이 불스의 발전에 큰 도움이 되었다. 실제로 텍스 윈터는 2004년에 그 공을 인정했다.

"저는 '조던 룰' 수비 전략이 지금의 마이클 조던을 만드는 데 크게 기여했다고 봅니다."

듀마스는 이후 불스가 해를 거듭할수록 좋은 팀이 되었다며 이런 비유를 들었다.

"다들 차를 몰고 달린다고 치면, 그때 우리 팀은 앞쪽에서 힐끗힐끗 백미러를 쳐다보는 그런 형국이었어요. '뒤에서 누가 따라붙는 것 같아. 저기 뭔가 보이는걸.' 이러면서요. 뭔가가 우릴 슬슬 쫓아오는 게 느껴졌거든요. 그런데 알고 보니까, 그게 그냥 차도 아니고 페라리였던 거예요. 그 차가 우릴 추월하는 데는 얼마 걸리지 않았죠."

## MVP

조던은 1988년에 시즌 평균 35득점으로 리그 득점 1위에 올랐다. 그리고 NBA 입성 후 처음으로 정규 시즌 최우수 선수에 선정되었다. 그는 '이거 정말 신나는군요!'라고 외치며 수상 소감을 밝혔다. 그는 지난 시즌 MVP 투표에서 레이커스를 2년 연속 우승으로 이끈 매직 존슨에게 많은 표차로 뒤졌다. 그러나 88년에는 열여섯 표를 받은 래리 버드가 2위, 마흔일곱 표를 받은 조던이 1위였다. 또 그는 평균 스틸 3.2개로 이 부문에서도 리그 1위를 차지했고, 그동안 목표로 삼았던 올해의 수비수와 올 디펜시브 팀에도 선정되었다.

한편 그해에는 크라우스도 올해의 단장 상을 받았고, 오클리도 평균 리바운드 10.66개로 다시 한 번 리그 리바운드 1위에 올랐다. 가장 큰 수확은 플레이오프 1라운드를 통과한 것이었다. 1981년 이래로 번번이 1라운드에서 탈락했던 불스는 그해 3승 2패로 클리블랜드 캐벌리어스를 꺾었다. 처음 두 경기에서 조던은 50득점과 55득점을 기록했다. 그전까지 NBA 역사에 플레이오프에서 두 경기 연속으로 50점 이상을 넣은 선수는 아무도 없었다. 운명을 결정짓는 5차전에서 콜린스는 피펜을 처음으로 선발 출전시켰다. 피펜은 활약이 미미했던 브래드 셀러스 대신 나와 24득점을 올렸다. 크라우스는 시합 후에 기자들 앞에서 벅찬 감정을 털어놓았다.

"그동안 이래저래 부담이 컸을 텐데, 아칸소에서 온 어린 선수가 드디어 일을 저질렀네요."

"지난여름에 스카티랑 일대일을 해보니 기술이 꽤 늘었더군요." 조던이 당시 인터뷰에서 한 말이다. "관건은 그걸 시즌 중에 어떻게 끄집어내느냐였어요. 그러기까지 여든두 경기나 걸렸지만, 어쨌든 이제 해냈으니까요. 이런 경험이 앞으로 스카티의 선수 생활에 큰 도움이 될 겁니다."

그날 불스 선수들은 'How do you like us now?(이제 우리가 좀 달라 보이지?)'라고 적힌 티셔츠를 입고 1라운드 승리를 자축했다.

"다음 라운드도 문제없습니다."

조던은 승리 후에 자신만만하게 외쳤다. 처음에는 정말 그렇게 보였다. 불스는 피스톤스의 본거지인 폰티악 실버 돔에서 2라운드 2차전을 승리했다. 원정지에서 1승을 따낸 덕에 불스는 홈경기를 앞두고 한 발 유리한 입장이었다. 그러나 피스톤스는 3차전 후반에 조던을 막는 데 집중하며 그가 슛 대신 패스를 하도록 유도했다. 특기인 조던 룰 전술을 가동한 것이다. 결국 피스톤스는 시카고 스타디움에서 벌어진 3차전을 101 대 79로 크게 이겼다. 그날 조던은 빌 레임비어와 충돌하여 실랑이를 벌였다. 경기 후에 레임비어는 그 상황을 이렇게 설명했다.

"저는 그냥 스크린을 섰을 뿐이에요. 아마 마이클이 그걸 못 보고 부딪혔던 것 같아요."

그렇게 플레이오프 2라운드가 진행되는 동안, LA 클리퍼스의 도널드 스털링 구단주는 제리 라인스도프에게 조던을 트레이드할 수 있는지 물었다. 클리퍼스를 도시의 인기 팀으로 만들고 싶었던 스털링은 레이커스와 매직 존슨을 누를 슈퍼스타를 간절히 원했다. 그는 다수의 드래프트 지명권을 거래 조건으로 내밀었고, 그중에는 1라운드 6순위 안에 드는 것도 둘이나 있었다. 당시로써는 썩 나쁘지 않은 제안이었다. 드래프트 지명권을 보석 보듯 탐냈던 크라우스는 자신이 어떻게 팀을 재건하든 그 공로가 모두 조던에게 돌아가리라 예상했다. 라인스도프도 조던이 공격 기회를 독차지해서는 우승할 수 없다는 비판을 익히 들은 터였다. 클리퍼스의 제안에 불스 경영진은 조던이 없는 미래를 진지하게 고민했다. 크라우스는 잘만 하면 꽤 멋진 결과가 나오리라 판단했다. 그러나 라인스도프는 새 야구장 건설 문제로 화이트삭스를 플로리다로 이전하겠다고 시카고시를 협박하여 이미 많은 팬의 공분을 산 상태였다. 조던을 트레이드한다면 모든 시카고 시민의 분노가 그를 향할 것이 불 보듯 뻔했다. 결국 라인스도프는 클리퍼스의 제안을 물리쳤다.

그러는 사이에 피스톤스는 4차전과 5차전을 모두 승리했다. 특히 5차전에서는 아이제이아 토머스가 조던의 팔꿈치에 얼굴을 맞아 잠시 실신하는 사건이 있었다. 그는 우선 탈의실로 옮겨졌지만 그곳의 출입구가 잠긴 탓에 다시 경기장으로 돌아와 안정을 취했다. 나중에 그는 시합에 재투입되어 피스톤스가 전적 4승 1패로 2라운드를 통과하는 데 기여했다.

당시 NBA 팀들은 피스톤스처럼 조던 한 사람을 막는 데 총력을 기울였고, 조던은 그런 전술이 '우리 팀의 약점을 분명하게 드러냈다.'고 인정했다.

하지만 그는 아직 해법을 찾지 못한 상태였다.

1988년 신인 드래프트 행사 직전에 불스는 오클리를 뉴욕 닉스의 센터인 빌 카트라이트와 트레이드했다. 이 일은 팬들과 선수단 몰래 기습적으로 일어났다. 오클리는 불스에서 가장 중요한 골 밑 자원이었고 조던의 조력자이자 팀 내에서 그와 제일 가까운 친구였다. 신장 216센티미터에 포스트업 공격에 능했던 카트라이트는 그간 발 부상에 계속 시달린 데다 은퇴가 그리 멀지 않았던 노장 선수였다. 트레이드 내용도 내용이었지만, 그 진행 방식은 문제를 더욱 악화시켰다. 그날 오클리는 조던과 함께 마이크 타이슨 대 마이클 스핑크스의 대결을 보기 위해 시카고를 떠나 있었다.

"그때 찰스는 마이클과 권투 시합을 보러 애틀랜틱시티에 가 있었죠. 그래서 트레이드 이야기를 바로 전할 수 없었어요." 크라우스가 당시를 회상하며 말했다. "찰스는 시합 관람 중에 누군가를 통해서 그 소식을 알게 됐고요. 마이클은 곁에서 그 얘길 듣고 '빌어먹을 크라우스가 팀을 말아먹으려고 작정을 했다'면서 노발대발했죠."

조던은 그날 일을 떠올렸다.

"우린 애틀랜틱시티에서 권투 시합을 보던 중이었어요. 찰스가 트레이드됐다는 이야기 자체로도 되게 화가 났지만, 그런 식으로 알게 돼서 더 속이 상했죠."

조던의 분노는 언론과 팬들에게도 차례차례 전해졌다. 크라우스도 드래프트에서 오클리를 지명하고 아주 자랑스러워했던 만큼 마음이 편치만은 않았다.

조니 바크가 당시 상황을 설명했다.

"찰스는 강하고 터프한 선수였어요. 그 녀석을 보내는 건 정말 힘든 결정이었습니다. 제리 크라우스, 그 사람이 찰스를 선수로서만이 아니라 인간적으로도 무척 좋아하고 아꼈거든요. 게다가 그 녀석을 포기하고 빌 카트라이트를 데려오는 건 얼핏 봐도 이치에 맞지 않는 일이었죠. 하지만 우리 코치진은 팀을 위해서 빌이 꼭 필요하다고 판단하고 그렇게 트레이드를 성사시켰습니다."

그는 트레이드가 불러온 효과에 관해서도 이야기했다.

"찰스와 빌의 트레이드는 우리 팀에 큰 충격을 안겨줬죠. 하지만 저는 그 덕에 불스가 더 발전할 수 있었다고 봅니다. 빌은 팀 수비를 지탱하는 중심이 되어줬고 선수들 기강을 잡는 데 일조했어요. 연습도 잘 소화했고 패트릭 유잉과의 정면 승부도 가능해서 팀원들에게 크게 인정을 받았죠. 빌이 온 뒤로는 유잉에게 더블팀을 붙일 필요가 없어졌어요. 그러면서 팀 전체가 상당한 자신감을 얻었고요. 당시에 그 트레이드가 특히 힘들었던 건 마이클이 찰스를 자기 보호자로 생각했기 때문이었습니다. 찰스는 싸움이 나면 그 자리에 즉시 고개를 들이밀었죠. 마이클이 상대 팀한테 두들겨 맞았다 하면 그 순간 찰스가 달려왔어요. 반면에 빌은 제 나름의 방식대로 우리 팀 장신 선수들을 단련시키고 침착하게 싸움을 말렸습니다. 그 덕에 선수들 간의 다툼은 골 밑에서 바로 끝나게 됐죠."

나중에 텍스 윈터는 오클리와 카트라이트의 트레이드를 이렇게 이야기했다.

"그 일은 우리 구단에 있어 큰 도박 같았어요. 앞날이 창창한 젊은 선수를 내어주고 노장을 데려왔으니까요. 하지만 그때 우리 팀엔 골 밑을 확실히 책임지고, 특히 수비에서 중심을 잡아줄 센터가 필요한 상황이었어요."

오클리가 뉴욕으로 떠나면서 자연스럽게 호레이스 그랜트의 출전 시간이 늘었다. 제리 라인스도프가 그랜트의 발전상을 이야기했다.

"경기에서 이기려면 수비진 가운데를 맡아줄 선수가 꼭 필요하지요. 나는 그때 호레이스가 점점 발전해서 찰스보다 나은 선수가 될 거라고 예상했습니다."

그랜트의 민첩함 덕분에 불스의 수비는 일변했다. 그와 피펜이 본격적으로 가세하면서 불스는 발 빠른 포워드진을 갖추고 더욱 강력한 압박 수비를 펼치게 되었다. 조니 바크는 상대 공격수들에게 적극적으로 달라붙는 그들을 사냥개 도베르만에 비유했다. 이렇듯 팀의 후배 선수들이 한층 나아진 모습을 보였지만, 조던은 오클리를 잃고 감정이 상할 대로 상해 있었다. 그런 상황에서 시련은 점점 커져갔다.

## 플라이트 23

1988년 봄에서 여름으로 넘어가던 시기에 후아니타 바노이는 조던에게 임신 사실을 알렸고, 이 소식은 그의 부모님을 더욱 노하게 했다. 그들은 바노이가 아들을 붙잡기 위해 일부러 피임을 하지 않았다고 여겼다. 소니 바카로가 기억하기로, 당시는 조던에게 행복한 시절이 아니었다.

나이키와 동업자 관계였던 조던은 그 무렵 소규모 체인점을 열었다. 바카로는 플라이트 23으로 명명된 이 소매 사업을 제임스 조던이 맡았다고 설명했다.

"그때 나이키 내부에서 제임스가 아들한테 빌붙지 않고 직접 돈을 벌게 해주자는 이야기가 나왔죠. 처음엔 그렇게 부모님 체면을 살려주자는 취지에서 나온 안건이었어요. 일단 제임스한테 체인 운영을 맡기고 샬럿부터 시작해서 차차 여기저기에 매장을 늘려가자는 생각이었죠."

나이키는 조던의 형제들에게도 체인점의 소유주로서 일부 지분을 나눠주었다. 마이클 조던이 순식간에 막대한 부와 명성을 거머쥔 뒤, 그들은 취업도 못 하고 평범한 삶조차 영위하기 어려운 상태였다. 장남인 로니는 군인으로서 가정을 꾸리고 나름대로 훌륭한 경력을 쌓았지만, 나머지 형제들은 번번이 실패를 겪었다. 바카로는 그들이 겪은 어려움을 설명했다.

"마이클 조던의 형, 누나, 동생으로 사는 게 상당히 힘들었을 거예요. 마이클이 부양을 해주지도 않고 부모님은 겉으론 아무 문제도 없는 것처럼 지냈으니까요. 뭐 결과적으론 녀석이 가족을 다 책임지게 됐지만요."

안타깝게도 플라이트 23의 운영은 가족 간의 갈등, 특히 제임스와 델로리스의 관계를 더 악화시킬 뿐이었다. 마이클 조던은 프로선수가 된 이래로 코트 위에서의 치열한 경쟁과 수많은 광고 계약, 후아니타와의 관계 등 많은 것에 신경을 기울여왔다. 그리고 이번에는 한층 격해진 부모님의 다툼을 해결해야 했다.

샬럿의 플라이트 23 매장은 언론사 기자들과 군중이 모인 가운데 성대한 개업식을 열었다. 그러나 그때 조던의 부모는 매장 한구석에서 말다툼을 벌이고 있었다. 시스는 저서를 통해 당시 상황을 이야기했다.

'부모님은 여전히 심각한 갈등을 겪었고 우리 형제들은 그 문제에 딱히 손을 쓰지 못했다. 물론 그 사이에 끼어서 제일 마음고생을 한 사람은 마이클이었다. 동생은 부모님의 불화로 마음이 아파도 사람들 앞에 서면 미소를 지어야 했다. 언젠가 마이클이 이렇게 말한 적이 있다. 자기 성공에서 제일 안타까운 것은 부모님 관계가 그렇게 틀어진 것이라고.'

대중의 눈에 제임스 조던은 마냥 성실하고 좋은 사람처럼 비쳤지만, 나이키는 곧 그가 사업가로 적합하지 않다고 판단했다. 그는 술을 좋아했고 영업장에 무슨 문제가 생겨도 못 본 체하고 넘어가기 일쑤였다. 바카로는 그가 납품업자들의 청구서까지 무시했다고 밝혔다.

"제임스는 티셔츠나 여타 물품들 대금을 치르지 않았어요." 그런 와중에 그가 바람을 피운다는 정황이 드러나 델로리스와의 갈등은 더욱 깊어졌다. 바카로는 제임스를 이렇게 평가했다. "한마디로 건달이나 다름없었고 손대는 일마다 문제를 일으켰어요. 정말 참담했죠. 자식은 엄청난 돈을 벌어들이는데 그 아비는 번번이 빚을 지고 다니는 그런 형국이었어요."

바카로는 나이키의 대리인으로서 조던 부부를 화해시키려고 노력했다. 플라이트 23 매장 운영에 문제가 있다고 들은 필 나이트가 빠른 해결을 원했기 때문이다.

바카로는 비버리 힐스의 한 호텔에서 제임스와 델로리스를 따로 만나 대화했다고 한다.

"그때 제임스하고 무슨 문제가 있는지 얘길 좀 해봤어요. 그 자리는 내가 나이키를 대표해서 나간 거였죠. 왜냐하면 필은 그 사람들하고 영 데면데면했거든요. 델로리스를 만난 건 제임스랑 얘길 한 다음이었어요."

부모를 믿고 사랑했던 마이클 조던에게 그들의 불화는 감내하기 어려운 고통이었다.

"하지만 마이클은 나이키 일에 관해서는 아버지 편을 들지 않았죠."

바카로의 말이다. 조던은 플라이트 23 매장의 운영 권한과 지분을 빨리 거둬들이자는 나이키의 결정에 동의했다. 그러지 않았다면 아마 조던 일가는 제임스의 부주의한 경영으로 연신 언론의 비난을 샀을 것이다. 이런 상황이 거의 3년간 지속되었는데, 조던은 그사이에 피스톤스와 치열하게 다툼을 벌였다.

바카로의 설명에 의하면, 제임스는 체인점 소유권을 포기할 마음이 없었던 것같다.

"제임스는 나이키의 간섭을 받지 않는 별도의 매장을 원했어요. 물론 그건 말도 안 되는 소리였죠."

나중에 플라이트 23의 모든 권한을 반환한 뒤, 제임스는 그 매각 대금으로 래리와 함께 직접 의류업체를 차렸다. 아니나 다를까, 이 사업 역시 얼마 가지 않아 문제를 일으켰고, 델로리스와의 불화는 더 심해져 마이클 조던은 한층 골머리를 앓아야 했다.

바카로는 당시 상황을 언급했다.

"일반 대중은 그 뒤에 감춰진 아픔이라든가 문제들을 전혀 몰랐죠. 하지만 난 제임스가 플라이트 23에서 손을 떼고 새로 옷 장사를 시작할 때 그 중간에 끼어 있었어요. 그래서 모든 걸 알 수밖에 없었죠."

마이클 조던의 누나는 저서에서 후일담을 밝혔다.

'재난과도 같았던 플라이트 23 사건 이후 마이클은 앞으로 절대 가족과 같이 사업을 하지 않겠다고 맹세했다.'

바카로는 그 일을 이렇게 강조했다.

"그 문제는 지금 사람들이 생각하는 것보다 훨씬 심각했어요."

다들 한참 시간이 지나서야 알게 되지만, 더 심각한 문제는 그러한 갈등 때문에 조던이 부와 명성, 경쟁이 주는 압박으로부터 달아날 공간을 잃었다는 것이다. 그는 골프에 점점 더 의존했다. 하지만 그렇게 휴식을 취할 때도 내면에서는 경쟁심과 아드레날린이 끝없이 솟구쳤다. 그는 매사에 내기를 즐겼지만, 특히 골프 대결을 할 때면 그 정도가 심했다. 가족이라는 안식처가 무너진 후, 조던은 골프에서 마음의 안정을 찾는 한편으로 넘쳐나는 경쟁심을 충족시키고자 내기에 열중했다. 그리고 삶의 규모가 커진 만큼 내깃돈 역시 점점 커졌다. 조던은 그러한 습관이 본인의 명성에 어떤 영향도 미치지 않을 줄 알았다. 그는 그간 열심히 지켜온 대중적 이미지를 계속 다듬어가며 남몰래 내기 골프를 즐겼고, 필체를 알아보기 어려운 스코어 카드만이 그 흔적으로 남았다. 그렇게 비밀 유지를 한 덕에 조던의 골프 파트너 가운데는 그가 거액의 내기를 하는지 모르는 사람도 있었다. 그러다 몇 년 뒤 조던의 도박 습관이 세상에 밝혀졌을 때, 그를 괴롭힌 것은 고액 도박을 했다는 사실보다도 그 문제를 보는 대중의 시선이었다.

# 제 22 장

# 고군분투

조던은 1988년 비시즌 중에 레이니 고교의 기념행사에 참가했다. 휴식 시간에 그는 바람을 쐬러 잠시 행사장 밖으로 나갔다. 그때 베이브 루스 리그에서 감독을 맡았던 딕 네어가 몰래 뒤로 다가가 조던의 바지 허리춤을 있는 힘껏 위로 잡아당겼다. 그것은 전직 해병대 출신만이 이해할 수 있는 장난이었다. 놀란 조던은 잔뜩 화가 나서 뒤를 돌아봤다가 네어를 발견하고 이렇게 외쳤다.

"딕 네어! 역시 감독님은 내가 아는 백인 중에서 제일 이상한 사람이에요."

사실 조던과 크라우스의 관계를 고려했을 때 그 발언에는 상당한 과장이 섞였다고 하겠다.

1988년 여름에 크라우스는 텍스 윈터와 필 잭슨에게 서머리그에 출전한 선수들의 지도를 맡기고 트라이앵글 오펜스를 활용하게 했다. 불스는 정규 시즌에 더그 콜린스 휘하에서 트라이앵글 오펜스를 써본 적이 없었지만, 단장은 잭슨이 윈터로부터 이 전술을 배우길 원했다. 당시 서머리그에 출전한 불스 팀은 정규 선수가 거의 없이 자유계약 선수와 신인들로 가득했다.

콜린스는 서머리그 팀이 윈터의 전술을 활용하고 거기에 잭슨도 함께한다는 사실을 알았다. 하지만 크라우스가 윈터의 의견에 귀 기울이는 감독을 원한다는 것은 미처 몰랐다.

"대충 아시겠지만 더그는 고집이 셌고 자신감도 아주 강했어요." 짐 스택이 당시 콜린스의 성향을 설명했다. "선수 시절엔 드래프트 1순위로 NBA에 들어왔고 경력도 꽤 화려했으니까요. 더그는 모든 걸 자기 방식대로 하길 원했어요. 감독으론 나이가 어린 편이었는데도 윗선에서 내려오는 지시를 잘 듣지 않았죠."

한편 불스의 재정 상황은 날이 갈수록 좋아졌다. 시즌 티켓은 1988년 가을에 진작 동이 났고, 조던의 시합을 보고 싶은 사람은 대기자 명단에 이름을 올려야 했다. 한때 파산 위기에 몰렸던 불스는 단 4년 만에 구단 금고를 가득 채우게 되었다. 제리 라인스도프는 그해 9월에 조던에게 연장 계약이라는 보상을 안겨주었다. 그 규모는 8년간 약 2,500만 달러로 알려졌는데, 결과적으로는 지난번과 마찬가지로 시대에 뒤처진 계약이 되었다.

새 시즌을 맞이한 불스는 말 그대로 돈벼락을 맞았다. 불스는 구단 공식 상품 판매량에서 NBA 선두를 달렸고 이후로도 그럴 가능성이 아주 커 보였다. 오랜 세월 구단 부사장을 맡았던 스티브 셴월드가 당시를 회상하며 말했다.

"그때 NBA의 라이선스 상품 가운데 40퍼센트 정도는 우리 팀과 관련되어 있었습니다."

그 많은 돈으로 크라우스의 마음에 사랑을 채워 넣거나 나날이 커져가는 조던의 좌절감을 줄일 수 있다면 좋았으련만, 현실은 그렇지 못했다.

## 충돌

조던의 프로 4년 차 시즌은 고난으로 가득했다. 불스는 홈에서 열린 개막전부터 피스톤스에게 시달렸다. 콜린스는 카트라이트를 센터로, 브래드 셀러스와 호레이스 그랜트를 포워드로 기용하고 조던과 얼마 전 시애틀 슈퍼소닉스에서 이적한 샘 빈센트에게 가드를 맡겼다. 선수 구성상 약점이 분명해진 가운데, 조던은 또다시 모든 것을 혼자 하려는 모양새였다. 그리고 본인 방식대로 무자비하게 공격을 퍼부으며 다시 리그 득점 1위를 달렸다. 11월에 열린 유타 재즈와의 경기에서 그는 공을 뺏은 뒤 상대 팀 가드인 존 스탁턴의 머리 위로 덩크를 내리꽂았다. 코트 옆에서 시합을 지켜보던 재즈의 래리 밀러 구단주는 조던에게 덩치에 맞는 상대와 싸우라며 핀잔을 줬다. 잠시 후에 조던은 골대로 접근하여 신장 210센티미터가 넘는 센터 멜

터핀을 제지고 덩크를 넣었다. 그러고는 밀러에게 물었다.

"저 정도면 충분히 크죠?"

당시에 불스는 승률 5할 정도로 불안정한 성적을 올리고 있었다. 비평가들은 동료들의 실력을 향상시킨 래리 버드, 매직 존슨과 다르게 조던이 이기적인 플레이만 일삼는다고 자주 비판했다. 하루는 코치인 필 잭슨이 콜린스에게 그 문제를 언급하며 조던이 팀 동료들의 발전을 도울 필요가 있다고 지적했다. 그는 과거 닉스의 레드 홀츠먼 감독도 그런 부분을 강조했다고 밝혔다. 그 의견에 공감한 콜린스는 잭슨에게 조던을 만나서 충고해달라고 부탁했다. 잭슨은 터무니없는 임무라고 생각하며 구단의 슈퍼스타로부터 달갑지 않은 대답이 나오리라 예상했다. 그런데 조던은 그간 언론을 통해 비슷한 이야기를 수없이 들었음에도 코치의 말을 끝까지 듣고 솔직한 의견에 감사하다는 인사까지 했다. 잭슨은 그 반응에 놀라서 눈이 휘둥그레진 채 자리를 떠났다.

조던은 팀의 리더로 조금씩 성장하고 있었지만 동료들을 대하는 방식이 따뜻하거나 부드럽지는 않았다. 잘할 수 없다면 차라리 팀을 나가라며 부담을 주기 일쑤였다. 게다가 오클리와 카트라이트의 트레이드로 당장 전력이 약해진 터라 상황은 더 어려웠다.

그는 그 시기를 회상하며 말했다.

"시즌 초반엔 좌절감이 컸고 우리 팀의 처지를 받아들이기도 어려웠어요. 일이 영 풀리지 않아서 괴로웠죠. 그때 제 기대치는 되게 높았습니다. 아마 다른 사람들도 다 그랬을 거예요. 하지만 우린 과도기에 있었고 일단은 그걸 이겨내려고 힘써야 했어요."

트레이드에 실망한 조던과 다르게 코치진은 카트라이트를 수비뿐 아니라 리더십에서도 훌륭한 선수라고 높이 평가했다. 잭슨은 언제부터인가 카트라이트를 '선생'이라 부르기 시작했고 이것은 이후 그의 별명으로 굳어졌다. 코트에서 카트라이트는 팔꿈치를 많이 쓰는 선수로 악명이 높았다. 그는 리바운드를 잡거나 골 밑에서 좋은 위치를 선점하려 할 때 늘 팔꿈치를 치켜들어 상대편을 위협했다.

크라우스는 조던과 카트라이트가 처음에 어떤 관계였는지 이야기했다.

"마이클은 빌 카트라이트가 어떤 사람인지 전혀 몰랐어요. 빌이 우리 팀에 온 뒤에 마이클은 그 친구의 능력을 확인하려고 마구 압박을 가했죠. 마이클은 항상 그랬어요. 그게 그 녀석의 방식이었거든요. 전 빌을 잘 알았죠. 마이클하고도 잘 지낼 수 있을 거라 생각했어요. 처음에 빌한테 '이제 곧 시작될 거야. 녀석이 슬슬 자넬 괴롭힐 거라고. 천하의 빌 카트라이트도 마이클 조던을 상대하면 미치고 팔짝 뛸 거야.' 이렇게 경고했는데 빌은 '그 자식은 나한테 아무 짓도 못 할 거예요.'라고 하더군요."

하지만 존 팩슨이 기억하기로, 상황이 그렇게 단순하지는 않았다고 한다.

"마이클이 팀원들에게 가장 원하는 건 전력을 다해 뛰는 거였어요. 물론 오픈 상황에서 슛을 자주 실패하면 그걸 질책하기도 했죠. 마이클은 스크린을 받고서 골 밑으로 패스를 찔러줬을 때 빌이 옳게 마무리를 못 하면 다시는 그 방법을 쓰지 않으려고 했어요. 초반엔 그런 경우가 꽤 있었죠. 보통은 동료들하고 손발이 잘 안 맞는다 싶으면 같은 걸 다시 시도해보잖아요? 사실 그게 자연스러운 일이죠. 그런데 제가 봤을 때 마이클은 자기 플레이가 늘 완벽하길 원했던 것 같아요. 남들도 그렇게 잘해주길 기대하면서요."

조던이 대활약하지 않는 한 불스가 승리하기는 어려웠고, 자연히 그는 동료들이 실력을 발휘해주길 원했다. 사실 구단의 모든 이가 그러길 바랐다. 조던은 언젠가 이런 말을 했다.

"저 스스로는 시합 보는 눈이 아주 좋은 편이라고 생각하는데요. 경기가 전반적으로 잘 풀리는 날에는 제가 득점을 많이 할 필요가 없어요. 그럴 땐 굳이 앞에 나서지 않고 다른 선수들이 시합에 참여하도록 도울 수가 있죠."

존 팩슨도 인정했듯이 팀이 발전하려면 다른 선수들이 제 몫을 하는 것이 필수였다.

"마이클은 동료들한테 늘 도전거리를 안겨줬어요. 하지만 거기에 못 따라가는 선수가 간혹 있었죠. 예를 들자면 브래드 셀러스는 마이클의 요구를 감당하지 못했어요. 그러면 마이클은 그런 선수들더러 넌 분명히 능력이 되는데 왜 제대로 할 생각을 안 하냐고, 몸이 충분히 받쳐주는데 왜 못하냐고 다그쳤죠."

팩슨은 조던에게 훌륭한 동료로 인정받았지만, 사실 체격이나 운동신경은 그리 특출하지 않았다. 조던은 신체적인 능력보다 마음가짐을 더 중요히 여겼고 팀원들이 결정적인 순간에 용감하게 앞으로 나서길 바랐다. 팩슨은 공을 소유하지 않고도 충분히 위력적이었기에 조던과 역할이 상충되지 않았다.

"마이클은 절 보면서 이런 소릴 자주 했죠. '너한테 저런 화려한 플레이는 무리야.' 그래도 저는 마이클하고 뛸 때 남들보다 유리한 부분이 있었어요. 대학 시절에 국가대표로 유럽에서 한 달 정도 함께 지낸 적이 있거든요. 당시에 유고슬라비아전에서 제가 넣은 슛으로 우리 팀이 역전승을 거뒀어요. 마이클은 그게 인상에 남았나 봐요. 그 경험으로 저를 신뢰하게 된 거죠. 그러고 보면 마이클이 스카티나 호레이스한테 처음부터 큰 부담을 주지는 않았던 것 같아요. 누구든 간에 리그에 적응할 시간이 필요하다는 걸 잘 알았거든요. 아무튼 그 친구는 저랑 얼굴 찌푸리는 일없이 항상 잘 지냈어요. 언론사 인터뷰에서도 저에 대해서는 안 좋은 말을 한 적이 없었습니다. 제게는 그런 게 큰 힘이 됐어요. 팀의 주축 선수에게 비난을 들으면 누구라도 기가 죽기 마련이거든요. 하지만 마이클은 늘 저를 감싸줬죠. 제 생각에는 그 친구가 처음엔 동료들한테 세게 나가도 될까 어쩔까 하면서 망설였던 것 같아요. 본인도 걱정이 됐겠죠. '내가 쓴소릴 해도 되는 걸까? 그냥 다른 선수들이 알아서 하게 내버려 둘까?' 이러면서요. 결과적으로는 마이클이 그렇게 리더로서 목소리를 내기 시작하면서 우리 팀은 더 나아질 수 있었어요. 녀석이 본격적으로 동료들을 시험하고 도전을 안겨주면서 불스는 더 강한 팀이 됐죠. 그러면서 우린 마이클과 함께 경기하는 법을 익혔고, 마이클도 우리와 공존하는 법을 익히게 됐어요."

## 포인트가드

1989년 1월, 승률 5할 이상을 유지하려고 고전하는 가운데 불스의 분위기는 더 나빠졌다. 콜린스는 크라우스가 고용한 코치들을 귀찮게만 여겼다.

"더그가 텍스의 조언을 통 듣질 않아서 제 속이 많이 상했어요." 크라우스가 당시 상황을 설명했다. "게다가 필 잭슨의 말도 먹히질 않았죠. 물론 더그는 두 해 동안 좋은 성과를 냈습니다. 언론이나 홍보 면에서는 제 고생을 꽤 덜어줬고요. 그 친군 미디어 쪽에서 잘 통했으니까요. 하지만 코칭을 임기응변식으로 배웠고, 부코치들 말을 너무 건성으로 들었죠. 필하고도 썩 편한 사이는 아니었고요. 결국 시간이 가면서 더그도 스탠 알벡처럼 우리가 원하는 방향하고는 점점 멀어져 갔습니다."

그에 앞서 시즌 시작 후 3주째 되던 시기(1988년 11월 중)에 후아니타 바노이는 첫아들인 제프리 마이클을 낳았다. 그러나 조던의 부모는 여전히 그녀와의 결혼을 반대했다. 시즌이 진행되는 동안 아이의 탄생은 비밀에 부쳐졌다. 일부 기자들이 그 사실을 알았지만 직접 기사를 쓴 사람은 아무도 없었다. 당시 정황으로 보건대, 바노이는 약 6개월간 친자 확인 소송을 고려했던 것 같으나 그 계획을 실행하지는 않았다. 조던은 깊은 긴장과 갈등 속에서 일상생활을 영위했고 그런 점은 팀 내에서도 크게 다르지 않았다.

그러던 중 1월 말에 이르러 불스는 새로운 전환점을 맞이했다. 그 무렵부터 피펜과 그랜트가 한층 발전된 모습을 보였고 조던은 그들의 실력을 본격적으로 시험하기 시작했다.

"마이클은 스카티랑 호레이스가 어떤 선수로 클지 예상했던 것 같아요." 그 시즌에 불스에 입단하여 교체 센터로 뛰었던 윌 퍼듀의 말이다. "그래서인지 그때부터 그 친구들을 아주 모질게 다뤘죠. 그렇다고 사람을 막 대한 건 아니었지만, 일단은 도전에 응할 자세가 됐는지 확인하려고 마이클 나름대로 테스트를 하고 있었어요."

그런 와중에 조던이 카트라이트에게 분노를 쏟아내면서 팀 분위기는 더 복잡해졌다. 짐 스택은 카트라이트를 두고 '불스에서 아주 보기 드물게 조던의 괴롭힘과 위협에도 굴하지 않는 선수'였다고 평가했다. 나중에 일부 관계자들이 밝히기로, 카트라이트는 조던이 팀원들을 다루는 방식을 무척 싫어했고 그 감정이 거의 증오에 가까웠다고 한다. 스택은 2012년 인터뷰에서 이런 말을 했다.

"빌은 마이클이 불필요하게 동료들을 질책한다고 느꼈어요. 빌은 자존심이 아주 강했고 또 그동안 리그에서 여러모로 인정을 받아온 선수였죠."

스택은 카트라이트가 조던의 리더십을 증오하는 수준은 아니었다고 보았다. 하지만 퍼듀가 기억하기로 조던은 분명히 카트라이트를 싫어하는 것 같았고 꼭 그렇지 않더라도 그를 좋아하는 기색은 없었다고 한다.

카트라이트는 조던의 적대적인 시선을 아무렇지 않게 받아넘겼다. 그는 왕년에 뉴욕 닉스에서 평균 20득점에 10리바운드를 기록하던 우수한 센터였다. 불스로 이적한 후에는 롤 플레이어 역할을 기꺼이 받아들였지만, 조던은 그런 희생을 인식하지 못한 것 같았다.

"빌은 마이클의 재능을 분명히 인정했지만, 마이클의 그 독불장군 같은 태도는 받아들이지 않았죠." 짐 스택이 설명을 계속했다. "마이클은 상대가 누구든 본인 방식대로 시험하려 들었어요. 그런데 연습 때 마이클이 골 밑에 들어오니까 빌이 그 앞을 막아서더군요. 다른 선수들은 잠자코 마이클이 시키는 대로만 했는데, 빌한테는 그런 게 전혀 안 먹혔습니다. 그때까지 마이클은 압도적인 재능을 믿고 팀원들한테 함부로 하는 경향이 있었어요. 하지만 빌에겐 자기만의 선이 있었습니다. 그래서 마이클한테 이렇게 경고했죠. '여긴 내 영역이니 밖으로 나가.' 그런 모습이 우리 선수들한텐 정말 신선하게 다가왔어요. 그렇게 빌은 마이클과 다방면에서 대립하면서 동료들에게 존중받고 인정받게 되었고요."

3월에 콜린스는 주전 포인트가드인 샘 빈센트의 플레이에 불만을 느끼고 그를 후보석에 앉혔다. 그 뒤로 조던이 포인트가드를 맡게 되면서 그의 공 소유 시간은 이전보다 더욱 길어졌다. 주전 슈팅가드 자리에는 과거 텍스 윈터가 감독을 맡았던 롱비치 주립대 출신의 크레이그 호지스가 투입되었다. 콜린스는 당시 인터뷰에서 선발 라인업의 변화에 주시해달라고 말했다.

"앞으로 일이 어떻게 풀려나갈지 지켜보는 것도 재미있을 겁니다. 마이클은 이런 상황을 즐기고 있거든요."

이에 조던은 일곱 경기 연속으로 트리플 더블을 기록했고(1월에서 4월 사이에 트리플 더블을 총 열네 번 기록) 불스는 6연승을 달렸다. 아무래도 콜린스는 그를 다재다능함의 상징인 오스카 로버트슨처럼 활용할 모양이었다. 그 시기에 조던은 시합 도중 기록 관리원에게 다가가 본인 기록을 확인하곤 했다. 트리플 더블을 추가하는 데 필요한 리바운드와 어시스트 수를 보기 위해서였다. 곧 NBA 사무국은 그 의도를 알아채고 담당자들에게 경기 중간에 선수 기록을 공개하지 말라고 지시했다.

그런 와중에 호지스가 발목 부상으로 이후 경기에 모두 빠지면서 불스는 곧바로 6연패를 당했다. 항상 직설적인 화법을 구사했던 텍스 윈터는 그전부터 조던에게 포인트가드를 맡기길 반대했고, 코치진의 내부 갈등은 콜린스가 그를 팀 훈련에 참가하지 못하게 조치한 뒤에야 잠잠해졌다. 필 잭슨은 그 일을 이렇게 언급했다.

"그때 텍스는 훈련이나 여타 일정에서 아예 배제됐죠."

크라우스는 콜린스가 구단의 슈퍼스타를 너무 혹사하는 것은 아닌지 걱정했다. 실제로 조던은 지나치게 많은 역할을 맡아서인지 간혹 지친 기색을 보였다. 그는 포인트가드 역할에 개의치 않았지만 당시 동료들의 득점력은 거의 신뢰하지 않았다.

사실 포인트가드로서 조던의 능력은 감탄해 마지않을 수준이었다. 그는 코트 곳곳에서 춤을 추듯 드리블하며 상대 선수들을 따돌렸다. 순간순간 멈칫대는 동작으로 상대를 속이며 경기의 완급을 조절하던 조던 앞에서 수비수들은 부지런히 발을 놀려야 했다. 그는 동료의 스크린을 활용하는 법을 익혔고 빠른 움직임으로 더블팀 수비도 피해갔다. 상대편의 시선이 그에게 쏠린 사이에 호지스와 피펜, 팩슨은 3점슛 기회를 얻었다. 조던은 외곽에서도 활약했고, 그해 봄에는 점프슛을 많이 성공시켜 수비수들을 더 곤란하게 했다.

시카고 불스는 시즌 전적 47승 35패로 동부 컨퍼런스 5위를 차지했다. 동부 4위로 플레이오프 1라운드 상대가 된 클리블랜드 캐벌리어스는 한 시즌 동안 홈에서 단 네 경기를 제외하고 모두 승리를 거뒀다. 1989년 봄에 조던은 경기를 앞두고 늘 아니타 베이커의 「Giving You the Best That I Got(내게 가장 소중한 것을 당신께 드릴게요)」을 들으며 영감을 얻었다. 그에게는 실로 창의적인 해법이 필요했다. 불스가 정규 시즌에 벌인 캐벌리어스와의 대결에서 6전 전패를 기록했기 때문이다. 한데 레이시 뱅크스는 겁도 없이 불스의 1라운드 승리를 예견했다. 그를 제외한 많은 기자가 불스의 조기 탈락을 예상한 가운데 조던은 성난 목소리로 네 경기 만에 1라운드를 통과하겠다고 선언했다. 하지만 일반 관객들의 눈에도 확실히 캐벌리어스가 유리해 보였다. 골 밑과 외곽에 장신 선수들이 즐비한 팀이었고, 가드진을 이룬 론 하퍼와 크레이그 일로가 조던을 막으려고 단단히 별렀기 때문이다.

대결은 캐벌리어스의 홈에서 시작되었다. 그러나 불스는 놀랍게도 2승 1패로 앞서나가며 시카고에서 시리즈를 끝낼 기회를 잡았다. 시카고 스타디움에서 열린 4차전에서 조던은 50득점으로 분전했지만 경기 후반에 중요한 자유투를 놓쳤고, 결국 연장전까지 가는 접전 끝에 캐벌리어스가 승리하면서 시리즈는 2대2 동률이 되었다. 그는 경기 결과에 충격을 받은 듯했으나 곧바로 실망감을 털어냈다. 그리고 다음 날 클리블랜드행 비행기 안에서 복도를 오가며 '남은 경기는 반드시 승리할 테니 겁낼 필요 없다.'고 동료들을 격려했다.

조던의 의지는 다음 날 열린 5차전 내내 불타올랐다. 그는 연이은 득점과 어시스트로 캐벌리어스를 괴롭혔다. 지원 사격에 나선 호지스와 팩슨은 여러 차례 3점 슛을 성공시켰다. 경기는 4쿼터까지 팽팽하게 이어졌다. 그리고 마지막 3분 동안 두 팀의 점수는 여섯 번이나 엎치락뒤치락했다. 경기 종료 6초 전, 조던은 코트 정면에서 오른쪽으로 돌파를 시도했다. 그 순간 수비수인 크레이그 일로가 팔꿈치에 얼굴을 강하게 얻어맞았고, 조던은 그사이에 점프슛을 넣어 불스가 99대98로 앞섰다. 캐벌리어스의 작전 시간에 이어 시합이 재개되자 일로는 동료에게 인바운드 패스를 하고 다시 코트 안에서 공을 건네받아 레이업을 넣었다. 종료 3초를 남기고 100대99로 캐벌리어스가 앞서나갔다.

다시 작전 타임이 불렸을 때, 콜린스는 모두의 예상을 뒤엎고 센터인 데이브 코진에게 마지막 슛을 주문했다. 그러자 조던이 작전판을 후려치면서 버럭 외쳤다.

"다 됐고 그냥 나한테 맡겨요!"

콜린스는 다시 작전을 짜고 브래드 셀러스에게 공 투입을 맡겼다. 조던은 코트로 걸어 들어가며 크레이그 호지스에게 속삭였다. 자신이 이번 슛을 반드시 넣겠다고.

캐벌리어스의 레니 윌킨스 감독은 파워포워드인 래리 낸스에게 조던이 공을 잡지 못하게 막으라고 주문했지만, 조던은 낸스를 제치고 패스를 받아 곧장 자유투 서클로 달렸다. 일로는 정확한 수비 자세로 그 앞을 빠르게 막아섰다. 그러나 조던은 그마저 제치고 위로 뛰어올랐다. 뒤처진 일로는 슛을 막으려고 오른편에서 왼팔을 길게 뻗었다. 그 손이 얼핏 공에 닿는가 싶었지만 붉은 형체는 여전히 공중으로 솟구치고 있었다. 그리고 그 움직임이 정점에 달하자 공이 휙 하는 소리와 함께 링을 통과했다. 점수는 101대100, 그 순간 조던이 허공에 주먹을 마구 날리며 승리의 기쁨을 표출했고, 이후 '더 샷(the shot)'으로 명명된 이 장면은 텔레비전 화면에 셀 수 없이 자주 등장하게 되었다.

관중석에서 시합을 지켜본 크라우스는 브래드 셀러스의 인바운드 패스가 완벽하게 들어간 덕에 그런 플레이가 가능했다고 평가했다.

"그건 제가 여태 본 것 중에 가장 훌륭한 패스였어요." 그가 2011년에 한 말이다. "마이클은 수비수 세 명 사이에서 마치 실이 바늘귀를 쏙 꿰듯이 정확하게 패스를 받았죠. 그때 전 코트로 뛰어 내려가서 브래드 셀러스를 얼싸안았습니다."

이러한 태도에서 알 수 있듯이 크라우스는 자신이 지명한 선수를 최대한 감싸려고 했다. 1986년에 조던은 신인 드래프트에서 듀크 대학의 조니 도킨스를 지명하라고 압력을 가했지만, 크라우스는 결국 셀러스를 뽑았다. 이 문제는 또 다른 갈등을 불러일으켰다. 물론 1989년도 플레이오프에서 셀러스가 한 패스는 분명히 훌륭했지만, 그간 일어난 문제들을 덮을 정도는 아니었다. 크라우스와 조던은 기쁜 승리의 순간을 완전히 다른 관점에서 보았다. 고집스럽고 늘 남을 이겨야만 직성이 풀렸던 두 사람은 불스 소속으로 성공을 공유했지만, 그 성공은 마치 임자 없는 땅처럼 그들 사이에서 계속 커져만 갔다. 그리고 셀러스는 그 시즌이 끝난 뒤 불스를 떠났다. 한때 주전 선수였던 그는 그해 플레이오프에서 경기당 13분을 소화하며 평균 4득점을 올리는 데 그쳤다.

한편 그날 시합 영상에는 재미있는 모습이 비쳤다. 거기에는 조던의 역전슛으로 승리를 거둔 뒤 열렬히 환호하는 불스 선수단이 보이고, 그 옆에는 《시카고 트리뷴》의 샘 스미스와 버니 린시컴, 《시카고 선 타임스》의 레이시 뱅크스 같은 기자들이 앉아 있었다.

한때 《선 타임스》에서 뱅크스와 함께 일했던 J.A. 아단데가 그날을 회상하며 말했다.

"영상을 보면 더그 콜린스가 기뻐하는 모습하고 레이시가 두 손을 들고 방방 뛰는 모습이 나와요. 아시겠지만 레이시는 불스를 응원하는 쪽이었어요. 불스가 너무 극적으로 이기니까 그만 본심이 튀어나와 버린 거죠. 하지만 그 친구가 그런 팬심 때문에 기자로서 본분을 망각한 적은 없었어요."

언제나 조던에게 냉정한 잣대를 들이밀었던 레이시 뱅크스는 그 순간 기자다운 자세를 잊고 익살스러운 장면을 연출했다. 사전에 불스의 승리를 장담했던 만큼 절박함이 커서 그랬겠지만, 그 모습은 마이클 조던에게 객관성을 잃은 매스미디어의 모순성을 잘 드러냈다. 스포츠의 인기와 언론사의 이익이 유난히 커진 시대에 스포츠 저널리즘에서 중립성을 찾기란 점차 어려운 일이 되었다.

한편 캐벌리어스는 5차전 패배로 큰 충격에 빠졌다. 조던의 대학 시절 동료이자 캐벌리어스의 센터였던 브래드 도허티에게는 그날의 광경이 낯설지 않았다. 도허티는 5차전 종료 직전 상황을 이렇게 이야기했다.

"마이클이 점프할 때 저는 리바운드 위치를 잡으려고 뒤로 돌면서 공이 날아오는지 확인했어요. 그런데 아무것도 안 오더라고요. 그때 마이클이 바로 슛하지 않고 시간차를 두고서 공을 던졌거든요. 결과는 골인이었죠. 지금도 저는 마이클이 3초 동안 어떻게 그런 걸 다 했나 싶어요."

경기 후에 조던은 밝은 표정으로 말했다.

"이제 우린 뉴욕으로 갑니다."

불스의 2라운드 상대는 릭 피티노 감독과 패트릭 유잉, 찰스 오클리, 마크 잭슨이 있는 뉴욕 닉스였다. 조던은 사타구니 부상을 안고도 평균 35득점을 올렸다. 그 덕분에 불스는 3승 2패로 앞선 채 홈구장에서 6차전을 맞이했다. 그날은 경기 중에 스카티 피펜과 닉스의 케니 워커가 주먹다짐을 벌여 둘 다 퇴장당하는 사건이 있었다. 피펜의 부재로 팀이 위기에 몰리자 조던은 한층 분전하여 40득점 10어시스트를 기록했다. 불스는 경기 종료 6초 전까지 111대107로 앞서며 승기를 굳히는 듯했다. 그런데 그때 닉스의 트렌트 터커가 3점슛을 넣고 불스 선수의 반칙으로 얻은 보너스 자유투까지 성공시켜 단숨에 4점을 따라잡았다. 111대111 동점 상황에서 사이드라인에 선 콜린스는 산소가 부족한 듯 숨을 헐떡였다. 조던은 1라운드 5차전에서처럼 또 한 번 기적을 바라고 있었다. 그는 존 팩슨의 인바운드 패스를 받아 골대로 돌진했으나 반칙을 당해 바닥에 넘어지고 말았다. 남은 시간은 4초. 그는 자유투 두 개를 모두 넣었고, 닉스의 마지막 슛은 종료 버저와 함께 골대를 벗어났다. 승리가 확정되자 콜린스는 코트로 뛰쳐나와 두 주먹을 들어올렸다.

## 배드 보이스

시카고 불스가 컨퍼런스 결승에 진출한 것은 1975년에 골든스테이트 워리어스를 상대로 패배했던 시리즈 이래 처음이었다. 이번 상대는 디트로이트 피스톤스로, 두 팀의 역사는 그 시즌에도 변함없이 분노로 점철되었다. 정규 시즌 막바지였던 4월 경기에서 아이제이아 토머스는 빌 카트라이트를 때려 두 경기 출장 정지 처분을 받았고, 그 기억은 선수들의 뇌리에 아직 생생히 남아 있었다. 그 시즌에 피스톤스가 닉스와 맞붙어 4전 전패, 불스를 상대로 6전 전승을 거뒀지만, 토머스는 불스보다 닉스와 싸우길 원했다. 리그 첫 우승을 향해 팀을 이끌던 그에게 불스는 영 껄끄러운 상대였다. 아니나 다를까, 조던은 초인적인 활약으로 캐벌리어스에 이어 닉스마저 무너뜨리고 말았다.

동부 컨퍼런스 결승 1차전에서 콜린스는 조던에게 토머스를 막게 했다. 조던은 포인트가드 포지션에 꽤 적응한 상태였지만 경기 내내 토머스를 막기는 처음이었다. 그의 키와 높은 점프력은 토머스의 집중력을 흐트리는데 확실히 도움이 되었다. 조던은 토머스의 슛이 번번이 링을 빗나가자 수비 거리를 넓혀 더 많은 슛을 시도하게 유도했다. 그날 토머스의 슛 성공률이 높았다면 조던은 더 바짝 붙어 수비했을 테고, 그랬다면 토머스는 돌파를 선택하거나 골 밑에 자리 잡은 마크 어과이어에게 시원하게 어시스트 패스를 뿌렸을 것이다. 그러나 그의 장거리슛이 계속 빗나가면서 피스톤스는 어려운 상황에 빠졌다.

그날 토머스는 슛을 열여덟 번 시도하여 겨우 세 개만 성공시켰다. 조던은 경기가 끝난 뒤 이렇게 말했다.

"전 아이제이아가 언제든 골 밑으로 파고들 수 있다는 걸 염두에 뒀습니다. 그래서 가능하면 멀리서 슛을 던지게 유도했는데 다행히도 오늘은 잘 안 들어가더라고요. 제가 수비를 잘한 덕분이라고 하긴 어려워요."

점프슛이 잘 들어가지 않기로는 피스톤스의 특급 식스맨*이었던 비니 존슨도 마찬가지였다. 그날 피스톤스는 2쿼터까지 24점을 뒤졌지만, 이후 점수 차를 부지런히 따라잡아 4쿼터 중반에는 불스를 앞섰다. 그러나 불스의 강력한 수비 앞에 리드를 유지하지 못하고 결국 94대88로 첫 경기를 내주었다. 그전까지 홈경기 28연

---

* 농구에서는 교체 선수 가운데 가장 기량이 뛰어난 선수를 여섯 번째 선수, 즉 식스맨(sixth man)이라고 부른다.

승, 플레이오프 7연승을 달리던 피스톤스는 이 패배로 기록을 마감해야 했다. 불스로서는 지난 시즌 플레이오프까지 합쳐 열 경기 만에 맞이하는 피스톤스전 승리였다. 피스톤스가 한 해 동안 열심히 일궈낸 홈코트 어드밴티지*는 이 한 경기로 사라지고 말았다.

조던은 기자들에게 말했다.

"아마 오늘처럼 피스톤스의 약점을 잡기란 쉽지 않을 겁니다. 그래도 덕분에 이번 시리즈를 잡을 수 있는 기회가 왔네요."

경기 후 피스톤스의 선수 탈의실에는 기자들이 발 디딜 틈 없이 들어찼다. 토머스는 평소보다 오래 샤워실에 머물렀고, 그사이에 기자들은 더욱 많아졌다. 한참 시간이 지난 뒤 그는 인파를 헤치고 나타나 수많은 카메라와 마이크를 마주했다.

온갖 질문이 날아드는 가운데 마크 어과이어가 기자들을 뚫고 토머스 곁에 있던 커다란 로션 용기로 손을 뻗었다. 그는 동료의 우울함을 풀어주려고 웃으며 말했다.

"아직 놀러 나갈 기운은 있는 거지?"

토머스는 피식 웃고는 다시 눈앞의 마이크에 집중했다. 그는 침착한 목소리로 모든 질문에 차례차례 답했다. 인터뷰는 45분간 계속되었고 탈의실은 점점 한산해졌지만 《뉴욕 포스트》의 피터 베시 기자는 더 궁금한 것이 있었는지 끝까지 남아서 질문을 던졌다. 대체 왜 그렇게 슛을 넣지 못 했냐고.

토머스는 넥타이를 다 매고서 크게 한숨을 쉬었다. 그동안 조던과 대결하며 가장 두려워하던 상황이 현실로 일어난 듯했다. 그는 초췌한 표정으로 말했다.

"가끔 오늘처럼 이상하게 안 풀리는 시합이 있어요."

토머스는 개인용품을 가방에 챙겨 넣고 탈의실을 나섰다. LA 출신의 친구인

---

* 홈팀으로서 자기 구장에서 시합을 하여 얻는 이점과 상대 팀보다 높은 승수를 쌓아 플레이오프에서 홈경기를 더 많이 할 수 있는 권한을 의미한다. 플레이오프에서는 승수가 많은 팀이 홈경기를 한 번 더 치를 수 있는데, 이 사례에서는 피스톤스가 불스에 홈에서 1패를 당하여 각 팀의 홈구장에서 치를 시합 수가 같아졌으므로 홈코트 어드밴티지가 사라졌다고 보는 것이다.

마이크 오른스테인이 복도에서 기다리다가 가방을 낚아챘다.

"이건 내가 들어줄게."

그는 그러면서 토머스의 등을 두들겼다. 그 뒤로 두 사람은 차를 탄 채 몇 시간을 정처 없이 떠돌았고, 토머스는 한 번도 입을 열지 않았다.

《디트로이트 뉴스》의 셸비 스트로더 기자는 그 상황을 다음과 같이 요약했다.

"아이제이아 토머스는 마치 다 죽어가는 사람 같았다."

하지만 그 뒤로 사망 기사가 뜨는 일은 없었다. 이틀 뒤 토머스가 33득점, 듀마스가 20득점을 올리면서 피스톤스가 100대91로 승리하여 시리즈 전적은 1대1로 동률이 되었다. 이후 시카고 스타디움에서 벌어진 3차전에서는 어과이어가 공격력을 뽐냈다. 시카고 관객들이 잠잠해진 가운데 피스톤스는 종료 7분여를 남기고 14점을 앞서고 있었다. 그렇게 피스톤스가 4쿼터를 장악하는가 싶었지만, 이후 조던이 공격을 주도하여 점수는 97대97 동점이 되었다. 남은 시간은 28초, 공격권은 피스톤스에 있었다. 종료 10초를 남기고 토머스는 외곽에서 3점 라인 안으로 파고들었지만, 레임비어가 수비수인 조던을 방해하려고 스크린플레이를 시도하다가 반칙을 범하고 말았다. 그렇게 공격권이 바뀐 후 불스는 조던이 골대 오른편에서 던져 넣은 점프슛 덕분에 99대97로 승리하여 시리즈를 2승 1패로 앞서게 되었다.

그날 조던은 46득점을 기록하며 컨퍼런스 결승에서 처음으로 초특급 공격수다운 면모를 보였다. 피스톤스는 조던에게 대량 실점을 당하면 승산이 없다고 판단하고 4차전에서 그를 말 그대로 포인트가드 역할에만 충실하게 만들었다. 그들은 조던을 이중삼중으로 막으면서 어쩔 수 없이 패스를 하도록 압박했다.

"마이클이 경기에 집중하기 시작하면 그땐 아무도 막을 수가 없어요." 토머스가 조던을 두고 한 말이다. "핵심은 그겁니다. 우린 그런 집중력을 흩뜨리는 데 신경 쓰고 있어요."

조던을 주로 막는 선수는 조 듀마스였지만, 그날은 비니 존슨과 토머스, 로드맨도 교대로 수비에 나섰다. 4차전에서 조던은 슛을 15회 시도하여 다섯 개만 성공시켰다. 불스 선수단의 전체 슛 성공률은 39퍼센트였다. 피스톤스는 그보다 못한 36퍼센트였지만 그 점은 문제가 되지 않았다. 토머스가 27점을 넣고 팀 전체가 수비에 주력한 덕분에 피스톤스는 86대80으로 승리하며 시리즈 전적을 2대2 동률로 되돌렸다.

경기 후 콜린스는 조던에게 슛 시도 횟수에 비해서 득점이 너무 적다고 지적했다. 이에 조던은 성숙하지 못한 반응을 보였다. 피스톤스의 홈구장에서 벌어진 5차전에서 그는 단 여덟 번만 슛을 던졌다. 그가 총 18득점을 올리는 동안 넣은 슛은 네 개에 불과했고, 그 덕분에 피스톤스가 94대85로 승리를 챙겼다. 그렇게 무언의 항의를 받은 뒤 콜린스는 구단주에게 조던이 있는 한 우승은 불가능하다는 뜻을 전했다. 그러나 일각에서는 감독이 지금껏 조던의 투정을 다 받아주는 바람에 문제가 커졌다며 도리어 콜린스를 비판하는 이들도 있었다.

시카고 관중은 감독과 팀 최고의 스타 사이에서 일어난 다툼을 모른 채 6차전을 맞이한 홈에서 환호성을 질렀다. 경기장은 1쿼터 초반부터 아주 소란스러웠다. 피펜이 공격 리바운드를 잡으려다가 레임비어의 팔꿈치에 맞아 뇌진탕을 일으켰기 때문이다. 그는 잠시 의식을 잃었다가 곧 깨어났지만, 시합에 돌아오지 못하고 병원에서 하룻밤을 보냈다. 하지만 레임비어에게 반칙은 선언되지 않았다. 이후 그가 반칙을 당해 자유투 라인에 서자 시카고 스타디움이 떠나갈 만큼 큰 야유가 울려 퍼졌다.

"빌어먹을 레임비어! 빌어먹을 레임비어!"

그날 33득점을 올린 아이제이아 토머스 앞에서 조던이 32득점으로 분전했지만 불스는 무기력했다. 피스톤스는 103대94로 승리하여 시리즈를 마무리 지었다. 조던은 경기 종료 직전에 선수석으로 들어가면서 듀마스와 짧게 인사를 나누었다. 나중에 듀마스는 그 순간 어떤 대화가 오갔는지를 밝혔다.

"마이클은 저랑 악수를 하면서 이렇게 말했어요. '동부로 우승 트로피를 꼭 가져와.' 전 이렇게 대꾸했죠. '네가 딱히 보고 싶진 않겠지만, 내년에 여기서 또 보자구.' 그때 제 마음속엔 아무리 노력을 해도 그 친구를 따라잡긴 어려울 것 같다는 그런 두려움이 있었습니다."

조던은 분노와 좌절을 느꼈지만 패배로 인한 쓰라린 심정을 감추려 했다. 레이시 뱅크스가 그 점을 언급했다.

"마이클은 종종 이런 얘길 했죠. '다른 사람에게 자기 상처를 드러내면 안 된다. 남들이 내가 어떤 생각을 하는지 알 수 없게 하라. 상대방에 대해서 많은 것을 알아내도 상대가 나에 관해 더 많은 것을 알면 결국 내가 불리해진다.' 그래서 마이클은 좌절감을 숨기고 슬픔, 실망감, 고뇌를 숨겼죠."

선수 탈의실에서 콜린스는 레임비어가 더티 플레이를 했다며 욕을 해댔다. 기자들은 콜린스의 원색적인 발언을 레임비어에게 전달했지만, 그는 피펜의 부상을 바로 인지하지 못했다고 대답했다. 코트 반대편으로 넘어간 뒤 불스 트레이너들이 피펜의 주위에 모여든 모습을 보고서 그 문제를 알아차렸다는 것이다.

기자들이 빠져나간 뒤 영화감독 스파이크 리가 피스톤스의 탈의실을 찾았다. 당시 그는 에어 조던 농구화 광고에 마스 블랙몬이라는 등장인물로 출연하고 있었다. 그는 아이제이아 토머스의 앞에 멈춰 서서 사진을 찍었다.

그러자 토머스가 인사를 건넸다.

"스파이크! 잘 지냈어요? 안 그래도 오늘 아침에 TV에 나온 걸 봤어요."

리는 피식 웃으면서 그와 가볍게 악수했다. 조던은 나이키와의 계약으로 엄청난 부자가 되었지만 불스의 운명을 좌지우지한 것은 여전히 토머스와 피스톤스였다. 이후 피스톤스는 NBA 결승에서 LA 레이커스를 4전 전승으로 이기고 첫 우승을 차지했다. 그리고 불스는 또다시 혹독한 비판 속에 큰 변화를 겪게 되었다.

불스는 플레이오프에서 2년 연속으로 피스톤스에 패한 뒤 한 가지 깨달음을 얻었다.

"디트로이트와 붙을 땐 감정적으로 대응하면 안 됩니다. 절대 그러면 안 돼요." 존 팩슨이 1995년에 당시 느꼈던 바를 이야기했다. "왜냐하면 그게 그쪽에서 바라는 플레이거든요. 디트로이트가 원하는 건 우리가 제 페이스를 잃는 거예요. 우린 그쪽 선수들만큼 체격이 크거나 강하지 못했죠. 그런 상황에서 평정심까지 잃으면 그야말로 디트로이트의 장단에 놀아나는 셈이었어요. 그런데 안타깝게도 당시 우리 감독님이 금방 욱하는 성격이었단 말이죠. 게다가 시카고 스타디움의 관중도 그쪽 계략에 쉽게 말려들었고요. 그러다 보니 홈이라 해도 우리한테 딱히 유리한 점이 없었죠. 디트로이트가 워낙 적대적으로 굴어서 경기 중에 감정을 제어하기가 쉽지 않았어요. 나중에 우리가 그 작전을 깨는 방법을 찾은 뒤로는 멋진 경쟁 구도가 이뤄졌지만, 그전까지는 디트로이트가 절대 넘어설 수 없는 벽처럼 보였습니다."

1989년 7월 6일, 라인스도프와 크라우스는 구단과 감독의 농구 철학이 다르다며 돌연 콜린스를 해고했다. 팀을 14년 만에 처음으로 컨퍼런스 결승에 올려놓은 젊은 감독을 시즌이 끝난 지 얼마 되지도 않아 해고한다는 소식에 많은 사람이 놀랐다. 그러면서 소문이 난무하기 시작했다. 특히 유명했던 것은 콜린스가 구단 대주주의 친척과 사귄다는 이야기였다. 당시에 크라우스는 콜린스가 사교 활동에 아주 열성적이었음을 인정했다. 실제로 그에게 좀 자제하라며 두어 차례 주의를 주기도 했다. 하지만 시중에 나도는 소문에 관해서는 사실이 아니라고 잘라 말했다.

크라우스는 콜린스를 두 가지 이유로 해고했다고 밝혔다. 하나는 그의 성향이 점점 과격해져 감독 본인과 팀 전체가 지쳤다는 것, 또 하나는 공격에 관한 철학이 부족하다는 것이었다.

그동안 콜린스는 선수 영입 문제로 크라우스와 자주 충돌을 일으켰다. 소문에 의하면 라인스도프에게 단장을 해고하자고 제안했다고도 한다. 그러나 라인스도프는 콜린스에게 전혀 관심이 없었고, 어차피 그를 고용한 것도 크라우스의 추천 때문이었다. 콜린스의 힘겨루기는 현명하지 못한 선택이었다.

마크 파일이 두 사람의 관계를 이야기했다.

"더그는 제리 크라우스와 사이가 좋지 못했어요. 그 점이 매일 같이 우릴 불안하게 했죠."

"지역 언론사들은 더그의 해고 소식에 별로 놀라지 않았어요." 셰럴 레이스타우트가 당시 상황을 설명했다. "화가 난 건 팬들이었죠. 다들 이해할 수 없다는 반응이었어요. 그럴 거였으면 차라리 1라운드에서 클리블랜드한테 지는 편이 나았다고 생각할 정도였죠. 그만큼 팬들 반응이 안 좋았어요. 하지만 불스 내에도 많은 갈등이 있었습니다. 선수들 간의 갈등도 있었고, 감독과 경영진도 여러모로 잘 맞질 않았어요. 애초에 오래 갈 관계는 아니었던 거죠."

크라우스는 몇 년 뒤에 그 일을 이렇게 떠올렸다.

"더그는 언론 쪽에서 인기가 참 좋은 사람이었어요. 저 빼곤 다들 그 친구를 좋아했죠. 우리 팀이 동부 컨퍼런스 결승에 올랐을 때 전 제리(라인스도프)한테 더그를 내보내자고 말했어요. 다른 주주들 반응은 이랬죠. '아니, 자네가 더그를 데려오지 않았나? 저 친구는 자네 작품이야. 겨우 50승 가지고 우리 팀을 동부 결승까지 끌어온 감독이라고.' 그런데 제리는 저더러 왜 그래야 하냐고 물었죠. 그래서 지금 같은 방식으로는 우승이 어려울 것 같다고 대답했어요. 팀 자체는 챔피언이 될 만한 실력이 있다고 덧붙였죠. 더그 콜린스가 방출된 진짜 이유는 그거였습니다. 사실 단장의 권한이 아무리 크다 해도 구단주의 허락 없이 감독을 자를 순 없는 거거든요. 아무튼 제리한테 그 얘길 하니까 후임으론 누굴 생각하는지 묻더군요. 그래서 제가 그랬죠. '더그를 내보내기 전까지 그 결정은 보류하고 싶습니다. 일단 더그 일부터 처리합시다.' 그렇게 해서 해고가 결정됐어요. 그 뒤에 전 필 잭슨을 고용하고 싶다고 했고요. 필은 2년 전부터 불스 부코치로 일하고 있었죠. 제리는 그러자고 했어요."

"더그는 굉장히 감정적인 사람이었습니다." 나중에 필 잭슨이 인터뷰에서 콜린스를 두고 한 말이다. "팀을 위해 모든 정열을 쏟았고, 그런 관점에선 우리 팀에 긍정적인 효과를 불러일으켰다고 할 수 있죠. 팀 분위기를 끌어올리고 선수들에게 활력을 불어넣는 데 능했고요. 하지만 거기서 더 나아가려면 절제와 균형을 배울 필요가 있었습니다."

바로 그런 이유로 잭슨이 감독을 맡게 되었다.

불스는 콜린스의 지도 아래서 해마다 발전하는 모습을 보였다. 그는 구단 관계자들과 여러모로 마찰을 겪으면서도 자신의 앞날을 예측하지 못했다. 크라우스는 당시 있었던 일을 이야기했다.

"저는 더그를 사무실로 불렀어요. 아무래도 그 친구는 계약 연장을 기대했던 모양이에요. 자기 에이전트를 같이 데려왔거든요. 제가 '이제 자네를 슬슬 놓아줘야 할 때가 온 것 같아.' 이렇게 말하니까 놀란 표정을 짓더라구요. 그렇게 이야기를 나눈 뒤에 전 필한테 전화를 걸었죠. 그 친구 그때 몬태나에서 낚시를 하고 있었어요. 전화로 방금 더그를 내보냈다고 말하니까 그게 무슨 소리냐고 묻더군요. 그래서 제가 그랬죠. '더그를 해고했다는 소리지. 이제 자네가 감독을 맡아주면 좋겠어. 오늘 당장 비행기 타고 이리로 오도록 해. 가능하면 빨리. 얘길 좀 해야겠네.'라고요."

콜린스는 미리 준비해둔 성명서를 통해 팀을 떠나는 아쉬움을 드러냈다.

"저는 3년 전 감독 제의를 받고, 불스를 다시 이 도시에 어울리는 멋진 팀으로 만들자는 도전에 기꺼이 응했습니다. 저는 이 팀이 해마다 NBA 우승을 향해 한 발 한 발 내디디며 강한 자부심과 투지를 안고 싸운 것이 자랑스러웠습니다. 이제 시카고 스타디움과 이 위대한 팀의 일원이 되지 못한다는 사실에 말로는 다 설명하지 못할 공허함을 느낍니다."

소니 바카로가 이야기하기로 조던은 콜린스의 해고 소식에 큰 불만을 느끼지 않았다고 한다.

"그 일로 나한테 전화가 온 적도 없었고, 직접 얘길 해봐도 마이클은 '뭐, 더그가 감독 자리에서 잘렸나 봐요.' 정도로만 반응했어요. 그게 마이클한텐 별일 아니었던 거예요."

존 팩슨은 당시 상황을 이렇게 떠올렸다.

"더그는 참 인기가 많았어요. 우리가 컨퍼런스 결승까지 올라가고 디트로이트와 6차전까지 접전을 벌였던 터라 더그의 해임은 꽤 논란이 됐죠. 그때 우리 팀의 미래는 밝아 보였거든요. 그런데 3년간 고생하면서 팀을 거기까지 끌고 간 감독이 잘린 거예요. 그건 모두 구단주와 단장의 생각이었어요. 두 사람은 더그가 감독 일을 잘 해왔다고 인정했지만, 팀을 한 단계 더 발전시키려면 다른 유형의 감독이 필요하다고 봤죠."

조니 바크는 2012년 인터뷰에서 콜린스의 공로를 높이 평가했다.

"더그는 감독이 된 뒤에 몸으로 부딪치면서 많은 걸 배웠고 그 경험을 잘 살렸죠. 그 친구가 우리 팀에 어떤 영향을 미쳤는가, 그건 마이클의 3년 차 시즌을 생각해보면 될 것 같아요. 당시에 더그는 젊고 세상만사에 호기심을 갖는 열정적이고도 불같은 감독이었죠. 그 친구는 말주변이 아주 뛰어났어요. 시합 중에는 그 능력을 살려서 심판들을 따라다니며 자기가 목격한 상황에 관해 거침없이 이야기했죠. 그런 모습은 우리에게 여러모로 좋은 영향을 미쳤을 겁니다. 농구란 건 결국 사람들을 즐겁게 하고 많은 승리를 따내는 게 중요한 스포츠잖아요. 분명히 더그는 마이클이 성장하는 데도 많은 역할을 했을 거예요. 두 사람 다 순식간에 확 끓어오르는 성격이었는데, 마이클은 승부욕과 공격성에서, 더그는 열정과 언변에서 그런 점이 두드러졌죠. 특히 더그는 주변 분위기를 활기차게 만드는 데 일가견이 있었어요."

나중에 콜린스는 가까운 지인들에게 '아무래도 필 잭슨 때문에 자신의 입지가 약해진 것 같다.'고 사정을 밝혔지만, 공식 석상에서는 한 번도 그런 말을 하지 않았다.

"사실 필 잭슨의 역할이 그거였어요." 레이시 뱅크스의 말이다. "필은 제리 크라우스가 더그를 뒤에서 찌르려고 마련해둔 단검 같은 존재였습니다."

잭슨은 1994년 인터뷰에서 이렇게 말한 바 있다.

"더그는 많은 공격 패턴을 만들어뒀죠. 그때 우리가 쓰던 게 마흔인가 쉰 가지 정도 됐어요. 그래서 선택지가 참 많았습니다. 세트플레이만 해도 대여섯 개 정도였는데, 사실 많은 팀이 그런 식으로 경기를 준비하죠. 하지만 농구 지도자로서 제가 지향하는 방향은 달랐고 텍스의 철학도 그렇지 않았죠. 우린 텍스가 만든 조직적인 시스템을 신뢰했습니다."

처음에 크라우스는 잭슨이 윈터의 전술을 활용할지 어떨지 가늠하지 못했다. 다만 두 코치가 자신의 기대대로 서머리그를 함께하며 충분히 가까워졌다는 사실은 잘 알고 있었다.

크라우스는 잭슨과의 면담에 관하여 이야기했다.

"전 필을 불러서 어떤 철학을 토대로 팀을 운영할지 이야기했어요. 그 친구가 먼저 꺼낸 말은 이거였죠. '저는 항상 공격보다 수비를 지향했습니다. 레드 홀츠먼 감독 밑에서 선수로 뛸 때도 그랬고 코치가 되어서도 그랬어요. 단장님도 그런 방향을 원하십니까?' 제가 그렇다고 하니까 필은 '그럼 공격은 텍스의 방식대로 가겠습니다. 트라이앵글 오펜스를 써야겠어요.' 이렇게 말했죠."

# 제 23 장

# 드라이브 스루 웨딩

1988~89시즌이 진행되는 동안 조던은 아들의 출생 소식이 알려지지 않도록 기자들을 단속했다. 그러나 그가 자택에서 연 지인들과의 모임에 《스포츠 일러스트레이티드》의 기자 잭 맥칼럼을 초대하면서 일이 터지고 말았다. 거기서 맥칼럼은 후아니타 바노이가 건강한 남자 아기를 안고 어르는 모습을 보았다. 그날 저녁에는 불스의 홈경기가 벌어졌고, 맥칼럼은 구단 홍보부장인 팀 핼럼으로부터 절대 조던의 아이에 관하여 기사를 쓰면 안 된다고 주의를 들었다. 그 말을 듣고 맥칼럼은 깊은 고민에 빠졌다. 그는 조던과 무척 가까운 사이였지만 기자의 본분을 저버리기도 어려웠다. 그 일이 크게 기사화되길 원치 않았던 그는 그 주에 낸 글 끄트머리에 조던의 아들 이야기를 짤막하게 남겼다.

하지만 많은 독자가 그 정보를 놓치지 않았고, 맥칼럼의 글을 확인한 조던은 크게 분노했다. 아무리 사실이라 해도 그런 기사는 티 없이 깨끗한 자신의 이미지를 유지하는 데 방해가 될 뿐이었다. 그러나 당시에 그는 인간적인 약점을 조금씩 드러내고 있었고, 이후로 그것을 대중 앞에서 감추기란 점점 더 어려워졌다.

한 치 앞을 알기 어려웠던 1989년도 플레이오프가 끝난 뒤 조던의 여름은 또다시 골프와 의문스러운 사생활로 채워졌다. 그는 그런 와중에 중요한 과제를 해결하려 했다. 8월 하순에 그는 샌디에이고 스포츠 아레나에서 열린 한 모금 행사에서 그곳의 공동 소유주이자 사장인 리처드 에스키나스를 알게 되었다. 이후 그와 함께 고액의 내기 골프를 즐기면서 골프와 도박을 향한 조던의 열망이 얼마간 해소되지만, 그들의 관계는 몇 년 뒤 사회적으로 큰 물의를 빚게 된다. 그러나 당시만 해도 에스키나스는 그저 조던의 바쁜 삶 한구석에 발을 들인 인물에 불과했다.

샌디에이고에서 에스키나스를 만난 뒤 조던과 그를 따르는 작은 수행단은 서둘러 라스베이거스로 향했다. 거기서 그는 소니 바카로의 소개로 카지노업계의 거물인 스티브 윈을 만났다. 바카로의 동생과 함께 일하던 윈은 조던과 바노이를 환대했다. 라스베이거스에 머무는 동안 두 사람은 자동차를 탄 채 간소하게 예식을 진행하기로 유명한 리틀 화이트 웨딩 채플을 찾았다.

조던은 1986년의 마지막 날 닉스 피시마켓 레스토랑에서 청혼한 이래로 매번 결혼을 하니 마니 하던 상황이었다. 바카로가 당시를 회상하며 말했다.

"마이클은 결혼을 얼른 해치우고 싶었죠. 그날 식장에는 아무도 없었어요."

정확히 말하자면 바카로와 그 아내인 팸이 함께 있었다. 프레드 윗필드도 예식을 지켜봤지만, 그 외에 다른 하객은 없었다.

"결혼해서 한 사람에게 정착한다는 건 시기적절한 결정이었어요." 조던이 후일 인터뷰에서 한 말이다. "그건 또 다른 미지의 세계로 걸어 들어가는 느낌이었죠. 하지만 전 결혼이 무엇인지 배울 준비가 돼 있었습니다. 그리고 매일 같이 새로운 걸 배웠죠. 누군가와 남은 생을 잘 보내려면 그런 노력이 필요해요. 물론 좋은 날도 있고 좋지 않은 날도 있지만, 부부로서, 또 한 가족으로서 함께 어려움을 이겨내고 나아가야 합니다."

결혼은 한동안 부모에 관한 걱정을 잊는 데 도움이 되었다. 당시에도 조던은 델로리스와 제임스에게 많은 조언과 응원을 받고 있었다. 그들을 언짢게 할 마음은 없었지만, 첫 아이가 태어난 지 거의 1년이 되었고 그간 여러 차례 곤란한 상황이 벌어졌기 때문에 그는 결혼을 서두를 수밖에 없었다.

"마이클의 부모님은 애초부터 그 결혼을 바라지 않았어요." 바카로가 말을 이었다. "결혼 당시에 이것저것 다른 문제들도 있었고요. 제임스와 델로리스는 며느리를 처음부터 마음에 들어 하지 않았죠. 하지만 후아니타는 대단한 사람이에요. 내조를 정말 잘했거든요. 만약에 말이죠, 마이클이 후아니타처럼 교양 있고 착실한 여자를 못 만났다면 결혼을 세 번은 했을 겁니다. 그럼 여자 문제로 고생깨나 했을 거예요. 그런 게 아예 없었던 건 아니지만, 훨씬 큰 문제가 생겼겠죠. 마이클이 세상 사람들의 온갖 요구와 기대에 시달리면서도 그나마 안정적으로 살 수 있었던 건 다 후아니타 덕분이에요."

바카로는 바노이가 '그야말로 우아한 숙녀였지 뭐든 제힘으로 하려는 여장부 유형은 아니었다.'고 설명을 덧붙였다. 그녀는 너그럽고 인내심이 강하여 대화를 편안하게 이끌 줄 알았다. 그래서 조던이 자기 자신과 주변에서 일어나는 일들을 이해하는 데 큰 힘이 되었다. 바카로는 조던 같은 유명인이 바노이처럼 현실적인 여자를 만나기란 쉽지 않다고 지적했다. 바노이와의 결혼은 조던이 그간 거머쥔 막대한 행운 가운데서도 매우 중요한 위치를 차지했다. 부모의 첨예한 갈등을 눈앞에서 목격했던 그는 마침내 의지할 곳을 찾았다. 바노이는 쉴 곳이 필요했던 그에게 새로운 가족이 되어 따뜻한 가정을 선사했다.

레이시 뱅크스가 이야기하기로, 조던은 선수 생활 내내 본인의 프라이버시를 무엇보다 중요하게 여겼다고 한다.

"마이클과 후아니타는 하이랜드 파크에 집을 한 채 갖고 있었어요. 대저택 같은 건 아니었고 그냥 큰 집이었죠. 700평짜리 저택을 지은 건 좀 더 나중 일이에요. 아무튼 그렇게 집이 넓어도 마이클은 거기서 파티라든가 대대적인 행사 같은 걸 주최하지는 않았어요. 많은 사람을 초대해야 할 때는 골프장이라든가 파티 룸 같은 곳을 빌리길 선호했죠. 그런 시끌벅적한 모임을 자주 여는 편도 아니었고요."

조던 부부가 해마다 일정을 비워두고 기다린 행사는 할로윈이었다. 그때마다 조던은 시카고 지역의 수많은 어린이를 대접하고자 많은 준비를 했다. 당시 그가 세운 한 가지 원칙은 아이들 부모님이 따라오면 안 된다는 것이었다. 조던은 자신의 사생활에 관심을 둔 어른들을 일절 배제한 채 아이들에게 직접 과자를 나누어 줬다. 이 활동은 그가 NBA 선수가 되고 얼마 지나지 않아서 시작되었는데, 이후 시카고 북부의 교외 지역에 저택을 지은 뒤로는 그 규모가 더욱 커졌다.

"마이클은 자기 영향력이 커진 것을 자각하면서 그런 지위를 유지하는 데 뭔가 필요한지 잘 알게 됐어요." 레이시 뱅크스가 설명을 계속했다. "그리고 본인의 삶에 관여하는 사람들을 취사선택할 힘이 있다는 걸 깨달았죠. 그 시절엔 모든 사람이 마이클처럼 되고 싶어 했고, 또 그 녀석과 함께하길 원했어요. 하지만 마이클 본인이 원치 않는다면 누구도 그 삶에 함께할 수 없었습니다. 그때 마이클한테는 과할 정도로 비밀스러운 면이 있었어요. 무슨 도박꾼처럼 말이죠. 저도 그게 이해는 가요. 녀석은 세상 누구한테도 마음을 열 수 없었던 거예요."

그해 9월 말에 조던은 힐튼 헤드 아일랜드에 마련한 별장에 에스키나스를 초대하여 주말 내내 골프와 카드 게임을 즐겼다. 해마다 트레이닝 캠프가 열리기 직전의 주말은 기나긴 농구 시즌을 앞두고 친구들과 함께 노는 시간이었다. 에스키나스는 훗날 발간한 저서에서 그날을 이렇게 묘사했다. '그때 우린 해가 떠 있는 내내 골프 시합을 벌였고, 날이 어둑해지면 밤새 카드 게임을 했다.'

그들은 수풀로 둘러싸인 별장에서 카드놀이를 즐겼다. 그곳에는 아돌프 샤이버와 3인의 프레드도 있었는데, 그중 한 명이 샤이버와 다투어 조던이 뜯어말리는 상황까지 벌어졌다. 그를 지키는 최측근들로서는 썩 유쾌하지 않은 순간이었다.

휴일 마지막 날 마지막 홀에서 에스키나스는 퍼팅을 거듭 실패하여 조던과의 내기에서 졌다. 그는 그 즉시 6,500달러짜리 수표를 끊었다.

조던은 '이런 식으로 이기는 건 별론데.'라고 말하면서도 수표를 거부하지는 않았다. 그 뒤로 그들의 내기 대결은 차츰 그 강도를 더해갔다.

## 왕좌의 게임

필 잭슨은 노스다코타주의 윌리스턴에서 어린 시절을 보내며 어머니와 보드게임으로 자주 대결을 벌였다. 그의 어머니는 당차고 씩씩한 성격으로 젊을 적에 농구를 꽤 했다고 알려져 있다. 하지만 텔레비전을 비롯하여 문명의 이기라고는 찾아볼 수 없던 집안에서 잭슨에게 가장 큰 영향을 미친 것은 그녀와 수시로 벌이던 두뇌

싸움이었다.

그는 오랜 시간 독서와 보드게임을 즐기며 호기심 어린 눈으로 세상을 관찰했다. 그러면서 자연스레 심리전에 능한 어른으로 자라났다. 불스의 감독직을 맡은 뒤로 그는 많은 도전에 직면했다. 그중에서도 가장 애를 먹인 것은 구단을 좌지우지하던 두 무뢰한, 바로 제리 크라우스와 마이클 조던이었다. 물론 잭슨도 함께 일하던 사람들이 보기에는 그 두 사람과 크게 다르지 않았다. 사실 이들은 경쟁 사회 어디서든 쉽게 찾아볼 수 있는 인물 유형에 속한다. 그러나 이 세 사람이 벌인 주도권 다툼은 심각한 갈등과 모의(謀議) 단계를 거쳐 최종적으로 시카고 불스의 대성공을 이끌었다는 데 의의가 있다.

세 사람의 싸움에 흥미를 더한 것은 각자 확연히 다른 형태의 힘을 행사했다는 사실이다. 크라우스는 지성과 열의, 선견지명을 갖추고 스카우트 전문가로서의 경험을 살려 제리 라인스도프에게 신뢰를 얻었다. 그 결과 그는 조직의 최고 권력을 등에 업고 일하게 되었다.

조던에게는 빠른 이해력, 타의 추종을 불허하는 운동 능력, 특유의 투지와 승부욕, 성실성, 카리스마, 농구계에서 차지하는 높은 위상 등이 그 나름의 권력을 형성했다. 그리고 이 모든 요소의 조합으로 본인은 물론, 제리 라인스도프와 그 동업자들, 또 NBA와 당시 리그에 속한 선수들까지 큰돈을 벌어들일 수 있었다.

나중에 잭슨은 NBA 최고의 감독으로서 큰 힘을 기르게 되지만, 불스의 지휘봉을 막 잡은 시기에도 다양한 경험, 타인과의 공감 능력, 총명한 두뇌, 타고난 경쟁심, 뛰어난 지략과 관찰력을 갖추고 있었다. 또 당시에는 신임 감독으로서 크라우스에게 전폭적인 지지를 받았다는 점도 무시하기 어려웠다. 그러나 잭슨이 불스의 부코치를 맡을 때부터 쭉 그에게 관심을 보였던 뉴욕 닉스를 제외하면 그를 온전한 감독감으로 본 팀은 없었다.

언젠가 《시카고 트리뷴》 기자인 샘 스미스는 크라우스의 특징을 두고 '자기 자랑을 줄줄 늘어놓는 것'이라며 비아냥거린 바 있다. 크라우스는 단장직을 맡은 뒤 재능 있는 인물을 발굴하고 채용하는 데 열중했다. 당시 그를 보좌하던 캐런 스택과 그녀의 동생인 짐 스택이 좋은 예로, 그는 인터뷰에서 두 사람의 영특함을 자주 칭찬했다. 크라우스에게는 그렇게 숨은 재능을 발견하고 그 발전상을 지켜보는 것이 큰 즐거움이었다. 하지만 구단의 요직을 차지하면서 그의 태도는 점차 거만해졌고 끝내는 자신이 데려온 사람들에게도 완고하고 무뚝뚝하게 굴기에 이르렀다.

짐 스택도 그 점을 인정했다.

"제리는 정말 퉁명스러운 면이 있었죠. 고집도 세고 자존심도 상당히 셌어요."

필 잭슨은 코치로 일하면서 더그 콜린스를 대하는 단장의 고압적인 태도를 목격하고 불필요하게 부딪히지 않아야겠다고 생각했다. 크라우스는 1970년대에 불스에서 선수 스카우트를 담당하면서 당시 감독인 딕 모타에게 자주 괄시당했고 때로는 비웃음을 사기도 했다. 모타는 그와 마찬가지로 농구선수 출신이 아니었지만, 투지가 강했고 선수들을 비난하고 꾸짖어 경쟁심을 유발하는 유형의 감독이었다. 불스의 예전 단장이었던 팻 윌리엄스의 말에 의하면, 모타는 항상 크라우스를 얕잡아 보는 것 같았다고 한다.

1970년대에 《시카고 트리뷴》에서 불스 취재를 주로 맡았던 밥 로건은 두 사람의 관계를 이렇게 설명했다.

"둘 다 스타일은 완전히 달랐지만 제리 크라우스와 딕 모타 모두 강박적인 성향이 강했어요. 두 사람은 서로를 못 견뎌 했죠. 그래서 그 둘이 싸우는 건 꽤 볼만한 구경거리였어요."

불스를 강팀으로 만든 모타는 곧 다른 팀 감독직을 제안 받았다. 크라우스는 그가 떠나길 간절히 원했지만 시카고에서 인기가 좋았던 감독은 계속 팀에 남았고, 결국 그곳을 떠난 것은 그에게 내내 들볶이던 크라우스였다. 제리 크라우스가 1989년에 팀을 동부 컨퍼런스 결승까지 올린 콜린스를 해고하는 데는 아마 그런 경험이 적지 않게 영향을 미쳤을 것이다. 단장인 그로서는 그때가 자기 뜻을 거스르는 감독을 제거할 마지막 기회였다. 만약 다음 해에 콜린스가 불스를 리그 우승까지 이끌었다면 크라우스는 그를 내쫓지 못했을 것이다. 어렵사리 권력을 잡은 크라우스는 더 이상 감독에게 휘둘리고 싶지 않았다. 잭슨은 그 점을 간파하고 최대한 단장의 비위를 맞추려고 노력했다.

물론 크라우스가 감독을 교체한 이유는 단지 본인의 지위를 지키기 위해서만이 아니었다. 그는 항상 텍스 윈터와 트라이앵글 오펜스를 높이 평가했고, 필 잭슨에 대해서도 매사에 칭찬을 아끼지 않았다. 그에게 두 사람은 특별한 성과를 일궈낼 조합으로 보였다.

잭슨이 감독으로서 가장 처음 드러낸 감정은 담담한 자신감이었다. 그 느낌은 불스의 모든 관계자에게 깊이 와 닿았고 조던 역시 다르지 않았다. 팀 핼럼은 언젠가 이렇게 말했다.

"마이클 조던 같은 선수를 지도하려면 배짱이 두둑해야 해요. 필은 확실히 그런 배포가 남달랐죠."

"필 잭슨, 그 친구랑 마이클은 서로 마음이 잘 맞았습니다." 조니 바크가 말을 이었다. "그렇게 감독과 선수로 만났을 때 그 둘은 각자 본인이 어떤 사람인지 잘 깨달은 상태였어요."

콜린스는 여러 가지 강점을 갖췄지만, 감정적으로 불안한 면이 문제시되었다. 그는 선수들, 특히 조던에게 사랑받는 감독이 되길 원했다. 하지만 그것은 불가능한 꿈이었다. 반면에 잭슨은 그런 부분에 무관심했다. 바크가 그 점을 짚었다.

"필은 선수들이 자기를 좋아하는지 어떤지는 전혀 신경 쓰지 않았죠. 그게 정말 중요한 부분이에요. 사실 많은 감독이 선수들에게 사랑받길 바라지만, 결국은 그것 때문에 모두 파탄이 나거든요. 애초에 그건 짝사랑 같은 겁니다. 감독은 자기한테 인간적으로 마음을 좀 줬으면 해도, 프로선수들은 그러지 않아요."

잭슨은 차분하면서도 유쾌하게 경기를 관전하는 지도자였다. 그는 편한 자세로 앉아 난관을 이겨내려고 노력하는 선수들을 즐겁게 지켜봤다. 부코치 시절에 그는 불가사의한 인물로 통했고, 그러한 특성은 감독이 된 뒤에 더욱 두드러져 이후 팀을 장악하는 열쇠로 작용하게 된다.

불스 코치진 가운데 잭슨과 가장 많은 시간을 보낸 사람은 텍스 윈터였다. 윈터는 잭슨이 처음 제출한 스카우트 보고서에 세세한 정보까지 빠짐없이 기록된 것을 보고 깊은 감명을 받았다. 그리고 서머리그 팀을 함께 지도하면서 그가 시합 중에 일어난 일들을 전부 기억한다는 데 큰 충격을 받았다. 꽤 오래된 경기 내용까지 잊지 않는 후배를 보며 윈터는 그가 완벽한 기억력을 지녔다고 판단했다.

잭슨이 감독으로서 제일 먼저 한 일은 선수단 내부의 위계를 능력에 따라서 명확히 구분하는 것이었다.

"필은 우리 팀에 계층 관계가 있다는 걸 설명했죠." 조니 바크가 다시 말했다. "정말 그런 생각을 하는 감독이 세상에 몇이나 될까요? 그때 그 친구가 팔을 머리 위로 쭉 뻗고는 이렇게 말했어요. '내 손끝부터 발바닥까지를 일종의 사다리라고 보자고.' 그러고는 맨 위를 가리키면서 말했죠. '마이클이 있는 곳은 저 끝이야. 저기 맨 위.' 그런 다음 한 단계씩 내려오면서 각자의 위치를 설명했고, 몇몇 선수들을 보면서는 가장 밑바닥을 가리키기도 했죠."

이런 설명만으로는 잭슨의 행동이 대수롭지 않아 보일 수도 있다. 애초에 조던은 불스에서 누구나 인정하는 최고의 선수였으니까. 그러나 대다수 감독과 코치들은 실제로 팀 내에 서열이 존재하는데도 모두 평등하다는 거짓말을 일삼는다. 잭슨은 시작부터 선수단 전원에 대하여 기탄없이 솔직한 평가를 내렸다.

바크가 기억하기로, 조던은 그런 부분을 마음에 들어 했다고 한다.

"마이클은 필의 코칭 스타일을 좋아했어요. 그게 아주 색다른 면이 있었죠."

기존 감독들과 잭슨의 지도법이 얼마나 다른지는 그로부터 몇 년이 지난 뒤에야 일반 대중에게 알려졌다.

당시 불스 선수들은 신임 감독의 별난 사고방식과 행동을 낯설어했다. 잭슨은 심리학에 기반을 둔 독특한 지도 방식을 활용했다. 거기에는 남다른 성장 환경도 많은 영향을 미쳤다. 그의 어머니와 아버지는 근본주의 신앙을 따르는 목회자였고,

어릴 적에 그가 살던 곳은 인디언 보호구역 근처였다. 그 시절부터 잭슨은 지역 도서관에서 북미 지역 원주민에 관한 책이란 책은 모두 찾아 읽을 만큼 인디언 부족의 모든 것을 좋아했다. 그러다 대학생이 되어서는 윌리엄 제임스가 쓴 『종교적 경험의 다양성』에 매료되었다. 그리고 뉴욕 닉스 선수 시절에는 마리화나를 입에 물고 자전거를 모는 히피로 변모했다. 이후 인디언 문화에 더하여 불교의 선종 사상에도 빠져든 필 잭슨은 마음 수련과 선수들을 유심히 관찰하는 데 힘쓰는 농구 감독이 되었다. 그는 지도자로서 균형 잡힌 시각을 키우려 노력했고 이 모든 과정을 거쳐 그의 언어에서는 깊은 사색과 통찰이 묻어나게 되었다. 물론 그에게는 선수 시절에 경험한 NBA 우승과 CBA에서 감독으로 맞은 우승 타이틀도 있었다.

조니 바크는 잭슨의 CBA 시절 경험이 얼마나 중요한지 설명했다.

"사람들은 그 친구가 CBA에 있었다는 걸 곧잘 잊곤 하죠. 그 리그에서 생활하는 건 다른 데서 감독을 30년 하는 거랑 맞먹어요. 오만 가지 일을 동시에 해내야 하거든요. 거기선 감독이 트레이너가 되기도 하고, 심리 상담가가 되기도 합니다. 그 동네에는 농구라는 스포츠와 팀 지도자들, 단체 문화의 중요성 등을 존중하지 않아서 NBA에 발을 들이지 못한 실패자들이나 괴짜들이 우글우글하죠. 그런데 필은 그렇게 아무것도 가진 것 없는 선수들을 잘 조합해서 우승을 일궈냈어요." 그는 이런 말을 덧붙였다. "필한테는 선수들을 담담하게 관찰하는 재주가 있었어요. 그냥 봐서는 그 친구가 어떤 감정인지 알기 어려웠죠. 필은 많은 것을 눈여겨봤고, 해답을 찾으려고 서두르지 않았어요. 그런 태도 뒤에는 상당한 자신감이 깔려 있었죠. 빌 피치와 레드 홀츠먼이라는 훌륭한 감독들 밑에서 선수 생활을 한 경력도 있었고요."

잭슨은 노스다코타 대학에서 피치의 지도를 받고 홀츠먼 아래서 프로 생활을 했다.

"두 감독은 스타일이 확연히 달랐어요." 바크가 설명을 계속했다. "피치는 되게 감정적이고 속에 있는 말을 다 하는 사람이었죠. 반대로 홀츠먼은 조용한 성격에 농구계의 생리를 잘 아는 사람이었습니다. 저는 선수 시절에 그 친구랑 붙어본 적이 있어요. 홀츠먼은 아주 꾀 많은 포인트가드였죠. 빠른 패스와 속공 위주의 전술로 유명한 냇 홀먼 감독의 수제자였고요. 필은 독특한 성장 환경만큼이나 두 스승한테서 많은 걸 배웠을 겁니다. 그 친구는 노스다코타 출신에 목사 부모님을 뒀고 또 한때는 ROTC 생도이기도 했죠."

하지만 잭슨이 감독 부임 첫날부터 기이한 발상과 훈련 방식을 들고 나온 것은 아니다. 선수들에게 그만의 특별한 수련법을 받아들이게 하는 데는 다소 시간이 걸렸다. 잭슨의 불교식 사고나 마음 수련* 및 명상 훈련은 그만큼 생소했지만, 시일이 지나 조던은 이 새로운 훈련 방식으로 큰 덕을 보게 된다. 물론 처음 얼마간은 장난 반 의심 반으로 거리를 두었지만 말이다.

바크가 그 점을 이야기했다.

"마이클은 필이 그렇게 독특한 걸 시도할 때마다 뼈 있는 농담, 혹은 약간은 불평이 섞인 농담을 던졌습니다. 딱히 무례하다는 느낌은 없었어요. 필은 그런 관계를 다루는 데 아주 능숙했고요. 저는 그럴 때 마이클이 투덜거리는 게 참 재밌었어요. 무슨 악감정이라든가 불쾌한 느낌은 없었죠. 녀석이 툭툭 던지는 유머러스한 말들은 감독과 선수라는 관계에 미세한 자극을 더해줬습니다. 옆에서 보는 입장에서는 꽤 흥미진진했어요. 그런 일이 있을 때면 우린 필한테 마이클이 무슨 말을 했는지 물어보곤 했죠."

나중에 잭슨이 LA 레이커스 감독직을 맡았을 때는 더욱 별난 광경을 볼 수 있었다. 가장 눈에 띄는 것은 북이었다. 그는 훈련을 시작할 때면 몸통이 기다란 북을 두들겼다. 인디언 사회에서 북을 치는 행위에는 일정한 목적이 있었고, 그는 농구단에 그처럼 의식적인 요소를 적용하길 원했다. 그에게 북은 선수들을 소집하고 다가올 시합에 대비하라고 알리는 수단이었다.

---

* mindfulness, 외부 혹은 신체 내부에서 느껴지는 감각이나 생각을 느끼되 반응하지 않고 관찰만 하는 수련법으로, 현재의 경험을 자각하고 수용하는 데 중점을 둔다.

레이커스 선수였던 데릭 피셔가 옛 경험을 회상하며 말했다.

"인디언 문화권에서는 북을 치는 게 사람들을 모은다는 의미였대요. 그래서 인디언들은 식사를 한다거나 모임이 있거나 그럴 때면 북을 쳐서 주민들더러 이곳으로 오라고 신호를 보냈죠. 감독님도 선수들을 소집하고 다 같이 경기 영상을 돌려볼 때면 그렇게 북을 쳤어요. 그게 참 특이했는데, 그런 요소가 필 잭슨이라는 인물, 또 그분의 인생 경험을 구성하는 한 부분이었던 것 같아요. 그때 감독님은 우리 팀원들하고 그런 경험을 공유하기로 했던 거죠."

잭슨은 불스 감독 시절부터 인디언들의 하얀 버팔로(귀중한 지혜를 나타내는 상징) 전설을 자주 언급했고 탈의실에서 말린 샐비어를 태우곤 했다. 피셔가 그 풀을 태운 이유를 설명했다.

"그건 우리 주변의 나쁜 기운을 쫓아내는 의식이었어요. 감독님이 그렇게 색다른 의식을 좋아한다는 건 이미 꽤 유명했죠. 감독님은 레이커스에 온 뒤에 선수들하고 처음 대면한 자리에서 이것저것 시도해보고 싶은 게 있다고 언질을 주셨어요."

처음에 잭슨이 북을 치고 알 수 없는 구호를 외칠 때 선수들은 웃음을 참느라 고역을 치렀다. 그 모습은 그들이 알던 어떤 감독과도 달랐다. 하지만 이러한 일화에서 가장 중요한 것은 그가 자신감과 설득력 있는 태도로 새로운 훈련법을 제시하고 팀원들을 적응시켰다는 사실이다. 바크가 말한 대로 필 잭슨은 그들에게 사랑을 갈구하지 않았다. 단지 자신의 독특한 사상을 용인해주길 바랄 뿐이었다.

시카고에서 감독 생활을 시작했을 때, 잭슨은 LA에서만큼 자주 북을 치지는 않았다. 하지만 그간 농구에서 얻은 깨달음을 선수들과 공유하려는 마음은 늘 같았다. 그는 자신이 맡은 팀에 깊은 애정을 느꼈다. 구단 직원 중에는 잭슨을 싫어하는 사람이 적지 않았지만, 그런 이들도 그가 그 시절의 시카고 불스를 얼마나 사랑했는지 잘 알았고 그 마음가짐에는 존경을 표했다.

잭슨은 강력한 존재감으로 팀워크에 위협을 가하던 조던에게서 선수단을 보호하는 데 앞장섰다. 1989년에 조던은 만 26세의 젊은 나이로 이미 엄청난 부와 명예를 거머쥔 상태였다. 그는 미국의 대중문화가 빠르게 성장하는 가운데 삽시간에 만인의 우상으로 떠올랐다. 물론 선수단의 단합에는 그러한 주변 상황이 전혀 이로울리 없었다.

우선 점점 커져가는 조던의 이기심을 제어할 필요가 있었다. 이 문제는 나중에 조던 본인도 인정한 바 있다.

"그때 전 팀보다 절 먼저 생각했어요. 항상 우리 팀이 잘 되길 바랐지만 그 중심에는 제가 있길 원했죠."

"처음에 불스를 맡았을 때는 꽤 초조했습니다." 잭슨이 당시를 떠올리며 한 말이다. "하지만 밤에 잠을 못 이룰 정도로 걱정한 건 아니에요. 그냥 잘하고 싶어서 그랬을 뿐이죠. 마이클하고 잘 지낼 수 있을지 어떨지 좀 걱정이 됐어요. 제가 원하는 방향으로 그 녀석 마음을 돌릴 수 있을지가 염려됐던 거죠."

조던 역시 그간의 경험으로 프로농구에서 감독과 스타플레이어의 관계가 얼마나 중요한지 잘 알았다. 감독이 한 팀을 대표하는 스타에게 존중받지 못하거나 무시당한다면, 그 감독은 곧 팀을 잃기 마련이다. 모든 것은 선수와 감독의 관계에 달려 있었다.

잭슨은 어떠한 고민이 있었는지 밝혔다.

"마이클이 시합마다 무얼 해줄지는 충분히 예상 가능했죠. 늘 30점 이상을 넣어 우리 팀이 이길 기회를 안겨줬으니까요. 문제는 다른 선수들한테 적절한 역할을 주고 팀원으로서 일체감을 느끼게 하는 거였어요. 그 시절에 불스는 그냥 마이클의 방식대로만 돌아가는 팀이었죠."

또 한 가지 해결해야 할 과제는 조던의 주체할 수 없는 인기였다. 일찍이 레이시 뱅크스가 지적했듯이 대중은 조던을 마치 한 나라의 왕자처럼 떠받들고 있었다. 잭슨은 그 문제를 언급했다.

"마이클은 농구팬들 사이에서 영웅처럼 숭배되고 있었어요. 그래서 그 녀석하고 같이 지내는 게 거의 불가능할 정도였죠."

잭슨은 불스에서 코치로 일할 때부터 코트 안팎에서 조던을 유심히 관찰했다. 그로서는 조던에게 선불교 사상을 가르치면 어떤 결과가 나올지가 늘 궁금했다.

"저는 호텔에서 항상 마이클하고 같은 층을 썼습니다." 그가 1995년에 당시를 회상하며 한 말이다. "마이클은 뭐 그 녀석답게 당연히 스위트룸을 썼고, 저랑 다른 코치들도 스위트룸에 묵었죠. 팀 회의 때문에 넓은 공간이 필요했거든요. 그때 마이클은 늘 자기 방에서 가까운 친구들과 함께 시간을 보냈어요. 그런데 방 안에 있다 보면 복도가 자주 시끌시끌해요. 보니까 호텔 종업원이랑 청소부, 식당 보조 같은 사람들 일고여덟 정도가 와서는 사인 받을 종이나 꽃을 들고 복도에 늘어서 있더군요. 이게 다 무슨 일인가 싶었는데, 마이클은 매번 그렇게 사람들한테 시달리며 지냈던 거예요."

잭슨은 그런 문제로부터 조던을 구하고 팀의 정체성을 확고히 하기 위해 그동안 조던을 중심으로 형성된 틀을 깨기로 했다. 그러려면 그의 가족과 친구들에게 손을 댈 필요가 있었다.

짐 스택은 불스에 합류한 뒤로 제임스 조던은 물론 아돌프 샤이버와 조지 콜러, 3인의 프레드까지 모두 알고 친하게 지냈다. 그는 그들의 관계를 이렇게 설명했다.

"마이클과 그 친구들은 서로를 무척 아끼고 돌봤어요. 특히 아돌프는 늘 곁에 있었던 것 같아요. 매사에 누구든 스스럼없이 대하는 그런 친구였고 마이클하고 항상 함께였지만 거들먹거리는 느낌은 전혀 없었죠. 그냥 그런 생활이나 마이클의 최측근으로서 누릴 수 있는 것들을 즐기는 걸로 보였어요. 언제 어디서든 마이클을 절대적으로 신뢰했고요. 그 사람들이 어떻게 일자리를 구해서 먹고 살았는지는 모르지만, 제 생각엔 마이클이 선수 생활을 하는 내내 뒷바라지를 해준 것 같아요. 마이클 입장에서는 친구들이 항상 같이 있어 주는 편이 코트 밖에서 마음 편히 지내는 데 도움이 되지 않았나 싶고요."

샤이버는 매년 NBA 올스타전 기간에 선수들을 위한 파티를 열어 돈을 벌기 시작했고, 이 사업은 조던의 연줄 덕분에 꾸준히 확장되었다. 그리고 하워드 화이트와 소니 바카로, 프레드 윗필드는 모두 나이키에서 일했다. 조지 콜러와 거스 레트를 비롯한 친구들은 조던 곁에서 경호를 맡거나 사적인 일들을 도왔다.

사실 잭슨도 그들의 필요성을 느꼈다.

"마이클이 공항을 빠져나가려면 그렇게 옆에서 지켜주는 사람들이 꼭 필요했습니다. 마이클은 원정 시합 때마다 측근들을 대동했어요. 어떨 때는 아버지가 오기도 했고, 또 어떨 때는 가까운 친구들이 따라오기도 했죠. 그런데 계속 그렇게 지내다 보니 마이클이 동료들하고 좀 멀어지는 듯했어요. 문제는 그 사람들이 없으면 녀석이 최소한의 사생활도 보장받기가 어려웠다는 거예요. 그런 특수 상황을 고려하면서 마이클을 다시 우리 팀의 일원으로 되돌린다는 게 참 난감했죠."

그럼에도 잭슨은 몇 가지 제한을 두기로 했다고 한다.

"그래서 저는 마이클한테 기본적인 규칙에다 몇 가지 예외를 두자고 말했어요. '일단 자네 아버지랑 형제들, 친구들은 팀 버스에 못 타는 거야. 그건 우리 팀원들만 타는 걸로 하자. 그리고 자네 지인들이 원정까지 따라오는 건 상관없지만 구단 전세기에는 탈 수 없어. 팀이기 때문에 우리가 지켜야 하는 게 있거든. 그건 하나의 농구단으로서 우리끼리만 공유해야 하는 신성한 장소인 거야.' 이렇게 말이죠."

그리하여 적정선에서 타협이 이뤄졌고, 그 사실을 안 구단 홍보부 직원들은 의외라는 표정을 지었다. 잭슨은 목사 부부의 아들답게 일상의 많은 부분에서 신성함을 강조했다. 그 모습은 흡사 존 우든 같은 명장들의 독실한 이미지를 떠올리게 했고, 그런 유난스러운 화법 때문에 상대 팀 감독들은 불스전 패배에 더욱 치를 떨었다.

## 북새통

조던의 인간관계는 이후 퀸 버크너와 아마드 라샤드 같은 방송인들과 친해지면서 차츰 더 복잡해졌다. 전직 NFL 선수인 라샤드는 NBC 스포츠의 사이드라인 리포터이자 NBA의 이모저모를 소개하던 「인사이드 스터프」의 진행자로 활동했다. 그는 그 시절 언론의 변화상을 잘 보여주는 인물로 특유의 밝은 분위기와 세련된 스타일은 수첩과 마이크, 칙칙한 색상의 정장으로 대변되는 구시대 언론과의 결별을 알렸다. 당시는 마이클 조던과 NBA가 변하듯 대중매체도 변하고 있었다.

조던을 알게 된 것은 라샤드에게 큰 행운이었다. 조던 역시 언론에서 믿을 만한 인물을 물색하던 중이라 그와의 만남을 기쁘게 여겼다. NBC 방송국에서 라샤드와 함께 일했던 맷 구오카스가 두 사람의 관계를 설명했다.

"미식축구밖에 모르던 아마드한테는 마이클을 만난 게 잘된 일이죠. 사실 그 친구는 농구를 재미로 보는 수준이었는데 그쪽 일에 불쑥 투입된 거였어요. 애초에 미식축구만큼 농구를 잘 알지는 못했죠. 그런 상황에서 경기장 여기저기서 선수들을 만나보고 거기서 일어나는 소소한 이야기들을 취재해보라는 주문을 받게 된 거예요. 그건 아마드처럼 유쾌한 친구가 아니면 하기 어려운 일이었어요. 그 친구는 누구하고나 잘 어울리는 성격이었거든요. 아마드는 그 기회를 잘 살려서 마이클과 가까워졌죠. 거기에는 또 나이키가 한몫했어요. 제가 농구 감독을 하던 시절에 나이키 행사에 종종 초대를 받았는데, 거기 가보면 늘 아마드가 있더군요. 마이클의 초대 손님 같은 명목으로요. 그리고 마이클은 뉴욕에 올 때마다 아마드와 어울려 놀았죠. 반대로 우리 방송팀이 시카고에 갈 때면 아마드는 마이클네 집이나 어딘가로 함께 놀러 나가곤 했어요. 두 사람은 그 정도로 가까운 사이였고, 아마드는 그런 관계를 악용하지 않았습니다. 신뢰를 잃는 짓은 절대 하지 않았죠."

조던 주변에는 라샤드 같은 조력자들이 꽤 있었다. 그는 NBA 입단 초기에 시카고 출신으로 《워싱턴 포스트》에 스포츠 기사를 쓰던 마이클 윌본과 《시카고 선타임스》의 마크 밴실과도 친분을 쌓았다. 밴실은 이후 프리랜서로 전향하여 조던을 주제로 한 서적들을 발행하기도 했다.

불스의 홍보 업무를 총괄하던 팀 핼럼은 이러한 변화를 모두 지켜보면서 여전히 무언가가 부족하다는 인상을 받았다. 그는 경기 때마다 조던을 잔뜩 에워싼 기자들을 보며 '난장판이 따로 없다.'고 표현했다. 매일 시합이 끝나면 스물다섯 명가량의 스포츠 기자와 카메라맨들이 조던에게 몰려들어 코앞에 마이크를 들이밀고 질문을 던져댔다. 핼럼은 그가 남들에게 주목받길 좋아하는 성격임을 잘 알았다. 하지만 대체 왜 땀내 나는 탈의실에서 그렇게 힘들게 인터뷰를 하는지는 이해하지 못했다. 조던은 경기 후에 개인실에서 샤워를 마치고 늘 흠잡을 곳 없이 말끔한 맞춤 정장을 입었다. 그리고 남성 패션 잡지에서 뛰쳐나온 모델 같은 모습으로 선수 탈의실에 돌아와 북새통을 이룬 기자들 사이에 자리를 잡았다. 그가 방금 마친 시합에 관하여 이야기하는 동안 카메라 조명등에서 쏟아져 나온 섬광이 그의 정수리를 하얗게 비추다 작은 땀방울에 부딪혀 흩어지기를 반복했다.

　해마다 불스의 성적이 향상되면서 조던을 찾는 기자들이 늘어나자 핼럼은 연단이 있는 정식 기자회견장에서 인터뷰하는 편이 낫겠다고 생각했다. 하지만 조던은 후텁지근하고 허름한 탈의실에서 그들을 만나고 싶어 했다. 핼럼은 그가 멋진 정장을 입고 왜 기자들 사이에서 부대끼길 원하는지 궁금했다. 사실 그렇게 좁은 공간에서 벌어지는 인터뷰의 진짜 묘미는 친밀감에 있었다. 기자단과 거리를 두고 무미건조하게 진행되는 기자회견에서는 결코 그런 느낌을 받을 수 없었다. 조던은 그 점을 잘 알았고, 자신에게 조금이라도 가까이 다가오려고 애쓰며 밀쳐대는 기자들 가운데 있고 싶어 했다. 한편 불스 동료들은 그 광경을 경이로움과 경멸이 뒤섞인 눈길로 바라보았다. 때로는 다른 선수가 주목받는 날도 있었지만, 그럴 때도 조던 곁에는 늘 기자들이 북적거렸다. 매스미디어를 통해 전달되는 이야기와 기사에는 그를 향한 친근함이 묻어나왔다. 언론사 사람들은 그와 친구라도 되는 듯 조던이라는 성 대신 마이클이라는 이름을 불러댔고, 그 결과 세계 각국의 수많은 사람이 그를 다른 무엇도 아닌 그냥 마이클로 기억하게 되었다.

　그러면서 팬들은 마치 조던을 직접 아는 사람처럼, 또 그와 생각이나 감정을 공유하는 것처럼 느끼기에 이르렀다. 그동안 베이브 루스를 비롯하여 수많은 선수가 조던처럼 한 시대를 이끌었지만, 그런 경험을 농구팬들에게 그만큼 완벽하게 전달한 선수는 없었다. 그들은 단순한 친밀감을 넘어서서 조던과 하나가 된 느낌을 받았다. 마치 자신이 그를 속속들이 알고 그처럼 뛰어난 재능과 절대적인 실력으로 멋진 성과를 낸 것처럼 느꼈다. 그리고 그의 성공을 예견하고 그가 이룬 업적에 만족을 표했다. 그들에게 마이클 조던은 세상 누구보다 믿을 만한 사람이었고, 무엇보다도 인종을 초월한 존재였다. 만약 도슨 조던이 이 사실을 일었다면 분명 크게 기뻐했을 것이다.

NBA 리포터로 오래 활동해온 데이비드 알드리지는 조던을 이렇게 평가했다.

"마이클은 농구선수 이상의 존재였어요. 이전까지 흑인 선수 중에서 그런 위상을 가진 사람은 없었습니다. 아무도 없었죠. 물론 무하마드 알리는 마이클만큼 위대한 선수였고 단순한 권투 선수를 넘어서는 존재였지만, 상업주의와는 반대되는 위치에 있었어요. 반면에 마이클 조던은 모든 면에서 최초가 된 흑인 선수였죠. 자기 영역을 넘어선 걸로 끝나지 않고 대중문화계의 우상이 되었고요."

알드리지는 과거에 큰 인기를 얻은 백인 스포츠 스타들, 이를테면 미키 맨틀처럼 광고에 많이 출연한 선수도 조던만큼 문화적으로 큰 영향력을 발휘하지는 못했다고 강조했다.

"그때까지 그런 선수는 피부색을 막론하고 전무했어요. 저는 그 점에 있어서 마이클의 가치가 항상 과소평가되었다고 봅니다. 생각해보세요. 중년의 보수적인 백인 아버지가 10대 자녀들 방에 마이클 조던 포스터가 붙은 걸 아무렇지 않게 여긴다는 것, 그건 결코 작은 일이 아닙니다. 아무것도 아닌 게 아니에요. 실로 대단한 일인 거죠."

알드리지는 훗날 ESPN과 TBS로 직장을 옮기지만, 1989~90시즌에는《워싱턴 포스트》의 기자로 워싱턴 불리츠를 계속 따라다녔다. 당시는 기자들이 불스 탈의실에서 조던을 쉽게 만날 수 있던 시기로 알드리지 역시 그와 차츰 편하게 대화를 나누게 되었다. 1989년 가을에 조던은 붙임성 있고 적극적인 태도로 기자들을 대했다. 나중에 밝혀진 바이지만 사실 조던에게는 다른 속셈이 있었다. 기자들을 통해 라이벌 선수들의 정보를 얻으려 한 것이다.

"시카고 스타디움 탈의실에서 마이클은 맨 앞에 있는 사물함을 썼어요." 알드리지가 당시를 회상하며 말했다. "입구에서 오른쪽에 있는 자린데, 거기 앉아서 기자들하고 얘기를 나눴죠. 그때는 그 친구 성격이 좀 달랐습니다. 특히 타 구단 담당 기자들이 오면 이것저것 정보를 캐는 데 열심이었는데, 요즘 어떤 선수가 뭘 하는지, 또 왜 그런 걸 하는지 자주 물었어요. 다른 팀들한테 정말 관심이 많아 보이더군요. 당시엔 기자들하고 대화하는 걸 즐기는 편이었고 정보를 주고받는 것도 좋아했죠. 저는 마이클을 보면서 '이만큼 주목을 받는 선수인데도 보통 사람하고 크게 다르지는 않구나.' 하고 생각했어요." 그는 또 이런 말을 했다. "그땐 마이클하고 어렵지 않게 얘길 나눌 수 있었어요. 그리고 마이클의 지인들을 만나는 것도 가능했죠. 프레드나 아돌프 같은 친구들이 늘 곁에 있었는데, 돈이나 뜯어내려고 어슬렁거리는 부류처럼 보이지는 않았어요. 하워드 화이트는 나이키에 확실히 자리를 잡은 상태였고, 프레드 윗필드는 돈 계산에 능하고 아주 똑똑한 친구였죠. 그 친구들은 식객이나 아첨꾼 같은 게 아니었어요. 저는 이렇게 봤죠. '이 친구들이 마이클을 대신해서 하나씩 맡은 역할이 있구나.' 거기선 실제로 그런 식으로 일이 돌아가고 있었어요."

그 무렵 팀의 체질 개선에 힘쓰던 필 잭슨은 언론사의 취재를 제한하기로 했다. 당시는 리그가 확장되고 다섯 개의 신생팀이 생겨나 팬들과 기자들도 그만큼 더 늘어난 상황이었다. 그는 불스 팀원들만을 위한 공간에 외부인이 접근하는 것을 원치 않았다. NBA에 대한 관심이 커지면 조던이 더욱 유명세를 치르리라 예상한 잭슨은 나름대로 보호책을 마련했다.

"저는 연습장 내부를 가리려고 큰 커튼을 구했어요." 그가 그 시기를 떠올리며 말했다. "그걸 치고 나서는 온전히 우리 팀원들만 함께하는 시간이 생겼습니다. 거기에는 기자들이나 TV 카메라 하나 없이 선수들 열두 명과 코치들만 존재했죠. 더 이상 팀 훈련이 팬들을 위한 쇼가 되는 일은 없었습니다. 그러면서 우린 더 인간답고 하나의 팀답게 변했고요. 당시에 마이클은 좀 더 솔직해질 필요가 있었습니다. 아시다시피 누구든 유명인이 되면 자연스레 자기를 감추려는 보호막을 만들기 마련이죠. 그런 점에서 마이클이 껍질을 깨고 팀의 일원으로 녹아들 필요가 있었어요. 원래 마이클은 팀원들을 감쌀 줄도 알고 사교적인 데다가 본인 생각을 솔직하게 털어놓을 줄 아는 그런 선수였어요. 그런데 프로 생활을 몇 년 하다 보니 개인 영역을 나누게 된 겁니다. 그 무렵에 모든 경기장에는 마이클을 위한 공간이 하나씩 있었습니다. 그런 곳이나 트레이너실 정도가 온전히 자기 시간을 보낼 수 있는 장소였죠. 예전에 쓰던 시카고 스타디움에는 그런 방이 두 개 있었어요. 마이클 혼자서 조용히 있을 만한 곳은 거기뿐이었죠. 밖에 나가면 기자들이 스무 명, 서른 명씩 기다리고 있었으니까요. 일단 우린 그 영역을 지켜주기로 했어요. 그러면서 팀 내에 마이클이 있을 곳을 만들기로 했죠. 만약에 그렇게 안 했다면 우리 팀 전체가 여러 가지 외부 요인들 때문에 힘들어졌을 거예요. 적절히 대처하지 않았다면요. 그때 우린 이런 생각을 했습니다. '마이클의 인기 때문에 우리 모두가 고통 받는 건 안 될 일이다. 다른 사람들이 없는 우리만의 공간을 만들자.' 저는 그게 마이클에게 일종의 안전지대가 되었다고 봅니다. 제가 원하던 건 바로 그거였어요."

　그중에서도 잭슨이 짜낸 최고의 묘안은 선수들과 코치진으로 이루어진 소집단을 구단의 다른 사람들, 특히 경영진을 배제한 그들만의 조직으로 규정한 것이었다. 그는 제리 크라우스가 팀 활동에 간섭하지 못하도록 경계선을 그었다. 물론 단장의 접근을 강제로 막을 수단은 없었지만, 잭슨은 항상 그 기준을 지키려고 했다. 일단 크라우스는 쓸데없는 말 몇 마디로 조던을 화나게 하는 재주가 있었기에 감독으로서는 두 사람의 접촉을 막는 것이 당연했다. 또 조던이 그렇게 친밀감 높은 단체 활동을 좋아한다는 점도 중요한 요인이었다. 잭슨이 내린 조치는 이후 조던과 돈독한 관계를 유지하는 데 큰 도움이 되었다. 그는 감독직을 맡고 처음 몇 년간 공격적이고 고압적인 상사와 적당히 관계를 유지하면서 조던을 보호하는 데 힘썼다. 사실 그 목적은 조던을 지킨다기보다 팀이 혼란에 빠지지 않게 하는 데 있었다.

짐 스택이 그 시절의 상황을 이야기했다.

"필은 선수단과 경영진을 완전히 나눠서 생각했어요. 선수들은 늘 일정한 경계선 안에, 경영진은 그 선 바깥에 있는 존재였죠. 나중에 보니까 그쪽이 구단 관리를 하기에는 더 유리한 면이 있더라고요. 그건 아마 제리도 인정할 겁니다."

스택은 크라우스를 보좌하는 동시에 코치들에게 스카우트 정보를 전달하며 양쪽 세계를 오갔다. 하지만 이윽고 그 둘 사이에는 좀처럼 메우기 어려운 간극이 생겼다. 크라우스는 잭슨이 만든 기준선을 침범하여 마찰을 빚었고, 결과적으로 경영진과 선수단의 관계는 눈에 띄게 악화되고 말았다. 그래도 팀을 맡고 몇 년간은 잭슨이 중간에서 균형을 잡으려 애쓴 덕분에 선수들과 코치진, 구단 수뇌부가 조금이나마 화합할 수 있었다.

잭슨은 윈터와 바크 그리고 그 무렵 팀에 새로 합류한 짐 클레먼스 코치의 도움을 받았다. 풍부한 지식과 경험으로 NBA 최고의 코치진이라 해도 부족함이 없었던 그들은 잭슨이 부임 첫해부터 팀을 휘어잡고 선수들, 그중에서도 특히 조던과 긴밀하고 스스럼없는 관계가 된 데 놀라움을 느꼈다. 사실 잭슨은 코치 시절에 윈터와 마찬가지로 조던에게 적지 않은 경계심을 품었다. 하지만 얼마 지나지 않아 두 사람은 사적인 자리에서 서로 편히 농담을 주고받는 사이가 되었다. 그러면서 잭슨은 조던이 남의 의견을 경청하고 본인 할 말은 분명하게 하는 밝은 성격의 소유자라고 확신했다. 그는 모든 선수가 제 역할을 하는 팀을 만들고 싶었고 무엇보다도 그들을 승자의 위치에 올려놓고 싶었다.

"아무래도 그 친구의 바탕에는 아주 견실한 철학이 자리 잡고 있는 것 같아요." 그로부터 몇 년 뒤 텍스 윈터가 잭슨을 두고 한 말이다. "그러니까 삶에 대한 철학 말이죠. 필은 이 세상에 농구보다 중요한 게 아주 많다고 생각해요. 그래서 무슨 문제가 생겨도 과하게 걱정하지는 않죠. 이따금 우리가 농구를 너무 심각하게 생각할 때가 있는데, 필은 그럴 때도 가급적 마음을 느긋하게 가지려고 해요. 그 친구가 편하게 앉아서 경기를 지켜보는 게 저로서는 매번 참 놀랍고요. 필은 사람들이 눈앞의 과제를 어떻게 해결하는지 관찰하는 걸 좋아해요. 그래서 선수들한테도 어느 정도 재량권을 주죠. 하지만 녀석들이 통제력을 잃었다 싶으면 그때부턴 고삐를 슬쩍 조이기 시작해요. 저는 이런 게 필의 강점이라고 봐요. 선수들을 다루는 요령이나 그 친구 특유의 동기 부여 방식, 선수들과의 인간적인 관계 같은 것 말이죠. 선수들이 필의 코칭과 지적 사항을 군말 없이 수용한다는 게 그 증거예요. 간혹 어떤 선수들한테는 혹평을 하기도 하지만, 그래도 다들 그 말을 받아들여요. 그건 그 상대가 다름 아닌 필 잭슨이기 때문이죠."

몇 개월 사이에 불스의 코칭 환경은 개선되었다. 해결해야 할 문제는 여전히 많았지만, 팀원들의 태도는 꽤 바뀌어 있었다. 조니 바크는 2012년 인터뷰에서 그 시기를 언급했다.

"팀은 코치들을 필요로 하고 또 코치들은 선수들을 필요로 하면서 서로 환상적인 조화를 이뤘어요. 방해되는 사람이 전혀 없었죠. 누구도 괜한 자존심을 내세우거나 인기 욕심을 내지 않았거든요. 정말 이상적인 환경이었어요. 돌이켜보면 그때가 제 인생에서 가장 좋은 시기였습니다."

# 제 24 장

# 전환기

필 잭슨은 감독 부임 후 처음 맞이한 트레이닝 캠프에서 수비를 지상 최대의 과제로 내걸었다. 현역 선수 시절에 전방위 압박 수비를 도맡았던 그는 불스에도 같은 방식을 적용하려 했다. 과거에 레드 홀츠먼은 뉴욕 닉스가 압박 수비를 전개할 때마다 그에게 '공을 주시하라.'고 말했다. 잭슨은 선수들이 앞을 내다보며 플레이하길 바랐고, 그러려면 무엇보다도 훈련이 중요했다. 선수들은 잭슨이 원하는 수준에 도달하기 위해 어느 때보다 많은 땀을 흘려야 했다.

"필 잭슨 감독님의 첫 트레이닝 캠프는 제가 이전에 경험한 어떤 캠프보다도 힘들었어요." 존 팩슨이 그 시절을 회상하며 말했다. "그땐 훈련의 중심이 수비에 맞춰져 있었죠. 뭘 하든 수비부터 시작해서 공격으로 넘어갔고요. 그러면서 감독님은 불스를 압박 수비 위주의 팀으로 바꿔놨어요. 우리가 승리할 길은 거기에 있다고 봤던 거예요."

잭슨은 당시 팀의 방향성을 언급했다.

"그때 우리 팀은 풀 코트 프레스를 펼치기로 했습니다. 다들 거기에 전력을 쏟을 필요가 있었죠."

그러려면 경쟁심이 필수였다. 잭슨은 조던과 피펜에게 맞대결을 시켜 경쟁심을 북돋우기로 했다. 그들은 피펜이 신인일 때 종종 대결을 펼쳤지만, 이후 잭슨에 의해 수시로 실력을 겨루게 되었다.

조니 바크가 그 일을 이야기했다.

"필은 감독이 된 뒤에 마이클과 스카티 그리고 젊은 선수들을 적절히 조화시키는 법을 찾아냈어요. 그건 선수들을 치열하게 경쟁시키는 거였죠. 그래서 마이클은 매일 같이 스카티와 대결을 해야 했습니다. 필은 주전 선수들이랑 스카티를 한 팀에 넣고 마이클을 후보 선수들하고 짝지어서 청백전을 시켰어요. 우리 연습장에서는 그야말로 격전이 벌어졌죠. 필은 그걸 매스컴이나 외부 사람들이 없는 데서 조용히 진행했고요. 보통 한 팀이 10점을 먼저 내면 이기는 룰이었는데, 진 팀은 연습장을 몇 바퀴 전력 질주하거나 이런저런 벌칙을 받았습니다. 마이클은 연습 시합에서 지면 '감독님, 10점 내기 한 판만 더 합시다.' 이러면서 더 붙어보자고 그랬죠. 아마 필은 내심 그러길 바랐을 텐데, 겉으로는 안 그런 척했어요. '어디 보자. 글쎄, 그럴 여유가 있을지 모르겠는데……. 그래, 정 원한다면 어디 다시 해봐.' 이런 소릴 하면서요."

바크는 2004년에 한 인터뷰에서 잭슨의 지도 방식을 이렇게 칭찬했었다.

"선수들을 서로 경쟁시킨 건 참 잘한 거예요. 그 덕에 스카티가 리그 최고의 선수한테 많은 걸 배웠으니까요. 저는 마이클이 '왕좌를 차지한 왕'이고 스카티가 '그 자리를 호시탐탐 노리는 도전자'라고 비유하곤 했죠. 제 생각에 스카티는 그런 식으로 농구를 배우는 게 잘 맞았던 것 같아요. 그때부터 매일 연습장에서 열심히 뛰고 그러면서 오늘날 우리가 아는 스카티 피펜의 플레이 스타일이 나오기 시작했죠. 포인트가드처럼 공을 운반하고 코트 가운데서 기다란 팔로 상대 공격수를 괴롭히는 그런 모습이요. 마이클은 녀석과의 대결이 재미있었는지 연습 중에 꽤 자주 웃었고, 스카티도 그런 상황을 즐겼습니다." 바크는 그러한 노력이 곧 보답으로 돌아왔다고 말했다. "스카티는 실력이 점점 좋아졌어요. 매일 같이 마이클을 상대해야 했으니 실은 그 녀석도 참 고역이었을 겁니다. 당시엔 연습 게임이 정말 혹독했죠."

불꽃 튀는 경쟁을 펼친 것은 두 스타플레이어들만이 아니었다. 아이오와 대학 출신의 신인 가드 B.J. 암스트롱은 한참 선배인 존 팩슨과 실력을 겨뤄야 했다. 급기야 두 사람은 서로 반감을 느낄 정도가 되었고 불스의 연습 시간은 더욱 격렬해졌다.

"그게 필이 바라던 거였어요." 바크가 말을 이었다. "그 친구는 그렇게 동료들끼리 경쟁하길 원했죠."

잭슨의 휘하에서 불스가 실질적으로 얼마나 발전하느냐는 피펜과 그랜트의 성장에 달려 있었다. 두 선수에게는 팀 수비를 한 단계 위로 끌어올릴 역량이 충분했다. 이후 시즌 일정이 시작되고 사람들은 그들이 한층 성숙해졌음을 확인했다. 바크는 그해 가을에 피펜을 이렇게 칭찬했다.

"스카티는 이제 위대한 선수로 발돋움하는 위치에 섰습니다. 지금까지 오직 마이클만 할 수 있던 것들을 하나씩 해내고 있어요."

"다 열심히 노력한 덕분이에요." 피펜이 당시 인터뷰에서 한 말이다. "그동안 수비랑 풀업 점퍼* 연습을 많이 했어요. 사실 저는 공격 기회를 직접 만들기보단 외곽에서 패스를 받아서 슛하는 쪽이 더 익숙해요. 하지만 요즘은 돌파가 막혔을 때 가능하면 풀업 점퍼를 던지려고 노력하고 있어요."

크라우스는 암스트롱 외에도 신인 선수 두 명을 더 데려왔다. 센터와 파워포워드를 겸했던 스테이시 킹과 스몰포워드를 맡은 제프 샌더스가 그 주인공으로, 세 선수 모두 드래프트 1라운드에서 지명되었다. 그해 8월에 크라우스는 자유계약 선수로 풀려난 크레이그 호지스와 재계약을 하고 피닉스 선즈와의 트레이드로 파워포워드 에드 닐리를 얻었다. 힘이 세고 허슬 플레이에 능했던 닐리는 이후 잭슨과 조던이 아끼는 선수가 되었다.

불스는 시범 경기에서 8전 전승을 거두며 새 시즌에 대한 자신감을 키웠다. 그러나 그들은 텍스 윈터의 독특한 공격 전술에 적응하지 못한 상태였다. 게다가 빌 카트라이트도 문제였다. 그는 아직 팀원들과 잘 어울리지 못하고 혼잡한 골 밑에서 종종 동료들의 패스를 놓쳐 조던의 분노를 샀다. 트라이앵글 오펜스를 가동한다는 것은 그런 그가 더욱 자주 공을 잡아야 한다는 뜻이었다.

---

* pull up jumper, 드리블 도중에 빠르게 공을 들어 올려 던지는 점프슛.

## 흐름을 읽어라

시카고 스타디움에서 열린 시즌 개막전 날, 조던은 36점을 넣은 클리블랜드 캐벌리어스의 론 하퍼에게 54득점으로 응수했다. 그날 경기는 연장전 끝에 승리했지만, 다음 날 벌어진 셀틱스전에서는 패배를 기록했다. 사흘 뒤 불스는 조던의 40득점에 힘입어 홈구장에서 피스톤스를 3점 차로 꺾었다. 불스의 공격 방식은 이전과 분명히 달라 보였다. 하지만 트라이앵글 오펜스라고 부르기에는 많이 부족한 상태였다.

불스가 11월 한 달간 8승 6패라는 저조한 성적을 내자 윈터의 공격법을 쓰는 것은 무리라는 반응이 일었다. 트라이앵글 오펜스는 윈터가 오랜 세월에 걸쳐 발전시킨 전법으로, 다섯 선수가 부지런히 움직여 패스를 주고받으면서 유리한 공격 위치를 확보하는 것이 골자였다. 윈터는 대학 감독 시절에 충분한 시간을 들여 선수들에게 이 방법을 가르쳤고 그 성과도 꽤 괜찮았다. 그러나 1970년대에 휴스턴 로케츠를 지도했을 때는 팀의 스타였던 엘빈 헤이즈가 트라이앵글 오펜스를 거부하는 바람에 결국 감독직에서 해고되고 말았다. 그렇게 시간이 지나고 1990년대로 접어들 즈음에는 트라이앵글 오펜스를 아는 프로선수가 거의 없었다. 또 프로팀들은 빡빡한 일정 탓에 이 전술을 익히고 연습할 여유가 없었다. 하지만 잭슨은 구단 경영진의 지원 아래 새로운 공격법을 써보기로 마음먹었다. 그때 윈터는 이 전술을 활용하려면 거의 혁명에 가까운 변화가 필요함을 누구보다 잘 알았다.

지난 수년간 불스는 일대일 공격 위주로 시합을 풀어갔고, 트라이앵글 혹은 트리플 포스트 오펜스로 불린 윈터식 공격법은 전혀 활용하지 않았다. 하지만 잭슨이 지휘봉을 잡은 뒤 선수들은 그때그때 시합 상황에 맞게 반응하면서 패스를 돌리고 상대 수비에 허점을 만드는 방법을 연습하게 되었다. 그 과정에서 그들은 윈터의 해석을 바탕으로 기본기는 물론이고 상대 수비진에 접근하는 방법까지 사실상 농구를 다시 배우다시피 했다. 트라이앵글 오펜스는 단순히 정해진 패턴대로 움직이는 것이 아니었다. 이제 불스 선수들은 숨을 고르면서 수비의 흐름을 읽고 상황에 맞게 움직이는 법을 익혀야 했다. 그러면서 모든 포지션이 미식축구의 쿼터백처럼 공격을 이끌게 되었다. 특히 가드 포지션과 외곽 지대를 담당하는 선수들의 책임이 막중해졌다.

트라이앵글 오펜스에서는 골 밑의 센터와 코트 좌·우측 45도 외곽에 자리 잡은 선수들 사이에 적절한 공간을 두는 것이 중요했다. 공격은 기본적으로 코트 정면에 일정한 간격을 두고 선 두 명의 가드에게서 시작되었다. 그중 한 선수가 첫 패스를 건넨 뒤 코트 모서리로 움직여 수비수들을 교란하는 역할을 했다. 그러면 일순간 수비의 균형이 깨지면서 나머지 네 선수, 그중에서 특히 조던이 활동할 공간이 생겼다. 이때 코트 모서리에서 대기하는 선수는 대개 팩슨이나 호지스 같은 3점 슈터였다.

이 공격법에는 수비진을 휘젓고 다니는 전통적인 개념의 포인트가드가 필요하지 않았다. 윈터는 가급적 패스만으로 상대 수비를 깨뜨리길 원했다. 문제는 선수들이 이 시스템에 완전히 적응하기까지 최소 2년이 걸렸다는 점이다.

그런 이유로 불스 코치진은 트라이앵글 오펜스를 도입한 첫해에 전략을 수정하여 코트 정면에 가드를 한 명만 배치하고 선수들을 천천히 적응시키기로 했다. 당시에 이 전술을 완벽하게 숙지한 사람은 윈터뿐이었기에 잭슨은 팀 훈련의 대부분을 그에게 맡겼다. 그리하여 윈터는 사실상 모든 훈련 시간을 관리하며 불스에서 상당한 영향력을 발휘하게 되었다. 아무도 관심을 주지 않던 노장의 코치가 일순간에 한 팀을 책임지는 주요 인사가 된 것이다.

"그 전술 안에는 경쟁심 강한 인물들이 여럿 얽혀 있었죠. 하지만 그걸 제대로 다룰 수 있는 건 텍스뿐이었어요." 바크가 당시를 회상하며 말했다. "제가 볼 때 필은 이상적인 감독이었습니다. 늘 한 발짝 뒤에서 '선수들 스스로 적절한 리듬을 찾고, 자기 실력을 키우고, 여러 가지 상황에 대처하는 법을 익혀야 해요. 그런 걸 일일이 손대는 건 제 할 일이 아닙니다.'라고 했죠. 실제로도 그렇게 했고요. 참 훌륭한 감독이었어요."

원터의 전술을 가동하는 데 가장 큰 걸림돌은 이미 코트 상황을 읽는 데 능통했던 조던이었다. 트라이앵글 시스템에서는 가드들이 상대적으로 드리블과 패스 능력이 떨어지는 골 밑 플레이어들에게 공을 맡겨야 하는 경우가 많았다. 이런 이유로 불가피하게 실책이 발생했고, 조던에게는 그 점이 금방 눈에 들어왔다.

그는 트라이앵글 오펜스를 '기회균등의 공격법'이라고 폄하하며 짜증스러워했다.

"트라이앵글에 적응하기까진 시간이 좀 걸렸어요." 팩슨이 당시 상황을 설명했다. "그때 마이클은 우리 팀 빅맨들을 영 못 미더워했죠. 그 녀석 생각은 이랬을 거예요. '나 혼자 득점할 능력이 되는데 뭣 하러 저 녀석들한테 패스를 해야 하지?' 그렇게 공을 넘기느니 죽이 되든 밥이 되든 자기 마음대로 하는 게 나을 거라고요."

"마이클은 트라이앵글을 배울수록 텍스가 그 방식을 얼마나 깊이 신뢰하는지 알게 되었죠." 조니 바크의 말이다. "당시에 필은 감독으로서 우리 팀의 방향성을 계속 주지시켰어요. 알고 보니 트라이앵글 전술은 그야말로 노다지였습니다. 선수들은 그 시스템 안에서 전체 흐름을 이해하고 좋은 성과를 낼 수 있었어요."

하지만 그런 성과를 내기 위해 먼저 잭슨이 설득에 나서야 했고, 그 뒤로 다들 몇 달간은 원터의 교육을 받아야 했다. 잭슨이 제시한 트라이앵글 오펜스의 최대 장점은 선수들이 코트에 적절히 포진하는 동시에 조던이 활동할 공간을 창출한다는 것이었다. 게다가 선수 전원이 공격 공간을 확보하는 것만으로 수비까지 더 좋아지는 효과가 있었다. 코트 정면을 맡는 선수는 늘 빠르게 수비 위치로 돌아갈 준비를 했고, 코치들은 그렇게 상대편의 속공을 저지하는 전략이 경기의 승패를 가를 수도 있다고 판단했다.

바크는 이런 설명을 덧붙였다.

"어떤 전술을 활용하든 슛을 던진 다음에는 곧장 수비로 전환할 수 있어야 합니다. 선수라면 그다음에 자기가 어디로 갈지 반드시 알아야 해요. 텍스의 전술은 충분한 공간을 만들고 빠른 공수 전환까지 가능케 했죠."

변화는 쉽지 않았다.《시카고 트리뷴》의 샘 스미스를 비롯하여 불스의 거동을 살피던 인물들은 잭슨이 감독을 맡은 처음 두 시즌 동안 조던의 좌절감이 커지며 팀 분위기가 극도로 나빠졌다고 느꼈다. 이에 잭슨은 윈터가 악역으로서 트라이앵글 전술을 밀어붙이는 사이에 선수들을 회유하고 불만을 가라앉히는 데 힘썼다.

"다들 그렇겠지만 저도 마이클한테는 늘 놀라움을 느꼈어요." 텍스 윈터가 당시를 회상하며 말했다. "하지만 절대로 영웅주의를 좋게 보는 쪽은 아니었죠. 마이클에겐 많은 장점이 있었지만, 제 눈에는 약점도 더러 보였어요. 그때 우리 코치들은 마이클을 팀에 좀 더 녹아들게 하려고 애를 썼죠. 마이클의 실력이 뛰어나긴 하지만, 그렇게 계속 혼자 놀게 내버려 두면 안 된다고 봤어요. 우리가 원한 건 녀석이 동료들과 함께하는 거였습니다. 마이클이 그걸 스스로 깨닫지 못했다면 그 뒤에 불스가 그렇게 잘 되지는 못했을 거예요."

트라이앵글 오펜스에 대한 반응은 선수들마다 달랐다. 가드들이나 외곽 위주의 공격을 선호하는 선수들은 알아야 할 것이 너무 많았다. 골 밑을 맡은 선수들은 전술을 배우기가 상대적으로 쉬웠지만, 이 공격법을 활용하려면 그동안 프로선수로서 직감적으로 익힌 것들을 근본부터 바꿀 필요가 있었다.

"저한테는 트라이앵글이 아주 잘 맞았어요." 존 팩슨이 말을 이었다. "사실 시스템 농구란 게 저처럼 운동 능력이 떨어지는 선수들을 위한 거잖아요. 그 덕에 제 장점이 잘 부각됐죠. 하지만 단독 공격을 많이 하던 마이클이나 스카티한테는 트라이앵글 때문에 오히려 제약이 커진 셈이었어요. 거기다 코트의 세세한 변화를 눈여겨보고 팀워크에도 신경을 써야 했죠. 그게 다 승리를 위해 필요한 거라고 우릴 붙들고 설득하는 것은 감독님의 몫이었고요."

윈터는 조던이 대학에서 딘 스미스의 시스템을 경험한 것이 트라이앵글 오펜스를 익히는 데 도움이 되리라 여겼다. 그러나 정작 조던 본인은 회의적인 시선을 거두지 않았다.

"모든 것이 페인트 존과 골 밑 플레이를 중심으로 돌아가더군요." 조던이 훗날 인터뷰에서 한 말이다. "그러면서 우리 팀의 경기 방식은 완전히 바뀌어 버렸어요. 전 거기에 다소 거부감을 느꼈고요. 그땐 트라이앵글이 빅맨들에게 과도한 부담을 준다고 생각했죠."

잭슨은 그런 조던에게 면담을 청했다.

"공은 스포트라이트 같은 거야. 그게 자네 손에 있을 때는 세상의 이목이 자네한테 향하지. 이젠 다른 동료들한테도 공을 넘겨줘서 다들 그런 스포트라이트를 좀 받게 하면 어떨까?"

조던의 대답은 이러했다.

"그 말씀은 저도 이해해요. 문제는 다들 기회가 왔을 때 적극적으로 나서질 않는다는 거예요. 그러다 보니 제가 자주 공격을 떠맡게 되고 균형이 깨지는 거죠."

팀의 체질을 바꾸는 데는 큰 인내심이 필요했다. 핵심은 조던과 팀원들 사이에 신뢰를 쌓는 것이었다.

"시즌을 보내다 보면 마이클의 슛감이 유난히 좋은 날이 종종 있었어요." 잭슨이 당시를 떠올렸다. "그런 날은 아무도 말릴 수가 없었죠. 녀석은 자기 방식대로 승부를 내려 했고 경기를 지배하는 모습을 보여줬어요. 그럴 때는 우리도 마이클이 그만큼 위대한 선수이고 그게 마이클만 가진 능력이라는 것을 인정할 수밖에 없었습니다. 그리고 그런 상황이 꼭 나쁘지만은 않았어요. 팀플레이만으로 이기기에는 녹록지 않은 경기도 있었으니까요. 그런 날은 마이클이 최강의 득점원이자 시합의 주인공으로 멋진 쇼를 펼치는 날이었죠."

그 과정에서 그는 조던과 종종 부딪혔지만, 오히려 관계가 더 가까워질 기회도 생겼다. 사실 조던은 팀원들뿐 아니라 코치진도 신뢰할 필요가 있었다.

잭슨은 예전 일을 계속 이야기했다.

"저는 마이클을 설득하려고 이런 얘길 자주 했습니다. '자네가 30득점 정도 해주고 팀에 필요한 일들을 적극적으로 나서서 처리해주면 좋겠어. 가장 좋은 건 전반에 12~14점을 넣고 3쿼터가 끝날 때까지 18점 정도로 맞추는 거야. 그리고 4쿼터에 나머지 14~18점을 넣어주면 돼. 그럼 딱 좋아. 그게 가능하다면 전부 계획대로 되는 거야.' 그 말은 누가 들어도 타당하다 생각했을 겁니다. 그러고 보니 이런 말도 했네요. 손 안에 든 카드를 갖고 논다고 생각하라고요. 경기 중에 카드 패를 돌리듯이 동료 선수들을 움직이다가 마지막에 나서서 멋지게 마무리해달라는 그런 소리였죠."

훗날 원터는 그 시절을 되돌아보며 트라이앵글 오펜스를 고수했던 잭슨의 결단력 그리고 조던의 마음을 돌렸던 그 설득력에 다시금 감탄했다. 당시에는 아무도 몰랐지만, 그들은 새로운 전술을 토대로 프로농구 역사상 가장 놀라운 시대를 향해 닻을 올리고 있었다.

원터는 이렇게 말했다.

"필은 우리 팀의 목표를 명확하게 세우고 흔들림 없이 앞으로 나아갔죠. 트리플 포스트 오펜스는 제가 수십 년간 지도자 생활을 하면서 발전시킨 거지만, 당시에 그걸 전파하고 알린 건 필이었어요. 사실 그땐 저도 그 전술을 써서 잘 될지 자신하지 못했습니다. 그래서 트라이앵글을 포기하고 마이클에게 일대일 공격을 더 많이 시켜보자고 제안한 적도 있어요. 하지만 필은 절대 그럴 생각이 없었죠. 그 시절에 우리 팀이 그런 농구 철학을 유지할 수 있었던 건 다 필 덕분이에요."

잭슨이 추구하던 철학과 시스템 덕분에 시카고 불스는 NBA의 어느 팀과도 달라질 수 있었다.

잭슨은 감독 부임 후 처음 맞이한 성탄절에 선수들에게 책을 선물했다. 조던이 받은 책은 토니 모리슨이 쓴 『솔로몬의 노래』로, 금을 찾아 떠난 한 사내의 이야기를 다룬 우화 소설이었다. 변화는 12월부터 간헐적으로 드러났다. 황소 군단은 달리는 속도에 박차를 가하며 두 차례 연승을 달렸다. 첫 번째는 성탄절 직전에 거둔

5연승, 두 번째는 새해 첫날을 전후로 이어진 5연승이었다. 공격은 여전히 원활하지 않았지만 수비가 살아나고 있었다. 다른 구단의 감독과 코치들은 그 사실에 주목하며 두려워하기 시작했다.

1990년 1월에 들어서는 트라이앵글 오펜스가 어느 정도 제 형태를 갖추었는데, 피스톤스는 홈구장에서 불스와 대결한 뒤 그 점을 바로 알아챘다. 그날 시합은 피스톤스의 10점 차 승리로 끝났지만 조 듀마스는 무언가가 변했음을 느꼈다고 한다.

"경기가 끝나고 전 아이제이아한테 큰일이 났다고 말했어요. 그러니까 그 친구가 무슨 소리냐고 묻더군요. 그래서 좀 더 자세히 설명을 했죠. '앞으로 불스랑 붙을 때 애를 좀 먹을 것 같아. 마이클이 뭔가 전략적으로 위치를 잡고 있더라고. 이제 그 녀석을 수비하기가 까다롭겠어.' 마이클이 그전에는 공을 잡고 수비진 정면에서 주로 일대일을 시도했기 때문에 위치를 파악하기가 쉬웠어요. 다른 불스 선수들이 어디 있는지도 쉽게 알 수 있었고요. 그런데 트라이앵글 시스템에선 마이클이 골대 근처에서 공을 잡고 그 주변으로 다른 선수들이 막 컷인*을 하는 거예요. 그 시점부턴 어느 쪽에서 공격이 올지 알 수 없었죠. 전 트라이앵글을 겪어보고 바로 눈치챘어요. 이제 불스를 상대하기가 영 쉽지 않겠다고요. 그날은 우리가 어떻게 이기긴 했지만 말이죠. 마이클은 위크사이드 쪽에서 난데없이 나타나 골 밑에 자릴 잡았어요. 또 예전 같으면 절대 더블팀이 붙지 않을 위치에 섰죠. 그리고 우리 수비가 두세 명씩 붙을 때는 그냥 골 밑으로 공을 투입하고 기다리다가 다른 선수들하고 같이 컷인을 시도했어요. 보니까 공이 안쪽에 들어가면 다들 베이스라인 쪽을 노리고 컷인하더군요. 그걸 보고 전 이제 꽤 골치 아프겠다고 생각했어요."

브렌던 말론도 그 일을 두고 비슷한 말을 했다.

"우린 시카고랑 경기를 해본 뒤 트라이앵글 전술 때문에 앞으론 마이클한테 더블팀을 붙이기 어려울 거라고 예상했죠."

듀마스는 NBA 입성 후 4년 만에 처음으로 불스 벤치를 지키던 노신사, 바로

---

* 공을 소유하지 않은 공격수가 골 밑 공간에 침투하는 행위.

트라이앵글 오펜스의 선구자인 텍스 윈터에게 눈을 돌렸다. 그 점은 다른 팀들도 다르지 않았다.

"텍스의 전술은 제가 현역 선수 시절에 뉴욕 닉스에서 쓰던 전술하고 닮았습니다." 잭슨이 말을 이었다. "트라이앵글에서는 공이 골 밑으로 자주 투입되죠. 선수들은 컷인을 하고요. 다들 공 없이도 할 일이 있는 거예요. 그렇게 컷인, 패스를 하면서 코트에선 공이 계속 돌게 됩니다. 그 덕분에 수비수들의 시선이 마이클한테서 멀어지는 효과가 났죠. 마이클은 뛰어난 공격수지만 그전까지는 공을 가진 시간이 너무 길었어요. 그래서 모든 수비수의 견제를 받았고요. 그런데 트라이앵글을 활용하면서 마이클은 수비수들 눈이 닿지 않는 곳에 자리를 잡을 수 있게 됐어요. 그 친구는 그런 부분에서 이 전술의 가치를 발견했죠. 트라이앵글은 노스캐롤라이나 대학팀의 공격 시스템하고 비슷한 점이 있었거든요. 물론 그 모든 게 갑자기 이뤄지진 않았습니다. 어느 정도 시간이 지나고 전술에 대한 개념이 잡히면서 이런저런 장점을 알아보게 된 거죠."

트라이앵글 오펜스는 가망이 있어 보였지만, 조던은 아직 불스가 리그 우승에 도전할 만한 팀이라고 확신하지 못했다. 그는 1990년 2월에 트레이드 마감 시한을 앞두고 선수층을 보강해야 한다며 목소리를 내기 시작했다. 팬들 역시 구단 경영진에게 즉각 조처하라고 항의했다.

조던은 다시 한 번 월터 데이비스를 데려와 달라고 요청했다.

"마이클이 월터 데이비스를 트레이드해달라고 주장하면서 분위기가 확 바뀌었죠." 짐 스택이 당시 상황을 이야기했다. "그해, 그러니까 89~90시즌은 우리 팀의 사활이 걸린 시기였어요. 그때 마이클은 지금 같은 선수 구성으론 우승할 수 없다고 단언했죠."

스택은 크라우스의 지시로 열흘간 데이비스의 근처를 맴돌며 그가 불스에 도움이 될지 살펴보았다고 한다.

"제가 보기에 월터 데이비스는 수비 능력이 많이 떨어진 것 같았어요. 데이비스가 우리 팀에 왔다면 마크 어과이어나 래리 낸스, 척 퍼슨 같은 선수들을 상대해야 했을 텐데, 아마 그 선수들을 제대로 막지 못했을 거예요. 동부 컨퍼런스에는 몸싸움에 능하고 재능이 뛰어난 스몰포워드가 많았거든요. 데이비스는 그런 선수들을 막기에 힘이 부쳤을 겁니다. 그래서 우린 트레이드 마감 시한을 그대로 넘겼죠."

## 평정심

2월 들어 불스는 다시 흔들리기 시작했고 특히 서부 원정 기간에 4연패를 당하며 부진을 겪었다. 더 심각한 문제는 카트라이트가 무릎 통증으로 여러 경기에 결장한 것이었다. 하지만 마이애미에서 개최된 올스타 주간 행사 덕분에 잡음은 조금 잦아들었다. 피펜은 조던과 함께 생애 최초로 올스타 경기에 출전했고 크레이그 호지스는 3점슛 대회에서 우승을 차지했다.

조던과 듀마스가 사석에서 만난 것은 그해 올스타 주간이 처음이었다. 조던은 당시 묵던 호텔 스위트룸에 듀마스와 그의 아내인 데비를 초대하여 저녁식사를 하고 대화를 나눴다. 두 남자의 우정은 그 일을 계기로 더욱 깊어졌다. 이후에 조던은 듀마스와의 관계를 이렇게 이야기했다.

"후아니타랑 데비는 만나서 쉬지도 않고 수다를 떨더군요. 올스타전은 조와 같이 뛰어보고 그 친구를 편하게 만나볼 좋은 기회가 됐어요. 전 항상 조의 운동신경과 농구 실력에 감탄해왔고 적절한 공감대가 있어서 우린 좋은 친구가 될 수 있었죠. 조나 저 모두 시합 때마다 공격과 수비를 주고받으면서 모든 실력을 쏟아냈기 때문에 늘 서로를 높이 평가하고 있었어요. 하지만 앞으로도 계속 경쟁을 해야 하니 마냥 가깝게 지낼 수는 없는 노릇이죠. 친구를 상대로 싸운다는 건 참 어려운 일이에요. 친한 사람하고 대결을 하면 진지하게 싸워야 할 때 괜히 농담을 주고받거나 심적으로 좀 느슨해질 수 있어요. 물론 저나 조 모두 각자의 팀에서 자기 임무에 집중하고 있으니 그런 문제는 없을 거예요."

올스타전이 끝난 뒤 불스는 다시 팀원들의 호흡을 맞추고 트라이앵글 오펜스에 대한 감을 잡는 데 힘썼다. 그들은 3월 말부터 9연승을 달렸다. 그 방아쇠가 된 것은 캐벌리어스전에서 69득점으로 본인의 최다 득점 기록을 세운 조던이었다. 연장전까지 이어진 그날 경기에서 그는 리바운드도 열여덟 개나 걷어내 개인 최다 기록을 올렸고, 야투를 총 서른일곱 번 시도하여 스물세 개, 자유투는 스물세 번 던져 스물한 개를 성공시켰다. 그리고 출전 시간 50분 동안 6어시스트 4스틸과 함께 실책은 단 두 개만 기록했다. 누가 보아도 놀랄 만한 대기록이었다. 하지만 조던 홀로 적진을 맹폭하는 것은 트라이앵글 오펜스의 이상과 거리가 멀었다.

잭슨은 매번 그렇듯 그날 경기를 반면교사로 삼았다.

"한 번은 마이클이 슛을 미친 듯이 쏟아 부은 날이 있었어요." 조니 바크가 옛 기억을 떠올리며 말했다. "저는 필이 당연히 그런 걸 코칭에 활용할 거라 예상했죠. 필은 자기 방식대로 문제점을 돌려 말했습니다. '자넨 이 정도로 실력이 좋아. 하지만 앞으론 다른 선수들이 더 잘하도록 도와줄 필요가 있어.'라고요."

아마 다른 감독과 코치들의 말이었다면 먹히지 않았을지도 모른다. 하지만 잭슨의 메시지에는 조던의 마음을 움직이는 무언가가 있었다. 그 시작점은 필 잭슨 특유의 인내심과 평정심이었고, 그는 경기마다 그 능력을 발휘하여 조용히 선수들을 관찰했다. 바크는 콜린스와 잭슨이 너무나 달라서 놀랄 정도였다고 말했다.

"더그는 경기 중에 꼭 지쳐 쓰러질 것처럼 보였어요. 땀을 비 오듯 흘렸고 늘 목에 핏대가 설 만큼 온 힘을 다 쏟아냈죠. 반면에 필은 경기 내내 한 자리에 앉아서 기다릴 줄 알았어요. 그 친구는 시합이 다 끝나고 밖으로 나갈 때 사람들한테 인사 삼아 고개만 까딱할 정도로 움직임이 적었죠. 하지만 필 나름대로는 더그한테 지지 않을 만큼 에너지를 쏟았을 거예요. 그게 겉으로 드러나지 않고 내면에서 다 처리됐을 뿐이죠."

바크는 경기 중에 늘 침착한 잭슨을 보며 크게 감명받았다고 한다.

"필의 진면목은 팀이 어려울 때 잘 드러났습니다. 마치 심리학자처럼 다른 감독들하고는 완전히 다른 관점에서 해법을 찾으려 했어요. 선수들 앞에 얼굴을 들이밀고 당장 문제를 처리해버리자는 식의 발언은 하지 않았죠."

바크와 윈터는 경기 막바지에 선수들이 고전할 때마다 잭슨에게 작전 타임을 불러야 한다고 재촉했다. 하지만 잭슨은 두 사람을 물끄러미 바라볼 뿐이었다. 이후 그들은 작전 시간을 두어 번 요청해보고 대답이 돌아오지 않으면 더는 감독을 다그치지 않기로 했다. 바크는 그런 잭슨을 높이 평가했다.

"필에게는 어떤 결과든지 감내할 줄 아는 강한 의지가 있었어요."

조던은 잭슨의 차분한 성정을 금방 알아보았다. 그 부분에서 잭슨은 대학 은사인 딘 스미스를 떠올리게 했다. 조던처럼 스미스와 잭슨 밑에서 선수 생활을 경험한 릭 팍스는 두 감독의 품행이 닮았다고 인정했다. 한 가지 차이가 있다면 잭슨은 대화 중에 종종 비속어를 내뱉었다는 점이다.

잭슨은 경기 후에 선수들을 타박하거나 성을 내는 일이 거의 없었다. 진 경기에서는 열심히 뛴 선수들에게 초점을 맞추고 그들을 위로하곤 했다. 그런 다음 윈터와 몇 시간씩 머리를 맞대고 경기 영상을 분석하거나 훈련 계획을 짰다.

"현장 관리자로서 필이 팀을 관리하는 방식은 모든 면에서 달랐습니다." 바크가 말을 이었다. "심리학적인 요소가 많이 가미되었거든요. 그 친군 팀원들을 진심으로 대하면서도 감정적인 측면은 완전히 배제했어요. 선수들한테는 필이 말 그대로 수수께끼 같은 사람이었습니다. 좀처럼 속을 알 수가 없었거든요. 그 친구는 무슨 일이든 격하게 반응한 적이 없고 아예 무반응일 때도 적지 않았어요. 하지만 대응만큼은 확실하게 했죠. 필의 가장 큰 장점은 상황 판단을 정확하게 한다는 거예요. 벤치에 앉아서 혹은 라커룸에서 늘 상황을 주시하지만, 문제를 해결하려고 서두르는 법은 없었어요. 항상 충분히 생각을 해본 뒤에 움직이려 했죠. 그 상황을 처리하는 데 딱 필요한 행동만 했고요."

트라이앵글 시스템 아래서는 감독이 선수들에게 어떤 플레이를 하라고 일일이 지시할 필요가 없었기에 잭슨은 그만큼 더 평정심을 유지할 수 있었다. 팩슨은 그 점을 두고 이런 의견을 내놓았다.

"농구 중계를 보면 감독들이 사이드라인에서 이리저리 뛰어다니면서 작전을 지시하는 모습이 흔히 나오죠. 그런데 제 생각엔 그게 오히려 적을 유리하게 만드는 것 같단 말이죠. 특히 플레이오프에서는 더 그래요. 정보를 잘 수집해둔 팀이라면 어떤 세트플레이에 어떻게 대처할지 다 알 테니까요. 반면에 필 잭슨 감독님은 선수들을 설득하고 새 전술을 알면 알수록 공격이 더 잘 풀릴 거라는 믿음을 줬죠. 그렇게 감독이 요구하는 플레이가 뭔지 걱정하지 않고 선수들이 상대 수비를 알아서 읽고 대응하게 되면 적에게 적지 않은 타격을 줄 수 있어요."

## 재격돌

불스는 시즌 말에 기록한 연승 덕에 총 전적 55승 27패로 60승을 올린 피스톤스에 이어 센트럴 디비전 2위를 차지했다. 조던은 거의 매 경기에서 팀 내 최다 득점을 올렸다. 피펜은 강력한 수비로 상대 팀을 압박하면서 공격에서는 포인트가드처럼 활약했다. 많은 팀이 그런 피펜에게 대응하는 데 어려움을 겪었고, 조던의 폭발적인 공격력에 부담을 느끼는 경우에는 특히 더 그랬다. 조던은 올 NBA 퍼스트 팀, 올 디펜시브 퍼스트 팀에 4년 연속 득점왕과 스틸 1위까지 차지하며 다시 한 번 NBA의 온갖 영예를 휩쓸었다.

불스는 정규 시즌 마지막 경기를 피스톤스에 내어주며 이 팀을 상대로 3연패를 기록했다. 플레이오프를 앞두고 조던은 그 문제가 팀원들의 무능함 때문이라는 생각을 떨치지 못했다. 하지만 피펜의 실력이 일취월장하고 밀워키 벅스와의 1라운드 대결을 3대1로 마무리한 덕에 그의 기분은 조금 누그러졌다. 2라운드에서 조던은 찰스 바클리가 소속된 필라델피아 세븐티식서스를 상대로 평균 43득점 7.4어시스트 6.6리바운드를 기록하며 압도적인 능력을 과시했다. 당시에 피펜의 아버지가 만 70세를 일기로 사망하면서 피펜이 장례식 참석 문제로 한 경기에 빠졌지만 불스는 다섯 경기 만에 식서스를 제압할 수 있었다.

조던은 자신의 활약상을 이렇게 평가했다.

"지금까지 네 경기 연속으로 이만큼 좋은 활약을 펼친 적은 없었던 것 같아요."

식서스를 넘은 불스는 3년 연속으로 피스톤스와 컨퍼런스 결승에서 다시 피비린내 나는 싸움을 벌이게 되었다. 이 대결은 사실상 잭슨의 새로운 지도 방식과 전술을 시험하는 장이나 다름없었다.

훗날 인터뷰에서 피펜은 빌 레임비어 때문에 뇌진탕을 겪었던 1989년도 동부 컨퍼런스 결승 6차전을 회상하며 말했다.

"플래그런트 파울*이 없던 시절에 우리 팀 선수가 골 밑 돌파를 하면 디트로이트는 그 밑에 발을 밀어 넣곤 했어요. 녀석들은 이기려고 무슨 짓이든 했죠. 그건 농구라고 할 수 없었어요. 한 가지 생각나는 게, 예전에 빌 레임비어가 공중에 뜬 마이클을 후려쳤던 적이 있어요. 사실 레임비어한테는 애초부터 그 슛을 막을 방도가 없었죠. 우린 그런 일을 하도 겪어서 디트로이트랑 붙을 때마다 경계심을 갖고 뛸 수밖에 없었어요."

조던이 예상한 대로 듀마스와의 우정은 두 팀의 갈등을 진정시키는 데 아무 도움이 되지 않았다. 피스톤스는 악명 높은 '조던 룰' 작전을 계속 펼쳤다. 목표는 단순했다. 바로 조던이 공을 포기하게 하는 것. 수비수 여럿이 조던을 괴롭히고 코트에 쓰러뜨려 불스 선수단을 심란하게 하는 것이 그들의 임무였다. 불스 선수들과 코치진은 피스톤스와 대결할 때마다 불안증에 시달렸다. 게다가 피스톤스 코치진이 조던을 수비할 때 불필요한 파울이 많이 불린다고 공식적으로 불만을 제기하여 불스 구단의 분노는 더욱 커졌다. 플레이오프가 시작되기 전에 피스톤스의 존 샐리는 기자들 앞에서 '피스톤스는 단합된 팀으로 싸우지만 불스는 원맨쇼를 벌일 뿐'이라고 지적했다. 그는 웃으면서 이렇게 말했다.

"우리 팀은 선수 하나 때문에 전체 분위기가 좌지우지되지 않죠. 그래서 우리

---

* flagrant foul, 과도한 접촉으로 상대 선수에게 부상의 위험을 안겨줄 경우에 선언하는 파울.

가 한 팀인 거예요. 한 선수가 모든 걸 다 해냈다면 지금 같은 팀이 되지 못했을 겁니다. 만약 그랬다면 시카고 불스 꼴이 났겠죠."

사실 불스 선수들은 조던과 함께 시합하는 것을 굉장히 부담스럽게 여겼다. 과거에 불스 소속이었던 데이브 코진도 지적했듯이 팀에 어떤 문제가 생기면 그 책임은 늘 조던이 아닌 다른 선수에게 돌아갔다. 필 잭슨이 트라이앵글 오펜스를 적용하려고 노력하는 와중에도 조던은 팀의 지배자로 군림했다. 크레이그 호지스를 비롯한 여타 선수들은 그런 그를 '장군님'이라고 부를 정도였다.

예상대로 피스톤스는 1990년 동부 컨퍼런스 결승 1차전부터 조던을 괴롭혔다. 그날 피스톤스는 슛을 총 78회 시도하여 서른세 개밖에 넣지 못했고 그중 하나는 토머스가 존 샐리에게 던진 앨리웁 패스가 실수로 링을 통과한 것이었다. 하지만 늘 그렇듯 피스톤스는 강력한 수비 덕을 보았다. 그날 잭슨은 시무룩한 표정으로 '럭비 시합보다 더한 경기'라고 한마디를 던졌다.

피스톤스의 수훈갑은 27점을 넣고 수비에서도 크게 공헌한 듀마스였다. 조던이 그의 수비에 34득점으로 묶이고 불스의 나머지 주전 선수들이 31득점에 그치면서 경기는 86대77, 배드 보이스의 승리로 끝났다. 존 샐리의 혹평이 사실로 굳어지는 순간이었다.

조던은 그날 1쿼터에 페인트 존 돌파를 시도하다가 부상을 당했다. 데니스 로드맨을 위시한 피스톤스 선수들에게 부딪혀 넘어지면서 엉덩이에 타박상을 입은 것이다. 조던은 경기 후에 그 상황을 언급했다.

"누군지는 모르겠는데 그때 디트로이트 선수들 발에 걸린 모양이에요. 아무래도 금방 나을 부상은 아닌 것 같네요."

실제로 다음 경기까지는 부상의 여파가 있었다. 2차전에서 피스톤스는 2쿼터 중반까지 43대26으로 앞섰고 조던의 슛은 잘 터지지 않았다. 53대38로 크게 뒤진 채 전반전이 끝나자 조던은 탈의실에서 의자를 걷어차며 팀원들에게 호통을 쳤다.

"지금 우리가 계집애들처럼 뛰는 거 알아?"

한바탕 혼이 난 그들은 조금 더 활기찬 모습으로 후반전을 맞이했다. 그리고 충분히 몸이 풀린 조던은 3쿼터 시간이 8분 24초를 지날 무렵 67대66으로 불스의 역전을 이끌었다. 하지만 그 기세는 오래가지 못했다. 피스톤스는 31득점을 올린 듀마스 덕분에 피스톤스는 최종 스코어 102대93으로 승리를 거두고 시리즈를 2대0으로 앞서나갔다. 한편 조던은 슛을 열여섯 번 던져 겨우 다섯 개만 성공시키며 20득점을 올렸다. 경기 직후 그는 무기력한 시합을 펼친 동료들을 밀치며 코트를 나갔고, 기자들에게 한마디 대꾸도 없이 탈의실을 떠났다. 나중에 그는 그날 하프타임에 한 발언이 팀원들뿐 아니라 자신에게도 똑같이 해당하는 것이었다고 해명했다.

기자들은 피스톤스 탈의실에서 듀마스를 에워싸고 어떻게 조던을 잘 막을 수 있는지 물었다. 듀마스는 잠시 말을 잊고 허공을 응시하다가 조던을 막기란 불가능하다고 대답했다. 사실 정확한 답은 그가 두 경기 동안 적극적인 공세를 펴면서 조던을 줄기차게 괴롭힌 덕분이었다. 적어도 불스 선수들은 그렇게 보았다. 한데 조던은 2연패 뒤에 맞은 첫 훈련 시간에 피펜과 그랜트가 현 상황을 진지하게 받아들이지 않고 빈둥거린다며 크게 성을 냈다.

원래 시카고 불스에서 플레이오프 상대 팀의 경기 영상을 편집하는 작업은 조니 바크 코치가 맡고 있었다. 그는 전술적 요점을 설명하기 위해 영상 중간마다 전쟁 영화의 한 장면을 끼워 넣곤 했는데, 감독 부임 첫 시즌에는 잭슨이 그 일을 하겠다고 나섰다. 잭슨은 동부 컨퍼런스 결승 3차전을 앞두고 비디오테이프에 영화 「오즈의 마법사」의 장면들을 삽입했다. 듀마스가 조던을 제치는 부분에는 허수아비의 모습이, 또 다른 실책 장면에는 겁쟁이 사자 그리고 나중에는 양철 나무꾼이 등장했다. 처음에 선수들은 영상을 보며 즐거워했지만, 존 팩슨은 그것이 불스에 마음과 용기, 지혜가 없음을 뜻한다며 감독의 진의를 파악했다.

다행히 잭슨이 든 비유는 팀의 경직된 분위기를 푸는 데 도움이 되었다. 시카고 스타디움에서 열린 3차전에서 조던은 47득점을 올리면서 지난 경기보다 좋은 수비력을 보였고, 팀원들의 지원도 충분히 받았다. 아이제이아 토머스는 1, 2차전의 부진에서 벗어나 36점을 넣었지만, 불스가 리바운드 합계에서 46대36으로 앞서며 2차 공격 기회를 많이 잡아 경기는 결국 107대102, 불스의 승리로 끝났다.

4차전을 맞이한 불스는 3쿼터 초반에 무려 19점을 앞섰다. 하지만 그날 24득점을 올린 듀마스의 주도로 피스톤스는 다시 공세를 펼쳤다. 그러면서 점수가 3점 차까지 좁혀졌으나 불스는 상대의 반칙으로 얻은 자유투 스물두 개 중 열여덟 개를 성공시키며 계속 우위를 지켰다. 피스톤스는 리바운드 개수에서 52대37로 크게 앞서고도 37퍼센트에 불과한 슛 성공률 때문에 어려운 경기를 펼쳤다. 불스는 조던이 42점을 쏟아 넣고 나머지 주전 선수들이 모두 두 자릿수 득점을 기록한 덕에 데니스 로드맨이 20득점 20리바운드로 분전한 피스톤스를 최종 스코어 108대101로 제압했다.

늘 상대 팀에 강한 압박감을 안겨주던 배드 보이스는 그날 패배로 홈에서 반드시 이겨야 하는 상황에 처했다.

5차전에서는 슬럼프에서 벗어난 제임스 에드워즈와 빌 레임비어의 활약으로 피스톤스가 불스를 97대83으로 이기고 시리즈 전적 3승 2패로 앞섰다. 그날 듀마스는 감기로 인한 고열에 시달리는 와중에도 38분간 출전하여 조던을 22점으로 묶었다. 척 데일리 감독은 그의 활약을 이렇게 평가했다.

"마이클 조던을 상대할 땐 그저 수비가 잘 되길 바라면서 열심히 뛰고 기도하는 수밖에 없습니다. 오늘 조는 그 세 가지를 다 해냈어요."

그해에 듀마스는 조던도 찬사를 보낼 만큼 강한 정신력으로 컨퍼런스 결승 시리즈를 치렀지만, 그의 활약은 크게 조명 받지 못했다.

듀마스의 정신력을 강조한 조던의 메시지는 역으로 불스 선수들에게 자극을 준 듯했다. 시카고 구장으로 돌아온 피스톤스는 조던을 29점으로 묶고도 6차전을 불스에 내주고 말았다. 불스의 압박 수비는 피스톤스의 3쿼터 슛 성공률을 25퍼센트로 떨어뜨렸다. 그로 인해 3점 차에 불과했던 점수 차는 4쿼터 초에 80대63까지 벌어졌다. 결국 불스는 이 시합을 109대91로 이기고 시리즈를 7차전까지 끌고 갔다.

조던은 경기 후에 단호하게 외쳤다.

"우린 이번 시리즈를 이기기 위해 어느 때보다 강한 투지로 뭉쳐 있습니다."

사실 불스가 처한 상황은 녹록지 않았다. 팩슨은 발목을 심하게 삔 상태였고, 피펜은 7차전을 앞두고 편두통 때문에 고생하고 있었다.

"스카티는 그전부터 편두통을 앓고 있었죠." 팀 트레이너였던 마크 파일이 당시를 떠올렸다. "그런데 그날 경기 직전에 저한테 와서는 앞이 잘 보이지 않는다는 거예요. 그래서 뛸 수 있겠냐고 물으니까 안 되겠다고 하더군요. 그 말에 마이클이 펄쩍 뛰면서 '무슨 소리야? 당연히 나가야지. 앤 우리 팀 주전이야. 눈이 멀었어도 나가야 해.' 그렇게 말했죠. 그런데 스카티만 그런 게 아니라 호레이스도 그날 시합에서는 다소 주춤거렸어요. 그건 겁을 먹었다기보다 정신적으로 아직 미숙했던 탓이라고 볼 수 있죠. 그 친구들이 '젠장, 계속 이렇게 당할 수만은 없다.' 하면서 각성하는 데는 좀 더 시간이 걸렸어요. 아무튼 그날 스카티는 두통을 안고 뛰었는데, 시합이 진행되면서 상태가 조금씩 나아졌어요."

하지만 불스는 그렇지 못했다. 특히 2쿼터는 처참하다는 말이 어울릴 정도였다. 결국 그들은 점수 차를 극복하지 못했고, 시합은 93대74, 피스톤스의 낙승으로 끝났다.

"불스 감독 시절에 가장 힘들었던 경기는 피스톤스 홈에서 패배한 컨퍼런스 결승 7차전이었습니다." 필 잭슨이 당시를 회상했다. "그날 스카티 피펜은 편두통으로 끙끙거렸고, 존 팩슨은 경기 전에 발목을 삐어서 아예 나오질 못했죠. 우리 팀은 전반전 내내 고전했고, 저는 이를 악문 채로 그걸 지켜보는 게 전부였어요. 2쿼터에는 형편없을 정도로 무기력한 경기를 했죠. 감독으로서 그때가 제일 힘들었던 것 같네요."

조던은 전반전이 끝난 뒤 또다시 동료들에게 화를 내며 욕을 퍼부었다. 그리고 경기 후에는 구단 버스 뒷자리에 앉아 눈물을 흘렸다. 그는 그 일을 이렇게 기억했다.

"그날 전 울면서 동료들에게 잔뜩 성을 냈어요. '난 이렇게 죽어라 뛰는데 아무도 나처럼 노력할 생각을 안 해. 저놈들은 우릴 때리고 우리 마음과 자존심을 짓밟았다고.' 그때 전 결심했죠. 다시는 이런 일이 생기지 않게 하겠다고요. 그래서 그해 여름에 처음으로 역기를 들고 몸을 만들기 시작했어요. 그 자식들한테 또 두들겨 맞으면 나도 똑같이 돌려주겠다는 생각이었죠. 몸싸움에서 만날 밀리고 여기저기서 부대끼는 게 아주 질렸던 거예요."

플레이오프에서 패배가 늘어날 때마다 불스가 원맨팀*으로서 한계에 도달했다는 비평가들의 지적이 늘었다. NBA 전문 리포터인 데이비드 알드리지가 당시 상황을 되짚어 보았다.

"시카고 불스는 디트로이트와 계속 부딪혔지만 그 팀을 넘어설 해법이 없는 것처럼 보였어요."

일각에서는 월트 체임벌린이나 제리 웨스트, 오스카 로버트슨 같은 스타들도 우승 반지를 차지하기까지 오랜 세월이 걸렸다며 조던 역시 그럴 것이라는 예상이 나왔다. 또 한편으로는 그가 뛰어난 기량에도 불구하고 엘진 베일러와 네이트 써먼드, 데이브 빙처럼 한 번도 우승하지 못할 것이라는 비관론도 일었다.

조던은 그러한 억측과 비판에 격분했다. 해마다 피스톤스에 지는 데 진저리가 날 지경이었고, 특히 아이제이아 토머스에게 졌다는 사실이 견디기 어려웠다. 하지만 패배의 책임은 피펜에게도 돌아갔다. 언론사부터 불스의 동료들까지 모든 이가 그의 편두통을 나약함의 증거라고 여겼다. 그러나 그가 얼마 전에 아버지를 잃었다는 사실은 모두 까맣게 잊고 있었다.

셰럴 레이스타우트는 그 점을 지적했다.

"동부 컨퍼런스 결승 7차전을 보고 시카고로 돌아가는데 비행기에서 제 앞자리에 후아니타가 앉아 있지 뭐예요. 그때 후아니타가 '스카티한테 무슨 일이 있었

---

* one-man team, 우수한 선수 한 명의 능력에 많은 것을 기대는 팀을 뜻한다.

던 거예요?' 하고 물었어요. 그래서 두통이 심했던 모양이라고 하니까 '웬 두통이래요?' 하면서 고개를 절레절레 흔들더군요."

조던은 큰 경기를 치르고 나면 보통 당일에 신었던 농구화를 기념 삼아 보관했다. 하지만 1990년 동부 컨퍼런스 결승 7차전에 패한 뒤에는 그 기억을 모두 지우고 싶어 했다. 레이시 뱅크스가 당시를 회상했다.

"디트로이트한테 진 뒤에 호텔에서 체크아웃을 할 때였어요. 마이클의 방에는 스카티도 함께 있었죠. 마이클이 저더러 그러더군요. '이제 이 물건들은 지긋지긋해요. 레이시, 이 냄새나는 신발은 당신이 다 가져가요.' 다시는 보기도 싫다면서 말이죠."

뱅크스는 그렇게 받은 신발들을 경매로 처분한 뒤 수익금을 시카고 심장 협회에 기부했다.

조 듀마스가 말하기로는, 7차전이 끝난 뒤 조던의 표정에서 패배의 아픔이 절절히 느껴졌다고 한다.

"그 녀석 눈을 보니까 알겠더라고요. 경기 후에 마이클은 저한테 손을 내밀면서 조용히 '축하해. 행운을 빌어.'라고 했죠. 고통과 실망감이 잔뜩 묻어난 그 표정이 지금도 기억납니다. 마음에 정말 큰 상처를 받은 것처럼 보였죠."

불스의 불운은 필 잭슨이 샐비어를 불태우는 것만으로 해결되지 않았다. 조던은 무엇이 더 필요한지 확신치 못했지만, 변화를 이끌어야 하는 사람은 자신이라고 생각했다.

마크 파일이 그 점을 언급했다.

"필이 감독을 맡았지만 우리 팀은 또 패하고 말았죠. 그 뒤에 마이클은 이렇게 선언했습니다. '이제 우리도 정상을 밟을 때가 됐어. 내가 이 팀을 그 자리에 올려놓을 거야. 누구든 같이 갈 마음이 없다면 당장 여기서 하차해.'라고요."

# 제 25 장

# 농구의 신

어찌 된 영문인지 몇 년이 지나도 소니 바카로의 뇌리에는 그날 맡은 소변 냄새가 잊히지 않았다.

1990년 8월 하순, 그들은 주독 미군 기지 어딘가의 낡은 화장실에 있었다. 마이클 조던은 2,000여 병사들이 들어찬 작은 체육관에서 자기 자신을 상대로 농구 시합을 벌일 예정이었다. 골프를 즐기지 못함은 물론이고 둘째 아이(마커스로 이름 붙은 이 아이는 이후 크리스마스이브에 태어났다.)를 임신 중이던 후아니타와도 떨어져 있어야 했기에 조던은 그 여행을 반기지 않았다. 하지만 그는 결국 열흘간 시간을 내어 유럽에 왔고 그것은 바카로의 두둑한 배짱과 계책 덕분이었다. 그 무렵 나이키의 필 나이트 회장은 바카로의 그런 면모를 차츰 부담스럽게 여기기 시작했다.

당시는 걸프전이 발발하여 전 세계가 불안에 떨던 때였다. 그러나 조던에게는 그 외에도 유럽 방문을 꺼렸던 이유가 있었다. 불스 선수단은 5월에 동부 컨퍼런스 결승 7차전을 패하고 새로운 마음가짐으로 비시즌 훈련에 집중했다. 피스톤스를 향해 강한 분노를 느낀 선수들은 긍정적인 변화를 기대하던 차였고, 조던은 그 결과를 직접 확인하고 싶었다.

바카로가 제안한 나이키 유럽 투어 일정은 트레이닝 캠프가 개최되기 직전까지 잡혀 있었다. 그래서 조던은 여행을 마치자마자 부랴부랴 시카고로 돌아가야 했다. 게다가 그는 대중을 상대로 한 공개 행사도 극히 꺼렸다. 미군들 앞에서 펼치는 시범 경기에는 구미가 당겼지만, 그런 행사도 최대한 비밀리에 진행하길 원했다. 그렇게 내키지 않는 부분이 있었지만, 독일은 군인인 큰 형이 파견된 곳이었다. 로니를 만날 수 있다는 점에서 유럽 투어는 나름대로 가치가 있었다.

유럽 투어 중에 가장 의아했던 순간은 조던이 스페인 농구 리그의 올스타전에 출전하여 양 팀에서 번갈아 뛴 것이었다. NBA 선수인 조던을 해외 리그의 주요 행사에 끼워 넣는 것이 상식에는 어긋났지만, 스페인 리그 사무국과 관련 방송국은 스페인어권 대다수 지역에 미국의 슈퍼스타가 뛰는 모습을 보여줄 절호의 기회를 놓치지 않았다.

조던에게는 모든 것이 낯설었다. 전시(戰時)에 하는 여행이었기에 안전 문제도 컸다. 그런데도 그가 유럽 투어를 결심한 것은 바카로가 나이키의 전용기를 빌리고 각 체류지에서 경호 계획을 철저히 세웠기 때문이다.

바카로가 당시 일을 이야기했다.

"그건 일종의 홍보 투어였어요. 나이키 최초의 해외 투어였고 규모도 꽤 컸죠. 그때 회사에서 새로운 걸 시도할 때마다 마이클이 첫 테이프를 끊었고 난 옆에서 그걸 다 지켜봤어요."

그 후로 약 20년 동안 미국의 농구 스타들이 농구화 판촉을 위해 세계 각지를 오가게 되었는데, 그 시초가 바로 조던의 유럽 방문이었다. 한데 당시에는 그가 미국을 떠나야 했던 또 다른 이유가 있었다. 그해 여름에 나이키는 인권운동가 제시 잭슨 목사가 설립한 유색인종연합과의 분쟁에 휘말렸다. 잭슨의 조력자로 이 단체의 사무총장이 된 타이론 크라이더 목사는 나이키의 흑인 사회 기여도가 떨어진다는 점을 지적했다. 그는 나이키의 이사회와 부사장단에 흑인이 한 명도 없고 부서 책임자 가운데 흑인이 매우 적다는 사실을 문제 삼았다. 물론 나이키가 조던 이래로 많은 흑인 운동선수를 광고 모델로 기용하고 후원했다는 사실은 그도 높이 평가하는 바였다. 하지만 그는 근래 급속도로 성장한 스포츠용품 업계의 선두주자라는 이유로 나이키를 공격했다.

두 조직은 협의에 들어갔지만, 유색인종연합에서 기업 장부 조회를 요구하고 이후 나이키가 이 단체의 재정 상황을 확인할 필요가 있다고 주장하면서 교섭은 곧 결렬되었다. 이에 크라이더는 나이키 불매운동으로 대응했다. 그는 1990년 8월

12일에 흑인들에게 외쳤다.

"나이키를 사지 마시오. 나이키 제품을 신거나 입지 마시오."

일각에서는 그가 나이키를 공격한 것은 오판이며 결국 유색인종연합이 질 수밖에 없다는 말이 나돌았다. 하지만 유색인종연합과의 맞대결을 원치 않았던 나이키는 기업 간부진에 흑인을 더 많이 충원하여 문제를 바로잡겠다고 제안했다. 결과적으로 이 일 덕분에 회사 내에서 조던의 입지가 더욱 강화되고 훗날 조던 브랜드도 탄생할 수 있었다. 그러나 문제가 불거졌던 당시에는 조던이 분쟁에 휘말려 매스컴을 탈 가능성이 매우 컸다. 나이키로서는 그가 당면한 논란에 관하여 질문 공세를 받고 또 그 광경이 전파를 타는 것을 최대한 피하고 싶었다.

8월 15일에 조던은 성명서를 통해 미국의 모든 기업이 흑인에게 많은 기회를 제공해야 마땅하지만 '나이키를 업계 선두라는 이유로 지목하고 비난한 것은 부당'하다며 유색인종연합의 공격이 도를 넘었다고 뜻을 밝혔다.

그는 성명서를 내고 서둘러 유럽으로 떠났다. 한때 번뜩이는 아이디어로 조던을 세상의 중심에 서게 했던 소니 바카로가 이번에는 그를 도피시키는 데 큰 역할을 했다. 그 사건 이후로 나이키는 변화를 꾀했고 불매운동은 흑인 소비자들의 에어 조던 구매가 좀처럼 줄지 않아 결국 흐지부지되었다. 그리고 크라이더는 1991년 초에 유색인종연합을 떠났다.

그 일로 조던은 사회 문제가 자신과 관련된 기업들에 악영향을 미칠 수 있다고 깨달았다. 1990년대에는 나이키가 세계 각지의 생산 공장에서 노동력을 착취한다는 인권 단체들의 제보가 줄을 이었다. 회사에서 영향력이 커진 조던 역시 그 문제에서 자유롭지만은 못했다.

사실 1990년 여름에 조던을 괴롭힌 문제는 하나 더 있었다. 당시는 노스캐롤라이나주 상원의원 선거를 앞두고 민주당 후보이자 흑인인 하비 갠트가 강경 보수파인 현직 상원의원 제시 헬름스와 선거전을 벌이던 때였다. 갠트 진영은 델로리스에게 아들의 지지를 구할 수 없는지 물었다. 두 후보의 대결에는 인종 문제가 얽혀 있었는데, 헬름스 측은 '갠트를 지지하면 유색인 직업 할당제로 백인 남성들이 일자리를 잃게 된다.'는 메시지가 담긴 텔레비전 광고로 많은 유권자의 관심을 샀다. 공화당의 정치 분석가 알렉스 카스텔라노스가 기획한 이 광고는 백인들의 인종적 적개심을 이용한 것이었다. 선거 유세에 참여해달라는 갠트 측의 요청에 조던은 '운동화를 사는 건 공화당 지지자들도 마찬가지'이므로 그럴 수 없다고 답했다.

먼 옛날부터 그의 외할아버지인 에드워드 피플스를 비롯하여 노스캐롤라이나 주에 정착한 흑인들에게 정치는 결코 성공으로 향하는 길이 아니었다. 그리고 20세기 후반을 살던 델로리스와 그녀의 아들에게도 정치는 우선 사항이 아니었다. 조던의 대답은 많은 이를 화나게 했고, 또 한편으로 많은 이를 즐겁게 했다. 레이시 뱅크스를 비롯한 시카고의 지인들은 조던에게 실망스럽다는 반응을 보였다. 뱅크스는 '무하마드 알리였다면 그런 식으로 답하지 않았을 것'이라고 보았다. 하비 갠트는 결국 선거에서 패했는데, 그 일로 전직 NFL 선수이자 사회 운동가인 짐 브라운은 지지 의사를 표하지 않은 조던에게 분노 섞인 발언을 던졌다.

"마이클 조던은 남을 돕는 것보다 신발 장사를 위한 자기 이미지가 더 중요한가 봅니다."

하지만 고교 시절부터 조던과 자주 농구 대결을 펼쳤던 케니 개티슨은 정반대의 평가를 내렸다. 그는 조던이 정치적 중립성을 지킴으로써 여러 분야를 넘나들며 광고 모델로 활동할 수 있었다고 보았다.

"그런 점에서 마이클은 대중의 우상이 될 수 있었죠. 남들에게 공격받을 만한 말을 한다든가 비판받을 여지는 절대 주지 않았거든요."

2008년에 스포츠 평론가인 마이클 윌본은 그 사건을 되돌아보며《워싱턴 포스트》에 이런 글을 기고했다. '조던의 발언은 이후 등장한 운동선수들에게 정치보다 비즈니스를 택하라는 일종의 지침이 되었다. 사실 그처럼 중립적인 태도에 분개하는 사람은 많지 않다. 그렇게 조던을 기점 삼아 흑인 운동선수들은 처음으로 상업적인 측면에서 주류 사회의 관심을 받게 되었다.' 잘 알려지지 않은 사실이지만 조던은 1996년에 갠트와 헬름스의 재대결이 벌어졌을 때 갠트에게 선거 자금을 기부했고, 이후 민주당 대선 경선에 출마한 빌 브래들리에게도 후원금을 냈다. 또한 2012년 대통령 선거 운동 기간에는 버락 오바마를 위한 대선자금 모금 행사를 주최하기도 했다.

1990년도 상원의원 선거는 조던의 대중적 이미지를 일변하는 계기가 되었다. ESPN의 J.A. 아단데는 자신의 친구들이 공화당 지지자들도 운동화를 산다는 그 발언 이후로 조던에게서 등을 돌렸다고 밝혔다.

"그 일 때문에 저랑 가까운 친구들은 마이클 조던한테서 완전히 관심을 끊었어요. 마이클이 자기 책임을 다하지 않았다고요. 그러곤 다시 정을 못 붙이더군요. 인간적으로 완전히 실망했다면서 마이클의 시합도 보지 않을 정도였죠."

아단데 역시도 조던이 왜 인종 차별 문제에 적극적으로 나서지 않는지 의아하게 여겼다. 몇 년 뒤《GQ 매거진》이 그 문제를 다시 들추자 조던은 '스물일곱 살에는 정치보다 농구선수로서 경력을 쌓는 데 집중하고 싶었습니다.'라고 대답했다.

"시간이 지나고 보니 마이클이 왜 그랬는지 어느 정도 이해가 가더군요." 오랜 세월 NBA 리포터로 활동해온 데이비드 알드리지의 말이다. "하지만 좀 더 젊었을 적에는 저도 짐 브라운하고 생각이 같았어요. 그때는 이렇게 생각했죠. '자, 마이클! 네가 나서줘야 해. 넌 마이클 조던이라고! 그치들이 너한테 무슨 짓을 할 수 있겠어?' 그러다가 마이클 입에서 운동화 어쩌고 한 발언이 나왔을 때는 정말 실망감이 컸어요. 속으로 화도 많이 냈죠. '안 돼. 마이클, 그렇게 타산적으로 굴면 안 된다고! 당신은 그런 사람이 되면 안 돼. 이기적으로 굴지 마! 세상을 위해 움직일 줄 알아야지. 당신 하나보다 흑인들 전체의 삶이 더 중요한 문제라고. 당신이 지금처럼 살 수 있는 건 다 여태 세상을 바꿔온 선각자들이 있었기 때문이야. 대체 왜 마이클 조던이나 되는 인물이 이런 일에 적극적으로 나서지 않는 거지? 왜 하비 갠트를 지지하지 않느냔 말이야!' 그땐 그 문제로 마이클을 책망하는 사람들이 많았고 그 점에선 저도 다르지 않았습니다."

알드리지는 그 사건을 중요한 전환점으로 보았다. 만약 갠트를 지지했다면 조던의 삶은 분명히 다른 방향으로 흘러갔을 테고, 그는 사리사욕 대신 사회 정의를 위해 싸운 인물로 높이 평가받았을 것이다.

"예전에 마이클이 이런 말을 한 적 있어요. '나는 정치인이 아니에요.'라고." 레이시 뱅크스가 2011년 인터뷰에서 한 말이다. "녀석은 그런 부분에서 약한 모습을 보였죠. 정치라든가 사회 운동에 적극적으로 동참할 생각은 한 번도 하지 않았어요."

자신을 둘러싸고 여론이 들끓자 마음이 편치 않았던 조던은 결국 논란이 격해진 8월 말 즈음 소니 바카로와 유럽에 가기로 결정했다.

바카로는 그 투어가 어떻게 시작되었는지 설명했다.

"마이클은 언제나 신뢰를 중요하게 생각했고 주변 사람들의 생각에 귀를 기울였어요. 물론 내 말도 흘려듣지 않았죠. 처음에는 녀석이 유럽행을 꺼렸어요. 걸프전이 막 시작돼서 위험한 시기였거든요. 하지만 난 설득을 했습니다. 나이키의 전용기를 타고 갈 거라고요. 여행엔 경호원들도 포함됐어요. 우린 민간 공항을 거쳐 다녔고 그때마다 제복 갖춰 입고 총을 찬 경호원들이 함께했죠. 참 대단한 투어였어요. 우린 프랑스 파리에 가봤고, 독일과 스페인에도 갔어요."

그들이 악취 가득한 군부대 화장실에 발을 들인 데는 그렇게 복잡한 사연이 있었다. 독일에서는 브랜드 홍보에 신경 쓸 필요가 없어서 얼마간 마음을 놓을 수 있었다. 물론 그를 보려고 군인들이 잔뜩 모여들기는 했지만, 미국 본토에서 일어난 논란을 아는 사람은 많지 않았다. 게다가 그곳에서는 큰형인 로니도 만날 수 있었다.

"그날 마이클은 덩크 콘테스트 심사를 하고 군 장병들과 팀을 이뤄서 시합을 했어요." 바카로가 말을 이었다. "행사 후원은 전부 나이키와 관련된 업체들이 했죠. 경기 장소는 군인들이 2,000명 정도 모인 작은 체육관이었고요. 그 시합에서 마이클은 본인을 상대로 싸워야 했어요. 무슨 말이냐면, 마이클이 처음 5분에서 10분가량은 A팀 소속으로, 그다음 5분에서 10분 정도는 B팀 소속으로 뛸 예정이었거든요. 우린 경기가 끝난 뒤에 조용히 뒷문으로 빠져나가서 리무진을 탈 계획이었습니다. 왜냐하면 경기장에 들어오지 못한 팬들이랑 언론 관계자들이 밖에서 잔뜩 진을 치고 있었거든요."

시합 전에 조던과 바카로가 몸을 숨긴 곳은 체육관의 오래된 화장실이었다. 문을 열자 기다란 나무 의자 하나와 칸막이 없이 소 여물통처럼 길게 이어진 금속 재질의 구식 소변대가 지린내를 풍기며 그들을 맞이했다. 바카로가 유럽 투어를 제안할 때는 상상도 하지 못한 시설이었다.

바카로가 설명을 계속했다.

"시합을 목전에 둔 상황에서 내가 화장실 문을 닫았죠. 거기엔 우리 둘뿐이었어요. 난 볼일을 봤고 마이클은 공을 튕겨댔고요. 그렇게 좀 있다가 누가 와서는 경기가 곧 시작된다고 그랬어요. 그래서 가자고 그러니까 마이클이 '몇 분만 혼자 있게 해주세요.' 이러는 거예요." 바카로는 왜 그런가 싶어 조던을 응시하다가 곧 그 말뜻을 알아챘다. "알고 보니 본격적으로 시합 준비를 하고 있었던 거예요. 무슨 말인지 이해가 돼요? 녀석은 별것도 아닌 시합 전에 몸을 풀려고 계속 공을 튕겨대고 있었어요. 마이클은 그런 녀석이었습니다. 주변 환경이 어떻든 간에 시합에는 늘 최선을 다하려고 했죠. 독일까지 와서도, 그것도 냄새나는 화장실에서 마치 노스캐롤라이나와 조지타운의 시합 때처럼 진지하게 뛸 준비를 하고 있었어요. 이런 사례를 보면 마이클이 평생 어떤 사고방식으로 살았는지를 잘 알 수 있죠."

전반전부터 조던이 맹공격을 퍼부은 덕에 A팀은 시합을 앞서나갔다. 코트에 선 모든 선수가 미국인이었기에 움직임을 읽기가 수월했다. 그는 늘 그러듯이 경기 초반에 탐색전을 벌였다. 하지만 곧 본색을 드러내어 상대편의 공을 쉴 새 없이 빼앗고 덩크를 내리꽂거나 3점슛을 던져 넣었다. 또 공격 속도가 늦춰졌을 때는 포스트업으로 수비수들의 능력을 시험했다.

바카로는 그 모습을 이렇게 표현했다.

"코트 위에서 마이클은 정말 얄미울 정도였죠."

정치에 관해서는 약한 모습을 보인 조던이었지만 코트 위의 경쟁에서는 누구보다도 단호했다. 그날 시합에서는 농구를 사랑하는 그의 마음이 잘 드러났다. 계획상으로는 전반전과 후반전에 출전 시간을 정해놓고 뛰기로 했지만, 그는 단 1초도 쉬지 않았다. 바카로가 그 상황을 되짚어보았다.

"마이클은 전반 20분 동안 A팀에서 뛰었어요. 그리고 하프타임에 유니폼을 바꿔 입고 후반에는 B팀에서 뛰었죠. 점수는 40대25 정도로 A팀이 앞서고 있었어요."

조던은 조금 전까지 자신에게 속수무책으로 당하던 선수들과 한 팀이 되었다. 그 모습은 케빈 로거리의 지시로 편을 바꿔가며 청백전을 치르던 루키 시즌을 떠올리게 했다. 그는 B팀 동료들을 죽 훑어보며 도움이 될 만한 선수들을 찾아봤다.

"결과가 어떻게 됐을지 대충 감이 오죠?" 바카로의 말이다. "그 시합은 82대80인가로 B팀이 이겼어요. 결국 마이클이 자신을 상대로 승리를 거둔 거죠. 40분 내내 쉬지도 않고 군인들과 함께 뛰면서요."

나이키 홍보를 위한 실질적인 행보는 1992년도 올림픽 대회를 앞두고 준비가 한창이던 바르셀로나에서 시작되었다. 조던은 취재진을 몰고 다니며 나이키 스페인 지사를 방문하고 올림픽 관계자들을 만나는가 하면 스페인 농구 리그 사무국까지 들렀다.

"스페인 사람들은 마이클을 바르셀로나까지 데려갔어요." 바카로의 회상이 이어졌다. "그때 새로 지을 올림픽 경기장 부지에서 실제로 삽을 뜨기도 했죠. 기자회견도 마드리드와 바르셀로나에서 한 번씩 열었어요. 스페인 리그의 올스타전 행사날에 나이키 후원으로 개최된 슬램덩크 콘테스트에서는 심사위원을 맡았죠."

그리고 조던은 다시 한 번 자신과 대결을 펼쳤다. 이번에 시합을 함께한 것은 스페인 프로선수들이었다. 경기가 시작된 후 조던은 미국과 다른 유럽식 농구 스타일을 파악하는 데 조금 더 시간을 들였다. 여기에는 1984년도 올림픽 대회에 출전한 경험도 도움이 되었다. 점프슛을 몇 번 던져본 뒤 플레이 방향을 잡은 그는 본격적으로 실력을 발휘하며 바르셀로나 경기장을 가득 메운 관객들을 기쁘게 했다.

스페인 관중은 조던의 동작 하나하나에 환호성을 보냈고 팬들과 언론은 입을 모아 '농구의 신이 강림했다.'고 외쳤다. 조던의 엄청난 인기는 2년 뒤 열린 바르셀로나 올림픽 대회에 버금갈 만큼 소란을 자아냈다.

바카로는 그때 거둔 성과를 자랑스럽게 이야기했다.

"그 덕분에 나이키를 대대적으로 홍보할 수 있었죠. 마이클은 그야말로 만인의 우상이 되었고요."

바카로의 설명에 의하면, 그 여행을 계기로 조던의 내면에는 아주 미묘하면서도 커다란 변화가 일어났다고 한다. 그전까지 조던은 주로 어머니에게 의지하여 사업상의 결정을 내렸다. 하지만 바카로는 유럽 투어를 통해 그가 마케팅과 비즈니스계의 거물로 거듭나는 모습을 목격했다. 그때부터 조던은 한층 어른스러운 태도로 주인 의식을 지니고 회사의 성장에 필요한 일들을 처리해 나갔다. 그리고 농구 시합을 할 때처럼 비즈니스에서도 특유의 성실함과 경쟁심, 분별력을 발휘했다. 물론 어떤 순간에도 자신의 책임을 소홀히 하지 않은 그였지만, 그해 여름에 한 새로운 경험으로 나중에 어른이 되어도 절대 일을 하지 않겠노라 맹세했던 소년은 비로소 진정한 의미의 직업을 찾게 되었다.

## 슬램덩크

조던은 빛의 도시 파리에서 정신없이 일정을 소화하는 틈틈이 세느강과 샹젤리제 거리, 개선문 등을 구경하며 즐겁게 시간을 보냈다. 파리의 풍경에 반한 그는 NBA 은퇴 후 유럽 구단의 공동 소유주가 되어 그곳에서 선수 생활을 하고 싶다고 생각할 정도였다.

바카로는 그즈음에 확실히 변화가 있었다고 보았다.

"난 마이클이랑 많은 시간을 함께했죠. 녀석은 NBA에 들어오고 처음 몇 년간 여전히 저 잘난 맛에 이런저런 파티에다 여자들 만나는 데 빠진 철부지 같았어요. 그게 후아니타랑 결혼하기 전까지 그랬답니다. 난 그걸 곁에서 다 지켜봤죠. 그런데 유럽 투어 이후로 뭔가 생각이 깊어진 것 같았어요. 자기가 어떤 자리에 있는지를 깨달은 거예요. 그때 마이클은 나이키와 함께 코트 밖에 세운 자신의 제국에 책임감을 느끼고 있었어요. 그리고 회사의 공동 소유주에 준하는 위치로 올라서고 있었죠."

회장인 필 나이트는 인정하고 싶지 않았겠지만, 마이클 조던의 힘은 이미 나이키의 최고위 임원들과 대등한 수준에 도달해 있었다. 나중에 조던과 나이키가 맺은 새 계약은 그러한 역학 관계를 반영했고, 거기에는 유색인종연합의 활동도 영향을 미쳤다. 바카로는 그 계약이 조던 브랜드의 설립으로 이어졌다고 밝혔다.

보스턴 셀틱스의 루키였던 디 브라운은 1991년도 NBA 올스타 슬램덩크 콘테스트에서 우승을 차지한 후 조던에게 된통 혼이 났다. 그는 과거의 조던을 많이 연상시켰고 바로 그 점이 문제가 되었다. NBA 사무국은 노스캐롤라이나의 샬럿에서 열린 이 대회에 조던의 참가를 권했으나, 그는 득 될 것이 없이 잃을 것만 많다는 생각에 거절 의사를 표시했다.

그런데 막상 샬럿에 도착하여 브라운이 눈을 가리고 덩크에 성공하는 모습을 보니 속에서 경쟁심이 끓어올랐다. 진짜 원인은 그가 착용한 리복의 펌프 농구화였다. 슬램덩크 콘테스트를 마친 뒤 브라운은 경기장 뒤쪽 통로에서 다른 행사가 시작되길 기다렸다. 그러던 중에 갑자기 그곳에 조던이 나타났다.

"되게 이상한 상황이었어요." 브라운은 그날 일을 떠올리며 말했다. "전 신인이었고 두어 시간 전에 덩크 대회에서 우승을 했죠. 거기엔 저랑 마이클이랑 경호원뿐이었어요. 그때 마이클이 저한테 다가와서는 '훌륭한 덩크였어. 정말 멋지더군.' 이러는 거예요. 그러고는 '그런데 말이지, 넌 내가 좀 더 혼내줄 필요가 있겠어.' 이런 소릴 하는 거예요." 조던의 말에 당황스럽고 겁이 났던 브라운은 "예?" 하고 되물었다. "그러니까 마이클이 그래요. '넌 농구화 전쟁을 시작한 거야.' 저는 그게 무슨 뜻이냐고 물어봤어요. 정신이 없었죠. 방금 덩크 대회를 우승하고 들어온 스물한 살짜리 루키 앞에 난데없이 마이클 조던이 와서 뭐라고 하니까요. 그 사람이 무슨 말을 하는 건지 당최 모르겠더라고요. 그냥 놀라운 덩크였다고 칭찬해줬으면 저도 고맙다고 했을 텐데 말이죠."

그 후에 브라운의 머릿속에는 의문이 피어올랐다. '어떻게 마이클 조던이 나 있는 곳을 알았을까? 그 슈퍼스타가 그런 말을 하려고 나를 일부러 찾았단 말인가?' 생각하면 할수록 조던의 행동이 의도적이었다는 확신이 들었다.

"뒤늦게 감이 왔어요." 브라운이 다시 말했다. "저도 마이클의 경쟁심이 얼마나 강한지 이런저런 이야기를 들어서 알고 있었으니까요. 마이클은 제가 펌프 농구화를 신고 한 행동들을 보면서 경쟁심을 느꼈던 거예요. 그게 자기 신발하고 그 리복 신발의 대결이라고 본 거죠. 애초에 농구로는 저랑 싸울 마음이 안 들었을 거예요. 아마 마이클은 이런 말을 하고 싶었던 거겠죠. '내가 다른 걸로도 혼쭐을 내주지. 어차피 넌 농구로는 나를 못 막아. 난 세계 최고의 선수니까. 하지만 네놈이 리복을 신고 카메라 앞에서 알짱거렸으니 이제 신발 사업에도 더 힘을 줘야겠어.'라고요."

몇 개월 전부터 조던은 새로운 정체성을 자각했지만 당시에는 그런 변화를 포착한 사람이 극히 적었다. 자신을 농구선수인 동시에 신발 브랜드의 책임자로 인식하기 시작한 그는 바카로의 말마따나 보기보다 훨씬 훌륭하게 사업상 맡은 역할을 수행했다.

"리복 펌프 농구화는 한동안 큰 인기를 얻었어요." 브라운은 2012년 인터뷰에서 웃으며 말했다. "하지만 그것도 얼마 지나지 않아서 끝났죠. 마이클이 농구화 업체들의 싸움에 본격적으로 발을 들였거든요. 결과가 어찌 됐는지는 아마 다들 알 거예요. 이젠 너나 할 것 없이 전부 에어 조던을 신으니까요."

## 변화의 대가

필 잭슨은 1990년 가을에 트레이닝 캠프가 막 열릴 시점이 되어서야 겨우 조던과 통화할 수 있었다. 그는 비시즌 동안 수도 없이 전화를 걸었지만, 조던은 마치 세상 모든 사람과 연을 끊은 듯 좀처럼 응답하지 않았다. 하지만 찰스 바클리를 대할 때만큼은 달랐다. 그해 여름에 조던은 필라델피아에서 열린 자선 골프 대회에 바클리를 캐디로 대동하고 나갔다. 두 사람은 금세 둘도 없는 친구가 되었고, 농구 실력만큼이나 유머 감각도 뛰어났던 바클리 덕분에 조던은 당시 산적한 문제들을 어느 정도 잊고 지낼 수 있었다. 그는 늘 웃음을 안겨주던 바클리에게 자주 전화를 걸었다. 그동안 말재주로는 누구에게도 뒤지지 않는다고 생각했지만, 바클리는 차원이 달랐다. 앨라배마 출신인 이 뚱보 친구가 '다음 시즌 득점왕은 나'라고 당당히 외칠 때 조던은 실소를 터뜨릴 수밖에 없었다.

가을이 되어 조던은 다이아몬드 귀걸이를 차고 머리카락 한 올 없는 민머리로 팀에 돌아왔다. 이미지를 무엇보다 중시했던 그에게는 너무 위험한 변화가 아니었나 싶었지만, 곧 인종과 피부색을 초월하여 수많은 남성이 새로운 조던 스타일을 따라 하기에 이르렀다.

당시에 그와 에이전트인 데이비드 포크는 농구 이외의 분야로도 비즈니스를 확장하려 애쓰던 참이었다. 훗날 포크가 밝히기로, 그들은 일찍부터 사각의 농구 코트를 '사업의 발판이라기보다 그 영역을 제한하는 틀'로 보았다고 한다. 그 시즌에 정장 브랜드인 애프터 식스는 조던 관련 업체들과 제휴하여 '23 Night for Michael Jordan'이라는 남성 연회복 제품군을 출시할 예정이었다. 애프터 식스의 마케팅 부사장 마릴린 스피겔은 《피플》지와의 인터뷰에서 이렇게 말했다.

"이 일을 하면서 정말 그렇게 신날 수가 없었어요. 마이클은 90년대를 대표하는 남자니까요."

조던은 신장 198센티미터에 체중 89킬로그램, 가슴둘레와 허리둘레가 각각 114센티미터와 84센티미터로 완벽한 모델 체형이었다. 이후 10년간 연회복은 의류, 향수, 장신구, 속옷에 이은 유행 상품으로써 메트로섹슈얼, 즉 외모를 가꾸는 남성들을 특징짓는 한 요소로 자리매김했다.

조던은 《피플》지 인터뷰에서 레이니 고교 시절에 가정 수업을 들었던 경험을 떠올렸다.

"전 어렸을 때 유행에 굉장히 민감했어요. 다양한 스타일을 눈여겨봤고 늘 멋진 옷을 입고 싶었지만 그런 걸 사 입을 만한 형편은 안 됐죠."

이제 그는 원하는 옷을 마음껏 사 입게 되었지만, 그 모든 것을 가능케 한 농구에서는 예전만큼 재미를 느끼지 못하고 있었다. 쉬는 날 NBA 경기를 일부러 찾아보는 일도 거의 없어졌다. 이 문제는 한해 뒤인 1991년 가을에 《시카고 트리뷴》의 샘 스미스 기자가 출간한 저서에서도 다루어졌다. 이 책은 스미스가 불스 안팎에서 모은 정보를 토대로 쓴 것으로, NBA 입성 후 6년간 냉소와 적의, 분노, 불신을 키워온 조던의 이기적인 면모를 낱낱이 드러내게 된다.

잭슨은 그러한 상황에서 조던과 면담을 나누었다. 그는 감독으로서 두 번째 시즌을 앞두고 중요한 갈림길에 섰음을 느꼈다. 그날 면담에서는 '마이클과 조더네어스*'가 나아갈 방향을 논의할 생각이었다.

조던은 잭슨이 트라이앵글 오펜스를 포기한다고 말해주길 바랐지만 현실은 정반대였다. 잭슨은 그 시스템을 더욱 공고히 하길 원했고 조던이 리그 득점 1위에 연연하지 않는다면 팀이 더 잘될 것이라고 말했다. 어쩌면 찰스 바클리는 이러한 잭슨의 생각을 읽고 득점왕 욕심을 냈는지도 모른다.

결국 그날의 대화는 불편함만 남긴 채 끝났고 새 시즌의 시작 역시 썩 유쾌하지는 않았다. 조던은 한 해 전 시즌 일정표에 피펜의 사진이 붙은 후부터 불스가 자신의 그림자를 걷어내기 위해 이른바 '탈마이클화(de-Michaelization)'를 꾀한다고 줄곧 의심해왔다. 또 내부 소식통을 통해 '마이클 대신 하킴 올라주원이 있다면 벌써 두 번은 우승했을 것'이라던 크라우스의 발언을 전해 들었던 터라 구단 수뇌부가 자신을 불신한다고 믿게 되었다. 하지만 불스의 시합 때마다 조던의 얼굴이 곳곳을

---

* Jordanaires, 미국의 유명한 사중창단인 조더네어스는 과거 엘비스 프레슬리와 함께한 활동으로 잘 알려져 있다. 4인조 그룹이고 명칭이 조던과 비슷하다는 점에서 착안한 별명이지만, 당시 마이클 조던이 모든 것을 맡아 하던 불스 구단의 상황을 비꼬는 표현이기도 하다. 우리 식으로 한다면 '마이클 조던과 아이들' 같은 느낌이라 하겠다.

장식했다는 사실을 생각해보면 그가 떠올렸던 탈마이클화는 터무니없는 발상이었다. 조던의 지인들은 오랜 경험을 통해 그러한 현실과 경쟁심 가득한 그의 심리 사이에 큰 괴리가 있음을 느꼈다. 날이 갈수록 그는 투지를 끌어올리기 위해 자신을 화나게 하는 일들을 자주 떠올렸다. 이에 주변 사람들은 그가 상상하며 말하는 것과 진짜 현실을 구분하는 데 이따금 어려움을 겪었다.

물론 피스톤스의 거친 수비는 부인할 수 없는 현실이었다. 조던은 다른 팀들도 비슷한 전술을 펴리라 예상하고 그 생각이 잘못되었음을 증명하려 했다. 그는 당시 인터뷰에서 빈정거리는 투로 말했다.

"아마 다들 제가 외곽슛을 던지도록 유도하겠죠."

그 밖에도 문제가 된 것은 더욱 긴밀해진 NBA와 방송사의 관계였다. 그 무렵 NBC 방송국이 리그 중계권 입찰 경쟁에서 CBS를 누르고 중계권을 비싸게 사들인 뒤로 선수들의 연봉이 크게 뛰었다. 그 덕에 바로 2년 전 계약 금액을 조정한 조던의 연봉 순위는 리그 7위로 밀려나고 말았다. 게다가 피펜은 팀 내에 연봉 백만 달러 이상을 받는 선수들이 즐비한 상황에서 재협상을 거치고도 고작 76만 달러만을 받는 상황이었다. 불만을 느낀 피펜은 트레이닝 캠프에 불참할 생각이었지만, 에이전트의 만류로 사태가 파국으로 치닫지는 않았다.

이후 시카고 불스는 약 10년간 연봉 문제로 큰 불협화음을 겪었고, 선수들과 에이전트들은 구단주인 라인스도프가 얼마나 냉정한 사업가인지 잘 알게 되었다. 협상 능력을 가장 중시했던 라인스도프는 오래전부터 구단 운영을 마비시키는 악성 계약만큼은 반드시 피해야 한다고 여겼다. 계약 재협상만큼은 어떻게 해서든 막는 것이 그의 방침이었으나 그 대상이 조던이라면 딱히 못 할 일은 아니었다. 물론 그는 불스의 슈퍼스타가 연봉 인상을 요구하지 않을 줄 알았고, 그래서 여유롭게 상황을 관망할 수 있었다.

라인스도프는 선수들과의 협상에서 이기기 위해 일단 몸값을 대폭 낮춰 부르고 서서히 조정에 들어가는 구식 전략을 활용했다. 단장인 크라우스가 극단적으로 낮은 액수를 제안하여 그들을 화나게 하면 그 뒤에 라인스도프가 조금 더 높은 가격을 부르는 식이었다. 하지만 이 방법을 쓰면 계약 상대가 잃는 것이 너무 많았고, 라인스도프 역시 그 점을 잘 알았다. 구단주 입장에서는 바람직한 결과가 나왔지만, 이로 인해 조던 외에도 크라우스를 경멸하는 선수들이 차츰 늘어났고 이후 불스 선수단과 에이전트 일동은 단장에게 극도의 혐오감을 품게 되었다.

1990년 여름에 개최된 신인 드래프트 행사에서 크라우스는 크로아티아 출신으로 유럽 리그에서 돌풍을 일으킨 토니 쿠코치를 지명했다. 하지만 쿠코치를 불스로 데려오려면 여러모로 설득이 필요했다. 그 시절만 해도 유럽 선수들은 몸싸움이 심한 NBA에서 별다른 활약을 하지 못했다. 단장이 유럽 구단과의 계약도 아직 다 끝나지 않은 쿠코치를 영입하려고 후원 계약과 뒷거래까지 준비하며 열을 올리자 탈마이클화에 관한 조던의 의심은 더욱 깊어졌다. 게다가 크라우스가 쿠코치의 미국행에 필요한 비용을 처리하려고 팀 재정에서 200만 달러를 따로 떼어두었다는 사실은 조던과 피펜의 화를 더욱 돋울 뿐이었다.

필 잭슨이 조던에게 이른바 '기회균등의 공격법'을 계속 사용하겠다고 밝히고 팀을 위해서 출전 시간과 득점을 줄여달라고 제안하기에는 여러모로 좋지 않은 상황이었다. 하지만 주사위는 이미 던져졌고, 그 후로 잭슨의 지략과 조던의 의지 사이에서 팽팽한 줄다리기가 이어졌다. 사실 두 사람의 가치관은 여러 면에서 달랐으나 조던은 잭슨을 정말 좋아했고 내심 서로 힘을 합치길 원했다. 다만 그것도 일정한 범위에서만 가능한 이야기였다.

NBA에서 6년간 많은 감독과 팀원들을 거치며 조던은 남들을 거의 믿지 않게 되었다. 그는 자기 자신만을 신뢰하며 모든 것을 의심했다. 1990년 가을, 시카고 불스는 그러한 상황에서 새 시즌을 앞두고 있었다.

# 제 8 부

# 수 확

# 제 26 장

# 삼각형

조던이 시카고에 돌아온 뒤 며칠간 선택한 도피처는 사우스사이드에 자리 잡은 처가였다. 그는 소파에 멍하니 앉아 텔레비전을 보며 장모가 만든 전통식 맥 앤 치즈*를 실컷 먹었고, 임신 6개월째였던 후아니타도 두 살배기 아들과 함께 친정에서 휴가를 보냈다. 조던 입장에서는 불스의 선수 영입 현황을 파악하는 데 그만한 장소가 없었다.

비시즌 동안 불스는 많은 비용을 투자하여 선수단의 약점을 보완하려고 애썼다. 우선 잭슨은 압박 수비에 능한 장신 가드를 원했다. 거기에 바크는 조던이 고집을 부리고 공격을 독점할 때 잘못을 지적할 줄 아는 강인한 베테랑 가드가 필요하다고 의견을 덧붙였다. 그 역할에는 당시 새크라멘토 킹스 선수였던 대니 에인지가 딱이었지만, 킹스는 전직 불스 감독이었던 딕 모타의 지휘 아래 있었고 제리 크라우스와 앙숙이었던 모타가 불스에 이로운 일을 할 리가 없었다.

불스의 관심은 다시 한 번 월터 데이비스에게 향했다. 당시 그는 자유계약 선수로 덴버 너게츠에서 2년째 선수 생활을 이어가고 있었다. 조던은 데이비스를 데려올 경우 팀 재정을 고려하여 본인의 연봉을 줄이겠다고 약속했다. 그리하여 데이비스와의 계약이 성사되는 듯했지만, 그의 아내가 덴버를 떠나기 싫다고 하는 바람에 결국 모든 노력이 수포로 돌아갔다. 지난 몇 년간 월터 데이비스 영입을 간절히 바랐던 조던에게는 참으로 허망한 순간이었다.

이에 크라우스는 뉴저지 네츠의 데니스 홉슨을 데려왔다. 슈팅가드인 홉슨은 1987년도 드래프트에서 1라운드 3순위로 지명되었고 대학 시절에는 빅 텐 컨퍼런

---

* 마카로니와 치즈를 섞어 만든 음식.

스에서 올해의 선수상까지 받은 선수였다. 또 크라우스는 포워드진의 수비력 강화를 위해 애틀랜타 호크스에서 뛰던 클리프 리빙스턴을 영입하고 UNC 출신이자 비지명 자유계약 선수*인 스콧 윌리엄스와도 계약했다. 마침내 대학 동문을 동료로 맞이한 조던은 기쁜 마음으로 윌리엄스를 챙겼다. 1989년도 드래프트 1라운드 출신으로 리그 2년 차에 들어선 B.J. 암스트롱과 스테이시 킹은 실력이 조금 더 늘어 팀에 보탬이 될 것으로 보였다.

하지만 가장 중요한 변화는 피펜이 더욱 성장한 것이었다. 그동안 외곽 위주로 플레이했던 피펜은 이제 포인트가드처럼 직접 공수를 조율하기에 이르렀다. 잭슨이 그 점을 언급했다.

"그즈음에 스카티는 마이클만큼이나 자주 공을 잡게 됐고 경기를 지배하는 선수가 되었죠."

그해 트레이닝 캠프에 합류한 피펜에게는 지난 3년간 연습 시합마다 조던을 상대해온 경험이 있었다. 그의 경쟁심이 얼마나 커졌는지는 득점 욕심에서 잘 드러났다. 그는 조던처럼 되길 원했고, 더 정확히는 구단으로부터 더 많은 돈을 받길 원했다. 그리고 숫자와 기록으로 모든 것이 판가름 나는 이 업계에서 돈을 벌려면 더 많은 득점을 올려야 한다는 결론에 도달했다. 하지만 피펜의 새로운 욕구는 트라이앵글 오펜스를 활용하려는 잭슨의 계획에 방해가 될 뿐이었다.

불스는 시즌 개막전부터 필라델피아 세븐티식서스에 패하며 불안한 기색을 보였다. 그날 시합에서 찰스 바클리는 득점에서 조던을 37대34로 눌렀고 두 사람 사이에는 시합 내내 트래시 토크가 오갔다. 불스는 시즌 시작부터 3연패를 당했고 사람들의 예상과 다르게 처음 3주 동안 5승 6패라는 저조한 성적을 올렸다. 시애틀에서 열린 시즌 아홉 번째 시합에서 조던은 수다스러운 신인 게리 페이튼을 상대로 시합 전부터 트래시 토크를 주고받았다. 슈퍼소닉스를 손쉽게 제압한 그 경기에서 그는 33득점을 올렸다. 하지만 27분에 불과했던 출전 시간 때문에 그는 필 잭슨이

* 드래프트에 참가했으나 어느 팀에도 지명되지 못한 선수를 뜻한다.

정말로 자신의 득점왕 등극을 막으려는 것은 아닌지 걱정하기 시작했다.

## 해방

팀이 시작부터 불안한 모습을 보이자 라인스도프는 잭슨에게 전화를 걸어 상황을 점검했다. 하지만 잭슨은 전혀 긴장한 기색이 없었다. 정작 그를 불편하게 한 것은 구단주의 전화가 아니라 윈터의 전술을 번번이 무시하고 일대일 공격을 펼치는 조던과 피펜이었다. 사실 그 뒤에는 시스템에 얽매이지 말고 마음껏 공격하라고 부추기던 조니 바크가 있었다.

"조니 바크 코치는 저더러 트라이앵글을 무시하라고 했어요." 조던이 옛 기억을 떠올리며 말했다. "그러면서 '네가 할 일은 공을 잡고 득점하는 거야. 전부 쓸어버려.' 이렇게 말했죠."

잭슨은 바크의 반항을 탐탁지 않게 여기면서도 한참 동안 묵인했는데, 불스의 플레이 방식이 진화하는 데는 그런 부분이 중요한 역할을 했다.

"마이클은 가끔 트라이앵글에서 벗어나야만 했어요."

바크가 2012년 인터뷰에서 한 말이다. 그는 조던에게 그런 조언이 꼭 필요하다고 믿었다. 윈터의 전술은 그가 보기에도 꽤 유용했지만, 불스의 슈퍼스타에게는 융통성을 발휘할 필요도 있었다. 이미 수비를 읽는 데 도가 텄던 조던에게 트라이앵글 오펜스를 배우기란 어렵지 않았다. 그리고 많은 사건이 벌어지는 가운데 그가 이 전술을 대하는 태도에도 차츰 변화가 생겼다. 대학 시절 딘 스미스의 시스템에 쉽게 적응했던 그는 트라이앵글 오펜스를 본인 입맛에 맞게 활용할 방법을 찾기 시작했다. 바크는 조던이 주어진 상황을 영리하게 이용하는 모습을 흥미롭게 지켜보았다. 그는 그 상황을 두고 '마치 재능 있는 배우가 대본을 자기 방식대로 멋지게 해석하여 기존의 장면과 대사를 참신하게 살린 것 같았다.'고 설명했다.

"운동선수라면 자기가 어떤 환경에 어떻게 적응해야 할지 알아야 하죠. 마이클은 트리플 포스트 전술을 구석구석 꿰뚫고 있었어요. 그 시스템 안에서 어떤 위치에서든 플레이할 줄 알았죠."

트라이앵글 오펜스를 도입한 후로 조던은 자신보다 재능이 부족한 동료 선수들을 어느 정도 이해하게 되었다. 이 전술이 의도한 바는 공격 기회가 생긴 팀원에게 제때 패스를 하는 것이었다. 조던이 이 방법을 따르고 신뢰하기 시작하면서 코치진과 선수단의 긴장감은 서서히 완화되었다. 이후 시스템은 새로운 방향으로 진화했다. 조던은 3쿼터까지 트라이앵글 오펜스를 따르며 경기 속도와 흐름을 살피다가 4쿼터에 가서 마음껏 득점을 폭발시켰다. 이 방법도 약간의 갈등을 일으키기는 했다. 텍스 윈터가 시합 날 4쿼터가 되면 조던이 혼자서 너무 많은 것을 하려 한다고 불안해했기 때문이다. 실제로 조던이 경기 막판에 공을 독점하는 바람에 불스가 곤경에 빠진 적도 있었다. 하지만 그보다는 시합이 훌륭하게 마무리되는 경우가 더 많았다.

그 시즌에 조던의 코트 밖 생활은 늘 비슷한 패턴으로 흘러갔다. 그는 숙소에 머무르며 친구들과 몇 시간이고 카드놀이를 즐기거나 남몰래 가까운 골프장에 들러 신속하게 한두 라운드를 돌았다. 이러한 취미생활은 팀 훈련을 마치고 동료들이 낮잠을 잘 때 주로 이루어졌다.

시즌이 진행되면서 불스는 호레이스 그랜트(평균 12.8득점 8.4리바운드)와 존 팩슨(평균 8.7득점 슛 성공률 54.8퍼센트)도 공격에서 활약할 만큼 적절한 균형을 찾았다. 문제가 있다면 교체 선수들이 리드를 잘 지키지 못하는 것이었다. 암스트롱, 호지스, 퍼듀, 리빙스턴, 윌리엄스, 홉슨 모두 트라이앵글 오펜스를 열심히 따랐지만, 여전히 승리를 이끈 것은 조던의 득점력이었다. 조던은 교체 요원들의 경기력이 성에 차지 않았다. 하지만 결과적으로는 그 문제 덕분에 그가 코트에 더 오래 서서 득점 기회를 얻을 수 있었다.

불스는 시즌 초반의 불안정한 경기력을 짜임새 있는 수비로 다잡아나갔다. 팀원들에게 늘 활기를 불어넣었던 조니 바크 코치는 잭슨의 노력과 헌신이 불스를 수비 중심의 팀으로 바꾸는 데 가장 중요했다고 밝혔다.

"저도 수비 코칭을 하긴 했죠. 하지만 우리 팀의 방향성을 잡고 그걸 선수들에게 명확히 보여준 건 필이었어요."

그렇게 수비의 기틀이 잡히면서 불스가 한층 훌륭한 팀으로 발전할 조짐이 보이기 시작했다. 12월에 불스는 시카고 스타디움에서 홈팬들의 열화와 같은 성원 속에 캐벌리어스를 상대로 1쿼터 동안 단 5실점만을 기록했다. 그리고 시즌 세 번째 시합인 보스턴 셀틱스전에서 홈 패배를 경험한 뒤, 3월 25일 휴스턴 로케츠에 패하기 전까지 홈구장에서 무려 30연승을 달렸다.

불스의 단단한 수비는 트라이앵글 오펜스가 정상적으로 작동할 때까지 시간을 버는 역할을 했다. 그러다가 공격이 원활히 풀리면서 팩슨 같은 롤 플레이어들이 활개를 펴게 되었다.

"트라이앵글로 크게 달라진 선수를 들자면 존 팩슨이 있겠네요." 바크가 1995년에 그 시기를 회상하며 한 말이다. "경기하는 자세가 꽤 바뀌었거든요. 당시에 녀석은 풀 코트 프레스 수비를 하면서 공격의 촉진제 역할을 했죠."

불스는 2월 성적을 11승 1패로 마무리했고 그중에는 올스타 주간 직전에 오번 힐스 팰리스에서 거둔 원정 승리도 포함되었다. 비록 아이제이아 토머스가 결장하기는 했지만, 그날의 승리로 불스 선수들에게는 처음으로 믿음이 생겼다.

"디트로이트의 홈에서 1승을 따낸 것만으로 우리 팀엔 큰 자신감이 생겼죠." 팩슨이 그때를 떠올리며 말했다. "그 녀석들을 이기려고 그동안 아주 힘든 시간을 보냈으니까요. 감독님은 디트로이트에 대한 복수심을 잊고 우리가 늘 하던 대로 뛰라 하셨어요. 그 말씀이 선수들한텐 경기 내내 큰 도움이 됐고요."

조던은 피스톤스전 승리로 가능성을 확인하고 더욱 자신감을 얻었다고 한다.

"올스타전 직전에 우리가 디트로이트를 이겼을 때 전 이제 플레이오프에서도 그 팀을 이길 수 있겠다고 생각했어요. 그전까지 2주 정도 원정을 계속 다녔는데, 언젠가부터 팀원들의 손발이 딱딱 맞아떨어지더군요. 그때 그런 예감이 들었죠."

불스가 새롭게 각성하는 데는 빌 카트라이트의 공이 컸다. 조던만큼이나 완고했던 그는 불스 선수들이 피스톤스의 거친 몸싸움에 당당히 맞서는 데 큰 힘이 되었다.

"우리 팀을 힘들게 한 게 뭐냐면, 디트로이트가 선수들 감정을 자꾸 긁는 거였습니다." 잭슨이 말을 이었다. "하지만 그 팀하고 시합을 계속하려면 몸으로 부딪치면서 싸우는 수밖에 없었어요. 그게 싫다고 피하면 그냥 지는 거였죠. 제대로 붙으려면 결국 우리도 그쪽 수준에 맞게 몸싸움을 해야만 했습니다. 그때 빌은 디트로이트를 겁내지 않았어요. '이게 우리 팀이 원하는 플레이는 아니야. 나도 이런 식으로 뛰는 건 싫어. 하지만 놈들을 상대할 방법이 이것뿐이라면, 난 두렵지 않아. 내가 디트로이트 놈들한테 더 이상 그 방법이 안 통한다는 걸 보여주겠어. 이제 계속 당하지만은 않는다는 걸 보여주지.' 빌이 그렇게 나오니까 스카티랑 호레이스가 얼마나 안도했는지 모릅니다. 그 친구들은 시합 중에 늘 자기보다 덩치가 큰 데니스 로드맨이나 릭 마혼 같은 선수들한테 둘러싸이고 두들겨 맞았거든요."

불스가 3월 초에 기록한 9연승은 플레이오프에서 가장 중요한 홈코트 어드밴티지를 획득하는 데 도움이 되었다. 그들은 피스톤스전 승리를 포함한 막판 4연승으로 총 61승 21패를 거뒀다.

본인의 의지를 관철하면서 잭슨의 바람까지 들어주고 싶었던 조던은 평균 31.5득점으로 또다시 리그 득점 1위에 올랐다. 피펜은 경기력을 한층 높은 수준으로 끌어올렸다. 그는 한 시즌 동안 3,014분을 뛰며 경기 평균 약 18득점 7리바운드 6어시스트라는 준수한 성적을 올렸다.

플레이오프 시작과 함께 조던은 생애 두 번째로 정규 시즌 MVP에 선정되었다.

뉴욕 닉스와 맞붙은 플레이오프 1라운드는 첫 시합에서 41점 차 대승을 거둔 뒤 3연승으로 신속하게 마무리되었다. 찰스 바클리와 필라델피아 세븐티식서스를 상대한 2라운드도 4승 1패로 손쉽게 끝이 났다. 2라운드가 진행되던 중에 이틀간 휴일이 생기자 조던은 마크 밴실과 함께 애틀랜틱시티의 카지노로 향했다. 그들이 숙소로 돌아온 때는 다음 날 아침 여섯 시 반이었지만, 조던은 피곤한 기색 없이 오전 열 시에 시작되는 팀 훈련에 참가했다. 그를 잘 아는 사람들에게는 놀랄 것 없는 일이었으나 언론은 후일 줄지어 일어난 스캔들의 첫 징후로 당시 조던의 행동을 지적하게 된다.

그는 코트로 돌아와 다시 현실을 직시했다. 불스는 식서스를 물리친 뒤 조던이 그토록 원하던 배드 보이스와의 동부 컨퍼런스 결승을 맞이했다. 1991년 5월에 피스톤스의 분위기는 뒤숭숭했다. 척 데일리가 일찌감치 1992년도 올림픽 농구 대표팀 감독으로 임명되었지만, 당시 부상에서 막 복귀한 아이제이아 토머스는 감독이 자신을 국가대표로 선택하지 않을 것이라고 느꼈다. 그리고 감독이 올림픽 대회 준비에 정신이 팔려 소속팀을 돌보지 않는다고 공개적으로 비판했다. 데일리는 논란을 잠재우려 했지만 토머스는 자기주장을 굽히지 않았다. 데일리는 그러한 비판론에 분개하며 기자들에게 말했다.

"올림픽 대표팀 때문에 내가 한 건 그냥 회의 한 번 하고 분석 영상을 몇 번 본 게 다요."

조던과 불스 선수들은 피 냄새를 맡고 있었다. 1차전이 시작되고 피스톤스는 초반부터 맹공격을 퍼부었다. 브렌던 말론은 그날을 이렇게 회상했다.

"우린 첫 경기에 굉장한 공세를 펼쳤죠. 시카고 스타디움이 그렇게 조용한 건 난생처음이었어요. 그런데 그때 벤치에서 클리프 리빙스턴, 윌 퍼듀, 크레이그 호지스가 나왔어요. 그 시리즈에서 리빙스턴과 퍼듀는 꾸준히 리바운드를 잡았고 호지스는 매섭게 슛을 꽂아 넣었죠."

선수들의 고른 활약으로 불스는 처음 세 경기를 모두 승리했다. 말론은 트라이앵글 오펜스가 더욱 견고해진 덕에 불스가 피스톤스를 앞섰다고 보았다.

"트라이앵글 오펜스는 시간이 갈수록 점점 더 좋아지고 있었어요. 다른 공격수를 오픈 상태로 내버려 두고 마이클한테 더블팀을 붙는 게 어려워졌죠."

텍스 윈터의 전술은 마침내 조던의 넓은 활동 공간과 더불어 다른 선수들의 공격 기회까지 창출하기에 이르렀다. 이 시리즈가 끝난 뒤, 피스톤스는 조던을 막는 데 지나치게 집중하는 바람에 나머지 선수들에게 쉽게 득점을 허용했다는 비난을 받았다.

"사실 어떤 팀이든 불스랑 붙을 땐 마이클한테 집중할 수밖에 없어요." 듀마스가 그 시즌을 떠올리며 말했다. "경기 중에 그 녀석한테서 눈을 돌린다는 게 쉽지 않죠. 다양한 형태로 경기를 지배하는 선수니까요. 코트에 나가면 마이클이 무얼 할 건가에 신경을 안 쓸 수가 없어요."

디트로이트에서 열릴 4차전을 앞두고 조던이 전날 기자회견에서 그간 억눌렸던 분노를 터뜨리면서 분위기는 상당히 험악하게 변했다.

"제 지인들은 더 이상 디트로이트가 챔피언이 아니라는 데 행복해할 겁니다. 이제 우리가 농구의 이미지를 깨끗하게 되돌릴 차례예요. 지금 사람들은 디트로이트식 농구가 사라지길 바라고 있죠. 보스턴은 우승컵을 차지하면서 진짜 농구를 했습니다. 물론 그 뒤에 디트로이트가 우승을 했고, 그 점을 폄하해서는 안 되겠지만 그건 제대로 된 농구라고 할 수 없죠. 그건 다수의 팬들이 지지하는 농구가 아니었어요. 우린 그런 플레이로 격을 낮추고 싶지 않습니다. 경기 중에 제 입이 좀 거칠긴 하지만, 우리 팀은 늘 성실하게 뛰고 깨끗한 농구를 합니다. 디트로이트는 매번 우릴 자극하려고 애썼지만 저와 동료들은 침착하게 대응해왔죠." 그런 다음 조던은 과감하게 한마디를 던졌다. "전 이번에 우리가 4대0으로 완승을 거두리라 봅니다."

피스톤스 선수들, 그중에서도 특히 토머스가 그 발언에 격분했다. 그는 결연한 표정으로 맹세했다.

"아뇨, 우리 팀이 전패를 당하는 일은 절대 없을 겁니다."

듀마스는 토머스처럼 적극적으로 반박하지는 않았지만 적개심 가득한 조던의 발언에 매우 놀랐다고 한다. 그는 나중에 이렇게 심정을 털어놓았다.

"그 말을 듣고는 정말 놀랐어요. 그 친구가 우리 팀의 우승을 그런 식으로 나쁘게 말해서 실망스러웠죠."

하지만 브렌던 말론은 이미 그해 플레이오프 초반에 피스톤스식 농구가 끝났음을 느꼈다. 데이비드 스턴 총재가 리그 곳곳에 거친 파울과 폭력 행위가 번져가는 것을 목격하고 충격을 받았기 때문이다.

"디트로이트 스타일의 농구는 더 이상 발붙이지 못했죠." 말론이 당시 상황을 언급했다. "그건 데이비드 스턴이 그해 포스트시즌 경기를 직접 보러 와서 선수들이 싸우는 걸 눈앞에서 본 순간 끝이 났어요. 스턴 총재는 그 뒤로 도를 넘어선 몸싸움을 단속하겠다고 했죠."

말론이 설명하기로는, 심판들이 그런 이유로 컨퍼런스 결승 초반에 피스톤스 선수들에게 줄줄이 플래그런트 파울을 선언했다고 한다.

"그렇게 파울을 받은 선수 가운데 조 듀마스가 있었어요. 조가 몸싸움을 심하게 하는 부류는 아니었는데 말이죠. 그걸 보고 알았어요. 이제 이 리그가 그런 플레이를 용납하지 않는다는 걸요."

조던은 전날 예견한 대로 4차전에서 제 의지를 관철했고, 결국 불스는 피스톤스를 4대0 전승으로 물리쳤다. 경기가 끝나고 토머스를 비롯한 피스톤스 선수들은 상대편에게 축하 인사도 전하지 않고 곧장 코트를 걸어 나갔다. 척 데일리는 일찍부터 팀원들에게 그런 행동을 하지 말라고 경고한 상태였다. 피스톤스의 무례한 태도는 시청자들과 불스 팬들을 화나게 했다. 어쩌면 아이제이아 토머스는 이 사건으로 올림픽 대표팀에 선정될 가능성을 완전히 날려버렸는지도 모른다.

"정말 이루 말할 수 없이 통쾌했죠." 존 팩슨이 그날 승리로부터 20주년이 되는 날 한 말이다. "그때 디트로이트 선수들이 경기장을 나가려면 우리 벤치 앞을 지날 수밖에 없었어요. 아이제이아가 고개를 푹 숙이고 우리랑 눈을 안 마주치려 하는 게 다 보이더군요. 그 승리는 우리가 가진 믿음을 증명해줬어요. 우리가 올바르게 플레이했다는 걸요. 그쪽도 실력은 아주 좋았지만, 결국 그 후로 디트로이트의 시대는 가고 우리 시대가 왔죠."

듀마스는 토머스의 저항에 동참하지 않고 멈춰 서서는 불스의 최종 결승 진출을 축하했다. 그 역시 조던이 기자회견에서 한 발언에 화가 났지만, 시즌이 끝날 때마다 마주했던 친구의 고통스러운 표정을 떠올렸다.

"전 그게 생각나서 경기가 끝나고 마이클한테 악수를 청했어요." 듀마스가 2012년에 당시를 떠올리며 말했다. "다른 동료들은 축하 인사 없이 그냥 코트를 빠져나갔지만 전 거기 남았습니다. 필 잭슨 감독이랑 마이클 그리고 다른 선수들 몇 명하고도 악수를 했죠. 마이클은 그동안 매번 경기에 지고 실망감과 괴로움 속에서도 저랑 꼭 인사를 나눴어요. 그래서 제가 그냥 나가는 건 안 될 짓이라고 생각했죠."

말론은 토머스와 나머지 선수들이 전날 조던이 한 말에 상당히 화가 나 있었다고 밝혔다.

"사실 필 잭슨과 텍스 윈터에게도 화가 났죠. 자기들 방식만이 올바르다고 여기는 그 태도에 화가 났던 거예요. 전 우리 팀이 모욕을 당했다고 생각했어요. 세상에 농구를 하는 방식에는 여러 가지가 있는데, 시카고는 그런 태도로 우릴 봤단 말이죠. 하지만 그즈음이 시카고가 이길 만한 때이긴 했어요. 호레이스 그랜트랑 스카티 피펜 모두 꽤 성장해서 제 몫을 하게 됐으니까요. 스카티는 상당히 원숙해졌고 호레이스 역시 그랬죠. 마이클이 마침내 우승을 위한 조력자들을 얻게 된 거예요."

듀마스는 패배를 인정하지 않는 토머스의 성격 때문에 당시와 같은 사건이 일어났다고 보았다. 토머스는 4년 전 플레이오프에서 보스턴 셀틱스에 졌을 때도 좋지 못한 태도를 보였다고 한다.

"아이제이아는 한 번도 저더러 '난 마이클 조던이 싫어.'라고 한 적이 없어요. '난 지는 게 싫어.'라고는 했지만요. 상대가 누구였든 간에 아이제이아는 그 시리즈를 지는 게 싫었을 거예요. 전 당시 상황을 그렇게 이해했어요."

피스톤스는 인사 없이 코트를 떠나 끝끝내 불스를 모욕했고, 그 일 때문에 그들을 향한 불스의 적의는 이후로도 계속되었다. 제리 라인스도프는 4년 뒤에 이런 말을 했다.

"정말 디트로이트 구단을 생각하면 치가 떨립니다. 결과적으로 데이비드 스턴 총재도 디트로이트식 시합 방식에 문제가 있다고 여기고 그런 플레이를 금지하도록 규정을 바꿨지요. 그건 농구가 아니었어요. 그저 폭력 행위나 깡패 짓과 다르지 않았습니다. 물론 그 덕에 우리 팀이 반사적으로 인기를 얻긴 했지만요. 디트로이트와 대결할 때 사람들 눈에 우린 백기사이자 정의로운 팀으로 비쳤습니다. 우리가 배드 보이스를 4대0으로 꺾었을 때, 그 팀 선수들은 부루퉁한 표정으로 그냥 코트를 걸어 나갔어요. 그때 내가 그 승리는 선이 악을 이긴 거라고 말했던 기억이 납니다. 디트로이트는 그 폭력적인 스타일의 농구로 지난 수년간 리그에서 가장 인기가 좋았던 보스턴과 LA 레이커스를 차례로 무너뜨렸어요. 그래서 많은 사람들의 미움을 샀고요."

아직 NBA 최종 결승이 남은 상황이었지만, 배드 보이스 격파는 조던과 불스의 숙원이었기에 모두 뒷일을 잊고 자축하지 않을 수 없었다. 재미있게도 그 시작점은 제리 크라우스였다. 필 잭슨이 그날을 떠올리며 말했다.

"다들 비행기에 탔을 때 제리가 맨 앞에 서서는 신이 나서 춤을 추기 시작했죠. 팀원들은 잘한다고 제리의 이름을 연호하고 그랬어요." 한때 소 울음소리를 내며 크라우스를 놀렸던 선수들은 여전히 이 별나기 짝이 없는 단장을 어떻게 받아들여야 할지 감을 잡지 못했다. 잭슨은 싱긋 웃으며 다시 말했다. "그 사람이 춤을 추든 뭘 하든 간에 다들 웃겨서 자지러졌어요. 그게 그냥 즐거워서 같이 웃은 건지 아니면 제리를 비웃은 건지는 알 수 없지만요. 그날은 그런 경계가 아주 모호했던 광란의 시간이었죠."

## 매직 타임

얼마 전까지 불스가 영입을 고려했던 대니 에인지와 벅 윌리엄스는 모두 포틀랜드 트레일 블레이저스에서 클라이드 드렉슬러의 동료가 되어 있었다. 블레이저스는 1990~91시즌을 63승 19패로 마치고 서부 1위로 플레이오프에 진출했다. 그러나 서부 컨퍼런스 결승에서 오랜 세월 리그를 지배해온 매직 존슨의 LA 레이커스에 덜미를 잡혀 2승 4패로 탈락하고 말았다.

그 결과 농구팬들이 꿈에도 그리던 마이클 조던 대 매직 존슨, 불스 대 레이커스의 챔피언 결정전이 시카고 스타디움에서 벌어지게 되었고, 이에 매표 관리자인 조 오닐은 고뇌에 빠졌다. 조던이 원하는 만큼 표를 구해주기 어려운 데다 자칫 잘못하면 다른 선수들의 화를 살 수도 있는 상황이었기 때문이다. 불스가 플레이오프에 진출하여 큰 경기를 벌이게 되면서 입장권 경쟁은 점점 심해졌고 조던이 원하는 수량을 맞추기도 더욱 어려워졌다.

"결승전에서도 마이클이 표를 얼마나 달라고 할지는 뻔했어요." 오닐이 그 무렵의 상황을 이야기했다. "저는 그 친구한테 경고했죠. '사람 좀 놀래키지 마. 시합을 코앞에 두고 스무 장씩 달라고 하면 나더러 어쩌라는 거야?' 마이클은 늘상 시합이 닥치면 표 얘기를 꺼냈거든요." 그는 피펜과 그랜트 몰래 조던의 요구를 들어주기가 가장 어려웠다고 한다. "저는 선수 탈의실에 가서는 스카티랑 호레이스 그리고 나머지 선수들한테 표를 나눠주면서 이랬어요. '이번엔 다들 네 장씩만 줄 수 있어. 나한테 더 달라고 하지 마. 이제 표가 더는 없다고. 이걸로 끝이야. 모두 공평하게 네 장씩 받고 만족해.' 그런 다음에 마이클한테는 40장 정도 되는 티켓 뭉치를 건넸죠."

이런 문제가 점점 커지자 오닐은 조던에게 표를 동료들 눈에 띄지 않게 잘 감추라고 경고했다. 그러다 나중에는 시카고 스타디움의 하키팀 탈의실에서 조던을 몰래 만나 표를 건네주기에 이르렀다.

불스와 레이커스의 결전이 기정사실화되자 입장권을 구하려는 사람은 부지기수로 늘어났다. 오닐은 처음 결승전을 치렀던 그해를 떠올렸다.

"결승 1차전을 나흘 앞두고 저는 정말 난처한 상황에 처했어요. 입장권이 충분치 않았거든요. 마이클도 그렇고 다들 표를 원하는 상황이었으니까요. 그때 제가 퇴근하고 저녁 일곱 시인가 집에 가서는 아내한테 이랬죠. '여보, 이제 이 일도 정말 못 해 먹겠어. 어째야 할지 모르겠네. 세상 사람들이 전부 나만 쫓아오는 것 같아. 이건 무려 마이클 대 매직의 대결이라고. 나도 표가 별로 없는 걸 어쩌란 말이야. 이제 더는 못 버틸 것 같아.' 그걸 듣고는 제 아내가 그러더군요. '일단은 말이지, 이 쓰레기부터 밖에 버리고 와주면 안 될까?' 그래서 저는 쓰레기통을 들고 집 밖으로 나갔어요. 그런데 길 건너편에서 불빛이 비치더니 웬 남자들이 막 뛰어오는 거예요. 그 사람들은 제 손에 신용카드를 쥐어 주면서 '조, 나도 이러긴 싫지만 티켓 두 장만 구해줄 수 있어요?' 저는 다시 집에 들어가서 아내한테 보고했죠. 쓰레기통을 비우다가 입장권 구해달란 부탁을 받았다고요."

사실 조던과 매직 존슨의 대결을 두고 팬들의 마음이 들끓은 적은 그때가 처음이 아니었다. 한 해 전인 1990년에는 방송 관계자들이 조던과 존슨의 일대일 대결을 유료 방송으로 내보낼 계획을 세우기도 했었다. 이 방송은 참가 선수들에게 많은 출연료를 제시했고 일대일 대결을 늘 즐겨왔던 조던은 그 제안에 곧장 동의했다. 그러나 당시 선수협회장이던 아이제이아 토머스가 이의를 제기하면서 NBA 측도 반대 의사를 보였다. 조던은 '자신의 플레이를 아무도 보고 싶어 하지 않으니 질투가 나서 그랬을 것'이라며 훼방을 놓은 토머스를 비난했다.

존슨은 조던과 실력을 겨뤄보고 싶지만, 굳이 그와 토머스의 싸움에 끼어들고 싶지는 않다고 밝혔다.

"그건 그 친구들 사정이니까요."

그런데 존슨과 조던의 대결을 두고 한 가지 흥미로운 의견이 나왔다. 레이커스의 광팬인 잭 니콜슨이 '돈 내기를 한다면 완벽한 팀플레이어인 존슨보다 개인플레이에 가장 뛰어난 조던에게 걸겠다.'고 한 것이다.

존슨은 어떠한 예상도 받아들이지 않았다.

"저는 지금까지 평생 일대일을 즐겨왔어요. 여태 점심값을 죄다 그걸로 벌었는

걸요." 일대일 시합에서 가장 강력한 기술이 무엇이냐는 질문에 그는 이렇게 답했다. "그런 건 딱히 없어요. 제가 제일 잘하는 건 이기는 거죠. 그냥 이기는 데 필요한 걸 할 뿐이에요."

농구팬들은 그들의 일대일 대결이 무산된 데 크게 실망했다.

"이 대결을 많이들 보고 싶었을 텐데 말이죠." 존슨이 당시에 그 일을 두고 한 말이다. "특히 마이클은 정말 아쉬운가 봐요. 마이클의 친구들도 그렇고, 다들 실망스러울 거예요. 모두가 바라던 대결이었는데 말입니다."

1990년 여름에 조던은 존슨의 자선 농구 시합에 참가하기로 약속했다. 그런데 경기 당일 골프장에 너무 오래 머무는 바람에 약속 시간을 맞추지 못했다. 그래서 존슨은 조던이 올 때까지 기다렸다가 시합을 시작했는데, 전해지는 이야기로는 그 문제로 아이제이아 토머스가 분통을 터뜨렸다고 한다. 물론 조던은 그런 반응을 고소하게 여겼다.

그 뒤로 레이니 고교의 매직 마이크는 1990~91시즌 최종 결승에 올라 마침내 어릴 적 영웅과 정면 대결을 펼치게 되었다. NBA 우승을 다섯 차례 경험한 존슨은 동료의 능력을 최대한 끌어내는 팀플레이어로, 반면에 조던은 동료를 들러리 정도로 여기며 늘 원맨쇼를 펼치는 선수로 평가되었다. 조던의 추억 여행은 조금 더 나아가 대학 시절까지 이어졌다. 그는 매직 외에도 타르 힐스 동료였던 제임스 워디와 샘 퍼킨스까지 함께 상대해야 했다. 당시에 워디는 발목을 심하게 접질려 기동성이 크게 떨어진 상태였다. 레이커스 내부에는 그의 부상으로 팀이 결승에서 고전할 것이라 예상한 이들도 있었다. 그가 잘 뛰지 못한다면 레이커스로서는 큰 타격을 입을 수밖에 없었다. 한편 레이커스 전직 감독이자 NBC 방송국의 경기 해설자였던 팻 라일리는 이 팀이 그간의 경험을 잘 살린다면 승리할 것이라고 내다보았다.

긴장감을 안고 결승 1차전에 돌입한 조던과 불스 선수들은 전반전을 2점 앞선 채 마무리했다. 후반전은 워디와 퍼킨스, 블라디 디박이 주도하는 레이커스의 골 밑 공격과 불스의 점프슛이 대결하는 양상이었다. 그러다가 승패는 양 팀이 마지막에 던진 점프슛으로 갈렸다. 퍼킨스가 막판에 뜬금없이 3점슛을 터뜨리고 조던이 종료 신호와 동시에 던진 5.5미터짜리 장거리슛이 불발되면서 1차전은 레이커스의 93대91 승리로 끝났다.

그날 조던은 36득점 12어시스트 8리바운드 3스틸을 기록했고 야투를 총 24회 시도하여 열네 개를 성공시켰다. 그러나 이처럼 훌륭한 활약을 펼치는 동안 불스 선수들은 그의 일대일 공격과 무리한 슛 선택에 불평할 수밖에 없었다. 1차전 패배로 홈코트 어드밴티지를 상실했지만 잭슨은 여전히 편안해 보였다. 그는 경기 중에 매직 존슨이 벤치에서 쉴 때마다 레이커스가 고전하는 모습을 목격했다. 잭슨이 판단하기로 은퇴가 그리 멀지 않은 존슨에게 그 상황은 분명히 큰 부담이었고, 실제로도 그 생각이 옳았다.

그런데 그 뒤에 잭슨도 예상치 못한 전개가 벌어졌다. 그는 1차전에 신장 198센티미터인 조던에게 206센티미터짜리 존슨을 막게 했다. 이 전략은 2차전에서도 그대로 이어졌는데, 그 덕에 조던은 경기 초반부터 반칙을 두 개나 범하고 말았다. 반대로 그 외의 불스 선수들, 특히 골 밑을 맡은 그랜트와 카트라이트는 좋은 활약을 펼쳤다. 그렇게 조던이 일찌감치 교체되면서 두 가지 효과가 나타났다. 하나는 경기력이 좋은 다른 선수들에게 더 많은 기회가 간 것, 나머지 하나는 조던보다 키가 큰 피펜이 존슨을 막게 된 것이다.

처음에는 다들 만 스물다섯 살에 불과한 피펜이 당대 최고의 포인트가드이자 리그에서 가장 능글맞은 베테랑 선수를 맞아 고전하리라 예상했다. 하지만 결과는 정반대였다. 피펜은 곧장 긴 팔로 존슨의 움직임을 봉쇄하며 경기 분위기를 바꾸었다. 조던과 피펜이 번갈아 수비하자 존슨은 13회의 슛 시도 가운데 겨우 네 개밖에 성공시키지 못했다. 반면에 피펜은 20득점 10어시스트 5리바운드로 불스가 수많은 홈 관중 앞에서 2차전을 승리하는 데 공헌했다.

피펜은 행복한 표정으로 그날을 회상했다.

"그때 매직이 지친 게 눈에 보였어요. 저는 매직을 계속 괴롭히면서 공격 기회를 차단하려고 했죠. 원래 매직은 포스트업을 시도하면서 주변 상황을 잘 이용하는 편이었는데, 91년 결승전에서는 그게 별로 효과적이지 못했어요. 보니까 표정이 영 좋지 않더라고요."

"원래는 그게 마이클을 쉬게 하려고 그랬던 거예요." 조니 바크가 당시를 떠올리며 말했다. "마이클이 매직한테 계속 붙어 있는 건 우리가 바라는 바가 아니었죠. 그래서 스카티를 그 자리에 넣었는데, 웬걸요. 매직이 스카티의 길이에 막혀서 위로 패스를 못 넘기지 뭡니까. 우린 상대 팀 머리 위로 넘기는 그 패스를 후광 패스(halo pass)라고 불렀어요. 헌데 스카티가 그 앞에 있으니 통 먹히질 않더군요. 스카티는 본인 키가 201센티미터라고 했지만, 실제론 그거보다 조금 더 컸어요. 또 팔도 길고 손도 컸죠. 거기에다 매직은 점점 지는 해였고 나이를 먹어가고 있었습니다. 이 농구판에 경로 우대 같은 건 없어요."

그날 조던은 시합 시작부터 후한 인심을 발휘하며 카트라이트와 그랜트가 쉽게 득점하도록 노 룩 패스를 뿌려댔다. 그 뒤로 불스는 73퍼센트가 넘는 슛 성공률을 기록하며 107대86으로 낙승을 거뒀다. 조던은 슛을 18회 시도하여 그중 열다섯 개를 성공시키고 33득점에 13어시스트 7리바운드 2스틸 1블록슛을 기록했다. 그는 후반전 중반까지 열세 골을 연달아 넣었지만, 이 기록은 경기 종료 8분을 남기고 넣은 기상천외한 슛에 완전히 묻히고 말았다. 그때 자유투 서클 끝에 서 있던 조던은 동료의 패스를 받아 골대 앞 수비수들 사이로 뛰어들었다. 그는 점프와 함께 마치 덩크를 할 듯 오른손을 쭉 뻗었다. 하지만 수비수가 가로막자 공중에서 왼손으로 공을 옮겨 잡고 링 왼쪽으로 툭 던져 넣었다. 그 순간 시카고 스타디움이 떠나갈 듯 큰 함성이 울려 퍼졌다. 필 잭슨은 싱긋 웃으며 고개를 흔들었고 경기 중계자인 마브 앨버트는 환호성을 질렀다. 조던이 보인 그 동작은 '더 무브(the move)'로 불리며 1989년 클리블랜드 캐벌리어스전에서 나온 '더 샷'과 쌍벽을 이루는 멋진 플레이로 길이길이 팬들의 기억에 남았다.

조던은 그날 환상적인 활약을 펼쳤지만 슛 성공률에서는 팩슨을 따라가지 못했다. 2차전에서 팩슨은 슛을 여덟 번 던져 모두 성공시켰고, 이에 놀란 샘 퍼킨스는 경기가 끝난 뒤 기자들에게 물었다.

"혹시 오늘 존 팩슨이 슛을 놓친 적 있나요?"

이 시합에서는 조던이 레이커스 선수석을 향해 조롱 섞인 행동을 하여 논란이 일었다. 점수 차가 크게 벌어지자 그는 슛을 넣은 뒤 어퍼컷 세리머니를 하거나 주사위 흔드는 시늉을 했고 '더 무브'에 성공한 뒤에는 그런 행동이 더 심해졌다. 레이커스는 리그 사무국에 이 문제를 항의했고 심지어는 불스 선수들도 조던을 자제시키려 애썼다.

레이커스는 2차전을 크게 패했지만 시카고 원정을 1승 1패로 마무리한 데 안도하며 LA의 그레이트 웨스턴 포럼에서 열릴 3연전을 준비했다. 경험 면에서 그들은 불스보다 훨씬 앞서 있었고 전문가들은 그 점에서 큰 차이가 나리라 예측했다.

3차전을 앞두고 불스가 가장 먼저 한 일은 지난 시합의 복습이었다. 잭슨은 선수들과 경기 영상을 돌려 보면서 매직 존슨이 팩슨과 멀찌감치 떨어져 불스의 공격을 방해하는 장면을 보여주었다. 그는 조던이 그 상황을 눈치채고 수비수가 없는 팩슨에게 얼른 공을 넘겨야 했다고 강조했는데 이런 지적은 이후 3차전과 4차전이 끝난 뒤에도 반복되었다. 조던은 1991년 NBA 결승에서 경기당 평균 열한 개가 넘는 어시스트를 기록했지만 이 문제는 계속해서 불스를 괴롭혔다.

피펜으로 존슨을 막는 전략은 3차전에서 역효과를 낳았다. 그날 레이커스의 센터 블라디 디박이 자신보다 한참 작은 조던을 상대로 손쉽게 점수를 올리면서 레이커스는 후반에 13점을 앞서나갔다. 하지만 불스는 3쿼터가 끝날 무렵 점수 차를 6점으로 줄였다. 그때부터 레이커스는 흔들리기 시작했다. 존슨은 긴 출전 시간에 지친 기색을 보였고, 레이커스 코치진이 우려하던 대로 워디의 발목 상태도 문제가 되었다. 조던은 4쿼터 종료 3.4초를 남기고 점프슛을 성공시켜 경기를 연장전으로 끌고 갔다. 이후 불스는 연속 8득점에 성공하며 최종 스코어 104대96으로 승

536 | MICHAEL JORDAN

리, 시리즈 전적에서 2승 1패로 앞섰다.

4차전에서 불스는 강력한 수비로 레이커스의 슛 성공률을 37퍼센트로 떨어뜨렸다. 레이커스의 2, 3쿼터 점수는 다 합쳐 30점에 불과했다. 특히 골 밑을 맡은 퍼킨스가 열다섯 번 슛을 던져 겨우 하나만 넣을 정도로 난조를 보였다. 불스는 카트라이트의 골 밑 수비에 힘입어 97대82로 4차전 승리를 따냈다. 조던은 28득점 13어시스트 5리바운드 2블록슛을 기록하여 생애 처음 맞이한 NBA 결승 시리즈에서 또다시 환상적인 실력을 선보였다.

경기를 마치고 매직 존슨은 기자들에게 말했다.

"이런 상황까지 왔다니 정말 믿을 수가 없네요."

레이커스의 마이크 던리비 감독은 불스의 경기력을 이렇게 평가했다.

"저쪽 팀 수비력을 생각해보면 그리 놀라운 결과는 아니네요. 시카고 선수들은 운동신경도 뛰어나고 아주 영리하게 게임을 풀어가고 있어요."

4차전 승리로 불스의 눈앞에는 줄곧 불가능할 것만 같았던 우승이 보이기 시작했다. 하지만 그들은 조금 더 기다려야 했다. 불스의 비품 관리자 존 리그마노프스키가 당시를 회상했다.

"LA를 3대1로 앞선 뒤에 우린 일요일부터 5차전이 열리는 수요일이 되기를 눈이 빠지게 기다렸어요. 그 사흘이 끝도 없이 길게 느껴졌죠. 아직 우승을 한 것도 아닌데 마이클은 팀 버스에 타서 이렇게 외쳤어요. '월드 챔피언 여러분, 다들 기분이 어때요?' 챔피언이란 말이 그렇게 좋을 수가 없더군요. 그래서 다들 얼른 그 시리즈를 끝내버리고 싶어 했고요."

5차전 전날 조던은 한층 너그럽고 겸손한 모습이었다. 그는 기자들 앞에서 그동안 팀을 위해 애쓴 카트라이트의 공을 인정했다.

"빌 덕분에 우리 팀의 골 밑이 강하고 견고해질 수 있었어요. 빌은 불스에 없어선 안 될 일원이 되었고, 여기 있는 여러분과 동료 선수들에게 놀라움을 안겨줬습니다."

나중에 조던의 말을 전해 들은 카트라이트는 무덤덤한 반응을 보였다.

"그런 건 전혀 중요하지 않아요. 어차피 세상일이란 건 자기가 한만큼 되돌아오는 겁니다. 지금 진짜 중요한 건 우승하는 거예요."

지난 4차전에서 불스의 주전 선수들은 모두 열 번 이상 슛을 시도했다. 이는 팀원들을 향한 조던의 신뢰를 나타내는 동시에 잭슨의 강한 의지를 보여주는 증거였다. 잭슨은 불스 감독직을 맡은 뒤로 조던과 심각한 갈등을 겪은 적이 거의 없었다. 그는 조던의 행동을 촉구하고 싶을 때 팀 전체를 대상으로 돌려 말하곤 했다. 그리고 조던의 잘못을 지적하고 싶을 때는 팀 전체에 비판의 화살을 돌렸다. 이 방법은 그 뒤 두 사람이 수년간 한 팀의 감독과 스타로서 함께하며 소통하는 방식으로 굳어졌고, 그들은 이를 통해 당면한 과제를 이해하면서 필요한 해법을 강구했다. 간혹 다른 선수들이 이러한 접근법에 불만을 표하기도 했지만, 결국은 여러 가지 사정상 어쩔 수 없는 일임을 이해했다.

1991년 6월 12일, 5차전이 시작되고 숱한 굴곡 속에서 경기의 결말이 가까워질 즈음, 두 사람은 불스 선수들의 입에 두고두고 오르내릴 이야깃거리를 만들어내었다. 아직은 우승이 불확실한 상황에서 존 팩슨이 수비수와 떨어져 공을 기다릴 때 조던은 그를 무시하고 일대일 공격을 했다. 이 모습을 보다 못한 잭슨이 작전 타임을 불러 그에게 물었다.

"마이클, 방금 누가 오픈이었지?" 감독의 단도직입적인 질문에 어리둥절했는지 조던은 아무 말도 없었다. 잭슨이 다시 물었다. "방금 누가 오픈이었지?"

이후 이 일화는 수년간 조던의 냉혹한 태도와 까다로운 요구에 고통을 겪은 불스 선수들 사이에서 전설처럼 회자되었다.

"제가 정말 좋아하는 얘기예요." 나중에 불스에서 팩슨의 역할을 이어받은 스티브 커가 2012년 인터뷰에서 한 말이다. "그날 마이클은 후반전 들어 더블팀을 당하면서 몇 번인가 무리한 슛을 날려댔죠. 그걸 보고 감독님이 작전 타임을 불렀어요. 그때가 경기 종료까지 몇 분 안 남은 상황이었을 거예요. 감독님은 마이클을 보면서 물었죠. '마이클, 방금 누가 오픈이었지?' 그런데 마이클이 눈을 마주치지 않더라는 거예요. 그래서 감독님이 또 물었죠. '누가 오픈이었지?' 그제야 마이클이 고개를 들고는 '팩스!*'라고 외쳤어요. 그 말에 감독님은 '그래, 그럼 그 망할 공을 패스하란 말이야!' 하고 소리쳤고요."

그렇게 작전 시간이 끝나고 조던은 공격을 시도하는 척하다가 외곽으로 계속 공을 돌렸다. 그리고 팩슨은 마지막 4분 동안 다섯 번이나 장거리슛을 꽂아 넣었다. 팩슨이 20득점, 피펜이 32득점으로 분투한 덕분에 불스는 최종 스코어 108대101로 NBA 챔피언 결정전 5차전을 승리했다. 불스가 우승을 확정 짓는 순간, 그레이트 웨스턴 포럼을 가득 메운 관중은 충격에 할 말을 잃었다. 그날 경기 중계를 맡았던 짐 더럼이 2011년 인터뷰에서 그 상황을 언급했다.

"시합이 끝나고 불스 선수들은 망연자실한 관객들 사이에서 신나게 춤을 췄죠. 그 광경은 제 평생 잊지 못할 겁니다."

소리 없는 충격이 가득한 코트에서 레이커스의 광팬인 잭 니콜슨은 필 잭슨을 껴안았고, 매직 존슨은 조던에게 축하 인사를 전했다. 존슨은 결승전이 시작되기 전에 조던에게 지난 잘못에 대한 화해를 구했고 두 사람은 시리즈가 진행되는 동안 차츰 친해졌다. 훗날 조던이 인터뷰에서 밝히기로, 그들의 깊은 우정은 그때부터 시작되었다고 한다.

"경기 직후에 마이클의 눈엔 눈물이 고여 있었어요." 존슨은 그날 어떤 대화를 나눴는지 설명했다. "저는 그 앞에서 '넌 모든 사람의 생각이 틀렸다는 걸 입증했어. 넌 아주 특별한 선수이자 위대한 승리자야.'라고 말했죠."

조던은 소란스러운 탈의실에서 지난 7년간 오매불망 기다리던 순간을 만끽하며 눈물을 쏟았다. 그는 아내와 아버지 사이에 앉아 우승 소감을 말했다.

"전 한 번도 희망을 잃은 적이 없습니다. 제 가족과 우리 동료들, 우리 팀이 있어 정말 행복해요. 우승은 제가 7년간 줄곧 바라던 일이었습니다. 제게 이런 재능

---

* 존 팩슨은 불스에서 조니 팩스라는 별명으로 자주 불렸다.

과 기회를 주신 신께 감사할 따름입니다."

"그때 마이클이 울면서 아버지를 껴안았어요." 짐 더럼이 그 모습을 회상하며 말했다. "마이클은 마침내 승리자가 되었고 그것도 온전히 자기 방식대로 해냈죠."

조던은 터져버린 눈물을 주체하지 못했다.

"많은 사람들 앞에서 이렇게까지 감정이 북받쳐 오른 건 처음이에요. 제가 루키였을 때 이 팀은 아무 준비도 되어 있지 않았죠. 그때 전 불스를 매년 플레이오프에 내보내겠다고 맹세했고 우린 해가 갈수록 우승에 가까워졌어요. 전 언젠가 이 우승 반지를 갖게 될 거라고 굳게 믿고 있었습니다."

조던은 수비가 열릴 때마다 팩슨이 꼬박꼬박 슛을 넣어서 마지막 시합을 이길 수 있었다며 모두 잭슨의 강단 있는 지휘 덕분이라고 칭찬했다.

"그래서 전 예전부터 감독님이 우리 팀을 떠나지 않고 계속 머물러 주셨으면 했어요."

잭슨이 그날을 이렇게 떠올렸다.

"그해 결승전은 무슨 기습 공격을 하듯이 아주 극적으로 끝이 났습니다. 그 뒤에는 기쁨으로 가득했죠. 마이클은 트로피를 안고 울었고요. 그건 정말 특별한 순간이었습니다."

그 후 불스는 숙소로 쓰던 마리나 델 레이의 리츠칼튼 호텔에서 파티를 벌였다. 존 리그마노프스키가 당시 일을 이야기했다.

"그때 제가 마이클의 방으로 올라갔었죠. 마이클은 저더러 돔 페리뇽 와인 열두 병이랑 전채 요리 40인분을 주문해달라고 했어요. 그래서 호텔 프런트에 연락을 했죠. '돔 페리뇽 열두 병이랑 전채 요리 40인분 좀 올려 보내주세요.' 이렇게요. 그러니까 그쪽에서 좀 기다려보래요. 그러곤 하는 말이 방주인인 마이클이 전화한 게 아니니까 음식을 보내지 않겠다고 하더군요. 그래서 저는 옆으로 수화기를 넘겼어요. 마이클은 거기에 대고 '얼른 보내줘요!' 하고 외쳤죠."

불스는 다시 시카고로 돌아와 우승을 자축했다. 행사가 열린 그랜드 파크에는

50만에서 100만 명 사이의 팬들이 운집했다. 기쁘게 웃는 시민들 앞에서 조던은 말했다.

"시작은 저 밑바닥부터였죠. 그리고 가장 높은 곳까지 오는 길은 험난했습니다. 하지만 우린 결국 해냈어요."

우승은 조던과 크라우스의 갈등까지 모두 끝낸 것 같았다.

"첫 번째 우승을 차지한 뒤에 마이클은 더 이상 트레이드나 팀 개편이 필요하다고 말을 꺼내지 않았어요." 짐 스택이 당시의 기억을 되짚었다. "그리고 썩 내켜 하진 않았지만 결국 제리의 공도 인정했고요. 제리 입장에선 그런 평가를 듣기까지 엄청나게 애를 써야 했답니다. 처음 몇 년간은 마이클이 제리의 구단 운영 방식을 두고 가차 없이 비판했었죠."

스택은 첫 우승 이후에 조던이 크라우스를 공격하는 일이 상당히 줄었다고 설명했다.

"한동안은 두 사람의 적대감이 푹 가라앉아 있었어요."

# 제 27 장

# 도 박

조던은 불스를 약속의 땅으로 인도한 뒤 또다시 고난의 길로 들어섰다. 때는 게토레이 브랜드가 '마이크처럼 되자(Be Like Mike)'는 메시지를 담은 명광고를 준비하던 무렵이었다. 세월이 흐른 뒤에 밝혀졌듯이, 지금보다 더 위대한 선수가 될 수 있었던 그를 가로막은 것은 다름 아닌 그 자신이었다. NBA 첫 우승과 함께 이기적인 선수라는 비판에서 차츰 벗어나던 그 시기에 그는 코트 밖에서 그간 열심히 쌓은 명성에 누가 될 일을 벌이고 있었다.

1991년 여름, 조던과 리처드 에스키나스는 고액의 내기 골프를 즐기며 장부에 승패를 기록하기 시작했다. 나중에 에스키나스가 밝히기로, 내깃돈 지불은 꽤 융통성 있게 이루어졌다고 한다. 그들의 도박은 9월에 노스캐롤라이나주의 파인허스트에서 새로운 국면으로 접어들었다. 당시에 에스키나스는 조던과의 골프 대결에서 패하여 9만 8,000달러를 잃었다. 그는 곧바로 더블 오어 낫씽*을 제안했다. 그리고 그 앞에서 수표 두 장에 각각 9만 8,000달러를 기입했다. 사실 은행 계좌에 그만한 돈이 남아 있는지는 에스키나스 본인도 확신하지 못했다. 그러나 결과적으로는 그런 걱정을 할 필요가 없었다. 조던은 내기를 받아들였고 두 사람은 9월 말에 샌디에이고의 아비애라 골프장에서 열흘간 시끌벅적하게 대결을 벌였다. 그곳에서 조던은 9만 8,000달러를 잃었을 뿐 아니라 추가로 62만 6,000달러나 되는 빚까지 졌다. 연전연패를 당한 그는 역으로 더블 오어 낫씽을 제안했다. 에스키나스는 더 이상 무모한 짓은 하지 말자고 애원했지만, 결국은 조던의 뜻을 따르게 되었다.

에스키나스는 훗날 저서를 통해 그 상황을 자세히 설명했다.

---

* double or nothing, 지면 내깃돈의 두 배를 물고 이기면 본전치기로 끝내는 내기.

'그는 또다시 자기 재산이 얼마나 되는지 한참을 떠들어댔다. 혹시 지더라도 120만 달러까지는 거뜬히 낼 수 있다고 말이다. 그러고는 이렇게 말했다. '한 판 더 합시다. 리처드, 이 승부를 받아들이지 않으면 나 정말 실망할 거예요.' 그는 고집을 부렸고 나는 그만한 돈을 잃기라도 하면 정말 큰일 난다고 그를 설득하려 했다. 하지만 조던은 그냥 보채는 데서 끝나지 않고 강압적으로 나왔다. 나는 하는 수 없이 말했다. '이런 게임은 영 내키지 않아. 자네라서 이렇게 말하는 거야. 혹시라도 지면 내기에 건 돈은 꼭 내는 거야. 그걸 약속한다면 한 번 더 하지. 그리고 내가 이기면 이걸로 끝이야. 앞으로 더블 오어 낫씽은 없어.'라고……'

그런 조건에서 조던은 또 패하고 말았다. 에스키나스가 주장하기로는 그 빚이 총 125만 2,000달러에 달했다고 한다. 조던은 그 패배로 약간 충격을 받은 듯했지만, 곧장 발길을 윌밍턴으로 돌려야 했다. 그날은 고향집 인근을 지나는 주간 고속도로 40호선의 지선에 그의 이름을 붙이는 명명식이 열렸다. 그 자리에는 딘 스미스도 함께했는데, 격자무늬 재킷을 걸친 그 모습은 번쩍이는 갈색 정장을 입고 가슴팍의 주머니에 은색 손수건을 꽂은 조던의 화려한 복장과 대조를 이루었다. 따뜻한 초가을 햇볕 아래 명명식이 진행되는 동안 조던은 연신 눈물을 흘렸고, 후아니타는 그 옆에서 계속 그의 눈가를 닦아주었다. 하지만 그날 가장 큰 감동을 안겨준 순간은 행사가 시작되기 전 하늘색 정장을 차려입고 'Be Like Mike'라고 적힌 배지를 단 제임스 조던이 단상에 올라 아들과 손을 맞잡던 때였다. 아버지는 아들을 보고 밝게 미소 지으며 그 등을 두들겼다.

같은 주에 조던은 1992년 바르셀로나 올림픽 대회에 출전할 미국 농구 국가대표로 선발되었다. 그는 발표가 나기 한참 전부터 '아이제이아 토머스의 이름이 선수 명단에 있는 한 올림픽 대회에는 참가할 생각이 없다.'고 못 박아둔 상태였다. 밥 나이트가 지휘한 1984년도 올림픽 대표팀에서 아주 강렬하면서도 불쾌한 경험을 간간이 했던 탓에 그는 일명 '드림팀'으로 불린 92년도 대표팀에 합류하길 주저하고 있었다. 《스포츠 일러스트레이티드》의 잭 맥칼럼 기자는 당시 글을 통해 '국가대표 선발위원회가 팀 분위기에 어떤 영향을 미칠지 알 수 없어 토머스를 뽑지 않기로 결정했다.'라고 밝혔다. 이 기사는 드림팀 감독인 척 데일리와 선발위원인 피스톤스의 잭 맥클로스키 단장 모두 토머스를 배제하는 데 이의를 표명하지 않았다고도 전했다. 이 소식은 플레이오프에서 불스에 참패한 뒤 재기를 꿈꾸던 피스톤스에 또 한 번 충격을 안겨주었다.

한편 에스키나스는 내기 빚을 받기 위해 조던에게 전화를 걸기 시작했다. 그가 나중에 밝히기로는, 그때 조던이 웃으면서 이렇게 말했다고 한다.

"리처드, 120만 달러짜리 수표를 써 주느니 차라리 당신을 쏴버리겠어요."

에스키나스는 그 소리에 두려움을 느끼고 수많은 기업이 조던을 얼마나 애지중지하는지 다시 한 번 생각해보았다고 한다.

"순간적으로 내가 그 친구를 위협하는 사람처럼 인식된 건 아닌가 하고 겁이 나서 별의별 생각이 다 들더군요. 하지만 마이클한테 아무렇지 않은 척했죠. 아무튼 마이클은 그 돈을 다 줄 생각이 없다면서 선을 딱 그었어요. 정말 마이클이 한 말이 그랬어요. '그 돈을 다 주진 않을 거예요.'라고요. 저는 그때 직감했죠. 골치 아픈 일이 벌어질 것 같다고요."

## 폭로

내기 골프 문제는 아직 세상에 알려지지 않았지만, 그해 가을 출간된 샘 스미스의 『조던 룰(The Jordan Rules)』 때문에 조던과 불스 구단은 곤경에 처했다. 이 책은 조던의 부정적 면모를 깊이 파고들면서 크라우스의 심술궂고 오만한 태도 역시 문제 삼았다. 필 잭슨은 『조던 룰』로 인해 지극히 보기 드문 일이 일어났다고 이야기했다. 이 책을 두고 조던과 크라우스의 생각이 일치한 것이다.

『조던 룰』이 출간된 지 몇 년 뒤에 크라우스는 이런 말을 했다.

"샘 스미스가 그 책으로 돈을 꽤 벌었다죠? 그 친구가 그 돈에 묻혀서 질식사하면 소원이 없겠네요.”

하지만 이 책은 가혹하리만치 강렬한 조던의 승부욕을 무엇보다 잘 드러냈다. 이런 문제에 늘 예민했던 조던은 책에 묘사된 자신의 모습에 분노하고 깊이 상처받았다. 반면에 독자들은 불굴의 의지로 동료들에게 시련과 함께 성장의 기회를 안겨준 그에게 오히려 환호를 보냈다. 『조던 룰』은 그의 이미지에 흠집을 내기는커녕 팬들의 숭배에 더욱 박차를 가했다. 그러나 이 책으로 말미암아 조던은 고립감을 느꼈고 불스의 분위기 역시 뒤숭숭해졌다.

잭슨은 당시를 회상하며 ‘『조던 룰』은 우리 팀에 큰 불화를 초래했습니다.’라고 말했다.

샘 스미스에게 정보를 제공한 인물 가운데는 호레이스 그랜트가 있었고, 그 사실은 조던을 화나게 했다. 그는 마크 밴실과의 인터뷰에서 말했다.

“언젠가 사람들이 절 겨냥할 거란 건 예상하고 있었어요. 누구라도 깨끗하게 정돈된 무대 위의 모습만 보는 게 지겨워지는 그런 때가 오니까요. 그러면 ‘이놈을 털어서 뭐가 나오는지 보자.’ 이렇게 생각하게 되죠. 하지만 우리 팀 안에서 이런 일이 생길 줄은 꿈에도 생각 못 했어요. 샘은 지난 8개월간 취재를 하면서 우리 팀원들하고 친구인 양 그렇게 가깝게 지내왔죠. 그런데 내 가족 같은 사람들이 저에 대해서 온갖 악담을 늘어놨더군요. 절 그렇게 싫어했다면 대체 그동안 어떻게 같이 시합을 한 걸까요? 팀 내에 그렇게 나쁜 감정이 만연해 있는데 우승은 어떻게 한 건지 모르겠어요. 그동안 다들 마음이 잘 맞은 줄 알았는데 말이죠.”

몇 주 뒤 조던은 같은 이유로 또 분노했다. 10월 1일에 불스는 백악관의 장미원에서 열린 우승 축하연에 참가했지만, 조던은 그 행사에 가지 않았다. 그 대신 죽마고우인 데이비드 브리저스를 비롯하여 친구들과 함께 골프 여행을 떠났다. 이 백악관 행사 때문에 그랜트와 조던의 불화는 더욱 커졌다.

“제가 생각하기에는 호레이스가 그동안 마이클이랑 지내면서 모멸감이라든가 열등감 같은 걸 느꼈던 게 아니었나 싶어요.” 필 잭슨이 말을 이었다. “거기에다 녀석은 팀에서 좀 더 비중 있는 선수로 주목받고 싶어 했죠. 마이클은 그런 호레이스 때문에 몇 번인가 말썽을 겪었습니다. 호레이스는 기자들 앞에서 뭐든 생각나는 대로 말하는 경향이 강했죠. 우리 팀이 처음 우승을 하고 나서 마이클이 그것 때문에 노발대발한 적이 있어요. 호레이스 부부랑 마이클 부부가 같이 뉴욕에 갔을 때인데, 그날 네 사람이 같이 저녁을 먹고 연극을 보러 갔죠. 그때 마이클이 호레이스더러 부시 대통령을 만나지 않을 거라고 했대요. '백악관 가는 게 의무는 아니잖아. 그건 내 자유고 안 그래도 그때 따로 할 일이 있어.'라면서요. 당시엔 호레이스가 그걸 전혀 문제 삼지 않았습니다. 사적인 자리에서 나눈 이야기여서 달리 뭐라고 하지 않았죠. 그런데 마이클이 백악관 행사에 불참한 게 알려진 뒤에 기자들이 나타나서는 그런 행동이 거슬리지 않느냐고 물으니까 녀석이 문제를 크게 만들어버렸어요. 기본적으로 호레이스가 기자들의 유도 질문에 잘 넘어가는 편이었고, 그 녀석 스스로도 자기가 목소리를 낼 기회라고 보고 앞에 나서면서 그렇게 된 거였죠."

조던은 백악관을 방문할 것인지 묻는 기자들에게 이렇게 대답한 바 있다.

"전 거기 갈 생각이 없습니다. 아무도 저한테 그날 시간이 되는지 묻지 않았어요. 다른 선수들이 가는 건 뭐 상관없지만, 어차피 화이트하우스라고 해봤자 다른 집하고 다를 건 없어요. 좀 더 깨끗할 뿐이죠."

백악관 행사가 열리기 며칠 전 조던은 적잖이 어색한 모습으로 제시 잭슨 목사, 힙합 그룹인 퍼블릭 에너미와 함께 「SNL(Saturday Night Live)」에 출연했다. 사실 방송에는 소니 바카로의 권유로 마지못해 나간 것이었다. 그날 바카로는 뉴욕까지 찾아와 방송국 대기실에서 그와 함께 시간을 보냈다.

바카로는 얼마 전 나이키에서 해고되어 다른 운동화 회사로 일자리를 옮긴 상태였다.

"필이 날 회사에서 쫓아냈을 때 마이클한테서 전화가 왔어요. 내가 아는 사람 중에서 손꼽을 만큼 빨리 연락이 왔던 것 같아요. 마이클은 도와줄 일이 없냐고 물었죠. 자기가 필 나이트한테 전화를 해보면 어떻겠느냐고요. 하지만 난 이제 나이키하고 완전히 끝난 관계라고 그렇게 대답했어요."

바카로는 일찍이 나이키를 떠난 롭 스트라서와 마찬가지로 조던에게 조언을 했다. 에어 조던 시리즈의 대성공을 발판삼아 회사에 독자적인 브랜드의 설립을 요구하라는 것이었다.

"마이클이 나이키에 그런 요청을 하는 데 내가 상당히 많이 관여했죠. 그게 내 입장에선 마이클한테 남기는 유서 같은 거였어요. 난 이렇게 물었습니다. '마이클, 자네가 이 회사에서 뭐라도 지분을 얻어야 하지 않겠어?' 그게 바로 그 브랜드였던 거예요."

바카로가 나이키와 마이클 조던을 위해 한 마지막 임무 중에는 제임스 조던이 운영했던 플라이트 23 매장의 마지막 뒷정리가 있었다.

"마이클은 그 가게를 바로 못 닫는다는 걸 알고 크게 낙담했죠. 결국엔 마이클이 직접 나서서 제임스한테 장사를 접으라고 말하는 상황까지 갔어요. 돈을 왕창 쥐여 주고서라도 일이 해결만 된다면 그렇게 해야 할 판이었죠."

같은 달에 「SNL」이 전파를 타기 약 일주일 전, 구호 단체인 코믹릴리프가 집 없는 어린이들을 위해 기획한 특별 쇼 「마이클 조던을 향한 익살맞은 경례(A Comedy Salute to Michael Jordan)」가 NBC 채널에서 방송되었다. 7월에 시카고 극장에서 녹화된 이 쇼의 입장권은 400달러에 달했고, 극장 밖 거리에는 조던을 잠시라도 보길 바라며 모인 수천 명의 팬들로 가득했다. 객석에 앉은 조던과 후아니타는 쇼에 출연한 수많은 스타들을 보며 놀라워했다.

쇼 진행자를 맡은 빌리 크리스털은 조던의 이름이 붙은 온갖 제품을 열거하며 웃음을 자아냈다.

"전 마이클 조던에 관한 제품이라면 다 갖고 있어요. 심지어 마이클 조던 콘택트렌즈까지 있다구요. 이 렌즈는 모든 사람을 더 작고 더 느리게 보이도록 해주죠."

이후 바카로는 기금 마련에 힘쓴 NBC를 위해 조던을 설득하여 「SNL」에 출연시켰다. 바카로는 그 일을 이렇게 설명했다.

"정말 유명한 쇼였기 때문에 마이클은 거기 나가길 부담스러워했어요. 웬만하면 출연하지 않으려고 그랬죠."

방송국 대기실에는 《스포츠 일러스트레이티드》의 잭 맥칼럼 기자도 와 있었다. 조던은 「SNL」 출연자들 사이에서 웃고 떠들면서 사인 공세에 시달렸다. 프로듀서들은 조던이 아이제이아 토머스의 국가대표 선발에 반대하던 상황을 패러디하려 했지만 그의 반대로 결국 무산되었다. 그날 방송 오프닝 장면은 시청자들에게 큰 재미를 주지 못했고, 그는 「SNL」에 출연한 것을 후회했다.

조던을 둘러싼 진짜 문제가 드러나기 시작한 것은 그러한 일들이 있고 나서였다. 12월에 경찰은 당시 감시 중이던 샬럿 출신의 마약상 제임스 '슬림' 보울러에게서 조던의 서명이 들어간 5만 7,000달러짜리 수표를 발견했다. 이후 보울러는 탈세 혐의 수사를 통해 돈세탁 증거가 밝혀져 기소되었다. 처음에 조던과 보울러는 수사 당국에 그 돈이 대부금이라고 설명했다. 하지만 몇 달 뒤 조던은 보울러의 형사 재판에 증언자로 소환되고 만다.

그리고 1992년 2월, 보석금 보증업자*인 에디 도우가 자택에서 강도에게 살해되는 사건이 일어났다. 강도들은 그의 서류 가방을 뒤져 현금 2만 달러를 훔쳤지만 조던의 서명이 들어간 10만 8,000달러 상당의 수표 세 장은 그대로 두고 달아났다. 도우의 재산을 관리하던 변호사는 조던이 에디 도우와 딘 채프먼이라는 건축업자 등에게 도박 빚을 진 뒤 그 수표를 건넸다고 밝혔다. 언론은 조던이 힐튼 헤드 아일랜드의 별장에서 자주 지인들과 모인다는 사실을 전하며 그 돈 역시 그곳에서 잃은 것이라고 보도했다. 변호사의 설명에 의하면, 도우는 그런 모임에 최소 세 번 이상 참석했다고 한다. 그 외에도 조던은 매년 트레이닝 캠프가 열리기 직전에 이른바 '마이크의 시간'이라는 모임을 열고 고액의 내기 골프와 포커를 즐긴 것으로 알

---

* 구속 중인 피의자나 피고인을 위해 일정한 이자를 받고 보석금을 대신 내주는 행위를 보석금 보증이라 하며, 미국에는 이 일을 직업으로 삼은 이들이 적지 않다.

려졌다.

관련 보도가 나간 뒤, NBA의 데이비드 스턴 총재는 조던에게 경고 조치를 내렸다. 곧이어 NBA 사무국 차원에서 조던의 개인 활동을 두고 두 차례 조사가 이루어졌으나 그 범위는 매우 한정적이었다. 조던의 사생활을 묻기 위해 제리 크라우스나 소니 바카로를 찾는 사람은 아무도 없었다. 크라우스가 2012년 인터뷰에서 말하기로는, 조던의 도박 문제가 터진 후 불스 구단 역시 다른 사람들만큼이나 많이 놀랐으나 그의 사생활을 더 캐려 한 적은 없었다고 한다. 크라우스가 1970년대 말에 LA 레이커스에서 일했다는 사실을 고려하면 실로 놀라운 발언이었다. 레이커스의 전직 단장이었던 피트 뉴웰의 설명에 의하면, 과거에 레이커스는 비번인 LA 경찰관들을 고용하여 소속 선수들의 코트 밖 활동을 감시했다고 한다. 나중에 필 잭슨은 단장이 불스 선수들의 사생활을 캐고 다닌다며 의혹을 제기했지만, 크라우스는 그 말을 부인했다.

크라우스는 조던의 도박 사건이 불거졌을 때 이렇게 말했다.

"전 마이클을 인간적으로 100퍼센트 신뢰합니다."

나이키 역시 비슷한 입장이었다. 나이키의 대변인인 더스티 키드는 기자들에게 이런 대답을 내놓았다.

"사생활의 영역에서는 마이클 조던도 다른 사람들이 일상적으로 누리는 모든 것을 즐길 자유가 있습니다. 마이클은 대통령이나 교황 같은 사람이 아닙니다."

"그 녀석도 사실은 이런저런 문제를 안고 있었죠." 소니 바카로가 2012년 인터뷰에서 당시를 회상하며 말했다. "도박 문제를 터뜨리고도 살아남은 유일한 선수이기도 하고요."

크라우스는 20년 뒤에 그 일을 이렇게 이야기했다.

"그때 전 마이클의 도박 문제가 그리 큰지는 몰랐어요. 비행기 안에서 자주 카드놀이를 한다는 건 알았지만요. 거기 있으면 선수들이 왁자지껄하게 떠들어대거든요. 그런 게임에 얼마가 걸렸는지는 몰랐죠. 나중에 알고 보니 내깃돈이 꽤 컸더라고요. 하지만 말이죠, 옛날부터 NBA의 위대한 선수들은 다 도박을 즐겨 했어요. 저도 그랬고요. 선수들하고 어울려서 카드놀이를 하곤 했죠. NBA라는 데가 원래 그래요. 마이클한테는 그게 그 나름의 사는 방식이었던 겁니다. 그게 뭐 문제가 되나요? 녀석은 그만한 돈이 있었고 한 번도 자기 일을 허투루 한 적이 없었어요. 매일 시합에 나와서 철저히 싸울 준비를 했죠. 자선 활동처럼 좋은 일도 굉장히 많이 했어요. 물론 터무니없는 짓도 많이 했지만요. 그게 마이클 조던이란 사람이었어요."

## 지배자

조던 이전에 NBA를 주름잡던 스타들은 그즈음 하나둘씩 정상에서 내려오고 있었다. 아이제이아 토머스와 피스톤스가 무너졌고, 많은 나이와 등 부상으로 실력이 예전 같지 않았던 래리 버드는 셀틱스와 함께 플레이오프에서 일찌감치 탈락했다. 그런 가운데 NBA는 1991년 11월 7일에 리그 최고의 우상을 잃었다. 매직 존슨의 에이전트였던 론 로젠은 그날 오전에 불스의 홍보 담당자인 팀 핼럼에게 전화를 걸었다.

로젠은 NBA 사무국에 알린 것과 같은 소식을 조던에게 전했다. 매직 존슨이 에이즈 바이러스 검사에서 양성 반응을 보여 그날 오후에 은퇴를 발표한다는 이야기였다.

그 말에 놀란 조던은 곧 마음을 추스르고 자신의 어릴 적 영웅의 안부를 물었다. "매직이 죽는 건가요?"

어느 때보다 충격적인 시즌이 개막되고 그런 의문을 떠올린 사람은 수백만에 이르렀다. 그리고 리그에서 이름만 대면 알만한 선수들이 에이즈 검사를 받으러 조용히 병원을 찾기 시작했다. 그중에는 매직 존슨의 주 무대인 LA의 유흥가에서 파티를 즐겼던 선수가 많았다. 조던 역시 소문에서 자유롭지 않았다. 그중에는 그가 서부 원정 때 팀원들과 큰돈을 걸고 할리우드의 젊은 여배우 가운데 누구와 잠자리를 함께할지 내기했다는 설이 있었다. 또 그런 내기에서 조던이 적어도 한 번 이상 돈을 땄다는 소문도 있는데, 내기의 승패를 어떤 식으로 가렸는지는 명확히 알려지지 않았다.

새 시즌을 1승 2패로 시작한 불스는 팀 내부에서 일어난 분쟁과 불만으로 또 다른 과도기를 겪는 듯했다. 오래전 빌 러셀이 활약하던 1960년대에 보스턴 셀틱스가 왕조를 구축한 이래 리그 2연패라는 위업을 이룬 팀은 한동안 나타나지 않았다. 그러다 1988년에 팻 라일리가 지휘하던 LA 레이커스가 마침내 그 기록을 달성했다. 하지만 연속 우승에 대한 중압감은 감독과 선수들의 관계를 해치고 말았다. 오래 지나지 않아 라일리는 감독직에서 물러났고 매직 존슨은 지친 기색을 보였다. 필 잭슨은 연속 우승을 향한 집착이 얼마나 위험한지 잘 알았다. 그렇지 않아도 팀 안팎에서 많은 문제가 터졌던 터라 그는 선수들에게 명상과 불교적 사고방식을 가르치기로 마음먹고 있었다. 얼마 후 어떤 이유에서인지는 정확히 알 수 없지만, 불스 선수들은 놀라운 집중력을 발휘하기 시작했다.

"그때 우리 선수들의 대단했던 점 하나는, 일단 코트에 들어서면 경기 외에 다른 일은 다 잊었다는 거예요."

잭슨이 그 시절을 떠올리며 한 말이다.

크라우스는 11월 중에 매사 불평이 많았던 데니스 홉슨을 새크라멘토 킹스로 보내고 가드 포지션인 바비 핸슨을 데려왔다. 시즌이 개막하자마자 2패를 안은 불스는 곧 정신을 차리고 스카티 피펜을 새로운 원동력으로 삼아 질주하기 시작했다. 물론 그때도 조던은 의심할 여지없는 리그 최고의 선수였다. 하지만 짐 스택이 설명하기로, 그 무렵 피펜은 조던에 버금갈 만큼 실력을 키웠다고 한다.

그로부터 4년 뒤에 텍스 윈터는 피펜이 매직 존슨처럼 팀원들의 실력을 한층 향상시키는 특별한 유형의 선수로 성장했다고 평가했다.

"그 점은 마이클보다 스카티가 더 낫다고 생각해요. 매번 그런 건 아니지만 마이클은 동료 선수를 신경 쓰지 않고 플레이할 때가 있거든요. 스카티한테서는 그런 모습을 찾아보기 어렵죠. 그 녀석은 굉장히 이타적이에요. 사실 마이클은 득점력이 뛰어난 만큼 이기적으로 굴 수밖에 없어요. 마이클은 아무 제약 없이 자기 재량대로 플레이하면서 본인이 처리할 수 있겠다 싶은 상황에선 웬만하면 득점 기회를 노리죠. 반면에 스카티는 그럴 때도 팀원들을 위해 기회를 양보하는 경우가 많아요."

코트 위의 조던에게는 절대적이라고 할 만한 힘이 있었다. 그러나 피펜은 그런 힘을 동료들과 나눌 줄 알았다. 이런 능력을 갖춘 선수는 NBA에서도 극히 드물었다.

지난 시즌 최종 결승전에서도 확인했듯이 피펜은 훌륭한 수비수로 발전했고, 이제는 그 능력으로 불스를 뛰어난 수비팀으로 바꿔 놓았다. 시즌 중에 트라이앵글 오펜스가 점점 더 위력을 발휘하면서 이 전술에 관심을 보이는 사람이 늘었지만, 정작 상대편을 얼어붙게 한 것은 불스의 강력한 수비였다.

"시카고의 수비는 딱히 지적할 게 없을 만큼 훌륭합니다." 유타 재즈의 제리 슬로언 감독이 불스의 전략에 관해 한 말이다. "이 팀이 마음먹고 압박 수준을 한 단계 더 높인다면 상대편은 손도 쓰지 못할 거예요. 그런 수비 앞에서 당황하면 진짜로 큰일이 나는 겁니다. 실제로 대다수 팀들은 시카고의 수비 앞에서 어쩔 줄을 몰라 하고 있어요."

잭슨은 불시에 압박 수비를 거는 작전을 '사건의 해결책(cracking the case)'이라고 불렀다. 불스는 그 방법으로 적들을 공포로 몰아넣으며 시즌 중반까지 37승 5패를 기록했다. 그들은 11월과 12월 중에 구단 역사상 최고 기록인 14연승을 달렸고 1월에도 13연승을 거뒀다. 그러나 1월 말부터 2월 말까지는 11승 8패로 저조한 성적을 올렸다.

"그 시즌은 시작이 좋았어요." 1990년대에 불스에서 트레이너로 일했던 칩 셰퍼의 말이다. "중간에 37승 5패까지 기록했었죠. 그러다가 서부 원정을 떠났고 우린 올스타 주간 전에 열린 여섯 경기에서 4패를 당했어요. 유타전에서 마이클은 토미 우드 심판한테 머릴 들이받아서 퇴장당했죠. 그날 시합은 3차 연장까지 갔는데, 그 심판이 세 번째 연장전에서 마이클의 반칙을 선언했어요. 사실 머릴 부딪힌 건 어쩌다가 그렇게 된 거였어요. 마이클이 자기 반칙이라는 말을 듣고 화가 나서 격렬하게 항의했거든요. 그러다가 이마가 부딪친 거였죠. 하지만 심판은 그런 마이클을 즉각 퇴장시켰고, 그 뒤에 유타의 제프 말론이 자유투를 모두 넣으면서 우리 팀은 지고 말았습니다."

조던은 그 시즌에 파울 누적으로 재차 시합에서 퇴장당하지만, 그 후로는 잭슨의 주문대로 적극적인 압박 수비를 펼치면서도 한 번도 6반칙 퇴장을 기록하지 않았다. 그가 불스 소속으로 930회에 달하는 정규 시즌 경기를 치르면서 퇴장당한 적은 겨우 열 번에 불과하다. 그리고 플레이오프에서는 179경기 동안 파울 누적으로 단 세 번 퇴장을 당했다. 물론 이 부분에서는 월트 체임벌린 시대부터 스타플레이어가 경기에서 빠지는 상황을 반기지 않았던 리그 수뇌부의 성향도 고려할 필요가 있다.

불스의 부사장인 스티브 셴월드는 조던이 퇴장당했던 유타 재즈전을 회상하며 말했다.

"아주 짜증나는 경기였어요. 마이클의 파울이 선언되기 전까지 거의 역대 최고의 경기라고 할 수 있었죠. 그 파울이 불리지 않았다면 NBA 사상 최초로 4차 연장전이 벌어졌을 텐데 말입니다.*

"마이클은 징계 때문에 피닉스에서 열린 다음 시합엔 출전하지 못했어요." 칩세퍼가 당시 상황을 설명했다. "그래서 곧바로 올스타전 개최지인 올랜도로 갔죠."

피펜과 잭슨은 하루 뒤에 올랜도에서 조던과 재회했다. 그해 올스타전에서는 지난 11월에 은퇴한 매직 존슨이 특별히 초청되어 멋진 시합을 펼치고 MVP를 수

---

* 셴월드의 말과는 다르게 4차 연장전에 관한 기록은 1950년대부터 몇 차례 존재한다. 1951년에는 인디애나폴리스 올림피언스와 로체스터 로열스가 6차 연장전까지 벌인 적이 있다.

상했다.

그해 봄, 아직 도박 사건의 여파가 사그라지지 않은 상황에서 조던은《시카고 트리뷴》기자인 멜리사 아이작슨에게 독특한 인생 역정을 이야기했다.

"어느 날 눈을 떠보니 제가 갑자기 유명해져 있더군요. 정말 뭐 이런 게 다 있나 싶었죠. 그런 상황이 부담스러웠지만 어찌어찌하다 보니 거기에 또 발을 맞추게 됐습니다. 그때부터 저한테 크게 기대하는 사람들이 보였고, 그런 기대감에 계속 부응하려고 애쓰게 됐어요. 그러다 보니 슬슬 압박감이 커지더군요. 어느 순간부턴 뭘 하든 잠시 멈춰 서서는 이렇게 생각하게 됐죠. '남들이 이런 내 행동을 어떻게 생각할까?' 하고요."

처음에는 그도 본인의 잘못을 깊이 뉘우쳤다. 당시는 아직 대중이 리처드 에스키나스라는 이름을 몰랐지만, 경찰 보고서와 조서에 조던과 몇몇 불미스러운 인물들의 관계가 담긴 것만으로도 실망감은 충분히 컸다. 그는 다시 아이작슨에게 말했다.

"아마 살면서 언젠가는 부딪칠 문제였을 거예요. 일생을 아무 상처도 없이 사는 사람은 정말 드물죠. 전 지난 6~7년을 그런 것 없이 잘 지냈어요. 이번에 생긴 상처는 잘 치유해서 계속 앞으로 나아가면 됩니다. 흉터는 남지만 그 덕분에 더 나은 사람이 될 수 있는 거죠."

다른 탈출구를 찾기만 했다면 정말 그 말대로 되었을지도 모른다. 그 무렵 조던의 삶에서는 치열한 경쟁이 매일 같이 반복되었고, 골프와 밤샘 포커 그리고 가까운 친구들과의 시간이 그 틈을 메우고 있었다. 그는 그런 와중에 어떻게든 가족과 함께 지낼 시간을 냈다.

"아내한테는 제가 다중인격이란 말을 하곤 해요." 그가 다시 말했다. "제 삶이 둘로 나뉘어 있다고요. 어떨 때는 제 모습이 인생을 충분히 경험하고 변화보다 안정적인 삶을 추구하는 아주 성숙한 서른여덟, 서른아홉짜리 어른처럼 보일 때가 있어요. 그런데 정작 그 알맹이는 그런 삶을 겪어보지 못하고 평범한 20대 청년들처럼 미친 짓을 하는 스물아홉 살짜리란 말이죠. 가끔은 저도 그런 터무니없는 일들을 막 저지르고 싶은 충동이 들어요. 하지만 그런 건 절 정말 스물아홉으로 보는 극소수의 친구들하고 있을 때만 가능해요."

아이작슨은 그에게 먼저 언급했던 성숙한 어른의 모습으로 계속 살 수 있겠냐고 물었다. 조던은 그럴 경우 자신이 단명할지도 모른다고 답했다. 그러면서 자신은 농구 이외의 많은 것이 어렵고 불편하다고, 또 정치인을 지지하거나 사람들의 롤 모델로 나서기에는 아직 인생 경험이 충분치 않다고 말했다.

그는 코트 밖에서 이룬 성공과 재산에 관하여 이야기를 계속했다.

"모든 게 눈덩이처럼 불어나는 것 같아요. 경제적인 면에선 성공이란 게 그만한 가치가 있어요. 하지만 그 외에는 짐이 된 경우가 많은 것 같네요. 농구만 할 때보다 더 큰 압박감이 드니까요. 하지만 동시에 많은 사람한테 크게 존중받고 칭찬을 듣게 되죠. 그런 걸 싫어하는 사람은 아무도 없을 겁니다."

3월에 리처드 에스키나스는 시카고 스타디움을 방문하여 불스와 캐벌리어스의 시합을 관전했다. 그날 조던은 44점을 넣었고 불스는 승리를 거뒀다. 다음 날 에스키나스는 리처드 덴트(NFL의 시카고 베어스 선수) 부부와 함께 조던의 집을 방문하여 저녁 식사를 했다. 그와 조던은 내기 골프로 생긴 빚을 두고 벌써 몇 달째 입씨름을 하고 있었다. 두 사람은 1991~92시즌 중에도 간간이 골프 대결을 벌였고 조던의 빚은 100만 달러 밑으로 줄어든 상태였다. 그런데 마침 그날 밤 그 이야기가 나왔다. 두 사람은 부엌으로 자리를 옮겨 대화를 나눴고, 그러다 차츰 언성이 높아졌다. 조던은 에스키나스에게 더 이상 재촉하지 말라고 부탁했다. 얼마 전 대중 앞에 공개된 고액 도박 사건으로 상당한 스트레스를 받았던 탓이다.

에스키나스의 기억으로는 그때 조던이 이런 말을 했다고 한다.

"나한테 숨 쉴 틈은 좀 줘야죠. 시간을 좀 줘요. 지금은 다른 문제들로도 충분히 골치가 아파요."

불스는 시즌 막판에 19승 3패를 거두며 구단 역대 최고 성적인 67승 15패로 정규 시즌을 마감했다.

"우리 팀은 연승을 반복하면서 남은 시즌을 그리 힘들지 않게 보냈어요." 칩 셰퍼가 옛 기억을 되짚어 말했다. "이기는 게 따분하게 느껴질 정도로 마음껏 승리를 따낼 수 있었죠."

트라이앵글 오펜스가 완전히 자리 잡고 동료들이 공을 잡는 시간이 조금 더 늘면서 조던의 득점은 경기당 평균 30.1점으로 떨어졌다. 그러나 그 활약은 6년 연속 득점왕과 개인 통산 세 번째 정규 시즌 MVP를 차지하기에 부족함이 없었다. 피펜은 조던과 함께 올 디펜시브 퍼스트 팀에 이름을 올렸고 올 NBA 세컨드 팀에도 선정되었다.

"정말 말도 안 되는 한 해였어요." 필 잭슨이 그 시즌을 떠올리며 한 말이다. "그때 우리가 67승을 올렸는데, 저 스스로도 더는 고삐를 조이면 안 되겠다는 생각이 들 정도였습니다. 안 그러면 다들 70승, 75승을 목표로 마구 달렸을 거예요."

하지만 플레이오프는 분위기가 사뭇 달랐다. 특히 배드 보이스처럼 거친 몸싸움을 펼친 뉴욕 닉스와의 결전이 그러했다. 잭슨은 당시 상황을 이렇게 설명했다.

"선수들이 부상으로 고생하는 중에 뉴욕과 맞붙어야 했습니다. 모든 상대 팀이 이를 악물고 우릴 쫓아왔고 최종 우승을 차지하기까지는 일곱 번을 패했죠. 그해에는 우승하기가 그렇게 녹록지 않았습니다. 우리가 하나의 팀으로서 계속 시험받는 것 같았죠."

플레이오프 1라운드에서 불스는 마이애미 히트를 만났다. 1989년에 창단된 히트는 그해 처음으로 플레이오프에 진출했다. 불스는 5전 3선승제로 진행된 시리즈에서 빠르게 2승을 거두고 3차전이 열릴 마이애미로 향했다. 당시 경기 해설을 맡았던 톰 도어는 그 시합을 이렇게 기억했다.

"마이애미의 사상 첫 플레이오프 홈경기는 소음의 도가니였어요. 마이애미 팬들은 마이클이 공을 잡거나 자유투를 던질 때마다 캐스터네츠처럼 생긴 물건을 흔들어대면서 소음을 유발했습니다. 경기장이 딸깍딸깍하는 소리로 가득했죠. 1쿼터에는 그게 확실히 먹혔어요. 그 덕분에 마이애미가 큰 점수 차로 앞섰죠. 상황이 그렇다 보니 '과연 시카고가 이 차이를 따라잡을 수 있을까?' 하는 의문이 들더군요. 그런데 마이클이 중계석에 와서는 저랑 조니 커를 보면서 '이제 시작이에요.' 이러는 겁니다. 정말 그 말만 딱 하고 갔어요. 그러더니 웬걸요. 그때부터 마이클이 미친 듯이 날뛰면서 56점을 넣었어요. 불스는 3전 전승으로 1라운드를 끝냈고요."

불스의 진정한 시련은 뉴욕 닉스를 상대한 2라운드에 찾아왔다. 시카고 스타디움에서 벌어진 1차전은 힘으로 밀어붙인 닉스의 승리로 끝났다. 그리고 2차전에서 4쿼터에 중요한 슛을 여러 개 터뜨린 B.J. 암스트롱의 활약으로 전적은 1승 1패가 되었다. 뉴욕에서 열린 3차전에서 조던은 닉스의 끈질긴 수비를 떨쳐내고 2라운드 처음으로 덩크를 성공시켰다. 4차전에서는 제이비어 맥다니엘의 분전으로 닉스가 전적을 동률로 되돌리는 데 성공했다. 시리즈의 분수령이 된 5차전에서 조던은 시종일관 골대로 달려들어 경기를 지배했다. 닉스의 계속된 파울로 그는 자유투로만 15점을 추가하며 총 37득점을 올렸고 결국 불스가 96대88로 승리했다.

닉스의 팻 라일리 감독은 시합 후 인터뷰에서 이렇게 말했다.

"마이클은 역시 마이클이에요. 저 선수는 언제나 골대로 달려들어서 수비수들에게 도전하죠. 그럴 때 얼마나 적극적으로 돌진하느냐, 그걸 보면 승리에 대한 열망이 얼마큼 강한지가 보입니다."

닉스는 뉴욕에서 벌어진 6차전을 이겨 승부를 다시 원점으로 되돌렸다. 하지만 시카고 스타디움에서 열린 7차전은 110대81, 불스의 압승으로 끝이 났다.

동부 컨퍼런스 결승에 진출한 불스는 클리블랜드 캐벌리어스를 맞아 힘든 싸움을 이어갔다. 처음 네 경기에서 두 팀은 서로 승패를 주고받으며 동률을 이뤘다. 그러나 불스는 뒷심을 발휘하여 시리즈를 4대2로 마무리했다. 그렇게 조던은 2년 연속으로 팀을 NBA 결승전까지 이끌었다. 이번 상대는 1984년 드래프트에서 그를 제쳐두고 샘 부이를 택했던 포틀랜드 트레일 블레이저스였다. 지난 몇 년간 오리건주에서는 조던이 블레이저스를 상대로 득점을 폭발시킬 때마다 '84년도에 내린 결정은 스포츠 역사상 최악의 실수'라는 말이 나왔다. 켄터키 대학 시절에 발 부상으로 2년을 쉬었던 부이는 2012년 인터뷰에서 드래프트 당시 블레이저스 구단 주치의들에게 몸 상태를 속였다고 밝혔다. 그는 발에 통증이 있었지만 건강 검사를 받을 때는 전혀 아프지 않다고 말했다. 그런데 아이러니하게도 NBA 입성 후에 먼저 심각한 부상을 겪은 쪽은 부이가 아니라 조던이었다. 하지만 그 뒤 부이는 크고 작은 부상으로 시합에 빠지는 경우가 많았고 단 한 번도 드래프트 당시에 기대하던 것만큼의 기량을 보여주지 못했다. 그 밖에 두 팀의 역사에서 일어난 또 하나의 아이러니는 불스보다도 블레이저스가 한 해 먼저 NBA 결승에 도달했다는 사실이었다. 블레이저스는 1990년 결승 시리즈에서 피스톤스와 맞붙어 패했다.

1992년에 블레이저스의 주축 선수로는 클라이드 드렉슬러와 대니 에인지, 클리프 로빈슨, 테리 포터, 벅 윌리엄스가 있었다. 농구팬들은 뛰어난 운동신경으로 호각을 다투던 드렉슬러와 조던의 맞대결에 큰 관심을 모았다. 개중에는 지난 일을 좀처럼 잊지 않는 조던이 결승전을 앞두고 무슨 말을 할지 궁금해 하는 이들도 있었다. 그러나 그가 홈에서 맞이한 1차전부터 엄청난 득점 쇼를 펼치리라 예상한 사람은 아무도 없었다. 조던은 전반전에만 3점슛 여섯 개와 함께 35득점을 올려 NBA 결승 신기록을 세웠다. 이에 블레이저스는 별 저항도 하지 못한 채 122대89로 패했다. 그날 총 39점을 넣은 조던은 야투를 총 27회 시도하여 열여섯 번 적중시켰다. 3점슛을 여섯 개나 몰아넣은 조던의 활약은 본인도 영문을 모르겠다는 듯 어깨를 으쓱거리던 모습과 함께 오래도록 팬들의 기억 속에 머물렀다.

그날 조던을 수비했던 클리프 로빈슨은 경기 후에 이런 말을 남겼다.

"마이클을 막는 방법은 코트 밖으로 내보내는 것뿐이에요."

조던은 1차전에 대비하여 장거리슛을 많이 연습했다면서 다음과 같이 경기 소감을 밝혔다.

"오늘은 진짜 신들린 것 같았어요. 3점슛이 자유투 같던걸요. 뭐가 뭔지도 모르고 정신없이 던져댔는데 그게 다 들어가더군요."

이틀 뒤에 벌어진 2차전에서 드렉슬러는 경기 종료 4분여를 남기고 6반칙 퇴장을 당했다. 그러나 블레이저스는 막판 득점 경쟁에서 15대5로 앞서며 시합을 연장전으로 끌고 갔고, 이후 대니 에인지의 9득점에 힘입어 불스를 115대104로 눌렀다. 그날 조던은 3점슛을 네 차례 시도하여 모두 실패했고, 전적을 동률로 되돌린 블레이저스는 포틀랜드에서 열릴 3연전에 대비했다. 그러나 전세 역전을 꿈꾸며 3차전을 맞이한 그들은 불스의 견고한 수비와 팀플레이 앞에서 무너지고 말았다. 그날은 조던이 26득점으로 공격을 주도하는 가운데 피펜과 그랜트가 각각 18득점을 올리며 지원에 나섰다.

4차전에서 블레이저스는 불스를 내내 근소한 점수 차로 따라가다가 마지막 3분여를 남기고 점수를 뒤집었다. 결국 최종 스코어 93대88로 블레이저스가 승리하면서 시리즈 전적은 2대2 동률이 되었다. 이 경기에서 조던은 스물여섯 번 슛을 던져 열한 번밖에 넣지 못했다. 양 팀 모두 정규 시즌과 플레이오프를 합쳐 100경기 이상 소화한 상황에서 시리즈의 승부처로 점쳐진 5차전은 인내력 싸움이나 다름없었다. 그날은 적극적인 골 밑 돌파로 블레이저스의 반칙을 유도한 조던 덕분에 불스가 초반부터 앞서나갔다. 이후 불스 코치진은 공격 대형을 대폭 넓혀 상대 팀의 허를 찔렀다. 이 작전으로 조던은 여러 차례 백도어 컷을 시도하며 수월하게 득점을 올렸다. 그는 자유투 시도 열아홉 번에 열여섯 개를 성공시키고 총 46득점을 기록하여 불스가 119대106으로 이기는 데 크게 기여했다. 블레이저스가 끈질기게 저항했지만 조던은 마지막까지 득점포를 가동하며 그들의 추격을 저지했다. 포틀랜드 구장을 채운 관객들은 경기 후 불끈 쥔 그의 주먹과 승부욕에 가득 찬 표정을 보며 1984년 드래프트에서 무엇을 놓쳤는지 다시 생각하게 되었다.

시카고로 돌아가 치른 6차전에서 불스는 3쿼터 말미에 17점이나 뒤지며 깊은 수렁에 빠졌다. 그러자 잭슨은 피펜을 제외한 주전들을 빼고 바비 핸슨, B.J. 암스트롱, 스테이시 킹, 스콧 윌리엄스를 투입했다. 이후 핸슨의 득점과 스틸을 신호로 불스의 추격이 시작되었다.

경기 종료를 8분 정도 남기고 잭슨은 다시 조던을 코트로 내보냈다. 그리고 불스는 시카고 스타디움이 터져나갈 듯한 함성 속에서 최종 스코어 97대93으로 두 번째 우승을 맞이했다. 시카고를 연고지로 둔 프로 구단이 홈구장에서 우승한 것은 1961년에 베어스가 솔저 필드에서 NFL 우승을 차지한 이래 처음이었다.

잭슨이 그날을 회상하며 말했다.

"포틀랜드와의 마지막 시합은 우리 팀이나 시카고 팬들 모두한테 있어서 참 극적이었습니다. 우린 3쿼터가 끝날 즈음부터 무려 17점을 따라잡고 우승을 차지했죠. 그 뒤에는 입이 떡 벌어질 만큼 성대한 축하 행사가 이어졌고요."

불스는 탈의실로 철수하여 경기 후에 매번 올리는 감사의 기도를 한 뒤 샴페인을 터뜨리고 우승 기념 모자를 썼다. 팬들은 여전히 경기장에 남아 기쁨의 환호성을 질렀다.

"우리 팀은 라커룸으로 내려간 뒤에 데이비드 스턴과 밥 코스타스로부터 래리 오브라이언 트로피*를 건네받았습니다." 스티브 셴월드 부사장이 당시의 감회를 떠올렸다. "제리 라인스도프, 제리 크라우스, 필 잭슨 그리고 마이클과 스카티가 가설 무대 위에서 트로피를 받았죠. 아쉽게도 우리 구장엔 생중계 시설이 없어서 팬들은 그 순간을 함께하지 못했어요. 그때 시카고 스타디움의 객석 스피커에서는 개리 글리터의 음악이 흘러나왔고 관객들은 우승의 기쁨에 취해 있었습니다. 저는 아래층으로 내려가서 제리 라인스도프한테 선수들이랑 다시 코트로 돌아가야 하지 않겠냐고 물었어요. 그러니까 제리가 '난 괜찮네만 일단은 필한테 물어보게.' 이랬죠."

그때 잭슨이 입에 두 손가락을 물고 크게 휘파람을 불었다. 탈의실이 조용해지자 그가 말했다.

"이제 트로피를 챙겨서 팬들이랑 같이 축하하러 올라갑시다!"

불스는 우승 트로피를 든 조던을 따라서 코트로 향하는 계단을 올라갔다. 그들이 통로를 빠져나오자 경기장에는 선수 소개 시간에 흘러나오는 앨런 파슨스 프로젝트의 「Sirius(천랑성)」가 울려 퍼졌다.

---

* 과거 NBA 총재였던 래리 오브라이언의 이름을 따서 만든 우승 트로피.

"그 순간 관중석이 폭발하는 줄 알았어요." 셴월드가 말을 이었다. "온몸에 소름이 돋더군요. 그때 스카티랑 호레이스, 바비 핸슨 같은 선수들이 팬들을 위해서 하나둘씩 기록석 테이블 위로 올라갔어요. 마지막엔 트로피를 안은 마이클이 올라갔고 거기서 다 같이 춤을 췄죠."

조던은 관중석을 향해 손가락 두 개를 치켜들었고 곧이어 세 손가락을 내보였다. 그러자 거의 귀가 먹을 만큼 큰 함성이 터져 나왔다. 그 광경을 흐뭇하게 바라보던 잭슨은 다시 아래층으로 내려가 홀로 지난 시간을 되돌아보았다. 이후 그는 기자들에게 이런 말을 남겼다.

"그동안 좋은 일도 있고 나쁜 일도 있었죠. 하지만 우린 한 가지 목표를 향해 함께 달려왔습니다. 우린 생김새도 생각도 다 달랐지만 줄곧 같은 목표를 바라보며 마음을 모았어요. 저는 선수들에게 이렇게 말했습니다. '2연패는 위대한 팀을 나타내는 증표'라고요. 우린 그 지점을 통과했고 두 번째 우승 타이틀은 우릴 다른 팀들과 구분 지어 줬습니다."

며칠 뒤 그랜드 파크에 모인 수많은 군중 앞에서 피펜은 불스가 3연패에 도전할 것이라고 선언했다. 그 말에 시민들은 환호했지만, 조던에게는 또 다른 우승을 생각하기 전에 처리해야 할 작은 과제가 있었다.

# 제 28 장

# 빛나는 위업

크라우스는 피펜과 조던이 다음 시즌을 대비하여 현명한 판단을 내리길 바라고 있었다. 두 선수는 미국 농구 국가대표로 1992년 바르셀로나 올림픽 대회에 출전해 달라는 요청받은 상태였다. 그들은 크라우스의 희망과 다르게 대회 출전을 택했고 미국 올림픽 대표팀 사상 최초로 최고의 프로선수들이 참여한 일명 '드림팀'의 일원이 되었다. 전 세계는 빨강, 하양, 파랑의 삼색 유니폼을 입은 미국 선수들을 신화 속 영웅 보듯 대환영했다. 드림팀 결성은 당시 대회에서 농구의 인기를 높이는 데 큰 힘이 되었다. 하지만 경기 자체만 놓고 보면 어떤 국가와의 대결도 미국 팀 내부적으로 치른 청백전만큼 치열하지는 못했다. 미국은 모든 상대를 가지고 놀다시피 하며 월등한 실력 차이를 과시했고 신성한 올림픽 경기를 경쟁이 무의미한 일종의 쇼로 바꿔버렸다. 조던은 그런 상황을 일찍이 예상하고 거침없이 자기 생각을 밝혔다.

　"우리 팀의 재능과 상대 팀들의 수준을 생각해보면 본선 경기는 일방적인 학살로 끝날 겁니다." 대회가 열리기 몇 달 전에 그가 한 말이다. "애초에 상대가 안 돼요. 우린 농구 종주국이고 이 팀엔 키 크고 실력이 뛰어난 선수가 가득하죠. 현 리그 최고의 선수들로 구성된 이 팀은 그야말로 역대 최고의 국가 대표팀입니다. 누가 우릴 이길 수 있겠어요? 일본? 중국? 그런 팀들은 우릴 따라오지도 못해요. 게다가 정신적인 면에서도 우리가 우위에 있죠. 여기엔 매직이 있고 어떤 선수든 그 자리를 맡아서 뛸 수 있어요. 존 스탁턴, 찰스 바클리 그리고 저하고 데이비드 로빈슨에 래리 버드…… 전부 유럽인들조차 한 수 접고 붙어야 하는 선수들이에요. 그러니 누가 우릴 이기겠어요? 유럽 입장에선 점수를 비슷하게 쫓아가기라도 하면 아주 감지덕지할 겁니다."

　아마추어 선수들만 출전했던 과거 올림픽 대회에서도 미국 팀은 큰 점수 차로 승리하는 경우가 다반사였다. 한편 이번 대회에 출전한 프로선수들에게는 보수로 대략 60만에서 80만 달러가 지급되었다. 미국 올림픽 위원회는 자기애와 자존심 역시 세계 최고 수준이었던 자국 선수들에게 조심스레 접근하여 그 돈을 좋은 일에 기부해주길 요청했다. 조던은 기꺼이 그 제안에 응했지만, 나이키로부터 많은 돈을 받는 그와 달리 몇몇 선수는 쉽게 결정을 내리지 못하고 주저하다 결국 사례금 전액 또는 일부를 위원회에 돌려주었다. 남은 돈은 필시 대회 직전에 들른 모나코의 카지노에서 많이 소진되었을 것이다.

　조던은 드림팀 트레이닝 캠프가 열린 캘리포니아의 라호이아에서 리처드 에스키나스와의 골프 대결을 재개했다. 훈련 시간 틈틈이 골프를 하면서 그는 내기 빚을 90만 2,000달러까지 줄일 수 있었다. 에스키나스는 훗날 《LA 타임스》와의 인터뷰에서 조던이 훈련장 근처에서 내기 골프를 즐긴 것을 드림팀 선수들이 모두 알았지만 '거는 금액이 어느 정도인지는 아무도 몰랐다.'고 밝혔다.

　조던은 트레이닝 캠프 기간에 만회한 금액 중 대부분을 에스키나스와 마지막으로 대결했던 6월 25일에 땄다.

　에스키나스는 어느 날 저녁 조던과 함께 매직 존슨이 묵던 호텔 스위트룸에서 카드 게임을 즐겼다. 1인당 베팅 금액은 100달러, 판돈은 4,000달러에 달했다. 그 자리에는 클라이드 드렉슬러와 피펜이 함께했고 바비 헐리, 크리스 웨버, 에릭 몬트로스 등 드림팀의 연습 상대였던 대학 선수들도 있었다. 게임에 참가할 돈이 없었던 대학생들은 조던과 존슨에게 조롱을 받았다. 존슨은 조던이 베팅액을 추가할 때마다 '테니스화를 팔아서 번 돈'이라고 비꼬며 그의 신경을 건드렸다. 두 사람은 악감정을 정리하고 친구가 되었지만 존슨은 조던에게 거액을 안겨준 나이키와의 계약을 여전히 못마땅하게 여겼던 것 같다.

　그러던 중에 여자들 몇 명이 찾아와 카드 게임을 방해했고, 이후 숙소에서는 밤마다 파티가 벌어졌다. 하지만 그사이에 에스키나스와 조던의 관계는 완전히 끝나고 말았다. 두 사람은 내기 빚 때문에 자주 언쟁을 벌였는데, 당시 자료를 통해 추정하건대 조던이 갚은 금액은 대략 20만에서 30만 달러 사이로, 그중에는 후아니타가 서명한 5만 달러짜리 수표도 몇 장 포함되었던 모양이다. 그 뒤로 에스키나스는 적절한 때를 기다리며 조던에게 끝으로 한 번 더 반성을 촉구할 방법을 강구하게 된다.

올림픽 대회는 NBA 최고의 스타들이 함께 많은 시간을 보내고 서로를 더 잘 아는 기회가 되었다. 이윽고 그들은 조던이 잠을 거의 자지 않는다는 사실을 알았다. 대회 기간에 조던은 밤새 담배를 피우면서 카드놀이를 즐기고 바르셀로나의 이곳저곳을 돌아다니며 좀처럼 잠들지 않았다. 찰스 바클리를 비롯한 동료 선수들은 그 모습에 놀라 고개를 절레절레 흔들었다.

척 데일리 감독은 하늘을 치솟는 드림팀의 인기에 놀라워했다.

"마치 엘비스 프레슬리와 비틀스가 한 그룹이 된 듯한 느낌이었습니다. 드림팀과 함께 다니는 건 록스타들을 열두 명이나 대동한 것 같았어요. 아무래도 그 외엔 적절한 비유가 없는 것 같네요."

미국 농구 대표팀은 금메달 결정전까지 총 열네 차례 시합을 치르며 상대 팀들을 최소 32점 차로 손쉽게 제압했다. 하지만 팀 내에서 더 큰 관심을 모은 것은 조던과 존슨의 계속된 경쟁이었다. 에이즈 양성 반응에도 불구하고 대회에 출전한 존슨은 조던과 기 싸움을 거듭하다가 두고두고 잊지 못할 사건을 경험했다. 그는 1991년도 NBA 결승전에서 레이커스 소속으로 불스에 완패한 뒤에도 여전히 농구계의 최강자가 자신이라고 주장했다. 그와 조던은 누가 최고인지를 두고 으르렁대다가 바르셀로나에 가기 전 잠시 머무른 모나코에서 청백전으로 결판을 냈다. 그로부터 20년 뒤에 출간된 잭 맥칼럼의 『드림팀』에는 당시 상황이 아주 자세히 묘사되어 있다. 그날 조던과 존슨은 팀을 나누고 언론의 출입을 통제한 채 대결을 벌였다. 그들은 시종일관 트래시 토크를 주고받았고 찰스 바클리와 크리스 멀린, 데이비드 로빈슨, 크리스찬 레이트너가 함께한 존슨 팀은 경기 초반에 큰 점수 차로 앞섰다. 그러나 이후 스카티 피펜, 칼 말론, 패트릭 유잉, 래리 버드가 뭉친 조던 팀이 맹공격을 퍼부으면서 점수는 뒤집히고 말았다. 경기 결과에 분노한 존슨 앞에서 조던은 자신이 출연한 게토레이 광고의 CM송을 부르며 그의 화를 돋웠다.

'나는 가끔 이런 꿈을 꿔…… 정말 마이크처럼 된다면 얼마나 좋을까.'

훗날 조던은 그 사건을 이렇게 기억했다.

"그때가 농구를 시작한 이래로 가장 재미있는 순간이었어요."

그렇게 마이크는 어릴 적 영웅과의 대결에서 최종 승리를 거두었다. 그들의 경쟁은 어느 때보다 치열했지만, 타고난 리더였던 존슨도 결국은 자신의 시대가 지났다고 인정하는 수밖에 없었다. 그리하여 조던은 다시 한 번 NBA의 제왕으로서 본인의 지위를 확고히 굳혔다.

1992년 8월 8일, 미국 팀은 올림픽 농구 결승전에서 크로아티아를 117대85로 누르고 금메달을 획득했다. 경기 후 척 데일리는 일방적인 시합에 관한 여론을 의식한 듯 다음과 같이 말했다.

"상대 팀 선수들도 우리가 세계 최고인 건 이미 잘 알았을 겁니다. 아마 고국으로 돌아가서 자녀들에게 평생 이야기할 거리가 되겠죠. '아빠가 마이클 조던이랑 매직 존슨, 래리 버드를 상대로 시합한 적이 있단다.' 하고요. 우리가 최고의 선수들을 내보낼수록 상대 선수들이 느끼는 자부심도 커질 겁니다."

대회 중에 조던을 불편하게 한 것 하나는 팀 스폰서가 리복이라는 사실이었다. 나이키 소속으로 경쟁사 로고가 새겨진 옷을 입어야 했기에 그는 메달 수여식 때 미국 국기를 어깨에 둘러 리복 로고를 가렸다. 사실 나이키는 그런 해결책을 제시하거나 기대한 적이 없었다. 하지만 그날 시상대에서 한 행동은 회사 사람들을 웃게 한 동시에 그의 충성심이 얼마나 깊은지를 잘 보여주었다.

올림픽 대회가 끝나고 얼마 후 조던과 피펜은 구단 버스에 앉아 드림팀 동료들과 함께한 시간을 이야기했다. 그때 피펜이 조던에게 물었다.

"한 번 상상해봐. 클라이드 드렉슬러가 텍스 윈터 코치 밑에서 기본기를 연마했다면 실력이 훨씬 좋지 않았을까?"

많은 NBA 선수가 그렇듯이 드렉슬러는 타고난 재능에 의존할 뿐 세부적인 전술 공부나 기술 단련에 별 관심을 두지 않았다. 조던은 드림팀 동료들 대다수가 연습을 게을리하고 시합 준비에 충실하지 않다는 데 크게 놀랐다.

조던과 피펜은 올림픽 대회에서 가장 기억에 남는 순간으로 크라우스가 발굴한 크로아티아의 스타 토니 쿠코치를 옴짝달싹 못 하게 괴롭힌 때를 꼽았다. 1993~94시즌부터 불스에 합류할 예정이었던 쿠코치는 영문도 모른 채 드림팀의 집요한 수비에 당황한 기색을 보였다. 조던 입장에서는 크라우스가 고른 여느 신입들을 상대하듯 실력 테스트를 한 데 불과했다. 하지만 개중에는 올림픽 대회 도중에 그러는 것이 경우에 맞지 않다고 보는 사람들도 있었고, 특히 크라우스에게는 그런 광경이 불편할 수밖에 없었다.

올림픽 대회가 끝난 뒤 조던의 자택에는 슬림 보울러의 형사 재판에 증언자로 출석하라는 소환장이 와 있었다. 그는 노스캐롤라이나 법원에서 자신의 서명이 들어간 5만 7,000달러 상당의 수표가 어째서 마약상 보울러의 수중에 있는지 해명해야 했다. 몇 달 전 이 문제가 처음 수면 위로 드러났을 때 조던은 조사 당국에 그 돈을 보울러에게 사업차 빌려주었다고 말했다. 그러나 법정에서 증인 선서를 한 뒤 그는 그것이 어느 주말에 힐튼 헤드 아일랜드의 별장에서 포커와 여타 도박으로 잃은 돈임을 밝혔다. 그날 법정에서 지난 2월 강도 사건으로 사망한 에디 도우와 그 가방에서 발견된 수표 세 장에 관한 질문은 나오지 않았다.

조던은 이미 재판이 열리기 며칠 전 시카고 지역 신문사와의 인터뷰에서 자신이 거짓말을 했다고 밝혔다.

"처음엔 당황스러워서 그런 말을 하고 말았습니다만, 곧 진실을 밝히겠습니다."

증인석에 선 조던은 힐튼 헤드 아일랜드에서 보울러를 비롯한 몇 사람과 함께

1,000달러 내기 낫소*를 했고 그 일당에게 사기를 당하지는 않았다고 설명했다.

"단지 그 사흘간 골프가 잘 안 되었을 뿐입니다."

이후 NBA의 데이비드 스턴 총재는 조던을 뉴욕으로 불러 그의 도박 활동과 함께한 인물들에 관하여 질책했다. 조던은 기자회견에서 수표 문제에 얽힌 이들이 가까운 친구가 아니라 단순히 면식만 조금 있는 사이로, 자신과 어울려 논 것을 주변에 자랑삼아 말하던 부류라고 말했다. 하지만 그렇게 해명한 후에도 그의 뒤를 쫓는 기자들은 점점 늘어만 갔다.

새 시즌 개막을 앞두고 NBA 사무국은 조던에게 불미스러운 인물들과 어울려 내기 골프를 즐겼다는 이유로 조던에게 견책 처분을 내렸다. 트레이닝 캠프 기간에 그는 그간의 잘못을 어느 정도 뉘우친 것 같았다. 그는 기자들에게 내기에 거는 금액을 대폭 줄이겠다고 밝혔다.

"이기는 건 기분 좋은 일이에요. 하지만 그만큼 큰돈을 잃고 지금처럼 비난을 받는다면 더 이상 가치가 없는 거겠죠. 아마 제가 40~50달러를 잃는 건 다들 큰 문제 삼지 않을 거라고 봐요. 그 정도는 이해해주시지 않을까요? 앞으로는 낫소에 거는 금액을 한 번에 20달러 정도로 줄이겠습니다."

그 말은 처음 9홀에 20달러, 그 뒤의 9홀에 20달러를 걸고 18홀을 돌고 난 최종 성적에 20달러를 건다는 뜻으로, 내깃돈을 다 합쳐도 60달러가 넘지 않는 수준이었다.

새 시즌이 시작되자 사람들은 조던의 법정 출두 건보다 그의 새로운 도전에 더 관심을 보였다. 시카고 불스는 지난 시즌에 우승을 차지한 뒤 3연패에 도전하겠다고 약속했지만, 3년 연속 우승은 빌 러셀과 보스턴 셀틱스가 8연패를 이룬 시절, 즉 NBA의 전체 구단 수가 열 개 남짓하던 시대로부터 거의 30년 가까이 나오지 않은 기록이었다.

일찍이 샘 스미스는 『조던 룰』에 '앞으로 5년 안에 중압감 가득한 이 삶에서 벗

---

* Nassau. 골프에서 전반 9홀, 후반 9홀, 총 18홀 세 부문에서 각각 우수한 성적을 올린 사람이 승리하는 대결 방법.

어나고 싶다.'던 조던의 말을 싣고 그의 은퇴가 멀지 않았음을 시사했다. 하지만 아직 갈 길은 멀었고 조던에게는 또 한 번의 우승이라는 과제가 남아 있었다. 그때는 다가올 1년이 얼마나 험난한지 아무도 몰랐다.

## 피닉스

필 잭슨은 스냅 사진을 훑어보듯 빠르게 기억을 되짚어 보았다. 그러다가 1992년 플레이오프 1라운드에서 조던이 마이애미 히트의 로니 세이컬리 머리 위로 꽂아 넣은 덩크를 떠올렸다. 그 모습은 하늘 높은 줄 모르고 뛰어오르던 NBA 데뷔 초기를 생각나게 했다. 잭슨은 1992~93시즌 개막을 앞두고 그 시합을 회상하며 말했다.

"세이컬리를 상대로 내리꽂은 그 덩크는 정말 대단했습니다. 그 느낌은 꼭 마이클이 코트 위의 모든 선수를 뛰어넘어 저 위에서 골대를 내려다보는 것 같았죠."

그는 조던이 천하를 호령하기 이전을 떠올렸다. 단 12개월 만에 많은 것이 바뀌었고 그들은 승리를 갈망하던 입장에서 리그의 지배자로 올라섰다.

"예전엔 마이클이 사진 찍히는 재미로 덩크를 했죠." 잭슨은 조던의 덩크를 주제로 계속 이야기했다. "거기에는 시합에 재미를 불어넣고 상대를 도발하려는 의도도 있었어요. 하지만 이제 덩크는 그저 확률 높은 슛에 지나지 않습니다. 요즘은 마이클의 덩크 장면이 담긴 포스터가 넘쳐나니까요."

몇 년간 조던의 변화를 지켜본 잭슨에게 히트전에서의 그 덩크는 자신을 옭아맨 제약에서 벗어나려는 몸부림 같이 느껴졌다. 단순히 팀의 전술이 바뀌어서만은 아니었다. 그보다는 그동안 그를 괴롭힌 온갖 논쟁에 더하여 코트 밖에서 받은 스트레스가 악영향을 미쳤기 때문이다. 잭슨은 2연패 시기를 되짚으며 말했다.

"확실히 지난 플레이오프랑 시즌 말미에 신경 쓰이는 부분이 있었습니다. 마이클이 의욕을 잃은 것 같았거든요. 이제 와서 이 스포츠가 신선하게 느껴지진 않겠지만, 제가 여태 관찰한 바로는 그 녀석이 시즌 내내 그 많은 경기를 치르면서도 농구를 지켜워하진 않았어요. 그런데 그땐 왠지 진력이 난 것 같았단 말이죠. 경기 외적으로 이런저런 일이 생기고 백악관 방문 건이나 『조던 룰』 따위로 입방아에 오르내릴 때 특히 그랬습니다. 코트 밖에서 생긴 사건들이 마이클한테 나쁜 영향을 미친 거예요."

잭슨은 조던과의 면담에서 그러한 문제들을 언급했다. 그리고 불스가 리그 3연패라는 고된 여정을 이어가려면 그가 농구에 대한 애정을 잃지 않고 새로운 재미를 찾아야 한다고 강조했다. 여전히 많은 장애물이 앞을 가로막은 가운데 조던의 나이는 곧 서른에 접어드는 상황이었다. 잭슨은 시합에서 다시 재미를 느낄 방법을 꼭 찾으라고 당부했다.

시즌 개막 직전에 《시카고 트리뷴》의 멜리사 아이작슨과 나눈 인터뷰에서도 그 문제가 다뤄졌다. 그날 조던은 이런 말을 했다.

"무엇보다 농구에서 재미를 느끼고 저 스스로 즐기는 게 중요해요."

가족은 거기에 힘을 보탰다. 얼마 뒤면 그와 후아니타의 셋째 아이이자 첫 딸인 재스민이 태어날 예정이었고, 항상 웃음을 잃지 않았던 두 아들은 작은 형 래리와 함께한 어린 시절을 떠올리게 했다.

그는 골치 아픈 일을 모두 잊고 새 시즌에는 가족과 농구에만 집중할 수 있길 바랐지만, 결과적으로는 희망 사항에 불과했다. 샘 스미스가 예견한 조던의 은퇴는 농구장 밖에서 벌어진 온갖 사건들로 말미암아 점점 가까워지고 있었다. 그러나 필 잭슨은 조던과 불스의 계약 기간이 아직 3년 남았다는 사실에 어느 정도 안도하고 있었고, 조던 역시 같은 이유로 많은 걱정거리를 옆으로 미뤄둔 상태였다.

조던은 은퇴할 때가 언제인지 어떻게 판단하느냐는 아이작슨의 질문에 이렇게 답했다.

"그건 제가 쉽게 제칠 수 있던 선수들이 저를 따라잡기 시작할 때가 아닐까 해요. 전 항상 경쟁에서 앞서고 싶고 늘 우위를 지키고 싶습니다."

그러기 위해서 여러모로 변화를 도모할 필요가 있었지만, 한 가지만큼은 변하지 않았다. 바로 출전 시간이었다. 조던은 출전 시간을 줄이자는 제안에 절대 귀 기울이지 않았고, 그 이면에는 변치 않는 엔터테이너 기질이 자리 잡고 있었다. 그는 인터뷰에서 그 점을 언급했다.

"제 마음속엔 늘 새로운 걸 시도하고 싶은 욕구가 있어요. 그게 저의 한 부분을 이루고 있고 앞으로도 계속 그럴 겁니다."

하지만 그는 다른 팀들의 견제 때문에 예전처럼 기상천외한 묘기를 부리기에는 한계가 있다고 느꼈다. 불스가 트라이앵글 오펜스를 도입한 뒤로 그는 포스트업 기술을 단련하는 데 상당한 시간을 투자했다. 새 전술 덕분에 골대 근처에서 공 잡을 기회가 자주 생겼고 또 동료들의 고른 공격으로 수비가 분산된다는 점을 살릴 필요가 있었다. 텍스 윈터는 그가 트라이앵글 오펜스를 제 입맛에 맞게 활용하는 것을 보면서 감탄사를 연발했다. 조던은 윈터식 공격술에 의해 바뀐 코트 위의 체계를 완벽하게 이해했고 과거에 이 전술을 경험한 어떤 선수보다도 수비를 잘 읽어내어 적절한 공격 기회를 포착했다. 그 덕에 윈터조차도 수십 년간 아껴 마지않았던 자신의 전술에서 새로운 면모를 발견할 수 있었다.

조던은 그러한 변화를 겪으면서 농구팬들의 기대치를 다시 조정해야 한다고 느꼈다. 대중은 몇 년 전 은퇴한 줄리어스 어빙의 말년을 잘못 이해하고 있었고, 조던은 자신이 그러한 상황에 부닥치길 원치 않았다. 그는 인터뷰에서 이렇게 말했다.

"닥터 제이가 은퇴했을 때 사람들은 이랬죠. '그 선수는 이제 그만 뛸 때도 됐지. 늙었잖아.' 하지만 닥터는 그때도 여전히 실력이 좋았어요. 다만 수년간 대적해온 선수들이 그 성향을 많이 파악해서 더는 옛날 같은 플레이를 못 하게 견제를 했다는 차이가 있었던 거죠. 그래서 닥터도 상대편 수비에 맞게 플레이 방식을 바꾼 거였고요."

조던은 감독의 권유로 어빙처럼 변화를 꾀했고, 그 뒤에는 상대 수비에 맞게 유동적으로 바뀌는 트라이앵글 오펜스가 있었다. 잭슨은 조던이 얼마나 높이 뛰느냐가 더 이상 중요하지 않다고 판단했다. 상대 팀들이 새로운 수비 전략을 계속 고안하는 바람에 조던은 리그에서 살아남기 위해 기존 공격 방식과는 다른 길을 찾아야 했다.

"중거리슛의 빈도가 점점 늘어나서 예전 경기보다 화려함은 좀 떨어질 거예요." 그가 다시 말했다. "사람들이 보기엔 예전의 제 플레이가 더 창의적이었다고 느낄 거예요. 그땐 돌파도 더 많이 하고 특이한 슛이나 덩크도 자주 했으니까요. 지금은 수비수들이 페인트 존을 꽉 메우고 있어서 그러기가 좀 어려워요. 이제 골 밑 플레이는 대부분 포스트업으로 처리하고 있죠. 3점 라인 안쪽에서는 더블팀에 대응하거나 수비수랑 떨어져 점프슛을 던지고요."

트라이앵글 시스템은 조던에게 또 하나 중요한 선택지를 제공했다. 과거에는 틈이 날 때마다 그가 돌파로 수비진을 헤집거나 점프슛을 던졌지만, 이제는 코트 한구석에서 대기하며 적시에 동료들의 패스를 받아 공격을 이어갈 수도 있었다.

그는 플레이 방식이 변한 이유를 설명했다.

"절 막는 수비수들 때문에 공격 스타일을 약간 바꾼 거지 운동 능력이 떨어지거나 어딘가에 문제가 생겨서 그런 게 아니에요. 다른 팀들의 플레이 형태에 맞춘 것일 뿐이죠."

잭슨은 지난 플레이오프에서 포스트업을 자주 활용하는 조던을 본 뒤 그가 그렇게 공격 방법을 바꿔가며 성공을 이어가리라 확신했다. 조던은 팬들에게 급진적인 실험 대신 플레이 방식에 조금만 변화를 줄 생각이라고 밝혔다. 그리고 덩크는 앞으로도 계속할 것이라고 약속했다.

"팬 여러분은 여전히 시합에서 제 창의성을 확인할 수 있을 겁니다. 하지만 그런 건 저도 모르게 발휘되는 거예요. 계획대로 할 수 있는 게 아니죠. 전 그걸 선수 생활 초반에 깨달았어요. 시합에서 일부러 관중을 즐겁게 하려고 신경 쓰다 보면 본인이 원하는 대로 플레이하기가 불가능해요."

그런 상황에서 1992~93시즌은 뜻밖의 갈등과 함께 시작되었다. 잭슨이 트레이닝 캠프 기간에 조던과 피펜을 많이 쉬게 한 데 호레이스 그랜트가 불만을 품은 것이었다. 잭슨은 두 선수가 올림픽 대회 출전으로 충분히 쉬지 못한 것을 염려하고 있었다. 그러나 그랜트는 기자들 앞에서 감독의 이중 잣대와 차별 대우에 관하여 불만을 털어놓았다. 또 시즌 후반에는 그가 피펜을 오만한 선수라고 비난하면서 두 사람의 우정에도 균열이 생겼다. 그들은 서로 관계가 예전만큼 가깝지 않다고 인정했고, 잭슨은 선수들의 불화에 굉장히 불편한 기색을 보였다. 이런 문제에 더하여 불스는 부상 때문에 늘 신음했다.

만 35세인 카트라이트와 만 32세인 팩슨은 비시즌 중에 무릎 수술을 받았고 피펜은 시즌 내내 발목 통증으로 고역을 치렀다. 조던은 발바닥 통증과 손목 통증을 차례로 겪었고, 이제는 만성질환이 된 무릎 건염까지 그를 괴롭혔다.

그동안 트라이앵글 오펜스에 잘 적응하지 못했던 B.J. 암스트롱은 마침내 팩슨을 대신하여 주전 자리를 꿰찼다. 코치들은 그가 압박 수비 전술에 더 적합하다고 보았고 그 점이 플레이오프를 치르는 데도 유리하리라 판단했다. 한 가지 덧붙이자면, 암스트롱은 이 시즌에 3점슛 성공률 45퍼센트로 리그 1위를 차지하게 된다.

그런데 정작 감독인 필 잭슨은 정규 시즌 동안 압박 수비를 활용하지 않을 생각이었다. 선수들의 체력과 건강 상태를 고려한 결정이었다. 이에 조던은 탐탁지 않은 반응을 보였다. 강력한 수비 없이는 승리하기 어렵다는 생각에서였다. 게다가 이러한 변화는 또 다른 문제를 불러왔다. 바로 따분함이었다. 느려진 경기 속도는 불스 선수단에 좋지 않은 영향을 미쳤고 결국 조던이 동료들을 불러 모아 압박 수비를 재개하자고 주장하기에 이르렀다. 그는 기자들 앞에서 잭슨의 결정을 비판했다.

"어쩌면 괜한 도박으로 체력이 바닥날 수도 있겠죠. 하지만 우리가 그렇게 소극적으로 나갈 필요는 없다고 생각해요. 경기 페이스가 떨어지면 생각이 너무 많아지거든요."

평소 같으면 그런 모습이 감독과 스타플레이어의 기 싸움처럼 비쳤겠지만, 실상은 조던 혼자서만 날뛸 뿐이었다.

당시의 논란은 불스 팀에 약간의 자극만 안겨주고 끝이 났다. 그들의 진짜 적은 지루함이었고 잭슨은 시즌 시작부터 경기에서 재미를 잃어버린 선수들을 걱정했다. 그는 12월에 NBA 감독으로서 통산 200승을 거뒀다. 리그 역사상 어떤 감독보다 빠르게 200승 고지에 올랐지만, 그는 무기력한 팀을 걱정하느라 이 기록에 신경 쓸 겨를이 없었다.

"그때는 우리 선수들 몸 상태가 영 좋지 않았습니다." 잭슨이 말을 이었다. "스카티는 발목이 아팠고 마이클은 발바닥 근막에 통증이 있었어요. 여러 가지 문제로 우리 팀은 제 리듬을 찾지 못했죠. 전반적으로 컨디션이 좋다고 볼 순 없었습니다. 그래서 훈련을 세밀한 부분까지 살피면서 성실하게 해도 정작 본 시합에 가서는 힘이 들 수밖에 없었어요."

부상을 안고 있던 조던은 시합에 결장하지 않는 대신 그가 팀 활동에서 가장 좋아하는 연습 시간을 포기하기로 했다. 그는 인터뷰에서 이렇게 말했다.

"전 동료들하고 같이 연습하는 게 좋아요. 예전부터 늘 그랬죠. 거기에 빠진다는 건 정말 괴로운 일이에요. 비유하자면 수학 수업을 듣는 거랑 비슷한데, 하루만 빠져도 상당히 많은 걸 놓친 느낌이거든요. 그 하루 빠진 걸 메우려면 그 뒤에 할일이 너무 많아요. 전 언제나 연습이 최우선이었고, 지금도 그 생각은 변함없어요."

훗날 그는 팀 훈련의 즐거움을 누리지 못하는 것이 은퇴를 생각하게 된 첫 번째 계기였다고 밝혔다. 그동안 그는 연습 시간에 최고의 농구 실력을 뽐냈다. 연습장에서 펼친 활약은 곧 본 시합에서의 활약으로 이어졌고, 그는 늘 큰 기대감과 열정을 품고 훈련에 참여했다. 그전까지는 한 번도 연습 시간이 그냥 지나가길 바란다거나 앉아서 구경만 하는 경우가 없었다.

"전 그때 정말 은퇴할 때가 됐다고 생각했어요."

나중에 조던이 당시를 떠올리며 한 말이다.

팀 트레이너였던 칩 셰퍼는 그 시기를 이렇게 기억했다.

"다들 지친 상태였죠. 마이클과 스카티는 92년 가을에 확실히 피로를 느꼈습니다. 우리 팀원들한테 정말 길고 험한 한 해였고 마이클한테는 특히 더 그랬어요. 고개만 돌렸다 하면 무슨 사건이 터지는 것 같았죠. 기자들이 그 친구를 늘 괴롭혔고 1년 내내 하루가 멀다 하고 일이 터졌어요. 하나가 마무리된다 싶으면 또 다른 문제가 꼬리를 물었으니까요. 그것도 죄다 농구랑은 상관없이 기사화되면 안 될 법한 사생활과 관련되어 있었습니다. 누가 봐도 마이클이 그런 것 때문에 지쳤다는 걸 알 수 있었죠. 실제로 가까운 사람들한테는 본인이 직접 그런 고충을 털어놨어요. 그땐 육체적으로나 정신적으로나 만사에 염증을 느낀다는 게 보였습니다."

상황을 타개하기 위해 잭슨은 정신적인 자극을 주어 선수들의 기분을 전환하고 의욕을 북돋으려 했다. 조던이 그런 경험을 회상하며 말했다.

"감독님은 우릴 상대로 자주 심리전을 펼쳤어요. 그리고 승자가 되려면 우리가 무얼 해야 하는지 깨우치게 했죠."

그래도 시즌 중에 맞이한 경사는 마음을 다잡는 데 도움이 되었다. 1993년 1월 8일, 조던은 NBA 입성 후 620경기 만에 통산 2만 득점을 기록했다. 그보다 빠르게 2만 점에 도달한 선수는 월트 체임벌린(499경기 만에 달성)뿐이었다. 조던은 다음과 같이 소감을 밝혔다.

"월트 체임벌린을 따라가려면 아직도 멀었다는 생각이 드네요. 하지만 이것도 큰 영광입니다. 이 기록은 제가 코트를 떠난 뒤에나 제대로 평가할 수 있을 것 같아요. 큰 기록을 세워서 기쁘지만 아직 시즌이 많이 남았다는 걸 잊으면 안 되겠죠. 오늘의 기억은 제가 나이를 먹을수록 더 깊은 의미로 다가올 것 같네요."

그동안 잭슨이 많은 노력을 기울였지만 불스는 늘 같은 문제로 회귀했다. 같은 달에 올랜도 매직과 맞붙었던 두 시합이 그 점을 잘 드러냈다. 당시 매직의 감독을 맡은 맷 구오카스는 신인 센터 샤킬 오닐을 비롯한 선수들에게 조던을 막는 데 집중하라고 일렀다. 그는 그 시합을 이렇게 기억했다.

"마이클이 자유투 라인 부근에서 공을 잡을 때마다 우리 팀은 거기서 가장 가까이 있는 선수들이 붙어서 더블팀을 시도했어요. 그리고 다들 돌아가면서 존 팩슨을 막는 데 주력했죠. 저는 그 친구의 슛이 위협적이라고 봤거든요. 그래서 불스에는 오픈 상태인 선수가 많았습니다. 마이클은 그 틈을 놓치지 않았어요."

조던은 수비수가 없는 동료에게 패스를 뿌렸고 그들은 올랜도 매직을 마음껏 농락했다. 특히 피펜과 그랜트가 훌륭한 성적으로 팀의 대승에 기여했다. 나흘 뒤에 두 팀은 시카고 스타디움에서 재대결을 벌였다. 그날 구오카스는 조던을 내버려 두고 나머지 선수들을 철저히 막는 방법을 택했다. 매직에서는 주전인 닉 앤더슨과 데니스 스콧이 결장한 상태였다.

"저는 마이클한테 더블팀을 붙여봤자 별 소용이 없다고 봤어요." 구오카스는 그 시합에서 롤 플레이어인 앤서니 보위에게 조던의 수비를 맡겼다고 한다. "선수들한테는 이렇게 말했죠. '마이클이 뭘 하든 상관없어. 다만 덩크나 레이업을 내주면 안 돼. 다들 수비 위치로 빨리 돌아가는 데 신경 쓰고 점프슛은 마음대로 던지게 내버려 둬.' 그건 마이클의 프로 생활 초반에 주로 활용되던 수비법이었어요. 우린 코트로 나가서 그 녀석을 골대에서 3미터 이상 떨어뜨려 놓고 돌파를 막는 데 주력했습니다. 한데 그날따라 녀석의 점프슛이 유독 잘 들어가더군요."

조던은 마음껏 슛을 던져 넣으며 야투 시도 횟수에서 NBA 진출 후 최다인 49회를 기록했다. 그날 동료들이 던진 슛의 총합보다도 일곱 개가 많았다. 불스가 그런 상황에 질색할 때 매직은 추격을 멈추지 않았다. 구오카스는 이런 말을 덧붙였다.

"우리 팀은 시합에 계속 집중했지만 시카고는 그렇지 않았죠."

대결은 연장전까지 이어져 조던은 자신의 단일 경기 득점 가운데 두 번째로 높은 64점을 기록했다. 그러나 승리를 차지한 것은 매직이었다. 구오카스는 불스를 조던의 원맨팀으로 만드는 작전이 여전히 효과적임을 확인했다.

3월에는 워싱턴 불리츠의 신인 슈팅가드 라브래드포드 스미스가 시카고 구장에서 37득점을 올렸다. 그날 경기 후에 조던은 스미스가 '썩 괜찮은 게임이었어요,

마이크.'라며 자신을 조롱했다고 말했다. 분명 조던이라면 그 말에 크게 화가 났을 터. 그는 기자들에게 굴욕적인 시합이었다고 말하며 내일 워싱턴에서 벌일 재대결에서는 그런 일이 일어나지 않게 하겠다고 다짐했다. 그리고 스미스를 상대로 전반에 37점을 넣겠다면서 어떤 태도로 다음 시합에 임할지를 한참 이야기했다. 다음 날 조던은 경기 직전의 슛 연습 시간에 거의 모습을 보이지 않았다. 그러나 본 경기에서는 유려한 슛 리듬을 선보이며 경기 초반에 여덟 번 연속으로 슛을 성공시켰다. 그는 전반에만 36점을 넣고 총 47득점을 기록하여 불스의 승리에 기여했다. 그런데 그로부터 몇 년이 지나 그가 고백하기로, 당시 상황은 모두 본인이 꾸며 낸 것이라고 한다. 즉 스미스는 아무 말도 하지 않았다는 것이다. 그 사건 전체가 조던 스스로 투지를 끌어올리기 위해 지어낸 것이었다. 과연 그는 그 후로 얼마나 더 자신을 속일 수 있었을까?

지난 4년간 불스는 매년 100경기 이상을 치렀고 조던의 무릎은 시합 때마다 욱신거렸다. 그해 1월 말 휴스턴에서 시합을 앞두고 탈의실에 앉아 있던 그의 표정은 너무나 지쳐 보였다. 누구보다 집중력이 강하다고 소문났지만 그것도 예전 같지 않았다. 각자의 사정으로 바빴던 동료들 역시 사정은 크게 다르지 않았다. 조던은 그제야 NBA 구단들이 연속 우승에 실패하는 이유를 알 것 같았다.

필 잭슨은 시즌 초부터 불스 선수들이 눈앞의 시합보다도 보이지 않는 앞날을 더 걱정하는 단계에 접어들었다고 느꼈다. 조던은 그 문제를 두고 이렇게 말했다.

"성공을 위해 가장 중요한 게 뭐냐면요. 나 자신이 변하지 않는 거예요. 사람은 쉽게 변해요. 우리가 한 팀으로 똘똘 뭉쳐서 우승한 뒤에 이 팀과 관계된 많은 사람이 변하기 시작했어요. 그런 성공을 감당하지 못하는 사람이 많았던 거죠." 그는 그런 상황에 놓이면 다들 개인적인 관심사, 아직 갖지 못한 것에 집중하게 된다며 한마디를 덧붙였다. "그건 결코 바람직한 정신 상태라고 할 수 없어요."

이후 그는 동료들 앞에서 자신의 선수 생활이 끝나간다고 말하기 시작했다. 시합 후 맥주 한두 잔을 함께하는 자리에서 그는 은퇴를 생각하는 중이라고 밝혔지만, 아무도 그 말을 믿지는 않았다. 그 뒤에 아버지나 친한 친구들, 딘 스미스 앞에서도 은퇴를 언급한 것을 보면 그냥 실없이 한 소리는 아니었다. 그러나 불스 선수들은 그 말을 단순한 투정 정도로 치부했다. 조던은 정말 은퇴할 때가 왔다면 아주 제대로 끝내야겠다고 결심했다. 불스가 온갖 잡념을 떨치고 다시 한 번 우승할 수 있을지 어떨지는 아직 미지수인 상황이었다.

그러던 중 그해 봄 정규 시즌 막바지에 UNC의 딘 스미스 감독이 시카고 스타디움을 방문했다. 그는 조던이 학교를 떠난 뒤 언젠가 시카고에서 제자의 시합을 관람하겠다고 늘 마음먹고 있었다. 조던은 경기 전에 옛 스승을 만나 은퇴를 고려하는 중이라고 말했다. 그리고 코트 위에서는 스미스가 자신의 수비를 눈여겨보리라 생각하고 누구보다 열심히 뛰었다. 대학 시절에 팀 훈련을 할 때면 스미스는 공격보다 수비에 더 많은 점수를 주었다. NBA에 진출한 후 조던은 스승이 늘 텔레비전으로 자신의 시합을 지켜본다고 생각하며 수비에 열중했다. 그는 대학을 나온 지 거의 10년이 다 되어가는 데도 아직 스미스의 그늘 아래 있다는 생각에 혼자서 피식 웃곤 했다. 그날 경기에서 조던의 공격은 크게 눈에 띄지 않았다. 그 대신 그는 모든 에너지를 수비에 집중시켰다.

불스는 샬럿과 뉴욕에서 치른 마지막 두 경기를 패하고 총 전적 57승 25패로 시즌을 마무리했다. 4년 연속으로 50승을 달성하고 또다시 디비전 1위를 차지했지만, 뉴욕 닉스(그해 60승)를 상대로는 플레이오프에서 홈코트 어드밴티지를 얻을 수 없는 상황이었다. 개인 성적 부문에서 조던은 7년 연속 득점 1위(경기당 평균 30.3득점)에 올라 월트 체임벌린과 어깨를 나란히 했다. 또 그는 올 NBA 퍼스트 팀에 선정되었고, 피펜과 함께 올 디펜시브 퍼스트 팀에도 이름을 올렸다.

칩 셰퍼가 그 시즌을 되돌아보며 말했다.

"NBA의 역사와 각 팀의 흥망성쇠를 살펴보는 건 참 재미있죠. 그해에는 뉴욕 닉스가 대권을 잡을 것처럼 보였어요. 정말 그럴 만했어요. 뉴욕은 우리 팀을 묵사발 내다시피 했거든요. 11월 말에 열린 시합에서는 우리가 무려 37점 차로 졌어요.

뉴욕 선수들은 매 경기를 플레이오프 7차전처럼 눈에 불을 켜고 달려들었죠. 하지만 우리 선수들은 뭘 해도 큰 자극을 받지 못하던 터라 그런 패배도 대수롭지 않게 생각했습니다. 마이클은 그 시합 초반에 발목을 접질려서 제 컨디션으로 뛰지 못했고, 뉴욕은 그런 우릴 사정없이 눌러버렸죠. 93년에 우리 팀은 57승을 올렸지만 분위기가 꼭 침몰하는 배 같았어요."

닉스는 지난 포스트시즌에 불스를 상대로 7차전까지 가는 접전 끝에 패하여 우승의 꿈을 접어야 했다. 그들은 조던과 불스를 이기려면 우선 홈코트 어드밴티지가 필요하다고 판단했다. 그리하여 닉스의 팻 라일리 감독은 60승을 향해 팀을 몰아붙였고 결국 유리한 고지를 점령했다. 반면에 불스는 완전히 집중력을 잃은 듯했다. 그러나 막상 플레이오프에 돌입하자 그런 모습은 자취를 감추었다. 불스는 1라운드에서 애틀랜타 호크스를 전적 3대0으로 제압하고 다음 상대인 클리블랜드 캐벌리어스마저 4전 전승으로 물리쳤다. 조던은 101대101로 동점을 이룬 4차전 막바지에 버저비터를 터뜨리며 캐벌리어스와의 싸움에 마지막 마침표를 찍었다.

"플레이오프 경기가 진행되면서 마이클의 집중력이 다시 살아나기 시작했어요." 셰퍼가 설명을 계속했다. "하지만 시즌 내내 우릴 괴롭혔던 뉴욕과 또 한 번 싸워야 하는 상황이었죠. 그땐 홈코트 어드밴티지가 없어서 결과를 낙관하기가 어려웠습니다."

조던은 닉스를 무척 싫어했다. 그는 짜증이 묻어난 목소리로 이유를 설명했다.

"닉스는 피스톤스랑 똑 닮았거든요."

게다가 양 팀 감독인 필 잭슨과 팻 라일리는 현역 선수 시절부터 서로 으르렁대는 사이였다. 동부 컨퍼런스 결승 1차전이 열린 뉴욕 매디슨 스퀘어 가든에서 조던은 홈팀의 강력한 수비에 막혀 숏을 열 개밖에 넣지 못했다. 승기를 잡은 닉스는 최종 스코어 98대90으로 불스를 눌렀다. 조던은 인터뷰에서 '놈들을 쓰러뜨리겠다고 팀원들에게 약속했습니다.'라고 했지만 2차전도 결과는 같았다. 그는 서른두 차례 숏을 시도하여 그중 스무 개를 놓쳤고 닉스는 96대91로 승리하여 두 경기를 앞서나갔다. 그 뒤 뉴욕시 전체가 이미 최종 결승전에 진출한 듯 득의양양한 분위기였다. 사실 그럴 만도 했다. 당시에 스포츠 기자이자 소설가인 마이크 루피카는《뉴욕 데일리 뉴스》에 이런 글을 실었다. '두 경기를 뒤진 불스는 이제 남은 다섯 경기 중 네 번을 이겨야 3년 연속 우승에 도전할 기회를 잡을 수 있다.'

거기에 더해진《뉴욕 타임스》의 보도는 더욱 큰 파장을 불러일으켰다. 그 기사는 2차전이 벌어지는 날 새벽에 애틀랜틱시티의 카지노에서 조던이 목격되었다고 밝히면서 그가 중요한 시합을 앞두고 충분히 휴식을 취하지 않았으리라 추측했다. 잭슨과 크라우스는 곧장 조던을 두둔하고 나섰다. 크라우스는 기자들 앞에서 '마이클 조던한텐 아무 문제도 없어요. 그 친구는 역사에 길이 남을 승부사이고 무엇보다 승리를 중시하는 선수입니다.'라고 말했다.

잭슨은 이렇게 거들었다.

"우리가 일일이 선수들의 외출을 통제할 필요는 없다고 봅니다. 다들 성인이잖아요. 그리고 나름대로 자기 생활을 하는 것도 중요해요. 안 그러면 시합에 대한 부담감이 너무 커질 테니까요."

사건의 당사자인 조던은 그와 같은 논란에도 묵묵부답이었다. 그 대신 그의 아버지가 해명에 나섰다. 자신의 권유로 아들이 애틀랜틱시티에 갔다고 말이다. 불스 관계자들은 제임스의 서투른 판단에 아연실색했다. 마이클 조던은 슬림 보울러의 재판 문제로 수사 당국과 NBA 측의 조사를 받은 전력이 있었다. 그런데도 아들더러 플레이오프 중간에 굳이 애틀랜틱시티까지 가서 도박을 즐기라고 권했다는 말인가?

그러한 상황에서 무대는 시카고로 옮겨졌다. 시카고에서 오랜 세월 라디오 기자로 활동해온 셰럴 레이스타우트가 당시 분위기를 언급했다.

"홈으로 돌아온 불스는 버토 센터에서 연습 시간을 가졌죠. 거기에 언론 관계자들이 그렇게 많이 모인 건 처음 봤어요. 마이클이 트레이너실에서 나올 때 제가 다가가서 '마이클, 최근에 알려진 그 사건에 대해서 간단히 설명해줄 수 있나요?

어떤 일이 있었고 이런 이야기가 어디서 나온 건지요?'라고 물었고 마이클은 제 요청을 들어줬어요. 그 뒤에 시카고 지역 방송국의 기자가 와서는 마이클이 무슨 범죄자라도 되는 듯이 막 다그쳤어요. '경기 전날 매번 그렇게 도박을 즐기나요? 혹시 도박에 중독된 건 아닙니까?' 그 사람이 계속 그렇게 떠들면서 힘들게 하니까 마이클은 그냥 입을 다물고 가버렸죠."

조던은 언론을 상대하길 그만두었고, 불스 동료들 역시 그를 뒤따랐다. 이후 NBA 사무국은 그들에게 리그의 언론 관련 규정을 어겼다며 벌금을 부과했다.

지난 수년간 불스와 함께 울고 웃으며 아들을 격려해온 제임스는 언론의 집요한 공격으로 긴장과 분노가 높아진 그 무렵 불스의 훈련장 밖에 기자들을 불러 모아 이야기를 나눴다.

"마이클을 위해서 내가 한마디 하리다. 그 애는 내 자식이고 부모는 자식을 위해 뭐든 할 수 있어요."

그는 일찍이 아들에게 '농구로는 더 이상 도전할 거리가 없기 때문에 경기 외적인 일들로 농구에서 마음이 멀어지는 것'이라고 말한 바 있었다. 기자들 앞에 선 그는 거친 목소리로 마치 애원하듯 말을 이었다.

"제 아들은 지금 어항에 든 물고기 신세나 다름없습니다. 그것도 시시때때 돋보기로 관찰당하는 그런 물고기 같죠."

그는 아들의 삶에 남의 시선을 신경 쓰지 않고 자유롭게 보낼 시간이 필요하고 덧붙여 말했다. "그렇게 캐고 다녀봤자 어차피 나오는 건 하나밖에 없어요. '마이클 조던도 평범한 인간'이라는 거요. 대체 얼마나 더 해야 만족할 겁니까? 지금 가장 큰 의문은 이거예요. 어디까지 해야 끝이 나느냔 말이죠. 그렇게 계속 어항을 들썩이다 보면 머지않아 그 안에는 아무것도 남지 않을 겁니다. 결국 속에 든 걸 전부 쏟아버리고 말 거예요. 농구팬이라면 그걸 반드시 깨달아야 합니다."

기자들에게 아들이 어떤 사람인지 알리고 싶었던 제임스는 끝으로 이런 말을 했다. "마이클은 도박에 중독된 게 아니에요. 단지 승부욕이 강한 것뿐이죠."

어찌 되었건 당장 승부를 가려야 할 상대는 닉스였다. 조던은 불스가 당연히 승리하리라고 믿었다. 그들이 빠진 수렁은 깊어 보였지만 이미 치고 올라갈 바닥을 찾은 상태였다. 피펜의 지휘 아래 불스는 3차전을 103대83으로 크게 이겼다.

"저는 3차전이 끝난 뒤에 우리가 그 시리즈를 이길 거라고 생각했어요." 칩 셰퍼가 이어서 말했다. "그날 우리 팀이 뉴욕을 쉽게 이기고 시리즈 전적이 1승 2패가 됐죠. 그때 패트릭 유잉이 인터뷰에서 '우리가 시카고에서 꼭 이길 필요는 없다.'고 하는 거예요. 그 말을 듣자마자 우리가 그 시리즈를 잡을 수 있겠다는 생각이 들었죠. 플레이오프에서 그런 태도로 싸우면 시합에서 지거나 궁지에 몰리기 십상이거든요. 홈에서 전부 이긴다는 보장도 없고요. 패트릭은 자기네가 홈에서 다 이길 거라고 예상했던 모양인데, 실제론 그렇지 않았어요. 그 뒤로 스카티가 좋은 활약을 해줬거든요. 스카티한테는 마이클이 힘들 때마다 앞에 나서서 필요한 일을 척척 해내는 그런 재주가 있었어요."

하지만 조던도 타오르는 분노를 집중력으로 승화시키며 제 역할을 충분히 해냈다. 그는 4차전에서 54점을 폭발시켜 불스가 105대95로 승리하는 데 크게 기여했다. 그리고 5차전에서는 트리플 더블(29득점 10리바운드 14어시스트)을 기록하며 팀이 전적 3승 2패로 앞서는 데 힘을 보탰다. 그러나 그날 닉스의 희망을 완전히 꺾은 것은 시합 종료 직전에 찰스 스미스의 슛을 연거푸 막아낸 피펜이었다. 불스가 다시 시카고로 돌아와 96대88로 6차전을 이기고 시리즈를 끝낼 때도 피펜은 코트 구석에서 중거리슛과 3점슛을 꽂아 넣으며 닉스에 마지막 타격을 안겨주었다.

길은 험난했지만 불스는 결국 3년 연속으로 NBA 결승 시리즈에 도착했다. 거기서 조던은 한때 자신의 골프 캐디였던 찰스 바클리를 만났다. 당시에 두 사람은 리그 최고의 선수 반열에 올라 있었다. 필라델피아에서 수년간 좌절을 겪었던 바클리는 1992~93시즌을 앞두고 피닉스 선즈로 트레이드되었다. 그리고 새로운 전성기를 구가하며 시즌 MVP를 획득하고 선즈를 62승 20패라는 훌륭한 기록으로 최종 결승전까지 이끌었다.

"지금 생각해보면 참 대단한 챔피언 결정전이었어요." 과거 필라델피아 세븐티식서스에서 바클리를 지도했던 맷 구오카스의 말이다. "재미라는 측면에서도 그렇고 경쟁이라는 측면에서도요. 아마 그 시절에 찰스는 자기가 마이클한테 전혀 꿀릴 것 없는 선수라고 생각했을 거예요."

절친한 두 친구가 우승 트로피를 두고 다툰다는 사실에 대중은 더 큰 관심을 보였다.

"필라델피아 시절에 시카고랑 접전을 벌일 때면 찰스는 마지막 2~3분 동안 직접 마이클을 막으려 했어요." 구오카스가 설명을 계속했다. "그만큼 깡이 있는 녀석이었고 지는 것도 전혀 겁내지 않았어요. 자칫 잘못하면 마이클 때문에 자기 꼴이 우스워질 수도 있다는 걸 알면서도 말이죠. 제가 볼 때 찰스는 마이클과 거의 같은 급의 선수였어요."

바클리는 어디를 가나 호텔 방에 틀어박혀 지내는 조던을 늘 답답하게 여겼다. 팬들에게 일명 '찰스 경(Sir Charles)'으로 불린 그는 밖에 나가 술을 진탕 마시고 사람들과 어울리기를 좋아했다. 그래서 필라델피아 시절에는 그런 성향 때문에 종종 구설수에 휘말리기도 했다. 하지만 태양의 계곡으로 알려진 피닉스에는 골프장이 많았다. 그 덕에 그는 조던을 호텔 밖으로 꾀어내는 데 별 어려움을 겪지 않았다.

두 사람의 타이틀매치는 실로 치열했지만, 그 뒤편에서는 불편한 상황이 연출되고 있었다. 불스 쪽에서 흘러나온 이야기로는, 조던이 몇 년간 바클리와 어울린 이유가 따로 있었다고 한다. 그동안 조던이 바클리의 경쟁심을 누그러뜨리기 위해 의도적으로 친분을 쌓고 값비싼 선물을 안겨주었다는 것이다. 아무리 넉살 좋은 바클리라도 그런 소문을 들은 뒤에는 그의 우정을 의심할 수밖에 없었다. 조던은 드림팀 시절에 바클리의 불성실한 연습 태도를 불만스레 여겼지만, 나중에는 오히려 그 덕에 자신이 경쟁에서 앞설 수 있었다는 발언도 한 바 있다. 한편 바클리를 좋아하지 않던 피펜은 그가 '마이클에게 알랑거리는 종자'라며 비아냥거렸고, 찰스 경은 그런 조롱에 분개했다. 그렇게 여러 가지 말이 오갔지만 조던이 승부에서 이기려고 줄곧 바클리를 속인 것이냐는 질문에 명확한 대답은 나오지 않았다. 그 뒤에 조던은 인터뷰에서 자신과 바클리의 가장 큰 차이가 경험이라고 말했다. 실제로 바클리는 조던과 달리 결승 시리즈가 얼마나 큰 압박감을 주는지 몰랐다. 조던은 그런 부담을 이겨내려면 만반의 준비를 해야 한다고 지적했다.

　텔레비전 시청자들은 또 다른 곳에서 두 사람의 경쟁을 확인했다. 바로 나이키 광고였다. 조던은 자신의 신발 광고 영상에서 '내가 평범한 농구선수였다면 어땠을까?'라고 의문을 품었고, 바클리는 다른 광고에서 '난 롤 모델이 아니야. 롤 모델이 되어야 하는 건 부모들이야.'라고 선언하며 악동 이미지를 한껏 과시했다. 일각에서는 바클리가 비싼 광고료를 받고 무책임한 발언을 했다는 비판이 일었지만, 그 광고 덕에 프로선수들의 이미지가 언론에 의해 만들어진 것이고 자녀들을 올바로 지도할 책임이 가정에 있음을 다시 한 번 깨달았다는 평가도 있었다. 바클리는 당시의 논란에 여러모로 해명했지만 비판 여론은 끊이지 않았고, 이후 터진 그와 마돈나의 염문설은 또 다른 화제로 떠올랐다. 조던이 도박 문제로 시름하는 사이 바클리는 그렇게 바클리답게 타블로이드 신문의 가십난을 장식했다.

　두 선수의 대중적 이미지는 정반대였다. 바클리는 NBA 입성 초기에 거침없는 말과 행동으로 악동 이미지를 얻었고, 신중한 성격이었던 조던은 불스를 꾸준히 성장시키는 동안 언론에 항상 바르고 협조적인 태도를 보였다. 간혹 바클리가 취중에 싸움을 벌이거나 실언을 할 때면 조던은 '찰스가 말을 생각 없이 내뱉는 편이지만 솔직하고 순수한 사람이며 훌륭한 승부사'라며 적극적으로 그를 변호했다. 하지만 93년도 결승전을 앞두고는 바클리가 아닌 조던의 스캔들을 캐러 피닉스까지 따라온 기자들이 한 떼였다.

　다행히 본 시합이 코앞에 다가오자 사람들은 잡다한 논란거리에서 눈을 돌렸다. 신축 경기장인 아메리카 웨스트 아레나에서의 일전을 앞두고 불스 선수들은 상당한 자신감을 보였다. 그들에게는 바클리가 뛰던 필라델피아 팀을 상대로 좋은 성적을 거둔 전력이 있었다. 피펜과 그랜트는 바클리의 공격을 봉쇄할 준비가 되어 있었고, B.J. 암스트롱은 선즈의 포인트가드 케빈 존슨에 뒤지지 않을 만큼 발이 빨랐다.

그런데 챔피언 결정전 1차전을 하루 앞두고 마치 누군가가 계획이라도 한 듯 조던의 어두운 사생활이 다시 수면 위로 떠올랐다. 조던이 애틀랜틱시티의 카지노를 찾았다는 뉴스가 대중의 관심에서 멀어질 무렵, 리처드 에스키나스는 자비를 들여 『마이클과 나: 우리의 도박 중독… 나를 좀 도와주세요!(Michael & Me: Our Gambling Addiction… My Cry for Help!)』라는 책을 냈다. 그는 이 책에서 조던과 큰돈을 걸고 벌였던 골프 대결을 자세히 이야기했다.

NBC 방송사가 결승 1차전 하프타임에 내보낸 인터뷰 녹화 영상에서 조던은 내기 골프로 많은 돈을 잃었다고 인정했지만 에스키나스가 주장한 금액은 터무니없다고 말했다. 한편 에스키나스는 언론사에 소득 신고서와 조던이 준 수표의 사본을 제시했다. 조던이 갚은 빚은 대략 30만 달러 정도였다.

저명한 스포츠 기자인 데이브 킨드레드는 당시《스포팅 뉴스》에 다음과 같은 글을 실었다.

'도박꾼들은 운동선수가 될 자격이 없다. 그들에게는 늘 한몫 크게 잡으려는 심리가 있고, 그들은 필시 본인의 주 종목, 즉 스포츠 시합으로 도박을 하고 싶은 유혹을 느낄 것이다. 이러한 문제가 발생한 와중에 과연 대중은 스포츠의 순수성을 신뢰할 수 있을까? 하지만 조던은 거기에 전혀 신경 쓰지 않는 눈치다. 아무래도 그는 신발 광고 속의 'Just do it(일단 해봐)'이라는 문구를 복음처럼 따르는 모양이다.'

조던을 옹호하는 이들은 그가 본인의 시합을 걸고 내기를 했을 리 없다며 비판론에 맞섰다. 이에《뉴스위크》지는 '팬들의 주장이 사실이라면 NBA 시합은 조던이 내기를 하지 않는 유일한 분야일 것'이라며 그 상황을 비꼬았다. '연습 시간에 그는 필시 돈을 걸고 묘기 슛이나 점프슛 대결을 벌일 것이다. 그리고 시카고 불스의 비행기 안에서는 실제로 블랙잭이나 통크, 진 러미 같은 카드 게임을 한다. 또 원정을 가서는 호텔 방에 사람들을 모아놓고 밤새 포커를 즐긴다. 3년 전에 불스는 선수들의 사생활을 보장한다는 목적으로 전세기를 마련했다. 하지만 지금 와서 생각해보면 그런 조치는 조던이 공항 라운지 테이블에 수백 달러를 펼쳐 놓고 카드 게임을 벌이는 황당한 꼴을 감추려 한 것이 아니었나 싶다.'

이러한 논란이 경기력에 악영향을 미칠 것이라는 예상이 있었지만, 불스가 첫 경기를 100대92로 이기면서 의구심은 금세 사라졌다. 그날 조던이 31득점, 피펜이 27득점을 올린 가운데 불스의 수비에 쩔쩔맨 바클리는 슛을 25회 시도하여 아홉 개밖에 넣지 못했다.

사람들은 선즈가 처음 경험하는 챔피언 결정전에서 당황한 탓에 그런 결과가 나왔다고 생각했다. 하지만 2차전에서 선즈는 더욱 깊은 수렁에 빠졌다. 그날 바클리는 조던과 마찬가지로 42득점을 올렸다. 그러나 조던은 리바운드 열두 개와 어시스트 아홉 개를 함께 기록하여 트리플 더블에 근접한 성적을 거두었고 스틸까지 두 개 추가했다. 그는 이 모든 것을 40분 동안 해냈고 그날 던진 서른여섯 개의 슛 가운데 절반을 성공시키며 불스가 111대108로 승리하는 데 크게 공헌했다.

불스가 시리즈를 2대0으로 앞서는 데는 포인트가드 케빈 존슨과 슈팅가드 댄 멀리를 잘 막은 것이 주효했다. 승리의 공신 중에는 수비 전략을 짠 조니 바크 코치가 있었다. 그는 케빈 존슨을 B.J. 암스트롱에게 맡겼고, 그 결과 존슨은 별다른 활약 없이 4쿼터 대부분의 시간을 벤치에서 보냈다. 선즈가 홈에서 2패를 당하고 시카고에서 3차전을 치르게 되자 농구팬들은 4전 전패의 가능성을 입에 담기 시작했다. 그러나 그날 선즈는 3차 연장전까지 이어진 그날 경기에서 129대121로 승리하며 우려를 불식시켰다. 경기 후 인터뷰에서 필 잭슨은 말했다.

"저는 이 시리즈가 이대로 끝나지 않을 줄 예상했습니다."

피닉스의 반격에 조던은 다음 시합에서 55점을 퍼부었고, 불스는 최종 스코어 111대105로 승리하며 전적 3승 1패로 승수를 늘렸다. 선즈는 조던에게 수차례 골밑 돌파를 허용하며 레이업과 덩크 폭격을 맞았다. 조던은 46분의 출전 시간 동안 슛을 37회 시도하여 스물한 개를 성공시키고 자유투 열세 개와 8리바운드 4어시스트를 함께 기록했다. 선즈는 경기 막판에 2점 차까지 추격했지만 암스트롱의 끈질긴 수비에 공을 빼앗기면서 끝내 시합을 내어주고 말았다. 그날 조던이 기록한 55점은 NBA 결승전 단일 경기 득점 순위에서 공동 2위에 올랐다. 동점자는 과거 골든스테이트 워리어스 소속이었던 릭 배리였고, 이 분야의 1위는 1962년도 결승전에서 보스턴 셀틱스를 상대로 61득점을 올린 엘진 베일러였다.

시리즈 전적은 3승 1패, 이어지는 5차전은 불스의 홈경기였다. 그들은 3년 연속 우승을 코앞에 두고 있었다. 그런데 이상하게도 그날따라 팀 분위기가 어수선했다. 조던은 동료들에게 '홈에서 우승하지 못한다면 이후 있을 피닉스 원정에 동행하지 않겠다.'고 선언했다. 그는 그 말을 지키기 위해 44분간 출전하여 41득점을 올리고 7리바운드 7어시스트에 블록슛도 두 개를 기록했다. 하지만 불스는 선즈의 단단한 수비 앞에서 휘청거렸다. 선즈는 조던의 돌파 경로를 틀어막고 쉽게 골 밑을 내주지 않았다.

피닉스 선즈는 존슨의 25득점, 바클리의 24득점에 힘입어 5차전을 108대98로 이기고 애리조나에서 남은 경기를 이어가게 되었다. 시카고시는 지난 2년간 불스가 우승할 때마다 팬들이 일으킨 폭동으로 도시 전체가 몸살을 앓았다. 그래서 5차전을 앞두고 많은 상점이 출입구와 창문을 판자로 막아둔 상태였다. 그런 상황에서 경기를 끝낸 뒤 바클리가 말했다.

"시카고시는 우리한테 고마워해야 해요. 가게 앞의 판자는 다 치우십쇼. 이제 우린 피닉스로 가니까요."

5차전 패배에 분개한 조던은 안 그래도 실망감으로 괴로워하던 동료들에게 분노의 화살을 돌렸다. 한편 그 뒤에서 그의 아내와 누나는 집안사람들 전원이 피닉스에서 열리는 6차전에 갈 수 있게 전용기를 준비해달라고 간청했다. 조던은 고심하다 그 부탁을 들어줬는데, 그렇게 군말 없이 여행 경비를 대는 편이 눈앞의 과제에 집중하는 데는 더 도움이 되리라는 판단에서였을 것이다.

조던 일가는 제임스와 델로리스가 플라이트 23 매장의 수익금을 두고 계속 다투는 바람에 여전히 심각한 불화를 겪고 있었다. 시스는 수년 뒤에 낸 저서를 통해 그 무렵 부모님이 자식들, 그중에서도 특히 마이클을 싸움에 끌어들이려고 하며 추한 꼴을 보였다고 밝혔다. 그 사태에서 한 발 물러나 있던 그녀는 동생이 '수많은 책임 앞에서 자기 시간을 거의 내지 못하고 달리 도움도 받지 못하는 상태'였다고 묘사했다. '나는 마이클이 코트 안팎의 삶을 위태롭게 오가는 모습을 멀리서 지켜봤다. 우리 가족은 동생의 동료들과 마찬가지로 그 아이가 이룬 터무니없이 거대한 성공에 편승하고 있었다.'

당시 경기 해설을 맡았던 톰 도어는 피닉스로 향하던 날을 회상했다.

"그때 마이클은 자기 팀에 뭐가 필요한지 느꼈던 것 같아요. 바로 전 경기에 패했지만 마이클은 피닉스행 비행기에 올라서는 '안녕들 하신가, 월드 챔피언 여러분.' 하고 밝게 인사했죠. 아직 결승전이 다 끝나지도 않았는데 입에 커다란 여송연을 물고서 그렇게 자축하고 있었어요. 이미 이길 걸 알았던 거죠. 거기에는 티끌만큼의 의심도 없었습니다. 저는 그게 바로 이 팀이 가진 힘이라고 생각했습니다. 그 시절의 불스는 그만큼 자신만만했어요. 어딜 가든 자신감이 흘러넘쳤죠. 시카고 선수들은 자기네가 우승할 걸 직감하고 있었어요."

6차전 3쿼터까지 불스는 투지로 가득해 보였다. 그날 조던과 암스트롱 팩슨 그리고 그동안 주로 후보석을 지켰던 트렌트 터커가 총 아홉 개의 3점슛을 터뜨리면서 불스는 3쿼터까지 87대79로 앞섰다.

그런데 우승을 코앞에 두고 불스는 또 한 번 얼어붙었다. 4쿼터가 시작된 뒤 그들은 처음 열한 번의 공격 기회 동안 아홉 번이나 슛을 놓치고 실책도 두 차례 저질렀다. 그 틈에 부지런히 추격전을 벌인 선즈는 경기 종료 90초를 남기고 98대94로 점수를 뒤집었다. 하지만 선즈의 뒤이은 공격이 불발된 후 수비 리바운드를 잡은 조던은 곧장 반대편 골대로 달려가 레이업을 성공시켰다. 마지막 38초를 남기고 점수는 98대96, 단 2점 차였다. 선즈의 슈팅가드 댄 멀리는 그동안 팀이 승리하는 데 큰 공헌을 해왔지만, 그날 그가 마지막으로 던진 슛은 링에 채 닿지도 않고 떨어졌다. 14.1초가 남은 상황에서 불스는 그렇게 한 번 더 기회를 잡았다. 작전 시간이 끝난 뒤, 조던은 암스트롱에게 인바운드 패스를 하고 다시 공을 건네받아 코트 정면에서 기다리던 피펜에게 패스했다. 원래 이 작전은 불스의 해결사인 조던에게 맞춘 것이었다. 그러나 피펜은 조던에게 바짝 붙은 수비수를 보고 곧장 페인트 존 가운데로 달려들었다. 거기에는 선즈의 센터인 마크 웨스트가 기다리고 있었다. 좌측 베이스라인 쪽에 호레이스 그랜트가 대기 중이었지만, 그는 그날 단 1점밖에 기록하지 못할 만큼 부진했다. 피펜은 그런 그랜트에게 공을 넘겼다. 승부가 걸린 위태로운 상황에서 그랜트는 바로 슛을 쏘지 않고 코트 좌측 45도 지점의 3점 라인에 홀로 서 있던 팩슨에게 패스했다.

"전 팩슨이 공을 던졌을 때 '저건 들어갔다.' 하고 바로 느꼈어요."

이후에 조던이 그 순간을 떠올리며 한 말이다.

팩슨의 3점슛이 들어가고 그랜트가 케빈 존슨의 마지막 슛을 막아내면서 긴장감 가득했던 시합이 끝났다. 그리고 불스는 마침내 세 번째 우승 타이틀을 거머쥐었다.

1993년도 NBA 챔피언 결정전에서 조던은 경기당 평균 41득점을 올려 1967년에 릭 배리(평균 40.8득점)가 차지했던 결승 시리즈 평균 득점 1위 기록을 다시 썼다.

마지막 시합이 끝나고 조던의 스위트룸에서 열린 파티는 꽤 조촐했다. 조던은 웃통을 벗은 채 운동용 반바지만 입고 있었다. 조지 콜러가 곁에서 값비싼 샴페인 뚜껑을 땄고 당시에 방송 일을 하던 퀸 버크너도 그 자리에 함께했다. 그러나 그날 축하연의 진짜 주인공은 바로 조던 가족이었다. 마이클 조던은 누나, 어머니와 함께 소파에 앉아 웃음 지었고 아버지 제임스는 로즐린과 함께 맞은편에 앉아 그들을 바라보았다. 조던은 마치 레슬링이라도 하듯 여동생을 와락 끌어안았다. 모두가 미소 짓던 기분 좋은 밤. 하지만 그들이 그렇게 한곳에 모인 것은 그날이 마지막이었다.

조던의 측근들은 이미 오래전부터 그가 사생활을 잃고 매일 같이 반복되는 경쟁에 지쳤음을 느꼈다. 일찍이 샘 스미스는『조던 룰』에서 '그가 나이키의 후원과 제품 판매 수익을 잃는 것을 두려워하지 않는다면 더 일찍 은퇴할 가능성이 있다.'라고 분석한 바 있다. 그런 상황에서 경기 외적으로 일어난 온갖 논란은 그가 세 번째 우승을 차지한 뒤 코트를 떠나리라는 예상을 증폭시킬 뿐이었다.

6차전이 끝나고 기자들은 조던에게 정말 은퇴를 계획했는지 물었다. 그러나 그는 확신에 찬 표정으로 대답했다.

"아뇨, 전 아직도 농구를 많이 사랑합니다."

# 제 9 부

# 떠나다

# 제 29 장

# 렉서스

사람들은 그를 보며 승리가 아주 쉬운 것이라고 착각하기 시작했다. 리그 3연패를 하기가 얼마나 고된지, 조던이 얼마나 강한 의지와 정신력 그리고 두려움을 안고 그렇게 큰 성공을 거두었는지 아는 사람은 필 잭슨과 불스의 가까운 동료들뿐이 었다.

1993년 여름에 마이클 조던은 목표를 잃은 채 근심과 고통의 소용돌이로 다가 가는 중이었다. 그를 수렁으로 이끈 존재는 다름 아닌 아버지 제임스 조던이었다. 그 무렵에 제임스의 삶은 철저히 무너지고 있었다. 제임스는 시카고에서 친자 확인 소송에 휘말렸으며 플라이트 23을 정리한 뒤 래리와 함께 시작한 사업도 결국 실 패하고 말았다. 체납된 세금을 내라는 독촉장이 날아들었고 외상값을 받지 못한 납 품업자들은 매장에 들인 물건을 빼기 시작했다. 그는 여전히 델로리스와 격렬하게 다투고 있었다. 그러다 부부가 공동 명의로 개설했던 은행 계좌가 닫히면서 신용 거래를 위한 마지막 보루마저 무너졌다. 종업원들의 월급이 밀렸고 비서에게서 걸 려오는 전화는 걱정거리를 늘릴 뿐이었다. 그는 자녀들에게 아내가 자신을 파멸시 키려 한다며 하소연했다.

1993년 7월 22일, 샬럿 교외 지역에 살던 제임스와 델로리스는 집을 나선 후 각기 다른 방향으로 향했다. 델로리스는 셋째 아들을 만나기 위해 시카고행 비행기 를 탔고, 제임스는 전 직장 동료의 장례식에 참석하려고 펜더 카운티로 차를 몰았 다. 아들이 선물한 붉은색 렉서스 자동차는 제임스의 자랑이었고 그 차의 장식 번 호판에는 UNC0023이라는 글자가 새겨져 있었다. 다음 날 그는 시카고로 이동하 여 아들이 주최하는 유명인들의 야구 시합을 구경할 생각이었다. 아내와 아들은 그 일정이 끝나면 캘리포니아에서 오랫동안 휴가를 보낼 계획이었다.

그 뒤 시스가 아버지의 비서에게 연락을 받은 때는 8월 2일로, 그의 57세 생일이 지난 시점이었다. 비서는 걱정이 되어 전화했다고 말했다. 별일이 없는 한 매일같이 회사 상황을 확인하던 제임스로부터 거의 2주간 연락이 없었기 때문이다. 시스는 그때 아버지의 사업이 얼마나 엉망진창인지 알았다. 임금으로 발행한 수표가 부도 처리되는 바람에 직원들이 떠났다는 것이다. 비서는 그가 7월 23일 자 시카고행 비행기도 타지 않았다고 전했다.

지난 몇 년 동안 제임스는 아들의 바쁜 일정에 맞추어 장기간 여행을 떠나는 경우가 많았다. 훗날 마이클 조던이 그 점을 언급했다.

"아버진 혼자서 움직이는 경우가 많았어요. 어머니랑 의견이 잘 안 맞아서 그러기도 했지만 별 이유 없이 혼자 다니기도 했어요. 예전에 다니던 회사를 나오고는 즐겁게 살면서 원하는 일을 마음 내킬 때 하셨죠. 그래서 우린 그런 걸 특별히 걱정하지 않았어요."

시스는 곧 어머니에게 전화를 걸었다. 약 2주 만에 집으로 돌아온 델로리스는 딸에게서 비서가 한 말을 전해 들었다. 집은 외출하던 당시의 상태 그대로였고 침대에서 누가 잔 흔적도 없었다. 하지만 그녀는 제임스가 어디든 간에 본인이 원하는 장소에 있을 것이라며 딸을 안심시켰다.

## 커지는 우려

8월 4일, 시스는 아버지의 회사에 전화를 걸었고 여전히 연락이 없다는 이야기를 들었다. 이틀 뒤에는 어머니와 래리가 회사에 들러 그동안 밀린 청구서들을 처리했다는 소식이 들렸다. 시스는 어쩌면 그 일로 부모님이 화해할 수도 있겠다는 생각을 했다. 그 주에 딸과 통화한 델로리스는 제임스가 그동안 늘 이사하고 싶어 하던 힐튼 헤드 아일랜드에 가 있을지 모른다고 추측했다.

며칠 뒤 시스에게 얼른 뉴스를 보라는 이웃의 전화가 왔다. 제임스의 렉서스가 훼손되고 주요 물품들을 도난당한 채로 발견된 것이다. 마이클 조던은 같은 소식을 듣고 무언가가 심각하게 잘못되었음을 느꼈다.

"아버지는 그 차를 아주 소중하게 생각하셨거든요."

나중에 그가 그 일을 떠올리며 한 말이다.

경찰은 8월 5일 노스캐롤라이나 페이엣빌의 주도로에서 멀리 떨어진 숲 근처에서 그 자동차를 발견했다. 차 뒷유리가 깨진 채 스테레오 스피커와 타이어, 장식 번호판이 도난당한 상태였다. 수사 당국은 렉서스 대리점에서 차량 정보를 확인하고 조던 일가와 접촉했다. 하지만 차가 발견된 주변 지역을 조사해도 특별한 것은 없었다. 그들은 제임스 조던이 7월 22일 예전 직장 동료의 장례식에 참석한 뒤 같은 날 저녁에 윌밍턴에서 친구와 함께 시간을 보냈다고 확인했다. 그곳에서 샬럿의 집까지는 차로 세 시간 반이 걸리는 거리였다.

컴벌랜드 카운티 경찰국의 아트 바인더 경감은 기자들에게 이렇게 말했다.

"제임스 조던 씨가 하루 이틀 정도는 남들 모르는 곳에서 시간을 보낼 수도 있겠지만, 2주 넘게 연락이 없다는 건 확실히 수상쩍은 일이죠."

마이클 조던은 뉴스를 접하자마자 노스캐롤라이나로 향했다. 경찰은 그 자동차가 8월 3일 사우스캐롤라이나주 매콜의 인근 습지에서 심하게 부패한 채 발견된 시체와 연관되었다고 보았다. 나중에 지역 검시관이 설명하기로는 그날 시신을 운반용 부대에 넣은 뒤 거의 온종일 운송 차량에 실어두었다고 한다. 사우스캐롤라이나 경찰은 부검을 통해 피해자가 가슴에 38구경 권총 탄환을 맞고 숨졌다고 결론지었다. 그리고 8월 7일에 검시관은 치과 기록을 대조해보고 그 신원 미상의 시신을 소각하라 지시했다.

"저는 상황에 맞게 결정을 내렸습니다." 부검을 맡았던 팀 브라운은 피해자의 시신이 마이클 조던의 아버지임을 확인한 뒤 기자들에게 말했다. "발견 당시에는 이미 시체가 많이 부패한 상태였고 현장엔 냉동 시설도 없는 상태였습니다."

갑작스러운 비보에 놀란 조던 일가는 돌아오는 주말(1993년 8월 15일)에 티치의 록피시 흑인 감리교회에서 서둘러 장례식을 치르기로 했다. 한편 경찰은 제임스의 차에 장착된 무선 전화의 통화 기록을 추적하여 용의자를 찾았다. 조던 일가가 장례식을 치르던 날, 수사 당국은 노스캐롤라이나 럼버튼에서 당시 만 18세였던 래리 마틴 데머리와 다니엘 안드레 그린을 체포하고 1급 살인죄와 무장 강도 및 그 공모 행위에 대하여 기소했다. 로브슨 카운티의 허버트 스톤 보안관은 그린이 해당 지역에서 살인 의도를 품고 무장 강도죄와 폭행죄를 저질러 2년가량 복역하다 두 달 전 가석방되었다고 설명했다.

경찰은 사건 조사를 통해 제임스 조던이 7월 23일 새벽에 럼버튼 부근의 주간 고속도로 95호선에서 봉변을 당했다고 밝혔다. 제임스가 잠시 눈을 붙이려고 길가에 차를 댔을 때 데머리와 그린은 그 부근에서 행인을 덮치려 잠복하고 있었다.

아트 바인더 경감이 설명하기로 그들은 제임스를 살해하고 지갑을 열어본 뒤에야 그가 누구인지 알아보았다고 한다.

"두 사람은 피해자가 마이클 조던의 아버지란 걸 알고 최대한 범죄 흔적을 남기지 않으려고 했습니다. 범행 후에 사우스캐롤라이나에 시신을 유기하기까지는 시간이 꽤 걸렸던 모양입니다."

두 청소년은 50킬로미터 정도 차를 몰고 사우스캐롤라이나주로 넘어간 뒤 음습한 개울에 제임스 조던의 시신을 버렸다. 그들은 이후 사흘간 렉서스를 몰고 다니다 또래 친구들에게 자랑하기 위해 영상을 찍은 뒤 시신을 유기한 곳에서 약 97킬로미터 떨어진 페이엣빌의 변두리 도로에 차를 버렸다.

노스캐롤라이나주립 범죄 수사국의 짐 코먼 국장은 기자회견에서 다음과 같이 말했다.

"제임스 조던 씨에게 일어난 이 사건은 평범한 시민들 모두가 걱정하고 두려워하는 '묻지마 범죄'에 속합니다. 누구든 피해자가 될 수 있는 사건이었어요."

## 의혹

제임스 조던의 사고 소식이 알려진 뒤 곧 수많은 의혹과 음모론이 제기되었다. 검시관은 왜 그렇게 급하게 시체 소각을 지시했는가? 어째서 제임스 조던의 실종 신고가 없었을까? 그에게서 몇 주간 연락이 없었는데 어떻게 가족은 아무 걱정 없이 지냈을까? 이 살인 사건이 마이클 조던의 도박과 관계된 것은 아닐까? 제임스의 57세 생일이 그냥 지났는데도 가족 중 누구도 그가 실종되었다고 의심하지 않았는가? 게다가 경찰과의 대화에서 남편과 마지막 통화를 한 것이 7월 26일이라는 델로리스의 설명 그리고 사건 발생일 이후 제임스처럼 생긴 어른이 10대 청소년 2인과 편의점에 들렀다는 해당 매장 직원의 진술로 의혹은 더욱 증폭되었다. 하지만 수사 당국은 두 사람 모두 착각한 것이라고 결론지었다.

한편 조던 일가는 8월 15일 일요일에 제임스의 장례식을 치렀다. B.J. 암스트롱과 아마드 라샤드, 데이비드 포크를 비롯하여 200여 명의 조문객이 모인 가운데 송별사를 맡은 마이클 조던이 천천히 연단으로 향했다. 그는 엷은 미소를 띠며 말했다.

"전 이런 자리에 서는 게 어떤 기분인지 늘 궁금했어요." 조던은 아버지가 어떤 사람이었는지 읊조리듯 이야기했지만 그 목소리는 북받치는 감정으로 갈라져 있었다. 그는 부모님이 5남매를 낳아 기르며 들인 노고와 목표가 있는 삶을 살라는 그들의 가르침에 감사 인사를 보냈다. "이제 아버지가 떠났다는 사실에 매이지 말고 그분이 사셨던 지난 삶을 축하해주십시오."

그는 송별사를 마무리한 뒤 어머니를 끌어안았다. 그리고 미소를 띤 채 그녀에게 귓속말로 무언가를 말하며 교회 밖의 묘지로 함께 걸어 나갔다. 제임스 조던, 그는 고향 사람들에게 무엇이든 척척해내는 부지런한 청년으로 기억되었다.

제임스의 육촌으로 록키 포인트 근방에 살던 안드레 카 목사(당시 만 71세)는 《시카고 트리뷴》지와의 인터뷰에서 이렇게 말했다.

"제임스는 항상 사람들을 웃기려고 했어요. 언제나 재밌는 이야깃거리가 있었죠. 그렇게 유머 감각과 매력이 남달랐던 덕분에 친구가 정말 많았어요. 누구든 한 번 만나보면 평생 친구가 될 정도였습니다. 가정에서는 매사에 긍정적으로 행동하는 아버지였죠. 제임스는 그렇게 행복한 사람이었어요."

그 다음 주 목요일에 조던은 에이전트인 데이비드 포크를 통해 성명서를 냈다.

"저와 제 가족은 힘든 시기를 보내며 많은 분들의 격려와 기도 덕분에 기운을 차릴 수 있었습니다. 그동안 각지에서 힘쓰신 수사관 여러분께도 감사하다는 말씀을 드리고 싶습니다. 지금 저는 돌아가신 아버지 앞에 당당할 수 있도록 커다란 상실감과 슬픔을 이겨내려고 노력하는 중입니다. 하지만 제가 그간 저지른 잘못과 실수를 아버지의 죽음과 연결 지으며 아직 아물지도 않은 상처를 헤집는 분들은 도무지 이해하지 못하겠습니다."

그는 가족을 괴롭히는 '근거 없는 소문'을 비판했다.

조던은 금요일에 버지니아주 리스버그의 랜스다운 리조트에서 로즈 엘더 초청 골프 대회에 참가할 예정이었다. 또 그 다음 주 화요일에는 버지니아주 우드리지의 세븐 브리지 골프 클럽에서 맥도날드가 주최하는 어린이 돕기 유명인 자선 골프 대회 참석 여부를 정해야 했다. 수많은 방송이 제임스 조던의 죽음에 관하여 의혹을 제기하는 가운데 그는 두 행사 모두 최대한 조용하게 넘어가기로 했다.

필 잭슨은 전직 불스 선수로 방송 일을 하던 놈 밴 리어가 조던을 힘들게 했다고 설명했다.

"당시에 놈 밴 리어가 방송에서 마이클 아버지의 죽음이 도박 사건이나 NBA랑 얽혀 있을 거라고 자주 말했습니다. 그래서 마이클이 그 사람을 직접 찾아가서 한마디 했죠. '놈, 당신이 말하는 온갖 음모론은 우리 아버지가 돌아가신 것과 전혀 상관이 없어요. 사건의 배후 같은 건 없다구요.' 그때 마이클은 사람들이 품은 그런 망상 때문에 거의 미칠 지경이었어요."

잭슨은 시카고 불스에 합류한 이후로 줄곧 강한 직관력을 발휘하며 조던을 지지하고 격려해왔다. 두 사람은 친구이자 서로의 길잡이가 되었고 독특한 발상과 선견지명으로 함께 힘을 북돋웠다. 그러나 아버지의 죽음으로 괴로워하던 조던의 마음속에 농구가 들어갈 자리는 없었다.

그해 가을에 트레이닝 캠프가 다가올 무렵, 데이비드 포크는 제리 라인스도프에게 조던이 은퇴를 준비하는 중이라고 알렸다. 거기에 제임스의 죽음 때문이라는 말은 없었지만 구단주는 조던이 아버지를 잃은 충격으로 그러한 결정을 내렸다고 보았다. 일각에서는 조던이 턱도 없이 낮은 연봉 계약에 분개하여 코트를 떠난다는 추측이 일었으나 라인스도프는 다음과 같이 반박했다.

"마이클은 이렇게 말했습니다. '돈은 문제가 아니에요. 더 이상 농구를 하고 싶지 않습니다. 그냥 은퇴하고 싶어요.'라고요."

라인스도프는 조던에게 물었다.

"그럼 뭘 하고 싶은 건가?"

"야구를 하고 싶습니다."

그 무렵 조던은 필 잭슨을 만나길 망설였다.

"심리학 전공자였던 감독님은 모든 걸 꿰뚫어봤죠." 그가 훗날 인터뷰에서 한 말이다. "늘 제 속을 들여다보면서 마음이 어디에 가 있는지 읽으려 했어요."

하지만 조던은 본인이 원하는 바를 잘 알았다. 잭슨은 그를 자극하는 방법을 훤히 꿰고 있었지만 당시의 만남에서는 아주 조심스럽게 대화를 이어갔다. 잭슨은 조던에게 신이 내린 위대한 재능이 있다면서 은퇴 후에는 수많은 농구팬이 그 재능을 보지 못할 것이라고 아쉬워했다. 그러고는 결정을 재고해보라고 권했다. 조던은 단호하게 대답했다.

"아뇨, 전부 끝났어요."

조던은 감독에게 나름대로 궁금한 것이 있었다. 그는 지난 시즌 내내 의욕을 잃고 도전거리를 찾지 못했던 자신을 잭슨이 무슨 수로 계속 움직였는지 알고 싶었다. 사실 잭슨도 그 질문에 뚜렷한 해답을 찾지 못했다. 조던은 줄리어스 어빙처럼 실력이 쇠하여 한물갔다는 비판 속에 선수 생활을 끝내고 싶지 않았다.

잭슨은 마지막 수단으로 안식년을 보내면서 한동안 농구를 쉬는 것이 어떻겠냐고 물었다. 그러나 조던은 이도 저도 아닌 상황을 원치 않았고 확실하게 끝을 맺고 싶어 했다. 그 순간 잭슨은 그의 결심이 얼마나 굳은지 이해했다. 그리고 늘 응원하겠다는 말과 함께 눈물을 흘렸다. 조던은 그런 상황에 대비하여 마음을 다잡았지만 동료 선수들과 코치들 앞에서는 감정을 억누르기가 어려웠다. 특히 얼마 전 미국으로 건너와 불스에 합류한 토니 쿠코치가 그의 은퇴를 슬퍼했고, 조던은 그 모습에 감동을 받았다. 다른 팀원들 역시 비슷한 감정을 느꼈다. 그날 조던은 동료들과 오랜 시간을 함께하고도 서로 마음 깊은 곳까지는 잘 알지 못했음을 깨달았다.

조니 바크는 조던이 코치진에게 은퇴를 알리던 날을 떠올렸다.

"그때 마이클이 이렇게 말했죠. '여러분, 전 이제 농구를 그만둘 겁니다.' 좀체 믿기지가 않았지만 다들 그 말을 듣고서 마이클에게 행운을 빌어줬어요. 정말 그날은 충격이 컸습니다."

1993년 10월 6일, 조던은 NBA 은퇴를 공식 발표했다. 그는 기자회견 중에 이런 말을 했다.

"아버지가 살아계셨더라도 제 결정은 같았을 겁니다."

"농구를 다시 하고 싶은 마음이 생기고, 불스가 절 받아주고, 또 데이비드 스턴 총재가 복귀를 허용한다면 나중에 5년 뒤에라도 돌아올지 모릅니다."

이 발언은 조던이 데이비드 스턴의 은퇴 권유 혹은 강압 때문에 코트를 떠난다는 의혹과 음모론에 더욱 불을 지폈다.

스포츠 기자인 데이브 킨드레드의 글은 그러한 의심에 한층 더 무게를 실었다. '혹시 모종의 거래가 있지는 않았을까?' '마이클, 자네가 은퇴한다면 도박 건에 관한 수사는 더 이상 없는 걸로 해주겠네.' 그렇게 도박 문제를 덮어준다는 명목으로 NBA의 데이비드 스턴 총재가 농구 코트를 떠나 야구나 다른 운동을 하라는 조언

혹은 지시를 한 것은 아닐까?'

《스포츠 일러스트레이티드》도 조던이 '최근 진행된 NBA 측의 조사를 피하기 위해 은퇴를 선언한 것일 수 있다.'라고 의혹을 제기하며 그가 기자회견에서 도박 문제를 언급하지 않았음을 지적했다.

스턴 총재와 데이비드 포크는 조던의 은퇴가 도박 문제와 전혀 무관하다고 잘라 말했다. 또 스턴은 음모론을 제기하는 이들을 두고 '악의적이고 혐오스럽다.'고도 말했다.

스턴은 기자들 앞에서 조던에 관한 조사가 모두 마무리되었다는 설명과 함께 그가 결코 NBA 시합을 걸고 내기를 하지 않았으며 도박 중독도 아니라고 강조했다.

그런데 조던은 시간이 꽤 흐른 뒤인 2005년에 「60분」의 진행자 에드 브래들리와의 인터뷰에서 본인의 문제를 이렇게 인정했다.

"맞아요, 그때 전 도박에 한창 빠져 있었어요. 도를 넘은 수준이었죠. 그게 중독이냐 아니냐는 보는 관점에 따라서 다를 겁니다. 만약에 가족과 생계를 다 내팽개칠 정도라면 그건 확실히 중독이라 할 수 있겠죠."

소니 바카로가 이야기했듯이 NBA의 얼굴이자 보물이었던 조던은 도박 사건에 연루되고도 무사했던 유일한 선수였다. 바카로는 다른 선수가 그런 일을 저질렀다면 출장 정지 처분을 받았을 것이라면서 NBA 사무국이 사건 조사를 끝내는 것으로 상황을 모두 정리했다고 설명했다.

데이비드 스턴이 조던에게 은퇴를 강요했다는 소문은 아무래도 현실성이 없어 보였다. 또한 당시 어떠한 조사에서도 마이클 조던의 도박 빚과 제임스의 죽음이 연관되었다는 정황은 포착되지 않았다. 하지만 이후에 스턴은 그러한 음모론에 더 강경하게 대응하지 않았다는 이유로 조던의 분노를 사고 만다.

조던은 급히 은퇴 기자회견을 준비하는 바람에 그 무렵 아프리카를 여행 중이던 어머니에게 그 사실을 알리지 못했다. 불스의 스티브 셴월드 부사장이 당시를 회상하며 말했다.

"그때 저는 마이클의 어머니랑 어린 학생들과 함께 케냐에 있었어요. 참 평화로운 곳이었죠. 우린 케냐 외곽 지역에서 텐트를 치고 지내면서 사파리 여행을 다녔습니다. 그래서 라디오나 TV는커녕 신문조차 볼 수가 없었어요. 우린 세상이 끝장나도 전혀 모른 채 살 거라고 우스갯소리를 했죠. 그러다가 이틀 뒤엔가 비행기를 타고 나이로비로 갔고, 거의 열흘 만에 다시 문명의 세계를 맛보게 됐습니다. 우린 공항을 나와서 점심시간쯤에 버스를 탔어요. 그때 운전기사가《데일리 네이션》이라는 케냐 신문을 보고 있었죠. 그 뒷면에는 '마이클 조던 은퇴하다'라는 표제와 마이클의 사진이 보였어요. 처음에 저는 그걸 보고 신문사에서 짓궂은 장난을 쳤다고 생각했습니다. 그런데 진짜 이틀 전에 마이클이 은퇴 기자회견을 했다지 뭡니까. 당연히 마이클의 어머니는 그걸 모르고 계셨죠. 저는 곧 그분한테 다가가 지난 9년간 아드님 덕분에 행복했다고 감사 인사를 전했어요. 그러니까 대체 무슨 소리냐고 물으시더군요. 저는 마이클이 이틀 전에 NBA에서 은퇴했다고 설명했습니다. 델로리스 씨는 믿을 수 없다는 표정이었어요. 그래서 신문을 가져와서 보여드렸죠. 그렇게 해서 우린 마이클이 은퇴했다는 걸 알게 됐어요. 그날 저녁 시간에 저는 함께 여행하던 분들에게 샴페인을 샀습니다. 그리고 그간 위대한 업적을 쌓은 마이클을 위해 건배했죠. 하지만 그 뒤에 시카고로 돌아와 보니 전혀 그런 분위기가 아니더군요. 사람들은 깊은 우울감에 시달렸어요. 예기치 못한 사건에 다들 정신을 못차리고 있었죠."

아마도 조던의 은퇴로 가장 허전함을 느낀 쪽은 NBA의 지도부였을 것이다. 역사상 가장 매력적이고 인기 있는 선수를 대신할 무언가를 찾아야만 했을 테니까. 그간 나돌던 소문과 정반대로 스턴 총재가 조던의 은퇴를 만류했다는 설도 있으나, 두 사람 모두 그 점을 자세히 해명한 적은 없다. 이후에도 이 문제는 해결되지 않은 채 분노로 가득한 조던의 삶에 또 다른 응어리로 남았다.

# 제30장

# 꿈의 야구장

스티브 커가 시카고에 합류한 때는 1993년도 트레이닝 캠프가 시작되기 바로 며칠 전이었다. 자유계약 선수로 부스스한 금발 머리, 느린 발에 비해 정확한 슛이 특징인 그는 공식 선수 명단에 이름을 올리기 위해 여러모로 애써야 했다. 그는 리그에서 떠도는 여러 소문으로 조던과 함께 뛰는 것이 얼마나 힘든지 알고 있었다. 그러나 커가 시카고에 온 지 일주일 만에 조던은 농구계를 떠나고 말았다.

그 후에 커는 간간이 불스의 훈련을 구경하러 온 조던을 멀리서 보는 것이 다였다. 조던이 떠난 공백은 심각했다. 그는 오래전부터 은퇴가 멀지 않았음을 시사해왔다. 그리고 은퇴 선언을 하자마자 자신이 없는 팀이 어떤지 확인하려는 듯 다시 연습장을 찾아왔다. 어쩌면 그는 새로운 진로를 모색하면서 은퇴를 실감하려고 그곳에 들렀는지도 모른다. 이제 사랑하는 아내, 세 자녀와 함께할 시간이 생겼지만 그것도 마음을 추스르는 데는 도움이 되지 않았다. 언론이나 대중은 눈치채지 못했지만, 그는 여전히 슬픔에 젖은 채 새로운 삶을 살기 위해 몸부림치고 있었다.

"그 무렵에 마이클은 가끔 연습장을 찾아왔어요." 스티브 커가 당시를 회상하며 말했다. "그냥 거기 들러서 우리가 연습하는 걸 지켜봤죠. 아마 예전 동료들이랑 농구장 분위기가 그리워서 그랬던 것 같아요. 그 덕에 저도 몇 번 얼굴을 보긴 했어요. 그해에 정규 시즌 시합을 보러 온 적도 있고요. 유나이티드 센터에 정장을 차려입고 왔었죠."

사이드라인에서 조용히 연습을 지켜보는 조던은 불스가 앞으로 어떻게 변화할지 묻는 듯했고, 그 모습에 선수들은 왠지 모를 긴장감을 느꼈다.

"그때는 시카고 불스가 오롯이 필 잭슨 감독의 팀이었어요." 커가 다시 말했다. "제가 입단하기 전에도 우리 팀에서 감독님이 차지한 비중이나 존재감은 대단했죠. 하지만 마이클이 은퇴한 뒤에 시카고는 정말 말 그대로 필 잭슨의 팀이 됐어요. 사실 그럴 수밖에 없었죠. 팀 내에서 감독님의 영향력이 가장 컸거든요. 물론 그때도 훌륭한 선수들이 꽤 있었고 다들 개성이 강한 편이었어요. 하지만 리더십이라는 측면에서 봤을 때, 스카티는 전면에 나서서 팀을 컨트롤하는 유형이 아니었어요. 오히려 팀원 모두가 좋아하는 동료였죠. 그건 그 친구한테 유약한 면이 있었기 때문이에요. 감독님은 그렇지 않았지만요."

일각에서는 잭슨의 성공이 모두 조던 덕분이라는 평가도 있었다. 하지만 그것은 그의 통솔력이 얼마나 뛰어난지 모르고 한 말이었다. 그 능력은 팀 내 최고의 선수가 심리적으로 흔들리고 연봉 문제로 구단 경영진과 갈등을 빚을 때 가장 빛을 발했다. 피펜은 몇 년 전 불스와 장기 계약을 맺었지만 얼마 후 구단별 연봉 총액 상한선이 높아지면서 그 가치가 크게 떨어진 상황이었다. 라인스도프는 계약서에 기재된 금액을 현재의 달러 가치로 환산해달라는 피펜의 요청을 들어줬지만 재협상 요구에는 응하지 않았다.

커는 당시 일을 언급했다.

"스카티는 아주 인간적이었고 그래서 약한 면이 있었어요. 그 친구를 다들 좋아했던 이유는 그거였어요. 아시다시피 스카티는 구단과 장기 계약을 맺었었죠. 하는 일에 비해서 연봉이 너무 작았어요. 아무리 계약이라도 그냥 받아들이기엔 힘든 상황이었죠. 스카티는 경영진한테 자기 가치를 인정받지 못했다고 느꼈어요. 사람이라면 당연히 느낄 만한 감정이었고, 스카티에겐 그런 감정이 있었습니다. 그래서 팀원들이 그 친구를 좋아한 거예요. 운동 능력은 저나 다른 선수들보다 월등히 앞서지만 그런 인간적인 부분이 우리랑 닮았다고 느껴졌거든요. 정서적인 면에서 아무래도 마이클보다는 스카티가 우리한테 더 가까웠죠. 마이클은 도통 평범한 인간으로 보이질 않았어요. 너무나 강하고, 너무나 자신만만했으니까요."

하지만 늘 강해 보였던 조던은 곧 초인의 면모를 잃기 시작했다. 8월에 아버지가 피살된 이후로 그는 줄곧 방황하고 있었다. 더구나 그 사건에 관한 이야기를 들을수록 슬픔은 더해갔다. 그는 텔레비전에 아버지와 관련된 방송이나 용의자들을 체포하는 장면이 나올 때마다 하던 일을 멈추고 화면에 빠져들었다.

오랜 세월 나약한 모습이나 약점을 거의 보이지 않았던 조던이 이제는 안식처를 찾아 헤매고 있었다. 그해 가을, 그가 시카고 화이트삭스의 홈구장인 코미스키 파크에서 남몰래 타격 연습을 했다는 소문이 돌았다. 불스와 화이트삭스의 구단주인 라인스도프의 배려로 그는 닷새에 걸쳐 지난 십수 년간 잊었던 야구 감각을 되살리기 시작했다. 이 훈련에는 당시 화이트삭스 선수인 프랭크 토머스, 마이크 허프, 댄 파스쿠아, 훌리오 프랑코가 도움을 주었다. 제임스는 살아생전 아들이 농구계를 지배할 때도 항상 야구를 최고의 화젯거리로 삼았다. 마이클 조던은 그렇게 아버지가 사랑해 마지않았던 스포츠로 돌아갈 생각이었다.

필 잭슨은 그로부터 몇 달 뒤 인터뷰에서 이런 말을 했다.

"마이클의 아버지는 언제나 아들이 야구를 하길 바라셨죠. 실제로 그분 꿈이 프로 야구선수가 되는 거였고 젊었을 적에는 세미프로로도 활동하셨다고 해요. 아무래도 그래서인지 마이클은 아버지 대신 그 꿈을 이루려고 한 것 같았어요. 그게 그 녀석한테 야구를 하겠다는 말을 듣고서 가장 먼저 든 생각이었죠. 처음에는 메이저리그에서 뛸 생각을 하는 게 의아하기도 했습니다. 농구계에 본인의 야구 실력을 자신하는 선수들이 많다는 걸 알고는 있었지만 말이죠."

## 화이트삭스

조던은 《시카고 트리뷴》의 기자이자 『행타임: 마이클 조던과 함께한 나날과 꿈들(Hang Time: Days And Dreams With Michael Jordan)』*의 저자인 밥 그린에게 향후 계획

---

* 국내에는 1994년에 『덩크슛! 마이클 조던 NBA 감동 휴먼 스토리』라는 제목으로 출간되었다.

을 밝혔다. 어느 날 조던은 그린과 차를 타고 코미스키 파크를 지나면서 앞으로 저 곳에서 일할지도 모른다고 말했다. 그린은 조던과 도시 이곳저곳을 다니며 해괴한 꼴을 수도 없이 보았다. 거리에는 조던을 보려고 도로 한가운데 차를 세운 채로 뛰쳐나오거나 차창을 두들기며 사인 용지를 흔드는 사람들이 부지기수였다. 그린은 그렇게 위협적인 상황을 일상처럼 받아들이는 조던을 놀랍게 보았다. 그 일로 그는 조던이 왜 이중 잠금장치가 설치된 호텔 방에서 내내 시간을 보내는지 이해했다.

조던은 그를 좇는 팬들에게 시달릴 대로 시달려 그런 상황에 이골이 나 있었다. 예전에 캘리포니아에서 휴가를 보낼 때, 그는 친구와 자전거를 타다가 해변 공원에서 농구 시합을 하던 청년들을 발견했다. 친구가 그쪽으로 다가가 조던과 시합할 의향이 있는지 물었지만, 그들은 말도 안 되는 소리 하지 말라며 코웃음을 쳤다. 물론 농구의 신이 실제로 눈앞에 나타나자 그 표정은 놀라움으로 바뀌었다. 조던은 그 시합을 통해 한동안 잊었던 농구의 재미를 다시 느꼈다. 하지만 순식간에 많은 구경꾼이 모여드는 바람에 황급히 그 자리를 뜨는 수밖에 없었다. 조던은 그린에게 당시 상황을 새로 찍을 광고에 활용하면 좋겠다고 말했지만, 그린은 그 말이 농담인지 진담인지 분간하지 못했다.

그린은 조던의 야구계 진출 계획을 아무에게도 알리지 않았다. 한편 조던의 측근들은 그 계획에 현실성이 있는지 살펴보기 시작했다. 당시에 나이키의 경쟁사에서 일했던 소니 바카로는 조던에게 직접 소식을 들었다고 한다.

"마이클이 하고 싶은 게 있다면서 나한테 전화를 했죠. 들어보니 나쁘지 않겠다 싶었어요. 그건 마이클 본인의 의지였고 다른 누가 제안한 건 아니었어요. 그때 마이클이 그랬죠. 야구에 도전하겠다고요. 녀석은 농구를 하면서도 늘 자기가 야구선수라고 생각했어요. 야구를 하려는 것도 다 그런 이유에서라고 했죠. 마이클은 도전을 좋아했던 만큼 새로운 영역으로 뛰어드는 게 어렵진 않았어요."

바카로는 조던이 야구를 하면 NBA를 뒤흔든 도박 사건의 여파도 차츰 가라앉으리라 생각했다. 그러나 이후에 데이비드 포크가 한 발언은 음모론자들에게 새로운 먹잇감을 제공했다.

"마냥 쉬운 결정은 아니었습니다. 하지만 마이클은 본인이 과거에 잘못된 판단을 한 걸 인정하고 사과했죠. 그리고 계속 앞으로 나아가기로 했고요. 마이클이 은퇴를 결심하기까진 많은 용기가 필요했고 또 야구를 하는 데도 많은 용기가 필요했습니다. 농구에서 믿을 수 없을 만큼 큰 성공을 거둔 뒤여서 그만큼 실패할 가능성이 크다는 것도 고려해야 했죠. 하지만 마이클은 두려워하지 않았어요."

1994년 1월, 조던은 밥 그린에게 전화를 걸어 야구계 진출 소식을 기사화해도 좋다고 말했다. 지난 몇 주간 코미스키 파크에서 훈련을 계속한 그는 플로리다의 새러소타에서 화이트삭스의 봄철 시범 경기에 참가할 예정이었다. 조던은 그린에게 '가상의 야구 게임이 아니라 진짜 프로 야구'라며 신이 나서 외쳤다. 물론 그의 도전을 못 미덥게 보는 이들이 많았지만, 그러한 의심은 먼 옛날부터 그를 움직이는 원동력과 같았다. 사람들은 이런 의문을 품었다. '야구계 진출은 고행의 길이 될 것인가, 아니면 일종의 순례 여행이 될 것인가? 그것도 아니면 둘 다일까?'

조던은 서른한 번째 생일을 며칠 앞두고 당시 또 다른 책을 준비 중이던 그린과 함께 새러소타에 당도했다. 준비 운동 시간을 앞두고 티셔츠와 반바지 차림으로 탈의실을 오가는 선수들 사이에서 조던은 일찌감치 45번이 새겨진 유니폼을 입고 있었다. 그 표정은 마치 리틀 리그의 개막을 기다리는 어린이 같았다.

그는 야구선수가 된다는 기대감을 이렇게 표현했다.

"갑자기 어린 시절로 되돌아간 것 같아요."

리틀 리그 시절과 한 가지 차이가 있다면 그것은 바로 연습에 들인 노력이었다.

이에 화이트삭스의 타격 코치 월트 리니악은 그를 '연습에 미친 놈'이라고 묘사했다. 또 리니악은 조던이 무슨 조언이든 귀 기울여 듣는다며 놀라워했다.

하지만 그러한 노력도 조던을 메이저리그급 선수로 만들지는 못했다. 그는 1981년 3월에 레이니 고교 야구부를 나온 뒤로 정식 야구 경기를 해본 적이 없었다. 시범 경기 기간 내내 메이저리그 투수들의 공을 치겠다는 일념으로 이른 아침부터 밤늦게까지 타격 연습에 매진했지만, 많은 이의 눈에 그의 도전은 처음부터 헛수고로 보였다.

그것은 지난날 농구에서 워낙 거대한 위업을 쌓은 탓이기도 했다. 새러소타에는 조던의 멋진 모습을 기대하며 수천 명에 달하는 팬들이 모여들었다. 구단 관계자들은 밀려드는 관중 때문에 에드 스미스 스타디움 주변에 울타리를 쳤다. 예로부터 시범 경기는 별 관심을 받지 못하는 연례행사였지만, 그해에는 경호원과 화이트삭스의 홍보부 직원들이 곳곳에 대기하며 경기장을 오가는 선수들을 호위했고 취재진도 대거 몰려들었다.

새러소타를 찾은 팬들은 경기장의 철망을 밀어대며 사인을 요구했다. 조던은 그 요청에 최대한 응했지만, 그 모습은 동료 선수들과 대조를 이루며 또 다른 문제를 낳았다. 지난 몇 년간 화이트삭스 선수들은 선수 노조의 협약을 근거로 삼아 팬들에게 사인해주기를 거부했다. 라인스도프는 그러한 행태를 볼 때마다 치를 떨었다. 하지만 조던이 팬들의 사인 요청을 기꺼이 들어주고 몇 차례 기자회견까지 열자 새로운 동료들과의 거리가 멀어질 조짐이 보였다. 개중에는 처음부터 그를 냉랭하게 대하는 선수들도 있었다.

조던은 그렇게 소란스럽고 복잡한 일상을 보낸 뒤 외부인 출입이 제한된 인근 주거 단지의 임대 주택에서 휴식을 취했다. 밤이면 그는 뒤뜰 테라스에 앉아 한 세기 전 증조할아버지가 그랬던 것처럼 경외감과 감탄이 뒤섞인 표정으로 별을 올려다보았다. 그는 어디를 가든 아버지가 함께한다고 생각했다. 야구장에서 배트를 휘두르거나 글러브를 쥘 때마다 어린 시절에 뒤뜰에서 공을 던지던 아버지를 떠올렸다. 그럴 때면 조던은 혼잣말을 했다.

"아버지, 우린 이 도전을 함께 하는 거예요."

그는 농구선수 시절에 매일 같이 듣던 아버지의 응원을 그리워했다. 물론 겉으로는 그런 기색을 비치지 않았고 여전히 강한 결의를 보였지만, 새로운 도전은 차즘 실망감을 안겨주었다. 그를 보려고 플로리다로 날아온 수많은 팬들도 실망감을 느끼기는 마찬가지였다. 그곳에는 지난날 농구로 온 세상을 전율케 했던 슈퍼스타 대신 위화감 속에 허둥대는 늙은 신인 선수가 있을 뿐이었다.

필 잭슨의 말마따나 수년간 농구계의 알파 메일*로 통했던 그였지만, 메이저리그에서는 어떻게든 출전 명단에 이름을 올리기만 바라는 신세였다. 그는 매일 같이 감독이 게시한 명단을 들여다보았다. 고교 시절 농구부 1군에 탈락한 이후로 십수 년간 신경도 쓰지 않던 일이었다. 그런 그를 두고 화이트삭스의 동료들도 한 가지만큼은 확실히 인정했다. 조던은 남들 앞에서 우스운 꼴이 되는 것을 전혀 겁내지 않는다고……. 그는 땅볼을 칠 때마다 어떻게든 안타를 만들려고 전력을 다해 1루로 달렸다. 그렇게 해서 거의 세이프할 뻔한 적도 몇 번인가 있었다. 하지만 처음 열 번의 타석에서 그는 한 번도 안타를 기록하지 못했다. 일각에서는 그의 큰 키 때문에 스트라이크존이 너무 넓은 것을 문제로 지적하기도 했다. 조던 역시 그 의견에 동감했다.

"제 팔 길이를 한 번 보세요."

그는 그렇게 말하며 동료 선수들과 자신의 팔다리를 비교했다.

화이트삭스의 시범 경기를 지켜본 기자들 중에는 《스포츠 일러스트레이티드》 소속의 스티브 울프가 있었다. 그는 조던을 조롱하는 기사를 썼고 편집자들은 그 내용을 토대로 '짐 싸, 마이클! 조던과 화이트삭스가 야구계를 민망하게 만들고 있다'라는 악명 높은 표제를 내걸었다. 시애틀 매리너스의 강속구 투수 랜디 존슨은 울프와의 인터뷰에서 이렇게 말했다.

"마이클이 절 상대할 때는 운동화 끈을 아주 꽉 조여야 할 거예요. 몸쪽에 바짝 붙는 공을 던지면 얼마나 헛스윙을 해댈지 궁금하네요."

물론 인터뷰에 응한 이들 모두가 존슨처럼 비꼬는 말을 하지는 않았고 개중에는 익명으로 의견을 낸 사람도 있었다. 과거에 캔자스시티 로열스의 3루수로 활약

---

* alpha male, 동물 집단에서 가장 서열이 높은 수컷 우두머리를 일컫는 말.

하다 구단 수뇌부로 자리를 옮긴 조지 브렛은 솔직하게 속내를 밝혔다.

"많은 선수가 마이클 조던의 도전이 실패하길 바라고 있죠. 그게 성공한다면 프로 야구선수들에겐 큰 모욕일 테니까요."

지난날 잡지 판매고를 높이고자 조던의 사진을 수차례 표지로 내걸고 정기구독자들에게 조던과 관련된 사은품을 주겠다고 약속했던 《스포츠 일러스트레이티드》가 이제는 오히려 비수를 꽂고 있었다. 조던은 스티브 울프의 기사에 큰 상처를 받았다. 그는 이 잡지 기자들과 다시는 말을 섞지 않겠다고 맹세했고 그 뒤로 수많은 사건을 겪으면서도 《스포츠 일러스트레이티드》 측과는 단 한 번도 인터뷰하지 않았다.

늘 그래왔듯이 그러한 굴욕은 그의 마음에 불을 지필뿐이었다. 그는 지인들에게 말했다.

"야구에 적응하려고 진심으로 노력하고 있어요."

조던은 여섯 번째 시범 경기에서 야수 선택* 덕분에 마침내 1루에 진출했다. 수비 실력도 조금씩 나아져 첫 야간 경기였던 미네소타 트윈스전에서는 6회에 우측 외야에서 멋진 수비를 선보였다. 또 뒤이은 공격 기회에 3루 라인을 타고 흐르는 안타로 출루한 뒤 다음 타자인 댄 호윗이 홈런을 쳐 조던은 야구계 진출 후 처음으로 득점을 올렸다. 이후 그는 동료들에게 둘러싸여 환대를 받았다.

하지만 총 25인으로 규정된 메이저리그의 시즌 출전 선수 명단에 이름을 올리기란 불가능했다. 시범 경기 기간을 일주일 남겨두고 그는 앨라배마주에 연고를 둔 버밍햄 배런스에 배속되었다. 마이너리그 팀인 배런스는 일명 유망주들의 리그로 알려진 더블 A급 남부 리그에 속했다. 그리하여 아직 희망의 끈을 놓지 않은 만 31세의 신인 선수는 얼굴에 여드름이 채 가시지 않은 10대 마이너리거들과 함께 플로리다에서의 마지막 한 주를 보내게 되었다.

---

* fielder's choice, 야수가 1루에 송구하지 않고 선행 주자를 아웃시키려고 다른 루에 송구하는 행위.

## 정겨운 시카고

4월 7일, 조던은 리글리 필드(시카고 컵스의 홈구장)에서 열리는 화이트삭스와 컵스의 자선 경기, 이른바 윈디시티 클래식에 참가하기 위해 시카고로 돌아왔다. 처음에 화이트삭스의 진 라몬트 감독은 조던을 주전으로 내보낼 생각이 없었지만 그를 보려고 3만 7,000여 관객이 운집하는 바람에 계획을 바꿔야 했다. 팬들의 열렬한 환호 속에 조던은 1회부터 모자챙에 선글라스를 멋들어지게 걸친 모습으로 필드에 섰다. 이후 그는 5타석 2안타를 기록하며 2타점을 올렸다. 시합은 10회까지 가는 접전 끝에 4대4 동점으로 마무리되었다. 팬들은 그가 우익수로서 보여준 훌륭한 수비와 타석에서의 활약에 기뻐하며 야구에서는 아주 보기 드물게 기립박수를 보냈다.

시합 중계를 맡은 해리 캐레이는 그때 중계석에서 이렇게 외쳤다.

"오늘은 마이클 조던의 날이군요!"

그날 경기 직전에 조던은 천진난만한 미소를 지으며 캐레이와 인터뷰를 나눴다. 캐레이는 그가 세상 모든 소년들의 꿈을 이뤄가는 중이라고 말하며 한 가지 질문을 던졌다.

"여태 많은 노력을 했겠지만 어쩌면 메이저리그 투수들의 공을 못 칠 수도 있어요. 그러면 괴롭지 않겠어요?"

이에 조던은 그렇지 않다면서 '그것이 오히려 야구라는 스포츠의 명성을 높이는 일'이라고 답했다. 그리고 자신은 그런 공을 칠 수 있는지 확인하려고 도전을 즐기는 중이라고 설명했다.

조던의 측근들은 그날이 그에게 '일생 최고의 날은 아니라도 최소한 야구 인생에서는 가장 행복한 날'이었다고 밝혔다. 한편 시청자들은 그 경기를 보며 조던의 도전이 아주 허황한 짓은 아닐지도 모른다고 생각했다.

다음 날 버밍햄에 도착한 조던은 수천 명의 팬들로 가득한 경기장을 보았다. 이후 몇 주간 마이너리그에서는 조던을 보러 전국 각지에서 몰려든 팬들 덕에 입장객 신기록이 경신되었다. 그때마다 기념품 판매대에서 파는 물건은 죄다 동이 났다. J.A. 아단데는 버밍햄에서 그 기현상을 두 눈으로 확인하고 《워싱턴 포스트》에 다음과 같은 글을 실었다.

'버밍햄 경기장에 앉아서 외야에 나와 있는 그를 보기란 정말이지 현실 같지 않았다. 우리가 아는 그 마이클 조던이 야구장, 그것도 앨라배마 버밍햄에 있는 마이너리그 구장에 있다. 어떻게 이럴 수가 있는가?'

밥 그린은 폭우로 경기가 지연된 어느 날 저녁, 수천 명이 조던을 보려고 몇 시간이나 비를 맞으며 기다리는 모습에 충격을 받았다. 조던은 화이트삭스 소속으로 시범 경기를 치를 때 팬들이 '난 마이크처럼 되고 싶어요!'라고 외치는 소리에 몹시 무안해했다. 시범 경기에 팬들이 그렇게 열광적으로 성원을 보낸 것은 전례가 없었다. 게다가 지금 조던이 뛰는 곳은 야구계의 변두리라 할 수 있는 마이너리그였지만 여전히 팬들은 경기장을 찾아와 그의 플레이를 주시하고 응원을 보냈다.

시즌 개막 첫 주에 그는 총 아홉 타석에서 일곱 번 삼진을 당했다. 나머지 두 번은 내야 플라이와 땅볼을 친 뒤 곧장 아웃되었다.

경기장을 찾은 취재진 중에는 그가 농구하던 시절부터 알고 지내던 사람이 많았다. 그들은 자신감이 사라진 조던의 눈빛에 크게 놀랐다.

조던은 《뉴욕 타임스》에서 수년간 농구 기사를 써온 아이라 버코우에게 이렇게 말했다.

"정말 당혹스럽고 좌절감이 들어요. 아주 미칠 지경이에요. 이런 감정들을 동시에 느껴본 게 얼마 만인지 모르겠어요. 그동안 누구보다 열심히 연습해왔는데 그게 다 소용없이 바보가 된 것 같은 기분이랄까요. 지난 9년간 전 세상을 발아래 두고 무서운 것 없이 살아왔죠. 하지만 지금은 어떻게든 메이저리그로 올라가려고 애쓰는 일개 마이너리거에 불과해요."

그는 야구계 진출에 관한 생각이 1990년, 그러니까 아직 NBA 우승을 하지 못했던 시절부터 시작되었다고 밝혔다.

"그건 아버지 생각이었어요. 당시에 보 잭슨과 디온 샌더스가 두 가지 스포츠 종목에서 활약하는 걸 보고 아버지가 저더러 야구를 해보면 어떻겠냐고 물으셨죠. '넌 그럴 만한 능력이 있어.'라고요. 아버진 제가 농구에서 할 수 있는 건 모두 했다고 생각하셨어요. 그래서 야구를 해봤으면 하신 거죠. 그때 전 아직 다 이룬 게 아니라고, 아직 NBA 우승을 못 했으니 할 일이 남았다고 했어요. 그런 뒤에 우리 팀이 우승을 했고, 저랑 아버지는 간간이 야구 얘길 했죠. 그리고 제가 두 번 더 우승한 뒤에 아버지는 돌아가셨어요."

조던은 새로운 꿈을 이루려고 노력하는 내내 아버지가 함께함을 느꼈다고 한다.

"전 주로 마음속으로 아버지한테 말을 걸어요." 그는 시즌 개막 첫 주에 탈의실에 앉아 허심탄회하게 이야기했다. "그럼 아버진 이런 말씀을 하세요. '지금 하는 대로 열심히 하면 돼. 계속 노력해서 꿈을 이루는 거야. 실패를 두려워하면 안 된다. 언론이 하는 말엔 신경 쓰지 마라.' 그리고 나선 재밌는 농담을 하거나 어릴 적에 집 뒤뜰에서 같이 캐치볼을 하던 시절 얘기를 하시죠."

## 버스

조던이 마이너리그로 내려간 뒤 팬들 사이에는 그가 배런스 동료들과 남부의 시골길을 쾌적하게 오가기 위해 값비싼 최신식 버스를 구입했다는 소문이 번졌다. 그러나 실상은 그렇지 않았다. 그전에 조던이 인터뷰에서 새로운 버스를 언급하기는 했으나, 그는 사비를 들여 버스를 빌리지도 않았다. 그저 배런스와 계약한 버스 회사가 내쉬빌과 롤리, 그린빌, 올랜도를 오가는 지루한 원정길을 고려하여 안락의자와 휴게 공간이 완비된 고급 버스를 제공했을 따름이었다.

조던은 새 버스가 두 다리를 쭉 뻗고 잘 수 있을 만큼 넓다며 기뻐했지만 거기에는 또 다른 이유가 있었다.

"남부에서 새벽 한 시에 버스가 고장 나는 건 상상도 하기 싫어요. 누가 따라와서 덮칠지 모르는 일이잖아요. 그런 곤경에 처하는 건 정말 원치 않습니다. 전 아버지한테 일어난 일을 늘 생각해요.”

그는 같은 이유로 시카고의 자택에 총을 두 자루나 마련해두었다. 주변의 안전에 늘 민감했던 그는 아버지가 살해된 뒤로 훨씬 더 경계심이 깊어졌다.

그는 팀원들과 나름대로 돈독한 관계를 유지했고 탈의실에서 푼돈을 걸고 도미노를 즐기기도 했다. 그럴 때면 동료 선수들은 그의 두툼한 지갑을 구경할 수 있었다. 그럼에도 그는 혼자 있는 시간이 많았다. 장시간 버스를 타고 원정지로 향할 때도 그 옆자리는 늘 비어 있었다.

여섯 살 때 야구를 시작한 이후로 어느 팀을 가나 그에게는 그러한 정서적 장벽이 존재했다. 시카고 불스에 입단한 뒤에 그는 조니 바크 코치에게 ‘백인들로 가득한 야구단에서 유일한 흑인으로 지내며 깊은 소외감을 느꼈다.’고 고백한 바 있다. 그렇게 어린 시절 야구를 하며 경험한 일들은 그의 성격에 큰 영향을 미쳤고, 필 잭슨은 불스 감독이 된 뒤로 조던과 다른 선수들을 가로막은 마음의 벽을 걷어내는 데 많은 노력을 기울였다.

마이너리그의 기나긴 원정길은 아버지와의 옛 추억과 더불어 어릴 적에 느낀 소외감을 다시 떠올리게 했다. 그 점을 생각해보면 조던과 마이너리그 동료들 사이의 거리감이 그리 놀라운 것은 아니었다. 야구장에서 그는 무례하지도, 심술궂지도, 거만하지도 않았다. 하지만 그는 주로 혼자 시간을 보냈다. 그렇지 않을 때는 절친한 친구인 조지 콜러와 함께했다. 간혹 주말에 후아니타가 아이들을 데리고 찾아온 적도 있다. 하지만 그 시기에 조던과 함께 시간을 보낸 것은 주로 콜러 그리고 아버지를 잃은 슬픔이었다. 2011년에 잭 맥칼럼이 당시의 경험을 말해달라고 조르자 조던은 어딘가 편치 않은 듯 퉁명스럽게 대답했다.

“야구를 했죠. 버밍햄 배런스에서요. 원정을 떠나면 저와 조지 둘이서 밤마다 외롭게 시간을 보낼 때가 많았어요. 그때 아버지 생각을 자주 했죠. 아버지가 얼마나 야구를 사랑했고 우리가 야구 얘길 얼마나 많이 했는지를요. 전 아버지가 저 위에서 다 지켜볼 거라고, 야구하는 절 보면서 행복해하실 거라고 생각했어요. 그럴 때면 저도 행복했고요."

어린 시절을 줄곧 노스캐롤라이나에서 보낸 조던은 앨라배마의 문화가 고향과 크게 다르지 않다고 느꼈다. 버밍햄에서 그는 농구대가 딸린 임대 주택에 살며 종종 동네 아이들과 농구 시합을 즐겼고, 근처에서 썩 괜찮은 골프장과 바비큐 식당, 당구장을 발견했다. 그렇게 긴장감과 부담감을 떨쳐낸 그는 곧 열두 경기 연속 안타를 기록하며 평균 3할이 넘는 타율을 기록했다. 하지만 시즌 중반에 이르러 여름 무더위가 찾아오자 한참 동안 슬럼프를 겪었다.

텍사스 레인저스의 투수 코치였던 톰 하우스는 당시에 조던을 이렇게 평가했다.

"지금 마이클은 평생 야구를 하며 직구 35만 개와 변화구 20만 개를 봐온 타자들과 경쟁하려 하고 있어요. 야구는 반복 학습이 굉장히 중요한 스포츠죠. 마이클이 고등학교 이후에도 계속 야구를 했다면 아마 이 분야에서도 농구를 했을 때만큼 많은 돈을 벌었을지 모릅니다. 하지만 지금은 더블 A를 들었다 놨다 하는 수준도 아니고 또 메이저리그하고는 엄청나게 거리가 있는 상황입니다."

지난 10월에 조던이 은퇴를 선언한 다음 날 레이시 뱅크스는 그가 언젠가 농구계로 돌아올 것이라는 예측 기사를 썼다. 조던의 타율이 떨어질 즈음 뱅크스는 버밍햄을 찾아와 그에게 NBA 복귀를 권했다. 그러나 조던은 그럴 마음이 없다고 답했다.

그 뒤 뱅크스는《시카고 선 타임스》에 이런 글을 남겼다.

'나는 그 말을 믿지 않는다. 게다가 최근 그가 겪는 타격 슬럼프는 우리 편을 들어주고 있다.'

조던은 뱅크스가 NBA로의 '영광스러운 귀환'을 언급했을 때 실소를 터뜨렸다.

그는 '누가 들으면 무슨 종교 관련된 얘기인 줄 알겠어요.' 하며 웃음을 멈추지 못했다.

한때 뱅크스와 함께《선 타임스》에서 일했던 J.A. 아단데는 그 상황을 이렇게 기억했다.

"그때 마이클이 NBA 복귀는 없다고 단호하게 잘라 말했죠. 나중에 레이시가 다시 가서 일말의 가능성도 없냐고 물었을 때 마이클은 이랬어요. 가능성이란 항상 있는 법이지만 지금으로서는 그럴 가능성이 극히 적다고요."

그런데 조던이 극심한 침체기를 겪는데도 배런스의 테리 프랑코나 감독은 그의 야구 실력이 상당히 늘었다고 보았다. 어느 날 조던은 시합 후 감독에게 다가가 자신에게 장래성이 있는지 물었다. 그가 나중에 인터뷰에서 밝히기로는 그 무렵에 야구를 그만둘까 한창 고민했다고 한다. 야구를 그저 재미 삼아 하고 싶지도 않았을뿐더러 자기보다 나은 젊은 유망주들의 자리를 빼앗고 싶지 않았기 때문이다. 그때 프랑코나는 야구를 하면 대체로 발전 속도가 더디다고 설명하며 그의 실력이 크게 향상되기 시작했다고 격려했다. 그동안 조던이 야구계 사람들도 혀를 내두를 만큼 엄청난 노력을 쏟아 부은 덕분이었다.

시즌 마지막 달에 조던은 타율 2할 6푼을 기록하며 시즌 평균 타율을 간신히 2할 2리로 끌어올렸다. 그는 436타석에서 안타를 총 88회 기록했고 그중에 2루타와 3루타는 17회였다. 그리고 서른 번에 달하는 도루와 46득점을 함께 기록했다. 그렇게 꾸준히 성장한 덕에 그는 조금 더 수준 높은 리그로 옮겨갈 수 있었다. 이후 그가 배속된 팀은 애리조나 가을 리그에 속한 스코츠데일 스콜피온스였다. 나름대로 큰 성과였지만 테리 프랑코나와 화이트삭스의 일부 관계자들을 제외하면 그렇게 생각하는 사람은 거의 없었다.

조던은 야구선수로서 자신의 미래를 불투명하게 보았다. 한때 하늘을 찌를 것 같던 자신감은 땅에 떨어진 상태였다. 그래도 행동은 여전히 신중하고 꿋꿋했다. 그때 그를 움직인 것은 세상 누구도 이해하지 못할 복잡한 감정이었다. 조던 본인도 자각하지 못했지만, 그의 삶은 줄곧 조용한 분노에 휩싸여 전진하고 있었다. 대상을 알 수 없는 이 초점 없는 분노는 이후로도 수년간 세인들이 이해하기 어려운 형태로 표출되면서 그의 인생을 관통하는 질문을 끌어냈다. 과연 그는 이 감정에서 벗어날 수 있을까?

# 제 31 장

# 귀 환

보통 야구선수보다 유독 키가 컸던 마이클 조던은 투수들의 리듬에 타격 스윙을 맞추려고 애쓰는 한편으로 자신이 떠나온 세계에도 줄곧 눈을 떼지 않았다. 그는 시카고 불스의 대모험과 새로운 마케팅 동력을 찾는 데 분주한 NBA를 흥미롭게 지켜보았다. 특히 1994년 봄에는 피펜이 펼친 대활약이 관심을 끌었다. 조던의 그늘에서 벗어난 옛 조수는 그해 리그 최정상급 선수로 괄목할 만한 성장을 이뤘다. 피펜은 2월에 열린 올스타전에서 MVP에 선정되었고, 시즌 평균 22.0득점 8.7리바운드 5.6어시스트 2.9스틸이라는 우수한 기록과 함께 불스를 55승으로 이끌었다. 조던이 있던 전년도보다 승수는 떨어졌지만 그 차이는 단 두 경기에 불과했다.

　얼핏 보기에는 불스가 순조로운 항해를 이어가는 듯했지만, 그 이면에서 피펜은 속을 끓이고 있었다. 그해 플레이오프 2라운드에 진출한 불스는 뉴욕 닉스를 상대로 첫 두 경기를 연달아 패했다. 시리즈의 향방이 걸린 3차전에서는 불스가 초반부터 앞서 나갔지만 4쿼터 들어서는 점수 차가 계속 줄어들기만 했다. 그러다가 경기 종료 1.8초를 남기고 닉스의 패트릭 유잉이 슛을 성공시키면서 점수는 102대102 동점이 되었다. 곧 이은 작전 시간에 필 잭슨은 토니 쿠코치에게 피펜의 인바운드 패스를 받아 마지막 슛을 던지라고 지시했다. 그러자 피펜이 갑자기 감독을 비난하며 선수석에 주저앉았다. 그는 씩씩대면서 시합에 다시 나가길 거부했다. ESPN 리포터인 안드레아 크레머는 불스 벤치 앞에서 카메라맨과 함께 그 광경을 모두 목격했다. 그리고 경악과 노여움에 찬 불스 선수들의 표정도 똑똑히 확인했다. 그중에서도 특히 빌 카트라이트는 강렬한 충격과 분노를 동시에 느끼고 있었다.

　피펜의 반응에 놀란 잭슨은 피트 마이어스에게 인바운드 패스를 맡겼다. 경기가 재개된 후 공을 받은 쿠코치는 종료 신호와 동시에 6.7미터짜리 장거리슛을 터뜨려 극적인 승리를 일궜다. 그 시즌 들어 네 번째로 성공시킨 역전 버저비터였다. 그러나 피펜의 행동이 불러일으킨 분노 때문에 그 기쁨은 많이 퇴색하고 말았다. 피펜은 기자들 앞에서 감독이 작전 시간에 내린 결정이 아주 모욕적으로 느껴졌다고 밝혔다. 그간의 활약상을 고려했을 때 마지막 슛은 자신에게 맡겨야 한다고 여긴 것이다. 그는 겨우 1년 차임에도 자신보다 많은 연봉을 받던 쿠코치에게 강렬한 질투심을 느끼고 있었다. 하지만 인터뷰에서 그런 감정까지 드러내지는 않았다. 잭슨은 경기 후 인터뷰에서 이렇게 말했다.

"마지막 공격 때 스카티 피펜이 작전에 참가하지 않았죠. 본인이 거기서 빼달라고 요청했거든요. 제가 말할 수 있는 건 그게 전부입니다."

이후 피펜은 탈의실에서 그 상황을 더 자세히 이야기했다.

"감독님하고 제가 말다툼을 벌였고 설명할 건 그게 다예요. 감독님이 저를 시합에서 뺀 건 아닙니다. 말다툼 후에 제가 그냥 자리에 앉았죠. 좌절감 때문이었어요. 경기는 다들 최선을 다해서 정말 잘해줬다고 봅니다. 어려운 승리를 따냈으니까요. 토니가 또 한 번 놀라운 슛을 넣었고, 그건 다 감독님이 작전을 잘 짠 덕분이에요."

조던은 버밍햄에서 그 소식을 접하고 충격을 받았다. 그는 그 사건이 앞으로의 행보에 얼마나 큰 영향을 미칠지 알지 못한 채 기자들에게 말했다.

"불쌍한 스카티. 제가 예전에 누누이 말했었죠. 그런 상황에서 저처럼 하기가 쉽지 않다고요. 아마 이젠 그 말을 이해했을 겁니다."

조던은 피펜을 딱하게 여겼고 그 뒤로 그가 크게 곤욕을 치르리라 예상했다.

피펜은 며칠 뒤 기자들 앞에서 말했다.

"우리 팀 동료들과 감독님께 사과를 했습니다. 그 외에 다른 사람들한테는 제가 머리 숙일 일이 아니라고 생각합니다."

불스는 닉스와의 대결을 7차전까지 끌고 갔으나 결국 패하고 말았다.

스티브 커는 당시 인터뷰에서 다음과 같이 말했다.

"3차전에 있었던 그 일은 그야말로 충격이었어요. 스카티는 그 행동이 얼마나 큰 영향을 미칠지 몰랐겠죠. 정말 속상한 일이에요."

크라우스는 피펜의 반항에 노발대발했다. 피펜은 과소평가된 자신의 계약 문제로 시즌 내내 단장과 설전을 벌여왔다. 그는 자신을 향한 비난에 이렇게 대응했다.

"그 일로 저를 새가슴이라고 부르는 건 합당치 않습니다. 그날 제가 멍청한 실수를 저질렀다고 지적하는 건 옳지만요. 사건의 본질은 그게 전부예요. 저는 그런 상황에서 겁을 내거나 포기한 적이 단 한 번도 없어요. 저는 제가 누구 못지않게 적극적으로 플레이한다고 자부합니다. 성실하고 영리하게 팀플레이어로서 말이죠."

피펜은 리그 최고의 선수 중 하나로 평가되었지만 크라우스는 그를 트레이드하려고 다른 팀들과 접촉하기 시작했다. 그러나 피펜의 가치와 맞먹는 선수를 찾기는 쉽지 않았다. 그러던 중에 시애틀 슈퍼소닉스가 파워포워드인 숀 켐프와 다음 시즌 드래프트 지명권을 묶어서 트레이드에 응하기로 했다. 크라우스는 거래가 성사되면 신인 드래프트에서 템플 대학 출신의 슈팅가드 에디 존스를 뽑을 생각이었다. 하지만 협상 막판에 소닉스 구단주가 트레이드 의사를 철회했고, 크라우스의 계획은 뒤이은 뉴스를 통해 만천하에 공개되었다. 그렇지 않아도 낮은 연봉 때문에 불만이 가득했던 피펜은 구단이 자신을 트레이드하려 했다는 소식에 더욱 분통을 터뜨렸다.

쉬이 사그라지지 않던 여러 가지 악감정으로 말미암아 시카고 불스의 비시즌은 조용할 날이 없었다. 피펜과 마찬가지로 구단주와 갈등을 겪었던 호레이스 그랜트는 자유계약 선수가 된 뒤 곧장 올랜도 매직으로 이적했다. 이처럼 불편한 분위기 속에서 카트라이트는 은퇴를 선언했다가 이후 불스가 아닌 시애틀 슈퍼소닉스 선수로 복귀했고, 존 팩슨 역시 선수생활을 접고 팀을 떠났다.

잭슨은 수년간 공들여 완성한 팀이 해체되는 동안 크라우스와 감독직 연장 계약 문제로 언성을 높였다. 당시에 불스에서 가장 이상했던 일은 잭슨이 플레이오프 중도 탈락 후 조니 바크를 갑자기 해고한 것이었다. 70번째 생일이 얼마 남지 않았던 노장의 코치는 그의 인생사에서 가장 고되었던 시기에 소속팀에서마저 쫓겨나고 말았다. 한 가지 아이러니한 것은 1993~94시즌 동안 불스 코치진의 호흡이 어느 때보다 잘 맞았다는 사실이다.

"그 시즌 말미에 저는 계약이 당연히 연장될 거라고 예상했어요." 바크가 그 시기를 떠올리며 한 말이다. "그런데 필이 제일 먼저 해고를 통지했죠. 구단에서 계약 갱신을 하지 않기로 했다고요. 그 말을 듣고는 어안이 벙벙했습니다. 제가 뭐라고 말하기도 전에 필이 '이 팀을 떠나는 게 차라리 잘된 거예요. 구단 측에선 이미 마음을 굳혔어요.'라고 했죠. 실망감이 이루 말할 수 없었어요. 충격이라고 표현하는 게 더 잘 맞겠네요. 뭐라고 대꾸할 마음도 안 들더군요. 그냥 믿기지가 않았어요. 그 뒤에 단장한테 가보니 그 친구도 똑같은 얘기를 합디다. 그래서 저는 별말 않고 자리를 떴죠. 그때 저는 여러 가지 위기를 겪고 있었습니다. 오랜 결혼생활을 끝내고 이혼 소송 중이었고 직장에선 잘렸죠. 그해 여름엔 정말 내 삶의 모든 게 무너지는 것 같았어요. 그러다가 심근경색으로 고생을 했고요. 그때 일어난 모든 일이 충격이었고, 그 후로 한동안은 사람을 믿지 못해서 내내 의심병에 시달렸습니다."

사실 그 이해할 수 없는 해고 조치는 보복성이 짙었다. 이전부터 바크는 조던에게 트라이앵글 오펜스를 무시하고 본능대로 공격하라고 부추겨 종종 잭슨의 신경을 거슬렸다. 또 몇몇 구단 관계자들의 발언에 의하면 바크와 조던의 관계가 잭슨의 통솔권을 위협하는 것처럼 느껴졌다고도 한다. 바크는 잭슨의 지휘 방식을 강력하게 지지했지만, 잭슨에게는 바크 때문에 확실히 언짢은 부분이 있었던 모양이다. 바크는 인터뷰에서 이런 말을 덧붙였다.

"필과 저는 성향이 아주 많이 달랐어요."

그 일이 일어난 당시 그리고 몇 달 뒤에 잭슨은 바크가 해고된 이유가 샘 스미스의 『조던 룰』과 관련하여 단장의 분노를 산 탓이라고 설명했다.

"제리 크라우스 단장과 조니 바크 코치의 관계가 아주 불편한 상황을 만들었어요. 결국은 일이 이렇게 될 수밖에 없었던 거죠. 잘못돼도 한참 잘못됐어요. 다 같이 힘을 모아도 부족한 상황에 그래서는 코칭스태프한테 좋을 게 없습니다. 그동안 제리는 조니 바크 코치 때문에 『조던 룰』이란 책에 자신에 관한 험담이 실렸다고 생각해왔죠. 물론 작가한테 그런 정보를 전달한 건 조니가 틀림없고요. 제리는 조니가 쓸데없는 말을 많이 한다고 여겼습니다. 그리고 예전 일들을 생각해보면, 조니는 제리가 늘 자신을 적대시하고 존중하지 않는다고 느꼈어요. 그래서 단순히 상사라는 이유만으로 제리한테 고분고분하게 굴지는 않았죠." 잭슨은 설명을 계속했다. "두 사람 사이는 상당히 오래전부터 그랬어요. 만약에 그런 상황이 더 지속되었다면 제가 어떻게든 그 둘이 만나거나 부딪히지 못하게 멀리 떨어뜨려 놨을 겁니다. 하지만 저로서는 그런 관계가 팀워크에 문제가 된다는 게 늘 마음에 걸렸어요. 결국은 제가 지휘하는 스태프이고 제 영역이잖아요. 해고에 동의한 건 그런 이유에서였죠. 저는 오히려 좋은 기회라고 봤습니다. 조니는 금방 새로운 일자리를 구할 수 있었으니까요. 조니한테는 아주 잘된 일이죠. 물론 조니를 그렇게 실망시키지 않고 저 혼자 그 문제를 감내하는 편이 낫지 않았을까 하는 생각도 하긴 했지만요."

그런데 그로부터 몇 년 뒤, 잭슨이 『조던 룰』에 불스의 내부 사정을 제보하고 그 사실을 감추려 했다는 정황이 드러났다. 저자인 샘 스미스가 라인스도프와의 대화 중에 집필 과정에서 중요한 정보를 제공한 인물이 바크가 아닌 잭슨이라고 밝힌 것이다. 스미스가 비밀리에 한 이야기였지만 라인스도프는 그 사실을 크라우스에게 알렸다. 크라우스는 길길이 화를 냈고, 잭슨이 그동안 『조던 룰』에 팀 내부 사정을 속속들이 밝힌 익명의 제보자를 조니 바크로 지목하며 자신을 속였다고 주장했다. 이후 샘 스미스는 실제로 불스 구단주에게 그 문제를 언급한 적 있다면서 잭슨이 책을 쓰는 데 도움을 주었다고 인정했다.

"그 책을 쓸 때 필과 몇몇 선수들이 조니 바크 코치보다 훨씬 더 큰 역할을 했습니다."

크라우스는 그 일을 두고 질문이 쇄도하자 이렇게 답했다.

"필이 나한테 거짓말을 했어요. 사실상 조니를 자른 건 필입니다."

제리 라인스도프 구단주도 같은 주장을 했다.

"조니 바크를 해고하자고 한 건 필이었습니다. 그 친구가 단장과 조니 사이가 안 좋아서 일을 제대로 할 수 없다고 그랬거든요. 즉 어디까지나 필의 아이디어였던 겁니다. 그 친구한테 그 일을 따로 부탁하거나 시킨 사람은 없었으니까요."

바크는 심장병에서 회복된 뒤 샬럿 호네츠에서 새 일자리를 찾았다. 자신이 해고된 이유가 샘 스미스에게 구단의 내부 정보를 흘렸다고 의심받았기 때문임을 안 것은 그로부터 몇 년이 지나서였다. 바크는 그 이야기를 듣고 『조던 룰』을 서너 차례 읽어보며 본인이 문제가 될 만한 발언을 했는지 찾아보았다. 그러나 인용문마다 그의 이름은 모두 공개되어 있었고, 구단 관계자에 관한 험담 같은 것도 없었다.

"그 책에서 도를 넘는다고 여겨지는 인용문은 하나도 못 봤습니다." 바크가 말을 이었다. "샘은 취재 능력이 상당히 뛰어난 기자예요. 물론 책에는 마이클이 좋아하지 않을 법한 묘사가 담겨 있긴 하지만요. 『조던 룰』은 관련 인물들을 아주 정확하게 그려냈어요. 제가 볼 땐 샘이 책 속의 인물들을 실제와 다르게 그려냈다는 생각이 들지 않네요."

크라우스는 남의 말에 속아 무고한 사람을 해고했다는 사실에 마음이 무척 뒤숭숭했다고 한다. 필 잭슨의 거짓말이 드러날 무렵에 바크는 디트로이트 피스톤스의 코치로 일하고 있었다. 시카고에서 원정 경기를 치른 어느 날 밤, 피스톤스의 릭 선드 단장은 바크에게 크라우스가 대화를 청했다고 전했다. 일순간 복잡한 감정에 휩싸였지만 연로한 코치는 옛 상사를 만나기로 했다. 그는 크라우스를 만나고 상당히 놀랐다고 한다.

"제리를 만나서 얘기를 나눌 때 그 친구나 저나 울컥하는 감정이 있었어요. 그 전까지 저는 늘 구단에서 저를 쫓아냈다고 생각했죠. 필이 그랬다고는 상상도 못 했습니다. 그날 제리가 그렇게 먼저 다가왔다는 건 상당히 용기를 냈다는 뜻이었어요. 그 친구의 사과에서는 진심이 느껴졌고 저는 그걸 받아들였습니다."

이후 바크는 잭슨과도 그 일을 이야기했으나 서로 어떤 말을 주고받았는지는 밝히지 않았다.

"그 문제는 이 정도로 해두는 게 좋다고 봐요. 필은 제가 어떤 감정이었는지 확실히 아니까요. 저는 우리가 항상 강한 유대감으로 이어져 있다고 생각했습니다. 우린 5년간 경기장 벤치에 늘 같이 앉아 있었죠. 사실 부코치 정도의 위치에서는 윗선에서 일이 어떻게 돌아가는지 알기가 어려워요. 돌이켜보면 그때 내가 뭐라고 한마디도 못 한 게 바보 같다는 생각이 들긴 하죠. 그렇지만 그것도 이젠 다 지난 일입니다."

바크는 그렇게 옛일을 덮고 넘어갔지만,『조던 룰』과 얽힌 일련의 사건들로 잭슨이 그간 조던을 제어하려고 어떤 술수를 썼는지가 모두 밝혀졌다. 과연 필 잭슨은 오래전부터 꿈꾸던 직업과 리그에서 가장 빛나는 스타와의 관계를 모두 잃을 위험을 무릅쓰고서 샘 스미스에게 크라우스나 조던에 관한 정보를 넘겼던 것일까? 불스에서 잭슨과 함께 일했던 한 직원은 그가 그렇게 함으로써 팀을 더욱 강력하게 장악할 수 있었다고 평가했다. 이 직원은『조던 룰』덕분에 크라우스와 선수들 사이가 멀어지면서 잭슨이 팀의 지도자라는 지위를 더욱 공고히 할 수 있었다고도 말했다.

"필한테는 그 책을 통해 마이클을 비난하고 채찍질해서 본인 목적에 맞게 움직이려는 속셈이 있었어요. 마이클 편을 들면서 그 친구를 언론과 멀어지게 한 것도 필의 전략이었고요. 필은 항상 우리 대 언론, 우리 대 구단 경영진, 이런 식으로 접근했죠. 그렇게 하면 팀의 리더로 입지를 확실하게 다질 수 있었으니까요."

라인스도프와 크라우스는 조니 바크를 해고한 배후가 잭슨이라고 주장했지만, 잭슨은 수년간 그 문제에 노코멘트로 일관했다. 그러다가 2012년에 이르러 그는『조던 룰』이 불스의 진화에 매우 큰 역할을 했다고 언급했다. 그 책이 출간된 뒤로 조던이 차츰 동료 선수들의 수준에 맞춰 시합을 했기 때문이다. 분명히 잭슨은 감독으로서 팀원들이 같은 기준, 같은 목적 아래 움직이는 단합된 조직을 원했다. 그러나 『조던 룰』이 나오기 전까지는 팀을 장악하기 위해 여러모로 꾀를 부려야 했다. 실제로 조던은 여러 인터뷰에서 '우리 감독님은 심리전의 달인'이라고 말한 바 있다.

조던은 자신이 가장 좋아하는 코치의 해고 소식을 듣고 경악했지만, 사건의 실상이 어떠한지는 전혀 몰랐다. 한편 그는 야구를 하는 중에도 종종 필 잭슨과의 특별한 관계 그리고 농구만이 아니라 인생 전반에 관하여 그와 오랜 시간 주고받았던 대화를 떠올렸다.

조던은 잭슨과 함께하던 시간을 떠올리며 말했다.

"우린 다양한 주제로 얘기를 나눴죠. 무엇보다도 철학적인 부분을 많이 다뤘어요."

그와 잭슨은 마주 앉아 문답하기를 좋아했다.

"우린 이런저런 주제로 토론을 자주 했어요. 그러면서 감독님한테 많은 걸 배울 수 있었고 감독님은 선수들의 관점이 어떤지 배울 수 있었죠. 감독님이 옛날에 현역으로 뛰긴 했지만, 요즘 선수들 생각이 어떤지 다 알 수는 없으니까요. 그렇게 우린 서로 많은 걸 배웠어요. 물론 제가 배운 게 훨씬 많았죠. 의견 충돌도 거의 없었어요. 감독님은 늘 그러듯이 '이런 것도 생각해보고 저런 것도 생각해보자고.' 하면서 관점을 달리해보길 제안했죠."

흥미롭게도 언제나 그들의 대화를 관통하는 주제는 신뢰였다. 훗날 인터뷰에서 조던이 밝히기로는 시간이 갈수록 잭슨을 향한 믿음이 더욱 커졌다고 한다. 그렇게 조던의 마음을 얻고 팀이 NBA 우승을 차지하자 잭슨은 정상에 오른 슈퍼스타의 의욕을 북돋을 새로운 방법, 또 공격에서 조던과 다른 선수들의 균형을 유지할 방법을 모색했다. 이후 그는 조던이 극심한 압박감 속에서도 농구에 대한 열의를 잃지 않게 다양한 방법을 강구했다. 조던에게는 그때 배운 교훈이 농구뿐 아니라 야구를 할 때도 큰 힘이 되었다.

## 다시 찾은 시카고 스타디움

그해 9월에 조던은 스카티 피펜 올스타 클래식에 출전하려고 시카고를 찾았다. 이 시합은 유색인종연합을 후원할 목적으로 개최되었다. 그래서 처음에 그는 초대에 응해야 할지 망설였다. 아마도 4년 전 이 단체가 나이키 불매운동을 벌인 데 대한 반감 때문이었을 것이다. 하지만 그에게 그 시합은 시카고 스타디움에서 뛸 수 있는 마지막 기회였다. 시카고 스타디움은 바로 길 건너편에 1억 5,000만 달러가 투자된 복합 경기장 유나이티드 센터가 신축되어 조만간 철거될 예정이었다. 조던은 정든 옛 경기장의 유혹을 이기지 못하고 그의 복귀를 간절히 바라던 팬들 앞에 모습을 드러냈다. 조던과 피펜은 각각 흰색 유니폼과 붉은색 유니폼을 입고 맹렬하게 공격을 주고받았다. 열정이 식었느니, 실력이 예전만 못하다느니 하는 말은 듣고 싶지 않았다. 불같은 경쟁심을 되살린 그는 그날 46회나 슛을 던져 스물네 개를 성공시키고 총 52득점을 올렸다. 그의 팀은 187대150으로 승리하며 수많은 관중의 기립박수를 받았다. 경기가 끝나고 조던은 피펜과 포옹을 나누고 관중석을 향해 손을 흔들었다. 그리고 코트 가운데로 걸어가 반바지를 살짝 끌어 올린 뒤, 무릎을 꿇고 바닥에 입을 맞췄다. NBA 정상을 향해 달리며 긴 여정을 함께한 무대에 바치는 마지막 작별 인사였다.

"코트에 입을 맞춘 건 시카고 스타디움 그리고 제가 이곳에서 플레이한 나날에 작별을 고하기 위해서였습니다." 조던이 그날 인터뷰에서 한 말이다. "하지만 농구에 보내는 인사는 아니었어요. 전 앞으로도 영원히 농구를 사랑할 테고 계속 농구를 즐길 겁니다. 단지 프로선수로 뛰지 않을 뿐이죠."

실제로 그는 새로 정착한 스코츠데일에서 즉석 농구 시합을 자주 즐겼다. 조던이 애리조나 가을 리그로 떠나기 전, 버밍햄에서 보낸 마지막 달에 테리 프랑코나 감독은 그의 타구가 이전보다 훨씬 강해졌음을 느꼈다. 그 무렵부터 조던의 스윙 속도는 빨라졌고 가느다란 하체도 차츰 든든해지기 시작했다. 그래서인지 마이너리그의 젊은 유망주들이 모인 가을 리그에서 그는 타율 2할 5푼 5리로 남부끄럽지 않은 성적을 거두었다.

조던을 따라서 애리조나로 간 밥 그린은 텅 빈 관중석과 외롭고 냉랭한 분위기 속에 펼쳐지는 시합을 목격했다. 그해 늦가을에 델로리스는 아들과의 전화 통화에서 무언가 이상한 낌새를 느끼고 그곳에 가보기로 마음먹었다. 며칠 뒤 그녀는 공항에 마중 나온 조지 콜러와 함께 시합이 진행 중인 야구장으로 향했다. 애리조나 지역은 앨라배마의 버밍햄보다 마이너리그 시합을 찾는 관객이 한참 적었다. 조던은 선수석 앞을 서성이며 관중석을 바라보다 어머니를 발견했다. 그 순간 그는 눈을 빛내며 밝게 미소 지었다. 외로움과 슬픔으로 가득했던 지난 몇 달간 거의 볼 수 없었던 표정이었다.

가을이 끝나갈 즈음, 조던은 시카고로 돌아가 유나이티드 센터에서 열린 23번 영구결번식에 참석했다. 그날 '마이클을 향한 경례(A Salute to Michael)'라는 부제로 진행된 이 행사에서 불스 구단은 새 경기장 앞에 세운 조던의 동상, 일명 '더 스피릿(The Spirit)'도 공개할 예정이었다. 하지만 조던은 그 동상을 부담스러워했다. 예전에 모형을 보고 동상 제작을 수락하기는 했지만, 이미 대중의 뇌리에 각인된 완벽한 이미지 때문에 악몽 같은 삶을 살던 그로서는 전혀 반길 일이 아니었다. 언젠가 그는 밥 그린에게 '난 조각상 같은 것이 아니라 살아 있는 인간'이라며 고충을 털어놓은 적도 있었다. 그런 상황에서 유나이티드 센터 앞에 세워진 동상은 그를 더욱 옥죌 뿐이었다. 그러나 그의 고민과는 무관하게 더 스피릿은 큰 인기를 끌며 유나이티드 센터로 수없이 많은 관광객의 발길을 이끌었다.

조던의 육감은 그 행사를 피하라며 경고했고, TNT 방송국을 통해 전국에 중계된 그날의 광경은 상상했던 것보다 훨씬 더 나빴다. 준비된 식순대로 연예인들의 짤막한 쇼와 함께 행사가 진행된 후 라인스도프와 크라우스가 소개되자 비시즌 동안 불스가 보인 행보에 여전히 뿔이 나 있던 2만 1,000여 관중은 일제히 야유를 보냈다.

조던은 팬들을 말렸다.

"여러분 진정하세요. 둘 다 좋은 사람이라구요."

이른바 '두 명의 제리'로 불린 그들이 그렇게 야유를 받은 것은 처음이 아니었다. 1991년부터 1993년까지 불스가 리그 3연패를 달성하며 축하 행사가 열릴 때마다 시카고 시민들은 크라우스에게 무자비한 비난과 야유를 퍼부었다. 그의 아내인 델마는 그날 남편에게 야유가 쏟아지는 내내 눈물을 흘렸다. 크라우스는 불스 팬들의 분노와 조롱에 익숙했지만, 우는 아내의 모습 그리고 그런 그녀를 딘 스미스가 위로하는 모습은 그를 격분케 했다.

"나중에 딘 스미스 그 사람이 제 아내한테 다가가서는 마이클이 제 편을 들어줘서 참 다행이라고 그랬죠." 크라우스가 당시를 떠올리며 말했다. "그런데 델마는 그 소리에 발끈해서는 '이미 늦었어요! 젠장, 너무 늦었다구요! 훨씬 일찍 그렇게 했어야죠!' 이렇게 소리쳤어요. 그 말에 딘은 꽤 속이 상한 것 같더군요. 전 그렇게 나서준 델마가 정말 고마웠어요. 그날 밤에 제 아내는 딘을 비롯한 몇몇 인물들한테 당장 눈앞에서 꺼지라고 면박을 줬죠. 델마는 단단히 화가 나서 노발대발하다가 자리에 앉아 펑펑 울었답니다."

크라우스도 조던이 자신을 변호해 주지 않은 데 화가 나기는 마찬가지였다.

"마이클은 저랑 같이 일하던 수년간 그럴 만한 기회가 많았어요. 하지만 한 번도 절 감싸주지 않았죠."

필 잭슨은 이런 해석을 내놓았다.

"제리는 단장으로 일하면서 그동안 인간적인 모습이라든가 좋은 인상을 보여주지 못했어요. 그게 시카고 팬들이 모인 자리에서의 이미지에도 나쁜 영향을 미친 거죠. 사람들 눈에 제리는 한 도시의 시장처럼 비칠 겁니다. 시장은 대중 앞에 서면 항상 야유를 받잖아요. 제리는 그런 위치에 있어요. 남들이 꺼리는 지저분한 일들을 도맡아 해야 하죠. 그러다가 결국은 제리 스스로 악역 이미지를 자처하는 상황까지 왔고요."

그럼에도 크라우스는 줄곧 인내했고, 라인스도프는 그런 그를 높이 평가했다.

"단장이란 직책은 누가 맡아도 크고 작은 실수를 저지르기 마련입니다. 제리는 충성심이 정말 강하지요. 하지만 더 중요한 건 그 친구가 성과를 낸다는 거예요. 특유의 근면성으로 좋은 결과를 내는 친구고 재능을 알아보는 눈도 탁월하지요."

스포츠 기자인 밥 로건은 당시에 이런 말을 했다.

"제리는 저를 포함해서 모든 사람한테 늘 치이는 신세였어요. 하지만 자기가 원하는 건 다 가진 사내죠. NBA 구단을 운영하고 있고 우승 반지를 세 개나 가졌어요. 물론 저는 그 사람이 완전히 만족감을 느낀 적이 하루도 없을 거라고 생각합니다. 항상 뭔가를 부족하게 느끼거나 일이 생각만큼 잘 풀리지 않는다고 여기는 사람이거든요."

조던의 영구결번식이 있기 얼마 전, 크라우스는 불스가 조던 없이 우승하기를 기대했다고 솔직한 심정을 털어놓았다.

"구단주와 전 늘 그 얘길 해왔어요. 그래요. 우린 마이클이 없는 상태로 우승을 하고 싶었습니다. 우리 생각이 옳다는 걸 보여주고 싶기도 하고, 거기에는 개인적인 욕심도 조금은 있었어요. 저도 야망이란 게 있거든요. 아주 크지는 않지만 그렇다고 그렇게 작지도 않아요. 저 스스로는 단장으로서 일을 잘하고 있다는 생각이고요. 그래서 한 번쯤은 우승이 내 능력 덕분이라고, 그게 마이클 덕분이 아니라고 세상 사람들이 외치는 걸 듣고 싶습니다."

하지만 안타깝게도 1994년도 플레이오프에서는 그럴 기회를 놓치고 말았다.

영구결번식이 열린 날 밤, 필 잭슨은 조던의 심중에 다시 농구선수로 뛰고 싶은 욕구가 있음을 감지했다. 일찍이 몇몇 구단주들은 조던을 복귀시키려면 NBA 전체가 나서서 그에게 큰 보상금을 안겨줘야 한다고 주장하기도 했다. 그 후 '리그에서 1억 달러짜리 계약을 제안하면 돌아올 생각이 있느냐?'는 기자의 질문에 조던은 퉁명스레 답했다.

"돈 때문에 뛰는 거라면 3억 달러는 받아야겠죠."

만약 그가 돈을 바라보고 농구를 했다면 은퇴 후에 야구를 택하지는 않았을 것이다. 급여가 박했던 마이너리그 생활을 지탱해준 것은 약 3,000만 달러에 달하는 광고 소득이었다. 그가 꿈꾸던 메이저리그는 그해 8월부터 파업으로 운영이 마비되었고, 크리스마스를 지나 다음 해 2월이 될 때까지도 사태가 해결될 기미가 보이지 않았다. 하지만 마이너리그가 파업의 영향을 받지 않고 계속 운영되어서 조던은 메이저리그의 사정을 잘 몰랐다. 그런 상황에서 시범 경기 일정보다 일주일 먼저 시카고 화이트삭스에 합류한 그는 그곳에서 구단주들과 선수단의 싸움이 쉽게 끝나지 않을 것임을 깨달았다. 게다가 설상가상으로 화이트삭스 구단 측과 탈의실 및 주차 공간 배정 문제로 오해를 빚기도 했다. 하지만 그의 마음을 야구에서 멀어지게 한 것은 따로 있었다. 아무래도 구단 측이 자신을 시범 경기 홍보에 이용할 것 같다는 예감이었다. 또 그는 대체 선수로 메이저리그에서 뛰고 싶은 마음도 없었고, 파업에 불참하는 배신자 소리를 듣고 싶지도 않았다. 결국 그는 아버지의 꿈을 이루길 그만두고 고향으로 발길을 돌렸다. 라인스도프에게는 전화로 그 사실을 알렸다.

라인스도프는 조던에게 충고했다.

"내 생각엔 자네가 야구를 그만두는 이유가 잘못된 것 같네만."

"아뇨, 이미 마음을 굳혔습니다."

구단주는 다시 물었다.

"이제 뭘 하고 싶은가?"

"모르겠어요."

훗날 라인스도프는 조던의 야구선수 시절을 이렇게 이야기했다.

"애리조나 가을 리그에서 마이클의 타율은 2할 6푼 정도였습니다. 나는 그 친구 실력이 나날이 늘고 있다고 느꼈어요. 하지만 당시의 파업 때문에 화이트삭스에서 뛰는 건 불가능했습니다."

1995년 3월 10일, 조던은 야구계 은퇴를 선언했다. 그는 마이너리그에서의 경험 덕분에 자신을 훌륭한 농구선수로 키운 성실성을 재발견할 수 있었다고 말했다.

"야구를 하면서 새로운 팬들을 많이 만났고 마이너리그 선수들이 그야말로 야구계의 초석이란 사실을 알게 됐죠. 아무 관심도 못 받으며 뛰는 경우가 많지만, 이 선수들은 팬들과 야구 관계자들의 존경을 받아 마땅합니다."

그 일을 두고 필 잭슨은 뼈 있는 한마디를 남겼다.

"마이클은 야구를 저버리지 않았어요. 야구가 마이클을 저버린 거죠."

## 버토 센터

처음에 조던은 아주 은밀히 불스의 훈련에 합류하려고 했지만 생각처럼 되지는 않았다. 특히 불스가 어두운 분위기 속에 무겁게 발걸음을 이어가던 상황이라 더욱 그랬다. 그의 농구계 복귀를 암시하는 첫 징조는 거의 눈에 띄지 않을 정도로 미세했다. 어쩌면 오랜 친구와 나눈 전화 통화였을지도, 또 어쩌면 잭슨의 사무실 밖으로 새어 나오던 담배 연기였을지도 모른다. 그것이 무엇이든 간에 그해 3월에 관련 업계 사람들은 조던의 복귀를 암시하는 신호를 포착하고 질문하기 시작했다. 마이클 조던이 정말 복귀를 고려하고 있을까? 그냥 팀 훈련에 참가해서 상황을 지켜보려는 것은 아닐까?

그런 이유로 전 세계는 그해 초부터 시카고 불스의 일거수일투족에 주목했다.

칩 셰퍼가 당시 상황을 이야기했다.

"그때 몇 주 동안 마이클의 복귀에 관한 소문이 돌았어요. 그 무렵에 제가 래리 크리스코비악, 룩 롱리, 스티브 커와 저녁 식사를 같이했는데 다들 마이클과 같이 뛰어본 적이 없었죠. 세 선수 다 마이클과 함께할지 모른다는 기대감에 어린애들처럼 엄청 들떠 있었어요. 앞에서 하는 얘길 듣고 있자니 '이 친구들아, 그 인간하고 뛰는 게 얼마나 힘든지 아직 몰라서 그래.' 이런 생각이 들더군요."

스티브 커는 조던이 복귀하기 한참 전부터 그 시즌이 아주 이상했다고 회상했다. 전년도에 불스는 조던 없이도 좋은 성적을 거뒀지만 1994~95시즌에는 전력이 상당히 약해진 상태였다. 그간 존재했던 여러 가지 논란과 불화가 끝내 그들의 발목을 잡은 것이다. 커는 옛 기억을 더듬어 말했다.

"마이클이 은퇴한 첫해에는 이랬던 거 같아요. 아직 팀 내에 마이클의 존재감이 느껴졌고 다들 자신감이 있었죠. 빌 카트라이트와 존 팩슨, 호레이스 그랜트가 있었고 그 선수들은 우승을 경험한 챔피언들이었어요. 그런 자신감과 경험은 마이클이 떠난 뒤에도 계속 남아 있었고요. 하지만 다음 시즌부터는 그게 차츰 희미해지기 시작했어요. 카트라이트, 팩슨, 그랜트가 팀을 떠나면서 그 선수들의 리더십도 잃고 말았죠. 팀을 물리적으로나 정신적으로 지탱하던 선수들이 한순간에 사라진 거예요. 그 뒤에 우리 팀은 어려운 상황에 빠졌습니다. 우리 팀만의 장점을 잃었고 활력도 잃었죠. 힘든 시기였어요."

커가 말하기로, 조던이 그 시즌 초부터 종종 불스의 훈련장에 들렀지만 당시 팀원들과는 아무런 유대감이 없었다고 한다.

"마이클은 가끔 농구 연습을 하러 왔어요. 하지만 함께 뛰어본 적 없는 선수들은 말 한 번 걸기도 어려웠죠. 마이클 조던이 거기 있다는 사실 자체가 그런 상황을 만들었어요. 아시겠지만 마이클이 풍기는 위압감이 상당하잖아요. 게다가 잘 모르는 사람한테는 더 그래요. 그래서 주변을 오가면서 '이봐요, 요새 잘 지내요?' 하고 인사하는 것조차 불가능했어요. 마이클은 그 정도로 위협적인 존재였던 거죠. 우리 중에는 친한 사람이 아무도 없었으니까요."

조던은 운동복을 차려입고 며칠간 불스의 훈련장을 오가며 마치 폭풍이 몰아치듯 넘치는 에너지를 발산했다. 하지만 그가 복귀할 마음을 먹었는지는 여전히 알 수 없었다. 그런 와중에 시카고의 한 라디오 방송이 관련 정보를 유출하면서 미국 전역은 들썩이기 시작했고 이후 열흘간 스포츠 역사에 남을 대소동이 이어졌다. '마이클 조던이 다시 농구를 하고 있다.' 이 한마디에 각종 방송사와 신문사, 잡지사의 기자들이 어떤 발표나 새 소식을 기대하며 불스의 훈련 시설인 버토 센터로 몰려들었다. 그러나 훈련장 창가에는 커다란 가림막이 쳐져 있었다. 들리는 것은 고함 소리 그리고 코트 바닥과 농구화가 내는 마찰음뿐이었다. 취재진은 조던이 불스 선수들의 연습에 참가했지만 아직 복귀 결심을 굳히지는 않았으며 자세한 상황은 조율 중이라는 정보를 접했다. 당시 연습 시합에서 포인트가드를 맡은 조던은 노란 조끼를 입고 불스의 2진과 함께 주전 선수들을 상대했다.

조던 대 피펜의 대결, 그 모습은 예전과 다름없었다.

조던과 3년간 우승을 경험했던 윌 퍼듀는 인터뷰에서 이렇게 감회를 밝혔다.

"마이클과 같이 뛸 수 있다는 것만으로도 즐거웠어요. 마이클이 뛰는 걸 보는 것 자체가 재미있었고요."

사실 열흘 동안 시간을 끌지 않았다면 그렇게 큰 소동이 일어나지도 않았을 것이다. 하지만 라인스도프는 조던에게 생각할 시간을 주었다. 조던 역시 그 주에는 선뜻 결정을 내리지 못하고 농구계로 복귀하려는 이유가 메이저리그의 파업에 실망해서인지, 아니면 농구에 대한 사랑 때문인지 깊이 고민했다. 그러는 사이에 팬들은 마치 거대한 자석에 이끌린 듯 버토 센터로 향했다. 그들은 매일 훈련장을 출입하는 농구 황제를 조금이라도 보려고 인근 호텔의 주차장에 모여들었다. 하지만 조던이 계속 침묵한 덕분에 미국 전역의 24시간 케이블 뉴스와 스포츠 라디오 방송 관계자들은 그 상황을 계속 보도하고 팬들의 문의를 받느라 바쁜 시간을 보내야 했다.

약 일주일 후 팬들의 인내심은 바닥나기 시작했고 시카고의 라디오 방송국에 전화를 걸어 조던이 대중을 상대로 장난을 치는 것 아니냐고 묻는 사람도 있었다. 어떤 면에서는 그 말이 틀리지 않았다. 뒤에서 모든 것을 지켜보던 데이비드 포크는 그 상황을 즐기고 있었다. 자신의 고객이 돈을 주고도 살 수 없는 기삿거리를 매일 같이 만들어냈기 때문이다. 《USA 투데이》는 최근 증권거래소에서 조던을 광고 모델로 기용한 기업들의 주식 가치가 20억 달러가량 급증했다고 보도하며 그가 시장 조작에 관여했을 가능성을 제기했다.

3월 16일 목요일에 필 잭슨은 일이 너무 커졌다고 판단하고 조던에게 훈련에 참가하지 말라고 일렀다. 버토 센터에 모인 취재진이 지나치게 많았기 때문이다. 같은 날 오후에 잭슨은 언론사 인터뷰에서 조던과 라인스도프가 NBA 복귀를 논의하는 중이며 사나흘 정도면 결론이 날 것이라고 밝혔다. 조던은 농구계를 한참 떠나 있었지만 자신이 약간의 연습만으로도 불스의 전력을 크게 높일 것이라며 자신감을 내비쳤다. 불스는 금요일에 열린 홈경기에서 밀워키 벅스를 꺾고 3연승을 올리며 시즌 전적 34승 31패를 기록했다. 그날 팬들은 조던이 유니폼을 입고 깜짝 등장하지 않을까 하고 예상했지만 모습을 보인 것은 경기장 분위기를 확인하러 나온 그의 경호원들뿐이었다.

그런데 바로 다음 날 아침, 드디어 일이 성사되었다며 시카고의 라디오 방송국들이 들썩거렸다. 조던이 곧 복귀 발표를 하고 일요일에 전국 방송되는 인디애나 페이서스전에 출전할 것이라는 소식이었다. 이후 라살(LaSalle)가의 마이클 조던 레스토랑에서는 직원들이 기념품 코너에 재고를 다시 채우느라 분주하게 움직여야 했다. 지난 2월에는 레스토랑을 찾는 사람이 뜸했지만 조던의 복귀 가능성이 알려진 뒤로 이 가게에는 저녁 내내 손님들이 들어찼다. 농구팬들은 성지와도 같은 유나이티드 센터의 조던 동상을 밤낮없이 지켰고, 버토 센터 주변 역시 팬들과 기자들로 가득했다. 일부 팬은 훈련장 옆에 있는 호텔에 묵으며 줄곧 발코니에 나와 있었다. 다들 그렇게 목이 빠져라 조던의 공식 발표를 기다렸다.

그러다 연습이 끝나고 도로 위로 코르벳이 나타나자 팬들은 환호성을 질렀고 조던은 속도를 높여 그 자리를 벗어났다. 그 뒤로 레인지로버를 몰고 나타난 피펜은 빛 가림 처리가 된 검은색 차창 너머로 밝은 웃음을 보였다. 그곳에서 NBC 방송 기자인 피터 베시는 수많은 팬들에게 둘러싸인 채 조던의 복귀 소식을 알렸다. 그는 조던이 일요일에 페이서스를 상대로 뛸 예정이며 23번 유니폼을 영구결번에서 해제하고 다시 입을 것 같다고 추측했다. 이에 도시 전체가 흥분에 휩싸였고 한 라디오 스포츠 방송 진행자는 '시카고시가 조르가즘(Jorgasm)을 느끼고 있다.'며 농담을 던졌다.

별 중에서 가장 빛나는 별이 침묵을 깨고 낸 성명서는 단 두 단어로 이루어져 있었다.

'내가 돌아왔다(I'm back).'

일요일에 조던은 NBA 규정을 어기고 개인 전용기로 인디애나폴리스에 당도했다. 그는 활주로에 멈춰선 비행기 안에 홀로 앉아 있었다. 아버지의 죽음 이후 처음 출전하는 NBA 시합을 앞두고 그는 먼 옛날의 추억을 떠올렸다. 그런 다음 경호원 스무 명을 태운 리무진 부대와 함께 시내를 통과했다. 마켓 스퀘어 아레나 밖에는 평소보다 많은 바리케이드가 설치되었고 조던은 경호원들의 도움으로 수많은 인파를 뚫고서 경기장에 들어갈 수 있었다.

페이서스의 래리 브라운 감독은 홈구장 분위기를 보고 농담을 던졌다.

"마치 엘비스와 비틀스가 돌아온 것 같군요."

정오가 조금 넘은 시각, 조던이 동료 선수들과 함께 원정팀 탈의실에서 나와 경기장 복도를 가득 메운 팬들 앞에 섰다. 그는 껌을 질겅질겅 씹으며 진지한 표정으로 주변을 둘러봤다. 그리고 18개월간의 은퇴로 중단되었던 선수 생활을 다시 이어갈 준비를 했다.

마침내 팬들을 미치게 했던 기다림이 끝나고 황제의 귀환을 축하하는 시간이 찾아왔다. 그 자리에는 농구계에서 내로라하는 유명 인사들이 모두 모여 있었다. 당시에 중계방송 해설자로 일했던 맷 구오카스는 그날 모습을 이렇게 이야기했다.

"NBC 방송국은 그날 시합에 거물들을 죄다 불러 모았어요. 밥 코스타스한테는 경기 전에 특별 방송을 맡기기도 했죠."

아마 조던이 직접 농구 쇼를 기획했더라도 그날처럼 뜨거운 반응을 얻지는 못했을 것이다. 시카고 불스가 사방에서 쏟아지는 카메라 세례와 함께 경기장으로 들어서면서 에어 조던 신화의 새로운 장이 열렸다. 그런데 코트에 선 조던의 모습이 어딘가 낯설었다. 그의 유니폼에는 23번 대신 고교 10학년 시절과 마이너리그에서 썼던 45번이 붙어 있었다. 훗날 그는 인터뷰에서 '아버지가 생전에 마지막으로 본 번호였기 때문에 23번을 계속 영구결번 상태로 두고 싶었다.'고 밝혔다. 당시에 NBA 유니폼을 만들던 챔피언사는 곧바로 생산 일정을 추가하여 20만 벌이 넘는 45번 유니폼을 제작, 판매했다.

그날 페이서스를 상대하던 조던의 움직임은 다소 경직되어 보였다. 하지만 팬들은 그런 데 전혀 신경 쓰지 않는 듯했다. 그는 야투를 스물여덟 번 시도하여 겨우 일곱 번밖에 성공시키지 못했고 결과적으로는 시합도 지고 말았지만, 강한 수비력으로 불스가 디비전 1위인 페이서스를 연장전까지 몰아붙이는 데 일조했다. 경기 후 그는 지난 열흘간 벌어진 대소동에 관하여 입을 뗐다.

"저도 그냥 사람일 뿐이에요. 일이 이만큼 커질 줄은 예상하지 못했죠. 솔직히 좀 당혹스럽더군요."

복귀가 늦어진 까닭은 구단으로부터 피펜과 암스트롱을 방출하지 않는다는 확답을 받아내려 한 데 있었다. 최종적으로 라인스도프는 그 요청에 거절 의사를 보냈다. 조던은 농구를 다시 하려는 이유를 짚어보는 데도 많은 시간이 필요했다면서 이 기회로 자신이 농구를 정말 사랑한다는 사실을 확인했다고 밝혔다. 그는 NBA로 돌아온 이유가 단지 그뿐이라며 돈과는 무관하다고 설명했다. 그리고 리그 측이 선수 노조와 새로운 노사 협정을 진행하는 동안에는 계약 재협상을 할 수 없으므로 연봉은 예전 계약 그대로 390만 달러라고 밝혔다.(불스는 1993~94시즌에 조던에게 급여를 줄 필요가 없었지만 옛 계약에 명시된 연봉을 모두 주었고, 그가 일부 시합에만 출전한 1994~95시즌에도 연봉 전액을 지급했다.) 그는 NBA 복귀가 전적으로 농구를 사랑하기 때문이라고 강조했다.

그는 복귀 이유를 설명하면서 고액 연봉을 받는 일부 젊은 선수들에게 느낀 불만도 함께 드러냈다.

"전 우리 농구계가 바람직한 방향으로 갔으면 했어요. 그런데 요즘 농구판을 보니 좋지 않은 모습이 많이 보이더군요. 젊은 선수들이 자기 책임을 다하지 않는 건 물론이고 농구를 좋아하지도 않는 것 같아요. 농구선수라면 농구를 이용하지 말고 사랑해야죠. 또 긍정적인 사람이 되고 신사답게, 프로답게 행동해야 하고요."

　마이클 조던의 컴백 쇼는 사흘 뒤 보스턴 가든에서 계속되었고 그는 17회의 숏 시도 중 아홉 개를 성공시키며 총 27득점을 올렸다. 불스는 그날 시합에서 승리했다. 그 후 조던은 애틀랜타 호크스와의 대결에서 역전 버저비터로 팬들을 열광시키고 매디슨 스퀘어 가든에서 펼쳐질 격전에 대비했다.

　닉스의 팻 라일리 감독은 호크스전에서 제 리듬을 찾아가는 조던을 보면서 불안함을 느꼈다. NBA를 대표하는 지장(智將)인 라일리는 곧 폭풍이 몰아치리라 예상했다. 조던과 포크도 같은 것을 느꼈다. 그렇지 않아도 조던은 복귀 후 몸을 충분히 풀고 라일리 휘하의 거친 선수들과 자신의 전담 수비수인 존 스탁스를 상대하길 원했다. 그날 뉴욕으로 돌아온 마이클 조던의 시합은 케이블 방송사인 TNT의 NBA 정규 시즌 중계 역사상 가장 많은 시청자 수를 기록했고 시민들 역시 들뜬 기분을 감추지 못했다. 경기장 근처의 거대한 전광판에는 영화 제목 「브로드웨이를 쏴라(Bullets Over Broadway)」를 패러디한 'Bulls Over Broadway'라는 문구가 번쩍였다. 그날은 누구나 조던과 뉴욕 닉스의 대결 역사를 입에 올렸다. 오래전 신인 시절부터 매디슨 스퀘어 가든만큼 조던을 가슴 뛰게 하는 곳은 없었다. 그곳은 자신의 존재감을 세상에 드러내는 장소였고 그중에서 가장 큰 외침은 발 부상에서 복귀했던 1986년에 울려 퍼졌다. 당시 시합에서 조던은 50점을 넣으며 매디슨 스퀘어 가든에서 원정팀 선수가 올린 최다 득점 기록을 갈아치웠다.

　코트 곳곳에서 강렬한 기운을 발산하던 그날 저녁도 그런 느낌이 들었다.

　"제가 여기에 온 건 득점하기 위해서예요."

　경기 후에 그는 어떤 태도로 대결에 임했는지를 밝혔다.

　사람들은 시합 초반부터 그 점을 알아보았다. 1쿼터가 시작되고 수비수인 스탁스가 돌파를 신경 쓰며 뒤로 주춤하는 사이 조던은 빠르게 점프슛을 꽂아 넣었다. 언제나 경쟁심을 들끓게 하는 스탁스 덕분에 그는 승부사로서 자신이 원하던 리듬을 찾을 수 있었다. 그때부터 그는 닉스의 숨통을 조였고 코트 바로 앞에서 시합을 관람하던 스파이크 리와 닉스 홈팬들도 옛 모습을 되찾은 그에게 조용히 환호를 보냈다. 3쿼터가 끝날 때까지 49점을 쏟아 넣은 조던은 거기서 멈추지 않았다. 그리고 조던 신화에는 새로운 업적이 추가되었다. 55득점으로 마무리된 일명 '더블 니켈 게임*'이었다.

그러한 대활약과 함께 맨해튼을 흥분의 도가니로 빠뜨린 것은 시합의 마지막 순간이었다. 닉스는 끈질기게 추격했지만 종료 몇 초를 남기고 공을 잡은 사람은 조던이었다. 그는 코트를 쭉 훑어본 뒤 슛 동작으로 수비수들을 유인했다. 그 순간 골 밑에는 새로운 동료인 빌 웨닝턴뿐이었다. 조던은 곧장 패스했고 웨닝턴은 승리를 결정짓는 덩크를 내리꽂았다.

경기 후 팻 라일리는 지친 표정으로 말했다.

"농구 역사상 이 정도로 큰 충격을 안겨준 선수는 마이클이 유일무이할 겁니다."

기자회견장에서 조던은 스탁스를 겨냥해 끝까지 독설을 날렸다.

"그 녀석이 절 어떻게 상대해야 하는지 까먹은 모양이에요."

그러면서 그는 득점 욕구를 억누르기 어려웠다고 말했다.

그날의 활약을 본 팬들은 그가 마법을 부린 듯 예전 기량을 되찾고 네 번째 우승을 거머쥘 준비까지 마쳤다는 인상을 받았다. 이러한 기대감에 가장 들뜬 것은 필시 조던을 비롯한 불스 선수들과 코치진이었을 것이다. 기록은 그들의 믿음을 뒷받침했다. 조던이 합류한 뒤로 불스는 정규 시즌의 마지막 4주 동안 13승 4패를 기록했고 두 차례나 6연승을 달려 유나이티드 센터의 분위기를 한껏 고조시켰다. 하지만 그 시즌에 개장한 유나이티드 센터, 일명 UC는 조던에게 무척 어색하고도 낯선 곳이었다. 한때 그는 이 경기장에서 절대로 뛰지 않겠다고 맹세하기도 했다. 물론 이후에는 그런 감정이 누그러졌지만, 여전히 그는 유나이티드 센터를 그리 좋아

---

* 니켈은 5센트 동전을 뜻하는데 5가 두 개 있다는 점에서 55를 더블 니켈로 부르기도 한다.

하지 않았고 언젠가 '부숴버리고 싶다.'며 우스갯소리를 하기도 했다. 그해 봄에 바로 길 건너편에 있던 시카고 스타디움은 철거 작업으로 벽면이 휑하게 뚫려 있었다. 시합 날이면 석관처럼 생긴 옛 홈구장 내부는 마치 과거의 망령들이 오랜 친구였던 마이클과 시카고 시민들이 다시 찾아오길 기다리는 듯 밝은 불빛으로 가득했다. 그러나 그때 조던은 지극히 일상적인 시합을 소화하는 데도 애를 먹었고 그 이면에는 긴장감이 흐르고 있었다.

"그 시즌에는 팀의 주축들이 왕창 빠진 채로 예순다섯 경기를 치르는 이상한 상황이 벌어졌어요." 스티브 커가 2012년 인터뷰에서 그 시기를 회상했다. "그러다가 농구계 최고의 스타가 갑자기 나타나서 우리랑 같이 뛰게 된 거예요. 지금 생각해보면 그때가 적응기였던 거죠. 아무튼 그러면서 다들 마음이 엄청 들떴어요. 눈앞이 아찔할 정도였죠. 다시 우승할 기회를 잡았다고 느꼈으니까요."

하지만 조던의 합류 이후 불스 선수들은 이전까지 경험하지 못한 심리적 고통에 적응해야 했다. 커는 조던이 팀원들을 휘어잡는 방식에 좋은 의미로든 나쁜 의미로든 큰 충격을 받았다고 한다.

"그때 우린 아무것도 몰랐어요. 마이클은 성격이 정말 드셌고 여러모로 동료들을 낮잡아 보는 경향이 있었죠. 그래서 우리 중에 누구 하나 마음 편한 사람이 없었습니다. 마이클은 매일 같이 훈련 시간을 장악하려 했어요. 육체적인 면에서가 아니고 정신적인 면에서, 그것도 아주 위협적으로요. 그리고 늘 선수들을 경쟁시키려 했죠. 우리가 원하든 그렇지 않든 상관하지 않고요. 사실 NBA 선수라도 지쳐서 진이 다 빠지는 그런 날이 있어요. 어떤 팀이든 다 그래요. 일상을 소화하다가 더는 못 버틸 만큼 지쳐서 쉬어야 하는 날이 있거든요. 그런데 마이클은 쉴 필요가 없었어요. 뭐 요즘도 그렇지만 마이클은 잠도 거의 안 자고, 도통 휴식의 필요성을 느끼지 못하죠. 하지만 다른 사람들은 안 그렇단 말이죠. 그 시절에도 피곤하면 쉬어야 하는 건 누구나 마찬가지였어요. 마이클은 그런 우릴 비웃기도 하고 구슬리기도 했습니다. 아니면 그냥 막 소리를 지르기도 했고요. 그런 게 정말 힘들었어요. 견디기가 어려웠죠."

농구팬들은 시카고 불스가 행복한 결말을 맞이하리라 예상했다. 당시에 불스는 동부 컨퍼런스 5위로 플레이오프에 진출하여 홈코트 어드밴티지가 없는 상태였다. 그러나 그들은 동부 4위인 샬럿 호네츠를 1라운드에서 네 경기 만에 제압했다. 그때 호네츠 소속이던 조니 바크 코치는 벤치에서 그 대결을 아쉬운 눈길로 바라보았다. 조던은 그런 바크를 따뜻하게 맞았다.

바크는 몇 년 뒤 인터뷰에서 그 상황을 언급했다.

"제가 시카고 소속이었다면 좋았을 텐데 말이에요. 하지만 그럴 수가 없었죠."

일찍이 잭슨은 바크를 해고하길 원한 사람이 크라우스였다고 설명했고, 조던은 그 말을 순순히 받아들였다. 거기에 피펜의 연봉 문제가 더해지면서 세 차례 우승 이후 다소 누그러졌던 조던과 단장의 관계는 다시 어긋나게 되었다.

호네츠를 완파한 불스의 다음 상대는 올랜도 매직이었다. 매직의 골 밑에는 옛 동료였던 호레이스 그랜트가 괴물 센터 샤킬 오닐과 함께 버티고 있었고 앤퍼니 하더웨이, 데니스 스콧, 닉 앤더슨이 젊은 에너지와 탁월한 슛 감각으로 외곽에서 그들을 지원했다. 이 팀은 조던의 복귀 직후에 열린 정규 시즌 시합에서 불스를 완파한 바 있었다. 과거에 불스에서 뛰면서 라인스도프와 크라우스, 잭슨, 조던에게 멸시를 당했다고 느꼈던 그랜트는 그해 플레이오프에서 분풀이를 하려고 벼르던 중이었다.

불스는 올랜도에서 열린 1차전에서 91대90으로 앞서다 조던이 막판에 저지른 두 개의 실책 때문에 패하고 말았다. 그중 하나는 닉 앤더슨에게 당한 스틸이었는데, 그때는 조던이 공을 튕기면서 남은 시간을 흘려보내기만 해도 되는 상황이었다. 그 실책은 고교 시절의 마지막 시합을 떠오르게 했다.

"45번은 23번과 다르더군요."

경기 후 앤더슨은 이런 발언과 함께 조던의 실력이 야구를 하기 이전만큼 폭발적이지 않다고 감상을 덧붙였다.

"포스트시즌 중에 이런저런 일을 겪으면서 마이클을 어떻게 해야 할까 잠시 고민했죠." 훗날 잭슨이 그날을 떠올리며 한 말이다. "마이클의 마음을 잘 알았던 저는 첫 경기가 끝난 뒤에 그 녀석한테 어깨동무를 하고 이런 말을 했습니다. '여태 자네랑 수없이 시합을 해오면서 이런 상황이 올 줄은 미처 예상 못 했어. 오늘 일을 경험으로 삼는 거야. 이 경험을 통해서 좋은 결과를 만들어보자고. 자네한텐 우리가 있어. 그걸 잊지 말게.' 제가 마이클한테 그런 말을 할 날이 올 거라곤 정말 상상도 못 했습니다."

시합 후에 조던은 기자들과의 인터뷰를 거부했다. 그는 다음 경기에 23번 유니폼을 입고 나타났는데, NBA 사무국은 예고 없이 번호를 변경했다는 이유로 시카고 불스에 2만 5,000달러의 벌금을 물렸다. 또한 리그 규정대로 언론 인터뷰에 응하라며 조던을 압박했다.

며칠 뒤에 조던은 앤더슨의 발언에 관하여 입을 열었다.

"그 말이 그렇게 거슬리지는 않았습니다. 이번에 스무 경기가량을 치르는 동안은 2년 전 저 스스로에게 기대했던 수준에 영 미치지 못했거든요. 아마 앞으로의 비교 대상은 예전의 제 모습이 되겠죠. 전 제 자신의 기대에 부응하도록 모든 노력을 다할 겁니다."

이후 불스는 2차전을 이기고 시리즈를 동률로 되돌려 홈코트 어드밴티지를 빼앗았다. 그들은 유나이티드 센터에서 열리는 3차전에서 시리즈의 주도권을 잡을 것으로 내다보았다. 그 시합에서 조던은 40득점을 올렸으나 혼자서 슛을 31회나 던져 불스의 전술을 잊은 듯한 모습을 보였다. 결국 3차전을 매직에게 패한 뒤 조던은 이어진 4차전에서 슛 시도를 줄이며 팀플레이에 주력했고 그 결과 불스는 다시 시리즈를 원점으로 돌릴 수 있었다. 시합이 끝나고 수많은 기자와 카메라맨들에게 둘러싸인 그는 추후의 행보를 묻는 말에 이렇게 답했다.

"마이클 조던을 제외한 세상 모든 사람이 마이클 조던의 앞날을 걱정하는군요. 전 이 시즌과 다음 시즌을 위해 돌아왔으니 그건 나중에 생각해도 될 것 같습니다."

　그 뒤에 그는 여러 번 슛을 놓치고 실수를 저지르며 호레이스 그랜트가 시리즈를 뒤집는 모습을 지켜봐야 했다. 5차전에서 필 잭슨은 그랜트를 수비수 없이 내버려 둔 채 샤킬 오닐에게 더블팀을 붙이기로 했다. 그랜트가 슛을 넣어봐야 겨우 2점짜리 몇 개에 불과하리라 판단한 것이었다. 하지만 그 작전은 역효과를 냈다. 그랜트는 시합 초반부터 자주 득점하며 잭슨의 전략에 응수했고 그 상황은 불스의 파워포워드 포지션이 얼마나 약한지를 잘 드러냈다. 최종적으로 올랜도 매직은 불스의 홈코트에서 시리즈를 4승 2패로 마무리했고 그랜트는 젊은 동료들에게 둘러싸여 축하를 받았다.

　불스 코치진은 패배가 믿기지 않는지 얼떨떨한 표정으로 코트를 빠져나갔다. 텍스 윈터 코치는 닉 앤더슨의 말이 옳았다고 인정했다.

　"지금의 마이클은 우리가 알던 그 선수가 아니에요."

　"마이클도 다른 사람들처럼 나이를 먹은 거죠." 잭슨은 윈터의 말에 동의하면서도 여전히 조던을 향한 믿음을 드러냈다. "그래도 그 친구는 여전히 마이클 조던입니다." 잭슨은 조던이 슛 감각을 되찾고 다음 시즌에는 50퍼센트가 넘는 슛 성공률을 기록하리라 내다보았다. "그 점만큼은 확신할 수 있어요. 이제 마이클이 이중 삼중으로 자기를 막는 수비수들을 다 제치기는 어려울 겁니다. 하지만 시합 중에 어디로 패스를 보내면 좋을지 슬슬 감을 잡을 거예요. 그 녀석이 올 시즌에는 패스 동선을 읽는 데 여러 번 애를 먹었죠."

　그는 조던이 한 시즌 동안 여든두 경기를 모두 소화하며 팀워크를 다졌다면 결과가 달라졌을 것이라 보았다.

　"마이클은 플레이오프 기간에 일었던 비판과 비난을 모두 보고 들었을 겁니다. 시카고에는 패배를 마이클 탓으로 돌리면서 징징대거나 분통을 터뜨리는 사람이 많았죠. 마이클은 그런 것들을 다시 일어서는 데 필요한 양분으로 삼을 겁니다."

　스티브 커는 2012년 인터뷰에서 1995년도 플레이오프로 인하여 조던의 높디높은 긍지가 꺾였다고 설명했다.

"올랜도와의 1차전에서 마이클이 닉 앤더슨한테 코트 중간에서 공을 빼앗겼죠. 우리가 이길 수 있는 시합이었지만 졌고, 결국엔 시리즈도 내주고 말았어요. 당시에 마이클은 간간이 놀라운 플레이를 선보였지만 형편없는 경기력을 보일 때도 있었어요. 저는 그해 플레이오프에서 경험한 실패가 그 뒤로 마이클을 계속 움직인 거라고 봐요. 물론 거기에는 야구도 중요한 역할을 했다고 생각합니다. 마이클이 마지막으로 우승한 게 93년도니까 아무래도 2년간은 본인이 세계 정상에 있다는 느낌을 받지 못했을 테죠."

플레이오프 중도 탈락은 조던의 커다란 자존심을 멍들게 했다. 그는 지난 수년간 시카고 불스의 부와 영예를 책임지며 눈부신 활약으로 수많은 팬들 앞에서 팀을 리그 최정상까지 올려놓았다. 그랬던 그가 이제는 고개를 떨구고 있었다.

# 제 32 장

# 트레이닝 캠프

세상을 들썩인 마이클 조던의 컴백 쇼는 예전 같으면 전혀 느낄 수 없었던 그의 나약한 면모를 드러냈다. 과거에 그에게는 약점이 없었다. 적어도 농구 코트 위에서는 그랬다. 본인도 그해 가을에 한 인터뷰에서 그런 문제를 인정했다.

"지난 시즌에 올랜도와의 플레이오프 경기에서 한 가지 교훈을 얻었죠. 전 그 뒤로 체육관에 틀어박혀서 농구를 처음부터 다시 익혔어요."

아니나 다를까, 팬들과 언론은 패배의 책임을 다른 데로 돌리기 시작했고 그 화살은 불스의 공격 전술로 향했다. 플레이오프에서 탈락한 뒤로 시카고의 스포츠 방송들은 트라이앵글 오펜스가 효용성을 잃은 것 아니냐고 떠들어댔다. 심지어는 텍스 윈터조차 자신의 전술에 의심을 품고 조던이 그 문제를 어떻게 생각하는지 궁금해했다.

필 잭슨이 당시 상황을 떠올리며 말했다.

"그때 텍스가 저한테 이러더군요. '마이클한테 좀 물어봐 주게. 공격 전술을 바꿀 필요가 있느냐고 말이야. 우리가 트리플 포스트 오펜스로 계속 가도 될까? 다음 시즌에도 이걸 계속 붙들고 있어야 할지 모르겠어. 그러니 자네가 대신 한 번 물어봐 줘.' 그래서 마이클한테 물어봤더니 그 녀석은 '트라이앵글이 이 팀의 근간'이라고 대답했어요. 모두를 아우르는 그 시스템 덕분에 각자 무슨 일을 하고 어디로 움직여야 할지 알 수 있는 거라고요."

"마이클이 경험한 세 번의 우승은 모두 트라이앵글 시스템 아래서 이뤄진 거였죠." 스티브 커가 말을 이었다. "그래서 마이클은 그 전술과 감독님을 철저히 신뢰했어요. 감독님은 연습 때마다 이런 말을 반복했어요. '내가 트라이앵글을 쓰는 건 마이클이나 스카티를 위해서가 아니야. 애들은 무슨 전술을 적용하든 알아서 득점할 테니까. 트라이앵글은 이 두 선수 말고 너희를 위해 활용하는 거야.' 감독님은 마이클이 보는 앞에서 자주 그랬는데, 저는 그게 참 지능적인 행동이었다고 생각해요. 사실 어떤 면에서는 그 전술 때문에 마이클이 자기 능력을 다 펼치지 못했잖아요. 만약에 마이클이 40득점씩 올리는 게 우리 팀의 목표였다면 다들 마이클 위주로 공을 돌리고 길을 터주기만 하면 됐을 거예요. 하지만 그런 식으로는 우승할 수가 없었고 마이클도 그 점을 일찍부터 알고 있었죠."

하지만 불스의 앞날은 사실상 공격 전술보다 조던의 거취에 달려 있었다. 혹자들은 그가 또다시 리그를 떠나지는 않을까 걱정했다. 일각에서는 그가 경기를 지배하던 시절이 이미 지났다고 보았다. 불스 내부에서도 조던이 NBA에서 골치 아픈 일들을 겪으니 그냥 다시 은퇴하고 말지도 모른다는 추측이 일었다. 이런 추측은 그해 여름에 조던이 노사 단체 협약을 두고 일어난 NBA와 선수들의 다툼에 말려들면서 더욱 힘을 얻었다. 이전에 그는 리그의 노사 문제에 한 번도 관심을 보이지 않았고, 불스와의 계약 재협상을 생각한 적도 없었다. 그런데 당시에 조던은 선수 노동조합의 해체를 앞장서서 외치며 선수들이 더 자유롭게 좋은 계약 조건을 협상할 수 있어야 한다고 NBA 사무국을 압박했다. 이 사태는 오래 지나지 않아 해결되었지만, 조던이 예전과 다르게 코트 밖의 문제에 더 공격적으로 대응한다는 인상을 남겼다.

팬들은 조던과 불스의 미래를 염려했다. 하지만 코치진은 담담하게 낙관적인 전망을 유지했다. 그들은 동부 컨퍼런스에서 젊고 재능 넘치는 올랜도 매직과 계속 부딪히리라 예상했다. 즉 불스가 다시 우승하려면 매직을 넘어서야 했다. 그러기 위해 필요한 것은 골 밑을 강화해줄 든든한 파워포워드와 매직의 앤퍼니 하더웨이, 닉 앤더슨, 브라이언 쇼에 대항할 장신 가드진이었다.

크라우스가 가장 먼저 한 일은 확장 드래프트*를 앞두고 B.J. 암스트롱을 불스

---

* 리그에 신생 구단이 생길 때 팀을 구성하기 위해 타 구단의 선수들을 대상으로 시행하는 드래프트로, 1995년에 캐나다를 연고지로 한 토론토 랩터스와 밴쿠버 그리즐리스가 창단되어 확장 드래프트가 열렸다.

의 보호 선수 명단에서 빼는 것이었다. 암스트롱을 대신할 장신 가드는 이미 팀에 들어와 있었다. 조던의 은퇴 후 그 공백을 메우려고 1994년에 영입한 올스타 출신의 가드 론 하퍼였다. 하퍼는 몇 년 전까지 클리블랜드 캐벌리어스에서 스타플레이어로 이름을 날렸으나 연이은 무릎 부상으로 운동능력이 많이 떨어진 상태였다. 그는 불스에 온 뒤로 트라이앵글 오펜스를 익히는 데 많은 어려움을 겪었다. 하지만 필 잭슨은 이 전술에 적응하면 다음 시즌에 중요한 역할을 하게 될 것이라며 그를 설득했다.

조던 역시 마음가짐과 훈련법을 바꿀 필요가 있었다. 라인스도프의 말마따나 '야구에 길든 몸을 농구에 더 적합한 군살 없는 몸'으로 바꾸기 위해서였다. 그는 여름 동안 할리우드에서 워너브러더스의 애니메이션 영화 「스페이스 잼」 촬영에 참가할 예정이었다. 실력이 예전만 못한 상태로 훈련 이외에 여러 가지 일정을 소화하게 된 셈이지만, 불스 코치진은 전혀 걱정하지 않았다.

그 점을 두고 텍스 윈터가 말했다.

"마이클에 관해선 아무 걱정이 없었어요. 알아서 자기 관리를 잘할 거라고 봤거든요."

영화 촬영 기간에 조던이 주로 몸을 단련한 장소는 스튜디오 내에 마련된 가설 경기장이었다. 그는 자신의 출연분을 찍고 짬이 날 때마다 그곳에서 농구 연습을 했다. 일찍이 크라우스는 그에게 웨이트 트레이닝의 비중을 높이라고 권유했었다. 하지만 대학 스승인 딘 스미스가 제자들의 근육 훈련을 선호하지 않아서인지 조던은 그쪽에 큰 관심을 두지 않았다.

크라우스는 웨이트 트레이닝의 중요성을 누누이 말했지만 그때마다 조던이 골프장을 찾는 횟수만 느는 것 같았다. 그러다가 올랜도 매직에 패하면서 조던의 생각은 바뀌었다. 크라우스는 예전부터 그가 필라델피아 이글스의 감독이었던 딕 버메일의 동생이자 불스의 트레이너인 알 버메일과 함께 훈련하길 바랐다. 하지만 단장이 하는 말이라면 무엇이든 의심했던 조던은 버메일 대신 아내의 개인 트레이너였던 팀 그로버를 택했다. 이후 조던과 하퍼, 피펜은 매일 아침 그로버와 함께 운동을 했고 이들에게는 '아침 식사 클럽'이라는 별명이 붙었다. 이러한 변화 덕에 이후 불스는 농구 역사상 체력 관리가 가장 잘 된 팀 중 하나로 평가를 받는다. 그리고 그로버는 마이클 조던의 몸을 단련시킨 최고의 전문가로 업계에서 큰 인기를 끌게 된다.

그해 가을에 그로버는 조던의 성실성을 극찬했다.

"마이클 조던처럼 열심히 훈련하는 사람은 난생처음 봤습니다. 마이클은 여름 내내 본인이 할 일을 착실하게 해냈어요. 광고를 여러 편 찍고 많은 사람을 만나면서 영화 촬영에도 참여했죠. 하지만 그렇게 바쁜 와중에도 늘 가장 중요하게 생각한 건 운동과 몸 관리였어요."

고통스러웠던 비시즌 훈련은 왕좌를 되찾기 위한 기나긴 여행의 시작에 불과했다. 33세 생일이 머지않았던 조던은 리그의 젊은 선수들만 아니라 지난날의 자신과도 싸울 준비를 했다.

"전 도전을 즐기는 사람으로서 그동안 최고의 농구선수라는 타이틀을 늘 자랑스러워했어요." 당시에 그가 한 말이다. "하지만 NBA로 돌아와 보니 저에 대한 평가가 나빠진 것 같더군요. 체감하기로는 샤킬 오닐이나 하킴 올라주원, 스카티 피펜, 데이비드 로빈슨, 찰스 바클리보다 한 등급 아래에 있는 것 같았죠. 그래서 전 트레이닝 캠프에서 모든 훈련을 소화하고 시범 경기와 정규 시즌 경기에 빠짐없이 뛰기로 마음먹었습니다. 지금 제 나이에는 예전보다 더 열심히 운동을 해야 해요. 지름길을 골라갈 형편이 아니죠. 아무튼 이번엔 플레이오프에 돌입할 때까지 시즌 내내 컨디션 조절을 잘하는 게 목표예요."

여름 내내 영화 촬영 일정이 잡혀 있었지만 목표를 이루려면 연습을 게을리 할 수 없었다. 조던은 NBA 선수들을 촬영장으로 초대하여 틈이 날 때마다 가설 코트에서 연습 시합을 벌였다. 그리고 어느 때보다 경쟁을 즐겼다. 하지만 영화 촬영이 끝나고 시카고에서 트레이닝 캠프가 시작될 무렵, 집중력을 한껏 끌어올린 그에게서는 알 수 없는 분노가 느껴졌다. 앞으로 그를 상대해야 할 이들에게는 재앙과도 같은 일이었다.

## 분노

짐 스택이 처음 그 제안을 했을 때 제리 크라우스는 들은 척도 하지 않았다. 데니스 로드맨을 불스에 데려오자고? 그 말을 들으면 조던과 피펜이 펄쩍 뛸 것이 뻔했다. 제리 라인스도프 구단주는 또 어떻고? 그들은 코트 위에서 폭력을 일삼았던 배드 보이스, 즉 피스톤스 선수들을 여전히 뼛속 깊이 증오했다.

하지만 스택은 로드맨 영입이 큰 효과를 내리라 확신했다.

"그해 초여름에 짐 스택이 절 찾아와서는 로드맨 데려오는 걸 고려해보라지 뭡니까." 크라우스의 설명이 이어졌다. "제가 그 말을 무시하니까 나중에는 간청까지 하더군요. 짐은 일단 그 녀석에 관해 돌았던 나쁜 소문들이 진짜인지 조사부터 해보자고 그랬어요. 짐이 그렇게 고집을 부리지 않았으면 우린 데니스 로드맨이 어떤 사람인지 알아보려고 안 했을 거예요."

조사를 하면 할수록 크라우스의 호기심은 더해갔다. 가까운 친구들, 적대감을 안고 있는 선수들, 옛 감독과 코치들, 팀 동료들을 포함하여 불스는 로드맨과 관계된 여러 인물과 접촉했다. 척 데일리는 로드맨이 불스의 영입 의사를 받아들이고 성실히 뛸 것이라고 장담했다. 하지만 크라우스는 여전히 망설였다.

"당시엔 이 리그의 모든 관계자들이 데니스를 거의 죽을 만치 두려워했죠."

피스톤스에서 코치로 일했던 브렌던 말론의 말이다.

라인스도프 역시 조심스러운 태도를 보였다. 그런 선수는 한순간에 모든 것을 망가뜨릴 수 있으니 천천히, 아주 신중하게 일을 진행하라고.

처음에 로드맨은 불스의 연락을 받고 믿지 않는다는 반응을 보였다. 그날 대화가 중반에 접어들 즈음 크라우스는 그를 썩 마음에 드는 선수라고 판단했다. 이후 크라우스의 권유로 로드맨을 만난 잭슨은 몇 시간 동안 그의 마음가짐을 파악하려고 애썼다. 확실히 로드맨은 불스에 합류하여 조던과 함께 뛰기를 원했다. 그는 불스 측이 자신의 정신과 주치의를 만나는 것도 허용했다. 불스 경영진과 코치진은 로드맨 영입을 두고 피펜과 조던을 설득하기가 어려우리라 예상했지만 두 사람은 의외로 그 일을 진지하게 고민했다. 피펜은 이렇게 말하기도 했다.

"그 녀석이 열심히 뛸 준비가 됐다면 우리 팀으로서는 아주 좋은 일이죠. 하지만 뭔가 나쁜 영향을 미칠 것 같다면 굳이 받아들일 필요가 없다고 봐요. 팀 전체가 오히려 크게 뒷걸음질 칠 수도 있으니까요."

조던과 피펜의 동의를 얻은 뒤 크라우스는 10월 초에 지난 몇 년간 교체 센터로 활약했던 윌 퍼듀를 샌안토니오 스퍼스로 보내고 로드맨을 데려왔다. 트레이닝 캠프를 코앞에 두고 성사된 트레이드였다.

만 34세의 나이에도 여전히 사춘기 청소년처럼 어디로 튈지 알 수 없었던 코트의 악동, 일명 '벌레' 데니스 로드맨은 그렇게 황소 군단의 일원이 되었다. 그는 2~3년간 1,500만 달러에 달하는 계약을 맺길 원했다.

"계약 후에 500만 달러는 은행에 넣어두고 이자로 먹고살면서 파티나 뿅 빠지게 즐기렵니다."

나중에 그는 정말 기자들에게 말한 그대로 계획을 실행했다.

지난 몇 년간 불스는 윌 퍼듀, 빌 웨닝턴, 룩 롱리로 이루어진 센터 3인방에게 골 밑을 맡겨왔다. 퍼듀는 블록슛에 능했고, 웨닝턴은 빠르고 간결하게 공격을 해결할 줄 알았다. 또 롱리는 신장 218센티미터에 체중 131킬로그램이라는 덩치를 살려 샤킬 오닐처럼 거대한 선수를 막을 수 있었다. 센터 3인방 가운데 누구도 혼자서는 골 밑 공격과 수비를 온전히 책임지지 못했으나 불스 코치진이 세 선수의 능력을 적절히 조화시킨 덕분에 언론은 그들을 한데 묶어 '삼두 괴수'로 부르기에 이르렀다. 이후 퍼듀가 떠나고 남겨진 이두 괴수를 돕는 역할은 파워포워드인 로드맨의 몫이 되었다.

불스는 로드맨을 잘 다루기 위한 방편으로 스퍼스에서 그와 함께 뛴 잭 헤일리를 데려왔고, 배드 보이스 시절의 동료 센터였던 제임스 에드워즈와도 계약했다. 그 뒤에 불스는 또 다른 피스톤스 출신의 빅맨 존 샐리까지 불러들였는데, 이 모든 것이 로드맨 영입 계획의 일환이었다. 우승을 향한 열의와 더불어 체력이 완벽히 갖춰진 조던과 피펜, 롱리, 지난 시즌보다 한층 성숙해진 쿠코치, 트라이앵글 오펜스에 적응한 하퍼 그리고 새로운 팀원이 된 로드맨을 보며 필 잭슨과 코치들은 팀에 필요한 모든 조각이 모였다고 판단했다. 배드 보이스는 불스 사람들에게 줄곧 배척과 증오의 대상이었지만, 이제는 그 일원들을 새로운 전력으로 활용해야 하는 상황이었다.

남은 문제는 팀원들이 얼마나 친화력을 발휘하느냐였다. 머리를 빨갛게 물들인 로드맨은 정수리에 검은 황소 무늬를 넣고 손톱을 황소 발굽처럼 꾸민 채 시카고에 도착했다. 그는 인터뷰에서 이렇게 말했다.

"팀 입장에선 나 같은 사람을 받아들이는 게 좀 미심쩍기도 하고 조심스럽기도 할 겁니다. 다들 내 반응이 어떨지 궁금할 거예요. 아마 트레이닝 캠프랑 시범 경기 기간에 다 알게 되겠죠. 분명히 마이클은 내가 맡은 역할을 잘 해낼 거라고 믿어줄 겁니다. 스카티도 그렇게 봐주면 좋겠네요."

조던의 복귀로 인한 대소동이 지나간 뒤, 한동안 잠잠했던 언론은 로드맨의 등장으로 또다시 들끓기 시작했다. 처음에는 온몸을 문신으로 뒤덮은 이 괴짜 선수에게 불스의 팬들이 푹 빠져들리라고 아무도 상상하지 못했다. 파산을 코앞에 두고 시카고에 당도한 로드맨은 이후 수많은 광고 계약을 맺고 곳곳에 돈을 뿌려댔다. 그 옛날 시카고는 노동자와 공업의 도시이자 갱단과 매춘부, 부도덕한 정치가, 악덕 변호사들로 가득했던 별난 도시였다. 하지만 로드맨은 러시 스트리트가 생겨난 이래 가장 별난 손님으로 꼽힐 만했다. 얼마 후에 필 잭슨도 언급했듯이, 불스의 신입 파워포워드는 그야말로 세계 최고의 어릿광대였다. 말이 나온 김에 하는 소리지만, 웨딩드레스 차림으로 기자들과 인터뷰하는 그를 보고 그냥 지나칠 사람이 세상에 어디 있을까?

그해 가을 트레이닝 캠프의 분위기는 격렬하다 못해 지옥처럼 살벌했지만, 로드맨의 화려한 등장에 밀려 크게 주목받지 못했다. 그 길고도 험난했던 훈련 기간에 버토 센터에서 무슨 일이 벌어졌는지 알려진 것은 몇 년이 지나서였다. 당시에 불스 선수들은 훈련이 끝날 때마다 무언가 끔찍한 경험이라도 한 듯 뒤도 돌아보지 않고 버토 센터를 떠났다.

"지금도 그때가 언뜻언뜻 생각나요." 스티브 커가 2012년 인터뷰에서 그 일을 이야기했다. "그해 트레이닝 캠프는 정말 미쳤다고 할 정도로 치열하고 경쟁적이었어요. 어디까지나 마이클의 기준에서 말하는 거지만, 마이클은 복귀 후에 치른 플레이오프에서 별다른 활약을 못 했죠. 그래서 처음부터 다시 시작하려고 했어요. 다시금 자신을 증명하고 모든 걸 본래 위치로 되돌려 놓으려 했죠. 그땐 진짜 연습 게임 하나하나가 전쟁 같았어요."

만약 데니스 로드맨이 훈련 중에 조금이라도 딴마음을 먹고 제멋대로 굴었다면 조던은 단칼에 그를 내쳤을 것이다. 그때 조던은 그 정도로 날이 서 있었다. 사실 로드맨은 새로운 동료들에게 아예 말을 붙이지도 않았다. 날마다 말없이 운동만 계속해서 그 모습이 오히려 더 낯설 정도였다.

"트레이닝 캠프 때는 참 힘들었어요." 로드맨과 함께 불스에 입단한 잭 헤일리가 그 시즌 말미에 한 말이다. "다들 경계심이 상당했거든요. 한번 생각해보세요. 당신이 마이클 조던이랑 스카티 피펜이면 굳이 데니스한테 가서 말을 붙이겠어요? 마이클은 작년에 5,000만 달러를 번 사람이에요. 그런 사람이 별로 친하지도 않은 사람하고 얘기 좀 해보겠다고 접근해서 알랑방귀를 뀔까요? 물론 데니스가 처음 팀에 들어왔을 때는 악수도 하고 환영 인사도 하고 그랬지만, 그 뒤로 관계가 진전되는 데는 한참 시간이 걸렸어요."

1995~96시즌 동안 불스의 코치로 일했던 존 팩슨은 당시를 이렇게 떠올렸다.

"그때는 우리 팀 전원이 혹시 모를 불상사를 걱정했던 것 같아요. 하지만 또 한편으로는 다들 일이 잘 풀릴 거라고 생각하고 있었어요. 그건 다 감독님의 성격 덕분이었죠. 그때 우린 이 리그에서 데니스와 원만한 관계를 유지할 수 있는 감독 그리고 데니스가 존경할 만한 감독이 필 잭슨밖에 없다고 생각했어요."

손발을 맞추는 과정에서 가장 불안감을 조성한 것은 로드맨과 피펜의 서먹한 관계였다. 피펜도 시즌 초에 그 점을 인정했다.

"저는 여태 데니스와 대화를 나눠본 적이 없어요. 평생 그러질 않았으니 지금 같은 상황이 별다를 건 없죠."

지금 생각해보면 트레이닝 캠프에서 벌어진 일들이 로드맨의 기행에 묻힌 것은 천만다행이었다. 당시에 조던은 과거 어느 때보다도 까탈스럽고 완고했다. 은퇴를 번복하고 다시 농구 코트로 돌아온 뒤 그는 동료들을 훨씬 더 공격적으로 대했다. 그 문제는 레이시 뱅크스도 지적한 바 있다.

"아버지의 죽음 이후 농구계로 돌아왔을 때 마이클의 태도는 사뭇 달라져 있었죠."

조던이 NBA를 떠난 사이, 시카고 불스의 선수 구성에는 많은 변화가 있었다. 하지만 그는 우승 경험이 전혀 없는 선수들과 어떻게 손발을 맞춰야 할지 잘 알았다.

조던은 새로운 동료들을 너무 가혹하게 대한다는 지적에 수긍하면서 이런 말을 했다.

"챔피언이 되려면 꼭 거쳐야 하는 몇 가지 단계가 있어요. 하지만 현재 우리 팀에는 그걸 겪어본 선수가 별로 없죠. 전 그 과정을 가속시킨 것뿐이에요."

여름에 일어난 직장 폐쇄도 팀워크에 좋지 않은 영향을 미쳤다. 조던은 데이비드 포크의 충고를 따라 선수 노조 해체를 지지했지만 스티브 커는 반대 입장을 보였다.* 라인스도프는 그 문제에 앞장서지 말라고 말렸지만, 조던은 아랑곳하지 않

---

* 1995년 여름에 조던은 패트릭 유잉, 알론조 모닝 등의 선수들과 함께 구단별 연봉 총액 상한선, 즉 샐러리캡에 관한 NBA와 선수 노조의 협약에 문제를 제기하며 노조 불신임 투표를 제안했다. 같은 해 9월 초에 투표가 이루어졌으나 결과는 노조를 유지하는 쪽으로 끝났다.

았다.

"당시엔 직장 폐쇄의 여파가 알게 모르게 남아 있었어요." 커가 그 시기를 회상하며 말했다. "저는 선수 노조의 대변인이었고, 마이클은 데이비드 포크가 관리하던 다른 선수들과 마찬가지로 노조 운영에 불만이 있었죠. 결과적으로 사태는 봉합됐지만 여전히 앙금이 가시지 않은 상태였어요. 그래서인지 모든 훈련이 아주 격렬했죠."

커가 느끼기에 조던은 필요 이상으로 격앙되어 있었고 마치 증오심에 휩싸인 듯했다. 커는 그런 감정이 인종 문제와는 전혀 무관했다고 웃으며 말했다.

"마이클은 단 한 번도 피부색에 관해 무어라 한 적이 없어요. 마이클은 인종을 넘어선 존재였고 아무도 차별하지 않았죠. 누구든 상관없이 압살해버렸으니까요. 그런데 제가 보기에 그건 다 계산된 행동이었어요. 마이클은 모든 선수를 시험했던 거죠. 물론 그 시절엔 그걸 알아챈 사람이 없었지만, 마이클은 우릴 시험하고 있었고 우린 그 도전에 맞설 필요가 있었어요."

트레이닝 캠프 사흘째 되던 날 스티브 커는 마침내 반기를 들었다. 2012년 인터뷰에서 그는 그 상황을 다음과 같이 묘사했다.

"제 기억은 이래요. 그날 연습 경기가 펼쳐졌고 주전 선수들이 상대 팀인 우리 2진 선수들을 마구 괴롭히는 상황이었죠. 시합 중에 주전 팀은 계속 교묘하게 반칙을 해댔어요. 마이클이 정말 거칠게 우릴 몰아붙였죠. 그때 감독님은 사무실로 올라간 상태였어요. 전화할 곳이 있었든지 아니면 다른 볼 일이 있었을 거예요. 아무튼 감독님이 빠지면서 시합은 거의 통제 불가능한 상황까지 갔어요. 마이클은 쉬지 않고 트래시 토크를 내뱉었죠. 그때 그쪽에서 무슨 소릴 했는지는 기억이 안 나지만 저는 열을 받을 대로 받은 상태였어요. 마이클이랑 주전 선수들이 계속 거친 플레이로 반칙을 해댔거든요. 그런데도 심판을 보던 코치들은 한 번도 마이클한테 파울을 불지 않았어요. 그런 와중에 제가 마이클의 트래시 토크를 맞받아친 거죠." 커는 웃으며 말했다. "그전에 그렇게 대응한 사람이 있는지 모르겠어요."

그가 공을 잡자 조던은 또다시 몸을 부딪치며 반칙성 플레이를 했다.

"그때 제가 마이클을 곁에서 떨어뜨리려고 팔꿈치를 막 휘둘렀죠. 그런데도 계속 뭐라고 떠들면서 성질을 돋우는 거예요. 그래서 저도 똑같이 트래시 토크를 퍼부었어요. 그러고는 그다음 플레이에서 제가 페인트 존에 진입했는데 마이클이 거기서 저를 확 밀쳤어요. 저도 지지 않고 똑같이 되갚아줬죠. 그다음부턴 마이클의 일방적인 공격이 이어졌어요. 동료인 저드 부슐러가 말하기로는 꼭 벨로시랩터를 보는 것 같았다더군요. 저는 영화 「쥬라기 공원」에서 벨로시랩터한테 공격받는 꼬마나 다름없었어요. 별다른 수가 없었죠. 훈련장은 아수라장이 됐고 우린 서로 막 고함을 질러댔습니다. 다행히 동료들이 달려와서는 싸움을 뜯어말렸어요. 결과적으로 제 눈은 시퍼렇게 멍이 들었고요. 기억은 안 나는데 주먹으로 한 방 맞았었나봐요."

교육자 아버지 밑에서 자란 커에게는 그날 벌인 싸움이 생애 처음 경험한 주먹다짐이었다고 한다.

"서로 왕왕거리다가 그게 도를 넘어버린 사건이었죠. 그때 마이클은 상대 팀들이 우릴 어떤 식으로 괴롭히는지 보여주려 했던 거예요. 저는 실전이 그렇게 거칠다는 걸 알았어요. 굳이 나서서 가르쳐주지 않아도 됐단 말이죠. 그러다 보니 자연히 짜증이 났어요. 당연한 거죠. 다른 선수들도 열 받기는 마찬가지였고요. 사실 마이클은 어쩌다 보니 저를 막게 된 거지 일부러 저를 노리고 그런 건 아니었어요."

필 잭슨은 그 사건이 팀워크에 심각한 위협이 되리라고 보았다.

"그 뒤에 마이클은 훈련장을 나가 버렸죠." 커가 다시 말했다. "일을 보고 돌아온 감독님은 저를 불러서 이렇게 말했어요. '이번 건은 자네랑 마이클이 수습해야 해. 마이클하고 대화로 풀어보도록 해. 그게 자네 할 일이야.' 그날 집에 가보니 자동 응답기에 메시지가 하나 녹음돼 있더군요. 마이클이 사과한다고 전화했던 거였어요. 참 웃긴 게, 그날 치고받고 한 뒤로 우리 관계가 굉장히 좋아졌다는 거예요. 며칠 지나고 나니까 그렇게 싸운 게 바보 같이 느껴질 정도였죠. 아무튼 저는 그 시점부터 마이클한테 확실히 동료로 인정을 받았어요."

그 한 사건으로 조던은 선수단을 완전히 장악했다. 과거에는 분노와 정신적인 괴롭힘으로 동료들을 다그쳤지만, 이제는 주먹도 그 수단에 포함된다고 말하는 듯했다. 그렇게 조성된 팀 분위기는 이후 세 시즌 동안 불스가 조던의 기대에 발맞춰 나아가는 데 필요한 기반이 되었다. 그리고 그는 팀의 또 다른 지배자인 잭슨과 협력하여 철저히 규율 잡힌 조직을 만들어나갔다.

잭슨이 조던을 알파 메일이라 부른 까닭은 그처럼 강력한 조직 장악 능력에 있었다. 그는 조던의 맹렬한 공격성을 불교적 가르침과 정신 수련, 명상 등으로 누그러뜨리려 했다. 스티브 커는 조던이 팀원들을 어떤 자세로 대했는지 설명했다.

"마이클은 자기 생각을 막 드러내는 성격이 아니었어요. 그런데 농구를 주제로 다룰 때는 달랐죠. 그 점에서는 자기주장이 확실했어요. 비디오 분석 시간이면 마이클은 쉬지 않고 본인 생각을 이야기했고 감독님도 그쪽에 종종 의견을 묻곤 했습니다. 시합 중에도 그런 식으로 우리한테 영향력을 행사했고요. 하지만 사적인 관계에서는 전혀 그러질 않았죠."

팀원들을 향한 조던의 공격성은 NBA 복귀 후 처음 맞은 트레이닝 캠프에서 극에 달했다. 커는 그 시기에 형성된 불스 선수단의 역학 관계가 이후 세 시즌 동안 숱한 우여곡절을 겪으며 큰 성공을 거둬가는 내내 변하지 않았다고 밝혔다.

잭슨은 그해 가을에 기자들 앞에서 이런 말을 했다.

"마이클은 남들이 자길 두려워한다는 걸 압니다. 지난 시즌에 막 복귀했을 때는 제가 그 녀석 성미를 억누를 필요가 있었죠. 그때 마이클은 윌 퍼듀하고 뛰는 걸 편하게 여겼고 룩 롱리한테는 엄하게 굴었습니다. 그 녀석이 경기 도중에 아무도 받지 못할 법한 패스를 종종 했는데, 저는 그럴 때마다 그게 뭐 하는 거냐고 쏘아봤어요. 그리고 룩은 윌 퍼듀가 아니라고 얘기했죠. 룩의 근성을 시험해보는 것도 좋지만 제가 원한 건 두 선수가 손발을 맞추는 거였거든요. 왜냐하면 룩은 체격이 크고 깡도 있는 데다가 충분히 몸싸움이 되니까요. 우리가 플레이오프에서 올랜도를 만나면 샤킬 오닐을 상대할 선수가 있어야 하잖아요."

팀의 위계질서 유지에 늘 신경을 기울였던 잭슨은 그해부터 조던에게 군기반장 역할을 맡겼다. 선수들이 집중력을 잃고 헤맬 때마다 강력한 일침을 날리던 텍스 윈터 역시 그들에게는 큰 힘이 되었다.

## 수련

필 잭슨은 심리학자이자 마음 수련 전문가인 조지 멈포드를 초빙하여 선수들에게 명상법과 일체감을 높이는 방법을 가르쳤다. 멈포드는 그 외에도 선수들과의 일대일 상담을 통해 동료를 늘 들볶는 조던과 그들을 하나로 묶는 잭슨부터 시작하여 팀 내부에 다양한 역학 관계가 존재함을 알려주었다. 스티브 커는 조던이 한층 온화해진 잭슨의 훈련법을 받아들인 것이 중요했다고 설명했다.

"핵심은 그거였어요. 마이클이 감독님을 신뢰하지 않았다면 그런 훈련은 우리 팀의 누구한테도 먹히지 않았을 테죠. 하지만 감독님을 깊이 존경했던 마이클은 감독님이 제안한 방법을 모두 따랐어요."

사실 잭슨의 명상 훈련은 어딘가 앞뒤가 맞지 않는 느낌이었다. 선수들이 어둠 속에 앉아 30분간 조용히 마음을 가라앉히면 조던은 그 뒤 본격적인 연습이 시작되자마자 불같은 분노를 쏟아냈다. 앞에서 커가 이야기했듯이, 잭슨은 트라이앵글 오펜스를 활용하는 이유가 조던이 아닌 나머지 선수들을 위해서라고 자주 설명했다. 명상을 하는 이유도 얼핏 그것과 비슷해 보였지만, 실상은 정반대였다. 잭슨은 조던이 그 훈련을 통해 마음을 누그러뜨리고 젊고 유망한 동료들을 덜 꾸짖기를 바랐다.

조던은 얼마 지나지 않아 멈포드를 깊이 신뢰하게 되었다. 그는 멈포드를 선수생활 초반에 만났다면 원정지에서 늘 호텔 방에 틀어박혀 지내지 않았을 것 같다고 고백하기도 했다.

불스의 규율을 잡는 데는 피펜도 힘을 보탰다. 그는 간간이 동료들에게 화를 내기도 했지만 기본적으로 이해심과 동정심이 많은 리더였다. 일찍이 온갖 고초를 이겨내고 조던의 제자 생활을 졸업한 피펜은 1995년 가을에 팀의 중심이자 조던과 대등한 파트너로 거듭나 있었다. 스티브 커가 그 점을 이야기했다.

"제가 그 팀에서 뛰던 시기에 두 사람의 관계는 더할 나위 없이 좋았어요. 아시겠지만 그때 아침 식사 클럽이란 게 있었어요. 론 하퍼와 스카티가 아침마다 마이클의 집에 찾아가 웨이트 트레이닝을 했죠. 세 사람은 그렇게 별도의 운동을 한 뒤에 훈련장에 나타났고 늘 끈끈한 결속력을 보였습니다. 이젠 누구나 아는 사실이지만, 당시에 스카티는 굳이 팀 최고의 실력자가 되지 않더라도 자기 나름의 방식으로 팀을 지배할 줄 알았어요. 실제로 그런 역할이 가장 잘 맞았고요."

조던은 불스에서 변치 않는 알파 메일이었다. 그러나 그는 코트 위에서 피펜과 콤비 플레이를 펼치며 단순히 두 사람의 능력을 합친 것 이상의 위력을 선보였다.

"마이클과 스카티는 공수 양면에서 완벽한 조화를 이뤘어요." 커가 말을 이었다. "두 사람 모두 다재다능한 수비수였고 경기 중엔 서로 위치를 바꿔가면서 상대 팀을 혼란에 빠뜨렸죠. 또 공격할 때 스카티는 득점보다 패스를, 마이클은 패스보다 득점을 선호했고요. 몇 년도인지는 정확하지 않지만 우리가 우승했을 때 마이클이 관중 앞에서 '스카티가 없었다면 이런 업적을 쌓기란 불가능했을 것'이라고 말했죠. 두 사람은 그 정도로 각별한 관계였어요."

그런 상황에서 데니스 로드맨의 합류로 팀 분위기는 아주 독특하게 변했다. 불스의 모든 관계자는 그가 새로운 팀과 그 규율에 어떻게 적응할지 궁금해했다. 커는 로드맨과 조던의 관계를 설명했다.

"두 사람이 대화하는 경우는 거의 없었지만 서로 존중하고 있다는 게 잘 느껴졌어요. 마이클은 한 번도 데니스를 나무라거나 못살게 군 적이 없었죠. 데니스도 마이클한테는 순종적이었고요. 그렇다고 데니스가 마이클이나 우리한테 직접 뭘 해준 건 없어요. 하지만 항상 이런 생각이 있었던 모양이에요. '마이클은 최고의 선수고 나는 그 아래다. 마이클이나 나나 서로 발목을 잡는 일은 없을 것이다.' 그런 관계를 지켜보는 건 참 흥미로웠죠."

조던의 분노는 팀의 외국인 선수들, 즉 오스트레일리아 출신인 룩 롱리와 크로아티아 출신인 토니 쿠코치에게 주로 향했다. 그 시절 관계자들의 이야기를 들어보면, 조던이 불스에서 보낸 마지막 3년간 두 사람을 줄곧 혹독하게 대했다고 한다. 이 점은 조던 본인도 인정하는 바였다. 스티브 커는 롱리와 쿠코치를 다음과 같이 평가했다.

"두 선수 다 재능이 뛰어났는데 그중에서도 특히 토니가 타고난 재주꾼이었어요. 그리고 룩은 말 그대로 우리 팀에 필요한 커다란 조각이었죠. 우리 팀에서 페인트 존과 수비, 리바운드를 책임질 센터로는 룩이 제격이었거든요. 그런데 그 친구는 옆에서 계속 재촉을 해줘야 움직이는 타입이었어요. 그러니까 마이클과 감독님, 텍스 윈터 코치, 스카티가 그 둘을 달달 볶은 건 다 이유가 있었던 거죠. 그 녀석들한테는 어느 정도 긴장감이 필요했거든요. 제가 볼 때 토니는 항상 성격이 느긋했던 것 같아요. 뭐 저도 겉보기에는 그럴 것 같지만, 누가 저를 괴롭히잖아요? 그럼 어느 순간 확 꼭지가 돌 수도 있어요. 특히 시합할 때는 더 그렇죠. 마이클하고 싸웠을 때처럼 폭발할 수 있다구요. 그런데 토니한테서는 그런 모습을 도통 보질 못했어요. 룩이 화를 내는 것도 못 봤고요. 그러니 마이클한테는 그 둘이 아주 만만한 먹잇감이었을 거예요."

텍스 윈터는 그동안 팀에서 일어난 변화를 모두 지켜봤지만 무엇보다도 조던이 NBA 복귀 후에 보인 변화에 가장 놀라워했다. 그는 조던이 지난날의 좌절을 다시 겪지 않기 위해 팀원들을 엄격히 관리하며 '이전과는 다른 방식으로 자신에게 도전하고 있다.'고 말했다.

"예전에는 마이클이 늘 자기 실력을 키우는 데만 치중했죠." 커는 코치의 생각에 동의하는 한편으로 조던의 비범한 능력에 감탄을 표했다. "한 가지 놀라운 건 마이클이 세운 기준이 웬만해서는 따라가지 못할 정도로 아주 높다는 거예요. 정말 어떻게 그럴 수 있는지 모르겠어요. 한 시즌 동안 전국 곳곳의 경기장을 돌아다니면서 보면요. 사람들은 늘 마이클이 40득점씩 올려주길 기대해요. 그런데 마이클은 또 그런 걸 좋아한단 말이죠. 볼 때마다 놀라울 따름이에요. 놀라운 재능과 근면성, 뛰어난 농구 기술, 강렬한 경쟁심이 하나로 합쳐져 있잖아요. 이건 정말 말이 안 되는 조합이에요."

2년 뒤에 한 인터뷰에서 조던은 자신이 자주 동료들을 심하게 나무라고 다그쳤다고 인정했다.

"사람들이 저와 같은 동기를 갖고 우리 팀이 뭘 이루려고 하는지, 또 그 목표점에 도달하려면 어떤 대가가 필요한지 안다면 절 리더로서 더 잘 이해할 수 있을 겁니다. 만약 제가 우리 팀의 누군가와 사이가 껄끄럽다면, 그건 그 사람이 승리에 필요한 희생을 이해하지 못했다는 말이에요. 제가 동료들을 닦달하는 목적은 단순히 혼을 내기 위해서가 아니에요. 다 챔피언이 되고 승리자가 되려면 무엇이 필요한지 알려주려고 그러는 거죠. 또 제가 매일 같이 그 친구들을 못살게 구는 것도 아니에요. 가끔은 쉬면서 긴장을 푸는 날도 필요하니까요. 하지만 집중해야 할 때는 확실히 집중해야죠. 그게 리더로서 제가 해야 할 일이고요. 게다가 저만 그러는 건 아닙니다. 스카티도, 감독님도 마찬가지인걸요. 다만 전 그런 행동을 좀 더 일관성 있게할 뿐이에요. 그건 아마도 제가 이 팀에 제일 오래 있었기 때문이겠죠. 전 우리 팀이 모두 같은 목표를 갖고 일정한 수준을 유지해야 한다는 의무감을 느끼거든요."

과거에 피스톤스와 수차례 혈투를 벌였던 조던은 우승으로 가는 길이 얼마나 험난한지 잘 알았다. 그는 자신이 얻은 교훈을 동료들에게 전해야 한다고 생각했다. 처음 그런 마음을 먹은 때는 1990년, 동료들의 마음가짐이 죽을힘을 다해 싸웠던 자신과 다르다는 사실을 깨달은 뒤였다. 그는 두 번 다시 겁쟁이들을 데리고 전장에 나가지 않겠다고 결심했다.

"그렇게 해서 하나의 팀이 밑바닥에서부터 챔피언으로 올라서는 그 빌어먹을 단계들을 모두 겪는 거죠."

그렇게 옛일을 떠올리며 미간을 찡그리는 그였다. 조던은 새로운 팀의 정신 상태를 강화할 생각으로 동료들의 숨통을 한껏 조였다. 그리고 그 과정에서 조던의 혹독함을 실감한 스티브 커는 충격에 비틀거렸다. 그는 '그렇군, 그게 실제로는 이 정도란 말이지.'라고 중얼거렸다.

조던은 어떤 선수도, 또 어쩌면 어떤 감독도 할 수 없는 그런 일들이 농구계에서 자신이 차지하는 위상 덕분에 가능한 것이라고 인정했다.

"그렇다고 동료들이 절 오해하지는 않았으면 해요. 제가 사적인 감정으로 그러는 건 아니거든요. 전 모든 팀원을 사랑합니다. 우리 팀을 위해선 뭐든지 할 거예요. 동료들의 성공을 위해서 온 힘을 다할 테고요. 하지만 다들 저랑 같은 마음가짐으로 함께해야 해요. 어떤 대가를 치러야 하는지 더 잘 알아야 하고요."

커는 조던이 그 과정에서 일부 팀원들을 쫓아낸 것이 '오히려 잘한 일'이라고 말했다.

"정말 도움이 안 된다 싶으면 솎아낼 필요도 있는 거죠. 마이클은 팀의 약점이 될 만한 선수들을 잘 찾아내요."

"물론 우리 모두 약점을 갖고 있죠." 커는 웃으면서 말을 이었다. "마이클만 제외하고요. 마이클은 우릴 계속 싸우고 경쟁하게 해요. 각자 약점을 안고 싸우면서 그걸 극복하고 한층 발전하도록 말이죠." 커는 조던과 함께 훈련하고 시합하는 것이 그야말로 큰 도전이었다고 강조했다. "격려의 말 같은 건 거의 없었거든요."

"제 생각엔 아마 래리 버드도 그랬을 거예요." 팀 트레이너였던 칩 셰퍼의 말이다. "그리고 제가 로욜라 메리마운트 대학에서 일할 때 레이커스의 연습 시합을 많이 봤는데, 매직 존슨은 정말 선수들을 죽어라 갈궜어요. 매직의 패스를 못 받거나 레이업을 놓쳤다, 아니면 정해진 수비 위치를 벗어나잖아요? 만약 눈빛만으로 사람을 죽일 수 있다 치면 진짜 그 선수들은 즉사했을 거예요."

대중이 유난히 모질게 변한 조던을 알아채기까지는 꽤 시간이 걸렸다. 시카고 스포츠 라디오 방송 기자인 브루스 레바인은 수년간 그와 가까이 지낸 사이였다.

레바인은 차츰 시간이 지나면서 제임스 조던의 죽음이 그에게 어떤 영향을 미쳤는지 알아차렸다.

"그 사고가 있기 전까지 마이클은 웬만한 일에는 끄떡도 하지 않는 슈퍼스타였습니다. 그건 본인한테 악영향을 미칠 만한 걸 애초부터 다 차단한 덕분이기도 하죠." 레바인이 당시에 한 말이다. "예전만 해도 마이클은 시합 전에 탈의실에서 스트레칭을 하며 우리랑 30~40분가량 온갖 주제로 얘길 나누곤 했어요. 참 즐거운 시간이었죠. 그럴 때마다 마이클은 질문을 쏟아냈어요. 호기심이 넘쳤고 많은 걸 알고 싶어 했거든요. 아직 인생에 대해 배울 게 많던 나이였으니까요. 하지만 아버지가 사고를 당하고 방송에서 그 일을 어떻게 보도하는지 본 뒤에 마이클이 언론을 대하는 태도는 싹 달라졌습니다. 거의 모든 대중매체를 불신했죠. 저처럼 평소에 친하게 지내던 사람들까지 말이에요. 변하는 건 정말 한순간이었어요. 마이클의 마음에는 벽이 생기고 말았죠. 물론 지금도 그 친구가 인터뷰에는 아주 정중하게 응하지만, 거기서 예전 같은 즐거움은 찾을 수가 없어요."

조던의 냉혹함은 익살맞은 트래시 토크에 가려져 겉으로 잘 드러나지 않았다. 텍스 윈터는 달라진 그를 두고 이렇게 말했다.

"마이클은 농구 하는 시간을 최대한 즐기기로 마음먹었어요. 내가 보기엔 꽤 오래전에 그런 결심을 했던 것 같아요. 지금 녀석은 재미있고 자유롭게 뛰길 원하고 실제로도 그러려고 노력하는 중이죠. 간혹 이 늙은이 머리로는 그 녀석의 방식이 이해되지 않지만, 이 시간을 즐기고 자기 나름대로 도전하는 데 그런 게 필요하다면 뭐 그러려니 하는 수밖에요."

그런 조던을 팀원들과 조화시키는 일은 모두 필 잭슨의 몫이었다. '팀이란 그 안에 존재하는 가장 약한 연결고리만큼만 강하다.' 잭슨은 조던이 NBA로 돌아온 뒤로 그 말을 계속 상기시켰고 결국 그로 인해 불스 선수들은 어느 때보다 혹독한 트레이닝 캠프를 경험하게 되었다. 그는 조던의 의욕을 북돋기 위해 심리전을 벌이거나 거짓말을 하고, 필요하다면 노골적인 비판과 언쟁까지 적극적으로 활용했다.

그리고 그들이 함께하는 시간이 길어질수록 잭슨의 지도 방식은 더욱 전략적이면서도 포용성 있게 변해갔다. 그런데 그는 조던을 대할 때 명백한 이중 잣대를 적용하고 있었다.

"감독님은 마이클한테 뭔가 할 말이 있으면 '우리'란 단어를 써요." 당시 교체 센터로 활약하던 빌 웨닝턴이 어느 날 경기 후에 한 말이다. "작전 시간에 마이클한테 지적할 땐 꼭 '지금 우리가 할 건 이거야.' 이런 식으로 말씀하시죠. 지적할 사람이 저라면 감독님이 '빌, 자네가 박스아웃*을 해줘야 해.' 이러세요. 하지만 마이클이 대상일 땐 그게 늘 '우리'예요. 나머지 선수들한테는 '스티브, 자네가 슛을 던져줘야 해.' 이렇게 콕 짚어서 말하는데 마이클이 박스아웃을 안 하면 '지금 우리가 해야 할 건 박스아웃이야.'라고 에둘러 말하거든요. 감독님이 그런 소소한 부분에서 표현을 달리하시는데, 그렇게 하는 이유나 우리 팀이 잘 되는 이유를 생각해보면 이해 못 할 것도 아니에요."

예전부터 조던은 잭슨이 선수들을 상대로 벌이던 심리전을 못 마땅히 여겼지만, 그 또한 그런 방식을 활용했다. 그것도 훨씬 모질게. 그가 든 이유는 다음과 같았다.

"문제는 마음가짐이에요. 선수들을 생각하게 만들어야 하죠. 우리 팀은 몸으로 막 밀어붙이는 그런 팀이 아니니까요. 우리한테 그런 장점은 없어요. 대신 정신력에서 앞서 있는 거죠."

커는 조던 특유의 심리전을 이렇게 평가했다.

"정말 악랄했죠. 하지만 좋은 점도 있었어요. 우린 그냥 훈련으로 끝났지만 상대 팀들은 매번 실전에서 그걸 상대해야 했다는 거예요."

먹시 보그스는 확실히 그 피해자라 할 수 있다. 1995년에 벌어진 불스와 호네츠의 플레이오프 경기에서 조던은 신장 160센티미터인 보그스를 한 발짝 뒤로 물러선 채로 수비하며 독설을 퍼부었다.

* 골 밑에서 리바운드에 유리한 위치를 선점하는 것.

"어디 한 번 슛해봐, 이 난쟁이 자식아."

그때 보그스는 자신감을 잃고 슛을 넣지 못했다. 이후 그는 조니 바크 코치에게 그 슛을 던진 뒤로 자신이 계속 내리막길을 가고 있다고 고백했다.

조던은 적이든 동료든 상관없이 상대의 마음 깊은 곳을 자극할 줄 알았다. 시카고의 스포츠 방송 해설자인 짐 로즈는 NBA 스타들이 다수 참가한 자선 농구 시합에서 그와 한 팀에서 뛰며 그 점을 깨달았다. 오랜 세월 불스의 경기를 중계해온 로즈는 그의 강렬한 경쟁심을 잘 알고 있었다. 그래서 몇 주간 열심히 농구 연습을 했지만, 조던은 본 시합에서 레이업에 실패하는 로즈를 보고 분노 섞인 고함을 질렀다.

"그러고도 당신이 흑인이야?"

그 말에 깊이 상처받은 로즈는 그에게 냅다 공을 집어 던졌다. 조던이 나중에 잘못을 사과하기는 했지만, 그 사건은 무엇보다 그가 동료의 감정을 자극하는 법을 얼마나 잘 아는지 확인시켜준 사례였다.

"마이클이 악의를 갖고 그런 건 아니었어요." 로즈가 그 일을 회상하며 말했다. "그냥 지는 걸 싫어하는 성격인 거죠. 그때 제가 레이업을 놓쳤거든요. 저는 잔뜩 화가 나서 그 친구한테 공을 던지고 코트를 나가버렸어요. 마이클이 괜히 남한테 심술궂게 구는 성격은 아니에요. 정말 좋은 사람인데, 간간이 승부욕이 과하다 싶을 때가 있을 따름이죠."

짐 스택은 대중이 흠모하는 조던의 모습과 훈련 중에 그가 보여주는 모습이 얼마나 다른지 체감할 때마다 놀라움을 느꼈다고 한다.

"나이키가 그런 이미지를 만드는 데 꽤 힘을 보탰죠. 마이클이 좋은 가정에서 잘 자란 덕분도 있고요. 거기에는 마이클 부모님의 공이 아주 컸습니다. 하지만 그 친구는 승부욕을 느끼면 한순간에 사람이 바뀌어서는 쉬지 않고 공격을 퍼부어댔어요. 물론 코트 밖에서 보는 마이클은 역사상 가장 매력적이고 카리스마 넘치는 운동선수였죠. 저는 그 점에서 마이클을 무하마드 알리랑 같은 범주에 두고 싶어요. 사람을 끄는 매력이 있었고 예의 바르면서도 옳은 말을 할 줄 알았거든요. 그런데 그러다가도 누가 옆에서 경쟁심을 자극하잖아요? 그럼 그 친구는 상대가 누구든 죽일 듯이 달려들 거예요."

# 제 10 부

# 맹위

# 제33장

# 축 제

조던의 호된 질책과 함께 긴장과 공포로 가득한 훈련을 경험한 시카고 불스 선수들은 어느 때보다 힘찬 모습으로 트레이닝 캠프를 마무리했다. 그리고 색색으로 물든 머리를 흔들어대던 로드맨은 화려한 외모 이상의 실력을 선보였다. 불스는 단순히 그의 열정과 에너지가 더해진 것만으로 이전보다 더 좋은 팀이 되었다. 로드맨이 잡는 수많은 공격 리바운드는 슛 성공률을 무의미하게 만들었고, 동료들은 설사 슛을 넣지 못하더라도 그가 또 다른 기회를 안겨 주리라 믿게 되었다. 실제로 로드맨은 시즌 첫 시범 경기에서 리바운드 열 개를 걷어내며 제 능력을 증명했다.

"동료들과 뛰는 데 좀 더 익숙해지고 경기에 지속적으로 출전한다면 데니스는 더 빛을 발할 겁니다."

조던은 조심스러운 예측을 내놓았고 여기에는 필 잭슨도 거의 같은 생각이었다.

잭 헤일리가 당시를 떠올리며 말했다.

"그해 첫 시범 경기에 이런 일이 있었죠. 데니스가 시합 중에 관중석으로 공을 집어 던진 거예요. 그래서 경고를 받는데 그걸로 심판한테 항의하다가 결국 테크니컬 파울을 받았어요. 그때 제가 데니스를 좀 말려달라고 벤치에 있던 감독님을 쳐다봤죠. 그런데 감독님은 짐 클레먼스 코치를 붙들고서는 '저 녀석 좀 봐, 꼭 옛날의 나를 보는 것 같아.' 하면서 낄낄거리고 있더군요."

유나이티드 센터의 관객들은 리바운드를 잡으려고 미친 듯이 뛰어다니는 로드맨의 마력에 빠져들었다. 시합이 끝나면 로드맨은 그런 팬들에게 땀에 젖은 유니폼을 던져주고 당당히 웃통을 벗은 채 탈의실로 향했다. 여성 팬들은 그에게 같은 방식으로 화답했다. 그가 도심의 술집을 찾을 때마다 여자들은 셔츠를 들어 올려 맨

가슴을 보여주곤 했다. 이 시즌에 시카고는 완전히 다른 도시로 변한 것 같았다.

로드맨은 불스에 오기 전까지 모든 제약을 무시하고 제멋대로 날뛰었지만 조던의 존재감은 그런 그를 조용하게 만들었다. 언론은 필 잭슨에게 로드맨을 어떻게 제어하는지 묻고 또 물었다. 사실 잭슨은 어떤 감독과 코치보다도 강한 존재감을 발하던 조던 덕분에 그 걱정을 덜 수 있었다.

섣부른 예상으로 굴욕을 당한 적이 적지 않았던 레이시 뱅크스는 그해 가을 시범 경기 기간에도 과감히 한 가지 예언을 내어놓았다. 그 시즌에 불스가 70승을 올린다는 것이었다. 조던은 그런 기대를 저버리지 않고 샬럿 호네츠와의 홈 개막전에서 42득점으로 승리를 견인하며 역사적인 새 시즌의 문을 열었다.

안타깝게도 그날은 후아니타와 조던 일가의 대립이 불거진 날이기도 했다. 고급 관람석 한 편에서 친정 식구들과 친구들을 챙기던 후아니타는 같은 공간에서 시댁 식구들끼리 나누던 대화에 어딘가 기분이 상했던 모양이다. 시스는 시합이 끝날 무렵 올케가 화를 내며 자신들에게 독한 말을 쏟아내어 매우 놀랐다고 한다. 델로리스를 비롯한 조던 집안사람들은 무슨 착오가 있어 그랬으리라 생각했다. 그런데 다음 날 아침에는 마이클 조던이 어머니에게 전화를 걸어 불같이 화를 냈다. 그는 어머니와 형제들이 자신을 더 힘들게 한다며 한바탕 폭언을 퍼부었다.

그 사건이 발생한 배경은 정확히 알 수 없으나 아무래도 그동안 쌓이고 쌓인 갈등 때문이 아니었나 싶다. 그 일로 조던과 본가 가족의 관계는 소원해지고 말았다. 조던은 아버지의 이름을 딴 제임스 R. 조던 재단 사무실에 한동안 어머니가 드나들지 못하도록 자물쇠를 교체했고, 그 뒤에 래리가 동생의 이름을 붙인 향수를 출시하려고 계획하면서 긴장감은 더욱 커졌다. 마이클 조던은 형의 계획을 알았지만 그때는 이미 다른 향수 회사와 손잡고 그만의 브랜드를 개발하던 상황이었다. 그리고 그가 그 사실을 밝혔을 무렵에는 래리가 본인의 사업에 상당한 돈과 시간을 투자한 뒤였다. 래리는 망연자실했고, 셋째 아들을 향한 델로리스의 분노는 점점 커졌다. 조던은 자신의 향수 회사에서 형이 일할 자리를 마련해주었지만, 그 정도 해결책으로 아버지의 죽음 이후 쌓인 응어리를 풀 수는 없었다. 하지만 마이클 조던은 플라이트 23의 실패에서 얻은 교훈을 여전히 잊지 않았다. 절대로 가족과 사업을 함께해서는 안 된다는 것을.

마법과도 같았던 1995~96시즌 동안 마이클 조던의 주변에서는 그런 충돌이 끊이지 않았고 그 와중에 제임스 조던 살해 용의자들의 재판까지 벌어졌다. 몇 개월에 걸쳐 공판, 이의 신청, 심의 절차가 진행된 후 두 청소년에게 최종적으로 유죄 판결과 종신형이 선고된 것은 1996년 3월에 이르러서였다. 당시에 조던은 그 문제를 언급하길 꺼렸고 대다수 언론사는 그 뜻을 존중했다. 그래서 재판 진행 상황은 수개월간 화려한 시즌을 보내던 불스의 소식과 함께 주로 신문지면을 통해 조용히 전달되었다.

그 몇 달 동안 조던은 어머니를 계속 비난하며 분노와 불만을 털어냈다. 어린 시절부터 그는 가족을 사랑으로 감싸왔다. 그러나 철없는 두 청소년의 손에 아버지가 피살되면서 그는 어느새 그 밖의 소중한 것들까지 함께 잃어버리고 말았다. 실제로 살인 사건의 피해자 유족들은 사고를 겪은 뒤 크게 성격이 바뀌거나 타인은 물론 가족 구성원 간에 서로 공감하는 능력을 잃곤 한다. 조던에게 지난 2년은 아버지를 추억하고 애도하는 중요한 시간이었다. 하지만 그만큼 시간이 지나도 집안에는 많은 갈등이 남아 있었다.

레바논의 베이루트 아메리칸 대학에서 교수로 재직했던 스티브 커의 아버지는 1984년에 괴한들의 손에 목숨을 잃었다. 스티브 커가 아직 애리조나 대학 1학년일 때였다. 조던은 자신과 커가 다른 동료들은 겪어보지 못한 경험과 감정을 공유하고 있음을 잘 알았다. 하지만 그들이 함께했던 몇 년간 그 주제를 입에 올린 적은 단한 번도 없었다. 조던은 세상 만인의 사랑을 받는 스타였지만 한 인간으로서는 가장 받아들이기 어려운 길을 가고 있었다.

"마이클은 팀 동료들한테 그런 얘기를 전혀 하지 않았어요." 커가 한 말이다. "제가 마이클하고 5년 정도를 함께했지만 같이 앉아서 밥을 먹은 건 몇 번 되지도 않아요. 물론 훈련 중에나 비행기로 이동 중에 먹은 건 제외하고요. 제가 말하는 건 저녁에 팀원들끼리 외출해서 같이 하는 그런 식사 말이에요. 마이클은 매일 저녁 자기가 묵는 스위트룸에만 머물렀거든요. 굳이 표현을 하자면, 자기 삶 속에 갇힌 죄수 같았다고 할까요? 그래도 일 년에 한두 번 정도는 우리가 늘 가는 식당에서 함께 둘러앉아 밥을 먹기도 했어요. 하지만 저랑 마이클 단둘이서 아침이나 점심을 같이 먹은 적은 한 번도 없었죠. 마이클이 사는 세상에서는 일어날 수 없는 일이었어요. 그 외에 다른 동료들하고는 제가 어떻게 사는지 이것저것 얘기하면서 지냈지만, 마이클하고는 그럴 기회가 전혀 없었어요. 마이클은 우리 팀의 리더였고 절대적인 지배자였지만 항상 우리랑은 조금 거리를 두고 지냈으니까요."

농구 역사상 가장 놀라웠던 시즌을 지나는 동안 그러한 관계를 진전시킬 여유는 없었다. 그나마 한 가지 다행인 것은 잭슨과 조던이 정립한 팀의 위계와 규율이 빠르게 맞아 들어갔다는 점이다. 센터 포지션을 맡은 롱리는 주전 자리에 익숙해지려 애썼고, 웨닝턴은 교체 선수 역할에 편안함을 느꼈다. 또 피스톤스 출신으로 만 서른아홉 살의 노장이었던 제임스 에드워즈는 그들의 골 밑 플레이에 깊이를 더해 주었다.

"디트로이트 시절에 그렇게 마이클이랑 싸워 놓고 그 팀에 간다는 게 좀 이상하긴 했죠." 그러면서 에드워즈는 조던이 로드맨을 받아들인 것이 흥미로웠다고 말했다. "하지만 마이클은 데니스를 상당히 존중하는 것 같았어요. 맡은 일을 제대로 하기만 하면 데니스가 무슨 짓을 하든 전혀 간섭하지 않았거든요."

한편 제리 크라우스는 스티브 커와 함께 주전들의 부담을 덜어줄 가드로 랜디 브라운을 영입했다. 그 밖에도 저드 부쉴러와 디키 심킨스 그리고 앨라배마 대학 출신으로 드래프트 1라운드에서 지명된 루키 제이슨 캐피가 불스의 뒤를 받치고 있었다. 다만 문제가 있다면 토니 쿠코치가 식스맨 역할을 꺼린다는 점이었다. 그는 주전으로 뛰기를 원했지만 그 자리는 이미 로드맨이 차지한 상태였다.

그런 가운데 팀에 어느 정도 적응했다 싶었던 로드맨이 장딴지 부상으로 한 달간 결장하는 상황이 벌어졌다. 그럼에도 불스는 5연승을 거두며 팀 역사상 가장 순조로운 스타트를 끊었다. 그러나 시즌 초반에 거둔 성공에 자만했는지 그들은 곧 다음 시합인 올랜도 매직전에서 따끔한 일침을 맞았다. 마침 그날은 붉은 세로줄이 들어간 검은색 유니폼을 새롭게 선보인 날이었다. 올랜도 매직의 가드 앤퍼니 하더웨이는 조던을 능가하는 활약으로 소속팀에 홈에서의 소중한 1승을 안겨주었다. 이후 불스는 다시 시카고로 돌아와 2승을 챙기고 서부 원정 7연전에서 6승 1패를 기록했다. 그 시작점이었던 댈러스에서 불스는 연장전까지 가는 접전 끝에 108대 102로 승리했고 조던은 36득점(불스가 넣은 마지막 14점 가운데 6점을 조던이 기록)을 올렸다.

잭슨은 경기 후 인터뷰에서 말했다.

"지금 우리 팀은 아주 공격적인 모습을 보여주고 있고 자신감도 대단한 상태입니다. 아마 다들 우릴 보면서 놀랐을 거예요. 우리의 플레이 방식을 접하고서 말이죠. 아마 장신 가드들을 번갈아 가며 상대하기가 불편했을 겁니다. 그 덕분에 우린 공격 기회를 쉽게 얻고 있어요. 그래서 시즌 초반부터 저돌적으로 나가고 있는 거죠."

불스는 12월 초에 열린 LA 클리퍼스와의 시합에서 승리하며 서부 원정을 마무리했다. 그날 37득점을 올린 조던은 시즌의 첫 한 달을 되돌아보며 말했다.

"예전의 저로 완전히 되돌아온 것 같아요. 농구 기술도 그렇고 자신감도요. 이제 제가 할 일은 매일 시합에 나가서 제 방식대로 플레이하는 것뿐이에요."

야구를 하기 전에 조던의 슛 성공률은 평균 51.6퍼센트였다. 그러나 1995년 봄에 NBA로 복귀하여 뛴 열일곱 경기에서는 그 수치가 41.1퍼센트로 크게 떨어졌다. 그러다 새 시즌을 맞이한 뒤 슛 성공률은 49.3퍼센트까지 올라온 상태였다. 득점력도 상승하여 지난 9년간 가장 낮은 수치였던 지난 시즌의 평균 26.9점에서 다시 평균 30점대로 올라서게 되었다. 레이시 뱅크스가 이러한 자료들을 대입하여 계산한 결과, 조던이 1997~98시즌까지 계속 뛸 경우 약 2만 9,000점에 달하는 누적 득점을 기록할 것이라는 예상이 나왔다. 역대 총 득점 순위에서 역대 1위로 3만 8,397점을 기록한 카림 압둘 자바 그리고 월트 체임벌린에 이어 3위에 해당하는 수치였다.

뱅크스가 역대 1위에 도전할 생각이 없는지 묻자 조던은 고개를 저었다.

"자바의 기록은 생각하지도 마세요. 전 20년이나 뛸 계획이 없으니까요."

"마이클이 이제야 제자리로 돌아온 것 같아요." 당시 론 하퍼가 기자들에게 한 말이다. "리그의 득점 리더로서 다른 선수들을 앞서고 있잖아요. 지금 마이클은 역대 최고 선수라는 타이틀에 대한 의심을 모두 지워가고 있어요."

조던은 그 주제를 두고 이렇게 이야기했다.

"나이로 따지면 이제 전 늙었다고 볼 수 있겠죠. 하지만 기술적인 면에서는 지금도 제가 원하는 방식 그대로 농구를 할 수 있다고 봅니다. 요즘 가장 자주 듣는 질문이 뭐냐면, 야구를 하기 전과 후의 저를 선수로서 어떻게 평가하느냐는 거예요. 솔직히 말하면 전 그 둘이 똑같다고 생각해요. 그냥 기록만 봐도 알 수 있는걸요. 그리고 올 시즌이 끝날 무렵에는 다들 2년 전의 저와 현재의 제가 같다는 걸 확인할 수 있을 겁니다. 물론 지금은 저 자신이 예전과 계속 비교되고 있고 또 어떤 사람들은 저더러 마이클 조던답지 않다고도 해요. 하지만 예전 같은 마이클 조던이 될 가능성이 제일 높은 것도 저죠. 제가 마이클 조던이니까요. 그리고 그런 와중에도 전 계속 발전하고 진화하고 있어요."

## 넥스트

당시는 재능 있는 젊은 선수들이 리그에 대거 유입된 시기이기도 했다. LA 클리퍼스의 신인 슈팅가드 브렌트 배리가 말하기로는, 동년배 선수들 중 누구도 시합 전에 애써 비디오테이프를 돌려보며 조던을 연구할 필요가 없었다고 한다. 다들 어릴 때부터 늘 텔레비전을 통해 조던의 플레이를 보아왔기 때문이다. 하지만 그를 직접 상대하는 것은 완전히 다른 이야기였다.

템플 대학 출신으로 지난 시즌 레이커스에 입단한 에디 존스는 조던과의 첫 만남을 떠올렸다.

"코트로 들어서는 마이클을 봤을 땐 정말 가슴이 뛰었어요. 물론 그 사람이 조금 뒤에 절 잡아먹을 듯 공격할 거란 건 예상했어요. 마이클 조던은 어떤 선수를 상대하든 늘 그랬으니까요. 특히 수비깨나 한다고 알려진 선수들을 만나면 특히 더 불이 붙었죠. 그럼 1쿼터부터 상대방을 완전히 제압하려고 작정하고 뛰었어요. 그만큼 경쟁심이 대단했는데, 그 모습이 마치 경쟁 자체를 위해서 사는 사람 같았다고 할까요? 시합에서는 늘 '다들 네가 수비를 좀 한다던데? 어디 얼마나 잘 막는지 보겠어.' 이런 태도로 달려들었죠."

UNC 출신의 루키였던 제리 스택하우스도 같은 교훈을 얻었다. 여름에 채플힐에서 선배들과 실력을 겨뤄본 그는 자신이 조던에 뒤지지 않는 선수라고 뻐기고 다녔다. 그는 필라델피아의 어느 조간지 기사를 통해 다음과 같이 말했다.

"이 리그의 누구도 저를 막을 수 없어요. 그게 마이클 조던이라고 해도요."

그날 저녁에 열린 불스 대 식서스의 경기에서 조던은 스택하우스에게 단 13점만을 내어주고 48득점을 올렸다.

그날 관중석에서 시합을 지켜본 줄리어스 어빙의 소감은 이러했다.

"마이클이 농구는 이렇게 하는 거라고 가르치는 것 같더군요."

또 시즌 말에 조던은 디트로이트 피스톤스 소속으로 리그 최고의 인기를 자랑하던 그랜트 힐과 맞붙어 53득점을 폭발시켰다. 피스톤스의 더그 콜린스 감독은 두 선수의 차이점을 금방 알아차렸다.

"그랜트는 모두에게 사랑받길 원하고 남들을 행복하게 만들려는 성향이 강해요. 마이클은 그저 상대를 눌러버리려고 하지만요."

불스는 11월에 12승 2패, 12월에 13승 1패를 거두며 총 25승 3패로 1996년 새해를 맞이했고 11월 말에서 12월 말까지 13연승 그리고 다시 12월 말부터 2월 초까지는 18연승을 달렸다. 승수가 늘 때마다 불스가 1972년도 LA 레이커스의 최다승 기록인 69승 13패를 깨고 70승 고지에 오를 것이라는 예상이 더욱 힘을 얻었다. 당시 레이커스의 부사장이자 72년도 팀의 스타 가드였던 제리 웨스트는 '불스의 70승 도전에서 가장 큰 적은 선수들의 부상뿐'이라고 말했다.

조던은 그 시즌의 불스를 역사적인 팀들과 비교해보았다.

"86년도 보스턴 셀틱스를 한번 생각해보죠. 빌 월튼과 케빈 맥헤일이 교체 선수로 나오던 그 팀이요. 그 시절에 보스턴 선수들은 정말 상대하기 힘들었어요. 그 선수들은 오랫동안 한 팀에서 같이 뛰어왔으니까요. 지금 우리 팀은 어떻게 손발을 맞춰야 할지 막 배우는 시점이지만, 당시 보스턴 선수들은 오랜 세월을 함께 지냈어요. 그쪽이 다들 동료 선수의 팔, 다리, 손가락은 물론이고 서로의 모든 걸 알았다고 치면, 우린 이제 동료들의 손가락이 어떤지 정도만 안 셈이죠."

이에 역대 최고를 논하는 팀에는 모두 골 밑을 장악한 수비수, 페인트 존에서 상대 선수들을 막은 장신 선수가 있었다는 지적도 나왔다. 조던도 그러한 약점을 곧장 수긍했다.

"우리 팀엔 그런 선수가 없죠. 하지만 전 스카티의 존재가 그 문제를 어느 정도 상쇄한다고 생각해요. 86년도 보스턴을 제외하면 어떤 팀에도 스카티 피펜만큼 공수 양면에서 다재다능한 스몰포워드가 없었으니까요."

그러는 사이에 텍스 윈터는 리바운드 1위 수상에 대한 로드맨의 집착이 팀워크를 해치지는 않을까 걱정하기 시작했다. 그리고 로드맨이 감정을 잘 제어하고 있는지도 궁금히 여겼다. 하지만 코치의 우려와 다르게 이 괴짜 선수는 시합이 벌어지는 날마다, 또 타 지역으로의 원정 때마다 새로운 동료들과 좋은 관계가 되려고 노력하는 중이었다.

"데니스는 마이클하고 달랐어요. 데니스는 다른 선수들과 가까워지길 바랐거든요." 스티브 커가 웃으며 말했다. "다만 그 방법을 잘 몰랐을 뿐이죠. 사실 그 친구는 조심성이 많고 수줍음을 많이 타는 성격이었어요. 그랬는데 나중에는 어떻게 됐냐면요. 백인 선수들이 데니스랑 아주 친해졌어요. 데니스가 펄잼이랑 스매시 펌 킨스의 팬이었거든요. 우린 함께 몇 차례 공연을 보러 갔고 결과적으로 그 친구는 흑인 선수들보다 백인 선수들이랑 있는 걸 훨씬 더 편하게 여길 정도가 됐어요. 우리는 데니스와 같이 있는 게 편했고 같이 놀러 다니기도 좋아했어요. 이따금 밤에 다 같이 외출해서 진이 빠질 만큼 놀다 온 적도 있었죠. 우린 그렇게 나름대로 데니스와 유대를 쌓았습니다."

다른 동료들과 반대로 조던과 피펜은 코트 위에서 로드맨과 유대감을 형성했다. 그 결과 불스는 매우 강력한 수비팀으로 거듭났다. 로드맨은 골 밑을 지키기에 키가 작은 편이었지만 밤낮없는 웨이트 트레이닝으로 힘을 키워 단점을 보완했다. 그 덕에 불스의 골 밑 수비는 탄탄하게 유지되었고, 상대 팀 선수들은 그를 페인트 존에서 몰아내는 데 무척 애를 먹었다. 물론 그것도 앞선 수비를 뚫고 골 밑까지 들어갔을 때나 가능한 일이었다. 상대 팀 가드들이 공을 몰고 공격을 시작할 때 가장 먼저 만나는 수비수는 조던이었다. 그는 자세를 한껏 낮추고 상대를 노려보며 외쳤다.

"어디 던질 테면 던져봐. 슛해보라고. 오호, 던지기 싫은 거야?"

시즌이 진행될수록 불스의 이미지는 점점 더 대결하기 싫은 팀으로 굳어졌다.

대기록을 향하여 발을 내디딘 불스는 경기 막판에 총공세를 펼치기 전까지 두세 쿼터 동안 슬슬 몸을 풀며 상대방을 농락했다. 무서운 기세로 1996년의 첫 달을 14승 무패로 마무리하자 필 잭슨은 선수들에게 휴식이 필요하다며 '몇 경기 정도는 지면서 속도를 늦출 필요도 있다.'고 공공연히 말하기 시작했다. 그는 팀원들이 정규 시즌 동안 승리에 취해서 전력 질주하다가 플레이오프에서 지쳐버리지 않을까 걱정했다.

"로테이션을 바꿔서 선수들을 쉬게 하고 지금 같은 리듬을 끊는 방법도 있긴 해요. 저는 그걸 줄곧 고려하고 있습니다."

조던은 그 계획에 동참할 생각이 없었다. 그저 끝없이 집중력을 발할 뿐이었다. 그 플레이에 매료된 줄리어스 어빙은 한 텔레비전 방송에서 조던에게 '나이가 듦에 따라 바뀐 플레이 방식'에 관하여 물었다. 조던은 이렇게 대답했다.

"정신적인 면, 그러니까 농구에 대한 지식 면에서는 지금이 더 나아요. 물론 육체적으로는 아마 예전 같은 순발력이나 속도를 내지 못할지도 몰라요. 하지만 정신은 몸을 지배할 수 있습니다. 예전처럼 자유투 라인에서 점프하지는 못하겠지만 말이죠."

어빙은 또 질문을 던졌다.

"마이크, 자네는 경기 중에 남들이 범접할 수 없는 어떤 경지에 들어선 것처럼 보일 때가 있어. 그런 영역에 들어섰을 때 느낌은 어떤가?"

"그럴 때면 저의 모든 움직임과 스텝, 모든 판단이 전부 맞아떨어지는 것처럼 느껴지죠."

언젠가 조지 멈포드가 이야기했듯이 조던은 농구를 할 때 종종 '무아의 경지'에 빠져들었다. 물론 어떤 선수든 간혹 그런 영역에 진입하는 경우가 있지만, 조던은 항상 그 상태에 머물러 있는 듯했다. 그의 주 무기는 포스트업과 중거리슛의 조합으로 변화했고, 상대편 선수들은 그것을 막는 데 고전했다. 그는 골 밑에서 꾸준히 득점을 쌓는 거대한 센터들처럼 포스트업 공격의 달인이 되었다. 고질병인 무릎의 염증 때문에 시합 전에는 얼음찜질을 받고 때로는 연습을 쉬어야 했지만 그는 그 공격법을 고수했다.

2월 중순에 조던은 페이서스를 상대로 44득점을 올렸다. 그날은 피펜도 40득점으로 막강한 공격력을 뽐냈다. 그날 경기 해설을 맡은 맷 구오카스는 '두 선수가 동시에 40득점 이상을 올린 것은 과거 역대 최고의 공격수로 손꼽혔던 엘진 베일러와 제리 웨스트 콤비도 한두 번밖에 내지 못한 기록'이라고 강조했다. 시간이 갈수록 피펜과 조던은 완벽한 파트너가 되었다. 그해 조던이 경기 중에 베이스라인을 공략할 때마다 구오카스는 상대 팀의 잘못을 질타했다.

"저건 조던 룰에서 금기시하는 상황이죠. 마이클한테는 절대로 베이스라인을 내어주면 안 돼요."

　거침없이 전진하던 황소 군단은 2월을 11승 3패로 마무리했다. 3월에는 로드맨이 심판을 머리로 들이받아 여섯 경기 출장 정지 처분을 받는 불상사가 있었지만 불스는 12승 2패라는 훌륭한 성적을 거뒀다. 그쯤 되자 레이시 뱅크스가 예고했던 70승의 가능성이 실제로 보이기 시작했다.

　잭 헤일리는 시카고 불스의 위대함을 이렇게 표현했다.

　"우리 팀이 정말 놀라운 이유는 마이클 조던이라는 역대 최고의 선수와 데니스 로드맨이라는 현 리그 최고의 리바운더와 올해의 MVP감인 스카티 피펜이 함께 있다는 거예요. 그리고 저를 가장 놀라게 하는 건 이 세 선수가 매일 같이 코트에서 보여주는 성실성과 리더십입니다. 몇 번이나 우승을 경험하고, 온갖 영예와 부를 거머쥐고, 세상 모든 걸 다 가진 선수들이 또 다른 우승 반지 외에 대체 무얼 위해서 그러는 걸까요? 시즌이 끝나려면 아직 몇 달이 남았지만 저 선수들은 지금도 변함없이 집중력을 발휘하고 있어요."

　그 무렵 로드맨은 붉은 줄무늬가 들어간 금발 염색으로 대기록에 대한 기대감을 드러냈다. 그리고 역사적인 한 주에 돌입했을 때 그는 분홍색으로 머리를 물들였다. 불스는 4월 16일 화요일에 밀워키 벅스의 홈에서 70승을 달성했고 워싱턴에서 열린 정규 시즌 마지막 경기를 승리로 장식하며 시즌 전적 72승 10패를 기록했다.

　불스는 플레이오프 1라운드에서 만난 마이애미 히트를 단 세 경기 만에 물리쳤다. 숙적 뉴욕 닉스와 벌인 2라운드 대결에서는 2연승을 거둔 뒤 닉스의 홈인 매디슨 스퀘어 가든에서 연장전 끝에 1패를 안았다. 하지만 조던은 경기 결과에 초연했다. 그는 시카고에서 벌어진 5차전에서 35득점을 올리며 전적 4승 1패로 닉스를 탈락시켰다. 그날 시합 막바지에 조던은 슛을 성공시키고 뒷걸음질 치면서 닉스의 광팬인 스파이크 리에게 손을 살랑살랑 흔들었다. 시합 후의 인터뷰에서 그는 이렇게 말했다.

"저야 뭐 옛날부터 상대 팀을 마지막까지 철저하게 끝장내는 스타일이잖아요."

컨퍼런스 결승 상대인 올랜도 매직과의 대결을 앞두고 필 잭슨은 영화 「펄프 픽션」의 장면들을 매직의 경기 영상 사이사이에 끼워 넣었다. 살인을 일삼는 조직 폭력배의 이야기를 다룬 이 영화 장면들을 보며 선수들은 감독의 의도를 명확히 이해했다. 이후 벌어진 동부 컨퍼런스 결승 1차전에서 로드맨은 호레이스 그랜트를 28분간 무득점으로 묶었고, 그랜트는 3쿼터에 어깨를 다쳐 더 이상 시리즈에 출전하지 못하게 되었다. 리그 수위를 다투던 두 팀의 첫 대결은 최종 스코어 121 대 83으로 매직에 38점 차 패배라는 굴욕을 안겨주었다.

그날 시합이 시작되기 전 데이비드 스턴 총재는 조던에게 시즌 MVP 트로피를 수여하며 그 의미를 짚었다.

"마이클, 당신의 탁월한 능력과 결단력, 리더십은 여전히 만인의 귀감이 되고 있습니다."

2차전에서 불스는 15점을 뒤진 채로 전반전을 마쳤다. 하프타임에 잭슨은 탈의실에 선수들을 모아놓고 딱 좋은 점수 차라며 농담을 했다. 실제로 시즌 내내 어떤 상황에서든 상대 팀들을 농락하다시피 해온 불스였다. 그들은 한때 강력한 전력을 자랑했던 매직을 나락으로 떨어뜨리며 승리를 거머쥐었다. 스티브 커는 시합이 끝난 뒤 기자에게 말했다.

"마이클이나 스카티 같은 선수들은 어디선가 피 냄새가 나면 그걸 귀신같이 알아차려요. 언제나 먹잇감을 사냥할 준비가 되어 있죠."

그해 동부 컨퍼런스 결승 시리즈에서 가장 기이했던 광경은 로드맨이 샤킬 오닐의 육중한 덩치에 밀리지 않고 꿋꿋이 수비하는 모습이었다. 로드맨은 탄탄한 허벅지로 버티며 괴물 센터를 페인트 존 밖으로 몰아냈다. 당시에 직접 경기장을 찾아 불스를 유심히 관찰하던 브렌던 말론은 로드맨의 가세가 불러일으킨 효과와 조던에 의해 변화한 그의 플레이 방식에 놀라움을 느꼈다.

조던과 불스는 올랜도 매직을 전적 4대0으로 탈락시키며 1년 전 겪었던 쓰디

쓴 실패를 설욕했다. 매직의 닉 앤더슨은 4차전에 45득점으로 불스의 4전 전승을 이끈 조던을 '단연코 최악의 적수'라고 평가했다. 전직 농구 감독으로 경기 해설을 하던 잭 램지는 조던이 팀과 하나로 융화된 덕분에 그처럼 좋은 결과를 얻었다고 강조했다.

## 시애틀

불스는 시애틀 슈퍼소닉스가 서부 컨퍼런스를 제패하고 최종 결승에 진출할 때까지 8일간 휴식을 취했다. 소닉스는 그해 64승 18패로 꽤 훌륭한 성적을 올렸지만, 농구팬들은 6월 5일에 시작하는 1996년도 NBA 결승 시리즈에서 불스가 십중팔구 소닉스를 꺾으리라고 예상했다.

조던의 유일한 근심은 아버지의 날이 가까워졌다는 것이었다. 그의 머릿속에는 3년 전 마지막으로 우승을 차지하고 온 가족과 함께 피닉스의 호텔에서 축하 파티를 열었던 기억이 아직 생생했다. 새로운 이정표를 향해가던 그 시점에 조던 일가는 균열의 징조를 보이고 있었다. 하지만 델로리스는 그런 상황에서도 최대한 아들을 지지하고 응원하려 애썼다. 결승 1차전이 열리기 전날, 영국의 다이애나 왕세자빈이 필드 자연사 박물관에서 열리는 의료 기금 모금 행사에 참석하고자 시카고에 당도했다. 다이애나의 열렬한 팬이었던 델로리스는 아들의 시합과 모금 행사 날짜가 겹친다는 사실에 당혹스러워했다. 왕세자빈과 함께하는 저녁 만찬과 무도회를 놓치기 싫었던 그녀는 야회복을 입고 행사에 참가한 뒤 평상복으로 갈아입고 황급히 유나이티드 센터로 향했다. 그녀는 그 자리를 서둘러 떠나는 이유를 설명했다.

"마이클은 제가 경기장에 와 있길 바랄 거예요."

그해 결승전에는 세계 각국에서 약 1,600명에 달하는 기자들이 몰려들었다. 전 세계는 언제나 그렇듯 조던의 활약에 시선을 집중했고, 이번에는 그의 조력자가 된 로드맨 역시 큰 주목을 받았다. 로드맨은 붉은색과 초록색, 파란색으로 이루어진 기이한 무늬로 머리를 꾸미고 결승 무대에 섰다. 기자들은 조던에게 지금도 예전처럼 높이 날아올라 고난도의 덩크를 할 수 있는지 물었다. 당시 그의 플레이는 포스트업과 점프슛 위주로 이뤄져 있었다. 조던은 대답했다.

"지금도 예전처럼 하늘을 날 수 있냐고요? 글쎄, 모르겠어요. 한동안 그런 슛을 시도할 상황이 안 됐거든요. 이제 수비수들이 절 일대일로 막는 경우가 없잖아요. 솔직히 말하면 아마 예전처럼은 못할 거예요. 사실 저로선 그런 묘기를 부릴 수 있는지 어떤지 모르는 편이 나아요. 그럼 실제로 어떻든 간에 그런 게 여전히 가능하다고 생각할 수 있으니까요. 나 스스로 뭔가를 할 수 있다고 믿는 것, 결국은 그게 제일 중요한 거죠."

소닉스의 조지 칼 감독은 플레이오프 기간에 브렌던 말론을 고용하여 불스의 전력을 탐색하게 했다. 말론이 있으면 결승전에서 악명 높은 조던 룰 전술을 활용할 수도 있다는 생각에서였다. 결승 시리즈가 개최되기 직전에 말론은 척 데일리와 함께 경기장 복도에서 조던과 마주쳤다. 말론은 2011년 인터뷰에서 그 상황을 언급했다.

"그날 마이클이 절 보고 다가왔어요. 녀석은 자길 막는 법을 잘 아는 제가 시애틀 편인 걸 알고 잔뜩 성을 냈죠."

조던은 말론에게 매섭게 한마디 했다.

"그런다고 날 이길 순 없을 거예요."

말론은 그 모습을 떠올리며 말했다.

"그 일로 마이클의 심사가 뒤틀리고 말았어요. 척은 '결국 저 녀석을 화나게 해 버렸군.' 하고 고개를 저었죠."

결승 1차전을 앞두고 말론은 기자들 앞에서 이렇게 말했다.

"우리가 가장 신경 쓸 건 시카고만큼 강렬한 에너지를 발산하며 싸우는 겁니다. 공격을 어떻게 하고 누굴 어떻게 막느냐는 그다음의 일이에요. 시카고 선수들은 1쿼터가 시작되자마자 우리 팀의 심장을 도려내려 할 겁니다."

반은 맞고 반은 틀린 말이었다. 조던은 예상대로 초반부터 공격적으로 나섰지만 경기 결과를 좌우한 것은 소닉스의 수비 전술이었다. 조지 칼은 첫 시합에서 신장 208센티미터의 데틀레프 슈렘프에게 조던을 막게 하고 페인트 존에서는 슈팅 가드 허시 호킨스가 곧장 도움 수비를 하도록 작전을 짰다. 그것은 큰 실수였다. 그날 조던은 28점을 넣었고, 그 외에도 피펜 21점, 쿠코치 18점, 하퍼 15점, 롱리 14점으로 불스의 주요 선수들이 고르게 득점을 기록했다. 경기 후반에 조지 칼은 NBA 올해의 수비수로 선정된 게리 페이튼에게 조던을 막게 했지만 결과를 뒤집기에는 너무 늦은 상황이었다. 4쿼터에 불스는 강력한 수비로 소닉스의 실책을 일곱 차례나 유발했고, 쿠코치가 쏟아 넣은 10득점과 함께 시합은 전형적인 불스의 승리 공식대로 마무리되었다. 그들은 107대90으로 승리하며 시리즈를 한발 앞서 나갔다.

2차전에서 불스의 전체 슛 성공률은 39퍼센트에 불과했다. 하지만 그 말은 로드맨이 잡을 리바운드가 평소보다 많다는 뜻이기도 했다. 그는 총 20리바운드를 기록했고 그중에서 공격 리바운드를 열한 개나 잡아내며 NBA 결승 시리즈 역대 기록과 타이를 이루었다. 조던은 이 시합에서 꽤 고전하면서도 악착스럽게 29득점을 올렸고, 불스의 수비로 인해 소닉스는 스무 개나 되는 실책을 저질렀다. 특히 3쿼터 마지막 3분 동안 불스는 집중력을 발휘하여 66대64에서 76대65로 점수를 크게 벌렸다.

그런데 이상하게도 그날따라 쿠코치가 슛하기를 계속 주저했다. 이에 화가 난 조던은 그를 질책했다.

"겁먹었어? 그럼 벤치에 앉아서 구경이나 해. 슛하러 나온 거면 슛을 하란 말이야."

이후 쿠코치는 3점슛 두 개를 꽂아 넣었고, 몇 초 뒤 조던은 멋진 어시스트로 그의 덩크를 이끌어 냈다. 결국 불스는 최종 스코어 92대88로 2차전도 승리했다.

하지만 잭슨과 윈터는 시애틀의 키 아레나에서 벌어질 3연전을 걱정할 수밖에 없었다. 론 하퍼의 무릎 상태가 좋지 않았기 때문이다. 3차전에서 하퍼 대신 쿠코치가 주전으로 나선 탓에 불스의 수비는 평소보다 다소 약했다. 그러나 경기 초반부터 펼쳐진 강력한 공격이 코치진의 우려를 불식시켰다. 불스는 조던의 12득점과 함께 34대12로 크게 앞선 채로 1쿼터를 마무리했다. 그리고 2쿼터가 끝날 때는 62대38로 점수 차를 더 벌렸다. 그날 조던이 36득점으로 크게 활약했지만 더 놀라웠던 것은 19득점을 올린 롱리였다. 그는 지난 2차전에서 매우 부진한 모습을 보였다. 잭슨은 롱리가 좋은 성적을 거둔 이유를 설명했다.

"우리 팀 전원이 달라붙어서 녀석한테 잔소리를 해댔거든요. 농구 역사상 지난 금요일 시합을 치른 뒤의 룩만큼 많은 동료한테 비난받은 선수는 없을 겁니다. 그 녀석한테 텍스가 한 소리를 했고 마이클도 가만히 있지 않았죠. 반대로 저는 요 이틀 동안 룩의 자신감을 북돋아 줬고요."

3차전까지 휩쓴 불스는 시리즈를 전승으로 끝낼 태세였다. 4차전까지 승리한다면 총 전적 15승 1패로 NBA 역대 플레이오프 최고 승률을 세우는 셈이었다. 그 후 이틀간은 이미 우승을 차지한 듯한 분위기에서 팀 연습이 진행되었고, 방송사들은 과거의 위대한 팀들과 불스를 비교하는 데 열을 올렸다. ESPN의 해설자인 잭램지는 불스를 역대 최강의 수비팀으로 꼽아도 손색이 없다고 주장했다.

"이 리그에서 제일 훌륭한 수비수는 피펜과 조던입니다. 둘 다 아주 거칠게 수비를 하지요. 두 선수는 어떤 시합에서든 상대의 틈새를 야금야금 파고들어요. 그러다 보면 상대 팀은 걸칠 것 하나 없이 벌거벗은 꼴이 되고 맙니다. 정말 당혹스럽지 않을 수 없어요." 그는 불스의 질주를 이끄는 원동력이 조던이라고 설명을 덧붙였다. "마이클의 강렬한 승부욕은 동료들의 수준을 한 단계 위로 끌어올리고 있어요. 스티브 커가 대표적인 사례입니다. 예전에 이 선수는 수비 능력이 없고 한곳에서서 남이 주는 패스만 받아서 슛하는 전형적인 스팟 업 슈터였어요. 그런데 지금은 적극적으로 수비에 가담하고 상대 선수에게 끊임없이 도전하고 있어요. 물론 그러다가 부딪히고 깨지는 일도 있겠지만 더 이상 뒤로 물러서지는 않을 겁니다. 게다가 지금은 직접 공을 잡고 슛 기회까지 만들어내고 있어요. 예전 같으면 상상도할 수 없는 일이지요. 이런 점에서 마이클은 팀 전체에 막대한 영향을 미치고 있는거예요."

4차전에 이르러 조지 칼은 조던을 더욱 당황시킬 필요가 있다고 생각했다. 조던과 마찬가지로 UNC 출신이었던 그는 한 가지 꾀를 내었다. 지난 30년간 타르힐스 선수들의 식사를 책임졌던 테지 뎀프시, 일명 마마 D를 시애틀로 데려온 것이다. 조던은 시합 전에 그녀를 보고 놀라서 물었다.

"마마 D, 여긴 어쩐 일이에요?"

"조지를 응원하러 왔어."

뎀프시의 대답에 조던은 믿을 수 없다는 표정을 지었다.

조지 칼의 아내는 그에게 말했다.

"마이클, 마마 D는 우리 팀에 행운을 불러오는 사람이에요."

늘 미신에 민감했던 조던은 뎀프시가 경기장을 떠나길 원했다.

"그렇다면 마마 D는 집으로 돌아가세요. 시애틀에 행운을 가져다준다면 마마D는 이만 집으로 가는 게 좋겠어요."

사실 조던에게 더 큰 문제는 마마 D가 아니라 게리 페이튼이었다. 페이튼은 결승 시리즈가 진행되는 동안 주로 피펜을 수비했지만, 조지 칼은 3차전에서 그가 조던을 상당히 잘 막는다는 것을 알아차렸다. 그래서 4차전에서는 페이튼이 조던을막는 시간이 많아졌다. 또 조던은 무릎 통증으로 거의 출전하지 못한 론 하퍼 대신페이튼을 막아야 했다. 그러면서 불스 전술의 핵심이었던 압박 수비가 갑자기 힘을잃고 말았다. 게다가 하퍼 없이는 조던과 피펜이 상대 수비진을 마구 휘젓고 다니며 혼란을 안겨주기도 어려웠다. 소닉스는 2쿼터에 대공세를 펼치며 끝까지 승기를 이어갔다. 불스는 벌어진 점수 차를 만회하지 못했다. 페이튼의 수비에 막힌 조던은 씩씩대며 동료 선수들과 심판들을 질책했다. 그러던 중 4쿼터 중반에 그는 심판에게 더블 드리블*을 저질렀다고 지적받았다. 조던은 또다시 불같이 화를 냈는데 그 표정에는 당황한 기색이 역력했다. 그날 그는 열아홉 번 슛을 던져 여섯 개밖에 성공시키지 못하고 몇 분 뒤에 벤치로 물러났다. 여전히 분을 삭이지 못한 채 심각한 표정으로 코트를 향해 소리치는 조던을 보고 피펜은 웃으면서 그의 어깨를 토닥였다. 그렇게 게리 페이튼은 제 역할을 훌륭히 해냈다. 소닉스 팬들은 이 시리즈 초반부터 그가 조던을 막았다면 상황이 어떻게 되었을지 궁금증을 표했다.

하퍼는 5차전에서도 벤치를 지키는 수밖에 없었다. 불스는 시리즈를 매듭지을 기회를 다시 한 번 맞이했지만 시합은 쉽지 않았고 점수 차는 벌어졌다 좁혀지기를 반복하다 결국 89대78 소닉스의 승리로 끝나고 말았다. 불스의 압승으로 끝날 줄 알았던 결승전이 다시 시카고에서 이어진다는 것 자체가 소닉스 팬들에게는 기적이었다. 시애틀의 신문사들은 다음 날 '6차전을 맞는 기쁨'이라는 표제를 내걸었다.

조던은 결승전을 끝내지 못한 데 노발대발했다. 불스의 교체 센터로 뛰던 제임스 에드워즈는 그해 플레이오프 기간에 종종 조던이 묵는 스위트룸에 들렀다. 경기 후 아마드 라샤드, 조던과 함께 담배를 피우기 위해서였다. 조던의 방에는 최고급 여송연으로 가득한 손가방이 항상 준비되어 있었다. 에드워즈가 이야기하기로, 그 방에서는 늘 재미있는 일이 벌어졌다고 한다. 그런데 5차전을 마치고 그곳에 들렀을 때 그는 격분한 조던을 보고 깜짝 놀랐다.

"마이클이 그렇게까지 역정을 내는 건 처음 봤어요. 그 녀석은 이런 소릴 계속 해댔죠. '오늘 꼭 이겨야 했어. 끝내야 했다구.' 저는 홈에 가면 우리가 이길 거라고 했지만 녀석이 제 말은 듣지도 않더라고요. 계속 오늘 끝내야 했다는 소리만 하면서요."

조던은 시즌을 시작할 때와 마찬가지로 격한 감정을 보이며 그 끝을 향해가고 있었다. 그는 가능한 한 빠르게 결승 시리즈를 마치길 원했다. NBA 복귀를 결심한

---

* 공을 가진 선수가 드리블 후에 두 손으로 공을 잡았다가 또는 드리블 후에 한 손으로 공을 들고 있다가 재차 드리블하는 행위로, 이 경우 상대 팀에 공격권이 넘어간다.

뒤부터 짊어졌던 엄청난 부담감을 하루라도 빨리 벗어던지고 싶었던 탓이다. 그해 결승전에서 보인 활약은 과거와 비교했을 때 최고라고 하기에는 다소 부족했다. 그 시리즈 동안 기록한 슛 성공률 41.5퍼센트, 평균 27.3득점이라는 수치는 전체 플레이오프 기간에 올린 평균 36득점에 비해 크게 낮았다. 그러나 조던이 그토록 화를 내고 낙심했던 이유는 따로 있었다. 그는 아버지의 날이 오기 전에 모든 시합을 끝내고 싶었던 것이다.

"아버지 생각이 머릿속에서 떠나질 않아요."

그렇게 그의 마음은 계속 흔들리고 있었다.

6차전은 6월의 세 번째 일요일인 아버지의 날에 열렸다. 조던은 휘몰아치는 감정 속에서 그 시합을 아버지와 함께한 추억에 바치기로 마음먹었다. 그날 오후 유나이티드 센터의 관중은 불스 선수들의 일거수일투족에 열광했고, 선수 소개 시간에는 유난히 오래 박수를 보냈다. 장내 아나운서인 레이 클레이가 '노스캐롤라이나에서 온 마이클……'이라고 외칠 때는 한순간 경기장 안의 모든 소리가 압축되었다가 한순간에 폭발하는 것 같았다. 그렇게 소란스러운 와중에도 소닉스 선수들은 코트 옆에 서서 아무렇지 않은 듯 질겅질겅 껌을 씹어댔다. 점프볼로 경기가 시작되고 피펜이 골 밑 돌파로 첫 득점을 올리자 관객석에서는 또다시 환호성이 터져나왔다. 하퍼가 정상적으로 출전한 덕분에 불스는 압박 수비를 가동하며 소닉스를 끊임없이 괴롭혔다. 그날 하퍼는 38분간 뛰었는데 선수석에서 쉴 때마다 트레이너들이 다가와 그의 무릎에 마취 스프레이를 뿌렸다. 하퍼의 출전에 고무된 피펜은 1쿼터에 7득점 2스틸을 기록하며 불스가 24대18로 앞서는 데 공헌했다. 3쿼터가 시작되고 약 5분간 소닉스가 9점을 넣는 사이 불스는 19득점을 올리며 리드를 지켰다. 그중 하이라이트는 로드맨이 속공 중에 피펜의 패스를 받아 리버스 레이업**으로 공격을 마무리한 것이었다. 슛 성공과 동시에 상대 선수에게 반칙을 당한 로드

---

** reverse layup, 골대 정면에서 던지는 일반 레이업과 다르게 베이스라인을 따라 골대 아래를 지나치면서 몸을 뒤로 젖혀 던지는 레이업을 리버스 레이업이라고 한다.

맨은 공중으로 두 팔을 번쩍 들어 올렸다. 경기장에는 다시 한 번 팬들의 함성이 울려 퍼졌다. 그리고 그가 뒤이은 보너스 자유투까지 넣으며 불스가 62대47로 크게 앞서자 함성은 더욱 커졌다. 필 잭슨은 3쿼터가 끝나기 3분여를 남겨두고 조던을 벤치로 불러들였다. 4쿼터를 대비하여 체력을 비축시키기 위해서였다. 하지만 조던은 4쿼터에 들어 흔들리는 감정과 소닉스의 이중 수비 앞에서 고전했다. 다시 분위기를 살린 것은 쿠코치였다. 쿠코치는 코트 오른쪽 구석에서 3점슛을 성공시키며 점수 차를 70대58로 벌렸다. 그리고 경기 종료 약 2분 50초 전 스티브 커가 중거리슛을 터뜨리자 장내의 팬들은 모두 'Whoomp! (There it is)'라는 노래 리듬에 맞춰 춤을 췄다. 그 뒤 57초를 남기고 피펜은 페인트 존을 파고들던 조던의 패스를 받아 그날의 마지막 3점슛을 성공시켰다. 몇 초 뒤 조던은 코트 외곽에서 공을 튕기다 역사적인 시즌의 마지막 공격권을 피펜에게 넘겼다. 3점 라인에서 멀찌감치 떨어져 던진 피펜의 슛은 들뜬 마음 때문이었는지 골대에 닿지도 않고 코트를 벗어났다.

조던은 잭슨과 포옹을 나눈 뒤 경기 종료 신호와 함께 공을 안아 들었다. 그러다가 랜디 브라운과 함께 넘어져 코트 위를 뒹굴었다. 그는 공을 든 채 방송사 카메라를 피해 탈의실로 향했다. 그리고 트레이너실 바닥에 엎드려 아버지의 날에 얽힌 추억을 떠올리며 기쁨과 슬픔이 뒤섞인 눈물을 흘렸다.

결승전 MVP로 선정된 조던은 시상식에서 이렇게 말했다.

"18개월이나 제자리를 비워서 죄송합니다. 이렇게 돌아와서 기쁘고 다시 시카고에 우승 트로피를 가져올 수 있어서 기뻐요."

불스 선수들은 1992년에 시카고 스타디움에서 우승을 차지했을 때처럼 기록석 테이블에 올라가 춤을 추며 팬들에게 승리의 기쁨과 감사의 마음을 전했다. 그 틈에 끼어 있던 로드맨은 이미 유니폼 상의를 벗은 상태였다.

피펜은 만족스러운 표정으로 말했다.

"저는 올해의 시카고 불스를 역대 최고의 팀이라고 불러도 무리가 없다고 생각합니다."

조지 칼은 불스의 시합 태도를 칭찬했다.

"지금은 90년대지만 시카고 선수들의 플레이에서는 이전 시대의 선수들처럼 뛰어난 정신력이 돋보였습니다. 마치 옛날 농구의 장점을 모아놓은 것 같았다고 할까요. 제가 버드나 매직의 시대를 잘은 모르지만 당시 보스턴이나 LA 모두 위대한 팀이었죠. 이번에 우리랑 싸운 시카고 불스도 그 시절의 팀들 같은 탄탄한 정신력이 있었어요. 저는 이 팀의 용기와 철학이 마음에 듭니다."

대체로 우승을 차지한 선수들과 코치진은 행복감 속에서도 감정을 억누르며 말을 아끼는 경향이 있다. 그런 상황에서 다음 해에도 꼭 우승하겠다고 선언해봤자 부담만 되기 때문이다. 특히 누구도 이론을 제기할 수 없을 만큼 멋진 시즌을 보냈다면 그 성과를 충분히 누려야 하지 않겠는가? 하지만 조던의 방식은 늘 달랐다. 그는 팬들 앞에서 함박웃음을 지으며 약속했다.

"다음은 다섯 번째 우승이에요."

# 제 34 장

# 보 수

각고의 노력 끝에 다시금 NBA 정상에 오른 뒤, 자유계약 선수가 된 조던은 이제 다른 수준급 선수들과의 연봉 차이를 바로잡을 기회를 맞았다. 그때까지 시카고 불스에서는 선수나 감독, 코치 할 것 없이 구단과의 계약 과정에서 분노를 느끼거나 상심하기가 보통이었다. 그동안 그들이 얻은 막대한 부와 명예도 감정이 상하는 것을 막지는 못했다. 오히려 자존심이 커질수록 마음의 상처는 더욱 깊어졌다.

스티브 커가 당시 상황을 설명했다.

"여름 동안 마이클의 계약 문제로 다양한 이슈가 터져 나왔어요. 우리가 우승했을 때 마이클은 시상대에 올라서 다시 챔피언이 될 수 있게 구단 측이 선택을 잘해야 한다고 얘기했죠. 경영진은 그 말에 불편한 반응을 보였고, 그 뒤로 여름 내내 그런 상태가 계속됐어요."

그때까지만 해도 라인스도프와 조던은 나름대로 끈끈한 관계를 유지하고 있었다. 1990년대에 들어 선수들의 몸값이 급등하자 조던은 이전에 맺은 연 400만 달러 규모의 연봉 계약에 불만을 품었다고 한다. 그보다 두 배 이상 많은 돈을 받는 선수들이 10여 명 넘게 생겨났으니 그럴 만도 했다. 하지만 구단에 계약 재협상을 요청하기란 그의 자존심이 허락하지 않았다. 결국 그는 본인이 서명한 계약을 충실하게 따르기로 했다. 하지만 1993년 가을에 그가 갑자기 농구계를 떠났을 때는 계약에 대한 불만이 은퇴 결정에 영향을 미쳤다는 소문이 돌기도 했다.

불스 구단은 조던이 농구계를 떠나 있을 때도 계속해서 연봉을 지급했는데 라인스도프 측근의 말로는 그것이 조던을 향한 구단주의 신의(信義) 표현이었다고 한다. 그러나 당시 그 상황을 비뚤어진 시선으로 보던 이들은 '불스가 계속 급여를 지급하는 것은 복잡한 NBA 샐러리캡 규정 하에서 조던과의 계약 상태를 유지하려는 책략'이라고 지적했다. 실제로는 그런 꿍꿍이가 없었다고 해도, 그 상황은 이해관계가 얽힌 와중에 인간관계를 발전시키기가 얼마나 어려운지 잘 보여주었다. 제아무리 좋은 뜻으로 한 일이라도 미리 계산된 속셈으로 비치기 쉬운 탓이었다.

어떤 관점에서는 라인스도프와 조던을 고수익 스포츠 오락 분야의 사업 파트너로 볼 수도 있었다. 다만 문제는 조던이 한 번도 파트너다운 대접을 받지 못했다는 점이다. 결국 라인스도프는 경영자였고, 조던은 노동자였다. 임금은 그대로였지만, 경영진은 그의 활약으로 이익률이 급상승하면서 많은 돈을 챙길 수 있었다.

물론 조던은 코트 밖에서 수천만 달러를 벌어들이는 상황이었다. 그러나 타 구단의 간판급 선수들에 비해 적은 편이었던 계약 금액은 아무래도 그가 공평한 대접을 받지 못한다는 인상을 남겼다. 게다가 1995년에 코트로 복귀했을 때도 그는 예전 계약 조건 그대로 뛰었다. 불스는 선수들에게 지출하는 연봉 총액이 3,000만 달러에 한참 못 미치는 상황에서 수천만 달러에 달하는 수익을 지속적으로 벌어들일 수 있었다. 그뿐 아니라 그동안 조던의 화려한 플레이와 연이은 우승으로 구단 소유주들이 축적한 자본 역시 엄청나게 늘어난 상태였다. 라인스도프를 위시한 불스 경영진은 조던의 루키 시즌에 이 팀을 1,500만 달러에 인수했고, 그 뒤로 약 10년간 구단 가치는 서른 배 이상 뛰었다.

조던에게는 큰 보상이 필요했다. 이 점은 계약을 앞둔 조던과 그 대리인들은 물론 NBA의 모든 관계자가 인정하는 부분이었다. 역사적인 1995~96시즌에 그가 보인 활약과 리더십은 그런 인식을 더욱 굳어지게 했다. 그 시즌이 끝나면서 마침내 8년에 걸친 계약이 만료되었고, 그때부터 진짜 문제가 시작되었다.

우승 축하 행사를 마치고 며칠 뒤에 조던 측 사람들과 라인스도프는 새 계약을 논의하기 시작했다. 1998년 인터뷰에서 조던은 당시 계약에 임하는 자세가 어땠는지 이야기했다.

"전 에이전트한테 이렇게 얘기했어요. '구단주한테 무작정 계약 금액을 말하면 안 된다. 내가 이 팀에 꽤 오래 있지 않았냐. 농구 시장의 가치가 어느 정도인지는 누구나 알 거다. 구단주가 우리 관계를 소중히 여기고 약속을 이행할 것 같다면 일단 그쪽이 하는 말을 들어보고 우리 의견을 제시하도록 해라.'라고요. 데이비드는 그 자리에서 구단 측 이야기를 들어주되 절대 교섭을 하면 안 된다고 했죠. 왜냐하면 그 일은 그런 방식으로 결론을 낼 것이 아니었거든요. 우린 계약 협상을 한다고 생각하지 않았어요. 이 구단이 그동안 제 가치를 어떻게 생각해왔는지를 확인할 기회라고 봤죠."

하지만 조던은 라인스도프가 돈을 쓰는 데 매우 인색함을 잘 알고 있었다. 협상이 길어진다는 것은 불스가 자신의 업적을 그만큼 높이 평가하지 않음을 뜻했다. 그래서 조던과 포크는 뉴욕 닉스가 보낸 영입 제안을 반갑게 맞았다. 과연 그에게는 불스를 버리고 닉스로 갈 용의가 있었을까?

대답은 예스였다.

실제로 닉스는 수백만 달러의 기본 급여 외에도 조던이 구단 협력사와 막대한 규모의 계약을 맺을 수 있게 준비해둔 상태였다. 그 소식을 들은 라인스도프는 격분했다. 그리고 리그 사무국에 그런 식으로 샐러리캡의 제한을 피하여 선수와 계약하는 것이 적법한지 따졌다. 그는 닉스의 개입을 막기 위해 소송도 불사하겠다고 위협했던 모양이다. 하지만 사무국의 한 고위 간부가 구단의 인기 스타와 닉스를 상대로 소송을 해봤자 반발만 사고 좋을 것이 없다며 라인스도프를 말렸다.

데이비드 포크는 불스와 농구계를 발전시킨 조던의 공헌도를 충분히 반영하여 1년 단위로 알짜 계약을 체결하길 원했다. 하지만 라인스도프가 구체적인 제안을 하지 않는 바람에 결국 조던이 직접 나서게 되었다.

"제가 알기론, 제가 직접 연락하기 전까지 연봉을 얼마로 할지 전혀 얘기가 없는 상황이었어요." 조던이 당시를 회상하며 말했다. "아무도 협상 테이블 위에 숫자를 제시하지 않았죠. 다들 누가 먼저 그 얘길 꺼내나 눈치만 보고 있었고, 우리 쪽에선 절대 액수를 먼저 말할 생각이 없었습니다. 물론 미리 생각해둔 금액은 있었지만요. 제 순수한 가치가 얼마인지는 구단 쪽에서 판단하고 얘기해야 한다고 생각했어요. 그것도 저나 데이비드의 영향을 받지 않고 오롯이 구단 경영진의 판단만으로요. 제가 이 조직에 있어 어떤 의미인지 솔직히 느낀 대로 표현해주길 바랐던 거죠.”

구단주가 결정을 내리지 못하고 미적거리자 부아가 치민 조던은 수화기를 들었다. 그날 골프 대회에 출전한 상황에서 그는 라인스도프, 포크와 전화 회담을 열어 이렇게 통지했다. 재계약을 원한다면 그 기간은 1년, 금액은 3,000만 달러 이상으로 준비하라고. 라인스도프는 한 시간 안에 결정을 내려야 했다.

조던은 그날 일을 떠올리며 말했다.

“데이비드와 구단 측이 협상하고 있을 때 전 유명인 골프 대회 때문에 타호 호수 쪽에 있었어요. 그땐 뉴욕 닉스와 몇 가지 얘기가 오간 상태였고 데이비드가 제리랑 협상을 한 뒤에 곧바로 뉴욕 구단 사람들을 만날 예정이었죠. 제 기억으론 바로 한 시간 뒤에 약속이 잡혀 있었어요. 데이비드는 뉴욕에 가기 전까지 제리한테서 답을 듣길 원했어요. 그런데 그때 제리는 우리가 뉴욕 측을 만나기 전까지 어느 정도 시간이 있다고 생각했던 거죠.”

나중에 제리 크라우스는 일말의 여지도 허용하지 않는 조던의 협상 방식을 두고 ‘냉정하기 짝이 없다.’고 비판했다.

비록 공개적으로 심경을 토로한 적은 없지만, 라인스도프는 그 일로 상처를 받았다. 그동안 조던과 나름대로 좋은 유대를 맺어왔다고 믿었던 그였다. 그는 조던에게 화이트삭스에서 프로 야구선수로 뛸 기회를 주었고, 또 구단의 최고 스타를 늘 최대한 정중하게 대하려고 노력했다. 라인스도프는 측근들에게 조던이 거짓된 우정으로 자신을 이용한 것 같다고 이야기했다. 그가 받은 상처는 곧 분노로 변했다. 하지만 선택의 여지가 없었다. 그는 조던이 말한 조건을 받아들여야 했다.

사실 아무리 라인스도프라도 조던이 요구한 금액에 반론을 제기하기는 어려웠다. 그 정도 되는 스타라면 훨씬 더 많은 돈을 원할 수도 있었고, 공개적으로 팬들의 지지를 등에 업는 수도 있었다. 그런데 라인스도프는 거래에 동의하면서 앞으로의 관계에 더 큰 흠집을 낼 발언을 하고 말았다. 자신은 조던에게 3,000만 달러 준것을 후회할 것 같다고.

이후 불스의 한 직원은 조던이 그 말에 어떻게 반응했는지 설명했다.

"마이클은 그런 제리를 야속하게 생각했죠. 제리는 3,000만 달러를 주기로 약속하면서 자기가 그 일을 언젠가 후회할 것 같다고 말했거든요. 마이클은 그해 가을에 트레이닝룸에서 동료들한테 이렇게 말했어요. '내가 진짜 화나는 게 뭔지 알아? 그때 제리가 나한테 한 말이야. 자기는 그 계약한 걸 후회할 거라더군. 그게 제정신으로 할 소린가? 그냥 이렇게 말할 수도 있잖아. 넌 이 돈을 받을 자격이 있고역사상 가장 뛰어난 선수이자 시카고시와 우리 구단의 중요한 자산이라고, 이렇게3,000만 달러를 줄 수 있어서 기쁘다고, 그렇게 말해주면 좀 좋아? 딱히 그럴 기분이 안 들고 나중에 후회가 될 거 같아도 굳이 코앞에서 그딴 소릴 할 필욘 없잖아?'그러자 룩 롱리가 물었죠. '진짜? 제리가 언젠가 후회할 거라고 했다고?' 그 말에마이클은 다시 펄쩍 뛰었어요. '그래, 그랬다니까. 정말 구단주가 나한테 그런 말을했다는 게 믿기질 않는다.' 결국 계약은 했지만 제리의 발언은 나쁜 감정을 남기고말았죠."

라인스도프는 "그때 내가 한 말은, '어쩌면' 살면서 그 계약을 한 걸 후회할지도모른다는 거였습니다."라며 본인 입장을 해명했다.

조던은 계약 당시를 떠올리며 말했다.

"실제로 제리 라인스도프는 '앞으로 언젠가는 이 일을 후회할 거란 예감이 들어.'라고 말했어요. 그건 우리 계약의 의미를 퇴색시키는 발언이었죠. 그 말을 듣는순간 고마운 마음이나 기쁨, 이런 것들이 확 식어버렸어요. 구단주가 절대 해서는안 될 말이었죠."

라인스도프는 몇 해 전 존 팩슨에게도 비슷한 말을 했었다. 그전까지 팩슨은실력에 비해 적은 급여를 받았지만 당시 재계약으로 연봉이 크게 인상되었다. 라인스도프는 계약서에 서명한 뒤 누구 못지않게 성실히 뛰어온 그에게 이런 말을 했다.

"내가 자네한테 이 정도나 되는 돈을 준다는 게 믿기지 않는군."

팩슨은 그 사실을 한 번도 공개적으로 언급하지 않았지만 관계자들의 말로는 그가 구단주의 말에 모욕감을 느끼고 분개했다고 한다. 조던과 팩슨의 계약 사례에서 볼 수 있듯 라인스도프는 누구를 상대하든 협상에서 제 뜻대로 이겨야 직성이 풀리는 성미였다. 그러한 태도는 선수단과 경영진 사이의 감정을 해치는 요소로 작용했고, 크라우스와 라인스도프는 계약 협상에서 선수들에게 패할 때마다 뒤끝을 남겼다.

필 잭슨은 라인스도프를 다음과 같이 평가했다.

"제리는 솔직하고 의리를 지키는 사람입니다. 거짓이 없고 말 한마디도 허투루 하는 법이 없죠. 하지만 매사를 너무 진지하게 생각하고 늘 최상의 결과를 얻으려고 하는 습성을 보여요. 돈거래에서는 항상 이기려고 하죠. 돈이 얽힌 일에서는 상대한테 져주려고 하는 법이 없어요."

그는 구단주가 조던과의 계약에서 한 발언에 관해서도 한마디 했다.

"주변 사람들 이야기를 들어보니 제리가 실제로 그런 소리를 했던가 봐요. 제리를 진심으로 좋아했던 대다수 팀원들 입장에서는 정말 속상한 일입니다." 그러다 그는 말하던 도중에 웃음을 터뜨렸다. "하지만 제리는 결국 제리죠. 그 사람은 돈을 아무렇게나 쓰지 않거든요. 본인한테도 말이에요. 제리는 늘 쓴 돈에 걸맞은 가치를 원합니다. 사실 어디 안 그런 사람이 있겠어요? 지난 10년간 선수들의 급여는 구단주들이 받아들이기 어려울 만큼 올랐죠. 그 액수가 정말 믿기지 않을 정도예요."

## 숭배

그해 신인인 레이 앨런은 잔뜩 긴장한 채 유나이티드 센터의 복도에 서 있었다. 농구 황제를 곁눈질로나마 직접 보려고 기다리던 그 모습은 그 옛날 부처를 몰래 보려고 수풀 뒤에 숨었다는 젊은 승려를 떠올리게 했다. 1996년도 드래프트 1라운드 에서 밀워키 벅스에 지명된 앨런은 조던의 시합이 녹화된 비디오테이프를 수없이 돌려보며 그 기술을 연구해왔다. 언젠가 그는 가장 기억에 남는 플레이가 무엇이 냐는 질문에 '마이클이 베이스라인에서 존 스탁스와 찰스 오클리를 제치고 패트릭 유잉의 머리 위로 덩크하는 그 장면이 최고예요.'라면서 경외감으로 꼼짝도 하지 않고 그 영상을 보고 또 보았다고 밝혔다.

슬슬 때가 다가오자 불안감이 엄습했다. 그날 시합은 그저 시범 경기에 불과했 다. '혹시 조던이 출전하지 않으면 어떻게 하지?' 그런 생각이 들 무렵 갑자기 그가 등장했다. 그는 새것 같은 흰색 유니폼을 입고 시합장을 향해 시원스레 발걸음을 옮겼다. 그 광경에 앨런의 가슴은 두근댔고 눈은 휘둥그레졌다. 앨런은 자신의 영 웅에 대한 도전을 앞두고 정신을 가다듬는 동시에 그 경험을 고향 친구들에게 자 랑하기 위해 작은 것 하나도 빼놓지 않고 모두 머릿속에 담아두었다. 앨런은 그날 시합을 누구보다 잘하고 싶었고, 그래서 무척 긴장했다.

"그냥 마이클한테 자기소개를 하는 것뿐이고, 시합 전에 준비를 하는 것뿐이라 고, 그렇게 생각하던 중에 마침내 마이클을 직접 보게 됐어요."

그날의 만남을 떠올리던 앨런의 목소리는 무언가 생각에 잠긴 듯 차츰 작아 졌다.

코네티컷 대학 출신인 앨런은 약 2년 전 2학년 시즌을 훌륭한 성적으로 마무 리하면서 프로 리그 진출을 고려했었다. 신인 선수들의 계약 금액에 제한이 없던 당시에 결과적으로는 헛고생이 되고 말았지만 업계 사람들은 대학에서 '제2의 마 이클 조던'과 값비싼 스타를 발굴하는 데 혈안이 되어 있었다. 앨런의 대학 선배인 도니엘 마샬은 3학년을 마치고 프로 진출과 함께 9년간 약 4,000만 달러 규모의 계 약을 보장받았다. 물론 얼마 지나지 않아 그만한 기대에 못 미치는 선수임이 드러 났지만 말이다. 그런 상황에서 앨런은 한 해 더 학교에 머무르기로 했다. 조던에게 도전하기 전에 실력을 더 갈고닦기 위해서였다.

대학 3년 차 시즌을 만족스럽게 보낸 뒤 앨런은 프로 세계에 발을 내디뎠고, 이제 농구의 신과 직접 대면하게 되었다. 그는 조던과 인사 삼아 가볍게 주먹을 마주대며 최대한 태연한 척하려 애썼다. 빠른 눈놀림으로 흘긋 본 승부사의 눈동자에는 명랑한 기운과 하늘을 찌를 듯한 자신감이 빛나고 있었다.

경기가 시작되고 앨런은 영원히 잊지 못할 1쿼터를 맞이했다. 그는 그날 경기 후에 이렇게 말했다.

"마이클을 상대하면서 소극적인 모습을 보이고 싶지 않았어요. 아직 도전할 준비가 덜 됐다는 인상을 남기고 싶지 않았죠."

그날 조던이 천천히 공세를 펼치리라 예상했던 앨런은 처음부터 공격적으로 나가야 한다고 판단했다. 그는 조던 앞에서 슛 실력을 선보이며 3점슛, 풀업 점퍼, 돌파에 이은 덩크 등 다양한 방식으로 득점에 성공했다. 머릿속에서는 「할렐루야 코러스」가 울려 퍼졌지만 표정은 줄곧 담담했다. 앨런이 1쿼터에 9득점을 올리자 조던은 그를 막기 위해 빠르게 움직였고 간간이 트래시 토크를 뱉으며 심리전까지 펼쳤다.

시합이 끝나고 앨런은 벅스의 탈의실에서 마치 꿈을 꾼 것 같다며 멍한 표정으로 말했다.

"마이클 조던은 역시 마이클 조던이네요. 정말 믿기지가 않아요."

농구 황제를 상대한 경험 때문인지 그의 목소리는 변해 있었다. 왠지 모르게 베테랑 선수가 된 듯한 느낌도 들었다.

조던은 앨런을 칭찬했다.

"레이 앨런은 좋은 선수가 될 겁니다. 시합 시작부터 적극적인 태도로 나온 게 마음에 들었어요."

조던의 존재로 말미암아 리그에 많은 돈이 유입되고 풍요로운 환경이 조성된 상황에서 1996년 드래프트에는 전년도에 이어 우수한 신인들이 몰려들었다. 그중에는 레이 앨런 외에도 LA 레이커스의 고졸 루키 코비 브라이언트와 필라델피아 세븐티식서스의 앨런 아이버슨처럼 개성 강한 선수가 많았다. 1996년 비시즌 기간 에는 베테랑 선수들의 대이동도 일어났다. 200여 명에 달하는 선수가 자유계약으로 풀리면서 구단들은 스타플레이어들을 잡기 위해 수십억 달러를 지출했다. 이처럼 풍부한 자본이 형성된 것은 모두 조던이 농구계에 있는 덕분이었다. 그런 와중에 리그에 가장 큰 충격을 안겨준 선수는 7년간 1억 2,300만 달러 규모의 계약을 맺고 올랜도 매직에서 LA 레이커스로 이적한 샤킬 오닐이었다.

그해 시범 경기 기간에 불스는 라스베이거스의 토머스 앤드 맥 센터에서 한 차례 시합을 벌였다. 조던의 도박 이력과 그 무렵 도박에 한창 빠져 있던 로드맨을 생각하면 이해하기 어려운 결정이었다.(잭 헤일리가 말하기로, 로드맨은 당시 몇 개월 사이에 도박장 열아홉 곳에서 어마어마한 돈을 잃었다고 한다.) 하지만 로드맨의 기행은 라스베이거스 유흥가의 기괴한 모습과 어딘가 잘 어울렸다. 온갖 명성과 볼거리가 뒤섞인 이 도시에서 그는 가장 눈에 띄는 존재였다. 그는 그해 여름 뉴욕에서 웨딩드레스를 입고 자서전인 『나쁜 녀석(Bad as I Wanna Be)』을 떠들썩하게 홍보했다.

여러 지역을 순회하며 벌이는 시범 경기는 농구팬들에게도 인기가 없기로 유명했다. 시합은 NBA의 세계화 전략에 발맞춰 멕시코와 영국, 일본 같은 타국에서 이벤트성으로 개최되거나 구단 스타플레이어들의 고향 또는 출신 대학 인근의 체육관에서 열리기도 했다. 불스도 한때는 채플 힐에서 몇 차례 시범 경기를 벌인 적이 있었다. 그러나 1996년도 시범 경기 투어에서는 절정에 달한 조던의 인기와 실력을 실감할 수 있었다. 그는 의심할 여지없는 리그 최고의 스타였다.

사실 불스는 라스베이거스에 가기 하루 전에 뉴멕시코주의 앨버커키에서 첫 번째 시범 경기를 치렀다. 상대는 지난 시즌 결승 상대였던 시애틀 슈퍼소닉스로, 두 팀은 다음 날 라스베이거스에서 벌어진 시합까지 포함하여 총 두 차례 대결을 벌였다. 첫날 불스 선수단은 시합이 끝나자마자 삼엄한 경호 속에 구단 전용기로 앨버커키를 벗어난 뒤 자정이 조금 지나서 라스베이거스에 도착했다. 미라지 리조트의 스티브 윈 회장은 조던과 로드맨에게 100평이 넘는 고급 별장을 아무 대가 없이 숙소로 제공했다. 반면에 나머지 선수들은 평소처럼 호텔에 묵어야 했다. 잭슨은 오전에 예정된 슛 연습을 취소하고 조던이 근처에 마련된 골프 코스를 원 없이 즐기도록 허락했다.

토요일 저녁에 열린 불스와 소닉스의 시범 경기 2차전에서는 조던과 크레이그 일로의 대결이 특히 주목받았다. 두 선수는 줄곧 서로를 밀쳐대며 몸싸움을 벌였고 심지어 조던은 일로에게 주먹을 휘두르기도 했다. 하지만 심판들은 그 행동을 못 보았는지 아니면 보고도 모른 체한 것인지 아무 지적도 하지 않고 넘어갔다. 조던은 경기가 끝나고 그 일을 이야기하며 웃었다.

"저와 크레이그 일로는 지금까지 많은 시합에서 대결을 벌였어요. 간혹 오늘 같은 상황이 벌어지면 일로도 심판들 모르게 그냥 넘어갈 때가 있어요. 저도 그렇고요. 그게 또 농구란 종목의 묘미 아니겠어요? 전 일로를 적으로서 매우 높이 평가하고 그 친구를 상대할 때마다 한껏 경쟁심을 불사르죠. 일로랑 싸울 때마다 그렇게 아웅다웅하면서 누가 먼저 반칙을 받는지 보는 것도 재미가 쏠쏠해요. 오늘 상황도 뭐 그런 거였죠."

인터뷰에서는 조던이 벅스 버니와 함께 출연한 애니메이션 영화 「스페이스 잼」에 관한 이야기도 나왔다.

"제 생각엔 이 영화가 잘 될 것 같아요. 그래도 많이 초조하긴 합니다. 저한텐 완전히 새로운 분야니까요. 하지만 많은 출연료를 받은 만큼 제가 맡은 역할을 충분히 잘 해냈길 하는 바람입니다. 일단 전 최선을 다해서 연기를 했어요. 그게 좋은 평가를 받는다면 더할 나위가 없죠. 그럼 영화를 또 찍을지도 모르겠어요. 반대로 그렇지 않다면 제 연기 인생을 이어갈 곳은 한군데뿐일 겁니다. 30초짜리 TV 광고 말이에요."

이후 「스페이스 잼」은 최종적으로 4억 달러에 달하는 수익을 거둬들이며 어마어마한 성공을 거뒀다. 대성공에 고무된 데이비드 포크는 또 영화를 찍자고 제안했지만 조던은 생각을 바꾸고 그 뒤 몇 년간 모든 영화 출연 제안을 거절했다.

그날 저녁 그가 탈의실을 나설 무렵, 어디선가 새 농구공과 검정 사인펜을 든 소년이 나타났다. 소년은 겁이 났는지 아무 말도 꺼내지 않았다.

조던은 미간을 찡그리며 소년을 바라보았다. "돈은 있니?" 그는 공과 사인펜을 받아들면서 물었다. "난 사인해줄 때 보통 100만 달러씩 받거든."

소년은 그제야 겨우 입을 열었다.

"저…… 5달러 갖고 있어요."

소년의 표정에는 작게나마 기대감이 깃들어 있었다.

그 모습에 조던은 씨익 웃었다. "그래, 좋아." 말투에는 여전히 농담기가 가득했다. 그런데 소년이 건넨 사인펜에 문제가 있었다. 조던은 공 표면에 사인을 했지만 잉크가 다 말랐는지 글씨가 써지지 않았다. 그는 못마땅한 얼굴로 말했다. "뭐야, 나한테 이런 후진 펜을 준 거야?"

소년의 얼굴에는 당황한 기색이 역력했다. 사인이 꼭 받고 싶었던 소년은 주머니를 뒤져 펜 다발을 꺼냈다.

"나 참, 진짜 돈을 꺼내는 줄 알았잖아."

조던은 그렇게 말하며 웃었다.

조던의 관점에서는 아이가 정말 돈을 찾는다고 착각할 만도 했다. 지난 수년간 그는 막대한 부가 오가는 스포츠 시장에서 언제나 돈을 받는 입장이었다. 1995~96 시즌만 해도 그가 코트 밖에서 광고 활동으로 벌어들인 돈은 4,000만 달러가 족히 넘었다. 1996~97시즌에는 마이클 조던 향수가 출시(처음 두 달간 약 150만 병이 판매)되고 「스페이스 잼」이 개봉 첫 주에 흥행 신기록을 세우면서 그의 수입은 또다시 급증했다. 일찍이 스파이크 리가 나이키의 신발 광고에서 그에게 붙인 별명처럼 그는 돈(Money)이 되었다. 전 세계 사람들은 그를 보고 만나는 데 돈을 썼고, 그의 이름이 들어간 신발과 유니폼, 그가 광고하던 헤인즈 속옷과 골프공을 사거나 게토레이와 맥도날드 감자튀김을 먹고 마시며 마이클 조던 자서전과 전기, 그의 사진이 들어간 수집용 카드를 사는 데 돈을 썼다.

사실 조던이 챙긴 몫은 그가 NBA에 벌어다 준 금액(UNC 타르 힐스의 브랜드 가치를 높인 것까지 포함)에 비하면 극히 일부에 불과했다. 그가 1984년에 입성한 뒤 NBA의 연간 수입은 열 배가량 늘어나 처음에 1억 5,000만 달러를 밑돌던 수치가 1990년대 중반에는 매 시즌 20억 달러 이상을 기록했다.

그런 상황에서 필 잭슨은 시범 경기 기간부터 불안감을 느끼고 있었다. 그 이면에서는 불스 선수단과 경영진, 또 잭슨 본인과 경영진 사이의 갈등이 이미 점화된 상태였다. 그는 소닉스와 대결한 토요일 저녁에 기자들 앞에서 말했다.

"올 시즌은 사정이 많이 다를 것 같습니다. 앞으로 무얼 기대하면 좋을지 모르겠어요. 차라리 아무것도 기대하지 않고 지낼까 합니다. 되는대로 흘러가게 두려고요. 아무리 예상 시나리오를 마련하고 준비를 철저히 해도 언젠가 우리 스스로 기회를 날려버리는 상황이 벌어질지 모릅니다."

## 재발진

잭슨은 감독 부임 초기부터 조던의 마음을 안정시키는 데 많은 노력을 기울였고, 조던도 그런 환경에 상당히 익숙해진 상태였다. 원활한 팀 운영을 바랐던 잭슨은 조던의 불같은 분노가 그냥 쌓이게 두지 않았다. 감독으로서 그가 할 일은 불스가 계속 전진하며 좋은 성과를 내도록 그 열기를 조절하는 것이었다. 조던은 텍스 윈터의 공격 전술부터 조지 멈포드의 명상법과 마음 수련까지 잭슨이 마련한 모든 방법이 매우 실용적임을 깨달았다. 이제 그는 불이 꺼진 연습장 바닥에 앉아 다른 누구 못지않게 깊이 명상에 빠져들 수 있었다.

조던은 기자들이 잭슨의 별난 행동과 기질에 관하여 문자 익살스럽게 답했다.

"감독님은 우리를 인도하는 스승이시죠. 요즘도 우릴 위해 불교의 사상과 수련법을 열정적으로 가르치고 계세요."

제임스 에드워즈는 조던과 잭슨의 관계를 매우 흥미롭게 보았다. 그는 두 사람이 선수와 감독으로서 완벽한 궁합을 이루었다고 여겼다.

"감독님은 마이클이 뭘 생각하는지 알았고 마이클은 감독님 생각을 읽을 줄 알았어요. 두 사람은 그 정도로 가까운 관계였죠."

잭슨은 농구를 영적인 수행에 자주 빗대었고 불스 선수들은 그 가르침을 잘 이해하고 받아들였다. 그 무렵 잭슨의 저서인 『성스러운 농구(Sacred Hoops)』*가 출간되었다. 조던은 그 책에 소개된 잭슨의 팀 운영 방식이 자신과 재능이 다소 떨어지는 동료 선수들을 하나로 이어줄 수 있었다고 설명했다.

"감독님 덕분에 저는 인내심을 기를 수 있었어요. 또 감독님은 제게 조연급 팀원들을 이해하고 그 선수들을 발전시킬 방법이 무엇인지 가르쳐주셨죠."

하지만 천하의 필 잭슨도 동료들을 '조연'이라 부르는 조던의 말버릇까지 고치지는 못했다. 이 사실은 시카고 불스가 이상적인 조직의 모습과는 거리가 있음을 다시금 일깨웠다. 1996~97시즌 동안 불스 내부에서 점점 커진 불안과 근심은 이러한 결함을 입증하는 요소였다.

불스의 시즌 초반 일정은 조던의 멋진 활약과 연승으로 채워졌다. 지난 시즌 무릎 염증으로 자주 고생했던 조던은 98.4킬로그램이었던 체중을 94.8킬로그램으로 감량했다. 한층 날렵해진 조던과 동료 선수들은 12연승으로 새 시즌의 문을 열었고, 그중 하이라이트는 그의 50득점에 힘입어 106대100으로 승리한 마이애미 히트전이었다. 그날 조던은 웃음 띤 표정으로 히트의 팻 라일리 감독과 트래시 토크를 주고받았다. 불스가 전날 밴쿠버에서 시합을 마치고 마이애미에 도착했을 때, 마침 지역 신문에는 불스가 지난 플레이오프에서 자신들을 깔보고 무시했다는 히트 선수들의 인터뷰가 실려 있었다.

그날 시합 중에 라일리는 조던이 현란한 플레이를 선보이자 그를 약삭빠른 쥐에 빗대었다. 경기 직후 조던은 그런 라일리에 관해 이야기하며 웃음 지었다.

"팻 라일리 감독은 승부욕이 대단한 사람이에요. 저도 그렇고요. 지금 전 선수

---

* 국내에서는 『NBA 신화』라는 제목으로 번역, 출간되었다.

생활 막바지에 와 있습니다. 이럴 땐 인기나 성공, 뭐든 간에 얼마 남지 않은 순간들을 즐기는 편이 좋을 겁니다. 지금 절 무엇보다 강하게 움직이는 건 이런 생각들이에요." 그러면서 그는 한마디를 덧붙였다. "적당한 자극은 끝까지 완벽한 경주를 펼치는 데 힘이 되겠죠."

이후 그는 11월 말에 다섯 경기 동안 195점을 몰아넣으며 추수감사절을 자축했다. 또 12월 들어 불스는 젊은 재능으로 가득한 LA 레이커스를 상대로 조던이 30득점, 피펜과 쿠코치가 각각 35득점과 31득점을 올리며 고른 득점력을 과시했다. 그때부터 2월 중순까지 조던은 오랜 적수들을 맞아 강력한 득점포를 가동하며 캐벌리어스전에서 45점, 닉스전에서 시즌 최다 득점인 51점, 게리 페이튼이 있는 슈퍼소닉스전에서 45점, 덴버 너게츠전에서 47점을 넣었다.

1월 하순에 닉스의 제프 밴 건디 감독은 불스와의 대결을 앞두고 그를 사기꾼이라고 불렀다가 화를 자초했다.

"마이클은 상대 팀 선수들과 친분을 쌓고는 자기가 그쪽을 늘 아끼고 신경 쓰는 양 착각하게 해서 경계심을 늦추게 만들죠. 그런 다음 코트에 나가서는 전부 박살 내려고 합니다. 우리 선수들에게 가장 먼저 필요한 것은 그런 기만행위를 간파하고 속아 넘어가지 않는 겁니다."

"전 승리를 위해 무엇이든 할 준비가 돼 있어요." 닉스와의 대결 후에 조던이 한 말이다. 그날의 활약으로 그는 NBA 데뷔 후 서른여섯 번째로 50점대 득점을 올렸다. "오늘 시합 중엔 모든 게 제 마음대로 풀리고 또 모든 게 슬로모션처럼 보일 때가 몇 번 있었어요. 그럴 때마다 전 서두르지 않고 느긋하게 플레이했죠."

필 잭슨은 밴 건디의 잘못을 꼬집었다.

"닉스 감독이 언론을 통해 마이클을 공격한 건 전술적인 면에서 큰 실수였어요. 아마 마이클은 처음부터 복수할 생각으로 이를 갈고 나왔을 겁니다."

그날 조던은 마지막 몇 초를 남기고 6미터 거리에서 페이드어웨이숏을 성공시킨 뒤 밴 건디를 향해 고함을 쳤다.

"말을 잘 골라서 하셔야지! 아무래도 오늘은 나랑 친구가 된 사람이 없나 본데?"

조던은 인터뷰에서 밴 건디의 단어 선택이 신중하지 못했다고 말했다.

"그 말이 뉴욕 선수들의 의욕을 북돋는 데는 도움이 된 것 같아요. 하지만 코트 위에서 그 선수들이 여태 절 친구라고 봐준 적도 없고 저 역시 친구를 사귈 생각으로 시합에 나간 적은 없어요. 물론 전 시합이 끝나고 거기서 있었던 일들을 코트 밖까지 끌고 나가지도 않아요. 그냥 같이 게임을 한 판 한 것뿐이잖아요. 전 이걸 무슨 전쟁처럼 생각하거나 그러지 않습니다. 제프 밴 건디 감독이 느끼기에 제가 친구들을 이용하는 것 같다면, 뭐 그런 건 제가 신경 쓸 바가 아니고요."

불스는 쉬지 않고 전진했다. 그들은 지난 시즌과 마찬가지로 거침없이 상대 팀들을 응징하며 69승 13패를 기록했다. 69승은 NBA 역사상 두 번째로 많은 승수였다. 조던은 평균 29.6득점으로 개인 통산 아홉 번째 득점왕을 차지했다. 또 시즌 중에는 NBA 데뷔 이래 열한 번째로 올스타에 선정되어 올스타전 역사상 최초로 트리플더블을 기록했다. 클리블랜드에서 개최된 1997년도 올스타전은 NBA 50주년 기념행사도 겸했다. 그곳에서 그와 피펜은 NBA의 위대한 50인에 선정되는 영광을 누렸다. 조던은 1996년 11월에 샌안토니오에서 통산 2만 5,000점을 기록했고, 1997년 4월에는 오스카 로버트슨을 제치고 역대 득점 순위 5위에 올랐다.

## 모두 함께

플레이오프가 다가오자 필 잭슨은 팀원들에게 다시 한 번 진정한 단합력을 발휘해 달라고 요청했다. 이번에 그는 상대 팀들의 영상 자료에 코미디 영화인 「밥에게 무슨 일이 생겼나?」의 장면을 군데군데 삽입했다. 이 영화는 강박 장애 환자 역을 맡은 빌 머레이가 이기적이고 괴팍한 정신과 의사와 함께하면서 생기는 소동을 다루고 있다. 여기서 정신과 의사는 분명히 크라우스를 상징했다.

"감독님은 우리랑 경기 영상을 볼 때마다 그 사이사이에 영화 장면들을 끼워 넣으셨죠." 빌 웨닝턴이 말을 이었다. "그걸 보고 나면 사실상 영화 한 편을 다 본 셈이었어요. 거기에는 늘 이런 뜻이 담겨 있었습니다. 하나의 팀으로 단합하고, 조금씩 함께 앞으로 나아가면서 좋은 플레이를 해나가자는 그런 메시지요."

잭슨은 옛날 영화인 「바보 삼총사(Three Stooges)」 시리즈의 장면들도 활용했다. 웨닝턴은 그 영화에 얽힌 일화를 언급했다.

"텍스 윈터 코치는 오전 연습 때 선수들이 집합하면 노래를 종종 불러요. 코치님은 노래하는 걸 정말 좋아하거든요. 'It's time we get together Together Together It's time we get together Together again(지금은 모두 함께 뭉쳐야 할 때 함께 함께 지금은 모두 함께 뭉쳐야 할 때 다시 함께)' 이 노래는 「바보 삼총사」에서 모 하워드가 하모니카를 삼킨 뒤에 다 같이 그 친구를 하모니카 삼아 연주할 때 나와요."

단합이라는 주제는 조던과 잭슨, 로드맨의 머릿속을 계속 맴돌고 있었다. 세 사람 모두 구단과 1년짜리 계약만 맺은 상태였다. 과연 다음 시즌에도 그들은 불스와 함께할 것인가? 시카고의 지역 언론은 다양한 예상을 내놓았고, 앞날의 불확실성은 팀원들에게 불안감을 안겨주는 한편으로 다시금 의욕을 되살리는 불씨가 되었다.

무엇보다도 단합이라는 주제는 조던이 팀원들을 분노와 비난으로 억압해서는 안 된다고 자각하는 데 힘이 되었다. 당시 불스에서 조던과 피펜, 하퍼는 팀을 지탱하는 든든한 기둥이었다. 로드맨에게는 그만의 뚜렷한 세계가 존재했고 문화적으로 차이가 있었던 쿠코치도 그랬다. 심킨스와 캐피, 브라운은 코트 밖에서 자주 모여 노는 동료들이었고 애리조나 대학 선후배 관계였던 커와 부셜러는 오스트레일리아에서 온 롱리와 캐나다 출신인 웨닝턴과 간간이 어울려 다녔다.

불스는 플레이오프 1라운드에서 워싱턴 불리츠를 만나 1차전을 손쉽게 이겼다. 그러나 2차전에서는 불리츠가 초반부터 맹공을 펼치며 리드를 잡았다. 잭슨이 강조했던 단합력은 마치 유나이티드 센터를 가득 메운 연무 속에 흩어진 듯했다.

조던은 전반전에 26점을 쏟아 부었으나 중간 점수는 65대58로 여전히 불리츠가 앞선 상태였다. 그는 탈의실에서 분노에 찬 표정으로 감독과 동료들을 맞이했다.

"하프타임에 마이클은 무척 화가 나 있었죠." 스티브 커의 말이다. "감독님 표정도 별로 만족스러워 보이지 않았어요. 하지만 마음가짐을 바로잡으라는 것 외에 특별한 지시는 없었습니다. 마이클도 조금 목소리를 높여서 전반전에 우리가 좀 더 잘했어야 했다고 지적할 뿐이었죠."

불스는 강력한 수비로 3쿼터 초반 득점을 16대2로 크게 앞서며 관중을 서서히 환호시켰다. 수비에서는 팀 전체의 단합이 빛났지만 공격은 거의 조던 혼자서 하다시피 했다. 쉴 새 없이 점프슛을 던져 넣던 그는 작전 시간마다 미동도 없이 어깨에 수건을 두르고 고개를 숙인 채 에너지를 보충했다. 경기 종료 5분을 남기고 그가 골 밑을 돌파하여 슛을 성공시키면서 불스는 3점 차로 앞서게 되었다. 얼마 뒤 다시 공을 잡은 조던은 자유투 라인에서 점프슛을 시도하는 척 자세를 취했다. 그 동작에 수비수가 속아서 뛰어오르자 그는 슬쩍 몸을 피하며 여유 있게 점프슛을 꽂아 넣었다. 또 그다음 공격 상황에서는 골대 오른편에서 점프한 뒤 하강하는 도중에 슛을 던져 넣는 신기를 선보이기도 했다. 그 슛으로 그는 49득점을 기록했고 불스는 7점 차로 앞서나갔다.

4쿼터 마지막 1분여를 남기고 불리츠는 103대100까지 따라붙었다. 조던은 다시 점프슛으로 화답했다. 그리고 마지막 34초를 남기고는 백보드를 맞추는 레이업으로 점수를 107대102로 벌렸다. 그날 그는 막판에 자유투 두 개를 추가하며 55득점(플레이오프에서 개인 통산 여덟 번째로 기록한 50점대 득점)을 올렸고 시카고 불스는 최종 스코어 109대104로 승리하여 시리즈 전적 2대0으로 매우 유리한 고지에 올랐다.

시합 후에 롱리는 44분간 그 많은 득점과 격렬한 수비를 가능케 한 조던의 몸 관리 능력에 놀라움을 표했다.

"이런 게임에서 마이클은 자기가 어떤 사람인지 아주 잘 보여주는 것 같아요. 오늘 같은 활약은 진짜 누가 봐도 놀랍죠. 제가 감탄하는 건 마이클이 올 시즌만 해도 몇 번이나 저랬다는 거예요. 올해 50득점 이상 올린 건 서너 번 정도지만, 30~40득점을 하는 건 거의 매 시합에서 볼 수 있었죠. 그 나이에 매일 같이 상대편과 온몸을 부딪치면서 저런 활약을 한다는 게 저로서는 그저 놀라울 따름이에요.”

불스는 다음 시합에서 불리츠를 제압한 뒤 2라운드 상대인 애틀랜타 호크스를 전적 4대1로 물리쳤다. 승리에 고무된 불스 선수들은 활기가 넘쳤지만, 그 무렵 코치진은 마치 혼자 모든 짐을 짊어진 듯 무리하게 공격에 나서던 조던을 걱정했다.

“그때 마이클은 슛을 많이 놓쳤어요.” 텍스 윈터가 당시 상황을 회상했다. “그 시리즈 내내 슛 성공률이 저조했죠. 보통 녀석이 한 시합에 스물다섯에서 스물일곱 번 슛을 던지는 데 그게 잘 안 들어가면 공격할 때 상당한 부담이 돼요. 성공률이 일정 수준 이하로 밑돌 때는 많이 던지지 않는 게 좋죠. 그래서 필도 무리하게 공격하지 말고 적당히 공을 돌리라고 조언했어요. 마이클도 그래야 한다는 걸 알고는 있었죠. 녀석은 영리한 선수니까요. 한데 그 상황에서도 그놈의 승부욕과 자신감이 그런 걸 또 내버려 두질 않아요. 그런 면에선 그만큼 자제심이 없는 선수도 없을 겁니다. 뭐 그게 그 녀석이 위대한 선수가 된 이유이기도 하지만, 아무튼 마이클은 그렇게 주변 상황에 개의치 않고 자기 생각대로 시합을 했어요.”

호크스는 5차전을 끝으로 플레이오프를 떠나야 했다. 한 가지 재미있는 것은 그날 시합 초반에 조던이 덩크를 성공시킨 후 디켐베 무톰보에게 검지를 흔들다가 테크니컬 파울을 받았다는 사실이다. 원래 그 제스처는 무톰보가 상대편을 도발할 때 하는 행동이었다.

그날의 승리로 불스는 9년간 일곱 번이나 동부 컨퍼런스 결승에 진출한 팀이 되었다. 유력한 대전 상대로 뉴욕 닉스가 예상되었지만, 결과적으로 팻 라일리가 이끄는 마이애미 히트가 그 자리를 대신했다. 필 잭슨의 입장에서는 오히려 잘된 일이었다. 그는 1996년 말에 히트전에서 역전패를 당한 뒤 선수들에게 이렇게 말한 바 있다.

"저 녀석한테는 두 번 다시 지면 안 된다."

불스는 시리즈 개막 후 3연승이라는 쾌거를 올렸고, 조던에게는 그때가 원정지인 마이애미에서 45홀짜리 골프 코스를 즐길 절호의 기회였다. 그날 골프장에 따라간 불스의 공식 사진사 빌 스미스는 골프 카트를 모는 조던을 찍기 위해 저 앞에 서서 카메라를 들어 올렸다.

"빌 스미스, 얼른 비켜!"

조던은 그 한마디와 함께 스미스를 향해 카트 속도를 높였고, 허둥지둥 달아나는 그를 보며 웃음을 터뜨렸다.

다음 날 조던은 그렇게 신나게 논 대가를 치렀다. 4차전이 시작되고 그가 처음 던진 스물두 개의 숏 가운데 링을 통과한 것은 단 두 개뿐이었다. 당시 히트에서 선수 생활을 했던 에드 핀크니는 그 시합의 전말을 모두 기억했다.

"그때는 제 프로 생활 마지막 해였고 시카고가 우리 팀을 한 번만 더 이기면 시리즈가 끝나는 상황이었어요. 불스는 그 시합이 끝나고 축하 파티를 열려고 좋은 식당을 한 군데 예약해둔 상태였죠. 우리 감독님이 어디서 그 얘길 듣고는 우리한테 그랬어요. 정말 머리끝까지 화가 난다고요. 시합이 시작된 후 우린 꽤 큰 점수 차로 앞섰어요. 대략 14점인가 20점 정도 차이가 났을 거예요. 그땐 필 잭슨 감독도 주력 선수들을 거의 다 빼버렸고요. 사실상 승패가 많이 기운 상황이었죠. 그러던 중에 우리 팀의 보션 레너드가 마이클한테 뭐라고 한마디를 했나 봐요. 시카고로 돌아가면 우리가 또다시 본때를 보여줄 거라고요. 그 뒤에 마이클은 다시 코트에 들어와서 계속 숏을 성공시켰어요. 그러고는 고래고래 소릴 질렀죠. '너희가 또 이길 수 있을 것 같아? 네놈들이 다시 이길 일은 절대 없어!' 녀석은 완전히 꼭지가 돌아선 그렇게 외쳐댔어요."

3쿼터 중반 들어 점수 차가 21점까지 벌어진 상황, 조던은 본격적으로 공격에 착수했다. 이후 불스는 그의 지휘를 따라 득점에서 22대5로 히트를 압도하며 3쿼터를 61대57로 4점 뒤진 채 마쳤다. 하지만 4쿼터 시작과 함께 히트가 다시 맹공을 펼쳐 점수는 72대60으로 다시 벌어졌다. 다른 동료들의 득점 지원이 없는 상황에서 조던은 그때부터 홀로 18점을 몰아넣었고, 경기 종료 2분 19초를 남기고 점수는 한 점 차까지 줄어들었다. 그러나 결국 승리는 경기 막판에 자유투 여섯 개를 모두 성공시킨 히트의 몫이었다.

"마이클의 역대 시합 중에 제가 가장 좋아하는 시합이에요." 스티브 커가 2012년에 한 말이다. "그날 기록을 보면 마이클은 4쿼터 전까지 슛을 스물두 개 던져서 겨우 두 개밖에 못 넣었죠. 그중에는 에어 볼*도 몇 개 있었어요. 거기엔 분명히 전날 아마드 라샤드랑 그 긴 골프 코스를 다 돌았던 게 영향을 미쳤을 거예요. 그런데 4쿼터에 들어서니까 마이클이 언제 부진했냐는 듯이 미쳐 날뛰지 뭐예요. 마이애미 벤치에 막 소리를 지르고 그랬는데, 그 모습이 제 눈에는 무엇보다 강한 자신감으로 보였어요. 제 평생 본 것 중에 최고로요. 제가 궁금했던 건 플레이오프에서, 그것도 리그 최고 수준의 수비팀을 상대로 4쿼터 전까지 그 많은 슛을 놓치고도 어떻게 그렇게 위축되지 않고 싸웠냐는 거예요. 그때 마이클은 정신을 차려보자고 고개를 막 흔들거나 하지도 않았어요. 그냥 쉬지 않고 자기 할 일을 할 뿐이었죠. 그러다가 어딘가에서 딱하고 스위치가 켜졌는지 슛이 들어가기 시작했고 그 뒤로는 그 리듬에 계속 몸을 맡긴 거예요."

그날 조던의 활약을 목격한 이들은 두고두고 그 시합을 잊지 못했다. 조던은 4쿼터 동안 불스가 기록한 23점 중 20점을 혼자 넣었다. 히트의 포인트가드 팀 하더웨이는 경기 후 소감을 말했다.

"마이클이 한 번 넣기 시작하니 그 뒤로 연거푸 슛이 들어가더군요. 정말 타고난 득점원이자 코트의 지배자예요."

기자들이 전반전의 처참한 경기력에 관하여 묻자 조던은 매섭게 노려보며 말했다.

"그런 건 전혀 신경 쓰지 않았어요."

---

* 백보드나 링에 아예 닿지도 않고 득점이 되지 않은 슛.

핀크니는 이후의 상황을 설명하며 웃었다.

"그 뒤에 우린 다시 시카고로 가서 남은 시합을 치렀어요. 그런데 그땐 공격하려고 공을 운반하는 것조차 버거울 정도였죠."

불스는 5차전 시작과 함께 15점을 몰아넣은 조던 덕분에 1쿼터를 33대19로 크게 앞섰다. 경기 결과가 뒤집힐 여지는 전혀 없었다.

팻 라일리는 시합이 끝난 뒤 기자들 앞에서 말했다.

"시카고 불스는 과거에 13년간 열한 번 우승을 차지한 보스턴 셀틱스 이래로 가장 훌륭한 팀입니다. 마이클이 은퇴하기 전에 다른 팀이 우승하는 걸 볼 수는 있을지 모르겠어요. 어딘가에 아주 훌륭한 팀을 조합해낼 감독이 있을지도 모르지만 그래도 우승은 할 수 없을 겁니다. 마이클 조던과 같은 시대에 태어났다는 불운 때문에요."

휴스턴 로케츠와 유타 재즈가 서부 컨퍼런스의 패권을 다투던 상황에서 조던은 일단 로케츠와 최종전을 벌이길 원했다. 로케츠의 하킴 올라주원은 1984년 드래프트에서 조던보다 앞선 순위로 지명되었고, 그가 야구를 하러 떠난 사이에 소속 팀을 두 차례나 NBA 우승으로 이끌었다. 게다가 그 팀에는 찰스 바클리까지 있어 그로서는 더욱 구미가 당겼다. 한편 유타 재즈와도 싸워보고 싶은 이유는 있었다. 그해에 조던은 팀을 리그 최다승으로 이끌며 평균 29.6득점으로 개인 통산 아홉 번째로 득점왕에 등극했지만, 정규 시즌 MVP는 재즈의 '우편배달부'* 칼 말론에게 돌아갔다. 당시에 조던은 올 NBA 퍼스트 팀에 이름을 올리고 피펜과 함께 올 디펜시브 팀에도 선정되었다. 그러나 말론의 성적도 꽤 훌륭했다. 그는 득점 경쟁에서 리그 2위를 차지했고 개인 통산 아홉 번째로 올 NBA 퍼스트 팀에 뽑혔다. 하지만 여타 MVP 선정 과정에서도 간간이 볼 수 있듯이 말론의 수상은 아무래도 선수 생활 전반의 공적을 고려한 결과로 보였다. 이후 조던의 팬들은 상을 도둑맞았다며

---

* 비가 오나 눈이 오나 편지를 배달하는 집배원처럼 칼 말론이 꾸준히 득점과 리바운드를 쌓는다는 뜻에서 붙은 별명이다.

오랫동안 불만을 표했다. 팻 라일리는 서부에서 누가 최종 결승에 진출하든 상관이 없다고 말했다.

"제 생각엔 누구랑 붙든 시카고가 이길 것 같습니다."

최종 결승전 진출의 향방을 가른 것은 유타 재즈의 존 스탁턴이었다. 그는 서부 컨퍼런스 결승 6차전 종료 직전에 결정적인 슛을 성공시켜 소속팀을 창단 23년 만에 처음으로 NBA 결승 시리즈에 진출시켰다. 1997년 6월 1일 일요일, 스탁턴과 말론을 위시한 재즈 선수단은 유나이티드 센터에서 열린 1차전부터 강공을 펼쳤다. 경기 종료 1분 전 82대81로 재즈가 앞선 상황에서 조던이 자유투 라인에 섰다. 그는 'MVP!'를 외치는 팬들의 환호 속에 1구를 성공시켰지만 뒤이은 2구가 실패하면서 이내 함성은 잦아들었다. 그 뒤 말론이 자유투를 던질 때 피펜이 그의 귓가에 이렇게 속삭였다.

"우편배달부는 일요일에 배달을 하지 않지."

말론은 시카고 관중의 야유 속에 자유투를 두 번 모두 실패했고, 7.5초가 남은 상황에서 불스가 리바운드를 잡았다. 놀랍게도 재즈는 마지막 슛을 던지는 조던에게 더블팀 수비를 하지 않았다. 공이 그물을 통과하자 2만 1,000여 관객이 일제히 일어나 환호성을 질렀다. 그날 조던은 슛을 27회 던져 열세 개를 성공시키며 31득점을 올렸다.

2차전은 38득점 13리바운드 9어시스트를 올린 조던의 활약으로 불스가 낙승을 거뒀다. 만약 경기 막판에 그의 패스를 받은 피펜이 레이업을 놓치지 않았더라면 그는 열 번째 어시스트와 함께 트리플 더블을 달성했을 것이다.

3차전은 재즈의 홈인 솔트레이크시티의 델타 센터에서 열렸다. 그날 피펜이 3점슛 일곱 개를 터뜨리며 NBA 결승전 타이기록을 세웠지만 승리는 재즈의 몫이었다. 당시에 언론과 팬들에게는 알려지지 않았으나 이어진 4차전은 한 불스 트레이너의 치명적인 실수로 승패가 판가름 나고 말았다. 시카고 불스로서는 그 시즌을 통틀어 가장 뼈아픈 실책이었다. 그날 공격은 그리 원활하지 않았지만 불스 선수단은 45분간 훌륭한 수비를 선보였고, 그만한 경기력이라면 충분히 승리할 수도 있었다. 경기 종료까지 2분 38초를 남기고 71대66으로 앞서던 불스는 그대로 승수를 추가하여 전적 3대1로 재즈를 벼랑까지 몰아붙일 태세였다. 하지만 곧 존 스탁턴이 대활약을 펼쳤고, 불스는 평소 같지 않게 주춤거렸다. 나중에 알려진 바로는, 불스의 보조 트레이너가 도중에 실수로 선수들에게 게토레이* 대신 게이터로드(Gatorlode)를 주었다고 한다. 칩 셰퍼는 그 음료를 마신 느낌이 '마치 구운 감자를 먹는 것 같았다.'고 언급했다. 그 뒤에 불스 선수들은 복통을 호소했고 중요한 순간에 늘 집중력을 잃지 않던 조던조차 잠시 앉아서 쉬겠다고 할 정도였다.

스탁턴이 7.6미터 거리에서 꽂아 넣은 3점슛으로 재즈가 턱밑까지 추격하자 복통을 안은 채 코트로 돌아온 조던은 곧장 페이드어웨이슛으로 응수했다. 그리고 뒤이은 재즈의 공격 기회에 제프 호나섹이 슛을 놓치면서 불스는 시합을 순조롭게 마감하는 듯했다. 그런데 그 순간 스탁턴이 자유투 라인 부근에서 기습적으로 조던의 공을 빼앗아 코트 반대편으로 내달렸다. 제리 슬로언 감독은 스틸을 당하고 곧바로 스탁턴을 따라잡아 슛을 쳐내는 조던을 보며 몸서리를 쳤다. 하지만 그 시도는 결국 반칙으로 선언되고 말았다.

이후 재즈는 74대73으로 리드를 잡았다. 마지막 17초를 남기고 불스의 반칙으로 말론이 자유투 라인에 서면서 1차전과 비슷한 상황이 연출되었다. 그러나 그의 자유투 1구가 링에 튕겼다가 들어가고 2구까지 성공하면서 점수는 76대73으로 더 벌어졌다. 불스의 작전 시간이 남지 않은 상황에서 조던이 서둘러 던진 3점슛은 실패로 끝났다. 그리고 유타 재즈는 불스가 우왕좌왕하는 중에 덩크를 내리꽂으며 78대73으로 승부에 쐐기를 박았다. 그날 두 팀이 기록한 점수는 NBA 결승전 사상 두 번째로 낮았다. 시리즈는 전적 2승 2패로 교착 상태에 이르렀다.

---

* Gatorade, 원래 게이터레이드로 발음되지만 국내에는 1987년에 제일제당이 등록한 상품명 '게토레이'로 알려져 있다. 게이터로드는 1988년에 게토레이 브랜드가 출시한 탄수화물 보충 음료로 현재는 판매되지 않는다.

## 독감

처음 두 경기에서 조던의 슛 성공률은 약 51퍼센트에 달했지만 솔트레이크시티에서는 그 수치가 40퍼센트로 곤두박질쳤다. 그런 와중에 이어진 5차전은 오늘날 전설처럼 회자되는 일명 '플루 게임'이었다. 그런데 그 시합이 끝나고 수년이 지나서도 세간에는 소문이 끊이지 않았다. 그가 5차전 전날 유타 산간지대의 어느 저택에서 밤새 담배를 피우며 카드놀이와 음주를 즐겼다는 것이다. 시합 당일에 불스는 그가 바이러스성 질환에 걸렸다고 공식 성명을 냈다.

"제가 그날 시합 해설을 했었죠." 당시에 NBC 스포츠에서 경기 해설을 맡았던 맷 구오카스의 말이다. "저랑 같이 중계를 맡았던 마브 앨버트는 상황을 극적으로 묘사하는 능력이 뛰어났어요. 저는 막상 중계를 하면서도 '호들갑 떨 게 있나? 마이클은 아프거나 말거나 늘 잘하는 데 말이야.' 이렇게 생각하고 있었어요. 그런데 마브는 시청자들이 시합을 가장 맛깔나게 보도록 양념을 가미할 줄 알았죠. 그때 밖에서는 마이클의 몸 상태가 왜 그런지를 두고 안 좋은 이야기가 나돌고 있었어요. 우리는 마이클이 독감에 걸렸다는 말을 그대로 믿고 거기에 맞춰서 경기 해설을 했습니다. 한데 소문으로는 그 녀석이 로버트 레드포드의 별장인가 어딘가에서 밤새 포커를 하고 파티를 즐겼다는 말이 있더군요."

2012년에는 ESPN의 제일런 로즈도 인터넷 방송에서 비슷한 주장을 제기한 바 있다. 과연 그날의 증상은 진짜로 바이러스 때문이었을까, 아니면 숙취 때문이었을까? 아마 이 의문은 앞으로도 조던과 얽힌 수수께끼를 논할 때마다 화두로 떠오를 것이다. 그가 선수 생활을 하는 내내 잠을 거의 자지 않고 오락을 즐기며 많은 시간을 보낸 것은 분명한 사실이니 말이다. 아무튼 그가 무슨 이유로 아팠는지는 정확히 알 수 없으나 경기 당일에 펼쳤던 활약만큼은 진짜였다. 당시 재즈와의 결승 5차전을 앞두고 불스 선수단과 코치진은 불안감에 시달렸다. 동료들에게 충격이 몰아친 때는 오전의 슛 연습 시간이었다. 조던이 너무 아파서 중요한 훈련에 나오지 못한다? 그간의 경험으로는 상상조차 할 수 없는 일이었다.

제이슨 캐피는 경기가 시작되기 전 탈의실에 앉아 두려운 표정으로 인터뷰에 응했다.

"왠지 겁이 나요. 이럴 땐 뭘 어떻게 해야 할지 모르겠어요."

그때 조던은 탈의실 바로 옆의 불 꺼진 트레이너실에 미동도 없이 누워 있었다. 그 모습은 아픈 몸으로 버스 뒷좌석에 누워 원정지로 향하던 고교 시절의 어느 날을 떠올리게 했다.

그 소식에 한 기자는 이렇게 반문했다.

"마이클이 아프다고요? 그럼 오늘은 40득점을 하겠군요."

조던은 코트 위에서 극적인 상황을 자주 연출하기로 유명했지만 그날의 모습은 결코 연기가 아니었다. 피펜은 경기 후 인터뷰에서 이렇게 이야기했다.

"여러 시즌을 같이했지만 마이클이 오늘처럼 아픈 건 처음 봤어요. 시합 전만해도 유니폼을 제대로 입을 수나 있는지 의심될 정도였죠. 하지만 역시 마이클은 역대 최고이자 제 마음속의 영원한 MVP다니었어요."

조던은 한동안 아드레날린의 힘으로 움직이는 듯했다. 시합이 시작된 후 그는 불스의 첫 4점을 기록했지만 2쿼터 초반 재즈가 34대18로 16점이나 앞섰을 때는 마치 쓰러질 듯 비틀거렸다. 그런데도 그는 집중력을 되살려 골 밑으로 달려들기 시작했다. 이후 재즈의 공격이 6득점에 그친 몇 분간 불스는 조던의 6득점을 포함, 총 19점을 몰아넣으며 42대39로 점수 차를 좁혔다.

불스는 칼 말론이 일찌감치 반칙 세 개를 범하고 벤치로 나간 사이 추격의 기회를 포착했다. 2쿼터에 여러 차례 골 밑을 공략한 조던은 자유투로 8점을 내며 불스가 45대44로 첫 리드를 잡는 데 공헌했다. 말론은 경기 속도가 다소 느려진 3쿼터에도 파울 트러블로 애를 먹었다. 하지만 재즈는 4쿼터를 5점 앞선 채 시작하여 곧 점수를 8점 차로 벌렸다.

그때 조던은 시합 내내 자신을 괴롭힌 고통과 무력감을 이겨내고 무아의 경지에 빠져들었다. 그는 4쿼터에 15점을 쓸어 담으며 재즈를 압박했다. 경기 종료 46초를 남기고 그가 자유투 라인에 섰을 때 불스는 1점을 뒤진 상태였다. 자유투 1구는 성공, 2구는 실패했지만 링에서 튀어나온 공은 그의 손에 가 있었다. 몇 초 뒤 조던이 피펜의 패스를 받아 3점을 성공시키면서 불스는 시리즈 전적 3승 2패로 유리한 고지를 차지하게 되었다. 조던은 승리가 확정되자 재즈 쪽 골대 앞에서 주먹 쥔 두 손을 높이 들어 올렸다.

필 잭슨은 시합의 감회를 이렇게 표현했다.

"이 승리가 얼마나 큰가 하면, 여태 플레이오프에서 경험한 것 중에 가장 값진 승리가 아닌가 싶습니다. 전반전을 뒤처진 채 끝내고 끈질기게 추격해서 게임을 뒤집었다는 점에서 특히 더 그렇습니다."

"뛰다가 정말 기절하는 줄 알았습니다." 조던이 경기 후 인터뷰에서 말했다. "코트 위에서 계속 탈수 증상에 시달렸지만 전 시합에 이기려고 최선을 다했어요. 정말 많은 노력을 했고, 이렇게 승리해서 기쁩니다. 만약 지기라도 했다면 이번 시리즈가 정말 힘들어졌을 테니까요. 하프타임이 돼서는 정말 지치고 몸이 약해진 상태였어요. 그래서 감독님한테 자주 교체를 해달라고 얘기해뒀죠. 그런데 이유는 모르겠지만 어딘가에서 계속 뛸 수 있는 힘이 느껴졌어요. 전 마음속으로 그런 걸 간절히 바라고 있었고요."

그는 슛을 27회 시도하여 열세 개 성공시키며 38득점 7리바운드 5어시스트 3스틸 1블록슛을 기록했다. 잭슨은 그날 조던의 상태가 어떠했는지 설명했다.

"마이클은 경기 전까지 온종일 침대를 벗어나지 못했죠. 자리에서 일어날 때마다 메스꺼움이랑 어지러움을 느꼈거든요. 우리는 제대로 출전이나 할 수 있을지 걱정했지만 마이클은 시합에 나가게 해달라고 간청했고 그 뒤로 44분이나 코트를 뛰어다녔습니다. 제게는 그런 노력 자체가 놀랍기 그지없었어요."

그날의 승리는 피펜의 훌륭한 수비와 팀플레이 덕분이기도 했다. 피펜은 17득점 10리바운드 5어시스트로 활약했다. 델타 센터에서 시합을 관전한 찰스 바클리는 인터뷰에서 이렇게 말했다.

"마이클은 정말 대단했어요. 이건 굳이 말하지 않아도 다 아는 사실이죠. 그런데 제 생각엔 이 시합에서 중요한 고비는 2쿼터였던 것 같아요. 유타는 그때 시카고를 쉽게 따돌릴 기회가 있었는데 그러지 못했거든요. 그 이유 중 하나는 시카고가 계속 점수를 내는 동안 스카티가 그 사이사이 중요한 플레이를 해준 데 있어요."

결국 무대는 다시 시카고로 옮겨졌고 조던은 그곳에서 다시 한 번 완벽한 할리우드식 해피엔딩을 맞았다. 불스는 시합 초반부터 강공을 퍼부으며 리드를 지킨 재즈를 상대로 후반 들어 강력한 압박 수비를 선보였다. 약 두 시간에 걸친 대결에서 39득점과 빈틈없는 수비로 팀에 공헌한 조던은 마지막 순간 스티브 커에게 멋진 어시스트를 날렸다. 그전까지 커는 4차전 막판에 실패한 3점슛 때문에 줄곧 자책하고 있었다. 만약 그 슛이 들어갔다면 4차전은 동점으로 끝나 연장전까지 이어질 수도 있었다. 조던은 결승 시리즈를 모두 마친 뒤 그 일을 언급했다.

"스티브는 지난 4차전 때문에 여태 속을 끓였어요. 그날 경기 후에는 팀원들을 실망시켰다며 몇 시간이나 베개에 얼굴을 묻고 있었죠. 스티브는 리그에서 가장 뛰어난 슈터 중 하나고 그때 우리 팀을 위기에서 건질 기회가 있었습니다. 한데 그러지 못해서 아주 낙심한 상태였어요." 조던은 설명을 계속했다. "감독님이 마지막 플레이를 주문했을 때 경기장 안의 모든 관객, 모든 TV 시청자가 이렇게 생각했을 거예요. 마지막 공격을 제가 할 거라고요. 전 그때 스티브에게 말했죠. '이번엔 네가 공격할 기회야. 분명히 스탁턴이 날 막으려고 도움 수비를 올 거거든. 그럼 너한테 패스할게.' 그 말을 듣고 스티브는 '나한테 맡겨줘.' 그렇게 말했어요."

조던은 그 모습이 존 팩슨을 연상시켰다고 덧붙여 말했다. 커는 작전대로 슛을 성공시켰고 그 순간 경기장은 광란에 휩싸였다. 그렇게 시카고 불스는 다섯 번째 우승을 차지했다.

경기가 끝나고 조던은 말했다.

"제가 볼 때 스티브 커는 오늘로써 확실히 실력을 인정받았습니다. 전 저 친구가 뭔가를 해줄 거라고 믿고 마지막 공을 넘겼어요. 그 뒤에 스티브는 기대한 대로 슛을 성공시켰죠. 전 스티브가 다시 명예를 회복해서 기뻐요. 그 슛을 놓쳤다면 저 친구는 아마 올여름 내내 아쉬움에 한숨도 못 잤을 거예요. 정말 다행입니다."

훗날 커는 그 상황을 회상하며 웃음 지었다.

"그날 시합 막판에 제가 마이클한테 패스를 받아서 슛을 넣었죠. 그날 기자회견에서 마이클이 한 말은 영원히 잊지 못할 거예요. 그때 마이클이 '스티브 커는 이제 실력을 인정받았다.'라고 했거든요. 저는 그 말을 듣고는 이렇게 생각했죠. '뭐? 내가 여태 인정받지 못한 거야? 지난해 우승할 때도 내가 몇 번인가 중요한 슛을 넣었고, 줄곧 우리 팀을 위해 많은 일을 해왔는데?' 설마 그때까지도 실력을 인정받지 못할 줄은 꿈에도 몰랐어요."

코트 위 조연의 삶이란 그런 것이었다.

그해 결승전에서 불스 선수들 대다수가 고전을 면치 못하는 와중에도 스카티 피펜은 항상 조던을 훌륭하게 보좌했다. 시리즈의 최우수선수는 단연코 조던이었지만 그 곁에는 늘 그가 함께했다. 시상대에 선 조던은 MVP 트로피만 받고 부상으로 딸려온 자동차는 피펜에게 주겠다고 공언했다.

"부상으로 받은 차는 꼭 스카티한테 주겠습니다. 제게 스카티는 마치 친동생 같아요. 언제나 고통을 이겨내고 매일 같이 열심히 훈련에 임하는 친구죠. 스카티가 저랑 같이 매일 체력 단련을 하고 건강을 유지한 덕분에 우리 팀과 시카고시는 아무 탈 없이 다시 우승을 차지할 수 있었어요."

그러면서 조던의 요구는 더욱 과감해졌다. 그는 그 자리에서 제리 라인스도프에게 다음 시즌에도 우승 타이틀을 지킬 수 있도록 팀을 그대로 유지해달라고 요청했다. 팬들의 눈에는 그러는 것이 당연하게 보였다. 하지만 구단 내부 사정을 아는 이들에게 그것은 더 큰 문제를 의미했다.

# 제35장

# 긴장 일로를 달리는 버스

마이클 조던은 불스의 다섯 번째 우승을 이끈 주역이었지만 팀의 불화를 낳은 장본인이기도 했다. 문제는 그가 구단 버스 안에서 제리 크라우스를 놀리고 웃음거리로 만들면서 시작되었다. 조던은 NBA로 복귀한 뒤로 단장을 향하여 이전에 볼수 없던 분노와 공격성을 드러냈다. 그는 크라우스가 피펜을 푸대접할 뿐 아니라코치들 가운데 자신과 가장 친했던 조니 바크를 해고하는 데 제일 큰 역할을 했다고 믿었다. 필 잭슨은 크라우스에게 가급적 팀 버스를 타지 말고 따로 다니기를 권했지만, 크라우스는 매번 어떤 식으로든 선수들과 함께하는 방향을 고수했다. 하지만 버스에 같이 타봤자 조던의 조롱거리가 될 뿐이었고 그의 농담은 유타 재즈와의 결승 시리즈가 진행되는 동안 점점 더 신랄해졌다. 그것은 분노 때문이었을까, 아니면 약자를 괴롭히길 즐기는 엇나간 성격 탓이었을까? 그 답이 무엇이든 그들의 갈등은 1997년에 팀 버스 안에서 일어난 대립으로 새로운 국면에 진입하게 되었다.

짐 스택이 당시 상황을 떠올렸다.

"두 사람의 관계가 그리 돼버린 게 안타까울 따름이죠. 그런 식으로 부딪힐 필요는 없었는데 말이에요."

아니나 다를까, 문제를 일으킨 원인 가운데는 술이 있었다. 원정에서 승리를 거둔 뒤, 조던과 불스 팀원들은 버스 안에서 맥주를 대여섯 병씩 마시며 담배를 피워댔다. 프로농구계에서는 흔히 있는 일이었다. 그 뒤 크라우스를 놀리고 집적거리기 시작할 무렵에 조던은 인사불성으로 취한 상태가 아니었다. 하지만 특유의 짓궂은 유머 감각을 쏟아내기에는 충분한 수준이었다.

조던은 매번 시합이 끝난 뒤 숙소로 돌아가는 버스 맨 뒷좌석에 앉아 빈정대는 말투로 동료 선수든 코치든 상대를 가리지 않고 놀려댔다. 그에게는 수시로 놀리는 대상이 있었다. 쿠코치는 1992년도 올림픽 대회 때의 일이나 수비 실력 때문에 자주 놀림을 받았다. 구단 비품 관리자인 존 리그마노프스키는 언제나 체중 때문에 놀림감이 되었다. 리그마노프스키는 간혹 조던에게 같은 방식으로 응수하려 했지만 그것도 쉽지는 않았다. 그가 말하기로, 조던은 선수들의 잘못을 지적할 때도 유머 감각을 살려 뼈 있는 농담을 던졌다고 한다.

"마이클은 동료들 가운데 자기 책임을 소홀히 하거나 열심히 뛰지 않는 선수가 있다고 느낄 때 농담처럼 뭔가 한마디를 툭 던졌죠. 그런 식으로 동료들을 조롱하면서 자기 기분이 어떤지를 알리곤 했어요."

조던은 기자들이 그러한 행동에 관하여 묻자 이렇게 답했다.

"전 매사를 지나치게 심각하게 받아들이는 성격이 아니에요. 어느 정도 진지한 태도로 대하기는 하지만요. 전 남들을 놀리기 전에 저 자신을 웃음거리로 만들고 비웃을 줄 알아요. 중요한 건 그거예요. 저 스스로를 비판의 대상으로 삼을 수 있으니까 그만큼 모질게 굴 수 있는 거죠."

그는 유타에서 결승전을 치르던 시기에 크라우스를 유독 심하게 괴롭혔다. 어쩌면 거기에는 과거 크라우스가 그의 곁에서 잘못된 애정 표현으로 끊임없이 신경을 긁어댄 데 대한 앙심이 작용했는지도 모른다.

어느 날 조던은 버스 뒷좌석에 앉아 크게 외쳐댔다.

"제리 크라우스! 제리 크라우스! 이봐요, 단장님. 같이 낚시나 갑시다. 낚싯대는 본인이 직접 가져오기야. 걱정은 접어둬요. 우리가 고기를 못 낚더라도 당신은 미끼를 먹으면 되니까."

버스 뒤편에 앉은 선수들에게서는 웃음이 터져 나왔지만 앞쪽에 앉은 구단 직원들은 입술을 꾹 물고 웃음을 참아야 했다. 크라우스는 한 구단의 부사장이자 전체 운영을 맡은 단장이었고 어디까지나 그들의 상사였다. 한 번도 조던의 놀림감이 된 적 없었던 필 잭슨은 그런 상황이 벌어질 때마다 왠지 모르게 즐거운 듯했다.

당시 익명으로 인터뷰에 응한 한 불스 직원은 그 상황을 이렇게 묘사했다.

"선수들은 버스 뒤쪽에서 맥주를 마시면서 제리를 씹어대곤 해요."

이런 말을 하는 직원도 있었다.

"필은 그 자리에 함께 있어도 아무 말을 안 해요. 자기가 지도하는 선수가 구단의 윗사람을 욕보이면 감독으로서 제지해야 하지 않겠어요? 그런데도 필은 제리를 위해 나서질 않죠. 버스 안의 분위기는 마치 어린 학생들이 단체로 한 아이를 따돌리고 괴롭히는 것 같아요."

칩 셰퍼는 그런 잭슨을 두둔했다.

"사실 돌이켜 생각해보면 필이라고 해도 딱히 할 수 있는 건 없었던 것 같아요. 뒤돌아서 '마이클, 이제 그만해둬.' 하고 심각하게 꾸짖을 만한 분위기도 아니었거든요."

불스가 승승장구하며 우승을 향해 나아가는 동안 크라우스는 말없이 조던의 비난을 견뎠다. 조롱의 수위가 유난히 높은 날이면 그는 가까이 앉은 아무 직원에게 이런 말을 했다.

"노스캐롤라이나산 주둥이가 또 살아 움직이는군."

텍스 윈터는 침묵으로 일관한 크라우스의 행동을 다음과 같이 분석했다.

"어쩌면 그건 제리 나름의 방어 기제인지도 모르죠. 그런데 어떻게 보면 마이클이 하는 말에 제리가 크게 신경 쓰지 않는 것 같아요. 그런 면에서는 상당히 둔한 게 아닌가 싶기도 해요."

조던은 버스 뒤편에서 이런 말을 외치기도 했다.

"브래드 셀러스, 그딴 게 잘 뽑은 선수라고?"

칩 셰퍼는 불스가 유타주의 파크시티 인근 숙소로 돌아가던 날을 회상했다.

"그때 버스가 시속 40킬로미터 정도밖에 안 됐어요. 파크시티로 가려면 산 정상을 넘어야 했거든요. 그래서 마이클이 뒤에서 떠드는 시간도 길어질 수밖에 없었죠."

"이봐, 크라우스 단장. 어제 당신이 안 탔을 땐 이 버스가 훨씬 빨리 달렸어!"

조던이 이렇게 소리치자 선수들의 웃음소리가 뒤따랐다.

"제리는 마이클을 공격하는 경우가 거의 없어요. 기껏해야 대머리라고 부르거나 그 비슷한 말을 하는 게 다죠." 익명의 불스 직원이 인터뷰에서 한 말이다. "선수들이 맥주를 마시고 담배를 피우면서 승리에 들떠 있을 때 제리가 뭐라고 쏘아붙인다면 그건 정말 불에 기름을 붓는 격일 거예요. 그랬다면 단장한테는 더 심한 말이 돌아올 겁니다. 버스 안에서는 언제나 그런 식이에요."

"선수들은 보통 시합이 끝나면 맥주를 한두 병씩 마셔요." 셰퍼가 말을 이었다. "그런 자리에서 술을 과하게 마시는 사람은 거의 없죠. 게토레이나 게이터로드를 마시는 선수들도 있지만 그래도 맥주는 늘 빠지지 않아요. 상황이 어찌 됐건 사람을 놀리고 괴롭히는 건 참 잔인한 짓입니다. 그 대상이 여섯 살, 열 살짜리 애들이든 열다섯짜리 청소년이든, 또 그게 어른이든 잔인하기는 똑같아요. 제가 마이클이 하는 짓궂은 농담을 듣고 웃은 적은 없냐고요? 아마 없다고는 못하겠죠. 하지만 저는 마이클이 제리를 놀릴 때마다 늘 속으로 제발 좀 그만하고 저 사람을 내버려 두라고 빌었어요."

스티브 커도 그런 감정을 느끼기는 마찬가지였다.

"그럴 때마다 가시방석에 앉아 있는 것 같았죠. 한 번은 저드 부쉴러가 저한테 이렇게 말한 적이 있어요. 레이커스의 제임스 워디가 제리 웨스트 단장한테 저러는 걸 상상이나 할 수 있냐고요."

조던은 수년간 팀 내의 모든 이를 시험했지만 크라우스만큼은 시험 대상이 아니었다. 커는 한 가지 일화를 소개했다.

"언젠가 원정 시합을 갔을 때 이런 일이 있었죠. 마이클은 버스 뒤쪽에서 막 떠들기 시작했고 저기 앞에는 제리가 앉아 있었어요. 그때 론 하퍼가 단장을 놀리는 데 합세했죠. 그러니까 마이클이 곧바로 론한테 한 소리 하는 거 아니겠어요? '안 돼, 이러면 안 되지. 넌 자격이 없어. 이건 나만의 특권이라구.' 이러면서 말이에요."

스포츠계에서는 선수들이 합심하여 단체행동을 하는 경우가 많지만, 커가 보기에 조던은 윗선에 대한 집단 반항을 결코 반기지 않는 것 같았다.

"마이클은 아무 이유 없이 단장을 괴롭히려 했어요. 그동안 마이클이 우리 팀의 모든 사람을 시험했지만 그건 절대 시험 같은 게 아니었죠. 그야말로 순수한 괴롭힘이었어요. 그게 어디서부터 시작됐는지는 모르겠어요. 우리로선 참 당혹스러웠죠. 마이클이 왜 그렇게 제리를 못 잡아먹어서 안달이었는지 알 수 없지만, 아무튼 마이클은 버스에 탈 때마다 그런 짓을 계속했어요."

커는 그때가 크라우스에게 가장 굴욕적인 시간이었다고 이야기했다. 또 그는 누군가가 타인을 그렇게 심하게 놀리고 괴롭히는 광경, 하물며 직장 상사에게 그러는 것은 난생처음 보았다고 덧붙여 말했다.

당시에 룩 롱리도 조던의 농담이 웃기지만 한편으로는 불편하다고 털어놓았다. 특히 자신을 놀림감으로 삼을 때는 더욱 그러하다고 속내를 밝혔다.

"마이클이 하는 농담은 가끔 좀 지나치다 싶을 때가 있어요. 하지만 대체로 상당히 웃기죠. 마이클은 분명히 우리 팀의 모든 사람을 놀리고 비판할 수 있는 위치에 있어요. 누가 거기에 대고 말대꾸를 하더라도 상황을 상당히 잘 컨트롤하는 편이고 그런 행동에 딱히 악의가 담긴 것도 아니고요."

한편 빌 웨닝턴의 생각은 이러했다.

"마이클과 제리 사이에는 늘 알 수 없는 긴장감이 흐르는 것 같아요. 이유가 뭔지는 모르겠지만 마이클은 매번 제리를 괴롭힙니다. 그 사람이 근처에 보이면 항상 짓궂은 농담을 하곤 하는데 주변에 다른 선수들이 모여 있을 때는 그게 특히 더 심하죠. 그럴 때면 단장을 그냥 두질 않아요. 게다가 버스는 밀폐 공간이라 그 안에서 어디 갈 데도 없죠. 그냥 한자리에 앉아 있는 수밖에요."

칩 셰퍼는 조던의 독한 농담에 대처하는 법을 설명했다.

"마이클한테는 아주 교활한 구석이 있어요. 그 녀석 앞에서 가장 해서는 안 되는 게 뭐냐면, 말대꾸하는 겁니다. 대들지 않고 가만히 있으면 그 녀석의 독설도 흐지부지 끝이 나요. 하지만 마이클이 자기를 놀린다고 지기 싫어서 '이 대머리 자식이 누구한테 하는 소리야?' 이런 식으로 대들면 결국 마이클이 원하는 대로 말려드는 거예요. 그럴 때는 그냥 웃어넘기고 마이클의 시선이 다른 사람한테 향하길 바라는 편이 낫죠."

"마이클이 남들한테 그런 말을 할 수 있는 건 다 농구장에서 보여준 능력 덕분이에요." 웨닝턴이 다시 말했다. "우리 팀에서 마이클은 가장 뛰어난 선수이자 리더죠. 리더는 자기 조직에 속한 사람들을 비판할 권한이 있어요. 일종의 계급 사회 같은 거랄까요. 이 시스템 내에서 마이클은 높은 위치에 있고 그 아래 있는 사람들은 모두 그걸 감수해야 해요. 우리가 할 수 있는 건, 적어도 제 입장에선 그냥 참고 넘어가는 거예요. 마이클한테 대든다고 해봤자 제 편을 들어주는 사람은 아무도 없을 겁니다. 전부 마이클 쪽에 서고 말죠. 안 그러면 자신이 바로 다음 타깃이 될 테니까요. 결국은 12대1로 싸우게 되는 거예요. 그러니 마이클이 뭐라고 하든 차라리 아무 소리 않고 2분 정도 참고 넘기는 게 나아요."

또 웨닝턴은 이런 말을 덧붙였다.

"마이클이 놀리는 대상은 딱히 정해져 있지 않아요. 그냥 분위기를 보고 적당한 사람을 골라서 집적거리는 거죠. 그럴 때 본인이 걸리지 않더라도 조심할 필요는 있어요. 옆에서 괜히 크게 웃다가 마이클이 '다음은 네 차례야!' 하면서 마구 씹어댈 수도 있거든요."

당연한 소리겠지만 승리를 거둔 뒤에는 조던의 가시 돋친 농담을 받아들이기가 훨씬 수월했다. 스티브 커는 당시 인터뷰에서 이렇게 말했다.

"마이클은 시종일관 팀원들에게 짓궂은 농담을 던져요. 그때마다 웃음이 터져 나오는데 나중에 몇 번이고 떠올리며 킥킥거릴 정도죠. 마이클이 정말 웃긴 얘길 많이 하거든요. 그런 유머가 특별한 건 그 버스 안에 우리만 있기 때문일 거예요. 우리 팀끼리만 나눌 수 있는 농담이라서요. 힘든 시합을 끝내고 난 뒤여서 그런 순간에는 다들 더 친밀해진 느낌이 들어요. 동료들이 뒤편에서 떠들기 시작하면 버스

안은 금세 즐거운 분위기가 되죠."

론 하퍼도 인터뷰에서 비슷한 말을 했다.

"마이클은 코미디언처럼 동료들을 자지러지게 만들죠. 그 덕에 다들 긴장을 좀 풀게 돼요. 코트에서 격전이 벌어질 때도 마이클은 동료들 마음을 아주 느긋하게 만들어줘요. 그 친구한텐 누구도 예상치 못한 농담을 하는 재주가 있거든요. 버스에 타서도 그 재주로 사람들을 웃기고 종종 제리 크라우스 단장을 놀려대고 그럽니다."

크라우스가 가만히 있느냐고 묻는 기자의 질문에 하퍼는 웃으며 대답했다.

"그런 상황에서 단장이라고 별다른 수가 있겠어요?"

텍스 윈터는 크라우스의 반응을 이렇게 분석했다.

"어쩌면 제리는 마이클을 그냥 있는 그대로 인정한 걸지도 몰라요. 제리는 마이클이 누구한테나 도전하길 좋아하고 남들을 질책하거나 쉬이 업신여기는 성격이란 걸 잘 알거든요. 그래서 내 생각엔 아마도 그런 점을 보이는 그대로 받아들인 것 같아요. 사실 제리한텐 선택지가 그리 많지 않아요. 마이클은 아주 훌륭한 선수이고 제리는 누구보다 그걸 잘 알고 있죠. 이 팀에 있어서 마이클의 가치가 얼마나 되는지는 세상 모두가 아는 바고요."

하지만 윈터는 그러한 주변 상황 때문에 크라우스가 불스 선수단을 통솔하는데 어려움이 크다고 말했다. 조던이 크라우스와의 관계에서 선을 넘은 것은 아니냐는 질문에 윈터는 '하도 자주 넘나들어서 그런 걸 구분하는 선이 있는지도 모르겠다.'라며 이 문제가 그들의 성격과 자존심이 뒤섞여 생겨난 결과라고도 말했다.

아마 크라우스는 절대 믿지 않겠지만, 두 사람의 관계를 유심히 지켜본 한 불스 직원의 설명에 의하면, 언젠가 잭슨이 단장에 대한 감정을 누그러뜨리라며 조던을 타이른 적이 있다고 한다. 또 다른 목격자가 말하기로, 그때 조던은 크라우스에게 그렇게 심하게 굴면 안 된다는 것을 알면서도 '가끔은 나 스스로를 제어하지 못하겠다.'라고 대답했다고 한다.

"두 사람은 그 문제를 두고 자주 논의를 했던 것 같아요." 윈터가 말을 이었다. "필은 마이클에게 제리의 위신을 세우는 데 좀 더 신경 써달라고 주문했죠. 그런 면에서는 필이 약간 도움이 되었다고 봐요. 하지만 솔직히 말하면, 필 그 친구가 중재자로서 자기 역할을 거의 하지 않았다는 생각도 많이 들어요."

그래서 윈터는 잭슨에게 조던과 크라우스의 악감정을 해소하기 위해 더 힘쓰라고 조언하기도 했다.

잭슨은 조던이 야구를 끝내고 농구계로 돌아왔던 시기를 이야기했다.

"당시에 마이클은 이전보다 더 많은 것을 표출하기로 마음먹었던 것 같습니다. 감정을 더 솔직하게 드러냈고 예전보다 더 거침없이 자기 생각을 밝혔죠. 옛날 같으면 속에만 담아뒀을 것들을 밖으로 꺼내려고 했어요. 하지만 아무래도 해소되지 않는 게 하나 있었어요. 제리도 그걸 알고 '난 마이클이 발 부상에서 복귀하려 했을 때 절대 안 된다고 말렸던 사람이야. 마이클은 남은 평생 그 일로 날 책망하겠지.' 뭐 이런 말을 했죠."

플레이오프가 끝나고 기자들이 크라우스와의 대립에 관하여 묻자 조던은 이렇게 대답했다.

"전 이제 10년 전보다 제 생각을 더 강하게 표현할 수 있는 사람이 됐어요."

불스의 한 직원이 설명하기로, 조던은 그해 NBA 우승을 차지한 뒤 크라우스와 기쁨의 포옹을 나눴다고 한다.

"그날 마이클이 제리를 붙들고 꽉 껴안았어요. 그렇게 안는 게 자연스러운 순간이었고 남들한테 보여주기로 그런 것도 아니었어요. 그건 진심이 담긴 포옹이었습니다. 그런 다음에 마이클이 제리의 아내를 안아줬고요. 그때 텔마는 연신 미소를 지었어요. 그 모습은 마치 한 가족처럼 보일 정도였죠."

그 후 여름 내내 이어진 구단 측과 조던의 대립 그리고 계약 협상 과정에서 두 사람이 기쁜 마음으로 포옹하는 광경은 보이지 않았다. 시간이 갈수록 그들이 서로를 보듬을 일이 없다는 확신만 들 뿐이었다.

## 마지막 기회

늘 그래왔듯이 마이클 조던에게 농구장은 모든 것이 뚜렷하고 분명한 공간이었다. 언제나 깔끔하게 정리된 사각 코트에서 그는 관중의 환호성을 받으며 본인의 임무에 집중했다. 특히 불스에서 보낸 마지막 시즌에는 그 모습이 어느 때보다 찬란하게 빛났다. 당시 그가 코트 위에서 내린 판단이 항상 완벽하지는 않았지만 대체로 완벽에 가까웠다. 그 플레이는 수년간 그를 곁에서 지켜본 이들마저 혀를 내두를 만큼 높은 수준에 도달해 있었다.

그해 함께 경기 중계를 하던 아이제이아 토머스와 더그 콜린스, 밥 코스타스는 더 이상 조던의 플레이를 두고 왈가왈부하지 않기로 했다. 그가 코트 위에서 보이는 동작 하나하나가 형언할 수 없을 만큼 정확하고 훌륭했기 때문이다. 농구 인생 막바지를 향해 달리던 조던만큼 뛰어난 플레이를 선보인 선수는 역사상 전무하다 해도 과언이 아니었다.

불스는 텍스 원터의 트라이앵글 오펜스를 활용한 지 7년째에 접어들었다. 트라이앵글 오펜스는 코트에 질서를 부여했지만 정작 이 전술에 생명을 불어넣은 것은 조던이었다. 그는 한 걸음 내딛는 것만으로 상대 수비진 전체를 움직일 수 있었다. 과연 트라이앵글 전술이 조던 한 사람의 공격보다 나은가? 이 질문에 그렇다고 말할 수 있는 사람은 아무도 없었고, 텍스 원터조차도 확답하지 못했다. 조던은 항상 특유의 운동 신경을 발휘하여 코트 위의 움직임을 읽었다. 트라이앵글 오펜스는 불스 선수들의 공격을 정돈하며 그러한 감각을 한층 예리하게 다듬어주었다. 또 조던은 이 전술의 한계를 파악하고 문제가 발생할 때마다 적절한 대책과 더 나은 공격법을 찾아냈다.

트라이앵글 오펜스에 얽매일 필요가 없었던 조던은 이따금 독단적으로 공격을 감행하기도 했다. 하지만 그는 이 전술이 있어 수천 번의 공격 기회를 완벽하게 마무리할 수 있었다. 그는 포스트업 기술로 쉬지 않고 공격을 퍼부었지만 상대 팀은 수시로 빈틈을 파고드는 트라이앵글 시스템 때문에 섣불리 도움 수비를 시도하지 못했다. 그럴 때마다 그는 베이스라인으로 몸을 돌려 수비수들을 떼어내고 유유히 슛을 날렸다. 애초에 조던은 언제 어디서든 아무도 갈 수 없을 법한, 혹은 누구도 생각조차 하지 못한 위치로 공을 몰고 가 원하는 대로 득점할 줄 알았다. 즉 윈터의 전술은 이미 훌륭한 득점원이자 슈터였던 그에게 더 좋은 조건에서 많은 슛을 던질 기회를 안겨준 것이다.

당시에 더그 콜린스는 이런 말을 했다.

"제가 예전에 3년간 마이클을 지도한 적 있지만 요즘 저 친구의 플레이를 보면 정말 놀랍다는 말밖에 안 나와요."

심지어 조던의 적수들조차 그가 경기 중에 어떤 플레이를 펼칠지 궁금해하는 것 같았다. 만 35세의 마이클 조던은 완벽한 몸 상태를 유지했고, 시즌이 진행되면서 팬들은 그가 오히려 더 젊어진 것 같다며 의아해했다. 그는 체중을 감량한 덕택인지 확실히 젊어 보였다. 세월과의 싸움은 리그를 내로라하는 선수들도 대부분 이겨내지 못했지만, 그는 마치 나이와 무관한 차원에 도달한 것 같았다.

이에 아이제이아 토머스는 놀라움을 표했다.

"저 친구 몸속에는 절대 멈추거나 고장 나지 않는 엔진이 있나 봅니다."

코트 위에서 조던이 펼친 아름다운 활약은 당시 단장과 빚은 갈등을 더욱 부각시켰다. 크라우스는 전 시즌에 유타에서 조던에게 당한 굴욕을 좀처럼 잊지 못하는 듯했다. 그는 그 일을 전혀 신경 쓰지 않는다고 공언했지만 행동은 정반대였다. 조던이 버스 안에서 크라우스를 향해 날린 조소와 독설은 결과적으로 불스 선수단과 코치진 그리고 경영진의 관계를 악화시킨 원인이 되었다. 그 뒤 불스가 다섯 번째 우승을 차지하고 시상대에 오른 조던은 또 한 번의 우승을 위해 이 팀을 한 해 더 그대로 유지해달라고 라인스도프에게 주문했다. 그 순간 구단주는 불쾌감을 느꼈다. 조던은 그에게 호의를 베풀 기회조차 주지 않고 수많은 팬이 지켜보는 그 상황을 이용하여 선택을 강요했다.

하지만 조던에게는 본인의 바람을 이루기에 그만한 기회가 없었다. 그는 그 문제가 구단 이사회실에서 결정될 때까지 손 놓고 기다릴 생각이 없었다. 그날 공개 석상에서 조던이 보인 태도는 팀원들에게 1997~98시즌을 헤쳐 나가기 위한 일종의 본보기가 되었다. 이 시즌에 조던과 잭슨은 구단의 결정사항에 관한 자신들의 입장을 일일이 기자들에게 밝혔고, 라인스도프는 홀로 화를 삭이는 수밖에 없었다.

조던의 새로운 계약 과정은 그리 복잡하지 않았다. 그는 전년도처럼 3,000만 달러 이상을 받는 조건으로 불스와 한 해 더 함께하기로 했다. 반면에 잭슨은 자신의 가치를 두고 크라우스와 격론을 벌여야 했다. 크라우스는 코치진의 임금을 절대로 올려줄 수 없다는 입장이었다. 그러다가 1997년 7월에 이르러 잭슨이 1년간 600만 달러에 계약했다는 발표가 났다. 그러나 크라우스는 다음 시즌이 불스 감독으로서 잭슨과 함께하는 마지막 시즌이며, 그 결정은 불스가 82승 전승을 거둔다 해도 바뀌지 않는다고 못 박았다.

"제리는 구단의 공식 보도 자료를 오용하고 있어요. 자기감정을 분출하는 창구로 말이죠."

그 뒤에 잭슨이 한 말이다.

이에 크라우스의 해명이 있었다.

"일이 그리되어서 잘 됐다는 식으로 말할 생각은 절대 없었습니다. 저라고 늘 완벽한 건 아니에요."

크라우스는 잭슨이 1년 뒤 팀을 떠나는 이유를 정확히 밝히지 않았다. 그러나 두 사람의 관계가 이미 틀어질 대로 틀어졌음은 누구라도 알 수 있었다. 크라우스는 이렇게 잘라 말했다.

"우리 관계는 딱 거기까지예요. 그건 필이나 저나 다 아는 얘기고 우리 모두가 아는 얘기죠."

그는 그렇게 팬들의 사랑을 듬뿍 받던 감독에게서 등을 돌렸다. 그 뒤 트레이닝 캠프가 열리고 조던이 잭슨 없이는 선수 생활을 계속할 수 없다고 선언하면서 상황은 더욱 악화되었다.

제리 크라우스는 별안간 지구상에서 가장 인기 있는 두 인물과 맞서 싸우게 되었다.

현실감이 느껴지지 않았던 조던의 은퇴 발언은 1997~98시즌 내내 화두로 떠올랐다. 대중은 날이 갈수록 깊은 우려와 초조함을 드러내며 라인스도프에게 강렬한 분노를 쏟아냈다. 크라우스와 라인스도프는 팬들과 언론으로부터 다시금 '두 명의 제리'로 불리며 불스를 무너뜨리려는 악당처럼 묘사되었다. 그중에서 특히 크라우스는 타고난 권력자로 통했다.

구단 전체를 후끈 달아오르게 한 사건은 팀원들과 기자들이 다가올 시즌에 대한 예상과 질문을 주고받는 미디어 데이에 일어났다. 크라우스는 매번 그랬듯이 선수단과 함께 언론사 인터뷰에 응했다. 그런데 그날 어떤 질문에 답하면서 '우승은 선수들이 하는 것이 아니라 조직이 하는 것'이라는 말이 나왔다. 나중에 그는 자신이 한 말이 '우승은 선수들만의 힘으로 하는 것이 아니다.'였다고 주장했다.

어쩌면 그의 말이 사실일지도 모르지만, 적대감이 커질 대로 커진 상황에서는 그처럼 미묘한 어감의 차이가 묻히기 십상이다. 크라우스는 조던과 10년 이상 동업을 해놓고도 그가 별 것 아닌 일로 쉽게 폭발한다는 사실을 잊어버린 듯했다. 그날 뱉은 한마디로 크라우스는 1998년의 라브래드포드 스미스가 되고 말았다.

이후 기자들에게 크라우스의 발언을 전해 들은 필 잭슨은 '그 사람이라면 그런 소릴 할 만하죠.'라며 퉁명스레 말했다.

그렇게 크라우스가 팀 분위기를 헤집었지만 정말 큰 문제는 피펜이었다. 제리 라인스도프가 피펜의 능력에 합당한 급여를 지급하길 계속 거부하면서 불스의 갈등은 점점 알 수 없는 방향으로 흘러갔다. 짐 스택이 2012년에 당시를 떠올리며 말했다.

"안타까운 일이었죠. 제 생각에는 스카티의 계약이 제일 큰 문제였던 것 같아요. 구단에서는 스카티의 실력에 맞는 금액을 주려 하지 않았는데, 사실 구단 재정이 썩 여유롭진 않았거든요. 당시에 스카티는 슈퍼스타의 지위에 걸맞은 계약을 하지 못한 상태였습니다. 98년도 여름이면 기존의 계약이 끝나게 돼 있었어요. 스카티는 다년 계약을 원했지만 구단 입장에서는 그럴 만한 상황이 아니었고요."

그 무렵 리그 내에서 피펜과 동급인 선수들은 연봉으로 대략 1,500만 달러를 받고 있었다. 그러나 시카고 불스의 대성공으로 단시간에 수억 달러를 벌어들인 라인스도프와 그의 동업자들은 그 돈을 쓸 생각이 없었다. 그들은 피펜에게 해마다 3백만 달러가 채 못 되는 돈을 지급해왔고, 그 액수는 그의 시장 가치에 한참 모자라는 수준이었다. 피펜은 조던의 성공에 핵심적인 역할을 했지만 라인스도프는 그를 트레이드하여 더 값싸게 좋은 인재들을 영입하길 원했다. 그런 방식이 라인스도프를 계약에서 승리로 이끌었을지는 모르나 역사상 최고로 손꼽히는 농구팀에 적절한 처우는 아니었다. 당시 불스가 피펜과 3년간 재계약할 경우 드는 예상 비용은 4,500만 달러에 달했다. 라인스도프는 이미 조던에게 3,000만 달러가 넘는 연봉을 지급하던 중이었고 선수단의 연봉 총액이 NBA 역대 최대치를 기록했기에 더는 지출을 늘리지 않기로 했다. 크라우스와 라인스도프의 대화는 조던 시대를 어떻게 벗어나느냐에 초점이 맞춰졌다. 그들은 그 시기를 넘기는 데 급급했던 나머지 정작 자신들이 가진 것의 진정한 가치를 알아보지 못했다.

이미 토라질 대로 토라진 피펜은 그들의 속내를 훤히 들여다보고 있었다. 발목 부상을 안고 있었던 그는 1996~97시즌이 끝나고 곧장 수술을 받을 예정이었다. 하지만 그는 구단이 자신을 팔아치우려 한다는 사실에 화가 나 수술 날짜를 늦여름으로 미뤘다. 그 말인즉슨 다음 시즌 초반 몇 주간 시합에 출전하지 못한다는 뜻이었다. 불스의 미묘한 분위기 변화를 잘 파악했던 샘 스미스는 조던이 그 일로 피펜에게 크게 실망했음을 알아챘다. 하지만 그 사실은 크라우스와 라인스도프를 향한 강렬한 분노에 가려지고 말았다.

필 잭슨은 크라우스의 연이은 말실수가 라인스도프에게 돌아갈 비난을 완벽히 막아주리라 예상했다. 실제로 대중은 진짜 문제가 피펜에게 제값을 치르지 않으려

는 구단주 때문인지 모르고 조던과 크라우스, 또 잭슨과 크라우스 사이에서만 마찰
이 발생했다고 여겼다. 미디어 데이에 언론 인터뷰를 거부했던 조던은 다음 날 트
레이닝 캠프 첫 훈련을 마친 뒤 전날 크라우스가 한 발언에 관하여 언급했다.

"전 지금까지 늘 제가 한 말 그대로 행동해왔죠. 이번에도 그렇습니다. 만약 감
독님이 이 팀에 남지 못한다면 저도 여기에 없을 겁니다."

한 기자가 다음 시즌에 잭슨이 다른 팀으로 가면 어쩔 생각이냐고 물었다. 조
던은 감독을 따라갈 생각이었을까?

그는 대답했다.

"아뇨, 그럴 일은 없어요. 전 농구를 그만둘 겁니다. 그만둔다고 하기보단 은퇴
라는 말이 맞겠네요."

또 크라우스의 발언이 불스의 경기력에 영향을 미칠 것 같으냐는 질문에는 이
런 대답이 나왔다.

"제리가 직접 시합을 뛴다면 그렇겠죠. 하지만 그 사람은 선수가 아니잖아요."

피펜의 수술이 연기되면서 조던은 많은 부담을 떠안게 되었다. 지난 2년간 조
던이 코트 위에서 펼친 활약은 팀 구성을 그대로 유지하는 데 큰 힘이 되었다. 그
는 우승을 계속하는 한 구단주가 크라우스의 손을 빌려 이 팀을 해체하는 일은 없
으리라 믿었다. 하지만 피펜이 빠진 상황에서 이제는 조던 혼자 모든 짐을 짊어져
야 했다. 그것은 리틀 리그 시절에 느꼈던 중압감과도 비슷했다. 그는 시합에서 좋
은 성적을 거둘수록 부모님의 기쁨이 더 커진다고 믿었다. 어쩌면 그 경험은 마이
클 조던의 인생을 지탱하는 중요한 축이 되었는지도 모른다.

## 명경지수(明鏡止水)

그해 11월 중반까지 불스는 고전을 거듭하며 6승 5패라는 평범한 성적을 거뒀다.
일곱 번째 승리가 찾아온 때는 두 차례나 연장전을 치르며 조던이 49득점을 올렸

던 LA 클리퍼스전이었다. 피펜은 수술 후 아직 경기에 출전할 수 없는 상태였지만 줄곧 팀원들과 원정길을 함께했다. 나흘 뒤 시애틀 공항에 도착하여 버스를 탔을 때 그는 잔뜩 술에 취해 크라우스를 맹비난했다. 이후 사람들은 크라우스가 그 사건을 빌미로 2월의 트레이드 마감 기한 전에 피펜을 다른 팀에 보내리라 예상했다.

필 잭슨과 조지 멈포드는 지난 몇 년간 마음 수련을 통해 조던에게 현재에 집중하라는 메시지를 보냈다. 그런 가르침이 효과를 보였는지 조던은 농구 인생의 마지막 시즌 동안 다른 문제에 신경 쓰지 않고 최대한 시합을 즐기기로 마음먹었다. 그의 분투 덕분에 성탄절을 한 주 앞둔 불스의 성적은 14승 9패로 시즌 초반보다 한층 나아져 있었다. 그 주에 레이커스가 시카고를 방문하면서 조던은 '제2의 마이클 조던'으로 불리던 고졸 신예 코비 브라이언트를 자세히 살펴볼 수 있었다. 지난 수년간 언론은 차세대 슈퍼스타들의 등장을 예고하며 그들에게 '조던의 계승자 (Heir Jordan)*'라는 타이틀을 붙여왔다. 1990년대 초에 서던 캘리포니아 대학 출신인 해롤드 마이너는 '베이비 조던'이라는 별명과 함께 조던 같은 슈퍼스타가 되리라는 기대를 한 몸에 받았지만 안타깝게도 결과는 전혀 달랐다. 조던의 동료가 된 론 하퍼도 과거에는 제2의 조던 가운데 하나였지만 심각한 무릎 부상이 그 기대감을 앗아갔다. 그는 부상에서 돌아온 뒤 더 이상 예전 같은 고공 농구를 펼치지 못했다. 1994년 디트로이트 피스톤스에 입단한 그랜트 힐에게도 항상 제2의 조던이라는 수식어가 따라다녔지만 사실 그는 조던보다 피펜에 더 가까운 선수였다. 1996년에는 제리 스택하우스가 힐에 이어 조던의 후계자 경쟁에 끼어들었고, 1997년 12월 마침내 코비 브라이언트의 차례가 왔다.

당시에 조던은 자신의 뒤를 이을 후배들에게 적절한 가르침을 주려고 많은 노력을 했던 것 같다. 그런데 브라이언트는 농구 황제도 놀랄 만큼 그와 많은 부분이 닮아 있었다. 레이 앨런과 마찬가지로 브라이언트도 어린 시절부터 조던의 시합을 보고 줄곧 그 플레이를 연구하며 농구를 해왔다. 한데 그것이 너무 과했는지 사람

---

* Heir Jordan은 조던의 별명인 에어 조던과 발음이 같다는 데서 착안한 일종의 말장난이다.

들은 조던을 흉내 내는 그를 차츰 비난하기 시작했다. 하지만 시카고에서 펼쳐진 시합에서 브라이언트는 조던의 공격 기술을 멋지게 재현하며 본인의 실력을 증명했다.

조던도 인터뷰에서 그 점을 인정했다.

"코비에겐 많은 재능이 있어요."

레이커스의 포인트가드인 닉 밴 엑셀은 자신이 지난해 가을 막 입단한 브라이언트에게 조던 하이라이트 비디오테이프를 빌려준 덕분이라고 농담을 하곤 했다. 그날 시합은 브라이언트가 그 비디오테이프를 얼마나 많이 돌려보고 조던을 열심히 연구했는지 잘 보여주었다. 그는 조던의 모든 기술을 확실히 익힌 상태였고, 수비수들을 매번 곤경에 빠뜨리는 조던 특유의 포스트업과 속임 동작까지도 숙지하고 있었다.

브라이언트가 조던을 상대로 어떤 모습을 보일 것인가? 이 질문은 크라우스와 피펜, 조던, 잭슨을 둘러싼 불스 구단 내부의 갈등을 잠시나마 잊게 했다. 그날 조던의 활약으로 불스가 1쿼터부터 크게 앞서면서 후반전에는 그와 브라이언트가 느긋하게 대결을 벌일 여유가 생겼다.

론 하퍼는 두 사람의 만남을 이렇게 말했다.

"마이클은 이런 대결을 아주 좋아해요. 코비 브라이언트는 언젠가 마이클의 왕좌를 차지할 가능성이 있는 젊디젊은 선수죠. 하지만 아직 마이클한테는 그 자리를 내줄 생각이 없는 것 같아요. 오늘 경기에서도 자기가 에어 조던이란 걸 저렇게 여실히 보여줬잖아요."

이 시합에서 조던은 36점, 브라이언트는 당시 본인의 통산 최다 득점인 33점을 넣었다. 두 선수는 공격을 시도할 때마다 마치 춤을 추듯 화려한 동작을 선보였고, 돌파에 이은 멋진 덩크와 깔끔한 외곽슛으로 팬들의 눈을 사로잡았다. 조던은 경기가 끝나고 기자들에게 말했다.

"저도 어렸을 때는 코비처럼 활기가 넘쳤죠. 경험과 지혜를 이용해 젊은 선수들의 힘과 기술에 맞서 싸우는 건 재미있는 일이에요. 특히 코비 브라이언트 같은 선수를 막을 경우에는 제가 농구를 한 지 꽤 됐구나, 하는 생각도 듭니다. 그래도 아직 저런 친구들한테 질 생각은 없어요."

조던은 경기 중에 브라이언트와의 일대일 대결을 벌이고 싶은 충동이 들었지만 그 감정을 최대한 억눌렀다고 설명했다.

"여기저기서 하도 부채질을 해대서 참기가 힘들었습니다. 하지만 그런 데 휘말리지 않고 경기를 저와 코비의 일대일 대결 구도로 끌고 가지 않는 것도 저로선 필요한 일이었어요. 몇 번인가 그러고 싶은 마음이 들었지만 꾹 억눌러야 했죠. 특히 제 눈앞에서 득점했을 땐 더더욱 그랬어요. 그럴 땐 당장 코트 반대편으로 달려가서 되갚아주고 싶은 충동이 들더군요."

두 사람이 시합을 풀어가는 방식은 많이 달라 보였다. 하지만 브라이언트는 공중의 제왕을 줄곧 숭배하며 성장한 세대 가운데 그를 가장 훌륭하게 모방한 선수 같았다.

"저랑 기술적으로 유사한 선수를 막을 때는 그냥 그 상황에 적응하면서 뛰는 수밖에 없어요." 조던이 말을 이었다. "어떻게든 약점을 찾고 그걸 이용하려고 애써야죠."

그는 4쿼터 들어 공격과 수비를 주고받는 도중에 브라이언트에게 한 가지 질문을 받았다고 한다.

"코비가 제 포스트업 동작에 관해서 물었어요. 포스트업을 할 때 다리를 넓게 벌려야 하는지, 아니면 좁혀야 하는지 말이죠. 그 말이 저한텐 왠지 충격적이었어요. 그런 질문을 받으니까 왠지 제가 한참 나이를 먹은 것 같았다고 할까요? 아무튼 그때 전 공격하면서 항상 수비수가 어느 위치에 있는지 보고 느끼라고 얘기해줬습니다. 포스트업에 이어 턴어라운드 점프슛을 할 때 전 상대의 수비에 즉각 대응할 수 있게 늘 다리를 써서 수비수의 위치를 읽죠." 조던은 브라이언트에게 남은 최대 과제가 무엇인지도 이야기했다. "자신의 재능과 지식을 코트 위에서 실제로 활용하고 펼치는 것, 그건 정말 까다롭고 많은 경험이 필요한 일입니다. 래리 버드와 매직 존슨이 제게 가르쳐준 것이기도 하고요. 물론 코비에게 시합을 지배할 만한 기술이 있다는 데는 의심할 여지가 없어요."

아버지 조 브라이언트의 뒤를 이어 NBA 선수가 된 코비 브라이언트는 경기 후에 벅찬 감정을 쏟아냈다.

"마이클은 도전을 사랑하는 사람이에요. 언제나 도전하는 사람을 반기고요. 하지만 제가 어릴 때 아버지가 그러셨죠. 상대가 누구든, 그 사람이 얼마나 대단한 선수든 간에 위축되지 말라고요. 아버지는 상대가 달아오르는 만큼 너도 달아올라야 한다고, 시합에 돌입하면 기술에는 기술로, 공격에는 공격으로 응수하라고 하셨어요."

조던은 브라이언트의 점프력을 확인하고 그 능력에 적지 않게 감탄했다고 한다.

"제가 스카티한테 물어봤죠. '우리가 예전에 저만큼 뛸 수 있었나? 난 기억이 통 안 나.'라고요. 그러니까 그 친구 하는 말이 이래요. '아마 우리도 저 정도로 뛰었을 거야. 그게 기억도 안 날 만큼 먼 옛날이라서 그래.' 그런 상황이 되니까 옛날에 절 상대하던 선수들 기분을 좀 알 것 같더라고요. 코비한테는 확실히 자질이 있어요. 경기 중에 언제든 큰 힘을 발휘할 수 있는 그런 능력이요. 또 코트 위에서 다양한 면모를 보여주기도 하고요. 공격수는 그렇게 여러 가지 모습을 보여주는 게 바람직해요. 그래야 수비수들 머릿속이 복잡해지거든요."

브라이언트는 조던을 다음과 같이 평가했다.

"마이클은 정말 영리한 선수예요. 직접 붙어보니 팀 전술에 관한 것이든 자기만의 전략이든 항상 시합에 대해 생각한다는 걸 알 수 있었어요. 저도 그렇게 해보려고 마이클의 행동이나 사고방식을 조사하고 분석하고는 있어요. 하지만 경험의 차이가 있다 보니 그런 면에선 마이클이 더 뛰어나죠. 정말 영리하고 기술적으로도 아주 노련한 선수예요. 아마 그런 능력을 처음부터 타고난 사람은 없겠죠……." 브라이언트는 잠시 무언가를 생각하다가 말을 이었다. "타고난 재능에 그런 능력까지 더해진다면 그건 그야말로 완전체라 할 수 있을 거예요."

많은 문제가 불스를 괴롭히는 와중에도 조던은 계속해서 새로운 기록을 써 내려갔다. 뉴욕 닉스를 상대로 승리를 거둔 1997년 12월 9일에 그는 모제스 말론(통산 2만 7,409점)을 제치고 NBA 역대 총 득점 순위 3위에 올랐다. 그보다 앞서 엘빈 헤이즈(통산 2만 7,313점)를 추월하고 단 2주 만에 달성한 기록이었다. 조던의 위력은 다른 데서도 확인할 수 있었다. 피닉스 선즈와의 대결이 벌어진 12월 15일, 불스는 500경기 연속 전 좌석 매진을 기록했다. 이는 NBA 역사상 가장 오래 이어진 매진 기록으로, 조던의 가치를 가장 잘 보여주는 사례였다.

사람들은 그에게 필 잭슨이 구단에서 방출되면 정말 은퇴할 것인지 묻고 또 물었다. 그때마다 대답은 같았다.

"매 시합 듣는 얘깁니다만, 뭐가 되든 되겠죠. 앞으로 어떤 일이 일어날지는 아무도 몰라요."

1998년 1월 2일, 홈에서 밀워키 벅스와 레이 앨런을 맞이한 조던은 슛을 22회 던져 그중 열여섯 개를 성공시키며 44득점을 올렸다. 한 주 뒤에는 매디슨 스퀘어 가든에서 또다시 44득점을 올려 숙적인 닉스를 울상 짓게 했다. 그는 3주간 40점대 득점을 여섯 번이나 기록했고 그 기간에 찰스 바클리가 있는 휴스턴 로케츠를 상대로 45점을 퍼부었다. 그날 바클리는 조던의 트래시 토크에 관하여 다음과 같이 말했다.

"그 녀석은 본격적으로 공격에 들어가기 전에 입을 먼저 풀죠. 그러고는 쓰러진 상대를 짓밟아버리고요."

지난 3년간 조던의 그러한 면모를 곁에서 지켜보고 경험한 토니 쿠코치와 룩 롱리는 그해 봄 기자들로부터 그의 모진 성격을 견디기가 어렵지 않느냐고 질문을 받았다. 롱리는 한때 조던의 비판 때문에 힘든 적이 있었다고 고백했다.

"그런데 요즘은 그게 좀 덜해요. 마이클이 저를 잘 알게 되면서 잔소리가 점점 줄고 있거든요. 마이클은 선수마다 그런 상황에 대처하는 방식이나 행동 기준이 다르다는 걸 알아요. 처음에는 저한테 정말 혹독하게 굴었지만 이젠 제가 어떤 성격인지, 또 뭘 할 수 있고 뭘 못 하는지도 잘 알죠. 그래서 딱히 힘들지 않아요. 이제 마이클의 채찍질은 우리 팀을 전진시키는 동력 가운데 하나라고 할 수 있어요."

한편 쿠코치는 조던이 자기 입에 양말을 물린다 해도 개의치 않는다고 말했다.

"물론 간혹 그런 일들 때문에 괴로울 때가 있긴 하죠. 즐겁다거나 듣기에 좋은 말은 아니니까요." 쿠코치는 조던이 화를 낼 때면 그 감정이 잦아들 때까지 기다렸다가 본인 생각을 전달했다. 그럴 때마다 조던은 쿠코치의 말을 귀 기울여 들었다고 한다. "마이클은 함께 대화하거나 뭔가를 토의하는 데 전혀 인색하지 않아요. 저는 마이클에게 곧바로 말대꾸한 적도 없고 애초에 남한테 심한 말을 할 수 있는 성격도 못 돼요. 그런 문제가 생길 때면 저는 5분에서 10분 정도를 기다렸다가 마이클과 대화를 시도했습니다."

조던의 분노에 대한 반응과 평가는 다소 달랐지만 롱리와 쿠코치는 그가 늘 한결같은 목적의식을 안고 움직인다는 데 동의했다.

조던은 감정을 자극하는 요소를 찾아다니며 다득점을 위한 양분으로 삼았다. 그는 나이를 먹어가면서 젊은 선수들을 그 대상으로 삼는 듯했다. 시즌 중반 들어 그는 댈러스 매버릭스의 마이클 핀리와 시애틀 슈퍼소닉스의 게리 페이튼을 상대로 40점대 득점을 올렸고, 서른다섯 번째 생일을 맞은 2월에는 뉴욕에서 열린 올스타전에서 코비 브라이언트와 맞대결을 펼쳐 또다시 승리를 거뒀다.

크라우스는 부상에서 돌아온 피펜을 팀에 그대로 둔 채 2월의 트레이드 마감 시한을 넘겼고 불스는 마지막 영광을 붙잡기 위해 계속 앞으로 나아갔다. 농구팬들은 그해 봄 내내 불스 선수들을 향해 감사의 마음을 표현했다. 경기 장소가 어디든 건물 안은 에어 조던의 마지막 모습을 사진으로 남기기 위한 카메라 플래시로 번쩍였다. 조던은 오래전부터 카메라를 신경 쓰지 않고 담담하게 자유투를 던졌으나 그해에는 그가 자유투 라인에 설 때마다 거의 위협적이라 할 만큼 많은 플래시가 터졌다. 그동안 만인의 오락으로서 농구의 시대를 여는데 한 축을 담당한 그에게 팬들은 시합 날마다 경의를 표했다. 경기장 밖과 그가 묵던 호텔 주변, 불스의 차량이 지나다니는 거리에는 조던 일행을 잠시라도 보길 바라는 팬들이 수백, 수천씩 모여들었다. 또 그들은 끝없는 찬사와 함께 불스의 창고를 엽서와 편지, 꽃다발, 온갖 선물로 가득 채웠다. 보통 선수들 같으면 운동 능력과 기술 구사력이 현저하게 떨어지기 시작하는 나이였으나 조던은 시즌 평균 28점 이상을 기록하며 또 한 번리그 득점 1위에 올랐다. 또 주로 점프슛에 의존하여 시합을 펼쳤음에도 여전히 뛰어난 점프력과 균형 감각으로 관중과 텔레비전 시청자들에게 놀라움을 선사했다. 그는 과거와 다름없이 어떤 시합이든 지배할 수 있음을 증명했고, 그와 대적한 젊은 선수들 가운데 그만한 능력을 보여준 선수는 거의 없었다.

오랜 세월 불스의 사진사로 일해온 빌 스미스는 어느 날 이렇게 물었다.

"마이클은 지금도 계속 성장하고 있는 게 아닐까요? 혹시 지금이 1987년은 아니죠? 대체 왜 은퇴를 한다는 건지, 저로서는 받아들이기 어려운 현실이에요."

"지금까지 이런 일을 수천 번은 경험한 것 같은데 앞으로의 계획이 뭔지 아무도 감을 못 잡고 있어요." 당시에 스티브 커는 구단 경영진의 잘못으로 선수단 전체가 힘든 상황에 놓였다고 보았다. "시카고에서 우리가 어딜 가든 사람들이 이렇게 물어요. '구단 측에선 어떻게 이런 팀을 깨뜨릴 생각을 하죠?' 솔직히 우린 거기에 딱히 할 만한 대답이 없어요."

2월 초, 불스가 유타 원정을 떠났을 때 크라우스는 《시카고 트리뷴》의 스포츠 기자 프레드 미첼과의 인터뷰에서 잭슨과의 계약은 더 이상 없다고 재차 강조하며 또다시 논란을 키웠다. 《시카고 트리뷴》의 테리 아머 기자는 그 발언이 엄청난 실수라고 지적했다.

"우리가 불스를 따라서 유타에 갔을 때 크라우스 단장이 이런 말을 했죠. '구단 입장에선 마이클이 그대로 남아주면 좋겠지만 마이클이 필을 감독으로 원하는 한 그건 불가능한 일이에요.' 당시 원정에서 불스 팀이 가는 도시마다 사람들이 이렇게 물었습니다. '이봐요 마이클, 정말 올해까지만 뛰고 그만둘 거예요?' 그럼 마이클은 '그럴 것 같아요. 감독님이 우리 팀에 없다면 저도 떠날 겁니다. 그래서 올 시즌이 마지막일 거라고 생각하고 있어요.'라고 답하곤 했어요. 아마도 크라우스 단장은 그런 기사에 진절머리가 났던 모양이에요. 그래서 '너희가 그렇게 나온다면 나도 가만히 있지 않겠다. 앞으로 기자들을 만나면, 우리도 마이클이 잔류하길 바라지만 필 잭슨 체제에서는 그게 불가능하다고, 그렇게 말하는 수밖에 없다.' 이렇게 생각했던 것 같아요."

"크라우스 단장은 이 팀을 자기가 완전히 지배하길 원하나 봐요." 피펜이 그 무렵 인터뷰에서 한 말이다. "그 사람은 마이클 없이 우승하길 원하고 필 잭슨 감독과 저 없이 우승하길 원하고 있죠. 그저 자기가 얼마나 구단 운영을 잘하는지 떠들고 싶어서 말이에요."

조던은 크라우스의 결정에 의문을 표했다.

"모두에게 존경받고, 선수들이 매일 같이 얼마나 노력하는지 잘 이해하고, 또 이 팀을 다섯 번이나 우승으로 이끈 그런 감독을 해고하려는 이유가 뭘까요? 대체 왜죠? 제가 볼 때 이 문제는 사적인 갈등 때문에 생긴 거예요. 분명히 그래요. 감독님이 거둔 성적이라든가 선수들과의 관계 같은 건 전혀 이유가 될 수 없어요. 감독님이 여태 일군 업적은 전혀 흠잡을 데가 없으니까요. 거기에 이의를 제기한다는 건 말도 안 됩니다. 이 문제에는 분명히 사사로운 감정이 개입돼 있어요."

조던이 올스타 주간에 전 세계 언론 앞에서 그렇게 구단 경영진을 맹비난했지만 라인스도프는 그 인터뷰를 두고 아무 말도 하지 않았다. 구단 내의 복잡한 갈등 상황을 함구하는 것, 그로서는 그 방법이 최선이었다.

라인스도프는 성명서를 통하여 다음과 같이 말했다.

"선수의 은퇴, 후임 감독과 선수단의 변화에 대한 논의는 시기상조라 할 수 있습니다. 우리 구단은 여섯 번째 우승을 위해 감독과 선수단을 지난 시즌 그대로 유지하는 중입니다. 정규 시즌을 절반가량 남겨두고 플레이오프가 아직 먼 상황에서 지금은 다들 그 목표에 집중해야 할 때이고 구단주인 저 역시 그 목표에 가장 초점을 맞추고 있습니다. 이상입니다."

이후 싸움은 야비한 폭로전으로 변질되었다. 잭슨은 한 인터뷰에서 경기 직전에 늘 화장실에 들르는 조던의 습관과 그에 얽힌 문제를 거론했다. 바로 크라우스가 번번이 같은 시간에 화장실을 찾는다는 것이었다. 조던은 단장의 그런 행동을 사생활 침해라고 여기며 매우 짜증스러워했다고 한다. 그 후에는 잭슨이 그해 저지른 바보 같은 실수가 세상에 알려졌다. 그가 남몰래 만나던 애인에게 선물할 속옷을 사고 배송처를 잘못 기입했던 것이다. 소포가 사무실로 반송되자 당시 비서로 일하던 직원은 그 물건을 잭슨의 아내 것이라 여기고 그의 자택으로 보냈다. 결국 큰 부부싸움이 나는 바람에 잭슨은 남은 시즌 동안 시카고의 한 호텔에서 생활해야만 했다.

그러한 위기 속에서 불스 선수들은 힘을 합쳐 잭슨을 도왔다. 크라우스는 감독이 그 상황을 본인에게 유리하게 이용한다고 비난했다. 텍스 윈터는 잭슨과 선수들의 관계를 이렇게 설명했다.

"필은 확실히 선수들에게 사랑받는 감독이에요. 마이클 조던 같은 슈퍼스타가 매번 자기네 감독을 두둔하고 다른 사람 밑에서는 뛰지 않겠다고 말하는 게 절대 흔한 일은 아니니까요. 정말 끈끈하다고 할 수밖에요. 필이 그동안 선수들과의 관계를 얼마나 잘 일궈왔느냐를 보여주는 사례인 거죠."

그 무렵 필 잭슨은 이런 말을 한 바 있다.

"제리는 이 조직 안에서 최고의 권력자가 되고 싶은 겁니다. 하지만 그렇게 되면 그 사람은 마이클을 그냥 두지 않을 거예요. 마이클은 권력을 추구하는 성격이 아닙니다. 그 녀석은 선수 그 이상도 그 이하도 아닌 존재로 남길 원해요. 윗사람이라도 자기를 들볶지 않고 까다로운 지시로 궁지에 몰지 않는 그런 사람을 원하고요. 이 문제의 본질은 그거예요."

플레이오프가 가까워지자 잭슨은 자신과 크라우스의 마찰로 조던의 선수 생활이 예상보다 빨리 끝난다는 데 죄책감을 느끼는 듯했다.

"이 모든 사태에서 단 한 가지 폐단이 있다면, 그건 우리가 역사상 가장 위대한 선수 혹은 영웅 가운데 하나인 마이클 조던을 앗아가고 그 친구가 능력을 더 펼치지 못하게 막았다는 사실일 겁니다. 이제 사람들은 마이클처럼 세상에 둘도 없이 특별한 선수가 창의적으로 길을 개척하는 모습을 볼 수 없게 됐어요. 지금까지 마이클의 나이에 슈퍼스타로 내내 활약해온 선수는 한 명도 없었죠. 스포츠 역사상 그 나이에 그만큼 잘한 선수가 과연 한 명이라도 있었을지 의문입니다. 마이클은 지금까지 우리가 농구에서 당연시하던 통념을, 또 그 연령대에서 인간이 보여줄 수 있는 능력의 한계를 완전히 깨버렸어요. 이런 부분이 여태 일어난 모든 사태에서 가장 안타까운 부분이죠. 제리 라인스도프 구단주와 저는 현재 좋은 관계를 유지하고 있습니다. 제리 크라우스 단장과 저는 서로의 생각을 이해하고 있고요. 예전처럼 가까운 관계는 아닐지 모르지만, 각자의 입장을 이해는 해요. 저는 그 사람한테 본인이 원하는 방향이 있다는 것을 알고 그 사람도 제게 나름의 생각이 있다는 것을 압니다."

불스 선수들은 앞날이 불투명한 와중에도 흔들림 없이 최상의 경기력을 발휘하는 조던에게 감탄을 금치 못했다.

"마이클은 진정한 프로예요." 스티브 커가 말을 이었다. "그런 근심거리는 항상 뒤로 미뤄놓죠. 우왕좌왕하지도 않고요. 그저 농구에 매진할 뿐입니다."

하지만 조던은 농구 실력만큼 대중의 마음을 움직이는 능력도 뛰어났다. 그는 그 힘으로 잭슨을 해고하려는 크라우스에게 대항했다. 커는 이런 설명을 덧붙였다.

"마이클은 수없이 광고를 찍어서 그런지 사람들에게 뭔가 한마디만 던져도 확실히 그 효과가 커요. 아마 그만큼 마이클 입장에서는 자기 이미지를 유지하는 게 굉장히 중요할 테죠. 그래서인지 마이클은 자기가 이 조직의 권력 투쟁과 무관하다는 걸 보여주려고 애쓰는 것 같아요. 그런 부분에서도 정말 빈틈이 없는 사람이란 게 느껴지죠."

한편 룩 롱리는 당시 상황을 이렇게 평가했다.

"지금 우리 팀에서는 회오리에 휩싸인 시골 농장보다도 더 많은 문젯거리가 여기저기 날아다니고 있어요. 항상 뭔가 문제가 일어나고 있죠. 데니스는 늘 그렇듯이 자기 세계에 빠져서 뭔가 일을 벌이고, 마이클이 은퇴를 한다지 않나, 또 단장이 앞장서서 분란을 일으키지 않나……. 그래도 지난 3년간 우리가 많은 논란과 문제 상황을 겪었던 만큼 잡생각을 떨쳐내는 연습도 충분히 했다고 할 수 있을 거예요."

3월 초, 어쩌면 평생 마지막이 될지도 모를 매디슨 스퀘어 가든 원정 경기에서 조던은 에어 조던 1탄을 신고 코트에 섰다. 그날 신발이 발에 꼭 끼어 불편한 상황에서도 그는 제프 밴 건디의 팀을 상대로 42점을 퍼부었다. 그리고 시카고에서 벌어진 정규 시즌 마지막 경기에서도 또다시 닉스를 맞아 44득점을 기록했다.

그 시합이 시작되기 전 매직 존슨은 인터뷰에서 이런 말을 했다.

"저는 제가 세상에서 제일 경쟁심이 강한 줄 알았어요. 마이클을 만나기 전까지는요."

조던은 크라우스가 미디어 데이에서 했던 '우승은 선수들이 하는 것이 아니다.'라는 말을 한 시즌 내내 곱씹고 있었다. 수년간 불스에서 함께 일해 온 팀 핼럼의 말마따나 조던은 '독하고 집요하기 짝이 없는 인간'이었다.

## 식스 센스

불스 선수들은 팀의 존속을 위해 우승에 희망을 거는 수밖에 없었다. 그리고 그해 봄에 조던의 활약을 지켜본 이들은 그가 또 한 번 시상대에 올라 구단 경영진을 압박할 가능성이 충분하다고 생각했다. 결과적으로 불스는 또다시 유타 재즈와 플레이오프 최종 결승에서 맞붙게 되었다. 그 과정에서 래리 버드가 감독을 맡고 레지 밀러가 선봉장으로 나선 인디애나 페이서스 때문에 하마터면 두 팀의 재회가 무산될 뻔도 했다. 정규 시즌 막바지에 재즈는 서부 컨퍼런스에서 순항을 계속하며 불스를 근소한 차로 앞서고 있었다. 그 상태 그대로 두 팀이 결승에서 만난다면 홈코트 어드밴티지는 재즈의 것이었다. 하지만 재즈가 미네소타 원정 경기에서 패하여 주춤대는 사이, 불스가 리그 1위로 올라섰다. 물론 불스라고 가는 길이 순탄치만은 않았다. 그들은 그보다 앞서 클리블랜드 원정에서 패배를 기록했고, 재즈가 미네소타에서 패한 날 올랜도 매직을 이겨 그해 60승 고지에 오른 첫 번째 팀이 되었다. 그러나 바로 다음 경기에서 유나이티드 센터를 방문한 페이서스가 격렬한 몸싸움을 벌이며 114대105로 불스를 손쉽게 꺾었다. 불스는 그다음 시합인 디트로이트 원정에서 패배를 추가한 뒤 총 전적 62승 20패로 유타와 동률을 이룬 채 정규 시즌을 마쳤다. 두 팀의 성적은 같았지만 정규 시즌 중에 벌어진 두 차례의 맞대결에서 재즈는 불스를 모두 이긴 상태였다.

1998년도 플레이오프에서 동부 컨퍼런스 결승에 진출한 페이서스는 레지 밀러의 공격을 내세워 불스를 7차전 벼랑 끝까지 몰아붙였다. 이 승부에서 불스가 승리할 수 있었던 것은 순전히 홈코트 어드밴티지 덕분이었다. 불스는 5월 31일 일요일에 페이서스를 격파하고 다음 날 시카고에서 간단히 훈련을 한 뒤 재즈와의 재대결을 위해 유타로 날아갔다.

오랜 세월 재즈를 지도해온 제리 슬로언 감독의 신조는 명확했다.

"농구는 매일 밤 코트에 나가 전심전력을 다하기만 한다면 어려울 것이 없다."

존 스탁턴과 칼 말론은 이러한 정신을 보여주는 완벽한 본보기였다. 두 선수는 리그 최고의 포인트가드와 파워포워드로서 수년간 기계처럼 정확한 픽앤롤 플레이*를 펼쳐왔다. 이 전술로 말미암아 훗날 스탁턴은 NBA 통산 어시스트 1위에 오르고 말론은 NBA 역사상 세 번째로 3만 득점 고지를 밟게 된다. 재즈는 언제나 수단 방법을 가리지 않고 거친 경기를 벌였으며 스탁턴은 더티 플레이를 일삼는다는 비난을 자주 들었다. 하지만 조던은 그들을 훌륭한 적수로 평가하며 또 한 번 승리

---

* pick-and-roll, 공 가진 선수를 막는 수비수의 움직임을 동료 선수가 스크린으로 봉쇄한 뒤 그 틈에 발생하는 수비 공백을 노려 시도하는 일종의 콤비 플레이.

하기를 고대했다. 최종 결승을 앞두고 그의 머릿속에 복잡한 계산이나 계획은 없었다. 그저 고삐를 한껏 조인 채 누가 최고인지를 가리고 싶은 마음뿐이었다.

1차전에서 두 팀은 치열한 접전을 벌이다 연장전에 돌입했다. 그러나 연장전 종료 8초 전에 스탁턴이 스티브 커를 제치고 페인트 존에서 과감히 슛을 성공시키면서 재즈가 먼저 1승을 거두었다. 필 잭슨과 불스의 코치들은 2차전에서 트라이앵글 오펜스를 재정비하고 선수들의 컷인이 쉽도록 공격 공간을 넓히기로 했다. 그 결과로 전반전 동안 불스의 공격 시스템은 어느 때보다도 훌륭하게 작동했다.

저드 부쉴러가 그 점을 이야기했다.

"오늘 시합에서는 트라이앵글 전술이 그야말로 찬란하게 빛을 발했어요. 이 공격법은 원래 코트에 선 전원이 공을 만지면서 패스와 컷인을 활용하도록 고안된 거예요. 평소 같으면 마이클에게 공을 계속 투입해서 포스트업으로 게임을 풀었겠지만 오늘은 우리의 시스템을 제대로 써먹을 수 있었죠. 모든 선수가 초반부터 적극적으로 공격에 참여한 게 경기 후반까지도 큰 도움이 됐고요."

윈터도 그 생각에 동의를 보냈다.

"전반은 확실히 아름답다 할 수 있을 정도였죠. 우리 팀의 공격 원칙을 매우 훌륭하게 따랐고 컷인도 많이 나왔어요. 마이클도 개인 공격에 매달리지 않고 컷인하는 선수들에게 패스할 기회를 계속 노렸으니까요." 그러나 연로한 코치는 이내 불만을 드러냈다. "그런데 후반전에는 그런 흐름이 끊겼어요. 일대일 공격을 너무 많이 시도했죠. 특히 마이클이 우격다짐으로 공격하는 경우가 많았어요."

윈터는 트라이앵글 오펜스를 계획대로 잘만 활용했다면 불스가 그날 시합을 십수 점 차로 이겼을 것이라고 생각했다. 하지만 조던은 지난 동부 컨퍼런스 결승 7차전에서 단독 공격으로 끊임없이 페이서스의 반칙을 유도하여 승리했던 경험을 떠올렸다. 그는 재즈와의 2차전에서도 그 방식을 활용하려 했지만 심판들은 좀처럼 휘슬을 불지 않았다. 그런 상황에서 그가 공격을 시도하다 넘어진 사이, 재즈는 공을 반대편 코트로 넘겨 손쉽게 속공 득점을 올렸다. 그전까지 7점을 앞섰던 불스는 경기 종료까지 약 2분을 남기고 재즈에 86대85로 리드를 내어주고 말았다.

경기 후에 윈터는 고개를 절레절레 흔들면서 말했다.

"대체 뭐 하자는 건가 싶었어요. 마이클 그놈은 자신감이 너무 넘쳐서 탈이에요."

몇 초 뒤 여전히 86대85로 재즈가 앞서 있을 때 불스는 속공 기회를 잡았다. 공을 몰고 3점 라인에 멈춰선 스티브 커 앞에는 수비수가 없었다. 커는 2012년 인터뷰에서 그 상황을 자세히 설명했다.

"그때 그 슛이 링에서 튕겨 나오면서 바로 제 앞에 떨어졌어요. 운이 좋았죠. 저는 공을 다시 잡자마자 골 밑에 있는 마이클한테 넘겼어요."

시합 종료까지 47.9초가 남은 그때 조던은 골밑슛을 넣으며 재즈의 수비수에게 반칙을 당했다. 이어서 그가 추가 자유투까지 성공시키면서 불스는 88대86으로 다시 앞섰다. 그리고 이후 재즈의 연이은 반칙 덕분에 불스는 최종 스코어 93대88로 승리하며 홈코트 어드밴티지를 되찾았다.

불스가 시카고로 돌아와 한 차례 훈련을 마쳤을 때, 텍스 윈터는 기자들에게 팀을 유지하는 데 대한 회의감을 털어놓았다. 한때 그는 잭슨과 조던 체제가 존속될 수 있다고 믿었지만, 그 무렵에는 그럴 가능성이 매우 낮다고 보았다.

"요즘엔 이 팀을 해체하는 게 썩 잘못은 아니라는 생각이 들어요. 결말이 그렇게 난다면 정말로 안타깝겠지만, 어느 팀이든 변화는 꼭 필요한 거죠. 어쩌면 지금이 오히려 적기일지도 몰라요."

확신에 찬 목소리는 아니었지만 요점은 그간 크라우스가 주장한 것과 닿아 있었다. 시즌이 시작되기 전에 윈터는 불스가 우승을 차지하기 버거울 것이라 예상했다. 물론 약 1년이 지난 당시에도 그들은 여전히 리그를 지배했지만, 그는 다들 전성기가 한참 지난 만큼 다음 시즌에는 팀이 그대로 유지되더라도 팬들의 기대를 충족시키기 어려우리라 보았다. 조던은 변함없이 놀라운 활약을 펼쳤지만 로드맨은 예전 같은 위력을 잃고 이상한 행동을 자주 일삼았다. 허리가 늘 말썽이었던 피펜은 이미 팀에서 마음이 많이 떠난 듯했다. 그러나 필 잭슨은 팀 분위기를 되살리는 데 일가견이 있었다. 선수들을 단합시키는 데는 약간의 충격 요법이면 충분했다. 당시 불스의 가장 큰 문제는 잭슨과 크라우스의 관계였고 그 상황을 중재할 수 있는 사람은 라인스도프뿐이었다. 나중에 알려진 바로는 구단주가 뒤늦게 그 문제에 개입했다고 하나 그때는 이미 손을 쓸 수 없는 상태였다.

훗날 잭슨은 이렇게 말했다.

"그때 우리에게 주어진 조건과 상황에 감사할 줄 알았더라면 다들 그 시기를 좀 더 즐기며 보낼 수 있었을 텐데 말이죠. 지금 생각하면 여러모로 아쉬울 따름입니다."

플레이오프 기간에 잭슨은 크라우스와 서로 감정이 상해 있지만 불스에서 함께 성공을 이루며 쌓은 유대감은 앞으로도 영원할 것이라 말했다. 하지만 불스 감독을 다시 맡을 가능성은 거의 없다고도 밝혔다. 그는 1997년에 라인스도프에게 크라우스와 계속 함께 일하기란 사실상 불가능하다는 뜻을 비쳤다고 한다. 이에 구단주는 감독과 단장 둘 중 하나를 선택해야 했고, 결국 크라우스의 손을 들어주었다. 그렇다고 잭슨이 재계약의 가능성을 완전히 닫아둔 것은 아니었다.

"마이클이 선수 생활을 계속하느냐 마느냐가 제 결정으로 판가름 난다면 제게 그만큼 큰 책임이 있는 것이니 이 문제를 잘 생각해봐야겠죠. 저도 저를 믿고 따라준 이들에게 신의를 다할 의무가 있으니까요. 그런 점에서 저는 양심의 가책을 느낍니다. 사실 이 팀을 벗어나려는 가장 큰 이유는 저 개인의 행복을 지키기 위해서거든요. 지금 같은 상황으로부터 육체적, 정신적인 건강을 지키기 위해서요."

3차전에서 피펜과 하퍼, 조던은 재즈의 가드진을 완벽히 제압하며 그들에게 NBA 결승전 역사상 최저점이라는 굴욕을 안겨주었다. 농구팬들은 이 시합을 통해 한마음 한뜻으로 단합한 불스가 얼마나 압도적인지, 또 스카티 피펜이 얼마나 훌륭한 수비수인지를 다시 한 번 깨달았다. 경기 후반을 교체 선수들에게 주로 맡긴 불스는 최종 스코어 96대54로 대승을 거뒀다. 그날 미국의 한 국내선 여객기에서는 유타 재즈 팬인 탑승객을 위해 경기 속보를 제공했는데 점수 차가 너무 크게 나자 방송국에 거듭 연락하여 사실을 확인하는 촌극이 벌어지기도 했다. 재즈의 제리 슬로언 감독은 경기 후 득점표를 받아들고 놀라움을 표했다.

"오늘 점수가 이거예요? 난 시카고가 196점을 낸 줄 알았습니다. 체감상으론 196점 같았어요."

그 시합으로 조던과 불스 선수단은 팀을 갈아엎으려는 크라우스의 계획에 반론을 제기할 수 있었다. 우리는 아직 노쇠하지 않았고 피펜은 트레이드로 쉽게 내치기에는 너무나 특별한 선수라고. 잭슨은 크라우스와 라인스도프의 계획이 얼마나 큰 저항에 부딪혔고 그들을 향한 시카고 팬들의 시선이 어떤지를 이야기하다 넌지시 한마디를 덧붙였다.

"저는 지금 그 사람들이 안쓰럽게 느껴질 정도예요."

이어진 4차전을 결정지은 것은 언제나 모험 같았던 로드맨의 자유투였다. 그는 리바운드 열네 개를 잡고 경기 막판에 자유투 네 개를 성공시키며 86대82로 불스의 4점 차 승리를 견인했다. 그의 활약으로 시리즈 전적은 역전이 거의 불가능한 3대1 상황이 되었다.

하지만 불스는 승리에 취해 너무 일찍 축포를 터뜨리고 말았다. 아니나 다를까, 5차전에서는 스탁턴과 말론이 제 실력을 발휘하며 83대81로 재즈의 승리를 이끌었다. 조던은 우승에 대한 기대감에 사로잡혀 있었다고 고백했다.

"사실 내일은 골프장 예약도 안 걸어놨어요. 아침에 일어나지도 못할 만큼 샴페인을 마실 거라고 생각해서 말이죠."

그는 야투를 스물여섯 번 시도하여 아홉 개를 넣었다. 피펜은 총 열여섯 번을 던져 두 개를 성공시켰다.

그렇다고 시합이 그냥 무기력하게 끝나지는 않았다. 그날 39점을 넣은 칼 말론에 맞서 쿠코치가 30득점으로 분전한 덕분에 불스는 경기 마지막 순간에 역전의 기회를 얻었다. 4쿼터 종료 1.1초를 남기고 불스가 마지막 공격을 앞둔 상황, 연이은 작전 시간에 조던은 벤치에 앉아 잭슨과 멈포드에게 배운 대로 현재에 한껏 집중했다.

시합이 재개된 후 조던이 던진 3점슛은 높은 포물선을 그리며 링을 벗어났다. 하지만 그는 그 순간에 나름대로 의미를 부여했다.

"사람들은 제가 그 슛을 넣길 기대했을 거예요. 물론 유타 팬들은 제외하고요. 마지막 1.1초 동안 다들 숨을 죽이고 긴장했을 텐데, 전 그런 게 농구의 매력 가운데 하나라고 생각해요. 앞으로 무슨 일이 벌어질지 아무도 모르잖아요. 저나 기자 여러분이나 경기를 보는 누구 할 것 없이 말이죠. 전 거기서 농구의 매력을 느끼고 그런 순간을 정말 사랑합니다. 어찌 보면 훌륭한 선수란 그 상황을 즐기는 선수라고도 볼 수 있어요. 만인의 기쁨과 슬픔을 결정지을 기회가 자기한테 온 거니까요. 우린 그 순간을 위해 존재하는 겁니다. 그게 농구에서 가장 재미있는 부분이고요."

다시 유타로 무대를 옮겨 진행된 6차전에서 재즈는 평소와 다름없이 전심전력으로 시합에 임했다. 그들은 초반부터 공세를 펼치며 경기의 주도권을 잡았다. 그러는 사이 피펜은 극심한 허리 경련 때문에 탈의실로 물러나 있었다. 그곳에서 피펜을 돌보던 안마사는 경련을 멈추려고 그의 등허리를 거의 두들겨 패다시피 했다. 한 불스 직원의 이야기로는, 그때 크라우스가 탈의실 구석에 꼼짝도 하지 않고 서서는 어떻게든 시합에 복귀하기 위해 고통스레 마사지를 받던 피펜을 지켜봤다고 한다.

"저는 어떻게든 통증을 이겨내고 싶었어요." 피펜이 당시를 떠올리며 말했다. "그렇게 그냥 탈의실에 머무르기보다는 잠시라도 코트에 나가는 편이 팀에는 더 보탬이 되니까요. 후반전에는 확실히 출전할 수 있겠다고 생각했지만, 얼마나 활약할 수 있을지는 도통 감이 안 왔어요."

피펜은 결국 난관을 극복하고 조던의 조수 역할을 톡톡히 해냈다. 조던은 그날 또 한 번 자신을 잊었다 할 만큼 깊이 경기에 몰입하여 45득점을 기록했다. 그리고 그 마지막 순간을 자유투 서클에서의 우아한 점프슛으로 장식했다.

숏을 던진 후 그는 모든 농구팬의 시선이 향한 그 자리에 마무리 동작 그대로 팔을 들어 올린 채 잠시 멈춰 서 있었다. 모든 것이 완벽했다.

그는 그 시간이 영원히 계속되길 바랐다. 그 마음을 과연 누가 탓할 수 있을까? 잠시 후 조던의 슛이 링을 관통하면서 시카고 불스는 87대86으로 1점 차 승리를 맞이했다.

"경기를 하다 보면 모든 게 아주 느리게 움직이고 코트 전체가 명확하게 눈에 들어오는 때가 있어요." 시합이 끝난 뒤 조던이 마지막 플레이에 관하여 이야기했다. "그럼 수비수들이 무얼 하려는지도 뚜렷하게 보이죠. 전 아까 그런 순간을 맛봤어요."

그날 스탁턴은 경기 종료 직전에 역전을 노렸지만 온몸을 던진 론 하퍼의 수비 덕에 그 슛은 링을 빗나가고 말았다.

우승이 확정되자 조던과 잭슨은 서로를 한참 끌어안고 마지막 포옹을 나누었다. 한 팀의 선수와 감독으로서 다시는 맞이하지 못할 순간이었다.

시카고로 돌아가는 비행기 안에서 조던이 단잠에 빠져든 사이 나머지 동료들은 앞날을 걱정했다. 잭슨은 팀을 떠나지 말라는 라인스도프의 제안을 뒤로 한 채 오토바이에 몸을 싣고 여행을 떠날 생각이었다. 선수단과 코치진은 며칠 뒤에 함께 한 팀원들만의 저녁 식사를 끝으로 수년간의 여정을 마무리했다. 그들은 서로를 향한 애정과 마음을 숨김없이 전하며 눈물을 흘렸다.

후일 잭슨은 《시카고 선 타임스》 기자인 릭 텔랜더와의 인터뷰에서 불스에 남고 싶은 마음이 있었다고 털어놓았다.

"저는 그때가 잠시 휴식을 취할 적기라고 느꼈습니다. 물론 그 결정을 바꿀 여지도 분명히 있었죠. 구단 측에서 마이클이 은퇴할 때까지만 팀을 맡아달라고 했다면 말입니다. 하지만 그쪽에서는 한 번도 그런 말을 한 적이 없어요."

잭슨은 1996년 봄에 5년짜리 감독직 계약을 제안했지만 그 일은 라인스도프의 반대로 성사되지 못했다. 이후 잭슨은 2년간 연봉 300만 달러 규모의 계약을 제안했으나 라인스도프는 또다시 거절 의사를 보였다.

"어쩌면 그때 1년 정도는 팀을 그대로 유지하면서 한 번 더 우승을 할 수 있었을지도 몰라요." 짐 스택이 2012년 인터뷰에서 한 말이다. "하지만 다들 계약 문제가 있었고 또 필이 상황을 선수단과 경영진의 대결 구도로 몰아가면서 감정이 많이들 상해 있었어요. 그 무렵에 필이 인터뷰에서 '실베스터 스탤론이 영화 한 편당 천만 달러를 받는데, 거기에 비교하면 일 년에 여든두 경기를 뛰는 마이클의 가치는 얼마나 될지 상상이 안 간다.' 이런 식으로 말한 적이 있었죠. 실제로 필은 한 팀의 감독으로서 공개석상에서 하기에는 부적절한 말을 꽤 내뱉었어요. 그런 상황을 특히 제리 라인스도프 구단주가 못 견뎌 했던 것 같아요. 그 사람이 볼 때는 필에게 나가는 지출이 아주 못마땅했을 겁니다. 또 크라우스 단장 입장에서도 몇 년이나 계속 선수들한테 따돌림을 당했던 문제가 있었고요."

처음에 라인스도프는 크라우스의 능력으로 신속하게 팀을 재건하여 그간의 인기를 이어갈 수 있으리라 믿었던 것 같다. 나중에 인터뷰에서 그는 1997~98시즌에 피펜을 트레이드하여 팀을 갈아엎을 생각이 있었다고 밝혔다.

"그때 우리는 리빌딩을 위해서 여섯 번째 우승을 포기할 생각까지 했습니다. 제대로 된 트레이드 상대만 있었다면 실제로 그렇게 했을 거예요. 그 팀을 해체하려 했던 건 마지막으로 우승을 차지한 시점과 새로운 팀을 짜서 우승 경쟁에 뛰어들기 전까지의 공백을 최소화하고 싶었기 때문입니다."

즉 그는 유나이티드 센터라는 무대에서 조던 시대를 끝맺고 다음 장으로 넘어가는 과도기를 최대한 단축할 생각이었던 것이다.

라인스도프는 다른 인터뷰에서 불스가 처한 상황을 이렇게 설명했다.

"현재는 트레이드할 만한 자원도 거의 없고 팀의 재건 작업도 하기 어려운 상태입니다. 마이클은 자기가 떠난 뒤에 이곳이 어떻게 될지는 조금도 생각하지 않았어요."

"당시에 권력 다툼 같은 건 전혀 없었습니다." 불스의 구단주는 옛일을 떠올리며 말했다. "필은 제리 크라우스의 퇴진을 요구한 적이 없어요. 단 한 번도요. 더는 손 쓸 수 없을 만큼 제리와의 불화가 심하다고 보지도 않았고요. 그 친구는 제리와 같이 일하기가 좀 어렵다고 했지, 그게 불가능하다고 말하지는 않았습니다. 한 번도 그런 말은 없었어요. 둘 사이에 큰 긴장감이 맴돌고 있다는 표현을 하기는 했지만요. 나는 필한테 마음이 바뀌었냐고, 다음 시즌에도 감독을 할 의향이 있냐고 물어봤지만 그 친구는 그럴 생각이 없다고 했습니다."

라인스도프는 여섯 번째 우승 후 시카고로 돌아와 잭슨에게 한 번 더 재계약을 제안했다고 한다.

"우리 팀이 챔피언 자리에 오른 뒤에 수요일 저녁이었던가, 그때 우리끼리 또 사무실에서 나름대로 우승을 축하했지요. 나는 필과 마주 앉아서 이렇게 물어봤어요. 생각이 바뀌었는지 궁금하다고, 우리 경영진은 필이 돌아오길 바란다고요." 그는 그것이 조던의 거취 여부와 상관없는 무조건적인 제안이었다고 설명했다. "그러니까 필이 이런 말을 했어요. '인심이 아주 후하시군요.' 그래서 내가 그랬지요. '인심하고는 하등 관련 없는 일이네. 자네는 그럴 만한 자격이 있어.' 그 말을 듣고 필은 한숨을 쉬더니 '아뇨, 이제는 물러날 때가 됐어요.'라고 대답했습니다."

그러면서 그는 조던에게도 연봉 3,600만 달러 이상을 조건으로 재계약 의사를 전했다고 밝혔다.

텍스 윈터는 조던과 함께한 십수 년간 하늘을 찌를 듯한 그의 명성이 오히려 농구의 발전을 저해하지는 않을까 줄곧 걱정해왔다. 조던은 그러한 우려를 두고 다음과 같이 말했다.

"전 농구라는 스포츠가 이 마이클 조던이란 존재보다 훨씬 더 큰 의미를 갖는다고 생각합니다. 지금까지 제가 누린 모든 것은 저보다 먼저 이 길을 간 선배들이 있었기에 가능했어요. 카림 압둘 자바, 닥터 제이, 엘진 베일러, 제리 웨스트 같은 선수들 말이죠. 그분들은 제가 태어나기 훨씬 전부터 농구를 했습니다. 여러분이 아는 마이클 조던은 선배 선수들이 이룬 업적 위에서 데이비드 스턴 총재가 이 리그를 위해 많은 일을 하고 제게 뛸 기회를 준 덕분에 등장할 수 있었어요. 물론 전제 능력을 최대한 발휘하고 농구를 발전시키려고 노력했습니다. 또 제게 주어진 능력 안에서 최고의 농구선수가 되고자 노력했습니다."

스티브 커는 그 시절을 떠올리며 불스 동료들과의 소중한 추억 한 가지를 공유했다. 이 일화는 1997~98 정규 시즌 막바지에 필 잭슨이 선수들에게 낸 어떤 과제와 얽혀 있다.

"지금 얘기하는 건 감독님이 만들어준 추억이에요. 감독님은 정규 시즌 마지막 날에 우릴 불러서 이렇게 말씀하셨죠. '내일 연습 시간에는 다들 지금까지 이 팀에서 함께한 경험에 관해 짧은 글을 써오면 좋겠어. 뭐든 좋아. 시를 써와도 되고 동료들한테 보내는 편지를 써도 돼. 아니면 의미 있는 노래 가사를 적어와도 좋아. 뭐든 상관없으니 내일 꼭 가져오길 바란다.' 선수들 중에 절반은 글을 써왔고 나머지는 그걸 잊어먹고 그냥 왔어요. 저는 감독님의 말씀을 잊었지만 마이클은 실제로 글을 써왔습니다. 우리 팀에 관한 시였죠."

수년간 잭슨이 기울였던 노력이 대결실을 맺는 순간이었다. 코트 위에서 늘 화를 내고 동료들을 공격적으로 대했던 조던이 그들을 생각하며 시를 쓴 것이다.

"꽤 충격적인 일이었죠." 커가 말을 이었다. "그날 선수들이 자기 글을 소리 내어 읽거나 그간의 경험을 얘기한 뒤에는 다들 돌아가면서 그에 관한 소감을 한마디씩 말했어요. 감독님이 나중에 귀띔해준 건데, 그런 아이디어는 다 사모님이 낸 거라더군요. 아무튼 우리가 소감을 말하고 나면 감독님은 글이 적힌 종이를 구겨서 커다란 깡통에 넣었어요. 크기가 분유통만 한 깡통이었죠. 그리고 발표가 전부 끝난 뒤에 감독님은 성냥에 불을 붙이고는 그 안에 든 걸 태워버렸습니다. 훈련장의 조명을 다 끈 상태라 그 순간 눈에 보이는 건 작은 불길뿐이었죠. 그건 이런 느낌이었어요. '방금 이야기한 추억은 온전히 우리의 것이며 우리 외에는 아무도 그것을 볼 수 없다.' 감독님이 직접 그런 말씀을 한 건 아니고 그냥 마음에 와 닿는 느낌이 그랬다는 겁니다. 그건 우리만의 추억이고 비록 그 모습은 사라졌지만 우리 안에 영원히 살아 숨 쉴 것이라고, 우리 외에는 누구도 그 추억을 들여다볼 수 없을 거라고요."

결국 필 잭슨이 조던의 시를 불태웠냐는 질문에 커는 웃으며 말했다.

"맞아요. 지금 그게 남아 있으면 수백만 달러는 할 텐데 말이죠. 안 그래요? 마이클이 쓴 시는 그 시절의 시카고 불스가 우리에게 어떤 존재이고 그때까지의 경험이 어떤 의미를 가졌는지, 또 우리가 어디에서 와서 어디로 가는가를 이야기했죠. 정말 아름다운 글이었어요. 제 머릿속에는 감독님과 우리가 함께한 시간 가운데 그날의 기억이 가장 선명하게 남아 있어요. 영원히 잊지 못할 추억이죠. 그때 저는 울고 말았어요. 저 말고도 눈물을 흘리는 선수들이 많았고요."

지난 몇 년간 그들에게 조던의 동료로 산다는 것은 아주 길고도 고된 여정, 강렬한 스트레스와 흥분과 승리의 기쁨이 뒤섞인 시간, 혹은 매일 같이 이어지는 일상을 의미했다.

"여기서 중요한 건 마이클이 아니라 우리가 함께한 경험이에요." 스티브 커의 말이 다시 이어졌다. "우린 그동안 너무나 특별한 시간을 경험했다고 느꼈고, 그 일부분이 된 게 굉장한 행운이라고 생각했어요. 그때 우리 팀과 함께하길 바라던 사람들, 선수들이 정말 많았으니까요. 우린 진짜 운이 좋았어요. 그 유명한 시카고 불스의 일원이 되어 몇 년간 우승을 하고 마지막을 함께했잖아요. 우리 팀원들은 그게 얼마나 특별한 경험인지 알고 있었어요. 거기에는 팀을 하나로 묶는 감독님의 탁월한 능력이 있었죠. 감독님은 우리가 소통할 길을 만들고 다양한 형태로 화합하게 해주셨어요. 필 잭슨 감독님이 아니었다면 결단코 불가능했을 겁니다. 그건 마이클 혼자 힘으로 할 수 없는 일이었어요. 왜냐하면 마이클은 우리랑 너무도 다른 존재였으니까요. 마이클은 다른 어떤 선수보다 농구 실력이 뛰어났지만 스카티처럼 감정이라든가 인간적인 면에서 우리랑 잘 통하는 상대는 아니었어요. 마이클과 저처럼 평범한 선수들 사이에는 별다른 공감대가 없었지만 감독님은 다양한 방식으로 모든 팀원을 하나로 단합시켰죠."

리틀 리그의 스타플레이어였지만 바로 다음 해에는 깡마른 체구 탓에 베이브 루스 리그에서 제대로 뛰지도 못하고 자신감을 잃어버렸던 소년, 백인들로 가득한 야구단에서 유일한 흑인으로 벤치를 지켜야 했던 아이, 자신을 무시하고 형들과 비교하던 아버지에게 분개하여 NBA 선수가 되고도 매 경기 끊임없이 아버지 앞에서 제 가치를 증명했던 열정의 화신 마이클 조던. 조던은 잭슨을 만나 비로소 자신의 삶을 되짚어볼 수 있었다.

"그런 경험들 덕분에 마이클은 최고가 될 수 있었던 거예요." 커는 웃으면서 이렇게 결론을 내렸다. "단지 재능만으로 가능한 게 아닙니다. 시합을 대하는 올바른 태도, 농구라는 종목의 특성, 거기에 관련된 온갖 전술과 기술들, 그런 걸 모두 깨우쳐야 가능한 거예요. 마이클은 그 모든 걸 익히고 깊이 이해하고 있었죠."

그러한 사실은 한 시대의 종말이 안겨주는 슬픔을 더할 뿐, 여섯 번의 우승이라는 업적도 큰 위안은 되지 못했다. 그간 겪었던 모든 것, 아버지의 죽음부터 야구를 하며 겪은 굴욕, 재판 과정에서 느낀 분노, 소원해진 어머니와의 관계, 씁쓸한 뒷맛을 남긴 라인스도프와의 재계약, 크라우스와 벌인 유치한 싸움, 피펜에 대한 실망감까지……. 그 모든 것이 지나고, 찬란한 농구의 이상을 이룬 조던은 갈 곳을 잃은 채 그 자리에 멈춰 섰다.

# 제 11 부

# 이후의 삶

# 제 36 장

# 공백기

사람들은 마이클 조던이 유타 재즈와의 결승전 마지막에 그려낸 완벽한 이미지 속에 영원히 머무르길 원했다. 차츰 줄어드는 시간과 골대로 날아가는 공, 긴장된 표정을 짓는 관중을 배경으로 그가 오른팔을 들고 슛 자세를 마무리한 그 자세 그대로 서 있길 바랐다. 마지막까지 누구에게도 정복당하지 않고 고개 숙이지 않은 에어 조던으로⋯⋯.

그의 이름을 세상에 알린 계기는 대학 시절 NCAA 결승전에서 UNC의 승리를 확정 지은 마지막 슛이었다. 그로부터 약 20년이 지나 같은 방식으로 농구 인생을 마무리한다⋯⋯. 어떤 이야기도 더 완벽할 수는 없었다. 농구계에는 그 긴 역사만큼이나 멋진 명장면을 탄생시킨 선수가 많았지만, 조던처럼 매일 밥 먹듯이 하이라이트 영상을 찍어낸 선수는 없었다.

과연 그의 농구 인생은 유타 재즈와의 최종전에서 실로 대단원의 막을 내린 것인가?

제리 라인스도프를 비롯한 모든 농구 관계자들은 그렇게 끝이 나길 기도했다. 그들은 이후 수개월간 조던에게 수없이 충고했다.

"이 이상 뭘 할 필요가 있을까? 자네의 커리어는 완벽 그 자체야. 거기서 무얼한들 더 나아질 수 있겠어?"

하지만 아무도 그를 막을 수는 없었다.

솔트레이크시티에서 마지막 NBA 결승전을 화려하게 마무리하고 아직 며칠지나지 않은 시기, 조던은 그간 3연패를 이루기 위해 겪은 고초도 잊고 전국 각지의 골프장 순회에 열을 올렸다.

당시에 조던은 비디오 게임으로 바턴 크리크 골프 코스를 접하고 그 매력에서 헤어나지 못하는 중이었다. 텍사스주 오스틴에 자리 잡은 이 코스는 골프장 설계 전문가 톰 파지오의 손길이 닿은 곳으로, 장엄한 절벽을 따라 만들어진 페어웨이와 수많은 폭포, 석회 동굴이 공존하는 장소였다. 기나긴 농구 시즌이 끝난 지금, 그는 실제로 그 코스를 밟아볼 계획이었다.

여기서 키스 런드키스트라는 인물이 등장한다. 조던이 오스틴에 도착하여 바턴 크리크에서 라운딩하기로 예정한 날은 월요일이었다. 그는 이틀 전 텍사스 출신의 프로 골퍼인 런드키스트에게 연락하여 그날 오전에 인근의 그레이트 힐스 골프 코스에서 몸을 풀 수 있게 도와달라고 부탁했다.

매주 월요일에 휴장하는 그레이트 힐스 코스는 조던 일행이 방문하기에 더없이 적절했다. 그래서 런드키스트는 조던이 부탁한 대로 준비해두겠다고 답했다. 그는 만 서른다섯의 농구 스타가 느긋하게 골프를 즐기며 NBA에서 쌓인 피로와 긴장을 풀 것이라 예상했다.

그러나 약속일인 월요일에 런드키스트의 전화는 터무니없이 이른 시간부터 울려댔다. 아니나 다를까, 이미 전용기에서 내려 골프장으로 향하고 있다는 조던의 목소리가 들렸다. 런드키스트는 눈을 껌뻑이며 재차 시간을 확인했다. 그런 다음 침대를 뛰쳐나와 서둘러 약속 장소로 향했다.

그레이트 힐스에 도착한 런드키스트는 연습장에서 어두운 새벽하늘로 맹렬하게 공을 쳐대는 조던을 발견했다. 프로 골퍼가 된 지 꽤 됐지만 그 시간에 골프채를 잡고 연습하는 사람을 본 것은 난생처음이었다.

악수를 나눌 때 런드키스트의 손은 조던의 커다란 장갑에 완전히 가려졌다. 그는 조던이 듣던 대로 대단한 위인이라고 생각했다.

새벽하늘이 밝아오자 조던과 전직 NFL 선수인 로이 그린을 포함한 4인조는 라운딩을 시작했다. 조던은 정오에 그 부근에서 열리는 자선 행사 전까지 최대한 많은 홀을 돌아볼 생각이었다.

그날 런드키스트는 그들을 따라다니며 그레이트 힐스 코스의 안내를 맡았다고 한다.

"저는 마이클에게 공을 쳐야 하는 방향과 거리, 그린의 특성을 설명했습니다. 처음 9홀 동안은 플레이가 영 신통찮았어요. 아직 NBA 결승을 끝내고 며칠 안 된 때였죠. 마이클은 시가를 피우면서 그 시간을 즐겼습니다. 같이 온 일행과 가벼운 시합을 하면서요. 장타력은 제가 생각하던 것보다 상당히 뛰어나더군요. 공을 꽤 잘 쳤어요. 두말할 필요가 없을 정도였죠."

런드키스트는 조던이 후반 9홀에 접어들 즈음 확실히 코스에 대한 감을 잡았다고 말했다.

"마이클은 그린을 읽는 감각이 탁월했어요. 손이 너무 커서 그런지 골프채 그립도 일반인들보다 훨씬 크더군요. 시선과 손의 연계 감각이 아주 훌륭했고요. 농구 이외의 분야에서도 운동 신경이 꽤 좋다는 걸 알 수 있었습니다."

그들이 후반 9홀을 돌 때는 컨트리클럽 회원들도 조던이 휴장 중인 코스에서 라운딩하는 모습을 포착한 상태였다. 곧 그 주변에는 60~70명에 달하는 갤러리가 모여들었다. 그가 방문한 골프장이라면 어디서나 흔히 일어나는 일이었다. 한 예로, 올랜도 출신의 변호사 마크 네제임은 어느 날 아침에 자택 인근의 골프장에서 수많은 골프 카트가 페어웨이 위를 달리는 광경을 목격했다고 한다.

"그때 열다섯 대 정도 되는 카트들이 마치 레이스를 하듯 코스를 달렸어요. 맨 앞의 카트에는 마이클 조던이 타고 있었고, 그 뒤로 그 사람을 보려는 팬들이 줄줄이 따라가는 상황이었죠."

런드키스트는 조던이 그런 상황에 익숙한 듯 아주 여유롭게 행동했다고 설명했다.

"그날 저는 마이클과 얘기를 나눌 기회가 많았어요. 그런데 장비를 보니까 죄다 윌슨 제품을 쓰길래 '더 좋은 골프채가 많은데 왜 이런 걸 쓰시죠?' 하고 물어봤죠."

조던은 윌슨사와의 광고 계약을 언급하며 이렇게 답했다.

"저한테 돈을 주는 회사니까요."

과거에 리처드 에스키나스는 조던이 골프를 할 때도 마치 농구를 하듯 잔뜩 속도를 높여 그 상황을 본인에게 유리하게 이용하려 한다고 지적했었다. 그날 텍사스에서 펼쳐진 광경은 그 말 그대로였다. 조던 일행은 조금도 쉬지 않고 신속하게 각 홀을 처리해나갔다. 런드키스트는 그 속도를 목격하고서 누가 지쳐 나가떨어져도 이상하지 않겠다고 생각했다. 그는 정오에 열린 자선 행사까지 따라갔다. 조던은 어른 아이 할 것 없이 많은 인파가 몰려든 그 자리에서도 여전히 활기찬 모습이었다. 그날 오후, 조던은 매혹적인 바턴 크리크 골프 코스를 방문하여 오전과 마찬가지로 수많은 홀을 정복해나갔다. 라운딩은 저녁에 인근의 샌 마르코스에서 개최되는 자선 농구 시합 시간에 딱 맞게 끝났다.

"마이클은 그 경기에서 한시도 쉬지 않고 뛰었어요." 런드키스트가 한 말이다. "아마 적어도 두 시간은 코트에 나와 있었을 겁니다. 정말 그런 사람은 내 평생 처음 봤어요."

그 뒤에 조던은 오스틴으로 돌아와 한 고급 레스토랑에서 체력을 비축했다. 그는 그곳에 한참을 머무르며 스테이크를 먹고 시가를 피우면서 값비싼 와인을 마셨다. 그러다 텍사스의 새벽하늘이 다시 밝아질 무렵 공항에서 대기 중인 전용기에 몸을 실었다.

조던이 떠난 뒤 런드키스트는 그날 접한 그 초인적인 욕구를 다시금 떠올려보았다. 그리고 생각했다. 아마 저 사람은 은퇴하더라도 충분히 잘살 것이라고……. 그에게는 세상의 모든 유명 골프장을 찾아다닐 수 있을 만큼 많은 돈과 그만을 위한 비행기 그리고 왕성한 호기심과 에너지가 있었다. 런드키스트 같은 사람이 보기에는 실로 이상적인 삶이었다. 그럼에도 한 가지 의문이 머릿속을 맴돌았다. 과연 천하의 마이클 조던이 그것만으로 만족할까?

## 버려지다

조던은 필 잭슨이 기어이 불스를 떠나기로 하자 자신이 버림받았다고 느꼈다. 스스로 한 약속을 언제나 철저히 지켰던 그는 잭슨이 감독을 맡지 않을 경우 은퇴를 택하겠다고 맹세했었다. 두 사람과 가까웠던 한 측근이 말하기로는, 조던이 당시 잭슨과의 결별로 가늠하기 어려울 만큼 큰 충격을 받았다고 한다.

"사람을 조종하면 일단은 원하는 걸 얻을 수 있죠. 하지만 당사자가 그런 사실을 깨닫고 자기가 조종당했다는 걸 알게 되면 결국 그 인간관계는 소원해지고 말아요. 한때 아무리 끈끈한 관계였다고 해도 말이죠. 사람을 조종하고 이용한 결과는 그렇게 될 수밖에 없어요."

조던은 마지막 우승을 차지한 뒤 잭슨이 어떤 사람이고 조니 바크의 해고를 비롯하여 여태 어떤 일을 했는지 확실히 알게 되었다. 하지만 가장 상처가 된 것은 그가 자신을 두고 떠났다는 사실이었다. 조던은 더 이상 잭슨과 재계약하지 않겠다던 크라우스의 선언을 어렵사리 뒤집었지만, 그런데도 감독은 선수들을 그 자리에 버려두고 떠났다.

그 후 크라우스는 신속하게 스카티 피펜을 휴스턴 로케츠로 트레이드했다. 이적 시에 맺은 계약 덕에 피펜은 큰 부를 얻었지만, 잭슨과의 관계가 멀어지고 팀이 해체되면서 조던의 소외감은 계속 깊어졌다. 가뜩이나 사람을 잘 믿지 못한 조던이었건만, 이제는 믿고 의지할 사람이 더 줄어들고 말았다. 잭슨과의 관계가 아주 돈독했던 한 불스 직원은 그해 말에 우연히 그를 만나 이야기를 나눴다. 그러나 지난날 느껴졌던 다정하고 따뜻한 감정은 사라진 상태였다.

"어쩌다 마이클을 만나서 얘기를 나눴는데 아무래도 저를 더는 믿지 않는 눈치였어요. 예전에는 나름대로 친했지만 우린 이제 그런 관계가 아니라고 선을 긋는 것 같았죠."

한 팀으로서 쌓아온 신뢰가 사라졌다면 그들이 함께한 경험은 모두 신기루였던 것일까?

피펜이 트레이드되고 잭슨이 떠나면서 조던의 은퇴는 기정사실이 되었다. 그러나 은퇴는 NBA 구단주들과 선수단의 노사 분규로 말미암아 잠시 연기되었다. 그들은 조던의 초대형 계약으로 촉진된 신규 노사 단체 협약의 필요성을 두고 1998년 비시즌 동안 논쟁을 벌이다가 급기야는 직장 폐쇄를 맞이했다. 구단주들은 조던보다 실력이 떨어지는 선수들에게 그만큼 큰돈을 줄 생각이 없었다. 새 시즌의 개막 여부가 불투명한 상황에서 미래를 심사숙고한다는 명목 아래 조던의 방황은 더욱 길어졌다.

그러던 어느 주말에 그는 여송연을 자르다가 실수로 손의 힘줄을 베고 말았다. 수술이 불가피했던 만큼 그의 앞날은 더욱 묘연해졌다.

한편 당시는 그와 어머니, 형제들을 비롯한 친가 사람들의 관계도 한층 멀어지고 있었다. 시스는 여전히 아버지에 대한 감정 때문에 괴로워했다. 그녀는 1993년에 제임스 조던이 사망한 뒤 곧 가족사에 관한 책을 쓰기 시작했지만 이 작업은 2년이 채 못 되어 중단되었다. 그녀는 NBA 최고의 스타로서 부유한 삶을 살던 동생에게 끊임없이 비판의 날을 세웠다. 특히 자신을 비롯한 여러 일가친척이 생활고를 겪던 시기에 그가 거액의 도박을 했다는 데 크게 분개했다. 그렇다고 마이클 조던이 그들의 어려운 삶을 수수방관한 것도 아니었다. 삼촌인 진 조던은 그가 대형 트럭을 선물한 덕에 70대의 나이에도 화물차 운전사로 일할 수 있었다. 또 시스가 지난 몇 년간 동생에게 받은 돈은 다 합쳐서 약 10만 달러에 달했다. 물론 그녀도 마이클이 온 가족의 삶을 책임지길 바라지는 않았지만, 그가 많은 돈을 걸고 내기 골프를 즐겼다는 사실은 일가족의 감정을 충분히 상하게 했다. 동생의 행동에 늘 비판으로 일관하던 시스는 이후 그 대가를 치렀다. 닛산 자동차 대리점을 소유한 마이클 조던은 언젠가 온 가족에게 차를 한 대씩 선물했는데 그때 누나에게는 중고차를 주었다고 한다. 그녀는 그 일을 두고 동생이 막대한 경제력을 이용하여 가족을 구워삶은 사례라고 지적했다.

1997년에 이르러 마이클 조던은 누나와 말 한마디 주고받지 않는 사이가 되었다. 그는 NBA 우승을 차지할 때마다 직계가족 전원에게 값비싼 기념 보석을 선물했지만 1998년에 시스는 아무것도 받지 못했다. 조던은 다음 해 은퇴를 선언한 뒤 누나가 다시 책을 쓴다는 사실을 알고 노발대발했다. 그는 누나가 터무니없이 글을 부풀려 쓰면서 자신의 명성에 빌붙어 책을 팔려 한다고 비난했다. 하지만 시스는 그 생각이 잘못되었다고 반박했다. 그녀는 자신이 동생 주변을 맴돌며 아부만 떠는 인물들과 다를 뿐 아니라, 마이클 조던이라는 이름이 세상에 알려지기 훨씬 전부터 그를 잘 알고 사랑해온 누나이며, 그를 뒤에서만 비난하는 다른 일가친척과 다르게 앞에서 당당히 잘못을 지적할 수 있는 사람이라고 말했다.

그해 말에는 프로 골퍼인 페인 스튜어트가 US오픈에서 우승하고 얼마 후 항공기 사고로 사망하는 사건이 있었다. 이 소식을 접한 시스는 전용기를 타고 쉴 새 없이 세계 곳곳을 오가던 마이클을 떠올렸다. 그녀는 동생에게 전화를 걸어 걱정스러운 마음에 연락했다고 메시지를 남겼다. 이에 마이클 조던은 어머니를 통해서 아무 일이 없다고 알렸다. 시스는 자신과 직접 대화하지 않는 동생의 심리를 이렇게 설명했다.

'마이클은 무언가 대면하기 꺼려지는 것이 있으면 그것을 최대한 피하려고 한다. 현재는 그 아이가 가진 재산 덕분에 그렇게 불편한 상황을 회피하기가 가능한 것이다.'

가까운 친구들이 설명하기로, 당시에 조던은 어머니와 계속 연락을 주고받으며 지냈지만 그 관계가 예전처럼 가깝지는 않았다고 한다. 1996년 가을에 두 사람은 UNC를 함께 방문하여 사회복지 대학원에 백만 달러를 기부하고 조던의 이름을 딴 가족복지 연구소를 설립하기로 약속했다. 사람들은 전설처럼 회자되는 마이클 조던의 에너지와 열정이 어디서 왔는지 논할 때마다 델로리스를 보고 곧장 해답을 얻었다. 그녀는 십수 년 뒤 70세를 훌쩍 넘겨서까지 가족 문제를 주제로 책을 쓰고 세계 각지를 오가며 강연을 할 만큼 활력이 넘쳤다. 짐 스택은 조던의 카리스마 역시 어머니로부터 물려받은 것이라고 보았다.

"델로리스 씨는 아주 밝고 멋진 분이에요. 마이클의 성격은 모두 그분께 물려받은 것들로 이뤄져 있죠."

델로리스의 무한한 긍정 에너지와 메시지로 채워진 UNC 조던 가족복지 연구소는 어린 나이에 자녀들을 낳아 기르며 많은 고충을 겪었던 그녀가 미국 사회의 가족 문제를 해결하고자 내놓은 나름의 대책이었다.

그런데 그 뒤에 채플 힐에서는 학교가 기부금을 받는 데 차질을 빚는다는 소문이 돌았다. 그것은 늘 돈 쓰는 데 인색했던 조던의 성격 때문이었을지도, 혹은 자신을 모질게 비판하던 어머니와 감정의 골이 더욱 깊어진 탓이었을지도 모른다. 어쩌면 그 두 가지 모두 문제일 수도 있었다. 하지만 시간이 지나 결국 기부금은 학교로 전달되었다. 이후 UNC 조던 가족복지 연구소는 조던 일가의 중요한 사회적 유산으로서 학교에 다양한 교육 프로그램을 제공하기 시작했다.

1999년 여름에 그들은 제임스의 사망 6주기를 맞이했다. 마이클 조던은 직계 가족 가운데 자신의 영원한 친구이며 조언자이자 최고의 팬이었던 아버지와 가장 가까웠다. 제임스는 살아생전에 늘 긍정적인 태도로 그를 지지했고, 아들이 점차로 커져가는 압박감과 부담을 이겨내도록 격려를 아끼지 않았다. 여전히 짙게 남은 아버지의 존재감은 조던을 매번 두 가지 욕망 사이에서 갈등하게 했다. 그의 마음 한쪽에는 사람들을 돕고 만인을 위해 희생하길 바라던 어머니가, 또 다른 한쪽에는 인생을 즐기라고, 너는 그럴 자격이 충분하다고 말하는 아버지가 있었다.

아버지가 세상을 떠난 뒤로 계속된 모자간의 다툼은 마이클이 델로리스의 출입을 막기 위해 제임스 조던 재단의 자물쇠를 바꿀 만큼 심각한 수준에 이르렀다. 시스가 설명하기로는, 그가 어머니의 공익 활동에서 마이클 조던이라는 이름을 못 쓰게 막으려 했다고도 한다. 하지만 그런 와중에도 그는 매달 어머니에게 생활비를 보내며 여러모로 경제적 지원을 했다. 그러면서 심각한 갈등은 어느 정도 해소되었지만, 그들의 관계에는 적지 않은 상처가 남고 말았다.

제임스는 떠나고 없었지만 그의 영향력은 살아 있을 때보다 훨씬 크게 느껴졌다. 혹자들은 조던이 매사에 대중의 시선을 피하는 것 자체가 그 증거라고 보았다. 반면 어떤 이들은 그것이 지난 수년간 호텔 방에 갇혀 있던 그의 삶을 자유롭게 하는 방법이라고 여겼다. 그 해석이 어떻든 간에 시스는 그간 일어난 모든 변화를 목격했다. 비록 남들 앞에서는 마이클 조던이 다른 형제들과 마찬가지로 아주 사랑스럽고 다정다감하다고 말해왔지만, 그녀가 저서를 통해 밝힌 현실은 사뭇 달랐다.

'마이클은 보통 사람과 다른 위대한 스타의 이미지를 얻으면서 자신의 대중적 위상과 성공이 주는 중압감에 갇혀버리고 말았다. 결과적으로 '언제나 남들의 주목을 받는다.'는 사실과 대중의 기대에 부합해야 한다는 부담감 때문에 마이클은 가족과 같이 있을 때도 마음 놓고 쉴 줄 모르는 사람이 되어버렸다.' 또 시스는 동생이 '말을 하고 걸어 다니는 기업'이 되었다고도 말했다.

한편 조던을 옹호하는 이들은 그가 그렇게 움직이는 기업으로 진화한 덕분에 계속된 성공을 거둘 수 있었다고 강조했다. 사업가로 변신한 그는 은퇴 후 옛 명성을 팔며 근근이 생활을 이어가던 선수들과 큰 대조를 이루었다.

1999년에 조던은 인생 제2막의 설계라는 도전에 직면했다. NBA 은퇴 선수들의 재정 상태를 조사한 한 보고서에 의하면 선수들 중 약 90퍼센트가 은퇴 후 몇 년 지나지 않아 파산한다고 한다. 그중 대다수는 에이전트와 자산 관리자들에게 많은 돈을 뜯긴다. 여기에는 돈 관리에 관한 교육 부재도 한몫을 한다. 또 은퇴 선수들 중 상당수는 생활 습관 때문에 거리로 나앉게 된다. 현역 시절부터 이어진 돈 씀씀이를 감당하지 못하는 것이다. 반면에 나이키의 동업자라는 지위와 각종 광고 후원 계약 및 투자는 조던에게 해마다 수백만 달러를 안겨주었다. 그의 재산은 5억 달러 정도로 추산되었고, 언론은 그를 인류 역사상 최초로 10억 달러(약 1조 원)를 벌어들인 억만장자 운동선수로 묘사하기도 했다. 그는 먼 옛날 외할아버지인 에드워드 피플스가 온갖 변수와 난관투성이인 소작농업으로 부를 축적한 것처럼 예기치 못한 변화로 가득한 프로농구계에서 장기간 성공을 구가했다. 게다가 동시대 사람들이 조던의 위업을 생생히 기억한다는 사실은 은퇴 후에도 그 성공을 이어가는 데 도움이 되었다. 수년간 그는 자신이 펼친 최고의 활약이 무엇인지, 또 그런 시합이 언제였는지 질문 받을 때마다 이렇게 답했다.

"제가 이룬 성과에 관해서는 선수 생활이 다 끝난 뒤에 평가해볼까 합니다."

충분히 수긍이 가는 답변이었다. 하지만 그때마다 내비치는 감정은 조던 스스로도 그러한 성공을 즐기는 듯 보였다. 열정은 그를 나타내는 대명사였고, 그가 펼친 폭발적인 활약은 전 세계 시청자들의 시선을 한 곳에 고정시켰다. 소니 바카로를 비롯하여 마이클 조던을 대중문화계의 우상으로 만드는 데 기여한 이들은 그 인기와 영향력이 미치는 범위에 종종 놀라움을 느꼈다. 바카로는 그 점을 두고 이렇게 말했다.

"마이클이 등장하기 이전에는 아무도 우리가 마이클을 광고한 것처럼 그렇게 마케팅 활동을 하지 않았어요. 또 아무도 제품 판촉을 위해 운동선수 한 사람한테 그만큼 집중적으로 투자하지 않았죠."

1999년에 이르러 마이클 조던은 스포츠 영웅을 신격화하는 문화의 정점에 우뚝 섰다. 그렇다면 그의 인기는 어느 정도였을까? 1999년 12월에《파이낸셜 리뷰》지는 1992년에 중국의 어린 학생들을 대상으로 조사한 설문 결과를 접하고 놀라움을 표했다. 이 조사에서 아이들은 조던을 장기간 중국을 통치했던 저우언라이 총리와 함께 20세기 최고의 위인으로 꼽았다. 설문이 이루어진 시점은 영화 「스페이스 잼」이 개봉되기 5년 전으로, 조던 신화의 하이라이트라 할 수 있는 그의 첫 번째 은퇴와 미국 전역을 들끓게 했던 NBA로의 복귀, 그 뒤 이어진 3연패의 위업이 추가되기 훨씬 전이었다.

이에《파이낸셜 리뷰》는 다음과 같은 평가를 내렸다.

'조던이 흑인 스포츠 스타로서 20세기의 이미지를 규정할 만한 업적을 쌓은 것은 사실이다. 그러나 그렇다고 해도 그 인기는 어딘가 터무니없어 보이는 측면이 있다.'

1993년에 《뉴스위크》지는 이런 질문을 던졌다.

'마이클 조던은 얼마나 거대한 존재일까? 다들 알다시피 그는 미국의 수천만 어린이들에게 살아 있는 신으로 통하며 역사상 가장 대중매체에 특화된 스포츠 스타이자 연방준비제도 이사회 회장이 단 몇 마디 말로 금융 시장을 움직이듯 단 몇 마디 말로 온갖 재화와 서비스를 이동시키는 1인 기업이다.'

1995년에 농구계로 복귀하면서 조던의 명성은 더욱 높아졌다. 그로부터 4년 뒤 유나이티드 센터에는 그의 두 번째 은퇴 발표 현장을 취재하기 위해 기자들 800여 명이 몰려들었다. 그들은 그날을 한 시대의 종말이라고 여겼다. 서던 캘리포니아 대학에서 스포츠 및 대중문화를 연구하는 토드 보이드 교수는 조던의 가치를 이렇게 평가했다.

"마이클은 스포츠 역사상 가장 중요한 선수 중 하나죠. 하지만 그걸 넘어서 미국 역사에서 문화적으로 가장 중요한 인물 가운데 하나이기도 합니다. 여기에는 의문의 여지가 없다고 봐요. 오늘날 한 스포츠 분야를 완전히 지배하고 그 영역을 초월하여 하나의 브랜드로서 성공한 선수를 논할 때, 마이클 조던은 농구 코트에서 시작해서 미국 대중문화의 중심부로 누구보다도 깊이 침투한 인물이라 할 수 있습니다."

그 인기가 절정에 달했을 무렵, 사람들은 조던이 조금이라도 흐트러진 모습을 보이면 종종 놀랍기 그지없다는 식으로 반응했다. 하지만 사실은 소니 바카로의 말마따나 그가 그 이상 일탈을 저지르지 않은 것이 훨씬 놀라운 일이었다. 조던은 어떻게 그토록 큰 성공 앞에 무너지지 않고 살 수 있었을까? 바카로는 이런 의문을 품었다.

"그건 정말 인간적으로 불가능한 일이에요. 보통 같아선 있을 수 없는 일이라고요. 마이클이 90년대 초반에 스파이크 리랑 찍었던 「마스 블랙몬」 광고 기억하시죠? 그 광고로 두 사람은 정말 어마어마한 인기를 끌었어요. 그 뒤에 마이클은 벅스 버니와 루니 툰 캐릭터들이 나오는 광고와 영화에 출연했죠. NBA 우승도 수차레 경험하고 세계 최고의 선수가 되었고요."

일전에 조던의 누나는 그처럼 한 인간의 근본을 뒤흔드는 경험이 동생을 다른 사람으로 바꿔버렸다고 꼬집은 바 있다. 바카로는 그 생각에 동감했다.

"나이키가 창출한 거대한 상업주의가 마이클을 다른 사람으로 바꿔버렸어요. 우리가 만들어낸 이미지가 그 어린 나이부터 마이클의 삶을 장악해버린 거예요. 거기서 과연 어떻게 원상태로 돌아올 수 있을지, 난 통 모르겠어요."

사실 엘비스 프레슬리나 마이클 잭슨처럼 상상을 초월하는 성공에 희생된 스타들과 비교했을 때, 조던은 아주 원만한 삶을 살았다고 할 수 있다. 그 정도로 유명한 슈퍼스타들은 인기에 매몰되어 자아를 잃고 고독감에 허덕이다 충동적이고 파괴적인 행동을 일삼기 쉽지만, 조던은 그런 문제를 잘 극복했다. 이 점은 인생 제2막을 맞이하여 한 농구단의 소유주이자 경영자로서 고난을 겪을 때도 다르지 않았다. 선수 시절에는 그의 결점이 매 경기 펼친 초인적인 활약에 가려졌지만, 이후 경영자로서 마이클 조던이 밟은 행보는 전혀 그렇지 못했다. 그것은 오히려 그의 단점을 드러내고 문제를 더욱 키울 뿐이었다.

## 라인스도프의 신의

기약 없이 계속될 것만 같았던 NBA 직장 폐쇄는 1998년 12월에 종료되어 다음 달인 1999년 1월에 새 시즌이 열리게 되었다. 이에 조던은 1월 13일 전 세계 언론사들이 밀집한 가운데 유나이티드 센터에서 은퇴를 선언했다. 당시에 그는 99.99퍼센트 확신이 서기 전까지 은퇴 결정을 미루던 참이었다.

조던은 기자회견에서 은퇴를 선택한 이유를 설명했다.

"정신적으로 많이 지친 상태입니다. 새로운 도전 의지를 느끼지 못하고 있어요. 육체적으로는 아주 상태가 좋지만요. 제 생각엔 지금이 은퇴하기에 가장 적절한 때인 것 같습니다."

혹자들은 은퇴를 선언하는 그의 목소리에 확신이 없다고 느끼기도 했다.

"지난 6개월간 여러모로 문제가 있었지만 리그는 앞으로도 계속될 겁니다." 그는 새로운 노사 협정 체결 문제로 NBA가 1998~99시즌의 절반을 날리며 겪은 진통을 이야기했다. "전 이번 사태가 우리 모두에게 현실을 확인할 기회였다고 생각해요. NBA는 일종의 비즈니스지만, 여전히 재미있는 게임이고 이 게임은 변함없이 계속될 겁니다."

하지만 이제 농구팬들은 조던이 없는 새 시즌을 맞이해야 했다.

"전 인생을 즐기면서 이전에 경험하지 못한 것들을 하며 살 겁니다."

그는 새로이 맞이한 자유 시간을 아내, 어린 세 자녀와 함께하며 골프를 즐기거나 광고 촬영을 하는 데 쓰겠다고 밝혔다.

후아니타는 남편의 앞날을 묻는 기자들에게 이렇게 말했다.

"제 생각엔 마이클이 앞으로 운전기사 노릇을 많이 하게 될 것 같아요."

조던은 다시 말을 이었다.

"아쉽게도 제 어머니와 형제들은 이 자리에 참석하지 못했습니다. 하지만 절 보는 것은 곧 그분들을 보는 겁니다. 아버지와 어머니, 제 형들과 누나, 여동생까지요. 저희 일가족은 저를 통해 이 자리를 함께하고 있으며 저 자신을 포함해 모두들 지난 세월 동안 절 이끌고 아껴주신 여러분께 감사하고 있습니다. 전 앞으로 남은 인생을 시카고에서 보낼 겁니다. 아내가 다른 지역으로 가는 걸 원치 않을 테니까요. 전 시카고에서 이 도시의 스포츠팀들을 응원하겠습니다."

한 기자는 앞으로 세상을 위해 행동할 뜻이 있는지 물었다. 이에 조던은 자신이 뭐든지 할 수 있는 구원자가 아니라고 대답했다. 그는 NBA 3연패를 차지한 당시의 팀 구성을 그대로 유지하길 바랐지만 결국 그 염원을 지켜내지 못했다. 하지만 그는 팀의 미래를 두고 불스 경영진과 자신의 접근 방향이 달랐다고만 언급할 뿐 그간의 갈등에 관해서는 말을 아꼈다.

"우리 팀은 이 리그의 수준을 크게 높여 놓았죠." 그는 희미한 미소를 띠며 말했다. "전 이 자리를 함께한 스턴 총재와 라인스도프 구단주께 감사의 말씀을 드리고 싶습니다. 이분들이 제게 프로선수가 될 기회를 주었고, 시카고에서 아름다운 아내를 만나 가정을 꾸릴 기회를 준 셈이니까요. 그리고 오늘날까지 절 지지해주고 제가 농구를 할 때나 코트를 떠나 있을 때나 한결같이 응원해준 노스캐롤라이나의 가족들, 제 친구들도 빼놓을 수 없겠죠. 스턴 총재, 라인스도프 구단주 그리고 절 여기까지 이끌어주고 가족처럼 보듬어준 모든 시카고 팬들께 감사하다는 말씀드립니다. 전 이 도시가 앞으로도 계속 챔피언의 도시로 이름을 드높이길 바라고 저 마이클 조던이 유니폼을 벗은 뒤로도 그 명성이 이어지길 바랍니다. 전 앞으로도 계속 시카고 불스를 응원하겠습니다."

조던은 많은 기자 앞에서 조용한 삶을 사는 평범한 아버지가 될 것을 약속했다. 그는 자녀들을 진심으로 사랑했고, 그래서 그런 삶도 충분히 가능할 것 같았다. 실제로 시도해보기 전까지는 그랬다. 하지만 세계 각지에는 그를 유혹하는 멋진 골프 코스가 가득했다. 23번이 새겨진 전용기는 그를 언제든 원하는 곳으로 데려다주었고, 한밤중의 비행은 담배 연기와 친구들과의 카드놀이, 농담으로 채워졌다. 그는 마치 걸신들린 듯 수많은 홀을 해치워나가며 흥청망청 골프와 도박을 즐겼다. 물론 90년대 초반에 겪었던 사건들의 영향 때문인지 내기의 규모는 다소 줄어 있었다. 훗날 그는 타이거 우즈의 성 추문이 불거졌을 때 사건의 단초를 제공한 인물로 지목받는데, 우즈의 대리인은 우즈가 방탕한 생활을 하던 조던과 어울려 다니면서 그렇게 몰락했다고 주장한 바 있다.

농구계를 떠난 뒤에도 조던의 경쟁심은 끊임없이 불타올랐다. 그는 쉬지 않고 경쟁거리를 찾았고 그 기분을 충족시키기 위해 앞이 잘 보이지 않는 저녁 시간까지도 라운딩을 멈추지 않았다. 그것은 오랜 세월 아드레날린에 중독된 탓이었을까, 아니면 완벽해지려고 애썼던 그간의 삶과 대중의 시선에서 벗어났다는 해방감 때문이었을까? 두 가지 가설 모두 어느 정도 개연성은 있었다. 거기에 또 하나 이유를 더한다면, 더 이상 원정 경기를 갈 일이 없는 그에게 골프 여행이 친구들과 계속 함께할 시간을 주었다는 것이다. 약 20년에 걸친 선수 생활이 끝난 뒤, 조던이 아는 것이라고는 친구들과 시간을 보내는 방법, 사업가의 지위를 유지하기 위한 회의, 광고 촬영 그리고 그 사이사이에 만나는 시카고의 가족뿐이었다.

적어도 그가 생각하기에는 그랬다.

그 시작이 어디인지는 정확히 알 수 없지만, 1998년 6월에 오스틴에서 보낸 골프와 파티의 시간은 이후 몇 주, 몇 달로 늘어나 결국 그의 생활로 굳어졌다. 일찍이 레이시 뱅크스가 지적했듯이 조던은 팬들의 지극한 사랑으로 줄곧 한 나라의 왕자 같은 대접을 받았다. 그리고 은퇴를 선택한 뒤로도 그의 머릿속에서는 그런 대중의 기대감에 부응해야 한다는 생각이 떠나지 않았다. 그는 마음껏 골프를 즐기던 중에 조만간 선수가 아닌 다른 역할로 농구계에 돌아가야겠다고 결심했다. 자신이 현역 시절에 확립한 가치를 실현해야 한다는 생각에서였다. 그는 기자들 앞에서 다음 세대에 중요한 가르침을 주고 싶다고 설명했다.

처음에 조던은 불스의 공동 소유주가 되어 구단 운영에 관여하길 기대했다. 일각에서는 최근 몇 년간 경영진과 마찰을 일으켰던 그가 그런 생각을 하는 것이 뻔뻔하다는 반응이 나왔다. 조던의 분노는 제리 라인스도프처럼 강단 있는 사내도 질색할 만큼 강렬했다. 그러나 나이키에서의 경험을 생각해보면 그가 구단 경영진에 이름을 올리는 것도 충분히 가능해 보였다. 조던은 지난 수년간 필 나이트 회장에게 작은 의견 차이조차 용납하지 않고 까탈스럽게 굴었지만, 그의 존재는 나이키에 막대한 성장과 부를 안겨주었다. 그리고 그런 이유로 그는 풍요로운 보상과 더불어 회사의 방향을 좌우할 강력한 힘을 손에 쥐게 되었다.

나이키와 마찬가지로 불스도 조던의 놀라운 활약과 에너지 덕분에 큰 성공을 거둘 수 있었다. 하지만 라인스도프가 조던에게 나이키의 결정에 맞먹는 보상을 고려했는가에 관해서는 어떤 기록도 남아 있지 않다. 물론 팬들에게는 한 구단의 슈퍼스타가 은퇴 후 경영진에 합류한다는 사실이 합당한 결말처럼 느껴졌고, 당시로써는 조던이 불스로 돌아올 가능성이 적지 않아 보였다.

조던이 구단 운영에 참여한다는 말은 곧 크라우스의 역할을 바꾸거나 그 권한을 줄여야 한다는 뜻으로 통했다. 두 사람의 불편한 관계를 생각했을 때 크라우스를 바로 해고하지 않는 한은 그럴 필요가 있었다. 1999년에 크라우스와 라인스도프는 조던과 벌였던 다툼을 여전히 생생하게 기억했다. 그들은 1997~98시즌에 조던과의 갈등이 불거질 때마다 시카고의 언론 때문에 곤욕을 치러야 했다. 신문 기사와 뉴스에 묘사된 그들의 모습은 언제나 잘못되었고, 조던은 언제나 옳았다.

"예전에 우리끼리 이런 농담을 한 적이 있어요." 크라우스가 2012년 인터뷰에서 한 말이다. "미국의 모든 언론사를 한 줄로 세워놓고 마이클이 그치들 머리 위로 오줌을 누면 다들 '오, 신들의 음료!'라고 외치면서 그걸 받아먹을 거라고요. 실제로 시카고의 언론이 그런 식이었죠. 마이클의 말이라면 뭐든지 따랐으니까요."

조던이 시카고 불스의 주주들에게 많은 이익을 안겨주기는 했지만, 지난날의 쓸쓸한 경험 때문인지 라인스도프는 그의 경영 참가를 아예 생각도 하지 않았다. 크라우스가 당시 상황을 이야기했다.

"제리는 그 일에 대해 일언반구도 없었어요. 단 한 번도요." 그는 일부 언론사가 그 무렵에 조던의 경영 참가설을 두고 기사를 낸 적 있다고 설명했다. "그걸 보니까 웃음이 절로 나더군요. 전 마이클의 경영 능력이 어떤지 잘 알았으니까요."

물론 크라우스는 라인스도프가 어떤 성격인지도 잘 알았다.

"제리는 아주 완고한 사람이에요."

그는 라인스도프가 신의를 매우 중요시한다는 말을 덧붙였다. 불스 구단주의 신의는 무엇보다 구단 주주들을 우선시했다. 크라우스는 아무리 주주들이 조던 덕에 많은 돈을 벌었다 해도 그에게 실무를 맡기는 것은 완전히 다른 문제라고 말했다.

"그때 마이클이 구단 운영에 관여했다면 우리 투자자들이 크게 손해를 봤을지도 몰라요. 아마 녀석은 자기가 그 자리에 앉을 수 있을 줄 알았겠죠. 자기가 원하는 모든 걸 다 가질 수 있을 거라 생각했을 거예요. 그게 뭘 하는 자린지도 모르면서요. 그땐 정말 아무것도 몰랐죠."

크라우스는 마지막 두 시즌 동안 조던과의 연봉 계약을 두고 생긴 악감정도 그 문제와 무관하지 않다고 말했다.

"그 계약을 할 때는 기분이 썩 내키질 않았어요. 오히려 씁쓸했죠."

그는 협상 과정에서 데이비드 포크가 구단주를 대하던 태도가 그런 감정에 적지 않게 영향을 미쳤다고 밝혔다. 그러면서도 연봉 협상에 강한 면모를 보인 포크에게는 자신과 라인스도프 모두 감탄했다는 말을 덧붙였다. 어쨌든 에이전트의 뛰어난 능력은 조던을 향한 감정을 해소하는 데 전혀 도움이 되지 않았다.

훗날 불스를 떠나 미네소타 팀버울브스의 단장이 된 짐 스택은 조던이 과거에 UNC 출신들을 데려와 달라고 구단을 압박했던 전력 때문에 그를 받아들이기가 더 어려웠다고 설명했다. 그가 말하기로 구단주는 당시 크라우스의 구단 운영에 만족하고 있었다고 한다.

"마이클을 가로막은 것 가운데 하나는 제리 라인스도프가 우리의 구단 관리 방식을 깊이 신뢰했다는 거예요. 일찍이 제리는 우리 운영팀에 월터 데이비스 영입을 요구하고 자기 입맛대로 이것저것 요구하던 마이클한테 질렸다는 반응을 보였죠. 만약 마이클이 두 번째 은퇴 후에 시카고 불스로 돌아왔다면 구단의 간판 역할만 하는 데 만족하지 못했을 거예요. 분명히 본인이 직접 중요한 결정을 내리는 자리를 원했을 겁니다. 구단 입장에서는 그런 부분이 문제였죠. 혹여 구단주가 마이클을 데려올 생각을 했더라도 그 친구가 만족할 만한 자리를 내주지는 않았을 겁니다."

조던과 크라우스 양쪽 모두와 가깝게 지냈던 스택은 그들이 구단 수뇌부로 함께하는 모습을 상상만 해도 몸서리가 쳐진다고 말했다.

"그 둘은 절대로 같이 일하지 못했을 겁니다."

NBA 전문 리포터인 데이비드 알드리지는 조던이 애초에 라인스도프의 승낙을 기대해서는 안 될 일이었다고 말했다.

"그때 저는 라인스도프 구단주가 마이클을 임원으로 고려한다는 느낌을 전혀 못 받았어요. 어떤 구단에서 누굴 어떤 자리에 앉힐지 살핀다. 이런 건 금방 티가 나거든요. 그걸 아는 데는 딱히 정보가 많이 필요하지도 않고요. 아무튼 시카고 불스가 마이클에게 그런 역할을 맡기려 한다는 낌새는 없었어요. 전혀요."

사실 주주들의 이익을 따져본다면 조던이 계속 불스 구단과 함께하는 편이 훨씬 나았을지 모른다. 실제로 그는 제리 웨스트가 '돈을 찍어내는 면허증'이라고 부를 만큼 확실한 흥행 보증 수표로 통했다. 그 시절 리그의 지배자로 군림했던 조던은 불스에 막대한 수익과 가치 상승을 안겨주었고 시카고시, 그중에서도 특히 황량했던 시카고 스타디움 인근 지역을 풍요롭게 바꾸었다. 또 일명 '마이클이 세운 건물'로 불리던 유나이티드 센터가 문을 열 무렵 그 주변은 각종 식당과 술집을 비롯하여 온갖 업종이 들어선 활기찬 경제 공동체로 바뀌어 있었다. 그런데도 라인스도프는 사사로운 감정 때문에 주주들과 도시의 이익에 반하는 결정을 했던 것일까?

세간에는 불스의 대성공으로 라인스도프가 조던에게 큰 빚을 졌다는 평가가 있었지만 크라우스는 그 점을 대수롭지 않게 보았다.

"우린 마이클이 농구를 하는 동안 많은 돈을 줬으니까요."

연봉으로 3,300만 달러를 받았던 조던의 마지막 계약을 생각하면 그 말에 수긍이 가지만 2012년에 공개된 NBA 선수들의 통산 연봉 순위를 보면 또 생각이 달라진다. 조던이 선수 생활 동안 구단과의 계약으로 받은 돈은 약 9,000만 달러로, 이 순위표에서는 데이비드 리 다음인 87위에 해당한다. 이 목록을 보며 우리는 그의 성공이 차세대 스타들의 대우에 큰 영향을 미쳤음을 알 수 있다. 그 예로 케빈 가넷, 코비 브라이언트, 샤킬 오닐 등은 선수 생활 동안 약 3억 달러에 달하는 몸값을 받았다. 조던은 자신의 성공이 그 옛날 NBA에서 상대적으로 적은 돈을 벌었던 선배 선수들의 성공에서 비롯했다고 자주 이야기해왔다. 그는 선배들이 그랬듯이 자신 역시 후배 선수들보다 돈을 적게 벌 것이라고 말한 바 있다.

하지만 정작 조던의 순위는 동시대에 활동했던 선수들보다도 한참 뒤처져 있다. 조던 시대의 선수들 가운데 통산 연봉 총액이 가장 많은 선수는 1억 1,900만 달러를 번 패트릭 유잉이다. 스카티 피펜은 불스를 떠난 뒤에 맺은 계약으로 총 1억 900만 달러를 벌었고, 하킴 올라주원이 1억 700만 달러 그리고 게리 페이튼, 레지 밀러, 칼 말론도 1억 달러 이상을 벌었다.

이 자료는 시카고 불스가 조던 덕분에 막대한 부를 축적하고도 그에게 합당한 보상을 주지 않았음을 보여준다. 반면에 레이커스의 구단주인 제리 버스는 매직 존슨이 은퇴할 때 다섯 번의 우승을 이끌고 구단의 가치를 크게 높여준 데 대한 감사의 표시로 1,400만 달러를 선물했다.

하지만 버스와 존슨의 관계는 아버지와 아들에 비유될 정도로 가까웠다는 점이 달랐다. 라인스도프와 조던도 한때는 꽤 끈끈한 관계를 유지했으나 피펜, 잭슨과 얽힌 불화로 말미암아 심하게 틀어지고 말았다.

그런데 연봉 수입이 떨어진 것은 조던의 태도 때문이기도 했다. 그는 언제나 시합을 하는 이유가 '농구를 사랑하기 때문'이라고 주장해왔다. 불스를 떠난 뒤 시간이 조금 더 지나 다시 한 번 유니폼을 입었을 때도 그는 같은 이유로 최소한의 연봉만을 받았다. 그에게는 '코트 밖'에서 막대한 부(10억 달러 이상으로 추정)를 쌓았다는 것이 큰 자부심이었다.

제리 라인스도프는 그런 조던을 더 이상 고용하지 않고 동업자들이 더 큰 부를 쌓을 길을 사실상 차단해버렸다. 하지만 라인스도프도 평범한 인간이었기에 어쩔 수 없었다. 그는 끝없는 갈등에 지쳐 조던 시대를 정리하기로 이미 마음을 굳힌 상태였다.

"은퇴를 앞두고 마이클은 자기한테 조금 더 뛸 만한 연료가 남아 있다고 느꼈죠." 짐 스택이 말을 이었다. "하지만 다른 선택의 여지없이 코트를 떠날 수밖에 없었어요. 그 친구로서는 정말 견디기 힘든 일이었을 겁니다."

크라우스는 조던의 선수 생활이 막바지에 다다랐을 무렵 그에게 마지막 면담을 요청했다. 그 상황은 14년 전 그와 처음 대면했던 1985년의 봄을 떠올리게 했다. 첫 면담이 있고 얼마 후 조던은 발 부상을 당했고, 그 뒤로 두 사람의 거리는 점점 멀어졌다. 소니 바카로는 그 문제를 이렇게 기억했다.

"마이클과 제리의 불편한 관계, 적개심은 전부 그때부터 시작됐어요. 그리고 그게 계속되면서 나중에는 아주 꼴사나운 일들이 벌어지게 된 거죠."

물론 크라우스도 나름대로 입장이 있었다.

"마이클의 비위를 맞추는 게 단장으로서 할 일은 아니었으니까요."

그는 그때까지 줄곧 조던과 화해하거나 불편한 관계를 끝내야 할 필요성이 있다고 느꼈다. 그리고 면담으로 그들의 문제가 어느 정도 해소되길 바라며 조던을 버토 센터의 사무실로 불렀다. 크라우스는 과거에 얼 먼로의 실력이 더 낫다며 조던의 신경을 거슬렀던 일부터 이야기했다. 사실은 자신이 솔직하지 못했다고 말이다.

"자네는 처음부터 얼 먼로를 능가하고 있었어. 헌데 난 그렇게 말하지 못했지."

그러자 곧장 '그럴 줄 알았어요.'라는 대답이 돌아왔다. 조던은 마치 오래전부터 그 순간을 기다린 듯했다.

"마이클은 제 말에 수긍한 것 같더군요." 크라우스는 그날을 회상하며 말했다. "거기서 많은 말이 오가진 않았어요. 뭐 앞으로 마이클이랑 제가 그때처럼 손을 맞잡을 일은 없을 테죠. 아마 지금도 그 녀석은 자기가 크게 되지 못할 거라고 여긴 사람들, 자길 비판한 기사나 글귀를 전부 기억하고 있을 거예요."

그 말대로 조던은 제리 크라우스를 잊지 않았고, 그 점은 시카고를 떠나 어디를 가더라도 변치 않았다.

# 제 37 장

# 마법사

경영자가 되기 위한 조던의 노력은 밀워키 벅스에서 처음으로 열매를 맺는 듯했다. 그러나 그를 공동 소유주로 받아주겠다던 벅스의 허브 콜 구단주가 막판에 약속을 철회하는 바람에 그 꿈은 잠시 뒤로 미뤄졌다. 결과적으로 조던이 발을 들인 곳은 워싱턴 D.C.였다. 그는 아메리카 온라인(AOL)의 부회장으로 워싱턴 위저즈\*의 공동 소유주인 테드 레온시스와 연줄이 있었다. 조던은 샬럿 호네츠에도 관심을 보였지만 그때 호네츠는 구단주인 조지 쉰이 물의를 일으켜 노스캐롤라이나의 농구팬들에게 외면 받는 상태였다. 이후 호네츠는 지역 팬들에게 깊은 배신감을 안겨주고 뉴올리언스로 떠나버렸다.

《시카고 선 타임스》의 기자인 제이 매리어티가 주장하기로는, 1999~2000시즌에 레이커스 감독인 필 잭슨이 조던에게 팀 합류를 권유했다고 한다. 연봉은 적었지만 그로서는 레이커스의 일원으로 우승 반지를 몇 개 더 추가할 수 있는 기회였다. 하지만 당시 정황을 추정컨대 조던은 거절 의사를 보였을 것이다. 그 무렵 위저즈 측이 머지않아 구단의 대주주가 될 수 있다는 말과 함께 공동 소유주 자리를 제안했기 때문이다.

레이커스로 유명한 로스앤젤레스와 다르게 사람들은 워싱턴에 NBA 구단이 있는지도 잘 몰랐다. 불리츠와 위저즈라는 이름으로 보낸 지난 20년간 이 팀은 줄곧 미미한 성적을 거두었을 뿐이다. 조던이 시종일관 고전을 면치 못하던 에이브

---

\* 워싱턴 불리츠의 새 이름으로 1997년부터 사용하기 시작했다. 1990년대 말 미국 각지에서 총기 사고가 빈발하면서 총알을 뜻하는 팀명을 부정적으로 보는 이들이 늘어났다. 이에 워싱턴 구단은 새로운 명칭을 찾기 위해 공모전을 열었고 그 결과 위저즈라는 이름이 선택되었다.

폴린의 팀에 온다는 소식은 사람들을 놀라게 했다. 불과 몇 개월 전 NBA 직장 폐쇄 기간에 조던과 폴린은 많은 선수가 보는 앞에서 심하게 언쟁을 벌였다. 그 목격자 가운데 하나였던 레지 밀러는 조던이 적극적으로 도와준 덕분에 노사 협상에서 좋은 결과를 얻을 수 있었다고 설명했다.

"1998년에 뉴욕에서 그 문제를 두고 회의가 열렸고, 모든 현역 선수가 그 자리에 모이기로 예정돼 있었어요. 다들 마이클 조던은 이미 은퇴를 했다고 잠정 결론을 지은 상태였죠. 그런데 거기 가보니 마이클이 NBA 총재와 구단주들이랑 협상할 준비를 하고 있더군요. 회의가 시작된 뒤에 마이클은 언성을 높이면서 고령의 구단주인 에이브 폴린과 논쟁을 벌였죠. 마이클은 다른 대안 없이 선수들에게 계속 부도 수표를 남발할 생각이면 차라리 구단 경영을 그만두는 게 낫다며 스턴 총재와 워싱턴 구단주를 타박했어요."

이에 폴린은 구단 경영의 어려움을 토로했다.

"그럼 어디에 팀을 파시든가요."

조던의 말투는 적잖이 건방졌다.

그러자 폴린이 쏘아붙였다.

"마이클, 아무리 자네라도, 아니 누구라도 나한테 내 팀을 팔라고 할 수는 없어."

그날의 광경을 생각하면 두 사람이 함께 일하기란 불가능해 보였다. 그러나 위저즈 같은 비인기 팀 입장에서 마이클 조던은 좀처럼 거부하기 어려운 매력적인 존재였다. 구단 관계자들은 농구 황제가 함께할 경우 위저즈의 이미지가 크게 개선되리라 예상했다. NBA 리포터인 데이비드 알드리지는 조던이 위저즈 구단의 소주주이자 운영 관리자로 합류한다고 발표한 날을 떠올리며 말했다.

"그 소식에 난리가 났죠. 어제 일처럼 생생하게 기억이 나요. 《워싱턴 포스트》1면에 제목이 대문짝만하게 실렸거든요. 리처드 닉슨을 사임시킨 그 신문에 큼지막하게 '워싱턴에 조던이 온다'라고 표제가 박힌 거예요. 그러니까 그게 그만큼 큰 사건이었던 거죠."

1999년 가을, 레온시스가 조던을 위저즈의 주주 겸 임원으로 추천할 무렵 폴린과 조던의 불편한 감정은 눈 녹듯 사라진 것 같았다. 폴린은 역대 최고의 선수가 구단 수뇌부에 합류한다는 데 고무되어 있었다. 공동 경영자로서 손을 맞잡은 두 사람은 NBA를 이끌 신구 세대의 결합을 상징했다. 과거에 건설 회사를 경영하던 폴린은 아직 40대 초반이던 1964년에 프로농구단인 볼티모어 불리츠를 인수했다. 당시 폴린이 고용한 직원 가운데는 제리 크라우스라는 젊은 스카우트 담당자가 있었다. 두 사람은 이후 수십 년간 친구이자 서로의 상담역으로서 관계를 유지했다. 또 폴린은 데이비드 스턴이라는 NBA 전문 변호사와도 친분을 쌓았고, 이후 1984년에 스턴은 NBA 총재가 되어 리그에 많은 변화를 불러일으켰다.

알드리지가 설명하기로 폴린은 NBA의 오랜 터줏대감들과 긴밀한 관계였다고 한다. 그중에서도 특히 디트로이트 피스톤스의 빌 데이비드슨 구단주와 가까웠다.

"에이브 폴린은 그 옛날 선수들과 직원들 급여를 주는 데 애먹던 시절의 나이 많은 구단주들과 상당히 친했어요. 또 스턴 총재의 조언자 같은 존재이기도 했고요. 제리 크라우스하고도 친해서 둘이 서로 많은 정보를 주고받았던 걸로 기억합니다."

그런데 막상 폴린 밑에서 일하던 사람들은 구단주가 크라우스를 그만큼 중요하게 생각하는지 몰랐던 모양이다. 알드리지는 2012년 인터뷰에서 그 점을 이야기하며 웃었다.

"워싱턴 구단에는 제리가 얼 먼로 드래프트처럼 중요한 사건에서 본인 역할을 너무 부풀려 말한다고 생각하는 사람이 많아요. 예전 불리츠 시절에 직원들한테 제리에 관해 물으면 다들 눈만 굴리다가 '아아, 얼 먼로를 발굴했다는 그 사람 말이군요.' 이런 식으로 얘기했죠."

하지만 크라우스는 폴린이 구축한 NBA 구단주들과 단장들의 대화망에서 계속 큰 비중을 차지했다. 폴린과 크라우스는 자주 연락하며 서로의 팀에 관한 평가와 의견을 주고받았다. 나중에 알려진 바에 의하면 폴린에게는 조던이 위저즈에 합류하기 훨씬 전부터 그에 관한 모종의 고정관념이 있었다고 한다.

폴린과 조던은 오랜 친구들에게 매우 헌신적이고 충실하다는 공통점이 있었고, 양측은 이 사실을 좋은 신호로 받아들였다. 폴린이 구단을 인수한 지 36년째 되던 2000년에 그가 신뢰하던 이들 중 많은 수가 위저즈 직원으로 일하고 있었다. 당시 위저즈는 리그에서 가장 형편없는 팀에 속했지만, 볼티모어 불리츠 시절에는 얼먼로와 함께 1971년도 NBA 최종 결승에 진출할 만큼 뛰어난 실력을 자랑했다. 아쉽게도 강적 뉴욕 닉스에 4전 전패를 당해 우승에는 실패했지만 말이다. 아무튼 꽤 좋은 성적을 거두고도 볼티모어 지역민들의 반응이 없자 폴린은 구단 연고지를 워싱턴으로 옮기기로 결심한다. 1973년, 그는 메릴랜드주 교외 지역에 캐피털 센터를 짓고 그곳을 불리츠와 자신이 창단한 프로 하키팀인 워싱턴 캐피털스의 홈구장으로 삼았다.

1970년대는 불리츠의 전성기였다. 불리츠는 보스턴 셀틱스 선수 출신인 K.C. 존스 감독의 지휘 하에 1974~75 정규 시즌에 리그 1위를 차지했다. 하지만 최종 결승에서 만난 골든스테이트 워리어스에 전력이 한참 앞서고도 4전 전패를 당했다. 그 뒤 폴린은 크라우스의 앙숙인 딕 모타를 감독으로 임명했다. 불리츠는 젊은 센터 웨스 언셀드와 팀의 스타인 엘빈 헤이즈의 활약으로 1978년도 NBA 결승 시리즈에 진출했다. 그리고 시애틀 슈퍼소닉스를 상대로 7차전까지 가는 접전 끝에 승리하여 창단 이후 최초로 리그 우승을 차지했다. 하지만 다음 해 결승에서 다시 만난 소닉스에 무릎을 꿇으면서 영광의 시대는 막을 내리고 말았다.

에이브 폴린에게는 젖먹이 아들과 10대 딸을 심장병으로 잃은 과거가 있었다. 그가 영광의 시대를 함께했던 언셀드 그리고 사업 파트너의 딸인 수잔 오말리를 자식처럼 애지중지한 것은 다 그러한 경험 때문일지도 모른다. 실제로 언셀드는 선수 생활이 끝난 뒤에도 불리츠의 감독과 단장을 역임했고, 오말리는 마케팅 홍보 책임자로 오랜 세월을 구단과 함께했다.

'함께 일하는 사람들을 어떻게 대우하는가?' 알드리지는 이 대목에서 폴린의 진가가 드러난다고 말했다. 폴린은 자신의 측근들을 지극히 아꼈다. 하지만 알드리지는 그의 오랜 헌신과 믿음이 오히려 구단의 발전을 저해했다고 평가했다.

"제가 워싱턴 구단을 처음 취재했던 게 1988년인데요. 2008년에도 거기 직원들 가운데 60~70퍼센트는 그때랑 변함이 없었어요. 그런 걸 보면 이 구단은 대체 뭐 하는 덴가 싶죠. 좋은 성과를 냈다고 공을 인정해서 그런가 하면 그것도 아니에요. 불리츠는 성적이 영 꽝이었으니까요. 물론 성적이 나쁜 걸로 치면 클리퍼스 쪽이 더 심했지만 어차피 그건 별 의미 없는 비교고요."

아마 다른 구단주 같으면 최소한 감독이라도 교체하여 팀 분위기를 바꾸려 했을 것이다. 그러나 폴린은 달랐다. 알드리지가 그 점을 이야기했다.

"다들 워싱턴 팀을 보고는 '왜 이런 사람들을 그대로 두는 거예요?'라고 물었죠. 하지만 에이브는 의리가 정말 남달랐어요. 아시겠지만 감독으로서 웨스 언셀드의 성적은 절대 좋다고 할 수 없었죠. 그런데도 에이브는 웨스를 해고하기는커녕 7년인가 8년간 감독을 맡기고 그다음엔 단장까지 시켰어요."

알드리지가 불리츠 취재를 담당하던 시기에 이 팀이 올린 최고의 성적은 40승 42패였다. 그는 당시를 회상하며 웃음 지었다.

"제가 담당 기자였을 때 워싱턴이 거둔 가장 좋은 성적이 그 정도였어요. 정말 형편없었죠. 이 팀은 아주 오랫동안 리그 최하위권을 맴돌았어요. 그렇게 된 이유는 따져보면 꽤 많았습니다. 그리고 거기에는 누구의 잘잘못을 따지기 어려운 측면이 많았죠. 하지만 결과는 결과예요. 뭐라 한들 NBA는 결과 중심의 비즈니스니까요. 아무튼 에이브는 그 정도로 자기 사람들한테 충실한 인물이었어요. 수잔 오말리에게도, 웨스 언셀드에게도 오랜 세월 신의를 다했죠. 평범한 홍보부 직원들조차도 직접 사표를 내지 않는 한 절대 바뀌는 일이 없었어요. 제 기억엔 에이브가 누굴 해고한 적이 없는 것 같아요. 그만큼 의리를 중요히 여기는 사람이었고, 그런 만큼 사람들이 자기를 믿고 따라주길 원했죠. 하지만 에이브가 무엇보다 기대했던 건 본인에 대한 존경심이었을 거예요."

폴린은 워싱턴 지역 사회의 존경을 얻고자 많은 일을 했다. 빈민 구제를 위해 막대한 기부금을 냈고, 위저즈의 홈구장으로 1997년 워싱턴 시내에 세워진 MCI 센터는 지역 경제 활성화에 크게 이바지하며 침체된 수도를 되살리는 데 일조했다. 하지만 NBA에서 그의 팀은 줄곧 얼간이 취급을 받았다. 적어도 한 세기가 끝나고 시작되던 그 무렵에는 그랬다. 폴린은 조던의 합류가 그런 이미지를 쇄신하는 데 도움이 되리라 믿었다.

당시 만 서른일곱 살이던 조던은 두말할 필요 없는 농구계의 유력 인사였다. 하지만 2000년에 위저즈와의 로맨스를 시작할 때도 여전히 조직을 관리해본 경험은 없었다. 지난날 열정 가득한 선수로서 그가 다른 선수들의 자질을 파악하고 평가하는 방법은 직접 대결해보는 것뿐이었다. 그는 시카고 불스를 이끌며 시합에서 전무후무한 기록과 경험을 쌓았지만, 선수단 구성을 해본 적도, 심지어는 누구에게 농구를 가르쳐본 적도 없었다.

하지만 에이브 폴린은 그런 배경을 알고도 위저즈의 성적 향상과 화제의 창출에 줄곧 목말라 있었다. 그 덕분에 조던은 매우 유리한 위치에서 협상에 임할 수 있었다. 폴린은 계약 조건을 두고 어느 정도 양보하기로 마음먹었다. 그러나 조던의 무리한 요구가 이어지면서 두 사람 사이에서는 첫 단추를 끼우기도 전부터 불편한 기류가 흘렀다. 일차적으로 문제가 된 것은 근무 시간이었다. 조던은 위저즈에서 비상근 임원으로 일하길 원했다. 광고 촬영을 비롯하여 사업 활동을 위한 여유 시간이 필요했기 때문이다. 그는 골프를 포함한 개인 여가 활동을 위해 많은 자유 시간을 요구했다. 위저즈 구장에서 시합을 의무적으로 관람하는 횟수도 한 시즌 당 여섯 번을 넘지 않길 원했다. 또한 그는 경기 홍보와 구단 마케팅에서 많은 역할을 맡는 것도 꺼렸다. 오랫동안 비인기 팀으로 고전해온 위저즈 입장에서는 좀처럼 받아들이기 어려운 조건이었다. 특히나 조던의 인기와 매력을 생각하면 더욱 그랬다.

"이미 잘 알려진 이야기죠." 데이비드 알드리지가 당시 상황을 언급했다. "마이클이 워싱턴에 행차했을 때의 임팩트가 어땠냐면요. 실로 어마어마했습니다. 시합 날 마이클이 경영진 관람석에 앉아 있는 사진만 떠도 관객들이 기립 박수를 보낼 정도였으니까요. 팬들의 반응이 정말 대단했죠. 그런데 마이클은 그런 게 내키지 않았는지 전면에 나서길 꺼렸어요. 아무도 자기를 볼 수 없는 사무실로 숨으려 했죠."

조던이 제시한 계약 조건은 구단에서 오랫동안 일해 온 직원들, 즉 폴린이 가장 아끼는 이들의 불만을 샀다. 조던은 구단 운영을 위한 조력자로 골든스테이트 워리어스에서 코치를 맡았던 오랜 친구 로드 히긴스 그리고 나이키와 데이비드 포크를 위해 일하던 프레드 윗필드를 데려왔다. 또한 포크와 수년간 함께 일해 온 커티스 폴크도 고용했다. 그때 위저즈 선수단에는 비싼 몸값을 받는 고령 선수들과 불필요한 인원이 많았다. 그래서 조던 측은 구단 재정을 좀먹는 악성 계약 문제를 해결하는 데 착수했다. 이 방법은 팀 재건을 위한 가장 교과서적인 접근법이지만, 이후 험악해진 구단 분위기 속에서 그들이 이룬 성과는 합당한 평가를 받지 못하게 된다.

조던은 아직 감독도 정하지 않은 상태에서 70대 후반에 이른 조니 바크를 부코치로 선임했다. 그는 시카고에서 라인스도프의 참모로 있던 존 팩슨도 데려오려 했으나 그 계획은 본인의 거절로 무산되었다. 처음에 조던이 감독으로 고려한 사람은 세인트존스 대학의 마이크 자비스였다. 하지만 알드리지가 설명하기로 자비스는 너무 많은 돈을 요구했다고 한다. 그러던 중에 마이애미 대학의 레너드 해밀턴이 위저즈의 감독직을 수락하면서 조던이 원하던 그림이 모두 갖추어졌다. 위저즈의 새로운 시작은 미소로 가득했지만 조던과 폴린은 분명 서로를 의심스러운 눈초리로 바라보고 있었다. 사람들은 조던의 이기적인 성향과 그에 뒤따르는 분노가 워싱턴에서 어떻게 작용할지 궁금히 여겼다. 아나나 다를까, 위저즈가 가는 길은 갈등으로 가득했다.

조던은 수년간 필 잭슨의 지도 아래 선수 생활을 해왔고 잭슨은 선수단과 구단 수뇌부 사이에 '우리 대 그들'의 대결 구도를 형성하여 조직 내에 적절한 긴장감이 감돌게 했다. 물론 나중에는 그로 인해 심각한 불화가 발생하기도 했다. 그러나 잭슨은 불스에서 그 효과를 극대화시켰고 이후 레이커스의 감독을 맡아서도 줄곧 같은 전략을 활용했다. 하지만 그 방법 때문에 잭슨과 시카고 불스의 많은 직원들 사이에는 좋지 않은 감정이 남았다. 1994년 뉴욕에서 플레이오프가 진행되던 시기, 하루는 잭슨이 팀 분위기를 끌어올리기 위해 훈련을 생략하고 선수단과 자유의 여신상 관광을 다녀온 적이 있었다. 그 일로 그는 많은 칭찬을 들었지만, 한 가지 알려지지 않은 사실이 있었다. 그날 잭슨은 팀원들과 이동하던 중 숙소에서 한 블록 떨어진 거리에 버스를 세워 그 안에서 유일한 여성이었던 홍보부 직원을 내리게 했다. 그 여직원은 그런 대우에 굴욕감을 느끼고 얼마 후 사직서를 냈다고 한다. 잭슨은 이 사건 외에도 비슷한 일로 일부 직원들의 분노를 사고 있었다.

크라우스가 그 점을 언급했다.

"필은 그런 전략을 잘 썼어요. 이 리그에는 팀원들과 구단 스태프 사이에 '우리 대 그들' 식으로 집단 구도를 만드는 감독이 적지 않아요. NBA 감독 가운데 많은 수가 어느 정도는 그런 방법을 쓰죠. 하지만 필은 그걸 상당히 능숙하게 활용했어요."

아마 조던에게는 위저즈 농구단의 관리자로서 조직의 분위기를 불편하게 만들 생각이 없었을 것이다. 하지만 오랜 세월 시카고에서 보고 배운 잭슨의 방식은 그의 행동거지에 깊이 배여 있었다. 폴린과 그 측근들은 구단 내의 세력 분열을 감지하고 불쾌감을 느꼈다.

"여전히 구단의 급여를 책임지는 건 에이브였죠." 데이비드 알드리지가 말을 이었다. "그래서 어느 정도는 그 사람한테 경의를 표할 필요가 있었어요. 전성기가 한참 지나서 이제는 자기가 무슨 소릴 하는지도 모르는 노인 같이 보여도 팀을 소유한 건 어쨌든 그 사람이었으니까요. 그때 무슨 일이 있었냐 하면요. 마이클이 로드 히긴스와 프레드 윗필드, 커티스 폴크 등 자기 사람들을 데려왔을 때 꼭 이런 느낌이었어요. '자, 다들 뒤로 물러나도록. 이제 이 조직은 진짜 실력자들, 행동가들이 맡아서 움직이겠어. 앞으로 우리 일을 조용히 구경하다가 가끔 돕는 척이나 해.' 그러다가 얼마 지나지 않아서 구단 사람들이 저한테 볼멘소리를 하기 시작했죠. '이봐, 에이브가 마이클하고 점심 좀 같이 먹는 게 소원이라더군.' 마이클이 워싱턴에 오고 두 주인가 4주인가 얼만지 몰라도 꽤 시간이 흘렀는데 구단주랑 같이 점심도 안 했다는 거예요. 그런 말을 몇 번 듣고 나니까 마이클이 그런 부분에 많이 신경을 써야겠다는 생각이 들더군요. 아무래도 제가 보기에는 그때 마이클 쪽 사람들이 기존 직원들을 홀대했던 것 같아요."

수잔 오말리는 폴린과 워싱턴 불리츠 시절부터 함께하며 구단 부사장 자리에 오른 인물이다. 그녀는 항상 공격적인 마케팅을 펼쳤고, 그 점은 위저즈로 팀명을 바꾼 뒤에도 변함이 없었다. 그러나 팀 성적이 좋지 않았던 탓에 오말리 휘하의 마케팅 부서는 위저즈의 멋진 플레이가 아니라 워싱턴을 방문하는 상대 팀과 그 스타플레이어들을 홍보하며 입장권을 파는 데 주력했다.

알드리지가 그 시절 위저즈의 마케팅 전략에 관하여 말했다.

"워싱턴은 늘 이런 식이었어요. '우리 팀은 실력이 영 꽝이니 상대 팀을 보러 오세요.' 그렇게 상대 팀을 홍보에 이용했거든요. 마이클이 그 방식에 반대하면서 구단 분위기가 좀 불편하게 변했고요."

조던은 보스턴 셀틱스의 레드 아워백 사장처럼 홈팀 선수들의 뛰어난 실력과 멋진 플레이로 팬들을 불러 모아야 한다고 믿으며 강경한 노선을 취했다.

"수잔은 마이클이 원치 않는 방식으로 그 친구를 활용하고 싶어 했어요." 알드리지가 설명을 계속했다. "하지만 마이클의 입장은 이랬죠. '나는 사람들의 구경거리가 되고 싶지 않다. 경기장에 나와서 관객과 악수나 하는 건 바라지 않는다.' 문제는 바로 그거였어요."

선수 생활을 하는 내내 언론에 시달렸던 조던은 구단 홍보 활동 중에 기자들의 접근을 제한해 달라는 요청도 했다. 시카고 언론을 쥐고 흔들던 시절과 마찬가지로 워싱턴에서도 언론 친화적인 모습은 보이지 않은 것이다.

새로운 구단에서 새로운 지위를 얻은 그는 구단 홍보에 매우 소극적이었다. 그가 시간을 좀 내어달라는 오말리의 요청에 계속 퇴짜를 놓으면서 두 사람의 관계는 서서히 틀어졌다. 조던이 참여한 활동이라고는 자신이 위저즈 구단에 합류한다는 사실을 대중에게 알리기 위해 텔레비전 방송용 영상을 몇 장면 찍은 것이 다였다. 한시도 쉬지 않고 팀을 위해 움직이던 현역 선수 시절의 모습은 이제 경기장 어디서도 찾아볼 수 없었다.

알드리지와 그의 동료 스포츠 기자들은 그 점을 두고 열띤 논쟁을 벌였다고 한다.

"저랑 토니 콘하이저, 마이클 윌본은 그 주제로 자주 토론을 했어요. 토니는 이런 입장이었죠. '마이클이 워싱턴에 계속 머물면서 전면에 나서줘야 한다. 관중과 호흡하며 함께하는 경영자가 되어야 한다.' 반면에 마이클 윌본은 '어차피 시카고에도 TV가 있으니 시합은 늘 체크할 거다. 마이클이 어디 있든 자기 일만 잘하면 상관없다.' 이런 말을 했는데 저는 그 친구랑 같은 생각이었어요."

스포츠 세계에서 중요한 것 단 하나를 꼽자면 바로 승패일 것이다. 그런데 레너드 해밀턴이 지휘하던 위저즈는 많은 패배를 기록했을 뿐 아니라 경기 중에 내분을 일으켜 팬들에게 부끄러운 모습까지 보이고 말았다. 해밀턴은 본인이 훌륭한 감독임을 수차례 증명하려 했지만 NBA에서 잔뼈가 굵었던 조니 바크 코치조차도 그를 프로선수들과의 대립에서 지켜주지는 못했다. 해밀턴은 어느 날 시합 도중에 당시 위저즈 선수였던 타이론 네스비와 심각한 의견 충돌을 빚었다. 결국 그는 경기장 경비 요원을 불러 네스비를 끌어내기에 이르렀다.

"마이클은 팀을 어떻게 꾸려갈 것인가에 관해 나름대로 많은 생각을 하고 있었습니다." 조니 바크가 그 시절을 회상하며 말했다. "헌데 하나도 제대로 된 게 없었죠. 그건 프로선수들을 한 번도 지도해본 적 없는 대학 감독을 데려왔기 때문이에요. 그때는 일이 도통 풀리질 않았죠."

타개책을 찾아 헤매던 2001년 봄 어느 날, 조던의 뇌리에는 이런 생각이 스쳤다. '선수로 복귀해서 어린 후배들에게 농구를 대하는 올바른 태도를 가르치는 것, 어쩌면 그것이 이 구단을 살릴 최선의 방법일지 모른다.' 그 옛날 선수 시절에 그는 코트에서 땀을 흘리며 시카고 불스를 절망에서 일으켜 세웠다. 물론 그때는 더 젊었다. 하지만 지금은 그때보다 훨씬 더 많은 것을 안다고, 그는 그렇게 스스로를 납득시켰다. 비록 그 시절보다 살이 찌고 무릎 상태도 좋지 않았지만 오랜 친구인 팀 그로버와 함께라면 문제없으리라 생각했다. 당시에 그로버는 시카고에서 조던이 직접 투자한 전문 트레이닝 시설을 운영하고 있었다. 실제로 그는 얼마 후 조던을 예전 몸매로 되돌려 놓았다.

조니 바크는 선수로 복귀하는 것이 최악의 선택이라며 조던을 곧장 말렸다고 한다.

"그때 마이클은 워싱턴 구단을 위한 일이라면서 선수 복귀를 고려했죠. 그렇게 해도 승수가 크게 늘지 않을 거란 건 녀석도 이미 알고 있었어요."

데이비드 알드리지는 그 소식에 어안이 벙벙했다. 언제나 승리를 향해 달렸던 그 마이클 조던이, 팬들의 염원과는 반대로 패배할 것을 알고도 본인의 명성을 위험에 내던지려 하고 있었다. 하지만 조던은 위저즈 구단을 살리기 위해 이미 마음을 굳힌 상태였다. 애초에 성공할 가망이 없지만 도전을 한다……. 그 상황은 야구계로 진출했던 시절을 떠올리게 했다.

바크는 그 일을 이렇게 이야기했다.

"저는 마이클이 복귀하지 않길 바랐습니다. 이제 더는 이룰 것이 없다고 충고도 했어요. 하지만 녀석은 코트로 돌아오려고 안간힘을 썼죠. 예전의 플레이 스타일을 되살리려고요. 물론 쉽지는 않았어요. 연습 중에 금방 피로가 찾아왔고, 다리힘을 다시 키우려고 계속해서 자전거 페달을 돌려야 했죠. 다시 선수 수준으로 돌아오려고 실로 피나는 노력을 했습니다. 제가 볼 때 그때 녀석이 자신을 한계치까지 몰아붙였던 것 같아요. 사실 그전에도 자기 분야를 떠났다가 돌아온 스포츠 스타들이 있었죠. 저는 격투기 쪽에서도 그런 선수들을 꽤 봤어요. 양키스의 스타였던 조 디마지오는 복귀 후에 센터 필드에서 한참 고전했고, 갈색 폭격기 조 루이스는 복귀 후 링에서 망신을 당했죠. 반대로 로키 마르시아노 같은 선수는 찾아보기가 참 드물어요. 헤비급 복서였던 로키는 전승을 거두고 그대로 링을 떠났죠. 위대한 선수는 그렇게 끝을 맺어야 하는 거예요. 저는 마이클도 그런 길을 가길 원했습니다. 거기서 더 뛰어봤자 얼마나 득이 되겠어요? 하지만 마이클은 결국 복귀했고 저로서는 녀석이 그저 좋은 활약을 해주길 바라는 수밖에 없었어요. 다행히 꽤 잘 뛰긴 했죠. 경기당 평균 22점 정도는 넣어줬고 경기장도 관중으로 꽉 찼으니까요."

폴린은 조던이 현역 선수로 복귀를 고려한다는 소식에 기뻐했다. 그렇게 된다면 수천만 달러에 달하는 수익이 날 뿐 아니라 선수가 구단 지분을 보유할 수 없다는 리그 규정상 조던이 공동 소유주라는 위치에서도 물러나야 했기 때문이다.

처음에 조던이 세운 계획은 위저즈에서 일정 기간 선수로 활동한 뒤 그전에 처분한 지분을 돌려받고 추가로 지분을 매입하여 대주주가 된다는 것이었다. 그 문제를 두고 그는 계약 협상을 요구하지도, 데이비드 포크를 부르지도 않았다. 애초에 어떠한 계약이나 보장도 불가능한 일이었다. 그저 모든 지분을 에이브 폴린에게 맡기고 훗날 경영진으로 복귀할 때 돌려받으리라 믿는 수밖에 없었다. 그는 시카고 불스 시절부터 남을 잘 믿지 못했지만 에이브 폴린만큼은 믿어보기로 했다. 어떤 직원도 해고하지 않고 오랜 동료들을 늘 곁에 둔 위저즈의 구단주를.

그해 위저즈는 또다시 볼품없는 성적으로 한 시즌을 마치고 NBA 드래프트 지명권 추첨에서 1순위를 획득했다. 제리 크라우스는 지명권 추첨을 마치고 시카고로 돌아가던 날을 떠올렸다. 당시 그가 탑승한 비행기에는 프레드 윗필드와 로드 히긴스도 있었다. 그는 그들이 저 뒷자리에 앉아서 분명히 자신을 비웃었을 것이라고 말했다.

"하지만 그때 전 이렇게 생각했죠. 워싱턴이 그해 드래프트를 망칠 거라구요."

지금은 대학에서 최소 1년 이상 뛴 선수들만 NBA 드래프트에 참가할 수 있지만 그 시절에는 그런 규정이 없었다. 그래서 드래프트 지원자 중에는 갓 고등학교를 나온 10대 선수가 많았다. 위저즈는 그중에서 조지아주 출신의 고졸 선수인 콰미 브라운을 뽑았다. 신장이 211센티미터에 달하는 브라운은 그해 맥도날드 올 아메리칸 올스타전에서 출중한 활약을 펼쳤다. 한편 크라우스는 불스의 상위 지명권 두 장으로 에디 커리와 타이슨 챈들러를 선택했다. 당시 멤피스 그리즐리스의 단장을 맡았던 제리 웨스트는 스페인 출신인 파우 가솔을 뽑았다.

과거 UCLA의 전설로서 현재 농구 해설자로 활동 중인 마퀴스 존슨은 콰미 브라운을 이렇게 이야기했다.

"콰미는 그 드래프트에 나온 고졸 선수 중에서 가장 실력이 좋았어요. 그해 맥도날드 올 아메리칸 시합에서는 17득점 7리바운드에 블록슛도 네다섯 개를 기록했죠."

소니 바카로는 당시에도 고교 리그의 스타플레이어들을 평가하는 데 많은 시간을 투자하고 있었다. 그는 2001년도 드래프트를 회상하며 말했다.

"난 콰미 브라운과 에디 커리, 타이슨 챈들러 모두를 잘 알고 있었죠. 그때 마이클이 나한테 의견을 물어서 난 콰미가 제일 나은 거 같다고 얘기해줬어요."

조던의 측근들은 브라운이 뛰어난 운동신경과 리바운드 실력으로 위저즈의 골밑에 활력을 불어넣으리라 예상했다.

한편 조던은 찰스 바클리와 훈련을 하며 함께 코트에 복귀한다는 계획도 세우고 있었다. 바클리는 훈련에 동참하겠다고 했지만, 돌이켜보면 그것은 조던에게 복귀를 단념하라는 경고 신호였을지도 모른다. 은퇴 후 농구 비평가로 활동하던 바클리는 조던보다 훨씬 살이 많이 쪄 현역 선수 시절의 몸매로 돌아가기가 불가능한 상태였다. 반바지를 입고 담배를 입에 문 채 농담을 주고받는 두 사람의 모습은 록 공연장의 명콤비인 믹 재거와 키스 리처즈를 떠올리게 했지만, 그들은 롤링 스톤스처럼 될 수 없었다.

조던은 옛 친구들을 위저즈로 하나둘씩 불러 모으면서 또 하나 잊어서는 안 될 동료를 떠올렸다.

조니 바크가 당시를 회상했다.

"어느 날 갑자기 더그가 그 자리에 와 있지 뭐예요. 저는 그 친구가 오는 줄은 전혀 모르고 있었어요."

더그 콜린스는 시카고 불스를 떠난 후 농구인으로서 순탄한 행보를 밟아왔다. 그는 몇 년간 피스톤스 감독을 맡았다가 스포츠 방송계로 복귀하여 해설자로서 NBA 경기를 분석하는 데 주력하고 있었다. 그때 위저즈에는 조던의 잘못된 판단에 강하게 제동을 걸 인물이 필요했다. 하지만 안타깝게도 콜린스는 그의 말이라면 무엇이든 마다하지 않는 사람이었다.

조던은 여름 내내 시카고에서 그로버와 함께 몸을 만드는 데 힘쓰면서도 코트 복귀에 대한 의사는 표명하지 않고 있었다. 심지어 콜린스조차도 조던이 무슨 생각을 하는지 확신하지 못했다. 그러나 농구팬들은 어느 정도 분위기를 감지한 상태였다. 거기에는 또 한 번 극적인 반전을 보여주려고 땀 흘리던 조던과 그가 돌아올지 모른다는 소문, 새로운 변화에 목마른 도시 그리고 그가 200달러짜리 농구화를 다시 신고 뛸 경우 얼마나 많은 수익이 생길지 계산기를 두들기는 이들이 있었다.

그해 여름에 그로버의 체육관 주변에는 줄곧 긴장감이 감돌았지만 조던이 마이너리그에서 돌아왔던 1994~95시즌과 비교하면 전반적인 관심도는 현저히 낮은 편이었다. 이번에는 방송사 취재 차량이 몰려드는 일 없이 《시카고 선 타임스》의 기자인 제이 매리어티만이 체육관 근처를 맴돌았다. 조던은 매일 욱신대는 무릎을 안고 매리어티의 곁을 지나쳤다. 두 사람은 오며 가며 인사를 주고받았지만 농구계 복귀에 관한 확실한 언질은 없었다.

조던은 도전 의욕을 높이기 위해 현역 선수 시절에 활용하던 자극법을 죄다 끌어다 썼다. 체육관 안은 그가 내뱉는 트래시 토크로 조용한 날이 없었다. 그는 연습 상대들이 열심히 하지 않는다 싶으면 가차 없이 독설을 퍼부었다. 연습 경기에는 그의 친구들과 NBA 스타들이 다수 참여했다. 표면적으로는 조던을 돕는다는 취지였지만, 한편에는 전성기를 지난 그의 실력과 제 실력을 비교해보겠다는 마음도 있었다. 조던은 자신에게 여전히 전성기 못지않은 열정과 능력이 있음을 확인하려 했고, 실제로 연습 시합을 통해 자신감을 되찾았다.

수주에 걸친 훈련으로 서서히 선수 시절의 모습을 찾아가던 조던은 어느 날 연습 시합 도중에 론 아테스트와 부딪혀 갈비뼈 두 대가 부러지는 부상을 당했다. 다친 곳이 낫는 데는 총 4주가 걸렸다. 보통은 그 정도면 도전을 멈출 때라고 여겼을 것이다. 실제로 바클리는 NBA 복귀에 대한 환상을 접은 지 오래였다. 그럼에도 조던은 9월 중에 복귀 선언을 할 생각이었다. 하지만 미국 전역을 뒤흔든 911 테러 사건으로 계획을 잠시 미룰 수밖에 없었다. 그는 며칠간 사고의 충격이 잦아들길 기다렸다가 복귀를 선언했다. 그리고 그 시즌에 받기로 한 연봉 100만 달러 전액을 사건 피해자들에게 기부했다.

조던은 기자들 앞에서 말했다.

"지난번에 은퇴하면서 뭔가를 코트에 두고 떠난 느낌이 들었어요. 아마 여러분은 그 기분을 이해하지 못할 겁니다. 시카고에서 마지막 우승을 한 뒤에 전 그 팀에 머물지 않고 은퇴할 준비를 했죠. 시즌 뒤에 이어질 리빌딩 과정을 겪고 싶지 않았거든요. 필 잭슨 감독이 남았더라면 우리 팀은 그대로 유지됐을 테고 그럼 전 계속 선수로 뛰었을 겁니다."

그는 에이전트를 통해 낸 복귀 성명서에서 다음과 같이 말했다.

"저는 제가 사랑하는 농구를 위해 선수의 신분으로 다시 돌아가려 합니다. 제 마음은 워싱턴 위저즈와 함께한다는 사실에 매우 들떠 있습니다. 저는 우리 팀이 플레이오프에 진출할 역량이 충분하다고 확신합니다."

10월 1일의 기자회견에 그는 에어 조던 로고가 박힌 검은색 운동복과 붉은색 자수로 자신의 이름이 새겨진 검정 모자를 걸치고 나타났다. 같은 날 NBA 용품점에서는 그의 이름과 번호가 적힌 위저즈 유니폼이 140달러에 판매되기 시작했다.

조던의 복귀를 회의적으로 보던 농구계 인사들 가운데는 전직 조지타운 대학 농구부 감독인 존 톰슨도 있었다.

"저는 마이클이 걱정됩니다. 돌아와서 기쁘기는 하지만 사실 이렇게 복귀하는 건 절대 보고 싶지 않았어요. 아마 이제는 예전 같은 활약을 기대할 수 없을 테죠. 그리고 예전처럼 자유투 라인에서 뛰어오르는 것도 불가능할 거예요. 앞으로 마이클의 시합은 공중이 아니라 코트 바닥에서 주로 펼쳐질 겁니다. 그럼 녀석을 에어 조던이 아니라 플로어 조던이라 부르는 게 맞겠죠."

"넘어질 땐 넘어지는 거죠." 조던이 기자들에게 복귀 소감을 밝히는 동안 그의 곁에는 다분히 의도적으로 게토레이 캔 하나가 놓여 있었다. "그땐 다시 일어서서 앞으로 나아가는 수밖에요. 제가 제 아이들한테 무얼 가르칠 수 있을까 생각해보면, 그건 꿈을 갖고 도전하라는 걸 거예요. 제가 이 도전을 해낸다면 그건 분명 대단한 일일 테죠. 하지만 실패하더라도 저 스스로는 떳떳할 수 있을 거예요."

그는 활력 넘치는 신세대 선수들이 자신을 이겨 자랑거리로 삼으려 할 것이라 예상했다.

"지금 제 머리는 단두대에 올라 있는 셈이죠. 앞으로 젊은 선수들이 절 잡아먹을 듯이 덤벼들 겁니다. 그렇다고 저도 멀리서 견제만 하진 않을 거예요. 누가 상대든 간에 도망치는 일은 없을 겁니다. 결과가 어떻든 간에 훌륭한 도전이 될 테니까요."

당시에 그가 가장 원한 것은 떠밀리듯이 시카고 불스를 떠난 뒤로 자신의 삶을 파고든 일말의 아쉬움을 떨쳐내는 것이었다.

"제 마음 한구석에는 여전히 긁어내고 싶은 가려운 부분이 있어요. 그게 남은 평생 절 괴롭히지 않게 하고 싶어요."

사람들은 형식에 지나지 않은 값싼 연봉에 놀라움을 표했다. 불스 시절에 받았던 연봉을 생각하면 조던은 더 이상 자신의 소유가 아닌 팀에 3,000만 달러가량을 선물한 셈이었다. 스포츠 작가들은 그의 복귀를 환영하며 새로운 책을 쓰기 시작했다. 그중에서 특히 눈에 띈 인물은 《워싱턴 포스트》 기자로 활동하며 조던에 관한 기사를 자주 내던 마이클 레이히였다. 하지만 과거에 밥 그린이 조던의 마이너리그 시절과 농구계 복귀를 다룬 『리바운드』를 쓰며 그와 절친한 관계가 된 것과 달리 레이히와 조던 사이에서는 잡음이 끊이지 않았다.

레이히는 한 기사를 통해 조던이 자기본위적인 성향과 아드레날린 중독 때문에 무릎과 몸 관리를 소홀히 하고 있다고 묘사했다. 조던의 훈련 계획은 갈비뼈 골절로 큰 차질을 빚었다. 그는 고향인 윌밍턴에서 트레이닝 캠프를 개최했지만 그 기간 내내 다리를 절뚝거렸다. 시범 경기 시즌인 10월 하순에 레이히는 조던의 복귀 행보를 다룬 일련의 기사를 통해 그가 시합 전날 밤 코네티컷의 모히간 선 카지노에서 시간을 보냈다고 밝혔다. 그날 도박으로 50만 달러를 잃은 조던은 레이히가 워싱턴 D.C.의 독자들에게 그 상황을 실시간으로 보도하는 줄도 모른 채 다음 날 아침까지 그곳에 머물며 잃은 돈을 되찾고 60만 달러를 추가로 땄다.

조던과 그의 참모진은 위저즈의 선수 명단 대부분을 한 팀에 정착하지 못하고 이곳저곳을 떠돌던 이른바 '저니맨'들로 채운 상태였다. 볼품없는 팀 구성이었지만 그중에서도 젊은 슈팅가드였던 리처드 '립' 해밀턴은 뛰어난 재능을 자랑했다. 그러나 그와 조던은 시즌 중에 잦은 충돌을 일으켰고, 더그 콜린스는 팀 성적에 실망하던 조던의 눈치를 계속 살펴야 했다.

그런 와중에도 버라이즌 센터로 이름이 바뀐 위저즈의 홈구장은 그동안 이 팀을 무시했던 워싱턴 시민들로 가득 찼다. 그들은 침체된 구단을 일으켜 세우려고 애쓰던 마이클 조던을 보기 위해 매일 경기장으로 몰려들었다.

하지만 위저즈 선수단은 조던의 동료가 된다는 것이 어떤 의미인지 깨닫고 충격에 빠져 있었다. 처음에 조던은 콰미 브라운이 불스 시절의 호레이스 그랜트처럼 넘치는 에너지로 골 밑을 책임지는 선수가 되리라 예상했다. 그러나 시범 경기 기간에 브라운이 그 옛날 조니 바크 코치가 일컬은 '도베르만' 같은 선수냐는 질문에 조던은 눈살을 찌푸리며 말했다.

"아직 가르쳐야 할 게 산더미예요."

위저즈에 막 입단한 브라운은 문제 가정 출신에 아직 철이 들지 않은 10대 청소년이었다. 그는 골 밑 플레이어치고 손이 작은 편이었고, 농구계의 대선배이자 직장 상사인 조던을 기쁘게 하는 방법이 무엇인지 전혀 감을 잡지 못했다. 그로부터 수년 뒤 브라운이 인터뷰에서 밝히기로 당시 자신은 픽이나 스크린 같은 기본적인 농구 용어도 모르는 풋내기였다고 한다. 조던은 그런 그의 곁에서 평소처럼 화를 쏟아냈다. 그 무렵 레이히는 누군가로부터 조던이 팀원들 앞에서 고함을 지르며 브라운을 '호모 새끼(faggot)'라고 불렀다는 소문을 전해 들었다. 그는 그 주에 발행된 《워싱턴 포스트》지와 몇 년 뒤에 낸 저서 『다시 뛸 수만 있다면(When Nothing Else Matters)』에 그 내용을 실었지만 실상은 조금 달랐다.

그러는 사이 크라우스는 위저즈의 지인들에게 전화를 걸어 정보를 캐고 있었다. 그는 당시에 어떤 소식을 들었는지 설명했다.

"콰미는 우수한 유망주였어요. 전해 듣기론 마이클이 하도 닦달을 해대서 그 아이가 망가지고 있다더군요. 그때 콰미의 아버지는 감옥에 있었고, 어머니는 곧 수감될 예정이었죠. 그 아인 온갖 가정 문제를 다 안고 있었어요. 면전에서 소리를 지르고 겁을 줘서는 안 되는 아이였다구요. 워싱턴 구단에서 아는 사람들 말로는 마이클이 콰미를 망쳤다고들 그래요."

폴린의 오랜 부하 직원들은 경쟁심에 취한 조던의 방식에 불만을 느꼈다. 그들은 크라우스와의 전화 통화에서 오랜 세월 조던과 함께하며 고통을 겪었던 그에게 동정심을 표했다고 한다.

"워싱턴의 모든 임직원이 마이클을 싫어했어요. 거기엔 제가 아는 사람이 꽤 많았죠. 다들 그랬어요. '제리, 그 자식은 쓰레기야.' 특히 웨스 언셀드는 마이클을 혐오하다시피 했어요. 그 친구는 에이브 폴린의 최측근이었죠."

콰미 브라운은 그 뒤로 12년 이상 선수 생활을 하지만 평범한 롤 플레이어로 남았을 뿐 결코 스타는 되지 못했다. 그는 2011년 인터뷰에서 루키 시즌의 트레이닝 캠프를 회상하며 말했다.

"마이클은 사람들이 생각하는 것처럼 저를 거칠게 대하지 않았어요. 오히려 더 큰 문제는 다른 선배 선수들과 감독님의 팀 지도 방식이었죠."* 그는 실망스러웠던 신인 시절을 이야기했다. "다들 마이클이 저한테 시종일관 야단을 쳤다고 그러는데, 사실 그건 저를 가르친다고 그런 거였어요. 그때는 모르는 게 많았거든요. 고등학교를 갓 졸업했던 당시에는 모르는 용어가 정말 많았죠. 그때 팀에서 저한테 블라인드 스크린을 가르치려 했는데 저는 그게 무슨 말인지도 못 알아들었어요. 그런 걸 생각해보면 고졸 선수를 지명할 경우에는 팀에서 그 선수가 NBA의 전문 용어를 모른다는 걸 인지하고 바뀐 환경에 적응할 때까지 기다려줄 필요가 있어요. 그런 선수들을 가르치는 데 적합한 사람들도 필요하고요."

구단 운영을 맡은 조던의 측근들은 LA 레이커스에서 자유계약 선수로 풀려난 포인트가드 타이론 루를 위저즈로 데려왔다. 그가 빠른 발놀림으로 팀에 활기를 불어넣으리라는 생각에서였다. 루는 입단 후 금세 조던과 친해졌다. 그러나 조던의 무릎 상태 때문에 정작 두 사람이 함께 코트에 섰을 때는 경기 속도를 늦추는 수밖에 없었다.

"마이클이 느끼는 부담감이 상당했죠." 루가 그 시절을 떠올리며 말했다. "그때도 이기고 싶어 하는 욕망이 컸거든요. 서른여덟이란 나이에 다시 리그로 복귀하면서 마이클의 명성과 그간의 업적, 그런 것들이 모두 위태로워진 상황이었어요. 제 눈엔 그런 결단을 내렸다는 게 참 대단하다 싶더군요. 그렇게 코트로 돌아온 마이클 곁에서 할 일은 단지 열심히 뛰는 것뿐이었죠. 늘 최선을 다하고 모든 능력을 경기에 쏟아 붓는 선수한테는 마이클이 뭐라고 하지 않았어요. 사실 경기에 나와서 제 몫을 안 하고 설렁설렁 뛰는 선수라면 어디서든 문제가 될 테죠. 일단 코트에 발을 들이면 자기가 가진 걸 모두 쏟아내야 해요. 마이클이 원한 건 그거였어요."

조던의 옛 동료들은 그런 모습을 멀리서 주시하고 있었다. 당시 포틀랜드 트레

---

* 콰미 브라운은 2017년에 NBA 전문 웹진 《훕스하이프(Hoopshype)》와의 인터뷰에서도 조던과 자신을 둘러싼 헛소문을 지적했다. 그는 신인 시절에 조던으로부터 동성애 혐오적인 욕설을 들은 적도, 그런 일로 눈물을 흘린 적도 없다고 밝혔다.

일 블레이저스 소속이었던 피펜은 위저즈 경기 중계를 보고 조던과 자주 통화를 했다.

"코트로 다시 돌아온 지금 마이클은 시카고 시절에 늘 함께했던 것들이 없다는 걸 절실히 깨달았을 거예요." 2001~02시즌 초반에 피펜이 인터뷰에서 한 말이다. "이제는 그때와 같지 않고 앞으로도 계속 그럴 겁니다. 지금은 주변에 좋은 코치진과 동료들은 물론이고 마이클이 어떤 사람인지 이해하거나 시합을 어떻게 풀어나가야 하는지 잘 아는 사람도 없죠."

피펜의 말대로 조던의 주변 환경은 예전과 달랐다. 그가 코트를 떠난 뒤로 그들은 지난날의 경험을 두고 많은 생각을 했다. 피펜은 텍스 윈터가 불스의 뼈대와 같았던 트라이앵글 오펜스를 활용한 것 외에도 전례 없이 중요한 일들을 했다고 설명했다.

"코치님은 농구의 기본과 세부적인 측면에 많은 신경을 기울였어요. 한 번도 그런 걸 소홀히 하지 않았죠. 솔직히 NBA에서 활동하는 지도자들 대부분은 발동작이나 체스트 패스, 슛 같은 기본적인 기술에 신경을 안 써요. 그런 걸 가르치는 데 시간을 들이려 하지 않죠. 하지만 윈터 코치님은 그 반대였어요. 그분은 농구가 반복적인 습관이 중요한 스포츠라고 강조하셨죠."

피펜은 윈터와 조던이 그런 훈련 중에 서로 다투는 모습이 재미있었다고 이야기했다.

"정말 웃겼어요. 코치님은 본인의 지식을 우리한테 알려주길 좋아했는데 마이클은 매번 거기다 대고 꼬치꼬치 따지거나 투덜거렸거든요. '그런 건 요즘 농구에서 안 통해요. 40년대나 50년대면 모를까 요즘엔 안 통한다니까요.' 이렇게 볼멘소리를 했지만 사실 마이클은 코치님이 지적한 게 전부 중요하단 걸 알고 있었어요. 그렇게 늘 아웅다웅하면서도 두 사람 사이는 상당히 좋았고요."

피펜의 말마따나 조던은 윈터의 가르침이 중요하다고 여겼다. 그래서 불스의 두 스타는 매일 윈터가 주도하는 기초 훈련을 소홀히 하지 않았다. 피펜은 그렇게 열심히 기초를 닦은 덕분에 불스가 빛나는 업적을 쌓은 것이라고 설명했다.

"우리는 실력 향상을 위해 어떤 훈련도 가리지 않았어요. 앞으로 더 나은 선수가 될 수 있다는 긍정적인 태도로 코치님의 기초 기술 훈련을 착실히 따랐죠. 열심히 시합하고 열심히 훈련하면 원하는 성과를 이룰 수 있다고 믿으면서요."

피펜은 그 밖에도 조던과 줄곧 연습 시합을 한 경험이 자신을 훌륭한 선수로 만들어주었다고 말했다.

"아무래도 마이클의 플레이에 적응한 덕분에 제 실력이 좋아졌던 것 같아요. 저는 마이클을 보조해야 할 때와 다른 선수들을 리드해야 할 때가 언제인지 늘 파악하면서 시합을 해왔죠. 그런 경험이 쌓인 덕에 마이클이 코트에 없어도 잘 뛸 수 있게 됐고요."

그는 조던 역시 불스에서의 경험 덕분에 나이가 들고 운동능력이 줄어든 상황에 잘 대처할 수 있는 것이라고 보았다.

"지금 마이클은 3, 4년 전처럼 골대로 마구 돌진할 수 있는 상황이 아니에요. 그렇다고 실력이 많이 줄었는가 하면, 꼭 그렇지도 않아요. 마이클은 고공 플레이 외에도 할 줄 아는 게 아주 많으니까요. 게다가 농구에 관한 지식과 경험은 여전히 대단하죠. 아마 득점을 하는 데는 전혀 문제가 없을 겁니다. 그건 변함없을 거예요. 다만 지금은 승리할 수 있느냐 없느냐가 문제일 뿐이죠."

피펜은 조던을 다시 볼 때마다 '4년 전의 시카고 불스가 해체되지 않고 계속되었으면 어땠을까?' 하는 의문을 품었다고 한다.

"그때 우리 팀이 그대로 남아 있었다면 한동안은 경쟁력을 유지했을 거예요. 그간 익힌 지식과 경험이 있으니 뭐라도 됐겠죠. 분명히 강팀으로 남았을 거예요."

그 말처럼 시카고 불스가 전력을 유지했다면 두세 번까지는 아니더라도 한 번은 우승을 추가했을지 모른다. 물론 그러려면 팀원들의 화합에도 조금 더 신경을 기울여야 했을 것이다. 조던이 팀을 떠난 뒤로 불스는 고전을 면치 못하고 있었다. 그 무렵 크라우스는 자신이 가장 좋아하는 선수 중 하나라고 늘 칭찬하던 찰스 오클리를 다시 친정팀으로 데려왔다. 피펜의 설명에 의하면, 오클리는 불스로 돌아간 것이 별로 기쁘지 않은 모양이었다.

"어제 통화를 해봤는데요. 찰스는 구단에 이렇게 말했대요. '당신네가 마이클과 스카티도 그렇게 푸대접했는데 날 뭐라고 그리 잘 챙기겠어?'라고요."

피펜은 위저즈의 젊은 선수들에게 조던과의 연습에서 많은 것을 배우도록 집중하라고 충고했다. 스티브 커도 그 의견에 동의를 보냈다.

"마이클이 어떻게 뛸 것인가는 문제가 아니에요. 본인은 늘 하던 대로 득점을 할 테니까요. 뭐 예전처럼 화려하게 덩크를 꽂아 넣고 해서 밥 먹듯이 방송을 타지는 않겠지만요. 가장 궁금한 건 마이클이 패배를 감당할 수 있냐는 거예요. 과연 워싱턴이 반등할 수 있을까요? 아마 그런 문제가 마이클을 미치게 할 겁니다. 결국은 동료 선수들을 잘 가르치는 게 방법일 텐데, 그게 가능할는지 모르겠어요. 제 생각에는 아무래도 마이클이 경쟁심을 억누르지 못하고 전면에 나서지 않을까 싶어요. 이미 그런 상황이 아닌가 싶기도 하고요. 사람들은 마이클의 동료로 산다는 게 얼마나 힘든지 몰라요. 실전에서는 연습 때 익힌 것들을 완벽하게 해내야 하죠. 안 그러면 마이클이 가만히 두질 않거든요. 그뿐만이 아니에요. 마이클은 동료들이 늘 자기랑 같은 수준으로 뛰길 원한단 말이죠. 그런 게 정말 힘든 부분이에요. 결국 워싱턴이 잘 되려면 마이클과 동료 선수들이 서로를 잘 알고 이해할 필요가 있어요. 아마 그 선수들 입장에서는 어떤 게 좋은 슛인지 가늠하기가 쉽지 않을 겁니다. 경기 중에 마이클의 판단을 따라서 움직일지 아니면 그대로 자기 플레이를 해야 할지, 그런 걸 파악하는 게 정말 어려울 거예요."

실제로 조던은 그런 문제로 몇몇 위저즈 선수들과 마찰을 겪었다. 타이론 루가 그 상황을 언급했다.

"아시겠지만 그 시절 워싱턴에선 모든 선수가 매일 최선을 다해 뛰지는 않았어요. 그런데 그런 친구들하고 다르게 마이클은 평생을 강한 경쟁심으로 싸워왔고, 만 서른여덟에 복귀해서는 매일 아침 일찍부터 연습을 시작해 가장 늦게 연습장을 떠났죠. 무릎 통증과 부상을 안고서도 시합에 나섰고요. 그렇게 노력하는 선수 앞에서 게으름을 피운다는 건 확실히 문제가 있는 거죠. 당시에 마이클의 무릎 상태는 정말 좋지 않았어요. 이틀 연속으로 시합하는 데 통 적응하질 못했죠. 결국 무릎 문제로 한동안 경기를 쉬어야 했고요. 마이클한테는 그 상황이 정말 힘들었을 겁니다. 부상으로 그 고생을 하면서도 팀 훈련과 시합에 꼬박꼬박 나왔지만 그만큼 마음의 상처는 커질 수밖에 없었어요. 자기는 그렇게 만신창이가 돼서도 코트에서 최선을 다하는데 몇몇 동료들은 전혀 노력하는 모습을 보이지 않았으니까요."

그런 상황에서 모두를 놀라게 한 것은 조던의 인내심이었다.

당시 샌안토니오 스퍼스 소속이었던 브렌트 배리는 레이 앨런이나 코비 브라이언트처럼 조던을 오랜 세월 연구해온 조던 키즈 중 하나였다. 그는 선수 인생의 최종장에 들어선 조던의 플레이가 이전과는 어딘가 달라졌다는 데 큰 흥미를 느꼈다. 배리의 분석에 의하면, 그 무렵 조던은 후배 선수들의 교사 역할을 자처했다고 한다.

"경기에 대한 접근 방식에서 과거와는 차이가 있었어요. 마이클은 동료들이 공을 잡을 때마다 상당한 인내심을 발휘했죠. 다양한 플레이를 시도해보려고 상대편 수비수들에게 이런저런 요청을 하기도 했어요. 그건 본인의 득점을 위한 게 아니었습니다. 동료들에게 공격 포메이션을 가르치려고 한 거였죠. 그 모습은 꼭 워싱턴의 젊은 선수들에게 이렇게 말하는 것 같았어요. '자, 특정 공격 상황에서 공을 받았다고 쳐. 그땐 이렇게 패스를 하고 자기 위치를 움직여주면 공격에 기여하게 되는 거야.' 마이클은 말년에 그렇게 코트 위에서 많은 것을 가르치면서 더그 콜린스 감독과 후배 선수들을 도왔어요. 매일 밤 마이클의 시합을 보는 건 단순한 연습 이상의 효과가 있었죠. 기본을 잘 익혀두면 얼마나 효율적으로 농구를 할 수 있는가도 알 수 있었고요."

시동이 걸리는 데는 다소 시간이 걸렸지만 곧 가속도가 더해지면서 위저즈는 향상된 모습을 보이기 시작했다. 그러다가 새해를 며칠 앞두고 조던이 극적인 변화의 조짐을 나타냈다. 그는 인디애나 페이서스에 패한 2001년 12월 27일 시합에서 프로 데뷔 이래 단일 경기 최저인 6득점을 올리며 극도의 부진을 겪었다. 그 일로 그의 연속 두 자릿수 득점 기록은 866경기에서 끝나고 말았다. 하지만 조던은 바로 다음 시합에서 그 대답을 내놓았다. 워싱턴에서 열린 샬럿 호네츠와의 대결에서 그는 4쿼터에만 24점을 쓸어 담으며 총 51득점을 올렸다. 서른아홉 번째 생일까지는 겨우 6주를 앞둔 때였다.

"오늘 마이클은 마치 과거로 되돌아간 것 같았어요."

호네츠의 파워포워드 P.J. 브라운이 경기 후에 기자들에게 한 말이다.

그날 조던은 38분간 출전하여 야투를 서른여덟 개 중 스물한 개, 자유투를 열 개 중 아홉 개 성공시키고 7리바운드와 4어시스트를 함께 기록했다. 그는 과거에 얼 먼로가 세운 위저즈 구단의 개인 최고 득점 기록(56득점)을 깰 수도 있었다. 하지만 콜린스가 승리를 확신하고 경기 종료 3분 전에 그를 벤치로 불러들이는 바람에 기록 경신을 하지 못했다.

콜린스는 인터뷰에서 이렇게 말했다.

"마이클이 이 정도로 만족할는지 모르겠어요. 요 며칠 전에 인디애나에서 힘든 시합을 치르고는 자기가 누군지 보여주려고 단단히 벼른 게 아닌가 싶군요. 제가 말이죠, 여태 마이클의 활약을 많이 봐왔지만 나이 서른여덟에 오늘 같이 뛴다는 건 정말 상상도 못 했어요."

그 시합에서 조던은 페이드어웨이슛을 연달아 넣고 덩크도 한 차례 성공시켰다. 그는 경기가 끝나고 기자들 앞에서 소감을 말했다.

"공중을 난다는 표현을 들은 게 얼마 만인지 모르겠네요. 오늘 전반전에 상당히 감이 좋았어요. 슛 리듬이나 타이밍이 완벽했고, 수비가 무슨 생각을 하는지도 다 알겠더군요. 오늘은 확실히 잘 되는 날이었어요."

조던이 이전에 마지막으로 50점대 득점을 기록한 때는 1997년 봄으로, 당시 플레이오프 1라운드에서 그는 워싱턴 불리츠를 상대로 55득점을 올렸다.

호네츠를 제압한 뒤 조던은 바로 다음 시합에서 50득점에 조금 못 미치는 활약을 펼쳤다.

"정말 놀랍다는 말밖에 안 나왔어요." 데이비드 알드리지가 그날을 떠올리며 말했다. "그때 마이클이 두 경기 연속으로 거의 50점에 가까운 득점을 올렸죠. 저는 두 경기 다 직접 봤는데 두 번째 시합이 끝나곤 마이클이 막 화를 내더라고요. 그 상황이 참 재미있었던 기억이 나요."

그날 위저즈의 대전 상대는 뉴저지 네츠였다. 네츠의 포워드인 케넌 마틴은 기자들 앞에서 조던을 막아보겠다고 호언장담했다. 알드리지가 그 일을 언급했다.

"그때 케넌 마틴이 그랬죠. '난 마이클을 원해요. 내가 마이클을 막을 겁니다.' 그 뒤에 마이클은 그 친구한테 농구가 뭔지 한 수 가르쳐줬고요. 사실 그때 마이클한테는 무슨 능력이라 할 게 없었어요. 단지 농구를 알고 머리를 쓰면서 뛸 뿐이었죠. 예전 같은 운동능력도, 희망이랄 것도 없는 상황이었어요. 그런데도 거의 50점에 달하는 점수를 넣은 거예요. 진짜 눈으로 보고도 믿기지가 않더군요."

알드리지는 함께 경기를 취재하던 제이 매리어티에게 놀란 표정으로 물었다.

"지금 나만 헛것을 보는 거 아니지? 자넨 마이클이 여기서 이렇게 펄펄 날아다니는 게 믿어져?"

위저즈 선수들은 조던을 통해 차츰 자신감을 얻었고 이전과 다르게 스스로 숏 기회를 만들어 득점하는 수준까지 올라섰다. 그 덕분에 위저즈는 2001년 12월부터 올스타 주간까지 21승 9패라는 좋은 성적을 거두었다. 그러나 마이클 조던이 이끄는 위저즈는 그 이상 앞으로 나아가지 못했다. 조던의 무릎이 말썽을 일으켰고, 팀에는 그 외에 상승세를 이끌 만한 선수가 없었기 때문이다. 당시 선수단 내에는 트레이닝 캠프 때부터 조던에게 좋지 않은 감정을 품은 선수들이 있었다. 일부는 그의 고압적인 태도 때문에, 또 일부는 그가 서류상으로는 일반 선수에 불과하나 실질적으로는 감독까지 직접 선임한 구단 소유주라는 사실에 불편함을 느꼈다. 또 표면적으로는 잘 드러나지 않았지만 팀의 유망주들 가운데 득점력이 가장 뛰어났던 립 해밀턴과의 갈등도 점차 커지고 있었다.

그런 와중에 2002년 1월, 후아니타가 시카고에서 이혼 소송을 청구했다. 곧 《시카고 선 타임스》의 기자 하나가 위저즈의 선수 탈의실에 나타나 조던에게 아내와의 불화설을 물었다. 시카고 불스 시절에 조던과의 인터뷰는 늘 농구에 관한 주제에만 초점이 맞춰져 있었다. 그러나 LA 클리퍼스를 상대로 승리를 거둔 그날, 탈의실에는 어딘가 어색하고도 불편한 기류가 흘렀다. 기자는 그에게 이혼이 불가피한지 질문했다. 그러자 조던은 '당신이 상관할 일이 아니야.' 하고 쏘아붙였다. 한편 워싱턴의 한 일간지는 같은 날 밤 그가 나이트클럽에서 어떤 여성과 어울리던 모습을 자세히 보도하기도 했다. 당시 현장에는 팀 그로버를 비롯한 조던의 친구들이 함께하고 있었다.

그해 2월, 조던은 올스타전에 출전했지만 그날 팬들의 기억에 가장 인상 깊게 남은 것은 덩크에 실패하는 그의 모습이었다. 4월 2일에 그는 113대93으로 패한 레이커스전에서 2득점을 올려 본인의 최저 득점 기록을 경신했다. 그리고 이틀 뒤 위저즈는 그가 무릎 부상으로 남은 시즌을 결장할 것이라고 발표했다. 그 후 위저즈는 패전을 거듭하며 플레이오프 경쟁에서 탈락했다.

조니 바크가 그 시기를 떠올리며 말했다.

"복귀 첫해는 참 힘들었죠. 두 번째 해는 더 힘들었고요. 몸 상태를 처음처럼 유지하고 출전 시간을 적절히 조절하는 게 갈수록 힘들어졌어요. 게다가 상대 팀들은 여전히 마이클을 막는 데 주력하는 상황이었고요. 사실 농구라는 게 몸을 많이 쓰는 거친 운동이잖아요. 저는 마이클이 그런 와중에도 누구보다 많은 걸 해냈다고 생각해요. 하지만 옛날에 워낙 잘했던 탓에 경기당 평균 22득점이라는 기록에는 본인도, 농구팬들도 만족하질 못했죠."

위저즈는 비시즌 중에 립 해밀턴을 디트로이트 피스톤스의 제리 스택하우스와 맞교환했고, 조던은 2002년 가을에 다시 한 번 코트에 설 준비를 했다. 데이비드 알드리지는 그 시즌을 두고 이렇게 말했다.

"마이클의 마지막 시즌은 정말이지…… 어휴, 그야말로 최악이었습니다. 제 생각엔 말이죠, 그해 보였던 모습 때문에 팬들 사이에서 마이클의 경영 능력이 형편없다는 인식이 커진 것 같아요. 당시에 마이클이 선수단 구성에 직접 손을 댔거든요."

복귀 두 번째 시즌을 맞은 조던은 식스맨으로 뛰면서 출전 시간을 줄이기로 계획했다.

"시즌 개막을 앞두고 마이클은 이 얘기를 여러 번 했어요. 그해는 식스맨으로 뛸 거라고요." 알드리지의 설명이 이어졌다. "팀의 공격은 제리 스택하우스가 책임질 거라고 했죠. 그리고 본인은 2진 선수들과 함께 나와서 경기를 정리하는 쪽으로 계획을 짰대요. 그 말을 듣고 저는 '그거 참 말 되네!' 하고 생각했어요. 그렇게만 한다면 마이클이 올해의 식스맨이 될 거라고 예상했죠. 마이클이 출장 시간을 줄이고 상대 팀 벤치 선수들과 경쟁하면 경기당 16에서 17점 정도는 넣어줄 거라고 생각했거든요. 세상 누가 봐도 이치에 맞는 일이었어요. 그런데 그것도 시즌 개막 후 2주 정도 만에 끝이 났죠. 그게 마이클의 자존심 때문이었는지 아니면 스택하우스가 마음에 안 차서 그랬는지는 모르겠어요. 아무튼 마이클은 자기 이름을 주전 라인업에 다시 올렸고요."

그렇게 조던이 결정을 번복하면서 더그 콜린스가 유니폼을 입은 팀 소유주에게 계속 휘둘리고 있다는 비판이 다시금 터져 나왔다. 알드리지는 그 문제 역시 언급했다.

"그때 저는 더그를 옹호했어요. 신문 지면과 방송을 통해서 사실대로 이야기했죠. 마이클이 다시 주전으로 나오겠다고 결정해서 감독을 곤란한 입장에 처하게 했다고요. 대체 그 친구가 왜 그랬는지 지금도 이해가 안 가요. 당시로선 벤치에서 출전한다는 게 정말 합리적인 생각이었거든요. 그거야말로 이치에 맞는 결정이었죠. 출장 시간도 줄이고 무릎에 오는 부담도 줄일 수 있으니까요. 주전으로 37분씩 뛰던 걸 식스맨으로는 24분 정도만 소화하면 됐으니까요. 실제로 그렇게 했다면 저는 꽤 좋은 결과가 나왔을 거라고 봐요. 하지만 마이클은 벤치에 가만히 앉아서 시합을 구경하는 걸 도통 못 견뎠죠."

그해 벌어진 위저즈와 피스톤스의 대결은 그간 감춰져 있던 조던과 해밀턴의 갈등을 수면 위로 드러냈다.

"립은 마이클이 자길 디트로이트로 보냈다는 데 아주 분개했죠." 타이론 루가 말을 이었다. "우리가 디트로이트 원정을 갔을 때 녀석은 어느 때보다 거칠게 나왔어요. 마이클한테 트래시 토크를 마구 퍼부었죠. 그러니까 마이클이 그랬어요. '립, 이번 트레이드에 개인적인 감정은 없었어. 팀을 위해서 그런 것뿐이야.' 그런데도 립이 계속 독설을 던지니까 마이클이 이렇게 대꾸하더군요. '이봐 립, 지금 내 이름이 박힌 신발을 신고 그렇게 심한 말을 하는 건 좀 아니지 않아? 조던 브랜드 농구화를 신고서 어떻게 나한테 이럴 수 있어?' 그때 다들 그 소리에 웃음이 터졌었죠. 그 트레이드는 단순히 비즈니스였던 거예요. 마이클은 립을 마음에 들어 했지만, 당시로써는 제리 스택하우스처럼 조금 더 공격적인 득점원이 필요하다고 판단했던 거죠. 공격을 주도하고 스스로 득점을 만들어내면서 상대의 더블팀 수비를 유도하는 선수 그리고 팀을 승리로 이끌 수 있는 그런 선수요. 제 생각엔 마이클이 그런 걸 원했던 것 같아요. 거기에 개인적인 감정은 전혀 없었고요."

조던의 옛 동료 선수들과 코치들에게는 12월 초에 벌어진 그와 피펜의 첫 맞대결이 제일 큰 관심사였다. 텍스 윈터는 그 시합을 앞두고 호언장담했다.

"분명히 뜨거운 경쟁이 펼쳐질 겁니다."

그러나 조던과 피펜의 득점은 똑같이 14점에 그쳤고 시합은 접전 양상을 보이지도 않았다. 그날 피펜의 트레일 블레이저스는 98대79로 낙승을 거뒀다. 조던은 경기 후 기자들에게 말했다.

"전 핍*을 잘 알아요. 그 녀석은 오늘 시합에서 멋지게 활약하고 싶었을 테죠. 분명히 그랬을 겁니다. 그건 저도 마찬가지였어요. 다만 녀석이 모는 말들은 준비

---

* Pip, 피펜의 별명.

가 잘 돼 있었고, 제가 모는 노새들은 상태가 안 좋았다는 문제가 있었죠. 아마 이번 일로 스카티한테 한동안 놀림을 당하지 않을까 싶군요."

조던은 나날이 고된 몸싸움이 이어지는 가운데 아픈 무릎을 안고 분투했다. 12월 15일, 그는 또 한 번 자신의 단일 경기 최저 득점인 2점을 기록했다. 그러나 이후 차츰 몸 상태가 회복되어 2월에는 올스타전에 출전하게 되었다. 그날 그는 깜짝 주전으로 등장했다. 그리고 20득점을 올려 카림 압둘 자바를 제치고 올스타전 통산 최다 득점자가 되었다. 하지만 그 시합에서는 안타까운 광경이 많이 연출되었다. 조던은 경기 시작 후 일곱 번 연속으로 슛을 놓쳤고, 네 번이나 블록슛을 당했으며 덩크도 한 차례 실패했다. 그가 경기 막판 성공시킨 페이드어웨이슛으로 동부 컨퍼런스가 승기를 잡는 듯했지만, 시합은 서부 소속인 코비 브라이언트의 슛으로 동점이 되었다. 이어진 두 번의 연장전에서 조던은 세 차례 득점 기회를 놓쳤고, 결국 그가 속한 동부는 최종 스코어 155대145로 서부에 패하고 말았다.

2002~03시즌은 한때 조던이 극구 사양했던 고별 투어의 성격을 띠었다. 위저즈가 레이커스와의 마지막 대결을 위해 로스앤젤레스를 방문했을 때 코비 브라이언트는 그에게 잊지 못할 이별 선물을 안겨주었다. J.A. 아단데가 그 시합을 떠올리며 말했다.

"코비는 1쿼터부터 마이클을 잡아먹을 것처럼 달려들었어요. 전반전에만 40점을 넘게 넣었죠. 그날의 대결은 한 시대의 진정한 종막, 다음 세대로 바통을 넘기는 행사처럼 느껴졌습니다. 마이클 입장에서는 스스로가 참 초라하게 느껴졌을 거예요. 코비가 그렇게 날뛰는데 전혀 손을 쓰지 못했거든요."

그 시즌에 브라이언트가 몇 경기 연속으로 40점대 득점을 기록하던 무렵, 조던은 그와 자신에게 한 가지 닮은 점이 있다고 언급했다. 바로 동시대의 경쟁자들을 앞서려는 노력이었다. 그 옛날 조던은 재능 넘치는 라이벌 클라이드 드렉슬러를 뛰어넘고 그보다 많은 업적을 성취하기 위해 많은 땀을 흘렸다. 브라이언트에게는 조던이 곧 그런 목표였다.

시즌이 끝을 향해가던 시기에 조던과 위저즈 선수들의 관계는 심하게 틀어진 상태였다. 과거에 시카고 불스에서는 필 잭슨이 조지 멈포드와 함께 마음 수련과 명상 등으로 그가 평범한 선수들과 어울릴 수 있는 환경을 조성했었다. 팀 구성원들의 역학 관계를 중시했던 잭슨의 독특한 훈련법은 각 선수의 장점을 살리고 단점을 보완하는 데 중점을 두고 있었다. 그러나 워싱턴에는 필 잭슨도, 조지 멈포드도, 텍스 윈터의 전술도 없었고 그들만큼 중요했던 피펜도 없었다. 소통 창구와 감정의 배출구를 잃은 조던은 위저즈 선수들을 전혀 신뢰하지 않았던 것으로 보인다. 당시 동료였던 한 선수는 실제로 이런 말을 했다.

"시카고에서는 팀원들을 믿고 의지했는지 몰라도 워싱턴에서는 그런 걸 찾아볼 수 없었어요. 마이클한테는 정말 외로운 곳이었죠."

상황은 악화 일로를 달렸다. 시즌 종료까지 3주가량 남았을 무렵, 제리 크라우스는 곧 어떤 사태가 벌어질지 알게 되었다. 그는 2012년 인터뷰에서 당시의 정황을 밝혔다.

"제가 에이브 폴린한테 전화를 했었죠. 그때 에이브가 하는 말이 이랬어요. '내 그 자식을 그냥 두나 봐. 마이클, 그놈은 자기가 날 쥐고 흔든다고 생각하겠지만, 두고 보라고. 그놈은 아무것도 몰라.' 사실 성격이 드세기로는 에이브도 누구 못지 않았죠."

그로부터 얼마 후《뉴욕 타임스》의 농구 전문 기자인 마이크 와이즈는 놀라운 정보를 접했다. 폴린이 시즌 종료와 동시에 조던과의 연을 끊을 것이라는 소식이었다. 와이즈는 관계자들과의 인터뷰에서 조던이 본인의 측근들 외에 나머지 위저즈 직원들이나 선수들과는 전혀 친분이 없다는 사실 그리고 그가 자기 능력을 과신하다 구단주의 심기를 거슬렀다는 사실을 알아냈다.

"그런 문제가 있다는 건 진작 알고 있었어요." 데이비드 알드리지가 말을 이었다. "저는 마이클이 에이브한테 이런 말을 제일 먼저 해야 한다고 생각했죠. '여러모로 상황이 안 좋게 됐습니다만 앞으로 이 점은 확실히 해두겠습니다. 당신은 구단주이고 저는 그 점을 존중하겠습니다. 당신이 원치 않는 일은 일절 하지 않겠어요. 그리고 제가 데려온 사람들이 기존 직원들에게 무례하게 굴었다면 사과하겠습니다.' 이렇게요. 하지만 정작 마이클에겐 그런 대화를 나눌 기회조차 오지 않았죠."

와이즈는 구단 운영자로서 조던이 보인 문제점과 폴린이 그를 곧 내칠 것이라는 내용이 담긴 기사를 《뉴욕 타임스》에 게재했다. 타이론 루는 그 글을 읽고 크게 놀랐다고 한다.

"마이클이 그렇게 버려진다는 게 말이나 됩니까? 나이 마흔이 다 돼서 복귀하고도 여전히 높은 야투율로 평균 20득점을 올린 그런 사람이 말이죠. 저는 마이클이 정말 대단한 활약을 했다고 생각해요. 물론 예전에 우리가 알던 마이클 조던은 아니었지만 승리를 향한 의지, 농구에 대한 열정, 그건 그 시절과 다르지 않았어요."

브렌트 배리는 와이즈의 기사에 묘사된 일부 위저즈 선수들의 태도에 분개했다고 한다.

"한 번 생각해보세요. 사실 그 팀에서 마이클이 모든 멍에를 짊어질 필요는 없었어요. 그 정도 되는 선수가 동료들에게 잠재력을 최대한 끌어올리는 데 무엇이 필요한지 알려줬고, 또 직접 행동으로 보여줬잖아요. 그럼 나머지는 그 선수들한테 달린 거예요. 프로라면 다들 '한 번 해보자!' 이런 마음가짐으로 달려들었어야죠. 마이클이 후배들에게 전혀 그런 가르침을 주지 않았다면 몰라도요."

알드리지는 조던과 폴린의 관계를 이야기했다.

"처음에 저는 두 사람이 손발을 맞출 수 있을 거라 생각했었어요. 어느 시점까지는 둘이 협력할 방법을 계속 모색했거든요. 뭐 그 뒤로는 그런 움직임이 보이지 않았지만요. 《뉴욕 타임스》 기사가 떴을 무렵에는 마이클에 관해서 불만을 늘어놓는 사람이 확실히 많았어요. 그건 문제가 생각보다 심각하다는 걸 알려주는 일종의 신호였죠."

《뉴욕 타임스》의 기사 내용이 다소 억지스러웠던 탓에 당시에는 조던도, 데이비드 포크도 그 이야기가 현실로 일어나리라 생각하지 않았던 것 같다. 심각한 착오였다. 알드리지는 그 일을 두고 이렇게 말했다.

"마이클이 에이브 폴린을 조금 더 존중하며 따랐더라면 그런 상황에서도 살아남지 않았을까 싶어요. 제가 볼 때는 구단주를 향한 존경심의 부재, 그게 문제의 발단이었던 것 같습니다. 당시에 그 기사는 《뉴욕 타임스》에 실렸죠. 그럼 그 뒤의 상황이 어찌 될지는 뻔했어요. 일단 기사가 나가고 나면 보통은 그 내용대로 흘러가기 마련이거든요. 사건 당사자가 특별한 대안을 제시하지 않는 한 《뉴욕 타임스》에 그걸 뒤집을 만한 글이 실리지는 않아요, 안 그래요? 그런 점을 생각해보면, 딱히 물증이나 제가 아는 정보는 없지만 분명히 누군가가 의도적으로 그런 말을 흘린 거라고 볼 수 있어요. 그 기사를 올리기로 한 책임자가 누군지는 몰라도 아주 머리를 잘 썼다는 생각도 들고요. 당시 지역 언론들 대부분은 마이클을 동정 어린 시선으로 보고 《뉴욕 타임스》처럼 공격적인 논조를 내세우지 않았거든요."

베테랑 농구 기자인 와이즈는 위저즈 유니폼을 입은 조던에게서 그간 단 한 번도 매력을 느끼지 못했다. 그는 마치 엘비스 프레슬리처럼 자신만의 세계에 갇혀 현실과의 접점을 잃어버린 조던을 보고 충격을 받았다. 와이즈는 2012년에 나눈 인터뷰에서 '마이클 조던과 그 측근들이 워싱턴에서 보였던 모습은 오만 그 자체'였다고 말했다.

조니 바크의 관점은 달랐다. 물론 조던이 기존의 위저즈 직원들과 어울리지 않고 선수로 복귀한 후 때때로 독단적인 판단을 내린 것은 사실이었다. 그러나 바크는 조던이 과거처럼 승리할 수 없음을 알고도 팀을 살리고자 기꺼이 자신의 명성을 내려놓았다고, 구단주를 기쁘게 하기 위해 많은 노력을 했다고 보았다. 당시 워싱턴 위저즈는 2년 연속으로 37승 45패를 기록하며 플레이오프에 진출하지 못했다. 조던이 위저즈 선수로서 출전한 마지막 경기에서 그를 아꼈던 팬들은 작별을 아쉬워하며 끊임없이 기립 박수를 보냈다. 무척 실망스러웠던 시즌이었고, 실은 위저즈에서의 모든 경험이 실망스러웠지만, 그날 밤 조던은 팬들의 애정 어린 박수와 환호성에 밝은 미소로 화답했다.

《뉴욕 타임스》가 제시한 부정적인 전망에도 불구하고 조던은 시즌이 끝난 뒤 그간의 노력을 보상받으리라는 기대로 폴린의 사무실을 찾았다. 처음 그가 워싱턴에 당도했을 때 이 구단의 재정 상태는 비참하다는 말이 어울릴 정도였다. 이에 조던과 그의 참모진은 구단 살림을 좀먹는 악성 계약을 정리하여 재정 문제를 해결하고 젊은 선수들을 수급했다. 이후 조던은 2년간 선수로 뛰며 최소한의 급여만을 받았고, 그마저도 기부금으로 모두 사회에 환원했다. 그가 코트로 복귀한 뒤 경기 입장권이 연일 매진되면서 위저즈는 전례 없이 많은 관객을 동원했다. 그 덕분에 그간의 재정 손실을 메우며 어림잡아 3,000~4,000만 달러의 수익을 올릴 수 있었다.

그날 폴린이 던진 메시지는 짧고도 잔혹했다. 그는 조던에게 퇴직금을 내밀었다. 전해지는 이야기에 의하면 그 금액은 수백만 달러에 달했다고 한다. 조던은 그 돈을 탁자 위에 남겨두고 곧장 폴린의 사무실을 떠났다.

에이브 폴린, 오랜 세월 구단을 경영하며 누구도 해고하지 않았던 그가 마이클 조던을 해고한 것이다. NBA의 수많은 관계자는 그러한 결말에 망연자실했다. 마이클 조던, 그는 미국의 살아 있는 국보이자 농구의 정점이며 리그에 수십억 달러에 달하는 수익을 안겨준 사내였다.

약 40년간 NBA 사무국 임원으로 일하며 폴린과 조던을 잘 알고 지낸 팻 윌리엄스는 당시 위저즈의 분위기를 이렇게 설명했다.

"참 살벌했죠. 갑자기 구단 내에 완전히 다른 두 가지 세력이 생겨났으니까요. 조직은 하나인데 가려는 방향은 둘로 나뉘어 있었어요. 그로 인해서 마이클은 큰 타격을 받게 됐죠."

조니 바크는 그런 결말을 안타깝게 여겼다.

"결국 워싱턴에서의 일은 아주 안 좋게 끝이 났습니다. 마이클은 갑자기 팀을 떠났어요. 마이클이 데려온 사람들도 죄다 거기서 쫓겨났죠. 뭐 이래저래 말은 많았지만 그것도 이해가 안 가기는 마찬가집니다. 마이클은요, 일단 본인이 내뱉은 말은 꼭 지키는 사람이에요. 그런 친구한테 뭔가 약속을 했다면 그만큼 책임을 지는 게 도리겠죠. 처음부터 서로 동의를 하고 시작한 일이니까요. 그때 구단주와 마이클 사이에는 문서로는 남기지 않았던 약속들이 있었어요."

조던의 퇴출은 그를 탐탁지 않아 했던 위저스 선수들조차 놀라게 했다.

타이론 루가 당시 느꼈던 충격을 언급했다.

"좀체 받아들이기가 어려웠어요. 마이클이 복귀해서 뛴 덕분에 구단에선 지난 5년간 구멍 났던 재정을 2년 만에 도로 채울 수 있었거든요. 그런 사람을 그렇게 내치다니요? 정말 비통한 날이었죠."

정치권의 비열한 공작을 숱하게 보아온 워싱턴 시민들도 그 소식에 큰 충격을 받은 듯했다. 알드리지가 그때의 정황을 이야기했다.

"과연 에이브가 마이클을 이용 가치가 다할 때까지 의도적으로 써먹고 내친 것인가? 그 무렵 워싱턴에서는 그에 대한 논쟁이 크게 일었어요. 제가 기억하기로는 많은 사람이 실제로 그렇다고 믿었어요. 마이클이 구단에 무얼 기대했는지는 다들 알고 있었죠. 딱히 놀라운 것도 아니었어요. 마이클은 그 뒤에 자기가 경영진으로 돌아갈 거라고 생각했고 선수로 뛸 동안에도 그걸 자주 이야기했었죠. 그러니까 경영진 복귀가 다시 은퇴하기 3주 전쯤 갑자기 꺼내든 계획 같은 게 아니었다는 겁니다. 마이클은 처음부터 그럴 생각이었어요."

알드리지는 에이브 폴린에게 조던과의 약속을 지킬 마음이 애초에 없었을 것이라고 추측했다.

"제가 볼 때는 에이브가 마이클한테 구단을 팔 생각이 아예 없었던 것 같아요. 처음부터 50퍼센트 이상 지분을 넘길 마음이 없었던 거죠. 저는 그럴 줄 알았어요."

조던은 폴린에게 해고 통지를 받은 뒤 워싱턴에서의 마지막 밤을 보냈다. 그가 위저스에서 쫓겨났다는 소식은 인터넷에서 큰 화제가 되었고, 사람들은 그를 길 잃은 영혼에 비유하곤 했다.

그날을 떠올리며 알드리지는 씁쓸한 표정을 지었다.

"마이클은 그렇게 떠나갔어요. 우리 눈앞에서 사라져버렸죠. 그 뒤로 저는 한동안 그 친구를 보지 못했어요."

# 제 38 장

# 캐롤라이나

샬럿 밥캐츠는 분명 존재감이 떨어지는 팀이었다. 창단 소식이 나고도 한동안은 그러했다. 그런데 그간 농구팬들 앞에 통 모습을 보이지 않던 조던이 2004년 그곳에 나타났다. 한 해 전 방송업계의 큰손인 로버트 존슨은 샬럿에 호네츠를 대신할 신생팀의 창단 권한을 NBA 사무국으로부터 얻었다. 당시에 호네츠는 리그 역사에 쓰디쓴 상처를 남기고 뉴올리언스로 떠난 상태였다. 과거에 샬럿 호네츠는 NBA에서 중소도시를 연고지로 둔 이른바 스몰 마켓 팀들을 대표하는 구단이었다. 1989년에 문을 연 샬럿 콜리세움은 알론조 모닝, 래리 존슨, 먹시 보그스 같은 스타플레이어들을 응원하는 팬들로 매일 장사진을 이루었다. 그런데 창단 10년도 채 되지 않아 구단주인 조지 쉰은 수익 증가와 경쟁력 제고를 이유로 들며 고급 관람석이 완비된 신규 구장의 건립을 주장했다. 이후 경기장 건설을 위한 자금 충당 문제를 두고 논란이 장기화하면서 상황은 악화 일로를 달렸다. 거기에 조지 쉰의 성 추문 사건이 터지면서 호네츠의 대외 이미지는 회생 불가능한 수준까지 떨어졌다. 결국 지역 팬들의 외면에 쉰은 구단 살림을 정리하여 도시를 떠났고, 샬럿에는 프로농구에 대한 혐오감만 남고 말았다.

그러한 사건들이 지나간 뒤, 신생팀인 샬럿 밥캐츠는 2004~05시즌부터 도심지에 신설한 경기장을 거점으로 삼아 활동을 시작했다. 그러나 팬들의 반응은 시큰둥했다. 미국의 메이저 프로 스포츠 사상 최초의 흑인 구단주가 된 로버트 존슨은 조던에게 일부 지분을 넘기고 구단 운영을 맡기는 데 크게 관심을 보였다. 당시 조던은 이혼 소송까지 제기했던 아내와의 갈등을 어느 정도 봉합한 상태였지만, 그 일을 맡을 경우 시카고를 떠나 샬럿에 오래 머물러야 한다는 문제가 있었다. 결국 새로운 일자리 때문에 이상적인 가정생활의 꿈은 점점 더 멀어졌다.

## 당구

2004년 말, 다니엘 모크는 샬럿 남부의 고급 스트립바인 맨즈 클럽에서 바텐더로 일하고 있었다. 그는 어린 시절 마이클 조던을 동경하여 조던의 포스터와 유니폼으로 방을 도배했었다. 또 그는 유명인 골프 대회에 출전한 조던에게 직접 사인을 받기도 했다. 자신의 영웅을 따라서 골프 코스를 오가던 그날의 기억은 그에게 무엇보다도 각별했다. 그래서 그로부터 약 10년 후 어느 날 밤, 조던과 로버트 존슨, 찰스 오클리 그리고 댈러스 매버릭스의 구단주인 마크 큐반이 맨즈 클럽을 방문했을 때 그는 그저 얼떨떨할 수밖에 없었다. 그곳은 널따란 2층 공간에 네 개의 바와 세 개의 무대를 갖추고 매일 60명에 달하는 댄서들이 밤새 춤을 추는 거대한 스트립 클럽이었다.

모크는 그날을 떠올리며 웃음 지었다.

"그 사람들이 맨즈 클럽에 온 걸 보고 저는 엄청 놀랐어요. 당황해서 어쩔 줄을 몰랐죠. 그걸 갖고 여종업원들이 죄다 절 놀려댔고요. 그때 그 사람들이 들어와서 자리를 잡자마자 제가 얼른 주문을 받았어요. 그러고는 댄서들을 왕창 불러왔죠."

조던 일행은 테이블 두 개를 붙여 앉고 댄서들에게 둘러싸여 저녁 식사를 했다. 댄서들은 교대로 춤을 추다가 큐반과 조던, 존슨 곁에 앉았다. 오클리는 그 자리에서 조금 떨어져 모크가 담당하던 작은 바에 앉았다. 곧 두 사람은 대화를 나누게 되었다. 모크는 그에게 조던이 '평생의 우상'이라고 이야기했다.

그러자 오클리가 말했다.

"정말? 그럼 마이클을 이리로 불러야겠군."

모크는 학창 시절에 교내에서 가장 예쁜 여학생에게 자기소개를 할 때처럼 어쩔 줄 몰라 했다.

"아뇨, 아뇨. 그러시지 않아도 돼요."

노래가 바뀌는 사이사이에 댄서들은 손님들의 무릎에 앉기도 했다. 조던의 테이블에서는 한 번에 여섯 명씩 댄서들이 교대로 드나들었고 그들은 5분 정도 춤을 추다가 조던 일행 곁에 앉았다.

그러다가 마침내 모크가 조던에게 다가가 말을 걸었다.

"저는 이렇게 물었죠. '미스터 조던, 여기 서비스가 마음에 드시는지요?' 그때 그 손님들은 시가를 한 대씩 피우고 있었어요. 저는 그 옆에 서서 '제가 열한 살 때 타호 호수에서 당신한테 사인을 받은 적이 있어요. 당신은 제 어린 시절의 우상이세요.' 이렇게 말했죠."

그 말에 조던이 물었다.

"그 사인을 아직도 갖고 있어?"

모크는 사인지를 아주 소중히 보관하고 있다고 대답했다.

"그렇군, 앞으로도 잘 간직해줘."

그러면서 조던은 웃음을 지었다.

조던 일행은 샴페인을 곁들여 저녁 식사를 즐겼다. 이 술집에서는 손님들이 수조에서 바닷가재를 직접 고르고 각종 스테이크가 조리되는 과정도 볼 수 있었다. 식사를 마친 뒤 그들의 계산서에 적힌 금액은 1,000달러를 훌쩍 넘었다. 이어서 조던은 댄서 세 명과 함께 가까운 당구대로 향했다. 그가 곁을 지날 때 오클리는 모크에게 다음 날 아침 파이어쏜 컨트리클럽에서 라운딩을 할 계획이라고 밝혔다. 골프를 좋아했던 모크는 그곳에서 일한 적이 있었다.

그는 그 순간을 회상했다.

"그러니까 조던이 '음, 파이어쏜은 만만치 않은 곳이지.' 그러더군요. 전 예전에 거기서 일을 해봤다고 말했죠."

"정말?" 조던은 갑자기 동작을 멈추고 모크를 보며 물었다. "거기 얘기 좀 해줘봐."

모크는 골프장의 지형을 자세히 설명했다. 어느 홀에 어떤 골프채가 잘 맞는지, 이를테면 어디서 3번 우드를 쓰고 어디서 그것을 쓰면 안 되는지 등을 알려주었다.

"조던은 5분 정도 그 자리에 앉아서 저를 계속 바라봤어요. 제가 말한 걸 전부 외우려는 것처럼 말이죠." 모크가 말을 이었다. "그 뒤에 포켓볼을 쳤어요. 조던은 쪼끄만 중국계 여자애랑 한 팀이 돼서 파멜라 앤더슨 같은 금발 댄서 두 사람이랑 2대2로 시합을 했죠. 댄서들은 춤추던 복장 그대로 상의를 벗고 있었어요. 조던은 한 손에 커다란 시가를 들고선 나머지 한 손으로 시합을 했어요. 그리고 공을 맞힐 때마다 그 자리에서 서서 시가를 입에 물었죠. 큐대를 당구대에 올려놓고 한 손은 뒷짐을 진 그런 자세로요. 그리고 그 사람이 공을 맞힐 때마다 같이 게임을 하던 댄서 중 하나가 당구대 위로 몸을 숙이고는 가슴을 흔들었어요." 모크는 웃으면서 이야기를 계속했다. "저는 오클리랑 같이 앉아서 그걸 지켜봤어요. 오클리는 '마이클 저 녀석은 매일 밤 저러고 지내.' 이런 말을 했고요. 그날 밤은 대충 그런 분위기로 계속 흘러갔어요."

존슨은 일찍 자리를 떴지만 큐반과 조던, 오클리는 클럽 폐장 시간인 새벽 두 시가 훨씬 넘어서까지 그곳에 머물렀다. 모크는 그들이 새벽 다섯 시에 라운딩을 시작할 예정이라는 말에 깜짝 놀랐다.

다음 날 아침, 모크는 예전에 함께 일했던 파이어쏜 컨트리클럽 소속의 프로 골퍼에게 전화를 걸었다. 그 골퍼의 말에 의하면 골프장 측은 처음에 조던에게 라운딩 시작 시각을 아침 여섯 시 반으로 제안했다고 한다. 모크가 당시 어떤 이야기가 오갔는지 설명했다.

"그런데 전날 밤 제가 듣기로 조던은 여섯 시 반이 너무 늦다고 했어요. 그래서 일출 시각인 다섯 시 사십오 분에 어떻게든 라운딩 예약을 잡으려고 했대요. 통화 중에 제가 친구한테 그랬죠. '그 사람들 새벽 세 시까지 안 자고 있었어.' 그러니까 그 친구가 '그럼 겨우 두 시간 자고 골프를 한다고?' 그러면서 어이없어하더군요."

그 골퍼는 어떻게 조던 일행이 그 시간까지 깨어 있었는지 아느냐고 물었다. 그래서 모크는 그들이 전날 밤 맨즈 클럽에 왔다고 설명했다.

"그 말을 듣고는 그 친구가 그랬어요. '진짜 대단하구만. 사실 우리 골프장에 조던을 뒤따라서 라운딩하려는 회원들이 많았어. 그런데 그 사람이 네 타임 연속으로 예약을 걸더라고. 자기들 주변에 아무도 얼쩡거리지 못하게 하려고 말이야.' 그러니까 조던 일행은 맨즈 클럽에서 새벽까지 시간을 보내면서 돈을 펑펑 쓰고 라운딩 예약도 네 타임이나 잡아둔 거예요. 그날 그쪽 테이블에서 춤추던 여자애 말로는 계산서에 1,800달러 정도 찍혀 있더래요. 그 돈은 분명히 마크 큐반이 다 냈을 거예요."

파이어쏜 컨트리클럽의 그 골퍼가 확인한 바에 의하면, 조던과 오클리, 큐반은 그날 빠른 속도로 각 홀을 돌고 아홉 시 반에 라운딩을 마쳤다고 한다. 몇 년 전 키스 런드키스트가 목격했던 조던의 왕성한 욕구는 여전히 가라앉을 줄을 모르는 것 같았다.

그 뒤로 조던은 밥캐츠 농구단의 운영 임원으로 정착하게 되지만, 세계 각지를 여행하며 골프와 도박, 파티를 즐기는 생활은 여전히 계속되었다. 따라서 17년간 이어진 후아니타와의 결혼생활이 파경을 맞은 것도 그리 놀랍지는 않았다. 두 사람은 2006년에 최종적으로 이혼에 합의했고 《포브스》지는 조던의 위자료 액수를 당시 역대 최대라 할 수 있는 1억 5,000만 달러로 추산했다.

이후 단 몇 년 사이에 한때 신성불가침의 영역으로 여겨졌던 그의 이미지는 큰 타격을 입었다. 특히 인터넷 공간에서는 한 구단의 관리인으로서 그의 잘못을 꾸짖는 목소리가 유난히도 컸다. 그의 오판은 계속되었다. 2006년도 신인 드래프트에서 3순위로 애덤 모리슨을 지명한 것도 그중 하나였다. 시즌 개막 후 모리슨은 특출한 활약 없이 팀에 큰 실망을 안겨주며 조던에 대한 환상을 깨는 데 일조했다. 나날이 비난이 거세지는 가운데, 일각에서는 조던이 구단 운영 문제를 두고 왜 크라우스와 논의하지 않는지 의문을 제기했다. 또 한편으로는 그가 절대로 남의 조언을 구하지 않을 것이라는 의견이 두드러졌다. 그들의 눈에 조던은 옛 명성에 갇혀 오직 측근들의 말에만 귀를 기울이는 인물로 비쳤다.

하지만 조던은 이미 남들 모르게 대안을 마련한 상태였다. 어쩌면 크라우스와의 대화보다 더 나은 방법이었을지도 모른다. 그에게는 당시 미네소타 팀버울브스 단장이 된 짐 스택이 있었다. 두 사람은 선수 선발과 이적 문제를 두고 자주 이야기를 나누었다.

"우리는 2004년부터 2008년 사이에 많은 의견을 주고받았어요."

그러면서 스택은 조던이 여느 구단 운영자들처럼 농구계의 다양한 인사들에게 수시로 조언을 구했다고 밝혔다.

스택은 애덤 모리슨의 지명 건으로 조던과 많은 논의를 했다고 설명했다.

"애덤은 공격 면에서 재능이 출중했어요. 하지만 어릴 때부터 앓던 당뇨병이 문제였죠. 그 친구는 원래 몸이 약한 편이었습니다. 그런 상태에서 NBA의 일정을 소화하기가 버거웠던 것이고요. 저는 마이클과 그런 부분을 솔직하게 이야기했어요. 사실 그해 드래프트에서는 확실하게 뽑을 만한 대어가 없었죠. 처음부터 크게 기대할 게 없는 드래프트였어요."

스택은 구단 운영을 책임진 사람에게 필요한 것이 노력과 행운이라고 말했다.

"드래프트에서는 사전에 만반의 준비를 해두는 게 중요해요. 약간의 운이 따라주길 기대하면서 말이죠. 그럼 좋은 선수를 데려올 기회가 생겨요."

그 뒤로도 조던은 번번이 좋은 타이밍을 잡지 못하고 헤매는 듯했다. 드래프트를 앞둔 신인들의 훈련장에서 조던을 만난 이들은 사뭇 자신감을 잃은 그 모습에 충격을 받았다. 그는 여느 때처럼 유쾌했지만 그간의 경험 때문인지 어딘가 자신감이 없어 보였다. 사람들은 고단함이 묻어난 그의 얼굴에서 그 옛날 영광의 나날로부터 얼마나 많은 시간이 흘렀는지를 느꼈다. 조던이 내비치는 표정과 몸짓에서는 약 10년 전 야구장이라는 낯선 세계에서 본 것만큼이나 큰 위화감이 느껴졌다.

## 코비 브라이언트

2008년도 NBA 드래프트를 앞두고 그는 올랜도 디즈니 스포츠 컴플렉스의 관객석에 앉아 기술 훈련과 연습 시합에 매진 중인 신인들과 자유계약 선수들을 관찰하고 있었다. 한 기자가 다가와 인터뷰를 요청할 무렵 그의 표정은 무척 따분해 보였다. 그리고 인터뷰 덕분에 영 기대에 못 미치는 선수들을 보는 데서 해방된 것이 내심 기쁜 듯했다. 기자의 질문은 최종적으로 코비 브라이언트에 관한 이야기로 이어졌다.

필 잭슨이 지휘권을 잡은 후 2000년대 초반에 리그 3연패를 달성한 LA 레이커스는 그해 봄 코비 브라이언트를 중심으로 다시 리그 최정상권 팀이 되었다. 그동안 조던은 잭슨과 윈터의 지도 아래 트라이앵글 오펜스에서 자신과 같은 역할을 맡아온 브라이언트를 관심 있게 지켜보았다. 브라이언트는 수년간 마이클 조던처럼 되려고 많은 노력을 해왔다. 10대 시절부터 조던처럼 머리를 빡빡 밀고 습관까지 흉내 낼 정도였다. 하지만 결국 그는 단순한 모방꾼이 되길 거부하고 자신의 길을 나아갔다. 그리고 조던을 동경하던 세대와 그의 왕좌를 물려받으려 애쓰던 수많은 선수 가운데 최고가 되었다. 브라이언트는 실로 조던의 후계자였던 것이다.

필 잭슨과 레이커스의 관계자들처럼 조던도 나날이 발전하는 브라이언트를 줄곧 주시해왔다. 인터넷에서는 두 선수를 비교하는 팬들 사이에 매일 같이 열띤 논쟁이 벌어졌다. 솔직히 말해서 조던은 사람들이 왜 그토록 야단법석을 떠는지 이해하지 못했다. 어차피 인간의 행동은 모두 모방에서 시작한다. 지금까지 인간은 늘 남을 따라 하고 흉내 내어왔다. 지난 수십 년간 지구상의 모든 록 밴드는 또 다른 비틀스와 롤링 스톤스가 되는 길을 찾았다. 하지만 그런 선배 밴드들도 따지고 보면 이전 세대의 미국 블루스 연주자들에게서 많은 것을 배웠기에 위대한 업적을 쌓은 것이다.

그날 조던은 자신의 플레이가 분명히 브라이언트의 진로에 큰 영향을 미쳤다고 이야기했다.

"저도 그렇지만 제 앞길을 밝혀준 선배들이 많다는 것도 생각해 볼 일이죠. 농구는 그렇게 발전하는 거예요. 제가 데이비드 톰슨이나 그 시대의 훌륭한 선수들을 못 봤다면 현역 시절에 그런 플레이를 하지 못했을 겁니다. 코비도 제가 뛰는 걸 보지 못했다면 지금 같은 플레이는 하지 못했을 테고요. 농구는 그렇게 진화하고 있어요. 누구도 그 흐름을 바꿀 순 없죠."

그 인터뷰에서는 조던이 브라이언트를 얼마나 높이 평가하는지가 잘 드러났다. 은연중에 우쭐함을 드러내거나 인심을 쓰는 듯한 표현은 없었다. 그의 관점에서는 자기 할 일에 충실하고 강인한 정신력을 갖춘 선수라면 누구든 존경을 받을 만했다. 그는 브라이언트가 그 두 가지 면에서 합격점을 받았다고 말했다.

"코비와 저의 차이점이 크게 두드러지진 않지만 분명히 다른 점은 있어요. 다들 그건 아셔야 해요. 닮은 점이 아무리 많다 해도 우린 엄연히 다르다는 사실을요."

그런 부분을 감안하더라도 조던의 입장에서는 브라이언트와의 비교에서 한 가지 매우 흥미로운 것이 있었다. 브라이언트가 자신과 마찬가지로 트라이앵글 오펜스라는 전술 아래서, 그것도 필 잭슨과 텍스 윈터라는 스승들의 가르침을 받으며 뛴다는 점이었다. 조던은 트라이앵글 오펜스가 코트 위에서 스타플레이어에게 충분한 활동 공간을 만들어준다고 설명했다.

"트라이앵글은 선수들이 적절한 공간과 공격 위치를 확보할 수 있는 전술이에요. 하지만 그러려면 코비처럼 전술을 잘 활용하고 모든 팀원을 공격에 동참시키면서 그 친구들 실력까지 한 단계 높여줄 재능 있는 선수가 필요하죠."

텍스 윈터는 수십 년 전부터 팀플레이의 여섯 가지 원칙을 토대로 트라이앵글 오펜스를 발전시켜왔다. 그러나 1985년에 조던을 지도하면서 새로운 일곱 번째 원칙이 필요함을 깨달았다. 바로 다른 모든 원칙을 능가할 만큼 극히 재능이 뛰어난 선수가 필요하다는 것이었다.

위대한 선수 한 명을 위해 모든 조건을 조정해야 할 필요성. 윈터는 그 점을 오래전부터 인정해왔다.

"코치님 말씀은 절대적으로 옳아요." 조던은 그 옛날 훈련 도중에 윈터와 다투던 때를 떠올리며 미소 지었다. "지금 코비는 그 과정을 똑같이 겪는 중이죠." 조던은 팬들이 그러한 시스템 속에서 제 나름의 여정을 이어가는 브라이언트를 비난하고 괄시하는 것은 어리석은 행동이라고 지적했다. "위대함 혹은 성공이라는 관점에서 코비는 모든 것을 이뤄가고 있어요. 성공이란 어떤 것이든 간에 그 형태가 매우 닮아 있죠. 그러니 지난 세대와 비교하면서 군이 왈가왈부할 필요 없어요. 성공을 이루려면 결국 과거의 선구자들을 따라 할 수밖에 없으니까요." 그는 단순히 스타일을 모방하는 데 그치지 않고 이미 검증된 성공의 공식을 잘 따르는 것이 중요하다고 덧붙여 말했다. "그런 점에서 코비에겐 곧 성공이 찾아올 거예요. 그걸 위해 필요한 준비를 전부 마쳤으니까요."

조던은 브라이언트를 보며 자신의 선수 시절을 일부분 떠올렸다고 밝혔다. 두 사람은 전화 통화로 그들만이 이해할 수 있는 감정과 경험을 공유한 적도 있었다. 2008년도 NBA 결승 시리즈가 진행되던 시기, 브라이언트는 조던이 자신을 칭찬했다는 소식에 기뻐했다. 그 모습은 마치 좋아하는 스타의 사인을 받아든 어린아이 같았다.

"마이클이 내 얘기를 했어요? 역시 나의 영웅이에요."

브라이언트는 조던의 지지를 받는다는 사실에 큰 위안과 자신감을 얻은 모양이었다.

몇 년 전 레이커스의 코치진은 브라이언트와 조던이 경쟁심 면에서 무서우리만치 닮았다고 결론지었다. 두 선수는 승부가 걸린 일이라면 인정사정없이 상대방을 몰아붙였다. 손 크기는 조던이 더 컸지만 기술적인 부분은 상당히 많이 닮아 있었다. 두 사람의 가장 큰 차이점은 대학 경험의 유무였다. 조던은 UNC에서 체계적으로 농구를 배운 덕에 팀플레이를 근간으로 하는 윈터의 전술을 받아들일 준비가 되어 있었다. 반면에 브라이언트는 고등학교를 졸업하고 꿈 많은 소년의 눈망울을 간직한 채로 NBA에 직행했다.

"그 둘이 얼마나 닮았는지 가끔 생각을 해보죠." 윈터가 브라이언트와 조던의 유사점을 이야기했다. "마이클과 코비, 두 녀석 다 코트 위에서 굉장한 반응 속도와 민첩함, 점프력을 보여줬어요. 숏 터치도 좋았고요. 가끔 코비가 더 좋은 슈터라고 말하는 사람들이 있는데, 마이클은 세월이 더해가면서 슈터로서 장족의 발전을 이뤘어요. 과연 마이클이 제 실력을 발휘할 때도 코비가 더 나은 슈터인지는 모르겠군요." 필 잭슨도 두 선수의 유사성을 인정했지만 거기에 '마이클 조던은 세상에 오직 하나뿐'이라는 말을 덧붙였다.

간혹 농구팬들은 조던이 불스에서 훌륭한 센터와 함께하지 못했음을 옥에 티처럼 지적하곤 한다. 하지만 윈터는 그 의견을 들을 때마다 조던이 뛰어난 포스트업 플레이어였으며, 그 시대의 최상급 골 밑 공격수였다는 사실을 언급했다. 브라이언트는 준수한 골 밑 기술을 갖추고 NBA에 입성했지만 항상 페인트 존을 차지하던 샤킬 오닐 때문에 처음 몇 년간은 골 밑 플레이를 펼칠 기회가 없었다. 어떤 팬들은 조던이 오닐과 한 팀이었다면 손발이 잘 맞았을 것이라고 말하지만, 윈터는 그런 가정에도 의구심을 표했다.

그는 여러 가지 면에서 브라이언트의 골 밑 플레이가 조던에게 뒤지지 않지만 한 가지 큰 차이가 있다고 말했다. 바로 조던의 힘이 훨씬 세다는 것이었다.

"포스트업을 시도할 때 상대한테 밀리지 않고 버티는 능력은 코비보다 마이클이 좀 더 뛰어났어요."

조던이 그랬듯이 브라이언트도 가드 대신 스몰포워드로 뛴 경험 덕을 크게 보았다. 윈터는 브라이언트가 그렇게 다른 포지션을 맡아보면서 '수비진 뒤편을 공략하는 방법'을 익혔다고 종종 설명했었다. 그는 브라이언트의 공격력이 우수하기는 하나 동료 선수들이 더 원활하게 공을 돌릴 필요가 있다고 지적했다. 한때 조던에게 모든 것을 맡겼던 시카고 불스처럼 레이커스 선수들도 브라이언트에게 과하게 의존하는 경향이 있다는 의미로 한 말이었다.

원터가 말하는 두 선수의 또 다른 차이는 리더십 유형이다. 조던은 동료들을 시합에 대비시키기 위해 압박을 가하고 때로는 잔인하다 싶을 만큼 가혹하게 굴었지만, 브라이언트는 그보다 더 온화하고 친절한 편이라고 한다.

물론 대체 불가능한 선수였던 피펜의 존재도 이 비교에서 빠질 수 없다. 원터는 조던의 성공에 피펜이 기여한 바를 결코 과소평가하면 안 된다고 자주 말한 바 있다.

## 명예의 전당

그 무렵 조던은 슈퍼모델인 이베트 프리에토를 만났고 이후 그의 삶은 변하기 시작했다. 샬럿 밥캐츠의 성적은 여전히 좋지 않았다. 밥캐츠 구단은 한 시즌에만 수천만 달러의 재정 손실이 예상되는 상태였고, 유명인들의 가십을 주로 다루던 TMZ 같은 인터넷 사이트에서는 농구 황제의 이름이 수시로 거론되었다. 당시는 조던을 향한 비판과 논란이 시시각각으로 일어나는 듯했다. 그런 와중에 그는 2009년도 농구 명예의 전당 입성이라는 경사를 맞이했다. 하지만 결국 이 행사로 말미암아 두고두고 수난을 당하게 된다.

일찍이 조지 멈포드는 누군가를 평가할 때 그 사람의 말이 아닌 행동을 눈여겨보아야 한다고 말한 바 있다. 그해 8월, 명예의 전당 헌액식이 가까워졌을 때 조던은 동행자로 필 잭슨이 아닌 조니 바크를 선택했다. 80세를 훌쩍 넘긴 바크는 지난 이혼 소송의 결과로 NBA에서 받던 연금까지 몰수당하며 힘든 시간을 보내고 있었다. 조던은 그 옛날 가차 없이 공격을 지시했던 노장의 코치가 멋진 모습으로 행사에 나설 수 있도록 금전적인 지원을 했다. 또 그는 NBA 데뷔 시절부터 자주 함께 시간을 보냈던 불스의 매표 관리자 조 오닐과 홍보부장 팀 핼럼을 불렀다. 조던은 그들과 프리에토, 조지 콜러를 비롯한 친구들과 함께 전용기에 몸을 싣고 행사가 열리는 매사추세추주의 스프링필드로 향했다.

"솔직히 말해서 엄청 설렜어요." 조 오닐이 그날을 떠올리며 말했다. "제가 불스에서 일을 시작한 건 아주 오래전부터예요. 아마 매표 일을 처음 맡았을 때 마이클은 고등학교 1학년이나 2학년쯤 됐을 겁니다. 팀 핼럼이랑 저는 마이클이 시카고에 와서 가장 처음 만났던 사람들에 속하죠. 그 시절은 지금하고 많이 달랐어요. 마이클이 초특급 슈퍼스타는 아니었거든요. 현재 지구상에서 제일로 유명한 사람이 정확히 누군지는 모르지만 마이클이 분명 그런 그룹에 속할 거예요. 녀석의 전용기에 타고 명예의 전당 행사에 함께 간 게 제게 어떤 의미인지 정말 이루 말하기 어려워요. 그날 우리는 옛날얘기를 실컷 하면서 웃음꽃을 피웠죠. 업무 시간에 골프를 치러 몰래 나간 일이라던가 이런저런 일화들로요. 마이클은 그 시절에 만났던 사람들을 잊지 않았어요. 그날 행사장의 동행자로 조니 바크를 선택한 것만 해도 그래요. 제가 알기로 마이클이랑 친한 친구들 중에는 유명인이 없어요. 자주 어울려 다니면서 같이 골프를 치고 그러는 친구들이 있거든요. 물론 마이클이 유명인도 많이 알고 지내긴 하지만 평소에 어울리는 친구들은 정말 평범한 사람들이죠. 녀석은 그 친구들하고 시간 보내는 걸 가장 좋아하는 것 같아요."

그들은 비행기로 이동하며 조던의 루키 시절에 있었던 일들, 불스의 빈약한 선수단 구성과 사무실에서 깡통을 놓고 즐기던 골프 대결, 앤젤 가디언 짐에서 초등학생들과 함께 줄을 서서 훈련 순서를 기다리던 일 등을 이야기했다. 그렇게 웃으며 추억을 떠올리는 사이, 오닐은 비행기 착륙 시간이 다가올수록 조던의 긴장감이 커져가는 것을 느꼈다.

오닐은 2012년 인터뷰에서 이렇게 말했다.

"그동안 마이클이 많은 매력을 뽐내면서 각광을 받아왔지만, 그렇게 사람들의 이목이 몰릴 때는 부끄럼을 타기도 하는 것 같아요. 아마도 당시의 모든 상황이 조금은 부담스럽게 느껴졌을 테죠. 아무리 마이클 조던이라도 명예의 전당에 들어간다는 건 굉장히 큰 사건이었으니까요. 제 생각에는 마이클이 그 행사를 내심 기대하면서도 한편으로는 그 시간이 얼른 지나길 바랐던 것 같아요. 그때 조지 콜러도 우리랑 같이 비행기에 타고 있었는데요. 요즘도 조지랑 저는 종종 이런 말을 해요. 옛날에 우리가 지금처럼 될지 상상이나 했겠느냐고요."

그날 조던이 헌액식에서 한 연설을 두고 오닐은 그가 사전에 아무것도 준비하지 않은 상태였다고 밝혔다.

"사실 그 정도로 긴 연설문은 써놓지 않은 상황이었죠. 본인도 거기서 무슨 말을 하게 될지 예상을 못 했어요. 그래서 연단에 섰을 때 꽤 긴장한 상태였고요."

조던은 어릴 적 우상이던 데이비드 톰슨에게 함께 무대에 올라가자고 부탁했다. 행사장은 농구계가 맞이한 최대의 경사이자 마이클 조던의 영광스러운 순간을 보기 위해 거금을 들여 참석한 NBA의 주요 인사들로 가득했다. 조던은 그 순간의 감정에 이입하여 흉금을 털어놓고 자신의 경쟁심을 가감 없이 드러내기로 마음먹었다. 그것이 진실이건 혼자만의 공상이건 상관없이 수십 년간 자신을 앞으로 내달리게 했던 모든 것을 이야기하기로⋯⋯. 조던을 오랜 세월 지켜본 이들, 나름대로 그를 잘 안다고 여겼던 이들에게 그날의 연설은 놀라울 따름이었고, 심지어는 실망스럽기까지 했다. 농구팬들은 고교 시절 농구부 1군에서 탈락한 경험과 UNC 1학년 시절에 딘 스미스가《스포츠 일러스트레이티드》표지 출연을 막은 일, 승리(win)라는 단어에는 내(I)가 있다며 텍스 윈터와 벌인 말다툼, 제리 크라우스에 대한 혐오감, 하와이에서 호텔 스위트룸을 두고 팻 라일리와 다툰 일까지 거론하며 지난날의 분노를 곱씹는 그에게 큰 충격을 받았다. 그날 솔직하다 못해 노골적으로 느껴졌던 조던의 연설은 많은 사람에게 감사의 마음과 모욕감을 함께 전달하는 것 같았다.

필 잭슨은 이 행사를 손님들로 붐비던 한 스포츠 바에서 텔레비전을 통해 보았다. 그리고 그들의 놀란 반응을 목격했다. 하지만 잭슨은 조던이 그 자리를 빌려 본인의 강렬한 경쟁심을 설명하려고 했음을 즉각 이해했다. 다만 문제는 조던의 삶에 박차를 가한 요소 하나하나가 극히 부정적인 성격을 띠었고, 그 정도가 보통 사람으로서는 이해하기 어려운 수준이었다는 것이다. 팬들에게 그 사건은 뜻밖의 재난처럼 느껴졌다.

당시 《스포츠 일러스트레이티드》의 릭 라일리 기자는 이런 기사를 썼다.

'마이클 조던이 명예의 전당에서 한 연설은 연설계의 엑슨 발데즈*라 하겠다. 그의 말 한마디 한마디는 무례하고 악의적이었으며 논란의 요소를 담고 있었다. 또한 재치도 없고 독선적이었으며 천박했다. 그 연설이 끝난 뒤 더 이상 마이클 조던처럼 되길 꿈꾸는 사람은 없었다.'

그날 누구보다 큰 충격을 받고 동시에 그만큼 큰 즐거움을 느낀 사람은 다름 아닌 제리 크라우스였다. 그가 2012년 인터뷰에서 한 말이다.

"전 그날 연설을 듣고 좀 놀랐어요. 하지만 말이죠, 그게 바로 마이클이에요. 제가 놀랐던 건, 그런 모습을 그 무대에서 보여줬단 거예요. 거기서 녀석이 딘 스미스를 비난했다는 게 꽤 충격이었죠. 절 비난하는 거야 쉽게 예상할 수 있었지만, 딘한테 그럴 줄은 몰랐습니다. 아마 딘은 그 말을 듣고 '대체 저놈이 무슨 소릴 하는 거야?' 이렇게 생각했을 거예요. 분명히 충격을 받았겠죠. 시카고 불스 사람들은 여섯 번 우승을 경험하는 내내 녀석의 그런 성격을 참아왔어요. 이제 다들 과거에 불스가 겪었던 문제들이 어디서 시작된 건지 이해하겠죠."

크라우스는 2011년도 명예의 전당 헌액식에서 눈물을 흘리며 지난날을 참회했던 데니스 로드맨과 조던의 모습을 대조했다.

"데니스가 옛날에 터무니없는 짓들을 하긴 했어요. 하지만 그 친구는 마음이 아주 따뜻하죠. 간혹 자학적인 행동을 했어도 남을 해치는 일은 한 번도 하지 않았어요. 그런데 마이클은 어땠는지 알아요? 녀석은 남들이 자기 때문에 상처를 받건 말건 상관을 안 해요. 가끔은 제정신이 아닌 것 같다는 생각도 들었죠. 그렇다고 마이클이 나쁜 사람이란 건 아니에요. 전 그 녀석이 사람들을 아주 자비롭게 대하는 모습도 많이 봤거든요. 아마 정신과 의사라면 마이클을 데려다가 연구하는 게 꽤

* 1989년에 사상 최악의 원유 유출 사고를 낸 엑슨모빌사의 선박 엑슨 발데즈호를 빗댄 표현.

재미있을 거예요. 흥미로운 결과가 나오겠죠. 농구선수로서 마이클은 제가 같이 일해 본 사람 중에 가장 영리한 축에 속하지만, 명예의 전당에서 한 그 연설로 다들 그 녀석이 얼마나 모자라는지 조금은 알게 됐을 거예요. 전 그 일이 있고서 '마이클이 그렇게 썩을 놈인지 몰랐어.' 이렇게 말하는 사람들을 숱하게 봤답니다."

크라우스는 잭슨을 두고 조던의 능력을 최대한 이끌어 낸 탁월한 심리학자라고 평가했다.

"그 시절에 우리 팀에는 자존심 세고 성격 까다로운 인물들이 많았죠. 필은 그런 요소들을 잘 가다듬어서 적재적소에 배치했어요. 그 친구는 선수들을 잘 이해하고 함께 손발을 맞추는 방법을 알았죠." 그는 텍스 윈터의 역할도 중요했다고 설명했다. "텍스는 완벽성이란 측면에서 마이클한테 누구보다 엄하게 굴었어요. 원래 마이클은 트라이앵글 오펜스를 마음에 들어 하지 않았죠. 처음엔 '이깟 전술이 무슨 도움이 되겠어?' 이런 말까지 했어요. 녀석이 트라이앵글을 받아들이기까진 거의 1년 가까이 걸렸어요. 그러다가 그 전술을 활용해서 자기가 포스트에서 뭘 할 수 있는지 깨달았고요."

시카고 불스의 전임 단장(크라우스는 2003년에 그 자리에서 물러났다.)은 명예의 전당 연설에 관하여 한참 열을 올리다가 마음을 누그러뜨리고 조던이 얼마나 위대한 승부사였는지 논했다. 그가 말하기로 조던은 불스에서 보낸 십수 년간 단 한 번도 고된 임무와 과중한 부담감으로부터 달아난 적이 없었다고 한다. 그는 서재에 조던의 활약이 담긴 비디오테이프가 가득하지만 지난날의 씁쓸한 경험 탓에 어떤 영상도 틀어본 적이 없다고 밝혔다. 그러면서 다시 한 번 강조했다.

"마이클은 지금이나 그때나 다르지 않아요. 어찌 됐든 앞으로 제가 녀석과 손을 잡을 일은 절대 없을 겁니다."

그는 조던과 겪은 마찰 중에서 많은 부분이 '스타플레이어를 숭배하는 문화'와 '언론의 시대가 낳은 자아도취 성향' 때문이라고 보았다.

"마이클이 엘진 베일러나 오스카 로버트슨의 시대에 활동했다면 그런 문제가 없었을 겁니다. 반대로 오스카와 엘진을 요즘 리그에 갖다 놓으면 그 친구들도 똑같은 문제를 겪었을 거예요. 아마 빌 러셀도 연봉으로 3,000만 달러를 받았겠죠."

하지만 언젠가 조던도 이야기했듯이 내게 주어진 시간을 남이 대신할 수는 없는 법이다. 그는 스포트라이트를 받을 때마다 언제나 도전적이고 누구에게도 굴하지 않는 마이클 조던으로 남았다. 소니 바카로는 그런 조던을 두고 이렇게 말한 바있다.

"마치 하늘의 선택을 받은 것 같았어요. 솔직히 말해서 모든 게 그렇게 보였죠. 마이클이 뭔가 예상에 완전히 어긋나는 행동을 해도 늘 좋은 결과가 나오는 것 같았거든요."

조던은 스프링필드를 뒤로 하고 인생의 다음 장을 향해 나아갔다. 하지만 크고 작은 일간지의 스포츠 기사들, 스포츠 방송의 평론가와 출연자들, 각종 인터넷 사이트들은 그의 연설을 거침없이 비판했다. 그들 대다수는 세대를 뛰어넘어 만인에게 사랑받은 영웅을 기쁜 마음으로 축하하지 못하게 된 데 당혹감과 분노를 느끼며 머리를 감싸 쥐었다.

데이비드 알드리지는 그런 조던을 두둔했다.

"그날 마이클이 한 말에 악의는 없었을 거예요. 저는 그렇게 믿어요."

그러나 그 옛날 세상을 뒤바꿔놓은 사내로부터 사람들이 원했던 것은 겨우 그 정도 수준이 아니었다.

## 구단주

이후 조던은 밥캐츠 구단의 지분 매입을 마무리하는 데 주력했다. 그는 리그 역사상 처음으로 한 구단의 과반수 지분을 소유한 선수 출신 구단주가 되려 하고 있었다. 과거에 데이비드 스턴과 조던은 결코 가까운 사이가 아니었다. 하지만 스턴은 밥캐츠 구단 매매를 위한 물밑 작업에 힘을 썼고 조던이 구단 인수를 마친 뒤에도 사후의 조율 과정에 도움을 주었다. 사실 이 과정 자체가 오랜 세월 해소되지 않았던 한 가지 의문에 중요한 힌트를 던져주었다. 하지만 대다수 농구팬은 그 점을 눈치채지 못했다. 오래전 잭 맥칼럼은 수많은 농구팬이 궁금히 여기던 '과연 1993년에 조던은 강제로 NBA에서 은퇴하게 된 것인가?'라는 질문에 해답을 찾으려 애썼다. 조던은 2011년과 2012년에 인터뷰에서 자신의 도박에 관한 음모론은 전혀 사실이 아니라고 여러 차례 밝혔다. 또 예전부터 그 문제를 확실히 매듭짓지 않은 스턴을 원망해왔다. NBA 총재인 스턴은 조던이 그 일로 크게 분노했음을 알았지만 맥칼럼도 언젠가 지적했듯이 적극적으로 해명에 나서기에는 곤란한 위치에 있었다. 만약 스턴이 구체적인 해명을 하거나 강력하게 이의를 제기했다면 오히려 음모론이 더 힘을 얻을 우려가 있었다. 하지만 조던은 스턴이 그 사태를 지나치게 수수방관한다고 여겼다.

조던의 은퇴 당시 두 사람이 만나서 무슨 이야기를 나누었는지는 외부로 전혀 발설되지 않았다. 그 뒤로 어느 쪽도 그 주제를 언급하거나 자세한 내막을 밝히지도 않았다. 조던의 강제 은퇴설을 뒷받침할 증거는 당시의 정황뿐이었지만 팬들에게는 상당히 설득력이 커 보였다. 그러나 조던이 정말 사무국의 강요로 농구계를 떠났다면, 스턴이 그의 선수 복귀를 환영했을지언정 그가 구단주 자리에 오르는 것까지 허락하지는 않았을 것이다. 결국 조던은 도박 문제를 두고 별 반성의 기미를 보이지 않았기 때문이다.(2007년에 NFL 선수인 애덤 존스는 라스베이거스에서 조던과 함께 고액 도박을 즐긴 적이 있다. 그날 밤 조던은 자신 외에 아무도 주사위에 손을 대지 못하게 막고 매번 직접 주사위를 굴렸다고 한다. 존스는 2014년에 인터뷰에서 그날 조던이 500만 달러를 잃었고 자신은 100만 달러를 땄다고 밝혔다.) 이 강제 은퇴설에 관해서는 크라우스도 신빙성에 의문을 표한 바 있다.

"전 그때 도박에 얽힌 그런 소문이 있는지 전혀 몰랐어요."

만약 소문이 사실이었다면 스턴은 조던의 밥캐츠 매입에 협력하지 않았을 가능성이 크다. 따라서 딱히 다른 반증이 나오지 않는 한 현재로서는 조던의 버밍햄행을 그간의 기록대로라고 보아도 무방하다. 그는 아버지를 잃은 슬픔과 회한으로 야구를 통해 그 존재를 가까이서 느끼길 바라며 은퇴를 선택한 것이다.

2009년 들어 밥캐츠에서는 많은 직원이 해고되었다. 조던은 구단의 대주주로 올라선 뒤 빠진 인력을 충원하고 경영상의 문제점을 바로잡는 데 힘쓰기 시작했다. 그때까지 밥캐츠는 어떤 기업에도 경기장의 명명권을 팔지 못한 상태였다. 이에 경영진은 케이블 방송사인 타임워너 케이블에 그 권한을 넘겼다. 그리고 구단의 발전에 필요한 일들을 차례차례 처리해나갔다. 얼마 후 밥캐츠 직원들은 몇 차례의 회의를 통해 조던이 사람들의 말을 얼마나 주의 깊게 듣는지 깨달았다. 그것은 수십 년 전 어머니와 딘 스미스 감독에게서 배운 능력이었다. 조던은 시즌 입장권을 구매한 지역 팬들을 대상으로도 회의를 소집했다. 이런 회의는 팀이 절체절명의 위기에 놓였을 때, 이를테면 심각한 패배를 당한 뒤에 주로 열렸는데 그 개최 빈도가 상당히 잦은 편이었다.

구단주로 취임한 초기에는 꽤 행운이 따랐다. 그는 명예의 전당 헌액자이자 UNC 동문인 래리 브라운을 감독으로 고용했다. 조던은 2010년 초에 바짝 고삐를 조이며 구단 역사상 첫 플레이오프 진출의 기쁨을 누렸다. 하지만 비시즌 중에는 재정 절감을 위해 팀 내에서 가장 우수한 선수들을 방출해야만 했다. 사람들은 포인트가드인 레이먼드 펠턴과 센터 타이슨 챈들러를 잃은 것이 2011년에 밥캐츠의 성적이 하락한 원인이라고 보았다. 결국 그로 인해 조던은 시즌 중에 래리 브라운과 씁쓸한 뒤끝을 남긴 채 갈라서게 되었다. 이후 브라운은 「댄 패트릭 쇼」에 출연하여 조던을 보좌하는 이들이 죄다 무능력한 예스맨들뿐이라 감독으로 일하는 동안 정말 피곤했다고 불만을 토로했다. 또 그는 조던이 코치진의 활동을 감시하는 첩자들을 군데군데 심어놓았다고도 했다.

조던은 브라운의 빈자리를 메우기 위해 일선에서 물러나 있던 베테랑 감독 폴 사일러스를 데려왔다. 그러나 그해 봄에 밥캐츠는 악전고투를 계속하며 침체되는 모습이었다. 보다 못한 조던은 운동복을 입고 선수들의 실력과 태도를 시험하고자 친히 연습장을 찾기 시작했다. 그때 사일러스는 인터뷰에서 이렇게 말했다.

"마이클은 농구를 아주 속속들이 잘 알고 있어요. 선수 생활을 했었고 우승도 여섯 번이나 했으니 그런 성과를 위해선 어떤 대가가 필요한지 누구보다 잘 알죠. 의지력이 매우 강하고 선수들을 많이 존중해주는 선수 친화적인 구단주라고 할까요. 하지만 그만큼 단호한 면이 있어요. 마이클은 팀의 모든 구성원이 자신의 메시지대로 늘 적극적으로 나서주길 바라고 있죠."

조던의 오랜 친구로 구단 운영을 책임지던 로드 히긴스는 2010~11시즌을 앞두고 타이슨 챈들러의 빈자리를 대신할 센터로 당시 자유계약 선수였던 콰미 브라운을 고려하고 있었다. 브라운은 조던이 위저즈 시절에 남긴 큰 오점 같은 선수였다. 그래서 히긴스는 그 계약 건에 관하여 조던의 승인을 받는 것이 먼저라고 생각했다. 리그 10년 차 센터가 된 브라운은 그전까지 여러 팀을 전전하며 수비와 리바운드 측면에서 주로 활약했다.

조던은 히긴스에게 말했다.

"팀이 이기는 데 도움이 된다면 계약하도록 해."

그렇게 그는 또다시 연습장에서 브라운과 대면하게 되었다.

그해 봄, 브라운은 조던과의 관계를 묻는 기자에게 이렇게 대답했다.

"예전과 별반 다르지 않아요. 마이클은 지금도 그때랑 마찬가지죠. 다들 우리 관계가 엄청 나빴을 거라고 생각하지만 실제론 그렇지 않아요. 그저 상사와 그 밑에 있는 선수 정도의 관계랄까요. 뭐 말 그대로예요. 경기에서 제 몫을 못 하면 자연히 쓴소리를 듣는 거죠. 하지만 인간적으로 봤을 때 마이클은 참 괜찮은 사람이에요. 선수들을 잘 챙겨주는 좋은 구단주거든요. 제가 이 팀에 온 것도 그런 이유에서죠."

만 48세에 현역 선수들 연습에 동참한 조던이 어떤지 묻는 질문에는 이런 대답이 돌아왔다.

"마이클은 정말 열심히 하고 있어요. 나이는 좀 들었지만 슛 실력은 여전하니다. 예전 실력 그대로예요. 코트 전체를 오가는 건 어떨지 모르겠지만 반코트 경기만 놓고 보면 지금도 꽤 잘해요."

그렇다면 악명 높은 조던의 트래시 토크는 어땠을까?

"그것도 여전해요." 브라운은 웃으며 말했다. "아시다시피 마이클 조던이잖아요. 우리가 거기에 대고 똑같이 트래시 토크를 날릴 수 있냐고요? 아뇨, 절대 불가능해요. 세상에 직접 연습장에 내려와서 선수들하고 같이 뛰는 구단주가 어디에 있을까요? 마이클이 연습장에 오면 선수들의 플레이 수준이나 경쟁심이 확 높아져요. 거기서 마이클은 고함을 치기도 하고 농담도 던지죠. 마이클이 연습에 동참하는 건 좋은 일이에요. 다들 열심히 하게 되니까요. 진짜 열심히 안 하면 큰일 나요."

그해 봄에 밥캐츠가 부진을 거듭하면서 구단의 총 책임자인 조던에게는 계속해서 비난이 쏟아졌다. 그런 와중에 그는 리그에서 가장 젊고 재능 있는 실무자 가운데 하나로, 선수를 보는 안목이 탁월했던 리치 초에게 농구단 운영을 맡기기로 했다. 농구계 관계자들은 조던이 큰 결심을 했다고 평가했다. 그리고 아무리 남을 잘 믿지 못하는 조던이라도 구단 경영을 하려면 '결국 전문가에게 맡기는 것이 순리'라는 말이 뒤따랐다.

짐 스택은 조던의 행동 방식을 다음과 같이 분석했다.

"당시에 밥캐츠 구단이 보인 행보가 언뜻 이해가 안 가는 듯해도 거기에는 다 나름대로 이유가 있어요. 마이클은 정말, 정말 영리한 친구랍니다. 상황 판단도 빠르고 이쪽 계통의 지식도 상당하죠. 그 친구가 하는 일 중에 우연은 없어요. 아주 계산적이고 계획적으로 일을 진행하니까요. 어찌 보면 본인의 앞날에 대한 예지력이 뛰어나다고 할 수도 있을 겁니다. 하지만 일이라는 게 매번 그렇게 생각대로 되는 것이 아니죠. 아시다시피 사람은 경험을 통해서 배우게 돼 있어요. 마이클은 배우는 속도도 빠른 편입니다. 뭔가 상황이 일어나면 거기에 맞게 필요한 대처를 할 거예요. 그렇지만 구단주라든가 관리자라는 건 아르바이트 자리가 아니란 말이죠. 항상 자리를 비우지 않고 한곳에 머물러야만 해요. 시대의 아이콘이었던 마이클 조던이라는 사람 성격상 구단주와 관리자로서 업무를 처리하려고 시종일관 한 자리를 지킨다는 건 꽤 힘든 일일 거예요. 결국 그 친구는 본인이 살아가는 방식이 그런 역할에 이롭지 않다고 자각했죠. 그래서 한 발 뒤로 물러나 최종 결정권자로만 남기로 한 겁니다. 젊었을 적에는 고집을 부리면서 본인 방식대로 일일이 문제를 확인하고 직접 해결하는 식이었지만요. 이제는 분별력 있게 자기가 일선에 나서지 않고 뒤에서 상황을 지켜볼 필요가 있다고 이해한 거예요. 저는 마이클이 그런 점에서 인간적으로 크게 성숙했다고 봅니다. 옛날 같으면 절대로 그러지 않았을 거예요. 그때는 더 강하게, 더 열렬히 부딪히면서 목적을 이룰 방법이 뭔지 찾으려 했죠. 디트로이트를 꺾을 때처럼 말입니다. 그 시절에는 그렇게 숱한 도전 속에서 끝끝내 돌파구를 찾아냈어요."

얼마 지나지 않아 조던은 그러한 권한의 이양이 생각보다 큰 고통을 초래한다는 사실을 깨달았다. 2011년 봄에 밥캐츠는 잠시 운이 트이나 싶었으나, 팀의 베테랑 리더이자 올스타인 제럴드 월러스를 드래프트 지명권과 롤 플레이어 몇 명을 대가로 포틀랜드 트레일 블레이저스로 트레이드하면서 그 운도 이내 바닥나고 말았다. 이 트레이드의 본래 취지는 다소간의 손실을 감수하면서 팀을 재건하고 미래를 책임질 젊은 선수들을 수급하는 데 있었다. 그러나 이로 인하여 팀 분위기가 되살아나기는커녕 연패에 빠지는 불상사가 생겼다. 게다가 당시 가정적인 이미지로 샬럿에서 큰 인기를 얻었던 월러스는 트레이드 이후 언론과의 인터뷰에서 조던에게 '배신감을 느낀다.'고 속내를 털어놓았다. 선수단 탈의실에서 소식을 접한 밥캐츠 선수들 역시 구단주에게 배신감을 느끼기는 마찬가지였다. 조던도 그러한 감정을 분명히 이해하고 있었다. 선수 시절에 그는 불스 경영진이 팀의 미래를 건설한다는 명목으로 자신과 가장 친한 동료들, 투지 넘치는 선수들을 트레이드할 때마다 배신감을 느끼고 황망한 심경으로 탈의실 바닥에 주저앉곤 했다. 그랬던 조던이 이제는 반대로 악당 역할을 맡게 되었다. 지역 사회는 월러스 트레이드로부터 며칠이 지나고도 조던에게서 아무 해명을 듣지 못했다. 일각에서는 지역 사회가 받은 충격에 조던이 너무 무관심하고 무감각하다는 비판이 일었다. 사실 그 트레이드는 조던 입장에서도 마음이 썩 편치 않았다. 어쩌면 그때 누군가는 월러스 트레이드가 크라우스나 할 만한 짓이라며 그를 손가락질했을지도 모른다.

당시에 밥캐츠에는 조던의 오랜 친구인 찰스 오클리가 코치로 합류해 있었다. 오클리는 밥캐츠의 패전이 이어지던 어느 날 밤에 인터뷰에서 조던을 '좋은 녀석'이라고 칭찬했다. 그러고는 요즘 NBA 선수들이 투지도 없고 악착같이 달려들 줄도 모르는 응석받이에 겁쟁이들이라며 불평을 늘어놓았다. 곁에서 그 말을 듣던 조던은 오클리가 코트로 돌아와 경기당 평균 10리바운드를 기록한다면 자신도 복귀해서 많은 득점을 할 것이라고 우스갯소리를 했다.

"찰스가 리바운드를 열 개씩 잡는다면 난 20득점을 올릴 거야."

그렇게 말하는 그의 표정은 꽤나 자신만만해 보였다.

실제로 그럴 수 있다면 좋았겠지만, 조던은 스몰 마켓 팀의 구단주로서 성공을 향한 길고도 좁은 통로를 지나야 한다는 것을 잘 알고 있었다. 결코 단번에 큰 진전을 이룰 수 없는 고난의 길이 앞에 놓여 있다는 사실을…….

다음 날 그는 이른 시간부터 샬럿 시내를 활보하며 사회 공헌 활동의 일환으로서 선수들과 함께 지역 학교들을 방문했다. 그리고 예산 부족에 시달리던 여러 중학교 운동부에 수십만 달러를 쾌척했다.

그해 여름에 NBA는 또다시 노조 파업과 직장 폐쇄 사태를 맞이했다. 당시 노사 간의 분위기는 다른 어느 때보다 험악했다. 예전에는 조던이 선수들 편에 서서 구단주들과 맞서 싸우던 때가 있었다. 그러나 이번에 그는 수백 수천만 달러 규모의 적자로 크게 타격을 입은 밥캐츠 주주들을 대표하는 위치에 있었다. NBA 구단주들 편에 서서 선수들과 설전을 벌여야 했고, 그 역시 구단주였기에 마땅히 해야 하는 일이었다. 그는 밥캐츠 구단의 투자자들을 위해 협상에서 최대한 유리한 결과를 끌어내야 했다. 하지만 대중의 기억 속에서 그는 여전히 코트를 달리는 에어 조던이었다. 사람들은 손바닥 뒤집듯 자기 입장을 뒤집은 배신자라며 그를 비난했다.

그때 조던은 리그의 유일한 흑인 구단주로 연로한 백인 구단주들 사이에 앉아 있었다. 실로 애처로운 순간이었다.

하지만 그해 겨울 직장 폐쇄가 끝나고 최악의 한 해 같았던 2011년도 이듬해 조던과 밥캐츠가 충격적인 성적표를 받아들 무렵에는 오히려 행복했던 시간처럼 느껴졌다. 리더십 강한 베테랑과 재능 있는 선수들을 잃은 젊은 팀 샬럿 밥캐츠는 그해 유례없이 부진한 성적을 거두었다. 이후 조던은 '리그 역사상 으뜸가는 패배자(the Greatest Loser)'라는 별명으로 두고두고 비웃음을 샀다.

## 패배자

대재앙과도 같은 시즌이었지만 모든 것이 시종일관 나쁘지만은 않았다. 조던은 피스톤스가 샬럿을 방문한 날 작은 즐거움을 찾았다. 그는 그날 한 기자와 이야기를 나누던 중에 피스톤스의 단장인 조 듀마스가 와 있다는 소식을 들었다.

"조가 여기에 왔다고?"

조던은 눈을 동그랗게 뜨며 물었다. 그는 곧 몸을 돌려 피스톤스의 탈의실로 발걸음을 돌렸다. 때마침 복도 저쪽에서 듀마스가 보였다. 듀마스는 피스톤스의 저조한 성적 때문에 나름대로 골머리를 앓던 중이었다. 조던은 반가운 표정으로 옛 라이벌의 어깨에 팔을 걸쳤다. 그리고 두 사람은 그렇게 사이좋게 복도를 거닐었다. 조던은 얼마 전 약혼한 프리에토를 듀마스에게 소개하고 싶었다. 농구 때문에 실의에 빠졌던 그는 프리에토 덕분에 행복감과 평온함을 되찾은 것 같았다.

2012년 2월, 조던의 마흔아홉 번째 생일이 다가올 무렵 각종 신문과 인터넷 및 방송 매체들은 그를 역대 최악의 구단주로 손꼽았다. 그해 밥캐츠가 등번호 23번을 대표하는 인물 아래서 23연패로 시즌을 마무리했다는 사실은 그야말로 아이러니였다. 조던은 매일 밤 철창에 갇힌 사자 같은 꼴로 팀이 무너져가는 모습을 지켜봤다. 밥캐츠는 파업으로 인한 단축 시즌을 7승 59패, 역대 NBA 단일 시즌 최저

승률인 1할 6리로 마감했다. 그전까지 가장 성적이 저조했던 팀은 1973년에 9승 73패(승률 1할 1푼)를 기록한 필라델피아 세븐티식서스였다. 샬럿 밥캐츠는 리치 초의 구단 운영 계획을 토대로 고액 계약을 맺은 스타들을 방출한 뒤 젊고 아직 리그 경험이 적은 선수들로 팀을 꾸렸다. 그리고 그 결과로 최상위권의 드래프트 지명권을 손에 넣게 되었다.

그 시기에 조던은 구단 수뇌부에 명확한 비전이 있다는 입장을 표명했고, 밥캐츠가 예상외로 나쁜 성적을 거두었음에도 계획을 수정하지 않고 그대로 나아갔다. 2011~12시즌이 끝난 뒤 조던은 폴 사일러스를 감독직에서 해임했다. 이 결정은 사일러스의 동의하에 이루어진 것으로, 이후 그는 구단 운영 본부에서 다른 일을 하게 되었다.

2012년도 드래프트 시장의 최대어는 NCAA에서 켄터키 대학의 우승을 이끌었던 앤서니 데이비스였다. 하지만 행운의 여신은 역대 최악의 성적을 대가로 바친 조던을 외면하고 말았다. 뉴올리언스 호네츠가 드래프트 지명권 추첨에서 1순위를 차지한 가운데, 밥캐츠는 2순위 지명권으로 켄터키 대학의 또 다른 인재였던 마이클 키드 길크리스트를 선택했다.

조던이 밥캐츠를 매입한 이후로 농구팬들 사이에는 그가 곧 경영 포기 선언을 하고 구단을 매각할 것이라는 소문이 횡행했다. 물론 조던은 그 소문을 적극 부인했다. 그렇게 곤란한 상황이 이어졌지만, 지난날 함께 성장하며 선수 생활을 해온 동 세대 사람들에게 그는 여전히 훌륭한 롤 모델이었다. 에드 핀크니, 앤서니 티치를 비롯하여 조던과 경쟁했던 수많은 선수들은 언젠가 그가 멋진 역전 드라마를 보여줄 것이라고 희망을 품었다. 하지만 다른 한편에서는 조던의 경영 능력이 향상되지 않는다면 결국 구단을 매각해야 할 것이라고 말하는 이들도 있었다.

레이시 뱅크스는 2012년에 사망하기 전, 조던이 농구계 은퇴 후에 보인 행보에 실망감을 표출했다. 뱅크스는 과거에 무하마드 알리를 취재하던 경험을 언급하면서 조던이 사회를 위해 행동할 필요가 있고 알리처럼 용기를 내어야 한다고 강조했다. 사실 조던에게 그러한 변화를 기대한 이들은 뱅크스 외에도 많았다. 소니 바카로는 조던이 단순히 본인의 즐거움을 찾는 데서 벗어나 그 왕성한 에너지를 의미 있는 곳에 써야 한다고 지적한 바 있다. 그는 조던이 어머니와 같은 길을 가는 것도 좋은 방안이라고 보았다.

제리 크라우스는 조던이 그런 일을 하기에는 지나치게 자기중심적이라며 비관적인 예상을 내놓았다.

"그 녀석은 세상이 자기한테 큰 빚을 졌다고 생각하죠."

하지만 사람들은 조던이 샬럿에서 일군 성과를 간과하고 있었다. 그 점은 과거에 버밍햄 배런스에서 쏟았던 노력이 제대로 인정받지 못한 것과도 비슷했다. 조던의 마이너리그 시절을 다룬 한 다큐멘터리 영상에서 당시 관계자들은 '그가 야구를 하며 많은 훈련으로 큰 향상을 이루었지만 일반 대중은 그 사실을 인지하지 못했다.'고 설명했다. 이와 비슷하게 조던은 샬럿에서 숱한 좌절과 곤경을 겪는 와중에도 지역 경제 활성화에 중요한 역할을 했고, 또 그로 인한 실질적인 발전의 징조도 곳곳에서 나타나고 있었다. 실제로 2012년에 버락 오바마 대통령이 민주당 전당 대회의 개최 장소로 샬럿의 타임워너 케이블 구장을 선택한 것은 그만큼 이 지역이 성장했다는 의미로도 볼 수 있었다.

하지만 밥캣츠가 2011~12시즌에 바닥까지 추락하면서 조던이 저조한 성적과 실망감 때문에 구단을 매각할 것이라는 소문이 또다시 돌기 시작했다. 이에 조던은 즉각 성명서를 내어 '이 구단을 재건하고 지역에서 프로농구의 인기를 되살리는데 얼마나 시간이 걸리든 상관없이 샬럿 밥캣츠에 장기적으로 투자할 생각'이라고 밝혔다.

그해 여름에 그는 새로운 감독을 선임해야 했다. 후보자로는 리그에서 오랫동안 활동해온 70대의 명장 제리 슬로언과 필 잭슨이 이끌던 레이커스에서 선수 생활과 코치 생활을 한 브라이언 쇼를 염두에 두었다는 보고가 있었다. 그러나 정작 조던이 선택한 인물은 놀랍게도 NBA에서 사실상 무명이라 할 수 있었던 마이크

던랩이었다. 던랩은 혹독한 훈련과 엄격한 선수 관리 능력으로 알려진 지도자였다. 선수 시절에 철저한 훈련으로 최고가 되었던 조던은 구단주가 되어서도 훈련을 통해 곤경에서 벗어나길 기대했다.

2012년 가을, 젊은 선수들로 구성된 샬럿 밥캐츠는 단 몇 주 만에 전 시즌보다 많은 승수를 올리며 훌륭한 스타트를 끊었다. 하지만 이내 경험 부족에 발목을 잡혀 18연패의 수렁에 빠지고 말았다. 하지만 어려운 상황에서도 투지를 잃지 않은 선수들 덕에 밥캐츠는 작게나마 희망을 확인할 수 있었다. 그렇게 고된 도전이 이어지는 가운데 조던은 프리에토와의 약혼 덕분인지 이전보다 더 행복해 보였다. 유명 골프장을 찾아다니는 유람 여행이 줄었고, 본인의 임무에 더욱 집중하는 모습도 보였다. 2013년 2월, 언론은 농구 황제의 만 50세 생일을 대대적으로 축하했고, 그로부터 약 두 달 뒤 조던과 프리에토는 결혼식을 치렀다. 좋은 예감과 여러 경사가 함께한 시기였지만, 밥캐츠는 또다시 저조한 성적으로 시즌을 마쳤다. 비시즌에 조던은 다시 한 번 코치진을 물갈이했고 레이커스의 코치였던 스티브 클리포드를 감독으로 앉혔다. 여전히 리그에서 가장 젊은 축에 속했던 밥캐츠는 그해 가을에 큰 향상을 보였다. 한편 조던은 여름 동안 구단 이름을 호네츠로 변경할 권리를 획득했다. 기존에 그 이름을 쓰던 뉴올리언스 구단이 펠리컨스로 명칭을 바꾸었기 때문이다. 조던은 2014~15시즌부터 샬럿 호네츠라는 이름을 다시 사용하기 위해 많은 준비를 했다. 그러는 사이에 그는 시카고 북부의 하이랜드 파크에 소재한 5,202제곱미터(1,574평) 규모의 저택을 팔려고 애썼다. 처음 부동산 시장에 매물로 나왔을 때 이 집의 희망매매가는 2,900만 달러였지만, 이후 1,800만 달러에 경매 매물이 되었고 그나마도 팔리지 않아 매도 가격을 크게 낮춰야 했다.

2013년 후반에는 새로운 조던 부인의 임신 소식이 전해졌다. (그녀는 2014년 2월 마이클 조던의 쉰한 번째 생일을 며칠 앞두고 빅토리아와 이사벨이라는 쌍둥이 딸들을 출산했다. 이에 ESPN을 비롯한 방송사들은 마이클 조던이 '새로운 에어 조던 한 쌍을 입수했다.'며 농담을 날렸다.) 느리지만 꾸준하게 그는 인생의 새로운 동력을 마련해나갔다. 이전보다 성실하게 몸을 단련하면서 젊은 시절보다 많이 불어난 체중을 감량하는 데도 힘을 썼다. 구단주가 된 뒤에도 팬들 사이에서는 언젠가 그가 선수로 복귀할 것이라는 소문이 끊이지 않았다. 조던은 이미 오래전에 그러한 가능성을 암시한 바 있었다. 어쩌면 나이 50세에 다시 코트로 돌아와 승부를 겨룰지 모른다고. 이것은 그의 운명이 여전히 쉬지 않고 그를 지난날의 환상으로부터 또 다른 환상으로 이끌고 있음을 뜻했다.

NBA의 지난 역사로부터 알 수 있듯이, 약체 팀의 구단주인 조던이 원하는 목표를 이루기까지는 많은 고난이 있을 것이다. 버밍햄에서 힘겹게 야구를 하던 시절, 그는 종종 어두운 밤하늘을 바라보며 세상을 떠난 아버지를 찾았다. 그렇다면 적막한 샬럿의 밤, 홀로 불 꺼진 경기장에서 지난날을 돌아보며 아버지에게 그간의 좌절감과 당혹감을 풀어놓는 그의 모습을 떠올린다 해도 지나친 비약은 아니리라.

그런 밤이면 구단주로서 꿈꿀 수 있는 최상의 결말도 머릿속에 그려보지 않을까. 저 멀리 희미하게 빛나는 멋진 시즌을, 호네츠가 우승을 향해 플레이오프의 끝까지 달리는 모습을. 그는 기쁜 날을 맞아 온 가족이 한데 모인 모습도 상상해보았을 것이다. 그곳에는 오래전 세상을 떠난 도슨 조던과 그의 사랑이었던 클레멘타인, 메드워드와 벨 여사, 그 밖의 모든 조던 가문 사람들과 외가인 피플스 집안까지 모두 모여 있었다. 관중석에는 그들과 함께 기대감에 들뜬 표정으로 경기 시작을 기다리는 델로리스와 시스, 래리와 로즐린이 보였다.

아름다운 환상이 계속되는 가운데 버저가 울렸다. 그런데 시합 개시를 코앞에 두고 경기장 분위기가 일순간 어수선해졌다. 마이클의 모습이 어디에도 보이지 않은 탓이다.

그는 경기장 깊숙이 자리 잡은 구단주 사무실에서 지난 세월 내내 그랬듯 아버지와 이야기를 나누고 있었다. 밝게 빛나던 아들의 눈은 이내 눈물로 가득 차기 시작했다. 그는 뿌연 시야 사이로 아버지를 보려고 안간힘을 썼다. 그러다 갑자기 늘 머릿속에 맴돌던 질문을 던졌다.

"아버지, 지금의 전 어때요? 여태 제가 이룬 것들은요? 아직도 저더러 집안일이나 거들라고 하실 거예요?"

하지만 그 순간 조던은 깨달을 것이다. 이미 오래전 그와 가장 가까운 사람들, 수많은 팬들이 보고 느꼈듯이 더 이상 그런 질문은 필요하지 않다는 사실을. 이제는 오랜 세월 홀로 벌여온 논쟁을 저 멀리 밀쳐버려도 좋다는 것을. 답은 이미 그의 눈앞에, 또 우리 모두의 눈앞에 있으니까. 그러면 분명히 볼 수 있는 무언가가.

# 감사의 글

사실 마이클 조던에 관한 책은 그 자체로 한 장르라고 해도 될 만큼 시중에 많이 나와 있다. 이 점은 지금까지 나 스스로도 자주 지적해왔다. 한데 그런 상황에서 또 새로운 책을 낼 필요가 있을까?

이 질문에 대한 내 대답은 다른 작가들과 다르지 않다. 이번 전기에는 새로운 정보가 많다는 것. 하지만 단순히 많다는 것이 아니다. 이 책에는 그간 알려지지 않았던 정보가 여타 서적들과는 비교도 안 될 만큼 많다. 게다가 마이클 조던의 삶을 두고 기존의 통념을 뒤엎을 만한 새로운 맥락까지 제시되어 있다. 우리는 조던에 관하여 이미 많은 것을 알지만, 그를 둘러싼 새로운 정보와 사연들은 이전에 우리가 알던 내용을 완전히 다른 관점에서 보게 할 것이다.

그렇다고 새 책의 등장으로 옛 서적들의 존재 가치가 사라지는 것은 아니다. 조던을 주제로 과거에 쓰인 모든 책은 여전히 귀한 자료일 뿐 아니라 나에게는 모자이크 같은 그의 삶을 하나로 이어붙이는 데 필수 불가결한 요소였다. 특히 조던 일가가 오랜 세월 가족의 사생활과 비밀을 지키려고 안간힘을 써왔기에 그 조각들을 찾고 짜 맞추는 작업은 실로 큰 도전이었다. 물론 언론이 주도하는 포스트모던 시대에 명성의 속성과 그 위험성을 안다면 누구도 그들을 쉽게 비난하지는 못할 것이다.

그런 조던 일가가 겪었던 고난을 조사하는 데는 마이클 조던의 누나 델로리스 (시스)가 2001년에 자비로 출간한 『In My Family's Shadow』가 크게 도움이 되었다. 또한 마이클 조던이 작가 마크 밴실과 함께 쓴 책들도 그의 사고방식을 이해하는 데 중요한 역할을 했으며 멜리사 아이작슨과 레이시 뱅크스, 릭 텔랜더 그리고 샘 스미스를 비롯한 여러 기자의 글도 많은 참고가 되었다.

그중에서도 샘 스미스의 『The Jordan Rules』는 수년간 베일에 가려 있던 조던의 복잡한 성격을 세상에 처음 드러낸 작품이다. 밥 그린이 쓴 『Rebound』 역시 흥미로운 내용으로 가득한데, 이 책은 같은 저자의 『Hang Time』이 워낙 유명한 탓인지 마이클 조던을 다룬 서적 가운데서도 딱히 주목을 받지 못하는 편이다. 데이비드 핼버스탬은 한 번도 조던과 인터뷰한 적이 없지만 저서인 『Playing for Keeps』를 통해 조던이 우리 사회와 문화에 미친 영향을 다각도로 분석했다. 또 과거에 내가 썼던 책들, 이를테면 불화로 가득했던 1997~98시즌의 시카고 불스를 다룬 『Blood on the Horns』와 『Mind Games』, 『And Now, Your Chicago Bulls』를 포함하여 조던과 NBA를 주제로 한 기타 작품들도 당시의 정황을 파악하는 데 많은 보탬이 되었다.

나는 이 자리를 빌려 나보다 앞서 농구계의 변화상과 조던의 농구 인생을 취재했던 모든 기자, 작가들에게 감사의 뜻을 표하고 싶다. 미치 앨봄, 테리 아머, 레이시 뱅크스, 그레그 스토다, 척 커리, 마이크 맥그로, 테리 보어스, 마이크 와이즈, 클리프턴 브라운, 데이브 앤더슨, 필 버거, 프랭크 디포드, 브라이언 버웰, 데이비드 듀프리, 스콧 오슬러, 아이라 버코우, 셸비 스트로더, 찰리 빈센트, 미치 초트코프, 로버트 팔코프, 빌 글리슨, 빌 홀, 스콧 하워드쿠퍼, 마이크 임렘, 멜리사 아이작슨, 존 잭슨, 폴 래듀스키, 버니 린시컴, 밥 로건, 제이 매리어티, 켄트 맥딜, 콜키 마이네케, 마이크 멀리건, 스킵 마이슬렌스키, 글렌 로저스, 스티브 로젠블룸, 에디 세프코, 진 시모어, 샘 스미스, 레이 손즈, 폴 설리번, 마크 밴실, 밥 베르디, 밥 라이언, 로이 S. 존슨, 토니 콘하이저, 데이브 킨드레드, 팻 퍼트넘, 샌디 패드위, 잭 맥칼럼, 샘 맥매니스, 더그 크레스, 마이크 릿윈, 존 파파넥, 레너드 코펫, 조지 베시, 알렉스 울프, 브루스 뉴먼, 재키 맥멀런, 스티브 벌펫, 피터 메이, 마이크 파인, 윌 맥도너, 앨리언 보이진, 드루 샤프, 테리 포스터, 스티브 애디, 딘 하우 그리고 그 외에도 좋은 자료를 남긴 여러 저술가들에게 감사하다는 말을 전한다.

다양한 기록물과 저자들만큼이나 고마운 것은 조던의 인생사에 심도 있는 해석을 더할 수 있게 나를 도와준 사람들이다. 그동안 숱한 인터뷰를 했지만 그중에서도 마이클 조던에 관한 이해도를 대폭 높여준 인물들이 특히 기억에 남는다. 모리스 유진 조던, 윌리엄 헨리 조던, 조지 거빈, 레이 앨런, 로드 히긴스, 제임스 워디, 패트릭 유잉, 조 듀마스, 빌 빌링슬리, 마이크 테일러, 조지 멈포드, 텍스 윈터, 조니 바크, 스티브 커, 소니 바카로, 제리 크라우스, 빌리 패커, 케니 개티슨, 팀 핼럼, 짐 스택, 조 오닐, 딕 네어, 데이비드 알드리지, 레이시 뱅크스, 에드 핀크니, J.A. 아단데, 케빈 맥헤일, 빌 월튼, 데이비드 맨, 제임스 에드워즈, 랄프 샘슨, 테리 홀랜드, 도널드 서블렛, 하워드 가핑클, 맷 구오카스, 척 커리, 톰 콘찰스키, 브렌던 말론, 브릭 외틴저, 프레드 윗필드, 찰스 오클리, 콰미 브라운, 다니엘 모크, 브렌트 배리, 마이크 와이즈, 에디 존스, 제프 데이비스, 켄 로버츠, 월터 배너먼, 딕 와이스, 매직 존슨, 아트 챈스키, 스카티 피펜 그리고 마이클 조던 본인을 비롯하여 정말 많은 사람이 나와 직접 만나 옛 경험을 허심탄회하게 말해주었다.

지금까지 한 이 많은 일들은 모두 내 아내 캐런과 두 딸 제나와 모건, 사위인 마이크 할로웰이 있었기에 가능했다. 이들은 이 책을 준비하는 내내 든든한 버팀목이 되어주었고 수많은 인터뷰 녹음 자료를 글로 옮기는 데도 기꺼이 시간을 할애해주었다.

나는 그간 많은 분량의 원고를 읽고 내게 자신감을 안겨준 댄 스미스와 마이크 애슐리, 인터뷰 주제를 두고 여러모로 조언해 준 더그 다우티 그리고 펜더와 더플린, 뉴 하노버 카운티의 도서관 직원들에게도 마음 깊이 감사함을 느낀다. 또 하나 잊지 않고 언급해야 할 것은 특별한 수집 자료들이다. 그중에서도 특히 UNC 윌슨 도서관의 미국 남부 지역 민중생활 자료와 애덤 라이언의 조던 비디오 컬렉션은 이 책을 완성하는 데 매우 중요한 역할을 했다.

늘 애정 어린 마음으로 나를 격려해준 내 아들 헨리 레이즌비와 사위 존 투마스 그리고 좋은 친구이자 동료인 랜 헨리, 린디 데이비스, 스티브 콕스, 데이비드 크레이그와 델로리스 크레이그, 릭 무어와 에미 무어, 머드캣 손더스, 닐 터니지, 앤디 메이거, 스콧 맥코이와 수 맥코이, 팻 플린과 수 플린, 빌리 드라이버와 캐슬린 드라이버, 토니아 루카스와 제이크 루카스, 베스 메이시, 마이클 허드슨, 호르헤 리베이로, 브라이언 틴슬리와 베키 틴슬리, 게리 번스를 비롯한 많은 이에게 진심으로 감사하다는 말을 전한다.

늘 그렇지만 내 에이전트인 매튜 카니첼리는 이번 프로젝트를 진행하는 데 없어서는 안 될 존재였다. 물론 마이클 피치, 벤 앨런, 말린 본 오일러호건, 페그 앤더슨을 포함한 리틀, 브라운 앤 컴퍼니 출판사 사람들 역시 그러했다. 이 책을 위해 산더미 같은 원고와 싸워가며 헌신해준 편집자 존 파슬리에게는 각별한 고마움을 느낀다.

끝으로 내 형제인 지니와 햄튼 그리고 어릴 적에 독서와 농구의 즐거움을 알려주신 부모님, 윌리엄 라우리 레이즌비와 버지니아 햄튼 레이즌비, 이 두 분께 감사의 마음을 전한다.